Der siebte Schrein

Robert Silverberg (Hrsg.)

Der siebte Schrein

Fantasy von Stephen King, Terry Pratchett, Terry Goodkind u. a.

Aus dem Amerikanischen
von Joachim Körber

WILHELM HEYNE VERLAG
MÜNCHEN

Die Originalausgabe erschien unter dem Titel »Legends. New Short Novels«
bei Tom Doherty Associates, Inc., New York

Satz: Gramma GmbH, München
Druck und Bindung: Ebner, Ulm
Printed in Germany

ISBN 3-453-15299-9

FÜR MARTY UND RALPH,
die ganz sicher wissen, warum

INHALT

VORWORT

Dies ist ein Buch der Visionen und Wunder – elf exotische, handfeste neue Geschichten der bekanntesten und besten zeitgenössischen Schöpfer von Fantasy-Literatur, jede in dem speziellen Universum der Phantasie angesiedelt, das seinen Erfinder weltberühmt gemacht hat.

Fantasy ist der älteste Zweig der Literatur – so alt wie die menschliche Phantasie selbst. Es ist durchaus vorstellbar, daß derselbe künstlerische Impuls, der vor fünfzehn-, zwanzig- und sogar dreißigtausend Jahren die außergewöhnlichen Höhlenmalereien von Altamira und Chauvet hervorgebracht hat, ebenfalls erstaunliche Geschichten von Göttern und Dämonen, Talismanen und Zaubersprüchen, Drachen und Werwölfen und wundersamen Ländern jenseits des Horizonts hervorgebracht hat – Geschichten, die in Tierfelle gekleidete Schamanen gebannten Zuhörern im Europa der Eiszeit an den Lagerfeuern erzählten. Und auch im heißen Afrika, im prähistorischen China, im alten Indien und in Nord- und Südamerika: im Grunde überall, und das über einen Zeitraum von Tausenden oder Hunderttausenden von Jahren. Mir gefällt der Gedanke, daß der Impuls, Geschichten zu erzählen, universell ist – daß es Geschichtenerzähler gibt, seit Wesen auf dieser Welt existieren, die man als »Menschen« bezeichnen kann – und daß diese Geschichtenerzähler ihre Fähigkeit und Energie und Begabung die ganze lange Evolution hindurch speziell der Schöpfung außerordentlicher Fabeln und Wunder gewidmet haben.

Natürlich werden wir nie wissen, welche Märchen die Geschichtenerzähler der Cro-Magnon-Menschen ihrem faszinierten Publikum in den kalten Nächten im prähistorischen Frankreich erzählt haben. Aber ganz bestimmt haben sie ausgeprägte Elemente des Phantastischen enthalten. Die ältesten erhaltenen Geschichten sprechen dafür. Wenn man Fantasy als Literatur definieren kann, die eine Welt jenseits der gewöhnlichen Realität und den Kampf des Menschen beschreibt, sich der Herrschaft über jene Welt zu vergewissern, dann ist die älteste Geschichte, die uns überliefert wurde - das sumerische Epos vom Helden Gilgamesch, das ungefähr aus dem Jahr 2500 v. Chr. stammt -, in der Tat Fantasy, denn ihr Thema ist Gilgameschs Suche nach dem ewigen Leben.

Homers *Odyssee,* in der es von Gestaltwandlern und Zauberern und Hexen und Zyklopen und menschenfressenden Kreaturen mit vielen Köpfen nur so wimmelt, quillt ebenfalls über von phantastischen Elementen, genau wie eine Vielzahl anderer griechischer und römischer Sagen. Tasten wir uns an unsere eigene Zeit heran, begegnen wir dem grauenhaften Ungeheuer Grendel aus dem angelsächsischen *Beowulf,* der Schlange von Midgard, dem Drachen Fafnir und dem apokalyptischen Fenriswolf der altnordischen Sagen, dem unglücklichen, nach Unsterblichkeit strebenden Dr. Faust aus dem deutschen Volksbuch, den Myriaden Zauberern aus *Tausendundeine Nacht,* den überlebensgroßen Helden des walisischen *Mabinogion* und des persischen *Schah-name* und einer unendlichen Vielzahl weiterer fremder und wunderbarer Schöpfungen.

Auch in der modernen Zeit verschwand die Neigung zur Erschaffung des Phantastischen nicht, in der Zeit, in der Mikroskope und Teleskope, Dampfmaschinen und Eisenbahnen, Telegraphen und Phonographen und elektrisches Licht entstanden. Daß so vieles, das man zuvor für unmöglich gehalten hatte, nun Wirklichkeit geworden war, tat unserer Faszination gegenüber dem Unglaublichen und Unsichtbaren keinen Abbruch. Was ist schon phantastischer, als den Klang eines ganzen Symphonieorchesters von einer einzigen flachen Plastikscheibe aufsteigen zu hören? Oder in ein Gerät zu sprechen, das man in der Hand hält, und Zehntausende Meilen entfernt gehört und verstanden zu werden? Aber dasselbe Jahrhundert, das uns die Erfindungen von Thomas Alva Edison und Alexander Graham Bell gab, brachte uns auch Lewis Carrolls zwei unvergleichliche Geschichten über die Abenteuer von Alice in anderen Wirklichkeiten, H. Rider Haggards zahlreiche Romane über untergegangene Zivilisationen und Mary Wollstonecraft Shelleys *Frankenstein.*

Auch im zwanzigsten Jahrhundert - dem Jahrhundert von Luftverkehr und Atomenergie, Fernsehen und Computern, chirurgischen Eingriffen am offenen Herzen und Geschlechtsumwandlungen - verloren wir den Geschmack an Geschichten vom Außergewöhnlichen nicht. Eine ganze Schar Phantasten des Maschinenzeitalters - James Branch Cabell und A. Merritt und Lord Dunsany, E. R. Eddison und Mervyn Peake und L. Frank Baum, H. P. Lovecraft und Robert E. Howard und J. R. R. Tolkien, um nur einige der bekanntesten zu nennen - versorgten die Welt auch weiterhin ausreichend mit phantastischen Geschichten.

Allerdings fand doch ein Umschwung im zwanzigsten Jahrhundert statt, als die Science-fiction ihren Siegeszug begann - der Zweig der Fantasy, in dem immenses Geschick auf dic Aufgabe verwendet wird, das Unmögliche, oder zumindest das Unwahrscheinliche, als vollkommen plausibel darzustellen. Als die Science-fiction - deren grundsätzliche Form vor über hundert Jahren durch Jules Verne und H. G. Wells definiert und in modernen Zeiten durch Schriftsteller wie Robert A. Heinlein, Isaac Asimov und Aldous Huxley weiterentwickelt wurde - ihre ungeheure Faszination auf das Lesepublikum des Atomzeitalters auszuüben begann, betrachtete man »reine« Fantasy (das heißt Fantasy, in der kein Versuch einer empirischen Erklärung der Wunder unternommen wurde) als etwas, das weitgehend für Kinder bestimmt war, so wie Sagen und Märchen.

Natürlich verschwand die ältere Spielart der Fantasy niemals. Aber zumindest in den Vereinigten Staaten führte sie fast fünfzig Jahre lang ein Schattendasein. In dieser Zeit nahm die Science-fiction für das Lesepublikum in Form von Magazinen mit Titeln wie *Amazing Stories* und *Astounding Science Fiction* Gestalt an, und die Leserschaft bestand vorwiegend aus Jungs und ernsten jungen Männern mit einer Vorliebe für technische Details und naturwissenschaftliche Auseinandersetzungen. Das einzige amerikanische Magazin, das sich dem Stoff verschrieben hatte, den wir als Fantasy definieren, war das 1923 gegründete *Weird Tales,* aber dieses Magazin veröffentlichte nicht nur Fantasy, sondern eine Vielzahl anderer Genre-Literatur, die man heute nicht mehr als Fantasy betrachten würde - reine Horrorgeschichten zum Beispiel, ohne jedes spekulative Element.

Die Trennlinie zwischen Fantasy und Science-fiction ist nicht immer leicht zu finden, aber einige Unterscheidungen sind recht klar, wenn nicht unverrückbar. Geschichten über Androiden und Roboter, Raumschiffe, Außerirdische, Zeitmaschinen, Viren aus dem All, galaktische Imperien und dergleichen kann man für gewöhnlich als Science-fiction bezeichnen. Dies alles sind Themen, die im Rahmen der Naturgesetze, wie wir sie derzeit verstehen, *theoretisch möglich* sind. (Auch wenn Zeitmaschinen und Raumfahrt mit Überlichtgeschwindigkeit diesen Rahmen sicher bis an seine Grenzen dehnen, wenn nicht darüber hinaus.) Fantasy hingegen benutzt als Material etwas, das man in unserer Kultur *generell für unmöglich oder nicht existent hält:* Magier und Hexenmeister, Elfen und Trolle, Werwölfe und Vampire, Einhörner und verzauberte Prinzessinnen, wirksame Beschwörungen und Zaubersprüche.

Fantasy an sich hatte bis 1939 kein eigenes Magazin, als John W. Campbell, der bedeutendste Herausgeber von Science-fiction seiner Zeit, *Unknown* (später *Unknown Worlds*) ins Leben rief, um seinen Autoren eine größere Bandbreite der Phantasie zu ermöglichen, als es die Science-fiction zuließ. Zahlreiche Autoren, die Campbells *Astounding Science Fiction* zum bemerkenswertesten Magazin seiner Art machten, das je veröffentlicht wurde - Robert A. Heinlein, L. Sprague de Camp, Theodore Sturgeon, Lester del Rey, Jack Williamson -, leisteten auch wichtige Beiträge für *Unknown,* und die generelle strukturelle Vorgehensweise war ähnlich: Ein ausgefallener Sachverhalt wurde postuliert und in allen Konsequenzen bis zu einem logischen Ende weitergesponnen. Geschichten über Leute, die gemein zu Wassergnomen waren oder ihre Seele dem Teufel verkauften, landeten in *Unknown;* die über Zeitreisen oder Flüge zu fernen Planeten wurden in *Astounding* veröffentlicht.

Aber auch wenn *Unknown* von seinen Lesern und Autoren begeistert begrüßt wurde, fand es nie ein großes Publikum, und als die kriegsbedingte Papierknappheit Campbell 1943 zwang, zwischen seinen beiden Magazinen zu wählen, starb *Unknown* eines schnellen Todes und wurde nie mehr wiederbelebt. Versuche nostalgischer ehemaliger Autoren von *Unknown,* nach dem Krieg das spezielle Flair des Magazins einzufangen, blieben weitgehend erfolglos; H. L. Golds *Beyond* brachte es auf zehn Ausgaben, Lester del Reys *Fantasy Fiction* nur auf vier. Lediglich das *Magazine of Fantasy,* von Anthony Boucher und J. Francis McComas herausgegeben, konnte sich auf Dauer etablieren, und selbst da hielt man es für klug, den Titel schon mit der zweiten Ausgabe in *Fantasy and Science Fiction* zu ändern. Als Science-fiction in den fünfziger Jahren zu einem Eckstein der Taschenbuchindustrie wurde, hinkte die Fantasy wieder hinterher: Wenige Fantasy-Romane erschienen im Taschenbuch, und die meisten – Jack Vances *Die sterbende Erde* und die frühen Nachdrucke von H. P. Lovecraft und Robert E. Howard sind gute Beispiele – verschwanden bald wieder und wurden zu gesuchten Sammlerstücken.

Das alles änderte sich in den sechziger Jahren, als plötzlich eine Taschenbuchausgabe von J. R. R. Tolkiens Trilogie *Der Herr der Ringe* erschien (zuvor hatte ein störrischer Verleger sich einer Veröffentlichung im Taschenbuch widersetzt) und in Millionen Lesern einen Hunger nach Fantasy weckte, der bis auf den heutigen Tag unstillbar geblieben ist. Tolkiens Bücher waren ein derart nachdrücklicher kommerzieller Erfolg, daß sich die Verlage überschlugen, um Autoren zu finden, die Nachahmungen der Trilogie schreiben konnten, und die Welt wurde mit einer Flut von Hobbittesken Romanen überschwemmt, die sich ihrerseits teilweise in erstaunlichen Mengen verkauften. Robert E. Howards *Conan*-Romane, die einst nur von einer kleinen Gruppe treuer Verehrer bewundert worden waren, fanden etwa zur selben Zeit ein riesiges neues Publikum. Einige Jahre später brachte Ballantine Books, Tolkiens Taschenbuchverlag, eine außergewöhnliche, von Lin Carter herausgegebene Buchreihe unter dem Titel »Adult Fantasy« auf den Markt, in der alle eleganten klassischen Meisterwerke von Autoren der Fantasy wie E. R. Eddison, James Branch Cabell, Lord Dunsany und Mervyn Peake modernen Lesern zugänglich gemacht wurden. Seither ist Fantasy ein vorherrschender Faktor der modernen Verlagsindustrie. Was vor fünfzig Jahren eine vernachlässigte Stiefschwester der Science-fiction war, ist heute ein ungeheuer populäres Genre.

Im Windschatten des gewaltigen Erfolgs von Tolkiens Trilogie betraten neue Schriftsteller mit ihren eigenen phantastischen Welten die Bühne und konnten ein großes und begeistertes Publikum gewinnen. Ende der sechziger Jahre begann Ursula K. Le Guin ihre eindringliche und feinfühlige *Erdsee*-Serie, während sich Anne McCaffrey des uralten phantastischen Drachenmotivs für ihre Pern-Romane annahm, die an der Grenze zwischen Fantasy und Science-fiction angesiedelt sind. Einige Jahre später eroberte Stephen King eine erstaunlich zahlreiche Leserschaft, indem er die archetypischen Ängste der Menschheit anzapfte und zu kraftvollen Romanen formte, die das dunklere Terrain der Fantasy besetzten. Terry Pratchett dagegen hat in überragender Weise das komische Potential satirischer Fantasy demonstriert. Schriftsteller wie Orson Scott Card und Raymond E. Feist haben mit ihren Büchern über Alvin Maker und mit der Schlangenkrieg-Saga eine riesige Anhängerschaft gefunden. In jüngster Zeit haben Robert Jordans monumentaler Zyklus vom Rad der Zeit, George R. R. Martins Bücher über das Lied von Eis und Feuer und Terry Goodkinds Geschichten um das Schwert der Wahrheit ebenso einen festen Platz im Pantheon moderner Fantasy erobert wie Tad Williams' Chronik von Osten Ard.

Und hier haben wir sie alle in einer einzigen umfangreichen Anthologie vereint, in der Fantasy-Enthusiasten wochenlang schmökern können. Eine neue Erdsee-Geschichte, eine neue Geschichte von Pern, ein neues Abenteuer des Zyklus um den Dunklen Turm, eine neue Episode in Terry Pratchetts verspielter Scheibenwelt-Serie und alle anderen, die Sie hier finden werden – ein derartiges Buch hat es noch nie gegeben. Es war keine leichte Aufgabe, eine derartig vorzügliche Sammlung erstklassiger Stars in einem einzigen Band zu versammeln. Aus diesem

Grund gilt meine Dankbarkeit für besondere Unterstützung Martin H. Greenberg, Ralph Vicinanza, Stephen King, John Helfers und Virginia Kidd, die mir auf die eine oder andere Weise meine herausgeberische Tätigkeit deutlich leichter gemacht haben, als sie andernfalls gewesen wäre. Und obwohl es sich eigentlich von selbst versteht, danke ich auch meiner Frau Karen, die mir in jeder Phase dieses komplizierten Projekts hilfreich zur Seite gestanden hat - nicht nur, weil sie ein großartiger Mensch ist, sondern auch, weil sie die fraglos beste Idee des ganzen Projekts hatte.

Robert Silverberg
Dezember 1997

Anmerkung des Verlags:
Die deutschen Übersetzungen der im Buch genannten Titel wurden der Vollständigkeit halber komplett aufgeführt. Es sei jedoch darauf hingewiesen, daß nicht alle genannten Buchtitel im Handel lieferbar sind.

Der Dunkle Turm

STEPHEN KING

Schwarz (1988)
Drei (1989)
Tot (1992)
Glas (1997)

Diese Romane, in denen thematische Elemente aus Robert Brownings Gedicht »Herr Roland kam zum Finstern Turm« Verwendung finden, erzählen die Geschichte von Roland, dem letzten Revolvermann, der sich aus Gründen, die der Autor noch erklären muß, auf die Suche nach dem Dunklen Turm macht. Unterwegs begegnet Roland den Trümmern einer einst blühenden Gesellschaft, von feudaler Natur, aber technisch hochentwickelt, die Verfall und Ruin preisgegeben ist. King verschmilzt Elemente von Fantasy und Science-fiction zu einer surrealistischen Mischung aus Vergangenheit und Zukunft.

In *Schwarz,* dem ersten Buch, wird Roland vorgestellt, der den Mann in Schwarz, einen rätselhaften Zauberer, durch eine weite Wüste verfolgt. In Rückblenden erfährt der Leser, daß Roland Mitglied einer adligen Familie in der Welt des Dunklen Turms war und diese Welt möglicherweise mit Hilfe des Mannes in Schwarz zerstört wurde, vielleicht aber auch nicht. Unterwegs begegnet Roland seltsamen Bewohnern dieser namenlosen Welt, einschließlich eines Jungen namens Jake, der in späteren Bänden eine wichtige Rolle spielen soll, obwohl er am Ende des ersten Buches getötet wird. Roland holt den Mann in Schwarz ein und erfährt, daß er den Dunklen Turm finden muß, um Antwort auf die Fragen zu erhalten, warum er zu seiner Suche aufbrechen muß und was sich in dem Turm befindet.

Im nächsten Buch, *Drei,* rekrutiert Roland drei Menschen von der Erde unserer Zeit, die ihn auf seinem Weg zum Dunklen Turm begleiten müssen. Es sind Eddie, ein rauschgiftsüchtiger

Drogenkurier für die Mafia, Suzannah, eine Querschnittsgelähmte mit multipler Persönlichkeit, und Jake, dessen Ankunft erschreckend für Roland ist, weil er ihn in seiner eigenen Welt auf der Suche nach dem Mann in Schwarz geopfert hatte. Roland rettet Jakes Leben auf der Erde, aber die daraus resultierende Paradoxie treibt ihn fast in den Wahnsinn. Außerdem muß Roland den beiden anderen helfen, gegen ihre eigenen Dämonen zu kämpfen - im Fall Eddies seine Heroinabhängigkeit und Schuldgefühle wegen seiner Unfähigkeit, den Tod seines Bruders zu verhindern, und bei Suzannah der Krieg zwischen ihren verschiedenen Persönlichkeiten, einer gütigen und sanften Frau und einer rassistischen Psychopathin. Alle drei lösen ihre Probleme mit Hilfe der anderen, und das Quartett bricht gemeinsam zur Suche nach dem Turm auf.

Tot, das dritte Buch, beschreibt den ersten Abschnitt dieser Reise und schildert im Detail die Herkunft der drei Erdenmenschen. Das Buch erreicht seinen Höhepunkt, als Jake von einem Kult entführt wird, der in den Ruinen einer verfallenen Stadt existiert, und von einem Mann beherrscht wird, der nur Flagg heißt (eine Figur, die auch in einigen anderen Romanen Kings als die Verkörperung des Bösen aufgetreten ist). Roland rettet Jake, und die Gruppe flieht mit einem Einschienenzug aus der Stadt, dessen Künstliche-Intelligenz-Progamm Denkfähigkeit auf Kosten seiner geistigen Gesundheit erlangt hat. Die Einschienenbahn fordert sie zu einem Rätselwettstreit mit ihrem Leben als Einsatz heraus, das sie nur behalten dürfen, wenn es ihnen gelingt, die Maschine zu schlagen, die von sich behauptet, daß sie jedes jemals erdachte Rätsel kennt.

In *Glas,* dem vierten Band der Serie, setzen Roland, Jake, Eddie und Suzannah ihre Reise zum Dunklen Turm fort und kommen durch eine verlassene Gegend von Mittwelt, die auf unheimliche Weise an die Erde des zwanzigsten Jahrhunderts erinnert. Im Verlauf ihrer Reise stoßen sie auf eine sogenannte Schwachstelle, ein gefährliches Loch in der Barriere zwischen verschiedenen Zeiten und Orten. Roland weiß, worum es sich handelt, und muß einsehen, daß seine Welt noch schneller zusammenbricht, als er befürchtet hatte. Die Schwachstelle ruft die Erinnerung in ihm wach, wie er zum erstenmal auf eine ähnliche

Schwachstelle stieß, vor vielen Jahren, als er gerade zum Revolvermann geworden war, auf einer Reise nach Westen, die er mit seinen Freunden Cuthbert und Alain unternommen hatte. Diese Geschichte – wie die drei Jungen eine Verschwörung gegen die herrschende Regierung aufdecken und Roland sich zum erstenmal verliebt, in ein Mädchen namens Susan Delgado – bildet den Hauptteil des Buches. Den drei Freunden gelingt es, die Verschwörer zu vernichten, aber während des Kampfes wird Susan von den Bewohnern der Stadt Hambry getötet. Die Erzählung vermittelt Jake, Eddie und Suzannah neue Einblicke in Rolands Herkunft und führt ihnen Motive vor Augen, die ihn veranlassen könnten, sie zu opfern, um sein wichtigstes Ziel zu erreichen, das darin besteht, seine Welt zu retten. Am Ende des Buches setzen die vier ihre Reise zu dem Turm fort.

STEPHEN KING

Die Kleinen Schwestern von Eluria

[Vorbemerkung des Autors: Die Bücher um den Dunklen Turm beginnen mit Roland von Gilead, dem letzten Revolvermann, der in einer verwahrlosten Welt, die sich »weitergedreht« hat, einen Magier in schwarzem Gewand verfolgt. Roland verfolgt Walter schon sehr lange. Im ersten Buch des Zyklus kann er ihn schließlich einholen. Diese Geschichte jedoch spielt zu einer Zeit, als Roland immer noch auf der Suche nach Walters Spur ist. Es ist daher nicht erforderlich, daß Sie die Bücher kennen, um die folgende Geschichte verstehen und – hoffentlich – genießen zu können. S. K.]

I. Vollerde. Die leere Stadt. Die Glocken. Der tote Junge. Der umgestürzte Wagen. Das grüne Volk

An einem Tag in Vollerde, der so heiß war, daß er ihm die Atemluft aus der Brust zu saugen schien, bevor sein Körper sie verarbeiten konnte, kam Roland von Gilead an das Tor einer kleinen Stadt in den Desatoya Mountains. Inzwischen reiste er allein, und obendrein würde er bald zu Fuß reisen. Die ganze letzte Woche hatte er gehofft, einen Pferdedoktor zu finden, vermutete aber, daß ein solcher Mann ihm jetzt auch nichts mehr nützen würde, selbst wenn es in dieser Stadt einen geben sollte. Sein Reittier, ein zweijähriger Rotschimmel, war ziemlich am Ende.

Das Stadttor, das noch den Blumenschmuck des einen oder anderen Festes trug, stand einladend offen, aber die Stille dahinter paßte ganz und gar nicht dazu. Der Revolvermann hörte kein Klipp-klapp von Pferdehufen, kein Knirschen von Wagenrädern, keine Händler, die ihre Ware auf dem Marktplatz feilboten. Die einzigen Geräusche waren das leise Zirpen der Grillen (zumindest irgendeines Insekts; es klang ein wenig melodischer als Grillen), ein seltsames Geräusch wie Klopfen auf Holz und das leise, verträumte Läuten kleiner Glocken.

Auch die Blumen, die in die schmiedeeisernen Schnörkelornamente des Stadttors geflochten waren, waren längst verdorrt.

Zwischen Rolands Knien gab Topsy zweimal ein hohles Niesen von sich - *Ki-tschah! Ki-tschah!* - und stolperte seitwärts. Roland stieg ab, teils aus Respekt vor dem Pferd, teils aus Respekt vor sich selbst - er wollte sich kein Bein unter Topsy brechen, sollte sich Topsy ausgerechnet diesen Augenblick aussuchen, um zur Lichtung am Ende seines Weges zu galoppieren.

Der Revolvermann stand in seinen staubigen Stiefeln und ausgebleichten Jeans unter der sengenden Sonne, streichelte das matte Fell am Hals des Rotschimmels, hielt immer wieder inne, um mit den Fingern durch Topsys verfilzte Mähne zu fahren, und einmal, um die Fliegen zu verscheuchen, die sich in Topsys Augenwinkeln niedergelassen hatten. Sollten sie ihre Eier dort legen, damit ihre Maden ausgebrütet werden konnten, wenn Topsy tot war, aber nicht vorher.

Auf diese Weise sorgte Roland für das Pferd, so gut er konnte, und lauschte dabei den fernen, verträumten Glocken und dem seltsamen Klopfgeräusch. Nach einer Weile hörte er mit seiner geistesabwesenden Pferdepflege auf und betrachtete nachdenklich das offene Tor.

Das Kreuz über der Mitte war ein wenig ungewöhnlich, aber ansonsten stellte das Tor ein typisches Beispiel seiner Art dar, eine Einrichtung des Westens, die nicht nützlich war, sondern auf Tradition beruhte - alle kleinen Städte, die er im Verlauf des letzten Zehnmonats besucht hatte, schienen ein derartiges Tor zu haben, durch das man kam (prunkvoll), und eines, durch das man ging (nicht so prunkvoll). Keines war erbaut worden, um Besucher fernzuhalten; dieses hier ganz bestimmt nicht. Es befand sich zwischen zwei rosa Lehmziegelmauern, die sich beiderseits der Straße rund sechs Meter ins Geröll erstreckten und dann einfach aufhörten. Selbst wenn das Tor geschlossen und mit noch so vielen Schlössern gesichert wurde, mußte man nur die paar Schritte um das eine oder andere Stück Lehmziegelmauer herumgehen.

Hinter dem Tor konnte Roland etwas erkennen, das in fast jeder Hinsicht wie eine völlig normale Hochstraße aussah – ein Gasthaus, zwei Saloons (einer hieß Zum Wilden Schwein; das Schild des anderen war so verblaßt, daß man es nicht lesen konnte), ein Krämerladen, eine Schmiede und eine Stadthalle. Außerdem ein kleines, aber hübsches Holzhaus mit einem bescheidenen Glockenturm auf dem Dach, einem soliden Sandsteinfundament und einem goldenen Kreuz auf der Doppeltür. Das Kreuz, das wie jenes über dem Tor aussah, kennzeichnete dieses Haus als eine Kultstätte derer, die den Jesusmann verehrten. Es war keine verbreitete Religion in Mittwelt, aber alles andere als unbekannt; dasselbe hätte man heutzutage über die meisten Formen der Anbetung sagen können, einschließlich jener von Baal, Asmodeus und hundert anderen. Der Glauben hatte sich, wie alles andere auf der Welt, auch weitergedreht. Soweit es Roland betraf, war der Gott des Kreuzes nur eine von vielen Religionen, die lehrten, daß Liebe und Mord untrennbar miteinander verbunden waren – daß Gott letzten Endes immer Blut trank.

Derweil blieb das singende Zirpen von Insekten, das sich *fast* wie das von Grillen anhörte. Das verträumte Läuten der Glocken. Und das seltsame hölzerne Pochen, als würde eine Faust auf eine Tür schlagen. Oder auf einen Sargdeckel.

Hier stimmt ganz entschieden etwas nicht, dachte der Revolvermann. *Obacht, Roland; diesem Ort haftet ein rötlicher Geruch an.*

Er führte Topsy durch das Tor mit dem Schmuck welker Blumen und die Hochstraße hinab. Auf der Veranda des Krämerladens, wo alte Männer sitzen sollten, die sich über die Ernte, Politik und die Torheit der jüngeren Generation unterhielten, stand nur eine Reihe einsamer Schaukelstühle. Unter einem lag, wie von einer unachtsamen (und längst dahingegangenen) Hand fallen gelassen, eine verkohlte Maiskolbenpfeife. Das Pferdegatter vor dem Wilden Schwein war gleichermaßen einsam und verlassen; die Fenster des Saloons selbst waren dunkel. Eine der Schwingtüren war abgerissen worden und lehnte an der Wand des Gebäudes; die andere hing schief in den Angeln; ihre verblaßten grünen Lamellen waren mit einer rostroten Substanz bespritzt, die Farbe sein konnte, aber wahrscheinlich keine war.

Die Fassade des Pferdestalls war unversehrt wie das verwüstete Gesicht einer Frau, die Zugang zu guten Kosmetika hat, aber die Scheune dahinter war ein verkohltes Skelett. Das Feuer mußte an einem Regentag ausgebrochen sein, dachte der Revolvermann, sonst wäre die ganze verdammte Stadt in Flammen aufgegangen; eine große Kirmes und Volksbelustigung für alle, die es hätten sehen können.

Rechts von Roland, auf halbem Weg zu der Stelle, wo die Straße in den Dorfplatz überging, lag die Kirche. Rasenbegrenzungen auf beiden Seiten trennten das Gelände der Kirche auf einer Seite von der Stadthalle ab, auf der anderen von dem kleinen Haus des Predigers und seiner Familie (das hieß, wenn er einer Jesus-Sekte angehörte, die ihren Schamanen erlaubte, Frauen und Kinder zu haben; einige Sekten, die eindeutig von Irren beherrscht wurden, verlangten wenigstens den Anschein eines Zölibats). Blumen standen in den Rasenstreifen, die zwar verdorrt aussahen, aber zum größten Teil nicht ganz abgestorben waren. Was immer hier geschehen war und die Stadt entvölkert hatte, war also vor nicht allzu langer Zeit geschehen. Vor einer Woche vielleicht. Höchstens zweien, angesichts der Hitze.

Topsy nieste wieder - *Ki-tscha!* - und ließ müde den Kopf hängen.

Der Revolvermann sah, was das Glockenläuten verursachte. Über dem Kreuz an der Kirchentür war eine Kordel in einem langen, durchhängenden Bogen befestigt worden. Schätzungsweise zwei Dutzend kleine silberne Glöckchen hingen daran. Heute ging kaum ein Lüftchen, dennoch reichte es aus, daß die Glöckchen nie ganz verstummten ... und wenn richtiger Wind aufkam, dachte Roland, würde das Geräusch, das das Geklingel der Glöckchen erzeugte, längst nicht so angenehm sein; mehr wie das schrille Schnattern von Klatschbasen.

»Hallo!« rief Roland und sah über die Straße, wo das große Schild einer falschen Fassade das Hotel Zum Guten Bett anpries. »Hallo, Stadt!«

Niemand antwortete, außer den Glocken, den harmonischen Insekten und dem seltsamen Klopfen auf Holz. Keine Antwort, keine Bewegung ... aber es waren Leute hier. Leute oder *irgend etwas.* Er wurde beobachtet. Die winzigen Härchen in seinem Nacken hatten sich aufgerichtet.

Roland ging weiter, führte Topsy Richtung Stadtmitte und wirbelte bei jedem Schritt den Staub der unbefestigten Hochstraße auf. Nach vierzig Schritten blieb er vor einem flachen Gebäude stehen, dessen Tür ein einziges knappes Wort zierte: GESETZ. Das Büro des Sheriffs (falls sie so etwas derart weit von den Inneren entfernt überhaupt hatten) hatte eine bemerkenswerte Ähnlichkeit mit der Kirche - Holzbretter mit unheilvollen rostroten Flecken auf einem Fundament aus Stein.

Die Glocken hinter ihm raschelten und flüsterten.

Er ließ den Rotschimmel mitten auf der Straße stehen und ging die Stufen zum Büro mit der Aufschrift GESETZ hinauf. Allzu deutlich bemerkte er die Glocken, die Sonne, die ihm in den Nacken schien, und den Schweiß, der an seinen Seiten hinablief. Die Tür war zu, aber nicht abgeschlossen. Er machte sie auf, wich zusammenzuckend zurück und hob halb die Hand, als die Hitze, die sich im Inneren gestaut hatte, mit einem lautlosen Seufzen entwich. Wenn es in sämtlichen geschlossenen Gebäuden so heiß war, überlegte Roland, würden die Scheunen für die Pferde bald nicht mehr die einzigen verbrannten Skelette sein. Und da kein Regen den Flammen Einhalt gebot (und es mit Sicherheit keine freiwillige Feuerwehr gab, nicht mehr), würde diese Stadt nicht mehr lange auf dem Antlitz der Erde existieren.

Er trat ein und versuchte, an der heißen Luft zu nippen, statt sie in vollen Zügen einzuatmen. Das leise Summen von Fliegen hörte er sofort.

Es gab eine einzige Zelle, geräumig und leer, deren Gittertür offenstand. Ein Paar schmutzige Lederschuhe - bei einem waren die Nähte aufgeplatzt – lag unter einer Pritsche, die von derselben rostroten Substanz getränkt war, die er am Wilden Schwein bemerkt hatte. Dies war die Stelle, wo sich die Fliegen tummelten; sie krabbelten über den Fleck, taten sich daran gütlich.

Auf dem Schreibtisch lag eine Kladde. Roland drehte sie zu sich um und las, was auf dem roten Einband stand:

REGISTER VON MISSETATEN & WIEDERGUTMACHUNG
IN DEN JAHREN UNSERES HERRN
ELURIA

Nun kannte er immerhin den Namen der Stadt – Eluria. Hübsch, aber auch irgendwie verhängnisvoll. Doch unter den gegebenen Umständen, überlegte sich Roland, hätte wahrscheinlich jeder Name verhängnisvoll gewirkt. Er wollte schon wieder gehen, als er eine geschlossene, mit einem Holzriegel gesicherte Tür sah.

Er ging hin, blieb einen Moment davor stehen und zog dann einen der großen Revolver, die er tief an den Hüften trug. Er blieb noch ein wenig länger mit gesenktem Kopf stehen, dachte nach (sein alter Freund Cuthbert hatte immer gesagt, daß die Rädchen in Rolands Kopf sich langsam, aber äußerst präzise drehten) und schob den Riegel zurück. Er machte die Tür auf, trat sofort zurück, brachte den Revolver in Anschlag und rechnete damit, daß ein Toter (womöglich Elurias Sheriff) mit durchschnittener Kehle und ausgestochenen Augen herausfallen würde, Opfer einer MISSETAT, die auf WIEDERGUTMACHUNG wartete –

Nichts.

Nun, ein halbes Dutzend fleckige Overalls, vermutlich für Insassen mit längeren Haftstrafen bestimmt, zwei Bogen, ein Köcher mit Pfeilen, ein alter, staubiger Motor, ein Gewehr, das wahrscheinlich vor hundert Jahren zum letztenmal abgefeuert worden war, und ein Mop ... aber im Denken des Revolvermanns lief das alles auf nichts hinaus. Nur eine Rumpelkammer.

Er ging zum Schreibtisch zurück, schlug das Register auf und blätterte es durch. Sogar die Seiten waren warm, als wäre das Buch gebacken worden. In gewisser Weise, dachte er, war es das auch. Wäre die Hochstraße anders angelegt gewesen, hätte er mit einer großen Zahl religiöser Vergehen in den Aufzeichnungen gerechnet, so aber überraschte ihn nicht, daß er keine fand - wenn die Kirche des Jesusmannes zusammen mit zwei Saloons existieren konnte, mußte das Kirchenvolk ziemlich vernünftig gewesen sein.

Roland fand die üblichen geringfügigen Verstöße und einige nicht ganz so geringfügige - ein Mord, ein Pferdediebstahl, das Behelligen einer Lady (was wahrscheinlich Vergewaltigung bedeutete). Der Mörder war zur Hinrichtung in einen Ort namens Lexingworth gebracht worden. Roland hatte noch nie davon gehört. Ein Eintrag gegen Ende lautete: Grünes Volk von hinnen geschickt. Das sagte Roland nichts. Der letzte Eintrag war folgender:

12/Ve/99. Chas. Freeborn, Viehdieb zur Verurteilung

Die Angabe 12/Ve/99 sagte Roland nichts, aber er dachte sich, daß Ve für Vollerde stehen könnte. In jedem Fall sah die Tinte so frisch aus wie das Blut auf der Pritsche in der Zelle, und der Revolvermann hatte den begründeten Verdacht, daß Chas. Freeborn, der Viehdieb, inzwischen die Lichtung am Ende seines Weges erreicht hatte.

Er ging hinaus in die Hitze und zu dem raschelnden Klang der Glocken. Topsy sah Roland düster an und ließ den Kopf wieder sinken, als gäbe es im Staub der Hochstraße etwas zum Grasen. Als wollte er jemals wieder grasen, was das anging.

Der Revolvermann nahm die Zügel hoch, klopfte an seinen verblaßten, farblosen Jeans den Staub davon ab und ging weiter die Straße entlang. Das hölzerne Klopfgeräusch wurde mit jedem seiner Schritte lauter (er hatte seinen Revolver nicht in das Holster gesteckt, als er das GESETZ verlassen hatte, und nun steckte er ihn auch nicht weg), und als er sich dem Dorfplatz näherte, wo sich unter normalen Umständen der Markt von Eluria befunden hätte, sah Roland endlich eine Bewegung.

Auf der gegenüberliegenden Seite des Platzes befand sich ein langer Wassertrog, wie es aussah aus Eisenholz (»Seequoiah«, wie manche hier draußen dazu sagten), den offenbar in glücklicheren Zeiten ein rostiges Stahlrohr gespeist hatte, das nun ausgetrocknet über das südliche Ende des Trogs ragte. Über einer Seite dieser städtischen Oase, etwa in der Mitte, ragte ein Bein in ausgebleichten grauen Hosen hervor, das in einem angenagten Cowboystiefel steckte.

Angenagt hatte es ein großer Hund, vielleicht zwei Schattierungen dunkler grau als die Kordhose. Unter anderen Umständen, so vermutete Roland, hätte der Köter den Stiefel längst heruntergezogen, aber vielleicht waren Fuß und Wade darin geschwollen. Jedenfalls war der Hund dabei, das Hindernis einfach durchzubeißen. Er packte den Stiefel und schüttelte ihn hin und her. Ab und zu stieß der Absatz gegen das Holz des Trogs und erzeugte ein hohles Klopfen. Offenbar hatte der Revolvermann so falsch gar nicht gelegen, als er an Sargdeckel gedacht hatte.

Warum nimmt er nicht einfach ein paar Schritte Anlauf, springt in den Trog und nimmt sich, was er will? fragte sich Roland. Es kommt kein Wasser aus dem Rohr, also kann er keine Angst davor haben, zu ertrinken.

Topsy gab wieder dieses hohle, müde Niesen von sich, und als der Hund als Reaktion darauf herumwirbelte, wurde Roland klar, warum es das Tier auf die harte Tour machte. Eine seiner Vorderpfoten war gebrochen gewesen und schief verheilt. Zu gehen mußte Schwerarbeit für ihn sein, zu springen kam nicht in Frage. Auf der Brust hatte der Hund einen Flecken schmutzigen weißen Fells. In diesem weißen Fleck wuchs schwarzes Fell ungefähr in der Form eines Kreuzes. Möglicherweise ein Jesus-Hund, der auf ein Stückchen nachmittäglicher Kommunion hoffte.

Allerdings hatte das Knurren, das sich der Brust des Hundes entrang, nichts besonders Religiöses an sich, so wenig wie seine Triefaugen. Er zog die Oberlippe zu einem zitternden Zähnefletschen zurück und entblößte dabei ein stattliches Gebiß.

»Verschwinde«, sagte Roland. »Solange du noch kannst.«

Der Hund wich zurück, bis er die Hinterläufe an den angenagten Stiefel drückte. Er betrachtete den Mann, der auf ihn zukam, mit furchtsamem Blick, schien aber fest entschlossen, seinen Fund zu verteidigen. Der Revolver in Rolands Hand hatte keine Bedeutung für ihn. Das überraschte den Revolvermann nicht –

Roland vermutete, daß der Hund noch nie einen gesehen und somit keine Ahnung hatte, daß er etwas anderes war als eine Art Keule, die man nur einmal werfen konnte.

»Hau endlich ab«, sagte Roland, aber der Hund bewegte sich immer noch nicht.

Er hätte das Tier erschießen sollen - es war für sich genommen zu nichts mehr nütze, und ein Hund, der Geschmack an Menschenfleisch gefunden hatte, war auch keinem anderen mehr zu etwas nütze -, aber irgendwie schien Roland das nicht angebracht. Das einzige noch lebende Wesen in dieser Stadt zu töten (abgesehen von den zirpenden Insekten), *schien förmlich, als wolle man das Unglück auf sich ziehen.*

Er feuerte vor der heilen Vorderpfote des Hundes in den Staub, und der Knall donnerte in den heißen Tag und brachte die Insekten vorübergehend zum Schweigen. Es schien, als könnte der Hund doch laufen, aber in einem hinkenden Trott, der Roland in den Augen weh tat ... und ein wenig auch im Herzen. Auf der anderen Seite des Dorfplatzes, bei einem umgestürzten Wagen (an dessen Seite sich noch mehr getrocknete Blutspritzer zu befinden schienen), blieb das Tier stehen und warf einen Blick zurück. Es stieß ein verlorenes Heulen aus, bei dem sich Rolands Nackenhärchen noch weiter aufrichteten. Dann wandte sich der Hund ab, schlug einen Bogen um den umgestürzten Wagen herum und hinkte einen Pfad zwischen zwei Hütten entlang. Das war der Weg zum hinteren Tor von Eluria, vermutete Roland.

Der Revolvermann führte sein sterbendes Pferd weiter, ging über den Platz zu dem Trog aus Eisenholz und sah hinein.

Der angenagte Stiefel gehörte keinem Mann, sondern einem Jungen, der gerade erst zum Mann heranwuchs - und er wäre wahrlich ein großer Mann geworden, schätzte Roland, auch wenn man bedenken mußte, daß sein Körper aufgebläht war, da er eine unbekannte Zeitspanne in gut zwanzig Zentimeter tiefem Wasser lag, das unter der Sommersonne zu sieden schien.

Die Augen des Jungen, jetzt nur noch milchige Kugeln, starrten blind wie die Augen einer Statue zu dem Revolvermann auf. Sein Haar schien die weiße Farbe des Alters zu haben, aber das lag am Wasser; wahrscheinlich war er ein Flachskopf gewesen. Seine Kleidung war die eines Cowboys, obwohl er kaum älter als vierzehn oder sechzehn gewesen sein konnte. Um den Hals, den man verschwommen unter Wasser erkannte, das in der Sommersonne langsam zu einem Fleischeintopf wurde, trug er ein goldenes Medaillon.

Roland streckte die Hand ins Wasser, was ihm nicht behagte, aber er verspürte eine gewisse Verpflichtung. Er legte die Finger um das Medaillon und zog. Die Kette riß, und Roland hob das tropfende Ding hoch.

Er erwartete eigentlich das *Sigul* des Jesusmannes - das Kreuz oder Kruzifix genannt wurde -, aber statt dessen hing ein kleines Rechteck an der Kette. Das Objekt schien aus reinem Gold zu sein. Folgende Inschrift war darin eingraviert:

James
Geliebt von seiner Familie. Geliebt von GOTT.

Roland, den der Ekel fast daran gehindert hatte, in das verseuchte Wasser zu greifen (als jüngerer Mann hätte er es nie und nimmer über sich gebracht), war nun doch froh, daß er es getan hatte. Vielleicht lief er nie jemandem über den Weg, der diesen Jungen geliebt hatte, aber er verstand genug von *Ka,* um zu begreifen, daß es dennoch der Fall sein mochte. Wie auch immer, es war richtig gewesen. Und es war richtig, dem Jungen ein anständiges Begräbnis zuteil werden zu lassen ... das hieß, vorausgesetzt, er konnte den Leichnam aus dem Trog hieven, ohne daß er in der Kleidung zerfiel.

Roland überlegte noch und versuchte, seine mögliche Pflicht unter diesen Umständen gegen den stärker werdenden Wunsch abzuwägen, aus dieser Stadt zu verschwinden, als Topsy schließlich tot umfiel.

Der Rotschimmel sackte mit einem Knirschen des Sattelzeugs und einem letzten wiehernden Stöhnen zusammen, und prallte auf den Boden. Roland drehte sich um und sah acht Leute auf der Straße, die in einer Reihe auf ihn zukamen wie Treiber, die versuchen, Vögel oder Niederwild aufzuscheuchen. Ihre Haut sah grün und wächsern aus. Leute mit solcher Haut würden wahrscheinlich in der Dunkelheit leuchten wie Gespenster. Ihr Geschlecht war schwer zu schätzen, aber was für eine Rolle hätte es auch gespielt – für sie oder einen anderen? Sie waren Langsame Mutanten, und sie schritten mit der gebückten Zielstrebigkeit von Leichen dahin, die ein geheimnisvoller Zauber wiederbelebt hatte.

Der Staub hatte ihre Schritte wie ein Teppich gedämpft. Nachdem der Hund vertrieben war, hätten sie gut und gerne in Angriffsreichweite gelangen können, wenn Topsy Roland nicht den Gefallen getan hätte, in einem derart passenden Augenblick zu sterben. Schußwaffen konnte Roland keine sehen; sie waren mit Keulen bewaffnet. Es handelte sich vorwiegend um Tisch- und Stuhlbeine, aber Roland sah eine Keule, die mehr gemacht als zweckentfremdet aussah – eine Anzahl rostiger Nägel ragten daraus hervor, und Roland vermutete, daß sie sich einmal im Besitz eines Rausschmeißers im Saloon befunden hatte, möglicherweise desjenigen, der im Wilden Schwein das Sagen hatte.

Roland hob die Pistole und richtete sie auf den Burschen in der Mitte der Reihe. Nun konnte er das Schlurfen ihrer Füße und das feuchte Schniefen ihres Atems hören. Als hätten sie alle einen schlimmen Brustkatarrh.

Sind wahrscheinlich aus den Minen gekommen, dachte Roland. Irgendwo hier in der Gegend gibt es Radiumminen. Das würde die Haut erklären. Mich wundert, daß die Sonne sie nicht tötet.

Vor seinen Augen starb dann tatsächlich einer von ihnen, zumindest brach er zusammen – derjenige am Ende, eine Kreatur mit einem Gesicht wie geschmolzenes Kerzenwachs. Er (Roland war ziemlich sicher, daß es sich um einen Mann handelte) fiel mit einem leisen, blubbernden Aufschrei auf die Knie und tastete nach der Hand des Dings, das neben ihm ging – etwas mit einem knotigen Kahlkopf und roten, nässenden Schwären am Hals. Diese Kreatur schenkte ihrem gestürzten Gefährten keine Beachtung, sondern hielt den Blick ihrer trüben Augen auf Roland gerichtet und schlurfte ungefähr im Gleichschritt mit seinen verbliebenen Gefährten weiter.

»Bleibt stehen, wo ihr seid!« sagte Roland. »Nehmt euch in acht vor mir, wenn ihr den Abend noch erleben wollt! Nehmt euch sehr in acht vor mir!«

Er sagte es vor allem zu dem in der Mitte, der uralte rote Hosenträger über einem zerfetzten Hemd trug und einen schmutzigen Bowler aufhatte. Dieser Herr hatte nur ein gutes Auge und betrachtete Roland mit einer Gier, die ebenso grauenerregend wie unmißverständlich war. Die Gestalt neben Bowler (Roland dachte, daß dies eine Frau sein könnte, mit verkümmerten Hängebrüsten unter der Jacke) warf das Stuhlbein, das sie in der Hand hielt. Die Richtung stimmte, aber der Wurf war zehn Meter zu kurz.

Roland spannte den Hahn seines Revolvers und feuerte. Diesmal prasselte der Sand, den das Geschoß aufgewirbelt hatte, auf die zerfetzten Überreste der Schuhe von Bowler statt auf die Pfote eines lahmen Hundes.

Das grüne Volk nahm nicht Reißaus, wie der Hund, aber sie blieben stehen und sahen Roland mit ihrer dumpfen Gier an. Waren die verschwundenen Bewohner von Eluria in den Mägen dieser Kreaturen gelandet? Roland konnte es nicht glauben ... obgleich er sehr wohl wußte, daß solche wie sie keinerlei Skrupel vor Kannibalismus hatten. (Und vielleicht war es gar nicht wirklich Kannibalismus; wie konnte man derartige Wesen als Menschen betrachten, was auch immer sie einmal gewesen sein mochten?) Sie waren zu langsam, zu dumm. Wenn sie es gewagt hätten, in die Stadt zurückzukehren, nachdem der Sheriff sie verjagt hatte, wären sie verbrannt oder zu Tode gesteinigt worden.

Ohne darüber nachzudenken, was er tat, steckte Roland das Medaillon, das er dem toten Jungen abgenommen hatte, und die Kette in die Tasche seiner Jeans, weil er seine andere Hand frei haben wollte, um den zweiten Revolver zu ziehen, falls die Erscheinungen nicht zur Vernunft kamen.

Sie standen da und starrten ihn an, während ihre seltsam verzerrten Schatten sich hinter ihnen auf dem Boden abzeichneten. Was nun? Sollte er ihnen sagen, daß sie dorthin zurückkehren sollten, woher sie gekommen waren? Roland wußte nicht, ob sie das tun würden, und er hatte ohnehin beschlossen, daß er sie lieber irgendwo hatte, wo er sie sehen konnte. Wenigstens hatte sich die Frage, ob er hier bleiben und den Jungen namens James begraben sollte, erledigt; dieses Rätsel war gelöst worden.

»Keine Bewegung«, sagte er in der Niedersprache und begann seinen Rückzug. »Der erste, der sich bewegt –«

Bevor er zu Ende sprechen konnte, machte einer von ihnen – ein Troll mit tonnenförmiger Brust und dem Schmollmund einer Kröte, der offenbar Kiemen auf beiden Seiten seiner Halswülste hatte – einen Sprung vorwärts und schnatterte mit einer schrillen und seltsam kraftlosen Stimme. Es hätte sich um eine Form von Gelächter handeln können. Er schwang etwas, das wie das Bein eines Klaviers aussah.

Roland schoß. Die Brust von Mr. Kröte stürzte ein wie ein baufälliges Dach. Er taumelte mehrere Schritte rückwärts, versuchte, das Gleichgewicht wiederzuerlangen, und griff sich mit der freien Hand an die Brust. Er stolperte über seine eigenen Füße, die in schmutzigen roten Samtslippern mit aufwärtsgekrümmten Spitzen steckten, fiel hin und gab ein eigentümliches und irgendwie einsames Röcheln von sich. Er ließ seine Keule los, rollte sich auf die Seite, versuchte aufzustehen und sackte in den Staub zurück. Die grelle Sonne schien ihm in die offenen Augen, und vor Roland stiegen weiße Rauchwölkchen von seiner Haut empor, die ihren grünen Farbton rasch verlor. Außerdem war ein Zischen zu hören, als hätte jemand auf eine heiße Herdplatte gespuckt.

Spart wenigstens eine Erklärung, dachte Roland und ließ den Blick über die anderen schweifen. »Na gut; er war der erste, der sich bewegt hat. Wer möchte der zweite sein?«

Offenbar keiner. Sie standen nur da, beobachteten ihn, kamen nicht näher ... wichen aber auch nicht zurück. Er dachte (wie bei dem Kruzifix-Hund), daß er sie töten sollte, wie sie da standen, daß er einfach seinen zweiten Revolver ziehen und sie niedermähen sollte. Es wäre eine Frage von Sekunden und mit seinen geübten Händen ein Kinderspiel, selbst wenn einige wegliefen. Aber er konnte es nicht. Nicht kaltblütig, einfach so. So ein Killer war er nicht ... jedenfalls noch nicht.

Sehr langsam trat er den Rückzug an, indem er sich erst um den Wassertrog herumtastete und ihn dann zwischen sich und sie brachte. Als Bowler einen Schritt nach vorne machte, ließ Roland den anderen in der Reihe keine Zeit, seinem Beispiel zu folgen; er feuerte zwei Zentimeter vor dem Fuß von Bowler eine Kugel in den Staub der Hochstraße.

»Das war die letzte Warnung«, sagte er, immer noch in der Niedersprache. Er hatte keine Ahnung, ob sie ihn verstanden, und es kümmerte ihn auch nicht weiter. Er nahm an, daß sie die Melodie dieses Liedes nur zu gut verstanden. »Die nächste Kugel, die ich abfeuere, frißt das Herz von jemandem. Es läuft so ab, daß ihr bleibt und ich gehe. Ihr habt nur diese eine Chance. Folgt ihr mir, sterbt ihr alle. Es ist zu heiß für Spiele, und ich habe mein –«

»Buh!« rief eine rauhe, verschleimte Stimme hinter ihm. Sie drückte unzweifelhaft Freude aus. Roland sah einen Schatten aus dem Schatten des umgestürzten Wagens wachsen, den er fast erreicht hatte, und hatte gerade noch Zeit zu begreifen, daß sich ein anderer vom grünen Volk dahinter versteckt haben mußte.

Als er sich umdrehte, landete eine Keule auf Rolands Schulter und machte seinen rechten Arm bis zum Handgelenk taub. Er hielt die Waffe fest und schoß einmal, aber die Kugel bohrte sich in eines der Wagenräder, zertrümmerte eine hölzerne Speiche und versetzte das Rad mit einem hohen Quietschen in Bewegung. Hinter sich hörte Roland das grüne Volk auf der Straße heisere, kläffende Schreie ausstoßen, als sie losstürmten.

Das Ding, das sich hinter dem umgestürzten Wagen versteckt hatte, war ein Monster mit zwei Köpfen, die aus einem Hals wuchsen, von denen einer das verkümmerte, schlaffe Gesicht eines Toten hatte. Der andere war zwar genauso grün, aber lebendiger. Wulstige Lippen formten ein fröhliches Grinsen, als er die Keule hob, um erneut zuzuschlagen.

Roland zog mit der linken Hand - die nicht taub und gelähmt war. Ihm blieb gerade noch Zeit, eine Kugel in das Grinsen des Hinterwäldlers zu schießen, so daß der in einem Sprühregen von Blut und Zähnen rückwärts geschleudert wurde und ihm die Keule aus den erschlaffenden Fingern fiel. Dann waren die anderen bei ihm und schlugen und knüppelten auf ihn ein.

Es gelang dem Revolvermann, den ersten paar Schlägen auszuweichen, und einen Augenblick glaubte er, es könnte ihm gelingen, sich schnell hinter den umgestürzten Wagen zurückzuziehen, sich zurückzuziehen, umzudrehen und seine Revolver sprechen zu lassen. Ganz bestimmt würde ihm das gelingen. Ganz bestimmt sollte seine Suche nach dem Dunklen Turm nicht auf der sonnenversengten Straße einer kleinen, entlegenen Stadt im Westen namens Eluria enden, wo ihm ein halbes Dutzend

Langsame Mutanten mit grüner Haut den Tod brachten. Sicher konnte *Ka* nicht so grausam sein.

Aber Bowler erwischte ihn mit einem bösartigen Schlag von der Seite, und Roland prallte gegen das langsam kreisende Hinterrad des Wagens. Als er auf Hände und Knie ging, davonkroch und dabei versuchte, sich zu drehen und den Hieben auszuweichen, die auf ihn niederprasselten, sah er, daß es inzwischen viel mehr als ein halbes Dutzend waren. Mindestens dreißig grüne Männer und Frauen kamen auf den Dorfplatz zu. Dies war kein Klan, sondern ein verdammter *Stamm.* Und das im hellen, heißen Tageslicht! Langsame Mutanten waren seiner Erfahrung nach Kreaturen, die die Dunkelheit liebten, fast so etwas wie große Pilze mit Gehirn, und solche wie diese hatte er noch nie gesehen. Sie -

Die Kreatur in der roten Jacke war eine Frau. Ihre bloßen Brüste, die unter der schmutzigen roten Jacke baumelten, waren das letzte, das er klar und deutlich sah, als die Meute sich um ihn drängte und mit Knüppeln auf ihn einschlug. Die Keule mit den Nägeln landete auf seiner rechten Wade, die dummen rostigen Fangzähne bohrten sich tief hinein. Er versuchte wieder, einen seiner großen Revolver zu heben (seine Sehkraft schwand, aber das würde ihnen nichts nützen, wenn er zu schießen anfing; er war schon immer der Begabteste von allen gewesen; Jamie DeCurry hatte einmal behauptet, daß Roland mit verbundenen Augen schießen könnte, weil er Augen in den Fingern hätte), aber er wurde ihm aus der Hand in den Staub getreten. Obwohl er den glatten Sandelholzgriff des anderen noch spüren konnte, dachte er dennoch, daß die Waffe so gut wie weg war.

Er konnte sie riechen - den durchdringenden, fauligen Geruch von verwesendem Fleisch. Oder waren das nur seine Hände, die er im kläglichen und vergeblichen Bemühen hob, seinen Kopf zu schützen? Seine Hände, die er in das verseuchte Wasser getaucht hatte, wo Fetzen und Streifen der Haut des toten Jungen geschwommen waren?

Die Keulen prasselten auf ihn herab, überall, als wollte das grüne Volk ihn nicht nur erschlagen, sondern dabei gleich noch weichklopfen. Und als er in die Dunkelheit sank und überzeugt war, daß er sterben müßte, hörte er die Insekten singen, den Hund bellen, den er verschont hatte, und die Glocken läuten, die über der Kirchentür hingen. Diese Geräusche verschmolzen zu einer seltsam lieblichen Musik. Dann war auch sie verklungen; die Dunkelheit verschlang alles.

II. Aufstieg. In der Schwebe. Weiße Schönheit. Zwei andere. Das Medaillon.

Der Revolvermann kehrte nicht in die Welt zurück wie nach einem Schlag, wenn man das Bewußtsein langsam wiedererlangte (das hatte er schon mehrmals erlebt), und auch nicht wie beim Erwachen aus dem Schlaf. Seine Rückkehr glich einem Aufstieg.

Ich bin tot, dachte er einmal im Verlauf dieses Vorgangs ... als sein Denkvermögen zumindest teilweise wiederhergestellt worden war. *Ich bin tot und steige in das Leben nach dem Tod empor. So muß es sein. Der Gesang, den ich höre, ist der Gesang der toten Seelen.*

Völlige Schwärze wich dem dunklen Grau von Regenwolken, dann dem helleren Grau von Nebel. Dieses hellte sich zur einförmigen Klarheit von Morgennebel auf, durch den Augenblicke später die Sonne bricht. Und über allem lag dieses Gefühl des *Aufstiegs,* als wäre er in einem milden, aber unentrinnbaren Aufwind gefangen.

Als das Gefühl des Aufsteigens nachließ und die Helligkeit vor seinen Augen zunahm, begann Roland schließlich zu glauben, daß er noch lebte. Der Gesang überzeugte ihn. Keine toten Seelen, keine himmlischen Heerscharen der Engel, wie sie manchmal von den Predigern des Jesusmanns beschrieben wurden, sondern nur diese Insekten. Ein bißchen wie Grillen, aber lieblicher. Wie er sie in Eluria gehört hatte.

Mit diesem Gedanken schlug er die Augen auf.

Sein Glaube, daß er noch am Leben war, wurde auf eine harte Probe gestellt, denn Roland hing in der Schwebe in einer Welt weißer Schönheit - sein erster, verwirrter Gedanke war, daß er sich im Himmel befand und in einer Schönwetterwolke schwebte. Ringsum ertönte das zirpende Singen der Insekten. Und nun konnte er auch die Glocken läuten hören.

Er versuchte, den Kopf zu drehen, und schwankte in einer Art Harnisch. Er konnte ihn knirschen hören. Der leise Gesang der Insekten, der sich anhörte wie Grillen im Gras am Ende eines Tages daheim in Gilead, geriet ins Stocken, der Rhythmus wechselte. In diesem Augenblick schienen Schmerzen wie ein Baum in Rolands Rücken zu wachsen. Er hatte keine Ahnung, woraus die brennenden Äste bestehen mochten, aber der Stamm war ganz sicher seine Wirbelsäule. Weitaus schlimmere Schmerzen pochten in einem seiner Beine - in seiner Verwirrung konnte der Revolvermann nicht feststellen, in welchem. *Da hat mich die Keule mit den Nägeln getroffen,* dachte er. Und weitere Schmerzen in seinem Kopf. Sein Schädel fühlte sich wie eine aufgeschlagene Eierschale an. Er schrie auf und konnte kaum glauben, daß das heisere Krächzen, das er hörte, aus seiner eigenen Kehle kam. Außerdem bildete er sich ein, daß er in weiter Ferne den Kreuzhund bellen hören konnte.

Liege ich im Sterben? Bin ich wieder einmal ganz am Ende aufgewacht?

Eine Hand strich über seine Stirn. Er konnte sie spüren, aber nicht sehen - Finger wanderten über seine Haut und verweilten hier und da, um einen Knoten oder eine Falte zu massieren. Köstlich, wie ein Schluck kühlen Wassers an einem heißen Tag. Er wollte die Augen schließen, doch da kam ihm ein schrecklicher Gedanke: Angenommen, diese Hand wäre grün, und die Frau, der sie gehörte, trüge eine zerrissene rote Jacke über ihren Hängebrüsten?

Und wenn es so ist? Was könntest du tun?

»Psst, Mann«, sagte die Stimme einer jungen Frau ... vielleicht war es auch die Stimme eines Mädchens. Mit Sicherheit war die erste Person, an die Roland dachte, Susan, das Mädchen aus Mejis, die ihn mit Ihr angesprochen hatte.

»Wo ... wo ...«

»Psst, nicht bewegen! 's ist viel zu früh.«

Der Schmerz in seinem Rücken klang ab, aber das Bild des Schmerzes in Form eines Baums blieb bestehen, denn seine Haut selbst schien sich zu bewegen wie Laub in einer sanften Brise. Wie konnte das sein?

Er ließ die Frage auf sich beruhen - ließ alle Fragen auf sich beruhen - und konzentrierte sich auf die kleine, kühle Hand, die seine Stirn streichelte.

»Psst, hübscher Mann. Gottes Liebe sei mit dir. Aber schwer verwundet bist du. Sei still. Werde gesund.«

Der Hund hatte aufgehört zu bellen (wenn das nicht sowieso Einbildung gewesen war), und Roland bemerkte wieder dieses leise Knirschen. Es erinnerte ihn an Pferdezaumzeug oder etwas

(Henkerstrick)

woran er jetzt nicht denken wollte. Er bildete sich ein, daß er einen Druck unter seinen Oberschenkeln, seinen Pobacken und möglicherweise ... ja, seinen Schultern spüren konnte.

Ich bin gar nicht im Bett. Ich glaube, ich bin über einem Bett. Kann das sein?

Er fragte sich, ob er in einer Schlinge sein konnte. Er glaubte sich zu erinnern, wie einmal ein Bursche, als er selbst noch ein Junge gewesen war, im Zimmer des Pferdedoktors hinter dem Großen Saal ähnlich aufgehängt gewesen war. Ein Stallbursche, der sich so schlimme Petroleumverbrennungen zugezogen hatte, daß man ihn nicht in ein Bett legen konnte. Der Mann war gestorben, aber nicht schnell genug; zwei Nächte waren seine schrillen Schreie durch die duftende sommerliche Luft über dem Versammlungsfeld gehallt.

Bin ich demnach verbrannt, nichts weiter als ein Stück Schlacke mit Beinen, das in einer Schlinge hängt?

Die Finger berührten seine Stirn in der Mitte und rieben das Stirnrunzeln weg, das sich dort bildete. Und es war, als hätte die Stimme, die zu der Hand gehörte, seine Gedanken gelesen und mit den Spitzen der empfindsamen, besänftigenden Finger aufgesogen.

»Du wirst wieder gesund, wenn Gott will, Sai«, sagte die Stimme, die zu der Hand gehörte. »Aber die Zeit gehört Gott, nicht dir.«

Nein, hätte er gesagt, wenn er dazu imstande gewesen wäre. *Die Zeit gehört dem Turm.*

Dann sank er wieder so unbeschwert, wie er aufgestiegen war, nach unten, weg von der Hand und den traumhaften Geräuschen von Insekten und läutenden Glocken. Es folgte ein Intervall, der Schlaf gewesen sein konnte oder vielleicht Bewußtlosigkeit, aber bis ganz nach unten sank er nicht mehr.

Einmal glaubte er, die Stimme des Mädchens zu hören, aber sicher war er nicht, weil die Stimme diesmal vor Wut oder Angst, oder beidem, verzerrt klang. »Nein!« schrie sie. »Ihr könnt es ihm nicht wegnehmen, und das wißt ihr! Geht eures Weges und redet nicht mehr davon, los!«

Als er zum zweitenmal das Bewußtsein wiedererlangte, war er körperlich nicht kräftiger, aber geistig ein wenig mehr er selbst. Als er die Augen aufschlug, sah er nicht das Innere einer Wolke, sondern als erstes fiel ihm wieder derselbe Ausdruck ein - *weiße Schönheit.* In gewisser Weise war es der schönste Ort, den Roland je in seinem Leben besucht hatte ... was teilweise natürlich daran lag, daß er noch ein Leben *hatte,* aber überwiegend daran, daß es hier so elfenhaft und friedlich war.

Es war ein riesiges Zimmer, hoch und lang. Als Roland schließlich den Kopf drehte - vorsichtig, so vorsichtig -, um seine Größe abzuwägen, schätzte er, daß der Raum von einem Ende zum anderen mindestens zweihundert Meter lang sein mußte. Es war schmal, aber seine Höhe vermittelte den Eindruck einer immensen Geräumigkeit.

Es gab keine Wände oder Decken in dem Sinne, wie er sie kannte, obwohl es ein wenig so war, als befände er sich in einem großen Zelt. Über ihm schien die Sonne auf bauschige Bahnen dünner weißer Seide, die das Licht dämpften und es in die hellen Wölbungen verwandelte, die er zunächst für Wolken gehalten hatte. Unter diesem Seidenbaldachin war der Raum so grau wie die Dämmerung. Die Wände, ebenfalls aus Seide, warfen Falten wie Segel in einer leichten Brise. An jeder Bahn befand sich ein durchhängendes Seil mit kleinen Glöckchen. Diese berührten den Stoff, und wenn sich die Wände bauschten läuteten sie in einem leisen und bezaubernden Einklang wie ein Glockenspiel.

Ein Gang verlief in der Mitte des langen Raumes; auf beiden Seiten standen Betten, jedes mit sauberen weißen Laken bezogen und gestärkten weißen Kissen am Kopf. Rund vierzig standen jenseits des Mittelgangs, alle leer, und vierzig auf Rolands Seite. Hier waren zwei weitere Betten belegt, eines rechts von Roland. Dieser Bursche -

Es ist der Junge. Der in dem Trog gelegen hat.

Bei dem Gedanken bekam Roland eine Gänsehaut auf den Armen, und ein häßlicher abergläubischer Schrecken durchfuhr ihn. Er betrachtete den schlafenden Jungen genauer.

Kann nicht sein. Du bist nur verwirrt, das ist alles; es kann nicht sein.

Aber auch nach eingehender Betrachtung konnte er den Gedanken nicht abschütteln. Es sah zumindest so aus, als sei es der Junge aus dem Trog, wahrscheinlich krank (weshalb hätte er sich sonst an diesem Ort befinden sollen?), aber längst nicht tot; Roland konnte sehen, wie sich seine Brust langsam hob und senkte und die Finger, die über die Bettkante hingen, gelegentlich zuckten.

Du hast ihn nicht gut genug sehen können, um wirklich sicher zu sein, und nach ein paar Tagen in diesem Trog hätte ihn seine eigene Mutter nicht mehr mit Sicherheit erkennen können.

Aber Roland, der eine Mutter gehabt hatte, wußte es besser. Und er wußte auch, daß er das goldene Medaillon am Hals des Jungen gesehen hatte. Kurz vor dem Angriff des grünen Volks hatte er es dem Leichnam des Jungen abgenommen und in die Tasche gesteckt. Nun hatte es jemand - wahrscheinlich die Besitzer dieses Ortes, die das unterbrochene Leben des Burschen, der James hieß, auf wundersame Weise wiederhergestellt hatten - Roland abgenommen und dem Jungen wieder um den Hals gelegt.

Hatte das Mädchen mit der wunderbar kühlen Hand es getan? Hielt sie Roland infolgedessen für einen Ghul, der die Toten bestahl? Der Gedanke gefiel ihm nicht. Tatsächlich machte ihn diese Vorstellung nervöser als der Gedanke, daß der aufgeblähte Leichnam des jungen Cowboys irgendwie seine normale Größe wiedererhalten hatte und wiederbelebt worden war.

Weiter unten auf dieser Seite des Mittelgangs, rund ein Dutzend freie Betten von dem Jungen und Roland Deschain entfernt, sah der Revolvermann den dritten Insassen dieses seltsamen Lazaretts. Dieser Bursche sah aus, als wäre er mindestens viermal so alt wie der Junge, doppelt so alt wie der Revolvermann. Er hatte einen langen Bart, mehr grau als schwarz, der ihm in zwei verfilzten Strähnen auf die Brust reichte. Das zugehörige Gesicht war sonnenverbrannt, runzlig und aufgedunsen unter den Augen. Ein dicker, dunkler Wulst, den Roland für eine Narbe hielt, verlief von seiner linken Wange über den Nasenrücken. Der bärtige Mann schlief entweder oder war bewußtlos - Roland konnte ihn schnarchen hören -, und er hing neunzig Zentimeter über seinem Bett, von einer komplexen Anordnung weißer Gurte gehalten, die in der trüben Luft schimmerten. Die Gurte überkreuzten sich und bildeten eine Reihe von Achten um den ganzen Körper des Mannes herum. Er sah aus wie ein Insekt in einem exotischen Spinnennetz. Er trug ein gazeartiges weißes Nachthemd. Einer der Gurte verlief unter seinen Pobacken und hob seinen Schritt in einer Weise an, als würde er die Wölbung seiner Genitalien der grauen und verträumten Luft darbieten. Weiter unten konnte Roland die dunklen Schattenrisse seiner Beine sehen. Sie wirkten verkrümmt wie uralte, abgestorbene Bäume. Roland mochte gar nicht daran denken, an wie vielen Stellen sie gebrochen sein mußten, um so auszusehen. Und doch schienen sie sich zu *bewegen*. Wie konnte das sein, wenn der bärtige Mann bewußtlos war? Vielleicht eine Täuschung durch das Licht oder die Schatten ... vielleicht bewegte sich das gazeartige Nachthemd des Mannes in der leichten Brise oder ...

Roland wandte den Blick ab, sah zu den bauschigen Seidenbahnen hoch über sich empor und versuchte, seinen rasenden Herzschlag unter Kontrolle zu bringen. Was er gesehen hatte, war nicht von Wind oder den Schatten oder sonst etwas verursacht worden. Die Beine des Mannes bewegten sich irgendwie, ohne sich zu bewegen ... wie sich Rolands Rücken deutlich fühlbar bewegt hatte, ohne sich zu bewegen. Er wußte nicht, was ein derartiges Phänomen verursachen konnte - und wollte es auch nicht wissen, jedenfalls noch nicht.

»Ich bin nicht bereit«, flüsterte er. Seine Lippen fühlten sich sehr trocken an. Er machte die Augen wieder zu, wollte schlafen, wollte nicht darüber nachdenken, was die verkrümmten Beine des Mannes über seinen eigenen Zustand aussagen mochten. Aber -

Aber du solltest dich besser bereit machen.

Das war die Stimme, die sich stets zu melden schien, wenn er versuchte, sich durchzumogeln oder eine Arbeit aufzugeben oder den einfachsten Weg um ein Hindernis herum zu suchen. Es war die Stimme von Cort, seinem alten Lehrmeister. Der Mann, dessen Stock sie als Jungs alle gefürchtet hatten. Aber seinen Stock hatten sie nicht so sehr gefürchtet wie seinen Mund. Seinen Spott, wenn sie schwach waren, seine Verachtung, wenn sie sich beschwerten oder versuchten, über ihr Los zu jammern.

Bist du ein Revolvermann, Roland? Wenn ja, dann solltest du dich besser bereit machen.

Roland schlug die Augen wieder auf und drehte den Kopf nach links. Dabei spürte er, wie sich etwas an seiner Brust verschob.

Sehr langsam nahm er die rechte Hand aus der Schlinge. Die Schmerzen in seinem Rücken erwachten murmelnd. Er verharrte reglos, bis er sicher war, daß sie nicht mehr schlimmer werden würden (jedenfalls wenn er vorsichtig war), dann schob er die Hand das restliche Stück bis zur Brust. Er berührte fein gesponnenes Tuch. Baumwolle. Er preßte das Kinn auf das Brustbein und sah, daß er das gleiche Nachthemd trug wie das, von dem der Körper des bärtigen Mannes verhüllt wurde.

Roland schob die Hand unter die Halsöffnung des Nachthemds und fühlte eine feine Kette. Ein Stück weiter unten stießen seine Finger auf ein rechteckiges Stück Metall. Er glaubte zu wissen, was es war, mußte aber Gewißheit haben. Er zog es heraus, wobei er sich immer noch mit großer Vorsicht bewegte und versuchte, seine Rückenmuskulatur nicht zu belasten. Ein goldenes Medaillon. Er riskierte Schmerzen und hob es hoch, bis er die Gravur lesen konnte:

James
Geliebt von seiner Familie. Geliebt von GOTT.

Er steckte es in das Nachthemd zurück und sah wieder zu dem schlafenden Jungen im Nachbarbett – *im Bett,* nicht darüber aufgehängt. Die Decke war nur bis zu den Rippen des Jungen hochgezogen, das Medaillon lag auf seiner Brust, auf dem makellosen Weiß des Nachthemds. Dasselbe Medaillon, das Roland nun trug. Außer ...

Roland glaubte, daß er verstand, und dieses Verstehen war eine Erleichterung.

Er sah wieder zu dem bärtigen Mann und bemerkte etwas höchst Seltsames: Der dicke, schwarze Wulst der Narbe auf Wange und Nase des bärtigen Mannes war verschwunden. Wo er gewesen war, befand sich nun das rosarote Mal einer heilenden Wunde ... möglicherweise einer Schnitt- oder Hiebverletzung.

Ich habe es mir eingebildet.

Nein, Revolvermann, entgegnete Corts Stimme. Deinesgleichen ist nicht mit Einbildungskraft bedacht. Wie du sehr wohl weißt.

Die wenigen Bewegungen hatten ihn wieder müde gemacht ... vielleicht war es aber auch das Denken gewesen, das ihn wirklich müde gemacht hatte. Die singenden Insekten und läutenden Glocken taten sich zusammen und ließen eine Art Schlummerlied erklingen, dem er sich nicht entziehen konnte. Als Roland diesmal die Augen zumachte, schlief er.

III. Fünf Schwestern. Jenna. Die Ärzte von Eluria. Das Medaillon. Ein Schweigegelübde.

Als Roland wieder erwachte, war er zunächst sicher, daß er immer noch schlief. Träumte. Einen Alptraum hatte.

Einst, zu der Zeit, als er Susan Delgado getroffen und sich in sie verliebt hatte, hatte er eine Hexe namens Rhea gekannt – die erste echte Hexe von Mittwelt, der er je begegnet war. Sie war schuld an Susans Tod, auch wenn Roland selbst dabei eine Rolle gespielt hatte. Als er nun die Augen aufschlug und Rhea nicht nur einmal, sondern fünfmal sah, dachte er: *Das kommt davon, wenn man sich an alte Zeiten erinnert. Als ich Susan heraufbeschworen habe, da habe ich auch Rhea vom Coos heraufbeschworen. Rhea und ihre Schwestern.*

Die fünf trugen wallende Gewänder so weiß wie die Wände und Deckenbahnen. Ihre steinalten Vettelgesichter wurden von ebenfalls weißen Hauben eingerahmt, und im Vergleich dazu wirkte ihre Haut so grau und runzlig wie ausgetrocknete Erde. Von den Seidenbändern, die ihr Haar gefangenhielten (wenn sie denn tatsächlich Haare hatten), hingen wie Gebetsriemen Kordeln mit winzigen Glöckchen, die läuteten, wenn sie sich bewegten oder redeten. In Brusthöhe war eine blutrote Rose auf ihre schneeweißen Gewänder gestickt ... das *Sigul* des Dunklen Turms. Als er das sah, dachte Roland: *Ich träume nicht. Diese Hexen sind real.*

»Er wacht auf!« rief eine mit einer grausig koketten Stimme.

»Oooo!«

»Ooooh!«

»Ah!«

Sie flatterten herum wie Vögel. Die in der Mitte trat vor, und dabei schienen ihre Gesichter alle zu wabern wie die Seidenwände der Station. Er sah, daß sie doch nicht alt waren - vielleicht in mittlerem Alter, aber nicht alt.

Doch. Sie sind alt. Sie haben sich verändert.

Diejenige, die nun das Kommando übernahm, war größer als die anderen und hatte eine breite, leicht gewölbte Stirn. Sie beugte sich über Roland, und die Glöckchen, die ihr Gesicht umrahmten, klingelten. Irgendwie wurde Roland bei dem Geräusch übel, und er fühlte sich schwächer als noch einen Augenblick zuvor. Ihre hellbraunen Augen waren stechend. Möglicherweise gierig. Sie berührte seine Wange einen Moment, und ein taubes Gefühl schien sich von der Stelle auszubreiten. Dann sah sie nach unten, worauf ein Ausdruck, den man beunruhigt hätte nennen können, ihr Gesicht verzerrte. Sie nahm die Hand weg.

»Du wachst auf, hübscher Mann. Das tust du. 's ist gut.«

»Wer seid ihr? Wo bin ich?«

»Wir sind die Kleinen Schwestern von Eluria«, sagte sie. »Ich bin Schwester Mary. Hier sind Schwester Louise, Schwester Michela, Schwester Coquina -«

»Und Schwester Tamra«, sagte die letzte. »Ein hübsches Mädchen von eins-und-zwanzig Jahren.« Sie kicherte. Ihr Gesicht flimmerte, und einen Moment sah sie wieder so alt wie die Welt aus. Hakennase, graue Haut. Roland mußte wieder an Rhea denken.

Sie kamen näher, umringten den komplizierten Harnisch, in dem er freischwebend hing, und als Roland zurückschreckte, loderten die Schmerzen in seinem Rücken und dem verletzten Bein wieder auf. Er stöhnte. Die Bänder, die ihn festhielten, ächzten.

»Ooooo!«

»Es tut weh!«

»Tut ihm weh!«

»So schrecklich weh!«

Sie drängten sich noch näher, als faszinierten die Schmerzen sie. Und nun konnte er sie riechen, einen trockenen, erdigen Geruch. Die namens Schwester Michela streckte die Hand aus –

»Geht weg! Laßt ihn in Ruhe! Hab' ich es euch nicht schon mal gesagt?«

Sie sprangen erschrocken zurück, als die Stimme ertönte. Schwester Mary sah besonders erbost aus. Aber sie zog sich mit einem letzten finsteren Blick (Roland hätte es beschworen) auf das Medaillon zurück, das auf seiner Brust lag. Als er das letzte Mal erwacht war, hatte er es unter das Nachthemd geschoben, aber nun war es wieder draußen.

Eine sechste Schwester erschien und zwängte sich grob zwischen Mary und Tamra hindurch. Diese hier war vielleicht tatsächlich erst eins-und-zwanzig und hatte rosige Wangen, glatte Haut und dunkle Augen. Ihre weiße Tracht bauschte sich wie ein Traum. Die rote Rose auf ihrer Brust zeichnete sich ab wie ein Fluch.

»Geht! Laßt ihn in Ruhe!«

»Oooo, meine *Liebe!«* rief Schwester Louise mit einer lachenden und zugleich wütenden Stimme. »Da ist Jenna, das Baby – und hat sie sich nicht in ihn verliebt?«

»Das hat sie!« lachte Tamra. »Baby gehört ihm mit ganzem Herzen!«

»Oh, so *ist* es!« stimmte Schwester Coquina zu.

Mary drehte sich zu dem Neuankömmling um und schürzte die Lippen zu einem verkniffenen Lächeln. »Du hast hier nichts zu suchen, unverschämtes Mädchen.«

»Wenn ich es sage, dann doch«, entgegnete Schwester Jenna. Nun schien sie selbstbewußter zu sein. Eine schwarze Haarlocke war unter ihrer Haube hervorgerutscht und lag auf ihrer Stirn wie ein Komma. »Geht jetzt! Er ist nicht in der Verfassung für eure Scherze und euer Gelächter.«

»Gib uns keine Befehle«, sagte Schwester Mary, »denn wir machen niemals Scherze. Das weißt du, Schwester Jenna.«

Das Gesicht des Mädchens wurde etwas sanfter, und Roland sah, daß sie sich fürchtete. Da bekam er Angst um sie. Und auch um sich. »Geht«, wiederholte sie. »'s ist nicht die Zeit. Gibt es keine anderen zu versorgen?«

Schwester Mary schien zu überlegen. Die anderen beobachteten sie. Schließlich nickte sie und sah lächelnd auf Roland herab. Wieder schien ihr Gesicht zu wabern, wie etwas, das man hinter Hitzeflimmern sieht. Was er darunter sah (oder zu sehen glaubte), war gräßlich und argwöhnisch. »Gehab dich wohl, hübscher Mann«, sagte sie zu Roland. »Bleib ein Weilchen bei uns, und wir werden dich heilen.«

Habe ich eine andere Wahl? dachte Roland.

Die anderen lachten, ein Vogelzwitschern, das im Halbdunkel aufstieg wie Girlanden. Schwester Michela warf ihm tatsächlich eine Kußhand zu.

»Kommt, meine Damen!« rief Schwester Mary. »Wir lassen Jenna bei ihm im Andenken an ihre Mutter, die wir über alles ge liebt haben!« Und damit führte sie die anderen weg, fünf weiße Vögel, die den Mittelgang hinunterschwebten, so daß ihre Röcke hierhin und dorthin nickten.

»Danke«, sagte Roland und sah zu dem Mädchen auf, dem die kühle Hand gehörte ... denn er wußte, daß sie es war, die ihn getröstet hatte.

Sie nahm seine Finger, als wollte sie es ihm beweisen, und liebkoste sie. »Sie wollen dir nichts Böses«, sagte sie ... aber Roland sah, daß sie kein Wort davon glaubte, und er auch nicht. Er steckte hier in Schwierigkeiten, in großen Schwierigkeiten.

»Was ist das für ein Haus?«

»Unser Haus«, sagte sie nur. »Das Heim der Kleinen Schwestern von Eluria. Unser Kloster, wenn du so willst.«

»Dies ist kein Kloster«, sagte Roland und betrachtete die freien Betten hinter ihr. »Es ist ein Lazarett. Oder nicht?«

»Ein Hospital«, sagte sie und streichelte weiter seine Finger. »Wir dienen den Ärzten ... und sie dienen uns.« Roland faszinierte die Haarlocke auf ihrer milchweißen Stirn - er hätte sie gestreichelt, wenn er gewagt hätte, die Hand zu heben. Nur um zu spüren, wie sie sich anfühlte. Er fand sie wunderschön, weil sie das einzige Dunkle in dem ganzen Weiß war. Das Weiß hatte seinen Reiz für ihn verloren. »Wir sind Krankenschwestern ... oder waren es, bevor die Welt sich weitergedreht hat.«

»Gehört ihr zu dem Jesusmann?«

Einen Moment sah sie überrascht aus, fast erschrocken, dann lachte sie herzlich. »Nein, wir doch nicht!«

»Wenn ihr Krankenschwestern seid ... Pflegerinnen ... wo sind die Ärzte?«

Sie sah ihn an und biß sich auf die Lippe, als müßte sie eine Entscheidung treffen. Roland fand ihre Zweifel über die Maßen bezaubernd und stellte fest, daß er, krank hin oder her, zum erstenmal eine Frau als Frau ansah, seit Susan Delgado gestorben war, und das war lange her. Seitdem hatte sich die ganze Welt verändert, und das nicht zum Besseren.

»Möchtest du das wirklich wissen?«

»Ja, natürlich«, sagte er ein wenig überrascht. Und ein wenig beunruhigt. Er erwartete, daß ihr Gesicht flimmern und sich verändern würde wie die Gesichter der anderen. Aber dazu kam es nicht. Und sie hatte auch nicht diesen unangenehmen Geruch nach toter Erde an sich.

Warte, ermahnte er sich. *Traue nichts hier, am allerwenigsten deinen Sinnen. Noch nicht.*

»Ich schätze, du mußt es wissen«, sagte sie seufzend. Dabei läuteten die Glöckchen an ihrer Stirn, die dunkler waren als jene, die die anderen trugen - nicht schwarz, so wie ihr Haar, aber irgendwie verkohlt, als hätten sie im Rauch eines Lagerfeuers gehangen. Ihr Klang freilich war reinstes Silber. »Versprich mir, daß du nicht schreien und den Pube in jenem Bett dort wecken wirst.«

»Den Pube?«

»Den Jungen. Versprichst du es?«

»Aye«, sagte er und verfiel in den halbvergessenen Dialekt des Äußeren Bogens, ohne es zu merken. Susans Dialekt. »Es ist lange her, daß ich zum letztenmal geschrien habe, meine Hübsche.«

Daraufhin errötete sie eindeutig, natürlichere und lebendigere Rosen als die auf ihrer Brust stiegen in ihre Wangen.

»Nenne nicht hübsch, was du nicht richtig sehen kannst«, sagte sie.

»Dann nimm die Haube ab, die du trägst.«

Ihr Gesicht konnte er deutlich sehen, aber mehr als alles andere wollte er ihr Haar sehen - sehnte sich fast verzweifelt danach. Eine schwarze Flut in all diesem verträumten Weiß. Natürlich konnte es geschoren sein, weil alle in ihrem Orden es so trugen, aber irgendwie glaubte er das nicht.

»Nein, 's ist verboten.«

»Von wem?«

»Der großen Schwester.«

»Die sich Mary nennt?«

»Aye, sie.« Sie wandte sich ab, hielt inne, sah über die Schulter. Bei einem anderen Mädchen ihres Alters, das ebenso hübsch war, hätte dieser Blick frivol gewirkt. Bei diesem Mädchen war er nur ernst.

»Denk an dein Versprechen.«

»Aye, kein Schrei.«

Sie ging mit schwingendem Rock zu dem bärtigen Mann. Im Halbdunkel warf sie nur den Hauch eines Schattens auf die freien Betten, an denen sie vorbeischritt. Als sie den Mann erreichte (der bewußtlos war, dachte Roland, und nicht nur schlief), drehte sie sich noch einmal zu Roland um. Er nickte.

Schwester Jenna trat auf der anderen Seite des Betts dicht an den hängenden Mann heran, so daß Roland sie durch die Schlingen und Schlaufen aus gewobener weißer Seide sah. Sie legte die Hand behutsam auf die linke Seite seiner Brust, beugte sich über ihn ... und schüttelte den Kopf von einer Seite auf die andere, als würde sie heftig etwas verneinen. Die Glöckchen an ihrer Stirn läuteten hell, und Roland verspürte erneut seltsame Regungen in seinem Rücken, gefolgt von einer sanften Aufwallung von Schmerz. Es war, als wäre er erschauert, ohne richtig zu erschauern, oder wie in einem Traum.

Was als nächstes geschah, entlockte ihm fast *doch* einen Schrei; er mußte die Zähne zusammenbeißen. Wieder schienen sich die Beine des bewußtlosen Mannes zu bewegen, ohne sich zu bewegen ... weil sich das bewegte, was *auf* ihnen war. Die haarigen Schienbeine, Knöchel und Füße des Mannes ragten unter dem Saum seines Nachthemds hervor. Eine schwarze Welle von Käfern glitt an ihnen entlang. Sie zirpten heftig, wie eine Kolonne, die beim Marschieren singt.

Roland erinnerte sich an die schwarze Narbe auf Wange und Nase des Mannes – die Narbe, die verschwunden war. Das waren natürlich auch solche Käfer gewesen. Und sie waren auch auf *ihm*. So konnte er zittern, ohne zu zittern. Sie waren überall auf seinem Rücken. *Labten* sich an ihm.

Nein, es war nicht so leicht, wie er gedacht hatte, einen Schrei zu unterdrücken.

Die Käfer liefen zu den Zehenspitzen des schwebenden Mannes und sprangen in Wellen von ihm herunter wie Geschöpfe, die von einem Ufer in einen Tümpel sprangen. Sie sammelten sich rasch und unproblematisch auf dem blütenweißen Laken darunter und marschierten als rund dreißig Zentimeter breites Bataillon auf den Boden hinunter. Roland konnte sie nicht richtig sehen, die Entfernung war zu groß und das Licht zu schwach, dachte aber, daß sie ungefähr doppelt so groß wie Ameisen waren und etwas kleiner als die dicken Honigbienen, die zu Hause über die Blumenbeete geschwirrt waren.

Sie sangen, während sie marschierten.

Der bärtige Mann sang nicht. Als die Schwärme der Käfer, die seine verkrümmten Beine bedeckt hatten, sich zurückzogen, erschauerte er und stöhnte. Die junge Frau legte ihm die Hand auf die Stirn und tröstete ihn, was Roland trotz des Ekels, den er empfand, ein wenig eifersüchtig machte.

Aber war das, was er sah, wirklich so gräßlich? In Gilead waren Egel bei gewissen Leiden zur Anwendung gekommen – vorwiegend bei Schwellungen am Gehirn, an Achselhöhlen und Lenden. Was das Gehirn betraf, waren die Egel, so häßlich sie waren, unbedingt der nächsten Stufe vorzuziehen, die in einer Schädelbohrung bestand.

Und doch *hatten* sie etwas Abstoßendes an sich, vielleicht nur, weil er sie nicht sehen konnte und es schrecklich war, sich vorzustellen, daß sie über seinen ganzen Rücken wuselten, während er hier hilflos hing. Aber nicht sangen. Warum nicht? Weil sie fraßen? Schliefen? Beides gleichzeitig?

Das Stöhnen des bärtigen Mannes klang ab. Die Käfer marschierten auf dem Boden zu einer der sanft wallenden Seidenwände. Roland verlor ihre Spur in den Schatten.

Jenna kam mit besorgten Blicken zu ihm zurück. »Hast dich

gut gehalten. Aber ich sehe, wie du dich fühlst; es steht dir im Gesicht geschrieben.«

»Die Ärzte«, sagte er.

»Ja. Ihre Macht ist sehr groß, aber ... « Sie senkte die Stimme. »Ich fürchte, dem Alten können sie nicht mehr helfen. Seine Beine sind ein bißchen besser, und die Wunden in seinem Gesicht sind fast verheilt, aber er hat Verletzungen, wo die Ärzte nicht hinkommen.« Sie strich mit einer Hand über ihre Leibesmitte, womit sie die verletzten Stellen andeutete, wenn schon nicht die Art der Verletzungen.

»Und ich?« fragte Roland.

»Bist vom grünen Volk geschnappt worden«, sagte sie. »Mußt sie mächtig geärgert haben, daß sie dich nicht gleich getötet haben. Statt dessen haben sie dich mit Seilen gefesselt und verschleppt. Tamra, Michela und Louise waren draußen und haben Kräuter gesammelt. Sie haben gesehen, wie das grüne Volk mit dir gespielt hat, und ihm Einhalt geboten, aber –«

»Machen die Muties immer, was ihr sagt, Schwester Jenna?«

Sie lächelte, vielleicht weil sie sich freute, daß er sich an ihren Namen erinnerte. »Nicht immer, aber meistens. Diesmal haben sie es, sonst hättest du schon deine Lichtung am Ende des Weges gefunden.«

»Das nehme ich an.«

»Die Haut auf deinem Rücken war fast völlig abgezogen – rot warst du vom Nacken bis zur Taille. Die Narben wirst du immer tragen, aber die Ärzte haben dich schon gut wiederhergestellt. Und ihr Gesang ist recht schön, oder nicht?«

»Ja«, sagte Roland, aber der Gedanke, daß diese schwarzen Biester über seinen Rücken krabbelten und auf seinem rohen Fleisch saßen, stieß ihn immer noch ab. »Ich schulde dir Dank und spreche ihn freimütig aus. Wenn ich etwas für dich tun kann –«

»Dann sag mir deinen Namen. Tu das.«

»Ich bin Roland von Gilead. Ein Revolvermann. Ich hatte Revolver, Schwester Jenna. Hast du sie gesehen?«

»Ich habe keine Schießeisen gesehen«, sagte sie, wandte aber den Blick ab. Die Rosen erblühten wieder auf ihren Wangen. Sie mochte eine gute Krankenschwester sein, und hübsch, aber Roland fand, daß sie eine schlechte Lügnerin war. Das freute ihn. Gute Lügner gab es viele. Ehrlichkeit, auf der anderen Seite, war Mangelware.

Laß die Unwahrheit vorerst durchgehen, sagte er zu sich. *Ich fürchte, sie sagt sie aus Furcht.*

»Jenna!« Der Ruf ertönte aus den dunkleren Schatten am anderen Ende des Lazaretts - das dem Revolvermann heute länger denn je vorkam -, und Schwester Jenna zuckte schuldbewußt zusammen. »Komm her! Du hast genug Worte gewechselt, um zwanzig Männer zu unterhalten! Laß ihn schlafen!«

»Aye!« rief sie und drehte sich zu Roland um. »Verrate nicht, daß ich dir die Ärzte gezeigt habe.«

»Meine Lippen sind versiegelt, Jenna.«

Sie verharrte, biß sich wieder auf die Lippe und schob plötzlich ihre Haube zurück. Die Haube fiel unter leisem Glockengeläut auf ihren Rücken. Das aus seinem Gefängnis befreite Haar umspielte ihre Wangen wie Schatten.

»Bin ich hübsch? *Bin* ich es? Sag mir die Wahrheit, Roland von Gilead - keine Schmeichelei. Schmeichelei ist nur eine Kerzenlänge lang gütig.«

»Hübsch wie eine Sommernacht.«

Was sie in seinem Gesicht sah, schien sie mehr zu erfreuen als seine Worte, denn sie lächelte strahlend. Sie zog die Haube wieder auf und steckte das Haar mit blitzschnellen, knappen Bewegungen ihrer Finger darunter. »Sehe ich anständig aus?«

»So anständig wie hübsch«, sagte er, dann hob er vorsichtig einen Arm und zeigte auf ihre Stirn. »Eine Locke schaut heraus ... genau da.«

»Aye, es ist immer diese eine, die mir einen Streich spielt.« Mit einer komischen kurzen Grimasse schob sie die Locke zurück. Roland überlegte sich, wie gern er ihre rosigen Wangen geküßt hätte ... und vielleicht obendrein auch ihren rosigen Mund.

»Alles an seinem Platz«, sagte er.

»Jenna!« Der Ruf klang ungeduldiger denn je. »Meditation!«

»Ich komme sofort!« rief sie zurück und raffte ihre voluminösen Röcke, um zu gehen. Aber sie wandte sich noch einmal um, und nun war ihr Gesicht sehr streng und ernst. »Eines noch«, sagte sie mit einer Stimme, die nur ein Hauch lauter als ein Flüstern war. Sie warf hastig einen Blick hinter sich. »Das goldene Medaillon, das du trägst – das trägst du, weil es deins ist. Hast du verstanden ... James?«

»Ja.« Er drehte den Kopf ein wenig und sah den schlafenden Jungen an. »Das ist mein Bruder.«

»Wenn sie dich fragen, ja. Alles andere würde Jenna in große Schwierigkeiten bringen.«

In wie große, fragte er nicht, aber sie hatte sich ohnehin schon entfernt und schien mit dem gerafften Rock in einer Hand an den freien Betten vorbei durch den Mittelgang zu schweben. Die Rosen waren aus ihrem Gesicht verschwunden, so daß ihre Wangen und Stirn wie Asche wirkten. Er erinnerte sich an die gierigen Mienen der anderen, wie sie sich immer enger um ihn geschart hatten ... und wie ihre Gesichter geflimmert hatten.

Sechs Frauen, fünf alt und eine jung.

Ärzte, die sangen und auf dem Boden davonkrabbelten, wenn sie von läutenden Glöckchen verscheucht wurden.

Und eine merkwürdige Krankenstation mit rund hundert Betten, eine Station mit Decke und Wänden aus Seide ...

... und alle Betten leer, bis auf drei.

Roland wußte nicht, weshalb Jenna das Medaillon des toten Jungen aus seiner Hosentasche genommen und es ihm um den Hals gelegt hatte, vermutete aber, wenn sie es herausfanden, würden die Kleinen Schwestern von Eluria sie dafür töten.

Roland machte die Augen zu, und der leise Gesang der Ärzte-Insekten lullte ihn wieder in den Schlaf.

IV. Ein Teller Suppe. Der Junge im Nachbarbett. Die Nachtschwestern.

Roland träumte, daß ein sehr großer Käfer (möglicherweise ein Ärzte-Käfer) um seinen Kopf flog und mehrfach gegen seine Nase stieß – Zusammenstöße, die eher ärgerlich als schmerzhaft waren. Er schlug wiederholt nach dem Käfer, und obwohl seine Hände unter normalen Umständen unheimlich schnell waren, verfehlte er ihn immer. Und jedesmal, wenn er ihn verfehlte, kicherte der Käfer.

Ich bin langsam, weil ich krank war, dachte er.

Nein, in einen Hinterhalt geraten bin. Von Langsamen Mutanten über die Erde geschleift, von den Kleinen Schwestern von Eluria gerettet.

Plötzlich sah Roland deutlich das Bild vom Schatten eines Mannes vor sich, der aus dem Schatten eines umgestürzten Wagens wuchs; hörte eine rauhe, hämische Stimme rufen: »Buh!«

Er erwachte und zuckte so heftig zusammen, daß sein ganzer Körper in der Verflechtung von Schlingen schwankte, und die Frau, die neben seinem Kopf gestanden und gekichert hatte, während sie ihm leicht mit einem Holzlöffel auf die Nase schlug, so hastig zurückwich, daß ihr der Teller in der anderen Hand aus den Fingern glitt.

Rolands Hände schossen vor, und sie waren so schnell wie eh und je - seine vergeblichen Versuche, den Käfer zu fangen, waren nur ein Teil seines Traums gewesen. Er fing den Teller, bevor mehr als ein paar Tropfen verschüttet werden konnten. Die Frau - Schwester Coquina - sah ihn mit großen, runden Augen an.

Die plötzliche Bewegung hatte Schmerzen in seinem ganzen Rücken ausgelöst, aber sie waren längst nicht mehr so schlimm wie zuvor, und er verspürte auch keine Bewegung mehr auf der Haut. Vielleicht schliefen die »Ärzte« nur, aber er hatte den Verdacht, daß sie fort waren.

Er streckte die Hand nach dem Löffel aus, mit dem Coquina ihn geneckt hatte (ihn überraschte nicht im geringsten, stellte er fest, daß jemand wie sie einen kranken und schlafenden Mann derart necken konnte; es hätte ihn nur überrascht, wenn es Jenna gewesen wäre), und sie gab ihm den Löffel - immer noch mit großen Augen.

»Wie schnell du bist!« sagte sie. »'s war wie ein Zaubertrick, und dabei warst du noch gar nicht richtig wach!«

»Vergiß es nie, Sai«, sagte er und kostete die Suppe. Winzige Stücke Hühnerfleisch schwammen darin. Unter anderen Umständen wäre sie ihm wahrscheinlich fad vorgekommen, aber unter diesen schmeckte sie wie Ambrosia. Er schlang sie gierig hinunter.

»Was meinst du damit?« fragte sie. Das Licht war jetzt sehr gedämpft, die Wandbespannung auf der anderen Seite rosa-orange getönt, was auf Sonnenuntergang schließen ließ. In diesem Licht sah Coquina recht jung und hübsch aus ... aber Roland war sicher, daß es eine Täuschung war; eine Art von zauberischem Make-up.

»Ich meine nichts im besonderen.« Roland legte den Löffel weg, weil es zu langsam damit ging, und führte statt dessen den ganzen Teller zum Mund. Auf diese Weise verschlang er die Suppe in vier großen Schlucken. »Ihr seid gütig zu mir gewesen –«

»Aye, das waren wir!« sagte sie leicht verschnupft.

»– und ich hoffe, es gibt keine versteckten Motive für eure Güte. Falls doch, Schwester, denken Sie daran, daß ich schnell bin. Und was mich selbst betrifft, ich bin nicht immer gütig gewesen.«

Sie antwortete nicht, nahm nur den Teller, den Roland ihr reichte. Ganz zaghaft, vielleicht weil sie seine Finger nicht berühren wollte. Ihr Blick fiel auf die Stelle, wo das Medaillon wieder unter seinem Nachthemd verborgen lag. Er sagte nichts mehr, weil er seine Drohung nicht abschwächen wollte, indem er sie daran erinnerte, daß der Mann, der sie ausgesprochen hatte, unbewaffnet war, so gut wie nackt, und in der Luft hing, weil sein Rücken das Gewicht seines Körpers noch nicht tragen konnte.

»Wo ist Schwester Jenna?« fragte er.

»Oooo«, sagte Schwester Coquina und zog die Brauen hoch. »Wir mögen sie, nicht wahr? Sie läßt unser Herz ... « Sie legte die Hand auf die Rose an ihrer Brust und bewegte sie schnell auf und ab.

»Keineswegs, keineswegs«, sagte Roland, »aber sie war gütig. Ich bezweifle, daß sie mich mit einem Löffel geneckt hätte, wie einige das gerne tun.«

Schwester Coquinas Lächeln erlosch. Sie sah wütend und besorgt zugleich aus. »Sag nichts davon zu Schwester Mary, wenn sie später vorbeischaut. Ich könnte Ärger bekommen.«

»Was geht mich das an?«

»Ich könnte mich an jemand rächen, der mich in Schwierigkeiten bringt, indem ich die kleine Jenna in Schwierigkeiten bringe«, sagte Schwester Coquina. »Sie steht sowieso schon im schwarzen Buch der Großen Schwester. Schwester Mary hat gar nicht gefallen, wie Jenna deinetwegen mit ihr gesprochen hat ... und noch weniger gefällt ihr, daß Jenna die Dunklen Glocken trug, als sie zu uns zurückgekommen ist.«

Kaum waren diese Worte aus ihrem Mund, schlug Schwester Coquina eine Hand vor dieses vorlaute Organ, als wäre ihr klar geworden, daß sie zuviel gesagt hatte.

Roland faszinierte, was sie gerade gesagt hatte, aber er wollte es ihr nicht gerade jetzt zeigen, daher antwortete er nur: »Ich werde nichts über Sie verraten, wenn Sie Schwester Mary nichts über Jenna verraten.«

Coquina wirkte erleichtert. »Aye, dann sind wir uns einig.« Sie beugte sich verschwörerisch nach vorne. »Sie ist im Haus der Besinnung. Dorthin müssen wir zum Meditieren, wenn die Große Schwester meint, daß wir unartig gewesen sind. Jenna muß dort bleiben und über ihre Unverschämtheit nachdenken, bis Schwester Mary sie herausläßt.« Nach einer Pause fügte sie unvermittelt hinzu: »Wer ist das da neben dir? Kennst du ihn?«

Roland drehte den Kopf und sah, daß der junge Mann erwacht war und zugehört hatte. Seine Augen waren so dunkel wie die von Jenna.

»Ob ich ihn kenne?« fragte Roland mit dem, wie er hoffte, angemessenen Anflug von Verachtung in der Stimme. »Sollte ich meinen eigenen Bruder nicht kennen?«

»Ist er das wirklich, wo du so alt bist und er so jung?« Eine weitere Schwester schälte sich aus der Dunkelheit: Schwester Tamra, die sich als einsundzwanzig bezeichnet hatte. Kurz bevor sie an Rolands Bett trat, war ihr Gesicht das einer Vettel, die die Achtzig längst überschritten hatte ... oder die Neunzig. Dann flimmerte es und war wieder das feiste, gesunde Antlitz einer dreißigjährigen Matrone. Abgesehen von den Augen. Ihre Netzhäute blieben gelblich, die Augenwinkel verklebt, der Blick wachsam.

»Er ist der jüngste, ich der älteste«, sagte Roland. »Zwischen uns liegen sieben andere und zwanzig Jahre im Leben unserer Eltern.«

»Wie süß! Und wenn er dein Bruder ist, wirst du seinen Namen kennen, oder nicht? Wirst ihn sehr gut kennen.«

Bevor der Revolvermann herumstottern konnte, sagte der junge Mann: »Sie denken, du hättest einen einfachen Namen wie John Norman vergessen. Was sind sie doch für Herzblättchen, was, Jimmy?«

Coquina und Tamra sahen den blassen Jungen im Bett neben Roland sichtlich wütend an ... Sie waren eindeutig übertrumpft worden, zumindest vorerst.

»Ihr habt ihm eure Brühe gegeben«, sagte der Junge (dessen Medaillon ihn zweifellos als John, Geliebt von seiner Familie, Geliebt von GOTT auswies). »Warum geht ihr nicht und laßt uns ein Schwätzchen halten?«

»Nun!« schnaufte Schwester Coquina. »Mir gefällt die Dankbarkeit hier in der Gegend, das tut sie!«

»Ich bin dankbar für das, was mir gegeben wurde«, antwortete Norman und sah sie unverwandt an. »Aber nicht für das, was die Leute nehmen wollen.«

Tamra schnaubte durch die Nase, drehte sich so brüsk um, daß ihr wirbelnder Rock Roland einen Luftzug ins Gesicht schickte, und rauschte davon. Coquina blieb noch einen Moment.

»Seid artig, und vielleicht kommt jemand, den ihr lieber mögt als mich, schon am Morgen aus seiner Klausur statt erst in einer Woche.«

Ohne eine Antwort abzuwarten, drehte sie sich um und folgte Schwester Tamra.

Roland und John Norman warteten, bis beide fort waren, dann drehte sich Norman zu Roland um und fragte mit leiser Stimme: »Mein Bruder. Tot?«

Roland nickte. »Ich habe das Medaillon mitgenommen, falls ich einem seines Volkes begegnen sollte. Es gehört rechtmäßig dir. Ich bedaure deinen Verlust.«

»Danke-Sai.« John Normans Unterlippe bebte ein wenig, beruhigte sich wieder. »Ich wußte, daß ihn die grünen Männer erledigt hatten, auch wenn es mir die alten Hühnchen hier nicht sagen wollten. Sie haben viele erledigt und den Rest verwundet.«

»Vielleicht wußten es die Schwestern nicht mit Sicherheit.«

»Sie wußten es. Zweifle nicht daran. Sie sagen nicht viel, aber sie wissen eine *Menge.* Die einzige, die anders ist, ist Jenna. Sie hat die alte Streitaxt gemeint, als sie von ›deiner Freundin‹ gesprochen hat. Aye?«

Roland nickte. »Und sie hat etwas von Dunklen Glocken gesagt. Darüber würde ich gern mehr erfahren, wenn möglich.«

»Sie ist etwas Besonderes, das ist Jenna. Mehr wie eine Prinzessin - jemand, der sich durch seine Abstammung eine Stellung verdient hat, die man ihr nicht verwehren kann - und nicht wie die anderen Schwestern. Ich liege hier und sehe so aus, als schliefe ich - ich glaube, das ist sicherer -, aber ich habe sie reden hören. Jenna ist erst kürzlich zu ihnen zurückgekehrt, und diese Dunklen Glocken haben etwas Besonderes zu bedeuten ... aber Mary ist nach wie vor diejenige, die das Kommando hat. Ich glaube, die Dunklen Glocken sind nur etwas Zeremonielles, wie die Ringe, die die alten Barone vom Vater an den Sohn weitergegeben haben. War sie es, die dir Jimmys Medaillon um den Hals gelegt hat?«

»Ja.«

»Nimm es nicht ab, was immer du auch tust.« Sein Gesicht sah verkniffen und grimmig aus. »Ich weiß nicht, ob es am Gold oder an dem Gott liegt, aber sie kommen nicht gern in seine Nähe. Ich glaube, das ist der einzige Grund, warum ich noch hier bin.« Nun senkte er die Stimme zu einem Flüstern. »Sie sind keine Menschen.«

»Nun, vielleicht ein bißchen zauberhaft und magisch, aber ...«

»Nein!« Der Junge stützte sich unter sichtlicher Anstrengung auf einen Ellbogen. Er sah Roland ernst an. »Du denkst an Haberfrauen und Hexen. Das sind keine Haber, und auch keine Hexen. *Sie sind keine Menschen!*«

»Was sind sie dann?«

»Weiß nicht.«

»Wie bist du hierhergekommen, John?«

John Norman erzählte Roland mit leiser Stimme, was ihm seines Wissens zugestoßen war. Er, sein Bruder und vier weitere junge Männer, die schnell waren und gute Pferde besaßen, waren als Scouts angeheuert worden, um Erkundungsritte durchzuführen und einen Zug von sieben Wagen zu beschützen, die Handelsware - Saatgut, Nahrungsmittel, Werkzeug, Post und vier bestellte Bräute - zu einem nicht eingemeindeten kleinen Ort namens Tejuas, etwa zweihundert Meilen westlich von Eluria, transportieren sollten. Die Scouts ritten abwechselnd vor und hinter dem Wagenzug; ein Bruder ritt jeweils mit einer Gruppe, denn wenn sie zusammen waren, stritten sie sich wie ... nun ...

»Wie Brüder«, schlug Roland vor.

John Norman brachte ein kurzes, gequältes Lächeln zustande. »Aye«, sagte er.

Das Trio, zu dem John gehörte, war als Nachhut geritten, etwa zwei Meilen hinter der Wagenkolonne, als die grünen Mutanten in Eluria ihren Hinterhalt gelegt hatten.

»Wie viele Wagen hast du gesehen, als du dort warst?« fragte er Roland.

»Nur einen. Umgekippt.«

»Wie viele Tote?«

»Nur deinen Bruder.«

John Norman nickte grimmig. »Ich glaube, sie haben ihn wegen des Medaillons nicht genommen.«

»Die Muties?«

»Die Schwestern. Die Muties kümmert weder Gold noch Gott. Diese Weiber dagegen ...« Er sah in die Dunkelheit, die mittlerweile fast undurchdringlich war. Roland spürte wieder, wie Müdigkeit über ihn kam, aber ihm wurde erst später klar, daß ein Schlafmittel in der Suppe gewesen war.

»Die anderen Wagen?« fragte Roland. »Die nicht umgekippt wurden?«

»Die Muties werden sie mitgenommen haben, und die Waren dazu«, sagte Norman. »Sie kümmert weder Gold noch Gott, die Schwestern machen sich nichts aus Handelsware. Wahrscheinlich haben sie ihre eigenen Nahrungsquellen, an die ich lieber nicht denken will. Schlimme Sachen ... wie diese Käfer.«

Er und die anderen Reiter der Nachhut galoppierten nach Eluria, aber als sie dort eintrafen, war der Kampf vorbei. Männer lagen überall, manche tot, aber viele noch am Leben. Wenigstens zwei der bestellten Bräute waren ebenfalls noch am Leben gewesen. Überlebende, die noch gehen konnten, wurden vom grünen Volk zusammengetrieben – John Norman erinnerte sich sehr gut an den mit dem Bowler und an die Frau mit der zerlumpten roten Jacke.

Norman und die anderen beiden hatten versucht, zu kämpfen. Er hatte gesehen, wie einer seiner Partner einen Pfeil in den Bauch bekam, danach hatte er nichts mehr gesehen – jemand hatte ihm von hinten eins über den Schädel geschlagen, und dann waren die Lichter ausgegangen.

Roland überlegte, ob der Täter »Buh!« gerufen hatte, bevor er zuschlug, fragte aber nicht.

»Als ich wieder erwachte, war ich hier«, sagte Norman. »Ich sah, daß einige der anderen - die *meisten* - diese verfluchten Käfer auf sich hatten.«

»Die anderen?« Roland betrachtete die freien Betten. In der zunehmenden Dunkelheit leuchteten sie wie weiße Inseln. »Wie viele wurden hierher gebracht?«

»Mindestens zwanzig. Sie wurden gesund ... die Käfer haben sie geheilt ... und dann verschwanden sie einer nach dem anderen. Du bist eingeschlafen, und wenn du aufgewacht bist, war wieder ein Bett frei. Einer nach dem anderen, bis nur noch ich und der da unten übrig waren.«

Er sah Roland ernst an.

»Und jetzt du.«

»Norman.« Rolands Kopf schwirrte. »Ich -«

»Ich schätze, ich weiß, was mit dir nicht stimmt«, sagte Norman. Er schien aus weiter Ferne zu sprechen ... möglicherweise von jenseits der Erdkrümmung. »Es liegt an der Suppe. Aber ein Mann muß essen. Eine Frau auch. Jedenfalls wenn sie eine normale Frau ist. Die hier sind nicht normal. Nicht mal Schwester Jenna ist normal. Nett heißt nicht unbedingt normal.« Immer weiter entfernt. »Und am Ende wird sie wie die anderen sein. Denk an meine Worte.«

»Kann mich nicht bewegen.« Selbst das auszusprechen kostete gewaltige Anstrengung. Als müßte er Felsen verrücken.

»Nein.« Norman lachte plötzlich. Es war ein schockierendes Geräusch und hallte in der zunehmenden Schwärze, die Rolands Kopf ausfüllte. »Was sie dir in die Suppe getan haben, ist nicht nur Schlafmedizin, es ist auch Kann-mich-nicht-bewegen-Medizin. Mit mir ist eigentlich alles in Ordnung, Bruder ... was meinst du also, warum ich noch hier bin?«

Norman sprach jetzt nicht mehr von jenseits der Erdkrümmung, sondern vielleicht vom Mond. Er sagte: »Ich glaube nicht, daß einer von uns jemals wieder die Sonne auf ein flaches Fleckchen Erde scheinen sehen wird.«

Da irrst du dich, versuchte Roland zu antworten, und wollte noch mehr hinzufügen, aber nichts kam heraus. Er segelte zur dunklen Seite des Mondes und verlor sämtliche Worte in der Leere, die er dort vorfand.

Aber völlig verlor er nie das Bewußtsein. Vielleicht war die Dosis »Medizin« in Schwester Coquinas Suppe zu knapp bemessen gewesen, vielleicht hatten sie auch nur noch nie einen Revolvermann gehabt, mit dem sie ihren Schabernack treiben konnten, und wußten nicht, daß sie es jetzt mit einem zu tun hatten.

Abgesehen natürlich von Schwester Jenna - *die* wußte es.

Irgendwann in der Nacht holten ihn flüsternde, kichernde Stimmen und das leise Klingeln von Glöckchen aus der Dunkelheit zurück, wo er weder ganz schlafend noch völlig bewußtlos gewesen war. Um ihn herum sangen die »Ärzte« so konstant, daß er es kaum registrierte.

Roland schlug die Augen auf. Er sah blasses, erratisches Licht in der Dunkelheit tanzen. Das Kichern und Flüstern war näher. Roland versuchte, den Kopf zu drehen, und konnte es zuerst nicht. Er ruhte sich aus, konzentrierte seine ganze Willenskraft zu einem harten blauen Ball und versuchte es noch einmal. Diesmal *konnte* er den Kopf drehen, nur ein wenig, aber ein wenig war genug.

Es waren fünf der Kleinen Schwestern - Mary, Louise, Tamra, Coquina, Michela. Sie kamen gemeinsam den langen Mittelgang des Lazaretts entlang, lachten miteinander wie Kinder über einen Streich und trugen lange Wachskerzen in silbernen Haltern; die Glöckchen an den Stirnbändern ihrer Hauben ließen kurze silberne Tonfolgen erklingen. Sie versammelten sich um das Bett des bärtigen Mannes. Aus ihrem Kreis schien Kerzenlicht als flackernde Säule auf, die abbrach, bevor sie die halbe Strecke bis zur Seidendecke zurückgelegt hatte.

Schwester Mary sprach knapp. Roland erkannte ihre Stimme, verstand aber die Worte nicht - es war weder Nieder- noch Hochsprache, sondern eine vollkommen andere Sprache. Ein Ausdruck fiel ihm auf - *can de lach, mi him en tow* -, aber er hatte keine Ahnung, was das bedeuten konnte.

Ihm fiel auf, daß er nur noch das Klingeln der Glöckchen hören konnte - die Ärzte-Käfer waren verstummt.

»Ras me! On! On!« rief Schwester Mary mit einer rauhen, kräf-

tigen Stimme. Die Kerzen erloschen. Das Licht, das hinter ihren Hauben geleuchtet hatte, als sie sich um den bärtigen Mann versammelten, erlosch ebenfalls, und alles wurde wieder dunkel.

Roland, dem kalt war, wartete darauf, was als nächstes passieren würde. Er versuchte, Hände oder Füße zu beugen, konnte es aber nicht. Es war ihm gelungen, den Kopf um etwa fünfzehn Grad zu drehen; sonst war er gelähmt wie eine Fliege, die fein säuberlich eingesponnen in einem Spinnennetz hing.

Das leise Klingeln der Glöckchen in der Schwärze ... und dann saugende Geräusche. Kaum hörte er sie, wurde Roland klar, daß er darauf gewartet hatte. Ein Teil von ihm hatte die ganze Zeit gewußt, was die Kleinen Schwestern von Eluria waren.

Hätte Roland die Hände heben können, er hätte sie auf die Ohren gepreßt, um die Geräusche nicht hören zu müssen. So aber konnte er nur reglos liegen, zuhören und warten, bis sie aufhörten.

Lange Zeit - die ihm wie eine Ewigkeit vorkam - hörten sie nicht auf. Die Frauen schlürften und grunzten wie Schweine, die halbflüssige Nahrung aus einem Trog fraßen. Einmal war sogar ein herzhafter Rülpser zu vernehmen, gefolgt von neuerlichem flüsterndem Kichern (das verstummte, als Schwester Mary ein einziges barsches Wort ausstieß - *»Hais!«*). Und einmal hörte man einen leisen, stöhnenden Schrei - von dem bärtigen Mann, da war Roland ganz sicher. Wenn ja, war es sein letzter auf dieser Seite der Lichtung.

Nach einiger Zeit ließen die Geräusche ihrer Nahrungsaufnahme nach. Die Käfer fingen wieder an zu singen - zuerst zögernd, dann selbstsicherer. Das Flüstern und Kichern fing wieder an. Die Kerzen wurden angezündet. Roland hatte inzwischen den Kopf in die andere Richtung gedreht. Sie sollten nicht wissen, was er gesehen hatte, aber das war nicht alles; er verspürte ohnehin nicht den Wunsch, noch mehr zu sehen. Er hatte genug gesehen und gehört.

Aber das Kichern und Flüstern kam nun in seine Richtung. Roland machte die Augen zu und konzentrierte sich auf das Medaillon auf seiner Brust. *Ich weiß nicht, ob es am Gold oder an dem Gott liegt, aber sie kommen nicht gern in seine Nähe,* hatte John Norman gesagt. Es war gut, sich daran zu erinnern, als die Kleinen Schwestern näher kamen und in ihrer seltsamen anderen Zunge tuschelten und flüsterten, aber in der Dunkelheit schien das Medaillon einen schwachen Schutz zu bieten.

Leise, in weiter Ferne, hörte Roland den Kreuzhund bellen.

Als die Schwestern ihn umringten, stellte der Revolvermann fest, daß er sie riechen konnte. Es war ein unterschwelliger übler Geruch, wie von verdorbenem Fleisch. Aber wonach sollten sie auch sonst riechen, Wesen ihrer Art?

»So ein hübscher Mann ist er.« Schwester Mary. Sie sagte es in einem tiefen, nachdenklichen Tonfall.

»Aber so ein häßliches *Sigul* trägt er.« Schwester Tamra.

»Wir nehmen es ihm ab!« Schwester Louise.

»Und dann bekommen wir unsere Küsse!« Schwester Coquina.

»Küsse für alle!« rief Schwester Michela so fieberhaft enthusiastisch, daß sie alle lachten.

Roland stellte fest, daß er doch nicht *ganz* gelähmt war. Ein Teil von ihm war tatsächlich aus seinem Schlaf erwacht, als er ihre Stimmen gehört hatte, und ragte steil empor. Eine Hand wurde unter das Nachthemd geschoben, das er trug, berührte das steife Glied, umfaßte es, liebkoste es. Roland lag stumm vor Entsetzen da und tat, als schliefe er, während sich fast augenblicklich eine feuchte Wärme aus ihm ergoß. Die Hand blieb einen Moment, wo sie war, der Daumen glitt auf dem erschlaffenden Schaft auf und ab. Dann ließ sie los und wanderte ein wenig höher. Fand die feuchte Pfütze auf seinem Bauch.

Kichern, sanft wie der Wind.

Läutende Glöckchen.

Roland machte die Augen einen winzigen Spalt auf und betrachtete die uralten Gesichter, die im Licht ihrer Kerzen auf ihn herabsahen – funkelnde Augen, gelbe Wangen, vorstehende Zähne, die über die Unterlippen ragten. Schwester Michela und Schwester Louise schienen Ziegenbärtchen gewachsen zu sein, aber das war natürlich nicht dunkles Haar, sondern das Blut des bärtigen Mannes.

Mary hielt die hohle Hand hoch. Sie hielt sie einer Schwester nach der anderen hin; jede leckte im Kerzenschein von der Handfläche.

Roland machte die Augen ganz zu und wartete darauf, daß die Schwestern verschwanden. Schließlich waren sie fort.

Ich werde nie wieder schlafen, dachte er, und fünf Minuten später hatte er sich und die Welt vergessen.

V. Schwester Mary. Eine Nachricht. Ein Besuch von Ralph. Normans Schicksal. Noch einmal Schwester Mary.

Als Roland erwachte, war hellichter Tag, das Seidendach über ihm erstrahlte weiß und wogte in einer sanften Brise. Die Ärzte-Käfer sangen zufrieden. Links von ihm schlief Norman tief und fest und hatte dabei den Kopf so weit auf eine Seite gedreht, daß seine stoppelige Wange auf der Schulter ruhte.

Roland und John Norman waren die einzigen. Das Bett, wo der bärtige Mann gelegen hatte, war leer, die Decke hochgezogen und ordentlich eingesteckt, das Kissen frisch bezogen und gestärkt. Das Geflecht von Schlingen, in dem sein Körper gehangen hatte, war fort.

Roland erinnerte sich an die Kerzen - wie ihr Leuchten sich vereint hatte, wie eine Säule zur Decke emporgestiegen war und die Schwestern beleuchtet hatte, als sie sich um den bärtigen Mann versammelten. Kicherten. Während ihre verdammten Glöckchen läuteten.

Nun kam Schwester Mary, als hätte er sie mit seinen Gedanken gerufen, und glitt mit Schwester Louise im Schlepptau hastig auf ihn zu. Louise trug ein Tablett und sah nervös aus. Mary runzelte die Stirn und war offenbar übellaunig.

Mürrisch zu sein, nachdem du so gut gegessen hast? dachte Roland. *Pfui, Schwester.*

Sie kam ans Bett des Revolvermanns und sah auf ihn herab. »Ich habe keinen Grund, dir zu danken, Sai«, sagte sie ohne Umschweife.

»Habe ich um deinen Dank gebeten?« antwortete er mit einer Stimme, die sich so staubig und kaum benutzt anhörte wie die Seiten eines alten Buches.

Sie ging nicht darauf ein. »Du hast eine, die lediglich frech und unzufrieden mit ihrem Platz war, zur regelrechten Rebellin gemacht. Nun, ihre Mutter war genauso und ist, nicht lange nachdem sie Jenna an ihren angestammten Platz zurückgebracht hat, daran gestorben. Heb die Hand, undankbarer Mann!«

»Ich kann nicht. Ich kann mich überhaupt nicht bewegen.«

»Oh, du Falscher! Kennst du nicht das Sprichwort: ›Halt deine Mutter nicht zum Narren, es sei denn, sie ist außer Sicht‹? Ich weiß sehr genau, was du kannst und was nicht. Jetzt heb die Hand!«

Roland hob die rechte Hand und versuchte, mehr Anstrengung vorzutäuschen, als es tatsächlich kostete. Er glaubte, daß er heute morgen kräftig genug war, um sich aus den Schlingen zu befreien ... aber was dann? Bis er richtig gehen konnte, würden noch Stunden vergehen, auch ohne eine weitere Dosis »Medizin« ... und hinter Schwester Mary hob Schwester Louise den Deckel von einem frischen Teller Suppe. Als Roland sie sah, knurrte sein Magen.

Die Große Schwester hörte es und lächelte schmal. »Ein kräftiger Mann bekommt auch im Bett Appetit, wenn er nur lange genug drin liegt. Findest du nicht auch, Jason, Bruder von John?«

»Mein Name ist James. Wie du sehr gut weißt, Schwester.«

»Wirklich?« Sie lachte wütend. »Oh, la! Und wenn ich deine kleine Herzallerliebste fest und lange genug auspeitschen lassen würde - sagen wir, bis ihr das Blut wie Schweißtropfen aus dem Rücken quillt -, würde ich nicht einen anderen Namen aus ihr herausprügeln? Oder hast du ihn ihr während eurer kurzen Unterhaltung nicht anvertraut?«

»Wenn ihr ein Leid geschieht, töte ich dich.«

Sie lachte wieder. Ihr Gesicht flimmerte; ihr fester Mund verwandelte sich in etwas, das wie eine sterbende Qualle aussah. »Sprich uns nicht vom Töten, Hübscher, auf daß wir nicht zu dir davon sprechen.«

»Schwester, wenn du und Jenna einander nicht ausstehen könnt, warum entbindest du sie dann nicht von ihrem Gelübde und läßt sie ihres Weges ziehen?«

»Solche wie uns kann man niemals von ihrem Gelübde entbinden oder gehen lassen. Ihre Mutter hat es versucht und ist zurückgekommen, sie sterbend und ihr Kind krank. Wir waren es, die Jenna gesundgepflegt haben, als ihre Mutter nichts weiter war als Staub im Wind, der Richtung Endwelt weht, und wie wenig sie es uns dankt! Außerdem trägt sie die Dunklen Glocken, das *Sigul* unserer Schwesternschaft. Unseres *Ka-tet.* Und nun iß - dein Bauch sagt, daß du hungrig bist!«

Schwester Louise hielt ihm die Schüssel hin, aber ihr Blick wanderte immer wieder zu dem Umriß des Medaillons auf seiner Brust, unter dem Nachthemd. *Gefällt dir nicht, was?* dachte Roland, und dann fiel ihm Louise bei Kerzenschein ein, das Blut des Frachtzugführers am Kinn, ihre uralten Augen gierig, als sie sich nach vorn beugte, um seine Flüssigkeit von Schwester Marys Hand zu lecken.

Er wandte den Kopf ab. »Ich will nichts.«

»Aber du hast Hunger!« wandte Louise ein. »Wenn du nicht ißt, James, wie willst du wieder zu Kräften kommen?«

»Schickt Jenna. Ich esse, was sie bringt.«

Schwester Marys Stirnrunzeln war pechschwarz. »Du wirst sie nicht mehr sehen. Sie ist nur aus dem Haus der Besinnung entlassen worden, nachdem sie feierlich versprochen hat, die Zeit für ihre Meditation zu verdoppeln ... und sich vom Lazarett fernzuhalten. Nun iß, James, oder wer immer du bist. Nimm zu dir, was in der Suppe ist, oder wir schneiden dich mit Messern auf und reiben es dir mit Flanelltüchern hinein. Uns ist es so oder so einerlei. Oder nicht, Louise?«

»Ganz recht«, sagte Louise. Sie hielt ihm immer noch den Teller hin. Dampf und der köstliche Duft von Huhn stiegen davon auf.

»Aber dir dürfte es nicht einerlei sein.« Schwester Mary grinste humorlos und entblößte ihre unnatürlich großen Zähne. »Fließendes Blut ist gefährlich hier drinnen. Die Ärzte mögen es nicht. Es regt sie auf.«

Nicht nur die Käfer wurden beim Anblick von Blut erregt, das wußte Roland. Er wußte auch, er hatte keine andere Wahl, was die Suppe betraf. Er nahm Louise den Teller ab und aß langsam. Er hätte viel darum gegeben, den zufriedenen Gesichtsausdruck von Schwester Marys Gesicht wischen zu können.

»Gut«, sagte er, als er ihr den Teller zurückgegeben und sie sich vergewissert hatte, daß er ganz leer war. Seine Hand wurde ihm zu schwer und sank auf die Schlinge zurück, die für sie gerichtet worden war. Er konnte spüren, wie sich die Welt wieder von ihm zurückzog.

Schwester Mary beugte sich nach vorne, so daß das wallende Oberteil ihrer Tracht die Haut seiner linken Schulter berührte. Er konnte sie riechen, ein überreifes und trockenes Aroma, und hätte gewürgt, wenn er die Kraft dazu gehabt hätte.

»Nimm dieses widerliche Goldding ab, wenn du wieder ein wenig bei Kräften bist - wirf es in den Pißtopf unter dem Bett. Wo es hingehört. Ich bekomme Kopfschmerzen, und mein Hals ist wie zugeschnürt, wenn ich auch nur in der Nähe davon bin.«

Unter immenser Anstrengung sagte Roland: »Wenn du es willst, nimm es weg. Wie könnte ich dich daran hindern, du Miststück?«

Wieder verwandelte das Stirnrunzeln ihr Gesicht in so etwas wie eine Gewitterwolke. Er glaubte, sie hätte ihn geohrfeigt, wenn sie gewagt hätte, ihn so nahe bei dem Medaillon zu berühren. Aber die Fähigkeit, ihn anzufassen, schien an der Gürtellinie zu enden.

»Ich finde, du hättest diesen Punkt ein bißchen gründlicher durchdenken sollen«, sagte sie. »Ich kann Jenna immer noch auspeitschen lassen, wenn ich will. Sie trägt die Dunklen Glocken, aber ich bin die Große Schwester. Daran solltest du immer denken.«

Sie ging. Schwester Louise folgte ihr und warf im Weggehen einen Blick - eine seltsame Mischung aus Furcht und Lust - über die Schulter zurück.

Roland dachte: *Ich muß hier raus - ich muß einfach.*

Statt dessen schwebte er an jenen dunklen Ort zurück, der nicht ganz Schlaf war. Vielleicht schlief er auch; jedenfalls eine Weile; vielleicht träumte er. Wieder liebkosten Finger seine Finger, küßten Lippen erst sein Ohr und flüsterten dann hinein: »Schau unter dein Kissen, Roland ... aber laß niemand wissen, daß ich hier gewesen bin.«

Irgendwann danach schlug Roland wieder die Augen auf und rechnete halb damit, Schwester Jennas hübsches Gesicht über sich schweben zu sehen. Und die dunkle Haarlocke, die wieder unter ihrer Haube hervorlugte. Aber es war niemand da. Die Seidenbahnen über ihm leuchteten hell, und obwohl es unmöglich war, hier drinnen die Zeit einigermaßen akkurat zu schätzen, vermutete Roland, daß es gegen Mittag sein mußte. Vielleicht drei Stunden, seit er den zweiten Teller Suppe von den Schwestern bekommen hatte.

An seiner Seite schlief John Norman und atmete mit einem pfeifenden, nasalen Schnarchen.

Roland versuchte, die Hand zu heben und unter das Kissen zu schieben. Die Hand ließ sich nicht bewegen. Er konnte mit den Fingerspitzen wackeln, aber das war alles. Er wartete, beruhigte seinen Geist, so gut er konnte, und nahm alle Geduld zusammen. Es war nicht leicht, sich in Geduld zu fassen. Er mußte immerzu daran denken, was Norman gesagt hatte - daß es siebenundzwanzig Überlebende des Hinterhalts gegeben hatte ... jedenfalls anfänglich. *Dann verschwanden sie einer nach dem anderen, bis nur noch ich und der da unten übrig waren. Und jetzt du.*

Das Mädchen war nicht da. Sein Verstand sprach mit der leisen, kummervollen Stimme Alains, eines seiner alten Freunde, der jetzt schon so viele Jahre tot war. *Sie würde es nicht wagen, während sie von den anderen beobachtet wird. Das war nur ein Traum, den du gehabt hast.*

Aber Roland glaubte, daß es vielleicht mehr als ein Traum gewesen war.

Nach einer gewissen Zeitspanne später - die langsame Verschiebung der Helligkeit über ihm ließ ihn vermuten, daß es eine Stunde gewesen war - versuchte Roland wieder, die Hand zu bewegen. Diesmal gelang es ihm, sie unter das Kissen zu schieben. Es war aufgeschüttelt und weich und ordentlich in die breite Schlinge gesteckt, die den Hals des Revolvermanns hielt. Zuerst fand er nichts, tastete aber langsam mit den Fingern tiefer und berührte schließlich etwas, das sich wie ein steifes Bündel dünner Stangen anfühlte.

Er wartete, sammelte noch etwas Kraft (jede Bewegung bereitete ihm soviel Mühe, als würde er in Leim schwimmen) und tastete noch tiefer. Fühlte sich wie ein Strohblumenstrauß an. Etwas wie ein Band war darum gewickelt.

Roland sah sich um und vergewisserte sich, daß die Station noch verlassen war und Norman schlief, dann zog er hervor, was sich unter dem Kissen befand. Es waren sechs verblassende trockene Halme mit rotbraunen Rispen. Sie verströmten einen seltsamen Hefeduft, bei denen Roland an frühmorgendliche Ausflüge denken mußte, die er als Kind in die Küche hinter dem Großen Saal unternommen hatte, um zu betteln – Ausflüge, die er für gewöhnlich mit Cuthbert unternommen hatte. Die Halme waren mit einem breiten Band aus weißer Seide zusammengebunden und rochen wie verbrannter Toast. Unter dem Band befand sich eine Lage Tuch. Es schien, als wäre das Tuch, wie alles andere an diesem verfluchten Ort, aus Seide.

Roland atmete schwer und konnte Schweißperlen auf seiner Stirn spüren. Er war immer noch allein – gut. Er nahm das Stück Tuch und faltete es auseinander. In verwischten, sorgfältig ausgeführten Kohlebuchstaben stand folgende Botschaft darauf:

RISPEN KNABBERN. NUR EINMAL JEDE STUNDE. ZU VIEL, KRÄMPFE ODER TOD.
MORGEN NACHT. KANN NICHT FRÜHER.
SEI VORSICHTIG!

Keine Erklärung, aber Roland hielt auch keine für erforderlich. Und er hatte auch keine Alternative; wenn er hier blieb, würde er sterben. Sie mußten ihm nur das Medaillon abnehmen, und er war davon überzeugt, daß Schwester Mary schlau genug war, das irgendwie zu bewerkstelligen.

Er knabberte an einer der trockenen Rispen. Der Geschmack erinnerte nicht im geringsten an den Toast, den sie als Kinder in der Küche erbettelt hatten; er war bitter im Hals und heiß im Magen. Keine Minute nachdem Roland daran geknabbert hatte, verdoppelte sich sein Herzschlag. Seine Muskeln erwachten, aber nicht auf angenehme Weise wie nach einem gesunden Schlaf; sie fühlten sich zuerst zittrig an und dann ganz hart, als wären sie völlig verkrampft. Das Gefühl ließ rasch wieder nach, und bevor sich Norman rund eine Stunde später regte, hatte sich sein Herzschlag wieder normalisiert, aber er begriff, warum Jenna ihn in ihrer Notiz gewarnt hatte, nicht mehr als einmal daran zu knabbern – es war ein starkes Zeug.

Er schob das Bukett der Halme wieder unter das Kissen und achtete sorgfältig darauf, die wenigen Pflanzenkrümel wegzuwischen, die auf das Laken gefallen waren. Dann verwischte er mit den Daumenballen die fein säuberlichen Kohleworte auf dem Stück Seide. Als er fertig war, hatte er nur noch ein quadratisches Stück Stoff mit sinnlosen schwarzen Schlieren darauf. Auch dieses Quadrat steckte er unter das Kissen.

Als Norman erwachte, sprachen er und der Revolvermann kurz über die Heimat des jungen Scouts - Delain, das manchmal scherzhaft als Drachenhort oder Lügnerhimmel bezeichnet wurde. Alle Ammenmärchen hatten angeblich ihren Ursprung in Delain. Der Junge bat Roland, sein Medaillon und das seines Bruders zu ihren Eltern nach Hause zu bringen, wenn Roland dazu in der Lage wäre, und so gut wie möglich zu erklären, was James und John, den Söhnen von Jesse, zugestoßen war.

»Das wirst du alles selbst machen«, sagte Roland.

»Nein.« Norman versuchte, die Hand zu heben, um sich vielleicht an der Nase zu kratzen, brachte aber nicht einmal das fertig. Er konnte die Hand etwa fünfzehn Zentimeter anheben, dann fiel sie mit einem leisen Plumps auf die Platte zurück. »Ich glaube nicht. Jammerschade, daß wir uns auf diese Weise begegnet sind, weißt du - ich mag dich.«

»Und ich dich auch, John Norman. Ich wünschte, wir hätten uns unter günstigeren Umständen kennengelernt.«

»Aye. Nicht in Gesellschaft so faszinierender Damen.«

Kurz danach schlief er wieder ein. Roland sprach nie wieder mit ihm ... allerdings sollte er noch von ihm hören. Ja. Roland hing über seinem Bett und gab vor zu schlafen, als John Norman seinen letzten Schrei ausstieß.

Schwester Michela kam mit der abendlichen Suppe, als Roland gerade Muskelzittern und rasenden Herzschlag überwand, nachdem er zum zweitenmal an dem braunen Riedgras geknabbert hatte. Michela betrachtete sein gerötetes Gesicht mit einiger Sorge, mußte aber seine Beteuerungen akzeptieren, daß er sich nicht fiebrig fühlte; sie brachte es nicht über sich, ihn zu berühren und selbst die Temperatur seiner Haut zu überprüfen - das Medaillon hielt sie ab.

Diesmal gab es eine Pastete zur Suppe. Das Brot war wie Leder und das Fleisch darin zäh, aber Roland verschlang es dennoch gierig. Michela beobachtete es mit einem beifälligen Lächeln, hatte die Hände vor sich gefaltet und nickte von Zeit zu Zeit. Als er mit der Suppe fertig war, nahm sie ihm den Teller weg, achtete aber sorgfältig darauf, daß sich ihre Finger nicht berührten.

»Du wirst gesund«, sagte sie. »Bald gehst du wieder deiner Wege, und uns bleibt nur die Erinnerung an dich, Jim.«

»Ist das wahr?« fragte er ruhig.

Sie sah ihn nur an, fuhr sich mit der Zunge über die Oberlippe, kicherte und entfernte sich. Roland schloß die Augen, ließ sich in das Kissen zurücksinken und spürte, wie erneut Lethargie über ihn kam. Ihr berechnender Blick ... ihre vorwitzige Zunge. Er hatte Frauen Brathühnchen und Hammelkeulen auf dieselbe Weise betrachten sehen, wenn sie abschätzten, wann das Fleisch gar sein würde.

Sein Körper wollte unbedingt schlafen, aber Roland blieb noch schätzungsweise eine Stunde wach, dann holte er einen der Halme unter dem Kissen hervor. Mit der frischen Infusion ihrer Kann-mich-nicht-bewegen-Medizin in seinem Körper kostete ihn das größte Anstrengung, und er war nicht sicher, ob es ihm überhaupt gelungen wäre, hätte er nicht in weiser Voraussicht diesen einen Halm aus dem Band herausgezogen gehabt, das die anderen zusammenhielt. Morgen nacht, hatte in Jennas Nachricht gestanden. Wenn das Flucht bedeutete, war allein die Vorstellung lächerlich. Wie er sich im Augenblick fühlte, hätte er bis ans Ende der Zeit in diesem Bett liegen bleiben können.

Er kaute. Energie strömte in seinen Körper, verkrampfte seine Muskeln und beschleunigte seinen Herzschlag, aber der Anfall von Vitalität verflog fast so schnell, wie er gekommen war, und wurde unter der stärkeren Droge der Schwestern begraben. Er konnte nur hoffen ... und schlafen.

Als er erwachte, war es völlig dunkel, und er stellte fest, daß er Arme und Beine fast normal in dem Netz der Schlingen bewegen konnte. Er zog einen Halm unter dem Kissen hervor und kaute bedächtig. Sie hatte ihm ein halbes Dutzend dagelassen, und die ersten beiden waren inzwischen fast völlig verzehrt.

Der Revolvermann schob den Stiel wieder unter das Kissen und fing an zu erschauern wie ein nasser Hund in einem Wolkenbruch. *Ich habe zuviel genommen, dachte er. Ich kann mich glücklich schätzen, wenn ich keine Krämpfe –*

Sein Herz raste wie ein überdrehter Motor. Und um alles noch schlimmer zu machen, sah er Kerzenschein am anderen Ende des Mittelgangs. Einen Moment später hörte er das Rascheln ihrer Gewänder und das Wischen ihrer Schuhe auf dem Boden.

Götter, warum jetzt? Sie werden mich zittern sehen, sie werden merken –

Roland beschwor jedes Quentchen Willenskraft und Selbstbeherrschung, das er mobilisieren konnte, schloß die Augen und konzentrierte sich darauf, seine zuckenden Gliedmaßen zu beruhigen. Wenn er nur im Bett gewesen wäre, statt in diesen verdammten Schlingen, die bei jeder seiner Bewegungen wie aus eigenem Antrieb zu beben schienen!

Die Kleinen Schwestern rückten näher. Das Licht ihrer Kerzen erblühte rötlich hinter Rolands geschlossenen Lidern. Heute nacht kicherten sie nicht, tuschelten nicht miteinander. Erst als sie fast bei ihm waren, fiel Roland der Fremde in ihrer Mitte auf – ein Geschöpf, das mit tiefen, verschleimten Atemzügen Luft durch den Rotz in seiner Nase sog.

Der Revolvermann hielt die Augen geschlossen und hatte das schlimmste Zucken seiner Arme und Beine unter Kontrolle, aber seine Muskeln waren immer noch knotig und verkrampft und pulsierten unter der Haut. Jeder, der ihn aus der Nähe ansah, würde sofort bemerken, daß etwas nicht mit ihm stimmte. Sein Herzschlag raste unkontrolliert wie ein Pferd unter der Peitsche, sie mußten doch bestimmt sehen –

Aber sie sahen nicht ihn an – jedenfalls noch nicht.

»Nimm es ihm ab«, sagte Mary. Sie sprach in einer verballhornten Version der Niedersprache, die Roland kaum verstehen konnte. »Dann 'em annern. Los doch, Ralph.«

»Sach, hasse Whik-sky?« fragte der Verschleimte in einem noch unverständlicheren Dialekt als Mary. »Sach, hasse 'backy?«

»Ja, ja, Menge Whiskey und Menge zu rauchen, aber erst, wenn du diese vermaledeiten Dinger abgenommen hast!« Ungeduldig. Vielleicht auch ängstlich.

Roland drehte vorsichtig den Kopf nach links und öffnete die Augen einen Spalt.

Fünf der sechs Kleinen Schwestern von Eluria scharten sich auf der anderen Seite von John Normans Bett und hielten die Kerzen hoch, damit ihr Licht auf ihn fiel. Die Kerzen warfen auch Licht auf ihre eigenen Gesichter, die dem stärksten Mann Alpträume verschafft hätten. In der Schwärze der Nacht hatten sie jedem äußeren Anschein abgeschworen und waren nichts weiter als uralte Kadaver in wallenden Gewändern.

Schwester Mary hatte einen von Rolands Revolvern in der Hand. Als er sah, daß sie ihn hielt, verspürte Roland lodernden Haß auf sie und schwor sich, daß sie für ihre Anmaßung bezahlen würde.

So seltsam es war, aber das Ding, das am Fußende des Betts stand, sah im Vergleich zu den Schwestern fast normal aus. Es war einer vom grünen Volk. Roland erkannte Ralph sofort. Es würde lange Zeit dauern, bis er diesen Bowler vergaß.

Nun ging Ralph langsam um Normans Bett herum und nahm Roland vorübergehend die Sicht auf die Schwestern. Der Mutie ging jedoch bis zu Normans Kopf, so daß Roland die Vetteln wieder durch die kaum geöffneten Lider sehen konnte.

Normans Medaillon war entblößt – möglicherweise war der Junge soweit wach geworden, daß er es aus dem Nachthemd gezogen hatte, weil er hoffte, daß es ihn auf diese Weise besser schützen würde. Ralph nahm es in seine Hände, die wie geschmolzenes Wachs aussahen. Die Schwestern verfolgten im Schein ihrer Kerzen erwartungsvoll, wie der grüne Mann es bis ans Ende der Kette zog ... und dann wieder hinlegte. Ihre Gesichter wurden lang vor Enttäuschung.

»So was kann ich nich' brauchen«, sagte Ralph mit seiner verschleimten Stimme. »Will Whik-sky! Will 'backy!«

»Wirst du bekommen«, sagte Schwester Mary. »Genug für dich und deinen ganzen verlausten Klan. Aber zuerst mußt du ihm dieses gräßliche Ding abnehmen! Ihnen beiden! Hast du verstanden? Und du sollst uns nicht verspotten.«

»Oder was?« fragte Ralph. Er lachte. Es war ein ersticktes und gurgelndes Geräusch, das Lachen eines Mannes, der an einer schrecklichen Hals- und Lungenkrankheit zugrunde geht, aber Roland gefiel es trotzdem besser als das Kichern der Schwestern. »Oder was, Schwessa Mary, sonst wirsde mein Bluid trinken? Mit mei'm Bluid würsde tot umfall'n wode stehs un im Dunkeln leuchten!«

Mary hob den Revolver des Revolvermanns und richtete ihn

auf Ralph. »Nimm das vermaledeite Ding ab, oder du wirst tot umfallen, wo *du* stehst.«

»Und wahrscheinlich sowieso sterben, wenn ich getan hab, wasde wills.«

Darauf sagte Schwester Mary nichts. Die anderen sahen ihn mit ihren schwarzen Augen an.

Ralph senkte den Kopf und schien nachzudenken. Roland vermutete, daß sein Freund Bowler auch tatsächlich denken konnte. Schwester Mary und ihre Kohorten mochten das nicht glauben, aber Ralph *mußte* gerissen sein, wenn er so lange überlebt hatte. Doch als er hierherkam, hatte er natürlich nicht an Rolands Waffen gedacht.

»War falsch von Klopfer, euch die Schießer zu geb'n«, sagte er schließlich. »Ohne mir was zu sag'n. Habter ihm Whik-sky dafür geben? Und 'backy?«

»Geht dich nix an«, antwortete Schwester Mary. »Du nimmst sofort dieses Goldding vom Hals des Jungen, oder ich schieße dir eine von den Kugeln jenes Mannes in den verkümmerten Rest deines Gehirns.«

»Na gut«, sagte Ralph. »Wie du willst, Sai.«

Wieder griff er nach unten und nahm das Goldmedaillon in seine geschmolzene Faust. Das machte er langsam; was danach geschah, geschah schnell. Er zerrte daran, zerriß die Kette und warf das Gold achtlos in die Dunkelheit. Mit der anderen Hand stieß er nach unten, schlug die langen und abgebrochenen Fingernägel in John Normans Hals und riß ihn auf.

Blut, das im Licht der Kerzen mehr schwarz als rot aussah, spritzte im Rhythmus des Herzschlags als kräftiger Strahl aus der Wunde des unglückseligen Jungen, der einen einzigen blubbernden Schrei ausstieß. Die Frauen schrien - aber nicht vor Entsetzen. Sie schrien wie Frauen in rasender Erregung. Der grüne Mann war vergessen; Roland war vergessen; alles war vergessen, abgesehen von dem Blut, das aus John Normans Hals spritzte.

Sie ließen ihre Kerzen fallen. Mary warf Rolands Revolver auf dieselbe achtlose Weise weg. Als letztes sah der Revolvermann, während Ralph sich in die Schatten flüchtete (Whiskey und Tabak ein andermal, schien sich der gerissene Ralph zu denken;

heute nacht konzentrierte er sich am besten ganz darauf, sein eigenes Leben zu retten), wie die Schwestern sich vorbeugten, um soviel wie möglich von dem Strahl abzubekommen, bevor er versiegte.

Roland lag mit bebenden Muskeln und klopfendem Herzen in der Dunkelheit und hörte den Harpyien zu, wie sie sich an dem Jungen labten, der im Bett neben ihm lag. Es schien ewig zu dauern, aber schließlich waren sie mit ihm fertig. Die Schwestern zündeten ihre Kerzen wieder an und entfernten sich murmelnd.

Als die Droge in der Suppe wieder die Oberhand über die Droge im Riedgras gewann, war Roland dankbar ... aber zum erstenmal, seit er hierhergekommen war, wurde sein Schlaf von Alpträumen heimgesucht.

In seinem Traum sah er auf den aufgeblähten Leichnam im Trog in der Stadt hinunter und dachte an einen Eintrag in dem Buch mit der Aufschrift REGISTER VON MISSETATEN & WIEDERGUTMACHUNG. *Grünes Volk von hinnen geschickt,* hatte da gestanden, und möglicherweise war das grüne Volk von hinnen geschickt worden, aber dann war ein schlimmerer Stamm gekommen. Die Kleinen Schwestern von Eluria nannten sie sich selbst. Und in einem Jahr mochten sie die Kleinen Schwestern von Tejuas oder von Kambero oder von einem anderen entlegenen Kaff im Westen sein. Sie kamen mit ihren Glöckchen und Käfern ... von wo? Wer wußte es? Spielte es eine Rolle?

Ein Schatten fiel neben seinem auf das Brackwasser in dem Trog. Roland versuchte, sich nach ihm umzudrehen. Er konnte es nicht; er war erstarrt. Dann packte ihn eine grüne Hand an der Schulter und wirbelte ihn herum. Es war Ralph. Den Bowler hatte er auf dem Kopf nach hinten geschoben; John Normans Medaillon, das jetzt blutrot war, hing ihm um den Hals.

»Buh!« schrie Ralph und formte mit den Lippen ein zahnloses Grinsen. Er hob den großen Revolver mit den abgenutzten Sandelholzgriffen. Er spannte den Hahn –

– und Roland erwachte zusammenzuckend, zitterte am ganzen Körper, und seine Haut war naß und eiskalt. Er warf einen Blick auf das Bett zu seiner Linken. Es war leer, die Decke ordentlich hochgezogen und fein säuberlich eingesteckt, das Kissen mit seinem schneeweißen Bezug darüber. Von John Norman fehlte jede Spur. Es hätte seit Jahren unbenutzt sein können, dieses Bett.

Jetzt war Roland allein. Götter steht ihm bei, er war der letzte Patient der Kleinen Schwestern von Eluria, dieser reizenden und geduldigen Krankenschwestern. Der letzte lebende Mensch an diesem grauenhaften Ort, der letzte, in dessen Adern warmes Blut floß.

Roland, der in der Schwebe hing, umklammerte das Goldmedaillon mit der Faust und betrachtete über den Mittelgang hinweg die lange Reihe freier Betten. Nach einer kleinen Weile holte er einen der Halme unter seinem Kissen hervor und knabberte daran.

Als Mary fünfzehn Minuten später kam, nahm Roland die Suppe und heuchelte eine Schwäche, die er gar nicht verspürte. Diesmal gab es Haferbrei statt Suppe ... aber er zweifelte nicht daran, daß die Zutat, auf die es ankam, noch dieselbe war.

»Wie gut du heute morgen aussiehst, Sai«, sagte die Große Schwester. Sie sah ebenfalls gut aus - kein Flimmern verriet den uralten *Vampir,* der sich in ihr verbarg. Sie hatte gut gegessen, und das Mahl hatte sie gefestigt. Roland drehte sich bei dem Gedanken der Magen um. »Ich wette, du bist im Handumdrehen wieder auf den Beinen.«

»Das ist Quatsch«, sagte Roland mit einem übellaunigen Knurren. »Stell mich auf die Beine, und du kannst mich im nächsten Augenblick vom Boden aufheben. Ich frage mich allmählich, ob ihr nicht etwas in das Essen tut.«

Darüber lachte sie herzlich. »Ach, ihr Jungs! Stets bereit, eure Schwäche auf ein ränkeschmiedendes Weib zu schieben! Welche Angst ihr vor uns habt - aye, tief drinnen in euren Kleinjungenherzen, welche Angst ihr habt!«

»Wo ist mein Bruder? Ich habe geträumt, daß es seinetwegen einen Aufruhr in der Nacht gab, und jetzt ist sein Bett leer.«

Ihr Lächeln wurde verkniffen. Ihre Augen funkelten. »Er bekam Fieber und einen schlimmen Anfall. Wir haben ihn zum Haus der Besinnung gebracht, das schon häufiger ein Heim für Träger ansteckender Krankheiten gewesen ist.«

Ins Grab habt ihr ihn gebracht, dachte Roland. *Das ist viel-*

leicht ein Haus der Besinnung, aber davon verstehst du so oder so nichts, Sai.

»Ich weiß, daß du nicht der Bruder dieses Jungen bist«, sagte Mary und sah ihm beim Essen zu. Roland konnte bereits spüren, wie das Mittel in dem Haferbrei ihm die Kraft raubte. »Sigul hin, Sigul her, ich weiß, daß du nicht sein Bruder bist. Warum lügst du? 's ist eine Sünde gegen Gott.«

»Wie kommst du auf so einen Gedanken, Sai?« fragte Roland und war neugierig, ob sie die Revolver erwähnen würde.

»Die Große Schwester weiß, was sie weiß. Warum gibst du's nicht zu, Jimmy? Ein Geständnis ist gut für die Seele, sagt man.«

»Schick mir Jenna, um die Zeit zu vertreiben, und vielleicht erzähle ich dir viel«, sagte Roland.

Der winzige Ansatz von Schwester Marys Lächeln verschwand wie Kreideschrift in einem Regenschauer. »Warum möchtest du mit ihresgleichen reden?«

»Sie ist ziemlich schön«, sagte Roland. »Im Gegensatz zu anderen.«

Sie zog die Lippen von ihren übergroßen Zähnen zurück. »Du wirst sie nicht mehr sehen, Hübscher. Du hast ihr Flausen in den Kopf gesetzt, das hast du, und so etwas dulde ich nicht.«

Sie wandte sich ab und wollte gehen. Roland versuchte immer noch, Schwäche zu heucheln und hoffte, daß er nicht übertrieb (die Schauspielerei war nie seine Stärke gewesen), als er ihr die leere Haferbreischüssel entgegenstreckte. »Möchtest du das nicht mitnehmen?«

»Setz sie auf und trag sie als Nachthaube, mir egal. Oder schieb sie dir in den Arsch. Du wirst reden, bevor ich mit dir fertig bin, Hübscher - reden, bis ich dir befehle, zu schweigen, und dann wirst du betteln, daß du weiterreden darfst!«

Mit dieser Drohung rauschte sie wie eine Königin davon und raffte mit beiden Händen ihren Rocksaum vom Boden hoch. Roland hatte gehört, daß Wesen von ihrer Art nicht im hellen Tageslicht existieren konnten, und dieser Teil der alten Geschichten war offenbar eine Lüge. Aber anscheinend stimmte ein anderer Teil fast völlig: Ein verschwommener, amorpher Schemen hielt mit ihr Schritt und wanderte über die Reihe freier Betten rechts von ihr, aber sie warf überhaupt keinen richtigen Schatten.

VI. Jenna. Schwester Coquina. Tamra, Michela, Louise. Der Kreuzhund. Was im Salbei geschah.

Es war einer der längsten Tage in Rolands Leben. Er döste, aber nie tief; die Rispen taten ihre Wirkung, und langsam glaubte er, daß er mit Jennas Hilfe tatsächlich hier herauskommen würde. Blieb die Frage seiner Revolver - aber vielleicht konnte sie ihm auch dabei behilflich sein.

Er verbrachte die langen Stunden damit, daß er an alte Zeiten dachte - an Gilead und seine Freunde, an den Rätselwettbewerb, den er einmal auf dem Jahrmarkt von Weite Erde fast gewonnen hätte. Am Ende hatte ein anderer die Gans mit nach Hause genommen, aber er hatte seine Chance gehabt, aye. Er dachte an seine Mutter und seinen Vater; er dachte an Abel Vannay, der hinkend durch ein Leben sanftmütiger Güte gegangen war, und an Eldred Jonas, der hinkend durch ein Leben des Bösen gegangen war ... bis Roland ihn eines schönen Tages in der Wüste aus dem Sattel gepustet hatte.

Er dachte, wie immer, an Susan.

Wenn du mich liebst, dann liebe mich, hatte sie gesagt ... und das hatte er getan.

Das hatte er getan.

Auf diese Weise verging die Zeit. Ungefähr in stündlichen Intervallen holte er einen der Halme unter seinem Kissen hervor und kaute darauf. Nun zitterten seine Muskeln nicht mehr so heftig, wenn der Wirkstoff in seinen Kreislauf gelangte, und auch sein Herz schlug nicht mehr so schnell. Die Medizin in den Rispen mußte nicht mehr so erbittert gegen die Medizin der Schwestern kämpfen, dachte Roland; die Rispen blieben siegreich.

Die diffuse Helligkeit der Sonne wanderte über die weiße Seidendecke der Station, und schließlich erhob sich wieder das Halbdunkel, das stets auf der Höhe der Betten zu lauern schien. An der Westwand erblühte die rosa, ins Orange spielende Farbe des Sonnenuntergangs.

An diesem Abend brachte ihm Schwester Tamra das Essen - Suppe und wieder eine Pastete. Außerdem legte sie eine Wüstenlilie neben seine Hand. Sie lächelte, als sie das tat. Ihre Wangen leuchteten. Sie alle leuchteten heute, wie Egel, die sich vollgesogen hatten, bis sie fast platzten.

»Von deiner Freundin, Jimmy«, sagte sie. »Sie ist so nett zu dir! Die Lilie bedeutet: ›Vergiß mein Versprechen nicht.‹ Was hat sie dir denn versprochen, Jimmy, Bruder von Johnny?«

»Daß sie mich wiedersehen wird und wir uns unterhalten.«

Tamra lachte so sehr, daß die Glöckchen an ihrer Stirn läuteten. Sie schlug vor ekstatischer Wonne die Hände zusammen. »Süß wie Honig! O ja!« Sie bückte sich und sah Roland lächelnd an. »Traurig, daß so ein Versprechen niemals eingehalten werden kann. Du wirst sie nie wiedersehen, hübscher Mann.« Sie nahm die Schüssel. »Die Große Schwester hat's entschieden.« Sie stand lächelnd auf. »Warum nimmst du dieses häßliche goldene *Sigul* nicht ab?«

»Lieber nicht.«

»Dein Bruder hat es abgenommen – schau!« Sie zeigte in den Mittelgang, und Roland erblickte das Goldmedaillon weit hinten, wo es gelandet war, als Ralph es weggeworfen hatte.

Schwester Tamra sah ihn, immer noch lächelnd, an.

»Er hat sich zu der Überzeugung durchgerungen, daß es ein Teil dessen ist, was ihn krank macht, und es weggeworfen. Du solltest dasselbe tun, wenn du schlau bist.«

Roland wiederholte: »Lieber nicht.«

»So«, sagte sie abweisend und ließ ihn allein mit den freien Betten, die im dunkler werdenden Raum leuchteten.

Roland hielt trotz seiner zunehmenden Müdigkeit durch, bis die heißen Farben, die auf der Westwand der Krankenstation bluteten, zu Asche erkaltet waren. Dann kaute er an einer der Rispen und fühlte Stärke in seinem Körper erblühen – echte Stärke, keinen zappelnden, herzklopfenden Ersatz. Er sah zu dem Medaillon, das im letzten Lichtschein glänzte, und leistete einen letzten Schwur für John Norman: Er würde es zusammen mit dem anderen zu Normans Familie bringen, wenn *Ka* wollte, daß er im Lauf seiner Reise auf sie stieß.

Der Revolvermann döste und fühlte sich zum erstenmal an diesem Tag wirklich unbeschwert. Als er erwachte, war es dunkel. Die Ärzte-Käfer sangen ungewöhnlich schrill. Er hatte einen der Halme unter dem Kissen hervorgeholt und knabberte daran, als eine kalte Stimme sagte: »Aha – die Große Schwester hat recht gehabt. Du hast Geheimnisse vor uns.«

Roland schien das Herz in der Brust stehenzubleiben. Er drehte sich um und sah Schwester Coquina, die sich aufrichtete. Sie hatte sich hereingeschlichen, während er döste, und sich unter dem Bett rechts neben ihm versteckt, um ihn zu beobachten.

»Woher hast du das?« fragte sie. »War es –«

»Er hat es von mir.«

Coquina wirbelte herum. Jenna kam den Mittelgang entlang auf sie zu. Sie hatte ihre Tracht abgelegt. Die Haube mit dem Band der Glöckchen an der Stirn trug sie noch, aber ihr Saum ruhte auf den Schultern eines schlichten karierten Hemdes. Darunter trug sie Jeans und zerkratzte Wüstenstiefel. Sie hielt etwas in der Hand. Es war so dunkel, daß Roland es nicht deutlich sehen konnte, aber er glaubte –

»Du«, flüsterte Schwester Coquina, von grenzenlosem Haß erfüllt. »Wenn ich das der Großen Schwester sage –«

»Du wirst niemandem etwas sagen«, sagte Roland.

Hätte er seine Flucht aus den Schlingen, die ihn gefangenhielten, geplant, wäre es zweifellos zu einer Katastrophe gekommen, aber der Revolvermann machte wie immer seine Sache am besten, wenn er am wenigsten nachdachte. Er hatte die Arme binnen eines Augenblicks befreit; ebenso sein linkes Bein. Aber mit dem rechten verfing er sich am Knöchel, so daß es sich verdrehte und er sich mit den Schultern auf dem Bett befand und mit dem Bein in der Luft hing.

Coquina drehte sich zischend wie eine Katze zu ihm um. Sie fletschte die Lippen und entblößte Zähne, die spitz wie Nadeln waren. Sie rannte mit gespreizten Fingern auf ihn zu. Die Nägel an den Enden sahen scharf und gezackt aus.

Roland packte das Medaillon und hielt es ihr entgegen. Sie schrak, immer noch zischend, davor zurück und wirbelte mit einem Rauschen weißer Röcke zu Schwester Jenna herum. »Dir werd ich's zeigen, du unruhestiftende Hure!« schrie sie mit tiefer, schroffer Stimme.

Roland bemühte sich, sein Bein zu befreien, konnte es aber nicht. Es hing fest in der beschissenen Schlinge, in der sich sein Knöchel irgendwie verstrickt zu haben schien.

Jenna hob die Hände, und Roland sah, daß er recht gehabt hatte: Sie hatte seine Revolver mitgebracht, in den Holstern an den beiden alten Revolvergurten, die er nach dem letzten Brand aus Gilead mitgenommen hatte.

»Erschieß sie, Jenna! Erschieß sie!«

Statt dessen schüttelte Jenna, die immer noch die Revolvergurte hochhielt, nur den Kopf, wie an dem Tag, als Roland sie überredet hatte, ihre Haube abzunehmen, damit er ihr Haar sehen konnte. Die Glöckchen läuteten so schrill, daß sich das Geräusch wie ein Dorn in den Kopf des Revolvermanns zu bohren schien.

Die Dunklen Glocken. Das Sigul *ihres Ka-tet. Was –*

Das Geräusch der Ärzte-Käfer schwoll zu einem schrillen, pfeifenden Schrei an, der unheimliche Ähnlichkeit mit dem Klingeln der Glöckchen hatte, die Jenna trug. Nun hatten sie nichts Liebliches mehr an sich. Schwester Coquinas Hände, die sich um Jennas Kehle legen wollten, begannen zu zittern; Jenna selbst war nicht einmal zusammengezuckt, noch hatte sie geblinzelt.

»Nein«, flüsterte Coquina. »Das *kannst* du nicht tun!«

»Ich habe es getan«, sagte Jenna, und da sah Roland die Käfer. Als sie von den Beinen des bärtigen Mannes heruntergeklettert waren, hatte Roland ein Bataillon gesehen. Was nun aus den Schatten herauskam, war die größte aller Armeen; wären es Männer statt Insekten gewesen, hätten es gut und gerne mehr sein können als alle Männer zusammen, die in der langen und blutigen Geschichte von Mittwelt jemals Waffen getragen hatten.

Aber es war nicht der Anblick, wie sie auf den Dielen des Mittelgangs heranrückten, an den Roland sich immer erinnern und der ihn ein Jahr oder länger in seinen Alpträumen heimsuchen würde; es war die Art und Weise, wie sie die *Betten* bedeckten. Sie wurden schwarz auf beiden Seiten des Mittelgangs, immer zwei auf einmal, wie trübe rechteckige Lichter, die paarweise abgeschaltet wurden.

Coquina kreischte und schüttelte ihrerseits den Kopf, um mit ihren eigenen Glocken zu läuten. Ihr Klang war dünn und sinnlos im Vergleich zum schrillen Läuten der Dunklen Glocken.

Immer noch rückten die Käfer an, verdunkelten den Boden, schwärzten die Betten.

Jenna rannte an der kreischenden Schwester Coquina vorbei, ließ Rolands Waffen neben ihm zu Boden gleiten und richtete die verdrehte Schlinge mit einer einzigen ruckartigen Bewegung zurecht. Roland zog sein Bein heraus.

»Komm«, sagte sie. »Ich habe sie gerufen - sie hier festzuhalten dürfte mir nicht so leichtfallen.«

Nun stieß Schwester Coquina keine Angstschreie mehr aus, sondern Schmerzensschreie. Die Käfer hatten sie gefunden.

»Nicht hinsehen«, sagte Jenna und half Roland auf die Füße. Er dachte, daß er noch nie in seinem Leben so glücklich gewesen war, auf ihnen zu stehen. »Komm. Wir müssen uns beeilen - sie wird die anderen aufwecken. Ich habe deine Stiefel und Kleidungsstücke an dem Pfad versteckt, der von hier wegführt - ich habe getragen, soviel ich konnte. Wie geht es dir? Bist du kräftig genug?«

»Dank deiner Hilfe.« Roland wußte nicht, wie lange er bei Kräften bleiben würde ... was im Augenblick auch keine Frage war, die eine Rolle spielte. Er sah, wie sich Jenna zwei der Halme schnappte - in seinem Bemühen, aus den Schlingen zu entkommen, waren sie auf dem ganzen Bett verstreut worden -, und dann liefen sie den Mittelgang entlang, weg von den Käfern und Schwester Coquina, deren Schreie allmählich verstummten.

Roland schnallte seine Revolver um und band sie fest, ohne stehenzubleiben.

Sie passierten nur drei Betten auf beiden Seiten, bevor sie die Zeltklappe erreichten ... und es war ein Zelt, wie er nun sah, kein riesiger Pavillon. Die Seidenwände und die Decke bestanden aus fadenscheinigen Segeltuchplanen, die dünn genug waren, um das Licht eines Dreiviertel-Kußmonds durchzulassen. Und die Betten waren gar keine Betten, sondern nur eine Doppelreihe schäbiger Pritschen.

Er drehte sich um und sah einen schwarzen, zuckenden Wulst, wo Schwester Coquina gewesen war. Als er sie sah, kam Roland ein unangenehmer Gedanke.

»Ich habe John Normans Medaillon vergessen!« Ein starkes Gefühl des Bedauerns - fast der Trauer - durchfuhr ihn wie ein Windstoß.

»Ich habe es vom Boden aufgehoben.«

Er wußte nicht, was ihn glücklicher machte - der Anblick des Medaillons oder die Tatsache, daß sie es in der Hand hielt. Es bedeutete, daß sie nicht wie die anderen war.

Aber als wollte sie ihm den Gedanken austreiben, bevor er richtig Fuß fassen konnte, sagte sie: »Nimm es, Roland - ich kann es nicht mehr halten.« Und als er es nahm, sah er unmißverständliche Brandmale an ihren Fingern.

Er nahm ihre Hand und küßte jede Brandblase.

»Danke-Sai«, sagte sie, und er stellte fest, daß sie weinte. »Danke, Liebster. So geküßt zu werden ist wunderbar und rechtfertigt alle Schmerzen. Jetzt ...«

Roland sah, wie sie sich abwandte, und folgte ihrem Blick. Lichter kamen wippend einen Pfad herunter. Dahinter sah er das Gebäude, in dem die Kleinen Schwestern wohnten - kein Kloster, sondern eine halbverfallene *Hazienda,* die aussah, als wäre sie tausend Jahre alt. Es waren drei Kerzen; als sie näher kamen, sah Roland, daß es nur drei Schwestern waren; Mary war nicht bei ihnen.

Er zog die Waffen.

»Oooo, er ist ein Revolvermann, das ist er!« Louise.

»Ein *furchteinflößender* Mann!« Michela.

»Und er hat seine Liebste und seine Schießeisen gefunden!« Tamra.

»Seine Hurenschlampe!« Louise.

Sie lachten wütend. Hatten keine Angst. Jedenfalls nicht vor *seinen* Waffen.

»Steck sie weg«, sagte Jenna, und als sie hinsah, stellte sie fest, daß er es bereits getan hatte.

Derweil waren die anderen näher gekommen.

»Ooo, seht nur, sie weint!« Tamra.

»Und hat ihre Tracht abgelegt!« Michela. »Vielleicht weint sie um ihr gebrochenes Gelübde.«

»Warum die Tränen, Hübsche?« Louise.

»Weil er meine Finger geküßt hat, wo sie verbrannt waren«, sagte Jenna. »Ich bin bisher noch nie geküßt worden. Darum mußte ich weinen.«

»Ooooo!«

»Rei-zend!«

»Als nächstes wird er ihr sein Ding reinstecken. Noch reizender!«

Jenna ertrug ihren Spott ohne eine Spur von Zorn. Als sie fertig waren, sagte sie: »Ich gehe mit ihm. Geht beiseite!«

Sie glotzten sie an, und ihr falsches Lachen wich Entsetzen.

»Nein!« flüsterte Louise. »Bist du verrückt? Du weißt, was passieren wird!«

»Nein, und ihr auch nicht«, sagte Jenna. »Außerdem ist es mir egal.« Sie wandte sich halb ab und streckte die Hand zum Eingang des uralten Lazarettzelts aus. Im Mondschein hatte es einen verblaßten Olivfarbton, ein altes rotes Kreuz war auf das Dach gemalt. Roland fragte sich, wie viele Städte die Schwestern mit diesem Zelt besucht hatten, das von außen so klein und schlicht und von innen so riesig und grandios wirkte. Wie viele Städte in wie vielen Jahren?

Nun drängten sich die Ärzte-Käfer am Mund der Zelttür wie eine schwarze, glänzende Zunge. Sie hatten aufgehört zu singen. Ihr Schweigen war irgendwie schrecklich.

»Geht beiseite, oder ich hetze sie auf euch«, sagte Jenna.

»Das würdest du nicht tun!« rief Schwester Michela mit leiser, erschrockener Stimme.

»Aye. Ich habe sie schon auf Schwester Coquina losgelassen. Sie ist jetzt Bestandteil ihrer Medizin.«

Ihr Stöhnen war wie ein kalter Wind, der durch abgestorbene Bäume weht. Und das Mißbehagen galt nicht nur ihrer eigenen Haut. Was Jenna getan hatte, war eindeutig völlig unvorstellbar für sie.

»Dann bist du verdammt«, sagte Schwester Tamra.

»Solche eures Schlags sollten nicht von Verdammnis sprechen! Geht beiseite!«

Sie gehorchten. Roland ging an ihnen vorbei, und sie wichen vor ihm zurück ... aber vor ihr wichen sie mehr zurück.

»Verdammt?« fragte er, als sie die *Hazienda* umrundet und den Pfad dahinter erreicht hatten. Der Kußmond leuchtete über einem wilden Geröll von Felsbrocken. In seinem Licht konnte Roland eine kleine schwarze Öffnung tief unten am Hang erkennen. Er vermutete, daß es die Höhle war, die die Schwestern Haus der Besinnung nannten. »Was haben sie damit gemeint, verdammt?«

»Vergiß es. Wir müssen uns jetzt nur um Schwester Mary Sorgen machen. Mir gefällt nicht, daß wir sie nicht gesehen haben.«

Sie versuchte, schneller zu gehen, aber er packte sie am Arm und drehte sie um. Er konnte immer noch die Käfer singen hören, aber leise; sie ließen die Heimat der Schwestern hinter sich. Und Eluria auch, wenn der Kompaß in seinem Kopf noch richtig funktionierte; er glaubte, daß die Stadt in der anderen Richtung lag. Die leere Hülle der Stadt, verbesserte er sich.

»Sag mir, was sie gemeint haben.«

»Vielleicht nichts. Frag mich nicht, Roland – was würde es nützen? 's ist geschehen, die Brücke ist verbrannt. Ich kann nicht zurück. Und wollte es auch nicht, wenn ich es könnte.« Sie senkte den Blick, biß sich auf die Lippen, und als sie wieder aufschaute, sah Roland frische Tränen über ihre Wangen rollen. »Ich habe mit ihnen gespeist. Es gab Zeiten, da konnte ich nicht anders, sowenig wie du dich weigern konntest, ihre widerliche Suppe zu essen, obwohl du gewußt hast, was darin ist.«

Roland erinnerte sich, wie John Norman gesagt hatte: *Ein Mann muß essen ... eine Frau auch.* Er nickte.

»Ich wollte so nicht weitermachen. Wenn es eine Verdammnis gibt, dann soll es die meiner Wahl sein, nicht ihrer. Meine Mutter hat es gut gemeint, als sie mich zu ihnen zurückbrachte, aber sie hat sich geirrt.« Sie sah ihn schüchtern und furchtsam an ... aber direkt in die Augen. »Ich werde dich auf deinem Weg begleiten, Roland von Gilead. Solange ich darf oder solange du mich haben willst.«

»Du kannst mich gern auf meinem Weg begleiten«, sagte er. »Und deine –«

Gesellschaft wird ein Segen für mich sein, hatte er fortfahren wollen, aber bevor er es sagen konnte, meldete sich eine Stimme aus dem Geflecht der Mondschatten vor ihnen zu Wort, wo der Weg aus dem felsigen, unfruchtbaren Tal hinausführte, wo die Schwestern ihren Zauber ausgeübt hatten.

»Es ist eine traurige Pflicht, eine so einverständige Flucht zu unterbrechen, aber unterbrechen muß ich sie dennoch.«

Schwester Mary kam aus den Schatten. Ihre feine weiße Tracht mit der roten Rose darauf war zu dem geworden, was sie in Wirklichkeit war: das Leichentuch einer Toten. In den schmutzigen Falten der Haube war ein runzliges, teigiges Gesicht gefangen, aus dem zwei schwarze Augen starrten. Sie sahen wie verfaulte Datteln aus. Darunter funkelten, durch das Lächeln des Dings bloßgelegt, vier riesige Fangzähne.

Über der straffen Haut von Schwester Marys Stirn läuteten Glöckchen ... aber nicht die Dunklen Glocken, dachte Roland. Immerhin.

»Gib den Weg frei«, sagte Jenna. »Oder ich hetze die *can tam* auf dich.«

»Nein«, sagte Schwester Mary und kam näher, »das wirst du nicht. Sie entfernen sich nicht so weit von den anderen. Du kannst den Kopf schütteln und diese verdammten Glocken läuten, bis die Klöppel herausfallen, und sie werden nicht kommen.«

Jenna ließ es darauf ankommen und schüttelte den Kopf heftig von einer Seite auf die andere. Die Dunklen Glocken läuteten durchdringend, aber ohne diesen zusätzlichen, fast übersinnlichen Ton, der sich wie ein Dorn in Rolands Kopf gebohrt hatte. Und die Ärzte-Käfer - die Jenna *can tam* genannt hatte - kamen nicht.

Die Leichenfrau, die noch breiter grinste (Roland hatte den Verdacht, daß Mary selbst nicht sicher gewesen war, wie das Experiment ausgehen würde, bis die Probe aufs Exempel gemacht worden war), kam weiter auf sie zu und schien dabei über dem Boden zu schweben. Ihr Blick fiel auf Roland. »Und steck das weg«, sagte sie.

Roland schaute an sich hinab und sah, daß er einen seiner Revolver in der Hand hielt. Er konnte sich nicht erinnern, daß er ihn gezogen hatte.

»Wenn's nicht gesegnet oder in das heilige Naß einer Sekte getaucht worden ist - Blut, Wasser, Samen -, kann dieses Ding solchen wie mir nichts anhaben, Revolvermann. Denn ich bin mehr Schemen als Substanz ... aber solchen wie dir trotzdem ebenbürtig.«

Sie dachte, daß er trotzdem versuchen würde, sie zu erschießen; er sah es ihren Augen an. *Diese Schießeisen sind alles, was du hast,* sagten ihre Augen. *Ohne sie könntest du genausogut noch in dem Zelt sein, das wir für dich geträumt haben, in den Schlingen hängen und darauf warten, daß wir uns an dir laben.*

Anstatt zu schießen, steckte er den Revolver wieder ins Holster und warf sich mit ausgestreckten Armen auf sie. Schwester Mary stieß einen Schrei aus, der vorwiegend ihrer Überraschung entsprang, aber nicht lang war; Rolands Finger schlossen sich um ihren Hals und würgten das Geräusch ab, ehe es richtig angefangen hatte.

Ihr Fleisch fühlte sich obszön an – es schien nicht nur zu leben, sondern sich unter seinen Händen zu *verändern,* als wollte es von ihm fortkriechen. Er konnte spüren, daß es wie Flüssigkeit floß, *strömte,* und dieses Gefühl war unbeschreiblich gräßlich. Und doch verstärkte er seinen Klammergriff und war fest entschlossen, das Leben aus ihr herauszuwürgen.

Dann zuckte der blaue Blitz (nicht in der Luft, sollte er später denken; der Blitz fand in seinem Kopf statt, ein einziger Blitzschlag, als sie einen kurzen, aber heftigen Sturm in seinem Gehirn auslöste), und seine Hände flogen von ihrem Hals weg. Einen Moment sahen seine geblendeten Augen große, feuchte Vertiefungen in ihrem grauen Fleisch – Vertiefungen in Form seiner Hände. Dann wurde er nach hinten geschleudert, landete mit dem Rücken auf dem Geröll, rutschte ein Stück und stieß mit dem Kopf so heftig an einen vorstehenden Felsen, daß er einen zweiten, nicht ganz so grellen Blitz sah.

»Nee, mein hübscher Mann«, sagte sie, verzog das Gesicht zu einer Grimasse und lachte mit ihren schrecklichen stumpfen Augen. »Solche wie mich erwürgt man nicht, und ich werde dich für diese Frechheit ganz langsam nehmen – dich an hundert Stellen schneiden, aber nicht tief, und meinen Durst stillen. Aber vorher muß ich mich um dieses abtrünnige Mädchen kümmern ... und dabei werde ich ihr auch gleich diese verdammten Glocken abnehmen.«

»Komm her und sieh, ob du das kannst!« schrie Jenna mit bebender Stimme und schüttelte den Kopf von einer Seite auf die andere. Die Dunklen Glocken läuteten spöttisch und provozierend.

Marys Grimasse eines Lächelns verschwand. »Oh, ich kann es«, schnaufte sie. Ihr Mund klaffte auf. Im Mondschein funkelten ihre Fangzähne im Zahnfleisch wie Nadeln aus Knochen in einem blutroten Nadelkissen. »Ich kann und ich –«

Über ihnen ertönte ein Knurren. Es schwoll an und zersplitterte zu einer Salve fauchenden Bellens. Mary wandte sich nach links, und in dem Augenblick, bevor das fauchende Ding von dem Felsen sprang, auf dem es stand, konnte Roland deutlich Schrecken und Bestürzung im Gesicht der Großen Schwester sehen.

Es stürzte sich auf sie, ein dunkler Schatten vor den Sternen, Beine ausgestreckt, wodurch es wie eine unheimliche Fledermaus aussah, aber noch bevor es mit der Frau zusammenstieß, über den halb erhobenen Armen auf ihrer Brust landete und die eigenen Zähne in ihren Hals grub, wußte Roland genau, worum es sich handelte.

Als der Schemen sie auf den Rücken warf, stieß Schwester Mary ein schnatterndes Kreischen aus, das in Rolands Kopf schmerzte wie die Dunklen Glocken selbst. Er sprang keuchend auf die Füße. Das schattenhafte Ding zerriß Schwester Mary, Vorderpfoten auf beiden Seiten ihres Kopfes, Hinterpfoten auf das Leichentuch über ihrer Brust gestemmt, wo die Rose gewesen war.

Roland packte Jenna, die in einer Art von starrer Faszination auf Schwester Mary hinabsah.

»Komm schon!« brüllte er. »Bevor er beschließt, daß er von dir auch ein Stück abbeißen will!«

Der Hund schenkte ihnen keine Beachtung, als Roland Jenna an ihm vorbeizog. Er hatte den größten Teil von Schwester Marys Kopf abgerissen.

Ihr Fleisch schien sich irgendwie zu verändern – wahrscheinlich verweste es sehr schnell –, aber was immer passierte, Roland wollte es nicht sehen. Und er wollte auch nicht, daß Jenna es sah.

Halb gehend, halb laufend schafften sie es zur Kuppe des Hangs, und als sie dort angekommen waren, machten sie beide im Mondschein eine Pause, ließen die Köpfe hängen, hielten einander an den Händen und atmeten keuchend.

Das Knurren und Fauchen unter ihnen war ein wenig abgeklungen, aber immer noch deutlich zu hören, als Schwester

Jenna den Kopf hob und ihn fragte: »Was war es? Du weißt es - das habe ich deinem Gesicht angesehen. Und wie konnte es sie angreifen? Wir haben alle Macht über Tiere, aber sie hat - hatte - die größte.«

»Nicht über dieses.« Roland mußte an den unglücklichen Jungen im Bett neben seinem denken. Norman hatte nicht gewußt, warum das Medaillon die Schwestern auf Armeslänge fernhielt - ob es am Gold oder am Gott lag. Nun kannte Roland die Antwort. »Es war ein Hund. Nur ein Stadtköter. Ich habe ihn auf dem Platz gesehen, bevor das grüne Volk mich niedergeschlagen und zu den Schwestern gebracht hat. Ich nehme an, die anderen Tiere, die weglaufen konnten, *sind* weggelaufen, aber der nicht. Er hatte von den Kleinen Schwestern von Eluria nichts zu fürchten, und ich glaube, irgendwie wußte er das. Er trägt das Zeichen des Jesusmannes auf der Brust. Schwarzes Fell auf weißem. Nur eine Laune der Natur, nehme ich an. Wie auch immer, er hat sie besiegt. Ich wußte, daß er in der Nähe herumstreunt. Ich habe ihn ein- oder zweimal bellen hören.«

»Warum?« flüsterte Jenna. »Warum kam er? Warum blieb er? Und warum hat er sich so auf sie gestürzt?«

Roland von Gilead antwortete wie immer, wenn derart nutzlose, rätselhafte Fragen gestellt wurden: »*Ka.* Komm jetzt! Gehen wir so weit weg von hier, wie wir können, ehe wir uns den Tag über verkriechen.«

So weit sie konnten - das waren höchstens acht Meilen, wie sich herausstellte ... wahrscheinlich sogar, dachte Roland, als die beiden sich auf einem Fleckchen duftenden Salbeis unter einem Felsüberhang niederließen, ein gutes Stück weniger. Vielleicht fünf. Er selbst war es, der sie bremste; besser gesagt, die Reste des Gifts in der Suppe. Als ihm klar wurde, daß er ohne Hilfe nicht weitergehen konnte, bat er sie um einen der Halme. Sie weigerte sich und sagte, daß das Mittel darin und die ungewohnte Anstrengung dazu führen konnten, daß sein Herz barst.

»Außerdem«, sagte sie, als sie sich an die Wand der kleinen Nische lehnten, die sie gefunden hatten, »werden sie uns nicht folgen. Die Übriggebliebenen - Michela, Louise, Tamra - werden zusammenpacken und weiterziehen. Sie wissen, wann es Zeit wird, zu verschwinden; darum konnten die Schwestern so lange überleben. Konnten *wir* so lange überleben. In mancher Hinsicht sind wir stark, aber in anderer schwach. Das hat Schwester Mary vergessen. Ich glaube, ihre Arroganz wurde ihr ebenso zum Verhängnis wie der Kreuzhund.«

Sie hatte nicht nur seine Stiefel und Kleidungsstücke jenseits der Kuppe des Grats versteckt, sondern auch die kleinere seiner beiden Taschen. Als sie sich dafür entschuldigen wollte, daß sie die größere Tasche und seinen Schlafsack nicht mitgebracht hatte (sie hatte es versucht, sagte sie, aber sie waren einfach zu schwer gewesen), brachte Roland sie zum Schweigen, indem er ihr einen Finger an die Lippen hielt. Er hielt es für ein Wunder, daß er überhaupt soviel zurückbekommen hatte. Und außerdem (das sagte er nicht, aber vielleicht wußte sie es trotzdem) waren die Revolver das einzige, worauf es wirklich ankam. Die Revolver seines Vaters, und dessen Vaters, bis zu den Tagen von Arthur Eld zurück, als Träume und Drachen noch auf Erden gewandelt waren.

»Ist mit dir alles in Ordnung?« fragte er, als sie sich hinlegten. Der Mond war untergegangen, aber bis zur Dämmerung würden mindestens noch drei Stunden vergehen. Der liebliche Duft von Salbei umgab sie. Ein purpurner Duft dachte er dann ... und auch später. Er konnte bereits spüren, wie der Duft eine Art Zauberteppich unter ihnen wob, auf dem er bald in den Schlaf schweben würde. Er dachte, daß er noch nie so müde gewesen war.

»Roland, ich weiß es nicht.« Aber er glaubte, daß sie es da schon gewußt hatte. Ihre Mutter hatte sie einmal zurückgebracht; noch einmal würde sie keine Mutter zurückbringen. Und sie hatte mit den anderen gegessen, hatte die Kommunion der Schwestern empfangen. *Ka* war ein Rad; es war auch ein Netz, aus dem keiner je entkam.

Aber da war er zu müde, um viel darüber nachzudenken ... und was hätte das Nachdenken auch genutzt? Wie sie gesagt hatte, die Brücke war verbrannt. Selbst wenn sie in das Tal zurückkehrten, dachte Roland, würden sie nichts anderes finden als die Höhle, die die Schwestern Haus der Besinnung genannt hatten. Die überlebenden Schwestern würden ihr Zelt der schlimmen Träume zusammengepackt haben und weitergezogen sein - nur ein Geräusch von Glocken und singenden Insekten, die in der nächtlichen Brise entschwanden.

Er sah sie an, hob eine Hand (die sich schwer anfühlte) und berührte die Locke, die ihr wieder in die Stirn hing.

Jenna lachte verlegen. »Die entkommt mir immer. Sie ist eigensinnig. Wie ihre Herrin.«

Sie hob eine Hand, um sie wieder zurückzustecken, aber Roland hielt ihre Finger, bevor sie es konnte. »Sie ist wunderschön«, sagte er. »Schwarz wie die Nacht und schön wie die Ewigkeit.«

Er richtete sich auf - was Anstrengung kostete; Müdigkeit zerrte wie sanfte Hände an seinem Körper. Er küßte die Locke. Sie machte die Augen zu und seufzte. Er spürte, wie sie unter seinen Lippen zitterte. Die Haut ihrer Stirn war sehr kalt; die dunkle Kurve der eigensinnigen Locke wie Seide.

»Schieb deine Haube zurück, wie du es schon mal getan hast«, sagte er.

Sie gehorchte wortlos. Einen Augenblick sah er sie nur an. Jenna erwiderte den Blick ernst, ohne den Blick von seinem abzuwenden. Er strich mit den Händen durch ihr Haar und spürte sein sanftes Gewicht (wie Regen, dachte er, Regen mit Gewicht), dann nahm er sie an den Schultern und küßte beide Wangen. Er wich einen Moment zurück.

»Würdest du mich küssen, wie ein Mann eine Frau küßt, Roland? Auf den Mund?«

»Aye.«

Und er küßte ihre Lippen, woran er schon gedacht hatte, als er noch in dem Seidenzelt des Lazaretts lag. Sie erwiderte den Kuß so bezaubernd unbeholfen wie jemand, der vorher noch nie geküßt hat, außer vielleicht im Traum. Da überlegte Roland, ob er mit ihr schlafen sollte - es war lange, lange her, und sie war wunderschön -, aber statt dessen schlief er ein, während er sie noch küßte.

Er träumte von dem Kreuzhund, der bellend durch eine weite, offene Landschaft lief. Er folgte ihm, weil er den Grund für seine Aufregung erfahren wollte, was auch bald geschah. Am gegenüberliegenden Rand der Ebene stand der Dunkle Turm, dessen rußige Mauersteine sich vor dem düsteren orangeroten Ball einer untergehenden Sonne abzeichneten und dessen furchteinflößende Fenster spiralförmig aufwärts verliefen. Bei diesem Anblick hörte der Hund auf zu bellen und fing an zu heulen.

Glocken - besonders schrill und schrecklich wie ein Weltuntergang - ertönten. Dunkle Glocken, das wußte er, aber ihr Klang war hell wie Silber. Als sie zu läuten anfingen, glomm ein tödliches rotes Licht in den dunklen Fenstern des Turms - das Rot vergifteter Rosen. Ein Schrei unerträglicher Schmerzen hallte in die Nacht.

Der Traum verwehte binnen eines Augenblicks, aber der Schrei blieb und ging in ein Stöhnen über. Dieser Teil war real - so real wie der Turm, der düster an seinem Platz am äußersten Ende von Endwelt wartete. Roland erwachte in der Helligkeit der Dämmerung und dem milden Purpurduft von Wüstensalbei. Er hatte beide Revolver gezogen und stand auf den Füßen, noch ehe ihm völlig klar wurde, daß er wach war.

Jenna war fort. Ihre Stiefel lagen leer neben seiner Tasche. Ein Stück davon entfernt lag ihre Jeans so flach wie abgestreifte Schlangenhäute. Über ihnen ihr Hemd. Zu seinem Erstaunen stellte Roland fest, daß es noch in der Hose steckte. Dahinter lag ihre leere Haube mit dem Band der Glocken auf dem pulverförmigen Sand. Einen Augenblick dachte er, daß sie läuteten, weil er das Geräusch, das er hörte, zuerst falsch einschätzte.

Keine Glöckchen, sondern Insekten. Die Ärzte-Käfer. Sie sangen im Salbei und hörten sich ein wenig wie Grillen an, nur weitaus lieblicher.

»Jenna?«

Keine Antwort ... es sei denn, die Käfer antworteten. Denn ihr Gesang verstummte plötzlich.

»Jenna?«

Nichts. Nur der Wind und der Duft von Salbei.

Ohne nachzudenken, was er tat (wie die Schauspielerei gehörte auch logisches Denken nicht zu seinen Stärken), bückte er sich, hob die Haube auf und schüttelte sie. Die Dunklen Glocken ertönten.

Einen Augenblick geschah nichts. Dann kamen tausend winzige Geschöpfe aus dem Salbei gekrochen und versammelten sich auf dem rissigen Erdboden. Roland dachte an das Bataillon, das am Bett des alten Mannes heruntergekrabbelt war, und wich einen Schritt zurück. Dann hielt er die Stellung. Wie die Käfer ihre.

Er glaubte zu verstehen. Teilweise beruhte dieses Verstehen darauf, wie sich Schwester Marys Fleisch unter seinen Händen angefühlt hatte ... wie es sich veränderlich angefühlt hatte, nicht eins, sondern viele. Teilweise beruhte es auf dem, was sie gesagt hatte: *Ich habe mit ihnen gespeist.* Solche wie sie starben vielleicht nie ... aber sie konnten sich *verändern.*

Die Insekten erschauerten, eine dunkle Wolke, die die weiße, feine Erde bedeckte.

Roland schüttelte die Glocken wieder.

Ein Erschauern lief wie eine feine Welle durch die Käfer, und dann bildeten sie einen Umriß. Sie zögerten, als wüßten sie nicht, wie sie weitermachen sollten, zogen sich zurück, fingen von vorne an. Was sie schließlich auf dem weißen Sand zwischen den wehenden Büscheln fliederfarbenen Salbeis formten, war einer der großen Buchstaben: der Buchstabe C.

Aber es war gar kein Buchstabe, sah der Revolvermann; es war eine Locke.

Sie fingen an zu singen, und für Roland hörte es sich an, als würden sie seinen Namen singen.

Die Glocken fielen aus seiner kraftlosen Hand, und als sie auf den Boden prallten und dort läuteten, löste sich die Masse der Käfer auf und zerstob in alle Richtungen. Er überlegte, ob er sie zurückrufen sollte – wenn er mit den Glocken läutete, könnte es ihm gelingen –, aber zu welchem Zweck? Mit welchem Sinn?

Frag mich nicht, Roland. 's ist geschehen, die Brücke verbrannt.

Trotzdem war sie ein letztesmal zu ihm gekommen und hatte ihre Willenskraft auf tausend verschiedene Teile ausgedehnt, die die Fähigkeit zu denken verloren haben sollten, als das Ganze den Zusammenhalt verlor ... und doch *hatte* sie irgendwie gedacht – ausreichend, um den Umriß zu formen. Wieviel Anstrengung mochte das gekostet haben?

Sie schwärmten weiter und weiter aus, manche verschwanden im Salbei, manche krabbelten an den Wänden des Felsüberhangs hinauf und verschwanden in Ritzen, wo sie vielleicht abwarten würden, bis die Hitze des Tages vorüber war.

Alle waren fort. *Sie* war fort.

Roland setzte sich auf den Boden und schlug die Hände vor das Gesicht. Er glaubte, er müsse weinen, aber der Drang ließ zur rechten Zeit nach; als er den Kopf wieder hob, waren seine Augen so trocken wie die Wüste, in die er dereinst gelangen sollte, immer noch auf der Spur von Walter, dem Mann in Schwarz.

Wenn es eine Verdammnis gibt, hatte sie gesagt, *dann soll es die meiner Wahl sein, nicht ihrer.*

Er wußte selbst ein wenig über die Verdammnis ... und er hatte den Verdacht, daß ihre Lektionen längst nicht beendet waren, sondern gerade erst angefangen hatten.

Sie hatte ihm die Tasche gebracht, in der sein Tabak war. Er drehte sich eine Zigarette und rauchte sie, auf die Knie gekauert. Er rauchte sie bis auf eine winzige Kippe, während er ihre leere Kleidung betrachtete und an den festen Blick ihrer dunklen Augen dachte. An die Brandwunden an ihren Fingern von der Kette des Medaillons. Und dennoch hatte sie es aufgehoben, weil sie gewußt hatte, daß er es haben wollte; hatte die Schmerzen in Kauf genommen, und nun trug Roland beide um den Hals.

Als die Sonne ganz aufgegangen war, zog der Revolvermann weiter nach Westen. Mit der Zeit würde er ein anderes Pferd finden, oder ein Maultier, aber im Augenblick war er damit zufrieden, zu laufen. Den ganzen Tag quälte ihn ein klingelndes, singendes Geräusch in den Ohren, ein Geräusch wie das der Glocken. Mehrmals blieb er stehen und drehte sich um, überzeugt, daß er einen dunklen Umriß sehen würde, der über den Boden strömte, ihm folgte, wie uns die Schatten unserer besten und schlimmsten Erinnerungen folgen, aber es war nie ein Umriß da. Er war allein im flachen Hügelland westlich von Eluria.

Ganz allein.

Die Scheibenwelt

TERRY PRATCHETT

Die Farben der Phantasie (1985)
Das Licht der Phantasie (1989)
Das Erbe des Zauberers (1989)
Gevatter Tod (1990)
Der Zauberhut (1990)
Pyramiden (1990)
Wachen! Wachen! (1991)
Macbest (1992)
Eric (1992)
Voll im Bilde (1993)
Alles Sense! (1994)
Total verhext (1994)
Einfach göttlich (1995)
Lords und Ladies (1996)
Rollende Steine (1996)
Helle Barden (1996)
Echt zauberhaft (1997)
Mummenschanz (1997)
Schweinsgalopp (1998)

Die Scheibenwelt ist eine flache Welt, von vier Elefanten getragen, die auf einer riesigen Schildkröte stehen, die wiederum endlos durch das All schwimmt. Pratchett nimmt diese klassische mythologische Vorstellung als Ausgangspunkt, ergießt fröhlich seinen Spott über eine ganze Reihe von Opfern – Shakespeare, Schöpfungstheorie, heroische Fantasy, usw., usw. – und unternimmt dabei Ausflüge in so entlegene Gebiete wie das alte Ägypten, das Reich der Azteken und das Italien der Renaissance, um sich weiteres Rohmaterial zu verschaffen. Wenn er nicht satirisch historische Epochen oder Kulturen aufs Korn nimmt, läßt Pratchett seine Geschichten meistens rund um Ankh-Morpork kreisen, einen Schmelztiegel von einer Fantasy-Stadt, die eine Mischung aus dem Florenz der Renaissance, dem viktorianischen London und dem heutigen New York ist.

Die Serie benutzt Fantasy als einen Zerrspiegel und präsentiert uns durch ihn ein verschrobenes, aber deutlich erkennbares Bild der Belange des zwanzigsten Jahrhunderts. (Beispielsweise bekommen Chancengleichheit und gesetzliche Maßnahmen gegen die Diskriminierung von Minderheiten eine völlig neue Dimension, wenn man Vampire, Werwölfe und Zombies unter seinen Mitbürgern hat ...)

Man kann die Bücher grob in vier Gruppen unterteilen:

In der Rincewind-Serie (*Die Farben der Phantasie, Das Licht der Phantasie, Der Zauberhut, Eric, Echt zauberhaft*) ist der Held ein unfähiger, feiger (oder äußerst klar denkender) Magier, der unablässig versucht, einer Gefahr auszuweichen, nur um dadurch in eine zehnmal schlimmere Lage zu geraten. Wie unglückselig seine Mißgeschicke auch sind, am Ende schafft er es immer, zu triumphieren und auf der Scheibenwelt einen Anschein von Ordnung wiederherzustellen, was immer man dort unter Ordnung versteht. Das primäre Ziel der Satire in dieser Gruppe ist die heroische Fantasy einschließlich aller Genre-Stereotypen – Trolle, Zauberer und ähnliche Fauna. *Der Zauberhut*, zum Beispiel, ist eine Parodie der Lovecraftschen Unterwelt; *Eric* ist eine Veralberung des Faustischen Teufelspakt-Themas.

Der Esme-Wetterwachs-Zyklus (*Das Erbe des Zauberers, Macbest, Total verhext, Lords und Ladies, Mummenschanz*) stellt eine der populärsten Figuren der Serie vor, eine Hexe von eiserner Konstitution, stählerner Moral und einem Stolz wie Stahlbeton, die in jeder Situation die Oberhand behält; wie ein Held im Western ist sie eigentlich eine böse Hexe, die Gutes tut. Eine Neufassung von *Das Phantom der Oper* bildet die Grundlage von *Mummenschanz*, und in *Lords und Ladies* wird Shakespeares *Ein Sommernachtstraum* aufs Korn genommen, indem dessen vornehmere Feen durch garstige, heimtückische Elfen aus der keltischen Folklore ersetzt werden.

Die Bücher aus dem Tod-Zyklus (*Gevatter Tod, Alles Sense!, Rollende Steine*) schildern die Prüfungen von Tod, einem humorlosen Geschöpf, das insgeheim eine Schwäche für die

Menschheit hat und dessen Unvermögen, eben diese Menschen zu verstehen, echtes Pathos schafft. In *Gevatter Tod* macht der Tod Urlaub und überläßt die Arbeit bis zu seiner Rückkehr seinen noch weichherzigeren Lehrlingen. *Alles Sense!* zeigt den Tod, wie er - vorübergehend - sterblich wird und lernt, was es *wirklich* heißt, ein Mensch zu sein.

In den Stadtwache-Büchern (*Wachen! Wachen!*, *Helle Barden*) wird Fantasy mit Elementen jener Gattung des Kriminalromans kombiniert, die das Vorgehen der Polizei schildert, und die Resultate sind entsprechend munter. In *Wachen! Wachen!* muß die schmuddelige, aber grundehrliche Stadtwache von Ankh-Morpork gegen einen Drachen kämpfen, der den Patrizier der Stadt ermorden und durch eine Marionette ersetzen will. *Helle Barden* erzählt von einem Serienkiller, der mit der einzigen Feuerwaffe der Scheibenwelt (vom Scheibenwelt-Äquivalent Lenardo da Vincis erfunden) Amok läuft.

Der Solo-Roman *Pyramiden* injiziert eine Dosis modernes Denken in eine Version des Ägyptens der Pharaonen. *Voll im Bilde* nutzt die Werkzeugkiste der Scheibenwelt, um den wahren Zauber von Filmen zu untersuchen. *Einfach göttlich* bietet einen grimmig-humorvollen Blick auf den Aufstieg einer Religion, deren einzige »Wahrheit« darin besteht, daß die Scheibenwelt in Wahrheit kugelförmig ist, nicht flach.

In »Das Meer und kleine Fische« präsentiert Pratchett ein neues Abenteuer von Esme (auch: Oma) Wetterwachs, einer vom Konkurrenzdenken geprägten Seele, die der Überzeugung ist, »als zweite durchs Ziel gehen« sei ein anderer Ausdruck für verlieren ...

TERRY PRATCHETT

Das Meer und kleine Fische

Der ganze Ärger begann, und das nicht zum erstenmal, mit einem Apfel.

Ein ganzer Sack davon lag auf dem ausgebleichten und fleckenlosen Tisch von Esme Wetterwachs. Rot und rund, glänzend und fruchtig – wenn sie die Zukunft gekannt hätten, hätten sie ticken müssen wie Bomben.

»Behalt sie alle, der alte Hopcroft hat gesagt, ich kann so viele haben, wie ich will«, sagte Nanny Ogg. Sie warf ihrer Hexenschwester einen scheelen Blick zu. »Köstlich, ein wenig runzlig, aber verdammt haltbar.«

»Er hat einen *Apfel* nach *dir* benannt?« fragte Oma. Jedes Wort war ein saurer Tropfen in der Luft.

»Wegen meinen rosigen Wangen«, sagte Nanny Ogg. »Und ich hab sein Bein geheilt, als er letztes Jahr von der Leiter gefallen ist. Und ich hab ihm eine Tinktur für seinen Kahlkopf gebraut.«

»Aber die hat nicht geholfen«, sagte Oma. »Diese Perücke, die er trägt, die ist scheußlich anzusehen bei einem Mann, der noch lebt.«

»Aber es hat ihn gefreut, daß ich mich dafür interessiert habe.«

Oma Wetterwachs ließ den Sack nicht aus den Augen. Obst und Gemüse wuchsen fabelhaft bei den heißen Sommern und kalten Wintern in den Bergen. Percy Hopcroft war der beste Züchter und definitiv ein leidenschaftlicher Mann, wenn es um sexuelle Eskapaden mit einem Kamelhaarpinsel im Gartenbau ging.

»Er verkauft seine Apfelbäume überall«, fuhr Nanny Ogg fort. »Komisch, was, wenn man sich vorstellt, daß ziemlich bald Tausende Leute Nanny Ogg vernaschen können.«

»Weitere Tausende«, sagte Oma spitz. Nannys wilde Jugend war ein offenes Buch, wenn auch nur mit einem unscheinbaren Einband erhältlich.

»Danke, Esme.« Nanny Ogg sah einen Moment sehnsüchtig drein und öffnete dann den Mund in spöttischer Besorgnis. »Oh, du bist doch nicht etwa *eifersüchtig,* Esme, oder? Du mißgönnst mir meinen kurzen Augenblick im Sonnenschein nicht?«

»Ich? Eifersüchtig? Warum sollte ich eifersüchtig sein. Es ist nur ein *Apfel.* Nicht, daß es etwas Wichtiges wäre.«

»Das dachte ich mir auch. Nur ein bißchen Firlefanz, um einer alten Dame zu schmeicheln«, sagte Nanny. »Und wie steht es so bei dir?«

»Prima. Prima.«

»Hast du dein Winterholz schon beisammen?«

»Größtenteils.«

»Gut«, sagte Nanny. »Gut.«

Sie saßen schweigend beieinander. An der Fensterscheibe flatterte tanzend ein Schmetterling, den die für die Jahreszeit ungewöhnliche Wärme geweckt hatte, um hinaus in die Septembersonne zu gelangen.

»Deine Kartoffeln ... hast du sie schon geerntet?« fragte Nanny.

»Ja.«

»Wir hatten dieses Jahr eine gute Ernte.«

»Gut.«

»Hast du deine Bohnen schon eingesalzen?«

»Ja.«

»Ich gehe davon aus, du freust dich schon auf den Wettstreit nächste Woche?«

»Ja.«

»Ich nehme an, du hast geübt?«

»Nein.«

Nanny hatte den Eindruck, als würden die Schatten in den Ecken des Zimmers trotz der Sonne dunkler werden. Die Luft selbst wurde dunkler. Die Hütte einer Hexe ist empfänglich für die Stimmung ihrer Besitzerin. Aber sie ließ sich nicht beirren. Narren stürmen drauflos, aber im Vergleich mit kleinen alten Damen, die nichts mehr zu fürchten haben, sind sie lahme Enten.

»Kommst du am Sonntag zum Essen?«

»Was kochst du?«

»Schweinefleisch.«

»Mit Apfelsoße?«

»Ja –«

»Nein«, sagte Oma.

Ein Quietschen ertönte hinter Nanny. Die Tür war aufgeschwungen. Jemand, der keine Hexe war, hätte nach einer logischen Erklärung gesucht, hätte gesagt, daß es natürlich nur der Wind war. Und Nanny Ogg war durchaus bereit, diesem Beispiel zu folgen, aber sie hätte hinzugefügt: *Warum* war es nur der Wind, und wie hatte es der Wind geschafft, den kleinen Riegel zu öffnen?

»Oh, nun ja, ich kann nicht den ganzen Tag hier sitzen und plaudern«, sagte sie und stand rasch auf. »Um diese Jahreszeit ist immer viel los, nicht wahr?«

»Ja.«

»Dann geh ich mal.«

»Wiedersehen.«

Der Wind blies die Tür wieder zu, als Nanny den Weg hinunter lief.

Sie hatte den Eindruck, daß sie möglicherweise ein wenig zu weit gegangen war. Aber nur ein wenig.

Das Problem daran, eine Hexe zu sein – zumindest das Problem daran, eine Hexe zu sein, soweit es manche Leute betraf –, war einfach, daß man hier auf dem Land festsaß. Aber Nanny machte das nichts aus. Hier draußen gab es alles, was sie wollte. Alles, was sie *immer* gewollt hatte, war hier, allerdings waren ihr in ihrer Jugend manchmal die Männer knapp geworden. Es war ganz schön, fremde Gegenden zu besuchen, aber wirklich von Bedeutung waren sie nicht. Es gab interessante neue Getränke, und das Essen machte Spaß, aber fremde Gegenden besuchte man, um zu tun, was eben getan werden mußte, und dann kam man wieder hierher zurück, an einen Ort, der real war. Nanny Ogg liebte es klein und beschaulich.

Natürlich, überlegte sie, als sie über den Rasen ging, hatte sie nicht diese Aussicht vor dem Fenster. Nanny lebte unten im Ort, aber Oma konnte über den Wald und die Ebenen bis zum weiten runden Horizont der Scheibenwelt sehen.

Eine derartige Aussicht, überlegte sich Nanny, konnte einem wahrscheinlich den Verstand direkt aus dem Kopf saugen.

Man hatte ihr gesagt, daß die Welt rund und flach war, was dem gesunden Menschenverstand entsprach, und auf dem Rücken von vier Elefanten durch das All zog, die auf dem Rücken einer Schildkröte standen, was nicht unbedingt einen Sinn ergeben mußte. Das alles passierte DA DRAUSSEN irgendwo, und so konnte es mit Nannys Segen und ausgesprochener Interesselosigkeit auch bleiben, solange sie in einer persönlichen Welt mit einem Durchmesser von rund zehn Meilen leben konnte, die sie mit sich herumschleppte.

Aber Esme Wetterwachs brauchte mehr, als dieses kleine Königreich fassen konnte. Sie war die *andere* Art Hexe.

Und Nanny sah es als ihre Aufgabe an, zu verhindern, daß sich Oma Wetterwachs langweilte. Die Sache mit den Äpfeln war ziemlich unbedeutend, ein garstiger kleiner Triumph, wenn man es recht überlegte, aber Esme brauchte etwas, um jeden Tag lebenswert zu machen, und wenn es Zorn und Eifersucht sein mußten, dann sollten sie es eben sein. Oma würde nun etwas aushecken, um sich einen kleinen Sieg zu verschaffen, eine kleine Demütigung, von der nur sie beide je erfahren würden, und damit war der Fall erledigt. Nanny war überzeugt, daß sie mit ihrer Freundin zurechtkommen konnte, wenn sie übellaunig war, aber nicht, wenn sie sich langweilte. Eine Hexe, die sich langweilt, ist zu *allem fähig*.

Die Leute sagten Sachen wie »damals mußten wir selbst für unsere Unterhaltung sorgen«, als würde das einen gewissen moralischen Wert vermitteln, was vielleicht sogar zutraf, aber man wollte auf keinen Fall, daß sich eine Hexe langweilte und anfing, für ihre eigene Unterhaltung zu sorgen, denn Hexen hatten manchmal äußerst exzentrische Vorstellungen davon, was unterhaltsam war. Und Esme war zweifellos die mächtigste Hexe, die die Berge seit Generationen gesehen hatten.

Nun stand der Wettstreit bevor, und der sorgte stets dafür, daß es Esme Wetterwachs ein paar Wochen lang gutging. Sie sprach auf Wettbewerbe an wie Forellen auf Fliegen.

Nanny Ogg freute sich immer auf den Hexenwettstreit. Man verbrachte einen schönen Tag draußen, und dann war da natürlich das große Freudenfeuer. Wer hätte je von einem Hexenwettstreit ohne ein anschließendes schönes Freudenfeuer gehört?

Und hinterher konnte man Kartoffeln in der Asche rösten.

Der Nachmittag zerschmolz zum Abend, die Schatten in Ecken und unter Hockern und Tischen krochen hervor und wuchsen zusammen.

Oma wippte leicht mit ihrem Stuhl, während sich die Dunkelheit um sie legte. Ihr Gesichtsausdruck war zutiefst konzentriert.

Die Scheite im Kamin zerfielen zu Glut, die nach und nach erlosch.

Die Nacht wurde schwärzer.

Die alte Uhr auf dem Kaminsims tickte, und eine ganze Zeitlang war kein anderes Geräusch zu hören.

Dann ertönte ein leises Rascheln. Die Papiertüte auf dem Tisch bewegte sich und wurde zusammengeknüllt wie ein Ballon, aus dem die Luft entweicht. Langsam stieg ein deutlicher Fäulnisgeruch in die Luft.

Nach einer Weile kam die erste Made herausgekrochen.

Nanny Ogg war zu Hause und schenkte sich gerade ein Glas Bier ein, als es klopfte. Sie stellte den Krug seufzend beiseite und ging die Tür aufmachen.

»Oh, hallo, meine Damen. Was treibt ihr in dieser Gegend? Und obendrein an einem so kühlen Abend?«

Nanny ging ins Zimmer zurück, gefolgt von drei weiteren Hexen. Sie trugen die schwarzen Mäntel und spitzen Hüte, die traditionsgemäß mit ihrem Beruf in Verbindung gebracht werden, in diesem Fall aber dazu dienten, daß jede anders aussah. Mit nichts kann man seine Individualität besser zum Ausdruck bringen, als mit einer Uniform. Einmal hier gezupft und einmal da gekniffen, das schafft kleine Einzelheiten, die in scheinbarer, nun, Uniformität um so augenfälliger sind.

Der Hut von Gammer Beavis beispielsweise hatte eine sehr flache Krempe und eine Spitze, mit der man sich das Ohr hätte säubern können. Nanny mochte Gammer Beavis. Sie war vielleicht ein wenig zu gebildet, was man ihr beim Sprechen manchmal deutlich anmerkte, aber sie reparierte ihre Schuhe selbst und schnupfte Tabak, und in Nanny Oggs bescheidener Weltsicht bedeutete das, daß jemand IN ORDNUNG war.

Die Kleidung des alten Mütterchens Dismass hatte das unordentliche Aussehen von jemandem, der wegen einer Netzhautablösung in seinem zweiten Gesicht gleichzeitig in einer Vielzahl von Zeiten lebte. Bei normalen Menschen ist geistige Verwirrung schon schlimm genug, aber viel schlimmer ist es, wenn der Verstand einen okkulten Touch hat. Man konnte nur hoffen, daß sie lediglich ihre Unterwäsche auf der Oberkleidung trug.

Nanny wußte, daß es immer schlimmer mit ihr wurde. Manchmal hörte man ihr Klopfen an der Tür, schon Stunden bevor sie eintraf. Ihre Fußabdrücke tauchten dafür erst Tage später auf.

Beim Anblick der dritten Hexe überkam Nanny Niedergeschlagenheit, aber nicht, weil Lätizia Ohrwurm eine böse Frau war. Sogar ganz im Gegenteil. Sie wurde als anständig, wohlmeinend und gütig betrachtet, zumindest von weniger aggressiven Tieren und von Kindern der sauberen Variante. Und sie erwies einem immer einen guten Dienst. Das Problem war, sie erwies einem auch dann einen guten Dienst, wenn dieser gute Dienst nicht gut für einen war. Am Ende war man geistig ziemlich bedient, und das war nicht gut.

Und sie war verheiratet. Nanny hatte persönlich nichts dagegen, daß Hexen verheiratet waren. Es war nicht so, als gäbe es *Regeln* in dieser Hinsicht. Sie selbst hatte viele Männer gehabt, und mit dreien war sie sogar verheiratet gewesen. Aber Herr Ohrwurm war ein pensionierter Zauberer mit einer verdächtig großen Menge Gold, und Nanny argwöhnte, daß Lätizia die Zauberei betrieb, um sich zu beschäftigen, etwa so, wie andere Frauen einer gewissen Schicht Knieschoner für die Kirche sticken oder die Armen besuchen mochten.

Und sie hatte Geld. Nanny hatte kein Geld und war deshalb prädestiniert dafür, andere nicht zu mögen, die es hatten. Lätizia besaß einen derart feinen schwarzen Samtmantel, daß er aussah, als sei ein Loch in die Welt geschnitten worden. Nanny nicht. Nanny *wollte* keinen feinen Samtmantel und strebte nicht nach derlei Dingen. Also sah sie nicht ein, warum andere Leute sie haben sollten.

»Abend, Gytha. Wie geht's dir denn so?« fragte Gammer Beavis.

Nanny nahm die Pfeife aus dem Mund. »Fit wie eine Fiedel. Kommt rein.«

»Ist dieser Regen nicht furchtbar?« sagte Mütterchen Dismass. Nanny sah zum Himmel, der frostig purpurn war. Aber wahrscheinlich regnete es gerade, wo Mütterchens Geist weilte.

»Dann komm rein und trockne dich ab«, sagte sie freundlich.

»Mögen Glückssterne über dieser unserer Versammlung leuchten«, sagte Lätizia. Nanny nickte verständnisvoll. Lätizia hörte sich immer an, als hätte sie ihre Hexenkunst aus einem nicht sehr phantasievollen Buch gelernt.

»Ja, richtig«, sagte sie.

Es folgte höfliches Geplauder, während Nanny Tee und Gebäck bereitstellte. Dann sagte Gammer Beavis in einem Tonfall, der eindeutig besagte, daß der offizielle Teil des Besuchs begann: »Wir sind hier als das Wettstreitkomitee.«

»Ach? Ja?«

»Ich gehe davon aus, du nimmst teil?«

»O ja. Ich werde meinen bescheidenen Beitrag leisten.« Nanny sah Lätizia an. Deren Gesicht zeigte ein Lächeln, mit dem sie nicht ganz glücklich war.

»Das Interesse in diesem Jahr ist groß«, fuhr Gammer fort. »Immer mehr Mädchen interessieren sich für den Beruf.«

»Um Jungs zu bekommen, hat man den Eindruck«, sagte Lätizia und schniefte. Nanny gab keinen Kommentar ab. Soweit es sie betraf, schien es ein verdammt guter Verwendungszweck für Hexerei zu sein, Jungs zu bekommen. In gewisser Weise war es einer der wesentlichen Verwendungszwecke.

»Das ist schön«, sagte sie. »Großer Andrang sieht immer gut aus. Aber.«

»Pardon?« sagte Lätizia.

»Ich sagte ›aber‹«, wiederholte Nanny. »Denn irgend jemand wird ›aber‹ sagen, richtig? Diesem Gespräch steht noch ein großes ›Aber‹ bevor. Das sehe ich.«

Sie wußte, sie trat die Etikette mit Füßen. Die Plauderei sollte noch mindestens sieben Minuten dauern, bis jemand zur Sache kam, aber Lätizias Anwesenheit ging ihr auf die Nerven.

»Es ist wegen Esme Wetterwachs«, sagte Gammer Beavis.

»Ja?« sagte Nanny ohne Überraschung.

»Ich nehme an, sie nimmt teil?«

»Es wäre das erste Mal, daß sie fehlen würde.«

»Ich nehme an, du ... könntest sie nicht überreden ... dieses Jahr nicht teilzunehmen?« sagte sie.

Nanny sah schockiert drein.

»Du meinst mit einer Axt?« fragte sie.

Die drei Hexen lehnten sich gleichzeitig zurück.

»Weißt du –«, begann Gammer ein wenig beschämt.

»Ganz offen, Frau Ogg«, sagte Lätizia, »es ist ziemlich schwer, andere Leute zur Teilnahme zu bewegen, wenn sie wissen, daß Fräulein Wetterwachs teilnimmt. Sie gewinnt immer.«

»Ja«, sagte Nanny. »Es ist ein Wettbewerb.«

»Aber sie gewinnt *immer!«*

»Und?«

»Bei *anderen* Wettbewerben«, sagte Lätizia, »darf man normalerweise nur dreimal hintereinander gewinnen und muß dann eine Weile auf die hinteren Plätze verschwinden.«

»Ja, aber hier geht es um Hexerei«, sagte Nanny. »Da sind die Regeln anders.«

»Inwiefern?«

»Es gibt keine.«

Lätizia zupfte an ihrem Rock. »Vielleicht wird es Zeit, daß es welche gibt«, sagte sie.

»Ah«, sagte Nanny. »Und ihr wollt einfach da raufgehen und Esme das sagen? Bist du dem gewachsen, Gammer?«

Gammer Beavis sah ihr nicht in die Augen. Das alte Mütterchen Dismass sah in die vergangene Woche.

»Mir ist klar, daß Fräulein Wetterwachs eine sehr stolze Frau ist«, sagte Lätizia.

Nanny Ogg paffte wieder ihre Pfeife.

»Genausogut könnten Sie sagen, daß das Meer voll Wasser ist«, sagte sie.

Die anderen Hexen schwiegen einen Moment.

»Ich wage zu sagen, daß das ein wertvoller Beitrag zu unserem Gespräch war«, sagte Lätizia, »aber ich habe ihn nicht verstanden.«

»Wenn es kein Wasser im Meer gibt, dann ist es kein Meer«, sagte Nanny Ogg. »Es ist nur ein verdammt großes Loch im Boden. Bei Esme ist es so ...« Nanny sog wieder lautstark an ihrer Pfeife. »Sie besteht *ausschließlich* aus Stolz, klar? Sie ist nicht nur eine stolze *Person.*«

»Dann sollte sie vielleicht lernen, ein klein wenig bescheidener zu sein ...«

»Weshalb sollte sie bescheiden sein?« fragte Nanny schneidend.

Aber Lätizia hatte, wie viele Leute mit Marshmallow als Schale, einen harten Kern, der sich nicht so leicht zusammendrücken ließ.

»Die Frau ist eindeutig ein Naturtalent, und sie sollte wirklich dankbar sein für –«

Nanny Ogg hörte ab diesem Punkt nicht mehr zu. *Die Frau*, dachte sie. So lief also der Hase.

Es war in praktisch jeder Branche dasselbe. Früher oder später kam jemand auf die Idee, daß sie organisiert werden mußte, und man konnte in einem Punkt ganz sicher sein, daß die Organisierer ganz bestimmt nicht zu den größten Leuchten ihres Fachs gehörten. *Die* arbeiteten zu hart. Um ehrlich zu sein, im allgemeinen wurde es auch nicht von den schlechtesten gemacht. Die arbeiteten auch hart. Das mußten sie.

Nein, es wurde von denjenigen gemacht, die gerade Zeit und Neigung genug hatten, herumzuwurschteln und sich zu tummeln. Und um abermals ehrlich zu sein, die Welt brauchte Leute, die herumwurschtelten und sich tummelten. Man mußte sie ja nicht besonders mögen.

Das Schweigen sagte ihr, daß Lätizia fertig war.

»Wirklich? Nehmen wir mal mich«, sagte Nanny. »Ich bin diejenige, die ein *Naturtalent* ist. Wir Oggs haben die Hexerei im Blut. Ich mußte mir nie wirklich ein Bein dafür ausreißen. Esme dagegen ... sie hat ein bißchen, das stimmt, aber viel ist es nicht.

Sie sorgt nur dafür, daß es wie der Teufel funktioniert. Und ihr wollt ihr sagen, daß sie das nicht soll?«

»Wir hatten gehofft, daß Sie das machen würden«, sagte Lätizia.

Nanny machte den Mund auf, um ein oder zwei Flüche auszustoßen, und machte ihn wieder zu.

»Ich sag euch was«, sagte sie, »*ihr* könnt ihr das morgen selbst sagen, und ich komme mit, um sie zurückzuhalten.«

Oma Wetterwachs sammelte Kräuter, als sie den Weg hinaufkamen.

Alltägliche Kräuter des Krankenzimmers oder der Küche nennt man einfache. Omas Kräuter waren keine einfachen. Sie waren kompliziert, oder sie waren gar nichts. Und es war kein Zimperliesengeschäft mit einem hübschen Körbchen und einem kleinen Scherchen. Oma benutzte ein Messer. Und einen Stuhl, den sie vor sich hielt. Und einen Lederhut, Handschuhe und eine Schürze als zweite Verteidigungslinie.

Nicht einmal sie wußte, woher einige der Kräuter kamen. Wurzeln und Samen wurden auf der ganzen Welt gehandelt, vielleicht noch ein Stück weiter. Manche hatten Blüten, die einem nachschauten, wenn man vorbeiging, manche schossen Dornen auf vorüberfliegende Vögel ab, und manche waren an Stöcke gebunden, aber nicht, damit sie nicht umfielen, sondern damit sie am nächsten Tag noch da waren.

Nanny Ogg, die sich nie die Mühe gemacht hatte, auch nur ein Kräutlein zu pflanzen, das man nicht rauchen oder für eine Hühnchenfüllung verwenden konnte, hörte sie murmeln: »Ganz recht, ihr Mistviecher –«

»Guten Morgen, Fräulein Wetterwachs«, sagte Lätizia Ohrwurm laut.

Oma Wetterwachs erstarrte, ließ den Stuhl ganz vorsichtig sinken und drehte sich um.

»Es heißt Frau«, sagte sie.

»Wie auch immer«, sagte Lätizia strahlend. »Ich darf davon ausgehen, daß es Ihnen gutgeht?«

»Bis jetzt«, sagte Oma. Sie nickte den drei anderen Hexen fast unmerklich zu.

Es folgte ein vielsagendes Schweigen, das Nanny Ogg abstieß. Sie hätten auf eine Tasse von irgendwas hineingebeten werden sollen. So lief das Ritual ab. Es zeugte von ungeheuer schlechten Manieren, Leute einfach so herumstehen zu lassen. Fast, aber nicht ganz so schlimm, wie eine alte, alleinstehende Hexe »Fräulein« zu nennen.

»Ihr seid wegen dem Wettstreit gekommen«, sagte Oma.

Lätizia wurde fast ohnmächtig.

»Ähem, woher wissen Sie –«

»Weil ihr wie ein Komitee ausseht. Da braucht man nicht viel Grips«, sagte Oma und zog die Handschuhe aus. »Wir haben nie ein Komitee gebraucht. Die Nachricht hat sich einfach rumgesprochen, und wir sind aufgekreuzt. Jetzt kommen plötzlich Leute an und *arrangieren* alles.« Einen Augenblick sah Oma aus, als würde sie einen ernsten inneren Kampf austragen, dann fügte sie in wegwerfendem Tonfall hinzu: »Der Kessel ist aufgestellt. Ihr kommt besser mit rein.«

Nanny entspannte sich. Vielleicht gab es gewisse Gepflogenheiten, über die sich auch Oma Wetterwachs nicht hinwegsetzen konnte. Selbst seinen schlimmsten Feind bat man ins Haus und bot ihm Tee und Bisquits an. Tatsächlich war es so, je größer der Feind, um so besseres Porzellan trug man auf, und um so leckerer waren die Bisquits. Später wünschte man ihnen die schwarze Hölle an den Hals, aber solange sie unter deinem Dach waren, fütterte man sie bis zum Erbrechen ab.

Ihren dunklen kleinen Augen entging nicht, daß der Küchentisch glänzte und noch feucht vom Schrubben war.

Nachdem die Tassen eingeschenkt und Liebenswürdigkeiten ausgetauscht worden waren, besser gesagt, nachdem Lätizia sie aufgesagt und Oma sie schweigend zur Kenntnis genommen hatte, rutschte die selbsternannte Vorsitzende auf ihrem Stuhl herum und sagte:

»Es besteht ein ungeheuer großes Interesse an dem diesjährigen Wettstreit, Fräulein – Frau Wetterwachs.«

»Gut.«

»Es sieht ganz so aus, als würde die Hexerei in den Spitzhornbergen eine Renaissance erleben.«

»Eine Renaissance, ja? Ist ja ein Ding.«

»Sie ist für junge Frauen ein so guter Weg zur Befähigung, finden Sie nicht auch?«

Viele Leute konnten verletzende Sachen sagen, das wußte Nanny. Aber Oma Wetterwachs konnte verletzend *zuhören.* Sie konnte bewirken, daß etwas dumm klang, indem sie es sich nur anhörte.

»Einen schönen Hut haben Sie da«, sagte Oma. »Samt, richtig? Nicht aus hiesiger Fertigung, nehme ich an.«

Lätizia berührte die Krempe und lachte leise.

»Er ist von Boggi's in Ankh-Morpork«, sagte sie.

»Ach? Massenware?«

Nanny Ogg sah in die Ecke des Zimmers, wo ein Kegel aus Holz auf einem Podest stand. Bahnen schwarzen Kalikostoffs und Streifen aus Weidenholz waren daran befestigt; die Basis von Omas Frühlingshut.

»Maßgeschneidert«, sagte Lätizia.

»Und diese Hutnadeln, die Sie da haben«, fuhr Oma fort. »Mondsicheln und Katzen –«

»Du hast eine Brosche, die auch sichelförmig ist, Esme, oder nicht?« sagte Nanny Ogg, die entschieden hatte, daß es Zeit für einen Warnschuß wurde. Hin und wieder hatte Oma eine Menge über Hexen und Schmuck zu sagen, wenn sie in ätzender Stimmung war.

»Das stimmt, Gytha. Ich habe eine sichelförmige Brosche. Das ist einfach tatsächlich die Form, die sie zufällig hat. Sehr praktische Form, um einen Mantel zu halten, so eine Mondsichel. Aber ich will nichts damit *sagen.* Wie auch immer, du hast mich unterbrochen, als ich Frau Ohrwurm gerade sagen wollte, wie bezaubernd ihre Haarnadeln sind. Sehr *hexenhaft.«*

Nanny, die hin und her sah wie eine Zuschauerin bei einem Tennisspiel, sah zu Lätizia, um festzustellen, ob dieser tödliche Schuß getroffen hatte. Aber die Frau *lächelte* wahrhaftig. Manche Leute bekamen das Offensichtliche einfach nicht mit – nicht mal, wenn es ihnen mit dem Vorschlaghammer serviert wurde.

»Da wir gerade beim Thema Hexerei sind«, sagte Lätizia mit dem natürlichen Talent für den erzwungenen Themenwechsel, das jede Komiteevorsitzende besitzt, »dachte ich mir, ich könnte mit Ihnen das Thema Ihrer *Teilnahme* an dem Wettstreit besprechen.«

»Ja?«

»Finden Sie ... äh ... halten Sie es nicht für unfair anderen Leuten gegenüber, daß Sie jedes Jahr gewinnen?«

Oma Wetterwachs sah zum Boden und dann zur Decke.
»Nein«, sagte sie schließlich. »Ich bin besser als sie.«
»Glauben Sie nicht, daß das für die anderen Teilnehmer ein bißchen entmutigend ist?«
Wieder der Blick vom Boden zur Decke.
»Nein«, sagte Oma.
»Aber sie treten mit dem Wissen an, daß sie nicht gewinnen werden.«
»Ich auch.«
»O nein, Sie sind bestimmt –«
»Ich *meinte,* daß ich auch mit dem Wissen antrete, daß sie nicht gewinnen werden«, sagte Oma trocken. »Und sie sollten mit dem Wissen antreten, daß *ich* nicht gewinnen werde. Kein Wunder, daß sie verlieren, wenn sie nicht von sich überzeugt sind.«
»Es dämpft ihren Enthusiasmus schon ziemlich.«
Oma sah aufrichtig verwirrt drein. »Was ist schlimm daran, wenn sie versuchen, zweite zu werden?«
Lätizia ließ nicht locker.
»Wir hatten gehofft, Esme, Sie davon zu überzeugen, daß Sie den Status einer Emeritierten akzeptieren. Sie könnten vielleicht eine nette kleine Ansprache zur Ermutigung halten, den Preis überreichen und ... und möglicherweise sogar eine der, ähem, Jurorinnen sein ...«
»Es wird Jurorinnen geben?« fragte Oma. »Wir hatten noch nie *Jurorinnen.* Alle haben einfach gewußt, wer gewonnen hat.«
»Das stimmt«, sagte Nanny. Sie erinnerte sich an die Szenen am Ende von einem oder zwei Wettstreiten. Wenn Oma Wetterwachs gewann, wußten es alle. »Oh, das stimmt wahrhaftig.«
»Es wäre eine sehr noble Geste«, fuhr Lätizia fort.
»Wer hat entschieden, daß es Jurorinnen gibt?« fragte Oma.
»Ähem ... das Komitee ... das ... es ... ein paar von uns haben sich zusammengesetzt. Nur um die Sache ein wenig zu steuern ...«
»Oh, ich verstehe«, sagte Oma. »Wimpel?«
»Pardon?«
»Werdet ihr diese Leinen mit kleinen Wimpeln haben? Und vielleicht jemanden, der Äpfel am Stiel verkauft, so etwas?«

»Ein paar Girlanden könnten sicher nicht –«

»Richtig. Und vergeßt das Freudenfeuer nicht.«

»Solange es hübsch und sicher ist.«

»Oh. Richtig. Alles muß hübsch sein. Und sicher«, sagte Oma.

Frau Ohrwurm seufzte sichtlich vor Erleichterung. »Nun, das hätten wir ja schnell geklärt«, sagte sie.

»Wirklich?« fragte Oma.

»Ich dachte, wir wären uns einig gewesen –«

»Waren wir das? Wirklich?« Sie nahm den Schürhaken vom Herd und stocherte heftig im Feuer. »Ich werde über die Angelegenheit nachdenken.«

»Ich frage mich, ob ich einen Moment ganz offen sprechen darf, Frau Wetterwachs?« sagte Lätizia. Der Schürhaken erstarrte mitten in der Bewegung.

»Ja?«

»Sehen Sie, die Zeiten ändern sich. Nun glaube ich zu wissen, warum Sie es als notwendig erachten, so dominant und unfreundlich zu allen zu sein, aber glauben Sie mir, wenn ich Ihnen als Freundin sage, daß alles viel einfacher für Sie wäre, wenn Sie sich ein wenig entspannen und versuchen würden, etwas netter zu sein, so wie unsere Schwester Gytha hier.«

Nanny Oggs Lächeln war zu einer Maske erstarrt. Lätizia schien es nicht zu bemerken.

»Sämtliche Hexen im Umkreis von fünfzig Meilen scheinen Ehrfurcht vor Ihnen zu haben«, fuhr sie fort. »Nun will ich nicht leugnen, daß Sie einige brauchbare Fähigkeiten besitzen, aber bei der Hexerei geht es heutzutage nicht mehr darum, ein alter Sauertopf zu sein und die Leute zu erschrecken. Ich sage Ihnen das als Freundin –«

»Schauen Sie jederzeit wieder rein, wenn Sie in der Nähe sind«, sagte Oma.

Das war das Zeichen. Nanny Ogg stand hastig auf.

»Ich dachte, wir könnten uns unterhalten –«, wandte Lätizia ein.

»Ich begleite euch bis zum Weg hinunter«, sagte Nanny und zerrte die anderen Hexen von ihren Stühlen.

»Gytha!« sagte Oma schneidend, als die Gruppe an der Tür angekommen war.

»Ja, Esme?«

»Ich nehme an, du kommst danach wieder zurück?«

»Ja, Esme.«

Nanny sputete sich, um das Trio auf dem Pfad einzuholen.

Lätizia hatte einen entschlossenen Schritt am Leib, fand Nanny. Es war falsch gewesen, sie nach den schwabbeligen Wangen, dem übertrieben toupierten Haar und der albernen Art zu beurteilen, wie sie beim Reden mit den Händen fuchtelte. Sie war immerhin eine Hexe. Und wenn man eine Hexe vor den Kopf stieß ... nun, dann bekam man es mit einer Hexe zu tun, die man gerade vor den Kopf gestoßen hatte.

»Sie ist keine nette Person«, trällerte Lätizia. Aber es war das Trällern eines großen Raubvogels.

»Damit haben Sie recht«, sagte Nanny. »Aber –«

»Es ist höchste Zeit, daß sie ein bißchen zurechtgestutzt wurde.«

»Nu-un ... «

»Sie schubst Sie auf übelste Art herum, Frau Ogg. Und das bei einer verheirateten Dame in *Ihrem* reifen Alter!«

Nur einen Moment kniff Nanny die Augen zusammen.

»So ist sie eben«, sagte sie.

»In meinen Augen eine ziemlich kleinkarierte und garstige Art!«

»O ja«, sagte Nanny nur. »Wie Arten nun mal so sind. Aber sehen Sie, Sie –«

»Wirst du etwas zum Verkaufsstand beisteuern, Gytha?« fragte Gammer Beavis hastig.

»Oh, ein paar Flaschen, denke ich«, sagte Nanny und regte sich wieder ab.

»Oh, selbstgemachter Wein?« sagte Lätizia. »Wie schön.«

»So etwas wie Wein, ja. Nun, da ist die Straße«, sagte Nanny. »Ich werde nur ... ich werde nur auf einen Sprung zurückgehen und gute Nacht sagen.«

»Wissen Sie, es ist erniedrigend, wie Sie ihr nachlaufen«, sagte Lätizia.

»Ja. Nun. Man gewöhnt sich an die Leute. Gute Nacht euch allen.«

Als sie in die Hütte zurückkam, stand Oma Wetterwachs mit einem Gesicht wie ein ungemachtes Bett und verschränkten Armen mitten in der Küche. Mit einem Fuß klopfte sie auf den Boden.

»Sie hat einen Zauberer geheiratet«, sagte Oma, kaum daß ihre Freundin eingetreten war. »Erzähl mir nicht, daß das richtig ist!«

»Nun, Zauberer *können* heiraten, weißt du. Sie müssen nur den Stab und den spitzen Hut an den Nagel hängen. Es gibt kein Gesetz, das es ihnen verbietet, vorausgesetzt daß sie der Zauberei abschwören. Sonst sollen sie mit ihrer Arbeit verheiratet sein.«

»Ich könnte mir denken, daß es eine Arbeit ist, mit *ihr* verheiratet zu sein«, sagte Oma. Sie verzog das Gesicht zu einem sauren Lächeln.

»Hast du dieses Jahr viel eingemacht?« fragte Nanny und verband eine Menge neue Assoziationen mit dem Wort »Essig«, das ihr gerade in den Kopf gekommen war.

»Meine Zwiebeln haben alle die Goldlarve.«

»Jammerschade. Du magst doch Zwiebeln.«

»Selbst Goldlarven müssen essen«, sagte Oma. Sie sah finster zur Tür. *»Nett«,* sagte sie.

»Sie hat einen gestrickten Bezug auf dem Deckel ihrer Toilette«, sagte Nanny.

»Rosa?«

»Ja.«

»Nett.«

»Sie ist nicht *schlecht«,* sagte Nanny. »Sie macht gute Arbeit drüben in Fiedlers Ellenbogen. Die Leute sprechen gut von ihr.«

Oma schniefte. »Sprechen sie auch gut von mir?« fragte sie.

»Nein, sie sprechen *leise* von dir, Esme.«

»Gut. Hast du ihre Hutnadeln gesehen?«

»Ich fand sie ziemlich ... nett, Esme.«

»So ist das heute mit der Hexerei. Nur Juwelen und keine Unterwäsche.«

Nanny, die der Meinung war, daß beides annehmbare Alternativen waren, bemühte sich, einen Damm gegen die steigende Flut des Zorns zu bauen.

»Eigentlich könntest du es als Ehre betrachten, wenn sie nicht wollen, daß du teilnimmst«, sagte sie.

»Das ist nett.«

Nanny seufzte.

»Manchmal lohnt es sich, nett zu sein, Esme«, sagte sie.

»Ich tue nie jemandem was Böses, wenn ich ihm was Gutes tun kann, Gytha, das weißt du. Ich brauche nur keine Rüschen und schicken Etiketten.«

Nanny seufzte. Das stimmte natürlich. Oma war eine altmodische Hexe. Sie tat den Leuten nichts Gutes, sie tat, was richtig für sie war. Aber Nanny wußte auch, daß die Leute nicht immer zu schätzen wußten, was richtig für sie war. Wie neulich der alte Pollitt, als er vom Pferd gefallen war. Gewollt hatte er ein Schmerzmittel. *Gebraucht* hatte er die paar Sekunden Qual, als Oma das Gelenk wieder eingerenkt hatte. Das Problem war, die Leute erinnerten sich an die Schmerzen.

Man kam viel besser mit den Leuten zurecht, wenn man alles ein bißchen verbrämte, Interesse vorgab und Sachen sagte wie: »Wie geht es Ihnen?« Esme schenkte sich das alles, weil sie es sowieso wußte. Nanny Ogg wußte es auch, aber sie wußte gleichermaßen, daß es den Leuten echt an die Nieren ging, wenn man durchblicken ließ, daß man es wußte.

Sie legte den Kopf schief. Oma klopfte immer noch mit dem Fuß.

»Schmiedest du Pläne, Esme? Ich kenne dich. Du hast diesen Gesichtsausdruck.«

»Was für einen Gesichtsausdruck, sag?«

»Den Gesichtsausdruck, den du hattest, als dieser Bandit nackt auf einem Baum gefunden wurde, wo er die ganze Zeit weinte und von dem schrecklichen Ding faselte, das ihn verfolgte. Komisch nur, daß wir nie irgendwelche Pfotenabdrücke gefunden haben. *Den* Gesichtsausdruck.«

»Für das, was er getan hat, hatte er noch mehr verdient.«

»Ja ... klar, du hattest diesen Gesichtsausdruck auch kurz bevor der alte Hoggett grün und blau geprügelt in seinem Schweinestall gefunden wurde und nicht darüber reden wollte.«

»Du meinst den alten Hoggett, der seine Frau geprügelt hat? Oder den alten Hoggett, der nie wieder die Hand gegen eine Frau erheben wird?« fragte Oma. Das, wozu sie die Lippen geschürzt hatte, hätte man ein Lächeln nennen können.

»Und es ist der Gesichtsausdruck, den du hattest, bevor die Lawine auf das Haus des alten Millson herunter ist, als er dich eine alte Schabracke genannt hatte, die sich in Sachen einmischt, die sie nichts angehen ...«, sagte Nanny.

Oma zögerte. Nanny war ziemlich sicher, daß das natürliche Ursachen gehabt hatte, und auch, daß Oma von dieser Vermutung wußte und Stolz und Ehrlichkeit in ihr wetteiferten –

»Das mag so sein«, sagte Oma unverbindlich.

»Wie jemand, der zum Wettstreit gehen und ... etwas anstellen könnte«, sagte Nanny.

Der Blick ihrer Freundin hätte die Luft zum Kochen bringen müssen.

»Ach? Das denkst du von mir? Soweit ist es mit uns gekommen, ja?«

»Lätizia denkt, wir sollten mit der Zeit gehen –«

»Und? Ich gehe mit der Zeit. Wir sollten mit der Zeit gehen. Niemand hat gesagt, daß wir ihr einen *Schubs* geben sollen. Ich nehme an, du möchtest gehen, Gytha. Ich will mit meinen Gedanken allein sein!«

Als Nanny erleichtert nach Hause eilte, drehten sich ihre eigenen Gedanken darum, daß Oma nicht gerade die beste Reklame für die Hexerei war. Oh, sie war eine der *Besten,* keine Frage. Jedenfalls in einem gewissen Metier. Aber ein Mädchen, das gerade ins Leben trat, konnte sich schon fragen: Ist es das? Man arbeitete hart und versagte sich manches, und was man am Ende bekam, war harte Arbeit und Entsagung?

Oma war nicht ganz ohne Freunde, aber überwiegend erntete sie Respekt. Die Leute lernten auch, Gewitterwolken zu respektieren. Sie bewässerten den Boden. Man brauchte sie. Aber sie waren nicht nett.

Nanny Ogg ging mit drei Flanellnachthemden ins Bett, weil bereits scharfe Fröste die Herbstluft mit Stacheln versahen. Außerdem war ihre Geistesverfassung besorgt zu nennen.

Sie wußte, es war eine Art Krieg erklärt worden. Oma konnte schreckliche Dinge tun, wenn sie gereizt wurde, und die Tatsache, daß sie Leuten zustießen, die es nicht anders verdienten, machte sie nicht weniger schrecklich. Nanny Ogg wußte, daß Oma etwas ziemlich Furchtbares plante.

Ihr persönlich gefiel es nicht, etwas zu gewinnen. Gewinnen

war eine Gewohnheit, die man nur schwer wieder los wurde, und brachte einem einen gefährlichen Status ein, der schwer zu verteidigen war. Man ging nervös durchs Leben und hielt stets Ausschau nach dem nächsten Mädchen mit einem besseren Besenstiel und einem geschickteren Händchen am Frosch.

Sie wälzte sich unter den Bergen von Eiderdaunen herum.

Im Weltbild von Oma Wetterwachs gab es keinen Platz für einen zweiten Platz. Man gewann, oder man war ein Verlierer. Es war nichts *Schlimmes* daran, ein Verlierer zu sein, davon abgesehen natürlich, daß man nicht der Gewinner war. Nanny hatte sich stets bemüht, eine gute Verliererin zu sein. Die Leute mochten einen, wenn man *fast* gewann, und spendierten einem Getränke. »Sie hat knapp verloren« war ein viel besseres Kompliment als: »Sie hat knapp gewonnen.«

Wer zweiter wurde, hatte mehr Spaß, sagte sie sich. Aber das war kein Gedanke, für den Oma viel Zeit hatte.

In ihrer eigenen dunklen Hütte saß Oma Wetterwachs und sah zu, wie das Feuer erlosch.

Es war ein Zimmer mit grauen Wänden, die Farbe, die alter Verputz weniger vom Schmutz als vielmehr vom Alter bekommt. Es gab nicht einen einzigen Gegenstand darin, der nicht nützlich gewesen wäre, zweckdienlich und eine Existenzberechtigung hatte. Jede ebene Oberfläche in Nanny Oggs Hütte hatte als Unterbringung für Zierat und Topfpflanzen Verwendung gefunden. Die Leute machten Nanny Ogg Geschenke. Billiger Jahrmarktstinnef, sagte Oma immer dazu. Jedenfalls in der Öffentlichkeit. Was sie insgeheim in ihrem Kopf darüber dachte, sagte sie nie.

Sie wiegte sich sanft, als die letzte Glut erlosch.

In den grauen Stunden der Nacht ist der Gedanke, daß die Leute wahrscheinlich nur deshalb zu deiner Beerdigung kommen, um sich zu vergewissern, daß du wirklich tot bist, schwer zu ertragen.

Am nächsten Tag machte Percy Hopcroft seine Hintertür auf und sah direkt in die blauen Augen von Oma Wetterwachs.

»Oweh«, murmelte er unhörbar.

Oma hüstelte verlegen.

»Herr Hopcroft. Ich bin wegen den Äpfeln gekommen, die Sie nach Frau Ogg benannt haben«, sagte sie.

Percys Knie fingen an zu zittern, und seine Perücke rutschte ihm vom Hinterkopf, als wollte sie den hoffentlich sicheren Boden erreichen.

»Ich möchte mich bei Ihnen dafür bedanken, daß Sie das getan haben, denn das hat sie sehr glücklich gemacht«, fuhr Oma in einem Tonfall fort, der jemandem, der sie kannte, eigenartig monoton vorgekommen wäre. »Sie hat eine Menge prima Arbeit getan, und es wird Zeit, daß sie eine kleine Belohnung dafür bekommt. Es war eine sehr nette Geste. Und aus diesem Grund habe ich Ihnen dieses kleine Geschenk gebracht –«, Hopcroft machte einen Sprung rückwärts, als Oma rasch in ihre Schürze griff und eine kleine schwarze Flasche herausholte, »– das sehr selten ist, wegen den seltenen Kräutern, die darin enthalten sind. Die selten sind. Äußerst seltene Kräuter.«

Schließlich dämmerte Hopcroft, daß er die Flasche nehmen sollte. Er nahm sie sehr behutsam am Hals, als könnte sie pfeifen oder Beine bekommen.

»Äh ... danke sehr«, murmelte er.

Oma nickte steif.

»Gesegnet sei dieses Haus«, sagte sie, wandte sich um und ging den Weg hinab.

Hopcroft machte die Tür sorgfältig zu und warf sich dagegen.

»Du packst auf der Stelle!« rief er seiner Frau zu, die an der Küchentür mitgehört hatte.

»Was? Unser ganzes Leben ist hier! Wir können nicht einfach weglaufen!«

»Besser laufen als hinken, Frau! Was will *sie* von mir? Was *will* sie? Sie ist niemals *nett!*«

Frau Hopcroft wich keinen Millimeter. Sie hatte das Haus gerade in Schuß gebracht, und sie hatten eine neue Pumpe gekauft. Manches ließ man ungern zurück.

»Laß uns einfach abwarten und nachdenken«, sagte sie. »Was ist in der Flasche?«

Hopcroft hielt die Flasche auf Armeslänge von sich. »Willst *du* es herausfinden?«

»Hör auf zu zittern, Mann! Sie hat dich nicht richtig bedroht, oder?«

»Sie hat gesagt: ›Gesegnet sei dieses Haus.‹ Für mich klingt das verdammt bedrohlich. Das war Oma Wetterwachs, wie sie leibt und lebt.«

Er stellte die Flasche auf den Tisch. Sie starrten sie beide an und standen in der vorsichtigen Haltung von Leuten da, die bereit sind loszurennen, falls irgend etwas passieren sollte.

»Auf dem Etikett steht ›Haarwuxmittel‹«, sagte Frau Hopcroft.

»Ich nehme es nicht!«

»Sie wird uns später danach fragen. So ist sie.«

»Wenn du nur einen Moment glaubst, daß ich –«

»Wir können es an dem Hund ausprobieren.«

»Das ist eine gute Kuh.«

Wilhelm Hühnerbang wurde auf dem Melkschemel aus seinen Gedanken gerissen und sah sich auf der Wiese um, während er mit den Händen weiter das Euter des Tiers bearbeitete.

Ein spitzer schwarzer Hut ragte über der Hecke auf. Er zuckte vor Schrecken so sehr zusammen, daß er sich in den linken Stiefel molk.

»Gibt eine Menge Milch, was?«

»Ja, Frau Wetterwachs!« Wilhelm bibberte.

»Das ist gut. Möge sie das noch lange tun, das sage ich. Ihnen einen schönen Tag.«

Danach entschwand der Hut die Straße hinauf.

Hühnerbang sah ihm nach. Dann schnappte er sich den Eimer, lief mit quatschenden Schritten in die Scheune und rief seinen Sohn.

»Ramsch! Komm sofort hier runter!«

Sein Sohn tauchte mit der Gabel in der Hand auf dem Heuschober auf.

»Was liegt an, Paps?«

»Du gehst sofort mit Daphne zum Markt, hast du verstanden?«

»Was? Aber sie ist unsere beste Milchkuh, Paps!«

»War sie, Sohn! Oma Wetterwachs hat sie gerade mit einem Fluch belegt! Verkauf sie sofort, ehe ihr die Hörner abfallen!«

»Was hat sie gesagt, Paps?«

»Sie hat gesagt ... sie hat gesagt ... ›Möge sie noch lange Milch geben‹ ...« Hühnerbang zögerte.

»Hört sich nicht *schrecklich* nach einem Fluch an, Paps«, sagte

Ramsch. »Ich meine ... nicht wie'n normaler Fluch. Eigentlich klingt es ein wenig hoffnungsvoll«, sagte sein Sohn.

»Nun ... es war die Art ... wie ... sie es ... gesagt hat ...«

»Was für eine Art, Paps?«

»Nun ... irgendwie ... fröhlich.«

»Alles in Ordnung mit dir, Paps?«

»Es war ... die Art ...« Hühnerbang verstummte. »Nun, es ist nicht richtig«, fuhr er fort. »Es ist nicht richtig! Sie hat kein Recht, herumzuspazieren und fröhlich zu den Leuten zu sein! Und mein *Stiefel* ist voll *Milch!«*

Heute nahm sich Nanny Ogg etwas Zeit und kümmerte sich um ihre geheime Destille im Wald. Als Destille bildete sie das bestgehütete Geheimnis, das man sich vorstellen konnte, da jeder im ganzen Königreich genau wußte, wo sie sich befand, und ein Geheimnis, das von so vielen Leuten gewahrt wurde, mußte in der Tat ein großes Geheimnis sein. Sogar der König wußte es und hatte Verstand genug, so zu tun, als wüßte er es nicht, und das hieß, er mußte keine Steuern von ihr verlangen, und sie mußte sich nicht weigern, welche zu bezahlen. Und jedes Jahr zu Schweinewacht bekam er ein Faß des Stöffchens, das war, wie Honig sein könnte, wenn Bienen keine Antialkoholiker wären. Und jeder begriff die Situation, niemand mußte Geld bezahlen, und so war die Welt im bescheidenen Rahmen ein glücklicherer Ort. Und niemand war verflucht, bis ihm die Zähne ausfielen.

Nanny döste. Eine Destille im Auge zu behalten war ein Job rund um die Uhr. Aber schließlich wurde der Lärm der Leute, die wiederholt ihren Namen riefen, zuviel für sie.

Natürlich würde keiner auf die Lichtung kommen. Dann hätten sie ja zugeben müssen, daß sie wußten, wo die Lichtung lag. Aus diesem Grund stapften sie in den umliegenden Gebüschen herum. Sie zwängte sich hindurch und wurde mit einigen Blicken gespielter Überraschung empfangen, die jeder Truppe von Schmierenschauspielern Ehre gemacht hätten.

»Und, was wollt ihr alle?« fragte sie.

»Oh, Frau Ogg, wir haben uns gedacht, daß Sie ... einen Spaziergang im Wald machen könnten«, sagte Hühnerbang, während ein Geruch, der Glas hätte reinigen können, in der Luft hing. »Sie müssen etwas unternehmen! Es geht um Frau Wetterwachs!«

»Was hat sie getan?«

»Sagen Sie's ihr, Herr Schinkenstich!«

Der Mann neben Hühnerbang nahm hastig den Hut ab und hielt ihn respektvoll in der Ai-Señor-die-Bandidos-haben-unser-Dorf-überfallen-Position.

»Nun, gnä' Frau, mein Freund und ich haben einen Brunnen gegraben, und da kam sie vorbei –«

»Oma Wetterwachs?«

»Ja, gnä' Frau, und sie sagte –« Schinkenstich schluckte. »›Sie werden hier kein Wasser finden, mein guter Mann. Sie sollten besser in der Mulde beim Kastanienbaum suchen!‹ Und wir haben trotzdem weitergegraben *und keinen Tropfen Wasser gefunden!«*

Nanny zündete ihre Pfeife an. Seit der Zeit, als ein verstreuter Funke das Faß, auf dem sie saß, hundert Meter in die Luft geschleudert hatte, rauchte sie nicht mehr bei der Destille. Glücklicherweise hatte eine Fichte ihren Sturz abgebremst.

»Aha ... und *dann* haben Sie in der Mulde beim Kastanienbaum gegraben?« fragte sie heiter.

Schinkenstich sah schockiert drein. *»Nein,* gnä' Frau! Man kann unmöglich sagen, *was* wir dort finden sollten!«

»Und sie hat meine Kuh verflucht!« sagte Hühnerbang.

»Wirklich? Was hat sie gesagt?«

»Sie sagte, ›möge sie eine Menge Milch geben!‹« Hühnerbang verstummte. Wieder einmal, wo er es nun aussprach ...

»Nun, es war die Art, wie sie es gesagt hat«, fügte er kläglich hinzu.

»Und was war das für eine Art?«

»Nett.«

»Nett?«

»Lächelnd und so weiter! Ich wage nicht einmal mehr, das Zeug zu trinken!«

Nanny stand vor einem Rätsel.

»Ich verstehe das Problem nicht ganz –«

»Sagen Sie das Herrn Hopcrofts Hund«, sagte Hühnerbang. »Hopcroft wagt ihretwegen nicht mehr, das arme Tier allein zu lassen! Die ganze Familie wird verrückt! Er schert, seine Frau wetzt die Scheren, und die zwei Jungs sind dauernd unterwegs und suchen nach frischen Stellen, um die Haare zu entsorgen!«

Geduldige Fragen Nannys brachten ans Licht, welche Rolle das Haarwuxmittel dabei gespielt hatte.

»Und er hat ihm wieviel gegeben?«

»Die halbe Flasche, Frau Ogg.«

»Obwohl Esme auf dem Etikett schreibt: ›Einen guten Teelöffel einmal die Woche‹ ? Und selbst dann muß man weite Hosen anziehen.«

»Er hat gesagt, er war so nervös, Frau Ogg! Ich meine, was treibt sie für ein Spiel? Unsere Frauen behalten die Kinder im Haus. Ich meine, angenommen, sie lächelt sie an?«

»Ja?«

»Sie ist eine Hexe!«

»Das bin ich auch, und ich lächle sie an«, sagte Nanny Ogg. »Sie laufen mir immer nach, weil sie Süßigkeiten wollen.«

»Ja, aber ... Sie sind ... ich meine ... Sie ... ich meine ... Sie sind nicht ... will sagen, nun –«

»Und sie ist eine gute Frau«, sagte Nanny. Der gesunde Menschenverstand veranlaßte sie, hinzuzufügen: »Auf ihre Weise. Ich gehe davon aus, daß *wirklich* Wasser in der Mulde ist und Hühnerbangs Kuh gute Milch gibt, und wenn Hopcroft nicht liest, was auf den Etiketten von Flaschen steht, dann verdient er einen Kopf, in dem man sein Spiegelbild sehen kann, und wenn ihr glaubt, daß Esme Wetterwachs Kinder verfluchen würde, habt ihr nicht mehr Verstand als ein Erdwurm. Sie könnte sie beschimpfen, das ja, den ganzen Tag lang. Aber nicht verfluchen. So niederträchtig ist sie nicht.«

»Ja, ja«, stöhnte Hühnerbang fast, »aber es *scheint* nicht richtig zu sein, das wollen wir damit sagen. Wenn sie herumläuft und *nett* ist, da weiß ein Mann ja gar nicht mehr, ob er ein Bein hat, auf dem er stehen kann.«

»Oder hinken«, sagte Schinkenstich düster.

»Schon gut, schon gut, ich kümmere mich darum«, sagte Nanny.

»Die Leute sollten nicht herumspazieren und nicht machen, was man von ihnen erwartet«, sagte Hühnerbang kläglich. »Das macht die Leute nervös.«

»Und wir werfen ein Auge auf Ihre Des-«, sagte Schinkenstich, der plötzlich rückwärts taumelte, sich den Bauch hielt und stöhnte.

»Beachten Sie ihn gar nicht, das ist der Streß«, sagte Hühnerbang und rieb sich den Ellbogen. »Waren Sie Kräuter pflücken, Frau Ogg?«

»Ganz recht«, sagte Nanny und eilte über das abgefallene Laub davon.

»Soll ich dann das Feuer für Sie löschen?« rief Hühnerbang ihr nach.

Oma saß vor dem Haus, als Nanny den Weg heraufgelaufen kam. Sie sortierte einen Sack alter Kleidungsstücke aus. Abgelegte Sachen lagen um sie herum.

Und sie summte. Nanny Ogg machte sich ernstlich Sorgen. Die Oma Wetterwachs, die sie kannte, konnte Musik nicht ausstehen.

Und sie lächelte, als sie Nanny sah; jedenfalls zog sie die Mundwinkel nach oben. Das war *echt* besorgniserregend. Normalerweise lächelte Oma nur, wenn jemandem, der es verdiente, etwas Schlimmes zugestoßen war.

»Oh, Gytha, wie schön, dich zu sehen!«

»Alles in Ordnung, Esme?«

»Habe mich nie besser gefühlt, Teuerste.« Das Summen ging weiter.

»Äh ... sortierst Lappen aus, ja?« sagte Nanny. »Machst du endlich diese Decke?«

Oma Wetterwachs war fest davon überzeugt, daß sie eines Tages eine Flickendecke nähen würde. Aber das war eine Aufgabe, die Geduld erforderte, und daher hatte sie in fünfzehn Jahren nur drei Flicken geschafft. Aber sie sammelte trotzdem alte Kleidungsstücke. Wie viele Hexen. Es war eben eine Hexensache. Alte Kleidungsstücke hatten Persönlichkeit, wie alte Häuser. Wenn es um Kleidungsstücke ging, die noch ein bißchen tragbar waren, kannte eine Hexe keinen Stolz.

»Es ist irgendwo da drin ...«, murmelte Oma. »Aha, da haben wir es ...«

Sie zog ein Kleid heraus. Es war überwiegend rosa.

»Ich wußte, daß es da ist«, fuhr sie fort. »Und kaum getragen. Und es hat ungefähr meine Größe.«

»Du willst es *tragen?«* fragte Nanny.

Omas Ich-schneide-dich-an-den-Knien-entzwei-Blick ihrer stechenden blauen Augen fiel auf Nanny. Sie wäre erleichtert gewesen über eine Antwort wie: »Nein, ich werde es essen, du tumbe alte Närrin.« Statt dessen entspannte sich ihre Freundin und sagte ein wenig besorgt:

»Glaubst du, es steht mir nicht?«

Es hatte einen Spitzenkragen. Nanny schluckte.

»Normalerweise trägst du Schwarz«, sagte sie. »Nun, ein wenig öfter als normalerweise. Eigentlich immer.«

»Und einen traurigen Anblick biete ich damit«, sagte Oma unverdrossen. »Es wird höchste Zeit, daß ich mich etwas herausputze, findest du nicht?«

»Und es ist so sehr ... rosa.«

Oma legte es beiseite, nahm Nanny zu ihrem Entsetzen an der Hand und sagte ernst: »Und, weißt du, ich glaube allmählich, ich war ein viel zu störrischer Ziegenbock, was diese Sache mit dem Wettbewerb angeht, Gytha –«

»Störrische Ziege«, sagte Nanny Ogg geistesabwesend.

Einen Moment lang wurden Omas Augen wieder zu zwei Saphiren.

»Was?«

»Ähem ... du wärst eine störrische Ziege«, murmelte Nanny. »Kein Ziegenbock.«

»Ach? Oh, ja. Danke für den Hinweis. Nun, ich dachte mir, es wird *wirklich* Zeit, daß ich ein wenig in den Hintergrund trete und dem Nachwuchs eine Chance gebe. Ich meine, ich muß sagen, ich ... bin wirklich nicht sehr nett zu den Leuten gewesen, oder ...«

»Ähem ...«

»Ich habe versucht, nett zu *sein«,* fuhr Oma fort. »Leider muß ich sagen, daß es sich nicht so entwickelt hat, wie ich dachte.«

»Du warst nie richtig ... *gut* darin, nett zu sein«, sagte Nanny.

Oma lächelte. So genau sie auch hinsah, Nanny konnte nichts anderes erkennen als aufrichtige Anteilnahme.

»Vielleicht werde ich mit etwas Übung besser«, sagte sie.

Sie tätschelte Nannys Hand. Und Nanny sah ihre Hand an, als wäre etwas Gräßliches damit geschehen.

»Es ist nur ... alle sind nun mal daran gewöhnt, daß du ... streng bist«, sagte sie.

»Ich dachte mir, ich könnte etwas Marmelade und Kuchen für den Verkaufsstand machen«, sagte Oma.

»Oh ... gut.«

»Gibt es irgendwelche Kranke, die eine Visite wollen?«

Nanny sah zwischen die Bäume. Es wurde immer schlimmer. Sie durchforstete ihre Erinnerung nach jemand in der Umgegend, dem es elend genug ging, daß er sich einen Krankenbesuch wünschte, aber noch gut genug, daß er den Schock eines Krankenbesuchs durch Oma Wetterwachs überlebte. Wenn es um angewandte Psychologie und die kernigere Variante von Physiotherapie ging, war Oma unerreicht; tatsächlich konnte sie physiotherapeutisch sogar aus der Ferne wirken, denn viele schmerzgeplagte Seelen waren aus den Betten aufgestanden und gegangen, nun ja, gerannt, wenn sie nur hörten, daß Oma auf dem Weg zu ihnen war.

»Im Augenblick geht es allen recht gut«, sagte Nanny diplomatisch.

»Irgendwelche alten Leute, die aufgemuntert werden wollen?«

Beide Frauen gingen übereinstimmend davon aus, daß *alte Leute* nicht auf sie zutraf. Eine siebenundneunzigjährige Hexe hätte sich nicht angesprochen gefühlt. Alt wurden andere Leute.

»Alle derzeit recht munter«, sagte Nanny.

»Vielleicht könnte ich den Kinderchen Märchen erzählen?«

Nanny nickte. Das hatte Oma schon einmal versucht, als sie kurz die Stimmung dazu überkommen hatte. Soweit es die Kinder betraf, hatte es ziemlich gut funktioniert. Sie hatten gebannt und mit offenen Mündern und offensichtlichem Vergnügen traditionellen Volkslegenden gelauscht. Die Probleme hatten erst angefangen, als sie nach Hause gegangen waren und ihre Eltern gefragt hatten, was Wörter wie »ausweiden« bedeuteten.

»Ich könnte in einem Schaukelstuhl sitzen, während ich erzähle«, fügte Oma hinzu. »So macht man das, soweit ich mich erinnere. Und ich könnte ihnen meine speziellen süßen Karamelläpfel zubereiten. Wäre das nicht hübsch?«

Nanny nickte wieder, in einem gräßlichen Tagtraum versunken. Ihr wurde klar, daß nur sie allein einem großen Ausverkauf der Nettigkeit im Weg stand.

»Karamel«, sagte sie. »Von der Art, die wie Glas zerbricht, oder mehr die, nach deren Verzehr sich unser junger Pewsey den Mund mit einem Löffel aufstemmen lassen mußte?«

»Ich denke, ich weiß, was ich letztesmal falsch gemacht habe.«

»Du weißt, daß du und Zucker euch nicht vertragt, Esme. Erinnerst du dich noch an die Dauerlutscher, die du gemacht hast?«

»Die *waren* dauerhaft, Gytha.«

»Aber nur, weil unser Pewsey seinen erst aus dem Mund bekam, als wir ihm zwei Zähne mit herausgezogen haben. Du solltest dich an Eingemachtes halten. Du und Eingemachtes, ihr kommt klar miteinander.«

»Ich muß *etwas* machen, Gytha. Ich kann nicht die ganze Zeit ein alter Miesepeter sein. Das weiß ich! Ich helfe beim Wettbewerb. Ich wette, da muß eine Menge getan werden, oder?«

Nanny grinste innerlich. Also *das* war es.

»Aber ja«, sagte sie. »Ich bin sicher, Frau Ohrwurm wird dir mit Vergnügen sagen, was zu tun ist«, sagte sie. *Und sie wäre eine schöne Närrin, wenn sie es tut, dachte sie, weil ich sehe, daß du etwas im Schilde führst.*

»Ich werde mit ihr reden«, sagte Oma. »Ich bin sicher, ich könnte bei einer Million Sachen helfen, wenn ich mich darauf konzentriere.«

»Ich bin sicher, das wirst du«, sagte Nanny voll Inbrunst. »Ich habe das Gefühl, du wirst einen entscheidenden Beitrag liefern.«

Oma kramte wieder in ihrem Sack.

»Du wirst doch auch dabeisein, Gytha, oder nicht?«

»Ich?« sagte Nanny. »Um nichts auf der Welt würde ich das verpassen.«

Nanny stand besonders früh auf. Wenn es zu unangenehmen Zwischenfällen kommen sollte, wollte sie einen Logenplatz haben.

Zuerst fielen ihr die Wimpel auf. Als Nanny zum Wettstreit ging, sah sie sie in schrecklich bunten Girlanden von Baum zu Baum hängen.

Und sie hatten etwas seltsam Vertrautes. Man sollte meinen, für jemanden mit einer Schere wäre es rein technisch unmöglich, kein einziges Dreieck ausschneiden zu können, aber jemand hatte es geschafft. Und es war auch deutlich zu sehen daß die Wimpel aus alten, fein säuberlich zerschnittenen Kleidungsstücken gemacht waren. Nanny wußte das, weil nicht viele normale Wimpel einen Kragen haben.

Auf dem Feld, wo der Wettstreit stattfand, stellten Leute Stände auf und fielen über Kinder. Die Mitglieder des Komitees standen unsicher unter einem Baum und sahen mitunter unsicher zu einer rosa Gestalt ganz oben auf einer hohen Leiter auf.

»Sie war schon hier, bevor es hell wurde«, sagte Lätizia, als Nanny näher kam. »Sie sagt, sie ist die ganze Nacht wach gewesen und hat ihre Wimpel gemacht.«

»Erzähl ihr von den Kuchen«, sagte Gammer Beavis finster.

»Sie hat *Kuchen* gemacht?« fragte Nanny. »Aber sie kann nicht backen!«

Das Komitee schlurfte auseinander. Viele der Damen steuerten etwas zu essen für den Wettstreit bei. Es war eine Tradition und ein eigenständiger, zwangloser Wettbewerb. Im Mittelpunkt der Reihe abgedeckter Teller stand eine große Platte auf der sich ... etwas türmte, etwas von unbestimmbarer Farbe und Form. Es sah aus, als hätte eine Herde kleiner Kühe jede Menge Rosinen gefuttert und dann Durchfall bekommen. Es waren Ur-Kuchen, prähistorische Kuchen, Kuchen mit großem Gewicht und immenser Präsenz, die nichts zwischen den anderen Zuckergußmemmen verloren hatten.

»Sie hatte nie eine Begabung dafür«, sagte Nanny kläglich. »Hat jemand einen probiert?«

»Hahaha«, sagte Gammer ernst.

»Hart, was?«

»Man könnte einen Troll damit totschlagen.«

»Aber sie war so ... irgendwie ... *stolz* darauf«, sagte Lätizia. »Und dann ist da ... die Marmelade.«

Es war ein großer Topf. Er schien mit erstarrter purpurner Lava gefüllt zu sein.

»Hübsche ... Farbe«, sagte Nanny. »Hat jemand gekostet?«

»Wir kriegten den Löffel nicht mehr raus«, sagte Gammer.

»Oh, ich bin sicher –«

»Wir haben ihn nur mit dem Hammer reinbekommen.«

»Was hat sie vor, Frau Ogg? Sie hat einen schwachen und rachsüchtigen Charakter«, sagte Lätizia. »Sie sind ihre Freundin«, fügte sie in einem Tonfall hinzu, der andeutete, daß dies gleichermaßen ein Vorwurf wie eine Feststellung war.

»Ich weiß nicht, was in ihrem Kopf vorgeht, Frau Ohrwurm.«

»Ich dachte, sie würde fernbleiben.«

»Sie hat gesagt, sie wolle hilfreich zur Seite stehen und das Jungvolk ermutigen.«

»Sie hat etwas vor«, sagte Lätizia finster. »Diese Kuchen sind ein Plan, meine Autorität zu untergraben.«

»Nein, so kocht sie immer«, sagte Nanny. »Sie hat es einfach nicht drauf.« *Deine Autorität, hm?*

»Sie ist mit den Wimpeln fast fertig«, vermeldete Gammer. »Jetzt wird sie versuchen, sich wieder nützlich zu machen.«

»Nun ... ich schätze, wir könnten sie bitten, das Glückstauchen zu übernehmen.«

Nannys Blick war leer. »Sie meinen, wo die Kinder in einer großen Badewanne voll Kleie herumtasten, um zu sehen, was sie herausziehen können?«

»Ja.«

»Sie wollen *Oma Wetterwachs* das machen lassen?«

»Ja.«

»Sie hat aber einen merkwürdigen Sinn für Humor, wenn Sie wissen, was ich meine.«

»Guten Morgen alle zusammen!«

Es war die Stimme von Oma Wetterwachs. Nanny Ogg kannte sie fast ihr ganzes Leben. Aber nun hatte sie wieder diesen seltsamen Unterton. Sie klang nett.

»Wir haben uns gefragt, ob Sie die Aufsicht bei der Kleiewanne übernehmen könnten, Fräulein Wetterwachs.«

Nanny zuckte zusammen. Aber Oma sagte nur: »Mit Vergnügen, Frau Ohrwurm. Ich kann es kaum erwarten, ihre kleinen Gesichter zu sehen, wenn sie die feinen Sachen herausziehen.«

Ich auch nicht, dachte Nanny.

Als sich die anderen verzogen hatten, ging sie zu ihrer Freundin.

»Warum machst du das?« fragte sie.

»Ich weiß wirklich nicht, was du meinst, Gytha.«

»Ich habe gesehen, wie du schreckliche Geschöpfe mit Blicken bezwungen hast, Esme. Einmal habe ich gesehen, wie du ein Einhorn gefangen hast, um Himmels willen. Was hast du vor?«

»Ich weiß immer noch nicht, was du meinst, Gytha.«

»Bist du wütend, weil sie dich nicht teilnehmen lassen, und bist nun auf schreckliche Rache aus?«

Einen Moment sahen beide auf das Feld. Es füllte sich allmählich. Leute kegelten um Schweine und versuchten ihr Glück an der eingefetteten Stange. Die Freiwillige Kapelle von Lancre versuchte ein Medley populärer Musikstücke; jammerschade nur, daß jeder Musiker ein anderes spielte. Kleine Kinder zankten sich. Es würde ein richtig heißer Tag werden, möglicherweise der letzte in diesem Jahr.

»Wirst du an dem Wettbewerb teilnehmen, Gytha?«

»Du hast meine Frage nicht beantwortet!«

»Was war das für eine Frage?«

Nanny beschloß, nicht gegen eine verschlossene Tür zu hämmern. »Ja, wie es aussieht, werde ich es versuchen«, sagte sie.

»Dann hoffe ich sehr, daß du gewinnst. Ich würde dich anfeuern, aber das wäre den anderen gegenüber nicht fair. Ich werde mich im Hintergrund halten und so still wie ein kleines Mäuschen sein.«

Nanny versuchte es mit List. Ein breites rosa Grinsen überzog ihr Gesicht, und sie stieß ihre Freundin an.

»Na klar, na klar«, sagte sie. »Aber ... mir kannst du es sagen, ja? Ich möchte es nicht gern verpassen, wenn es soweit ist. Wenn du mir also einfach ein kleines Zeichen geben könntest, wenn *es* losgeht, ja?«

»Wovon redest du da, Gytha?«

»Esme Wetterwachs, manchmal könnte ich dir wirklich eine verdammt laute Ohrfeige geben!«

»Herrje.«

Nanny Ogg fluchte nicht oft oder gebrauchte Wörter außerhalb der Grenzen dessen, was die Lancrastrianer als »farbenprächtige Sprache« betrachteten. Sie *sah aus,* als würde sie gewohnheitsmäßig schlimme Wörter gebrauchen und hatte sich gerade ein richtig gutes ausgedacht, aber meistens achten Hexen sehr geflissentlich darauf, was sie sagen. Man kann nie wissen, was die Wörter anstellen, wenn sie außer Hörweite sind. Aber nun fluchte sie leise und entfachte dadurch kleine, kurze Feuer in dem trockenen Gras.

Das versetzte sie genau in die richtige Stimmung für den Flüchewettstreit.

Man behauptete, daß dieser Wettbewerb früher einmal mit einer lebenden, atmenden Versuchsperson durchgeführt worden war, zumindest bei den ersten Festen, aber für einen Familientag war das nicht richtig, und daher waren die Flüche mehrere Jahrhunderte lang gegen den Unglücklichen Charlie gerichtet worden, der, wie man es auch drehte und wendete, nichts weiter als eine Vogelscheuche war. Und da Flüche im allgemeinen an den Verstand des Verfluchten adressiert sind, stellte das ein ziemliches Problem dar, denn nicht einmal »Möge dein Stroh schimmeln und deine Karotte abfallen« machte großen Eindruck auf einen Kürbis. Aber es wurden Punkte für Stil und Erfindungsreichtum vergeben.

Jedenfalls hielt sich der Andrang in Grenzen. Alle wußten, auf welches Ereignis es ankam, und der Unglückliche Charlie war es nicht.

In einem Jahr hatte Oma Wetterwachs den Kürbis explodieren lassen. Niemand war je dahintergekommen, wie sie das bewerkstelligt hatte.

Wenn der heutige Tag zu Ende ging, würde eine sich verabschieden, und alle anderen würden wissen, daß diese Person die Siegerin war, was immer auch der Punktestand sagen mochte. Man konnte den Preis für die Hexe mit dem spitzesten Hut gewinnen, und die Besendressur, aber das war nur für das Publikum. Was zählte, das war der Trick, an dem man den ganzen Sommer über gearbeitet hatte.

Nanny hatte den letzten Startplatz gezogen, die Nummer neunzehn. Dieses Jahr hatten sich eine Menge Hexen gemeldet. Die Nachricht, daß Oma Wetterwachs nicht teilnahm, hatte sich herumgesprochen, und in der okkulten Gemeinschaft verbreitet sich nichts so schnell wie Neuigkeiten, da sie nicht nur am Boden reisen müssen. Viele spitze Hüte waren zu sehen und wippten in der Menge.

Unter sich sind Hexen im allgemeinen so umgänglich wie Katzen, aber wie bei Katzen gibt es Zeiten und Orte und neutralen Boden, wo sie so etwas wie Frieden miteinander machen. Und was hier ablief, das war eine Art von langsamem, kompliziertem Tanz …

Die Hexen spazierten in der Gegend herum und sagten einander guten Tag, beeilten sich, Neuankömmlinge zu begrüßen, und unschuldige Passanten hätten denken können, daß sich alte Freundinnen trafen. Was auf einer Ebene wahrscheinlich auch zutraf. Aber Nanny beobachtete alles mit Hexenaugen und sah die subtile Standortwahl, das vorsichtige Abwägen, die fast unmerkliche Veränderung der Haltung, den fein nach Intensität und Länge abgestimmten Blickkontakt.

Und wenn eine Hexe, besonders eine vergleichsweise unbekannte, in der Arena war, fanden alle anderen eine Ausrede, um sie im Auge zu behalten, nach Möglichkeit ohne den Anschein zu erwecken, als wäre es so.

Es war tatsächlich so, als würde man Katzen zusehen. Katzen verbringen eine Menge Zeit damit, einander argwöhnisch zu beobachten. Wenn sie kämpfen müssen, dann nur um etwas klarzustellen, das in ihren Köpfen längst zur Gewißheit geworden ist.

Das alles wußte Nanny. Und sie wußte auch, daß die meisten Hexen gütig waren (im allgemeinen), sanft (zu den Schwachen), großzügig (zu den Bedürftigen; wer nicht bedürftig war, bekam mehr, als er eigentlich erwartet hatte) und ganz generell einem Leben verschworen, das wirklich mehr Tritte als Küsse bereithielt. Keine einzige wohnte in einem Lebkuchenhaus, allerdings hatten einige der gewissenhafteren Jüngeren mit verschiedenen knusprigen Brotsorten experimentiert. Nicht einmal Kinder, die es verdient hätten, wurden in ihre Öfen geschubst. Im großen und ganzen machten sie, was sie immer gemacht hatten – sie ebneten ihren Nachbarn den Weg in die Welt hinein und aus ihr heraus und halfen ihnen über einige der häßlicheren Hindernisse hinweg, die dazwischen lagen.

Man mußte eine besondere Person sein, um das zu tun. Man

brauchte ein besonderes Ohr, weil man den Leuten in Situationen begegnete, in denen sie geneigt waren, einem Dinge zu sagen wie: wo das Geld vergraben war, wer der Vater war oder warum sie schon wieder ein blaues Auge hatten. Und man brauchte einen besonderen Mund, von der Art nämlich, die geschlossen bleibt. Es machte einen mächtig, Geheimnisse zu bewahren. Mächtig zu sein, brachte einem Respekt ein. Respekt war eine harte Währung.

Und innerhalb dieser Schwesternschaft – nur war es keine Schwesternschaft, es war eine lockere Gemeinschaft chronischer Einzelgänger; eine Gruppe Hexen bildete keine Hexenversammlung, sondern einen kleinen Krieg – war man sich stets seiner Position bewußt. Das hatte nichts mit dem zu tun, was der Rest der Welt als Status betrachtete. Nichts wurde je gesagt. Aber wenn eine alte Hexe starb, kamen die Hexen aus dem Umland zu ihrer Beerdigung, um ein paar letzte Worte zu sprechen, und danach gingen sie feierlich und allein nach Hause und hatten nur einen kleinen, beharrlichen Gedanken im Hinterkopf: *Ich bin eine Stufe raufgerutscht.*

Und Neuankömmlinge wurden sehr, sehr genau beobachtet.

»Morgen, Frau Ogg«, sagte eine Stimme hinter ihr. »Ich hoffe, Sie erfreuen sich bester Gesundheit?«

»Wie geht es Ihnen, Frau Schimmy«, sagte Nanny und drehte sich um. Ihr geistiges Ablagesystem warf eine Karte aus: Klärchen Schimmy, lebt mit ihrer alten Mutter drüben bei Schattenschnitt, nimmt Schnupftabak, kann gut mit Tieren umgehen. »Wie geht's Ihrer Mutter?«

»Wir haben sie letzten Monat begraben, Frau Ogg.«

Nanny Ogg mochte Klärchen, weil sie sie nicht sehr oft sah.

»Ach ...«, sagte sie.

»Aber ich werde ihr trotzdem sagen, daß Sie nach ihr gefragt haben«, sagte Klärchen. Sie sah kurz zum Ring.

»Wer ist das dicke Mädchen, das gerade dran ist?« fragte sie. »Die hat ja einen Hintern wie eine Bowlingkugel auf einer kurzen Wippe.«

»Das ist Agnes Nitt.«

»Eine ausgezeichnete Fluchstimme hat sie. Bei so einer Stimme weiß man, daß man verflucht worden ist.«

»O ja, sie ist mit einer guten Stimme zum Fluchen gesegnet«, sagte Nanny höflich. »Esme Wetterwachs und ich haben ihr ein paar Tips gegeben«, fügte sie hinzu.

Klärchen drehte den Kopf.

Am anderen Ende des Felds saß eine kleine rosa Gestalt allein hinter der Glückswanne. Sie schien kein großes Publikum anzuziehen.

Klärchen beugte sich näher.

»Was ... ähem ... macht sie?«

»Ich weiß nicht«, sagte Nanny. »Ich glaube, sie hat beschlossen, es mit Fassung zu tragen und nett zu sein.«

»Esme? *Nett?*«

»Ähem ... ja«, sagte Nanny. Jetzt, wo sie es jemandem sagte, hörte es sich auch nicht überzeugender an.

Klärchen starrte sie an. Nanny sah, wie sie mit der linken Hand ein kurzes Zeichen machte und sich entfernte.

Die spitzen Hüte drängten sich mittlerweile umeinander. Sie standen in kleinen Dreier- und Vierergruppen beisammen. Man konnte sehen, wie sich die Spitzen zueinander neigten, wenn lebhafte Unterhaltungen geführt wurden, sich wieder öffneten wie Blüten und dem fernen rosa Klecks zuwandten. Danach scherte ein Hut aus der Gruppe aus und näherte sich zielstrebig einer anderen Gruppe, wo sich derselbe Vorgang wiederholte. Es war ein wenig, als würde man einer sehr langsamen Kernspaltung beiwohnen. Es herrschte große Aufregung, und bald würde es zu einer Explosion kommen.

Ab und zu drehte sich jemand um und sah Nanny an, daher lief sie hastig zwischen den Jahrmarktsbuden hindurch, bis sie zur Bude des Zwergs Zakzak Starkimarm kam, der alle Arten von okkultem Schnickschnack anfertigte und an die dafür Empfänglicheren verkaufte. Er nickte ihr fröhlich über einer Auslage zu, wo geschrieben stand: HUFEISEN – GLÜCKSBRINGER, $ 2 DAS STÜCK.

»Hallo, Frau Ogg«, sagte er.

Nanny stellte fest, daß sie aufgeregt war.

»Wieso bringen sie Glück?« fragte sie und hob ein Hufeisen hoch.

»Nun, ich bekomme zwei Dollar für jedes«, sagte Kraftarm.

»Und das bringt Glück?«

»Mir schon«, sagte Starkimarm. »Ich nehme an, Sie möchten auch eines, Frau Ogg? Ich hätte noch eine Kiste mitgebracht, wenn ich gewußt hätte, daß sie so gefragt sind. Einige der Damen haben gleich zwei gekauft.«

Die Betonung lag auf dem Wort »Damen«.

»Hexen haben Hufeisen als Glücksbringer gekauft?« sagte Nanny.

»Als gäbe es kein Morgen mehr«, sagte Zakzak. Er runzelte einen Moment die Stirn. Immerhin *waren* es Hexen gewesen. »Ähem ... es wird doch eins geben ... oder nicht?« fügte er hinzu.

»Ich bin fast sicher«, sagte Nanny, was ihn nicht sehr zu trösten schien.

»Plötzlich läuft sogar der Handel mit schützenden Kräutern wie verrückt«, sagte Zakzak. Und da er ein Zwerg war, was bedeutete, er würde die Sintflut als prima Gelegenheit ansehen, Handtücher zu verkaufen, fügte er hinzu: »Hätten Sie auch Interesse, Frau Ogg?«

Nanny schüttelte den Kopf. Wenn es Ärger aus der Richtung gab, aus der ihn jeder erwartete, würde ein Zweiglein Raute nicht viel helfen. Eine große Eiche wäre schon besser, aber nur vielleicht.

Die Atmosphäre veränderte sich. Der Himmel war weit und hellblau, aber am Horizont des Geistes zogen Gewitterwolken auf. Die Hexen waren nervös, und da sich so viele versammelt hatten, sprang die Nervosität von einer zur anderen über und strahlte verstärkt auf alle anderen zurück. Was dazu führte, daß selbst Leute, die eine Rune für eine vertrocknete Pflaume hielten, eine tiefe, existentielle Angst verspürten, eine, die darauf hinausläuft, daß man die Kinder anschreit und sich betrinken möchte.

Nanny spähte durch eine Lücke zwischen zwei Buden. Die rosa Gestalt saß immer noch geduldig und ein wenig niedergeschlagen hinter dem Faß. Kein Mensch hatte sich bei ihr angestellt.

Dann huschte Nanny im Schutz der Zelte von einem zum nächsten, bis sie den Verkaufsstand sehen konnte. Das Geschäft ging nicht schlecht, aber da, einsam und verlassen mitten auf dem Tischtuch, stand der Berg des abscheulichen Kuchens. Und das Glas Marmelade. Eine Hexe hatte ein Schild mit Kreide beschrieben und danebengestellt: ZIEH DEN LÖFFEL AUS DEM GLAS, 3 VERSUCHE EIN PENNY!!!

Sie dachte, sie hätte dafür gesorgt, im verborgenen zu bleiben, aber dann hörte sie das Stroh hinter sich rascheln. Das Komitee hatte sie aufgespürt.

»Das ist Ihre Handschrift, nicht wahr, Frau Ohrwurm?« sagte sie. »Das ist grausam. Es ist nicht ... nett.«

»Wir haben beschlossen, daß Sie zu Fräulein Wetterwachs gehen und mit ihr reden sollen«, sagte Lätizia. »Sie muß damit aufhören.«

»Womit aufhören?«

»Sie macht etwas mit den Köpfen der Leute! Sie ist hergekommen, um Einfluß auf uns auszuüben, richtig? Alle wissen, daß sie Kopfmagie beherrscht. Wir können es alle spüren! Sie verdirbt jedem den Tag!«

»Sie sitzt nur da«, sagte Nanny.

»Ah, *ja,* aber *wie* sitzt sie da - dürfen wir das fragen?«

Nanny spähte wieder um die Bude.

»Nun ... ganz normal. Sie wissen schon, in der Hüfte und den Knien abgeknickt ... «

Lätizia winkt streng mit einem Finger.

»Jetzt hören Sie mir gut zu, Gytha Ogg -«

»Wenn Sie wollen, daß sie verschwindet, sagen Sie es ihr!« fauchte Nanny. »Ich habe es satt -«

Der schrille Schrei eines Kindes ertönte.

Die Hexen sahen einander an und rannten über das Feld zur Glückswanne.

Ein kleiner Junge wand sich schluchzend auf dem Boden.

Es war Pewsey, Nannys jüngstes Enkelkind.

Ihr Magen wurde zu Eis. Sie hob ihn auf und sah Oma böse ins Gesicht.

»Was hast du mit ihm gemacht, du -«, begann sie.

*»Will*keinepuppe! *Will*keinepuppe! Willen*soldat!* Willwillwillen*SOLDAT!«*

Nun betrachtete Nanny die Flickenpuppe in Pewseys klebriger Hand und den Ausdruck beleidigter, tränenreicher Wut auf dem Teil seines Gesichts, den man um den aufgerissenen Mund herum erkennen konnte -

*»IchwillwillenS*OLDAT*!«*

– und dann die anderen Hexen und das Gesicht von Oma Wetterwachs, und sie spürte, wie eine schreckliche, kalte Scham von den Füßen angefangen in ihr emporstieg.

»Ich habe ihm gesagt, er kann sie hineinwerfen und es noch einmal versuchen«, sagte Oma kleinlaut, »aber er wollte einfach nicht hören.«

*» willwillS*OL *–«*

»Pewsey Ogg, wenn du nicht augenblicklich still bist, wird Nanny –«, begann Nanny Ogg und griff auf die schlimmste Strafe zurück, die sie sich ausdenken konnte: »Wird Nanny dir nie wieder Süßigkeiten geben!«

Pewsey klappte den Mund zu; der Schock dieser unvorstellbaren Drohung hatte ihn verstummen lassen. Dann baute sich zu Nannys Entsetzen Lätizia Ohrwurm vor Oma auf und sagte: »Fräulein Wetterwachs, wir würden es vorziehen, wenn Sie gingen.«

»Falle ich jemandem zur Last?« fragte Oma. »Ich hoffe, ich falle niemandem zur Last. Ich *will* niemandem zur Last fallen. Er hat nur sein Glück versucht und –«

»Sie ... machen die Leute nervös.«

Jeden Augenblick jetzt, dachte Nanny. Jeden Augenblick wird sie den Kopf heben und die Augen zusammenkneifen, und wenn Lätizia dann nicht zwei Schritte zurückweicht, ist sie viel härter im Nehmen als ich.

»Kann ich nicht bleiben und zusehen?« fragte Oma leise.

»Ich weiß, was Sie vorhaben«, sagte Lätizia. »Sie wollen den Wettstreit verderben, richtig? Sie können den Gedanken nicht ertragen, besiegt zu werden, und darum planen Sie etwas Gemeines.«

Drei Schritte zurück, dachte Nanny. Sonst wird nichts als Knochen zurückbleiben. Jeden Moment ...

»Oh, ich möchte nicht, daß jemand denkt, ich würde irgendwas verderben«, sagte Oma. Sie seufzte und stand auf. »Ich gehe nach Hause ...«

»Nein, das wirst du nicht tun!« sagte Nanny Ogg scharf und drückte sie wieder auf den Stuhl. »Was denkst du darüber, Beryl Dismass? Und du, Letty Parkin?«

»Sie sind alle –«, begann Lätizia.

»Sie habe ich nicht gefragt!«

Die Hexen hinter Frau Ohrwurm wichen Nannys Blick aus.

»Nun, es ist nicht so ... ich meine, wir glauben nicht ...«, begann Beryl umständlich. »Das heißt ... ich hatte schon immer größten Respekt vor ... aber ... nun ja, es *ist* für alle Beteiligten ...«

Ihre Stimme brach. Lätizia schaute triumphierend drein.

»Wirklich? Ich glaube, dann sollten wir tatsächlich besser gehen«, sagte Nanny giftig. »Mir gefällt die Gesellschaft in der Gegend nicht.« Sie sah sich um. »Agnes? Würdest du mir helfen, Oma nach Hause zu bringen ...«

»Ich brauche wirklich keine ...«, begann Oma, aber die beiden anderen nahmen sie an den Armen und drängten sie sanft durch die Menge, die sich teilte, um sie durchzulassen, und sich umdrehte, um ihnen nachzusehen.

»Unter den Umständen ist das wahrscheinlich das Beste«, sagte Lätizia. Mehrere der Hexen versuchten, ihr nicht ins Gesicht zu sehen.

In Omas Küche lagen überall Stoffetzen auf dem Boden, gelierte Marmelade war von der Tischplatte getropft und hatte einen Haufen auf dem Boden gebildet, der sich nicht entfernen ließ. Der Marmeladentopf war zum Einweichen in der Spüle gelassen worden, aber es war klar, daß das Gußeisen rosten würde, bevor die Marmelade jemals weich wurde.

Daneben stand eine Reihe leerer Einmachgläser.

Oma setzte sich und faltete die Hände im Schoß.

»Möchtest du eine Tasse Tee, Esme?« fragte Nanny Ogg.

»Nein, meine Liebe, danke. Geh zum Wettstreit zurück. Mach dir um mich keine Sorgen«, sagte Oma.

»Bist du sicher?«

»Ich bleibe nur still hier sitzen. Mach dir keine Gedanken.«

»Ich gehe nicht zurück!« zischte Agnes, als sie gingen. »Ich mag es nicht, wie Lätizia lächelt ...«

»Du hast mir einmal gesagt, du magst es nicht, wie Esme die *Stirn runzelt«,* sagte Nanny.

»Ja, aber einem Stirnrunzeln kann man vertrauen. Äh ... du glaubst doch nicht, daß sie es verliert, oder?«

»Wenn ja, wird niemand imstande sein, es zu finden«, sagte

Nanny. »Nein, du kommst mit mir zurück. Ich bin *sicher*, daß sie ... etwas im Schilde führt.« *Wenn ich nur wüßte, was es ist, dachte sie. Ich bin nicht sicher, ob ich das Warten noch lange aushalten kann.*

Sie konnte die wachsende Spannung schon spüren, bevor sie das Feld erreicht hatten. Natürlich herrschte *immer* eine gewisse Spannung, das gehörte zum Wettstreit dazu, aber diese Spannung hatte einen sauren, unangenehmen Beigeschmack. Die Nebenvorstellungen fanden immer noch statt, aber die gewöhnlichen Leute strömten in Scharen davon, weil sie von Empfindungen gequält wurden, die sie nicht klar definieren, deren Einfluß sie sich aber trotzdem nicht entziehen konnten. Was die Hexen selbst betraf, so stellten sie alle Mienen zur Schau wie Schauspieler etwa zwei Minuten vor dem Ende eines Horror-Films, wenn sie wissen, daß das Monster seinen letzten Angriff plant, und nur fraglich ist, durch welche Tür es kommt.

Lätizia war von Hexen umringt. Nanny konnte laute Stimmen hören. Sie stieß eine andere Hexe an, die verdrossen zusah.

»Was geht da vor, Winnie?«

»Oh, Reena Trumpf hat ihre Vorstellung vermasselt, und ihre Freundinnen sagen, sie müßte einen zweiten Versuch bekommen, weil sie so nervös war.«

»Das ist eine Schande.«

»Und Virago Johnson ist weggelaufen, weil ihr Wetterzauber völlig schiefgegangen ist.«

»Ist wohl unter Wolken abgerauscht, hm?«

»Und ich hatte zwei linke Hände, als ich dran war. Du könntest mit Leichtigkeit gewinnen, Gytha.«

»Oh, ich habe nie der Preise wegen mitgemacht, Winnie, du kennst mich doch. Was zählt, ist nur der Spaß, dabeizusein.«

Die andere Hexe warf ihr einen scheelen Blick zu.

»Das hat sich fast glaubwürdig angehört«, sagte sie.

Gammer Beavis kam hastig zu ihnen gelaufen. »Du bist dran, Gytha«, sagte sie. »Gib dein Bestes, ja? Die einzige Konkurrentin bis jetzt ist Frau Weber mit ihrem pfeifenden Frosch, und es war so, daß er keinen einzigen Ton halten konnten. Das arme Ding war ein einziges Nervenbündel.«

Nanny Ogg zuckte die Achseln und betrat den abgeteilten Bereich. Irgendwo in der Ferne hatte jemand einen hysterischen Anfall, der von einem gelegentlichen besorgten Pfeifen untermalt wurde.

Im Gegensatz zur Magie der Zauberer, war bei der Magie der Hexen selten der Einsatz roher Kraft erforderlich. Der Unterschied ist wie der zwischen einem Hammer und einem Schalter. Hexen versuchten im allgemeinen, den kleinen Punkt zu finden, wo winzige Veränderungen große Wirkung erzielten. Um eine Lawine auszulösen, kann man entweder den Berg schütteln, oder man versucht einfach, die richtige Stelle zu finden, um eine Schneeflocke fallen zu lassen.

Dieses Jahr hatte Nanny müßig am Mann aus Stroh gearbeitet. Das war der ideale Trick für sie. Er brachte zum Lachen, er war ein bißchen anzüglich, er war viel einfacher, als er aussah, zeigte aber, daß man es ernst nahm, und es war unwahrscheinlich, daß man damit gewann.

Verdammt! Sie hatte damit gerechnet, daß der Frosch sie schlagen würde. An manchen Sommerabenden hatte sie ihn wunderschön pfeifen hören.

Sie konzentrierte sich.

Strohhalme raschelten durch die Stoppeln. Sie mußte sich nur die unmerklichen Winde zunutze machen, die über das Feld wehten, sie *hier* und *da* ein wenig abschweifen lassen, spiralförmig in die Höhe treiben und –

Sie versuchte, ihre zitternden Hände zu beruhigen. Sie hatte das schon hundertmal gemacht, sie konnte das verdammte Zeug mittlerweile zu *Knoten* binden. Sie sah das Gesicht von Esme Wetterwachs vor sich, wie sie einfach dasaß und verwirrt und verletzt aussah, während Nanny ein paar Sekunden lang bereit gewesen wäre, ihr den Hals umzu –

Einen Moment gelang es ihr, die Beine und eine Andeutung von Armen und Kopf hinzubekommen, Die Zuschauer applaudierten. Dann erwischte ein unberechenbarer Luftzug das Ding, bevor sie sich auf seinen ersten Schritt konzentrieren konnte, und es fiel als nutzloser Haufen Stroh in sich zusammen.

Sie machte ein paar hektische Gesten, um es wieder aufzurichten. Es zappelte herum, verfing sich und blieb reglos liegen.

Etwas mehr Applaus ertönte, nervös und sporadisch.

»Entschuldigung ... heute scheine ich es nicht hinzukriegen«, murmelte sie und schlich vom Feld.

Die Jurorinnen drängten sich umeinander.

»Ich denke, der Frosch hat seine Sache *echt gut* gemacht«, sagte Nanny, lauter als notwendig war.

Der Wind, der vor Augenblicken so widerspenstig gewesen war, wehte jetzt heftiger. Was man als psychische Dunkelheit des Ereignisses hätte bezeichnen können, wurde von der echten Dämmerung verstärkt.

Der Schatten des aufgeschichteten Freudenfeuers ragte auf der anderen Seite des Felds auf. Bis jetzt hatte es niemand übers Herz gebracht, es anzuzünden. Fast alle Nicht-Hexen waren nach Hause gegangen. Das Schöne, das der Tag gehabt hatte, war längst dahin.

Der Kreis der Jurorinnen löste sich auf; Frau Ohrwurm, deren Lächeln nur an den Mundwinkeln etwas wächsern wirkte, näherte sich der nervösen Menge.

»Nun, was war das doch für eine schwere Entscheidung«, sagte sie strahlend. »Aber auch was für ein überraschendes Ergebnis! Es war *wirklich* eine höchst schwierige Entscheidung –«

Zwischen mir und einem Frosch, der nicht pfeifen konnte und mit dem Fuß in seinem Banjo hängengeblieben ist, dachte Nanny. Sie betrachtete die Gesichter ihrer Hexenschwestern. Manche kannte sie seit sechzig Jahren. Wenn sie je ein Buch gelesen hätte, dann hätte sie jetzt ihre Gesichter wie eines lesen können.

»Wir wissen alle, wer gewonnen hat, Frau Ohrwurm«, sagte sie und unterbrach den Wortschwall.

»Was *meinen* Sie damit, Frau Ogg?«

»Hier ist keine einzige Hexe, die heute richtig bei Verstand war«, sagte Nanny. »Und die meisten haben sogar Glücksbringer gekauft. Hexen? Die Glücksbringer kaufen?« Mehrere Frauen sahen zu Boden.

»Ich weiß nicht, warum alle solche Angst vor Fräulein Wetterwachs haben! Ich habe gewiß keine! Glauben Sie, daß sie einen Zauber über Sie gelegt hat?«

»Und, wie es aussieht, einen ziemlich starken«, sagte Nanny.

»Sehen Sie, Frau Ohrwurm, niemand hat gewonnen, nicht mit den Leistungen, die wir heute gezeigt haben. Das wissen wir alle. Also lassen Sie uns einfach nach Hause gehen, ja?«

»Ganz sicher nicht! Ich habe zehn Dollar für diesen Pokal bezahlt, und ich werde ihn überreichen –«

Die absterbenden Blätter raschelten an den Bäumen.

Die Hexen rückten zusammen.

Zweige schlugen gegeneinander.

»Es ist der *Wind«*, sagte Nanny Ogg. »Das ist alles ...«

Und dann war Oma einfach *da*. Es war, als wäre ihnen nur nicht aufgefallen, daß sie schon die ganze Zeit dagewesen war. Sie besaß die Gabe, sich einfach aus dem Vordergrund auszublenden.

»Ich wollte nur vorbeischauen und sehen, wer gewonnen hat«, sagte sie. »In den Beifall einstimmen, und so ...«

Lätizia ging wutschnaubend auf sie zu.

»Haben Sie in den Köpfen der Leute herumgespukt?« kreischte sie.

»Und wie sollte ich das machen, Frau Ohrwurm?« fragte Oma unterwürfig. »Bei den vielen Glücksbringern?«

»Sie lügen!«

Nanny Ogg hörte, wie alle vernehmlich Luft einsogen, sie selbst am lautesten. Hexen lebten von ihren Worten.

»Ich lüge nicht, Frau Ohrwurm.«

»Leugnen Sie, daß Sie mir den Tag absichtlich verdorben haben?«

Einige Hexen vorne in der Menge wichen zurück.

»Ich gebe zu, meine Marmelade ist nicht nach jedermanns Geschmack, aber ich habe nie –«, begann Oma mit bescheidener, leiser Stimme.

»Sie haben alle beeinflußt!«

»– ich habe Ihnen nur helfen wollen, Sie können jeden fragen –«

»Sie waren es! Gestehen Sie!« Frau Ohrwurms Stimme klang schrill wie die einer Möwe.

»– und ich habe ganz gewiß keine –«

Omas Kopf drehte sich mit der Ohrfeige.

Einen Augenblick bewegte sich niemand, atmete niemand.

Sie hob langsam eine Hand und rieb sich die Wange.

»Sie wissen, Sie hätten es mühelos tun können!«

Nanny hatte den Eindruck, als würde Lätizias Schrei von den Bergen widerhallen.

Der Pokal fiel ihr aus den Händen und landete knirschend in den Stoppeln.

Dann kam Bewegung in die erstarrte Szene. Zwei ihrer Hexenschwestern traten vor und legten Lätizia die Hände auf die Schultern, worauf sie sanft und ohne Einwände weggezogen wurde.

Alle anderen warteten gespannt, was Oma Wetterwachs tun würde. Sie hob den Kopf.

»Ich hoffe, Frau Ohrwurm geht es gut«, sagte sie. »Sie schien mir ein bißchen ... außer sich zu sein.«

Es folgte Schweigen. Nanny hob den vergessenen Pokal auf und klopfte mit dem Zeigefinger dagegen.

»Hmm«, sagte sie. »Nur versilbert, glaube ich. Wenn sie zehn Dollar dafür bezahlt hat, wurde die arme Frau praktisch ausgeraubt.« Sie warf ihn Gammer Beavis zu, die ihn aus der Luft fing. »Kannst du ihn ihr morgen zurückgeben, Gammer?«

Gammer nickte und versuchte, Oma nicht in die Augen zu sehen.

»Aber davon müssen wir uns nicht alles verderben lassen«, sagte Oma liebenswürdig. »Lassen wir den Tag angemessen zu Ende gehen, ja? Sozusagen traditionell. Röstkartoffeln und Marshmallows und Geschichten am Feuer. Und Vergebung. Und lassen wir Vergangenes vergangen sein.«

Nanny konnte die plötzliche Erleichterung spüren, die sich wie ein Fächer ausbreitete. Die Hexen schienen zum Leben zu erwachen, als sei ein Zauber von ihnen genommen worden, der überhaupt nie dagewesen war. Es ging ein allgemeiner Ruck durch die Menge, und ein erstes geschäftiges Treiben fand statt, als sie zu den Satteltaschen an ihren Besenstielen gingen.

»Herr Hopcroft hat mir einen ganzen Sack Kartoffeln gegeben«, sagte Nanny, als Unterhaltungen ringsum anschwollen. »Ich gehe sie holen. Kannst du das Feuer anzünden, Esme?«

Wegen der plötzlichen Luftveränderung sah sie auf. Omas Augen funkelten in der Dunkelheit.

Nanny hatte Verstand genug, sich auf den Boden zu werfen.

Oma Wetterwachs' Hand schnellte wie ein Komet durch die Luft, der Funke flog knisternd davon.

Der Scheiterhaufen explodierte. Eine blauweiße Flamme schoß zwischen den aufgeschichteten Ästen hindurch, loderte himmelwärts und ätzte Schatten auf den Wald. Sie blies Hüte von Köpfen und warf Tische um und bildete Gestalten und Schlösser und Helden berühmter Schlachten, die sich die Hände reichten und im Kreis tanzten. Sie hinterließ ein purpurnes Bild auf den Augen, das sich ins Gehirn brannte –

Und sank nieder und war nur ein Freudenfeuer.

»Ich hab nix von *vergessen* gesagt«, sagte Oma.

Als Oma Wetterwachs und Nanny Ogg in der Dämmerung nach Hause gingen, wirbelten ihre Stiefel den Nebel auf. Es war im großen und ganzen eine schöne Nacht gewesen.

Nach einer Weile sagte Nanny: »Das war nicht nett, was du gemacht hast.«

»Ich hab nichts gemacht.«

»Ja, schon ... Es war nicht nett, was du nicht gemacht hast. Als würde man jemandem, der sich gerade setzen will, den Stuhl wegziehen.«

»Leute, die sich nicht vergewissern, wohin sie sich setzen, sollten stehen bleiben«, sagte Oma.

Es plätscherte kurz auf das Laub, einer jener kurzen Schauer, die man bekommt, wenn ein paar Regentropfen sich nicht der Gruppe anschließen wollen.

»Ja, schon richtig«, sagte Nanny. »Aber es war ein klein bißchen grausam.«

»Stimmt.«

»Und ein paar Leute könnten denken, daß es ein klein wenig garstig war.«

»Stimmt.«

Nanny erschauerte. Der Gedanke, der ihr in den wenigen Sekunden durch den Kopf gegangen war, nachdem Pewsey geschrien hatte –

»Ich habe euch keinen Grund gegeben«, sagte Oma. »Ich habe den Leuten *nichts* in die Köpfe gesetzt, was nicht schon da gewesen wäre.

»Entschuldige, Esme.«

»Recht so.«

»Aber ... Lätizia *wollte* nicht grausam sein, Esme. Ich meine, sie ist gemein und herrschsüchtig und albern, aber –«

»Du kennst mich, seit wir Mädchen waren, richtig?« unterbrach Oma sie. »Durch dick und dünn, gut und böse?«

»Ja, natürlich, aber –«

»Und du hast dich nie dazu herabgelassen, mir zu sagen: ›Ich sage dir das als Freundin‹, oder?«

Nanny schüttelte den Kopf. Das sagte wirklich alles. Niemand, der einem auch nur ein bißchen freundlich gesonnen war, würde so etwas je sagen.

»Zu was ermächtigt uns die Hexerei überhaupt?« fragte Oma.

»Keine Ahnung«, sagte Nanny. »Um ehrlich zu sein, ich habe mit der Hexerei angefangen, um Jungs aufzugabeln.«

»Glaubst du, das wüßte ich nicht?«

»Warum hast du angefangen? Was wolltest du sein, Esme?«

Oma blieb stehen und sah zum frostigen Himmel und dann auf den Boden.

»Weiß nicht«, sagte sie. »Quitt, nehme ich an.«

Und damit, dachte Nanny, war das Thema erledigt.

Rehe sprangen davon, als sie Omas Hütte erreichten.

Ein Stapel Feuerholz war fein säuberlich an der Hintertür aufgeschichtet, und auf der Schwelle lagen zwei Säcke. Einer enthielt einen großen Käse.

»Sieht so aus, als wären Herr Hopcroft und Herr Hühnerbang hiergewesen«, sagte Nanny.

»Hmmm.« Oma las den sorgfältig, aber fehlerhaft geschriebenen Zettel, der an dem zweiten Sack befestigt war: »›Liebe Frau Wetterwax, ich wäre Ihnen ühberaus dankbar, wenn Sie mir gestatten würden, diese neue preißverdächtige Züchtung »Esme Wetterwax« zu nennen. Ich hoffe, Sie sind bei beßter Gesundheit. Percy Hopcroft.‹ Schau, schau, *schau.* Ich frage mich, wie er auf die Idee gekommen ist.«

»Keinen Schimmer«, sagte Nanny.

»Das glaub ich dir aufs Wort«, sagte Oma.

Sie schnupperte mißtrauisch an dem Sack, zog an der Schnur und holte eine Esme Wetterwachs heraus.

Rund, leicht flach und spitz an einem Ende. Es war eine Zwiebel.

Nanny Ogg schluckte. »Ich habe ihm gesagt, *keine* –«

»Pardon?«

»Oh ... nichts ...«

Oma Wetterwachs drehte die Zwiebel herum, während die Welt durch das Medium Nanny Ogg auf ihr Schicksal wartete. Dann schien sie zu einer Entscheidung zu kommen, mit der sie zufrieden war.

»Sehr nützliches Gemüse, eine Zwiebel«, sagte sie schließlich. »Fest. Scharf.«

»Gut für die Verdauung«, sagte Nanny.

»Haltbar. Gibt Geschmack.«

»Scharf und würzig«, sagte Nanny, die in der Flut ihrer Erleichterung den Überblick über die Metapher verlor. »Lecker mit Käse –«

Soweit müssen wir nicht gehen«, sagte Oma Wetterwachs und legte sie vorsichtig in den Sack zurück. Sie hörte sich fast geschmeichelt an. »Kommst du auf eine Tasse Tee rein, Gytha?«

»Ähem ... ich sollte los –«

»Auch recht.«

Oma wollte die Tür zumachen, hielt inne und öffnete sie noch einmal. Nanny konnte ein blaues Auge sehen, das sie durch den Spalt beobachtete.

»Aber ich hatte recht, nicht wahr«, sagte Oma. Es war keine Frage.

Nanny nickte.

»Richtig«, sagte sie.

»Das ist nett.«

Das Schwert der Wahrheit

TERRY GOODKIND

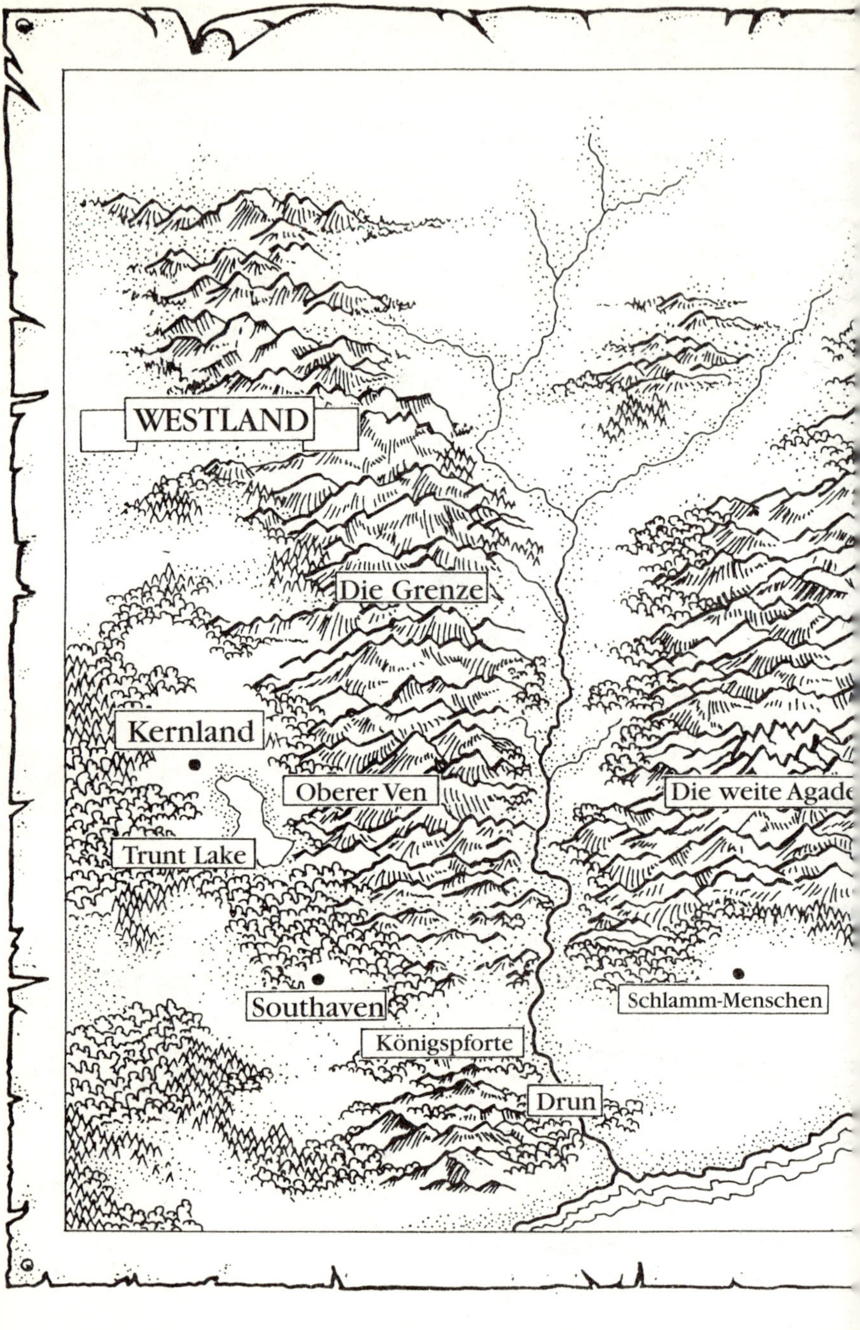

WESTLAND
Die Grenze
Kernland
Oberer Ven
Die weite Agade
Trunt Lake
Southaven
Schlamm-Menschen
Königspforte
Drun

Aydindril
Rang-Shada-Gebirge
D'HARA
Die Grenze
DIE MIDLANDS
Palast des Volkes
Azrith-Ebene
Tamarang
Die Wildnis
Callisidrin
DIE ALTE WELT
Kern
Tanimura

Das erste Gesetz der Magie (1995)
Der Schatten des Magiers (1995)
Die Schwestern des Lichts (1997)
Der Palast der Propheten (1997)
Die Günstlinge der Unterwelt (1997)
Die Dämonen des Gestern (1997)
Die Nächte des roten Mondes (1998)
Der Tempel der vier Winde (1998)

Terry Goodkind platzte 1995 mit der Veröffentlichung von *Das Erste Gesetz der Magie* in die Fantasy-Szene hinein. Darin, und im Folgeband *Der Schatten des Magiers,* wird die Geschichte von Richard Cypher erzählt, einem jungen Mann, der erfährt, daß er der Schlüssel ist, um den bösen Zauberer Darken Rahl zu besiegen, der droht, alle Länder und Völker zu unterwerfen. Die weiteren Romane der Serie haben Goodkind auf die Bestsellerlisten gebracht.

Als Richard auf Kahlan trifft, eine faszinierende, aber geheimnisvolle Frau, die von vier Häschern verfolgt wird, ahnt er nicht, daß sein Leben als Führer durch den Wald bald vollkommen verändert sein wird. Richard, ein Mann mit seinen eigenen beunruhigenden Geheimnissen, hilft Kahlan, den Zauberer zu finden, den sie sucht, aber als die Grenzen zwischen den Ländern allmählich zusammenbrechen, stellt er fest, daß er nicht nur in einer fremden neuen Welt gefangen, sondern auch unentrinnbar in Kahlans Suche nach Mitteln und Wegen verstrickt ist, Darken Rahl aufzuhalten, den charismatischen und verschlagenen Herrscher des fernen Landes D'Hara. Darken Rahl hat einen Krieg mit Waffen und psychologischen Mitteln gegen das Volk der Midlands vom Zaun gebrochen und strebt nach der Macht, sie alle zu beherrschen. In einem Wettlauf gegen die Zeit versuchen Richard und Kahlan, den Quell dieser Macht zu finden, bevor Darken Rahl ihnen ein unbarmherziges Schicksal aufzwingen kann. Richard, der eine tiefe Zuneigung für Kahlan entwickelt, muß endlose Lektionen über sich ergehen lassen, wie das Böse eine Welt mißbraucht, die keinen Argwohn hegt. Die Serie wird in dem Maß, wie sie einen Kampf um Schicksal und Freiheit schildert, auch zu einer inneren Suche. Im Verlauf der Jagd nach der alles entscheidenden Waffe - das Schwert der Wahrheit - muß er lernen, daß es um weitaus mehr geht als um die simple Frage von Leben und Tod und daß die Trennlinie zwischen moralischen und bösen Entscheidungen häufig durch Apathie, Unwissenheit und Gier umnebelt wird.

In *Die Schwestern des Lichts* und *Der Palast der Propheten* bemüht sich Richard, die Macht der Magie zu meistern, die ihm von Geburt an zusteht, stellt aber fest, daß die Anstrengung, diese Magie anzuwenden, sein Leben bedroht. Um ihn zu retten, schickt Kahlan ihn in ihrer Verzweiflung mit den Schwestern des Lichts fort. Die Schwestern, die ihm beizubringen versprechen, wie er seine Kräfte unter Kontrolle bringt, schaffen ihn über das Tal der Verlorenen hinaus zum Palast der Propheten in der Alten Welt. Kahlan unternimmt eine weite Reise, um ihren Freund und Mentor zu finden, den Ersten Zauberer Zedd. Unterwegs begegnet sie den Bewohnern einer Stadt, die von der Imperialen Ordnung angegriffen wurde, und muß eine Armee junger Rekruten zu einer Streitmacht ausbilden, die nicht nur diese neue Bedrohung für die Midlands aufhalten, sondern auch Rache nehmen kann. Zu Richards Lehrern gehören, wie sich herausstellt, einige, die sich dem Bewahrer der Unterwelt verschworen haben und Richard benutzen wollen, um ihren Meister zu befreien. Ohne es zu ahnen, hat Richard ihnen bereits geholfen, indem er seine Gabe angewandt und den Schleier zerrissen hat, der das Reich der Toten von der Welt der Lebenden trennt. Richards einzige Hoffnung, alle zu retten, besteht darin, den Stein der Tränen zu finden, aber dazu muß er aus seinem Gefängnis im Palast der Propheten entkommen. Und bevor er fliehen kann, muß er lernen, seine Gabe zu meistern, ehe die Schwestern der Dunkelheit, die ihn vernichten wollen, ihn für ihre Zwecke einspannen können.

In den Folgebänden, *Die Günstlinge der Unterwelt* und *Die*

Dämonen des Gestern, gelüstet es den Kaiser der Imperialen Ordnung danach, die Midlands zu erobern. Zu diesem Zweck versucht er, eine Armee von gegen die Magie eingestellten Eiferern einzusetzen, um die Midlands von allen zu befreien, die von Geburt an magische Kräfte besitzen. Der Kaiser, ein Traumwandler, der selbst über magische Fähigkeiten verfügt, bringt die Schwestern der Dunkelheit in seine Gewalt und setzt sie gegen Richard und Kahlan ein, während das Volk, das sich das Blut der Falte nennt, selbst die Eroberung der Midlands plant. Wenn Richard nicht die Macht ergreifen und die zersplitterten Midlands vereinigen kann, wird die Imperiale Ordnung über das Land kommen, ein Zeitalter der Sklaverei über die Midlands bringen, und die letzten Flammen der Freiheit werden für immer verlöschen.

In *Der Tempel der vier Winde* schickt Kaiser Jagang einen Attentäter aus, um Richard zu töten, und entfesselt dabei eine tödliche Seuche. Die Ausbreitung der Krankheit fordert jeden Tag mehr Menschenleben, während Richard und Kahlan verzweifelt nach einem Heilmittel suchen. Vertrauen und Liebe werden auf einem verschlungenen Pfad von Hingabe und Verrat auf die Probe gestellt. Während tagtäglich Hunderte und danach Tausende ihres Volkes sterben, müssen Richard und Kahlan den Tempel der Winde finden und entscheiden, ob sie bereit sind, den schrecklichen Preis zu zahlen, damit sie ihn betreten dürfen.

Die nachfolgende Geschichte spielt einige Jahre vor den Ereignissen in *Das erste Gesetz der Magie.*

TERRY GOODKIND

Die Knochenschuld

»Was hast du da in dem Sack, Herzchen?«

Abby betrachtete einen fernen Schwarm pfeifender Schwäne, anmutige weiße Fleckchen vor den dunklen, gewaltigen Mauern der Feste, deren endlose Reise vorbei an Brustwehren, Bastionen, Türmen und Brücken im Licht der tiefstehenden Sonne führte. Das bedrohliche Gespenst der Feste schien schon den ganzen Tag herüberzustarren, während Abby gewartet hatte. Sie wandte sich der gebückten alten Frau vor ihr zu.

»Entschuldige, hast du mich etwas gefragt?«

»Ich habe gefragt, was du in dem Sack da hast.« Als die Frau aufschaute, fuhr sie mit der Zungenspitze durch ihre Zahnlücke. »Etwas Kostbares?«

Abby drückte den Bärlappsack fest an sich und wich ein wenig vor der grinsenden Frau zurück. »Nur ein paar von meinen Sachen, das ist alles.«

Ein Offizier, gefolgt von einer ganzen Schar Adjutanten und Wachen, marschierte unter einem massiven Fallgatter hindurch, das in der Nähe aufragte. Abby und die anderen Bittsteller, die am Ende der steinernen Brücke warteten, drängten sich dichter zur Seite, obwohl die Soldaten genügend Raum hatten, um zu passieren. Der Offizier, dessen grimmiger Blick nichts um sich herum sah, erwiderte den Salut nicht, als die Brückenwachen mit der Faust auf ihre Rüstung über dem Herzen schlugen.

Den ganzen Tag herrschte vor der Feste ein unablässiges Kommen und Gehen von Soldaten aus verschiedenen Ländern und der Bürgerwehr aus der großen Stadt Aydindril in der Niederung. Manchen sah man die Strapazen langer Reisen an. Manche trugen Uniformen, an denen noch Schmutz, Erde und Blut jüngster Schlachten klebten. Abby hatte sogar zwei Offiziere aus ihrer Heimat gesehen, dem Pendisanischen Reich. Für sie hatten die beiden wie Knaben ausgesehen, welche die dünne Glasur ihrer Jugend allzu früh abgestreift hatten, wie eine Schlange, die sich vor ihrer Zeit häutet, so daß die zutage getretene Reife vernarbt erscheint.

Darüber hinaus hatte Abby eine derartige Vielzahl bedeutender Leute gesehen, daß sie es kaum glauben konnte: Hexenmeisterinnen, Ratgeber und sogar eine Konfessorin vom Palast der Konfessorinnen unten in der Stadt. Auf ihrem Weg zur Feste herauf hatte es kaum eine Wegbiegung gegeben, von der aus Abby keinen Ausblick auf den prunkvollen Palast aus weißem Stein der Konfessorinnen gehabt hätte. Die Allianz der Midlands, die von der Mutter Konfessorin persönlich angeführt wurde, hielt ihren Rat in dem Palast ab, und dort lebten auch die Konfessorinnen.

In ihrem ganzen Leben hatte Abby vorher nur einmal eine Konfessorin gesehen. Die Frau war Abbys Mutter besuchen gekommen, und Abby, damals keine zehn Jahre alt, hatte nicht anders gekonnt, als das lange Haar der Konfessorin anzustarren. Abgesehen von ihrer Mutter war keine Frau in der kleinen Stadt Coney Crossing bedeutend genug, daß sie sich Haare leisten konnten, die bis auf die Schultern reichten. Abbys eigenes feines dunkelbraunes Haar bedeckte die Ohren, aber nicht mehr.

Als sie auf dem Weg zur Feste durch die Stadt gekommen war, war es ihr schwergefallen, die Edelfrauen mit Haaren bis auf die Schultern und sogar ein wenig darüber hinaus nicht anzustarren. Aber die Konfessorin, die im schlichten schwarzen Satingewand der Konfessorinnen zur Feste hinaufging, hatte Haare, die ihr bis halb über den Rücken reichten.

Sie wünschte sich, sie hätte einen besseren Blick auf den seltenen Anblick derart luxuriösen Haares werfen können, und auf die Frau, die bedeutend genug war, es zu tragen, aber Abby war wie alle übrigen in ihrer Gesellschaft vor der Brücke auf die Knie gegangen und fürchtete sich wie alle übrigen davor, den gesenkten

Kopf zu heben, damit sie dem Blick der anderen nicht begegnete. Man sagte, einer Konfessorin direkt in die Augen zu schauen, konnte einen den Verstand kosten, wenn man Glück hatte, und die Seele, wenn man Pech hatte. Auch wenn Abbys Mutter gesagt hatte, daß das nicht stimmte, daß nur die willentliche Berührung einer solchen Frau das bewirken konnte, wollte Abby nicht ausgerechnet heute, an diesem Tag, herausfinden, ob an den Geschichten etwas dran war.

Die alte Frau vor ihr, die mehrere Röcke trug, deren oberster mit Henna gefärbt war, und einen dunklen Schal dazu, sah den vorbeimarschierenden Soldaten nach und beugte sich näher herüber. »Du wärst gut beraten, einen Knochen mitzubringen, Herzchen. Ich habe gehört, daß es Leute in der Stadt gibt, die einen Knochen, wie du ihn brauchst, für den richtigen Preis verkaufen. Zauberer nehmen kein Pökelfleisch als Bezahlung. Sie haben Pökelfleisch.« Sie sah an Abby vorbei zu den anderen und stellte fest, daß sie mit ihren eigenen Belangen beschäftigt waren. »Du solltest besser deine Sachen verkaufen und hoffen, daß du genug für einen Knochen zusammenkriegst. Zauberer wollen nicht, was ein Mädchen vom Land ihnen bringen kann. Ist nicht leicht, einen Zauberer dazu zu bringen, daß er einem einen Gefallen tut.« Sie sah den Soldaten nach, die die andere Seite der Brücke erreicht hatten. »Anscheinend nicht mal für diejenigen, die ihnen zu Gebote stehen.«

»Ich will nur mit ihnen reden. Das ist alles.«

»Soweit ich gehört habe, bekommt man für Pökelfleisch nicht mal ein Gespräch.« Sie betrachtete Abbys Hand, mit der sie versuchte, die glatte, runde Form in dem Leinwandsack zu bedecken. »Oder einen Krug, den du gemacht hast. Was ist es, Herzchen?« Die braunen Augen in der runzligen Ledermaske ihres Gesichts schauten plötzlich humorlos und stechend auf. »Ein Krug?«

»Ja«, sagte Abby. »Ein Krug, den ich gemacht habe.«

Die Frau lächelte skeptisch und schob eine kurze graue Strähne unter ihre Wollmütze zurück. Sie legte die gichtigen Finger um den Ärmel von Abbys scharlachrotem Kleid und zog ihn ein bißchen hoch, um den Arm betrachten zu können.

»Vielleicht könntest du den Preis für einen angemessenen Knochen für deinen Armreif bekommen.«

Abby sah auf den Armreif hinab, der aus zwei Drähten bestand, die zu ineinander verschlungenen Kreisen geflochten waren. »Meine Mutter hat mir den gegeben. Er hat nur persönlichen Wert für mich.«

Langsam umspielte ein Lächeln die rissigen Lippen der Frau. »Die Geister glauben, es gibt keine größere Macht als das Verlangen einer Mutter, ihr Kind zu beschützen.«

Abby zog den Arm behutsam weg. »Die Geister wissen, wie wahr das ist.«

Abby, die sich unter dem prüfenden Blick der plötzlich so redseligen Frau unwohl fühlte, suchte nach einer ungefährlichen Stelle, auf der sie die Augen ruhen lassen konnte. Ihr wurde schwindlig, wenn sie in den gähnenden Abgrund unter der Brücke sah, und sie war es satt, die Feste der Zauberer zu betrachten, daher tat sie so, als wäre ihre Aufmerksamkeit wieder von der Schar von Leuten angezogen worden, überwiegend Männern, die mit ihr am Ende der Brücke warteten. Sie beschäftigte sich damit, an der letzten Brotkruste des Laibs zu knabbern, den sie unten auf dem Markt gekauft hatte, bevor sie zur Feste heraufgekommen war.

Abby kam sich stets linkisch vor, wenn sie mit Fremden sprach. In ihrem ganzen Leben hatte sie noch nie so viele Menschen gesehen, geschweige denn Menschen, die sie gar nicht kannte. Sie kannte jeden einzelnen in Coney Crossing. Die Stadt machte sie kleinmütig, aber nicht so verzagt wie die Feste, die auf dem Berg darüber in den Himmel ragte, und beides nicht so sehr wie der Grund, aus dem sie hier war.

Sie wollte nur nach Hause. Aber es würde kein Zuhause mehr geben, jedenfalls keines, wohin sie zurückkehren konnte, wenn sie dies nicht hinter sich brachte.

Alle schauten auf, als Hufschlag unter dem Fallgatter erklang. Große Pferde, alle dunkelbraun oder schwarz und größer, als Abby sie je gesehen hatte, donnerten auf sie zu. Männer mit polierten Brustplatten, Kettenpanzern und Leder, von denen die meisten Lanzen oder Speere mit den Wimpeln hoher Rangabzeichen trugen, trieben ihre Reittiere an. Sie wirbelten Staub und Geröll auf, als sie auf der Brücke beschleunigten und in einem wilden Sturm von Farben und Funken und Licht auf vorbeiflitzendem Metall vorüberstoben. Sandarianische Lanzenreiter, nach den Beschreibungen zu urteilen, die Abby gehört hatte. Sie konnte sich kaum einen Feind vorstellen, der den Mut aufbrachte, gegen Männer wie diese anzutreten.

Der Magen drehte sich ihr um. Ihr wurde klar, daß sie sich nichts vorstellen mußte und keinen Grund hatte, ihre Hoffnung auf tapfere Männer wie diese Lanzenreiter zu setzen. Ihre einzige Hoffnung war der Zauberer, und diese Hoffnung schwand zusehends, während sie hier stand und wartete. Aber sie hatte keine andere Wahl, als zu warten.

Abby drehte sich gerade noch rechtzeitig zur Feste um, daß sie eine stattliche Frau in einem schlichten Kleid durch die Öffnung in der massiven Steinmauer herausschreiten sah. Die blasse Haut hob sich um so deutlicher von dem schwarzen Haar ab, das in der Mitte gescheitelt war und gut und gerne bis auf ihre Schultern reichte. Einige Männer hatten beim Anblick der Sandarianischen Offiziere getuschelt, aber beim Anblick der Frau verstummten alle. Die vier Soldaten an der steinernen Brücke machten der Frau Platz, als sie sich den Bittstellern näherte.

»Hexenmeisterin«, flüsterte die alte Frau Abby zu.

Abby hätte die Erklärung der alten Frau nicht gebraucht, um zu wissen, daß es sich um eine Hexenmeisterin handelte. Abby kannte das schlichte Flachskleid, das am Hals mit gelben und roten Perlenstickereien in Form der uralten Symbole ihres Berufsstands verziert war. Abbys früheste Erinnerungen waren, wie sie von ihrer Mutter auf den Armen gehalten wurde und Perlen berührte, wie sie sie jetzt sah.

Die Hexenmeisterin neigte den Kopf vor den Leuten und lächelte. »Bitte vergebt uns, daß wir euch den ganzen langen Tag hier draußen warten ließen. Es geschah nicht aus mangelndem Respekt oder schlechter Gewohnheit, aber durch den Krieg sind solche Vorsichtsmaßnahmen zu unserem Bedauern unvermeidlich. Wir hoffen, daß uns niemand die Verzögerung übelgenommen hat.«

Die Menge murmelte, daß dem so sei. Abby bezweifelte, daß es einen unter ihnen gab, der tollkühn genug gewesen wäre, etwas anderes zu behaupten.

»Wie steht der Krieg?« fragte ein Mann weiter hinten.

Die Hexenmeisterin richtete den Blick gelassen auf ihn. »Mit dem Segen der guten Geister wird er bald zu Ende sein.«

»Mögen die Geister dafür sorgen, daß D'Hara zerschmettert wird«, sagte der Mann.

Ohne zu antworten, studierte die Hexenmeisterin die Gesichter, die ihr zugewandt waren, und wartete, ob noch jemand sprechen oder eine Frage stellen würde. Niemand sagte etwas.

»Dann kommt bitte mit mir. Die Sitzung des Rats ist zu Ende, einige Zauberer werden sich die Zeit nehmen, euch alle zu empfangen.«

Als die Hexenmeisterin sich zur Feste umdrehte und sich auf den Weg machte, schritten drei Männer an den Reihen der Bittsteller vorbei und stellten sich an den Anfang der Schlange, direkt vor die alte Frau. Die Frau zupfte einen am Ärmel seiner Samtjacke.

»Was bildet ihr euch ein?« sagte sie. »Euch einfach vor mich zu stellen, wo ich schon den ganzen Tag hier warte?«

Der älteste der drei, der ein Gewand in dunklem Purpur trug, in dessen Ärmelschlitze rotes Futter eingenäht war, das einen schroffen Kontrast bildete, schien ein Adliger mit seinen beiden Ratgebern oder möglicherweise Leibwächtern zu sein. Er maß die Frau mit einem finsteren Blick. »Es macht dir doch nichts aus, oder?«

Abby fand gar nicht, daß es sich wie eine Frage anhörte.

Die alte Frau nahm die Hand weg und verstummte.

Der Mann, dessen graue Haarspitzen sich auf den Schultern lockten, warf einen Blick auf Abby. Seine tiefliegenden Augen leuchteten herausfordernd. Sie schluckte und blieb still. Sie hatte auch keine Einwände, jedenfalls keine, die sie in Worte zu kleiden gedachte. Immerhin war der Adlige möglicherweise bedeutend genug, um dafür sorgen zu können, daß sie ihre Audienz nicht bekam. Jetzt, wo sie so kurz davor war, konnte sie es sich nicht leisten, ein Risiko einzugehen.

Abby wurde durch ein Kribbeln des Armreifs abgelenkt. Blind tastete sie mit den Fingern über das Gelenk der Hand, mit der sie den Sack hielt. Der Armreif aus Draht fühlte sich warm an. Das war seit dem Tod von Abbys Mutter nicht mehr vorgekommen. Aber an einem Ort, wo soviel Magie konzentriert war wie hier, überraschte sie das eigentlich nicht. Die Menge setzte sich in Bewegung, um der Hexenmeisterin zu folgen.

»Gemein sind sie«, flüsterte die Frau über ihre Schulter. »Gemein wie eine Winternacht, und genauso kalt.«

»Diese Männer?« flüsterte Abby zurück.

»Nein.« Die Frau legte den Kopf schief. »Hexenmeisterinnen. Zauberer auch. Die meine ich. Alle, die mit der Gabe der Magie geboren wurden. Du solltest besser etwas Wichtiges in diesem Sack haben, sonst könnten dich die Zauberer nur so aus Spaß in Staub verwandeln.«

Abby nahm den Sack fest in ihre Arme. Die größte Gemeinheit, die ihre Mutter zeit ihres Lebens begangen hatte, hatte darin bestanden, daß sie gestorben war, bevor sie ihre Enkeltochter sehen konnte.

Abby schluckte den Drang zu weinen hinunter und betete zu den guten Geistern, daß die alte Frau sich irrte, was die Zauberer betraf, und sie so verständnisvoll wie Hexenmeisterinnen waren. Sie betete inbrünstig, daß dieser Zauberer ihr helfen würde. Sie betete auch um Vergebung – daß die guten Geister Verständnis haben würden.

Abby bemühte sich sehr, einen gelassenen Gesichtsausdruck zu wahren, auch wenn ihr Innerstes in Aufruhr war. Sie drückte eine Faust auf den Bauch. Sie betete um Stärke. Selbst in dieser Situation betete sie um Stärke.

Die Hexenmeisterin, die drei Männer, die alte Frau, Abby und nach ihr die restlichen Bittsteller schritten unter dem riesigen Fallgatter aus Eisen hindurch und betraten den Innenhof der Feste. Im Inneren der massiven Schutzmauer, stellte Abby zu ihrer Verblüffung fest, war die Luft warm. Draußen war ein kühler Herbsttag, aber im Inneren herrschten frühlingshaft warme Temperaturen.

Die Straße zum Berg hinauf, die steinerne Brücke über den Abgrund und die Öffnung unter dem Fallgatter schienen der einzige Weg in die Feste zu sein, wenn man kein Vogel war. Lotrechte Mauern aus dunklem Stein mit hohen Fenstern säumten den mit Kies bedeckten Hof im Inneren. Einige Türen lagen unmittelbar am Innenhof, direkt gegenüber führte ein übertunnelter Weg tiefer in die Feste hinein.

Trotz der warmen Luft fröstelte Abby bis auf die Knochen. Sie war nicht sicher, ob die alte Frau mit ihrer Meinung über Zauberer nicht doch recht hatte. Das Leben in Coney Crossing war weit entfernt von den Belangen der Zauberer.

Abby hatte noch nie zuvor einen Zauberer gesehen und kannte auch niemanden, der einen gesehen hatte, abgesehen von ihrer Mutter, und ihre Mutter hatte nie von ihnen gesprochen, immer nur gemahnt, daß man, soweit es um Zauberer ging, nicht einmal seinen eigenen Augen trauen durfte.

Die Hexenmeisterin führte sie Granitstufen hinauf, die im Lauf der Zeitalter von zahllosen Füßen glattgeschliffen worden waren, durch eine Tür unter einem Türsturz aus schwarzem Granit mit rosa Flecken und in die eigentliche Feste hinein. Die Hexenmeisterin hob einen Arm in der Finsternis und drängte die Dunkelheit zurück. Lampen an den Wänden flammten auf.

Es war simple Magie - keine besonders eindrucksvolle Demonstration der Gabe -, aber mehrere Leute weiter hinten fingen besorgt an zu murmeln, als sie durch den breiten Flur gingen. Abby dachte sich, wenn dieses kleine Zauberkunststück sie schon in Angst versetzte, hatten sie bei den Zauberern nichts verloren.

Ihr Weg führte sie über den versenkten Boden eines imposanten Vorzimmers, wie es sich Abby nie hätte vorstellen können. Rote Marmorsäulen ringsum stützten Bögen unter Balkonen. In der Mitte des Raums spritzte ein Springbrunnen Wasser weit nach oben. Das Wasser fiel zurück und floß durch eine Folge von immer größeren halbrunden Schüsseln herab. Offiziere, Hexenmeisterinnen und eine Vielzahl anderer Leute saßen auf weißen Marmorbänken oder drängten sich in kleinen Gruppen und waren scheinbar alle in ernste, vom Plätschern des Wassers übertönte Gespräche vertieft.

In einem angrenzenden, wesentlich kleineren Raum gab ihnen die Hexenmeisterin mit einer Geste zu verstehen, daß sie sich auf eine Reihe geschnitzter Eichenbänke an einer Wand setzen sollten. Abby war hundemüde und erleichtert, daß sie sich endlich setzen konnte.

Licht von Fenstern über den Bänken fiel auf drei Gobelins, die an der hohen Wand gegenüber hingen. Alle drei zusammen bedeckten fast die ganze Wand und zeigten in ihrer Gesamtheit die Szene einer großen Prozession durch eine Stadt. Abby hatte etwas Ähnliches nie gesehen, aber da ihre Angst ihr gesamtes Denken durchdrang, konnte sie nicht einmal einem derart majestätischen Tableau Freude abgewinnen.

Im Zentrum des cremefarbenen Marmorbodens befand sich, aus eingelassenen Messingstreifen gefertigt, ein Kreis mit einem Quadrat darin, dessen Ecken den Kreis berührten. In dem Quadrat befand sich ein zweiter Kreis, gerade groß genug, daß er die Innenseiten des Quadrats berührte. Der innere Kreis enthielt einen Stern mit acht Zacken. Linien gingen von den Spitzen des Sterns aus und durchbohrten beide Kreise, jede zweite Linie halbierte eine Ecke des Quadrats.

Das Muster, das Grazie genannt wurde, wurde häufig von denen mit der Gabe gezeichnet. Der äußere Kreis symbolisierte den Anfang der unendlichen Geisterwelt jenseits. Das Quadrat symbolisierte die Grenze, die die Geisterwelt - die Unterwelt, die Welt der Toten - von dem inneren Kreis trennte, der wieder die Grenze der Welt des Lebens darstellte. In der Mitte von allem befand sich der Stern, der das Licht versinnbildlichte - den Schöpfer.

Es war eine Darstellung des Kontinuums der Gabe: Vom Schöpfer ging sie aus, durchdrang das Leben, und im Tode überquerte sie die Grenze zur Ewigkeit, und die Geister befanden sich in der Unterwelt im Gefilde des Bewahrers. Aber es symbolisierte auch eine Hoffnung - die Hoffnung, von der Geburt, das Leben hindurch und darüber hinaus, in der Unterwelt, im Licht des Schöpfers zu bleiben.

Man sagte, daß nur den Seelen derer, die im Leben von großer Bosheit gewesen waren, in der Unterwelt das Licht des Schöpfers versagt blieb. Abby wußte, sie würde zu einer Ewigkeit mit dem Bewahrer der Dunkelheit in der Unterwelt verdammt sein. Sie hatte keine Wahl.

Die Hexenmeisterin verschränkte die Arme. »Ein Gehilfe wird kommen und Sie nacheinander abholen. Ein Zauberer wird jeden von Ihnen empfangen. Der Krieg tobt; bitte fassen Sie Ihr Anliegen kurz.« Sie sah die Reihe der Leute entlang. »Aus reiner Verpflichtung denen gegenüber, denen wir dienen, empfangen die Zauberer Bittsteller, aber bitte versuchen Sie zu verstehen, daß individuelle Bitten dem höheren Guten häufig entgegengesetzt sind. Wenn man sich die Zeit nimmt, einem einzelnen zu helfen, wird häufig vielen die Hilfe versagt. Eine Ablehnung Ihrer Bitte bedeutet demzufolge nicht, daß Ihre Bedürfnisse mißachtet werden, sondern daß man das Wohl aller im Auge behält. In Friedenszeiten kommt es selten vor, daß Zauberer die unbedeutenden Anliegen der Bittsteller erfüllen. In einer Zeit wie dieser, der Zeit eines großen Krieges, ist es fast unerhört. Bitte verstehen Sie, daß es nichts damit zu tun hat, was wir uns wünschen, sondern eine Frage der Notwendigkeit ist.«

Sie sah die Reihe der Bittsteller entlang, aber keiner war bereit, auf sein Anliegen zu verzichten. Abby ganz gewiß nicht.

»Nun gut. Uns stehen derzeit zwei Zauberer zur Verfügung, um mit Bittstellern zu sprechen. Wir werden jeden von Ihnen zu einem bringen.«

Die Hexenmeisterin wandte sich ab, um zu gehen.

Abby erhob sich. »Bitte, Herrin, auf ein Wort?«

Die Hexenmeisterin richtete einen beunruhigenden Blick auf Abby. »Sprich.«

Abby trat vor. »Ich muß den Ersten Zauberer selbst sprechen. Zauberer Zorander.«

Eine Augenbraue wurde hochgezogen. »Der Erste Zauberer ist ein sehr beschäftigter Mann.«

Abby griff in den Sack und zog das Halsband vom Gewand ihrer Mutter heraus. Sie trat ins Zentrum der Grazie und küßte die roten und gelben Perlen des Halsbands.

»Ich bin Abigail, geboren von Helsa. Bei der Grazie und der Seele meiner Mutter muß ich Zauberer Zorander sprechen. Bitte. Ich habe keine unbedeutende Reise unternommen. Leben stehen auf dem Spiel.«

Die Hexenmeisterin sah zu, wie das Perlenband in den Sack zurückgelegt wurde. »Abigail, geboren von Helsa.« Sie sah Abby in die Augen. »Ich werde dem Ersten Zauberer deine Worte überbringen.«

»Herrin.« Abby drehte sich um und sah, daß die alte Frau aufgestanden war. »Ich wäre ebenfalls sehr froh, den Ersten Zauberer zu sprechen.«

Die drei Männer erhoben sich. Der älteste, der offenbar Herr und Meister der drei war, betrachtete die Hexenmeisterin mit einem Blick so bar jeder Schüchternheit, daß es an Verachtung grenzte. Sein langes graues Haar fiel nach vorne über sein Samtgewand, als er die Reihe der sitzenden Leute musterte, als wollte er sie herausfordern, aufzustehen. Da alle sitzen blieben, wandte er seine Aufmerksamkeit wieder der Hexenmeisterin zu.

»Ich will Zauberer Zorander sprechen.«

Die Hexenmeisterin musterte die Aufgestandenen und sah die Reihe der Bittsteller auf der Bank an. »Der Erste Zauberer hat sich einen Beinamen verdient: Wind des Todes. Viele von uns fürchten ihn nicht weniger als unsere Feinde. Noch jemand, der das Schicksal herausfordern möchte?«

Niemand von denen auf den Bänken brachte den Mut auf, dem scharfen Blick zu begegnen. Bis auf den letzten Mann schüttelten sie alle stumm die Köpfe. »In Kürze wird jemand kommen und Sie zu einem Zauberer führen.« Sie betrachtete erneut die Fünf, die aufgestanden waren. »Sind Sie alle Ihrer Sache sehr, sehr sicher?«

Abby nickte. Die alte Frau nickte. Der Edelmann sah finster drein.

»Nun gut. Dann kommt mit mir.«

Der Adlige und seine beiden Männer traten vor Abby. Die alte Frau schien damit zufrieden zu sein, ihren Platz am Ende der Schlange einzunehmen. Sie wurden durch schmale Flure und breite Korridore, manche dunkel und manche von erstaunlicher Pracht, tiefer in die Feste geführt. Überall standen Soldaten der Bürgerwehr, deren Brustplatten und Kettenpanzer rote Tuniken bedeckten, die mit schwarzen Säumen eingefaßt waren. Alle waren mit Schwertern oder Streitäxten bewaffnet und besaßen obendrein Messer, viele trugen zusätzlich Speere mit Spitzen und Widerhaken aus Stahl.

Am oberen Ende einer breiten weißen Marmortreppe öffneten sich die Steingeländer spiralförmig zu einem Raum mit anheimelnder Eichentäfelung. An mehreren der vorstehenden Paneele befanden sich Lampen mit polierten silbernen Spiegeln. Auf einem dreibeinigen Tisch stand eine Lampe mit zwei Schirmen aus geschliffenem Glas, deren Flammen das weiche Licht der Spiegel ergänzten. Ein dicker Teppich mit verschnörkeltem blauem Muster bedeckte fast den gesamten Holzboden.

Auf jeder Seite einer Doppeltür stand ein makellos gekleideter Soldat der Bürgerwehr. Beide Männer waren gleichermaßen hünenhaft. Sie sahen aus, als wären sie mehr als fähig, mit sämtlichen Gefahren fertig zu werden, die die Treppe heraufkommen mochten.

Die Hexenmeisterin nickte zu einem Dutzend prall gepolsterter Ledersessel in vier Gruppen. Abby wartete, bis sich die anderen für zwei Gruppen entschieden hatten, und nahm dann allein auf einer anderen Platz. Sie legte den Sack auf den Schoß und ließ die Hände auf seinem Inhalt ruhen.

Die Hexenmeisterin nahm eine steife Haltung ein. »Ich werde dem Ersten Zauberer mitteilen, daß er Bittsteller hat, die ihn sprechen wollen.«

Ein Soldat öffnete eine Hälfte der Doppeltür für sie. Als sie den großen angrenzenden Raum betrat, konnte Abby einen raschen Blick hineinwerfen. Sie konnte sehen, daß er von verglasten Oberlichtern gut ausgeleuchtet wurde. Im grauen Stein der Wände befanden sich weitere Türen. Bevor die Tür ins Schloß fiel, konnte Abby eine Anzahl anderer Leute sehen, sowohl Männer als auch Frauen, die alle hierhin und dorthin huschten.

Abby saß von der alten Frau und den drei Männern abgewandt, während sie mit einer Hand müßig den Sack auf ihrem Schoß streichelte. Sie befürchtete nicht, daß die Männer sie ansprechen könnten, aber sie wollte nicht mit der alten Frau reden; das wäre eine Ablenkung. Sie vertrieb sich die Zeit damit, sich in Gedanken zurechtzulegen, was sie dem Zauberer Zorander sagen wollte.

Wenigstens versuchte sie darüber nachzudenken. Was die Hexenmeisterin gesagt hatte, ging Abby nicht mehr aus dem Kopf, daß nämlich der Erste Zauberer der Wind des Todes genannt wurde, und zwar nicht nur von den Bewohnern von D'Hara, sondern auch von seinem eigenen Volk aus den Midlands. Abby wußte, daß das kein Ammenmärchen war, um Bittsteller von einem vielbeschäftigten Mann fernzuhalten. Abby selbst hatte schon gehört, wie Leute ihren großen Zauberer flüsternd »Der Wind des Todes« nannten. Diese geflüsterten Worte wurden stets voll Furcht ausgesprochen.

Die Länder von D'Hara hatten guten Grund, diesen Mann als ihren Gegner zu fürchten; er hatte nach Abbys Informationen einen Großteil ihrer Truppen vernichtet. Natürlich hätten sie den heißen Wind des Todes nicht gespürt, wenn sie nicht, auf Eroberung aus, in die Midlands eingedrungen wären.

Wären sie nicht eingedrungen, würde Abby jetzt nicht hier sitzen, in der Feste der Zauberer - sie wäre zu Hause, und alle, die sie liebte, wären in Sicherheit.

Abby nahm wieder das seltsame Kribbelgefühl des Armreifs wahr. Sie strich mit den Fingern darüber und spürte die ungewöhnliche Wärme. Es überraschte sie nicht, daß sich der Armreif in unmittelbarer Nähe einer mächtigen Person erwärmte. Ihre Mutter hatte ihr stets gesagt, daß sie es immer tragen sollte und es sich eines Tages als wertvoll für sie erweisen würde. Abby wußte nicht, wie sie das gemeint hatte, und ihre Mutter war gestorben, bevor sie es erklären konnte.

Hexenmeisterinnen waren dafür bekannt, daß sie Geheimnisse hüteten, selbst vor ihren eigenen Töchtern. Vielleicht, wenn Abby mit der Gabe geboren worden wäre ...

Sie warf einen Blick über die Schulter auf die anderen. Die alte Frau saß zurückgelehnt in ihrem Sessel und schaute zur Tür. Die Begleiter des Adligen hatten die Hände gefaltet und sahen sich beiläufig in dem Raum um.

Der Adlige selbst legte ein höchst seltsames Verhalten an den Tag. Er hatte sich eine Locke sandfarbenen Haares um den Finger gewickelt. Über diese Locke strich er mit dem Daumen, während er wütend die Tür anstarrte.

Abby wünschte sich nur, der Zauberer möge sich beeilen und sie empfangen, aber die Zeit schleppte sich störrisch dahin. Ein wenig wünschte sie sich, er würde sich weigern. Nein, dachte sie, das wäre untragbar. Wie groß auch ihre Furcht war, wie groß ihr Abscheu, sie mußte es tun. Unvermittelt ging die Tür auf. Die Hexenmeisterin kam heraus und schritt auf Abby zu.

Der Adlige sprang auf die Füße. »Ich werde ihn zuerst sprechen.« Seine Stimme klang kalt und bedrohlich. »Das ist keine Bitte.«

»Es ist unser Recht, ihn zuerst zu sehen«, sagte Abby, ohne nachzudenken. Als die Hexenmeisterin die Arme verschränkte, entschied Abby, daß es das beste wäre, jetzt fortzufahren: »Ich warte seit der Dämmerung. Diese Frau war die einzige, die vor mir wartete. Diese Männer sind erst gegen Ende des Tages gekommen.«

Abby erschrak, als die knochigen Finger der alten Frau sich um ihr Handgelenk legten. »Warum lassen wir diese Männer nicht zuerst gehen, Herzchen? Es geht nicht darum, wer als erster eingetroffen ist, sondern wer das wichtigste Anliegen hat.«

Abby wollte schreien, daß ihr Anliegen wichtig war, sah aber ein, daß die alte Frau sie möglicherweise vor ernsten Schwierigkeiten bei der Erledigung ihrer Aufgabe bewahrte. Widerwillig nickte sie der Hexenmeisterin zu. Als die Hexenmeisterin die drei Männer durch die Tür führte, konnte Abby die Blicke der alten Frau im Rücken spüren. Abby drückte den Sack an ihren vor Nervosität kribbelnden Bauch und sagte sich, daß es nicht mehr lange dauern würde, bis sie den Zauberer sprechen konnte.

Die alte Frau schwieg, während sie warteten, und darüber war Abby froh. Gelegentlich sah sie zu der Tür und flehte die guten Geister an, ihr beizustehen. Aber ihr wurde klar, daß das vergeblich war; die guten Geister würden ihr hierbei nicht helfen können.

Ein Brüllen ertönte aus dem Zimmer hinter der Tür. Es war ein Geräusch, als würde ein Pfeil durch die Luft sausen oder eine lange Gerte geschwungen werden, aber viel lauter und rapide anschwellend. Es endete mit einem schrillen Klatschen und einem Lichtblitz, den man unter der Tür und an deren Rändern sehen konnte. Die Tür erbebte in den Scharnieren.

Die plötzliche Stille hallte in Abbys Ohren. Sie stellte fest, daß sie die Armlehne umklammert hielt.

Beide Türen gingen auf. Die beiden Begleiter des Adligen kamen heraus, gefolgt von der Hexenmeisterin. Die drei blieben im Wartezimmer stehen. Abby holte tief Luft.

Einer der beiden Männer hielt den Kopf des Adligen in der Armbeuge. Die blassen Züge des Gesichts waren zu einem stummen Schrei erstarrt. Blut tropfte in Form zäher Fäden auf den Teppich.

»Bringt sie hinaus«, zischte die Hexenmeisterin einer der Wachen an der Tür mit zusammengebissenen Zähnen zu.

Der Soldat neigte den Speer zur Treppe, drängte sie vorwärts und folgte den beiden Männern nach unten. Scharlachrote Tropfen fielen auf die weißen Marmorstufen, als sie hinuntergingen. Abby saß steif und blaß vor Schock da.

Die Hexenmeisterin wirbelte zu Abby und der alten Frau herum.

Die Frau erhob sich. »Ich glaube, ich werde den Ersten Zauberer heute lieber nicht behelligen. Ich werde an einem anderen Tag wiederkommen, sollte es erforderlich sein.«

Sie beugte sich zu Abby hinüber. »Ich heiße Mariska.« Sie runzelte die Stirn. »Mögen die guten Geister dafür sorgen, daß du erfolgreich bist.«

Sie schlurfte zur Treppe, legte eine Hand auf das Marmorgeländer und schritt hinab. Die Hexenmeisterin schnippte mit den Fingern und gab dem verbliebenen Wachsoldaten ein Zeichen. Er sputete sich, die alte Frau zu begleiten, während die Hexenmeisterin sich zu Abby umdrehte.

»Der Erste Zauberer wird dich jetzt empfangen.«

Abby verschluckte sich beim Luftholen und versuchte, wieder zu Atem zu kommen, als sie aufstand.

»Was ist passiert? Warum hat der Erste Zauberer das getan?«

»Der Mann war im Auftrag eines anderen geschickt worden, um dem Ersten Zauberer eine Frage zu stellen. Der Erste Zauberer hat geantwortet.«

Abby drückte den Sack an sich, als hinge ihr Leben davon ab, während sie das Blut auf dem Boden betrachtete. »Könnte das auch die Antwort auf meine Frage sein, wenn ich sie stelle?«

»Ich weiß nicht, was für eine Frage du stellen willst.« Zum erstenmal wurde die Miene der Hexenmeisterin ein klein wenig sanfter. »Möchtest du, daß ich dich hinausbringe? Du könntest einen anderen Zauberer aufsuchen oder, wenn du etwas eingehender über dein Anliegen nachgedacht hast und es dann immer noch willst, an einem anderen Tag wiederkommen.«

Abby kämpfte mit Tränen der Verzweiflung. Es gab keine andere Wahl. Sie schüttelte den Kopf. »Ich muß ihn sehen.«

Die Hexenmeisterin gab einen Stoßseufzer von sich. »Nun gut.« Sie hielt eine Hand unter Abbys Arm, als müßte sie sie stützen. »Der Erste Zauberer wird dich jetzt empfangen.«

Abby drückte den Inhalt ihres Sacks an sich, als sie in die Kammer geführt wurde, wo der Erste Zauberer wartete. Fackeln in gußeisernen Halterungen brannten noch nicht. Der Spätnachmittagssonnenschein, der durch die verglasten Dachfenster einfiel, reichte noch aus, das Zimmer zu erhellen. Es roch nach Pech, Lampenöl, gebratenem Fleisch, nassem Stein und altem Schweiß.

Im Inneren herrschten Durcheinander und Aufruhr. Überall waren Leute, und alle schienen auf einmal zu reden. Auf rustikalen Tischen, die ohne ersichtliches Muster in dem Raum verteilt waren, drängten sich Bücher, Schriftrollen, Karten, Kreide, nicht angezündete Öllampen, brennende Kerzen, halb aufgegessene Mahlzeiten, Siegelwachs, Federkiele und ein Wirrwarr von allen möglichen seltsamen Gegenständen, von Bällen verknoteter Schnurstücke bis zu halb ausgeschütteten Sandsäcken. Um die Tische standen Leute herum, die sich unterhielten oder miteinander stritten, während andere auf Abschnitte in Büchern deuteten, über Schriftrollen grübelten oder kleine bemalte Gewichte auf den Karten verschoben. Andere rollten Scheiben gebratenen Fleisches von den Tellern zusammen und knabberten daran, während sie zusahen oder zwischen zwei Bissen ihre Meinung zum besten gaben.

Die Hexenmeisterin, die Abby immer noch unter dem Arm hielt, beugte sich zu ihr, während sie sich ihren Weg bahnten. »Du wirst die geteilte Aufmerksamkeit des Ersten Zauberers haben. Andere Leute werden gleichzeitig mit ihm reden. Laß dich nicht ablenken. Er wird dir zuhören und gleichzeitig anderen zuhören oder mit ihnen reden. Beachte die anderen einfach gar nicht, und stell ihm die Frage, die zu stellen du gekommen bist. Er wird dich hören.«

Abby war baff. »Während er mit anderen Leuten redet?«

»Ja.« Abby spürte, wie die Hand leicht ihren Arm drückte. »Versuche, ruhig zu sein und nicht danach zu urteilen, was vor dir geschehen ist.«

Das Töten. Das hatte sie gemeint. Jener Mann war gekommen, um mit dem Ersten Zauberer zu sprechen, und war dafür getötet worden. Und das sollte sie so einfach vergessen? Als sie den Kopf senkte, stellte sie fest, daß sie durch eine Blutspur schritt. Den geköpften Leichnam konnte sie nirgendwo entdecken.

Ihr Armreif kribbelte, und sie sah darauf hinab. Die Hand unter ihrem Arm veranlaßte sie, stehenzubleiben. Als Abby aufschaute, sah sie ein verwirrendes Knäuel von Leuten vor sich. Manche kamen von den Seiten hinzugeeilt, während andere sich entfernten. Manche ruderten mit den Armen und sprachen dabei mit großem Nachdruck. So viele redeten durcheinander, daß Abby kaum ein Wort verstehen konnte. Gleichzeitig beugten sich andere näher und flüsterten beinahe. Sie kam sich vor wie in einem menschlichen Bienenstock.

Abbys Aufmerksamkeit wurde auf eine Gestalt in Weiß auf einer Seite gelenkt. In dem Moment, als sie das lange Haar und die violetten Augen erblickte, die sie direkt ansahen, erstarrte Abby. Ein leiser Aufschrei entrang sich ihrer Kehle, während sie sich gleichzeitig auf die Knie fallen ließ und sich verbeugte, bis ihr der Rücken weh tat. Sie bebte und zitterte und rechnete mit dem Schlimmsten.

In dem Moment, bevor sie auf die Knie gesunken war, hatte sie gesehen, daß das elegante weiße Satinkleid am Hals quadratisch ausgeschnitten war, genau wie es bei den schwarzen Kleidern gewesen war. Der lange weiße Haarschopf ließ keinerlei Zweifel aufkommen. Abby hatte die Frau nie vorher gesehen, wußte aber ohne Zweifel, wer sie war. Diese Frau konnte man nicht verwechseln. Nur eine von ihnen trug das weiße Kleid.

Es war die Mutter Konfessorin persönlich.

Sie hörte ein Murmeln über sich, wagte aber nicht, ihm zuzuhören, falls der Tod auf sie herabbeschworen wurde.

»Steh auf, mein Kind«, sagte eine deutliche Stimme.

Abby wußte, es war die förmliche Antwort der Mutter Konfessorin an jemand von ihrem Volk. Es dauerte einen Moment, bis Abby begriff, daß sie keine Drohung bedeutete, sondern lediglich eine Zurkenntnisnahme. Sie starrte einen Blutfleck auf dem Boden an, während sie überlegte, was sie als nächstes tun sollte. Ihre Mutter hatte ihr nie beigebracht, wie sie sich verhalten mußte, sollte sie jemals der Mutter Konfessorin begegnen. Soweit sie wußte, hatte niemand aus Coney Crossing die Mutter Konfessorin je gesehen, geschweige denn kennengelernt. Andererseits hatte auch noch nie jemand von ihnen einen Zauberer getroffen.

Über ihr ertönte das geflüsterte Knurren der Hexenmeisterin. »Steh auf.«

Abby rappelte sich auf, ließ den Blick aber auf den Boden gerichtet, obwohl der Blutfleck sie mit Übelkeit erfüllte. Sie konnte das Blut riechen, als sei eins ihrer Tiere frisch geschlachtet worden. Der langen Spur nach zu urteilen war der Leichnam zu einer der Türen an der rückwärtigen Wand des Raums geschleift worden.

Die Hexenmeisterin sprach gelassen in dem Chaos. »Zauberer Zorander, das ist Abigail, geboren von Helsa. Sie wünscht, mit Euch zu reden. Abby, das ist der Erste Zauberer Zeddicus Zu'l Zorander.«

Abby wagte zaghaft, den Blick zu heben. Mandelbraune Augen sahen sie an.

Rechts und links von ihr standen jede Menge Menschen: große, abschreckende Offiziere - einige sahen aus wie Generäle; mehrere ältere Männer in Gewändern, einige schlicht, andere reich verziert; mehrere Männer mittleren Alters, teils in Gewändern und teils in Livree; drei Frauen - alle Hexenmeisterinnen; eine Vielzahl anderer Männer und Frauen und die Mutter Konfessorin.

Der Mann im Zentrum des Aufruhrs, der Mann mit den mandelbraunen Augen, war nicht das, was Abby erwartet hatte. Sie hatte einen zotteligen, grimmigen alten Mann erwartet. Dieser Mann war jung - vielleicht nicht älter als sie. Er war schlank und sehnig und trug ein schlichtes Gewand, kaum besser als Abbys Leinwandbeutel - das Kennzeichen seines hohen Amtes.

Einen solchen Mann hatte Abby nicht in einem Amt wie dem des Ersten Zauberers erwartet. Sie erinnerte sich daran, was ihre Mutter ihr gesagt hatte - den eigenen Augen nicht zu trauen, wenn es um Zauberer ging.

Ringsum sprachen Leute auf ihn ein, stritten mit ihm, ein paar brüllten sogar, aber der Zauberer schwieg und sah ihr in die Augen. Sein Gesicht war durchaus angenehm anzuschauen, von sanftem Äußeren, auch wenn sein lockiges braunes Haar aussah, als wäre es nicht zu bändigen, aber seine Augen ... Abby hatte niemals derartige Augen gesehen. Sie schienen alles zu sehen, alles zu wissen, alles zu verstehen. Gleichzeitig waren sie blutunterlaufen und erschöpft, als würde es ihm an Schlaf mangeln.

Auch konnte man eine Spur Kummer darin erkennen. Dennoch war er die Ruhe im Zentrum des Sturms. In dem Moment, in dem ihr seine ungeteilte Aufmerksamkeit galt, schien es, als wäre sonst niemand in dem Raum.

Die Haarlocke, die der Adlige sich um den Finger gewickelt hatte, zierte nun einen Finger des Ersten Zauberers. Er führte sie an die Lippen, ehe er den Arm sinken ließ.

»Man hat mir gesagt, du bist die Tochter einer Hexenmeisterin.« Seine Stimme war ein ruhiges Gewässer, das durch den Tumult ringsum floß. »Besitzt du die Gabe, Kind?«

»Nein, Herr ...«

Noch während sie antwortete, wandte er sich einem anderen zu, der soeben aufgehört hatte zu sprechen. »Ich habe gesagt, wenn wir das machen, laufen wir Gefahr, sie zu verlieren. Schickt die Botschaft! Ich wünsche, daß er nach Süden aufbricht.«

Der hochgewachsene Offizier, den der Zauberer angesprochen hatte, hob die Arme. »Aber er hat gesagt, er besitzt zuverlässige Informationen, wonach die D'Haraner von ihm aus nach Osten ziehen.«

»Darum geht es nicht«, sagte der Zauberer. »Ich möchte, daß der Paß nach Süden abgeriegelt wird. Dahin ist ihre Hauptstreitmacht unterwegs; sie haben Begabte bei sich. Das sind die, die wir töten müssen.«

Der hochgewachsene Offizier salutierte, indem er die Faust auf das Herz legte, während sich der Zauberer einer alten Hexenmeisterin zuwandte. »Ja, ganz recht, drei Beschwörungen, bevor wir die Umstellung versuchen. Ich habe den Hinweis darauf gestern nacht gefunden.«

Die Hexenmeisterin entfernte sich und machte einem Mann Platz, der in einer fremden Sprache plapperte, während er eine Schriftrolle ausbreitete und hochhielt, damit der Zauberer sie sehen konnte. Der Zauberer betrachtete sie mit zusammengekniffenen Augen, las einen Moment und winkte den Mann fort, während er Anweisungen in derselben fremden Sprache gab.

Der Zauberer wandte sich an Abby. »Du bist eine Übersprungene?«

Abby spürte, wie ihr Gesicht heiß wurde und ihre Ohren brannten. »Ja, Zauberer Zorander.«

»Kein Grund, sich zu schämen, Kind«, sagte er, während die Mutter Konfessorin ihm vertraulich ins Ohr flüsterte.

Aber es war *doch* etwas, dessen man sich schämen mußte. Die Gabe war nicht von ihrer Mutter auf sie übertragen worden - sie hatte sie übersprungen.

Die Menschen von Coney Crossing waren von Abbys Mutter abhängig gewesen. Sie hatte denen geholfen, die krank oder verletzt waren. Sie hatte die Leute in Fragen der Gemeinschaft und der Familie beraten. Für einige hatte sie Hochzeiten arrangiert. Für manche bestimmte sie ein Strafmaß. Manchen erwies sie Gefälligkeiten, die nur durch Magie bewerkstelligt werden konnten. Sie war eine Hexenmeisterin; sie hatte die Leute von Coney Crossing beschützt.

Sie wurde öffentlich verehrt. Von manchen wurde sie insgeheim gefürchtet und verabscheut.

Sie wurde verehrt für das Gute, das sie den Menschen von Coney Crossing tat. Von manchen wurde sie gefürchtet und verabscheut, weil sie die Gabe hatte - weil sie die Magie beherrschte. Andere wollten nichts so sehr, wie ihr Leben ohne Magie zu leben.

Abby besaß keine Magie und konnte weder bei Krankheit noch bei Verletzungen noch bei unbestimmten Ängsten helfen. Sie wünschte sich von Herzen, sie hätte es gekonnt, aber sie konnte es nicht. Als Abby ihre Mutter gefragt hatte, warum sie die ganze undankbare Ablehnung ertrug, hatte ihre Mutter ihr geantwortet, daß es Lohn genug war, zu helfen, und man keine Dankbarkeit dafür erwarten sollte. Sie sagte, wenn man durch das Leben gehe und Dankbarkeit für die Hilfe erwarte, die man anderen zuteil werden lasse, führe man am Ende wahrscheinlich ein erbärmliches Leben.

Als ihre Mutter noch am Leben war, war Abby auf subtile Weise geschnitten worden; nach dem Tod ihrer Mutter schnitt man sie ganz unverhohlen. Die Leute in Coney Crossing hatten erwartet, daß sie ihnen dienlich sein würde, wie ihre Mutter ihnen dienlich gewesen war. Die Menschen verstanden nichts von der Gabe, und daß sie häufig nicht an einen Nachkommen weitergegeben wurde; statt dessen hielten sie Abby für egoistisch.

Der Zauberer erklärte einer Hexenmeisterin etwas darüber, wie man einen Bannfluch sprach. Als er fertig war, glitt sein Blick auf der Suche nach jemand anders über Abby. Sie brauchte seine Hilfe, und zwar jetzt.

»Was wolltest du mich fragen, Abigail?«

Abbys Finger packten den Sack fester. »Es geht um meine Heimat Coney Crossing.« Sie machte eine Pause, während der Zauberer in ein Buch deutete, das ihm hingehalten wurde. Er winkte ihr mit der Hand und bedeutete ihr, daß sie fortfahren sollte, während ein Mann etwas Kompliziertes erklärte, das damit zu tun hatte, wie man einen Doppelfluch ins Gegenteil verkehrte. »Die Lage dort ist schrecklich«, sagte Abby. »Truppen aus D'Hara haben die Grenze überschritten ...«

Der Erste Zauberer drehte sich zu einem älteren Mann mit langem weißem Bart um. Aus seiner schlichten Robe schloß Abby, daß auch er ein Zauberer sein mußte.

»Ich sage dir, Thomas, es kann getan werden«, beharrte Zauberer Zorander. »Ich sage nicht, daß ich einer Meinung mit dem Rat bin, ich spreche nur davon, was ich herausgefunden habe, und von ihrer einstimmigen Entscheidung, daß es getan werden sollte. Ich behaupte nicht, daß ich die Einzelheiten verstehe, wie es genau funktioniert, aber ich habe es studiert; es kann getan werden. Wie ich dem Rat sagte, ich kann es aktivieren. Ich habe nur noch nicht entschieden, ob ich mit ihnen einverstanden bin, daß es aktiviert werden sollte.«

Der Mann, Thomas, strich sich mit einer Hand über das Gesicht. »Ihr meint also, es stimmt, was ich gehört habe? Ihr haltet es wirklich für möglich? Habt Ihr den Verstand verloren, Zorander?«

»Ich habe es in einem Buch im Privatgemach des Ersten Zauberers gefunden. Einem Buch aus der Zeit vor dem Krieg mit der Alten Welt. Ich habe es mit eigenen Augen gesehen. Ich habe eine ganze Reihe von Bestätigungsnetzen ausgeworfen, um es zu überprüfen.« Er wandte seine Aufmerksamkeit wieder Abby zu. »Ja, das muß Anargos Legion sein. Coney Crossing liegt im Pendisanischen Reich.«

»Das stimmt«, sagte Abby. »Und diese Armee aus D'Hara marschierte dort durch und –«

»Das Pendisanische Reich hat sich geweigert, sich wie der Rest der Midlands unter einen Oberbefehl zu stellen, um der Invasion aus D'Hara entgegenzutreten. Ihre Entscheidung, auf ihrer Unabhängigkeit zu bestehen, hieß auch, daß sie den Feind auf ihre Weise bekämpfen wollen. Sie müssen mit den Folgen ihrer Entscheidung leben.«

Der alte Mann zupfte an seinem Bart. »Aber wißt Ihr auch, ob es echt ist? Belegt? Ich meine, das Buch muß Tausende Jahre alt sein. Es könnten Mutmaßungen sein. Bestätigungsnetze verifizieren nicht immer die gesamte Struktur von so einer Sache.«

»Das weiß ich so gut wie du, Thomas, aber ich sage dir, es ist echt«, sagte Zauberer Zorander. Er senkte die Stimme zu einem Flüstern. »Die Geister mögen uns gnädig sein, es ist echt.«

Abbys Herz klopfte. Sie wollte ihm ihre Geschichte erzählen, schien aber nicht zu Wort zu kommen. Er mußte ihr helfen. Es war die einzige Möglichkeit.

Ein Armeeoffizier kam durch eine der Hintertüren hereingestürmt. Er drängte sich durch die Menge um den Ersten Zauberer herum.

»Zauberer Zorander! Ich habe es soeben erfahren! Als wir die Hörner entfesselt haben, die Ihr geschickt hattet, haben sie funktioniert! Die Streitmacht von Urdland hat den Rückzug angetreten!«

»Mindestens dreitausend Jahre alt«, sagte der Erste Zauberer zu dem Mann mit dem Bart. Er legte dem neu eingetroffenen Offizier eine Hand auf die Schulter und beugte sich zu ihm. »Sagen Sie General Brainard, er soll beim Fluß Kern bleiben. Die Brücken nicht niederbrennen, aber halten. Sagen Sie ihm, er soll seine Männer aufteilen. Mit der einen Hälfte soll er verhindern, daß es sich die Streitmacht von Urdland anders überlegt; hoffen wir, daß es ihnen nicht gelingt, ihren Frontzauberer zu ersetzen. Den Rest seiner Männer soll Brainard nach Norden führen, damit sie mithelfen können, Anargo den Fluchtweg abzuschneiden; das ist unsere Hauptsorge, aber wir brauchen die Brücken vielleicht trotzdem, um Urdland nachzusetzen.«

Einer der anderen Offiziere, ein älterer Mann, der aussah, als könnte er selbst ein General sein, wurde rot im Gesicht. »Den Fluß halten? Nachdem die Hörner ihre Aufgabe erfüllt haben und wir sie in die Flucht geschlagen haben? Aber warum! Wir können sie niedermachen, bevor sie die Möglichkeit haben, sich neu zu formieren und sich mit anderen Streitkräften zu vereinen, um uns erneut anzugreifen!«

Die mandelbraunen Augen wurden auf den Mann gerichtet. »Und wissen Sie, was jenseits der Grenze wartet? Wie viele Männer werden sterben, wenn Panis Rahl etwas in der Hinterhand hat, womit die Hörner nicht fertig werden können? Wieviel Unschuldige mußten bereits ihr Leben lassen? Wie viele unserer Männer müssen sterben, um sie auf ihrem eigenen Land bluten zu lassen – Land, das wir nicht so gut kennen wie sie?«

»Und wie viele von unserem Volk werden sterben, wenn wir nicht verhindern, daß sie uns eines Tages wieder angreifen? Wir müssen sie verfolgen. Panis Rahl wird niemals Ruhe geben. Er wird daran arbeiten, sich etwas anderes auszudenken, um uns alle im Schlaf auszuweiden. Wir müssen sie jagen und bis auf den letzten Mann töten!«

»Ich arbeite daran«, antwortete der Erste Zauberer geheimnisvoll.

Der alte Mann zupfte an seinem Bart und machte ein sarkastisches Gesicht. »Ja, er glaubt, daß er die Unterwelt selbst auf sie hetzen kann.«

Mehrere Offiziere, zwei Hexenmeisterinnen und einige der Männer in Gewändern hielten inne und sahen mit unverhohlener Fassungslosigkeit herüber.

Die Hexenmeisterin, die Abby in den Audienzsaal geführt hatte, beugte sich zu ihr. »Du wolltest mit dem Ersten Zauberer sprechen. Sprich! Wenn dich der Mut verlassen hat, werde ich dich hinaus geleiten.«

Abby benetzte ihre Lippen. Sie wußte nicht, wie sie inmitten dieser unablässigen Unterhaltungen sprechen sollte, wußte aber, daß es sein mußte, daher fing sie einfach wieder an.

»Sir, ich weiß nichts davon, was mein Heimatland, das Pendisanische Reich, getan hat. Ich weiß kaum etwas vom König. Ich weiß nichts vom Rat oder dem Krieg oder sonst etwas. Ich komme aus einem kleinen Ort und weiß nur, daß die Menschen dort große Probleme haben. Unsere Verteidigungslinien wurden vom Feind überrannt. Eine ganze Armee von Männern aus den Midlands marschiert gegen die Leute von D'Hara.«

Sie kam sich albern vor, mit einem Mann zu sprechen, der ein halbes Dutzend Unterhaltungen gleichzeitig führte. Am meisten aber verspürte sie Wut und Frustration. Die Menschen würden sterben, wenn sie ihn nicht davon überzeugen konnte, zu helfen.

»Wie viele D'Haraner?« fragte der Zauberer.

Abby machte den Mund auf, aber ein Offizier antwortete an ihrer Stelle. »Wir sind nicht sicher, wie viele von Anargos Legion noch existieren. Sie könnten verwundet sein, sind aber wie ein wütender verwundeter Stier. Jetzt, wo sie in Sichtweite ihrer Heimat sind. Sie können uns nur angreifen oder fliehen. Sanderson eilt von Norden hinzu, und Mardale schneidet von Südwesten den Weg ab. Anargo hat einen Fehler gemacht, als er zur Furt gegangen ist; dort muß er gegen uns kämpfen oder nach Hause flüchten. Wir müssen sie erledigen. Das könnte unsere einzige Chance sein.«

Der Erste Zauberer strich mit Finger und Daumen über seine glatte Wange. »Trotzdem sind wir nicht sicher, wie groß ihre Zahl ist. Die Kundschafter waren zuverlässig, sind aber nicht zurückgekehrt. Wir können nur davon ausgehen, daß sie tot sind. Und warum sollte Anargo so etwas tun?«

»Nun«, sagte der Offizier, »es ist der kürzeste Fluchtweg zurück nach D'Hara.«

Der Erste Zauberer wandte sich einer Hexenmeisterin zu und beantwortete eine Frage, die sie gerade gestellt hatte. »Ich sehe nicht, wie wir uns das leisten können. Sag ihnen, ich habe nein gesagt. Ich werde dieses Netz nicht für sie wirken und werde ihnen auch nicht nur für ein ›Vielleicht‹ selbst die Möglichkeit dazu geben.«

Die Hexenmeisterin nickte und huschte davon.

Abby wußte, ein Netz war der Zauberspruch einer Hexenmeisterin. Offenbar nannte man den Zauberspruch eines Zauberers auch so.

»Nun, wenn so etwas möglich ist«, sagte der bärtige Mann, »dann würde ich gern Eure Exegese des Texts sehen. Ein dreitausend Jahre altes Buch birgt viele Risiken. Wir haben keine Ahnung, wie die Zauberer jener Zeit ihre Wundertaten vollbringen konnten.«

Der Erste Zauberer warf dem Mann zum erstenmal einen bösen Blick zu. »Thomas, möchtest du genau sehen, wovon ich spreche? Die Form des Zaubers?«

Einige Leute waren verstummt, als sie seinen Tonfall hörten. Der Erste Zauberer breitete die Arme aus und drängte jeden aus dem Weg. Die Mutter Konfessorin blieb dicht hinter seiner linken Schulter. Die Hexenmeisterin neben Abby zog sie einen Schritt zurück.

Der Erste Zauberer machte eine Handbewegung. Ein Mann nahm einen kleinen Sack vom Tisch und gab ihn ihm. Abby fiel auf, daß etwas von dem Sand auf den Tischen nicht einfach ausgeschüttet, sondern verwendet worden war, um Symbole hineinzumalen. Abbys Mutter hatte hin und wieder Zaubersprüche in Sand geschrieben, meistens aber eine Vielzahl anderer Mittel und Wege verwendet, von gemahlenen Knochen bis zu zerstoßenen Kräutern. Abbys Mutter hatte Sand zum Üben benutzt; Zaubersprüche, wahrhafte Zaubersprüche, mußten in der richtigen Reihenfolge und fehlerfrei gezeichnet werden.

Der Erste Zauberer kauerte sich nieder und nahm eine Handvoll Sand aus dem Sack. Er zeichnete auf dem Boden, indem er den Sand seitlich aus der Faust rieseln ließ.

Zauberer Zorander bewegte die Hand mit der Präzision langer Übung. Er schwenkte den Arm und malte einen Kreis. Er holte eine Handvoll frischen Sand und zeichnete einen inneren Kreis. Es sah aus, als würde er eine Grazie malen.

Abbys Mutter hatte stets das Quadrat als zweites gezeichnet; alles in der Reihenfolge nach innen, und dann die Strahlen nach außen. Zauberer Zorander malte den achtzackigen Stern in den kleineren Kreis. Er zog die Linien nach außen durch beide Kreise, ließ aber eine weg.

Noch mußte er das Quadrat zeichnen, das die Grenze zwischen den Welten symbolisierte. Er war der Erste Zauberer, daher dachte Abby, wäre es nicht unangemessen, wenn er es in einer anderen Reihenfolge machte als eine Hexenmeisterin in einem kleinen Kaff wie Coney Crossing. Aber mehrere der Männer, die Abby für Zauberer hielt, und zwei Hexenmeisterinnen hinter ihm warfen einander ernste Blicke zu.

Zauberer Zorander ließ Sand zu zwei der Linien des Quadrats rieseln. Er holte noch einmal Sand aus dem Sack und begann die beiden letzten Seiten.

Statt eine gerade Linie zu ziehen, malte er einen Bogen, der bis weit in den inneren Kreis hinein reichte – der die Welt des Lebens darstellte. Der Bogen endete nicht am äußeren Kreis, sondern ging darüber hinaus. Die letzte Seite malte der Zauberer ebenfalls bogenförmig, so daß auch sie in den inneren Kreis ragte. Er setzte die Linie so weit fort, daß sie sich mit der anderen dort vereinigte, wo der Strahl des Lichtes fehlte. Im Gegensatz zu den drei anderen Punkten des Quadrats lag dieser letzte Punkt außerhalb des größeren Kreises – in der Welt der Toten.

Die Leute stöhnten auf. Einen Moment senkte sich Schweigen über den Raum, dann wurde unter den Begabten besorgtes Murmeln laut.

Zauberer Zorander erhob sich. »Zufrieden, Thomas?«

Thomas' Gesicht war so weiß wie sein Bart geworden. »Der Schöpfer stehe uns bei.« Er sah Zauberer Zorander an. »Der Rat versteht das nicht ernstlich. Es wäre Wahnsinn, es zu entfesseln.«

Zauberer Zorander beachtete ihn gar nicht, sondern drehte sich zu Abby um. »Wie viele D'Haraner hast du gesehen?«

»Vor drei Jahren kam eine Heuschreckenplage über uns. Die Hügel an der Furt waren braun von ihnen. Ich glaube, ich habe mehr D'Haraner gesehen als Heuschrecken.«

Zauberer Zorander tat seinen Unmut durch ein Grunzen kund. Er betrachtete die Grazie, die er gezeichnet hatte. »Panis Rahl wird nicht aufgeben. Wie lange, Thomas? Wie lange, bis er etwas Neues findet, das er beschwören kann, und Anargo zu uns zurückschickt?« Er ließ den Blick über die Leute um ihn herum schweifen. »Wie viele Jahre haben wir gefürchtet, wir könnten durch eine Invasionsstreitmacht von D'Hara vernichtet werden? Wie viele von unserem Volk wurden durch Rahls Magie getötet? Wie viele tausend sind an den Fiebern gestorben, die er geschickt hat? Wie viele tausend haben nach der Berührung durch die Schattenmenschen, die er geschickt hat, Blasen bekommen und sind verblutet? Wie viele Ortschaften, Dörfer und Städte hat er ausradiert?«

Da niemand etwas sagte, fuhr Zauberer Zorander fort:

»Wir haben Jahre gebraucht, vom Abgrund zurückzukehren. Das Kriegsglück hat sich endlich gewendet, der Feind ist auf der Flucht. Wir haben jetzt drei Möglichkeiten. Die erste wäre, ihn nach Hause fliehen zu lassen und zu hoffen, daß er niemals wieder mit seiner Unmenschlichkeit über uns kommt. Ich glaube, es ist nur eine Frage der Zeit, bis er es wieder versucht. Damit bleiben zwei realistische Möglichkeiten. Wir können ihn in seinen Bau zurückverfolgen und endgültig den Garaus machen, was das Leben von Zehn-, möglicherweise Hunderttausenden unserer Männer kosten könnte – oder ich kann ihm ein Ende bereiten.«

Die Begabten in der Menge warfen nervöse Blicke auf die Grazie am Boden.

»Wir besitzen noch andere Magie«, sagte ein anderer Zauberer. »Wir können sie zum selben Zweck anwenden, ohne eine solche Katastrophe zu entfesseln.«

»Zauberer Zorander hat recht«, sagte ein anderer, »und der Rat ebenso. Der Feind hat es nicht anders verdient. Wir müssen es über ihn bringen.«

Diskussionen wurden in dem Raum laut. Derweil sah Zauberer Zorander Abby in die Augen. Es war eine eindeutige Aufforderung, mit ihrem Bittgesuch zu Ende zu kommen.

»Mein Volk – die Leute von Coney Crossing – wurde von den D'Haranern gefangengenommen. Sie haben noch andere, die sie eingesperrt haben. Sie haben eine Hexenmeisterin, die die Gefangenen mit einem Bannfluch festhält. Bitte, Zauberer Zorander, Ihr müßt mir helfen!

Als ich mich versteckt hatte, hörte ich die Hexenmeisterin mit ihren Offizieren sprechen. Die D'Haraner haben vor, die Gefangenen als Schild zu benutzen. Sie wollen die Gefangenen dazu benutzen, die tödliche Magie zu absorbieren, die Ihr ihnen entgegenschleudert, oder die Speere und Pfeile aufzufangen, die die Armee der Midlands auf sie abfeuert. Wenn sie beschließen, wieder umzukehren und anzugreifen, wollen sie die Gefangenen vor sich hertreiben. Sie nannten es: ›die Waffen des Feindes mit seinen eigenen Frauen und Kindern unschädlich machen.‹«

Niemand sah sie an. Alle waren wieder mit ihren Diskussionen und Streitgesprächen beschäftigt. Es war, als wäre das Leben all dieser Menschen unwichtig für sie.

Tränen brannten in Abbys Augen. »Wie auch immer, viele unschuldige Menschen werden sterben. Bitte, Zauberer Zorander, wir sind auf Eure Hilfe angewiesen. Sonst werden sie alle sterben.«

Er sah sie kurz an. »Wir können nichts für sie tun.«

Abby keuchte und versuchte, Tränen zurückzuhalten. »Mein Vater wurde gefangengenommen, zusammen mit anderen meiner Verwandten. Mein Mann befindet sich unter den Gefangenen. Meine Tochter ist bei ihnen. Sie ist noch keine fünf. Wenn Ihr Magie sendet, werden sie sterben. Wenn Ihr angreift, werden sie sterben. Ihr müßt sie retten oder den Angriff aufschieben.«

Er sah wahrhaft traurig aus. »Es tut mir leid. Ich kann ihnen nicht helfen. Mögen die guten Geister über sie wachen und ihre Seelen ins Licht führen.« Er wollte sich abwenden.

»Nein!« schrie Abby. Einige der Anwesenden verstummten. Andere sahen nur kurz zu ihr und fuhren fort. »Mein Kind! Das könnt Ihr nicht!« Sie schob eine Hand in den Sack. »Ich habe einen Knochen –«

»Hat das nicht jeder«, knurrte er und schnitt ihr das Wort ab. »Ich kann dir nicht helfen.«

»Aber ihr müßt!«

»Wir müßten von unserem Feldzug ablassen. Wir müssen die Streitmacht von D'Hara aber besiegen – so oder so. Auch wenn diese Menschen unschuldig sind, sie sind im Weg. Ich kann nicht zulassen, daß die D'Haraner mit ihrem Plan Erfolg haben, sonst würde ich andere ermutigen, ihrem Beispiel zu folgen, und dann würden noch mehr Unschuldige sterben. Wir müssen dem Feind zeigen, daß wir uns nicht von unserer Vorgehensweise abbringen lassen.«

»NEIN!« heulte Abby. »Sie ist noch ein Kind! Ihr verurteilt mein Baby zum Tode! Und es sind noch mehr Kinder dabei! Was seid Ihr für ein Monster?«

Außer dem Zauberer hörte ihr niemand mehr zu, alle waren in ihre Unterhaltungen vertieft.

Die Stimme des Ersten Zauberers übertönte das Stimmengewirr und war so deutlich für Abby zu hören wie das Geläut des Todes. »Ich bin ein Mann, der solche Entscheidungen treffen muß. Ich muß dein Gesuch ablehnen.«

Abby schrie vor Qual angesichts des Fehlschlags ihrer Mission. Ihr wurde nicht einmal gestattet, ihm den Knochen zu zeigen.

»Aber es ist eine Schuld!« rief sie. »Eine Ehrenschuld!«

»Und sie kann jetzt nicht beglichen werden.«

Abby kreischte hysterisch. Die Hexenmeisterin zog sie weg. Abby riß sich von der Frau los und rannte aus dem Zimmer. Sie stolperte die Steintreppe hinunter und konnte durch ihre Tränen kaum etwas sehen.

Am unteren Ende der Treppe fiel sie hilflos schluchzend zu Boden. Er wollte ihr nicht helfen. Er wollte einem hilflosen Kind nicht helfen. Ihre Tochter würde sterben.

Abby, die von Weinkrämpfen geschüttelt wurde, spürte eine Hand auf der Schulter. Arme zogen sie sanft näher. Zärtliche Finger strichen ihr das Haar zurück, während sie im Schoß einer Frau schluchzte. Jemand anders berührte sie am Rücken, und sie spürte, wie der warme Trost der Magie in sie einströmte.

»Er tötet meine Tochter«, schrie sie. »Ich hasse ihn.«

»Schon gut, Abigail«, sagte die Stimme über ihr. »Es ist nicht schlimm zu weinen, wenn man einen solchen Schmerz erleidet.«

Abby wischte sich die Augen, konnte die Tränen aber nicht aufhalten. Die Hexenmeisterin war da, neben ihr an der untersten Treppenstufe.

Abby schaute zu der Frau auf, in deren Armen sie lag. Es war die Mutter Konfessorin selbst. Sollte sie ihr doch Schlimmes antun - Abby war es einerlei. Was spielte es jetzt noch für eine Rolle, was spielte überhaupt noch eine Rolle?

»Er ist ein Monster«, schluchzte sie. »Und er trägt seinen Namen zu Recht. Er ist der böse Wind des Todes. Aber diesmal tötet er mein Baby, nicht den Feind.«

»Ich verstehe, warum du so empfindest, Abigail«, sagte die Mutter Konfessorin, »aber es ist nicht wahr.«

»Wie könnt Ihr das sagen! Meine Tochter hatte noch keine Chance, zu leben, und er tötet sie! Mein Mann wird sterben! Und mein Vater, aber der konnte sein Leben immerhin schon leben. Mein Baby nicht!«

Sie fing wieder hysterisch an zu schluchzen, und die Mutter Konfessorin zog sie wieder in die tröstenden Arme. Aber Abby wollte keinen Trost.

»Du hast nur das eine Kind?« fragte die Hexenmeisterin.

Abby nickte und holte gleichzeitig Luft. »Ich hatte noch eines, einen Jungen, aber der ist bei der Geburt gestorben. Die Hebamme hat gesagt, daß ich keine mehr bekommen kann. Meine kleine Jana ist die einzige, die ich je haben werde.« Wilder Schmerz durchfuhr sie. »Und er tötet sie einfach. So, wie er den Mann vor mir getötet hat. Zauberer Zorander ist ein Monster. Mögen die guten Geister dafür sorgen, daß er tot umfällt.«

Die Hexenmeisterin strich Abby mit einer ausholenden Bewegung das Haar aus der Stirn. »Du verstehst nicht. Du siehst nur einen Teil des Ganzen. Was du da sagst, ist nicht dein Ernst.«

Aber es war ihr Ernst. »Wenn Ihr nur –«

»Delora versteht es«, sagte die Mutter Konfessorin und zeigte auf die Hexenmeisterin. »Sie hat eine zehnjährige Tochter und einen Sohn.«

Abby schaute zu der Hexenmeisterin auf. Sie schenkte Abby ein teilnahmsvolles Lächeln und nickte zur Bestätigung der Worte.

»Ich habe auch eine Tochter«, sagte die Mutter Konfessorin. »Sie ist zwölf. Delora und ich können beide deinen Schmerz verstehen. Und der Erste Zauberer auch.«

Abby ballte die Fäuste. »Das ist unmöglich! Er ist selbst kaum mehr als ein Knabe, und er will mein Baby töten. Er ist der Wind des Todes, und das ist alles, was ihn interessiert – Leute zu töten!«

Die Mutter Konfessorin klopfte neben sich auf die Stufe. »Abigail, setz dich hierher! Laß mich dir etwas über den Mann da drinnen erklären.«

Abby richtete sich, immer noch weinend, auf und rutschte auf die Stufe. Die Mutter Konfessorin war vielleicht zwölf bis vierzehn Jahre älter als sie und machte mit ihren violetten Augen einen freundlichen Eindruck. Ihr dichtes Haar reichte ihr bis zur Taille. Sie hatte ein gütiges Lächeln. Abby hatte nie daran gedacht, eine Konfessorin auch als Frau zu sehen, aber nun sah sie eine vor sich. Sie fürchtete diese Frau nicht wie vorher; sie konnte ihr nichts Schlimmeres antun als das, was bereits geschehen war.

»Ich habe manchmal auf Zeddicus aufgepaßt, als er noch ein Baby war und ich noch dabei war, eine Frau zu werden.« Die Mutter Konfessorin sah mit einem sehnsüchtigen Lächeln in die Ferne. »Ich habe ihm den Hintern versohlt, wenn er sich danebenbenommen hat, und ihn später am Ohr gezogen, damit er dem Unterricht aufmerksam folgte. Er war die Schalkhaftigkeit in Person, aber nicht von Bosheit, sondern von Neugier getrieben. Er ist zu einem anständigen Mann herangewachsen.

Als der Krieg mit D'Hara anfing, wollte Zauberer Zorander uns eine ganze Zeit nicht helfen. Er wollte nicht kämpfen, Menschen weh tun. Aber als Panis Rahl, der Herrscher von D'Hara, Magie einsetzte, um unser Volk hinzuschlachten, da wußte Zedd, daß seine einzige Hoffnung, letzten Endes mehr Menschen zu retten, darin bestand, zu kämpfen.

Zeddicus Zu'l Zorander mag für dich jung aussehen, wie für viele von uns auch, aber er ist ein ganz besonderer Zauberer, Sohn eines Zauberers und einer Hexenmeisterin. Zedd war ein Wunderkind. Auch einige der Zauberer da drinnen, die teils seine Lehrmeister waren, können nicht immer ganz begreifen, wie es ihm gelingt, einige Rätsel der Bücher zu lösen oder seine Gabe so einzusetzen, daß sie ihm solche Macht verleiht, aber wir wissen, daß er ein Herz hat. Er benutzt sein Herz ebenso wie seinen Verstand. Für das alles und viel mehr wurde er zum Ersten Zauberer gemacht.«

»Ja«, sagte Abby, »er ist sehr begabt darin, der Wind des Todes zu sein.«

Die Mutter Konfessorin lächelte verhalten. Sie tippte sich an die Brust. »Die unter uns, die ihn wirklich kennen, nennen ihn den Trickser. Trickser ist der Name, den er sich wirklich verdient hat. Wir gaben ihm den Namen Wind des Todes, damit andere es hören und es die Herzen der Feinde mit Grausen erfüllen sollte. Einige Leute auf unserer Seite haben sich den Namen zu Herzen genommen. Da deine Mutter die Gabe besaß, kannst du vielleicht verstehen, daß die Leute manchmal die mit der Magie Begabten grundlos fürchten?«

»Und manchmal«, konterte Abby, »sind die mit Magie Begabten wirklich Monster, die das Leben nicht kümmert, das sie vernichten.«

Die Mutter Konfessorin sah Abby einen Moment in die Augen und hielt mahnend einen Finger hoch. »Ich werde dir im Vertrauen etwas über Zeddicus Zu'l Zorander erzählen. Solltest du die Geschichte je weitersagen, werde ich dir nie verzeihen, daß du mein Vertrauen mißbraucht hast.«

»Das werde ich nicht, aber ich verstehe nicht, wie –«

»Hör einfach zu.«

Als Abby schweigend abwartete, fuhr die Mutter Konfessorin fort. »Zedd heiratete Erilyn. Sie war eine wunderbare Frau. Wir haben sie alle sehr geliebt, aber nicht so sehr wie er. Sie bekamen eine Tochter.«

Abbys Neugier gewann die Oberhand. »Wie alt ist sie?«

»Etwa im Alter deiner Tochter«, sagte Delora.

Abby schluckte. »Ich verstehe.«

»Als Zedd Erster Zauberer wurde, war die Lage niederschmetternd. Panis Rahl hatte die Schattenmenschen beschworen.«

»Ich komme aus Coney Crossing. Davon habe ich noch nie gehört.«

»Nun, der Krieg war schlimm genug gewesen, aber dann lehrte Panis Rahl seine Zauberer, wie man die Schattenmenschen beschwört.« Die Mutter Konfessorin seufzte ob der Pein, die Geschichte wieder erzählen zu müssen. »Man nennt sie so, weil sie wie Schatten in der Luft sind. Sie haben keine genaue Gestalt oder Form. Sie leben nicht, sondern wurden durch Magie erschaffen. Waffen haben sowenig eine Wirkung auf sie wie auf Rauch.

Man kann sich nicht vor den Schattenmenschen verstecken. Sie schweben über Felder oder durch Wälder auf dich zu. Sie finden dich.

Wenn sie jemanden berühren, bekommt er Blasen am ganzen Körper und schwillt an, bis die Haut aufplatzt. Sie sterben unter Schmerzensschreien. Nicht einmal die Gabe kann jemand heilen, der von einem Schattenmenschen berührt wurde.

Wenn die Feinde angriffen, schickte deren Zauberer die Schattenmenschen voraus. Am Anfang wurden ganze Bataillone unserer tapferen jungen Soldaten bis auf den letzten Mann getötet. Wir sahen keine Hoffnung. Es war unsere schwärzeste Stunde.«

»Und Zauberer Zorander gelang es, sie aufzuhalten?« fragte Abby.

Die Mutter Konfessorin nickte. »Er studierte das Problem und beschwor danach die Schlachthörner. Ihr Zauber fegte die Schattenmenschen hinfort wie Rauch im Wind. Die Magie der Hörner wand sich auch durch den Zauber zurück, suchte seine Urheber und tötete sie. Aber die Hörner sind nicht narrensicher, und Zedd muß ihre Magie unablässig verändern, um Schritt zu halten mit den Änderungen, die der Feind vornimmt.

Panis Rahl beschwor auch noch anderen Zauber: Fieber und Krankheit, schleichende Seuchen, Nebel, die Blindheit verursachen - alle möglichen Schrecken. Zedd arbeitete Tag und Nacht und konnte sie alle parieren. Solange Panis Rahls Magie in Schach gehalten wurde, konnten unsere Soldaten wieder gleichberechtigt kämpfen. Nur wegen Zauberer Zorander hat sich das Kriegsglück gewendet.«

»Nun, das alles ist sehr gut, aber -«

Die Mutter Konfessorin hob wieder den Finger und verlangte Stille. Abby hielt den Mund, während die Frau die Hand sinken ließ und fortfuhr:

»Panis Rahl war wütend über das, was Zedd getan hatte. Er versuchte, ihn zu töten, was ihm nicht gelang, daher schickte er statt dessen ein Quadron, um Erilyn zu töten.«

»Ein Quadron? Was ist ein Quadron?«

»Ein Quadron«, antwortete die Hexenmeisterin, »ist eine Einheit von vier speziell ausgebildeten Attentätern unter dem Schutz eines Zaubers von demjenigen, der sie geschickt hat: Panis Rahl. Ihre Aufgabe ist nicht nur, das Opfer zu töten, sondern es unbeschreiblich grausam und brutal zu tun.«

Abby schluckte. »Und haben sie ... seine Frau ermordet?«

Die Mutter Konfessorin beugte sich näher zu ihr. »Schlimmer. Sie ließen sie mit gebrochenen Armen und Beinen liegen, so daß sie noch lebend gefunden wurde.«

»Lebend?« flüsterte Abby. »Warum sollten sie sie am Leben lassen, wenn es ihre Aufgabe war, sie zu töten?«

»Damit Zedd sie verstümmelt und blutend und in unbeschreiblichen Schmerzen finden sollte. Sie konnte nur noch in Liebe seinen Namen flüstern.« Die Mutter Konfessorin beugte sich noch näher herüber. Abby konnte den Atem der geflüsterten Worte der Frau an der Wange spüren. »Als er seine Gabe einsetzte und versuchte, sie zu heilen, wurde der Fluch der Würmer aktiviert.«

Abby mußte sich zwingen zu blinzeln. »Fluch der Würmer ...?«

»Kein Zauberer wäre imstande gewesen, ihn zu entdecken.« Die Mutter Konfessorin formte die Finger vor Abbys Bauch zur Klaue und machte mit der Hand eine reißende Bewegung davon weg. »Der Zauberspruch zerriß ihr Innerstes. Weil er die heilende Gabe der Magie angewendet hatte, starb sie schreiend unter Qualen, während er hilflos neben ihr kniete.«

Abby zuckte zusammen, faßte sich selbst an den Bauch und konnte die Verletzung fast spüren. »Das ist schrecklich.«

Die violetten Augen der Mutter Konfessorin blickten ungerührt. »Das Quadron hat auch ihre Tochter mitgenommen. Die Tochter, die alles mit angesehen hatte, was sie ihrer Mutter angetan hatten.«

Abby spürte, wie ihr Tränen in den Augen brannten. »Sie haben das auch seiner Tochter angetan?«

»Nein«, sagte die Mutter Konfessorin. »Sie halten sie gefangen.«

»Dann lebt sie noch? Es besteht noch Hoffnung?«

Das weiße Satinkleid der Mutter Konfessorin raschelte leise, als sie sich an das Marmorgeländer zurücklehnte und die Hände in den Schoß legte. »Zedd hat das Quadron verfolgt. Er fand sie, aber seine Tochter war anderen gegeben worden, und die übergaben sie wieder an andere, und so weiter, bis niemand eine Ahnung hatte, wer sie nun gefangenhielt oder wo sie war.«

Abby sah zu der Hexenmeisterin und wieder zur Mutter Konfessorin zurück. »Was hat Zauberer Zorander mit dem Quadron gemacht?«

»Nicht weniger als das, was ich auch getan hätte.« Die Mutter Konfessorin betrachtete sie mit einer Maske kalter Wut. »Er ließ sie bedauern, daß sie je geboren wurden. Er ließ es sie sehr, sehr lange bedauern.«

Abby erschrak. »Ich verstehe.«

Während die Mutter Konfessorin tief durchatmete, um sich zu beruhigen, setzte die Hexenmeisterin die Geschichte fort. »Während wir uns hier unterhalten, wendet Zauberer Zorander einen Zauberspruch an, den keiner von uns versteht; er hält Panis Rahl in seinem Palast in D'Hara fest. Er hilft, die Magie abzuwenden, die Rahl gegen uns beschwören kann, und ermöglicht unseren Männern, seine Soldaten dorthin zurückzutreiben, von wo sie gekommen sind.

Aber Panis Rahl wird verzehrt von Haß auf den Mann, der seine Eroberung der Midlands vereitelt hat. Kaum eine Woche vergeht, in der nicht ein Anschlag auf das Leben von Zauberer Zorander versucht wird. Rahl schickt gefährliche und abscheuliche Menschen jeder Art. Sogar die Mord-Sith.«

Abby stockte der Atem. Diesen Ausdruck hatte sie schon einmal gehört. »Was sind Mord-Sith?«

Die Hexenmeisterin strich ihr glänzendes schwarzes Haar zurück und sah sich mit einem mörderischen Ausdruck um. »Mord-Sith sind Frauen, die neben einer roten Lederuniform einen einzigen langen Zopf als Zeichen ihres Gewerbes tragen. Sie sind darauf trainiert, alle Begabten zu foltern und zu töten. Wenn ein Begabter seine Magie gegen eine Mord-Sith anwendet, kann sie den Zauber einfangen und gegen seinen Urheber wenden. Einer Mord-Sith kann man nicht entkommen.«

»Aber jemand, der so mächtig ist wie Zauberer Zorander, kann doch gewiß –«

»Selbst er wäre verloren, wollte er Magie gegen eine Mord-Sith anwenden«, sagte die Mutter Konfessorin. »Eine Mord-Sith kann man mit gewöhnlichen Waffen besiegen – aber nicht mit Magie. Nur die Magie einer Konfessorin funktioniert bei ihnen. Ich habe zwei getötet.

Zum Teil wegen der brutalen Ausbildung der Mord-Sith sind sie seit Menschengedenken gesetzlos, aber in D'Hara existiert die abscheuliche Tradition, junge Frauen zu entführen und zu Mord-Sith zu machen, bis auf den heutigen Tag. D'Hara ist ein fernes und verschlossenes Land. Wir wissen nicht viel darüber, abgesehen von dem, was wir durch unglückselige Erfahrung gelernt haben.

Mord-Sith haben einige unserer Zauberer und Hexenmeisterinnen gefangengenommen. Und wenn sie gefangen sind, können sie sich nicht selbst töten, noch können sie entkommen. Bevor sie sterben, geben sie alles preis, was sie wissen. Panis Rahl kennt unsere Pläne.

Uns wiederum ist es gelungen, mehrere hochrangige D'Haraner in unsere Gewalt zu bekommen, und wir wissen durch die Berührung der Konfessorinnen, wie sehr wir verraten wurden. Die Zeit arbeitet gegen uns.«

Abby wischte sich die Handflächen an den Oberschenkeln ab. »Und dieser Mann, der getötet wurde, bevor ich den Zauberer sprechen durfte, der kann kein Attentäter gewesen sein; seine beiden Begleiter durften gehen.«

»Nein, er war kein Attentäter.« Die Mutter Konfessorin faltete die Hände. »Ich glaube, Panis Rahl weiß von dem Zauber, den Zauberer Zorander gefunden hat, und daß er das Potential besitzt, ganz D'Hara zu vernichten. Panis Rahl trachtet verzweifelt danach, Zauberer Zorander aus dem Weg zu räumen.«

Aufgeweckte Intelligenz schien in den violetten Augen der Mutter Konfessorin zu leuchten. Abby wandte sich ab und zupfte an einer Strohfaser ihres Sacks. »Aber ich verstehe nicht, was das damit zu tun hat, daß er sich weigert, meine Tochter zu retten. Er hat eine Tochter. Würde er nicht alles tun, um sie zurückzubekommen? Würde er nicht tun, was immer er tun muß, damit seine Tochter wohlbehalten zu ihm zurückkehrt?«

Die Mutter Konfessorin senkte den Kopf und strich sich mit den Fingern über die Stirn, als wollte sie einen bohrenden Schmerz wegmassieren. »Der Mann, der vor dir kam, war ein Bote. Seine Botschaft war durch so viele Hände gegangen, daß sie nicht bis zu ihrem Ursprung zurückverfolgt werden konnte.«

Abby spürte kalte Gänsehaut auf den Armen. »Was war das für eine Botschaft?«

»Die Haarlocke, die er mitbrachte, stammte von Zedds Tochter. Panis Rahl hat Zedd angeboten, das Leben seiner Tochter zu schonen, wenn Zedd sich ergibt, damit Panis Rahl ihn hinrichten lassen kann.«

Abby umklammerte ihren Sack. »Aber würde ein Vater, der seine Tochter liebt, nicht selbst das tun, um ihr Leben zu retten?«

»Um welchen Preis?« flüsterte die Mutter Konfessorin. »Um den Preis des Lebens aller, die ohne seine Hilfe sterben werden?

Er konnte so etwas Egoistisches nicht tun, nicht einmal, um das Leben des Menschen zu retten, den er mehr als alle anderen liebt. Bevor er deiner Tochter die Hilfe verweigerte, hatte er gerade dieses Angebot abgelehnt und damit seine eigene unschuldige Tochter zum Tode verurteilt.«

Abby spürte, wie ihre Hoffnungen in bodenlose Schwärze fielen. Beim Gedanken an Janas Angst und Schrecken, an die

Schmerzen, die sie erleiden mußte, wurde Abby schwindlig und übel. Wieder liefen ihr Tränen über die Wangen.

»Aber ich bitte ihn ja nicht, alle anderen zu opfern, um sie zu retten.«

Die Hexenmeisterin berührte Abby sanft an der Schulter. »Er glaubt, diesen Leuten ihr Leid zu ersparen würde bedeuten, die D'Haraner entkommen zu lassen, damit sie am Ende noch mehr Menschen töten können.«

Abby suchte verzweifelt nach einer Lösung. »Aber ich habe einen Knochen.«

Die Hexenmeisterin seufzte. »Abigail, die Hälfte aller Leute, die einen Zauberer sprechen wollen, bringen einen Knochen mit. Schwindler überzeugen die Bittsteller, daß es sich um einen echten Knochen handelt. Verzweifelte Leute wie du kaufen sie.«

»Die meisten, die einen Zauberer aufsuchen, wollen, daß er ihnen irgendwie ein Leben frei von Magie schenkt«, sagte die Mutter Konfessorin. »Die meisten Menschen fürchten Magie, aber ich glaube, angesichts der Art und Weise, wie die Magie von D'Hara eingesetzt wird, wollen sie mehr als alles andere, nie mehr mit Magie konfrontiert zu werden. Ein ironischer Grund, einen Knochen zu kaufen, und doppelt ironisch, daß sie einen falschen Knochen kaufen und überzeugt sind, sie besitzen Magie, um ihre Bitte vorzutragen, von der Magie befreit zu werden.«

Abby blinzelte. »Aber ich habe keinen Knochen gekauft. Dies ist eine wahre Schuld. Meine Mutter hat mir auf ihrem Totenbett davon erzählt. Sie sagte, daß Zauberer Zorander selbst darin eingebunden ist.«

Die Hexenmeisterin kniff skeptisch die Augen zusammen. »Abigail, eine wahre Schuld dieser Art ist höchst selten. Vielleicht war es ein Knochen, den sie besaß, und du hast nur gedacht ...«

Abby hielt den Sack auf, damit die Hexenmeisterin hineinsehen konnte. Die Hexenmeisterin sah hinein und verstummte. Die Mutter Konfessorin sah ebenfalls hinein.

»Ich weiß, was meine Mutter mir gesagt hat«, beharrte Abby. »Sie sagte mir auch, wenn Zweifel bestünden, müßte er die Probe aufs Exempel machen; dann wüßte er, daß es stimmt, denn die Schuld wurde ihm von seinem Vater übertragen.«

Die Hexenmeisterin strich über die Perlen an ihrem Kragen.

»Er könnte ihn auf die Probe stellen. Wenn es stimmt, wird er es wissen. Aber auch wenn es eine wahre Schuld sein sollte, bedeutet das nicht, daß diese Schuld jetzt zurückgezahlt werden muß.«

Abby beugte sich kühn zu der Hexenmeisterin. »Meine Mutter sagte, daß es eine wahre Schuld ist und beglichen werden muß. Bitte, Delora, Ihr wißt, was es damit auf sich hat. Ich war so verwirrt, als ich ihm gegenüberstand und die ganzen Leute durcheinandergebrüllt haben. Ich habe dummerweise vergessen, meinem Anliegen Nachdruck zu verleihen, indem ich ihn aufforderte, die Probe durchzuführen.« Sie drehte sich um und ergriff den Arm der Mutter Konfessorin. »Bitte, helft mir, ja? Erzählt ihm, was ich habe, und bittet ihn, es zu prüfen.«

Die Mutter Konfessorin dachte mit leerer Miene nach. Schließlich ergriff sie das Wort. »Es geht hier um eine durch Magie besiegelte Schuld. Darüber muß ernstlich nachgedacht werden. Ich werde deinetwegen mit Zauberer Zorander sprechen und bitten, daß er dir eine Privataudienz gewährt.«

Abby kniff die Augen zu, als frische Tränen flossen. »Danke.« Sie barg das Gesicht in beiden Händen und schluchzte erneut, weil die Flamme der Hoffnung wieder entzündet worden war.

Die Mutter Konfessorin hielt Abby an den Schultern. »Ich sagte, ich werde es versuchen. Vielleicht lehnt er die Bitte ab.«

Die Hexenmeisterin lachte ein humorloses Lachen. »Unwahrscheinlich. Ich werde ihn ebenfalls am Ohr ziehen. Aber, Abigail, das bedeutet nicht, daß wir ihn überzeugen können, dir zu helfen – Knochen hin oder her.«

Abby strich sich über die Wange. »Ich verstehe. Aber ich danke Euch beiden. Danke Euch beiden für Euer Verständnis.«

Die Hexenmeisterin wischte Abby mit dem Daumen eine Träne vom Kinn. »Man sagt, die Tochter einer Hexenmeisterin ist die Tochter aller Hexenmeisterinnen.«

Die Mutter Konfessorin stand auf und strich sich das weiße Kleid glatt. »Delora, vielleicht solltest du Abigail zu einem Gasthaus für reisende Frauen bringen. Sie könnte Ruhe brauchen. Hast du Geld, Kind?«

»Ja, Mutter Konfessorin.«

»Gut. Delora wird dir ein Zimmer für die Nacht besorgen. Kehre kurz vor Sonnenaufgang zur Feste zurück. Wir werden dich dort empfangen und wissen lassen, ob wir Zedd überzeugen konnten, deinen Knochen zu prüfen.«

»Ich werde zu den guten Geistern beten, daß Zauberer Zorander mich empfangen und meiner Tochter helfen wird.« Plötzlich empfand Abby Scham angesichts ihrer eigenen Worte. »Und ich werde auch für seine Tochter beten.«

Die Mutter Konfessorin legte die Hände an Abbys Wangen. »Bete für uns alle, Kind. Bete, daß Zauberer Zorander die Magie gegen D'Hara einsetzt, bevor es für alle Kinder der Midlands zu spät ist - jung und alt gleichermaßen.«

Auf dem Weg in die Stadt lenkte Delora das Gespräch weg von Abbys Sorgen und Hoffnungen und davon, was die Magie für beide bedeuten konnte. In gewisser Weise erinnerte das Gespräch mit der Hexenmeisterin Abby an Gespräche mit ihrer Mutter. Hexenmeisterinnen mieden Gespräche über Magie mit Unbegabten, Tochter hin oder her. Abby hatte das Gefühl, das Thema wäre ihnen unangenehm, wie bei Abby, als Jana sie gefragt hatte, wie Kinder in den Bauch einer Mutter kamen.

Obwohl es schon spät war, wimmelte es auf den Straßen von Menschen. Auf allen Seiten hörte Abby besorgte Mutmaßungen über den Krieg. An einer Ecke unterhielten sich Frauen unter Tränen über Männer, die seit Monaten fort waren, ohne daß man Nachricht über ihr Schicksal hatte.

Delora führte Abby eine Marktstraße hinab und ließ sie einen kleinen Laib Brot kaufen, in den Fleisch und Oliven gleich eingebacken waren. Eigentlich hatte Abby gar keinen Hunger. Die Hexenmeisterin nahm ihr das Versprechen ab, daß sie essen würde. Da Abby nichts tun wollte, das sie in Ungnade fallen lassen konnte, versprach sie es.

Das Gasthaus lag in einer Nebenstraße mit dicht gedrängten Gebäuden. Der Lärm des Markts hallte durch die schmale Straße und drang so mühelos wie eine Meise im dichten Wald um Gebäude herum und durch winzige Innenhöfe. Abby fragte sich, wie die Menschen es aushalten konnten, so dicht beisammen zu leben und nichts anderes zu sehen als andere Häuser und Menschen. Sie fragte sich auch, wie sie bei all den seltsamen Geräuschen und dem Lärm schlafen sollte, denn selbst in den totenstillen Nächten auf dem Land hatte sie schlecht geschlafen, seit sie ihre Heimat verlassen hatte.

Die Hexenmeisterin sagte Abby gute Nacht und gab sie in die Hände einer mürrischen und wortkargen Frau, die sie zu einem Zimmer am Ende eines langen Flurs führte und sie, nachdem sie eine Silbermünze kassiert hatte, ihrer Nachtruhe überließ. Abby setzte sich auf die Bettkante und sah sich im Schein einer kleinen Lampe auf einem Regal neben dem Bett in dem winzigen Zimmer um, während sie an dem Brotlaib knabberte. Das Fleisch im Inneren war hart und sehnig, schmeckte aber nicht schlecht und war mit Salz und Knoblauch gewürzt.

Das Zimmer hatte kein Fenster, weshalb es nicht so laut war, wie Abby befürchtet hatte. Es gab keinen Riegel an der Tür, aber die Haushälterin hatte ihr murmelnd versichert, daß sie sich keine Sorgen zu machen brauchte, weil keine Männer in dem Haus geduldet wurden. Abby legte das Brot beiseite und wusch sich das Gesicht an einem einfachen Becken auf einem simplen Ständer zwei Schritte von ihr entfernt. Sie war überrascht, wie schmutzig das Wasser wurde.

Sie drehte die Schraube an der Lampe und zog den Docht so weit wie möglich ein, ohne die Flamme zu löschen; sie schlief an einem fremden Ort nicht gern im Dunkeln. Als sie im Bett lag und zu der wasserfleckigen Decke emporstarrte, betete sie inbrünstig zu den guten Geistern, obwohl sie wußte, daß diese eine Bitte, wie sie sie äußerte, ignorieren würden. Sie machte die Augen zu und betete auch für Zauberer Zoranders Tochter. Ihre Gebete wurden von schleichenden Ängsten unterbrochen, die den Eindruck erweckten, als würden sie ihr Innerstes wund kratzen.

Sie wußte nicht, wie lange sie im Bett gelegen und sich gewünscht hatte, daß der Schlaf kommen möge, daß der Morgen kommen möge, als die Tür leise quietschend aufging. Ein Schatten fiel auf die Wand gegenüber.

Abby erstarrte mit weit aufgerissenen Augen und hielt den Atem an, während sie sah, wie eine geduckte Gestalt zum Bett schlich. Es war nicht die Haushälterin. Die wäre größer gewesen. Abby umklammerte die kratzige Decke mit den Fingern und überlegte, daß sie sie auf den Eindringling werfen und zur Tür laufen könnte.

»Hab keine Angst, Herzchen. Ich bin nur gekommen, um zu fragen, ob du droben in der Feste erfolgreich gewesen bist.«

Abby holte Luft und richtete sich im Bett auf. »Mariska?« Es war die alte Frau, die den ganzen Tag mit ihr vor der Feste gewartet hatte. »Ich habe vor Angst fast die Besinnung verloren!«

Die kleine Flamme der Lampe wurde in den stechenden, glänzenden Augen der Frau gespiegelt, die Abbys Gesicht betrachtete. »Es gibt Schlimmeres zu fürchten als deine eigene Sicherheit.«

»Was meinst du damit?«

Mariska lächelte. Es war kein beruhigendes Lächeln. »Hast du bekommen, was du wolltest?«

»Ich habe den Ersten Zauberer gesehen, wenn du das meinst.«

»Und was hat er gesagt, Herzchen?«

Abby schwang die Füße vom Bett. »Das ist meine Sache.«

Das verschlagene Lächeln wurde breiter. »O nein, Herzchen, es ist unsere Sache.«

»Was meinst du damit?«

»Beantworte die Frage! Du hast nicht mehr viel Zeit. Deine Familie hat nicht mehr viel Zeit.«

Abby sprang auf die Füße. »Woher weißt du –«

Die alte Frau packte Abbys Handgelenk und drehte es so lange, bis Abby gezwungen war, sich wieder zu setzen. »Was hat der Erste Zauberer gesagt?«

»Er sagte, daß er mir nicht helfen kann. Bitte, das tut weh. Laß mich los.«

»Oh, Herzchen, das ist zu schade. Zu schade für deine kleine Jana.«

»Woher ... woher weißt du von ihr? Ich habe nie –«

»Zauberer Zorander hat also dein Gesuch abgelehnt. Traurige Neuigkeiten.« Sie schnalzte mit der Zunge. »Arme, unglückliche kleine Jana. Du bist gewarnt worden. Du hast den Preis für dein Scheitern gekannt.«

Sie ließ Abbys Handgelenk los und wandte sich ab. Abbys Gedanken wirbelten in blinder Panik durcheinander, während die Frau zur Tür schlurfte.

»Nein! Bitte! Ich werde ihn morgen noch einmal sehen. Bei Sonnenaufgang.«

Mariska sah über die Schulter. »Warum? Warum sollte er einwilligen, dich noch einmal zu sehen, nachdem er deine Bitte abgelehnt hat? Wenn du lügst, wirst du deiner Tochter damit nicht mehr Zeit verschaffen. Es wird ihr nichts nützen.«

»Es stimmt. Ich schwöre es bei der Seele meiner Mutter. Ich habe mit der Hexenmeisterin gesprochen, die uns hineingeführt hat. Ich habe mit ihr und der Mutter Konfessorin gesprochen, nachdem Zauberer Zorander meine Bitte abgelehnt hatte. Sie haben gesagt, daß sie ihn überreden würden, mir eine Privataudienz zu gewähren.«

Sie runzelte die Stirn. »Warum sollten sie das tun?«

Abby zeigte auf den Sack, der am Fußende des Betts lag. »Ich habe ihnen gezeigt, was ich mitgebracht habe.«

Mariska öffnete den Sack mit einem gichtigen Finger. Sie sah einen Moment hinein und rückte näher an Abby heran.

»Du hast es Zauberer Zorander noch gar nicht gezeigt?«

»Ganz recht. Sie werden mir eine Audienz bei ihm verschaffen. Ich bin ganz sicher. Morgen wird er mich empfangen.«

Mariska zog ein Messer aus ihrer gebauschten Schärpe. Sie bewegte es langsam vor Abbys Gesicht hin und her. »Wir haben es satt, auf dich zu warten.«

Abby leckte sich die Lippen. »Aber ich –«

»Morgen werde ich nach Coney Crossing aufbrechen. Ich werde aufbrechen und nach deiner ängstlichen kleinen Jana sehen.« Ihre Hand glitt über Abbys Nacken. Finger wie Eichenwurzeln packten ihr Haar und hielten Abbys Kopf fest. »Wenn du ihn mir direkt folgen läßt, wird sie freigelassen, wie dir versprochen wurde.«

Abby konnte nicht nicken. »Das werde ich. Ich schwöre es. Ich werde ihn überzeugen. Er ist durch eine Schuld gebunden.«

Mariska hielt die Messerspitze so dicht an Abbys Augen, daß sie die Wimpern berührte. Abby wagte nicht, zu blinzeln.

»Kommst du zu spät, bohre ich mein Messer in das Auge der kleinen Jana. Steche es aus. Das andere lasse ich ihr, damit sie zusehen kann, wie ich ihrem Vater das Herz herausschneide, damit sie weiß, wie sehr es weh tut, wenn sie an der Reihe ist. Hast du verstanden, Herzchen?«

Abby konnte nur bejahend winseln, während Tränen ihr über die Wangen liefen.

»Braves Mädchen«, flüsterte Mariska so nahe, daß Abby gezwungen war, den Gestank der Wurst einzuatmen, die sie zum Abendessen gehabt hatte. »Wenn wir auch nur irgendwelche Tricks vermuten, werden sie alle sterben.«

»Keine Tricks. Ich beeile mich. Ich werde ihn bringen.«

Mariska gab Abby einen Kuß auf die Stirn. »Du bist eine gute Mutter.« Sie ließ Abbys Haar los. »Jana liebt dich. Sie ruft Tag und Nacht nach dir.«

Als Mariska die Tür zugemacht hatte, rollte sich Abby auf dem Bett zu einem zitternden Ball zusammen und weinte mit an die Augen gepreßten Knöcheln.

Delora beugte sich näher, als sie über die breite Brustwehr schritten. »Geht es dir auch wirklich gut, Abigail?«

Der Wind zerrte an ihren Haaren und wehte sie ihr ins Gesicht. Abby strich es sich aus den Augen und sah auf die große Stadt unten hinab, die sich allmählich aus dem Halbdunkel schälte. Sie hatte ein stummes Gebet zum Geist ihrer Mutter gesprochen.

»Ja. Ich hatte nur eine schlimme Nacht. Konnte nicht schlafen.«

Auf der anderen Seite drückte die Mutter Konfessorin ihre Schulter an die von Abby. »Das verstehen wir. Er hat immerhin eingewilligt, dich zu empfangen. Das sollte dich ermutigen. Er ist ein guter Mann, wirklich.«

»Danke«, flüsterte Abby beschämt. »Ich danke Euch beiden, daß Ihr mir helft.«

Die Leute, die auf der Brustwehr warteten – Zauberer, Hexenmeisterinnen, Offiziere und andere –, verstummten alle vorübergehend und verbeugten sich vor der Mutter Konfessorin, wenn die drei Frauen vorbeikamen. Unter mehreren Leuten, die sie vom Vortag kannte, sah Abby auch den Zauberer Thomas, der vor sich hin murmelte und höchst ungeduldig und verbissen aussah, während er mehrere Papiere durchblätterte, die, wie Abby sehen konnte, mit magischen Symbolen bedeckt waren.

Am Ende der Brustwehr kamen sie zur Steinfassade eines runden Turms. Über ihnen reichte ein steiles Dach bis dicht über eine Rundbogentür herab. Die Hexenmeisterin klopfte und machte die Tür auf, ohne eine Antwort abzuwarten. Abbys Stirnrunzeln entging ihr nicht.

»Er hört das Klopfen selten«, erklärte sie mit gedämpfter Stimme.

Das Zimmer aus Stein war klein, hatte aber eine gemütliche Atmosphäre. Ein rundes Fenster zur Rechten bot Ausblick auf die Stadt tief unten, ein anderes auf der gegenüberliegenden Seite auf die hohen Mauern der Feste, wo die fernsten und höchsten gerade von den ersten schwachen Sonnenstrahlen der Dämmerung beleuchtet wurden. In einem sorgfältig ausgearbeiteten Kandelaber aus Eisen befand sich eine ganze Armee von Kerzen, die das Zimmer mit einem warmen Leuchten erfüllten.

Zauberer Zorander, dessen widerborstiges braunes Haar um sein Gesicht herabhing, hatte sich auf die Hände gestützt und studierte ein Buch, das offen auf dem Tisch lag. Die drei Frauen blieben stehen.

»Zauberer Zorander«, verkündete die Hexenmeisterin, »wir bringen Abigail, geboren von Helsa.«

»Unsinn, Weib«, grollte der Zauberer, ohne aufzuschauen, »ich habe dein Klopfen gehört, wie immer.«

»Komm mir nicht mit Flüchen, Zeddicus Zu'l Zorander«, knurrte Delora zurück.

Er beachtete die Hexenmeisterin nicht und rieb sich das glattrasierte Kinn, während er das Buch vor sich studierte. »Willkommen, Abigail.«

Abby tastete mit den Fingern den Sack ab. Aber dann kam sie wieder zu Verstand und machte einen Knicks. »Danke, daß Ihr mich empfangt, Zauberer Zorander. Es ist lebenswichtig, daß Ihr mir helft. Wie ich schon sagte, steht das Leben unschuldiger Kinder auf dem Spiel.«

Zauberer Zorander schaute endlich hoch. Als er sie eine ganze Weile angesehen hatte, richtete er sich auf. »Wo liegt die Trennlinie?«

Abby sah die Hexenmeisterin auf ihrer einen und danach die Mutter Konfessorin auf der anderen Seite an. Keine erwiderte den Blick.

»Pardon, Zauberer Zorander? Die Trennlinie?«

Der Zauberer runzelte finster die Stirn. »Du deutest an, daß ein Leben aufgrund geringeren Alters einen höheren Wert besitzt. Die Trennlinie, mein liebes Kind, ab wo der Wert eines Lebens geringer wird. Wo ist diese Trennlinie?«

»Aber ein Kind –«

Er hielt mahnend einen Finger hoch. »Glaub nicht, daß du meine Gefühle ansprechen kannst, indem du mir mit dem Wert des Lebens eines Kindes kommst, als könnte man dem Leben in bestimmten Altersstufen einen höheren Stellenwert beimessen. Wann ist das Leben weniger wert? Wo liegt die Trennlinie? Bei welchem Alter? Wer entscheidet das?

Jedes Leben ist kostbar. Tot ist tot, in welchem Alter auch immer. Glaub nicht, daß du meine Vernunft ausschalten kannst, indem du abgebrüht und berechnend an meine Gefühle appellierst wie ein gewissenloser Amtsinhaber, der die Leidenschaft eines hirnlosen Mobs aufwühlt.«

Abby reagierte sprachlos auf diese Standpauke. Der Zauberer richtete seine Aufmerksamkeit auf die Mutter Konfessorin.

»Da wir gerade von Bürokraten sprechen – was hatte der Rat zu sagen?«

Die Mutter Konfessorin verschränkte die Hände und seufzte. »Ich habe ihnen deine Worte übermittelt. Offen gesagt, es war ihnen egal. Sie wollen, daß es getan wird.«

Er grunzte unzufrieden. »Tatsächlich, ja?« Er richtete den Blick auf Abby. »Sieht so aus, als wäre dem Rat selbst das Leben von Kindern gleichgültig, wenn es Kinder aus D'Hara sind.« Er strich sich mit einer Hand über die müden Augen. »Ich kann nicht sagen, daß ich ihre Beweggründe nicht verstehen würde oder uneins mit ihnen bin, aber bei allen guten Geistern, sie sind nicht diejenigen, die es tun müssen. Es wird nicht von ihrer Hand geschehen. Sondern von meiner.«

»Ich verstehe das, Zedd«, murmelte die Mutter Konfessorin.

Wieder schien er Abby, die vor ihm stand, zur Kenntnis zu nehmen. Er sah sie an, als würde er ein gewichtiges Thema wälzen. Sie wurde ganz zappelig. Er streckte die Hand aus und winkte mit dem Finger. »Dann laß sehen.«

Abby kam näher und streckte dabei die Hand in den Sack.

»Wenn man Euch nicht überreden kann, unschuldigen Menschen zu helfen, wird Euch das vielleicht etwas mehr sagen.«

Sie holte den Schädel ihrer Mutter aus dem Sack und legte ihn auf die Handfläche des Zauberers. »Es ist eine Knochenschuld. Ich erkläre sie hiermit für fällig.«

Eine Braue wurde hochgezogen. »Es ist üblich, nur einen winzigen Knochensplitter mitzubringen, Kind.«

Abby spürte, wie sie rot wurde. »Das wußte ich nicht«, stammelte sie. »Ich wollte sicher sein, daß es für die Prüfung ausreicht ... sicher sein, daß Ihr mir glauben würdet.«

Er strich mit einer Hand sanft über den glatten Schädel. »Ein Stück, das kleiner als ein Sandkorn ist, reicht aus.« Er sah Abby in die Augen. »Hat dir deine Mutter das nicht gesagt?«

Abby schüttelte den Kopf. »Sie sagte nur, daß es eine Schuld ist, die von Eurem Vater an Euch weitergegeben wurde. Sie sagte, daß die Schuld beglichen werden muß, wenn sie für fällig erklärt wird.«

»Das stimmt wirklich«, flüsterte er.

Während er sprach, strich er mit der Hand über den Schädel hin und her. Der Knochen war stumpf und fleckig von der Erde, wo Abby ihn ausgegraben hatte, und nicht so blütenweiß, wie sie es sich vorgestellt hatte. Ihr hatte davor gegraust, die Gebeine ihrer Mutter auszugraben, aber vor der Alternative grauste ihr noch mehr.

Unter den Fingern des Zauberers erstrahlte der Schädel in einem weichen, bernsteinfarbenen Licht. Abby blieb fast das Herz stehen, als ein Summen die Luft erfüllte, so als würden die Geister selbst mit dem Zauberer flüstern. Die Hexenmeisterin machte sich an den Perlen an ihrem Hals zu schaffen. Die Mutter Konfessorin biß sich auf die Unterlippe. Abby betete.

Zauberer Zorander legte den Schädel auf den Tisch und wandte ihnen den Rücken zu. Das bernsteinfarbene Leuchten erlosch.

Da er nichts sagte, brach Abby das bedrückende Schweigen. »Und? Seid Ihr zufrieden? Habt Ihr Euch versichert, daß es eine wahre Schuld ist?«

»O ja«, sagte er leise, ohne sich zu ihnen umzudrehen. »Es ist eine wahrhaftige Knochenschuld, durch Magie gebunden, bis sie beglichen wird.«

Abby strich mit den Fingern über den ausgefransten Saum des Sacks. »Ich habe es Euch gesagt. Meine Mutter hätte mich niemals belogen. Sie sagte mir, wenn die Schuld zu Lebzeiten nicht beglichen werden würde, dann würde es nach ihrem Tod eine Knochenschuld werden.«

Der Zauberer wandte ihr langsam das runde Gesicht zu. »Und hat sie dir etwas darüber erzählt, wie die Schuld zustande kam?«

»Nein.« Abby warf Delora einen verstohlenen Seitenblick zu, ehe sie fortfuhr: »Hexenmeisterinnen hüten Geheimnisse und offenbaren nur das, was ihren Zwecken dienlich ist.«

Mit einem knappen, flüchtigen Lächeln bekundete er grunzend seine Zustimmung.

»Sie sagte nur, daß sie und Euer Vater an die Schuld gebunden seien und sie bis zur Begleichung auf die jeweiligen Nachfahren übergehen würde.«

»Deine Mutter hat die Wahrheit gesagt. Aber das bedeutet nicht, daß die Schuld jetzt beglichen werden muß.«

»Es ist eine feierliche Knochenschuld.« Abbys Angst und Hilflosigkeit machten sich mit Gewalt Luft. »Ich erkläre sie für fällig! Ihr werdet Euch an die Verpflichtung halten!«

Die Mutter Konfessorin und die Hexenmeisterin sahen zur Wand und schienen nervös zu sein, daß eine Frau, eine Frau ohne die Gabe, dem Ersten Zauberer gegenüber die Stimme hob. Abby fragte sich plötzlich, ob sie für diese Dreistigkeit tot umfallen würde. Aber wenn er ihr nicht half, wäre das sowieso einerlei.

Die Mutter Konfessorin vereitelte die möglichen Folgen von Abbys Aufbrausen mit einer Frage. »Zedd, hat deine Betrachtung dir etwas über das Zustandekommen dieser Schuld verraten?«

»In der Tat«, sagte er. »Auch mein Vater erzählte mir etwas von einer Schuld. Meine Prüfung hat ergeben, daß dies die Schuld ist, von der er gesprochen hat, und die Frau, die vor mir steht, die andere Hälfte des Bundes darstellt.«

»Und wie kam sie zustande?«

Er hob die Arme. »Das ist mir entfallen. Tut mir leid, ich habe festgestellt, daß ich in letzter Zeit vergeßlicher bin als sonst.«

Delora schniefte. »Und du wagst es, Hexenmeisterinnen verschlossen zu nennen.«

Zauberer Zorander dachte einen Moment nach und drehte sich dann mit zusammengekniffenen Augen zur Mutter Konfessorin um. »Der Rat möchte, daß es getan wird, ja?« Er lächelte verschlagen. »Dann soll es geschehen.«

Die Mutter Konfessorin legte den Kopf schief. »Zedd ... bist du dir deiner Sache ganz sicher?«

»Welcher Sache?« fragte Abby. »Werdet Ihr die Schuld anerkennen oder nicht?«

Der Zauberer zuckte die Achseln. »Du hast verkündet, daß die Schuld fällig ist.« Er nahm ein kleines Buch vom Tisch und steckte es in eine Tasche seines Gewands. »Wer bin ich, dem zu widersprechen?«

»Gute Geister«, flüsterte die Mutter Konfessorin bei sich, »Zedd, nur weil der Rat –«

»Ich bin nur ein Zauberer«, sagte er und schnitt ihr das Wort ab, »der den Ansinnen und Wünschen des Volkes dient.«

»Aber wenn du dorthin reist, wirst du dich unnötig in Gefahr begeben.«

»Ich muß nahe der Grenze sein – sonst werde ich auch Teile der Midlands gefährden. Coney Crossing ist so gut wie jeder andere Ort, um den Flächenbrand zu entfachen.«

Abby, die außer sich vor Erleichterung war, hörte kaum mehr etwas von dem, was er sagte. »Danke, Zauberer Zorander. Danke.«

Er kam um den Tisch herum und hielt sie mit schlanken, überraschend kräftigen Fingern an den Schultern.

»Wir beide sind einander durch eine Knochenschuld verbunden. Die Pfade unserer Leben haben sich gekreuzt.« Sein Lächeln sah traurig und aufrichtig zugleich aus. Seine kräftigen Finger wurden um ihr Handgelenk geschlossen, um den Armreif, und er legte ihr den Schädel ihrer Mutter in die Hand. »Bitte, Abby, nenn mich Zedd.«

Sie nickte, den Tränen nahe. »Danke, Zedd.«

Draußen wurden sie im Licht der Dämmerung von der wartenden Menge empfangen. Zauberer Thomas winkte mit seinen Papieren und drängte sich durch.

»Zorander! Ich habe diese Elemente studiert, die du zur Verfügung gestellt hast. Ich muß mit dir reden!«

»Dann rede«, sagte der Erste Zauberer im Vorübergehen. Die Menge folgte ihm auf dem Fuß.

»Das ist Wahnsinn.«

»Ich habe nie etwas anderes behauptet.«

Zauberer Thomas schüttelte die Papiere wie als Beweis. »Das kannst du nicht machen, Zorander!«

»Der Rat hat entschieden, daß es geschehen soll. Der Krieg

muß beendet werden, solange wir noch die Oberhand haben und bevor Panis Rahl mit etwas ankommt, das wir nicht konterkarieren können.«

»Nein, ich meine, ich habe dieses Ding studiert, und du wirst nicht fähig sein, es zu vollbringen. Wir verstehen die Mächte nicht, die diese Zauberer beherrscht haben. Ich habe die Elemente durchgesehen, die du mir gezeigt hast. Allein schon der Versuch, so etwas zu beschwören, wird eine ungeheure Hitze erzeugen.«

Zedd blieb stehen und brachte sein Gesicht dicht an das von Thomas heran. Er zog in gespielter Überraschung die Brauen hoch. »Wirklich, Thomas? Glaubst du? Einen Lichtzauber zu zünden, der das Gewebe der Welt der Lebenden aufreißt, könnte eine Instabilität der Elemente des Netzfelds erzeugen?«

Thomas lief hinterher, als Zedd davonstürmte. »Zorander! Du wirst es nicht beherrschen können! Wenn du imstande wärst, es zu beschwören - und ich sage nicht, daß ich es für möglich halte -, wirst du die Grazie brechen. Die Beschwörung braucht Hitze. Die Bruchstelle erzeugt sie. Du wirst die Sturzflut nicht eindämmen können. Niemand kann so etwas tun!«

»Ich kann es«, murmelte der Erste Zauberer.

Thomas schüttelte wütend die Faust mit den Papieren. »Zorander, deine Arroganz wird unser aller Untergang sein! Ist der Schleier erst einmal geteilt, wird er zerreißen, und alles Leben wird verzehrt werden. Ich verlange, das Buch zu sehen, in dem du diesen Zauberspruch gefunden hast. Ich will es mit eigenen Augen sehen. Das ganze Ding, nicht nur Teile davon!«

Der Erste Zauberer blieb stehen und hob einen Finger. »Thomas, wenn geschrieben stünde, daß du dieses Buch sehen sollst, dann wärst du Erster Zauberer geworden und würdest Zugang zur Privatenklave des Ersten Zauberers haben. Aber du bist es nicht, und darum hast du ihn auch nicht.«

Thomas' Gesicht leuchtete scharlachrot über dem weißen Bart. »Das ist eine närrische Verzweiflungstat.«

Zauberer Zorander schnippte mit dem Finger. Die Papiere flogen dem alten Zauberer aus der Hand und vereinigten sich zu einem Wirbelwind, ehe sie entflammten und zu Asche verbrannten, die der Wind verwehte.

»Manchmal, Thomas, bleibt einem nur eine Verzweiflungstat. Ich bin der Erste Zauberer und werde tun, was ich tun muß. Ende der Diskussion. Ich will nichts mehr hören.« Er drehte sich um und zupfte einen Offizier am Ärmel. »Alarmieren Sie die Lanzenreiter. Trommeln Sie die gesamte verfügbare Kavallerie zusammen. Wir brechen unverzüglich ins Pendisanische Reich auf.«

Der Mann klopfte einen raschen Salut an die Brust und lief davon. Ein anderer Offizier, der älter und weitaus ranghöher aussah, räusperte sich.

»Zauberer Zorander, dürfte ich Ihren Plan erfahren?«

»Anargo«, sagte der Erste Zauberer, »ist die rechte Hand von Panis Rahl und beschwört zusammen mit Rahl den Tod, der uns verfolgt. Einfach ausgedrückt, habe ich vor, den Tod zu ihnen zurückzuschicken.«

»Indem Ihr die Lanzenreiter ins Pendisanische Reich führt?«

»Ja. Anargo hat sich bei Coney Crossing verschanzt. General Brainard dringt nach Norden zum Pendisanischen Reich vor, General Sanderson marschiert nach Süden, um ihre Kräfte zu vereinen, und Mardale nähert sich von Südwesten. Wir werden mit den Lanzenreitern und allen, die noch zu uns stoßen können, dorthin vorstoßen.«

»Anargo ist kein Narr. Wir wissen nicht, wie viele andere Zauberer und Begabte er bei sich hat, aber wir wissen wohl, wozu er fähig ist. Sie haben uns immer wieder bluten lassen. Wenigstens konnten wir ihnen einen Schlag versetzen.« Der Offizier wählte seine Worte mit Bedacht. »Was meint Ihr, warum sie warten? Warum ziehen sie sich nicht einfach nach D'Hara zurück?«

Zedd stützte sich mit einer Hand an die Zinnenmauer und ließ den Blick über die Stadt in der Dämmerung schweifen.

»Anargo genießt das Spiel. Er spielt es mit höchster Dramatik; er will uns glauben machen, daß sie verwundet sind. Das Pendisanische Reich ist die einzige Gegend in jenen Bergen, wo eine Armee mit einer gewissen Geschwindigkeit operieren kann. Coney Crossing bietet ein großes Schlachtfeld, aber nicht groß genug, daß wir ohne Probleme manövrieren oder sie in die Zange nehmen können. Er versucht uns eine Falle zu stellen.«

Der Offizier schien nicht überrascht zu sein. »Aber warum?«

Zedd sah den Offizier über die Schulter an. »Offensichtlich glaubt er, daß er uns in diesem Gelände besiegen kann. Ich glaube etwas anderes. Er weiß, daß wir nicht dulden können, daß die Bedrohung dort bleibt, und er kennt unsere Pläne. Er will mich hinlocken, töten und die Bedrohung beenden, die ich allein für sie darstelle.«

»Also ...«, überlegte der Offizier laut, »wollt Ihr damit sagen, daß sich das Risiko aus Anargos Sicht lohnt.«

Zedd ließ den Blick erneut über die Stadt unter der Feste der Zauberer schweifen. »Wenn Anargo recht hat, könnte er bei Coney Crossing den Endsieg davontragen. Wenn er mich ausgeschaltet hat, wird er seine Begabten von der Leine lassen, die Mehrheit unserer Streitmacht an einer Stelle niedermetzeln und dann praktisch ohne Gegenwehr ins Herz der Midlands vorstoßen: Aydindril.

Anargo hat vor, mich zu töten, unsere gemeinsame Armee aufzureiben, die Menschen der Midlands in Ketten zu legen und Panis Rahl die Peitsche zu übergeben, noch bevor der erste Schnee fällt.«

Der Offizier starrte ihn bestürzt an. »Und Ihr habt vor, genau das zu tun, was sich Anargo erhofft, dorthin zu gehen und Euch ihm zu stellen?«

Zedd zuckte die Achseln. »Welche Wahl habe ich?«

»Und wißt Ihr wenigstens, auf welche Weise Anargo Euch töten will, damit wir Vorkehrungen treffen können? Gegenmaßnahmen?«

»Ich fürchte, nein.« Er winkte achtlos mit der Hand und beendete das Gespräch. Er wandte sich an Abby. »Die Lanzenreiter haben schnelle Pferde. Wir werden reiten, was das Zeug hält und deine Heimat bald erreicht haben - wir werden rechtzeitig dort sein - und uns dann um unsere Angelegenheit kümmern.«

Abby nickte nur. Sie konnte weder der Erleichterung über die Gewährung ihrer Bitte Ausdruck verleihen, noch die Scham darüber in Worte fassen, daß ihr Gebet erhört worden war. Am schlimmsten aber fand sie, daß sie nicht dem Entsetzen darüber Luft machen konnte, was sie tat, denn sie kannte die Pläne der D'Haraner.

Fliegen schwärmten um getrocknete Fetzen von Eingeweiden,

und mehr war nicht mehr von Abbys preisgekrönten Bartschweinen übrig. Offenbar waren selbst die Zuchttiere, die Abbys Eltern ihr als Hochzeitsgeschenk gegeben hatten, abgeschlachtet und gestohlen worden.

Abbys Eltern hatten auch den Mann für sie ausgesucht. Abby hatte ihn vorher nie kennengelernt: Er stammte aus der Stadt Lynford, wo ihre Mutter und ihr Vater die Schweine kauften. Abby war außer sich vor Nervosität gewesen, wen ihre Eltern ihr als Mann aussuchen würden. Sie hatte gehofft, daß es ein fröhlicher Mann sein würde - ein Mann, dem selbst die Schwierigkeiten des Lebens ein Lächeln entlocken konnten.

Als sie Philip zum erstenmal sah, glaubte sie, daß er der ernsteste Mann der Welt sein mußte. Sein jugendliches Gesicht sah aus, als hätte er nicht einmal gelächelt. In der Nacht nach ihrer ersten Begegnung hatte sie sich in den Schlaf geweint beim Gedanken, ihr Leben mit einem so ernsten Mann verbringen zu müssen. Sie glaubte, daß ihr Leben von den spitzen Zinken eines grimmigen Schicksals aufgespießt wurde.

Abby fand heraus, daß Philip ein schwer arbeitender Mann war, der das Leben mit einem breiten Grinsen betrachtete. Später erfuhr sie, daß er an jenem ersten Tag, als sie ihn kennenlernte, nur deshalb ein so ernstes Gesicht gemacht hatte, damit seine neue Familie ihn nicht für einen Taugenichts hielt, der ihrer Tochter nicht würdig war. Binnen kurzer Zeit wußte Abby, daß Philip ein Mann war, auf den sie sich verlassen konnte. Als Jana geboren wurde, liebte sie ihn.

Und nun waren Philip und so viele andere von ihr abhängig.

Abby säuberte sich die Hände, nachdem sie die Gebeine ihrer Mutter erneut zur Ruhe gebettet hatte. Sie sah, daß die Zäune, die Philip so oft ausgebessert hatte, allesamt niedergerissen worden waren. Als sie um das Haus herumkam, stellte sie fest, daß das Scheunentor fehlte. Alles, was Mensch oder Tier essen konnten, war verschwunden. Abby konnte sich nicht erinnern, daß sie ihr Zuhause jemals so ausgeplündert gesehen hatte.

Spielt keine Rolle, sagte sie sich. Es spielte keine Rolle, wenn nur Jana zu ihr zurückgebracht wurde. Zäune konnte man ausbessern. Schweine konnte man irgendwie ersetzen, eines Tages. Jana konnte man nie ersetzen.

»Abby«, fragte Zedd, während er die Ruine ihres Hauses in Augenschein nahm, »wie kommt es, daß dein Mann und deine Tochter und alle anderen gefangengenommen wurden, nur du nicht?«

Abby trat durch den zerbrochenen Türrahmen ein und fand, daß ihr Haus noch nie so klein gewirkt hatte. Bevor sie nach Aydindril gegangen war, zur Feste der Zauberer, hatte ihr Haus so groß gewirkt, wie sie es sich nur vorstellen konnte. Hier hatte Philip gelacht und das schlichte Zimmer mit seinem Trost und seinen Gesprächen erfüllt. Mit Holzkohle hatte er für Jana Tiere auf den Kamin gemalt.

Abby zeigte auf eine Luke. »Unter dieser Tür ist der Wurzelkeller. Da war ich, als ich alles gehört habe, was ich Euch berichtet habe.«

Zedd strich mit der Stiefelspitze über das Astloch, das als Griff diente, um die Klappe zu öffnen. »Sie haben deinen Mann und deine Tochter mitgenommen, und du bist da unten geblieben? Als deine Tochter nach dir geschrien hat, bist du ihr nicht zu Hilfe geeilt?«

Abby bezwang ihr Unbehagen. »Ich wußte, wenn ich heraufkam, würden sie mich auch erwischen. Ich wußte, die einzige Chance für meine Familie bestand darin, daß ich wartete und dann Hilfe holen ging. Meine Mutter hat mir einmal gesagt, daß auch eine Hexenmeisterin nichts weiter als eine Närrin sei, wenn sie sich wie eine benähme. Sie sagte mir immer, daß ich zuerst über alles nachdenken müßte.«

»Ein guter Rat.« Zedd legte einen Schöpflöffel weg, der verbogen und durchlöchert worden war. Er legte ihr sanft eine Hand auf die Schulter. »Es muß schwer für dich gewesen sein, deine Tochter im Stich zu lassen, als sie nach dir rief, und das zu tun, was klug war.«

Abby brachte nur ein Flüstern zustande. »Ihr sprecht die Wahrheit der Geister.« Sie zeigte zum Fenster an der Seitenwand hinaus. »In dieser Richtung liegt die Stadt – jenseits des Coney River. Sie haben Jana und Philip mitgenommen, als sie sämtliche Leute der Stadt holen gingen. Sie hatten auch andere dabei, die sie schon gefangengenommen hatten. Die Armee hat in den Hügeln dahinter ein Lager aufgeschlagen.«

Zedd stand am Fenster und sah zu den fernen Hügeln. »Ich hoffe, daß dieser Krieg bald vorbei ist. Gute Geister, bitte laßt ihn zu Ende gehen.«

Abby fiel die Mahnung der Mutter Konfessorin wieder ein, die Geschichte, die sie ihr erzählt hatte, nie preiszugeben, und fragte deshalb nicht nach der Tochter des Zauberers oder seiner ermordeten Frau. Als sie auf dem schnellen Ritt zurück nach Coney Crossing von ihrer Liebe zu Jana gesprochen hatte, mußte es ihm das Herz gebrochen haben, daran zu denken, daß sich seine eigene Tochter in den Händen eines brutalen Gegners befand, und zu wissen, daß er sie zum Tode verurteilt hatte, damit nicht noch viel mehr sterben mußten.

Zedd stieß die Schlafzimmertür auf. »Und da hinten?« fragte er, als er den Kopf in den angrenzenden Raum steckte.

Abby wurde aus ihren Gedanken gerissen und sah auf. »Das Schlafzimmer. Hinten befindet sich eine Tür zum Garten und zu der Scheune.«

Obwohl er nie von seiner toten Frau oder entführten Tochter sprach, zehrte das Wissen um die beiden an ihr wie ein anschwellender Bach im Frühjahr an einem Loch im Eis.

Zedd wich von der Schlafzimmertür zurück, als Delora lautlos zur Eingangstür hereingehuscht kam. »Wie Abigail sagte, die Stadt auf der anderen Seite des Flusses wurde geplündert«, meldete die Hexenmeisterin. »So, wie es aussieht, wurden alle Bewohner mitgenommen.«

Zedd strich sich das lockige Haar zurück. »Wie nah ist der Fluß?«

Abby machte eine Geste zum Fenster. Die Nacht brach an. »Gleich dort. Ein Fußmarsch von fünf Minuten.«

Im Tal floß der Coney River langsam und breit, ehe er in den Kern mündete, und wurde flach genug, daß man ihn mühelos überqueren konnte. Es gab keine Brücke; die Straße führte einfach zum Flußufer und ging auf der anderen Seite weiter. Obwohl der Fluß im größten Teil des Tals fast eine Viertelmeile breit war, war er an keiner Stelle mehr als knietief. Nur nach der Schmelze im Frühling war es mitunter gefährlich, ihn zu überqueren. Die Stadt Coney Crossing lag zwei Meilen weiter, oben auf den Hügeln, sicher vor dem Frühlingshochwasser, genau wie die Kuppe, auf der Abbys Häuschen stand.

Zedd nahm Delora am Ellbogen. »Reite zurück und sag allen, daß sie Stellung beziehen sollen. Wenn etwas schiefgeht ... nun, wenn etwas schiefgeht, dann müssen sie angreifen. Anargos Legion muß aufgehalten werden, auch wenn sie sie auf D'Hara-Gebiet verfolgen müssen.«

Delora sah nicht glücklich aus. »Vor unserem Aufbruch ließ mich die Mutter Konfessorin versprechen, darauf zu achten, daß du nicht allein gehst. Sie bat mich, dafür zu sorgen, daß stets Begabte in deiner Nähe sind, falls du sie brauchen solltest.«

Abby hatte auch gehört, wie die Mutter Konfessorin diese Anweisung gegeben hatte. Als sie sich beim Aufbruch zur Festung umdrehte, hatte Abby die Mutter Konfessorin auf einer hohen Zinne gesehen, von wo sie ihnen nachsah. Die Mutter Konfessorin hatte geholfen, als Abby schon fürchtete, daß alles verloren wäre. Sie fragte sich, was aus der Frau werden würde.

Dann fiel ihr ein, daß sie sich das nicht fragen mußte. Sie wußte es.

Der Zauberer schenkte den Worten der Hexenmeisterin keine Beachtung. »Sobald ich Abby geholfen habe, schicke ich sie ebenfalls zurück. Ich will niemanden in meiner Nähe haben, wenn ich den Zauber entfessle.«

Delora packte ihn am Kragen und zog ihn zu sich. Sie sah aus, als würde sie ihm eine hitzige Standpauke halten. Statt dessen zog sie ihn in ihre Arme.

»Bitte, Zedd«, flüsterte sie, »sorg dafür, daß wir nicht ohne dich als Ersten Zauberer dastehen.«

Zedd strich ihr dunkles Haar zurück. »Damit Thomas dich für sich allein hat?« Er grinste. »Niemals.«

Der Staub, den Deloras Pferd aufwirbelte, senkte sich in der zunehmenden Dunkelheit, als Zedd und Abby den Hang zum Fluß hinuntergingen. Abby führte ihn den Pfad durch hohes Gras und Binsen hinab und erklärte, daß der Pfad ihnen besseren Schutz vor Blicken bieten würde als die Straße. Abby war dankbar, daß er nicht der Straße den Vorzug gab.

Ihr Blick schweifte von den dunklen Schatten auf der einen zu den Schatten auf der anderen Seite, während sie von den Binsen verschluckt wurden. Ihr Pulsschlag raste. Wenn ein Zweig unter ihrem Fuß zerbrach, zuckte sie zusammen.

Es geschah so, wie sie es befürchtet, wie sie es gewußt hatte.

Wie aus dem Nichts tauchte eine Gestalt in einem langen Mantel mit Kapuze auf und stieß Abby beiseite. Sie sah eine Messerklinge aufblitzen, als Zedd den Angreifer in die Binsen schleuderte. Er ging in die Hocke und legte Abby, die keuchend im Gras lag, eine Hand auf die Schulter.

»Bleib unten«, flüsterte er mit Nachdruck.

Licht strömte in seine Finger. Er beschwor Magie. Sie wollten, daß er das tat.

Tränen quollen und brannten in ihren Augen. Sie zupfte ihn am Ärmel. »Zedd, bitte keine Magie benutzen.« Sie konnte kaum sprechen, so stark war der Klammergriff des Schmerzes in ihrer Brust. »Keine –«

Die Gestalt sprang wieder aus dem Halbdunkel der Binsen. Zedd riß eine Hand hoch. Ein Lichtblitz, der die vermummte Gestalt traf, zuckte durch die Nacht.

Aber nicht der Angreifer ging zu Boden, sondern Zedd schrie auf und brach zusammen. Was immer er dem Angreifer hatte antun wollen, es war auf ihn selbst zurückgefallen, und er befand sich im Griff schrecklicher Schmerzen, die ihn daran hinderten, sich zu erheben oder zu sprechen. Darum hatten sie gewollt, daß er Magie beschwor: damit sie ihn fangen konnten.

Die Gestalt, die über dem Zauberer stand, sah Abby finster an. »Deine Rolle in diesem Stück ist ausgespielt. Geh!«

Abby verschwand durch das Gras. Die Frau schlug die Kapuze zurück und streifte den Mantel ab. In fast völliger Dunkelheit konnte Abby den langen Zopf und die rote Lederuniform der Frau sehen. Es war eine der Frauen, von denen Abby gehört hatte, der Frauen, die benutzt wurden, um Leute mit der Gabe der Magie zu fangen: eine Mord-Sith.

Die Mord-Sith sah zufrieden zu, wie der Zauberer zu ihren Füßen sich in erstickenden Schmerzen wand. »Schau, schau. Sieht so aus, als hätte der Erste Zauberer selbst gerade einen sehr schweren Fehler gemacht.«

Die Gürtel und Gurte ihrer roten Lederuniform ächzten, als sie sich über ihn beugte und angesichts seiner Qualen grinste. »Mir wurde die ganze Nacht gewährt, um dich bedauern zu lassen, daß du je einen Finger gerührt hast, um uns Widerstand zu leisten. Am Morgen soll ich dich zusehen lassen, wie unsere Streitmacht deine Leute auslöscht. Danach soll ich dich zu Meister Rahl persönlich bringen, dem Mann, der den Tod deiner Frau befohlen hat, damit du ihn anflehen kannst, daß er mir befiehlt, dich ebenfalls zu töten.« Sie gab ihm einen Tritt. »Damit du Meister Rahl anflehen kannst, zu sterben, während du zusiehst, wie deine Tochter vor deinen Augen stirbt.«

Zedd konnte nur vor Grauen und Schmerzen schreien.

Auf Händen und Knien kroch Abby tiefer in das hohe Gras. Sie wischte sich die Augen und versuchte, etwas zu sehen. Sie war entsetzt, mitzuerleben, was dem Mann angetan wurde, der nur aus einer Verpflichtung ihrer Mutter gegenüber eingewilligt hatte, ihr zu helfen. Im Gegensatz dazu hatten diese Leute sich ihrer Dienste versichert, indem sie ihre Tochter als Geisel genommen hatten.

Während sie zurückwich, sah Abby das Messer, das die Mord-Sith fallen gelassen hatte, als Zedd sie in die Binsen warf. Das Messer war Tarnung gewesen und hatte dazu gedient, ihn zum Handeln zu zwingen; Magie war die wahre Waffe gewesen. Die Mord-Sith hatte seine eigene Magie gegen ihn gekehrt – hatte sie benutzt, um ihn kampfunfähig zu machen und zu fangen, und benutzte sie nun, um ihm Schmerzen zuzufügen.

Das war der geforderte Preis. Abby hatte gehorcht. Sie hatte keine andere Wahl gehabt.

Aber welchen Tribut verlangte sie anderen ab?

Wie konnte sie das Leben ihrer Tochter auf Kosten so vieler anderer retten? Würde Jana aufwachsen und Sklavin von Leuten sein, die zu so etwas fähig waren? Jana würde aufwachsen und lernen, sich vor Panis Rahl und seinen Günstlingen zu verbeugen, sich dem Bösen zu ergeben, oder schlimmer, aufwachsen und zur willigen Helferin der Plage werden, ohne jemals die Freiheit zu kosten oder den Wert von Ehre zu kennen.

Gräßlich und unwiderruflich schien in Abbys Gedanken alles zu verfallen.

Sie hob das Messer auf. Zedd wimmerte vor Schmerzen, als sich die Mord-Sith bückte und etwas Gemeines mit ihm anstellte. Bevor Abby die Gelegenheit hatte, ihre Entschlossenheit zu verlieren, näherte sie sich der Frau von hinten.

Abby hatte schon Tiere geschlachtet. Sie sagte sich, daß dies nichts anderes war. Dies waren keine Menschen, sondern Tiere. Sie hob das Messer.

Eine Hand wurde auf ihren Mund gepreßt. Eine andere packte sie am Handgelenk.

Abby stöhnte in die Hand, weil es ihr nicht gelungen war, diesem Wahnsinn ein Ende zu bereiten, solange sie die Möglichkeit dazu hatte. Lippen dicht an ihrem Ohr flüsterten ihr zu, sie solle still sein.

Abby wehrte sich gegen die Gestalt im Kapuzenmantel, die sie festhielt, drehte den Kopf, so weit sie konnte, und sah im letzten Tageslicht violette Augen, die sie anschauten. Einen Moment wurde sie nicht schlau daraus, konnte nicht verstehen, wie die Frau hier sein konnte, wo Abby doch gesehen hatte, wie sie zurückgeblieben war. Aber sie war es wirklich.

Abby hörte auf, sich zu wehren. Die Mutter Konfessorin ließ sie los und beorderte sie mit einer knappen Handbewegung zurück. Abby stellte keine Fragen; sie wich ins Riedgras zurück, während die Mutter Konfessorin die Hand nach der Frau in rotem Leder ausstreckte. Die Mord-Sith war gebückt und ganz auf ihre gräßlichen Manipulationen an dem schreienden Zauberer konzentriert.

In der Ferne zirpten und schnalzten Insekten. Frösche riefen mit beharrlichem Quaken. Nicht weit entfernt plätscherte und rauschte der Fluß wie immer - ein vertrautes, tröstendes, heimatliches Geräusch.

Und dann erfolgte eine plötzliche, brutale Erschütterung in der Luft. Die Welt schien in ihrer schrecklichen Pracht zum Stillstand zu kommen.

Das Gras wurde niedergedrückt, als würde Wind von einem Ring aus wehen, in dem sich die Mord-Sith und die Mutter Konfessorin befanden. Abby kam wieder zu Sinnen, während die Schmerzen in ihren Gelenken erfreulicherweise nachließen.

Abby hatte noch nie gesehen, wie es gemacht wurde, und hätte nie gedacht, daß sie es einmal in ihrem Leben sehen würde, aber sie wußte ohne jeden Zweifel, daß sie gerade gesehen hatte, wie eine Konfessorin ihre Gabe einsetzte. Wie Abby von ihrer Mutter wußte, wurde dabei der Verstand einer Person so gründlich zerstört, daß nur blinde Hingabe an die Konfessorin blieb. Sie mußte nur fragen, und alles wurde gestanden, welches Verbrechen auch immer zu verbergen oder zu leugnen versucht worden war.

»Herrin«, stöhnte die Mord-Sith jämmerlich klagend.

Abby, die zunächst vom Schock des lautlosen Donners der Macht der Mutter Konfessorin erschüttert worden war und nun fassungslos die völlige Unterwürfigkeit der am Boden zusammengebrochenen Frau sah, spürte eine Hand an ihrem Arm. Es war der Zauberer.

Mit dem Rücken der anderen Hand wischte er sich Blut vom Mund. Er bemühte sich, wieder zu Atem zu kommen. »Laß sie allein.«

»Zedd ... es ... es tut mir leid. Ich habe versucht, dir zu sagen, daß du keine Magie anwenden sollst, habe aber nicht laut genug gesprochen, daß du mich hören konntest.«

Er brachte trotz offensichtlicher Schmerzen ein Lächeln zustande. »Ich habe dich gehört.«

»Aber warum hast du dann deine Gabe eingesetzt?«

»Ich dachte mir, daß du doch nicht die Art von Mensch bist, der zu so etwas Schrecklichem fähig ist, und daß du dein wahres Herz zeigen würdest.« Er zog sie weg von den Schreien. »Wir haben dich benutzt. Sie sollten glauben, daß ihr Plan erfolgreich war.«

»Du hast gewußt, was ich vorhatte? Du hast gewußt, daß ich dich zu ihnen bringen wollte, damit sie dich gefangennehmen konnten?«

»Ich konnte es mir denken. Von Anfang an schien mehr an dir zu sein, als du preiszugeben bereit warst. Du bist nicht sehr begabt darin, eine Spionin und Verräterin zu sein. Seit wir hier eingetroffen sind, beobachtest du die Schatten und zuckst jedesmal zusammen, wenn ein Insekt zirpt.«

Die Mutter Konfessorin eilte herbei. »Zedd, alles in Ordnung?«

Er legte ihr eine Hand auf die Schulter. »Das wird schon wieder.« In seinen Augen leuchtete noch das Entsetzen. »Danke, daß du nicht zu spät gekommen bist. Einen Moment fürchtete ich schon ...«

»Ich weiß.« Die Mutter Konfessorin schenkte ihm ein rasches

Lächeln. »Laß uns hoffen, daß sich dein Trick gelohnt hat. Du hast Zeit bis zur Dämmerung. Sie sagte, ihre Leute erwarten, daß sie dich die ganze Nacht foltert, ehe sie dich am Morgen zu ihnen bringt. Ihre Kundschafter haben Anargo informiert, daß unsere Truppen eingetroffen sind.«

Im Gebüsch schrie die Mord-Sith, als würde ihr bei lebendigem Leib die Haut abgezogen werden.

Ein Schauer lief durch Abbys Schultern. »Sie werden sie hören und wissen, was passiert ist.«

»Selbst wenn sie sie auf die Entfernung hören können, werden sie glauben, daß es Zedd ist, der von ihr gefoltert wird.« Die Mutter Konfessorin nahm Abby das Messer aus der Hand. »Ich bin froh, daß du mein Vertrauen in dich belohnt und dich entschieden hast, keine gemeinsame Sache mit ihnen zu machen.«

Abby wischte sich die Handflächen an ihren Röcken ab und schämte sich für alles, was sie getan hatte, was sie vorgehabt hatte zu tun. Sie fing an zu zittern. »Werdet Ihr sie töten?«

Die Mutter Konfessorin sah todmüde aus, nachdem sie die Mord-Sith berührt hatte, aber aus ihren Augen blickte nach wie vor eine eiserne Entschlossenheit. »Eine Mord-Sith ist anders als alle anderen. Sie erholt sich nicht von der Berührung einer Konfessorin. Sie würde bis zu ihrem Tod, irgendwann am frühen Morgen, schreckliche Qualen leiden.« Sie warf einen Blick in die Richtung, aus der die Schreie kamen. »Sie hat uns gesagt, was wir wissen müssen, und Zedd muß seine Macht zurückbekommen. Es ist ein Akt der Barmherzigkeit.«

»Außerdem verschafft es mir Zeit für das, was ich tun muß.« Zedd drehte Abbys Gesicht mit den Fingern zu sich herum, weg von den Schreien. »Und Zeit, Jana zurückzuholen. Du hast Zeit bis zum Morgen.«

»Ich habe Zeit bis zum Morgen? Was meinst du damit?«

»Ich werde es dir erklären. Aber wir müssen uns beeilen, wenn du genug Zeit haben willst. Und jetzt zieh dich aus.«

Abbys Zeit wurde knapp.

Sie war stocksteif und wie erstarrt durch das Lager der D'Haraner geschritten und hatte sich sehr bemüht, nicht zu Tode erschrocken auszusehen, obwohl sie sich genauso fühlte. Sie hatte die ganze Nacht lang die Anweisungen des Zauberers befolgt: sich hochmütig benommen. Jeden, dem sie auffiel, strafte sie mit Mißachtung. Jeden, der sie ansah und ansprechen wollte, knurrte sie böse an.

Aber natürlich waren es nicht allzu viele, die versuchten, die Aufmerksamkeit einer in rotes Leder gekleideten Mord-Sith auf sich zu lenken. Zedd hatte ihr auch geraten, die Waffe der Mord-Sith in der Hand zu behalten. Sie sah aus wie ein kleiner Stab aus rotem Leder. Abby hatte keine Ahnung, wie sie funktionierte – der Zauberer hatte nur gesagt, daß Magie im Spiel war und es Abby nicht möglich sein würde, die Waffe zu ihrer Unterstützung zu aktivieren –, aber die Wirkung auf alle, die sie in ihrer Hand sahen, blieb nicht aus: Sie verschwanden wieder in der Dunkelheit und mieden das Licht der Lagerfeuer, mieden Abby.

Jedenfalls diejenigen, die wach waren. Auch wenn die meisten Leute im Lager schliefen, herrschte kein Mangel an Wachtposten. Zedd hatte der Mord-Sith, die ihn angegriffen hatte, den langen Zopf abgeschnitten und an Abbys Haar befestigt. In der Dunkelheit fielen die verschiedenen Haarfarben nicht so sehr auf. Wenn die Wachtposten Abby ansahen und eine Mord-Sith erblickten, wandten sie die Blicke hastig wieder ab.

Den nervösen Mienen der Leute konnte Abby entnehmen, daß sie ein furchtbarer Anblick war. Sie wußten ja nicht, wie sehr ihr Herz klopfte. Sie war dankbar für den Schutz der Nacht, der verhinderte, daß die D'Haraner sahen, wie sehr ihr die Knie zitterten. Sie hatte nur zwei echte Mord-Sith gesehen, die beide schliefen, und sich von ihnen ferngehalten, wie Zedd es ihr geraten hatte. Echte Mord-Sith ließen sich nicht so leicht täuschen.

Zedd hatte ihr bis zum Morgengrauen Zeit gelassen. Aber die Zeit wurde knapp. Er hatte ihr gesagt, wenn sie nicht rechtzeitig zurück sei, würde sie sterben.

Abby war dankbar, daß sie mit der Umgebung vertraut war, sonst hätte sie sich schon längst im Wirrwarr von Zelten, Lagerfeuern, Wagen, Pferden und Maultieren verirrt. Überall waren Speere und Lanzen in Kreisen aufgestellt, so daß die Spitzen aneinander lehnten. Männer – Hufschmiede, Pfeilmacher, Schmiede und Handwerker jedweder Art – arbeiteten die Nacht hindurch.

Dichter Rauch erfüllte die Luft, und überall hallten die Geräusche von Metall wider, das geformt und geschärft wurde, und von Holz, das von Bogen bis hin zu Wagen zu allem bearbeitet wurde. Abby wußte nicht, wie Leute bei diesem Lärm schlafen konnten, aber sie schliefen.

Bald würde das riesige Lager zu einem neuen Tag erwachen – einem Tag des Kampfes, einem Tag, an dem die Soldaten die Arbeit verrichten würden, die sie am besten beherrschten. Sie schliefen die Nacht hindurch, damit sie ausgeruht waren, um die Armee der Midlands abzuschlachten. Nach allem, was sie gehört hatte, verstanden die Soldaten von D'Hara etwas von ihrem Job.

Abby hatte unablässig gesucht, doch es war ihr nicht möglich gewesen, ihren Vater, ihren Mann oder ihre Tochter zu finden. Aber aufgeben würde sie nicht. Sie hatte sich mit der Gewißheit abgefunden, daß sie mit ihnen sterben würde, falls sie sie nicht rechtzeitig fände.

Sie hatte Gefangene gesehen, die aneinandergefesselt und an Bäumen oder am Boden festgebunden waren, damit sie nicht wegliefen. Viele waren angekettet. Manche kannte sie, aber viele nicht. Die meisten wurden in Gruppen und unter Bewachung gehalten.

Abby sah nicht ein einziges Mal einen schlafenden Wachtposten. Wenn sie in ihre Richtung schauten, tat sie so, als suchte sie nach jemandem, dem sie das Leben schwermachen würde, wenn sie ihn gefunden hatte. Zedd hatte ihr gesagt, ihr Leben und das ihrer Familie hinge davon ab, daß sie ihre Rolle überzeugend spielte. Abby dachte daran, daß diese Menschen ihrer Tochter weh taten, und dann fiel es ihr nicht schwer, wütend auszusehen.

Aber ihre Zeit wurde knapp. Sie konnte sie nicht finden und wußte, daß Zedd nicht warten würde. Zuviel stand auf dem Spiel; das war ihr jetzt klar. Sie hatte eingesehen, daß der Zauberer und die Mutter Konfessorin einen Krieg beenden wollten; daß ihnen die gräßliche Aufgabe zufiel, das Leben weniger gegen das Leben vieler abzuwägen.

Abby hob eine weitere Zeltklappe und sah schlafende Soldaten. Sie ging in die Hocke und betrachtete die Gesichter von an einen Wagen gefesselten Gefangenen. Sie erwiderten ihre Blicke mit hohlen Augen. Sie bückte sich und studierte die Gesichter von in Alpträumen zusammengekuschelten Kindern. Sie konnte Jana nicht finden. Das riesige Lager erstreckte sich über das gesamte Hügelland; es gab tausend Stellen, wo sie stecken konnte.

Als sie an einer schiefen Zeltreihe vorbeilief, kratzte sie sich am Handgelenk. Erst als sie weiterging, wurde ihr klar, daß der Armreif wärmer wurde und ihr Gelenk deshalb juckte. Sie machte ein paar Schritte, und er wurde noch wärmer, doch dann kühlte er wieder ab. Sie runzelte die Stirn. Aus Neugier machte sie kehrt und ging dorthin zurück, von wo sie gekommen war.

An einem Pfad zwischen den Zelten kribbelte ihr Armreif wieder vor Wärme. Abby blieb einen Moment stehen und sah in die Dunkelheit. Der Himmel hellte sich gerade zaghaft auf. Sie nahm den Weg zwischen den Zelten hindurch und folgte ihm, bis der Armreif abkühlte, drehte um und schlug eine neue Richtung ein, wo der Reif noch wärmer wurde.

Ihre Mutter hatte ihr den Armreif gegeben und gesagt, daß sie ihn immer tragen sollte, weil er ihr eines Tages nützlich sein würde. Abby fragte sich, ob der Reif irgendeine Magie besaß, die ihr helfen würde, ihre Tochter zu finden. Da der Tagesanbruch näherrückte, schien das ihre einzige Chance zu sein. Sie lief hastig weiter und folgte dem Weg, den die Wärme des Armreifs ihr wies.

Der Reif führte sie zu einer Reihe schnarchender Soldaten. Gefangene waren keine zu sehen. Wachen patrouillierten neben den Männern in Schlafsäcken und Decken. Ein Zelt stand zwischen den großen Männern – für einen Offizier, vermutete sie.

Da sie nicht wußte, was sie sonst tun sollte, schlenderte Abby zwischen den schlafenden Männern dahin. In der Nähe des Zelts erfüllte der Reif ihren Arm mit kribbelnder Wärme.

Abby sah, daß Posten um das kleine Zelt schwärmten wie Fliegen um ein Stück Fleisch. Die Segeltuchwände leuchteten schwach, wahrscheinlich von einer Kerze im Inneren. Auf der Seite sah sie eine schlafende Gestalt, die sich von den Männern unterschied. Als sie näher kam, konnte sie erkennen, daß es sich um eine Frau handelte: Mariska.

Die alte Frau atmete ein wenig röchelnd im Schlaf. Abby stand wie gelähmt da. Wachen sahen zu ihr her.

Abby mußte etwas tun, ehe sie ihr Fragen stellten, sah sie finster an und marschierte auf das Zelt zu. Sie versuchte, kein

Geräusch von sich zu geben; die Wachen mochten sie für eine Mord-Sith halten, aber Mariska würde sich nicht lange täuschen lassen. Nach einem finsteren Blick von Abby wandten die Wachen sich ab und sahen über die nächtliche Landschaft.

Abbys Herz klopfte fast unkontrolliert, als sie nach der Zeltklappe griff. Sie wußte, Jana würde im Inneren sein. Sie sagte sich, daß sie nicht aufschreien durfte, wenn sie ihre Tochter sah. Sie ermahnte sich, daß sie Jana eine Hand auf den Mund pressen mußte, bevor das Mädchen einen Freudenschrei ausstoßen konnte, damit sie nicht gefaßt wurden, bevor sie eine Chance hatten, zu entkommen.

Der Armreif war so heiß, daß Abby den Eindruck hatte, er würde ihre Haut verbrennen. Abby duckte sich in das niedrige Zelt.

Ein zitterndes kleines Mädchen in einem zusammengerafften Wollmantel saß inmitten von Decken auf dem Boden. Das Mädchen schaute mit großen Augen auf und blinzelte aus Angst davor, was als nächstes kommen mochte. Abby verspürte einen Stich der Enttäuschung. Es war nicht Jana.

Sie sahen einander an, dieses kleine Mädchen und Abby. Das Gesicht des kleinen Mädchens wurde von der Kerze auf der Seite so deutlich beleuchtet wie das von Abby zweifellos auch. In den großen grauen Augen, die von unvorstellbaren Schrecken sprachen, schien sich die Entscheidung abzuzeichnen, zu der das kleine Mädchen gelangt war.

Es hob flehend die Arme hoch.

Instinktiv ließ sich Abby auf die Knie sinken, nahm das kleine Mädchen in die Arme und drückte seinen zitternden Körper an sich. Das Mädchen befreite die spindeldürren Arme aus dem Mantel, schlang sie um Abbys Nacken und hielt sich fest, als hinge ihr Leben davon ab.

»Hilfst du mir? Bitte?« flüsterte das Kind Abby wimmernd ins Ohr.

Bevor sie das Mädchen umarmt hatte, hatte sie sein Gesicht im Lichtschein der Kerze gesehen. Für Abby bestand kein Zweifel. Dies war Zedds Tochter.

»Ich bin gekommen, um dir zu helfen«, tröstete Abby sie. »Zedd hat mich geschickt.«

Das Kind stöhnte erwartungsvoll.

Abby hielt das Mädchen auf Armeslänge von sich. »Ich bringe dich zu deinem Vater, aber du darfst diese Leute nicht wissen lassen, daß ich dich rette. Kannst du deine Rolle spielen, so wie ich? Kannst du so tun, als wärst du meine Gefangene, damit ich dich wegbringen kann?«

Das Mädchen nickte den Tränen nahe. Sie hatte dasselbe lockige Haar wie Zedd und dieselben Augen, auch wenn sie faszinierend grau waren, nicht mandelbraun.

»Gut«, flüsterte Abby, hielt die kalte Wange und versank fast in diesen grauen Augen. »Dann vertraue mir, und ich werde dich wegbringen.«

»Ich vertraue dir«, antwortete die leise Stimme.

Abby schnappte sich ein Seil, das in der Nähe lag, und band es dem Mädchen um den Hals. »Ich werde versuchen, dir nicht weh zu tun, aber sie müssen denken, daß du meine Gefangene bist.«

Das Mädchen warf dem Seil einen besorgten Blick zu, als wäre es nur zu vertraut damit, gab dann aber durch ein Nicken zu verstehen, daß sie mitspielen würde.

Abby stand auf, als sie das Zelt verlassen hatte, und zog das Mädchen an dem Seil hinter sich her. Die Wachen sahen zu ihr herüber. Abby setzte sich in Bewegung.

Einer kam mit finsterer Miene näher. »Was geht hier vor?«

Abby blieb aufstapfend stehen, hob den roten Lederstab und richtete ihn auf die Nase des Wachsoldaten. »Sie ist vorgeladen worden. Und wer bist du, das in Frage zu stellen? Geh mir aus dem Weg, sonst werde ich dich ausweiden lassen und zum Frühstück verzehren.«

Der Mann erbleichte und trat hastig beiseite. Bevor er Zeit hatte, es sich anders zu überlegen, entfernte Abby sich mit schnellen Schritten und zerrte das Kind, das sich sträubte, damit es echt aussah, an dem Seil hinter sich her.

Niemand folgte ihnen. Abby wollte laufen, konnte es aber nicht. Sie wollte das Mädchen tragen, konnte es aber nicht. Es mußte so aussehen, als würde eine Mord-Sith eine Gefangene abführen.

Anstatt auf dem kürzesten Weg zu Zedd zurückzukehren, folgte Abby den Hügeln flußaufwärts bis zu einer Stelle, wo die

Bäume fast bis zum Ufer Schutz boten. Zedd hatte ihr gesagt, wo sie den Fluß überqueren konnte, und sie ermahnt, auf keinen Fall einen anderen Weg einzuschlagen; er hatte magische Fallen aufgestellt, die die D'Haraner daran hindern sollten, die Hügel herabzustürmen und ihn an seinem Vorhaben zu hindern, was immer das auch sein mochte.

Als sie dem Fluß näher kam, sah sie ein kleines Stück flußabwärts eine Nebelbank dicht über dem Boden hängen. Zedd hatte sie mit Nachdruck davor gewarnt, sich irgendwelchem Nebel zu nähern. Sie vermutete, daß es eine giftige Wolke war, die er beschworen hatte.

Das Plätschern von Wasser verriet ihr, daß sie dicht am Fluß sein mußte. Der rosa Himmel lieferte genug Licht, so daß sie ihn schließlich erblickte, als sie den Rand der Baumgruppe erreichte. Zwar konnte sie das gewaltige Lager in der Ferne hinter sich auf den Hügeln sehen, aber niemanden, der ihnen folgte.

Abby nahm dem Kind das Seil ab. Das Mädchen sah sie mit diesen großen, runden Augen an. Abby hob sie hoch und drückte sie an sich.

»Halt dich fest und sei still!«

Abby drückte den Kopf des Kindes an ihre Schulter und lief zum Fluß.

Sie sah Licht, aber es war nicht die Dämmerung. Sie hatten das eiskalte Wasser durchquert und das andere Ufer erreicht, als es Abby zum erstenmal auffiel. Noch während sie am Flußufer entlang rannte und bevor sie die Quelle des Lichts sehen konnte, wußte Abby, daß hier eine Magie beschworen wurde, die sich von jeder Magie unterschied, die sie vorher gesehen hatte. Ein leises, dünnes Geräusch tönte flußaufwärts zu ihr. Über dem Ufer hing ein Geruch, als wäre die Luft selbst in Brand geraten.

Das Mädchen klammerte sich an Abby fest, Tränen strömten ihr über das Gesicht, und sie schien Angst davor zu haben, ein Wort zu sagen – Angst, so schien es, vor der Hoffnung, daß sie wirklich gerettet worden sein könnte, als könnte alles wie ein Traum nach dem Erwachen verschwinden, wenn sie auch nur eine Frage stellte. Abby spürte die Tränen, die an ihren eigenen Wangen hinabliefen.

Als sie um eine Biegung des Flusses kam, konnte sie den Zauberer sehen. Er stand in der Flußmitte auf einem Felsen, den Abby nie vorher gesehen hatte. Der Felsen war gerade groß genug, daß er wenige Zentimeter aus dem Wasser ragte, so daß es fast aussah, als stünde der Zauberer auf der Wasseroberfläche.

Er hatte das Gesicht dem fernen D'Hara zugewandt, und vor ihm schwebten dunkle und wallende Formen in der Luft. Sie wanden sich um ihn herum, als würden sie ihm vertrauliche Mitteilungen machen, ihn warnen und mit schwebenden Armen und tastenden Fingern verlocken, die sich um ihn kräuselten wie Rauch.

Unruhiges Licht flammte um den Zauberer herum auf. Dunkle und wundersame Farben flimmerten um seine Gestalt und verschmolzen mit den schattenhaften Formen, die in der Luft waberten. Es war der bezauberndste und zugleich furchterregendste Anblick, den Abby je erlebt hatte. Keine Magie, die ihre Mutter beschworen hatte, hatte je ... lebendig ausgesehen.

Aber bei weitem am furchteinflößendsten war, was vor dem Zauberer in der Luft schwebte. Es schien eine geschmolzene Kugel zu sein, so heiß, daß sie von innen heraus glühte, mit einer Oberfläche rissiger, flüssiger Schlacke. Ein Wasserstrahl aus dem Fluß wurde auf magische Weise wie ein Springbrunnen in die Höhe gelenkt und ergoß sich auf die kreisende silberne Masse.

Das Wasser zischte und dampfte, wenn es auf die Kugel traf, und wurde zu weißen Dampfwolken, die im sanften Wind der Dämmerung davonwehten. Die geschmolzene Form wurde schwarz, wenn das Wasser sie berührte, aber die gewaltige Hitze im Inneren schmolz die glasartige Oberfläche gleich wieder, so schnell, wie das Wasser sie abkühlte, so daß das ganze Ding in der Luft blubberte und brodelte, eine pulsierende, bedrohliche Gefahr.

Abby stand gebannt da und ließ das Kind auf den schlammigen Boden gleiten.

Das kleine Mädchen streckte die Arme aus. »Papa.«

Er war zu weit weg, um sie zu hören, hörte sie aber trotzdem.

Zedd drehte sich um, fast überlebensgroß inmitten seiner Magie, die Abby sehen, aber nicht ansatzweise ergründen konnte, aber zugleich klein in seiner Schwachheit menschlicher Bedürfnisse. Tränen traten ihm in die Augen, als er seine Tochter neben Abby stehen sah. Dieser Mann, der sich mit den Geistern zu beraten schien, sah aus, als hätte er zum erstenmal wahrhaftig eine Erscheinung gesehen.

Zedd sprang von dem Felsen und watete durch das Wasser. Als er bei ihr war und sie in seine Arme schloß, fing sie schließlich an zu weinen, als ihre aufgestaute Angst sich Luft machte.

»Schon gut, Liebes, schon gut«, tröstete Zedd sie. »Jetzt ist Papa hier.«

»Oh, Papa«, sagte sie schluchzend an seinem Hals, »sie haben Mama weh getan. Sie waren böse. Sie haben ihr so weh getan ...«

Er brachte sie zärtlich zum Schweigen. »Ich weiß, Liebes. Ich weiß.«

Jetzt erst bemerkte Abby, daß die Hexenmeisterin und die Mutter Konfessorin auf der Seite standen und zusahen. Auch sie vergossen Tränen bei dem Anblick. Obwohl Abby sich für den Zauberer und seine Tochter freute, machte das Bild die Schmerzen in ihrer Brust, die sie angesichts ihres Verlustes empfand, nur noch schlimmer. Ihre Tränen erstickten sie fast.

»Alles wieder gut, Liebes«, murmelte Zedd. »Jetzt bist du in Sicherheit. Papa wird nicht zulassen, daß dir etwas geschieht. Jetzt bist du in Sicherheit.«

Zedd drehte sich zu Abby um. Bis er ihr, unter Tränen lächelnd, seine Dankbarkeit gezeigt hatte, war das Kind eingeschlafen.

»Ein kleiner Zauber«, erklärte er, als Abby verblüfft die Stirn kraus zog. »Sie muß ausruhen. Und ich muß zu Ende bringen, was ich angefangen habe.«

Er legte Abby seine Tochter in die Arme. »Abby, würdest du sie zu deinem Haus bringen, damit sie schlafen kann, bis ich hier fertig bin? Bitte leg sie ins Bett, und deck sie zu, damit sie es warm hat. Vorläufig wird sie schlafen.«

Abby, die daran denken mußte, daß sich ihre eigene Tochter in den Händen der Schurken auf der anderen Seite des Flusses befand, konnte nur nicken und sich auf den Weg machen. Sie freute sich für Zedd und verspürte sogar Stolz, weil sie sein kleines Kind gerettet hatte, aber als sie zu ihrem Haus lief, brachte sie der Kummer darüber, daß es ihr nicht gelungen war, ihre eigene Familie zu retten, fast um.

Abby ließ das reglose, schlafende Kind auf das Bett gleiten. Sie zog den Vorhang des kleinen Fensters im Schlafzimmer vor, und weil sie nicht anders konnte, strich sie das seidige Haar zurück und drückte einen Kuß auf die weiche Stirn, ehe sie das Kind seinem gesegneten Schlaf überließ.

In dem Bewußtsein, daß das Kind in Sicherheit war und schlief, rannte Abby den Hang hinunter zum Fluß. Sie wollte Zedd bitten, ihr ein wenig Zeit zu geben, damit sie noch einmal zurückkehren und nach ihrer eigenen Tochter suchen konnte. Aus Furcht um Jana klopfte ihr Herz wie wild. Er stand in ihrer Schuld und hatte sie noch nicht beglichen.

Abby blieb händeringend und keuchend am Ufer stehen. Sie betrachtete den Zauberer auf seinem Felsen im Fluß, wo Licht und Schatten um ihn kreisten. Sie hatte genug mit Magie zu tun gehabt, um sich darüber im klaren zu sein, daß sie ihm nicht näher kommen durfte. Sie konnte den Singsang seiner Worte hören; auch wenn es Worte waren, die sie nie zuvor gehört hatte, erkannte sie die eigentümlichen Worte eines Zauberspruchs – Worte, die furchterregende Mächte herbeiriefen.

Auf dem Boden neben ihr befand sich die seltsame Grazie, wie er sie schon einmal gezeichnet hatte, die die Welten von Tod und Leben überbrückte. Die Grazie war aus funkelndem, blendend weißem Sand gebildet, der sich deutlich auf dem dunklen Schlamm abzeichnete. Abby erschauerte allein vom Hinsehen und hütete sich, über ihren Sinn nachzudenken. Um die Grazie herum waren mit demselben funkelnden weißen Sand die geometrischen Figuren magischer Beschwörungen gezogen worden.

Abby ließ die Fäuste sinken und wollte gerade nach dem Zauberer rufen, als Delora sich zu ihr beugte. Abby zuckte überrascht zusammen.

»Nicht jetzt, Abigail«, murmelte die Hexenmeisterin. »Stör ihn nicht mitten in diesem Teil!«

Widerwillig befolgte Abby den Rat der Hexenmeisterin. Auch die Mutter Konfessorin war da. Abby biß sich auf die Unterlippe, als sie den Zauberer die Arme heben sah. Funken bunten Lichts strömten über die wallenden Säulen der Schatten. »Aber ich muß. Ich konnte meine Familie nicht finden. Er muß mir helfen.

Er muß sie retten! Es ist eine Knochenschuld, die beglichen werden muß.«

Die beiden Frauen wechselten einen Blick. »Abby«, sagte die Mutter Konfessorin, »er hat dir die Möglichkeit gegeben, hat dir Zeit gegeben. Er hat es versucht. Er hat sein Bestes getan, aber jetzt muß er an alle anderen denken.«

Die Mutter Konfessorin nahm Abbys Hand, und die Hexenmeisterin legte Abby einen Arm um die Schultern, während sie weinend am Flußufer stand. Es sollte nicht so zu Ende gehen, nicht nach allem, was sie durchgemacht, was sie getan hatte. Ihre Verzweiflung war niederschmetternd.

Der Zauberer beschwor mit erhobenen Armen mehr Licht, mehr Schatten, mehr Magie. Der Fluß um ihn herum trübte sich. Die zischende Kugel in der Luft wuchs, während sie der Wasseroberfläche langsam näher kam. Lichtsäulen schossen von der heißen, rotierenden Blüte der Macht empor.

Die Sonne ging über den Hügeln hinter den D'Haranern auf. An dieser Stelle war der Fluß nicht so breit wie sonst, daher konnte Abby das rege Getriebe jenseits der Bäume sehen. Männer liefen herum, aber der Nebel am anderen Ufer machte sie argwöhnisch und hielt sie unter den Bäumen.

Auf der anderen Seite des Flusses, am Fuß der bewaldeten Hügel, war ein anderer Zauberer erschienen, um Magie zu beschwören. Auch er stand auf einem Felsen und ließ von seinen Armen funkelndes Licht in die Luft strömen. Abby dachte, daß die helle Morgensonne die Beschwörungen zu überstrahlen vermöchte, aber das tat sie nicht.

Abby konnte es nicht mehr aushalten. »Zedd!« rief sie über den Fluß. »Zedd! Bitte, du hast es versprochen! Ich habe deine Tochter gefunden! Was ist mit meiner? Bitte tu das nicht, bevor sie in Sicherheit ist!«

Zedd drehte sich zu ihr um und sah sie wie aus weiter Ferne an, wie aus einer anderen Welt. Arme dunkler Umrisse liebkosten ihn. Finger dunklen Rauchs strichen über seine Wangen und drängten ihn, seine Aufmerksamkeit wieder ihnen zu schenken, aber statt dessen sah er Abby an.

»Es tut mir so leid.« Trotz der Entfernung konnte Abby seine geflüsterten Worte deutlich hören. »Ich habe dir Zeit gegeben, damit du versuchen kannst, sie zu finden. Ich kann nicht noch mehr erübrigen, sonst werden unzählige andere Mütter um ihre Kinder weinen - Mütter, die noch leben, und Mütter in der Geisterwelt.«

Abby stieß einen Aufschrei der Resignation aus, als er sich wieder dem Zauberwerk zuwandte. Die beiden Frauen versuchten, sie zu trösten, aber Abby war untröstlich in ihrem Schmerz.

Donner rollte über die Hügel. Krachender Lärm des Zaubers um Zedd herum erhob sich und hallte durch das Tal wider. Gleißende Lichtstrahlen schossen nach allen Seiten. Es war ein verwirrender Anblick, dieses Licht, das ins Sonnenlicht hinein schien.

Auf der anderen Seite des Flusses schien eine Abwehr von Zedds Magie zu entstehen. Arme aus Licht wanden sich wie Rauch, sanken herab und verschmolzen mit dem Licht, das um Zedd herum erstrahlte. Plötzlich verzog sich der Nebel am Ufer.

Als Reaktion darauf breitete Zedd die Arme aus. Der glühende, kreisende Feuerofen aus geschmolzenem Licht donnerte. Das Wasser, das darauf troff, kochte und verdampfte brüllend. Die Luft selbst schien protestierend zu wimmern.

Hinter dem Zauberer am gegenüberliegenden Flußufer strömten die Soldaten von D'Hara zwischen den Bäumen hervor und trieben die Gefangenen vor sich her. Menschen schrien vor Entsetzen. Sie zauderten vor der Magie der Zauberer, wurden aber mit Speeren und Schwertern im Rücken weiter vorwärts getrieben.

Abby sah einige, die nicht weitergehen wollten und den Schwertern zum Opfer fielen. Als sie die Todesschreie hörten, liefen die anderen weiter wie Schafe vor einem Wolfsrudel.

Wenn Zedd mit dem, was er tat, scheiterte, würde die Armee der Midlands in dieses Tal vorstoßen und sich dem Feind entgegenstellen. Die Gefangenen würden in der Mitte aufgerieben werden.

Eine Gestalt lief am anderen Ufer entlang und zerrte ein Kind mit sich. Plötzlich bedeckte kalter Schweiß Abbys Haut wie eine Eisschicht. Es war Mariska. Abby warf einen hastigen Blick zurück über die Schulter. Es war unmöglich. Sie sah blinzelnd über den Fluß.

»Neiiiin!« schrie Zedd auf.

Mariska hielt Zedds kleine Tochter an den Haaren.

Irgendwie war Mariska ihnen gefolgt und hatte das Kind gefunden, das in Abbys Haus schlief. Da niemand auf das schlafende Kind aufpaßte, hatte Mariska es erneut entführt.

Mariska hielt das Kind vor sich, damit Zedd es sehen konnte. »Hör auf und ergib dich, Zorander, oder sie stirbt!«

Abby schüttelte die Arme ab, die sie hielten, und lief ins Wasser. Sie bemühte sich, gegen die Strömung zu laufen, den Zauberer zu erreichen. Auf halbem Weg drehte er sich um und sah ihr in die Augen.

Abby erstarrte. »Es tut mir leid.« Ihre eigene Stimme kam ihr wie das Flehen vor einem Todesurteil vor. »Ich dachte, sie wäre in Sicherheit.«

Zedd nickte resigniert. Es lag nicht mehr in seiner Macht. Er drehte sich wieder zum Gegner um. Er hob die Arme an den Seiten. Er spreizte die Finger, als wollte er allem Halt gebieten – Männern und Magie gleichermaßen.

»Laß die Gefangenen gehen!« rief Zedd über das Wasser dem gegnerischen Zauberer zu. »Laß sie gehen, Anargo, und ich schenke euch allen das Leben.«

Anargos Lachen hallte über das Wasser.

»Ergib dich«, zischte Mariska, »oder sie stirbt.«

Die alte Frau zog das Messer, das sie in der Schärpe um ihre Taille stecken hatte. Sie hielt dem Kind die Klinge an die Kehle. Das Mädchen schrie vor Entsetzen und streckte die Arme nach seinem Vater aus; die kleinen Finger schienen in die Luft zu krallen.

Abby kämpfte sich weiter im Wasser voran. Sie schrie und flehte Mariska an, Zedds Tochter freizulassen. Die Frau schenkte Abby so wenig Beachtung wie Zedd.

»Letzte Chance!« rief Mariska.

»Du hast es gehört«, rief Anargo knurrend über das Wasser. »Ergib dich jetzt, oder sie wird sterben!«

»Du weißt, daß ich mich nicht über mein Volk stellen kann!« rief Zedd zurück. »Das ist etwas zwischen uns beiden, Anargo! Laß sie alle gehen!«

Anargos Lachen hallte den Fluß hinauf und hinab. »Du bist ein

Narr, Zorander! Du hast deine Chance gehabt!« Sein Gesichtsausdruck wurde wutverzerrt. »Töte sie!« rief er Mariska zu.

Zedd hielt die geballten Fäuste an die Seiten und schrie. Der Ton schien den Morgen mit seiner Wut zu zerreißen.

Mariska hob das kreischende Kind an den Haaren hoch. Abby stöhnte ungläubig, als die Frau dem kleinen Mädchen die Kehle durchschnitt.

Das Kind zappelte. Blut spritzte auf Mariskas knotige Finger, während sie heftig mit der Messerklinge sägte. Sie zerrte ein letztesmal kraftvoll an dem Messer. Der blutüberströmte Körper sank zu einem blutigen Bündel zusammen. Abby spürte, wie ihr Mageninhalt ihr in die Kehle stieg. Der schlammige Schlick am Ufer färbte sich blutrot.

Mit einem Siegesgeheul hielt Mariska den abgeschnittenen Kopf hoch. Fleischfetzen und Sehnen baumelten darunter. Der Mund hing in einem erschlafften, stummen Schrei herab.

Abby schlang die Arme um Zedds Beine. »Gute Geister, es tut mir leid! Oh, Zedd, vergib mir!«

Sie wimmerte vor Qual und war wie von Sinnen, nachdem sie Zeugin dieses gräßlichen Anblicks geworden war.

»Und nun, Kind«, fragte Zedd mit heiserer Stimme über ihr, »was soll ich tun? Soll ich sie gewinnen lassen, um deine Tochter vor dem zu bewahren, was sie meiner angetan haben? Sag es mir, Kind, was soll ich tun?«

Abby konnte nicht um das Leben ihrer Familie bitten, wenn der Preis dafür war, daß diese Leute brandschatzend durch das Land ziehen konnten. Ihr von Ekel erfülltes Herz ließ es nicht zu. Wie konnte sie das Leben und den Frieden aller anderen gefährden, nur damit ihre eigene Familie am Leben bleiben konnte?

Sie wäre nicht besser als Mariska, die unschuldige Kinder tötete.

»Töte sie alle!« schrie Abby zu dem Zauberer hinauf. Sie wirbelte herum und zeigte auf Mariska und den verhaßten Zauberer Anargo. »Töte die Nichtswürdigen! Töte sie alle!«

Zedd warf die Arme hoch. Ein Donnerschlag zerriß den Morgen. Die geschmolzene Masse vor ihm stürzte ins Wasser, als hätte er sie losgelassen. Der Boden erbebte unter dem Aufprall. Ein gewaltiger Geysir schoß in die Höhe. Die Luft selbst erbebte.

Überall ringsum peitschte ein gräßliches Grollen das Wasser zu Gischt auf.

Abby, die bis zur Taille im Wasser kauerte, fühlte sich nicht nur vor Kälte taub, sondern auch weil sie wußte, daß sie von den guten Geistern verlassen worden war, obwohl sie stets geglaubt hatte, daß sie über sie wachen würden. Zedd bückte sich, ergriff ihren Arm und zog sie zu sich auf den Felsen.

Es war eine andere Welt.

Die Schemen ringsum riefen auch sie. Sie dehnten sich und überbrückten die Entfernung zwischen Leben und Tod. Verzehrende Schmerzen, beängstigendes Glück, umfassender Friede breiteten sich nach ihrer Berührung in Abby aus. Licht strömte durch ihren Körper wie Luft, die in ihre Lungen einströmte, und explodierte vor ihrem geistigen Auge zu Funken. Das krachende Heulen der Magie war ohrenbetäubend.

Grünes Licht schnellte durch das Wasser. Auf der anderen Seite des Flusses war Anargo zu Boden geworfen worden. Der Felsen, auf dem er gestanden hatte, war zu spitzen Trümmern zerschellt. Die Soldaten schrien vor Furcht auf, als in der Luft um sie herum kreisende Rauchschwaden und Lichtpünktchen tanzten.

»Lauft!« schrie Mariska. »Solange ihr noch die Möglichkeit habt! Lauft um euer Leben!« Sie rannte bereits auf die Hügel zu. »Laßt die Gefangenen zurück, sollen sie sterben! Rettet euch selbst! Lauft!«

Plötzlich schlug die Stimmung auf der anderen Seite des Flusses in blindwütige Entschlossenheit um. Die D'Haraner ließen die Waffen fallen. Sie warfen die Ketten und Seile fort, mit denen die Gefangenen gefesselt waren. Als sie sich herumwarfen und davonrannten, wirbelten sie Sand und Staub auf. Binnen eines einzigen Augenblicks floh die gesamte Armee der Soldaten, die sich ihnen vor einem Moment noch grimmig entgegengestellt hatten, als wären sie alle von Angst übermannt worden, um ihr Leben.

Aus den Augenwinkeln sah Abby die Hexenmeisterin und die Mutter Konfessorin ins Wasser laufen. Obwohl ihnen das Wasser kaum bis zu den Knien reichte, bremste es ihr Vorankommen wie Schlamm.

Abby verfolgte alles wie in einem Traum. Sie schwebte in dem

Licht, das sie einhüllte. Schmerz und Verzückung in ihr waren eins. Licht und Dunkel, Klang und Stille, Freude und Schmerz, alles war eins, alles und nichts vereint in einem Hexenkessel entfesselter Magie.

Auf der anderen Seite des Flusses war die Armee D'Haras im Wald verschwunden. Staub stieg über den Bäumen auf, wo Pferde, Wagen und Männer flohen, während die Hexenmeisterin und die Mutter Konfessorin am Ufer Leute ins Wasser drängten und ihnen etwas zuriefen, aber Abby konnte die Worte nicht verstehen, so fasziniert war sie von dem seltsam harmonischen Trillern, das ihre Gedanken zu Visionen tanzender Farben verbog, die alles überlagerten, was ihre Augen ihr zeigen wollten.

Sie war einen kurzen Moment überzeugt, daß sie im Sterben lag. Sie dachte einen kurzen Moment, daß es keine Rolle spielte. Und dann schwamm ihr Verstand wieder in kalten Farben und heißem Licht, im Trommeln der Magie und der verschmelzenden Welten. In der Umarmung des Zauberers fühlte sie sich, als würde sie wieder von ihrer Mutter gehalten werden. Vielleicht war es so.

Abby bemerkte, daß Menschen die auf den Midlands gelegene Seite des Flusses erreichten und vor der Mutter Konfessorin und der Hexenmeisterin herliefen. Sie verschwanden im Schilf, und dann sah Abby sie in weiter Ferne, jenseits des hohen Grases, wo sie bergauf liefen, weg von dem erhabenen Zauber, der aus dem Fluß hervorbrach.

Die Welt um Abby herum donnerte. Ein unterirdisches Beben erzeugte Schmerzen tief in ihrer Brust. Ein Kreischen, als würde Stahl zerfetzt werden, hallte gellend durch die Morgenluft. Überall ringsum tanzte und bebte das Wasser.

Heißer Dampf fühlte sich an, als würde er Abbys Beine verbrühen. Die Luft wurde ganz weiß davon. Der Lärm tat ihr so sehr in den Ohren weh, daß sie die Augen zusammenkniff. Mit geschlossenen Augen sah sie dasselbe wie mit offenen – schattenhafte Formen, die sich in der grünen Luft wanden. Alles in ihrem Verstand wurde zusammenhanglos und ergab keinen Sinn mehr. Grüner Wahnsinn zerrte an ihrem Körper und ihrer Seele.

Abby spürte einen Schmerz, als würde etwas in ihr zerreißen. Sie stöhnte und schlug die Augen auf. Eine grauenerregende

Wand aus grünem Feuer entfernte sich von ihnen und rollte zum gegenüberliegenden Ufer. Wasserfontänen wirbelten hoch wie ein umgekehrtes Gewitter. Über der Oberfläche des Flusses zuckte ein Netz von Blitzen.

Als die Feuersbrunst das andere Ufer erreichte, riß der Boden darunter auf. Violette Lichtsäulen schossen aus den klaffenden Wunden der Erde empor wie Blut aus einem anderen Reich.

Aber schlimmer als alles andere war das Heulen. Das Heulen der Toten, davon war Abby überzeugt. Ihr kam es so vor, als würde ihre eigene Seele angesichts der gequälten Schreie vor Mitleid stöhnen. Aus der enteilenden grünen Feuerwand wanden und zuckten die Formen, riefen, flehten und versuchten, der Welt der Toten zu entkommen.

Nun begriff sie, worum es sich bei der Wand aus grünem Feuer handelte – um den lebendig gewordenen Tod.

Der Zauberer hatte die Trennwand zwischen den Welten eingerissen.

Abby wußte nicht, wieviel Zeit verstrich; im Griff des seltsamen Lichts, in dem sie schwamm, schien es keine Zeit zu geben, sowenig wie irgend etwas Festes. Keine der Empfindungen, an denen sie ihr Verständnis aufhängen konnte, hatte etwas Vertrautes.

Abby hatte den Eindruck, als wäre die grüne Feuerwand im Wald auf den gegenüberliegenden Hügeln zum Stillstand gekommen. Die Bäume, über die sie hinweggeglitten war, und alle, die sie in der Umarmung des schimmernden Vorhangs sehen konnte, waren unter der durchdringenden Umarmung des Todes selbst schwarz geworden und verschrumpelt. Selbst das Gras, welches die schreckliche Erscheinung überrollt hatte, schien schwarz und trocken geworden zu sein wie von der Sonne im Hochsommer.

Vor Abbys Augen wurde die Wand trüb. Sie schien in Intervallen zu erlöschen, manchmal war sie noch grün, glänzend wie geschmolzenes Glas, im nächsten Moment kaum mehr als eine blasse Andeutung, wie Nebel, der sich gerade auflöste.

Auf beiden Seiten breitete sie sich aus, eine Mauer des Todes, die durch die Welt des Lebens zog.

Abby merkte, daß sie den Fluß wieder hören konnte, das tröstliche, vertraute Plätschern und Blubbern, das sie ihr ganzes Leben lang gehört, aber in den seltensten Fällen wirklich zur Kenntnis genommen hatte.

Zedd sprang von dem Felsen. Er nahm ihre Hand und half ihr auch herunter. Abby umklammerte seine Hand fest, um sich gegen das Schwindelgefühl in ihrem Kopf zu wappnen.

Zedd schnippte mit den Fingern, worauf der Fels, auf dem sie gerade noch gestanden hatten, sich in die Luft erhob, so daß Abby erschrocken aufstöhnte. In einem so kurzen Augenblick, daß Abby bezweifelte, ob sie überhaupt etwas gesehen hatte, fing Zedd den Felsen auf. Er war zu einem winzigen Stein geworden, kleiner als ein Ei. Er blinzelte ihr zu, als er ihn in die Tasche steckte. Dieses Blinzeln schien ihr das Seltsamste zu sein, das sie sich vorstellen konnte, noch seltsamer als der Felsen, der nun ein Stein in seiner Tasche war.

Am Ufer warteten die Mutter Konfessorin und die Hexenmeisterin. Sie nahmen ihre Arme und halfen ihr aus dem Wasser.

Die Hexenmeisterin schaute grimmig drein. »Zedd, warum bewegt sie sich nicht?«

Für Abby hörte es sich mehr wie ein Vorwurf als eine Frage an. Jedenfalls schenkte Zedd ihr keine Beachtung.

»Zedd«, murmelte Abby, »es tut mir so leid. Es ist meine Schuld. Ich hätte sie nicht allein lassen dürfen. Ich hätte bleiben müssen. Es tut mir so leid.«

Der Zauberer hörte ihre Worte kaum, sondern sah zu der Wand des Todes auf der anderen Seite des Flusses. Er hielt die zu Klauen geformten Finger an die Brust und schien etwas aus seinem Innersten zu beschwören.

Mit einem plötzlichen Pochen in der Luft brach Feuer zwischen seinen Händen aus. Er hielt es hoch wie eine Opfergabe. Abby hielt sich rasch die Arme vor das Gesicht, um es gegen die Hitze abzuschirmen.

Zedd hob den brodelnden Ball flüssigen Feuers. Er wuchs zwischen seinen Händen, wirbelte und kreiste und zischte vor Wut.

Die drei Frauen wichen zurück. Abby hatte schon von diesem Feuer gehört. Sie hatte einmal mitbekommen, wie ihre Mutter mit gedämpfter Stimme davon gesprochen hatte: Zaubererfeuer. Schon damals, als ihre Mutter davon sprach, hatten diese geflüsterten Worte ein Bild vor Abbys Augen heraufbeschworen und sie mit Kälte erfüllt, obwohl sie es noch nie gesehen hatte. Zaubererfeuer war der Bann des Lebens, herbeigerufen, um einen Feind auszulöschen. Dies konnte nichts anderes sein.

»Dafür, daß du meine Liebste getötet hast, meine Erilyn, die Mutter unserer Tochter, und alle anderen unschuldigen Geliebten unschuldiger Menschen«, flüsterte Zedd, »schicke ich dir, Panis Rahl, das Geschenk des Todes.«

Der Zauberer breitete die Arme aus. Das flüssige blaue und gelbe, von seinem Meister herbeigerufene Feuer setzte sich in Bewegung, wurde immer schneller und raste dem fernen D'Hara entgegen. Als es den Fluß überquerte, wuchs es wie wütende, erblühende Blitze, heulte vor rachsüchtiger Wut und wurde vom Wasser in schimmernden Lichtpünktchen tausender greller Funken reflektiert.

Das Zaubererfeuer schoß über die wachsende grüne Mauer dahin und streifte gerade noch den oberen Rand. Beim Kontakt loderten grüne Flammen hinauf, die teilweise mitgerissen wurden und dem Zaubererfeuer folgten wie Rauch den Flammen. Die tödliche Mischung strebte heulend dem Horizont entgegen. Alle standen wie gebannt da und sahen ihm nach, bis es gänzlich in der Ferne verschwunden war.

Als Zedd sich blaß und erschöpft zu ihnen umdrehte, umklammerte Abby sein Gewand. »Zedd, es tut mir leid. Ich hätte nicht –«

Er legte ihr einen Finger auf die Lippen, um sie zum Schweigen zu bringen. »Da wartet jemand auf dich.«

Er legte den Kopf schief. Sie drehte sich um. Hinten im Schilf stand Philip und hielt Janas Hand. Abby stöhnte vor Freude auf. Philip grinste sein altbekanntes Grinsen. Auf der anderen Seite stand ihr Vater und gab ihr mit einem Nicken seine Zustimmung zu erkennen.

Abby rannte mit offenen Armen zu ihnen. Jana verzog das Gesicht. Sie drückte sich an Philip. Abby sank vor ihr auf die Knie.

»Es ist Mama«, sagte Philip zu Jana. »Sie hat sich nur neue Sachen angezogen.«

Abby begriff, daß Jana vor der roten Lederkluft Angst hatte, die sie trug. Sie grinste unter Tränen.

»Mama!« rief Jana, als sie das Lächeln sah.

Abby warf die Arme um ihre Tochter. Sie lachte und drückte

Jana so fest, daß das Kind protestierend quietschte. Abby spürte Philips Hand als liebevollen Gruß auf der Schulter. Sie stand auf, schlang die Arme um ihn; Tränen erstickten ihre Stimme. Ihr Vater legte ihr tröstend eine Hand auf den Rücken, während sie Janas Hand drückte.

Zedd, Delora und die Mutter Konfessorin scharten sich um sie und drängten sie die Uferböschung hinauf zu den Leuten, die oben warteten. Soldaten, in der Mehrzahl Offiziere, von denen Abby einige kannte, ein paar andere Leute aus Aydindril, und der Zauberer Thomas warteten bei den befreiten Gefangenen. Unter den Befreiten befanden sich auch die Bewohner von Coney Crossing; Leute, bei denen Abby, die Tochter einer Hexenmeisterin, nicht in großer Gunst stand. Aber es war ihr Volk, die Leute aus ihrer Heimat, die Leute, die sie hatte retten wollen.

Zedd legte Abby eine Hand auf die Schulter. Abby stellte erschrocken fest, daß sein dichtes braunes Haar zum Teil schlohweiß geworden war. Sie wußte auch ohne Spiegel, daß ihr Haar an jenem Ort jenseits der Welt des Lebens, wo sie eine Zeitlang gewesen waren, dieselbe Veränderung durchgemacht hatte.

»Das ist Abigail, geboren von Helsa«, rief der Zauberer dem versammelten Volk zu. »Sie ist nach Aydindril gekommen, um mich um Hilfe zu bitten. Auch wenn sie keine Magie besitzt, seid ihr alle nur durch sie befreit worden. Ihr lag soviel an euch, daß sie um euer Leben gebeten hat.«

Abby, die Janas Hand hielt, während Philip einen Arm um sie gelegt hatte, sah vom Zauberer zur Hexenmeisterin und dann zur Mutter Konfessorin. Die Mutter Konfessorin lächelte. Abby fand das kaltherzig angesichts der Tatsache, daß Zedds Tochter vor kurzer Zeit vor ihrer aller Augen ermordet worden war. Sie gab ihr das flüsternd zu verstehen.

Das Lächeln der Mutter Konfessorin wurde noch breiter. »Erinnerst du dich nicht?« fragte sie und beugte sich zu Abby. »Erinnerst du dich nicht an den Namen, den wir ihm gegeben haben?«

Abby, die von der Fülle der Ereignisse ein wenig verwirrt war, begriff nicht, wovon die Mutter Konfessorin da redete. Als sie das zugab, führten die Mutter Konfessorin und die Hexenmeisterin sie an dem Grab vorbei, in dem Abby nach ihrer Rückkehr den Schädel ihrer Mutter bestattet hatte, ins Haus.

Mit einer Hand öffnete die Mutter Konfessorin die Tür zu Abbys Schlafzimmer. Auf dem Bett lag Zedds Tochter, wie Abby sie hingelegt hatte, und schlief immer noch. Abby starrte sie ungläubig an.

»Der Trickser«, sagte die Mutter Konfessorin. »Ich sagte dir, daß das unser Name für ihn ist.«

»Und kein besonders schmeichelhafter«, sagte Zedd knurrend, als er hinter sie trat.

»Aber ... wie?« Abby preßte die Finger an die Schläfen. »Ich verstehe nicht.«

Zedd machte eine Geste. Abby sah zum erstenmal den Leichnam, der gleich neben der Hintertür lag. Es war Mariska.

»Als du mir nach unserer Ankunft dieses Zimmer gezeigt hast«, erklärte Zedd ihr, »habe ich ein paar Fallen für diejenigen ausgelegt, die mit bösen Absichten kommen. Diese Frau wurde von jenen Fallen getötet, weil sie mit der Absicht hierher kam, meine schlafende Tochter zu entführen.«

»Du meinst, es war alles eine Illusion?« Abby konnte es nicht fassen. »Warum solltest du so etwas Grausames tun? Wie konntest du?«

»Ich bin das Ziel eines Rachefeldzugs«, erklärte der Zauberer. »Ich wollte nicht, daß meine Tochter den Preis bezahlt, den schon ihre Mutter bezahlen mußte. Da mein Zauber die Frau getötet hatte, als sie versuchte, meiner Tochter ein Leid zuzufügen, konnte ich eine Vision von ihr benutzen, um die Täuschung zu bewerkstelligen. Der Feind kannte die Frau und wußte, daß sie im Auftrag von Anargo handelte. Ich habe benutzt, was sie zu sehen erwarteten, um sie zu überzeugen und ihnen Angst einzujagen, so daß sie flohen und die Gefangenen zurückließen.

Ich habe den Todeszauber gesprochen, damit alle überzeugt waren, sie hätten gesehen, wie meine Tochter getötet wurde. Auf diese Weise glaubt der Feind, daß sie tot ist, und hat keinen Grund, sie zu jagen oder jemals wieder zu versuchen, ihr etwas anzutun. Ich habe es getan, um sie vor dem Unvorhersehbaren zu beschützen.«

Die Hexenmeisterin sah ihn böse an. »Wenn es ein anderer getan hätte als du, Zeddicus, und aus einem anderen Grund als dem, den du hattest, würde ich dafür sorgen, daß man dich zur

Rechenschaft zieht, weil du ein solches Netz als Todeszauber geknüpft hast.« Ihr finsterer Gesichtsausdruck wich einem Lächeln. »Gut gemacht, Erster Zauberer.«

Draußen wollten die Offiziere wissen, was geschehen war. »Heute findet keine Schlacht statt«, sagte Zedd ihnen. »Ich habe den Krieg soeben beendet.«

Sie jubelten voll aufrichtiger Freude. Abby vermutete, wenn Zedd nicht der Erste Zauberer gewesen wäre, hätten sie ihn auf ihre Schultern genommen. Es schien, als wäre niemand glücklicher über den Frieden als diejenigen, deren Aufgabe es war, für ihn zu kämpfen.

Zauberer Thomas, der demütiger aussah, als Abby ihn je gesehen hatte, räusperte sich. »Zorander ... ich ... ich ... ich kann einfach nicht glauben, was ich mit eigenen Augen gesehen habe.« Damit nahm sein Gesicht wieder die übliche grimmige Miene an. »Aber viele stehen bereits am Rand einer Revolte gegen die Magie. Wenn sich die Nachricht von den Geschehnissen hier verbreitet, wird alles nur noch schlimmer werden. Die Forderungen, von der Magie befreit zu werden, werden jeden Tag lauter, und du hast die Wut genährt. Nach den Ereignissen dieses Tages werden wir es wahrscheinlich mit einer Revolution zu tun bekommen.«

»Ich will immer noch wissen, warum sie sich nicht bewegt«, knurrte Delora hinter ihnen. »Ich will wissen, warum sie einfach grün und reglos da steht.«

Zedd beachtete sie nicht, sondern wandte sich dem alten Zauberer zu. »Thomas, ich habe eine Aufgabe für dich.«

Er winkte mehrere Offiziere und Beamte aus Aydindril zu sich und zeigte mit dem Finger auf ihre Gesichter, während sein eigenes von grimmiger Entschlossenheit geprägt war. »Ich habe eine Aufgabe für euch alle. Diese Menschen haben allen Grund, die Magie zu fürchten. Heute haben wir eine tödliche und gefährliche Magie gesehen. Ich kann diese Ängste verstehen.

Und weil ich ihre Ängste verstehen kann, werde ich ihnen ihren Wunsch gewähren.«

»Was!« brauste Thomas auf. »Du kannst der Magie kein Ende bereiten, Zorander! Nicht einmal du kannst so ein Paradoxon bewerkstelligen.«

»Ich will ihr kein Ende bereiten«, sagte Zedd. »Aber ich kann ihnen eine Heimat ohne sie geben. Ich möchte, daß eine offizielle Delegation zusammengestellt wird, die groß genug ist, daß sie die ganzen Midlands mit dem Angebot bereisen kann. Alle, die in einer Welt ohne Magie leben wollen, sollen in die Länder im Westen ziehen. Dort sollen sie ein neues Leben frei von Magie beginnen. Ich werde dafür sorgen, daß keine Magie ihren Frieden stören wird.«

Thomas warf die Hände hoch. »Wie kannst du so ein Versprechen geben!«

Zedd zeigte mit dem ganzen Arm hinter sich zu der Mauer aus grünem Feuer, die in den Himmel wuchs. »Ich werde eine zweite Wand des Todes beschwören, die niemand passieren kann. Auf der anderen Seite soll ein Land ohne Magie liegen. Dort werden die Menschen in der Lage sein, ihr Leben ohne Magie zu führen.

Ihr alle sollt dafür sorgen, daß diese Kunde im ganzen Land verbreitet wird. Die Leute haben bis zum Frühling Zeit, in die Länder im Westen zu emigrieren. Thomas, du wirst sicherstellen, daß niemand, der die Gabe besitzt, die Reise mitmacht. Wir haben Bücher, mit denen wir gewährleisten können, daß ein bestimmtes Gebiet von allem, dem auch nur eine Spur von Magie anhaftet, befreit wird. Wir können garantieren, daß es fortan keine Magie geben wird.

Im Frühling, wenn alle, die es wünschen, in ihre neue Heimat gezogen sind, werde ich sie von der Magie abschotten. Mit einem einzigen Handstreich werde ich die Mehrzahl der Bittgesuche erfüllen, die uns erreichen; sie werden ein Leben ohne Magie führen können. Mögen die guten Geister über sie wachen, und mögen sie niemals bedauern, daß ihr Wunsch erfüllt wurde.«

Thomas zeigte hitzig auf das Ding, das Zedd in die Welt gebracht hatte. »Und was ist damit? Was ist, wenn Leute sich im Dunkeln hinein verirren? Sie werden in den sicheren Tod gehen.«

»Nicht nur im Dunkeln«, sagte Zedd. »Wenn es sich erst einmal stabilisiert hat, wird es kaum noch zu sehen sein. Wir müssen Wachtposten aufstellen, um die Leute fernzuhalten. Wir werden Land an der Grenze räumen und Männer aufstellen müssen, die die Leute wegschicken.«

»Männer?« fragte Abby. »Du meinst, ihr werdet ein Korps von Grenzposten ins Leben rufen müssen?«

»Ja«, sagte Zedd und zog die Brauen hoch. »Das ist ein guter Name für sie. Grenzposten.«

Schweigen senkte sich über alle, die die Worte des Zauberers gehört hatten. Die Stimmung war umgeschlagen, der Ernst paßte zu dem grimmigen Thema, das verhandelt wurde. Abby konnte sich keinen Ort ohne Magie vorstellen, wußte aber, daß viele ihn sich sehnlichst wünschten.

Schließlich nickte Thomas. »Zedd, ich glaube, diesmal hast du recht. Manchmal müssen wir den Leuten dienen, indem wir ihnen nicht dienen.« Die anderen murmelten zustimmend, auch wenn sie es, genau wie Abby, für eine trostlose Lösung hielten.

Zedd richtete sich auf. »Dann ist es entschieden.«

Er drehte sich um und verkündete den Leuten das Ende des Krieges und die bevorstehende Teilung, durch die die jahrelangen Bittgesuche mancher erfüllt werden würden; für alle, die es wünschten, würde außerhalb der Midlands ein Land ohne Magie eingerichtet werden.

Während alle über so etwas Geheimnisvolles und Exotisches wie ein Land ohne Magie tuschelten oder das Ende des Krieges bejubelten und feierten, flüsterte Abby Jana zu, daß sie einen Moment bei ihrem Vater warten sollte. Sie gab ihrer Tochter einen Kuß und nutzte die Gelegenheit, um Zedd beiseite zu ziehen.

»Zedd, dürfte ich mit dir sprechen? Ich habe eine Frage.«

Zedd lächelte, nahm Abby am Ellbogen und schob sie in ihr kleines Haus. »Ich würde gern nach meiner Tochter sehen. Komm mit!«

Abby schlug alle Vorsicht in den Wind und nahm die Hand der Mutter Konfessorin in die eine, die von Delora in die andere Hand und zog sie mit sich. Sie hatten auch ein Recht, das zu hören.

»Zedd«, fragte Abby, als sie fern der Menge in ihrem Garten standen, »dürfte ich jetzt wohl erfahren, in welcher Schuld dein Vater bei meiner Mutter stand?«

Zedd musterte sie. »Mein Vater stand nicht bei deiner Mutter in der Schuld.«

Abby runzelte die Stirn. »Aber es war eine Knochenschuld, die von deinem Vater auf dich übergegangen war, und von meiner Mutter auf mich.«

»Oh, es war durchaus eine Schuld, aber nicht die meines Vaters, sondern die deiner Mutter.«

»Was?« fragte Abby in völliger Verwirrung. »Was meinst du damit?«

Zedd lächelte. »Als deine Mutter dich zur Welt gebracht hat, gab es Komplikationen. Ihr wärt beide bei der Geburt gestorben. Mein Vater hat Magie eingesetzt, um sie zu retten. Helsa hat ihn angefleht, auch dich zu retten. Um dich in der Welt der Lebenden zu behalten, außer Reichweite des Bewahrers, arbeitete er weit über das Maß hinaus, das jemand von einem Zauberer erwarten würde, ohne an seine eigene Sicherheit zu denken.

Deine Mutter war eine Hexenmeisterin und wußte deshalb, was erforderlich war, um dein Leben zu retten. Um meinem Vater für das zu danken, was er getan hatte, versprach sie ihm eine Schuld. Als sie starb, ging diese Schuld auf dich über.«

Abby versuchte mit großen Augen, das alles im Geiste zu verarbeiten. Ihre Mutter hatte ihr nie verraten, was für eine Art von Schuld es war.

»Aber ... aber du meinst, daß ich in deiner Schuld stehe? Du meinst, daß die Knochenschuld meine Bürde ist?«

Zedd stieß die Tür zu dem Zimmer auf, in dem seine Tochter schlief, und lächelte, als er hineinsah. »Die Schuld ist beglichen, Abby. Der Armreif, den deine Mutter dir gegeben hatte, besaß Magie und hat dich mit der Schuld verbunden. Ich danke dir für das Leben meiner Tochter.«

Abby sah zur Mutter Konfessorin. Wahrlich ein Trickser. »Aber warum hast du mir geholfen, wenn du mir gegenüber gar nicht durch eine Knochenschuld verpflichtet warst? Wenn ich in Wahrheit in deiner Schuld stand?«

Zedd zuckte die Achseln. »Nur indem wir anderen helfen, ernten wir unseren Lohn. Wir wissen nie, wann, wenn überhaupt, wir diesen Lohn tatsächlich bekommen. Im Helfen besteht der Lohn; kein anderer ist notwendig oder besser.«

Abby sah das wunderschöne kleine Mädchen an, das im Nebenzimmer schlief. »Ich danke den guten Geistern, daß ich so ein Leben in dieser Welt erhalten konnte. Ich mag die Gabe nicht besitzen, aber ich kann vorhersehen, daß sie eine wichtige Person werden wird, nicht nur für dich, auch für andere.«

Zedd lächelte, während er seine schlafende Tochter betrachtete. »Ich glaube, du könntest die Gabe der Weissagung haben, meine Liebe, denn sie ist bereits eine Person, die dazu beigetragen hat, einen Krieg zu beenden, und dadurch zahllosen Menschen das Leben gerettet hat.«

Die Hexenmeisterin zeigte zum Fenster hinaus. »Ich will immer noch wissen, warum sich dieses Ding nicht bewegt. Es sollte über D'Hara hinwegziehen und alles Leben vernichten, sie alle töten für das, was sie getan haben.« Sie runzelte heftiger die Stirn. »Warum steht es einfach da?«

Zedd verschränkte die Arme. »Es hat den Krieg beendet. Das ist genug. Die Wand ist ein Teil der Unterwelt selbst, der Welt der Toten. Solange diese Wand steht, wird ihre Armee nicht imstande sein, sie zu überwinden und Krieg mit uns zu führen.«

»Und wie lange wird das sein?«

Zedd zuckte die Achseln. »Nichts währt ewig. Im Augenblick herrscht Frieden. Das Töten hat ein Ende.«

Die Hexenmeisterin schien nicht zufrieden zu sein. »Aber sie haben versucht, uns alle zu töten!«

»Ja, und nun können sie es nicht mehr. Delora, auch in D'Hara gibt es Unschuldige. Daß Panis Rahl uns erobern und unterwerfen wollte, bedeutet nicht, daß alle Leute in D'Hara böse sind. Viele gute Menschen in D'Hara haben unter einer strengen Herrschaft gelitten. Wie könnte ich alle dort töten, einschließlich der Leute, die keinem etwas getan haben und selbst nur ihr Leben in Frieden führen wollen?«

Delora strich sich mit einer Hand über das Gesicht. »Zeddicus, manchmal verstehe ich dich nicht. Manchmal bist du ein lausiger Wind des Todes.«

Die Mutter Konfessorin sah zum Fenster hinaus Richtung D'Hara. Sie richtete den Blick ihrer violetten Augen auf den Zauberer.

»Da drüben gibt es welche, die werden wegen dieser Geschichte ein Leben lang deine Widersacher sein, Zedd. Damit hast du dir erbitterte Feinde geschaffen. Und du hast sie am Leben gelassen.«

»Feinde«, sagte der Zauberer, »sind der Preis der Ehre.«

Die Legenden von Alvin Maker

ORSON SCOTT CARD

NORDAMERIKA
TERRITORIUMSGRENZEN
Staatsgrenzen
Grenzen der Herzogtümer
Grenzen der einzelnen Kolonien
Entfernung in Meilen
0 50 100 150 200 250 300
KANADA
(Frankreich)
QUEBEC
ACADIA
WEST ANGLIA
NEW ENGLAND
NEW HOLLAND
WEST HAMPSHIRE
EAST HAMPSHIRE
MASSA-CHUSETTS
Boston
PLYMOUTH
NETTICUT
RHODE ISLAND
NEW AMSTERDAM
New Amsterdam
NEW ORANGE
PENNSYLVANIA
Philadelphia
VEREINIGTE STAATEN
IRRAKWA
SUSKWAHENNY
Dekane
Luther
NEW SWEDEN
HURON
Fort Detroit
Hatrack River
HIO TERR.
Vigor Church
NOISY RIVER TERR.
WOBBISH TERR.
Carthage City
APPALACHEE
Franklin
RAPPAHANNOCK
ROANOKE
HERZOGTUM VIRGINIA
NEW DOVER
NEW WALES
SPENSER
NEW KENT
RALEIGH
KRONKOLONIEN
HERZOGTUM CAROLINA
Camelot
DRYDEN
HERZOGTUM JACOBIA
NUEVA BARCELONA
(Spanien)
FLORIDA
(Spanien)

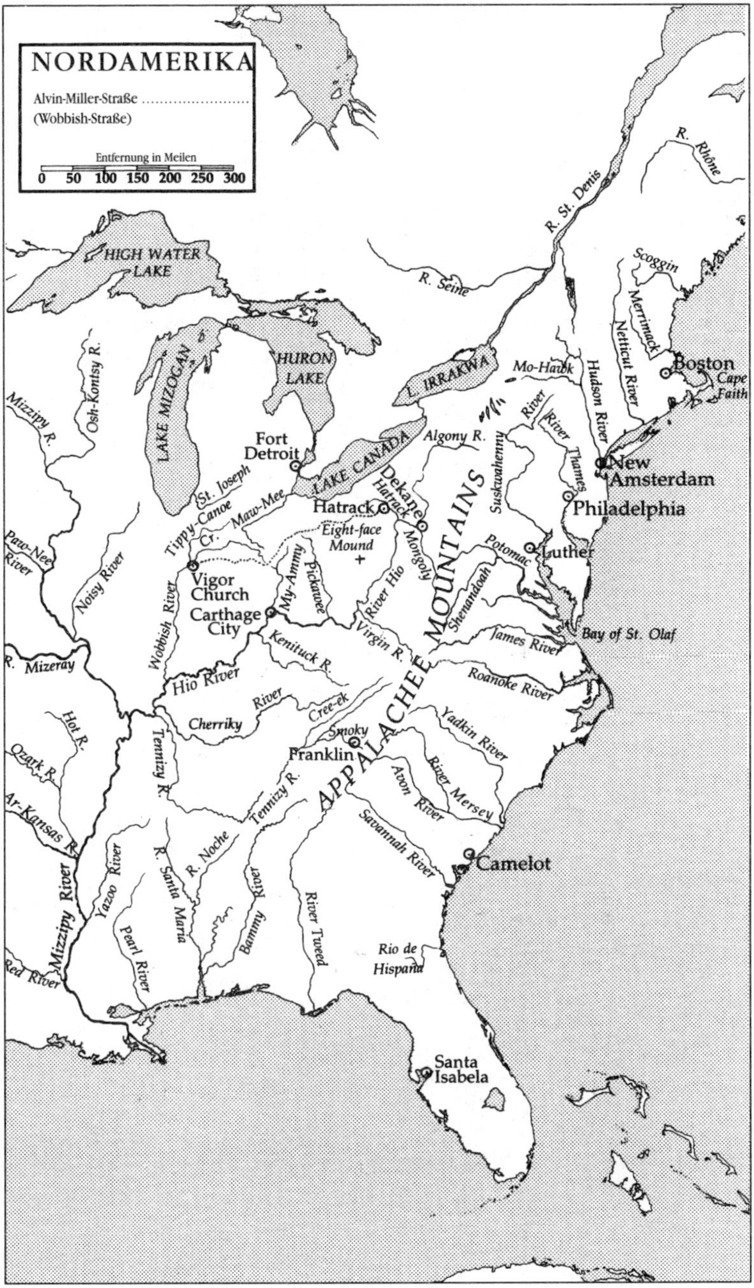
NORDAMERIKA
Alvin-Miller-Straße
(Wobbish-Straße)
Entfernung in Meilen
0 50 100 150 200 250 300
HIGH WATER LAKE
LAKE MIZOGAN
HURON LAKE
L. IRRAKWA
LAKE CANADA
R. St. Denis
R. Rhône
R. Seine
Scoggin
Merrimack
Netticut River
Hudson River
Boston
Cape Faith
Mo-Hawk
Algony R.
Suskwahenny
River
River Thames
New Amsterdam
Philadelphia
Luther
Potomac
Shenandoah
James River
Bay of St. Olaf
Roanoke River
Yadkin River
River Mersey
Avon River
Savannah River
Camelot
River Tweed
Rio de Hispana
Santa Isabela
Osh-Kontsy R.
Mizzipy R.
Fort Detroit
St. Joseph
Tippy-Canoe
Cr.
Maw-Mee
Hatrack
Hatrack
Dekane
Eight-face Mound
Mongoly
MOUNTAINS
APPALACHEE
Paw-Nee River
Noisy River
Vigor Church
Wobbish River
My-Ammy
Pickawee
River Hio
Carthage City
Kenituck R.
Virgin R.
R. Mizeray
Hio River
Cherriky
River
Cree-ek
Smoky
Franklin
Hot R.
Ozark R.
Ar-Kansas R.
Tennizy R.
Tennizy R.
R. Noche
R. Santa Maria
Yazoo River
Mizzipy River
Pearl River
Bammy River
Red River

DIE LEGENDEN VON ALVIN MAKER:
ERSTES BUCH: DER SIEBENTE SOHN (1988)
ZWEITES BUCH: DER ROTE PROPHET (1989)
DRITTES BUCH: DER MAGISCHE PFLUG (1990)
VIERTES BUCH: DER REISENDE (1997)

In den Geschichten um Alvin Maker, die das Panorama eines Amerikas mit einer alternativen Geschichte entwerfen, wie es nie existiert hat, beschreibt Orson Scott Card, wie die Welt aussehen könnte, wenn der Unabhängigkeitskrieg nie stattgefunden hätte und Magie tatsächlich funktionieren würde.

Amerika ist in mehrere Provinzen eingeteilt, die Spanier und Franzosen besitzen immer noch großen Einfluß in der Neuen Welt. Die aufkommende wissenschaftliche Revolution in Europa hat viele Leute mit der »Gabe« – d. h. magischen Fähigkeiten – veranlaßt, nach Nordamerika auszuwandern und ihre Spielart der Magie mitzubringen. Die Bücher bilden eine Chronik des Lebens von Alvin, dem siebenten Sohn eines siebenten Sohnes – eine Tatsache, die ihn von Anfang an als einen Menschen mit großer Macht ausweist. Alvins Bestimmung ist es, ein Schöpfer zu werden, ein Adept einer Art, wie es ihn seit tausend Jahren nicht mehr gegeben hat. Aber für jeden Schöpfer existiert ein Unschöpfer – ein übernatürliches Wesen des Bösen –, der Alvins Gegenspieler ist und versucht, Alvins Bruder Calvin gegen ihn einzusetzen.

Im Verlauf seiner Abenteuer erforscht Alvin die Welt um ihn herum und begegnet Problemen wie Sklaverei und der anhaltenden Feindschaft zwischen Siedlern und den amerikanischen Ureinwohnern, die die westliche Hälfte des Kontinents beherrschen. Die Serie scheint auf eine endgültige Konfrontation zwischen Alvin und dem Unschöpfer hinauszulaufen, von deren

Ausgang das Schicksal des gesamten Kontinents, möglicherweise der ganzen Welt, abhängt.

ORSON SCOTT CARD

Der grinsende Mann

Alvin Maker begegnete dem grinsenden Mann zum erstenmal im steilen Bergwald des östlichen Kenituck. Alvin ging mit seinem Mündel spazieren, dem Knaben Arthur Stuart, und unterhielt sich mit ihm entweder über tiefschürfende philosophische Fragen oder die beste Methode für Reisende, Bohnen zu kochen, was genau, daran kann ich mich nicht mehr erinnern, als sie auf eine Lichtung kamen, wo ein Mann auf den Hacken kauerte und zu einem Baum aufschaute. Abgesehen von dem unnatürlichen Grinsen, das auf seinem Gesicht lag, war für die Zeit und den Ort wenig Bemerkenswertes an ihm. Er trug Hirschleder und eine Mütze aus Waschbärenfell auf dem Kopf und hatte eine Muskete griffbereit im Gras liegen – viele derart junge und ungestüme Männer trieben sich in jenen Tagen auf den Wildpfaden der unbesiedelten Wälder herum.

Aber wenn man genauer darüber nachdenkt, war das östliche Kenituck so unbesiedelt damals gar nicht, und die meisten Männer trugen im Sommer Baumwolle statt Hirschleder, wenn sie nicht so arm waren, daß sie sich keine leisten konnten. Also lag es vielleicht *doch* teilweise an seinem Äußeren, daß Alvin wie angewurzelt stehenblieb und den Burschen ansah. Arthur Stuart machte natürlich immer genau das, was Alvin auch machte, bis er einen guten Grund dazu hatte, etwas anderes zu tun, daher blieb auch er am Rand der Lichtung stehen, verstummte ebenfalls und sah hin.

Der grinsende Mann hatte den Blick auf die mittleren Zweige einer struppigen alten Kiefer gerichtet, die von den langsamer wachsenden Laubbäumen allmählich erstickt wurde. Aber er grinste nicht den Baum an, nein, Sir. Sondern den Bären.

Wie jedermann weiß, gibt es Bären und Bären. Einige kleine alte Braunbären sind etwa so gefährlich wie ein Hund - was bedeutet, wenn man einen mit einem Stock haut, dann bekommt man, was man verdient, aber ansonsten läßt er einen in Ruhe. Aber bei einigen Schwarzbären und Grizzlys stellt sich das Rückenfell auf, so daß sie stachelig wie Stachelscheine aussehen, und das verrät dir, daß sie geradezu auf einen Kampf brennen und nur hoffen, daß du ein falsches Wort zu ihnen sagst, damit sie dir den Kopf abschlagen und dir dein Mittagessen aus dem Hals lutschen können. Wie ein besoffener Flußschiffer.

So ein Bär war das. Vielleicht ein bißchen alt, aber so stachelig, wie's nur geht, und er saß auch nicht auf diesem Baum, weil er Angst hatte, sondern weil er Honig wollte, von dem es dort reichlich gab, genau wie Bienen, die inzwischen so erschöpft von den Versuchen waren, durch den verfilzten Pelz zu stechen, daß sie überwiegend tot und völlig ausgestochen waren. Gesummt wurde freilich noch tüchtig, wie ein Chor von Leuten, die den Text eines Kirchenlieds nicht wissen und deshalb die Melodie einfach mitsummen, aber die Bienen schienen nicht einmal die Melodie richtig zu kennen.

Und da saß dieser Mann und grinste den Bären an. Und da saß der Bär, schaute zu ihm herab und zeigte die Zähne.

Alvin und Arthur standen einige Minuten da und sahen zu, aber das Stilleben veränderte sich nicht. Der Mann hockte am Boden und grinste hinauf; der Bär kauerte auf seinem Ast und grinste herunter. Keiner ließ nur das geringste Anzeichen dafür erkennen, daß er die Anwesenheit von Alvin und Arthur bemerkt hatte.

So kam es, daß Alvin das Schweigen brach. »Ich weiß nicht, wer den Häßlichkeitswettbewerb angefangen hat, aber ich weiß, wer ihn gewinnen wird.«

Ohne mit dem Grinsen aufzuhören, sagte der Mann zwischen zusammengebissenen Zähnen: »Entschuldigen Sie, daß ich Ihnen nicht die Hände schüttle, aber ich bin schwer damit beschäftigt, diesen Bären niederzugrinsen.«

Alvin nickte weise – das schien durchaus eine wahrheitsgemäße Behauptung zu sein. »Und wie es aussieht«, sagte Alvin, »denkt dieser Bär, daß er Sie auch niedergrinst.«

»Soll er denken, was er denken will«, sagte der grinsende Mann. »Er kommt von diesem Baum runter.«

Arthur Stuart, der noch jung war, zeigte sich beeindruckt. »Das können Sie nur durch Grinsen erreichen?«

»Du solltest nur hoffen, daß ich *dich* niemals angrinse«, sagte der Mann. »Ich würde deinem Meister wirklich nur ungern den Kaufpreis für einen so klugen Schwarzmohr wie dich bezahlen müssen.«

Viele hielten Arthur Stuart irrtümlicherweise für einen Sklaven. Er war ein Mulatte, nicht wahr? Und südlich des Hio lag das Sklavenland, wo ein schwarzer Mann entweder das Eigentum von jemand war, gewesen war oder so sicher wie das Amen in der Kirche das Eigentum von jemand werden würde. Aus Sicherheitsgründen widersprach Alvin dieser Mutmaßung in jener Gegend nicht. Sollten die Leute ruhig denken, daß Arthur Stuart schon einen Besitzer hatte, dann setzte sich schon keiner in den Kopf, sich freiwillig um diesen Posten zu bewerben.

»Das scheint ein verdammt starkes Grinsen zu sein«, sagte Alvin Maker. »Mein Name ist Alvin. Ich bin ein fahrender Schmied.«

»In dieser Gegend besteht kein großer Bedarf an Schmieden. Weiter westlich ist es viel besser, mehr Siedler! Sie sollten es dort versuchen.« Der Bursche redete immer noch um dieses Grinsen herum.

»Vielleicht«, sagte Alvin. »Wie heißen Sie?«

»Still jetzt«, sagt der grinsende Mann. »Bleibt, wo ihr seid. Er kommt runter.«

Der Bär gähnte und kletterte den Stamm herunter, stellte sich auf alle viere, schwenkte den Kopf hin und her und lauschte der Musik, die Bären eben so hören. Das Fell um sein Maul war glänzend vom Honig und mit toten Bienen getupft. Was immer der Bär auch denken mochte, nach einer Weile war er fertig, worauf er sich auf die Hinterbeine stellte wie ein Mensch, die Pfoten hob und das Maul aufriß wie ein Baby, das seiner Mama zeigen will, daß es sein Essen geschluckt hat.

Der grinsende Mann stellte sich daraufhin auf *seine* Hinterbeine und breitete *seine* Arme aus, genau wie der Bär, und er machte den Mund auf und ließ für einen Menschen einen prächtigen Satz Zähne sehen, aber im Vergleich zu den Bärenzähnen waren sie nicht so doll. Der Bär indessen schien überzeugt zu sein. Er ließ sich wieder auf den Boden sinken und trottete ohne Widerworte ins Gebüsch davon.

»Das ist jetzt mein Baum«, sagte der grinsende Mann.

»Kein besonders toller Baum«, sagte Alvin.

»Der Honig ist fast aufgegessen«, fügte Arthur Stuart hinzu.

»Mein Baum und das ganze Land um ihn herum«, sagte der grinsende Mann.

»Und was haben Sie damit vor? Sie sehen nicht wie ein Farmer aus.«

»Ich habe vor, hier zu schlafen«, sagte der grinsende Mann. »Und ich hatte die Absicht, hier zu schlafen, ohne daß ein Bär des Weges kommt und meinen Schlummer stört. Also mußte ich ihm sagen, wer der Boß ist.«

»Und mehr fangen Sie mit Ihrem Kniff nicht an?« fragte Arthur Stuart. »Bären verscheuchen?«

»Im Winter schlafe ich unter Bärenfell«, sagte der grinsende Mann. »Wenn ich einen Bären niedergrinse, dann bleibt er niedergegrinst, bis ich mit ihm fertig bin.«

»Haben Sie keine Angst, daß Sie eines Tages auf einen Ebenbürtigen treffen könnten?« fragte Alvin nachsichtig.

»Ich hab keinen Ebenbürtigen, Freund. Mein Grinsen ist der Prinz der Grinser. Der König aller Grinser!«

»Der Kaiser der Grinser«, sagte Arthur Stuart. »Der Napoleon der Grinser!«

Die Ironie in Arthurs Stimme war offenbar nicht so subtil, daß sie dem grinsenden Mann entgangen wäre. »Ihr Junge hat ein schönes Mundwerk am Leib.«

»Hilft mir, die Zeit zu vertreiben«, sagte Alvin. »Nun, da Sie uns den Gefallen getan und diesen Bären verjagt haben, schätze ich, daß dies ein guter Platz für uns ist, ein Kanu zu bauen.«

Arthur Stuart sah ihn an, als hätte er den Verstand verloren. »Wozu brauchen wir denn ein Kanu?«

»Weil ich ein fauler Mensch bin«, sagte Alvin, »gedenke ich, damit flußabwärts zu fahren.«

»Mir einerlei«, sagte der grinsende Mann. »Fahren Sie, versenken Sie es, tragen Sie es auf dem Kopf, oder verspeisen Sie es zum Abendessen, hier werden Sie jedenfalls nichts bauen.« Das Grinsen zierte immer noch sein Gesicht.

»Sieh dir das an, Arthur«, sagte Alvin. »Dieser Mann hat uns noch nicht einmal seinen Namen genannt, und schon grinst er *uns* einen.«

»Keine Chance«, sagte Arthur Stuart. »Uns haben schon Politiker, Prediger, Hexen und Anwälte angegrinst, und Sie haben nicht genug Zähne, um uns angst zu machen.«

Nach diesen Worten richtete der grinsende Mann seine Muskete direkt auf Alvins Herz. »Schätze, dann muß ich wohl aufhören, zu grinsen«, sagte er.

»Ich glaube, dies ist nicht die Gegend, um Kanus zu bauen«, sagte Alvin. »Laß uns gehen, Arthur.«

»Nicht so hastig«, sagte der grinsende Mann. »Ich glaube, ich würde all meinen Nachbarn einen Gefallen tun, wenn ich euch nie wieder von diesem Fleckchen Erde fort ließe.«

»Zuerst einmal«, sagte Alvin, »haben Sie keine Nachbarn.«

»Die gesamte Menschheit ist mein Nachbar«, sagte der grinsende Mann. »Das hat Jesus gesagt.«

»Soweit ich mich erinnere, meinte er speziell die Samariter«, sagte Alvin, »und Samariter haben keinen Grund, sich über mich zu beklagen.«

»Ich sehe nur einen Mann mit einem Beutel, den er vor mir verbirgt.«

Das stimmte, denn in dem Sack befand sich Alvins goldener Pflug, und er versuchte stets, den halbwegs hinter sich zu verstecken, damit die Leute keine Angst bekamen, wenn sie sahen, wie er sich von selbst bewegte, was von Zeit zu Zeit vorkam. Aber jetzt zog Alvin den Sack nach vorn, um auf die Herausforderung zu reagieren.

»Vor einem Mann mit einer Waffe hab ich nichts zu verbergen«, sagte Alvin.

»Einen Mann mit einer Tüte«, sagte der grinsende Mann, »der *behauptet,* daß er ein Schmied ist, aber als einzigen Begleiter einen Jungen hat, der zu mager und kleinwüchsig ist, um das Gewerbe zu lernen. Der Junge ist aber genau dünn genug, um sich durch ein Dachfenster oder die Traufe eines schlecht gebauten Hauses zu zwängen. Also sag ich zu mir, da haben wir einen Erdgeschoßmann, der den Jungen mit seinen kräftigen Armen hochhebt, damit er sich von oben in Häuser schleichen und dem Dieb die Tür aufmachen kann. Wenn ich Sie auf der Stelle niederschießen würde, würde ich demnach der Welt einen Gefallen tun.«

Arthur Stuart schnaubte. »Einbrecher haben im Wald nicht viel zu tun.«

»Hab nie gesagt, daß ihr besonders schlau ausseht«, sagte der grinsende Mann.

»Am besten richten Sie Ihr Gewehr jetzt auf jemand anders«, sagte Arthur Stuart leise. »Wenn Sie's auch in Zukunft noch benutzen wollen.«

Als Antwort darauf drückte der grinsende Mann ab. Eine Flamme schoß aus dem Lauf des explodierenden Gewehrs, der sich in Form von Streifen zurückschälte wie das Ende eines abgenutzten Besenstiels. Die Kugel in der Muskete rollte langsam aus dem zerfetzten Lauf und fiel ins Gras.

»Jetzt seht nur, was ihr mit meinem Gewehr gemacht habt«, sagte der grinsende Mann.

»Ich hab nicht abgedrückt«, sagte Alvin. »Und Sie waren gewarnt.«

»Wie kommt es, daß Sie immer noch grinsen?« fragte Arthur Stuart.

»Ich bin eben ein fröhlicher Bursche«, sagte der grinsende Mann und zückte sein großes, altes Messer.

»Mögen Sie dieses Messer?« fragte Arthur Stuart.

»Hab's von meinem alten Freund Jim Bowie«, sagte der grinsende Mann. »Es hat sechs Bären gehäutet, und ich weiß nicht, wie viele Biber.«

»Sehen Sie sich den Lauf Ihrer Muskete an«, sagte Arthur Stuart, »und dann die Klinge Ihres Messers, auf das Sie so stolz sind, und denken Sie gründlich nach.«

Der grinsende Mann betrachtete den Lauf und dann die Klinge. »Und?« fragte der Mann.

»Denken Sie nur weiter«, sagte Arthur Stuart. »Es wird Ihnen schon auffallen.«

»Sie lassen ihn so mit weißen Männern sprechen?«

»Wenn ein Mann eine Muskete auf mich abfeuert«, sagte Alvin, »dann schätze ich, kann Arthur Stuart hier jederzeit mit ihm sprechen, wie's ihm grad in den Sinn kommt.«

Der grinsende Mann dachte einen Moment darüber nach, und dann grinste er – was niemand für möglich gehalten hätte – noch breiter, steckte das Messer weg und streckte die Hand aus. »Schönen Kniff haben Sie da drauf«, sagte er zu Alvin.

Alvin schüttelte dem Mann die Hand. Arthur Stuart wußte, was als nächstes geschehen würde, weil er es schon miterlebt hatte. Obwohl Alvin als Schmied vorgestellt war und jeder Mann mit Augen im Kopf seine kräftigen Arme und Hände sehen konnte, wußte dieser grinsende Mann natürlich nichts Besseres anzufangen, als sich Fuß an Fuß gegen Alvin zu stemmen und zu versuchen, ihn nach unten zu ziehen.

Nicht, daß Alvin etwas gegen ein wenig sportliche Betätigung einzuwenden gehabt hätte. Er ließ den grinsenden Mann eine ganze Zeitlang ziehen und zerren und winden und ringen. Es hätte wie ein Zweikampf aussehen können, aber Alvin machte fast den Eindruck, als würde er sich auf ein Nickerchen vorbereiten, so entspannt wirkte er.

Schließlich wurde Alvins Interesse geweckt. Er drückte, so fest er konnte, worauf der grinsende Mann winselte und auf die Knie ging und Alvin anflehte, ihm seine Hand wiederzugeben. »Nicht, daß ich jemals wieder Verwendung dafür hätte«, sagte der grinsende Mann, »aber ich hätte sie trotzdem gern wieder, damit ich wenigstens einen Platz hab, um meinen zweiten Handschuh zu verstauen.«

»Hab nicht vor, Ihre Hand zu behalten«, sagte Alvin.

»Ich weiß, aber mir kam der Gedanke, Sie könnten vielleicht vorhaben, die Hand hier auf der Wiese zu lassen und mich anderswohin zu schicken«, sagte der grinsende Mann.

»Hören Sie nie auf zu grinsen?« fragte Alvin.

»Wage nicht, es zu versuchen«, sagte der grinsende Mann. »Schlimme Sachen geschehn mit mir, wenn ich nicht lächle.«

»Es würde Ihnen viel besser gehn, wenn Sie mich mißtrauisch angeguckt, aber die Muskete auf den Boden gerichtet und die Hände in den Hosentaschen gelassen hätten«, sagte Alvin.

»Sie haben meine Finger zu einem einzigen zusammengequetscht, und mein Daumen fällt gleich ab«, sagte der grinsende Mann. »Ich bin bereit, um Gnade zu bitten.«

»Bereit sein ist eines. Es tun etwas anderes.«

»Gnade«, sagte der grinsende Mann.

»Nee, das reicht nicht«, sagte Alvin. »Ich brauche zwei Dinge von Ihnen.«

»Ich hab kein Geld, und wenn Sie mir meine Fallen wegnehmen, bin ich ein toter Mann.«

»Ich will Ihren Namen wissen und die Erlaubnis haben, hier ein Kanu zu bauen«, sagte Alvin.

»Mein Name, wenn ich nicht der ›Einhändige Davy‹ werde, ist Crockett, nach meinem Daddy«, sagte der grinsende Mann. »Und ich schätze, was diesen Baum angeht, hab ich mich geirrt. Es ist Ihr Baum. Ich und der Bär, wir sind beide weit weg von zu Hause und haben vor Einbruch der Nacht noch eine weite Strecke vor uns.«

»Sie können gern bleiben«, sagte Alvin. »Hier ist Platz genug für alle.«

»Für mich nicht«, sagte Davy Crockett. »Sollte ich meine Hand je zurückbekommen, wird sie mächtig geschwollen sein, und ich glaube nicht, daß dann noch Platz genug für sie auf dieser Lichtung ist.«

»Ich sehe Sie nur ungern aufbrechen«, sagte Alvin. »Ein neuer Freund ist in dieser Gegend etwas Kostbares.« Er ließ los. Tränen traten Davy in die Augen, als er zaghaft die wunde Handfläche und die Finger betastete, um zu prüfen, ob einer abfallen wollte.

»Freut mich, Sie kennenzulernen, Mr. Fahrender Schmied«, sagte Davy. »Dich auch, Junge.« Er nickte fröhlich und grinste wie ein Schankwirt. »Ich schätze, ihr könnt unmöglich Einbrecher sein. Und auch nicht der berühmte Schmiedelehrling Prentice Smith, der seinem Herrn einen goldenen Pflug gestohlen hat, ihn in einem Sack aufbewahrt und damit auf der Flucht ist.«

»Ich hab in meinem ganzen Leben nichts gestohlen«, sagte Alvin. »Aber jetzt, wo Sie kein Gewehr mehr haben, geht es Sie nichts an, was ich in meinem Sack habe.«

»Ich überlasse Ihnen mit Vergnügen das Recht an diesem Land«, sagte Davy, »und alle Rechte an unterirdischen Mineralien, alle Rechte an Regen und Sonnenschein, plus an Holz und allen Häuten und Fellen.«

»Sind Sie Anwalt?« fragte Arthur Stuart argwöhnisch.

Anstelle einer Antwort drehte sich Davy um und schlurfte genau wie der Bär von der Lichtung, und sogar in dieselbe Richtung. Und er schlich, obwohl er wahrscheinlich laufen wollte; aber beim Laufen hätte er die Hand schlenkern müssen, und das hätte zu sehr weh getan.

»Ich glaube, *den* werden wir nie wiedersehen«, sagte Arthur Stuart.

»Ich glaube doch«, antwortete Alvin.

»Wieso?«

»Weil ich ihn tief im Innersten verändert habe, damit er ein bißchen mehr wie dieser Bär ist. Und ich habe den Bären verändert, damit er ein bißchen mehr wie Davy ist.«

»Du solltest nicht so im Innersten der Leute herumpfuschen«, sagte Arthur Stuart.

»Das gibt mir der Teufel ein«, sagte Alvin.

»Du glaubst nicht an den Teufel.«

»Doch, schon«, antwortete Alvin. »Ich glaub nur nicht, daß er so aussieht, wie die Leute sagen.«

»Ach? Und wie sieht er dann aus?« wollte der Junge wissen.

»Wie ich«, sagte Alvin. »Nur klüger.«

Alvin und Arthur machten sich daran, ein Kanu zu schnitzen. Sie fällten einen Baum, der gerade die richtige Größe hatte – zwei Zoll breiter als Alvins Hüften – und brannten eine Seite ab, worauf sie die Asche herauskratzten und tiefer brannten. Es war eine langsame, schweißtreibende Arbeit, und je länger sie damit beschäftigt waren, desto verwunderter wurde Arthur Stuart.

»Ich schätze, du verstehst was von deinem Geschäft«, sagte er zu Alvin, »aber wir brauchen kein Kanu nicht.«

»Wir brauchen kein *Kanu«,* sagt Alvin. »Miss Larner wäre zu Recht verstimmt, dich so reden zu hören.«

»Erstens«, sagt Arthur Stuart, »hast du von Tenskwa-Tawa gelernt, wie ein roter Mann durch den Wald zu laufen, schneller als jedes Kanu schwimmen kann, und das mit viel weniger Arbeit.«

»Hab keine Lust zu laufen«, sagte Alvin.

»Zweitens«, fuhr Arthur Stuart fort, »arbeitet das Wasser, wann immer es kann, gegen dich. Miss Larner hat erzählt, daß Wasser dich sechzehnmal fast getötet hätte, bevor du zehn warst.«

»Das war nicht das Wasser, es war der Unschöpfer, und heutzutage hat er es aufgegeben, Wasser gegen mich einzusetzen. Heute versucht er überwiegend, mich zu töten, indem er mich Narren mit vielen Fragen zuhören läßt.«

»Drittens«, sagt Arthur Stuart, »falls du mitzählst, sollen wir uns mit Mike Fink und Verily Cooper treffen, und dieses Kanu zu bauen wird nicht dazu beitragen, daß wir rechtzeitig dort sind.«

»Das sind zwei Jungs, die lernen müssen, Geduld zu üben«, sagt Alvin gelassen.

»Viertens«, sagt Arthur Stuart, der mit jeder Antwort Alvins erboster wurde, »der *vierte* und letzte Grund, du bist ein *Schöpfer*, verflixt noch mal, du könntest diesen Baum einfach ausgehöhlt *denken* und damit leicht wie eine Feder über das Wasser schweben, also selbst wenn du einen Grund hättest, dieses Kanu zu machen, den du nicht hast, und selbst wenn du einen sicheren Platz hättest, es schwimmen zu lassen, den du auch nicht hast, müßtest du mich diese Arbeit ganz sicher nicht von Hand machen lassen!«

»Arbeitest du zu hart?« fragte Alvin.

»Härter als notwendig ist immer zu hart«, sagte Arthur.

»Von wem gebraucht wird und wofür?« fragte Alvin. »Du hast recht - ich mache dieses Kanu nicht, weil wir flußabwärts schwimmen müssen, und ich mache es nicht, weil wir damit schneller reisen können.«

»Warum dann? Oder hast du es völlig aufgegeben, etwas aus einem bestimmten Grund zu machen?«

»Ich mache überhaupt kein Kanu«, sagt Alvin.

Da kniete Arthur Stuart tief in einem ausgehöhlten Stamm und kratzte Asche heraus. »Ein Haus ist das ganz sicher nicht!«

»Oh, *du* machst ein Kanu«, sagt Alvin. »Und wir lassen uns in diesem Kanu jenen Fluß dort hinunter treiben. Aber *ich* mache kein Kanu.«

Arthur Stuart arbeitete weiter, während er darüber nachdachte. Nach ein paar Minuten sagte er: »Ich weiß, was du machst.«

»Ach ja?«

»Du bringst *mich* dazu, zu tun, was du willst.«

»Fast.«

»Du bringst mich dazu, etwas aus diesem Baum zu machen, aber du benutzt den Baum auch, um aus mir etwas zu machen.«

»Und was sollte ich wohl aus *dir* machen wollen?«

»Nun, ich glaube, *du* denkst, daß du mich zu einem Schöpfer machst«, sagte Arthur Stuart. »Aber dabei machst du mich nur zu einem *Kanu*-Schöpfer, was nicht dasselbe ist wie ein Rundum-Allzweck-Schöpfer wie du.«

»Irgendwo muß man anfangen.«

»Du nicht«, sagt Arthur. »Du bist auf die Welt gekommen und hast gewußt, wie man Sachen macht.«

»Ich wurde mit einem Kniff geboren«, sagt Alvin. »Aber ich wurde nicht mit dem Wissen geboren, wie man ihn anwendet, oder wann und warum. Ich hab gelernt, das Schöpfen und Machen um seiner selbst willen zu lieben. Ich habe gelernt zu lieben, wie sich Holz und Stein unter meinen Händen anfühlen, und danach habe ich gelernt, in ihr Innerstes zu sehen, zu empfinden, wie sie empfinden, zu wissen, wie sie funktionieren, was sie zusammenhält und wie man sie auf genau die richtige Weise auseinandernehmen kann.«

»Aber ich lerne nichts davon«, sagt Arthur.

»Noch nicht.«

»Nein, Sir«, sagt Arthur Stuart. »Ich seh nicht ins Innerste von gar nix, ich spür nicht das Innerste von gar nix, abgesehen davon, wie mein Rücken weh tut und mir der Schweiß vom ganzen Körper läuft, und mich verdrießt immer mehr, daß ich mich für 'ne Arbeit abrackern muß, die du mit 'nem Augenzwinkern erledigen könntest.«

»Das ist doch immerhin schon was«, sagt Alvin. »Wenigstens lernst du, in dich selbst zu sehen.«

Arthur Stuart schäumte ein wenig mehr und hobelte dabei verbranntes Holz ab. »Eines Tages werde ich deine schlauen Sprüche satt haben«, sagt er zu Alvin, »und ich werde dir nicht mehr folgen.«

Alvin schüttelte den Kopf. »Arthur Stuart, ich habe versucht, dich zu überreden, daß du mir diesmal nicht folgst, wenn du dich recht erinnerst.«

»Geht es etwa *darum* bei dieser Sache? Bestrafst du mich, weil ich dir gefolgt bin, obwohl du mir gesagt hast, daß ich es nicht soll?«

»Du hast gesagt, du willst lernen, wie man ein Schöpfer ist«, sagte Alvin. »Und wenn ich versuche, es dir beizubringen, ernte ich nur Gemaule und Gejammer.«

»Und du erntest Arbeit von mir«, sagt Arthur. »Ich habe während des ganzen Gesprächs nicht aufgehört, zu arbeiten.«

»Das stimmt«, sagt Alvin.

»Außerdem gibt es etwas, das du nicht bedacht hast«, sagt Arthur Stuart. »Die ganze Zeit, während wir ein Kanu schöpfen, unschöpfen wir einen Baum.«

Alvin nickte. »So läuft das eben. Man schöpft niemals etwas aus nichts. Man macht es immer aus etwas anderem. Wenn es etwas Neues wird, ist es nicht mehr das, was es vorher war.«

»Also jedesmal, wenn man etwas schöpft, unschöpft man auch etwas«, sagt Arthur Stuart.

»Und darum weiß der Unschöpfer immer, wo ich bin und was ich mache«, sagt Alvin. »Denn wenn ich meine Arbeit mache, mache ich immer auch ein bißchen von seiner.«

Für Arthur Stuart hörte sich das weder richtig noch wahr an, aber ihm fiel kein Gegenargument ein, und während er versuchte, sich eines zu überlegen, brannten und hobelten sie immer weiter, und hin und her, und schließlich hatten sie ein Kanu. Sie schleppten es zum Fluß und ließen es zu Wasser und stiegen hinein, und es kippte einfach um. Dreimal fielen sie ins Wasser, bis Alvin schließlich aufgab und seinen Kniff einsetzte, um die Balance des Dings zu erspüren und es gerade soweit umzuformen, daß es gut im Gleichgewicht blieb.

Arthur Stuart mußte ihn daraufhin auslachen. »Welche Lektion soll ich denn *daraus* lernen? Wie man ein *schlechtes* Kanu macht?«

»Halt den Mund und rudere«, sagte Alvin.

»Wir treiben flußabwärts«, sagte Arthur Stuart, »und ich muß nicht rudern. Außerdem hab ich nur diesen Stock hier, und der ist gar kein Paddel.«

»Dann nimm ihn und sieh zu, daß wir nicht das Ufer rammen«, sagte Alvin, »was wir dank deinem Geplapper bald tun.«

Arthur Stuart stieß das Kanu vom Ufer des Baches ab, und sie trieben abwärts, bis sie in einen größeren Bach gerieten, dann noch einen größeren und schließlich einen Fluß. Die ganze Zeit brachte Arthur das Gespräch immer wieder auf das, was Alvin gesagt hatte und was er ihn zu lehren versuchte, und wie immer verzweifelte Arthur Stuart daran, es zu lernen. Aber er kam nicht umhin, zu denken, daß er *etwas* gelernt hatte, auch wenn er zum gegenwärtigen Zeitpunkt noch keine Ahnung hatte, was es sein könnte.

Da die Leute Städte an Flüssen bauen, gelangt man mit größter Wahrscheinlichkeit irgendwann einmal in eine Stadt, wenn man einen Fluß hinabfährt, was sie eines Morgens auch taten, als noch Nebel über dem Fluß hing und ihnen der Schlaf in den Augen stand. Es war keine tolle Stadt, aber schließlich war es auch kein toller Fluß, und sie reisten nicht in einem tollen Boot. Sie brachten es ans Ufer und zogen es auf den Sand, Alvin schulterte seinen Sack mit dem Pflug darin, und dann marschierten sie in die Stadt, als die Leute gerade aufstanden, um den Tag zu beginnen.

Als erstes suchten sie nach einem Gasthaus, aber die Stadt war zu klein und zu neu. Nur ein Dutzend Häuser, und die Straße so wenig befahren, daß Gras von einer Eingangstür zur nächsten wuchs. Aber das bedeutete nicht, daß es keine Hoffnung auf Frühstück gab. Wenn der Himmel heller wird, dann steht auch jemand auf und fängt mit der Arbeit des Tages an. Als sie an einem Haus mit einer Scheune dahinter vorbeikamen, hörten sie das Ping-ping-ping, als eine Kuh in einen Blecheimer gemolken wurde. In ein anderes Haus ging gerade eine Frau mit Eiern aus dem Hühnerstall. Das sah vielversprechend aus.

»Haben Sie etwas für einen Reisenden?« fragte Alvin.

Die Frau sah sie von oben bis unten an. Wortlos verschwand sie in ihrem Haus.

»Wenn du nicht so häßlich wärst«, sagte Arthur Stuart, »hätte sie uns reingebeten.«

»Während du wie ein Engel anzuschauen bist«, sagte Alvin.

Sie hörten, wie die Eingangstür des Hauses geöffnet wurde.

»Vielleicht wollte sie sich nur beeilen und die Eier für uns braten«, sagte Arthur Stuart.

Aber nicht die Frau kam heraus. Es war ein Mann, der aussah, als hätte er nicht viel Zeit gehabt, seine Kleidung zu richten. Seine Hose hing herunter, und sie hätten vielleicht Wetten abgeschlossen, wie schnell sie auf die Veranda fallen würde, wenn der Mann nicht eine verdammt funktionstüchtig aussehende Donnerbüchse auf sie gerichtet hätte.

»Verschwindet«, sagte der Mann.

»Wir verschwinden«, sagte Alvin. Er schulterte den Sack wieder und ging an dem Haus vorbei. Der Lauf der Flinte folgte ihnen. Es kam, wie es kommen mußte: Als sie gerade auf der Höhe der Haustür waren, rutschte die Hose herunter. Der Mann sah verlegen und wütend aus. Der Lauf der Donnerbüchse wurde gesenkt. Der Vogelschrot kullerte aus dem Lauf, Dutzende winziger Bleikügelchen, die wie Regen auf die Veranda prasselten. Nun sah der Mann verwirrt aus.

»Man muß vorsichtig sein, wenn man ein Gewehr mit einem so großen Lauf lädt«, sagte Alvin. »Ich wickle den Schrot immer in Papier, damit mir so was nicht passiert.«

Der Mann sah ihn finster an. »Hab ich.«

»Aber das weiß ich doch«, sagte Alvin.

Aber da lag der Schrot auf der Veranda, eine stumme Widerlegung. Nichtsdestotrotz sprach Alvin die reine Wahrheit. Das Papier steckte tatsächlich noch in dem Gewehrlauf, aber Alvin hatte es überreden können, vorne aufzureißen, damit die Schrotkugeln herausfallen konnten.

»Ihre Hose ist unten«, sagte Arthur Stuart.

»Verschwindet«, sagte der Mann. Sein Gesicht lief rot an. Seine Frau beobachtete alles von der Tür hinter ihm.

»Nun, wissen Sie, das hatten wir ohnehin schon vorgehabt«, sagte Alvin, »aber solange Sie uns nicht töten können, im Augenblick wenigstens nicht, dürfte ich Ihnen da ein paar Fragen stellen?«

»Nein«, sagte der Mann. Er stellte das Gewehr weg und zog die Hose hoch.

»Als erstes wüßte ich gern den Namen dieser Stadt. Ich könnte mir denken, sie muß ›Freundlich‹ oder ›Willkommen‹ heißen.«

»Tut sie nicht.«

»Nun, damit scheiden zwei aus«, sagte Alvin. »Müssen wir weiter raten, oder glauben Sie, daß Sie es uns einfach von Mann zu Mann sagen können?«

»Wie wäre es mit ›Pantsdown Landing‹?« fragte Arthur Stuart.

»Dies ist Westville, Kenituck«, sagte der Mann. »Und jetzt verschwindet.«

»Meine zweite Frage. Wie ich sehe, habt ihr Leutchen nicht genug, um mit Fremden zu teilen; gibt es jemanden, dem es ein wenig besser geht und der bereit wäre, Reisenden etwas abzugeben, die etwas Silber haben, um dafür zu bezahlen?«

»Niemand hier hat eine Mahlzeit für euresgleichen«, sagte der Mann.

»Ich verstehe allmählich, warum auf dieser Straße Gras wächst«, sagte Alvin. »Aber euer Friedhof muß voll von Fremden sein, die hier in der Hoffnung auf ein Frühstück verhungert sind.«

Der Mann war auf den Knien, sammelte Schrotkörner ein und antwortete nicht, aber seine Frau streckte den Kopf zur Tür hinaus und trat den Beweis an, daß sie doch eine Stimme hatte. »Wir sind so gastfreundlich hier wie alle anderen auch, nur nicht zu berüchtigten Einbrechern und Diebsgesellen.«

Arthur Stuart stieß einen langen Pfiff aus. »Was möchtest du wetten, daß Davy Crockett hier durchgekommen ist?« fragte er leise.

»Ich habe in meinem ganzen Leben nichts gestohlen«, sagte Alvin.

»Was haben Sie dann in dem Sack dort?« wollte die Frau wissen.

»Ich wünschte, ich könnte sagen, daß es der Kopf des letzten Mannes ist, der ein Gewehr auf mich gerichtet hat, aber unglücklicherweise habe ich ihn auf seinem Hals gelassen, damit er hierherkommen und Lügen über mich verbreiten konnte.«

»Sie schämen sich also, den goldenen Pflug zu zeigen, den Sie gestohlen haben?«

»Ich bin Schmied, Ma'am«, sagte Alvin, »und habe meine Werkzeuge hier. Sie können gern reinsehen, wenn Sie wollen.«

Er drehte sich um und sprach auch zu den anderen Leuten, die sich auf ihren Veranden oder der Straße versammelten, einige bewaffnet.

»Ich weiß nicht, was ihr Leute gehört habt«, sagte Alvin und legte den Sack hin, »aber ihr könnt euch gern meine Werkzeuge ansehen.« Er machte den Sack auf und zog ihn herunter, so daß Hammer, Zangen, Blasebalg und Nägel auf der Straße lagen. Keine Spur von einem Pflug.

Alles sahen genau hin, als würden sie Inventur machen.

»Nun, vielleicht sind Sie nicht der, von dem wir gehört haben«, sagte die Frau.

»Doch, Ma'am, ich bin genau derjenige, wenn es ein gewisser Trapper mit Waschbärenmütze namens Davy Crockett war, der die Geschichte erzählt hat.«

»Sie geben also zu, daß Sie der Prentice Smith sind, der den Pflug gestohlen hat? Und ein Einbrecher?«

»Nein, Ma'am, ich gebe nur zu, daß ich ein Bursche bin, der einem Trapper, der hinter dem Rücken eines Mannes schlecht über ihn redet, auf die Zehen getreten hat.« Er zog den Sack über seine Werkzeuge hoch und band ihn wieder zu. »Wenn ihr mich nun alle abweisen wollt, nur zu, aber denkt nicht, daß ihr einen Dieb abgewiesen habt, denn das stimmt nicht. Ihr habt eine Waffe auf mich gerichtet und mich abgewiesen, ohne mir und diesem hungrigen Jungen einen Bissen abzugeben, ohne eine Verhandlung oder die Spur eines Beweises, nur auf das Wort eines Reisenden hin, der hier ebenso fremd ist wie ich.«

Nach diesem Vorwurf sahen sie alle schafsmäßig drein. Aber eine alte Frau wollte sich nicht einwickeln lassen. »Ich denke, wir kennen Davy«, sagte sie. »Du dagegen bist uns noch nie unter die Augen gekommen.«

»Und ihr werdet mich auch nie wieder sehen, das verspreche ich«, sagte Alvin. »Und ihr könnt sicher sein, daß ich dies hier erzählen werde, wohin ich auch komme – Westville, Kenituck, wo ein Fremder nichts zu essen bekommt und ein Mann schuldig ist, bevor er überhaupt die Anklage gehört hat.«

»Wenn kein Wort wahr ist«, sagte die alte Frau, »woher hast du dann gewußt, daß Davy Crockett die Geschichte erzählt hat?«

Die anderen nickten und murmelten, als wäre das ein entscheidender Punkt.

»Weil mir Davy Crockett diesen Vorwurf ins Gesicht gesagt hat«, antwortete Alvin, »und er ist der einzige, der mich und meinen Jungen je angesehen und für Einbrecher gehalten hat. Ich will euch sagen, was ich ihm gesagt habe. Wenn wir Einbrecher sind, warum sind wir dann nicht in einer großen Stadt, wo es viele schöne Häuser auszurauben gibt? Ein Einbrecher könnte verhungern, wenn er versucht, in einer armen Stadt wie dieser etwas Wertvolles zu stehlen.«

»Wir sind nicht arm«, sagte der Mann auf der Veranda.

»Ihr habt nichts zu essen übrig«, sagte Alvin. »Und kein Haus hier hat eine Tür, die man abschließen kann.«

»Seht ihr?« kreischte die alte Frau. »Er hat schon unsere Türen überprüft, um festzustellen, wie leicht er einbrechen kann!«

Alvin schüttelte den Kopf. »Manche Leute sehen Sünde in Sperlingen und das Böse in Weidenbäumen.« Er nahm Arthur Stuart an den Schultern und traf Anstalten, die Stadt auf demselben Weg zu verlassen, wie sie sie betreten hatten.

»Halt, Fremder!« rief ein Mann hinter ihnen. Sie drehten sich um und erblickten einen großen Mann zu Pferde, der langsam auf der Straße näher kam. Die Leute machten ihm Platz.

»Rasch, Arthur«, murmelte Alvin. »Was meinst du, wer das ist?«

»Der Müller«, sagte Arthur Stuart.

»Schönen guten Morgen, Mr. Miller!« rief Alvin zum Gruß.

»Wie habt ihr mein Gewerbe erraten?« fragte der Müller.

»Der Junge hier hat geraten«, sagte Alvin.

Der Müller ritt näher und richtete den Blick auf Arthur Stuart. »Und wie konntest du das erraten?«

»Sie sprechen wie jemand, der Autorität hat«, sagte Arthur Stuart, »und Sie reiten ein Pferd, und die Leute machen Ihnen Platz. In einer Stadt dieser Größe bedeutet das, daß Sie der Müller sind.«

»Und in einer größeren Stadt?« fragte der Müller.

»Wären Sie Anwalt oder Politiker«, sagte Arthur Stuart.

»Der Junge ist ja ein ganz Schlauer«, sagte der Müller.

»Nein, er plappert einfach nur so daher«, sagte Alvin. »Ich habe ihn immer gehauen, aber beim letztenmal habe ich einfach aufgegeben. Doch ich habe festgestellt, was ihm das Mundwerk stopft, das ist Essen, vorzugsweise Pfannkuchen, aber wir wären auch mit Eiern zufrieden, hartgekochte, gerührte, gebratene oder verlorene.«

Der Müller lachte. »Kommt mit zu meinem Haus, das keine drei Ruten jenseits des Dorfplatzes an der Straße zum Fluß hinunter liegt.«

»Wissen Sie«, sagte Alvin, »mein Vater ist ein Müller.«

Der Müller legte den Kopf schief. »Wie kommt es dann, daß Sie nicht in seine Fußstapfen treten?«

»Ich stehe in einer Liste von acht Söhnen ziemlich weit unten«, sagte Alvin. »Können nicht alle Müller sein, darum habe ich mich für Schmied entschieden. Aber ich kann gut mit Mühlengerät umgehen, falls Sie mich unser Frühstück verdienen lassen wollen.«

»Kommt mit, dann werden wir schon sehen, wieviel Sie wissen«, sagte der Müller. »Was diese Leute angeht, beachten Sie sie gar nicht. Wenn ein Reisender hier durchkommen und ihnen erzählen würde, daß die Sonne aus Butter gemacht ist, würden sie alle versuchen, sie sich auf das Brot zu streichen.« Sein Heiterkeitsausbruch nach dieser Bemerkung fand keine einhellige Zustimmung, aber davon ließ er sich nicht beirren. »Ich habe auch einen Pferdeschuppen, wenn Sie sich also für eine etwas schwerere Arbeit nicht zu schade sind, hätte ich Pferde zu beschlagen.«

Alvin nickte zustimmend.

»Nun, dann geht vor zum Haus und wartet auf mich«, sagte der Müller. »Dauert nicht lange. Ich muß nur noch meine Wäsche abholen.« Er sah die Frau an, die Alvin als erste angesprochen hatte. Sie verschwand augenblicklich ins Haus, um die Kleidungsstücke zu holen, deretwegen der Müller gekommen war.

Auf der Straße zur Mühle, als die Dorfbewohner sie nicht mehr sehen konnten, fing Alvin an zu kichern.

»Was ist so komisch?« fragte Arthur Stuart.

»Dieser Bursche, der die Hose um die Knöchel liegen hatte, während ihm der Schrot aus der Donnerbüchse gerollt ist.«

»Ich mag diesen Müller nicht«, sagte Arthur Stuart.

»Nun, er gibt uns ein Frühstück, also schätze ich, kann er nicht ganz schlecht sein.«

»Er hat nur die Leute aus der Stadt vorgeführt«, sagte Arthur Stuart.

»Also entschuldige bitte, aber ich glaube nicht, daß das den Geschmack der Pfannkuchen beeinflussen wird.«

»Ich mag seine Stimme nicht.«

Da fuhr Alvin hoch und wurde aufmerksam. Stimmen gehörten zum Kniff von Arthur Stuart. »Stimmt was nicht an der Art, wie er redet?«

»Er hat etwas Gemeines in sich«, sagte Arthur Stuart.

»Kann gut sein«, sagte Alvin. »Aber seine Gemeinheit ist besser, als wieder nach Nüssen und Beeren zu suchen oder ein Eichhörnchen von den Bäumen zu holen.«

»Oder schon wieder Fisch.« Arthur verzog das Gesicht.

»Müllern sagt man häufig nach, daß sie gemein sind«, sagte er. »Die Leute müssen ihr Getreide mahlen lassen, das schon, aber sie glauben immer, daß der Müller zuviel nimmt. Darum sind Müller daran gewöhnt, daß die Leute ihnen Vorhaltungen machen. Vielleicht hast du das in seiner Stimme gehört.«

»Vielleicht«, sagte Arthur Stuart. Dann wechselte er das Thema. »Wie hast du den Pflug verborgen, als du deinen Sack aufgemacht hast?«

»Ich hab gewissermaßen unter dem Sack ein Loch im Boden aufgemacht«, sagte Alvin, »und da ist der Pflug einfach reingesunken.«

»Wirst du mir beibringen, wie man *so etwas* macht?«

»Ich werde mein Bestes tun, zu lehren«, sagte Alvin, »wenn du dein Bestes tust, zu lernen.«

»Wie steht es damit, den Schrot aus einem Gewehr kullern zu lassen, das auf einen gerichtet ist?«

»Ich habe mit meinem Kniff das Papier zerrissen, aber seine eigene Hose war schuld, daß er den Lauf schräg gehalten hat, so daß der Schrot rausrollen konnte.«

»Und seine Hosen hast du nicht fallen lassen?«

»Wenn er seine Hosenträger angezogen hätte, wäre seine Hose prima oben geblieben«, sagte Alvin.

»Aber es ist alles Unschöpfung, richtig?« fragte Arthur Stuart. »Schrot verschütten, Hosen runterlassen, den Leuten Schuldgefühle einflößen, weil sie einen nicht hereingebeten haben.«

»Hätte ich zulassen sollen, daß sie uns ohne Frühstück wegjagen?«

»Ich habe schon oft aufs Frühstück verzichtet.«

»Du bist vielleicht ein Nörgler«, sagte Alvin. »Warum betrachtest du neuerdings alles so kritisch, was ich tue?«

»Du bist derjenige, der mich ein Kanu mit den bloßen Händen hat aushöhlen lassen«, sagte Arthur Stuart. »Um mir das Schöpfen beizubringen. Also halte ich die Augen offen, wieviel Schöpfung du vollbringst. Aber ich sehe nur, wie du etwas unschöpfst.«

Alvin nahm ihm das ein wenig krumm. Wurde nicht wütend, aber irgendwie nachdenklich, und den Rest des Wegs zum Haus des Müllers sagte er nicht mehr viel.

Rund eine Woche später arbeitete Alvin also zum erstenmal, seit er das Haus seines Vaters in Vigor Church verlassen hat und Schmiedelehrling in Hatrack River geworden ist, wieder in einer Mühle. Anfangs war er glücklich, strich mit den Händen über die Maschinen und analysierte, wie die Zahnräder ineinandergriffen. Arthur Stuart, der ihm dabei zusah, konnte feststellen, daß jede Maschine, die er anfaßte, etwas ruhiger lief – etwas weniger Reibung, etwas besserer Halt –, daher floß immer mehr Energie von dem Wasser, das über das Mühlrad floß, in den kreisenden Mühlstein. Und der drehte sich schneller und besser und fraß sich nicht mehr so häufig fest. Rack Miller, denn das war sein Name, fiel es ebenfalls auf, aber da er Alvin nicht bei der Arbeit gesehen hatte, ging er davon aus, daß er es mit Werkzeugen und Schmiermittel bewerkstelligt hatte. »Ein guter Tropfen Öl und ein waches Auge können bei Maschinen Wunder wirken«, sagte Rack, und Alvin mußte ihm zustimmen.

Aber nach den ersten Tagen ließ Alvins Glücksgefühl nach, denn er sah allmählich, was Arthur Stuart von Anfang an aufgefallen war: Rack war einer der Gründe, warum Müller so einen schlechten Ruf hatten. Es war ziemlich unterschwellig. Leute brachten einen Sack Mais, der zu Mehl gemahlen werden sollte, und Rack warf die Körner händeweise auf den Mühlstein und strich das Maismehl in eine Mulde und in denselben Sack zurück, den die Leute gebracht hatten. So machten es alle Müller. Niemand machte sich die Mühe, vorher und nachher zu wiegen, weil jedermann wußte, daß auf dem Mühlstein immer etwas Mehl verlorenging.

Bei Rack sah diese Praxis etwas anders aus wegen der Gänse, die er hielt. Sie hatten freien Zugang zum Gebäude der Mühle, dem Hof, Mahlraum und – wie manche behaupteten – nachts zu

Racks Wohnstube. Rack nannte sie seine Töchter, was freilich pervers war, wenn man bedachte, daß nur einige Legegänse und ein oder zwei Ganter je den Winter überlebten. Was Arthur Stuart gleich gesehen hatte und Alvin nach und nach ebenfalls auffiel, als seine Romanze mit den Maschinen beendet war: wie diese Gänse gefüttert wurden. Man ging davon aus, daß ein paar Maiskörner herunterfielen; das war unvermeidlich. Aber Rack nahm den Sack immer und hielt ihn nicht oben, sondern am unteren Teil, so daß Körner den ganzen Weg zum Mühlstein herausrieselten. Die Gänse stürzten sich auf diesen Mais wie ... nun, wie Gänse auf Mais. Und dann nahm er große Händevoll Mais und warf sie auf den Mühlstein. Eine ganze Menge Körner landeten auf den Seiten des Mühlsteins, nicht oben drauf, und natürlich fielen sie herunter und landeten im Stroh auf dem Boden, wo die Gänse sie im Handumdrehen aufpickten.

»Manchmal ein Viertel von dem Mais«, sagte Alvin zu Arthur Stuart.

»Hast du die Körner gezählt? Oder kannst du Mais jetzt schon im Kopf wiegen?« fragte Arthur.

»Ich kann es sehen. Nie weniger als ein Zehntel.«

»Ich schätze, er denkt, daß nicht er es stiehlt, sondern die Gänse«, sagte Arthur Stuart.

»Der Müller soll sein Zehntel vom gemahlenen Mais behalten, aber nicht in Gänsefleisch verdoppeln oder verdreifachen.«

»Ich schätze, es wird wenig nützen, wenn ich dich darauf hinweise, daß uns das alles nichts angeht«, sagte Arthur Stuart.

»Ich bin hier der Erwachsene, nicht du«, sagte Alvin.

»Das behauptest du immer, aber wenn ich so zusehe, was du alles treibst, kommen mir meine Zweifel«, sagte Arthur Stuart. »Ich bin nicht derjenige, der durch die Weltgeschichte reist, während meine schwangere Frau sich in Hatrack River darauf vorbereitet, ein Baby zu bekommen. Ich bin nicht derjenige, der immer im Gefängnis landet oder in die Mündungen von Waffen schaut, die auf ihn gerichtet werden.«

»Willst du mir damit sagen, wenn ich einen Dieb sehe, soll ich den Mund halten?«

»Glaubst du, diese Leute werden es dir danken?«

»Möglich.«

»Sollen sie ihren Müller ins Gefängnis werfen? Wo sollen sie dann ihren Mais mahlen lassen?«

»Sie werfen ja nicht die *Mühle* ins Gefängnis.«

»Ach, dann willst du hier bleiben? Wirst du die Mühle für sie betreiben, bis du die ganze Arbeit einem Lehrling beigebracht hast? Was ist mit mir? Jede Wette, daß sie ihr Müllerszehntel mit Vergnügen einem Lehrling abgeben werden, der ein freier Mulatte ist. Was geht nur in deinem *Kopf* vor?«

Nun, das war immer die Frage, oder nicht? Niemand wußte je wirklich, was in Alvins Kopf vorging. Wenn er redete, dann sagte er so ziemlich die Wahrheit; er war keiner, der die Leute hinters Licht führte. Aber er wußte auch, wie man den Mund hält, damit niemand wußte, was in seinem Kopf vorging. Aber Arthur Stuart wußte es. Er mochte nur ein Knabe sein, neuerdings vielleicht fast schon ein Mann, er wuchs ziemlich schnell und seine Hände und Füße wurden fast schneller größer als seine Beine und Arme länger, aber Arthur Stuart war ein Experte, er war ein ausgewiesener Gelehrter in einem Fachgebiet, und das war Alvin, der fahrende Schmied, der umherziehende Allzweck-Wünschelrutengänger, der heimliche Hersteller von goldenen Pflügen und Neugestalter des Universums. Er wußte, daß Alvin einen Plan hatte, diese Diebstähle zu beenden, ohne daß jemand ins Gefängnis mußte.

Alvin wählte seinen Zeitpunkt mit Bedacht. Es war an einem Morgen, als es schon auf die Erntezeit zuging und die Leute den größten Teil vom Mais des letzten Jahres ausräumten, um Platz für den neuen zu schaffen. Aus diesem Grund standen eine Menge Leute aus der Stadt und den umliegenden Farmen Schlange, um ihren Mais mahlen zu lassen. Und Rack Miller, der teilte den Mais geradezu überschwenglich mit seinen Gänsen. Aber als er dem Kunden einen Sack Maisschrot zurückgab, von dem ein Viertel zu Gänsefutter geworden ist, schnappt sich Alvin ein schönes fettes Gänseküken und gibt es dem Kunden zusammen mit dem Mehl.

Der Kunde und Rack starren ihn nur an, als hätte er den Verstand verloren, aber Alvin tut so, als ob er Racks Bestürzung gar nicht bemerkt. Er redet nur mit dem Kunden. »Ach ja, Rack Miller hat mir gesagt, ihn bekümmert, wieviel Mais die Gänse abbekommen haben, daher möchte er seine Gänseküken dieses Jahr verschenken, jedem Stammkunden eines, solange sie reichen, um das wieder auszugleichen. Ich finde, das zeigt, daß Rack ein richtiger Ehrenmann ist, glauben Sie nicht auch?«

Nun, es zeigte *etwas,* aber was konnte Rack danach noch sagen? Er grinste nur mit zusammengebissenen Zähnen und sah zu, wie Alvin ein Gänseküken nach dem anderen verschenkte und allen dieselbe Erklärung gab, worauf sich alle mit großen Augen und glücklich wie die Könige beim Spender für ihren Festschmaus zum vier Monate entfernten Weihnachtsfest bedankten. Bis dahin würden diese Gänse Monster sein, so groß und fett, wie sie jetzt schon waren.

Natürlich entging Arthur Stuart nicht, daß Rack, sobald er merkte, wie der Hase lief, die Säcke plötzlich oben hielt und kleine Händevoll nahm, so daß kaum ein Körnchen zu Boden fiel. Dieser Bursche hatte sich doch gerade eine wunderbare Effizienz beigebracht, denn bei dem Mehl, das er den Kunden zurückgab, fehlte wirklich nicht mehr als das übliche Müllerszehntel. Man konnte deutlich sehen, daß Rack Miller nicht die Absicht hatte, Mais an Gänse zu verfüttern, mit denen sich in diesem Winter andere den Bauch vollschlagen würden!

Und als der Tag zu Ende ging, jedes einzelne Gänseküken hergeschenkt worden war, und nur noch fünf Legegänse und zwei Ganter übrigblieben, baute sich Rack vor Alvin auf und sagte: »Ich werd keinen Lügner für mich arbeiten lassen.«

»Lügner?« fragte Alvin.

»Diesen Idioten zu erzählen, daß ich ihnen Gänseküken schenken wolle!«

»Nun, als ich es ihnen anfangs sagte, da stimmte es *noch nicht,* aber in dem Moment, als Sie nicht die Stimme erhoben und mir widersprochen haben, da wurde es wahr, oder?« Alvin grinste und sah für alle Welt wie Davy Crockett aus, der sich einen Bären niedergrinste.

»Komm mir nicht mit Spitzfindigkeiten«, sagte Rack. »Du hast gewußt, was du tust.«

»Auf jeden Fall«, sagte Alvin. »Zum erstenmal, seit Sie hierher gekommen sind, waren Ihre Kunden zufrieden mit Ihnen, und ganz nebenbei habe ich noch einen ehrlichen Mann aus Ihnen gemacht.«

»Ich *war* schon ein ehrlicher Mann«, sagte Rack. »Ich hab mir nie mehr genommen, als mir zusteht, wo ich doch an einem gottverlassenen Ort wie diesem lebe.«

»Ich bitte um Verzeihung, aber Gott hat diesen Ort nicht verlassen, aber hin und wieder könnte eine Seele hier *Ihn* verlassen haben.«

»Ich habe genug von deiner Hilfe«, sagte Rack eisig. »Ich glaube, es wird Zeit, daß du weiterziehst.«

»Aber ich habe mir noch nicht einmal die Maschinen angesehen, mit denen Sie die Getreidewagen wiegen«, sagte Alvin. Rack hatte es nicht eben eilig gehabt, sie von Alvin untersuchen zu lassen – die schwere Platte draußen wurde nur zur Erntezeit benutzt, wenn die Farmer den Mais anlieferten, den sie verkaufen wollten. Sie rollten den Wagen auf die Platte, und über eine Reihe von Hebeln wurde die Platte mit wesentlich leichteren Gewichten ausbalanciert. Danach wurde der leere Wagen wieder darauf gerollt und gewogen, und die Differenz zwischen beiden Gewichten war das Gewicht des Maises. Später kamen die Käufer, rollten ihre leeren Wagen darauf, beluden sie und wogen sie wieder. So eine Waage war eine ausgeklügelte Maschine, daher war es kein Wunder, daß Alvin sie in die Finger bekommen wollte.

Aber davon wollte Rack nichts hören. »Meine Waage ist meine Sache, Fremder«, sagt er zu Alvin.

»Ich habe an Ihrem Tisch gegessen und in Ihrem Haus geschlafen«, sagt Alvin. »Wie kann ich ein Fremder sein?«

»Ein Mann, der meine Gänse verschenkt, der ist hier für alle Zeiten ein Fremder.«

»Nun, dann sollte ich mich wirklich auf den Weg machen.« Alvin, der immer noch lächelte, wandte sich an sein junges Mündel. »Machen wir uns auf den Weg, Arthur Stuart.«

»Nein, Sir«, sagte Rack Miller. »Du schuldest mir sechsunddreißig Mahlzeiten für die letzten sechs Tage. Mir ist nicht aufgefallen, daß dieser schwarze Junge einen Krümel weniger gegessen hätte als du. Also stehst du noch in meiner Schuld.«

»Ich habe meine Schuld abgearbeitet«, sagt Alvin. »Sie haben selbst gesagt, daß Ihre Maschinen wie neu laufen.«

»Du hast nichts gemacht, das ich nicht selbst mit einem Ölkännchen hätte machen können.«

»Tatsache ist aber, ich habe es gemacht, und Sie nicht, und damit ist unser Aufenthalt abgegolten. Und der Junge hat auch gearbeitet, gefegt und ausgebessert und geputzt und geschleppt.«

»Ich möchte sechs Tage Arbeit von deinem Jungen haben. Die Ernte steht vor der Tür, und ich kann zwei zusätzliche Hände und einen kräftigen Rücken gut gebrauchen. Ich habe gesehen, daß er ein guter Arbeiter ist, und er wird es schon schaffen.«

»Dann drei Tage Arbeit von mir *und* dem Jungen. Und ich werde keine Gänse mehr verschenken.«

»Ich habe keine Gänse mehr zu verschenken, abgesehen von den Legetieren. Wie auch immer, ich will keinen Müllerssohn, ich will nur die Arbeitskraft des Jungen.«

»Dann bezahlen wir Sie in Silbergeld.«

»Was nützt mir Silbergeld hier? Es gibt nichts, wofür man es ausgeben könnte. Die nächste größere Stadt ist Carthage, jenseits des Hio, und da geht kaum jemand hin.«

»Ich lasse Arthur Stuart nicht meine Schulden begleichen. Er ist nicht mein –«

Nun, lange bevor Alvin diese Worte über die Lippen kamen, wußte Arthur Stuart, was er vorhatte – er würde kundtun, daß Arthur nicht sein Sklave war. Und das wäre so ziemlich das Dümmste, was Alvin tun konnte. Also ergriff Arthur Stuart das Wort, ehe Alvin die Worte über die Lippen kamen. »Ich würde die Schuld mit Vergnügen abarbeiten«, sagt er. »Aber ich glaube nicht, daß es möglich ist. In sechs Tagen werde ich weitere achtzehn Mahlzeiten zu mir nehmen und dadurch wieder drei Tage Arbeit schuldig sein, und in diesen drei Tagen werde ich neun Mahlzeiten einnehmen und anderthalb Tage schulden, und bei der Rate, schätze ich, werde ich die Schuld niemals abarbeiten können.«

»Ach ja«, sagte Alvin. »Zenos Paradoxon.«

»Und du hast mir gesagt, daß es nie eine praktische Anwendung für dieses ›Stück philosophischen Gewäschs‹ gibt, wie du dich ausgedrückt hast«, sagt Arthur Stuart. Es war ein Streitgespräch aus der Zeit, als sie beide noch bei Miss Larner studiert hatten, bevor sie Mrs. Alvin Smith geworden war.

»Was, beim Sam Hill, redet ihr Jungs da zusammen?« fragte Rack Miller.

Alvin versuchte es ihm zu erklären. »Jeden Tag, den Arthur Stuart für Sie arbeitet, häuft er die Hälfte der Schuld wieder auf, die er durch seine Arbeit abträgt. Somit legt er nur die halbe Strecke zur Freiheit zurück. Immer und immer wieder die Hälfte, die Hälfte, die Hälfte, aber er kommt nie ans Ziel.«

»Kapier ich nicht«, sagte Rack. »Wo ist der Witz?«

An dieser Stelle kam Arthur Stuart ein anderer Gedanke. So wütend Rack Miller wegen der Gänseküken auch sein mochte – wenn er wirklich Hilfe für die Erntezeit brauchen würde, hätte er auch Alvin behalten, es sei denn, es gab einen anderen Grund dafür, daß er ihn loswerden wollte. Rack Miller hatte etwas vor und wollte nicht, daß Alvin es sah. Nur rechnete er nicht damit, daß dieser halbwüchsige Mulatten-»Diener« durchaus schlau genug war, daß er von selbst dahinterkam. »Ich würde gern bleiben und sehen, wie wir das Paradoxon lösen«, sagt Arthur Stuart.

Alvin sieht ihn richtig gründlich an. »Arthur, ich muß einen Mann wegen eines Bären sprechen.«

Nun, das brachte Arthur Stuarts Entschlossenheit ein wenig ins Wanken. Wenn Alvin sich auf die Suche nach Davy Crockett machte, um alte Rechnungen zu begleichen, kam es möglicherweise zu Szenen, die Arthur sehen wollte. Gleichzeitig hatte er es hier in der Mühle mit einem Geheimnis zu tun, und wenn Alvin fort war, standen die Chancen gut, daß Arthur Stuart es ganz alleine lösen konnte. Die eine Verlockung war größer als die andere. »Viel Glück«, sagte Arthur Stuart. »Ich werde dich vermissen.«

Alvin seufzte. »Ich habe nicht die Absicht, dich hier der Gnade eines Mannes zu überlassen, der eine eigentümliche Zuneigung für Gänse hegt.«

»Was soll *das* denn heißen?« fragte Rack, der allmählich davon überzeugt war, daß sie sich mit ihrem ganzen Gerede über ihn lustig machten.

»Nun, Sie nennen sie Ihre Töchter, und dann gehen Sie her und kochen und essen sie«, sagt Alvin. »Welche Frau würde Sie jemals heiraten? Sie würde nicht wagen, Sie mit den Kindern allein zu lassen!«

»Hinaus aus meiner Mühle!« plärrte Rack.

»Komm mit, Arthur Stuart«, sagte Alvin.

»Ich *will* bleiben«, beharrte Arthur Stuart. »Es kann nicht schlimmer sein als damals, wie du mich bei dem Schulmeister zurückgelassen hast.« (Was eine andere Geschichte ist, die an dieser Stelle nicht erzählt werden soll.)

Alvin sah Arthur Stuart richtig prüfend an. Er war keine Fackel wie seine Frau. Er konnte nicht in Arthurs Herzfeuer sehen und eine Schuld erkennen. Aber irgendwie sah er etwas, das ihn veranlaßte, sich so zu entscheiden, wie Arthur Stuart es wollte. »Ich gehe vorerst. Aber in sechs Tagen komme ich zurück, und dann werden wir beide miteinander abrechnen. Sie heben keine Hand und keinen Stock gegen diesen Jungen, und Sie werden ihn gut behandeln und ihm zu essen geben.«

»Wofür hältst du mich?« fragte Rack.

»Für einen Mann, der bekommt, was er will«, sagte Alvin.

»Freut mich, daß du das an mir erkennst«, sagte Rack.

»Das weiß jeder über Sie«, sagte Alvin. »Es ist nur so, daß Sie nicht besonders gut in der Auswahl dessen sind, was Sie wollen sollten.« Mit einem weiteren Grinsen tippte sich Alvin an den Hut und ließ Arthur Stuart zurück.

Nun, Rack stand zu seinem Wort. Er ließ Arthur Stuart hart arbeiten und bereitete sich auf die Ernte vor. Ein Spätsommerregen verzögerte die Maisernte, aber sie nutzten die Zeit anderweitig, und Arthur bekam gut zu essen und nachts genug Schlaf, auch wenn er jetzt auf dem Dachboden der Mühle schlief und nicht mehr im Haus; er war nur als Alvins persönlicher Diener dort geduldet worden, und da Alvin nicht mehr da war, gab es keine Entschuldigung mehr dafür, daß ein Mulattenjunge im Haus schlafen durfte.

Arthur fiel auf, daß alle Kunden fröhlich waren, wenn sie, in welchen Angelegenheiten auch immer, die Mühle besuchten, besonders während des Regens, als es keine Arbeit auf den Feldern gab. Die Geschichte mit den Gänseküken hatte sich allerorten herumgesprochen, und die Leute glaubten wirklich, daß es Racks Idee gewesen war und Alvin nichts damit zu tun hatte. So kam es, daß sie nicht mehr höflich, aber distanziert waren, wie es die Leute für gewöhnlich Müllern gegenüber sind, sondern ihn alle mit Hallo-Junge-schön-dich-zu-sehen begrüßten, und er hörte Klatsch und Witze, wie die Leute sie unter Freunden erzählen. Das war eine neue Erfahrung für Rack, und Arthur Stuart konnte sehen, daß es eine Veränderung war, gegen die Rack Miller nichts einzuwenden hatte.

Am Tag vor Alvins geplanter Rückkehr fing die Ernte an, und die Farmer brachten ihren Mais mit Wagen von meilenweit her. Am Morgen bildeten sie eine Schlange, worauf der erste mit seinem Wagen auf die Platte der Waage fuhr. Der Farmer spannte die Pferde ab, worauf Rack den gesamten Wagen wog. Dann spannten sie die Pferde wieder an, ließen den Wagen zur Rampe ziehen, die wartenden Farmer halfen mit, die Maissäcke zu entladen - natürlich halfen sie, bedeutete es doch, daß sie selbst früher an die Reihe kamen -, und dann wurde der Wagen wieder auf die Waage gefahren und leer gewogen. Rack rechnete die Differenz zwischen den beiden Gewichten aus, und diese Differenz war die Menge Mais, die der Farmer gutgeschrieben bekam.

Arthur Stuart rechnete die Zahlen im Kopf nach, und Rack betrog sie nicht mit seiner Arithmetik. Er sah genau hin, ob Rack sich vielleicht mit auf die Plattform stellte, wenn der leere Wagen gewogen wurde, aber auch das tat er nicht.

Im Dunkel der Nacht fiel ihm dann etwas ein, das einer der Farmer gesagt hatte, als sie den leeren Wagen wieder auf die Plattform fuhren. »Warum hat er diese Waage nicht gleich an der Laderampe gebaut, so daß wir den Wagen ausladen und wieder wiegen können, ohne daß wir das verflixte Ding bewegen müssen?« Arthur Stuart kannte den Mechanismus nicht, ließ den Tag aber Revue passieren und erinnerte sich, daß bei einer anderen Gelegenheit ein Farmer gefragt hatte, ob er seinen vollen Wagen wiegen könne, während der des vorherigen Farmers entladen wurde. Rack hatte den Mann böse angesehen. »Wenn Sie es auf Ihre Art machen wollen, dann bauen Sie Ihre eigene Mühle.«

Ja, Sir, Rack kam es nur darauf an, daß jeder Wagen zweimal nacheinander gewogen wurde. Und dasselbe System funktionierte genauso, nur umgekehrt, wenn die Käufer mit ihren leeren Wagen kamen, um den Mais nach Osten zu den großen Städten zu bringen. Leer wiegen, beladen und wieder wiegen.

Wenn Alvin zurückkam, würde Arthur Stuart bereit sein und das Rätsel weitgehend gelöst haben.

Derweil befand sich Alvin im Wald und suchte nach Davy Crockett, dem grinsenden Mann, der allein dafür verantwortlich war, daß zwei Waffen nacheinander auf Alvins Herz gerichtet worden waren. Aber Alvin hatte keine Rache im Sinn. Sondern Rettung.

Denn er wußte, was er Davy und dem Bären angetan hatte, und hatte ihre Herzfeuer verfolgt. Er konnte nicht so in Herzfeuer sehen, wie Margaret es konnte, aber er konnte die Herzfeuer selbst erkennen und den Überblick behalten, wer wer war. Da er wußte, daß keine Kugel ihn töten und kein Gefängnis ihn halten konnte, war Alvin absichtlich in die Stadt Westville gekommen, weil er wußte, daß Davy Crockett durch die Stadt gereist war, dicht gefolgt von dem Bären, aber das konnte Davy nicht wissen, zu dem Zeitpunkt nicht.

Aber jetzt wußte er es. In Racks Mühle hatte Alvin gesehen, daß Davy und der Bär einander wieder begegnet waren, und diesmal konnte die Sache etwas anders ausgehen. Denn Alvin hatte die Stelle tief drinnen in den Teilchen des Körpers gefunden, wo die Kniffe ihren Ursprung hatten, und er hatte den besten Kniff des Bären genommen und Davy im selben Maß gegeben, und er hatte Davys besten Kniff genommen und den Bären im selben Maß damit ausgestattet. Nun waren sie einander ebenbürtig, und Alvin überlegte sich, daß er die Verantwortung dafür trug, darauf zu achten, daß niemand verletzt wurde. Immerhin war es zum Teil Alvins Schuld, daß Davy kein Gewehr mehr hatte, um sich zu verteidigen. Zum größten Teil war es natürlich Davys Schuld, weil er das Gewehr auf ihn gerichtet hatte, aber Alvin hätte das Gewehr nicht auf diese Weise unbrauchbar machen und den Lauf zerreißen müssen.

Alvin, der leichtfüßig durch den Wald rannte, über einen oder zwei Bäche sprang und einmal an einem Flußufer Rast machte, um dort wachsende wilde Erdbeeren zu essen, erreichte die Stelle vor Einbruch der Nacht, daher hatte er genügend Zeit, sich kundig zu machen. Da waren sie, auf der Lichtung, genau wie Alvin erwartet hatte, Davy und der Bär, keine fünf Schritte voneinander entfernt; beide grinsten, versuchten einander mit Blicken niederzuringen, keiner wich. Der Bär war ganz stachelig, kam aber nicht an Davys Grinsen vorbei; und Davy besaß die einfältige Entschlossenheit des Bären und war unempfindlich gegen Schmerzen, daher hörte er nicht auf zu grinsen, obwohl sein Hintern wund war und er vor Müdigkeit fast den Verstand verlor.

Als die Sonne gerade unterging, trat Alvin hinter dem Bären auf die Lichtung. »Haben Sie einen Ebenbürtigen gefunden, Davy?« fragte er.

Davy konnte kein Quentchen Konzentration für ein Gespräch erübrigen. Er grinste einfach weiter.

»Ich glaube, dieser Bär hat nicht die Absicht, dieses Jahr Ihr Wintermantel zu werden«, sagte Alvin.

Davy grinste nur.

»Tatsächlich«, sagte Alvin, »schätze ich, wer von euch beiden als erster einschläft, der wird der Verlierer sein. Und Bären schlafen den Winter über so viel, daß sie im Sommer einfach nicht besonders viel Schlaf brauchen.«

Grinsen.

»Da sind also Sie und können kaum noch die Augen offenhalten, und da ist der Bär, putzmunter und fidel, und grinst Sie voll aufrichtiger Liebe und Hingabe an.«

Grinsen. Vielleicht mit etwas mehr Verzweiflung um die Augen herum.

»Aber auf eines kommt es an, Davy«, sagte Alvin. »Bären sind meistens besser als Menschen. Manchmal hat man böse Bären und gute Menschen, aber im Durchschnitt traue ich einem Bären eher zu, daß er das Richtige tut, als einem Menschen. Sie sollten sich daher jetzt fragen, was wird dieser Bär dort für das Richtige halten, das er mit Ihnen anstellen sollte, wenn er Sie erst einmal niedergegrinst hat?«

Grinsen Grinsen Grinsen.

»Bären brauchen keine Mäntel aus Menschenhaut. Sie müssen sich Speck für den Winter zulegen, aber im allgemeinen fressen sie dafür kein Fleisch. Jede Menge Fische, aber Sie sind kein Schwimmer, und das weiß der Bär. Außerdem betrachtet dieser Bär Sie nicht als Fleisch, sonst würde er Sie nicht so angrinsen. Er betrachtet Sie als Rivalen. Er betrachtet Sie als ebenbürtig. Was *wird* er tun? Fragen Sie sich das nicht auch? Ist kein Fünkchen Neugier in Ihnen, das die Antwort auf diese Frage einfach wissen will?«

Es wurde allmählich dunkler, daher war es schwer, von Davy wie auch von dem Bären mehr zu erkennen als ihre weißen, weißen Zähne. Und ihre Augen.

»Sie sind schon eine ganze Nacht wach gewesen«, sagte Alvin. »Schaffen Sie das noch einmal? Ich glaube nicht. Ich glaube, Sie werden bald erfahren, wie barmherzig Bären sind.«

Erst jetzt, in den letzten verzweifelten Augenblicken, ehe er einschlief, wagte Davy zu sprechen. »Helfen Sie mir«, sagte er.

»Und wie sollte ich das tun?«

»Töten Sie diesen Bären.«

Alvin trat ruhig hinter den Bären und legte ihm behutsam die Hand auf die Schulter. »Warum sollte ich das tun? Dieser Bär hat nie ein Gewehr auf mich gerichtet.«

»Ich bin ein toter Mann«, flüsterte Davy. Das Grinsen verschwand von seinem Gesicht. Er neigte den Kopf, kippte vorwärts auf den Boden, rollte sich auf dem Boden zusammen und wartete darauf, daß er getötet werden würde.

Aber dazu kam es nicht. Der Bär kam zu ihm, stieß ihn mit der Nase an, schnupperte ihn von Kopf bis Fuß ab, rollte ihn hin und her und achtete nicht auf die leise wimmernden Geräusche, die Davy von sich gab. Dann legte sich der Bär neben dem Mann hin, legte eine Pfote über ihn und döste auf der Stelle ein.

Davy lag fassungslos da und konnte es nicht glauben, obwohl er trotz seiner Angst wieder Hoffnung schöpfte. Wenn er nur noch ein wenig länger wach bleiben konnte.

Entweder hatte der Bär im Sommer einen leichten Schlaf, oder Davy handelte zu schnell, denn kaum tastete er mit der Hand nach dem Messer, da war der Bär hellwach und schlug Davy mehr oder weniger verspielt auf die Hand.

»Zeit zu schlafen«, sagte Alvin. »Sie haben es sich verdient, der Bär hat es sich verdient, und morgen früh wird alles gleich viel besser aussehen.«

»Was wird aus mir?« fragte Davy.

»Glauben Sie nicht, daß das mehr oder weniger von dem Bären abhängt?«

»Sie haben ihn irgendwie unter Kontrolle«, sagte Davy. »Das ist alles Ihr Werk.«

»Er hat sich selbst unter Kontrolle«, sagte Alvin, der darauf achtete, die zweite Behauptung nicht zu leugnen, weil sie der Wahrheit entsprach. »Und er hat Sie unter Kontrolle. Denn nur darum geht es bei dieser Grinserei - wer der Herr und Meister ist. Nun, hier ist der Bär der Meister, und ich denke, morgen werden wir herausfinden, was Bären mit gezähmten Menschen anstellen.«

Davy fing an, ein Gebet zu murmeln.

Der Bär legte Davy eine schwere Pfote auf den Mund.

»Genug gebetet«, intonierte Alvin. »Die Sonne ist gegangen. Schatten kriechen. Laß dich vom Schlaf umfangen.«

Und so kam es, daß Alvin zwei Freunde mitbrachte, als er nach Westville zurückkehrte - Davy Crockett und einen großen, alten Grizzlybären. Oh, die Leute erschraken, als der Bär in die Stadt kam, und rannten ihre Gewehre holen, aber der Bär grinste sie einfach nur an, und niemand schoß. Und als der Bär Davy einen kleinen Schubs gab, nun, da trat der einfach vor und sprach ein paar Worte. »Mein Freund hier beherrscht die amerikanische Sprache nicht besonders gut«, sagte Davy, »aber es wäre ihm lieb, wenn ihr alle die Gewehre wegtun und nicht auf ihn richten würdet. Außerdem würde er sich über eine Schüssel Maisbrei oder einen Teller Maisbrot freuen, wenn ihr etwas erübrigen könnt.«

Nun, der Bär fraß sich unverfroren durch ganz Westville und nahm an Festessen teil, ohne auch nur eine Pfote zu rühren, es sei denn, um Davy Crockett zu schubsen. Und die Leute störten sich nicht einmal daran, so ein göttlicher Anblick war es, einen Mann zu sehen, der einem Bären Brei und Maisbrot servierte. Und das war längst nicht alles. Davy Crockett verbrachte eine ganze Weile damit, dem Bären Kletten aus dem Fell zu zupfen, besonders im Bereich des Hinterteils, und dem Bären vorzusingen, wenn er mit hoher Stimme gurrte. Davy sang so gut wie jedes Lied, das er je gehört hatte, auch wenn er es nur einmal gehört hatte oder nicht einmal das ganze verdammte Stück kannte, denn nichts ruft Erinnerungen an Melodien und Texte besser ins Gedächtnis als ein dreieinhalb Meter großer Bär, der dich schubst und winselt, damit du singst, und wenn Davy sich ums Verrecken nicht erinnern konnte, dann erfand er eben selbst etwas, und da der Bär nicht besonders anspruchsvoll war, war das Lied fast immer gut genug.

Was nun Alvin anging, der ließ sich ab und zu mal sehen und bat Davy, doch zu erzählen, ob es wahr sei, daß Alvin ein Einbrecher und pflugstehlender Lehrling wäre, und jedesmal sagte Davy, nein, das sei nicht wahr, es sei frei erfunden, weil Davy wütend auf Alvin gewesen sei und es ihm heimzahlen wollte. Und jedesmal, wenn Davy solchermaßen die Wahrheit sagte, knurrte der Bär beifällig und strich Davy mit seiner kräftigen alten Pfote über den Rücken, und Davy war gerade tapfer genug, das zu erdulden, ohne sich groß naß zu machen.

Erst als sie die ganze Stadt und einige außerhalb gelegene Häuser hinter sich gebracht hatten, kamen sie zur Mühle, wo die Pferde sich erwartungsgemäß ein wenig über die Anwesenheit eines Bären beklagten. Aber Alvin sprach mit jedem einzelnen und beruhigte es, während sich der Bär zusammenrollte und ein Nickerchen machte, da er sich den Bauch mit Mais in unterschiedlichen Variationen vollgeschlagen hatte. Davy allerdings entfernte sich nicht weit von ihm, denn der Bär schnupperte selbst im Schlaf und vergewisserte sich, daß Davy in seiner Nähe blieb.

Natürlich machte Davy gute Miene zum bösen Spiel. Schließlich hatte er seinen Stolz.

»Ein Mann tut seinen Freunden Gefallen, und dieser Bär ist mein Freund«, sagte Davy. »Wie ihr sicher erraten könnt, bin ich mit dem Fallenstellen fertig, daher suche ich nach einem neuen Metier, mit dem ich meinem Freund helfen kann, sich auf den Winter vorzubereiten. Damit will ich sagen, ich muß etwas Mais erwerben und hoffe, einige von euch haben Arbeit für mich. Der Bär schaut nur zu, ich verspreche es, er ist keine Gefahr für euer Vieh.«

Nun, natürlich hörten sie ihn an, weil man dazu neigt, einem Mann, der es irgendwie so weit gebracht hat, zum Diener eines Grizzlybären zu werden, zumindest eine Zeitlang zuzuhören. Aber es bestand nicht die geringste Chance, daß sie einen Bären in die Nähe ihrer Schweine- oder Hühnerställe lassen würden, zumal der Bär ganz eindeutig nicht die Absicht zeigte, seinen Lebensunterhalt auf ehrliche Weise zu verdienen. Wenn er bettelte, reimten sie sich zusammen, dann würde er auch stehlen, und das konnten sie nicht gebrauchen.

Derweil kam es, während der Bär sein Nickerchen machte und Davy mit den Farmern redete, zum Wiedersehen zwischen Alvin und Arthur, wobei Arthur Stuart ihm erzählte, was er sich zusammengereimt hatte. »Ein Mechanismus in der Waage sorgt dafür, daß sie leichter wiegt, wenn der Wagen voll ist, und schwerer, wenn er leer ist, und dadurch bekommen die Farmer weniger Gewicht angerechnet. Aber dann wiegt sie ohne eine Veränderung leichter bei den leeren Wagen der Käufer und schwerer, wenn sie voll sind, und damit bekommt Rack mehr Gewicht angerechnet, wenn er denselben Mais verkauft.«

Alvin nickte. »Hast du herausgefunden, ob diese Theorie tatsächlich wahr ist?«

»Er läßt mich erst aus den Augen, wenn es ganz dunkel ist, und in der Dunkelheit kann ich nicht runterschleichen, weil ich nichts sehe. Außerdem bin ich nicht so verrückt, das Risiko einzugehen, daß ich dabei erwischt werde, wie ich im Dunkeln um die Maschinen herumschleiche.«

»Schön zu sehen, daß du ein Hirn hast.«

»Sagt der Mann, der immer wieder im Gefängnis landet.«

Alvin schnitt ihm eine Grimasse, aber derweil schickte er seine Wünschelrute aus, um den unterirdischen Mechanismus der Waage zu sondieren. Tatsächlich gab es da eine Sperrklinke, die beim ersten Wiegen faßte und den Hebel etwas hob, wodurch weniger Gewicht angezeigt wurde; und beim nächsten Wiegen löste sich die Sperrklinke, der Hebel sank zurück und zeigte mehr Gewicht. Kein Wunder also, daß Rack nicht gewollt hatte, daß sich Alvin den Mechanismus der Waage ansah.

Die Lösung, die Alvin sah, war denkbar einfach. Er bat Arthur Stuart, sich dicht neben die Waage zu stellen, aber nicht darauf. Rack notierte das Gewicht des leeren Wagens, und während der Wagen von der Plattform gezogen wurde, stand er da und rechnete die Differenz aus. In dem Moment, als der Wagen von der Plattform war, ging Alvin auf Arthur Stuart zu und sagte so laut, daß alle es hören konnten:

»Närrischer Junge! Was machst du da! Hast du nicht gesehen, daß du auf der Waage gestanden hast?«

»Hab ich nicht!« rief Arthur Stuart.

»Glaube ich auch nicht«, sagte ein Farmer. »Ich habe mir auch

Gedanken darüber gemacht, weil er so nahe war, darum hab ich genau hingesehen.«

»Aber ich habe gesehen, daß er darauf gestanden hat«, sagte Alvin. »Ich finde, dieser Farmer sollte nicht um Mais vom Gewicht dieses Jungen gebracht werden!«

»Ich bin sicher, daß der Junge nicht auf der Waage gestanden hat«, sagte Rack, der von seinen Berechnungen aufschaute.

»Nun, das läßt sich ja leicht feststellen«, sagte Alvin. »Rollen wir den leeren Wagen wieder auf die Waagenplattform.«

Nun bekam Rack es mit der Angst zu tun. »Ich will Ihnen was sagen«, wandte er sich an den Farmer, »ich rechne Ihnen das Gewicht des Jungen einfach an.«

»Ist diese Waage empfindlich genug, daß sie das Gewicht des Jungen bestimmen kann?« fragte Alvin.

»Ich habe keine Ahnung«, sagte Rack. »Schätzen wir doch einfach.«

»Nein!« rief Alvin. »Dieser Farmer will nichts weiter als seinen fairen Preis, und es ist nicht recht, daß er weniger bekommen soll. Ziehen wir den Wagen zurück und wiegen ihn noch einmal.«

Rack wollte gerade wieder Einwände vorbringen, als Alvin sagte: »Es sei denn, es stimmt etwas nicht mit der Waage. Aber es kann nicht sein, daß etwas mit der Waage nicht stimmt, oder?«

Rack wurde blaß im Gesicht. Er konnte ja schlecht gestehen. »Alles in Ordnung mit der Waage«, knurrte er grimmig.

»Dann lassen Sie uns diesen Wagen wiegen und feststellen, ob das Gewicht meines Jungen etwas ausgemacht hat.«

Nun, Sie können es sich schon denken. Kaum stand der Wagen auf der Plattform, zeigte die Waage fast hundert Pfund weniger an als beim erstenmal. Die anderen Zeugen waren verblüfft. »Hätte schwören können, daß der Junge nicht auf der Waage gestanden hat«, sagte einer. Ein anderer sagte: »Ich hätte mir nie träumen lassen, daß der Junge hundert Pfund wiegt.«

»Schwere Knochen«, sagte Alvin.

»Nein, Sir, mein Gehirn ist so schwer«, sagte Arthur Stuart, was ihm eine Runde Gelächter einbrachte.

Und Rack, der sich bemühte, das Gesicht nicht zu verlieren, flötete dazwischen: »Nein, es ist das Essen, das er an meinem Tisch gegessen hat – das allein macht gute fünfzehn Pfund aus!«

Derweil aber bekam der Farmer die Differenz von hundert Pfund gutgeschrieben.

Der nächste Wagen, der auf die Plattform kam, war voll, das Maß jedoch auf schwerer eingestellt. Vergeblich versuchte Rack, das Wiegen zu vertagen - Alvin bot ihm einfach an, an seiner Stelle weiterzumachen, und die Farmer sollten bezeugen, daß er alles richtig aufschrieb. »Sie wollen doch nicht, daß diese Männer noch einen weiteren Tag warten müssen, um ihren Mais für den Markt zu verkaufen, oder?« sagte Alvin. »Wiegen wir alles!«

Und sie wogen alles, dreißig Wagen, bis der Tag zu Ende ging, und die Farmer unterhielten sich alle untereinander, was für eine gute Maisernte sie dieses Jahr hatten, die Kolben schwerer als sonst. Arthur Stuart hörte einen Mann murren, daß sein Wagen dieses Jahr leichter zu sein schien als letztes Jahr, doch da ergriff Arthur sofort laut genug das Wort, daß alle es hören konnten. »Es spielt keine Rolle, ob die Waage leichter oder schwerer wiegt - auf die Differenz zwischen Voll- und Leergewicht kommt es an, und solange es sich um dieselbe Waage handelt, ist die korrekt.« Die Farmer dachten darüber nach und fanden, daß es sich einleuchtend anhörte, und Rack konnte es ihnen ja schlecht erklären.

Arthur Stuart rechnete alles im Kopf zusammen und kam zu dem Ergebnis, daß Alvin nicht alles ins rechte Lot gebracht hatte. Im Gegenteil, dieses Jahr wurde Rack im großen Maßstab über den Tisch gezogen, weil er den Farmern Beträge gutschreiben mußte, die deutlich über den Mengen Mais lagen, die sie tatsächlich ablieferten. Einen Tag konnte er solche Verluste verschmerzen; und bis morgen, das wußte Alvin sowohl wie Arthur, würde Rack die Wage wieder auf ihr reguläres Muster eingestellt haben: leichter bei vollen Wagen, schwerer bei leeren.

Dennoch verabschiedeten sich Alvin und Arthur fröhlich von Rack und machten nicht einmal eine Bemerkung darüber, wie eilig er es zu haben schien, sie loszuwerden.

In dieser Nacht konnte man Rack Millers Laterne über den Hof zwischen seinem Haus und der Mühle wackeln sehen. Er machte die Tür der Mühle hinter sich zu und näherte sich der Falltür, die zum Mechanismus der Waage hinunterführte. Aber zu seiner

Überraschung lag etwas auf der Falltür. Ein Bär. Und im Schlaf an den Bären gekuschelt, der sich fast um ihn herumgewickelt hatte, lag Davy Crockett.

»Ich hoffe, es stört Sie nicht«, sagte Davy, »aber dieser Bär hier hat es sich in den Kopf gesetzt, genau an dieser Stelle zu schlafen, und ich gedenke nicht, ihm zu widersprechen.«

»Aber das kann er nicht, das ist nun mal so«, sagte der Müller.

»Sagen Sie ihm das«, entgegnete Davy. »Auf meinen Rat will er einfach nicht hören.«

Der Müller tobte und brüllte, aber der Bär beachtete ihn einfach nicht. Rack holte sich einen langen Stock und pikste den Bären damit, aber der Bär schlug nur ein Auge auf, hieb Rack den Stock aus der Hand, nahm den Stock ins Maul und biß stückweise daran ab wie an einer Salzstange. Rack Miller drohte, daß er mit einem Gewehr wiederkommen würde, aber da zog Davy sein Messer. »Dann müßten Sie mich zusammen mit dem Bären töten«, sagte er, »denn wenn Sie ihm ein Leid zufügen, werde ich Sie ausweiden wie eine Weihnachtsgans.«

»Ich komme Ihrem Wunsch mit Freuden nach«, sagte Rack.

»Dann müßten Sie aber erklären, wie ich zu Tode gekommen bin. Das heißt, wenn Sie es schaffen, den Bären mit einem Schuß zu töten. Manchmal können diese Bären ein halbes Dutzend Kugeln wegstecken und einem Mann trotzdem den Kopf von den Schultern hauen und am Nachmittag Fische fangen gehen. Viel Fett, viel Muskeln. Und wie ist es überhaupt um Ihre Schießkünste bestellt?«

Und so kam es, daß die Waage am nächsten Morgen immer noch Racks Absichten zuwider wog, und so ging es Tag für Tag, bis die Ernte vorüber war. Jeden Tag aßen der Bär und sein Diener ihren Maisbrei und ihr Maisbrot und tranken ihr Maisbier und lagen im Schatten, während sich Zuschauer versammelten, um das Wunder zu bestaunen. Aus diesem Grund waren den ganzen Tag Zeugen zugegen – und nachts selten weit entfernt. Und genauso sah es aus, wenn die Käufer kamen, um den Mais abzutransportieren.

Und die Geschichten über den Bären, der einen Menschen gezähmt hatte, riefen nicht nur Schaulustige auf den Plan. Mehr Farmer als üblich kamen zu Rack Miller, um ihren Mais zu verkaufen, damit sie es mit eigenen Augen sehen konnten; und mehr Käufer nahmen den Umweg auf sich und kamen, so daß das Geschäft etwa um die Hälfte besser lief als sonst. Am Ende der Erntezeit saß Rack Miller mit einem Hauptbuch da, in dem ein dicker Verlust ausgewiesen war. Die Käufer bezahlten ihm längst nicht genug, um auszugleichen, was er den Farmern schuldete. Er war ruiniert.

Er trank einige Krüge Maisbier und machte lange Spaziergänge, aber Ende Oktober hatte er jede Hoffnung aufgegeben. Einmal veranlaßte ihn seine Verzweiflung, sich eine Pistole an den Kopf zu halten und abzudrücken, aber aus irgendeinem Grund zündete das Schießpulver nicht, und als Rack versuchte, sich aufzuhängen, konnte er keinen Knoten binden, der hielt. Da es ihm nicht einmal gelang, Selbstmord zu begehen, gab er auch dieses Projekt schließlich auf, machte sich mitten in der Nacht davon und ließ Mühle und Hauptbuch zurück. Nun, eigentlich wollte er sie nicht einfach so zurücklassen, sondern niederbrennen, aber die Feuer, die er entfachen wollte, gingen immer wieder aus, und so war auch das ein Projekt, mit dem er scheiterte. Am Ende ging er mit den Kleidern, die er am Leib trug, und zwei Gänsen unter den Armen - und die schnatterten derart laut, daß er sie freiließ, ehe er die Stadt verlassen hatte.

Als klar wurde, daß Rack nicht nur in Urlaub gegangen war, trafen sich die Stadtbewohner und einige der bedeutenderen Farmer aus der Umgegend in Rack Millers leerstehendem Haus und gingen sein Rechnungsbuch durch. Was sie daraus erfuhren, verriet ihnen deutlich genug, wie unwahrscheinlich es war, daß Rack Miller zurückkommen würde. Sie teilten die Verluste zu gleichen Teilen untereinander auf, und es stellte sich heraus, daß niemand etwas verlor. Oh, die Farmer bekamen weniger Geld, als in Rack Millers Hauptbuch stand, aber sie bekamen dennoch deutlich mehr als in früheren Jahren, und darum war es immer noch ein gutes Jahr für sie. Und als sie das Anwesen untersuchten, fanden sie den Mechanismus in der Waage, und danach war das Bild kristallklar.

Alles in allem, entschieden sie, waren sie ohne Rack Miller besser dran, und ein paar Leute wurden den Verdacht nicht los, daß Alvin Smith und sein Mulattenjunge den betrügerischen Müller entlarvt hatten. Sie versuchten sogar herauszufinden, wo die beiden steckten, um ihnen aus Dankbarkeit die Mühle anzubieten. Jemand hatte gehört, daß sie aus Vigor Church in Wobbish kamen, und ein Brief dorthin führte sogar zu einem Ergebnis - einem Antwortschreiben von Alvins Vater. »Mein Junge dachte sich, daß Sie vielleicht ein derartiges Angebot unterbreiten würden, aber er bat mich, Ihnen einen besseren Vorschlag zu machen. Er sagte, da ein Mensch seinen Job als Müller so schlecht erledigt hat, wären Sie mit einem Bären vielleicht besser beraten, besonders, wenn der Bär einen Menschendiener hat, der ihm die Bücher führen kann.«

Zuerst lachten sie über den Vorschlag, aber nach einer Weile fanden sie Gefallen daran, und als sie Davy und dem Bären den Posten anboten, nahmen die beiden ihn an. Der Bär bekam soviel Mais, wie er wollte, ohne jemals einen Finger dafür zu krümmen, davon abgesehen, daß er den Leuten zur Erntezeit eine kleine Vorstellung präsentieren mußte, und im Winter konnte er an einem warmen, trockenen Plätzchen schlafen. In den Jahren, wenn er sich paarte, wimmelte es in dem Haus ein wenig von Bärenfleisch, aber die Jungen machten keine Schwierigkeiten, und die Mamabären waren, obschon ein bißchen argwöhnisch, meistens tolerant, zumal Davy ihnen immer noch überlegen war und sie jederzeit bis zur Friedfertigkeit niedergrinsen konnte, falls es erforderlich wurde.

Was Davy anging, so führte er seine Bücher korrekt und richtete die Waage, so daß die Sperrklinke nicht mehr einrastete und stets das richtige Gewicht angezeigt wurde. Im Lauf der Zeit wurde er so beliebt, daß die Leute davon sprachen, ihn zum Bürgermeister von Westville zu machen. Natürlich weigerte er sich, da er nicht sein eigener Herr war. Aber er ließ durchblicken, sollten sie den Bären wählen, würde er mit Freuden als dessen Sekretär und Dolmetscher dienen, und so geschah es. Als sie den Bären ein oder zwei Jahre zum Bürgermeister hatten, änderten sie den Namen der Stadt in Bearsville, und sie erlebte eine Blüte. Man kann unschwer erraten, wer in diesem Teil des Staates Jahre später, als Kenituck den Vereinigten Staaten von Amerika beitrat, zum Kongreßabgeordneten gewählt wurde, und so kam es, daß sieben Legislaturperioden lang ein Bär zusammen mit den anderen Kongreßabgeordneten die Tatze auf die Bibel legte und danach jede einzelne Sitzung verschlief, während sein Sekretär, ein gewisser Davy Crockett, stets für ihn stimmte und seine Reden hielt, von denen jede einzelne mit dem Satz zu Ende ging: »Zumindest sieht es für einen alten Grizzlybären so aus.«

Majipoor

ROBERT SILVERBERG

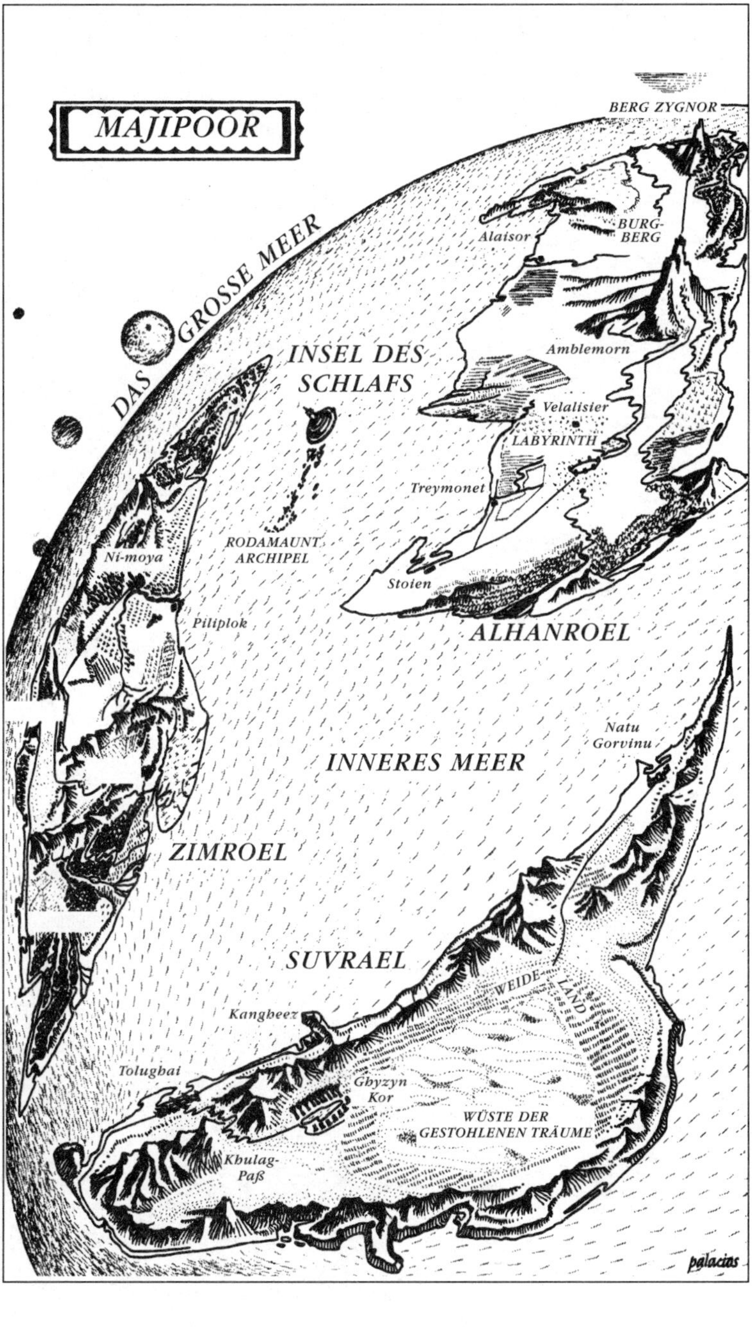
MAJIPOOR
DAS GROSSE MEER
BERG ZYGNOR
BURG-
BERG
Alaisor
Amblemorn
INSEL DES
SCHLAFS
Velalisier
LABYRINTH
Treymonet
RODAMAUNT
ARCHIPEL
Ni-moya
Stoien
Piliplok
ALHANROEL
Natu
Gorvinu
INNERES MEER
ZIMROEL
SUVRAEL
WEIDE-
LAND
Kangheez
Tolugbai
Gbyzyn
Kor
WÜSTE DER
GESTOHLENEN TRÄUME
Khulag-
Paß
palacios

KRIEG DER TRÄUME (1979)
DIE MAJIPOOR-CHRONIKEN (1985)
VALENTINE PONTIFEX (1985)
DIE BERGE VON MAJIPOOR (1995)
DER ZAUBERER VON MAJIPOOR (1998)

Der Riesenplanet Majipoor, dessen Durchmesser mindestens das Zehnfache unseres Planeten beträgt, wurde in der fernen Vergangenheit von Kolonisten der Erde besiedelt, die sich einen Platz unter den Piurivars eroberten, den intelligenten Ureinwohnern, die von den irdischen Eindringlingen Gestaltwandler oder Metamorphen genannt wurden, weil sie die Fähigkeit besaßen, ihre Körperform zu verändern. Majipoor ist ein außergewöhnlich schöner Planet mit einem überwiegend milden Klima, und ein Ort erstaunlicher zoologischer, botanischer und geographischer Wunder. Alles auf Majipoor ist im großen Maßstab - phantastisch und wunderbar.

Im Lauf der Jahrtausende führten Spannungen zwischen den menschlichen Kolonisten und den Piurivars schließlich zu einem langen Krieg und der Niederlage der Eingeborenen, die in riesigen Reservaten in entlegenen Regionen des Planeten zusammengepfercht wurden. In dieser Zeit ließen sich auch Rassen von verschiedenen anderen Welten auf Majipoor nieder - die kleinen, gnomartigen Vroons, die großen, zotteligen, vierarmigen Skandars, die Rasse der zweiköpfigen Su-Suheris und zahlreiche andere. Einige davon - vornehmlich die Vroons und Su-Suheris - waren mit übersinnlichen Geisteskräften ausgestattet, die ihnen ermöglichten, verschiedene Formen von Zauberei zu praktizieren. Aber während der ganzen jahrtausendelangen Geschichte von Majipoor blieben die Menschen die vorherrschende Rasse. Sie gediehen und wurden immer mehr, bis die

Zahl der menschlichen Bevölkerung von Majipoor schließlich in die Milliarden ging, die überwiegend in Großstädten mit zehn bis zwanzig Millionen Einwohnern lebten.

Das Regierungssystem, das sich im Lauf dieser Jahre entwickelte, war eine Art nicht erblicher Doppelmonarchie. Der oberste Regent, auch Pontifex genannt, sucht sich seinen eigenen Mitregenten aus, den sogenannten Coronal, wenn er an die Macht kommt. Rechtlich gesehen wird der Coronal als Adoptivsohn des Pontifex betrachtet und nimmt nach dessen Tod den Platz auf dem Thron ein, worauf er einen neuen Coronal als seinen Nachfolger bestimmt. Beide Regenten haben ihr Heim auf Alhanroel, dem größten und bevölkerungsreichsten der drei Kontinente von Majipoor. Die kaiserliche Residenz des Pontifex, die er nur selten verläßt, liegt in den tiefsten Niederungen einer riesigen unterirdischen Stadt namens Labyrinth. Der Coronal hingegen lebt in einem geräumigen Palast auf der Spitze des Burgbergs, einem dreißig Meilen hohen Gipfel, auf dem durch ausgeklügelte Maschinen ein ewiger Frühling aufrechterhalten wird. Von Zeit zu Zeit steigt der Coronal von seinem opulenten Schloß herab und bereist in einer Großen Prozession seine Welt, ein Ereignis, das dazu beitragen soll, Majipoor an Macht und Einfluß seiner Herrscher zu erinnern. Eine solche Reise, die aufgrund der gewaltigen Entfernungen auf Majipoor mehrere Jahre dauern kann, führt den Coronal unweigerlich immer nach Zimroel, dem zweiten Kontinent, mit seinen gigantischen Städten zwischen enormen Flüssen und ausgedehnten, unberührten Wäldern. Seltener besucht er Suvrael, den unwirtlichen dritten Kontinent im Süden, der zum großen Teil aus der Sahara nicht unähnlichen Wüsten besteht.

Zwei weitere Funktionäre wurden erst später Teil des Regierungssystems von Majipoor. Die Entwicklung einer Methode weltweiter telepathischer Kommunikation ermöglichte nächtliche Übertragungen orakelhafter Ratschläge und gelegentlicher therapeutischer Beratung unter der Verantwortung der Mutter des amtierenden Coronals, die den Titel Herrin der Insel des Schlafs trägt. Ihr Hauptquartier liegt auf einer Insel von der Größe eines Kontinents mitten zwischen Alhanroel und Zimroel. Später wurde eine zweite telepathische Instanz geschaffen, der König der Träume. Er verfügt über leistungsstärkere telepathische Geräte, damit er Kriminelle und andere Bürger überwachen und maßregeln kann, deren Verhalten von den akzeptierten Normen Majipoors abweicht. Dieses Amt befindet sich durch Erbfolge im Besitz der Familie Barjazid von Suvrael.

Im ersten Majipoor-Roman, *Krieg der Träume,* wird von einer Verschwörung berichtet, durch die der legitime Coronal, Lord Valentine, gestürzt und durch einen Betrüger ersetzt wird. Valentine, der seiner gesamten Erinnerung beraubt wurde, darf auf Zimroel das Leben eines fahrenden Jongleurs führen, wird sich aber allmählich seiner wahren Rolle bewußt und beginnt einen erfolgreichen Feldzug, um seinen Thron zurückzuerobern. In der Fortsetzung, *Valentine Pontifex* [Deutsch erstmals in zwei Bänden unter den Titeln *Wasserkönige von Majipoor* und *Valentine Pontifex* erschienen], muß sich der mittlerweile reife Valentine, im Grunde seines Herzens Pazifist, mit einem Aufstand der Metamorphen auseinandersetzen, die fest entschlossen sind, die verhaßten menschlichen Eroberer endgültig von ihrem Planeten zu vertreiben. Valentine besiegt sie und stellt den Frieden mit Hilfe gewaltiger Meeresbewohner wieder her, die Meeresdrachen genannt werden und von deren Intelligenz vorher niemand auf Majipoor etwas geahnt hatte.

Die Kurzgeschichtensammlung *Die Majipoor-Chroniken* [Neuausgabe unter dem Titel *Das Seelenregister*] schildert Episoden aus vielen Zeitaltern und sozialen Schichten des Lebens auf Majipoor und bietet detaillierte Einblicke in eine Anzahl von Aspekten des Riesenplaneten, die in den Romanen nicht geschildert werden. Der Kurzroman *Die Berge von Majipoor,* fünfhundert Jahre nach Valentines Regentschaft angesiedelt, führt die Saga in die eisigen Nordländer, wo seit langem eine eigenständige barbarische Zivilisation existiert. Und das jüngste der Majipoor-Bücher, *Die Zauberer von Majipoor,* beginnt eine neue Trilogie, tausend Jahre vor Valentines Zeit, in der die Kräfte von Zauberei und Magie sich auf Majipoor entwickelt haben. Nachdem der Coronal Lord Prestimion vom Sohn des vorherigen Coronals mit Hilfe von Magiern und Zauberern gestürzt wurde, führt er seine Anhänger durch einen Bürgerkrieg zum Sieg, indem er sich ebenfalls der Schwarzkünste bedient. In der Fortsetzung, *Lord Prestimion* [1999 noch nicht auf Deutsch erschienen], bemüht er sich, mit den alltäglichen Problemen der Königswürde in einer Welt zurechtzukommen, die durch die Zauberei auf dem Höhepunkt des Krieges nachhaltig verändert wurde.

Die nachfolgende Geschichte präsentiert eine Episode aus einer Zeit gegen Ende der Herrschaft von Valentine als Pontifex, als der Krieg gegen die Metamorphen einige Jahre zurückliegt, der Prozeß der Aussöhnung aber noch nicht abgeschlossen ist.

ROBERT SILVERBERG

Der siebte Schrein

Ein letzter steiler Kamm der unebenen, geröllübersäten Straße lag zwischen der königlichen Reisegesellschaft und dem Abstieg zur Ebene von Velalisier. Valentine, der Anführer, ritt hinauf, hielt an und sah erstaunt in das Tal hinab. Seit seinem letzten Besuch schien eine bestürzende Veränderung mit dem Land vor sich gegangen zu sein. »Schau an«, sagte der Pontifex nachdenklich. »Dieser Ort steckt stets voller Überraschungen, und hier ist unsere.«

Die breite, flache Schüssel der trockenen Ebene erstreckte sich unter ihnen. Von diesem Aussichtspunkt, ein kleines Stück östlich vom Eingang zur archäologischen Ausgrabungsstätte, hätten sie mühelos ein ausgedehntes Feld im Sand versunkener Ruinen sehen müssen. Hier hatte einst eine mächtige Stadt gestanden, die berüchtigte Stadt der Gestaltwandler, wo in alten Zeiten so viele finstere historische Ereignisse stattgefunden hatten, monströse Sakrilege und Blasphemie. Aber – es war gewiß eine Illusion – die weitläufige Zone der eingestürzten Gebäude im Zentrum der Ebene wurde nun vollständig von einer wundersam gekräuselten Wasseroberfläche bedeckt, blaßrosa an den Rändern und perlgrau in der Mitte: ein großer See, wo niemals zuvor ein See gewesen war.

Offenbar sahen die anderen Mitglieder der königlichen Reisegesellschaft es auch. Aber begriffen sie, daß es nur eine optische Täuschung war? Eine flüchtige Kombination von Sonnenlicht und dunstigem Staub und der drückenden Mittagshitze mußte ein vorübergehendes Trugbild über dem toten Velalisier erzeugt haben, so daß es aussah, als wäre ausgerechnet eine Lagune beträchtlicher Größe inmitten dieser lebensfeindlichen Wüste entstanden, um die tote Stadt zu überschwemmen.

Sie begann kurz hinter ihrem Aussichtspunkt und erstreckte sich bis zur fernen grau-blauen Mauer aus großen Steinmonolithen, die die Westgrenze der Stadt darstellte. Von Velalisier war nichts zu sehen. Weder die verfallenen Tempel und Paläste und Basiliken, noch die roten Basaltquader der Arena, die ausgedehnten Flächen aus blauem Stein, die Opferplattformen gewesen waren, oder die Zelte der Archäologen, die seit letztem Jahr auf Betreiben Valentines hier tätig waren. Nur die sechs steilen und schmalen Pyramiden, die höchsten erhaltenen Gebäude der prähistorischen Hauptstadt der Metamorphen, waren zu sehen – jedenfalls ihre Spitzen, die aus dem grauen Herzen des vorgeblichen Sees herausragten wie eine Reihe von Dolchen, die mit den Spitzen nach oben in seinen Tiefen festgesteckt worden waren.

»Magie«, murmelte Tunigorn, der älteste von Valentines Jugendfreunden, der am pontifikalen Hof den Posten eines Ministers für Auswärtige Angelegenheiten bekleidete. Er zeichnete ein heiliges Symbol in die Luft. Mit zunehmendem Alter war Tunigorn sehr abergläubisch geworden.

»Glaube ich nicht«, sagte Valentine lächelnd. »Ich würde sagen, nur eine sonderbare Erscheinung des Lichts.«

In diesem Augenblick kam ein kräftiger Wind von Norden auf, als hätte ihn der Pontifex mit einem Gegenzauber herbeigerufen, und schälte den Dunst rasch hinweg. Mit ihm verschwand der See – verzog sich wie ein Phantom. Valentine und seine Gefährten befanden sich nun unter einem klaren und gnadenlosen stahlblauen Himmel und sahen auf das wahre Velalisier hinab – das gewaltige Feld der Steintrümmer, das kahle und zusammenhanglose Durcheinander brauner Bruchstücke und öder, schäbiger Scherben, die in knirschenden Betten von Sandverwehungen lagen und alles waren, was von der verlassenen Metamorphenmetropole von einst übriggeblieben war.

»Nun denn«, sagte Tunigorn, »vielleicht habt Ihr Recht gehabt, Majestät. Aber Magie hin oder her, vorher hat es mir besser gefallen. Es war ein hübscher See, und dies sind häßliche Steine.«

»Hier ist nichts, was einem gefallen könnte«, sagte Herzog Nascimonte von Ebersinul. Er hatte den weiten Weg von seinem großen Anwesen auf der anderen Seite des Labyrinths zurückgelegt, um an dieser Expedition teilnehmen zu können. »Dies ist ein trauriger Ort und ist es immer gewesen. Wäre ich an Eurer Stelle Pontifex, Euer Majestät, würde ich einen Damm über den Fluß Glayge bauen und eine tosende Sturzflut hierherschicken, welche diese verfluchte Stadt und ihre gesamte abscheuliche Geschichte für alle Zeiten unter zwei Meilen Wasser begräbt.«

Zum Teil konnte Valentine das Verdienstvolle an diesem Vorschlag erkennen. Es war leicht denkbar, daß die feierlichen Zaubersprüche der Vergangenheit noch hier verharrten, daß dies ein Gebiet war, wo verhängnisvolle Magie regierte.

Aber natürlich konnte Valentine Nascimontes Vorschlag kaum ernst nehmen. »Die heilige Stadt der Metamorphen überfluten, ja! Unbedingt, das machen wir«, sagte er leichthin. »Sehr diplomatisch, Nascimonte. Was für eine glänzende Methode, die Harmonie zwischen den Rassen zu fördern!«

Nascimonte, ein hagerer und unerschrockener Mann von achtzig Jahren mit stechenden saphirblauen Augen, die wie feurige Edelsteine in der breiten, gerunzelten Stirn funkelten, sagte liebenswürdig: »Eure Worte verraten uns, was wir bereits wissen, Majestät: Es ist ein Segen für die Welt, daß Ihr Pontifex seid und nicht ich. Mir gebricht es an Eurer gütigen und barmherzigen Natur - besonders, muß ich gestehen, wenn es um die elenden Gestaltwandler geht. Ich weiß, Ihr liebt sie und würdet sie aus ihrer Unterwerfung befreien. Aber für mich, Valentine, sind sie Ungeziefer und nichts als Ungeziefer. Und gefährliches Ungeziefer obendrein.«

»Psst«, sagte Valentine. Er lächelte immer noch, ließ aber auch ein wenig Ärger erkennen. »Der Aufstand ist lange vorbei. Es wird höchste Zeit, daß wir den alten Haß für immer begraben.«

Nascimontes einzige Antwort war ein Schulterzucken.

Valentine wandte sich ab und sah wieder zu den Ruinen. Größere Geheimnisse als das Trugbild erwarteten sie da unten. Ein Ereignis, das so grausam und schrecklich war wie alle Untaten aus Velalisiers unrühmlicher Vergangenheit, hatte jüngst in dieser Stadt toter Steine stattgefunden. Nichts Geringeres als ein Mord.

Gewaltsamer Tod durch die Hand eines anderen war auf Majipoor nicht weit verbreitet. Um diesen Mord zu untersuchen, waren Valentine und seine Freunde an diesem Tag zum alten Velalisier geritten.

»Kommt«, sagte er. »Machen wir uns auf den Weg.«

Er gab seinem Reittier die Sporen, und die anderen folgten ihm die gepflasterte Straße hinunter in die heimgesuchte Stadt.

Aus der Nähe wirkten die Ruinen längst nicht so düster wie bei den beiden vorherigen Besuchen Valentines. Die Regenfälle des Winters mußten heftiger als sonst ausgefallen sein, denn überall blühten Wildblumen in der dunklen, schmutzigen Einöde aschefarbener Dünen und verfallener Gebäudezeilen. Sie überzogen die graue Düsternis mit leuchtenden gelben und roten und blauen und weißen Tupfen, deren eindringliche Wirkung beinahe musikalisch war. Eine Schar zierlicher Kelebekkos mit hellen Flügeln flatterten zwischen den Blüten dahin und tranken Nektar, und winzige, stechmückenähnliche Ferushas flogen in dichten Schwärmen umher und bildeten ausgedehnte nebelartige Flecken in der Luft, die wie silberner Staub schimmerten.

Aber hier spielte sich mehr ab als das Aufgehen der Blüten und das Tanzen der Insekten. Als Valentine seinen Abstieg in Richtung Velalisier begann, wimmelte es in seiner Einbildung plötzlich von seltsamen Dingen, Phantasien und Wundern. Es kam ihm vor, als würde ein unerklärliches Aufflackern von Zauberei und Magischem außerhalb seines Sehbereichs stattfinden. Feen und Erscheinungen sangen wortlos von Majipoors unendlicher Vergangenheit, schwebten von den zerbrochenen Steinplatten mit ihren bröckelnden Kanten zu ihm empor, tanzten lockend um ihn herum und hüpften, von unbändiger Energie erfüllt, über die poröse, kalkreiche Erde der Ausgrabungsstätte. Der feine Schimmer eines zarten jadegrünen Schillerns, der aus der Entfernung nicht sichtbar gewesen war, schwebte über allem und tönte die Atmosphäre: eine Nebenwirkung des heißen Nachmittagslichts, das auf leuchtstarke Mineralien in den Felsen fiel, dachte er. Dennoch war es ein wundersamer Anblick, welche Ursache es auch immer haben mochte.

Diese unerwarteten Anflüge von Schönheit hoben die Stimmung des Pontifex, die untypisch düster gewesen war, seit ihn vor einer Woche die Nachricht vom brutalen und rätselhaften Tod des angesehenen Metamorphenarchäologen Huukaminaan in eben diesen Ruinen erreicht hatte. Valentine hatte so große Hoffnungen in die Arbeit gesetzt, die hier getan wurde, die Ausgrabung der alten Hauptstadt der Gestaltwandler; und dieser Mord hatte alles verdorben.

Nun kamen die Zelte der Archäologen in Sicht, luftige Zelte, aus breiten grünen, kastanienfarbenen und scharlachroten Stoffbahnen gewoben, die sich in der Ferne über einem leicht erhöhten Sandplateau bauschten. Einige der Archäologen selbst, sah er nun, kamen ihnen auf plumpen Reittieren auf den langen, von Steinen übersäten Prachtstraßen entgegengeritten: etwa ein halbes Dutzend, und Magadone Sambisa, die Chefarchäologin, führte die Gruppe an.

»Majestät«, sagte sie, stieg ab und machte die umständliche Geste des Respekts, die vor einem Pontifex üblich war. »Willkommen in Velalisier.«

Valentine erkannte sie kaum wieder. Es war erst ungefähr ein Jahr her, seit Magadone Sambisa in seinen Gemächern im Labyrinth vor ihn getreten war. Er erinnerte sich an eine dynamische, selbstbewußte, zuversichtliche Frau mit leuchtenden Augen, gedrungen und drall, mit runden, vor Lebenskraft und Vitalität strotzenden Wangen und glänzenden roten Haarlocken, die ihr auf den Rücken fielen. Jetzt wirkte sie seltsam verkleinert, hager vor Erschöpfung, mit hängenden Schultern, stumpfen und eingesunkenen Augen, teigigem Gesicht, das faltig und nicht mehr pausbäckig wirkte. Ihre dichte Haartracht hatte Glanz und Spannkraft verloren. Er ließ sich sein Erstaunen anmerken, nur einen Augenblick, aber lange genug, daß sie es sehen konnte. Sie richtete sich unverzüglich auf und versuchte, so schien es, etwas von ihrer früheren Vitalität auszustrahlen.

Valentine hatte vorgehabt, sie Herzog Nascimonte und Prinz Mirigant und den anderen Gefährten vorzustellen. Aber bevor er es tun konnte, trat Tunigorn dienstbeflissen vor und übernahm die Aufgabe.

Es hatte eine Zeit gegeben, da konnten die Bewohner von Majipoor keine direkte Unterhaltung mit dem Pontifex führen. Damals wurde von ihnen verlangt, daß sämtliche Gespräche über einen Vermittler geführt wurden, der den Titel Hoher Sprecher trug. Valentine hatte diesen Brauch rasch abgeschafft, ebenso wie viele andere hinderliche Eigenheiten höfischer Etikette. Aber Tunigorn, von konservativer Natur, hatte sich nie mit diesen Änderungen abgefunden. Er tat, was er konnte, um die traditionelle Aura der Unnahbarkeit zu erhalten, die einst jeden Pontifex umgeben hatte. Valentine fand das amüsant und reizend und nur gelegentlich ärgerlich.

Bei der Begrüßungsdelegation war kein Archäologe der Metamorphen, die zu der Expedition gehörten. Magadone Sambisa hatte nur fünf menschliche Archäologen und einen Ghayrog mitgebracht. Es machte einen merkwürdigen Eindruck, daß die Metamorphen außen vor blieben. Tunigorn wiederholte die Namen der Archäologen förmlich für Valentine und verhunzte dabei fast jeden einzelnen. Dann, und erst dann, trat er zurück und ließ den Pontifex persönlich mit ihr sprechen.

»Die Ausgrabungen«, sagte er. »Sagt mir, haben sie gute Fortschritte gemacht?«

»Ziemlich gute, Majestät. Sogar hervorragende, bis ... *bis* ...« Sie machte eine Geste der Verzweiflung: Kummer, Schock, Unverständnis, Hilflosigkeit, alles mit einer einzigen heftigen Bewegung ihres Kopfs und ihrer Hände.

Der Mord mußte wie ein Todesfall in der Familie für sie gewesen sein, für alle hier. Ein plötzlicher, schrecklicher Verlust.

»*Bis,* ja. Ich verstehe.«

Valentine befragte sie sanft, aber nachdrücklich. Hatte es, fragte er, wichtige neue Erkenntnisse bei den Ermittlungen gegeben? Waren Hinweise entdeckt worden? Hatte jemand die Verantwortung für das Attentat übernommen? Gab es überhaupt Verdächtige? Hatte die Gruppe der Archäologen Drohungen erhalten, daß es zu weiteren Anschlägen kommen würde?

Aber es gab nichts Neues. Huukaminaans Ermordung war ein Einzelfall gewesen, ein plötzlicher, schmerzlicher und unbegreiflicher Einschnitt in den gleichmäßigen Fortschritt der Arbeit hier auf der Ausgrabungsstätte. Der Leichnam des ermordeten Metamorphen sei seinem Volk zur Bestattung übergeben worden, teilte sie ihm mit, und als sie es sagte, lief ein Schauer durch ihren ganzen Oberkörper, was sie nicht sehr erfolgreich zu verbergen vermochte. Die Archäologen versuchten, ihre Erschütterung über die Tat abzuschütteln und mit ihrer Arbeit weiterzumachen.

Der ganze Themenkomplex war ihr erkennbar unangenehm. Sie brachte ihn, so schnell sie konnte, hinter sich. »Ihr müßt müde von der Reise sein, Majestät. Soll ich Euch Eure Quartiere zeigen?«

Drei neue Zelte waren als Unterkünfte für den Pontifex und sein Gefolge aufgebaut worden. Sie mußten die Zone der Ausgrabungen durchqueren, um sie zu erreichen. Valentine bemerkte zufrieden, welch große Fortschritte dabei gemacht worden waren, die Büschel der gefährlichen kleinen Unkräuter und die verfilzten, holzigen Ranken zu entfernen, die seit so vielen Jahrhunderten geduldig daran arbeiteten, die Steinquader auseinanderzuziehen.

Unterwegs gab Magadone Sambisa unablässig wahre Sturzbäche von Informationen über die bedeutendsten Sehenswürdigkeiten der Stadt von sich, als wäre Valentine ein Tourist und sie seine Reiseführerin. Auf dieser Seite der eingestürzte, aber immer noch eindrucksvolle Aquädukt. Dort drüben die gut erhaltene Schüssel der Arena mit ihren zerklüfteten Mauern. Und dort wiederum die große Prachtstraße, die mit glatten grünen Steinplatten gepflastert war.

Auch nach zwanzigtausend Jahren waren noch die Hieroglyphen der Gestaltwandler auf den Steinplatten zu sehen, geheimnisvolle verschnörkelte Symbole, die tief in den Stein geritzt waren. Heute konnten nicht einmal mehr die Gestaltwandler selbst sie entziffern.

Der Strom archäologischer und mythologischer Details sprudelte fast ohne Pause aus ihr hervor. Darin lag eine gewisse hektische, sogar verzweifelte Betriebsamkeit, ein Zeichen für das Unbehagen, das sie in Gesellschaft des Pontifex von Majipoor empfinden mußte. Valentine war an so etwas gewöhnt. Aber dies war nicht sein erster Besuch in Velalisier, und er war mit dem größten Teil dessen, was sie ihm erzählte, bereits vertraut. Und sie sah so müde aus, so erschöpft, daß es ihn bekümmerte, sie ihre Energie mit derart überflüssigen Ausführungen verschwenden zu sehen.

Aber sie hörte nicht auf. Sie kamen gerade an einem riesigen und sehr verfallenen Bauwerk aus grauem Stein vorbei, das aussah, als würde es einstürzen, falls jemand in seiner Nachbarschaft auch nur niesen sollte. »Dies nennt man den Palast des Letzten Königs«, sagte sie. »Wahrscheinlich ein falscher Name, aber so nennen ihn die Piurivars, und in Ermangelung eines besseren Wortes nennen wir ihn auch so.«

Valentine fiel auf, wie sorgfältig sie den Namen aussprach, den die Metamorphen sich selbst gegeben hatten. *Piurivars,* ja. Wissenschaftler neigten dazu, in dieser Hinsicht sehr förmlich zu sein, sie nannten die Ureinwohner von Majipoor immer so und bezeichneten sie niemals als Metamorphen oder Gestaltwandler, wie das gewöhnliche Volk es tat. Er würde versuchen, das zu beherzigen.

Als sie zu den Ruinen des Königspalastes kamen, gab sie eine Abschweifung aus der Legende vom mythischen Letzten König aus der Frühzeit der Piurivar zum besten, in dessen Beisein die abscheuliche Schandtat stattgefunden hatte, die letzten Endes dazu geführt hatte, daß die Metamorphen ihre Stadt verlassen mußten. Es war eine Geschichte, mit der sie alle vertraut waren. Wer kannte die gräßliche Überlieferung nicht?

Aber sie hörten geduldig zu, als sie erzählte, wie die Metamorphen von Velalisier vor vielen tausend Jahren, lange bevor die ersten menschlichen Siedler nach Majipoor gekommen waren, in einem Anflug von blindwütigem Wahnsinn zwei lebende Meeresdrachen aus dem Ozean gezerrt hatten: intelligente Wesen von enormer Größe mit außergewöhnlichen Geisteskräften, die die Metamorphen selbst als Götter angesehen hatten. Sie hatten sie auf diese Plattformen gelegt, mit langen Messern zerstückelt und ihr Fleisch als verrückte Opfergabe an noch größere Götter, von deren Existenz der König und sein Hof überzeugt waren, vor der Siebten Pyramide auf einem Scheiterhaufen verbrannt.

Als die einfachen Leute der umliegenden Provinzen von dieser Orgie abscheulicher Massaker gehört hatten, so ging die Legende, stürmten sie Velalisier und zerstörten den Tempel, wo das Opfer dargebracht worden war. Sie töteten den Letzten König und verwüsteten seinen Palast, jagten die verkommenen Bewohner der großen Stadt in die Wildnis, sprengten den Aquädukt und leiteten die wasserspendenden Flüsse durch Dämme um, damit Velalisier fortan ein öder und verfluchter Ort sein und in alle Ewigkeit den Eidechsen und Spinnen und Jakkabolen der Felder gehören sollte.

Valentine und seine Begleiter zogen schweigend weiter, als Magadone Sambisa mit ihrer Schilderung fertig war. Nun konnte man die sechs spitzen Pyramiden sehen, Velalisiers bekannteste Monumente; die erste ragte in unmittelbarer Nachbarschaft zum Innenhof des Palasts des Letzten Königs auf, die anderen bildeten eine gerade Linie, die sich nach Osten erstreckte. »Es gab einst eine siebte«, sagte Magadone Sambisa. »Aber die Piurivars selbst haben sie zerstört, bevor sie sich endgültig aus der Stadt zurückzogen. Nichts als verstreute Trümmer blieben übrig. Dort wollten wir Anfang letzter Woche mit Ausgrabungen beginnen, aber das war, als – als –« Sie verstummte und wandte sich ab.

»Ja«, sagte Valentine leise. »Natürlich.«

Die Straße führte zwischen zwei kolossalen Plattformen aus gigantischen blauen Steinplatten hindurch, die die Metamorphen der heutigen Zeit als Tische der Götter bezeichneten. Auch wenn sie vom Schutt von fast zweihundert Jahrhunderten umgeben waren, ragten sie immer noch gut drei Meter über die umliegende Ebene empor, und das Areal ihrer glatten Oberflächen wäre groß genug gewesen, Hunderte Menschen gleichzeitig aufzunehmen.

Mit leiser Grabesstimme sagte Magadone Sambisa: »Wißt Ihr, was dies ist, Euer Majestät?«

Valentine nickte. »Die Opferaltäre, ja. Wo die Schandtat stattgefunden hat.«

»Richtig«, sagte Magadone Sambisa. An dieser Stätte wurde auch Huukaminaan ermordet. Ich könnte Euch die Stelle zeigen. Es würde nur einen Augenblick dauern.«

Sie zeigte zu einer ein Stück weiter unten an der Straße gelegenen Treppe, die aus rechteckigen Quadern desselben blauen Steins wie die Plattformen selbst bestand. Über sie konnte man die westliche Plattform betreten. Magadone Sambisa stieg von ihrem Reittier ab und lief rasch hinauf. Auf der obersten Stufe blieb sie stehen und streckte eine Hand nach Valentine aus, als könnte der Pontifex Mühe haben, die Treppe zu ersteigen, was nicht der Fall war. Er war noch immer fast so behende wie in seiner Jugend. Aber der Höflichkeit halber griff er nach ihrer Hand, als sie sie gerade - weil sie sich vielleicht überlegte, daß es ungebührlich für eine Gemeine sein könnte, die Hand eines Pontifex zu berühren - ängstlich wieder zurücknehmen wollte. Valentine beugte sich grinsend nach vorn, ergriff die Hand dennoch und zog sich hoch.

Der alte Nascimonte kam mit raschen Schritten hinter ihm her, und ihm wiederum folgte Valentines Cousin und engster Berater, Prinz Mirigant, auf dessen Schulter der kleine Zauberer Autifon Deliamber vom Volk der Vroon saß. Tunigorn blieb unten. Offenbar war dieser Schauplatz eines uralten Sakrilegs und infamen Gemetzels nichts für ihn.

Die Oberfläche des Altars, von der Zeit aufgerauht und überall mit den Pockennarben von Büscheln struppigen Unkrauts und Verkrustungen roter und grüner Flechten übersät, erstreckte sich endlos vor ihnen, eine ehrfurchtgebietende Fläche. Man konnte sich schwer vorstellen, wie es selbst einer großen Zahl von Gestaltwandlern, diesen schlanken und scheinbar wirbellosen Wesen, je möglich gewesen sein konnte, diese immensen Steinquader an Ort und Stelle zu schaffen.

Magadone Sambisa zeigte zu einer Markierung gelben Klebebands in Form eines sechszackigen Sterns, der rund ein Dutzend Schritte entfernt auf dem Stein angebracht worden war. »Dort haben wir ihn gefunden«, sagte sie. »Jedenfalls zum Teil. Und zum Teil dort.« Links, etwa zwanzig Schritte weiter entfernt, befand sich eine zweite Markierung. »Und dort.« Ein dritter Stern aus gelbem Klebeband.

»Sie haben ihn zerstückelt?« fragte Valentine angewidert.

»Richtig. Man kann die Blutflecken überall sehen.« Sie zögerte einen Moment. Valentine fiel auf, daß sie inzwischen zitterte.

»Alles war da, außer seinem Kopf. Den fanden wir weit entfernt, drüben in der Ruine der Siebten Pyramide.«

»Sie kennen keine Scham«, sagte Nascimonte aufbrausend. »Sie sind schlimmer als Tiere. Wir hätten sie alle auslöschen sollen.«

»Wen meint Ihr?« fragte Valentine.

»Ihr wißt genau, wen ich meine, Majestät. Ihr wißt es ganz genau.«

»Ihr glaubt also, daß dieses Verbrechen das Werk von Piurivars gewesen ist?«

»O nein, Majestät, nein!« sagte Nascimonte und ließ dick aufgetragenen Hohn in seine Worte einfließen. »Wie käme ich darauf? Zweifellos muß es einer unserer eigenen Archäologen getan haben. Sagen wir aus beruflicher Eifersucht, vielleicht weil der tote Gestaltwandler eine bedeutende Entdeckung gemacht hatte und unsere eigenen Leute den Ruhm dafür einstreichen wollten. Glaubt Ihr das, Valentine? Glaubt Ihr, ein Mensch wäre zu dieser Art von abscheulicher Bluttat fähig?«

»Das müssen wir ja eben herausfinden, mein Freund«, sagte Valentine liebenswürdig. »Ich glaube, wir sind noch nicht soweit, daß wir Schlußfolgerungen ziehen könnten.«

Magadone Sambisas Augen quollen ihr fast aus dem Kopf, als wäre sie außerstande, das Schauspiel zu verarbeiten, daß einem leibhaftigen Pontifex Vorhaltungen gemacht wurden. »Vielleicht sollten wir jetzt die Zelte aufsuchen«, sagte sie.

Es war sehr seltsam, dachte Valentine, als sie auf der geröllgesäumten Straße, die zum Lagerplatz führte, bergab ritten, wieder hier in diesem einsamen und unheimlichen Bereich jahrtausendealter Ruinen zu sein. Aber wenigstens war er nicht im Labyrinth. Soweit es ihn betraf, war jeder beliebige Ort besser als das Labyrinth.

Dies war sein dritter Besuch in Velalisier. Der erste hatte vor langer Zeit stattgefunden, als er Coronal gewesen war, während der seltsamen Zeit, als ihn der Usurpator Dominin Barjazid vorübergehend vom Thron gestoßen hatte. Hier hatte er auf seinem Marsch nach Norden, zum Burgberg, wo er im Krieg der Wiedereinsetzung seinen Thron von dem falschen Coronal zurückfordern wollte, mit seiner kleinen Schar Getreuer Rast gemacht – Carabella, Nascimonte, Sleet, Ermanar, Deliamber und den anderen.

Damals war Valentine noch ein junger Mann gewesen. Aber er war nicht mehr jung. Seit neun Jahren war er jetzt schon Pontifex von Majipoor, oberster Monarch des Reiches, und davor hatte er vierzehn als Coronal Lord gedient. Einige weiße Strähnen waren in seinem goldenen Haar, und auch wenn er noch den durchtrainierten Körper und die Anmut eines Athleten besaß, spürte er das erste Zwicken des fortschreitenden Alters.

Bei seinem ersten Besuch in Velalisier hatte er geschworen, daß er Unkraut und Ranken, die die Ruinen erstickten, entfernen und Archäologen entsenden lassen würde, um die alten, eingestürzten Gebäude auszugraben und zu restaurieren. Und er hatte vorgehabt, den Führern der Metamorphen eine Rolle bei dieser Arbeit zuzuweisen, wenn sie dazu bereit waren. Das war sein Plan gewesen, um den einst verabscheuten und gejagten Ureinwohnern dieses Planeten einen bedeutenderen Platz im öffentlichen Leben von Majipoor zu geben; denn er wußte, daß die Metamorphen von mühsam unterdrückter Wut erfüllt waren und sich nicht mehr in den entlegenen Reservaten halten ließen, in die seine Vorgänger sie verbannt hatten.

Valentine hatte diesen Schwur gehalten. Und Jahre später war er nach Velalisier zurückgekehrt, um sich ein Bild von den Fortschritten zu machen, die die Archäologen erzielten.

Aber die Metamorphen, die Valentines Vorstoß zu ihren heiligsten Stätten erbittert ablehnten, hatten das ganze Unternehmen boykottiert. Damit hatte er nicht gerechnet.

Er sollte bald herausfinden, daß die Gestaltwandler zwar darauf brannten, Velalisier in neuem Glanz erstrahlen zu sehen, diese Aufgabe aber selbst übernehmen wollten - nachdem sie die menschlichen Siedler und alle anderen Eindringlinge aus fremden Welten von Majipoor vertrieben hatten und wieder die alleinige Herrschaft über den Planeten antreten konnten. Nur wenige Jahre nach Valentines Thronbesteigung kam es zu einem Aufstand der Gestaltwandler, der insgeheim viele Jahre lang geplant worden war. Die erste Gruppe von Archäologen, die Valentine nach Velalisier geschickt hatte, konnte vor Ort nicht mehr tun, als einige vorbereitende Aufräumarbeiten durchzuführen und Karten anzulegen, bevor die Rebellion ausbrach; danach mußten die Arbeiten in Velalisier auf unbefristete Zeit vertagt werden.

Der Krieg endete mit dem Sieg von Valentines Truppen. Bei den anschließenden Friedensverhandlungen hatte er darauf geachtet, soviel wie möglich von dem aus der Welt zu schaffen, was die Metamorphen bekümmerte. Die Danipur - das war der

Titel ihrer Königin – wurde als vollwertige Regentin des Reiches in die Regierung aufgenommen, was sie auf eine ähnliche Stufe mit dem Pontifex und dem Coronal stellte. Mittlerweile war Valentin selbst schon vom Thron des Coronals auf den des Pontifex aufgerückt. Und nun hatte er den Plan, die Ruinen von Velalisier zu restaurieren, wieder aufgenommen; diesmal freilich hatte er darauf geachtet, daß es mit der vollen Unterstützung der Metamorphen geschah und Archäologen der Metamorphen Seite an Seite mit den Gelehrten der angesehenen Universität von Arkilon im Norden arbeiteten, der er die Aufgabe übertragen hatte.

Im gerade vergangenen Jahr waren große Fortschritte erzielt worden, die Ruinen dem Vergessen zu entreißen, das sie so lange Jahre bedroht hatte. Aber daran konnte er sich kaum erfreuen. Der schreckliche Tod des Chefarchäologen der Metamorphen auf diesem uralten Altar legte Zeugnis dafür ab, daß an diesem Ort immer noch finstere Mächte vorherrschten. Er hatte sich eingebildet, daß er während seiner Herrschaft Harmonie in die Welt gebracht hatte, aber nun sah es so aus, als wäre diese Harmonie längst nicht so umfassend, wie er selbst gern glauben wollte.

Als Valentine sich in seinem Zelt eingerichtet hatte, war die Dämmerung bereits hereingebrochen. Einem Brauch zufolge, über den nicht einmal er sich gern hinwegsetzte, würde er allein darin wohnen, da seine Gemahlin Carabella auf dieser Reise zu Hause im Labyrinth geblieben war. Tatsächlich hatte sie ihn mit allen Kräften zu überreden versucht, auch nicht zu gehen. Tunigorn, Mirigant, Nascimonte und der Vroon teilten sich das zweite Zelt; das dritte wurde von den Wachen bewohnt, die den Pontifex nach Velalisier begleitet hatten.

Er trat in die zunehmende Dunkelheit hinaus. Die ersten Sterne funkelten bereits am Himmel, und das Leuchten des Großen Mondes zeichnete sich am Horizont ab. Die Luft war klar und kühl und hatte etwas Sprödes, als könnte man sie mit den Händen zerreißen wie trockenes Papier und zwischen den Fingern zu Staub zerreiben. Eine seltsame Stille herrschte, ein unheimliches Schweigen.

Aber wenigstens war er hier im Freien und konnte richtige

Sterne sehen, und die Luft, die er atmete, so trocken sie auch sein mochte, war *richtige* Luft, nicht die fabrizierte Atmosphäre der pontifikalen Stadt. Dafür war Valentine dankbar.

Von Rechts wegen hatte er überhaupt nichts draußen in der Welt verloren.

Als Pontifex war sein Platz im Labyrinth, verborgen in seinen geheimen kaiserlichen Gemächern tief unter der Erde, unter all den gewundenen Schichten der unterirdischen Siedlung, stets vor den Blicken gewöhnlicher Sterblicher verborgen. Der Coronal, der Juniorkönig, der in dem geräumigen Schloß mit seinen vierzigtausend Zimmern auf dem gewaltigen, den Himmel durchbohrenden Gipfel des Burgbergs hauste, sollte die aktive Gestalt der Regierung sein, der sichtbare Repräsentant königlicher Würde auf Majipoor. Aber Valentine verabscheute das klamme Labyrinth, wo er seinem hohen Rang gemäß wohnen mußte. Er nutzte jede sich bietende Gelegenheit, um ihm zu entfliehen.

Und diese hier war allerdings unvermeidlich gewesen. Der Mord an Huukaminaan war eine ernste Angelegenheit und erforderte eine Untersuchung auf höchster Ebene; und der Coronal Lord Hissune war gerade auf einer viele Monate währenden Reise durch den fernen Kontinent Zimroel. So kam es, daß sich der Pontifex anstelle des Coronals hier aufhielt.

»Ihr liebt den Anblick des freien Himmels, nicht wahr?« fragte Herzog Nascimonte, der aus dem gegenüberliegenden Zelt kam, herüberhinkte und sich neben Valentine stellte. Eine gewisse Sanftheit verbarg sich unter seiner schroff krächzenden Stimme. »Ah, das verstehe ich, alter Freund. Wahrhaftig.«

»An dem Ort, an dem ich sonst leben muß, Nascimonte, sehe ich die Sterne so selten.«

Der Herzog kicherte. »Leben *muß!* Der mächtigste Mann der Welt, und doch ist er ein Gefangener! Wie paradox das ist! Wie traurig!«

»Ich wußte von dem Augenblick, als ich Coronal wurde, daß ich eines Tages im Labyrinth leben müßte«, sagte Valentine. »Ich habe versucht, meinen Frieden damit zu machen. Aber Ihr wißt, es war nie meine Absicht, Coronal zu werden. Wenn Voriax überlebt hätte ...«

»Ah, ja, Voriax ...« Valentines Bruder, der ältere Sohn des Hohen Ratgebers Damiandane: derjenige, der von Kindesbeinen an erzogen worden war, den Thron von Majipoor zu besteigen. Nascimonte sah Valentine eindringlich an. »Es war ein Metamorph, der ihn im Wald ermordet hat, nicht? Ist das inzwischen bewiesen worden?«

Valentine sagte unbehaglich: »Was spielt es heute für eine Rolle, wer ihn getötet hat? Er ist gestorben. Und der Thron fiel mir zu, weil ich der andere Sohn unseres Vaters war. Eine Krone, die zu tragen ich mir nie hätte träumen lassen. Alle wußten, daß sie für Voriax bestimmt war.«

»Aber er hatte auch ein dunkleres Schicksal. Armer Voriax!«

Armer Voriax, ja. Im achten Jahr seiner Regentschaft als Coronal von einem Pfeil aus dem Nichts niedergestreckt, einem Pfeil von dem Bogen eines Metamorphenattentäters, der sich zwischen den Bäumen versteckt hatte. Als er die Krone seines toten Bruders annahm, hatte sich Valentine damit zwangsläufig dazu verurteilt, eines Tages im Labyrinth leben zu müssen, wenn der alte Pontifex starb und der Coronal an der Reihe war, den höheren Titel und die freudlose Aussicht auf eine unterirdische Behausung anzunehmen, die damit einherging.

»Wie Ihr sagt, es war die Entscheidung des Schicksals«, antwortete Valentine, »und nun bin ich Pontifex. Nun, so sei es, Nascimonte. Aber ich werde mich nicht die ganze Zeit da unten in der Dunkelheit verstecken. Das kann ich nicht.«

»Warum solltet Ihr auch? Der Pontifex kann tun und lassen, was ihm gefällt.«

»Ja. Ja. Aber nur im Rahmen unserer Gesetze und Bräuche.«

»Ihr formt Euch Eure Gesetze und Bräuche so, wie sie Euch passen, Valentine. Das habt Ihr schon immer gemacht.«

Valentine begriff, was Nascimonte damit sagen wollte. Er war nie ein konventioneller Monarch gewesen. Die meiste Zeit seines Exils während der Periode der Usurpation war er durch die Welt gestreift und hatte sich seinen Lebensunterhalt als bescheidener Jongleur verdient, weil die Gefolgschaft des Thronräubers durch eine künstlich induzierte Amnesie verhindert hatte, daß er sich an seinen wahren Rang erinnerte. Diese Jahre hatten ihn unumkehrbar verändert; und als er sich wieder auf den königlichen

Höhen des Burgbergs befand, hatte er sich auf eine Art und Weise betragen wie nur wenige Coronals jemals vor ihm - hatte sich offen unter das Volk gemischt, das unbekümmerte Evangelium von Frieden und Liebe selbst dann noch gepredigt, als die Gestaltwandler sich darauf vorbereiteten, ihren lange gehegten Feldzug gegen die Eroberer vom Zaun zu brechen, die ihnen ihre Welt genommen hatten.

Und dann, als die Ereignisse des Krieges Valentines Aufstieg zum Pontifikat unvermeidlich machten, hatte er so lange wie möglich gezögert, bis er die Oberwelt seinem Protégé Lord Hissune überlassen hatte, dem neuen Coronal, und hinabgestiegen war in die unterirdische Stadt, die seinem sonnigen Naturell so fremd war.

In seinen neun Jahren als Pontifex hatte er jede Möglichkeit genutzt, ihr zu entkommen. Soweit man sich erinnerte, war kein Pontifex öfter als einmal pro Jahrzehnt aus dem Labyrinth herausgekommen, und auch dann nur, um an wichtigen Ritualen im Schloß des Coronals teilzunehmen; aber Valentine erschien so oft wie möglich an der Oberfläche und ritt kreuz und quer durch das Land, als wäre er immer noch verpflichtet, die förmlichen Großprozessionen durch das Reich zu unternehmen, die die Pflicht eines Coronals waren. Lord Hissune war jedesmal sehr geduldig mit ihm gewesen, aber Valentine zweifelte nicht daran, daß der Drang seines übergeordneten Monarchen, so häufig ins Blickfeld der Öffentlichkeit zu kommen, den jungen Coronal ziemlich verdroß.

»Ich verändere, was meiner Meinung nach verändert werden muß«, sagte Valentine. »Aber ich bin es Lord Hissune schuldig, so wenig wie möglich auf der Bildfläche zu erscheinen.«

»Nun, heute seid Ihr auf jeden Fall an der Oberfläche!«

»So sieht es aus. Aber dieses eine Mal hätte ich gern auf die Gelegenheit verzichtet, nach oben zu kommen. Aber da Hissune auf Zimroel ist ...«

»Ja. Ihr hattet eindeutig keine andere Wahl. Ihr mußtet diese Ermittlungen persönlich leiten.« Sie verstummten. »Eine scheußliche Sache, dieser Mord«, sagte Nascimonte nach einer Weile. »Pfui! Stücke des armen Kerls einfach so über dem gesamten Altar zu verstreuen!«

»Auch Teile der Metamorphenpolitik der Regierung, glaube ich«, sagte der Pontifex mit einem wehmütigen Lächeln.

»Ihr glaubt, daß die Tat politische Hintergründe hat, Valentine?«

»Wer weiß? Aber ich fürchte das Schlimmste.«

»Ihr, der ewige Optimist?«

»Es wäre zutreffender, mich als Realisten zu bezeichnen, Nascimonte. Als Realisten.«

Der alte Herzog lachte. »Wie Ihr wollt, Majestät.« Eine weitere Pause, länger als die erste. Dann sagte Nascimonte leiser: »Valentine, ich muß Euch für einen früheren Fehler um Verzeihung bitten. Heute nachmittag, als ich die Gestaltwandler als Ungeziefer bezeichnet habe, das ausgerottet werden sollte, da habe ich zu schroff gesprochen. Ihr wißt, daß ich das nicht wirklich glaube. Ich bin ein alter Mann. Manchmal spreche ich so unverblümt, daß ich selbst ganz erstaunt bin.«

Valentine nickte, gab aber keine Antwort.

»Und auch, daß ich so dogmatisch behauptet habe, ein anderer Gestaltwandler müßte ihn umgebracht haben. Wie Ihr sagtet, es ziemt uns nicht, so vorschnell zu Schlußfolgerungen zu gelangen. Wir haben noch nicht einmal mit der Beweisaufnahme begonnen. An diesem Punkt haben wir keinerlei Grundlage, zu vermuten ...«

»Ganz im Gegenteil. Wir haben *allen* Grund, es zu vermuten, Nascimonte.«

Der Herzog sah Valentine bestürzt an. »Majestät!«

»Spielen wir keine Spielchen, alter Freund. Im Augenblick ist außer uns beiden niemand hier. Also steht es uns frei, ungeschminkt die Wahrheit zu sagen, oder nicht? Und Ihr habt es heute nachmittag ungeschminkt genug ausgedrückt. Ich habe Euch da gesagt, daß wir keine voreiligen Schlüsse ziehen sollten, ja, aber manchmal liegt eine Schlußfolgerung dermaßen nahe, daß sie uns förmlich anspringt. Es gibt keinen vernünftigen Grund, warum einer der menschlichen Archäologen – oder einer der Ghayrogs, was das betrifft – einen seiner Kollegen hätte ermorden sollen. Ich verstehe auch nicht, warum es ein anderer hätte tun sollen. Mord ist ein so seltenes Verbrechen, Nascimonte. Wir können die Beweggründe von jemandem, der dazu imstande wäre, nicht ansatzweise verstehen. Aber jemand hat es getan.«

»Ja.«

»Nun, und die Beweggründe welcher Rasse sind am schwersten für uns zu verstehen, was meint Ihr? Soweit ich sehe, ist der Täter mit größter Wahrscheinlichkeit ein Gestaltwandler – entweder ein Mitglied des Archäologenteams oder einer, der mit dem speziellen Ziel von außen kam, das Attentat durchzuführen.«

»Sollte man meinen. Aber welchen erdenklichen Grund könnte ein Gestaltwandler haben, einen seiner eigenen Rasse zu töten?«

»Ich kann mir keinen vorstellen. Darum sind wir als Ermittler hier«, sagte Valentine. »Und ich habe das unangenehme Gefühl, daß mir die Lösung nicht gefallen wird, wenn wir sie gefunden haben.«

Beim Abendessen im offenen Speisesaal der Archäologen lernte Valentine unter dem klaren, schwarzen Himmel, an dem jetzt kreisende Konstellationen funkelnder Sterne zu sehen waren, die kaltes Licht auf die geheimnisvollen Unebenheiten und Erhebungen der umliegenden Ruinen warfen, das gesamte wissenschaftliche Team von Magadone Sambisa kennen. Es waren alles in allem siebzehn Leute: sechs andere Menschen, zwei Ghayrogs, acht Metamorphen. Sie schienen alle, jeder einzelne, sanftmütige, gelehrte Leute zu sein. Nicht unter Aufbietung all seiner Phantasie konnte sich Valentine vorstellen, daß einer von ihnen seinen geschätzten Kollegen Huukaminaan ermordet und verstümmelt haben könnte.

»Sind das die einzigen Personen, die Zugang zur Ausgrabungsstätte haben?« fragte er Magadone Sambisa.

»Natürlich gibt es noch die Tagelöhner.«

»Aha. Und wo sind die gerade?«

»Sie haben ein eigenes Dorf jenseits der letzten Pyramide. Sie kehren bei Sonnenuntergang dorthin zurück und kommen erst wieder her, wenn sie am nächsten Tag zu arbeiten anfangen.«

»Ich verstehe. Wie viele sind es insgesamt? Sehr viele?«

Magadone Sambisa sah über den Tisch zu einem blassen Metamorphen mit langem Gesicht und stark schräggestellten Augen. Er war ihr Aufseher über die Ausgrabungsstätte, hieß Kaastisiik und war für die tägliche Einteilung der Gräber zuständig. »Was würdet Ihr sagen? Etwa hundert?«

»Einhundertzwölf«, sagte Kaastisiik und verzog seinen kleinen schlitzförmigen Mund auf eine Weise, die zeigte, wieviel er sich auf seine Exaktheit einbildete.

»Überwiegend Piurivar?« fragte Valentine.

»Ausschließlich Piurivar«, sagte Magadone Sambisa. »Wir hielten es für das beste, nur eingeborene Arbeiter hinzuzuziehen, da wir die Stadt nicht nur ausgraben, sondern bis zu einem gewissen Grad neu bauen. Sie scheinen keine Probleme mit der Anwesenheit von Archäologen zu haben, die nicht zu den Piurivar gehören, aber wenn Menschen an der tatsächlichen Aufbauarbeit beteiligt wären, hätten sie das zweifellos als Affront betrachtet.«

»Ihr habt alle vor Ort eingestellt, richtig?«

»Es gibt keinerlei Siedlungen in unmittelbarer Umgebung der Ruinen, Euer Majestät. Und auch in den umliegenden Provinzen leben nicht allzu viele Piurivars. Wir mußten sie über große Entfernungen herbeischaffen. Einen Großteil aus Piurifayne selbst.«

Daraufhin zog Valentine eine Braue hoch. Aus *Piurifayne?*

Piurifayne war eine Provinz des fernen Zimroel, eine fast unvorstellbare Strecke entfernt auf der anderen Seite des Inneren Meeres gelegen. Vor achttausend Jahren hatte der große Eroberer Lord Stiamot – der den Hoffnungen der Piurivars, sie könnten auf ihrer eigenen Welt unabhängig bleiben, ein für allemal ein Ende bereitet hatte – die Metamorphen, die seinen Feldzug überlebt hatten, in die feuchten Dschungel von Piurifayne getrieben und dort in ein Reservat gesperrt. Obwohl die alten Einschränkungen aufgehoben waren und Metamorphen sich niederlassen durften, wo sie wollten, lebten in Piurifayne immer noch mehr von ihnen als anderswo; und in den subtropischen Sümpfen von Piurifayne hatte der Revolutionär Faraataa die Untergrundbewegung gegründet, die den Aufstand über das friedliche Majipoor gebracht hatte wie einen Fluß glühender Lava.

Tunigorn sagte: »Sie haben natürlich alle verhört? Ihr Kommen und Gehen zur Tatzeit überprüft?«

Magadone Sambisa schien bestürzt. »Ihr meint, wir hätten sie behandeln sollen, als wären sie des Mordes verdächtig?«

»Sie *sind* des Mordes verdächtig«, sagte Tunigorn.

»Sie sind einfache Gräber und Lastenträger, mehr nicht, Prinz Tunigorn. Es sind keine Mörder unter ihnen, das weiß ich. Sie haben Dr. Huukaminaan *verehrt.* Sie haben ihn als Hüter ihrer Vergangenheit betrachtet - fast als Heiligen. Es ist unvorstellbar, daß einer von ihnen ein derart grauenhaftes und gemeines Verbrechen begangen haben könnte. Unvorstellbar!«

»Vor zwanzigtausend Jahren«, sagte Herzog Nascimonte und schaute auf, als würde er nur zur Atmosphäre sprechen, »ließ der König der Gestaltwandler an genau diesem Ort, wie Ihr uns vorhin selbst noch einmal in Erinnerung gerufen haben, zwei riesige Meeresdrachen auf den gigantischen Steinplattformen dort hinten bei lebendigem Leibe abschlachten. Aus Euren Worten ging deutlich hervor, daß die Gestaltwandler jener Zeit die Meeresdrachen mit noch größerer Ehrerbietung behandelten als Eure Arbeiter angeblich Dr. Huukaminaan. Sie nannten sie ›Wasserkönige‹ - ist es nicht so? -, gaben ihnen Namen, betrachteten sie als heilige ältere Brüder und sprachen Gebete zu ihnen. Und dennoch fand hier in Velalisier das blutige Opfer statt, ein Ereignis, das die Gestaltwandler bis auf den heutigen Tag als Schandtat bezeichnen. Ist das nicht so? Dann gestattet mir die Bemerkung: Wenn der König der Gestaltwandler damals zu so etwas fähig gewesen ist, wäre es da so unvorstellbar, daß einer Eurer angeheuerten Metamorphen letzte Woche einen Grund gefunden haben könnte, auf demselben Altar eine ähnlich grausame Tat an dem unglücklichen Dr. Huukaminaan zu begehen?«

Magadone Sambisa schien fassungslos zu sein, als hätte Nascimonte ihr ins Gesicht geschlagen. Einen Augenblick war sie zu keiner Antwort fähig. Dann sagte sie heiser: »Wie können Sie einen uralten Mythos, eine phantastische Legende, dazu benutzen, den Verdacht auf eine Gruppe harmloser, unschuldiger ... «

»Aha, demnach ist es ein Mythos und eine Legende, wenn Ihr Eure harmlosen und unschuldigen Gräber und Träger beschützen wollt, aber eine verbürgte historische Tatsache, wenn wir vor Entzücken über diese Haufen alter, verfallener Steine erschauern sollen?«

»Bitte«, sagte Valentine und sah Nascimonte finster an. »*Bitte.*« Zu Magadone Sambisa sagte er: »Um welche Tageszeit geschah der Mord?«

»Spät in der Nacht. Es muß nach Mitternacht gewesen sein.«

»Ich war der letzte, der Dr. Huukaminaan gesehen hat«, sagte einer der Metamorphenarchäologen, ein zierlicher Piurivar, dessen Haut einen eleganten Saphirton hatte. Vo-Siimifon war sein Name; Magadone Sambisa hatte ihn als Experten für die alte Schrift der Piurivar vorgestellt. »Wir saßen bis spät nachts in unserem Zelt, er und ich, und unterhielten uns über eine Inschrift, die am Tag zuvor gefunden worden war. Die Schriftzeichen waren außerordentlich klein; Dr. Huukaminaan klagte über Kopfschmerzen und sagte schließlich, daß er einen Spaziergang machen würde. Ich ging schlafen. – Dr. Huukaminaan kehrte nicht zurück.«

»Es ist ein langer Weg von hier bis zu den Opferplattformen«, stellte Mirigant fest. »Ein *ziemlich* langer Weg. Ich schätze, zu Fuß braucht man mindestens eine halbe Stunde dorthin. Jemand in seinem Alter wahrscheinlich länger. Soweit ich weiß, war er ein alter Mann.«

»Aber wenn ihm jemand gleich außerhalb des Lagers begegnet wäre«, schlug Tunigorn vor, »und ihn *gezwungen* hätte, den ganzen Weg bis zu den Plattformen zu gehen ...«

Valentine sagte: »Wird nachts ein Wachtposten im Lager aufgestellt?«

»Nein. Es schien nicht erforderlich zu sein.«

»Und die Grabungsstätte selbst? Sie ist nicht eingezäunt oder sonst irgendwie geschützt?«

»Nein.«

»Dann hätte jeder im Schutz der Dunkelheit das Dorf der Tagelöhner verlassen können«, sagte Valentine, »und dort draußen auf der Straße warten, bis Dr. Huukaminaan auftaucht.« Er sah zu Vo-Siimifon. »Gehörte es zu Dr. Huukaminaans Gewohnheiten, vor dem Zubettgehen einen Spaziergang zu machen?«

»Nicht, daß ich wüßte.«

»Und *wenn* er aus irgendeinem Grund beschlossen hätte, spät in der Nacht hinauszugehen, wäre es wahrscheinlich gewesen, daß er einen so langen Spaziergang macht?«

»Er war ein kräftiger Mann für sein Alter«, sagte der Piurivar. »Aber dennoch wäre es eine ungewöhnlich weite Strecke für einen Spaziergang vor dem Schlafengehen gewesen.«

»Ja. Das denke ich auch.« Valentine wandte sich wieder an Magadone Sambisa. »Ich fürchte, es wird sich nicht vermeiden lassen, daß wir Eure Arbeiter verhören. Und jedes Mitglied Eurer Expedition. Ihr versteht hoffentlich, daß wir in diesem Stadium nicht willkürlich jemanden ausklammern können.«

Ihre Augen blitzten. »Stehe ich auch unter Verdacht, Euer Majestät?«

»Im Augenblick«, sagte Valentine, »steht niemand hier unter Verdacht. Und jeder. Es sei denn, Ihr wollt mich glauben machen, daß Dr. Huukaminaan Selbstmord begangen hat, indem er sich selbst zerstückelte und seine Einzelteile über die gesamte Plattform verteilte.«

Die Nacht war kühl gewesen, aber die Sonne stieg unglaublich schnell am Morgenhimmel empor. Obwohl es noch so früh war, war die Wüstenhitze bereits in der Luft spürbar. Es war nötig, an der Ausgrabungsstätte schnell mit der Arbeit zu beginnen, hatte Magadone Sambisa ihnen gesagt, weil die gewaltige Hitze um die Mittagszeit die Arbeit sehr schwer machte.

Valentine war bereit, als sie ihn kurz nach der Dämmerung rief. Auf ihre Bitte hin würden ihn nur einige Mitglieder seiner Leibwache begleiten, keiner der anderen Lords. Tunigorn beschwerte sich darüber, Mirigant ebenso. Aber sie sagte – und darin gab sie nicht nach –, sie ziehe es vor, wenn der Pontifex heute allein mit ihr komme und wenn er gesehen habe, was sie ihm zeigen müsse, könne er selbst entscheiden, ob er die Informationen auch den anderen zugänglich machen wolle.

Sie führte ihn zur Siebten Pyramide. Besser gesagt, zu dem, was davon übrig war, denn abgesehen vom verfallenen Fundament, einem quadratischen, auf jeder Seite rund sechs Meter langen und anderthalb bis zwei Meter hohen Gebilde aus dem rötlichen Basalt, aus dem auch die große Arena und einige andere öffentliche Gebäude bestanden, war nichts erhalten geblieben. Östlich dieses Stumpfs lagen die Trümmer des oberen Teils der Pyramide, kleine Gesteinsbrocken aus demselben rötlichen Material, fast willkürlich über ein weites Gebiet verstreut. Es war, als hätte ein wütender Koloß der westlichen Seite der Pyramide einen verächtlichen Schlag mit dem Rücken seiner mächtigen Hand verpaßt, so daß sie in tausend Stücke zerschellte. Auf der den Trümmern abgewandten Seite des Stumpfs konnte Valentine rund hundertfünfzig Meter entfernt die Spitze der unversehrten Sechsten Pyramide sehen, die über einem Wäldchen mit kleinen verkrüppelten Bäumen aufragte, und dahinter waren die anderen fünf, eine nach der anderen, bis zum königlichen Palast selbst.

»Den Sagen der Piurivar zufolge«, sagte Magadone Sambisa, »hielten die Bewohner von Velalisier alle tausend Jahre ein großes Fest ab und bauten zum Gedenken an jedes einzelne eine Pyramide. Soweit wir durch Untersuchungen und Altersbestimmungen der sechs unbeschädigten feststellen konnten, ist das korrekt. Diese, das wissen wir, war die letzte der Reihe. Wenn wir den Legenden Glauben schenken dürfen« - hier warf sie Valentine einen vielsagenden Blick zu -, »wurde sie zum Andenken an das Fest erbaut, an dem die Schandtat stattfand. Und sie war gerade fertiggestellt worden, als die Stadt von den Horden gestürmt und zerstört wurde, die gekommen waren, um ihre Bewohner für das, was sie getan hatten, zu bestrafen.«

Sie winkte ihm und führte ihn zur Nordseite der eingestürzten Pyramide. Sie entfernten sich rund fünfzig Schritte von dem Stumpf. Dann blieb sie stehen. Hier war der Boden sorgfältig ausgehoben worden. Valentine sah eine rechteckige Öffnung, die gerade groß genug war, daß ein Mensch eintreten konnte, und den Anfang eines Gangs, der unterirdisch zum Fundament der Pyramide zurückführte.

Eine sternförmige Markierung aus leuchtendgelbem Klebeband war auf einem stattlichen Felsbrocken links von der Ausgrabung angebracht worden.

»Dort habt Ihr den Kopf gefunden, nicht wahr?« fragte Valentine.

»Nicht hier. Unten.« Sie zeigte in die Öffnung. »Würdet Ihr mir folgen, Euer Majestät?«

Sechs Mitglieder von Valentines Sicherheitstruppe waren heute morgen mit ihm zu den Pyramiden gekommen: Lisamon Hultin, die hünenhafte Kriegerin, die ihn seit seiner Zeit als

Jongleur auf allen seinen Reisen als persönliche Leibwächterin begleitet hatte, zwei zottelige, gedrungene Skandars, zwei Pontifikalbeamte, die er aus dem Stab seines Vorgängers geerbt hatte, und sogar ein Metamorph, ein gewisser Aarisiim, der in den letzten Stunden des Aufstands von dem Erzrebellen Faraataa desertiert, zu Valentines Truppe übergelaufen war und seitdem in den Diensten des Pontifex stand. Alle sechs traten nun vor, als hätten sie die Absicht, mit ihm in die Ausgrabungsstätte hinabzusteigen, obwohl die Skandars und Lisamon Hultin eindeutig zu groß waren, daß sie durch den Eingang gepaßt hätten. Aber Magadone Sambisa schüttelte heftig den Kopf, und Valentine lächelte und gab allen ein Zeichen, daß sie oben auf ihn warten sollten.

Die Archäologin zündete eine Handfackel an und stieg in die Öffnung im Boden. Der Abstieg war steil und erfolgte über eine Reihe exakt gemeißelter Stufen, die zweieinhalb bis drei Meter nach unten führten. Dann wurde der unterirdische Gang unvermittelt breiter. Hier gab es einen ebenen Boden mit breiten Steinplatten aus einem glänzenden grünen Stein. Magadone Sambisa leuchtete einen mit der Fackel an, und Valentine sah, daß er geschnitzte Hieroglyphen trug, irgendwelche Runen, die an die Schriftzeichen auf dem Pflaster der großen Prachtstraße erinnerten, die am königlichen Palast vorbeiführte.

»Das ist unsere große Entdeckung«, sagte sie. »Unter jeder der sieben Pyramiden steht ein Schrein, was bis dato unbekannt war und niemand vermutet hätte. Wir haben vor etwa sechs Monaten nahe der Dritten Pyramide gearbeitet und versucht, das Fundament zu stützen, als wir über den ersten gestolpert sind. Er war geplündert worden, höchstwahrscheinlich schon in grauer Vorzeit. Aber es war dennoch ein aufregender Fund, und wir machten uns sofort auf die Suche nach ähnlichen Schreinen unter den fünf anderen unversehrten Pyramiden. Und fanden sie: ebenfalls geplündert. Eine Zeitlang machten wir uns nicht die Mühe, nach dem Schrein der siebten Pyramide zu graben. Wir gingen davon aus, daß keine Hoffnung bestand, dort etwas Interessantes zu finden, daß er ebenfalls geplündert worden sein mußte, als die Pyramide zerstört worden war. Aber dann beschlossen Huukaminaan und ich, daß wir eigentlich auch dort suchen könnten, und wir haben den Graben ausgehoben, durch den wir zwei gerade gegangen sind. Nach einem Tag stießen wir auf diesen Steinboden. Kommt.«

Sie gingen tiefer hinein und betraten einen sorgfältig angelegten Tunnel, der gerade breit genug war, daß vier Menschen nebeneinander darin stehen konnten. Die Wände bestanden aus dünnen Platten schwarzen Steins, die wie Bücherstapel aufeinandergeschichtet waren und bis zu einer Gewölbedecke aus demselben Stein reichten, die in eine Reihe von Spitzbögen überging. In handwerklicher Hinsicht war das alles exzellent gemacht und hatte etwas eindeutig Archaisches. Die Luft in dem Tunnel war heiß und stickig und trocken, uralte Luft, leblose Luft. Für Valentines Nase hatte sie einen abgestandenen, toten Beigeschmack.

»Diese Art von unterirdischem Durchgang nennen wir ein Prozessions-Hypogeion«, erklärte Magadone Sambisa. »Wahrscheinlich wurde er von Priestern benutzt, die Opfergaben zum Schrein der Pyramide trugen.«

Ihre Fackel warf einen weiten Kreis fahlen Lichts, der Valentine ermöglichte, eine Wand aus kunstvoll bearbeitetem weißem Stein zu sehen, der den Durchgang vor ihnen versperrte. »Ist dies das Fundament der Pyramide, das wir da sehen?« fragte er.

»Nein. Was wir hier sehen, das ist die Wand des Schreins am Fundament der Pyramide. Die Pyramide selbst liegt auf der anderen Seite. Die anderen Schreine grenzten in exakt derselben Weise an ihre Pyramiden an. Der Unterschied ist, daß alle anderen aufgebrochen worden waren. Dieser hier ist offenbar niemals angetastet worden.«

Valentine pfiff leise. »Und was befindet sich Eurer Ansicht nach im Inneren?«

»Wir haben keine Ahnung. Wir haben den Öffnungstermin verschoben, weil wir abwarten wollten, bis Lord Hissune von seiner Prozession auf Zimroel zurückkehrt, damit Ihr und er dabeisein konntet, wenn wir die Wand durchbrechen. Aber dann – der Mord ...«

»Ja«, sagte Valentine ernst. Und nach einem Moment: »Wie seltsam, daß die Verwüster dieser Stadt die Siebte Pyramide so gründlich zerstört haben, den Schrein darunter aber unversehrt ließen! Man sollte doch annehmen, daß sie keinen Stein auf dem anderen gelassen hätten.«

»Vielleicht war etwas in dem Schrein eingemauert, in dessen Nähe sie nicht gehen wollten, oder? Ist jedenfalls ein Gedanke. Vielleicht werden wir die Wahrheit nie erfahren, auch wenn wir ihn öffnen. *Falls* wir ihn öffnen.«

»Falls?«

»Das könnte Probleme geben, Euer Majestät. Politische Probleme, meine ich. Darüber müssen wir uns unterhalten. Aber das ist jetzt nicht der richtige Zeitpunkt dafür.«

Valentine nickte. Er deutete auf eine Reihe kleiner schräger Vertiefungen, rund zwanzig Zentimeter tief und dreißig Zentimeter hoch, die rund vierzig Zentimeter über dem Boden in die Mauer gehauen worden waren. »Dienten die dazu, Opfergaben hineinzuschieben?«

»Genau.« Magadone Sambisa glitt mit der Fackel die Reihe von links nach rechts entlang. »Wir haben in mehreren mikroskopische Spuren vertrockneter Blumen gefunden, Scherben von Tongefäßen und bunte Perlen und anderes – man kann sie sogar immer noch sehen. Und die Überreste einiger Tiere.« Sie zögerte. »Und dann, im Alkoven ganz links ... «

Der Fackelschein kam auf einem Stern aus gelbem Klebeband an der Rückwand des flachen Alkovens zur Ruhe.

Valentine stöhnte schockiert. *»Da?«*

»Huukaminaans Kopf, ja. Fein säuberlich in der Mitte des Alkovens plaziert. Eine Art Opfergabe, nehme ich an.«

»Für wen? Für was?«

Die Archäologin zuckte die Achseln und schüttelte den Kopf.

Dann sagte sie unvermittelt: »Wir sollten jetzt wieder nach oben gehen, Euer Majestät. Die Luft hier unten ist nicht gut genug, um längere Zeit darin zu verbringen. Ich wollte Euch einfach nur zeigen, wo der Schrein liegt. Und wo wir den fehlenden Teil von Dr. Huukaminaans Leichnam gefunden haben.«

Später an diesem Tag zeigte Magadone Sambisa Valentine, diesmal in Begleitung von Nascimonte und Tunigorn und den anderen, die Stelle der anderen bedeutenden Entdeckung der Expedition: den bislang unbekannten bizarren Friedhof, wo die urzeitlichen Bewohner von Velalisier ihre Toten begraben hatten.

Oder, genauer gesagt, bestimmte Teile ihrer Toten bestattet hatten. »Es scheint auf dem gesamten Friedhof nicht einen vollständigen Toten zu geben. In jedem Grab, das wir geöffnet hatten, haben wir nur winzige Stücke gefunden - hier einen Finger, dort ein Ohr, eine Lippe, einen Zeh. Manchmal sogar ein inneres Organ. Jedes Stück sorgfältig einbalsamiert, in einen wunderschönen Sarg aus Stein gelegt und unter einem dieser Grabsteine begraben. Der Teil für das Ganze: eine Art von metaphorischer Bestattung.«

Valentine sah sich verwundert und voller Staunen um.

Der zwanzigtausend Jahre alte Friedhof der Metamorphen bot einen der merkwürdigsten Anblicke, die er in all den Jahren gesehen hatte, seit er die Myriaden wundersamer Merkwürdigkeiten erforschte, die Majipoor zu bieten hatte.

Der Friedhof umfaßte ein Gebiet, das kaum mehr als dreißig Meter lang und zwanzig Meter breit war und in einem einsamen Bezirk mit Dünen und Gräsern kurz hinter dem Ende der Prachtstraße von Norden nach Süden lag. Auf diesem winzigen Areal mochten sich gut und gerne zehntausend Gräber befinden, alle dicht gedrängt. Eine kleine Stele aus braunem Sandstein, von der Breite einer Hand und etwa fünfzig Zentimeter hoch, ragte von jeder Grabparzelle auf. Und jede grenzte unmittelbar an die benachbarten an, in einem wilden Durcheinander, so daß der Friedhof eine dichte Zusammenballung von schlanken, eng beisammen stehenden Grabsteinen bildete, die sich auf eine Weise, die das Auge vollkommen verwirrte, hierhin und dorthin neigten.

Einst mußte jeder Stein liebevoll in einer vertikalen Position über dem Sarg mit dem Teil des Verstorbenen, das zur Bestattung ausgewählt worden war, angebracht gewesen sein. Aber die Metamorphen von Velalisier hatten im Lauf der Jahrhunderte offenbar immer mehr und mehr Verstorbene in diesem kleinen Bestattungsbezirk zusammengepfercht, bis jedes Grab die anderen in chaotischster Weise überlappte. Dutzende drängten sich auf jedem Quadratmeter des Terrains.

Als man die Grabsteine weiterhin zusammengepfercht hatte, ohne Rücksicht darauf, welchen Schaden jedes neue Grab den bereits existierenden zufügte, wurden die älteren von ihren neuen Nachbarn aus der Reihe gedrängt. Die schlanken Steine neigten sich in alle Richtungen, so daß die Grabstätte aussah wie ein Wald, über den ein verheerender Sturm hinweggezogen ist, oder ein Boden, den ein schreckliches Erdbeben aufgeworfen und durchgeschüttelt hat. Jetzt standen sie alle in schiefen Winkeln, und keine zwei neigten sich in dieselbe Richtung.

In jeden dieser kleinen Grabsteine war ein einziges elegantes Schriftzeichen in exakt einem Drittel der Gesamthöhe von oben aus gemeißelt worden, ein kunstvoll verschnörkeltes Zeichen, wie man sie auch in anderen Bereichen der Stadt fand. Kein Symbol schien dem anderen zu gleichen. Stellten sie die Namen der Verstorbenen dar? Gebete an einen längst vergessenen Gott?

»Wir hatten keine Ahnung, daß das hier war«, sagte Magadone Sambisa. »Dies ist die erste Begräbnisstätte, die in Velalisier gefunden wurde.«

»Das kann ich bezeugen«, sagte Nascimonte mit einem übertriebenen jovialen Zwinkern. »Wißt Ihr, vor langer Zeit habe ich selbst einmal ein bißchen hier gebuddelt. Als Grabjäger, auf der Suche nach verborgenen Schätzen, die ich irgendwo würde verkaufen können, als ich während der Herrschaft des falschen Lord Valentine von meinem Land vertrieben worden war und wie ein Bandit in dieser Wüste leben mußte. Aber wir haben kein einziges Grab gefunden. Nicht eines.«

»Auch wir haben keins entdeckt, obwohl wir es versucht haben«, sagte Magadone Sambisa. »Diese Stätte haben wir nur durch reinen Zufall gefunden. Sie lag tief unter den Dünen verborgen, drei, vier, sechs Meter unter der Oberfläche des Sandes. Niemand ahnte, daß sie hier war. Aber eines Tages im letzten Winter fegte ein schrecklicher Wirbelsturm über das Tal hinweg und tobte fast eine halbe Stunde über diesem Stadtteil, und als er mit Wirbeln fertig war, da war die ganze Düne abgetragen und anderswo hingeweht worden, und diese erstaunliche Sammlung von Grabsteinen war freigelegt. Hier. Seht!«

Sie kniete nieder und strich eine dünne Sandschicht vom Sockel eines Grabsteins dicht vor ihr weg. Wenig später konnte man ein Kästchen aus poliertem grauem Stein erkennen. Sie zog es heraus und stellte es auf eine Seite.

Tunigorn gab ein Geräusch des Abscheus von sich. Valentine schaute nach unten und sah so etwas wie ein gekrümmtes Stück dunklen Leders in dem Kästchen liegen.

»So sind sie alle«, sagte Magadone Sambisa. »Ein symbolisches Begräbnis, das ein Minimum an Platz braucht. Ein logisches System, wenn man bedenkt, wie viele Leute zu seiner Blütezeit in Velalisier gelebt haben müssen. Ein winziges Stück vom Körper des Toten wurde hier begraben, so kunstvoll erhalten, daß es selbst nach den vielen Jahrtausenden noch in einem ausgezeichneten Zustand ist. Möglicherweise wurde der Rest draußen auf den Hügeln vor der Stadt ausgelegt, damit die natürlichen Verwesungsprozesse ihren Lauf nehmen konnten. Der Leichnam eines Piurivar dürfte sehr schnell verwest sein. Nach der langen Zeit würden wir keine Spur mehr davon finden.«

»Wie sieht es im Vergleich mit heutigen Begräbnispraktiken der Gestaltwandler aus?« fragte Mirigant.

Magadone Sambisa sah ihn seltsam an. »Wir wissen so gut wie gar nichts über die heutigen Begräbnispraktiken der Piurivar. Sie sind eine ziemlich verschlossene Rasse, wißt Ihr. Sie haben sich nie dafür entschieden, uns so etwas mitzuteilen, und wir waren offenbar zu höflich, um danach zu fragen, da es praktisch keine Unterlagen darüber gibt. Praktisch keine.«

»In Ihrem Mitarbeiterstab sind Gestaltwandler«, sagte Tunigorn. »Es wäre doch gewiß nicht unhöflich, Ihre Kollegen nach so etwas zu fragen. Welchen Sinn hätte es, Gestaltwandler zu Archäologen auszubilden, wenn man so sehr auf ihre Gefühle achten muß, daß man sie nicht fragen kann, was sie über die Gepflogenheiten ihres eigenen Volkes wissen?«

»Tatsächlich«, sagte Magadone Sambisa, »habe ich mich mit Dr. Huukaminaan über diese Entdeckung nicht lange nach der Freilegung unterhalten. Die Anlage des Friedhofs, die dichtgedrängten Gräber, schienen ihn ziemlich zu verwirren. Aber der Brauch, Körperteile statt der ganzen Toten zu begraben, schien ihn nicht zu überraschen. Er gab mir zu verstehen, daß das, was hier getan worden war, sich in einigen Aspekten nicht sehr von dem unterscheidet, was die Piurivar heute noch tun. Aber er hatte gerade keine Zeit, näher ins Detail zu gehen, und wir beide ließen das Thema zunächst fallen. Und jetzt – jetzt ...«

Wieder nahm sie die Miene äußerster Hilflosigkeit an, ein von Vergeblichkeit und Verwirrung geprägter Ausdruck im Angesicht des gewaltsamen Todes, der sie jedesmal überkam, wenn das Thema der Ermordung Huukaminaans zur Sprache kam.

Sich in einigen Aspekten nicht sehr von dem unterscheidet, was die Piurivar heute noch tun, wiederholte Valentine für sich.

Er dachte daran, wie Huukaminaans Leichnam zerstückelt worden war, an die Einzelteile, die man an verschiedenen Stellen der Opferplattform zurückgelassen hatte, und an den Kopf, der in den Tunnel unter der Siebten Pyramide getragen und sorgsam in einem der Alkoven des unterirdischen Schreins zur Ruhe gebettet worden war.

Dieser grausige Akt der Verstümmelung hatte etwas so unversöhnlich Fremdes, daß Valentine erneut zu der rätselhaften und mißliebigen, aber anscheinend unausweichlichen Schlußfolgerung kam, die sich ihm seit seiner Ankunft hier aufdrängte. *Der Mörder des Metamorphenarchäologen mußte selbst ein Metamorph sein.* Wie Nascimonte zuvor schon angedeutet hatte, schien die Bluttat einen Ritualcharakter zu haben, der deutlich die Handschrift der Metamorphen trug.

Und doch ergab es keinen Sinn. Valentine konnte nicht glauben, daß der alte Mann von einem Angehörigen seines eigenen Volkes getötet worden war.

»Wie war Huukaminaan?« fragte er Magadone Sambisa. »Wißt Ihr, ich habe ihn nie kennengelernt. War er streitsüchtig? Zänkisch?«

»Nicht im geringsten. Ein reizender, sanftmütiger Mann. Ein brillanter Gelehrter. Es gab keinen, Piurivar oder Mensch, der ihn nicht geliebt und bewundert hätte.«

»Mindestens einen muß es gegeben haben«, bemerkte Nascimonte trocken.

Vielleicht lohnte es sich, Nascimontes Theorie auf den Grund zu gehen. Valentine sagte: »Könnte es zu einer Art erbitterter beruflicher Rivalität gekommen sein? Zu einem Disput darüber, wem der Ruhm für eine Entdeckung gebührte, einem Streit wegen einer bestimmten Theorie?«

Magadone Sambisa sah den Pontifex an, als hätte er den Verstand verloren. »Glaubt Ihr, wir töten einander wegen solcher Dinge, Euer Majestät?«

»Es war eine dumme Frage«, sagte Valentine mit einem Lächeln. »Nun denn«, fuhr er fort, »nehmen wir an, Huukaminaan wäre im Lauf seiner Arbeit hier in den Besitz eines wertvollen Artefakts gelangt, einer unschätzbaren Kostbarkeit, die auf dem Antiquitätenmarkt eine immense Summe gebracht hätte. Könnte das nicht ein hinreichender Grund gewesen sein, ihn zu ermorden?«

Wieder der ungläubige Blick. »Die Artefakte, die wir hier finden, Majestät, sind schlichte Sandsteinfiguren und Ziegelsteine mit Inschriften, keine goldenen Tiaren oder Smaragde so groß wie Gihorna-Eier. Was sich zu plündern lohnte, das wurde schon vor langer, langer Zeit geplündert. Und wir würden nicht im Traum daran denken, die Kleinigkeiten, die wir hier finden, privat zu verkaufen, sowenig, wie wir daran denken würden, uns ... uns ... nun ja, uns gegenseitig umzubringen. Unsre Funde werden zu gleichen Teilen an das Museum der Universität von Arkilon und das Schatzamt der Piurivar in Ilirivoyne gegeben. In jedem Fall - nein, nein, es lohnt sich nicht einmal, darüber zu diskutieren. Die Vorstellung ist vollkommen absurd.« Sofort wurden ihre Wangen leuchtend rot. »Vergebt mir, Euer Majestät, ich wollte nicht unhöflich sein.«

Valentine tat die Entschuldigung mit einer Handbewegung ab. »Seht Ihr, ich versuche nur, eine plausible Erklärung für das Verbrechen zu finden. Einen Anhaltspunkt zumindest, an dem wir mit unseren Ermittlungen beginnen können.«

»*Ich* werde Euch einen geben, Valentine«, sagte Tunigorn plötzlich. Sein sonst offenes und freundliches Gesicht war zu einem mürrischen Stirnrunzeln verzerrt, bei dem seine buschigen Augenbrauen zu einer einzigen Linie zu verschmelzen schienen. »Wir dürfen auf keinen Fall außer acht lassen, daß ein Fluch auf diesem Ort liegt. Das wißt Ihr, Valentine. Ein *Fluch*. Die Gestaltwandler selbst haben die finsteren Worte vor wer weiß wie vielen Jahrtausenden über diese Stadt gesprochen, als sie sie zerstörten, um diejenigen zu bestrafen, die diese beiden Meeresdrachen zerstückelt hatten. Sie wollten, daß der Ort für alle Zeiten gemieden wird. Seither leben nur Geister hier. Indem Ihr Eure Archäologen hierher schickt, Valentine, stört Ihr diese Geister. Macht sie wütend. Und darum schlagen sie zurück. Die Ermordung des alten Huukaminaan war nur der erste Schritt. Es wird noch schlimmer kommen, denkt an meine Worte!«

»Und Ihr glaubt, Geister sind imstande, jemand in fünf oder sechs Stücke zu zerteilen und die Teile überall zu verstreuen?«

Tunigorn schien verärgert zu sein. »Ich weiß nicht, wozu Geister imstande sind und wozu nicht«, sagte er standhaft. »Ich sage Euch nur, was mir durch den Kopf geht.«

»Danke, mein guter alter Freund«, sagte Valentine liebenswürdig. »Wir werden dem Gedanken die Aufmerksamkeit widmen, die er verdient.« Und zu Magadone Sambisa sagte er: »Ich muß Euch sagen, was *mir* nach allem, was Ihr mir heute hier und im Schrein der Pyramide gezeigt habt, durch den Kopf gegangen ist. Und das ist, daß mir die Ermordung von Huukaminaan wie ein Ritualmord vorkommt, und das Ritual, um das es geht, ist ein Ritual der Piurivar. Ich sage nicht, daß es das war; ich sage nur, daß es zumindest diesen Eindruck erweckt.«

»Und wenn es so ist?«

»Dann haben wir unsern Ausgangspunkt. Ich glaube, es wird jetzt Zeit, mit der nächsten Phase der Arbeit zu beginnen. Bitte haben Sie die Güte, heute nachmittag Ihre sämtlichen Archäologen der Piurivar zusammenzurufen. Ich möchte mit ihnen reden.«

»Mit einem nach dem anderen oder mit allen zusammen?«

»Zuerst mit allen zusammen«, sagte Valentine. »Danach werden wir weitersehen.«

Aber Magadone Sambisas Leute waren über die gesamte riesige Ausgrabungsstätte verstreut, jeder mit einem speziellen Projekt beschäftigt, und die Frau flehte Valentine an, sie erst zu sich zu bitten, wenn der Arbeitstag vorüber war. Es würde so lange dauern, alle zu verständigen, sagte sie, daß die schlimmste Hitze herrschen würde, bis sie den Rückweg zum Lager antreten konnten, und dann wären sie gezwungen, in der Mittagsglut durch die Ruinen zu stapfen, statt sich in einer dunklen Höhle niederzulassen und die kühleren Stunden abzuwarten. Sollten sie ihr Tagwerk doch besser erst vollenden.

Das schien nur vernünftig. Er stimmte zu.

Aber Valentine selbst war nicht in der Lage, geduldig bis zur

Dämmerung zu warten. Der Mord hatte ihn zutiefst erschüttert. Er war ein weiteres Symptom für die seltsame neue Dunkelheit, die sich zu seinen Lebzeiten über die Welt gesenkt hatte. So riesig Majipoor auch war, es war seit langem ein friedlicher Ort, wo es Komfort und Überfluß für alle gab und Verbrechen jeder Art außerordentlich selten waren. Dennoch war allein in der derzeitigen Generation Coronal Lord Voriax brutal ermordet worden, und danach war es zu dem diabolisch eingefädelten Aufstand gekommen, durch den Voriax' Nachfolger - Valentine - vorübergehend vom Thron gestoßen worden war.

Die Metamorphen, das wußte inzwischen jeder, hatten hinter beiden Untaten gesteckt.

Und als Valentine seinen Thron zurückerobert hatte, war es zu dem Rebellionskrieg gekommen, den der verbitterte Metamorph Faraataa vom Zaun gebrochen hatte, ein Krieg mit Seuchen, Hungersnöten, Aufständen, weltweiter Panik und allerorten großen Zerstörungen im Gefolge. Valentine hatte den Aufstand schließlich beendet, indem er Faraataa persönlich getötet hatte - eine Tat, die der sanftmütige Valentine voller Grauen ins Auge gefaßt, aber dennoch ausgeführt hatte, weil sie getan werden mußte.

Und nun war in diesem neuen Zeitalter von weltweitem Frieden und Harmonie, das Valentine als Pontifex herbeigeführt hatte, ein bewundernswerter und geliebter alter Metamorphengelehrter auf brutalste Weise ermordet worden. Hier in der heiligen Stadt der Metamorphen selbst ermordet, wo er mit einer archäologischen Ausgrabung beschäftigt gewesen war, die Valentine angeregt hatte, um den neuen Respekt zu demonstrieren, den die Menschen auf Majipoor für die Ureinwohner empfanden, die sie verdrängt hatten. Und zumindest nach dem derzeitigen Erkenntnisstand deutete alles darauf hin, daß der Mörder selbst ein Metamorph war.

Aber das schien Wahnsinn zu sein.

Vielleicht hatte Tunigorn recht und alles war nur das Wirken eines uralten Fluchs. Aber es fiel Valentine schwer, das zu schlucken. Er glaubte nicht an so etwas wie Flüche. Und dennoch - dennoch ...

Rastlos streifte er in der größten Hitze des Tages durch die uralte Stadt, ohne auf die Widrigkeiten zu achten, und schleppte seine unglücklichen Gefährten mit sich. Das große gold-grüne Auge der Sonne starrte unbarmherzig herab. Hitzeflimmern tanzte in der Luft. Die Büsche mit den ledrigen kleinen Blättern, die überall in den Ruinen wuchsen, schienen sich in sich zusammenzufalten, um den gleißenden Lichtfluten zu entrinnen. Selbst die zahllosen herumhuschenden Eidechsen, die zwischen den Steinen hausten, wurden um so zurückhaltender, je höher die Temperaturen stiegen.

»Man könnte fast meinen, wir seien nach Suvrael versetzt worden«, sagte Tunigorn, der in der Hitze keuchte, während er pflichtschuldig an der Seite des Pontifex dahinstapfte. »Dies ist das Klima des erbärmlichen Südlands und nicht unseres schönen Alhanroel.«

Nascimonte schenkte ihm ein kurzes, sardonisches Grinsen. »Nur ein weiteres Beispiel für die Boshaftigkeit der Gestaltwandler, Lord Tunigorn. Zu der Zeit, als diese Stadt ihre Blüte erlebte, lagen grüne Wälder ringsum, und die Atmosphäre war kühl und mild. Aber dann wurde der Fluß umgeleitet, die Wälder starben ab, und hier blieb nichts übrig außer dem kahlen Fels, den Ihr seht, der die Mittagshitze in sich aufsaugt und festhält wie ein Schwamm. Fragt die Archäologin, wenn Ihr mir nicht glaubt. Diese Provinz wurde absichtlich in eine Wüste verwandelt, um diejenigen zu bestrafen, die sich hier schwer versündigt hatten.«

»Um so mehr Grund für uns, anderswo zu sein«, murmelte Tunigorn. »Aber nein, nein, dies ist unser Ort, hier mit Valentine, jetzt und in Ewigkeit.«

Valentine schenkte ihren Worten so gut wie keine Beachtung. Er marschierte ziellos weiter, über einen unkrautüberwucherten Weg nach dem anderen, an umgestürzten Säulen und zerschmetterten Fassaden, an leerstehenden Gebäuden, die einmal Geschäfte und Tavernen gewesen sein mochten, an den geisterhaften Umrissen vorbei, welche den Fundamenten verschwundener Gebäude entsprachen, die in ihrer Pracht einst palastähnlich gewesen sein mußten. Nichts war beschriftet, und Magadone Sambisa war nicht bei ihnen, um ihren endlosen Wortschwall über die einstige Funktion dieser Häuser über ihm auszuschütten. Sie waren Bestandteile des untergegangenen Velalisier, mehr wußte er nicht: skeletthafte Überreste dieser uralten Metropole.

Es fiel ihm leicht, sich diesen Ort als Brutstätte alter Geister vorzustellen. Ein glasähnlicher Schimmer von Licht, das aus einer unebenen Masse eingestürzter Säulen schien ... seltsame Kratzgeräusche, die von umherschleichenden Geschöpfen stammen mochten, wo man keine Geschöpfe sehen konnte ... das vereinzelte Zischen und Rascheln von rutschendem Sand, Sand, so schien es, der aus eigenem Antrieb in Bewegung geraten war ...

»Jedesmal, wenn ich diese Ruinen besuche«, sagte er zu Mirigant, der gerade unmittelbar neben ihm ging, »erstaunt mich ihr hohes Alter. Die Last der Geschichte, die auf ihnen ruht.«

»Geschichte, an die sich niemand mehr erinnert«, sagte Mirigant.

»Aber ihre Last bleibt dennoch.«

»Allerdings nicht unsere Geschichte.«

Valentine warf seinem Cousin einen mißfälligen Blick zu. »Das glaubst du vielleicht. Aber es ist Majipoors Geschichte, und welche sollte das sein, wenn nicht unsere?«

Mirigant zuckte mit den Schultern, gab aber keine Antwort.

Ergab das einen Sinn, fragte sich Valentine, was er gerade gesagt hatte? Oder verwirrte die Sonne sein Gehirn?

Er dachte darüber nach. Und da schoß ihm, fast mit der Wucht einer Explosion, eine Vision der Ganzheit des riesigen Majipoor durch den Kopf. Seine großen Kontinente und überwältigenden Flüsse und gewaltigen funkelnden Meere, die dichten und feuchten Dschungel und unermeßlichen Wüsten, die Wälder mit ihren turmhohen Bäumen und die Berge, in denen mannigfaltige und wunderbare Geschöpfe lebten, die Vielzahl der Großstädte mit ihrer nach Millionen zählenden Bevölkerung. Ein Übermaß an Gefühlen strömte in seine Seele ein, der Duft von tausenderlei Blumen, das Aroma von Tausenden von Gewürzen, der Geruch von tausend wundersamen Fleischsorten, das Bukett Tausender Weine. Es war eine Welt grenzenloser Fruchtbarkeit und Vielfalt, sein Majipoor.

Und durch eine Laune der Herkunft und das Pech seines Bruders war er zuerst Coronal und nun Pontifex dieser Welt geworden. Zwanzig Milliarden jubelten ihm als ihrem Kaiser zu. Sein Gesicht zierte die Münzen; die Welt hallte wider von Lobpreisungen seiner Person; sein Name würde für alle Zeiten im Verzeichnis der Monarchen im Haus der Aufzeichnungen stehen, ein unauslöschlicher Teil der Geschichte dieser Welt.

Aber es hatte eine Zeit gegeben, da hatten keine Pontifices oder Coronals hier geherrscht. Da waren grandiose Städte wie Ni-moya und Alaisor und die fünfzig großen urbanen Zentren des Burgbergs noch nicht erbaut gewesen. Und in jener Zeit, bevor die Besiedlung durch die Menschen auf Majipoor begonnen hatte, da hatte diese Stadt Velalisier bereits existiert.

Welches Recht hatte er, diese Stadt, die schon Jahrtausende tot und verlassen gewesen war, als die ersten Kolonisten aus dem Weltraum eingetroffen waren, in den Strom der Geschichte der Menschen einzugliedern? In Wahrheit bestand eine derart tiefe Kluft zwischen *ihrem* Majipoor und *unserem* Majipoor, dachte er, daß sie sich vielleicht niemals überbrücken ließ.

Auf jeden Fall konnte er das Gefühl nicht abschütteln, daß die gewaltigen Legionen der Geister dieses Ortes, an die er nicht einmal glaubte, rings um ihn herum lauerten und ihre Wut längst nicht gestillt war. Irgendwie mußte er sich mit dieser Wut auseinandersetzen, die scheinbar jetzt in Form einer schrecklichen Tat ausgebrochen war, die einen gelehrten und umgänglichen alten Mann das Leben gekostet hatte. Die Logik, die jeden Aspekt von Valentines Seele durchdrang, weigerte sich, etwas Derartiges zu akzeptieren. Aber er wußte, sein eigenes Schicksal und möglicherweise das Schicksal des Planeten konnten davon abhängen, daß er eine Lösung des Rätsels fand, das hier so explosionsartig aufgetaucht war.

»Ihr werdet mir schon verzeihen, gute Majestät«, sagte Tunigorn und riß Valentine aus seinen düsteren Gedanken, als sich gerade ein neues Labyrinth verfallener Straßen vor ihnen auftat. »Aber wenn ich noch einen Schritt in dieser Hitze mache, breche ich zusammen und fange an zu stammeln wie ein Irrer. Mein Gehirn schmilzt schon.«

»Nun denn, Tunigorn, dann solltet Ihr rasch Schutz suchen und es abkühlen! Ihr könnt Euch kaum leisten, daß das, was noch davon übrig ist, Schaden davonträgt, nicht wahr, alter Freund?« Valentine zeigte in Richtung des Lagers. »Kehrt um. Geht. Ich werde meinen Spaziergang jedenfalls fortsetzen.«

Er war nicht sicher, warum. Aber etwas trieb ihn unerbittlich voran durch die weite, verfallene Einöde der von Sand verwehten und von der Sonne ausgebleichten Ruinen, ohne daß er wußte, wonach er suchte. Einer nach dem anderen verabschiedeten sich seine Gefährten mit dieser oder jener Ausrede von ihm, bis nur noch die unermüdliche Lisamon Hultin übrigblieb. Die Riesin war ihm stets treu ergeben. In der Zeit, bevor er den Coronalsthron zurückerobert hatte, hatte sie ihn vor den Gefahren des Mazadonewaldes beschützt. Sie war seine Wächterin im Bauch des Meeresdrachen gewesen, der sie im Meer vor Piliplok verschlungen hatte, als sie auf der Fahrt von Zimroel nach Alhanroel Schiffbruch erlitten hatten, und sie hatte ihn herausgeschnitten und in Sicherheit gebracht. Sie würde ihn auch jetzt nicht verlassen. Tatsächlich schien sie bereit zu sein, immer weiter mit ihm zu gehen, Tag und Nacht und den Tag darauf auch, sollte er es von ihr verlangen.

Aber schließlich hatte selbst Valentine genug. Die Sonne hatte ihren höchsten Stand zur Mittagszeit längst überschritten. Überall rings um ihn herum wuchsen klar umrissene Schatten, rosa und purpur und dunkelstes Obsidian. Er fühlte sich ein wenig schwindlig, sein Kopf schien sich zu drehen, sein Sehvermögen war etwas eingeschränkt, weil er sich so lange dem grellen Licht der sengenden Sonne ausgesetzt hatte, und jede Straße mit verfallenen Gebäuden sah genau wie die davor aus. Es wurde Zeit, endlich umzukehren. Welche Buße er sich auch immer mit der kräftezehrenden Reise durch dieses Reich von Tod und Zerstörung auferlegt hatte, inzwischen mußte sie abgegolten sein. Er stützte sich jetzt hin und wieder auf Lisamon Hultins Arm, während sie sich auf dem Rückweg zu den Zelten des Lagers befanden.

Magadone Sambisa hatte ihre acht Metamorphenarchäologen um sich geschart. Valentine, der gebadet, geruht und eine Kleinigkeit gegessen hatte, empfing sie kurz nach Sonnenuntergang in seinem Zelt, lediglich in Gegenwart des kleinen Vroon Autifon Deliamber. Er wollte sich ein Urteil über diese Metamorphen bilden, ohne sich durch die Anwesenheit von Nascimonte und den anderen ablenken zu lassen; aber Deliamber verfügte über gewisse Zauberkräfte, die Valentine sehr schätzte, und das kleine Geschöpf mit seinen zahlreichen Tentakeln mochte durchaus imstande sein, mit seinen großen und wachsamen goldenen Augen bestimmte Dinge wahrzunehmen, die Valentines menschlichem Sehvermögen entgingen.

Die Gestaltwandler saßen im Halbkreis, Valentine ihnen gegenüber, der kleine, mit Runzeln übersäte alte Vroon zu seiner Linken. Der Pontifex ließ den Blick über die Gruppe schweifen, von Kaastisiik, dem Aufseher, an einem Ende, bis hin zu dem Paläographen Vo-Siimifon am anderen. Sie erwiderten seine Blicke gelassen, fast gleichgültig, diese acht Piurivars mit den gummiartigen Gesichtern und den schrägen Augen, als er ihnen erzählte, was er heute gesehen hatte, den Friedhof und die zerstörte Pyramide, den Schrein darunter und den Alkoven, wo Huukaminaans Mörder den abgeschnittenen Kopf so sorgfältig plaziert hatte.

»Würden Sie nicht auch sagen, daß der Mord einen gewissen formalen Aspekt hatte?« fragte Valentine. »Daß der Leichnam in Stücke geschnitten wurde? Der Kopf zum Schrein hinuntergetragen und im Alkoven der Opfer plaziert wurde?« Sein Blick fiel auf Thiuurinen, die Keramikexpertin, eine schlanke, kleinwüchsige Metamorphenfrau mit hübscher jadegrüner Haut. »Was ist Eure Meinung dazu?« fragte er sie.

Ihr Gesichtsausdruck blieb vollkommen gleichgültig. »Als Keramikexpertin habe ich keine Meinung.«

»Ich habe Euch nicht nach Eurer Meinung als Keramikexpertin gefragt, sondern als Mitglied der Expedition. Als Kollegin von Dr. Huukaminaan. Findet Ihr, es war eine Art Opfer geplant, als der Kopf dort plaziert wurde?«

»Es ist eine reine Mutmaßung, daß diese Alkoven Opferstätten waren«, sagte Thiuurinen brüsk. »Ich bin nicht in der Lage, Spekulationen anzustellen.«

Und sie ließ sich auch nicht darauf ein. Keiner von ihnen. Nicht Kaastisiik, nicht Vo-Siimifon, nicht der Formationskundler Pamikuuk, nicht Hieekraad, die Hüterin der Artefakte, nicht Drismiil, der Architekturspezialist, nicht Klelliin, die Kapazität in piurivarischer Paläotechnologie, und auch nicht Viitaal-Twuu, der Spezialist für Metallurgie.

Höflich, nachsichtig, fest, unerschütterlich lehnten sie Valentines Hypothese von einem Ritualmord ab. War die grausame Verstümmelung von Dr. Huukaminaan eine Rückkehr zu den Bestattungspraktiken des frühgeschichtlichen Velalisier? Konnte der Kopf möglicherweise in dem Alkoven plaziert worden sein, um ein übernatürliches Wesen milde zu stimmen? Gab es unter den Traditionen der Piurivar eine, die gutheißen mochte, wenn jemand auf diese Weise getötet wurde? Sie konnten es nicht sagen. Sie wollten es nicht sagen. Und auch als er fragte, ob ihr verstorbener Kollege möglicherweise einen Feind hier in der Ausgrabungsstätte gehabt habe, gaben sie ihm keine Informationen.

Und sie reagierten lediglich mit dem Piurivar-Äquivalent eines Schulterzuckens, als er sich laut fragte, ob es zu einem Streit wegen der Entdeckung eines wertvollen Artefakts gekommen sein konnte, der zur Ermordung Huukaminaans geführt haben mochte; vielleicht auch ein abstrakterer Streit, eine nachhaltige Uneinigkeit über die Funde oder Ziele der Expedition. Niemand regte sich über die Andeutung auf, einer von ihnen könnte den alten Huukaminaan aus einem solchen Grund getötet haben. Sie verhielten sich, als würde allein die Vorstellung, so etwas zu tun, ihr Begriffsvermögen übersteigen, eine derart fremdartige Vorstellung, daß man sie nicht einmal in Erwägung ziehen konnte.

Im Verlauf des Gesprächs nutzte Valentine die Gelegenheit, an jeden mindestens eine direkte Frage zu richten. Aber das Ergebnis war stets dasselbe. Sie waren nicht hilfsbereit, machten aber nicht den Eindruck, besonders ausweichend zu sein. Sie waren zurückhaltend, ohne ungewöhnlich verschlagen oder geheimniskrämerisch zu wirken. Ihre Verweigerung der Zusammenarbeit machte keinen übertrieben verdächtigen Eindruck. Sie schienen genau das zu sein, was sie vorgaben: Wissenschaftler und Gelehrte, die entschlossen waren, die begrabenen Geheimnisse der fernen Vergangenheit ihrer Rasse freizulegen, die nicht das geringste über das Rätsel wußten, das sich hier in ihrer Mitte abgespielt hatte. Valentine hatte nicht den Eindruck, daß er sich in der Gesellschaft von Mördern befand.

Und doch ... und doch ...

Sie waren Gestaltwandler. Er war der Pontifex, der Kaiser der Rasse, die sie erobert hatte, in direkter Linie über achttausend Jahre hinweg der Nachfolger des fast schon legendären Soldaten-Königs Lord Stiamot, der ihnen für alle Zeiten ihre Unabhängigkeit genommen hatte. So sanftmütig und gelehrt sie waren, diese acht Piurivar vor ihm waren sicher nicht davor gefeit, auf einer gewissen Ebene Wut auf ihre menschlichen Herren und Meister zu empfinden. Sie hatten keinen Grund, mit ihm zusammenzuarbeiten. Sie hielten sich gewiß nicht für verpflichtet, ihm die Wahrheit zu sagen. Und seine Intuition riet ihm, bei diesen Leuten nichts so zu nehmen, wie es schien - oder sprachen da nur seine angeborenen und unausweichlichen rassistischen Vorurteile, fragte sich Valentine. Konnte er dem Eindruck offensichtlicher Unschuld, den sie vermittelten, wirklich trauen? War es einem Menschen jemals möglich, zu lesen, was hinter den kühlen und undurchschaubaren Mienen eines Metamorphen vor sich ging?

»Was meinst du?« fragte er Deliamber, als die acht Gestaltwandler gegangen waren. »Mörder oder nicht?«

»Wahrscheinlich nicht«, antwortete der Vroon. »Diese nicht. Zu sanft, zu verstädtert. Aber sie haben etwas verheimlicht. Dessen bin ich ganz sicher.«

»Also hast du es auch gespürt?«

»Ohne jeden Zweifel. Was ich gespürt habe, Euer Majestät - wißt Ihr, was das Vroon-Wort *hsirthiir* bedeutet?«

»Nicht ganz.«

»Es ist nicht einfach zu übersetzen. Aber es hat damit zu tun, daß man jemanden verhört, der nicht die Absicht hat, einem Lügen aufzutischen, einem aber deshalb nicht zwangsläufig die Wahrheit sagen wird, wenn man nicht ganz genau weiß, wie man sie ihm entlockt. Man hat die überaus starke Wahrnehmung, daß eine wichtige Schicht von Bedeutungen irgendwo unter der Oberfläche von dem liegt, was einem erzählt wird, aber es wird einem nicht gestattet, diese Bedeutungen hervorzulocken, wenn man nicht genau die richtige Frage stellt, um sie zu befreien. Was im Grunde bedeutet, daß man die Information, nach der man sucht, schon besitzen muß, damit man die Frage stellen kann, auf die sie preisgegeben wird. Es ist ein höchst frustrierendes Gefühl, *hsirthiir;* sogar fast schmerzhaft. Als würde man mit dem Schnabel gegen eine Mauer hauen. Gerade eben bin ich mir wie in einem Zustand von *hsirthiir* vorgekommen. Ihr offenbar auch, Euer Majestät.«

»Offenbar«, sagte Valentine.

Es blieb noch ein Besuch zu machen. Es war ein langer Tag gewesen, und inzwischen war eine furchtbare Müdigkeit über Valentine gekommen. Aber er verspürte einen inneren Drang, die grundsätzlichen Fragen so rasch wie möglich zu klären; und daher bat er Magadone Sambisa, als die Dunkelheit sich herabgesenkt hatte, ihn ins Dorf der Metamorphenarbeiter zu bringen.

Sie war nicht glücklich darüber. »Normalerweise behelligen wir sie nicht gern, wenn sie ihr Tagwerk getan haben und dorthin zurückgekehrt sind, Euer Majestät.«

»Normalerweise habt Ihr auch keine Mörder hier. Oder Besuch vom Pontifex. Ich würde lieber heute abend mit ihnen sprechen, als morgen die Ausgrabungen unterbrechen, wenn Ihr gestattet.«

Deliamber begleitete ihn erneut. Lisamon Hultin ebenfalls, auf eigenen Wunsch. Tunigorn war zu müde, um mitzukommen – die mittägliche Spaziergang durch die Ruinen hatte ihm zugesetzt –, und Mirigant fühlte das Fieber eines Sonnenstichs in sich; aber der prächtige Herzog Nascimonte willigte trotz seines hohen Alters sofort ein, mit dem Pontifex zu reiten. Das letzte Mitglied der Gruppe war Aarisiim, der Metamorph in Valentines Leibgarde, den Valentine nicht zum Schutz mitnahm – darum würde sich Lisamon Hultin kümmern –, sondern wegen des *hsirthiir*-Problems.

Aarisiim schien für Valentine, obgleich er einst ein Überläufer gewesen war, so vertrauenswürdig zu sein, wie ein Piurivar nur sein konnte: Er hatte zur Zeit der Rebellion sein Leben aufs Spiel gesetzt, um Faraataa, seinen Herrn, an Valentine zu verraten, als er der Meinung war, daß Faraataa mit seiner Drohung, die Königin der Metamorphen zu töten, die Grenzen des Zumutbaren überschritten hatte. Möglicherweise konnte er jetzt eine Hilfe sein und etwas aufspüren, das selbst Deliambers aufmerksamer Wahrnehmung entging.

Das Dorf der Arbeiter war ein einziges Chaos kümmerlicher Weidenhütten am Rand des zentralen Sektors der Ausgrabungsstätte. In seinem dürftigen behelfsmäßigen Zustand erinnerte es Valentine an Ilirivoyne, die Hauptstadt der Gestaltwandler im Dschungel von Zimroel, die er vor so vielen Jahren besucht hatte. Aber dieser Ort war noch viel trauriger und entmutigender als Ilirivoyne. Dort hatten die Gestaltwandler wenigstens hohe, gerade Baumstämme und Ranken im Überfluß gehabt, um ihre primitiven Hütten zu bauen, wogegen ihnen hier als Baumaterial lediglich die verkümmerten und knorrigen Wüstenbüsche zur Verfügung standen, die vereinzelt in der Ebene von Velalisier wuchsen. Und so waren ihre Hütten erbärmliche kleine Schuppen, entsetzlich krumm und schief.

Irgendwie hatte die Nachricht sie erreicht, daß der Pontifex kam. Valentine fand sie in Gruppen von acht oder zehn vor ihren Hütten, wo sie eindeutig auf seine Ankunft warteten. Sie waren eine mitleiderregende, verhungerte Bande, hager, schäbig und zerlumpt, ganz anders als die weltgewandten und kultivierten Metamorphen von Magadone Sambisas archäologischem Team. Valentine fragte sich, woher sie die Kraft für das Graben nahmen, das in diesem unwirtlichen Klima von ihnen verlangt wurde.

Als der Pontifex eintraf, schlurften sie ihm entgegen und umringen ihn und den Rest der Gruppe bald auf eine Weise, die Lisamon Hultin veranlaßte, laut zu zischen und die Hand an den Griff ihres Vibrationsschwertes zu legen.

Aber sie schienen nichts Böses im Sinn zu haben. Sie drängten sich aufgeregt um ihn und bemühten sich zu seinem Erstaunen, ihm auf die unterwürfigste Art ihre Ehrerbietung zu zeigen, indem sie sich beiseite drängten, um den Saum seiner Tunika zu küssen, im Sand vor ihm knieten oder sich sogar auf den Boden warfen. »Nein«, rief Valentine bestürzt. »Das ist nicht nötig. Es ist nicht richtig.« Magadone Sambisa befahl ihnen bereits schroff, daß sie zurückbleiben sollten, und Lisamon Hultin und Nascimonte drängten die in Valentines unmittelbarer Nähe aus dem Weg. Die Riesin machte es ruhig, gelassen, effektiv, aber Nascimonte rempelte sie heftiger an, und in seinen stechenden Augen konnte man regelrechten Abscheu erkennen. Andere drängten indessen herbei, so schnell sich die erste Welle verzog, und umringten ihn, von hektischer Entschlossenheit erfüllt.

Diese müden, ausgelaugten Leute hatten es tatsächlich so eilig, dem Pontifex ihre Unterwürfigkeit zu zeigen, daß er nicht umhin konnte, ihre Begeisterung als falsch und heuchlerisch anzusehen, eine groteske Übertreibung dessen, was angemessen gewesen wäre. Wie groß war die Wahrscheinlichkeit, fragte er sich, daß eine Gruppe von Piurivar, wie nieder und einfach auch immer, große und rückhaltlose Freude beim Anblick des Pontifex von Majipoor empfand? Oder aus eigenem Antrieb eine derartige spontane Demonstration des Entzückens inszenierte?

Einige von ihnen, sowohl Männer als auch Frauen, trieben es sogar so weit, als Ehrenbezeugung die Gestalt der Besucher nachzuahmen, so daß ein halbes Dutzend verschwommene und verzerrte Valentines vor ihm standen, zwei Nascimontes und eine groteske Imitation von Lisamon Hultin, nur halb so groß wie diese. Valentine war diese merkwürdige Ehre schon bei seinem Besuch in Ilirivoyne erwiesen worden, und er hatte sie damals als beunruhigend und sogar unheimlich empfunden. Auch jetzt fand er sie wieder peinigend. Sollten sie ihre Gestalt wandeln, wenn sie wollten - sie besaßen die Fähigkeit und konnten sie einsetzen, wie es ihnen beliebte -, aber diese Nachahmung der Gesichter ihrer Besucher hatte etwas fast Bedrohliches an sich.

Der Tumult wurde noch wilder und ausgelassener. Valentine bekam es unwillkürlich mit der Angst zu tun. Es waren mehr als hundert Dorfbewohner, aber nur eine Handvoll Besucher. Wenn die Lage außer Kontrolle geriet, konnte es Probleme geben.

Da ertönte inmitten des Tohuwabohus eine laute Stimme: »Zurück! Zurück!« Und sofort wich die ganze zerlumpte Bande der Gestaltwandler von Valentine zurück, als wären sie mit Peitschen geschlagen worden. Plötzlich herrschten Ruhe und Schweigen. Aus der jetzt reglosen Menge trat ein großer, ungewöhnlich kräftig und muskulös gebauter Metamorph. Er machte eine tiefe Verbeugung und verkündete mit einer tiefen, rollenden Stimme, wie Valentine sie noch nie bei einem Metamorphen gehört hatte: »Ich bin Vathiimeraak, der Vorarbeiter dieser Leute. Ich bitte Euch, fühlt Euch hier bei uns willkommen, Pontifex. Wir sind Eure Diener.«

Aber er hatte ganz und gar nichts Unterwürfiges an sich. Er war eindeutig ein Mann mit Autorität. In knappen Worten entschuldigte er sich für das unziemliche Verhalten seiner Arbeiter und erklärte, daß sie einfache Bauern seien, die nicht fassen konnten, daß sich ein Mächtiger des Reiches unter ihnen aufhielt, und ihm auf diese Weise lediglich ihren Respekt bezeugen wollten.

»Ich kenne diesen Mann«, murmelte Aarisiim in Valentines linkes Ohr.

Aber gerade jetzt bot sich keine Gelegenheit, mehr herauszufinden; denn Vathiimeraak, der sich abwandte, gab mit erhobener Hand ein Zeichen, worauf sich sofort wieder Chaos und Lärm breitmachten. Die Dorfbewohner rannten in ein Dutzend verschiedene Richtungen davon; manche kehrten fast sofort mit Tellern voll Würsten und Schalen mit Wein für ihre Gäste zurück, andere schleppten schiefe Tische und Bänke aus den Hütten. Ganze Scharen drängten sich erneut um Valentine und seine Begleiter und bedrängten sie diesmal, die Köstlichkeiten zu probieren, die sie anzubieten hatten.

»Sie geben uns ihr eigenes Essen!« protestierte Magadone Sambisa. Sie gab Vathiimeraak die Anweisung, das Fest abzusagen. Aber der Vorarbeiter entgegnete freundlich, daß es die Dorfbewohner kränken würde, wenn ihre Gastfreundschaft abgelehnt werde, und am Ende konnte man nichts tun: Sie mußten an einem Tisch Platz nehmen und von allem kosten, was ihnen die Dorfbewohner brachten.

»Wenn Ihr gestattet, Majestät«, sagte Nascimonte, als Valentine nach einer Schale Wein greifen wollte. Der Herzog nahm sie ihm ab und trank zuerst; erst nach einem Moment reichte er sie weiter. Außerdem bestand er darauf, Valentines Würste für ihn zu kosten, ebenso das gekochte Gemüse, das dazu serviert wurde.

Valentine wäre nie auf den Gedanken gekommen, daß die Dorfbewohner versuchen könnten, ihn zu vergiften. Aber er ließ Nascimonte sein reizendes kleines Ritual mittelalterlicher Ritterlichkeit ohne Einwände spielen. Er hielt zu große Stücke auf den alten Mann, um ihm diese Geste zu verweigern.

Als das Fest schon einige Zeit andauerte, sagte Vathiimeraak: »Ich gehe davon aus, Euer Majestät, Ihr seid wegen des Todes von Dr. Huukaminaan hier?«

Die Direktheit des Vorarbeiters war erstaunlich. »Könnte es nicht sein«, entgegnete Valentine gutgelaunt, »daß ich einfach nur sehen wollte, welche Fortschritte an der Ausgrabungsstätte gemacht werden?«

Damit ließ sich Vathiimeraak nicht abspeisen. »Ich werde tun, was Ihr von mir verlangt, um Eure Suche nach dem Mörder zu unterstützen«, sagte er und klopfte heftig auf den Tisch, um seine Worte zu unterstreichen. Einen Moment verschwammen die Umrisse seines breiten, kantigen Gesichts, als wäre er kurz davor, eine unwillkürliche Verwandlung durchzumachen. Valentine wußte, daß dies bei den Piurivar ein Zeichen für heftige Gefühlsregungen war. »Ich hatte den größten Respekt vor Dr. Huukaminaan. Es war ein Privileg, mit ihm zu arbeiten. Ich habe oft für ihn persönlich gegraben, wenn ich der Meinung war, eine Grabungsstätte wäre zu empfindlich, sie in ungeschicktere Hände zu geben. Anfangs hielt er das für unangemessen, daß der Vorarbeiter selbst grub, aber ich sagte: Nein, nein, Dr. Huukaminaan, ich bitte Euch, mir diese Ehre zu gewähren, und er verstand und gestattete es. Wie kann ich Euch helfen, denjenigen zu finden, der dieses grauenhafte Verbrechen begangen hat?«

Er wirkte so ernst und geradeheraus und offen, daß Valentine auf der Stelle argwöhnisch wurde. Vathiimeraaks kräftige, dröhnende Stimme und seine äußerst förmliche Ausdrucksweise hatten etwas Theatralisches. Seine übertriebene Aufrichtigkeit wirkte genau wie die extreme Überschwenglichkeit der Begrüßung durch die Dorfbewohner, das Knien und Küssen seines Saums: exzessiv und deshalb unglaubwürdig.

Du bist diesen Leuten gegenüber zu mißtrauisch, sagte er sich. *Dieser Mann spricht einfach nur so, wie man seiner Ansicht nach mit einem Pontifex sprechen muß. In jedem Fall denke ich, kann er nützlich sein.*

Er sagte: »Was wißt Ihr darüber, wie der Mord begangen wurde?«

Vathiimeraak antwortete ohne Zögern, als hätte er eine gut einstudierte Antwort parat gehabt. »Ich weiß, daß es spät in der Nacht geschah, vergangene Woche, irgendwann zwischen der Stunde des Gihorna und der Stunde des Schakals. Eine oder mehrere Personen lockten Dr. Huukaminaan aus seinem Zelt und führten ihn zu den Tischen der Götter, wo er getötet und in Stücke geschnitten wurde. Wir fanden die verschiedenen Teile seines Leichnams am nächsten Morgen auf der westlichen Plattform, bis auf den Kopf. Den entdeckten wir später am selben Tag in einem der Alkoven am Fundament des Schreins des Untergangs.«

Weitgehend die übliche Darstellung, dachte Valentine. Mit einer kleinen Ausnahme.

»Schrein des Untergangs? Diesen Ausdruck habe ich bisher noch nicht gehört.«

»Den Schrein der Siebten Pyramide, den meine ich«, sagte Vathiimeraak. »Den ungeöffneten Schrein, den Dr. Magadone Sambisa gefunden hat. Der Name, den ich genannt habe, ist der, den wir ihm unter uns gegeben haben. Wie Ihr hört, sage ich nicht, daß sie ihn ›entdeckt‹ hat. Wir haben immer gewußt, daß er da war, neben der zerstörten Pyramide. Aber niemand hat uns je danach gefragt, und darum haben wir nie etwas gesagt.«

Valentine sah zu Deliamber, der fast unmerklich nickte. Wieder *hsirthiir*, ja.

Aber etwas stimmte nicht ganz. »Ich glaube, Dr. Magadone Sambisa sagte mir, daß sie und Dr. Huukaminaan den siebten Schrein gemeinsam gefunden haben«, sagte Valentine. Sie deutete an, daß Dr. Huukaminaan so überrascht gewesen war, ihn dort zu finden, wie sie selbst. Wollt Ihr behaupten, daß Ihr von seiner Existenz wußtet, er aber nicht?«

»Es gibt keinen Piurivar, der nicht von der Existenz des Schreins des Untergangs weiß«, sagte Vathiimeraak ungerührt. »Er wurde zur Zeit der Schandtat versiegelt und enthält, wie wir glauben, Beweise für die Schandtat selbst. Wenn Dr. Magadone Sambisa den Eindruck erweckte, daß Dr. Huukaminaan nichts von seiner Existenz wußte, dann ist das nicht korrekt.« Wieder bebten und flackerten die Gesichtszüge des Vorarbeiters. Er sah besorgt zu Magadone Sambisa und sagte: »Ich möchte Euch nicht beleidigen, indem ich Euch widerspreche, Dr. Magadone Sambisa.«

»Keine Bange«, sagte sie ein wenig verschnupft. »Aber wenn Huukaminaan von dem Schrein wußte, bevor wir ihn gefunden haben, hat er zu mir jedenfalls kein Wort davon gesagt.«

»Vielleicht hatte er gehofft, daß er nicht gefunden würde«, antwortete Vathiimeraak.

Das bewirkte kaum verhohlene Konsterniertheit bei Magadone Sambisa; und auch Valentine selbst spürte, daß sie hier auf etwas gestoßen waren, das überprüft werden mußte. Aber sie schweiften vom eigentlichen Thema ab.

»Es ist erforderlich«, sagte Valentine zu dem Vorarbeiter, »daß wir von jedem einzelnen Ihrer Leute den Aufenthaltsort zur Tatzeit erfahren.« Er sah Vathiimeraaks Reaktion Gestalt annehmen und fügte rasch hinzu: »Wir glauben nicht, daß jemand aus dem Dorf Dr. Huukaminaan getötet hat. Im Augenblick steht noch gar niemand unter Verdacht. Aber wir müssen genau wissen, wer in jener Nacht an der Ausgrabungsstätte oder in der Nähe gewesen ist.«

»Ich werde tun, was ich kann, um es herauszufinden.«

»Ich weiß, Eure Hilfe wird unschätzbar sein«, sagte Valentine.

»Ihr solltet Euch auch der Hilfe unseres Khivanivod versichern«, sagte Vathiimeraak. »Er ist heute nicht unter uns. Er hat sich im entlegensten Bezirk der Stadt in eine spirituelle Klausur begeben, um für die Läuterung der Seele des Mörders von Dr. Huukaminaan zu beten, wer immer es sein mag. Ich werde ihn zu Euch schicken, sobald er wieder hier ist.«

Noch eine kleine Überraschung.

Ein Khivanivod war ein heiliger Mann der Piurivar, ein Mittelding zwischen einem Priester und einem Zauberer. Im modernen Leben der Metamorphen waren sie recht unüblich, um so bemerkenswerter schien es, daß sich einer in diesem schäbigen, abgelegenen Dorf aufhalten sollte. Es sei denn, natürlich, die höchsten religiösen Führer der Piurivar hatten beschlossen, daß es das beste wäre, für die Dauer der Ausgrabung einen nach Velalisier zu entsenden, damit alles mit dem bei heiligen Stätten gebotenen Respekt geschah. Seltsam war, daß Magadone Sambisa ihm gegenüber nichts von der Anwesenheit eines Khivanivod erwähnt hatte.

»Ja«, sagte Valentine ein wenig unbehaglich. »Schickt ihn zu mir, ja. Auf jeden Fall.«

Als sie aus dem Dorf der Arbeiter ritten, sagte Nascimonte: »Nun, Valentine, ich muß, obwohl es mich schmerzt, doch gestehen, daß ich wieder einmal gezwungen bin, Eure Urteilsfähigkeit in Zweifel zu ziehen.«

»Ihr leidet meinetwegen viele Schmerzen«, sagte Valentine mit einem schelmischen Lächeln. »Sagt mir, Nascimonte: Wo habe ich mich diesmal geirrt?«

»Ihr habt diesen Vathiimeraak zu Eurem Verbündeten bei den Ermittlungen gemacht. Ihr habt ihn sogar behandelt, als wäre er ein vertrauenswürdiger Polizist.«

»Auf mich macht er einen zuverlässigen Eindruck. Und die Dorfbewohner haben Angst vor ihm. Was kann es schaden, wenn wir ihn bitten, sie für uns zu befragen? Wenn wir sie selbst verhören, werden sie einfach schweigen – oder uns bestenfalls alle möglichen phantastischen Geschichten erzählen. Wogegen es Vathiimeraak gelingen könnte, ihnen die Wahrheit abzunötigen. Jedenfalls einen nützlichen Teil davon.«

»Nicht, wenn er selbst der Mörder ist«, sagte Nascimonte.

»Ah, das ist es? Ihr habt das Verbrechen aufgeklärt, mein Freund? Vathiimeraak hat es getan?«

»Könnte sehr gut sein.«

»Das müßt Ihr mir erklären.«

Nascimonte gab Aarisiim ein Zeichen. »Sagt Ihr es ihm.«

Der Metamorph sagte: »Majestät, als ich Vathiimeraak zum erstenmal sah, sagte ich Euch, daß ich ihn von irgendwo zu kennen glaubte. Und so ist es tatsächlich, obwohl ich noch eine Weile gebraucht habe, bis ich ihn einordnen konnte. Er ist ein Verwandter des Rebellen Faraataa. Als ich mit Faraataa in Piurifayne war, ist dieser Vathiimeraak häufig an unserer Seite gewesen.«

Das kam unerwartet. Aber Valentine behielt seine Reaktion für sich. Ruhig sagte er: »Spielt das eine Rolle? Was ist mit unserer Amnestie, Aarisiim? Allen Rebellen, die geschworen haben, nach der Niederlage von Faraataa Frieden zu wahren, wurde vergeben, und sie bekamen sämtliche Bürgerrechte zurück. Ausgerechnet dich sollte ich daran kaum erinnern müssen.«

»Das bedeutet nicht, daß sie über Nacht alle zu braven Bürgern geworden sind, nicht wahr, Valentine?« fragte Nascimonte. »Es wäre doch denkbar, daß dieser Vathiimeraak, ein Mann von Faraataas Geblüt, immer noch ausgeprägte Rachegelüste ...«

Valentine sah zu Magadone Sambisa. »Als Ihr ihn als Vorarbeiter einstelltet, habt Ihr da gewußt, daß er mit Faraataa verwandt ist?«

Sie wirkte peinlich berührt. »Nein, Majestät, das habe ich nicht. Aber ich wußte, daß er an der Rebellion teilgenommen und die Amnestie akzeptiert hatte. Und er kam mit den besten Empfehlungen. Wir sollen doch glauben, daß die Amnestie einen Sinn hat, nicht wahr? Daß die Rebellion aus und vorbei ist, daß allen, die daran teilgenommen und bereut haben, gestattet wird ...«

»Und glaubt Ihr, er hat wirklich bereut?« fragte Nascimonte. »Kann jemand das wirklich wissen? Ich sage, er ist von Kopf bis Fuß ein Betrüger. Diese laute, dröhnende Stimme! Diese geschraubte Ausdrucksweise! Dieses Übermaß an Ehrerbietung gegenüber dem Pontifex! Heuchelei, ohne Ausnahme. Und was die Ermordung von Huukaminaan betrifft, seht ihn Euch doch nur an! Glaubt Ihr, es war einfach, diesen armen Mann derart in Stücke zu schneiden? Aber Vathiimeraak ist wie ein Bidlakbulle gebaut. In diesem Dorf mit seinen dünnen, schwächlichen Leutchen fällt er auf wie ein Dwikkabaum auf einer Wiese.«

»Daß er die Kraft für das Verbrechen hat, heißt noch lange nicht, daß er es auch getan hat«, sagte Valentine leicht verärgert. »Und diese andere Sache, daß er mit Faraataa verwandt ist – welches Motiv gäbe ihm das, diesen harmlosen alten Archäologen der Piurivar abzuschlachten? Nein, Nascimonte. Nein. Nein. Nein. Ihr und Tunigorn würdet keine fünf Minuten brauchen, um zu dem Urteil zu kommen, daß der Mann für den Rest seines Lebens in den Kerkern von Sangamor eingesperrt werden sollte, die tief unter dem Schloß liegen. Aber wir brauchen handfeste Beweise, bevor wir jemanden des Mordes beschuldigen.« Zu Magadone Sambisa sagte er: »Aber was hat es mit diesem Khivanivod auf sich? Warum wurde uns nicht gesagt, daß ein Khivanivod in diesem Dorf lebt?«

»Er ist seit dem Tag nach dem Mord nicht mehr hier, Euer Majestät«, sagte sie und sah Valentine besorgt an. »Um ganz ehrlich zu sein, ich hatte ihn vollkommen vergessen.«

»Was für eine Person ist er? Beschreibt ihn mir.«

Ein Achselzucken. »Alt. Schmutzig. Eine erbärmliche Kreatur, die den Aberglauben anderer ausnutzt, wie all diese Stammesschamanen. Was soll ich sagen? Ich mag es nicht, ihn in meiner Nähe zu haben. Aber ich schätze, er ist der Preis, den wir zahlen müssen, um hier graben zu dürfen.«

»Hat er Euch Ärger gemacht?«

»Ein wenig. Er schnüffelt andauernd in allem herum und macht sich ständig Sorgen, daß wir ein Sakrileg begehen. *Sakrileg,* und das in einer Stadt, die die Piurivar selbst zerstört und verflucht haben! Welchen Schaden könnten wir hier anrichten, nach allem, was sie schon angerichtet haben?«

»Dies war ihre Hauptstadt«, sagte Valentine. »Es stand ihnen frei, damit zu machen, was sie wollten. Das bedeutet nicht, daß sie froh sind, wenn wir hierherkommen und in den Ruinen wühlen. Aber hat er tatsächlich versucht, Euch in Eurer Arbeit zu behindern, dieser Khivanivod?«

»Er ist dagegen, daß wir den Schrein des Untergangs öffnen.«

»Aha. Ihr sagt, daß es politische Probleme deswegen gibt. Er hat eine offizielle Protestnote übergeben, nicht wahr?« Zu den Bedingungen, die Valentine für das Recht ausgehandelt hatte, Archäologen nach Velalisier zu schicken, gehörte auch ein Vetorecht der Piurivar bei jedem Aspekt der Arbeit, der ihnen mißfiel.

»Bis jetzt hat er uns einfach nur gesagt, er wolle nicht, daß wir den Schrein öffnen«, sagte Magadone Sambisa. »Er und ich und Dr. Huukaminaan wollten uns deswegen letzte Woche zusammensetzen und versuchen, einen Kompromiß auszuarbeiten, auch wenn ich mir kaum vorstellen kann, welche Möglichkeiten es für einen Kompromiß geben könnte, wenn eine Partei den Schrein öffnen und die andere ihn *nicht* öffnen will. Jedenfalls kam es aus den offensichtlichen tragischen Gründen nie zu dem Treffen. Jetzt, wo Ihr hier seid, könnt Ihr vielleicht den Disput für uns aus der Welt schaffen, wenn Torkkinuuminaad wieder von dort zurückkehrt, wohin er verschwunden ist.«

»Torkkinuuminaad?« sagte Valentine. »Ist das der Name des Khivanivod?«

»Torkkinuuminaad, ja.«

»Diese zungenbrecherischen Gestaltwandlernamen«, sagte Nascimonte mürrisch. »Torkkinuuminaad! Vathiimeraak! Huukaminaan!« Er warf Aarisiim einen giftigen Blick zu. »Beim Göttlichen, Mann, war es wirklich unbedingt notwendig für Eure Rasse, sich Namen zu geben, die so vollkommen unaussprechlich sind, wo es doch ganz leicht ...«

»Das System ist äußerst logisch«, erwiderte Aarisiim gelassen. »Die Verdopplung der Vokale im ersten Teil des Namens hat ...«

»Verschiebt diese Diskussion auf ein andermal, bitte«, sagte Valentine und machte eine entsprechende Handbewegung. Zu Magadone Sambisa sagte er: »Aus reiner Neugier, wie war das Verhältnis zwischen dem Khivanivod und Dr. Huukaminaan? Schwierig? Gespannt? Hielt er es für ein Sakrileg, die Ruinen vom Unkraut zu befreien und einige der Gebäude wieder aufzubauen?«

»Überhaupt nicht«, sagte Magadone Sambisa. »Sie haben Hand in Hand gearbeitet. Sie empfanden größten Respekt füreinander, auch wenn der Göttliche allein weiß, wie Dr. Huukaminaan diesen schmutzigen alten Wilden auch nur eine Minute ertragen konnte ... Warum? Wollt Ihr andeuten, daß *Torkkinuuminaad* der Mörder gewesen sein könnte?«

»Ist das so unwahrscheinlich? Ihr selbst hattet nicht ein einziges gutes Wort über ihn zu sagen.«

»Er ist ein Ärgernis, und zumindest in der Frage des Schreins hat er ein echtes Hindernis für unsere Arbeit dargestellt. Aber ein Mörder? Nicht einmal ich würde soweit gehen, Euer Majestät. Jeder konnte sehen, daß er und Huukaminaan große Zuneigung füreinander empfanden.«

»Wir sollten ihn trotzdem befragen«, sagte Nascimonte.

»Wahrlich«, entgegnete Valentine. »Ich möchte, daß morgen Kundschafter durch die Ausgrabungsstätte geschickt werden, um nach ihm zu suchen. Er hält sich irgendwo in den Ruinen auf, richtig? Finden wir ihn und bringen ihn her. Wenn das seine spirituelle Klausur unterbricht, dann tut sie das eben. Sagt ihm, daß der Pontifex ihn zu sich befiehlt.«

»Ich werde dafür sorgen«, sagte Magadone Sambisa.

»Der Pontifex ist jetzt sehr müde«, sagte Valentine. »Der Pontifex geht schlafen.«

Als er sich nach den endlosen Mühen des Tages endlich allein in seinem königlichen Zelt befand, vermißte er Carabella mit einer Intensität, die ihn überraschte: die kleine und drahtige Frau, die sein Schicksal während jener seltsamen Zeit, als er, seines Gedächtnisses und Wissens um sich selbst beraubt, in Pidruid an der Küste des anderen Kontinents gewesen war, fast von Anfang an mit ihm geteilt hatte. Sie, die ihn nur um seiner selbst willen geliebt hatte, ohne zu wissen, daß er in Wahrheit ein von seinem rechtmäßigen Thron gestoßener, seiner wahren Identität beraubter Coronal war, hatte ihm geholfen, sich der Jongleurstruppe von Zalzan Kavol anzuschließen; nach und nach hatten ihrer beider Leben sich ineinander verschlungen; und als er seine erstaunliche Rückkehr an die Macht bewerkstelligt gehabt hatte, da war sie ihm auf den Gipfel der Welt gefolgt.

Er wünschte sich, sie wäre jetzt bei ihm. Würde neben ihm sitzen und mit ihm reden, wie immer vor dem Schlafengehen. Um sich mit ihm über alle verzwickten Probleme zu unterhalten, mit denen er im Laufe des Tages konfrontiert worden war. Um ihm zu helfen, den Sinn hinter diesen verschlungenen Rätseln zu begreifen, die ihm diese tote Stadt aufgab. Und einfach, um *bei* ihm zu sein.

Aber Carabella war nicht mit ihm nach Velalisier gekommen. Es sei eine alberne Zeitverschwendung, hatte sie gesagt, daß er persönlich dorthin gehe, um den Mord aufzuklären. Schick Tunigorn; schick Mirigant; schick Sleet; schick jeden beliebigen hohen pontifikalen Beamten! Aber warum solltest du selbst gehen?

»Weil ich muß«, hatte Valentine geantwortet. »Weil ich die Verantwortung dafür übernommen habe, die Metamorphen in das Leben dieser Welt zu integrieren. Die Ausgrabungen in Velalisier sind ein wichtiger Teil dieses Unternehmens. Und der Mord an dem alten Archäologen bringt mich zu der Überzeugung, daß Kräfte am Werk sind, die versuchen, diese Ausgrabungen zu behindern.«

»Das ist weit hergeholt«, hatte Carabella darauf erwidert.

»Und wenn schon. Aber du weißt, wie sehr ich mich nach jeder Gelegenheit sehne, das Labyrinth zu verlassen, und sei es nur eine oder zwei Wochen. Aus diesem Grund werde ich nach Velalisier gehen.«

»Und ich nicht. Ich verabscheue diesen Ort, Valentine. Es ist ein gräßlicher Ort des Todes und der Zerstörung. Ich habe ihn zweimal gesehen und kann ihm immer noch nichts abgewinnen. Wenn du gehst, mußt du ohne mich gehen.«

»Ich habe vor, zu gehen, Carabella.«

»Dann geh. Wenn du mußt.« Und sie gab ihm einen Kuß auf die Nasenspitze, denn es entsprach nicht ihren Gepflogenheiten, zu streiten oder auch nur uneins zu sein. Aber als er ging,

ging er tatsächlich ohne sie. Sie befand sich heute nacht in den königlichen Gemächern im Labyrinth, und er hier, in diesem prunkvollen, aber einsamen Zelt in dieser ausgedörrten und verfallenen Stadt uralter Geister.

In der Nacht besuchten sie ihn in seinen Träumen, diese Geister.

Sie besuchten ihn derart deutlich, daß er glaubte, eine Sendung zu erleben - eine verständliche und absichtliche direkte Kommunikation in Form eines Traums.

Aber es glich keiner Sendung, die er je gehabt hatte. Kaum hatte er die Augen geschlossen, da wanderte er im Schlaf zwischen den rissigen und bröckelnden Häusern des toten Velalisier einher. Unheimliches Geisterlicht, geheimnisvolles Licht, tanzte aus jedem geborstenen Stein. Die Stadt erstrahlte limonengrün und zitronengelb und pulsierte vor innerem Leuchten. Strahlende Gesichter, Geistergesichter, grinsten aus der Luft spöttisch auf ihn herab. Die Sonne selbst wirbelte und schlug ungestüme Kapriolen am Himmel.

Ein dunkles Loch, das in die Erde führte, lag offen vor ihm, und er betrat es ohne jedes Zögern und ging eine lange Treppenflucht massiver, mit Flechten verkrusteter Steinstufen hinunter, in die archaische, verschnörkelte Runen eingeritzt waren. Jede Bewegung war mühsam. Obwohl er immer weiter hinabstieg, war der Kraftaufwand derselbe, als würde er aufwärtsklettern. Unter großer Anstrengung stieg er immer tiefer, kam sich dabei aber so vor, als würde er gegen einen mächtigen Sog ankämpfen und aufwärtsgehen, eine umgekehrte Pyramide erklimmen, aber keine schlanke, wie die oberirdischen in dieser Stadt, sondern von unvorstellbarem Umfang und Durchmesser. Er stellte sich vor, daß er sich einen Berghang hinaufkämpfte; aber es war ein Berg, der nach unten führte, tief in die Eingeweide der Welt hinein. Und der Pfad führte ihn abwärts, wie er wußte, in ein Labyrinth hinab, das weitaus furchteinflößender war als das, in dem er sein tägliches Leben verbrachte.

Die wirbelnden Geistergesichter sausten schwindelerregend vorbei und verschwanden. Kicherndes Gelächter drang aus der Dunkelheit zu ihm. Die Luft war feucht und heiß und abgestanden. Der Sog der Schwerkraft war erdrückend. Bei seinem endlosen Abstieg, Ebene für Ebene, zeigten ihm gelbe Lichtblitze Höhlen, die in alle Richtungen verliefen und sich in unverständlichen Winkeln erstreckten, die konkav und konvex zugleich waren.

Und nun herrschte plötzlich blendende Helligkeit. Das pulsierende Feuer einer unterirdischen Sonne strahlte ihm aus den Tiefen entgegen, ein harscher, bedrohlicher Glanz.

Valentine wurde auf dieses schreckliche Licht zu gezogen, ohne etwas dagegen tun zu können; und dann befand er sich ohne wahrnehmbaren Übergang nicht mehr unter der Erde, sondern auf der weiten Ebene von Velalisier, auf einer der riesigen Plattformen aus blauem Stein, die als Tische der Götter bekannt waren.

Er hielt ein großes Messer in der Hand, einen Krummdolch, der in der gleißenden Mittagssonne funkelnde Blitze warf.

Und als er über die Ebene schaute, sah er eine gewaltige Prozession von Osten her auf sich zukommen, aus der Richtung des fernen Meeres: Tausende Leute, Hunderttausende, wie eine marschierende Ameisenarmee. Nein, zwei Armeen; denn die Marschierenden waren in zwei gewaltige parallele Reihen geteilt. Valentine konnte am Ende jeder Reihe, fast am Horizont, zwei riesige Wagen aus Holz auf titanischen Rädern erkennen. Gewaltige Taue waren daran befestigt, und die Marschierenden zogen die Wagen unter enormer Anstrengung langsam vorwärts, mit jedem Ruck vielleicht einen halben Meter, auf das Stadtzentrum zu.

Auf jedem Wagen lag ein kolossaler Wasserkönig festgezurrt, ein Meeresdrachen von monströser Größe. Die gewaltigen Geschöpfe sahen die Leute, die sie gefangen hatten, böse an, konnten sich aber nicht einmal mit den Riesenkräften der Meeresdrachen von ihren Fesseln befreien, wie sehr sie sich auch bemühten. Und mit jedem Zug an den Tauen brachten die Wagen sie näher an die beiden Plattformen, an die Tische der Götter.

Dem Ort des Opfers.

Der Stätte, wo der schreckliche Wahnsinn der Schandtat stattfinden sollte. Wo Valentine, der Pontifex von Majipoor, mit dem großen funkelnden Messer in der Hand wartete.

»Majestät? Majestät?«

Valentine blinzelte und erwachte benommen. Ein Gestaltwandler stand über ihm, außerordentlich groß und von kräftiger Gestalt, die Augen so ausgeprägt schräg und zusammengekniffen, daß es auf den ersten Blick aussah, als hätte er gar keine. Valentine wollte erschrocken aufspringen, aber nach einem Moment erkannte er in dem Eindringling Aarisiim und entspannte sich.

»Ihr habt geschrien«, sagte der Metamorph. »Ich war auf dem Weg hierher, um Euch eine seltsame Neuigkeit wissen zu lassen, die ich herausgefunden habe, und als ich vor Eurem Zelt stand, habe ich Eure Stimme gehört. Ist alles in Ordnung, Euer Majestät?«

»Nur ein Traum. Ein sehr häßlicher Traum.« Der immer noch auf unangenehme Weise in seinem Kopf herumspukte. Valentine erschauerte und versuchte, sich aus seinem Griff zu befreien. »Wie spät ist es, Aarisiim?«

»Die Stunde des Haigus, Majestät.«

Das war nach Mitternacht. Noch lange bis zur Dämmerung.

Valentine zwang sich, völlig wach zu werden. Mit weit geöffneten Augen starrte er in das praktisch konturlose Gesicht. »Ihr sagt, es gibt Neuigkeiten? Was für Neuigkeiten?«

Die Farbe des Metamorphen veränderte sich von einem blassen zu einem tiefen Grün, und er blinzelte drei- oder viermal mit den Augenschlitzen. »Ich habe heute abend mit einer Archäologin gesprochen, der Frau namens Hieekraad, die die Aufzeichnungen über die gefundenen Artefakte anlegt. Der Vorarbeiter der Gräber hat sie zu mir gebracht, der Mann Vathiimeraak aus dem Dorf. Es scheint, als wären er und Hieekraad ein Liebespaar.«

Valentine regte sich ungeduldig. »Kommt zur Sache, Aarisiim.«

»Ich bin dabei, Sir. Die Frau Hieekraad hat, so scheint es, dem Mann Vathiimeraak Dinge über die Ausgrabungen enthüllt, die ein gewöhnlicher Vorarbeiter sonst nicht wissen würde. Diese Dinge hat er mir heute abend erzählt.«

»Und?«

»Sie haben uns belogen, Majestät – alle Archäologen, die ganze Bande –, haben uns absichtlich etwas verheimlicht. Etwas *ziemlich* Wichtiges, eine bedeutende Entdeckung. Vathiimeraak brachte die Hieekraad zu mir, nachdem er von ihr erfahren hatte, daß wir auf diese Weise getäuscht worden waren, und bewegte sie dazu, mir die ganze Geschichte zu offenbaren.«

»Weiter.«

»Es ist folgendes«, sagte Aarisiim. Er schwieg einen Moment und schwankte, als würde er jeden Moment in einen bodenlosen Abgrund stürzen. »Dr. Huukaminaan fand zwei Wochen vor seinem Tod eine Grabstätte, die bis dahin unentdeckt war. Diese lag in einer sonst verlassenen Region am westlichen Stadtrand. Magadone Sambisa war bei ihm. Es war eine Stätte aus der Zeit, nachdem die Stadt verlassen worden war, wie die historische Datierung ergab. Nämlich aus einer Ära nicht lange nach der von Lord Stiamot.«

»Aber wie kann das sein?« fragte Valentine stirnrunzelnd. »Selbst wenn wir die Kleinigkeit, daß dieser Ort verflucht war und kein Piurivar gewagt hätte, nach seiner Zerstörung auch nur einen Fuß hineinzusetzen, völlig außer acht lassen – zu der Zeit lebten nicht einmal Piurivar auf diesem Kontinent. Stiamot hatte sie alle in Reservate auf Zimroel bringen lassen. Das weißt du sehr gut, Aarisiim. Hier stimmt etwas nicht.«

»Es war keine Grabstätte der Piurivar, Euer Majestät.«

»Was?«

»Es war das Grab eines Menschen«, sagte Aarisiim. »Das Grab eines *Pontifex,* wie diese Frau Hieekraad sagte.«

Valentine hätte nicht überraschter sein können, wenn Aarisiim eine Bombe gezündet hätte. »Eines Pontifex?« wiederholte er benommen. »Das Grab eines Pontifex, hier in Velalisier?«

»Das hat Hieekraad behauptet. Eine eindeutige Bestimmung. Die Symbole an den Wänden des Grabes ... das Zeichen des Labyrinths und andere ähnliche Details ... die zeremoniellen Gegenstände, die bei dem Leichnam gefunden wurden ... Inschriften: Alles deutete darauf hin, daß es sich um das Grab eines Pontifex handelte, Tausende Jahre alt. Das hat sie gesagt, und ich denke, es war die Wahrheit. Vathiimeraak stand neben ihr, während sie es erzählte, und schaute finster drein. Sie hatte in dem Moment zu große Angst vor ihm, um irgendwelche Lügen aufzutischen.«

Valentine stand auf und schritt aufgebracht im Zelt hin und

her. »Beim Göttlichen, Aarisiim! Wenn das stimmt, hätte man mich sofort in Kenntnis setzen müssen, nachdem der Fund gemacht wurde. Oder es zumindest nach meiner Ankunft hier erwähnen müssen! Das Grab eines alten Pontifex, und sie verheimlichen es vor mir? Unglaublich. Unglaublich!«

»Es war Magadone Sambisa selbst, die den Befehl gab, daß alle Neuigkeiten über die Entdeckung zurückgehalten werden sollten. Es fand keine öffentliche Bekanntmachung statt. Nicht einmal den Grabarbeitern wurde gesagt, was sie freigelegt hatten. Es war ein Geheimnis, das nur den Archäologen der Ausgrabung bekannt sein sollte.«

»Auch das hat Hieekraad gesagt?«

»Ja, Majestät. Sie sagte, daß Magadone Sambisa die Befehle noch am selben Tag gab, als das Grab gefunden wurde. Diese Hieekraad erzählte mir darüber hinaus, daß Dr. Huukaminaan ganz und gar nicht mit Magadone Sambisas Entscheidung einverstanden war, daß sie sogar einen heftigen Streit deswegen hatten. Aber schließlich fügte er sich. Und als der Mord geschah und bekannt wurde, daß Ihr Velalisier einen Besuch abstatten würdet, berief Magadone Sambisa eine Sitzung ein und ordnete an, daß man Euch nichts davon sagen sollte. Alle, die mit der Ausgrabung zu tun hatten, bekamen den ausdrücklichen Befehl, dieses Wissen vor Euch geheimzuhalten.«

»Absolut unglaublich«, murmelte Valentine.

Aarisiim sagte ernst: »Ihr müßt die Frau Hieekraad beschützen, Majestät, wenn Ihr diese Angelegenheit untersucht. Sie wird große Schwierigkeiten bekommen, wenn Magadone Sambisa erfährt, daß sie diejenige war, die die Geschichte von der Grabstätte ausgeplaudert hat.«

»Hieekraad ist nicht die einzige, die große Schwierigkeiten bekommen wird«, sagte Valentine. Er schlüpfte aus seinem Nachtgewand und zog sich an.

»Noch etwas, Majestät. Der Khivanivod Torkkinuuminaad – er hält sich derzeit an der Grabstätte auf. Dorthin hat er sich zum Gebet zurückgezogen. Ich habe diese Information von Vorarbeiter Vathiimeraak.«

»Großartig«, sagte Valentine. Seine Gedanken wirbelten durcheinander. »Der Khivanivod des Dorfes spricht seine Piurivargebete im Grab eines Pontifex! Wunderbar! Ausgezeichnet! – Bringt Magadone Sambisa sofort zu mir, Aarisiim.«

»Majestät, es ist sehr früh und ...«

»Habt Ihr nicht gehört, Aarisiim?«

»Majestät«, sagte der Gestaltwandler, diesmal unterwürfiger. Er verbeugte sich tief. Und ging hinaus, um Magadone Sambisa zu holen.

»Das urzeitliche Grab eines Pontifex, Magadone Sambisa, und nichts darüber wird bekanntgegeben? Das urzeitliche Grab eines Pontifex, und wenn der derzeitige Pontifex kommt, um sich ein Bild von der Ausgrabung zu machen, tut Ihr alles, was in Eurer Macht steht, um zu verhindern, daß er davon erfährt? Ich darf Euch versichern, daß es mir äußerst schwerfällt, das alles zu glauben.«

Es war immer noch eine Stunde bis zur Dämmerung. Magadone Sambisa, die wegen dieses Gesprächs aus dem Schlaf gerissen worden war, sah noch blasser und hagerer aus als gestern, und nun konnte man auch eine Andeutung von Furcht in ihren Augen erkennen. Aber trotz alledem gelang es ihr immer noch, etwas von der unnachgiebigen Kraft zu mobilisieren, die sie zu der hervorragenden Archäologin gemacht hatte, die sie war. Ihre Stimme hatte sogar einen stählernen Unterton von Trotz, als sie sagte: »Wer hat Euch von diesem Grab erzählt, Euer Majestät?«

Valentine ließ die Frage unbeantwortet. »Es geschah auf Euren Befehl hin, daß die Geschichte geheimgehalten wurde, nicht wahr?«

»Ja.«

»Gegen die vehementen Einwände von Dr. Huukaminaan, soweit man mir gesagt hat.«

Nun huschte Wut über ihre Gesichtszüge. »Sie haben Euch alles erzählt, richtig? Wer war es? Wer?«

»Ich darf Euch daran erinnern, Lady, daß ich derjenige bin, der hier die Fragen stellt. Stimmt es also, daß Dr. Huukaminaan nicht mit Eurer Anweisung übereinstimmte, die Entdeckung geheimzuhalten?«

»Ja.« Mit sehr kläglicher Stimme.

»Und warum?«

»Er betrachtete es als Verbrechen gegen die Wahrheit«, sagte Magadone Sambisa immer noch sehr leise. »Ihr müßt begreifen, Majestät, daß Dr. Huukaminaan nur für seine Arbeit lebte. Und die bestand, wie bei uns allen, darin, durch rigorose Anwendung der archäologischen Disziplinen verlorengegangene Aspekte unserer Vergangenheit ans Licht zu bringen. Dem allein galt sein ganzes Sinnen und Trachten, er war ein wahrer und hingebungsvoller Wissenschaftler.«

»Wohingegen Ihr selbst nicht ganz so hingebungsvoll seid?«

Magadone Sambisa errötete und wandte beschämt den Blick ab. »Ich muß gestehen, mein Vorgehen könnte diesen Eindruck erwecken. Aber manchmal muß selbst die Suche nach der Wahrheit zumindest vorübergehend vor taktischen Überlegungen zurückstehen. Ihr, ein Pontifex, könnt das gewiß nicht bestreiten. Und ich hatte Gründe, die mir persönlich durchaus stichhaltig zu sein schienen, die Neuigkeit über dieses Grab nicht an die Öffentlichkeit dringen zu lassen. Dr. Huukaminaan stimmte nicht mit meinem Standpunkt überein; er und ich hatten deswegen einen langen und erbitterten Streit. Es war das einzige Mal während unserer gesamten Zelt als gemeinschaftliche Leiter dieser Expedition, daß wir eine Meinungsverschiedenheit hatten.«

»Bis es zuletzt unvermeidlich wurde, daß Ihr ihn ermorden ließt? Weil er sich Euch nur widerstrebend gefügt hatte und Ihr nicht sicher wart, ob er schweigen würde?«

»*Majestät!*« Es war ein Schrei – sie war offenbar so schockiert, daß sie nicht mehr sagen konnte.

»Das könnte ein Motiv für den Mord sein. Ist es nicht so?«

Sie sah wie vom Donner gerührt drein. Sie ruderte hilflos mit den Armen und hielt flehentlich die Handflächen nach außen. Es verging eine ganze Weile, bis sie wieder imstande war, zu sprechen. Als es soweit war, hatte sie auch einen Großteil ihrer Fassung wiedergewonnen.

»Majestät, was Ihr eben angedeutet habt, ist eine schwere Beleidigung für mich. Ich trage die Verantwortung dafür, daß die Entdeckung des Grabes geheimgehalten wurde, ja. Aber ich schwöre Euch, daß ich nichts mit Dr. Huukaminaans Tod zu tun habe. Ich kann Euch mit Worten nicht begreiflich machen, wie sehr ich diesen Mann bewundert habe. Wir hatten unsere beruflichen Differenzen, aber …« Sie schüttelte den Kopf. Sie sah erschöpft aus. Sehr leise sagte sie: »Ich habe ihn nicht getötet. Ich habe keine Ahnung, wer es war.«

Valentine beschloß, das vorerst zu akzeptieren. Es fiel ihm schwer, zu glauben, daß sie ihm ihre Seelenqual nur vorspielte.

»Nun gut, Magadone Sambisa. Aber nun verratet mir, warum Ihr beschlossen habt, den Fund dieses Grabes geheimzuhalten.«

»Vorher muß ich Euch eine alte Legende der Piurivar erzählen, eine Geschichte aus ihrer Mythologie, die ich am Tag, als wir das Grabmal fanden, von dem Khivanivod Torkkinuuminaad gehört habe.«

»Muß das sein?«

»Es muß sein, ja.«

Valentine seufzte. »Dann fahrt fort.«

Magadone Sambisa befeuchtete sich die Lippen und holte tief Luft.

»Es gab einmal einen Pontifex, so geht diese Geschichte«, sagte sie, »der in den Jahren unmittelbar nach der Niederwerfung der Piurivar durch Lord Stiamot lebte. Dieser Pontifex hatte als junger Mann selbst im Eroberungskrieg gekämpft, die Aufsicht über ein Gefangenenlager der Piurivar gehabt und sich einige ihrer mündlichen Überlieferungen angehört. Darunter war auch die Geschichte von der Schandtat in Velalisier – vom Opfer der beiden Meeresdrachen durch den Letzten König und die anschließende Zerstörung der Stadt. Sie erzählten ihm auch von der verwüsteten Siebten Pyramide und dem Schrein darunter, dem Schrein des Untergangs, wie sie ihn nannten. In dem, sagten sie, gewisse Artefakte aus der Zeit der Schandtat begraben waren – Artefakte, die, bei entsprechender Anwendung, ihrem Besitzer gottgleiche Macht über sämtliche Kräfte von Raum und Zeit verschaffen würden. Diese Geschichte vergaß er nie, und viele Jahre später, als er selbst Pontifex geworden war, kam er in der Absicht nach Velalisier, den Schrein der Siebten Pyramide zu finden, den Schrein des Untergangs, und ihn zu öffnen.«

»Zu dem Zweck, diese magischen Artefakte herauszuholen und sie zu benutzen, um gottgleiche Macht über die Kräfte von Raum und Zeit zu erlangen?«

»Genau«, sagte Magadone Sambisa.

»Ich glaube, ich weiß, worauf das hinausläuft.«

»Möglich, Majestät. Man sagte uns, daß er die zerstörte Pyramide aufsuchte. Er ließ einen Tunnel in den Boden graben; er kam zu dem Steindurchgang, der zur Wand des Schreins führt. Er fand die Wand und traf Anstalten, sie einreißen zu lassen.«

»Aber Ihr sagtet mir, daß der siebte Schrein unversehrt ist. Seit die Stadt verlassen wurde, hat ihn niemand mehr betreten. Glaubt Ihr jedenfalls.«

»Es hat ihn nie jemand betreten. Da bin ich ganz sicher.«

»Aber dieser Pontifex ...?«

»War gerade im Begriff, die Wand des Schreins zu durchbrechen, als ein Piurivar, der sich über Nacht in dem Tunnel versteckt hatte, aus der Dunkelheit kam und ihm ein Schwert ins Herz stieß.«

»Einen Moment«, sagte Valentine. Verdruß breitete sich in ihm aus. »Ein Piurivar kam aus dem Nichts und tötete ihn, sagt Ihr? Ein *Piurivar?* Ich habe mich gerade mit Aarisiim über diese Sache unterhalten. Zu diesem Zeitpunkt gab es nicht nur überhaupt keine Piurivar auf Alhanroel, weil Stiamot sie alle auf Zimroel in Reservate gesperrt hatte, sondern auf diesem Ort sollte auch ein Fluch liegen, der verhinderte, daß sich Angehörige ihrer Rasse auch nur in die Nähe der Stadt wagten.«

»Abgesehen von den Wächtern des Schreins, die von dem Fluch ausgenommen waren«, sagte Magadone Sambisa.

»Wächter?« fragte Valentine. »Was für Wächter? Ich habe noch nie etwas über Wächter der Piurivar hier in der Stadt gehört.«

»Ich auch nicht, bis mir Torkkinuuminaad diese Geschichte erzählte. Aber offenbar wurde zu der Zeit, als die Stadt zerstört und verlassen wurde, die Entscheidung getroffen, eine kleine Gruppe von Wachen hier zurückzulassen, damit niemand in den siebten Schrein eindringen und sich seinen Inhalt aneignen konnte. Und diese Wachmannschaft blieb über die vielen Jahrhunderte hinweg hier postiert. Es waren noch Wachen hier, als der Pontifex kam, um den Schrein zu plündern. Einer von ihnen versteckte sich in dem Tunnel und tötete den Pontifex, als er im Begriff war, durch die Wand zu brechen.«

»Und seine Leute haben ihn *hier* begraben? Warum, um alles in der Welt, sollten sie das tun?«

Magadone Sambisa lächelte. »Natürlich um alles zu vertuschen. Bedenkt, Majestät: Ein Pontifex kommt nach Velalisier, um verbotenes Geheimwissen zu suchen, und wird von einem Piurivar ermordet, der sich unerkannt in der angeblich verlassenen Stadt aufgehalten hat. Wenn das bekanntgeworden wäre, dann hätten alle ziemlich schlecht ausgesehen.«

»Das mag zutreffen.«

»Den Vertrauten des Pontifex wäre es sicher nicht recht gewesen, wenn bekanntgeworden wäre, daß ihr Herr vor ihren Augen getötet wurde. Und sie waren bestimmt auch nicht erpicht darauf, die Nachricht von dem geheimen Schrein zu verbreiten, was andere vielleicht dazu verleitet hätte, ebenfalls herzukommen und danach zu suchen. Und ganz gewiß wollten sie niemanden wissen lassen, daß der Pontifex von der Hand eines Piurivar gestorben war, weil das sämtliche Wunden des Eroberungskrieges wieder aufgerissen und möglicherweise ziemlich schlimme Repressalien zur Folge gehabt hätte.«

»Und darum haben sie alles vertuscht«, sagte Valentine.

»Genau. Sie haben in einer entlegenen Ecke der Ruinen ein Grab angelegt, den Pontifex mit einem angemessenen Ritual bestattet und sind mit der Nachricht ins Labyrinth zurückgekehrt, daß Seine Majestät in den Ruinen ganz plötzlich von einer geheimnisvollen Krankheit befallen worden sei und man es für unklug erachtet habe, den Leichnam für ein traditionelles Staatsbegräbnis von Velalisier mitzubringen. – Ghorban hieß er. Im Grab findet sich eine Inschrift, die den Namen verrät. Er hat wirklich existiert. Ich habe im Haus der Aufzeichnungen nachgeforscht. Ihr werdet ihn dort aufgelistet finden.«

»Der Name ist mir nicht vertraut.«

»Er war nicht gerade einer der berühmten. Und wer kann sich schon an alle erinnern? Im Verlauf der Jahrtausende waren es Hunderte und Aberhunderte. Ghorban war nur kurze Zeit Pontifex, und das einzige bedeutende Ereignis während seiner Herrschaft wurde sorgfältig aus den Aufzeichnungen gelöscht. Ich spreche von seinem Besuch in Velalisier.«

Valentine nickte. Er hatte oft genug selbst vor der großen Tafel vor dem Haus der Aufzeichnungen im Labyrinth gestanden, viele Male die lange Liste seiner Vorgänger studiert und über die Namen fast vergessener Monarchen gestaunt, Meyk und Spurifon und Heslaine und Kandibal und Dutzende mehr. Die zu ihrer Zeit große Männer gewesen sein mußten, aber ihre Zeit lag Tausende Jahre in der Vergangenheit. Zweifellos stand ein Ghorban auf der Liste, wenn Magadone Sambisa sagte, daß es ihn gegeben hatte: der eine Zeitlang in königlicher Pracht als Coronal Lord Ghorban auf dem Burgberg geherrscht, im reifen Alter das Pontifikat angetreten und aus irgendeinem Grund die verfluchte Stadt Velalisier besucht hatte, wo er gestorben und begraben worden und in Vergessenheit geraten war.

»Eine seltsame Geschichte«, sagte Valentine. »Aber weshalb wollt Ihr die Entdeckung von Ghorbans Grab geheimhalten, was ist der Grund?«

»Derselbe, der die längst vergessenen Vertrauten des Pontifex veranlaßte, die wahren Begleitumstände seines Todes zu verschweigen«, entgegnete Magadone Sambisa. »Ihr wißt sicher, daß die gewöhnlichen Leute ohnehin schon in Angst vor dieser Stadt leben. Die schreckliche Geschichte der Schandtat, der Fluch, das Geschwätz von Geistern, die in den Ruinen hausen, die unheimliche Aura des Ortes - nun, Ihr wißt, wie die Leute sind, Majestät. Wie verzagt sie im Angesicht des Unbekannten sein können. Ich hatte Angst, wenn Ghorbans wahre Geschichte bekannt würde - der geheime Schrein, die Suche eines obskuren uralten Pontifex nach mysteriösen magischen Gegenständen, die Ermordung dieses Pontifex durch einen Piurivar -, dann würde die Stimmung der Öffentlichkeit sich gegen die Ausgrabungen in Velalisier wenden und das Projekt beendet werden. Ich wollte nicht, daß es dazu kommt. Das ist alles, Euer Majestät. Ich habe versucht, meinen Job zu retten, nehme ich an. Mehr nicht.«

Es war ein demütigendes Eingeständnis. Ihr Tonfall, der lebhaft genug gewesen war, als sie die Geschichte erzählt hatte, war nun niedergeschlagen, müde, fast leblos. Valentine fand, daß er sich durch und durch aufrichtig anhörte.

»Und Dr. Huukaminaan stimmte nicht mit Euch überein, daß es eine Gefahr für die Fortsetzung Eurer Arbeit hier wäre, die Entdeckung des Grabes publik zu machen?«

»Er sah das Risiko ein. Es war ihm egal. Für ihn kam immer zuallererst die Wahrheit. Sollte die Ausgrabung unter dem Druck der Öffentlichkeit beendet werden und fünfzig oder hundert oder hundertfünfzig Jahre niemand mehr hier graben, ihm wäre es recht gewesen. Seine Integrität hätte nicht zugelassen, eine derart erstaunliche historische Entdeckung zu verheimlichen, aus welchen Gründen auch immer. Deshalb hatten wir einen heftigen Streit, aber schließlich konnte ich ihn zum Nachgeben überreden. Ihr habt gesehen, wie störrisch ich sein kann. Aber ich habe ihn nicht getötet. Wenn ich jemanden hätte töten wollen, dann ganz gewiß nicht Dr. Huukaminaan. Es wäre der Khivanivod gewesen, der *tatsächlich* will, daß die Ausgrabung beendet wird.«

»Tatsächlich? Ihr sagtet, daß er und Huukaminaan Hand in Hand gearbeitet hätten.«

»Im allgemeinen, ja. Wie ich gestern sagte, gab es ein Thema, bei dem er und Huukaminaan uneins waren: wenn es darum ging, den Schrein zu öffnen. Huukaminaan und ich, müßt Ihr wissen, hatten vorgehabt, ihn zu öffnen, sobald Ihr und Lord Hissune dabeisein konntet. Aber der Khivanivod war leidenschaftlich dagegen. Den Rest unserer Arbeit hier fand er akzeptabel, aber das nicht. Der Schrein des Untergangs, sagte er immer wieder, ist die heiligste Stätte der Piurivar, ihr Allerheiligstes.«

»Damit könnte er nicht ganz unrecht haben«, sagte Valentine.

»Findet Ihr auch, daß wir nicht in den Schrein hineinschauen sollten?«

»Ich denke, es gibt eine ganze Reihe bedeutender Führer der Piurivar, die ganz und gar nicht wünschen, daß das passiert.«

»Aber die Danipur selbst hat uns die Erlaubnis gegeben, hier zu graben! Nicht nur das, sie und alle anderen Anführer der Piurivar haben gewußt, daß wir hierhergekommen sind, um die Stadt zu restaurieren – daß wir hoffen, soviel wie möglich von dem Schaden zu beseitigen, den Jahrtausende der Vernachlässigung angerichtet haben. Sie haben keine Einwände dagegen. Um ganz sicher zu sein, daß unsere Arbeit der Gemeinschaft der Piurivar kein Dorn im Auge sein würde, waren wir uns alle einig, daß die Expedition zu gleichen Teilen aus Piurivar- und Nicht-Piurivar-Archäologen bestehen sollte und Dr. Huukaminaan und ich ihre gleichberechtigten Leiter sein würden.«

»Aber als es zu einer größeren Unstimmigkeit zwischen euch

beiden kam, stellte sich heraus, daß Ihr ein kleines bißchen gleichberechtigter wart als er, nicht wahr?«

»In dem Fall von Ghorbans Grab, ja«, sagte Magadone Sambisa, die nur ein wenig außer Fassung zu sein schien. »Aber nur dies eine Mal. Bei allem anderen stimmten er und ich vollkommen überein. Zum Beispiel, als es darum ging, den Schrein zu öffnen.«

»Eine Entscheidung, gegen die der Khivanivod dann sein Veto einlegte.«

»Der Khivanivod besitzt keine Befugnis, ein Veto einzulegen, Majestät. Wir waren uns einig, daß jeder Piurivar, der sich aus religiösen Gründen gegen einen Aspekt unserer Arbeit aussprach, eine Eingabe bei der Danipur machen konnte, die das Problem dann nach Konsultation mit Euch und Lord Hissune bereinigen sollte.«

»Ja. Dieses Dekret habe ich sogar selbst geschrieben.«

Valentine machte einen Moment die Augen zu und preßte die Fingerspitzen darauf. Ihm hätte klar sein müssen, überlegte er sich, daß solche Probleme früher oder später auftauchen würden. Diese Stadt hatte eine zu tragische Geschichte. Schreckliche Dinge waren hier geschehen. Die geheimnisvolle Aura der piurivarischen Zauberei beherrschte den Ort noch Jahrtausende nach seiner Zerstörung.

Er hatte gehofft diese Aura teilweise durch Entsendung dieser Wissenschaftler auflösen zu können. Statt dessen hatte er sich nur selbst in ihrem dunklen Netz verfangen.

Nach einer gewissen Zeit schaute er auf und sagte: »Aarisiim hat mir mitgeteilt, daß der Khivanivod sich für seine Klausur eben das Grab von Ghorban ausgesucht hat, das Ihr mit soviel Aufwand vor mir verbergen wolltet, und sich in diesem Augenblick dort aufhält. Ist das richtig?«

»Ich glaube, ja.«

Der Pontifex ging zum Zelteingang und sah hinaus. Die ersten Bronzestreifen der Dämmerung über der Wüste zogen über die gewaltige Himmelskuppel.

»Gestern nacht«, sagte er, »habe ich Euch gebeten, Kundschafter nach ihm zu schicken, und Ihr habt versprochen, daß Ihr das tun würdet. Natürlich habt Ihr mir nicht gesagt, daß Ihr wußtet, wo er sich aufhält. Aber da Ihr es wißt, schickt Eure Boten los. Ich möchte als erstes heute morgen mit ihm sprechen.«

»Und wenn er sich weigert, zu kommen, Majestät?«

»Dann laßt ihn mit Gewalt herschaffen.«

Der Khivanivod Torkkinuuminaad war in jeder Hinsicht so abstoßend, wie Magadone Sambisa ihn Valentine geschildert hatte, und die Tatsache, daß Valentines Männer ihm androhen mußten, ihn unter Gewaltanwendung aus Ghorbans Grab zu schleppen, hatte sicher nicht zur Verbesserung seiner Stimmung beigetragen. Lisamon Hultin hatte ihm befohlen, dort herauszukommen, ohne seine Drohungen und Flüche zu beachten. Hexereien und Magie der Piurivar beeindruckten sie nur wenig, und sie hatte ihn wissen lassen, wenn er nicht mehr oder weniger freiwillig und auf seinen zwei Füßen zu Valentine kommen würde, würde sie ihn zum Pontifex tragen.

Der Schamane der Gestaltwandler war ein uralter, ausgemergelter Mann, nackt bis auf ein paar trockene Grashalme um die Taille und ein abscheuliches Amulett aus geflochtenen Insektenbeinen und anderen - ähnlichen - Zutaten, das er an einer verschlissenen Kordel um den Hals hängen hatte. Er war so alt, daß seine grüne Haut einen schwachen Grauton angenommen hatte, und er sah Valentine mit Schlitzaugen in faltigen Wülsten gummiartiger Haut, in denen blanke Wut loderte, haßerfüllt an.

Valentine begann in einem versöhnlichen Tonfall. »Ich bitte um Vergebung, daß ich Eure Meditation unterbrechen mußte. Aber gewisse dringende Angelegenheiten müssen geregelt werden, bevor ich in das Labyrinth zurückkehre, und dafür war Eure Anwesenheit erforderlich.«

Torkkinuuminaad sagte nichts.

Valentine fuhr fort, ohne darauf Rücksicht zu nehmen. »Zunächst einmal wurde auf der Ausgrabungsstätte ein schweres Verbrechen begangen. Die Ermordung von Dr. Huukaminaan ist nicht nur ein Verbrechen gegen die Gesetze, sondern gegen das Wissen selbst. Ich bin hier, um dafür zu sorgen, daß der Mörder entlarvt und bestraft wird.«

»Was hat das mit mir zu tun?« fragte der Khivanivod finsteren Blickes. »Wenn ein Mord begangen wurde, dann solltet Ihr den

Mörder finden und bestrafen, ja, wenn Ihr der Meinung seid, daß Ihr es tun müßt. Aber warum muß ein Diener der *Götter Die Sind* gezwungen werden, seine heilige Kommunion auf diese Weise zu unterbrechen? Weil es der Pontifex von Majipoor befiehlt?« Torkkinuuminaad lachte schroff. »Der Pontifex! Warum sollten die Befehle des Pontifex eine Bedeutung für mich haben? Ich diene nur den *Göttern Die Sind*.«

»Ihr dient auch der Danipur«, sagte Valentine mit ruhiger, gelassener Stimme. »Und die Danipur und ich sind Kollegen in der Regierung von Majipoor.« Er zeigte auf Magadone Sambisa und die anderen Archäologen, Menschen wie Metamorphen, die in der Nähe standen. »Diese Leute arbeiten heute in Velalisier, weil die Danipur ihnen die Erlaubnis erteilt hat, hier zu sein. Ihr selbst seid auf die Bitte der Danipur hier, soweit ich weiß. Um all denen von Eurem Volk, die mit der Arbeit befaßt sind, spirituellen Beistand zu gewähren.«

»Ich bin hier, weil die *Götter Die Sind* es von mir verlangen, und aus keinem anderen Grund.«

»Das mag sein, wie es will - Euer Pontifex steht vor Euch, er hat Fragen an Euch, und Ihr werdet antworten.«

Die Antwort des Schamanen darauf war ein giftiger Blick.

»In der Nähe der Ruinen der Siebten Pyramide wurde ein Schrein entdeckt«, fuhr Valentine fort. »Soweit ich weiß, hatte der verstorbene Dr. Huukaminaan die Absicht, diesen Schrein zu öffnen. Ihr hattet heftige Einwände dagegen, habe ich recht?«

»Ihr habt recht.«

»Einwände auf welcher Basis?«

»Daß der Schrein ein heiliger Ort ist und nicht durch profane Hände entweiht werden darf.«

»Wie kann es einen heiligen Ort in einer Stadt geben«, fragte Valentine, »über die ein Fluch ausgesprochen wurde?«

»Der Schrein ist trotzdem heilig«, sagte der Khivanivod störrisch.

»Auch wenn niemand weiß, was im Inneren sein könnte?«

»*Ich* weiß, was im Inneren ist«, sagte der Khivanivod.

»Ihr? Wieso?«

»Ich bin der Hüter des Schreins. Das Wissen wird von Hüter zu Hüter weitergereicht.«

Valentine verspürte einen kalten Schauer auf dem Rücken. »Aha«, sagte er. »Der Hüter. Des Schreins.« Er schwieg einen Moment. »Als offiziell ernannter Nachfolger eines Hüters, nehme ich an, der hier vor Tausenden von Jahren einen Pontifex ermordet hat. Der Ort, wo man Euch gerade beim Beten gefunden hat, ist das Grab dieses Pontifex, wie mir gesagt wurde. Stimmt das?«

»Es stimmt.«

»In dem Fall«, sagte Valentine und gestattete sich die Andeutung eines Lächelns um die Mundwinkel, »muß ich meine Wachen bitten, Euch sehr genau im Auge zu behalten. Denn als nächstes, mein Freund, werde ich Magadone Sambisa und ihren Leuten den Auftrag erteilen, sofort damit anzufangen, den siebten Schrein zu öffnen. Und nun sehe ich, daß mir dadurch eine Gefahr von Euch drohen könnte.«

Torkkinuuminaad sah verblüfft drein. Unvermittelt machte der Schamane der Metamorphen ein ganzes Repertoire heftiger Veränderungen seiner Gestalt durch, zog sich ungestüm zusammen und dehnte sich, und die Umrisse seines Körpers verschwammen und formierten sich mit erstaunlicher Schnelligkeit neu.

Aber auch die Archäologen, die Menschen, die beiden Ghayrogs und die kleine, dicht beisammen stehende Gruppe der Gestaltwandler, sahen Valentine an, als hätte er gerade etwas vollkommen Unverständliches gesagt. Selbst Tunigorn und Mirigant und Nascimonte waren fassungslos. Tunigorn wandte sich an Mirigant und sagte etwas, worauf Mirigant nur mit einem Achselzucken antwortete und Nascimonte, der in ihrer Nähe stand, ebenfalls vollkommen ratlos die Schultern zuckte.

Magadone Sambisa sagte mit heiserer Stimme: »Majestät? Ist das Euer Ernst? Sagtet Ihr nicht erst vor kurzer Zeit, daß es das beste sei, den Schrein ungeöffnet zu lassen?«

»Ich habe das gesagt? Ich?« Valentine schüttelte den Kopf. »O nein. Nein. Wie lange wird es dauern, bis Ihr damit anfangen könnt?«

»Nun ... mal sehen ...« Er hörte sie murmeln. »Die Aufzeichnungsgeräte, die Scheinwerfer, die Steinbohrer ...« Sie verstummte, als würde sie die Auflistung im Geiste fortsetzen. Dann sagte sie: »Wir könnten in einer halben Stunde anfangen.«

»Gut. Dann machen wir uns ans Werk.«

»Nein! Das wird nicht geschehen!« kreischte Torkkinuuminaad - ein schriller Wutschrei.

»Es wird geschehen«, sagte Valentine. »Und Ihr werdet dabeisein und zusehen. Genau wie ich.« Er winkte Lisamon Hultin. »Sprich mit ihm, Lisamon. Mach ihm klar, daß es viel besser für ihn ist, wenn er ruhig bleibt.«

Magadone Sambisa sagte verwundert: »Ist das wirklich alles Euer Ernst, Pontifex?«

»O ja. Ja. Mein völliger Ernst.«

Der Tag schien hundert Stunden lang zu sein.

Eine verschlossene Grabungsstätte zu öffnen wäre schon unter normalen Umständen eine prekäre Angelegenheit gewesen. Aber in diesem Fall war sie so bedeutend, so mit symbolischer Bedeutung befrachtet, so explosiv in ihren möglichen politischen Folgen, daß jeder Arbeitsgang mit dreifacher Sorgfalt erledigt wurde.

Valentine selbst wartete im Anfangsstadium der Arbeit über der Erde. Man hatte ihm genau erklärt, was sie da unten machten: Sie verlegten Kabel für die Scheinwerfer und Lüftungsrohre für diejenigen, die die eigentlichen Ausgrabungsarbeiten durchführten; sie vergewisserten sich mit Ultraschallsonden, daß die Decke des Vorraums nicht einstürzen würde, wenn die Wand des Schreins geöffnet wurde; auch das Innere des Schreins selbst wurde einer Ultraschallsondierung unterzogen, um zu sehen, ob etwas Wichtiges unmittelbar an der Wand stand, das durch die Bohrung beschädigt werden konnte.

Das alles erforderte Stunden. Schließlich waren sie bereit, mit dem Einschnitt in die Mauer anzufangen.

»Würdet Ihr gern zusehen, Majestät?« fragte Magadone Sambisa.

Trotz der Lüftungsanlage fiel es Valentine schwer, in dem Tunnel zu atmen. Bei seinem ersten Besuch war die Luft schon heiß und abgestanden gewesen; aber jetzt, wo sich so viele Menschen da unten tummelten, war die Luft dünn und kümmerlich, und er mußte die Lungen anstrengen, damit ihm nicht schwindlig wurde.

Die dichtgedrängten Archäologen machten ihm Platz, damit er nach vorne gehen konnte. Starke Scheinwerfer strahlten die weiße Steinfassade des Schreins an. Fünf Leute hatten sich dort versammelt, drei Piurivars und zwei Menschen. Die eigentliche Bohrung schien Aufgabe des vierschrötigen Vorarbeiters Vathiimeraak zu sein. Kaastisiik, der Piurivar-Archäologe und Leiter der Ausgrabung, assistierte. Dicht hinter ihm stand Driismiil, der Architekturexperte der Piurivar, und eine Menschenfrau namens Shimrayne Gelvoin, die offenbar ebenfalls Architektin war. Magadone Sambisa stand dahinter und erteilte leise Befehle.

Sie trugen die Wand Stein für Stein ab. Über der Reihe der Opferalkoven war bereits ein knapp einen Quadratmeter großes Stück der Fassade entfernt worden. Dahinter lag eine Mauer aus grobem Stein, lediglich eine Schicht dick. Vathiimeraak, der auf Piurivar vor sich hin murmelte, meißelte an einem der Steine. Er löste sich in einer Geröllmasse und gab den Blick auf eine innere Wand aus demselben feinen schwarzen Stein frei, aus dem auch die Tunnelmauer selbst bestand.

Danach folgte wieder eine lange Pause, während die verschiedenen Schichten der Mauer gemessen und fotografiert wurden. Dann setzte Vathiimeraak die Bohrung nach innen fort. Valentine war in der abgestandenen, beißenden Luft einer Ohnmacht nahe, beherrschte sich aber erfolgreich.

Vathiimeraak schnitt tiefer, verharrte dann und ließ Kaastisiik einige abgebrochene Trümmer des schwarzen Steins entfernen. Die beiden Architekten traten vor, inspizierten die Öffnung und unterhielten sich erst miteinander und daraufhin mit Magadone Sambisa; und dann näherte sich Vathiimeraak der Öffnung wieder mit seinem Bohrer.

»Wir brauchen eine Fackel«, sagte Magadone Sambisa plötzlich. »Gebt mir eine Fackel, los!«

Eine Handfackel wurde vom hinteren Ende des Tunnels durch die Menge weitergereicht. Magadone Sambisa hielt sie in die Öffnung, sah hinein, keuchte.

»Majestät? Majestät, würdet Ihr bitte herkommen und Euch das ansehen?«

Im Lichtschein konnte Valentine einen großen, rechteckigen Raum sehen, der vollkommen leer zu sein schien, abgesehen von einem großen, dunklen Steinquader. Er hatte große Ähnlichkeit mit dem glänzenden Block aus schwarzem Opal mit den Adern aus scharlachrotem Rubin, aus dem der grandiose Confalume-Thron im Schloß des Coronals gefertigt worden war.

Etwas lag auf dem Block. Aber was es war, konnte man auf diese Entfernung unmöglich erkennen.

»Wie lange wird es dauern, die Öffnung groß genug zu machen, daß jemand den Raum betreten kann?« fragte Valentine.

»Vielleicht drei Stunden.«

»Macht es in zwei. Ich warte oben. Ruft mich, wenn die Öffnung fertig ist. Aber achtet darauf, daß niemand vor mir eintritt.«

»Ihr habt mein Wort, Majestät.«

Nachdem er eine Stunde lang die abgestandene Luft da unten geatmet hatte, kam ihm selbst die trockene Wüstenluft köstlich vor. Valentine konnte anhand der langen Schatten, die über die tiefen Höhlen der fernen Dünen wanderten, deutlich sehen, daß der Nachmittag schon fortgeschritten war. Tunigorn, Mirigant und Nascimonte stapften in den Trümmern der zerstörten Pyramide herum. Der Vroon Deliamber stand ein kleines Stück entfernt.

»Und?« fragte Tunigorn.

»Sie haben ein kleines Stück der Wand geöffnet. Es ist etwas darin, aber wir wissen noch nicht, was es ist.«

»Schätze?« fragte Tunigorn mit einem lüsternen Grinsen. »Bergeweise Smaragde und Diamanten und Jade?«

»Ja«, sagte Valentine. »Das alles und mehr. Schätze. Ein gewaltiger Schatz, Tunigorn.« Er wandte sich kichernd ab. »Habt Ihr Wein dabei, Nascimonte?«

»Wie immer, mein Freund. Einen edlen Tropfen von Muldemar.«

Er reichte die Flasche dem Pontifex, der mit tiefen Zügen trank, ohne das Bukett zu genießen, und den Wein wie Wasser hinunterschüttete.

Die Schatten wurden dunkler. Einer der kleineren Monde ging am Horizont auf.

»Majestät? Würdet Ihr nach unten kommen?«

Es war der Archäologe Vo-Siimifon. Valentine folgte ihm in den Tunnel.

Die Öffnung in der Wand war jetzt groß genug für eine Person. Magadone Sambisa gab Valentine mit zitternder Hand die Fackel.

»Ich muß Euch bitten, Majestät, nichts zu berühren, gar nichts zu verändern. Wir werden Euch das Privileg, als erster einzutreten, nicht verweigern, aber Ihr müßt daran denken, daß es ein wissenschaftliches Unternehmen ist. Wir müssen alles aufzeichnen, wie wir es finden, bevor etwas, und sei es noch so unbedeutend, verändert wird.«

»Ich verstehe«, sagte Valentine.

Er stieg vorsichtig über den Rest der Wand unter der Öffnung und zwängte sich hinein.

Der Boden des Schreins bestand aus einem glatten, glänzenden Stein, möglicherweise Rosenquarz. Eine feine Staubschicht bedeckte ihn. *Seit zwanzigtausend Jahren hat niemand mehr diesen Boden betreten,* dachte Valentine. *Und eines Menschen Fuß überhaupt noch nie.*

Er näherte sich dem großen Quader aus schwarzem Stein in der Mitte des Raums und ließ das Licht der Fackel darauf fallen. Ja, ein einziger Block rubingeäderten Opals, genau wie der Confalume-Thron. Darauf lag unter einer dünnen Staubschicht, die den Glanz kaum beeinträchtigte, eine Platte aus Gold, mit den verschnörkelten Schriftzeichen der Piurivar geschmückt und mit Cabochons aus Beryll und Karneol und Lapislazuli, wie es schien. Zwei lange, schmale Gegenstände, bei denen es sich um Dolche aus weißem Stein hätte handeln können, lagen nebeneinander genau in der Mitte der goldenen Platte.

Valentine verspürte einen Schauer tiefster Ehrfurcht. Er wußte, worum es sich bei den beiden Gegenständen handelte.

»Majestät? Majestät?« rief Magadone Sambisa. »Sagt uns, was Ihr seht! Sagt es uns, bitte!«

Aber Valentine antwortete nicht. Es war, als hätte Magadone Sambisa gar nichts gesagt. Er war tief in Gedanken, war acht Jahre in die Vergangenheit gereist, zurück zur entscheidenden Stunde der Rebellion.

In jener Stunde hatte er ein dolchähnliches Ding genau wie diese beiden vor ihm in der Hand gehalten und seine seltsame Kühle gespürt, eine Kühle, die auf einen heißen Kern im Inneren hindeutete, und hatte im Geiste eine vielstimmige, ferne Musik gehört, die davon ausging, eine turbulente Folge schwindelerregender Klänge.

Damals war es der Zahn eines Meeresdrachen gewesen, den er in seiner Hand gehalten hatte. Etwas Geheimnisvolles in diesem Zahn hatte seinen Geist in Verbindung mit dem Geist des mächtigen Wasserkönigs Maazmoorn gebracht, eines Drachen des fernen Inneren Meeres. Und mit geistiger Unterstützung Maazmoorns hatte der Pontifex Valentine die Welt überbrückt, den reulosen Rebellen Faraataa niedergestreckt und den traurigen Aufstand beendet.

Wessen Zähne mochten diese sein?

Er glaubte es zu wissen. Dies war der Schrein des Untergangs, der Ort der Schandtat. Nicht weit von hier waren vor langer Zeit zwei Wasserkönige vom Meer hergeschleppt worden, um auf den Plattformen aus blauem Stein geopfert zu werden. Das war kein Mythos. Es war tatsächlich geschehen. Valentine zweifelte nicht daran, denn der Meeresdrache Maazmoorn hatte es ihm durch die Kommunion des Geistes auf eine Weise gezeigt, die keine Fragen offen ließ. Er kannte sogar ihre Namen: Einer war der Wasserkönig Niznorn, der andere der Wasserkönig Domsitor. War das hier der Zahn von Niznorn und der dort der von Domsitor?

Zwanzigtausend Jahre.

»Majestät? Majestät?«

»Einen Moment«, sagte Valentine, der sprach, als sei er eine halbe Welt entfernt.

Er nahm den linken Zahn. Umklammerte ihn fest. Sog zischend Luft ein, als die feurige Kälte ihm die Handfläche verbrannte. Schloß die Augen und ließ die Magie in seinen Verstand strömen. Fühlte seine Seele hinausfliegen, hinaus, hinaus zu einem wartenden Meeresdrachen - möglicherweise wieder Maazmoorn, wer konnte das wissen, oder ein anderer der Giganten, die in jenen Gewässern dort draußen schwammen -, während er die ganze Zeit die läutenden Glocken, die jubilierende Musik aus dem Geist des Meeresdrachen hörte.

Und ihm wurde eine Vision des längst vergangenen Opfers der beiden Meeresdrachen gewährt, des Ereignisses, das als die Schandtat in die Geschichte eingegangen war.

Er wußte bereits, daß jener traditionelle Name auf einem Irrtum beruhte, hatte es von Maazmoorn bei jener Begegnung ihrer

Geister erfahren. Es war zu keiner Schandtat gekommen. Es war ein freiwilliges Opfer gewesen; die Meeresdrachen hatten in aller Form die Macht Dessen Das Ist akzeptiert, welches die höchste aller Kräfte des Universums ist.

Die Wasserkönige hatten sich mit Freuden den Piurivar des längst untergegangenen Velalisier ergeben, um sich abschlachten zu lassen. Die Schlächter selbst hatten vielleicht gewußt, was sie taten, aber die einfachen Piurivar der umliegenden Provinzen nicht; und diese einfachen Piurivar hatten es daher als Schandtat bezeichnet, den Letzten König von Velalisier zum Tode verurteilt, die Siebte Pyramide zerschmettert und danach den Rest dieser großen Hauptstadt zerstört und sie für alle Zeiten mit einem Fluch belegt. Aber den Schrein dieser Zähne hatten sie nicht zu berühren gewagt.

Valentine, der den Zahn hielt, wurde erneut Zeuge des Opfers. Nicht mit den gefesselten Meeresdrachen, die sich wütend aufbäumten, während sie dem Messer zum Opfer fielen, wie er es im Alptraum der vergangenen Nacht gesehen hatte. Nein. Er sah es jetzt als ruhige und heilige Zeremonie, bei der lebendes Fleisch heiter aufgegeben wurde. Und als die Messer blitzten, als die gewaltigen Meeresbewohner starben, als ihr dunkles Fleisch zu den riesigen Scheiterhaufen getragen wurde, um verbrannt zu werden, erscholl eine Klangwelle triumphaler Harmonie bis an die Grenzen des Universums.

Er legte den Zahn hin und hob den anderen auf. Griff zu. Fühlte. Ergab sich seiner Macht.

Diesmal war die Musik dissonanter. Die Vision, die ihn überkam, zeigte einen unbekannten Mann mittleren Alters in einem prunkvollen Kostüm antiker Machart, Kleidung, die eines Pontifex würdig war. Im rauchigen Licht einer flackernden Fackel schlich er eben den Gang vor diesem Raum entlang, wo sich gerade Magadone Sambisa und ihre Archäologen drängten. Valentine sah zu, wie der Pontifex aus längst vergangener Zeit sich der weißen, unbefleckten Mauer des Schreins näherte. Sah ihn die flache Hand dagegen drücken, als hoffte er, er könnte allein durch seine Kraft eindringen. Dann wandte er sich davon ab, winkte Arbeitern mit Spitzhacken und Spaten herbei und gab ihnen zu verstehen, daß sie die Mauer einreißen sollten.

Eine Gestalt schälte sich aus der Dunkelheit, ein Gestaltwandler, groß und schlank, mit grimmiger Miene, der einen großen Schritt vorwärts machte und mit einer raschen, unaufhaltsamen Bewegung ein Messer von unten aufwärts in das Herz des Mannes im Brokatgewand eines Pontifex stieß ...

»Majestät, ich flehe Euch an!«

Magadone Sambisas Stimme, voller Besorgnis.

»Ja«, sagte Valentine im geistesabwesenden Tonfall eines Mannes, der in einem Traum verloren war. »Ich komme.«

Vorläufig hatte er genug Visionen gehabt. Er legte die Fackel auf den Boden und richtete sie auf die Öffnung in der Wand, damit sie den Weg beleuchtete. Behutsam hob er die beiden Drachenzähne auf – ließ sie vorsichtig auf den Handflächen ruhen und achtete drauf, sie nur leicht zu berühren, um ihre Macht nicht zu aktivieren, da er ihnen seinen Geist nicht öffnen wollte – und kletterte aus dem Schrein hinaus.

Magadone Sambisa sah ihn entsetzt an. »Ich hatte Euch gebeten, Majestät, keine Gegenstände in der Gruft zu berühren, nichts zu verändern, bis ...«

»Ja. Das weiß ich. Ihr werdet mir verzeihen, was ich getan habe.«

Es war keine Bitte.

Die Archäologen wichen vor ihm zurück und gaben ihm den Weg frei, als er zwischen ihnen hindurch zum Ausgang in die Oberwelt ging. Aller Augen waren auf die Gegenstände gerichtet, die auf Valentines Handflächen ruhten.

»Bringt den Khivanivod zu mir«, sagte er leise zu Aarisiim. Das Tageslicht war fast verschwunden, die Ruinen nahmen das geheimnisvollere Äußere an, das nachts über sie kam, wenn der kalte Schein des Mondlichts über die Steintrümmer der uralten Stadt tanzte.

Der Gestaltwandler eilte davon. Valentine hatte den Khivanivod nicht in der Nähe haben wollen, als der Schrein geöffnet wurde; und so war Torkkinuuminaad trotz seiner heftigen Proteste im Hauptquartier der Archäologen der Aufsicht von Valentines Leibwächtern übergeben worden. Zwei hünenhafte, zottelige Skandars brachten ihn nun herbei und hielten ihn an den Armen.

Wut und Haß stiegen blubbernd von dem Schamanen auf wie schwarzes Gas aus einer brodelnden Marsch. Und als er in den zerklüfteten grünen Keil von einem Gesicht sah, spürte Valentine überdeutlich die uralte Magie dieser Welt, die Geheimnisse, die vom Anbeginn der zeitlosen nebligen Dämmerung Majipoors nach ihm griff, als die Gestaltwandler allein und ungestört über diesen großen Planeten der Wunder und Pracht gewandelt waren.

Der Pontifex hielt die beiden Zähne der Meeresdrachen hoch. »Wißt Ihr, was das ist, Torkkinuuminaad?«

Die gummiartigen Augenfalten wurden aufgerissen. Die schmalen Augen waren gelb vor Wut. »Ihr habt das schrecklichste aller Sakrilege begangen und werdet unter schrecklichsten Qualen sterben.«

»Ihr wißt also, was das ist, hm?«

»Sie sind das Heiligste vom Heiligen! Ihr müßt sie unverzüglich in den Schrein zurückbringen!«

»Warum habt Ihr Dr. Huukaminaan töten lassen, Torkkinuuminaad?«

Die einzige Antwort des Khivanivod war ein noch wütenderer und trotzigerer Blick.

Er würde mich mit seiner Magie töten, wenn er könnte, dachte Valentine. *Warum auch nicht? Ich weiß, was ich für Torkkinuuminaad bin. Denn ich bin der Kaiser von Majipoor und damit Majipoor selbst, und wenn ein Hieb unser aller Untergang bedeuten würde, dann würde er diesen Hieb führen.*

Ja. Valentine war die Verkörperung des Feindes in Person : Er gehörte zu denen, die vom Himmel gekommen waren und den Piurivar ihre Welt weggenommen hatten, die ihre eigenen riesigen Städte auf jungfräulichen Wäldern und Sümpfen gebaut hatten, die zu Milliarden ins empfindliche Geflecht des bebenden Netzes des Lebens der Piurivar eingedrungen waren. Und darum würde Torkkinuuminaad ihn töten, wenn er könnte, und indem er den Pontifex tötete, würde er, durch den Symbolgehalt der Magie, das ganze von Menschen beherrschte Majipoor töten.

Aber Magie kann man mit Magie bekämpfen, dachte Valentine.

»Ja, seht mich an«, sagte er zu dem Schamanen. »Seht mir genau in die Augen, Torkkinuuminaad!«

Und schloß die Finger fest um die beiden Talismane, die er aus dem Schrein mitgebracht hatte.

Die vereinte Kraft der beiden Zähne strömte mit schrecklicher Wucht in Valentine ein, als er den geistigen Kreis schloß. Er verspürte das gesamte Spektrum der Empfindungen gleichzeitig, nicht nur doppelt, sondern vielfach verstärkt. Dennoch hielt er sich aufrecht; er bündelte seine Konzentration zu schärfster Intensität; er zielte mit seinem Verstand auf den des Khivanivod.

Schaute. Drang ein. Erforschte das Gedächtnis des Khivanivod und fand schnell, wonach er suchte.

Mitternächtliche Dunkelheit. Ein Splitter Mondschein. Sterne funkeln am Himmel. Das gebauschte Zelt der Archäologen. Jemand kommt heraus, ein Piurivar, sehr dünn, der sich mit der Vorsicht des Alters bewegte.

Ganz bestimmt Dr. Huukaminaan.

Eine schlanke Gestalt steht wartend auf der Straße: ein anderer Metamorph, ebenfalls alt, genauso hager, zerlumpt und seltsam gekleidet.

Das ist der Khivanivod. Der sich selbst mit seinem geistigen Auge betrachtet.

Schattenhafte Gestalten bewegen sich hinter ihm, fünf, sechs, sieben. Allesamt Gestaltwandler. Dorfbewohner, wie es aussieht. Der alte Archäologe scheint sie nicht zu sehen. Er spricht mit dem Khivanivod; der Schamane gestikuliert, zeigt in eine Richtung. Es folgt eine Art Diskussion. Dr. Huukaminaan schüttelt den Kopf. Weitere Gesten. Weitere Diskussionen. Zustimmende Gebärden. Alles scheint geklärt zu sein.

Unter Valentines Blicken gehen der Khivanivod und Huukaminaan gemeinsam die Straße entlang, die ins Herz der Ruinen führt.

Nun treten die Dorfbewohner aus den Schatten, die sie verborgen haben. Umzingeln den alten Mann; ergreifen ihn; halten ihm den Mund zu, damit er nicht schreit. Der Khivanivod kommt auf ihn zu.

Der Khivanivod hat ein Messer.

Valentine sah den Rest der Szene nicht. *Wollte* die monströse Zeremonie der Verstümmelung auf der Steinplattform nicht sehen, auch nicht das anschließende unheimliche Ritual in dem Tunnel, der zum Schrein des Untergangs führt, wo der Kopf des toten Mannes in den Alkoven gelegt wurde.

Er löste den Griff um die beiden Meeresdrachenzähne und legte sie sehr behutsam neben sich auf den Boden.

»Also«, sagte er zu dem Khivanivod, dessen Miene sich von kaum beherrschter Wut zu fast so etwas wie Resignation verwandelt hatte. »Ich glaube, wir brauchen uns nichts mehr vorzumachen. Warum habt Ihr Dr. Huukaminaan getötet?«

»Weil er den Schrein geöffnet hätte.« Die Stimme des Khivanivod klang völlig tonlos, bar jeglicher Emotion.

»Ja, natürlich. Aber Magadone Sambisa war ebenfalls dafür, ihn zu öffnen. Warum habt Ihr nicht statt dessen sie getötet?«

»Er war einer von uns und ein Verräter«, sagte Torkkinuuminaad. »Sie war nicht wichtig. Und er war gefährlicher für unsere Sache. Wir wissen, daß sie daran gehindert worden wäre, den Schrein zu öffnen, wenn wir lautstark genug protestiert hätten. Aber ihn hätte nichts aufgehalten.«

»Aber der Schrein wurde dennoch geöffnet«, sagte Valentine.

»Ja, aber nur, weil Ihr hergekommen seid. Sonst wäre die Ausgrabung beendet worden. Der Aufschrei wegen Huukaminaans Tod hätte der ganzen Welt bewiesen, daß der Fluch dieses Ortes immer noch Macht hat. Ihr seid gekommen und habt den Schrein geöffnet, aber der Fluch wird Euch vernichten, so wie er vor langer Zeit Pontifex Ghorban vernichtet hat.«

»Es gibt keinen Fluch«, sagte Valentine ruhig. »Dies ist eine Stadt, die viele Tragödien gesehen hat, aber es gibt keinen Fluch, nur ein Mißverständnis auf das nächste gehäuft.«

»Die Schandtat ... «

»Es gab auch keine Schandtat, nur ein Opfer. Die Zerstörung der Stadt durch die Leute aus den Provinzen war ein schrecklicher Fehler.«

»Demnach versteht Ihr unsere Geschichte besser als wir, Pontifex?«

»Ja«, sagte Valentine. »So ist es.« Er wandte sich von dem Schamanen ab und sagte zum Vorarbeiter des Dorfes gewandt:

»Vathiimeraak, es leben Mörder in Eurer Siedlung. Ich weiß, wer sie sind. Geht in Euer Dorf und verkündet allen, wenn die Schuldigen vortreten und ihr Verbrechen gestehen, wird ihnen vergeben werden, nachdem ihre Seelen vollständig geläutert wurden.«

Als nächstes wandte er sich an Lisamon Hultin und sagte: »Was den Khivanivod angeht, möchte ich, daß er den Beamten der Danipur übergeben und vor deren Gericht angeklagt wird. Dies fällt in ihren Zuständigkeitsbereich. Und dann ...«

»Majestät!« rief jemand. »Vorsicht!«

Valentine wirbelte herum. Die Skandarwachen waren von dem Khivanivod abgerückt und starrten ihre zitternden Hände an, als wären sie in einem Feuerofen verbrannt worden. Torkkinuuminaad, von ihrem Griff befreit, näherte das Gesicht dem Valentines. Seine Miene war diabolisch verzerrt.

»Pontifex!« flüsterte er. »Schaut mich an, Pontifex! Schaut mich an!«

Valentine, der völlig überrascht war, hatte keine Möglichkeit, sich zu verteidigen. Eine seltsame Taubheit war bereits über ihn gekommen. Torkkinuuminaad veränderte seine Gestalt und durchlief eine Reihe grotesker Veränderungen mit derartiger Schnelligkeit, daß er ein Dutzend Arme und Beine gleichzeitig zu haben schien, und ein halbes Dutzend Körper; und er wob eine Art Zauber. Valentine verfing sich darin wie ein Falter im listig gewobenen Netz einer Spinne. Die Luft vor ihm schien zäh und trüb zu sein, und wie aus dem Nichts war ein Wind aufgekommen. Valentine stand perplex da und versuchte, den Blick von den feurigen Augen des Khivanivod abzuwenden, aber es gelang ihm nicht. Auch fand er nicht die Kraft, nach den beiden Drachenzähnen zu greifen, die zu seinen Füßen lagen. Er stand benommen und wie erstarrt da und schwankte. Er hatte ein brennendes Gefühl in der Brust und mußte sich anstrengen, auch nur Luft zu holen.

Überall um ihn herum schienen Phantome zu lauern.

Ein Dutzend Gestaltwandler ... hundert, tausend ...

Verzerrte Gesichter. Böse Blicke. Zähne; Klauen; Messer. Eine Horde ungestüm wirbelnder Mörder, die ihn umringten, tanzten, hüpften, sich drehten, zischten, ihn verspotteten, höhnisch seinen Namen riefen –

Er war verloren in einem Wirbelwind uralter Zauberei.

»Lisamon?« rief Valentine bestürzt. »Deliamber? Helft mir – helft ...« Aber er war sich nicht sicher, ob ihm die Worte wirklich über die Lippen gekommen waren.

Dann sah er, daß seine Leibwächter die Gefahr tatsächlich gesehen hatten. Deliamber, der erste, der reagierte, kam rasch hinzu und bewegte seine zahlreichen Tentakel hastig zu einem Gegenzauber, einer Abfolge von Gebärden und Ausbrüchen von Geisteskraft, die neutralisieren sollten, was immer von Torkkinuuminaad ausging. Und dann, als der kleine Vroon den Schamanen in das Netz vroonischer Magie zu wickeln begann, kam Vathiimeraak von der anderen Seite auf Torkkinuuminaad zu, packte den Schamanen tollkühn, ohne dessen Magie Beachtung zu schenken, rang ihn zu Boden und drückte ihn nieder, bis dessen Stirn den Boden vor Valentines Füßen berührte.

Valentine spürte, wie der Einfluß der Magie des Schamanen nachließ und immer weiter abklang, bis sie zuletzt ihren Einfluß auf seine Seele völlig verlor. Der Kontakt zwischen Torkkinuuminaads Geist und dem seinen brach mit einem nahezu hörbaren Knacken ab.

Vathiimeraak ließ den Khivanivod los und trat zurück. Lisamon Hultin trat neben den Schamanen und stand bedrohlich über ihm. Aber der Zwischenfall war vorbei. Der Schamane blieb, wo er war, vollkommen reglos und über seine Niederlage bitterlich schluchzend.

»Danke«, sagte Valentine zu Deliamber und Vathiimeraak. Und dann, mit einer wegwerfenden Geste: »Schafft ihn weg.«

Lisamon Hultin warf Torkkinuuminaad über ihre Schulter wie einen Sack Calimbots und ging mit ihm die Straße hinab.

Ein langes, fassungsloses Schweigen folgte. Magadone Sambisa brach es schließlich. Mit gedämpfter Stimme fragte sie: »Euer Majestät, alles in Ordnung?«

Er antwortete nur mit einem Nicken.

»Und die Ausgrabung«, fuhr sie nach einem weiteren Augenblick nervös fort. »Was wird damit? Werden wir damit fortfahren?«

»Warum nicht?« entgegnete Valentine. »Es gibt immer noch viel zu tun.« Er entfernte sich einen oder zwei Schritte von ihr. Er hielt sich die Hände an die Brust, den Hals. Er konnte den Druck dieser erbarmungslosen unsichtbaren Hände fast immer noch spüren.

Magadone Sambisa war aber noch nicht fertig mit ihm.

»Und die hier?« fragte sie und zeigte auf die Meeresdrachenzähne. Sie sprach jetzt aggressiver, als wäre sie wieder Herrin der Lage, und erlangte ihre Lebhaftigkeit und Fassung zurück. »Wenn ich sie jetzt haben könnte, Majestät ...«

»Ja, nehmt sie«, sagte Valentine zornig. »Aber bringt sie in den Schrein zurück. Und dann versiegelt Ihr das Loch wieder, das Ihr heute gemacht habt.«

Die Archäologin sah ihn an, als hätte er sich selbst in einen Piurivar verwandelt. Mit einem Unterton unverhohlener Schroffheit in der Stimme sagte sie: »Wie bitte, Euer Majestät? Wie bitte? Dr. Huukaminaan ist für diese Zähne gestorben! Diesen Schrein zu finden, das war die Krönung seiner Arbeit. Wenn wir ihn jetzt wieder versiegeln ...«

»Dr. Huukaminaan war der vollkommene Wissenschaftler«, sagte Valentine, der sich keine Mühe mehr gab, seine große Müdigkeit zu verbergen. »Seine Liebe zur Wahrheit hat ihn das Leben gekostet. Eure eigene Wahrheitsliebe ist, glaube ich, nicht ganz so vollkommen, und darum werdet Ihr mir in diesem Punkt gehorchen.«

»Ich flehe Euch an, Majestät ...«

»Nein. Genug gefleht. Ich maße mir nicht an, selbst ein Wissenschaftler zu sein, aber ich kenne meine Verantwortung. Manche Dinge sollten begraben bleiben. Diese Zähne sind nichts, das wir handhaben und studieren und in einem Museum ausstellen sollten. Der Schrein ist ein heiliger Ort für die Piurivar, auch wenn sie seine Heiligkeit nicht verstehen. Es ist eine traurige Angelegenheit für uns alle, daß er jemals freigelegt wurde. Bringt diese Zähne zurück. Versiegelt den Schrein, und haltet Euch von ihm fern. Haben wir uns verstanden?«

Sie sah ihn benommen an und nickte.

»Gut. Gut.«

Inzwischen hatte sich völlige Dunkelheit über die Wüste gesenkt. Valentine konnte die Myriaden Geister von Velalisier ringsum schweben spüren. Es schien, als würden Knochenfinger an seiner Tunika zupfen, als würden unheimlich flüsternde Stimmen ihm gefährliche Zaubersprüche ins Ohr raunen.

Er sehnte sich von ganzem Herzen danach, diese Ruinen zu verlassen. Er hatte für den Rest seines Lebens genug davon.

Zu Tunigorn sagte er: »Kommt, alter Freund, gebt die Befehle, bereitet alles für unseren sofortigen Aufbruch vor.«

»Jetzt, Valentine? Zu dieser späten Stunde?«

»Jetzt, Tunigorn. Jetzt.« Er lächelte. »Wißt Ihr, nach diesem Ort kommt mir das Labyrinth beinahe anheimelnd vor! Ich verspüre den großen Wunsch, in seine tröstliche Vertrautheit zurückzukehren. Kommt: Macht alles für unseren Aufbruch bereit. Wir sind lange genug hier gewesen.«

Erdsee

URSULA K. LE GUIN

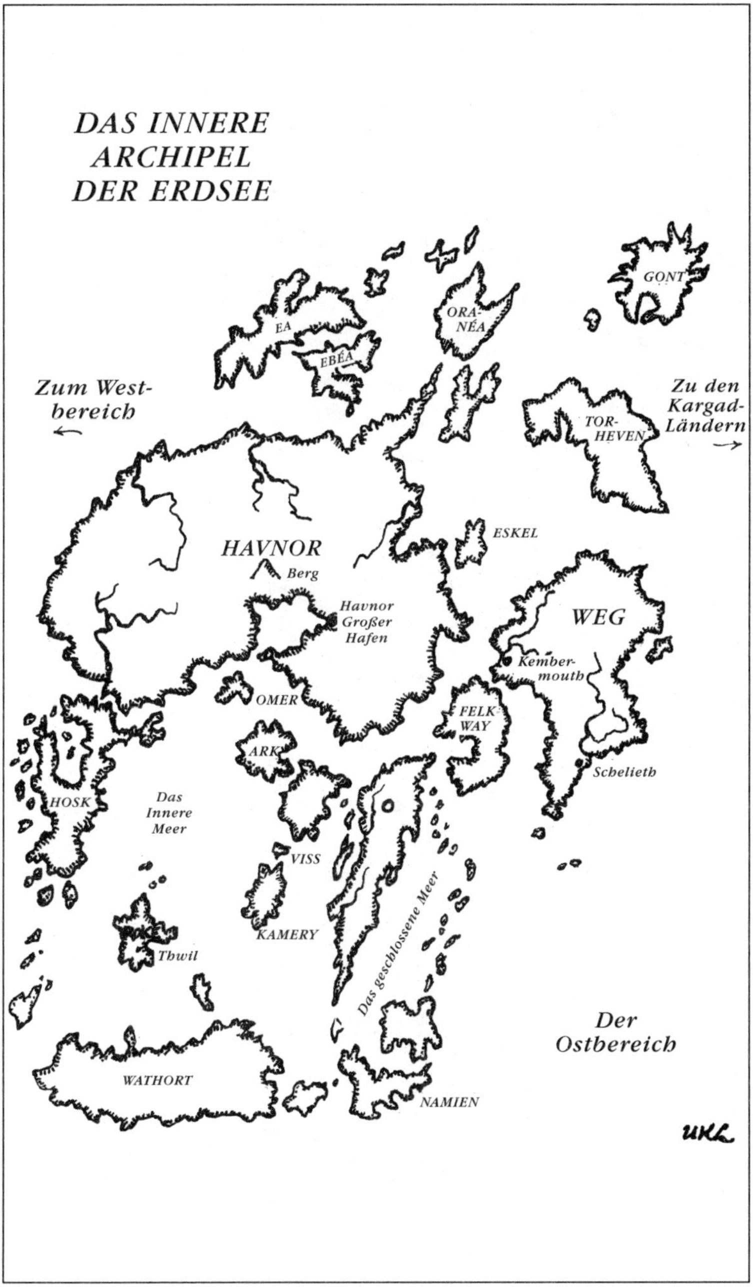
DAS INNERE ARCHIPEL DER ERDSEE
EA
EBÉA
ORA-NÉA
GONT
Zum West-bereich
Zu den Kargad-Ländern
TOR-HEVEN
HAVNOR
Berg
ESKEL
Havnor Großer Hafen
WEG
Kembermouth
OMER
FELKWAY
ARK
Schelieth
HOSK
Das Innere Meer
VISS
Das geschlossene Meer
KAMERY
Thwil
Der Ostbereich
WATHORT
NAMIEN

Der Magier der Erdsee (1979)
Die Gräber von Atuan (1979)
Das ferne Ufer (1979)
Tehanu (1992)

Die Inselwelt Erdsee wird von Menschen und Drachen bewohnt. Die Drachen sind verschrobene und gefährliche Wesen, deren angeborenes Idiom die Sprache des Schöpfens ist. Einige Ereignisse und Geschichten (in *Tehanu*) deuten darauf hin, daß es eine Zeit gab, als Drachen und Menschen eins waren, aber nun sind sie seit langem getrennt und verfeindet. Unter Menschen ist Magie eine Gabe, mit der manche schon geboren werden, die aber auch wie eine Kunst oder Wissenschaft gelernt werden muß. Von entscheidender Bedeutung für die Ausübung der Magie ist es, zumindest ein paar Worte der Sprache des Schöpfens zu beherrschen, in der den Dingen ihre wahren Namen gegeben werden. Wenn sie den wahren Namen lernen, bekommen die Hexe oder der Zauberer Macht über das Ding oder die Person. Diese Macht kann man natürlich zum Guten wie zum Bösen nutzen.

Der Magier der Erdsee beginnt auf der Insel Gont. Ged, ein junger Bauernbursche mit einem großen Talent für Magie, besucht die Zaubererschule auf der Insel Roke. Dort versucht er, einem anderen Jungen seine Überlegenheit zu demonstrieren, und ruft ein Schattenwesen aus dem Reich der Toten in die Welt der Lebenden. Dieser Schatten jagt ihn über die Inseln und treibt ihn immer wieder in die Arme der Gefahr und des Bösen. Schließlich wendet Ged sich unter Anleitung seines alten Lehrmeisters Ogion gegen den Schatten und verfolgt ihn verzweifelt auf einer Route, die ihn aus der Welt hinaus und über die Grenze des Todes führt. Dort treten Ged und sein Schatten gegeneinander an und stellen fest, daß sie ein und derselbe sind; auf diese Weise wird Geds Wesen geheilt und wieder zu einem Ganzen.

Die Gräber von Atuan spielt auf einer der vier Inseln der Kargish, deren Sprache und Bräuche sich von denen der Bewohner des Archipels unterscheiden. Ein Kind namens Tenar wird ihren Eltern weggenommen, bekommt den Namen Arha, »die Verzehrte«, und wird zur Hohepriesterin der Gräber ausgebildet, einer uralten Zuflucht in der Wüste von Atuan, die nur Frauen und Eunuchen besuchen dürfen. Gegen Ende ihrer Ausbildung begegnet sie im unterirdischen Labyrinth, dem Herzen der heiligen Stätte, einem Fremden, einem Mann. Das ist Ged, inzwischen ein mächtiger Zauberer, der die fehlende Hälfte des Rings von Erreth-Akbe sucht, auf dem die zerbrochene Rune des Friedens eingraviert ist. Es wäre die Pflicht der jungen Priesterin, ihn zu töten. Aber als sie mit ihrem Gefangenen redet, sieht sie ein, daß auch sie eine Gefangene der Gräber ist, durch ein sinnloses und grausames Ritual gebunden. Ged gibt ihr ihren wahren Namen zurück, Tenar. So, wie er sie befreit hat, befreit sie ihn: Sie führt ihn aus dem Labyrinth, und die beiden entkommen mit dem wieder vereinten Ring des Friedens. Tenar wird in Havnor geehrt, der Stadt der Könige von Erdsee, aber Ged möchte, daß sie bei Ogion, seinem alten Lehrmeister auf Gont, lebt und studiert.

In *Das ferne Ufer* bricht Ged, inzwischen Erzmagier von Roke und der mächtigste Mann des Archipels, mit dem jungen Arren, Prinz von Enlad, zu einer Suche auf, bei der er herausfinden will, weshalb die Magie ihre Macht zu verlieren scheint. Nach seltsamen Abenteuern im fernen Süden werden sie zu den Inseln der Drachen geführt; und auf Selidor, der westlichsten von ihnen, führt ihre Suche sie ins Reich des Todes, das trockene Land der Dunkelheit. Dort finden sie den Zauberer Cob, der die Wand zwischen Leben und Tod eingerissen hat, um selbst Unsterblichkeit zu erlangen. Ged beraubt Cob seiner Macht und verschließt die Wunde in der Welt, aber dabei verbraucht er seine gesamte Macht. Arren, der den Thron von Erdsee erben wird, welcher seit fünfhundert Jahren verwaist ist, holt ihn ins Leben zurück. Der Drache Kalessin trägt sie beide nach Roke, wo Ged Arren als den neuen König begrüßt; dann bringt Kalessin Ged nach Hause auf die Insel Gont.

Tehanu, obwohl siebzehn Jahre nach *Das ferne Ufer* geschrieben, setzt die Geschichte da fort, wo sie aufgehört hat. Tenar von den Gräbern ist nicht bei Ogion geblieben, sondern hat Flint geheiratet, einen Farmer, zwei Kinder bekommen und zwei Jahre als Farmersfrau gelebt. Der sterbende Ogion läßt sie zu sich rufen. Nach seinem Tod bleibt sie im Haus des alten Magiers. Ihre Adoptivtochter ist bei ihr. Dieses Mädchen, Therru, die von den Männern, die mit ihrer Mutter reisten, vergewaltigt und verbrannt und als tot liegen gelassen wurde, ist ein schweigsames Kind, voller Furcht, aber auch einer Macht, die sie nicht begreift. Der Drache bringt Ged nach Gont. Der ausgelaugte und kranke Ged, der seine magischen Kräfte verloren hat, ist voller Scham und verbirgt sich selbst vor Arren, der ihn besuchen kommt. Aspen, ein Schüler von Cob, braut auf Gont böse Magie; Handy, einer der Männer, die das Kind Therru mißbraucht haben, treibt sich in der Nähe herum. Der junge König bringt Tenar zurück zur Farm ihres Mannes. Dort versuchen Handy und die anderen, Tenar und das Kind in die Hände zu bekommen; Ged trifft gerade noch rechtzeitig ein, um ihr zu helfen, sie abzuwehren. In jenem Winter bleibt Ged bei Tenar auf der Farm, und obwohl er die Macht der Magie verloren hat, findet er endlich seine Erfüllung als sexuelles menschliches Wesen. Im Frühling lockt Aspen Ged und Tenar zu Ogions Haus zurück, und da sie keinen Zauber bewirken können, sind sie ihm schutzlos ausgeliefert. Er demütigt sie und ist im Begriff, sie zu töten. Nun findet das verstümmelte, ohnmächtige Kind Therru endlich seinen wahren Namen, Tehanu, und ihre eigene Macht. In der Sprache der Drachen, der Sprache des Schöpfens, ruft sie den Drachen Kalessin. Der Drache vernichtet Aspen und begrüßt Therru als eine Tochter. Sie wird zunächst bei Ged und Tenar leben, später aber bei den Drachen: »Ich gebe Euch mein Kind«, sagt Kalessin zu Ged, »so wie Ihr mir Eures geben werdet.«

URSULA K. LE GUIN

Drachenkind

1. Iria

Die Vorfahren ihres Vaters hatten eine große, fruchtbare Domäne auf der großen, fruchtbaren Insel Weg besessen. In den Tagen der Könige weder einen Titel noch das Hofprivileg gefordert, das Land und seine Menschen in den dunklen Jahren nach dem Fall von Maharion mit strenger Hand geführt, ihre Gewinne wieder in das Land investiert, eine Art von Gerechtigkeit aufrechterhalten und kleine Tyrannen abgewehrt. Als unter der Herrschaft der weisen Männer von Roke wieder Ordnung und Frieden im Archipel einkehrten, erlebte die Familie mit ihren Farmen und Dörfern zumindest eine Zeitlang eine Blüte. Wohlstand und die Schönheit der Wiesen und Hochlandweiden und eichengekrönten Hügel machten die Domäne zu einem geflügelten Wort, so daß die Leute sagten: »so fett wie eine Kuh von Iria« oder »glücklich wie ein Irianer«. Die Herren und viele Pächter der Domäne fügten den Namen ihrem eigenen hinzu und nannten sich selbst Irian. Aber auch wenn die Farmer und Schafhirten so zuverlässig und standhaft wie die Eichen von einer Jahreszeit zur nächsten lebten, von Jahr zu Jahr und Generation zu Generation, veränderte sich die Familie, die das Land besaß, durch Zeit und Wechselfall.

Ein Streit zwischen Brüdern wegen des Erbes entzweite sie. Ein Erbe trieb sein Gut durch Habgier in den Ruin, der andere durch Dummheit. Einer hatte eine Tochter, die einen Kaufmann heiratete und versuchte, ihr Gut von der Stadt aus zu führen, der andere hatte einen Sohn, dessen Söhne wieder stritten und das geteilte Land erneut teilten. Zu der Zeit, als das Mädchen namens Drachenkind geboren wurde, war die Domäne Iria, obschon immer noch eine der bezauberndsten Regionen von Hügeln und Feldern und Wiesen in ganz Erdsee, ein Schlachtfeld der Fehden und Prozesse. Farmland lag brach, Farmhäuser blieben ohne Dach, Melkschuppen standen leer, und die Schafhirten folgten ihren Herden über die Berge zu besseren Weiden. Das alte Haus, das einst Mittelpunkt der Domäne gewesen war, stand als Ruine zwischen den Eichen auf dem Hügel.

Sein Besitzer war einer von vier Männern, die sich Herren von Iria nannten. Die anderen drei nannten ihn Herr von Alt-Iria. Er verschwendete seine Jugend und den Rest seines Erbes in Gerichtssälen und den Vorzimmern der Lords von Weg in Shelieth, wo er versuchte, sein Anrecht auf das gesamte Gut geltend zu machen, wie es vor hundert Jahren gewesen war. Er kam ohne Erfolg und verbittert zurück und verbrachte sein Alter damit, den herben Rotwein seines letzten Weinbergs zu trinken und mit einem Rudel mißhandelter, unterernährter Hunde seine Grenzen abzuschreiten, um Eindringlinge von seinem Land fernzuhalten.

Während seines Aufenthaltes in Shelieth hatte er geheiratet, eine Frau, über die niemand in Iria etwas wußte, denn sie kam von einer anderen Insel, sagte man, irgendwo im Westen, und sie kam nie nach Iria, denn sie starb im Kindbett dort in der Stadt. Als er nach Hause kam, hatte er eine drei Jahre alte Tochter bei sich. Er übergab sie der Haushälterin und vergaß sie. Wenn er betrunken war, erinnerte er sich manchmal an sie. Wenn er sie finden konnte, ließ er sie neben seinem Stuhl stehen oder auf seinen Knien sitzen und anhören, welches Unrecht ihm und dem Haus Iria angetan worden war. Er fluchte und weinte und trank und ließ sie auch trinken und schwören, daß sie zu ihrem Erbe stehen und das Haus Iria ehren sollte. Sie trank den Wein, aber sie haßte die Flüche und Schwüre und Tränen und die feuchten Liebkosungen, die danach kamen. Sie floh, wenn sie konnte, und ging zu den Hunden und Pferden und dem Vieh hinunter und schwor ihnen, daß sie treu zu ihrer Mutter stehen würde, die niemand kannte oder ehrte oder achtete außer ihr.

Als sie dreizehn war, sagten der alte Winzer und die Haushälterin, die als einzige vom Personal übrig waren, dem Hausherrn, daß es Zeit für den Namenstag seiner Tochter wurde. Sie fragten, ob sie den Zauberer aus Westteich kommen lassen sollten oder ob die hiesige Dorfhexe genügte. Der Herr von Iria bekam einen Tobsuchtsanfall. »Eine Dorfhexe? Ein Hexenweib soll Irians Tochter ihren wahren Namen geben? Oder ein kriecherischer, verräterischer, zaubernder Lakai der diebischen Emporkömmlinge, die meinem Großvater Westteich gestohlen haben? Wenn dieser Haderlump es wagt, einen Fuß auf mein Land zu setzen, lasse ich die Hunde seine Leber fressen, sagt ihm das, wenn ihr wollt!« Und so weiter. Die alte Daisy ging in ihre Küche zurück, der alte Coney zu seinen Reben, und die dreizehnjährige Drachenkind rannte aus dem Haus und bergab ins Dorf und schleuderte den Hunden, die wegen des Gebrülls ihres Vaters ganz durchgedreht vor Aufregung waren und hinter ihr her rannten, seine Flüche entgegen. »Kehr um, du hartherzige Schlampe!« schrie sie. »Nach Hause, du kriecherischer Verräter!« Und die Hunde verstummten und schlichen mit eingeklemmten Schwänzen nach Hause zurück.

Drachenkind fand die Dorfhexe, wie sie gerade dabei war, Maden aus einem entzündeten Riß am Rumpf eines Schafes zu klauben. Der Rufname der Hexe war Rose, wie bei vielen Frauen von Weg und dem Hardischen Archipel. Leute mit geheimen Namen, in denen ihre Macht funkelt wie Licht in einem Diamanten, mögen es, wenn ihre öffentlichen Namen gewöhnlich und weit verbreitet sind wie die Namen anderer Menschen.

Rose murmelte mechanisch einen Zauberspruch, erledigte aber den größten Teil der Arbeit mit den Händen und einem kleinen scharfen Messer. Das Mutterschaf ertrug das Messer geduldig, seine milchigen, bernsteinfarbenen Augen blickten in die Stille; nur ab und zu stapfte es mit dem schmalen linken Vorderhuf auf und seufzte. Drachenkind sah Rose aufmerksam bei der Arbeit zu. Rose zog eine Made heraus, ließ sie fallen, spuckte darauf und suchte weiter. Das Mädchen lehnte sich gegen das Mutterschaf, und das Mutterschaf lehnte sich gegen das Mädchen, um Trost zu geben und zu nehmen. Rose zog die letzte Made heraus, ließ sie fallen, spuckte darauf und sagte: »Gib mir bitte den Eimer dort.« Sie wusch die Schwäre mit Salzwasser aus. Das

Mutterschaf seufzte tief und lief plötzlich los, nach Hause. Es hatte genug Medizin gehabt. »Bucky!« rief Rose. Ein pummeliger Junge, der unter einem Busch geschlafen hatte, kam hervor und trottete hinter dem Mutterschaf her, dessen Aufseher er nominell sein sollte, obwohl das Tier älter, größer, besser im Futter und wahrscheinlich auch klüger war als er.

»Sie haben gesagt, du sollst mir meinen Namen geben«, sagte Drachenkind. »Vater hat einen Wutanfall bekommen. Soviel dazu.«

Die Hexe sagte nichts. Sie wußte, das Mädchen hatte recht. Wenn der Herr von Iria einmal gesagt hatte, daß er etwas duldete oder nicht duldete, ließ er sich nicht mehr umstimmen und brüstete sich mit seiner Unnachgiebigkeit, da nur schwache Männer etwas zurücknahmen, was sie gesagt hatten.

»Warum kann ich mir meinen wahren Namen nicht selbst geben?« fragte Drachenkind, während Rose ihre Hände und das Messer mit Salzwasser wusch.

»Geht nicht.«

»Warum nicht? Warum muß es eine Hexe oder ein Zauberer sein? Was macht ihr dabei?«

»Nun«, sagte Rose und schüttete das Salzwasser auf den kahlen Boden des kleinen Hofs vor ihrem Haus, das wie alle Hexenhäuser ein Stück vom Dorf entfernt stand. »Nun«, sagte sie, richtete sich auf und sah sich um, wie auf der Suche nach einer Antwort, einem Mutterschaf oder einem Handtuch. »Du mußt etwas über die Macht wissen, weißt du«, sagte sie schließlich und sah Drachenkind mit einem Auge an. Ihr anderes Auge schaute ein klein wenig zur Seite. Manchmal glaubte Drachenkind, daß Rose mit dem linken Auge schielte, und manchmal schien es das rechte zu sein, aber immer sah ein Auge einen gerade an, während das andere etwas außer Sichtweite zu beobachten schien, hinter einer Biegung, anderswo.

»Welche Macht?«

»*Die* Macht«, sagte Rose. So unvermittelt, wie das Mutterschaf fortgelaufen war, ging sie ins Haus. Drachenkind folgte ihr, aber nur bis zur Tür. Niemand betrat das Haus einer Hexe ungebeten.

»Du hast gesagt, daß ich sie habe«, sagte das Mädchen ins stinkende Halbdunkel des einzigen Zimmers der Hütte hinein.

»Ich habe gesagt, daß du eine Kraft in dir hast, eine ziemlich große«, sagte die Hexe aus der Dunkelheit. »Und das weißt du auch. Was du damit anfangen sollst, das weiß ich nicht, und du auch nicht. Das gilt es herauszufinden. Aber die Macht, sich selbst einen Namen zu geben, gibt es nicht.«

»Warum nicht? Was ist persönlicher als der eigene wahre Name?«

Ein langes Schweigen.

Die Hexe kam mit einer Spindel aus Speckstein und einem Knäuel fettiger Wolle heraus. Sie setzte sich auf die Bank neben der Tür und ließ die Spindel kreisen. Als sie antwortete, hatte sie schon einen Meter graubraunes Garn gesponnen.

»Mein Name bin ich. Stimmt. Aber was ist ein Name? Wie mich ein anderer nennt. Wenn es keinen anderen gäbe, nur mich, wozu bräuchte ich dann einen Namen?«

»Aber«, sagte Drachenkind und verstummte, weil das Argument sie aus dem Gleichgewicht brachte. Nach einer Weile sagte sie: »Also muß ein Name ein Geschenk sein?«

Rose nickte.

»Gib mir meinen Namen, Rose«, sagte das Mädchen.

»Dein Vater sagt nein.«

»Ich sage ja.«

»Er ist der Herr hier.«

»Er kann mich arm und dumm und wertlos halten, aber er kann mich nicht namenlos halten!«

Die Hexe seufzte, genau wie das Mutterschaf, unbehaglich und beklommen.

»Heute abend«, sagte Drachenkind. »Bei unserem Brunnen, unter dem Iriaberg. Was er nicht weiß, macht ihn nicht heiß.« Ihre Stimme klang halb lockend, halb wütend.

»Du solltest einen richtigen Namenstag haben, ein Fest mit Tanz, wie jedes junge Mädchen«, sagte die Hexe. »Bei Tagesanbruch sollte der Name vergeben werden. Und danach sollte ein Fest mit Musik und so weiter stattfinden. Kein nächtliches Herumschleichen, damit es niemand weiß ...«

»Ich werde es wissen. Woher weißt du, welcher Name es ist, Rose? Verrät ihn dir das Wasser?«

Die Hexe schüttelte kurz das stahlgraue Haupt. »Ich kann es

dir nicht sagen.« Ihr »kann nicht« bedeutete nicht »werde nicht«. Drachenkind wartete. »Es ist die Macht, wie ich schon sagte. Das kommt einfach so.« Rose hörte auf zu spindeln und sah mit einem Auge zu einer Wolke im Westen; das andere schaute ein wenig nordwärts in den Himmel. »Ihr seid zusammen im Wasser, du und das Kind. Du nimmst den Kindernamen weg. Die Leute benutzen diesen Namen vielleicht weiter als Rufnamen, aber es ist nicht mehr ihr Name und war es auch nie. Also ist sie jetzt kein Kind mehr und hat keinen Namen. Und dann wartest du. Du öffnest sozusagen den Geist. Als würdest du dem Wind die Türen eines Hauses öffnen. Und dann kommt er. Deine Zunge spricht ihn aus, den Namen. Dein Atem macht ihn. Du gibst ihn dem Kind, den Atem, den Namen. Du kannst ihn dir nicht ausdenken. Du läßt ihn zu dir kommen. Er muß durch dich zu ihr kommen, der er gehört. Das ist die Macht, so funktioniert sie. Es ist immer so. Es ist nichts, was du tust. Du mußt wissen, wie du es tun lassen kannst. Darin besteht die Meisterschaft.«

»Magier können mehr als das tun«, sagte das Mädchen.

»Niemand kann mehr als das tun«, sagte Rose.

Drachenkind ließ den Kopf auf dem Hals kreisen, überdehnte ihn, bis der Halswirbel knackte, streckte rastlos die langen Arme und Beine aus. »Wirst du es tun?« fragte sie.

Rose nickte einmal.

Sie trafen sich im Dunkel der Nacht, lange nach Sonnenuntergang, lange vor Sonnenaufgang, auf dem Weg unter dem Iriaberg. Rose erzeugte ein schwaches Leuchten von Werlicht, damit sie den Weg durch den marschigen Boden um die Quelle herum finden konnten, ohne in ein Sinkloch zwischen den Schilfgräsern zu fallen. In der kalten Dunkelheit, unter wenigen Sternen und der schwarzen Kurve des Hügels, zogen sie sich aus und wateten in das flache Wasser, wo ihre Füße tief in den samtigen Schlamm einsanken. Die Hexe berührte das Mädchen an der Hand und sprach die Worte: »Ich nehme deinen Namen, Kind. Du bist kein Kind mehr. Du hast keinen Namen.«

Es war vollkommen still.

Flüsternd sagte die Hexe: »Frau, nimm deinen Namen. Du bist Irian.«

Sie verweilten noch einen Moment in der Stille; dann wehte der

Nachtwind über ihre Schultern, sie wateten erschauernd hinaus, trockneten sich ab, so gut sie konnten, stolperten barfuß und kläglich durch das scharfkantige Schilfgras und das Wurzelgeflecht und gelangten wieder zum Weg zurück. Und dort sagte Drachenkind in einem abgehackten, wütenden Flüstern: »Wie konntest du mir diesen Namen geben!«

Die Hexe sagte nichts.

»Er ist nicht richtig. Das ist nicht mein wahrer Name! Ich dachte, mein Name würde bewirken, daß ich ich bin. Aber der macht es nur noch schlimmer. Du hast dich geirrt. Du bist nur eine Hexe. Du hast dich geirrt. Das ist *sein* Name. Er kann ihn haben. Er ist so stolz darauf, auf sein dummes Gut, seinen dummen Großvater. Ich will ihn nicht. Ich nehme ihn nicht. Er ist nicht ich. Ich weiß immer noch nicht, wer ich bin. Aber ich bin nicht Irian!« Sie verstummte unvermittelt, als sie den Namen ausgesprochen hatte.

Die Hexe sagte immer noch nichts. Sie schritten nebeneinander in der Dunkelheit dahin. Schließlich sagte Rose mit beschwichtigender, ängstlicher Stimme: »Er kam mir so –«

»Wenn du ihn jemals jemandem sagst, töte ich dich«, sagte Drachenkind.

Daraufhin blieb die Hexe stehen. Sie fauchte wie eine Katze. »Jemand *sagen?«*

Drachenkind blieb ebenfalls stehen. »Tut mir leid«, sagte sie nach einem Moment. Aber ich komme mir vor – ich komme mir vor, als hättest du mich betrogen.«

»Ich habe deinen wahren Namen ausgesprochen. Er ist nicht das, was ich erwartet hatte. Und mir ist nicht wohl dabei. Als hätte ich etwas unvollendet gelassen. Aber es ist dein Name. Wenn er dich verrät, dann ist das seine Wahrheit.« Rose zögerte und fuhr dann kühl, aber nicht mehr so wütend fort: »Wenn du die Macht willst, mich zu verraten, Irian, die gebe ich dir. Mein Name ist Etaudis.«

Der Wind war wieder aufgekommen. Sie erschauerten beide und klapperten mit den Zähnen. Sie standen einander auf dem schwarzen Weg von Angesicht zu Angesicht gegenüber und konnten doch kaum erkennen, wo die andere war. Drachenkind streckte tastend die Hand aus und ergriff die der Hexe. Sie legten die Arme zu einer heftigen, langen Umarmung umeinander. Dann eilten sie weiter, die Hexe zu ihrer Hütte am Dorfrand, die Erbin von Iria den Hügel hinauf zu dem verfallenen Haus, wo alle Hunde, die sie ohne viel Aufhebens hatten gehen lassen, sie mit einem derartigen Lärm und Aufruhr von Bellen empfingen, daß im Umkreis von einer halben Meile alle davon wach wurden, außer dem Hausherrn, der besinnungslos betrunken vor seinem kalten Kamin lag.

2. Elfenbein

Birke, der Herr von Iria von Westteich, besaß das alte Haus nicht, aber ihm gehörte das zentral gelegene fruchtbarste Land der alten Domäne. Sein Vater, der sich mehr für Weingärten und Haine interessierte als für Zwistigkeiten mit seinen Verwandten, hatte Birke ein florierendes Unternehmen hinterlassen. Birke hatte Männer eingestellt, die sich um Farm, Weinberge, Böttcherei und Fahrlohn und alles kümmerten, während er seinen Reichtum genoß. Er heiratete die schüchterne Tochter des jüngeren Bruders des Lord von Wegfürde und erfreute sich maßlos an dem Gedanken, daß seine Töchter von adligem Geblüt waren. Zu der Zeit war es der letzte Schrei unter Adligen, einen Magier zu beschäftigen, einen echten Magier mit Stab und grauem Mantel, der auf der Insel der Weisen ausgebildet worden war, und so holte sich der Herr von Iria von Westteich einen Magier von Roke. Es überraschte ihn, wie leicht man einen bekommen konnte, wenn man den Preis bezahlte.

Der junge Mann, der Elfenbein hieß, hatte noch gar keinen Stab und Mantel; er erklärte, daß er zum Magier gemacht werden würde, wenn er nach Roke zurückkehrte. Die Meister hätten ihn in die Welt hinausgeschickt, um Erfahrungen zu sammeln, denn kein Schulunterricht kann einem Mann die Erfahrung vermitteln, die er braucht, um ein Magier zu sein. Das quittierte Birke mit einem zweifelnden Blick, aber Elfenbein erklärte ihm, daß ihm während seiner Ausbildung auf Roke jede Form von Magie beigebracht worden war, die in Iria von Westteich auf Weg gebraucht werden konnte. Um das zu beweisen, ließ er es so aussehen, als würde ein Rudel Wild durch das Eßzimmer laufen, gefolgt von einer Schar Schwäne, die auf wundersame Weise zur Südwand hereingeschwebt kamen und durch die Nordwand verschwanden; und zuletzt sprudelte ein Springbrunnen in einem silbernen Becken mitten auf dem Tisch. Und als der Hausherr und seine Familie zaghaft dem Beispiel des Magiers folgten und ihre Tassen daran füllten und das Wasser kosteten, schmeckte es lieblich wie goldener Wein. »Wein von den Andraden«, sagte der junge Mann mit einem bescheidenen, höflichen Lächeln. Inzwischen waren Frau und Töchter rundum überzeugt. Und Birke dachte, daß der junge Mann sein Geld wert war, auch wenn er insgeheim den trockenen roten Fanian seines eigenen Weinbergs bevorzugte, der einen betrunken machte, wenn man genug davon trank, wohingegen dieses gelbe Zeug nur Honigwasser war.

Wenn der junge Magier Erfahrung suchte, bekam er nicht viel geboten in Westteich. Wann immer Birke Gäste aus Kembermünde oder von den umliegenden Domänen hatte, hatten Wild, Schwäne und der Springbrunnen goldenen Weins ihren Auftritt. An einem warmen Frühlingsabend brachte er auch ein sehr hübsches Feuerwerk zustande. Aber wenn die Aufseher der Haine und Weinberge zum Hausherrn kamen und fragten, ob der Magier dieses Jahr einen Wachstumszauber über die Birnen sprechen oder die Schwarzfäule von den Fanianreben am Südhang hexen konnte, sagte Birke: »Ein Magier von Roke läßt sich nicht zu so etwas herab. Sagt dem Dorfzauberer, daß er sich seinen Lebensunterhalt verdienen soll!« Und als die jüngste Tochter einen schlimmen Husten bekam, wagte Birkes Frau nicht, den weisen jungen Mann damit zu behelligen, sondern schickte bescheiden nach Rose aus Alt-Iria und bat sie, zur Hintertür hereinzukommen und vielleicht einen Breiumschlag zu machen oder einen Gesang anzustimmen, der das Mädchen wieder gesund machte. Elfenbein merkte gar nichts von der Krankheit des Mädchens noch von den Birnbäumen oder Reben. Er blieb für sich, wie es einem Mann von Fertigkeit und Ausbildung geziemte. Er verbrachte seine Tage damit, auf dem hübschen schwarzen Pferd über Land zu reiten, das ihm sein Arbeitgeber überlassen hatte, nachdem er ihm klargemacht hatte, daß er nicht von Roke hierhergekommen war, um zu Fuß durch Schlamm und Staub von Feldwegen zu stapfen.

Bei seinen Ausritten kam er häufig an einem alten Haus unter großen Eichen auf einem Hügel vorbei. Wenn er vom Weg zum Dorf abwich und den Hügel hinaufritt, kam eine Meute abgemagerter, kläffender Hunde bellend auf ihn zugerannt. Die Stute hatte Angst vor Hunden und würde wahrscheinlich scheuen und ausschlagen, daher hielt er Abstand. Aber er hatte einen Blick für Schönheit und sah das alte Haus gern an, das verträumt im gesprenkelten Licht der Frühsommernachmittage stand.

Er fragte Birke nach dem Haus. »Das ist Iria«, sagte Birke. »Alt-Iria, wollte ich sagen. Rechtmäßig gehört das Haus mir. Aber nach hundert Jahren Fehden und Streit deswegen verzichtete mein Großvater darauf, um den Streit beizulegen. Obwohl der Hausherr dort immer noch mit mir streiten würde, wenn er nicht regelmäßig zu betrunken zum Reden wäre. Hab den Alten seit Jahren nicht gesehen. Ich glaube, er hatte eine Tochter.«

»Sie heißt Drachenkind und macht die ganze Arbeit, und ich hab sie letztes Jahr einmal gesehen. Sie ist groß und so schön wie ein Baum in der Blüte«, sagte Rose, die jüngste Tochter, die emsig damit beschäftigt war, ein ganzes Leben aufmerksamer Beobachtungen in die vierzehn Jahre zu zwängen, die sie dafür haben sollte. Sie verstummte hustend. Ihre Mutter warf dem Magier einen ängstlichen, flehenden Blick zu. Gewiß würde er das Husten doch diesmal hören? Er lächelte der jungen Rose zu, und ihrer Mutter wurde leicht ums Herz. Gewiß würde er nicht so lächeln, wenn Roses Husten etwas Ernstes wäre.

»Hat nichts mit uns zu tun, diese Bande in dem alten Haus«, sagte Birke ungehalten. Der taktvolle Elfenbein stellte keine weiteren Fragen. Aber er wollte das Mädchen sehen, das schön wie ein Baum in der Blüte war. Er ritt regelmäßig an Alt-Iria vorbei. Er versuchte, in dem Dorf am Fuß des Hügels Rast zu machen und Fragen zu stellen, aber man konnte nirgendwo Rast machen, und es gab niemanden, der Fragen beantwortete. Eine schielende Hexe warf einen Blick auf ihn und verschwand hastig in ihrer Hütte. Wenn er zum Haus hinaufgehen würde, mußte er sich mit der Meute von Höllenhunden und wahrscheinlich mit einem betrunkenen alten Mann herumschlagen. Aber vielleicht lohnte sich das Risiko, dachte er; das öde Leben in Westteich langweilte ihn zu Tode, und er scheute sich nie, ein Risiko einzugehen. Er ritt den

Hügel hinauf, bis die Hunde wie toll bellend um ihn herumsprangen und nach den Beinen der Stute schnappten. Sie bockte und schlug mit den Hufen nach den Hunden aus, und er hinderte sie nur durch einen Bleibezauber und die Kraft seiner Arme daran, einfach durchzugehen. Inzwischen sprangen die Hunde hoch und schnappten nach seinen Beinen, und er wollte der Mähre gerade ihren Willen lassen, als jemand zwischen die Hunde trat, ihnen Flüche entgegenschleuderte und sie mit einem Gürtel zurückjagte. Als er die schäumende, keuchende Stute dazu gebracht hatte, still stehenzubleiben, sah er das Mädchen, das so schön wie ein Baum in der Blüte war. Sie war sehr groß und sehr verschwitzt, hatte große Hände und Füße und Augen und Mund und Nase und einen dichten, staubigen Haarschopf. Sie schrie die winselnden, geduckten Hunde an: »Runter! Zurück zum Haus, ihr Aas, ihr elenden Hurensöhne!«

Elfenbein klopfte mit der Hand an sein rechtes Bein. Ein Hundezahn hatte ihm die Reithose an der Wade aufgerissen, ein dünnes Rinnsal Blut kam heraus.

»Ist sie verletzt?« sagte die Frau. »Oh, das verräterische Gezücht!« Sie strich über das rechte Vorderbein der Mähre. Ihre Hände wurden naß von blutigem Pferdeschweiß. »Sachte, sachte«, sagte sie. »Mein tapferes Mädchen, mein tapferes Herz.« Die Mähre senkte den Kopf und zitterte vor Erleichterung. »Warum hast du sie mitten zwischen den Hunden stehen lassen?« wollte die Frau wütend wissen. Sie kniete neben dem Bein des Pferdes und schaute zu Elfenbein auf, der vom Rücken seines Pferdes zu ihr hinabsah; und doch kam er sich klein vor, kam er sich winzig vor.

Sie wartete seine Antwort nicht ab. »Ich bringe sie hinauf«, sagte das Mädchen, stand auf und streckte die Hand nach dem Zügel aus. Elfenbein wurde klar, daß er jetzt absteigen sollte. Er tat es mit den Worten: »Ist es sehr schlimm?« und begutachtete das Bein des Pferds, sah aber nur blutigen Schaum.

»Komm mit, Liebes«, sagte die junge Frau, nicht zu ihm. Die Mähre folgte ihr zutraulich. Sie folgten dem unebenen Feldweg um den Hügel herum zu einem alten Stall aus Stein und Ziegeln, ohne Pferde, nur von den Schwalben bewohnt, die über den Dächern kreisten und zwitschernd Klatsch und Tratsch austauschten.

»Halt sie still«, sagte die junge Frau und ließ ihn die Zügel der Mähre an diesem verlassenen Ort halten. Nach einiger Zeit kehrte sie zurück, schleppte einen schweren Eimer und machte sich daran, das Bein der Mähre mit dem Schwamm zu säubern. »Nimm ihr den Sattel ab«, sagte sie, und in ihrem Tonfall schwang das unausgesprochene, ungeduldige »Du Narr!« mit. Elfenbein gehorchte, halb verärgert über diese unhöfliche Riesin und halb fasziniert. Sie erinnerte ihn ganz und gar nicht an einen Baum in der Blüte, aber schön war sie tatsächlich, auf eine großartige, heftige Weise. Die Mähre fügte sich ihr rückhaltlos. Wenn sie sagte: »Beweg das Bein«, dann bewegte die Mähre das Bein. Die Frau rieb sie am ganzen Körper ab, legte ihr die Satteldecke wieder auf und vergewisserte sich, daß sie in der Sonne stand. »Sie wird wieder«, sagte die junge Frau. »Sie hat eine Rißwunde, aber wenn Sie sie täglich mehrmals mit warmem Salzwasser auswaschen, wird sie sauber heilen. Es tut mir leid.« Das letzte sagte sie aufrichtig, wenn auch zähneknirschend, als könnte sie immer noch nicht fassen, daß er seine Stute einfach so stehenlassen konnte, während sie angegriffen wurde, und sah ihn zum erstenmal direkt an. Ihre Augen waren klar und orange-braun, wie dunkler Topas oder Bernstein. Es waren seltsame Augen, auf gleicher Höhe wie seine.

»Mir tut es auch leid«, sagte er und versuchte, sorglos und beiläufig zu sprechen.

»Das ist das Pferd Irias von Westteich. Demnach sind Sie der Magier?«

Er verbeugte sich. »Elfenbein, vom Großen Hafen von Havnor, zu Ihren Diensten. Darf ich?«

Sie unterbrach ihn. »Ich dachte, Sie kämen von Roke.«

»So ist es.« Er hatte seine Fassung wiedererlangt. Sie sah ihn mit diesen großen Augen an, die so undeutbar wie die eines Schafes waren, fand er. Dann platzte sie heraus: »Haben Sie dort gelebt? Dort studiert? Kennen Sie den Erzmagier?«

»Ja«, sagte er lächelnd. Dann zuckte er zusammen und preßte einen Moment die Hand ans Schienbein.

»Sind Sie auch verletzt?«

»Es ist nichts«, sagte er. Tatsächlich hatte die Verletzung, sehr zu seinem Verdruß, schon aufgehört zu bluten. Die Frau sah ihm wieder ins Gesicht.

»Wie ist ... wie ist es so ... auf Roke?«

Elfenbein ging, nur leicht hinkend, zu einem alten Aufsteigeblock in der Nähe und setzte sich darauf. Er streckte das Bein aus, rieb sich die verletzte Stelle und sah zu der Frau auf. »Es wird lange dauern, Ihnen zu erzählen, wie Roke ist«, sagte er. »Aber es wäre mir ein Vergnügen.«

»Der Mann ist ein Magier, jedenfalls fast«, sagte Rose die Hexe, »ein Magier von Roke! Du darfst ihm keine Fragen stellen!« Sie war mehr als nur erschüttert, sie war verängstigt.

»Es stört ihn nicht«, versicherte Drachenkind ihr. »Er antwortet nur so gut wie nie.«

»Natürlich nicht!«

»Warum natürlich nicht?«

»Weil er ein Magier ist! Weil du eine Frau bist, ohne Kunstfertigkeit, ohne Wissen, ohne Ausbildung!«

»Du hättest mir etwas beibringen können! Du wolltest nur nie!«

Rose tat alles, was sie gelehrt hatte oder hätte lehren können, mit einer Handbewegung ab.

»Nun, dann muß ich eben von ihm lernen«, sagte Drachenkind.

»Magier unterrichten keine Frauen. Du bist von Sinnen.«

»Du und Besen, ihr tauscht Zaubersprüche aus.«

»Besen ist ein Dorfzauberer. Dieser Mann ist ein weiser Mann. Er hat die Hohen Künste im Großhaus auf Roke gelernt!«

»Er hat mir gesagt, wie es ist«, sagte Drachenkind. »Man geht durch die Stadt Thwil. Eine Tür befindet sich an der Straße, aber die Tür ist verschlossen. Sie sieht aus wie eine gewöhnliche Tür.« Die Hexe lauschte und war außerstande, der Verlockung offenbarter Geheimnisse und der ansteckenden Wirkung leidenschaftlichen Verlangens zu widerstehen. »Ein Mann kommt, wenn man klopft, der wie ein ganz normaler Mann aussieht. Und man muß eine Prüfung bei ihm bestehen. Man muß ein bestimmtes Wort sagen, ein Kennwort, ehe er einen einläßt. Wenn man es nicht weiß, kommt man nie hinein. Aber wenn er einen hineinläßt, dann sieht man, daß die Tür von innen ganz anders ist – sie besteht aus Horn, in das ein Baum geschnitzt wurde, und der Rahmen ist aus einem

Zahn gemacht, dem Zahn eines Drachen, der lange, lange vor Erreth-Akbe und vor Morred lebte, bevor es Menschen auf Erdsee gab. Am Anfang gab es nur Drachen. Sie haben den Zahn auf dem Berg Onn in Havnor gefunden, im Mittelpunkt der Welt. Und die Blätter des Baums sind so dünn geschnitzt, daß das Licht durch sie scheint, aber die Tür ist so stark, daß kein Zauberspruch sie je öffnen könnte, wenn der Türhüter sie geschlossen hat. Und dann führt einen der Türhüter einen Flur entlang, und noch einen Flur, bis man ratlos ist und sich verirrt hat, und plötzlich kommt man unter freiem Himmel heraus. Im Hof des Springbrunnens, im tiefsten Inneren des Großen Hauses. Und dort ist der Erzmagier, wenn er da ist . . . «

»Fahr fort«, murmelte die Hexe.

»Das ist alles, was er mir bis jetzt erzählt hat«, sagte Drachenkind, die zurückkehrte zu dem milden, wolkenverhangenen Frühlingstag und der unendlich vertrauten Dorfstraße, Roses Vorgarten, ihren eigenen sieben Milchschafen, die auf dem Berg Iria grasten, den bronzefarbenen Kronen der Eichen. »Er ist sehr vorsichtig, wenn er von den Meistern spricht.«

Rose nickte.

»Aber er hat mir von einigen der Schüler erzählt.«

»Ich schätze, das kann nicht schaden.«

»Ich weiß nicht«, sagte Drachenkind. »Es ist wunderbar, etwas über das Großhaus zu hören, aber ich dachte, die Leute dort wären - ich weiß auch nicht. Natürlich sind sie fast alle noch Knaben, wenn sie dorthin gehen. Aber ich dachte mir, sie wären . . . « Sie sah mit besorgter Miene zu den Schafen auf dem Hügel. »Manche von ihnen sind wirklich schlecht und dumm«, sagte sie mit leiser Stimme. »Sie besuchen die Schule, weil sie reich sind. Und sie studieren nur dort, um noch reicher zu werden. Oder um Macht zu erlangen.«

»Aber natürlich«, sagte Rose, »deshalb sind sie doch dort!«

»Aber Macht - von der du mir erzählst hast - ist nicht dasselbe, wie Leute tun lassen, was du willst, oder dich bezahlen lassen . . . «

»Nicht?«

»Nein!«

»Wenn ein Wort heilen kann, kann ein Wort auch verletzen«, sagte die Hexe. »Wenn eine Hand töten kann, dann kann eine

Hand auch gesund machen. Ein Wagen, der nur in eine Richtung fährt, ist ein armseliger Wagen.«

»Aber auf Roke lernen sie, die Macht zum Guten einzusetzen, nicht zum Schaden oder um sich zu bereichern.«

»Alles geschieht irgendwie, um sich zu bereichern, würde ich sagen. Die Menschen müssen leben. Aber was weiß ich schon? Ich verdiene meinen Lebensunterhalt damit, daß ich das mache, wovon ich etwas verstehe. Aber ich spiele nicht mit den großen Künsten herum, den gefährlichen Mächten, zum Beispiel, die Toten zu rufen«, und Rose machte das Handzeichen, um die Gefahr abzuwenden, die sie angesprochen hatte.

»Alles ist gefährlich«, sagte Drachenkind und sah nun durch die Schafe, die Hügel und die Bäume hindurch in ruhige Tiefen, in eine farblose, weite Leere, die dem klaren Himmel vor Sonnenaufgang glich.

Rose beobachtete sie. Sie wußte, sie hatte keine Ahnung, wer Irian war oder was sie sein könnte. Eine große, kräftige, linkische, unwissende, unschuldige, zornige junge Frau, ja. Aber seit sie ein Kind war, hatte Rose etwas in ihr gespürt, etwas jenseits dessen, was sie war. Und wenn Irian so wie jetzt aus der Welt hinaus schaute, dann schien sie jenen Ort oder jene Zeit oder jenes Wesen jenseits ihrer selbst zu betreten, das sich Roses Kenntnis vollkommen entzog. Dann fürchtete Rose sie und fürchtete um sie.

»Du solltest aufpassen«, sagte die Hexe grimmig. »Alles ist gefährlich, das stimmt, am allermeisten aber, sich mit Magiern einzulassen.«

Aus Liebe, Respekt und Vertrauen hätte Drachenkind niemals eine Warnung von Rose in den Wind geschlagen; aber sie war unfähig, sich Elfenbein als gefährlich vorzustellen. Sie verstand ihn nicht, aber an die Vorstellung, ihn zu fürchten, ihn persönlich, konnte sie sich nicht gewöhnen. Sie versuchte, respektvoll zu sein, aber das war unmöglich. Sie fand ihn klug und recht hübsch, dachte aber nicht oft an ihn, lediglich daran, was er ihr alles erzählen konnte. Er wußte, was sie wissen wollte, und erzählte es ihr Stück für Stück, nur war es dann eigentlich doch nicht das, was sie wissen wollte, aber trotzdem wollte sie mehr erfahren. Er war geduldig mit ihr, und sie war ihm dankbar für seine Geduld, weil sie wußte, daß er viel schneller war als sie.

Manchmal lächelte er über ihre Unwissenheit, aber er wurde niemals höhnisch oder machte sich über sie lustig. Er beantwortete Fragen gern mit Gegenfragen, genau wie die Hexe; aber die Antworten auf Roses Fragen waren stets etwas, das sie immer gewußt hatte, während die Antworten auf seine Fragen unvorstellbar und erschreckend waren, unerwünscht, manchmal schmerzlich, auf jeden Fall aber angetan, ihre sämtlichen Überzeugungen ins Wanken zu bringen.

Wenn sie sich Tag für Tag im alten Stall von Iria trafen, was ihnen zur Gewohnheit geworden war, stellte sie ihm Fragen, und er erzählte ihr mehr, wenn auch widerwillig und stets nur zum Teil; er schützte seine Meister, dachte sie, und versuchte, das strahlende Bild von Roke aufrechtzuerhalten, bis er eines Tages ihrer Beharrlichkeit nachgab und offen sprach.

»Es gibt gute Männer dort«, sagte er. »Der Erzmagier war bestimmt groß und weise. Aber er ist fort. Und die Meister ... Manche halten sich abseits, folgen geheimem Wissen, suchen immer mehr Formen, immer mehr Namen, nutzen ihr Wissen aber in keiner Weise. Andere verbergen ihren Ehrgeiz unter dem grauen Mantel der Weisheit. Roke ist nicht länger der Ort der Macht auf Erdsee. Die ist auf das Gericht in Havnor übergegangen. Roke lebt von seiner großen Vergangenheit und wird durch tausend Zaubersprüche vor der Gegenwart geschützt. Und was ist hinter diesen Mauern der Zaubersprüche? Wetteifernde Ambitionen, Angst vor allem Neuen, Angst vor jungen Männern, die die Macht der alten in Frage stellen. Und im Zentrum – nichts. Ein leerer Innenhof. Der Erzmagier wird nie zurückkehren.«

»Woher weißt du das?« flüsterte sie.

Er sah sie streng an. »Der Drache hat ihn fortgebracht.«

»Du hast es gesehen? Das hast du gesehen?« Sie ballte die Fäuste, als sie sich diesen Flug vorstellte.

Nach langer Zeit kehrte sie zum Sonnenlicht und dem Stall und ihren Gedanken und Rätseln zurück. »Aber auch wenn er fort ist«, sagte sie, »sind doch gewiß einige der Meister wahrhaft weise?«

Als er aufschaute und antwortete, geschah es mit der Andeutung eines melancholischen Lächelns. »Weißt du, bei Licht betrachtet laufen alle Geheimnisse und die Weisheit der Meister auf nicht besonders viel hinaus. Tricks des Berufs – wunderbare Illusionen. Aber die Leute wollen das nicht glauben. Sie wollen die Geheimnisse, die Illusionen. Wer kann es ihnen verdenken? Im Leben der meisten gibt es so wenig, das schön oder wertvoll ist.«

Als wollte er seinen Worten Nachdruck verleihen, hob er ein Stück Stein von dem gebrochenen Pflaster auf und warf es in die Luft, und als er weitersprach, flatterte es mit zarten blauen Schwingen um ihre Köpfe, ein Schmetterling. Er streckte den Finger aus, und der Schmetterling landete darauf. Er schüttelte den Finger, worauf der Schmetterling zu Boden fiel, ein Stück Stein.

»In meinem Leben gibt es nicht viel, das viel wert ist«, sagte sie und senkte den Blick auf das Pflaster. »Ich weiß nur, wie man die Farm führt, und versuche, aufrecht zu sein und die Wahrheit zu sagen. Aber wenn ich glaubte, daß alles nur Tricks und Lügen sind, selbst auf Roke, würde ich diese Männer dafür hassen, daß sie mich zum Narren halten, uns alle zum Narren halten. Es können keine Lügen sein. Nicht nur. Der Erzmagier ist zu den Eisgrauen Männern ins Labyrinth hinabgestiegen und mit dem Ring des Friedens zurückgekehrt. Er hat mit dem jungen König das Land des Todes besucht und den Spinnenmagier besiegt und ist zurückgekehrt. Das wissen wir durch das Wort des Königs selbst. Selbst hierher sind die Harfner gekommen, um dieses Lied zu singen, und ein Geschichtenerzähler kam, um davon zu berichten ... «

Elfenbein nickte ernst. »Aber der Erzmagier verlor seine ganze Macht im Land des Todes. Vielleicht wurde da die ganze Magie geschwächt.«

»Die Zaubersprüche von Rose funktionieren wie eh und je«, sagte sie verstockt.

Elfenbein lächelte. Er sagte nichts, aber sie wußte, wie unbedeutend ihm das Wirken einer Dorfhexe vorkommen mußte, wo er doch große Taten und Mächte gesehen hatte. Sie seufzte und sagte aus tiefstem Herzen: »Ach, wenn ich doch nur keine Frau wäre!«

Er lächelte wieder. »Du bist eine wunderschöne Frau«, sagte er, aber schlicht, nicht auf die schmeichelhafte Weise, die er anfangs ihr gegenüber angewandt hatte, bevor sie ihm klarmachte, wie zuwider ihr das war. »Warum möchtest du ein Mann sein?«

»Damit ich nach Roke gehen könnte! Um zu sehen, zu lernen! Warum, warum können nur Männer dorthin?«

»So wurde es vor Jahrhunderten vom ersten Erzmagier bestimmt«, sagte Elfenbein. »Aber ... das habe ich mich auch schon gefragt.«

»Wirklich?«

»Oft. Man sieht nur Knaben und Männer, tagein, tagaus, im Großhaus und auf dem gesamten Gelände der Schule. Man weiß, den Frauen aus der Stadt ist durch Bannspruch verboten, auch nur einen Fuß auf die Felder um den Kogel von Roke zu setzen. Einmal in vielen Jahren gestattet man vielleicht einer großen Dame, kurz einen der äußeren Höfe zu betreten ... Warum das so ist? Sind alle Frauen unfähig zu verstehen? Oder fürchten die Meister sie, fürchten sie, korrumpiert zu werden - nein, aber sie fürchten, Frauen zuzulassen könnte das Gesetz ändern, an das sie sich klammern - die ... Reinheit dieses Gesetzes ...«

»Frauen können so gut wie Männer keusch leben«, sagte Drachenkind unverblümt. Sie wußte, daß sie unverblümt und grob war, wo er feinfühlig und hintergründig war, aber sie wußte nicht, wie sie sonst hätte sein sollen.

»Natürlich«, sagte er, und sein Lächeln wurde strahlend. »Aber Hexen sind nicht immer keusch, oder? ... Vielleicht haben die Meister davor Angst. Vielleicht ist der Zölibat nicht so zwingend notwendig, wie das Gesetz von Roke besagt. Vielleicht ist es kein Mittel, die Macht rein zu bewahren, sondern nur, die Macht für sich selbst zu bewahren. Frauen auszuschließen, alle auszuschließen, die nicht bereit sind, sich zu Eunuchen zu machen, um diese spezielle Form von Macht zu erlangen ... Wer weiß? Eine Magierin! Das würde alles verändern, sämtliche Regeln!«

Sie konnte sehen, daß sein Geist vor ihrem her tanzte, Einfälle aufgriff und damit spielte, sie verwandelte, so wie er Steine in Schmetterlinge verwandelte. Sie konnte nicht mit ihm tanzen, sie konnte nicht mit ihm spielen, aber sie sah ihn staunend an.

»Du könntest nach Roke gehen«, sagte er mit vor Aufregung, Schalkhaftigkeit, Aufmüpfigkeit leuchtenden Augen. Als er ihr fast flehentliches, ungläubiges Schweigen bemerkte, beharrte er: »Das könntest du. Du bist eine Frau, aber es gibt Mittel und Wege, dein Äußeres zu verändern. Du hast das Herz, die Willenskraft, den Mut eines Mannes. Du könntest das Großhaus betreten. Ich weiß es.«

»Und was würde ich dort tun?«

»Was alle Schüler tun. Allein in einer Zelle aus Stein leben und lernen, weise zu sein! Es ist vielleicht nicht das, was du dir erträumt hast, aber auch das könntest du lernen.«

»Könnte ich nicht. Sie würden es merken. Ich könnte nicht mal hinein. Du hast gesagt, da ist der Türhüter. Ich weiß nicht, welches Wort ich ihm sagen muß.«

»Das Kennwort, ja. Aber das könnte ich dir beibringen.«

»Das kannst du? Ist das denn erlaubt?«

»Mir ist einerlei, was ›erlaubt‹ ist«, sagte er mit einem Stirnrunzeln, wie sie es noch nie bei ihm gesehen hatte. »Der Erzmagier selbst hat gesagt: *Regeln sind dazu da, gebrochen zu werden.* Ungerechtigkeit macht die Regeln, und Mut bricht sie. Ich habe den Mut, wenn du ihn auch hast!«

Sie sah ihn an. Sie brachte kein Wort heraus. Sie stand auf und ging nach einem Moment aus dem Stall, quer über den Hügel, auf dem Weg, der auf halber Höhe um ihn herum führte. Einer der Hunde, ihr Liebling, ein großer, häßlicher Köter mit breitem Schädel, folgte ihr. Auf dem Hang über der Quelle im Marschland, wo Rose ihr vor zehn Jahren ihren Namen gegeben hatte, hielt sie an. Sie stand dort; der Hund setzte sich neben sie und sah ihr ins Gesicht. Kein klarer Gedanke ging ihr durch den Kopf, aber dieselben Worte kamen immer wieder: Ich könnte nach Roke gehen und herausfinden, wer ich bin.

Sie schaute über die Schilfgraswiesen und Weidenbäume und ferneren Hügel nach Westen. Der gesamte westliche Himmel war leer, klar. Sie stand still, und ihre Seele schien in diesen Himmel einzugehen und fort zu sein, fort von ihr.

Ein kaum hörbares Geräusch ertönte, das leise Klipp-klapp der Hufe des Pferdes, das auf dem Weg näher kam. Dann kehrte Drachenkind in sich selbst zurück, rief nach Elfenbein und rannte den Hügel hinab zu ihm. »Ich werde gehen«, sagte sie.

Er hatte ein derartiges Abenteuer weder geplant noch beabsichtigt, aber so verrückt es war, es gefiel ihm um so besser, je länger er darüber nachdachte. Bei der Aussicht, den langen, grauen Winter in Westteich zu verbringen, wurde ihm ganz schwermütig ums Herz. Hier gab es nichts für ihn, außer dem Mädchen Drachenkind, das sein ganzes Denken beherrschte. Ihre enorme, unschuldige Kraft hatte ihn bereits vollkommen unterworfen, aber er tat, was ihr gefiel, damit sie tat, was ihm gefiel, und er fand, daß sich dieses Spiel lohnte. Wenn sie mit ihm fortging, war es so gut wie gewonnen. Und was den Spaß daran betraf, das Vorhaben, sie tatsächlich als Mann verkleidet in die Schule von Roke einzuschmuggeln, so bestand kaum eine Chance, es durchzuziehen, aber es gefiel ihm als Geste der Respektlosigkeit im Angesicht von Pietät und Pomp der Meister und ihrer Schmeichler. Und sollte es irgendwie doch gelingen, sollte er tatsächlich eine Frau durch diese Tür bringen können, und sei es nur für einen Augenblick, was wäre das für eine süße Rache!

Geld war ein Problem. Das Mädchen glaubte natürlich, daß er als ein großer Magier nur mit den Fingern zu schnippen brauchte, um sie mit einem verzauberten Boot, das mit verzaubertem Wind reiste, über das Meer zu bringen. Aber als er ihr sagte, daß sie eine Schiffspassage buchen müßten, antwortete sie nur: »Ich habe das Käsegeld.«

Er schätzte ihre derben Aussprüche. Manchmal machte sie ihm angst, was ihm nicht gefiel. In seinen Träumen von ihr gab sie sich ihm niemals hin, sondern er selbst ergab sich einer wilden, verzehrenden Süße, sank in eine vernichtende Umarmung; Träume, in denen sie etwas Unbegreifliches war und er gar nichts. Er erwachte erschüttert und beschämt aus diesen Träumen. Bei Tage, wenn er ihre großen, schmutzigen Hände sah, wenn sie redete wie ein Bauerntölpel, ein Einfaltspinsel, fühlte er sich wieder überlegen. Er wünschte nur, es gäbe jemanden, vor dem er ihre Aussprüche wiederholen könnte, einem seiner Freunde in dem Großen Hafen, der sie amüsant finden würde. »Ich habe das Käsegeld«, wiederholte er bei sich, als er nach Westteich zurückritt, und lachte. »Das habe ich in der Tat«, sagte er laut. Die schwarze Mähre zuckte mit den Ohren.

Er erzählte Birke, er habe eine Sendung von seinem Lehrer auf Roke erhalten, dem Meister Hand, und müsse sofort zurückkehren, in welcher Angelegenheit, könne er natürlich nicht sagen, aber wenn er erst einmal dort sei, sollte es nicht allzu lange dauern; einen halben Monat für die Hinfahrt, einen halben für die Rückreise; spätestens vor den Brachen würde er wieder zurück sein. Er müsse Meister Birke bitten, ihm einen Vorschuß auf seinen

Lohn zu geben, damit er Schiffspassage und Unterkunft bezahlen könne, denn ein Magier von Roke solle niemals ausnutzen, daß die Leute bereit wären, ihm alles zu geben, was er brauchte, sondern bezahlen wie ein gewöhnlicher Mann. Da Birke dem zustimmte, mußte er Elfenbein eine Börse für seine Reise geben. Es war das erste richtige Geld, das dieser seit Jahren in der Tasche hatte: zehn Elfenbeinscheiben mit dem Otter von Schelieth auf einer und der Rune des Friedens auf der anderen Seite, zu Ehren von König Lebannen. »Hallo, kleine Namensvettern«, sagte er zu ihnen, als er allein mit ihnen war. »Ihr und das Käsegeld werdet euch prächtig miteinander verstehen.«

Er erzählte Drachenkind recht wenig von seinen Plänen, hauptsächlich weil er kaum welche hatte und mehr dem Zufall und seinen Geistesgaben vertraute, die ihn selten im Stich ließen, wenn er eine faire Chance erhielt, sie einzusetzen. Das Mädchen stellte fast keine Fragen. »Werde ich den ganzen Weg als Mann reisen?« war eine. »Ja«, sagte er, »aber nur verkleidet. Ich werde den Ähnlichkeitszauber erst über dich sprechen, wenn wir auf der Insel Roke eingetroffen sind.«

»Ich dachte, es wäre ein Zauber der Verwandlung«, sagte sie.

»Das wäre unklug«, entgegnete er und ahmte den salbungsvollen Tonfall des Meisters Verwandler ausgezeichnet nach. »Sollte es erforderlich sein, werde ich es natürlich tun. Aber du wirst feststellen, daß Magier höchst sparsam mit den großen Zaubersprüchen umgehen. Und das mit gutem Grund.«

»Das Gleichgewicht«, sagte sie und akzeptierte seine Worte im einfachsten Sinne, wie immer.

»Und vielleicht, weil diese Künste nicht mehr die Macht haben, die sie einst hatten«, sagte er. Er wußte nicht, warum er ihr Vertrauen in die Zauberei erschüttern wollte; vielleicht, weil jede Abschwächung ihrer Stärke, ihrer Ganzheit, ein Gewinn für ihn war. Es hatte damit angefangen, daß er versucht hatte, sie in sein Bett zu locken, ein Spiel, das er nur zu gern spielte. Das Spiel war zu einer Art von Wettbewerb geworden, mit dem er nicht gerechnet hatte, den er aber auch nicht beenden konnte. Er war jetzt fest entschlossen, sie nicht nur zu erobern, sondern zu besiegen. Er konnte nicht zulassen, daß sie ihn besiegte. Er mußte ihr und sich selbst beweisen, daß seine Träume ohne Bedeutung waren.

Ziemlich zu Anfang, als er es sattgehabt hatte, gegen ihre massive körperliche Gleichgültigkeit anzugehen, hatte er eine Hexerei zu Hilfe genommen, den Verführungsspruch eines Magiers, dessen er sich schämte, noch während er ihn wob, auch wenn er um seine Wirksamkeit wußte. Er belegte sie damit, als sie, typisch für sie, ein Kuhhalfter flickte. Das Ergebnis war nicht die dahinschmelzende Willigkeit der Mädchen gewesen, bei denen er ihn in Havnor und Thwil angewandt hatte. Drachenkind war nach und nach verschlossen und mürrisch geworden. Sie stellte keine ihrer endlosen Fragen nach Roke mehr und antwortete nicht, als er sie ansprach. Als er sich ihr sehr zaghaft näherte und ihre Hand nahm, wehrte sie ihn mit einem Schlag auf den Kopf ab, von dem ihm ganz schwindlig wurde. Er sah, wie sie ohne ein Wort aufstand und den Stall verließ, und der häßliche Hund, den sie so mochte, trottete hinter ihr her. Der Köter drehte sich zu ihm um und schien zu grinsen.

Sie ging den Weg zum alten Haus hinauf. Als seine Ohren nicht mehr klingelten, folgte er ihr und hoffte, daß der Zauber doch wirkte und dies nur ihre besonders derbe Art war, ihn endlich zu ihrem Bett zu führen. Als er sich dem Haus näherte, hörte er Geschirr zerbrechen. Der Vater, der Trunkenbold, kam verwirrt und ängstlich aus dem Haus, und Drachenkinds Stimme hallte hinter ihm her: »Aus dem Haus, du betrunkener, kriechender Verräter! Du niederträchtiger, schamloser Lüstling!«

»Sie hat mir meinen Becher weggenommen«, sagte der Hausherr von Iria zu dem Fremden und winselte wie ein Welpe, während die Hunde an seiner Seite bellten. »Sie hat ihn zerbrochen.«

Elfenbein verabschiedete sich. Er kehrte zwei Tage nicht zurück. Am dritten Tag ritt er probehalber an Alt-Iria vorbei, und sie kam zu ihm herunter. »Es tut mir leid, Elfenbein«, sagte sie und sah mit ihren rauchigen orange-braunen Augen zu ihm auf. »Ich weiß nicht, was vorgestern über mich gekommen ist. Ich war wütend. Aber nicht auf dich. Ich bitte um Verzeihung.«

Er verzieh ihr gnädig und probierte nie wieder einen Liebeszauber an ihr aus.

Bald, dachte er jetzt, würde er keinen mehr brauchen. Er würde wahre Macht über sie haben. Endlich hatte er gesehen, wie er die Macht bekommen konnte. Sie hatte sie ihm in die Hände gegeben. Ihre Stärke und Willenskraft waren enorm, aber glücklicherweise war sie dumm und er nicht.

Birke schickte einen Fuhrunternehmer mit sechs Fässern zehn Jahre alten Fanians nach Kembermünde, die der dortige Weinhändler bestellt hatte. Seinen Magier schickte er mit Freuden als Begleitschutz mit, denn der Wein war wertvoll, und auch wenn der junge König sich bemühte, so schnell wie möglich die Ordnung wiederherzustellen, trieben immer noch Banden von Wegelagerern auf den Straßen ihr Unwesen. So verließ Elfenbein Westteich auf einem großen Wagen, der von vier großen Pferden gezogen wurde, die langsam dahintrabten, und ließ die Beine baumeln. Unten am Eselshügel erhob sich eine ungeschlachte Gestalt am Wegesrand und bat den Fuhrunternehmer, sie mitzunehmen. »Ich kenne dich nicht«, sagte der Fuhrunternehmer und hob die Peitsche, um den Fremden zu verscheuchen, aber Elfenbein kam um den Wagen herum und sagte: »Lassen Sie den Burschen mitfahren, guter Mann. Er wird keinen Schaden anrichten, solange ich bei Ihnen bin.«

»Dann behalten Sie ihn im Auge, Meister«, sagte der Fuhrunternehmer.

»Das werde ich«, sagte Elfenbein und zwinkerte Drachenkind zu. Sie war durch Schmutz und die alte Kutte eines Feldarbeiters und enge Hosen und einen abscheulichen Filzhut bestens verkleidet und erwiderte sein Zwinkern nicht. Sie spielte ihre Rolle sogar, während sie nebeneinandersaßen und die Beine über die Heckklappe baumeln ließen und sechs große Fässer Wein hinter ihnen rumpelten und der schläfrige Fuhrunternehmer dahinter saß und die verschlafenen sommerlichen Hügel und Felder langsam, langsam vorbeizogen. Elfenbein versuchte, sie zu necken, aber sie schüttelte nur den Kopf. Vielleicht hatte sie jetzt, wo sie ihn in die Tat umsetzten, Angst vor dem verwegenen Plan bekommen. Schwer zu sagen. Sie war ernst und schweigsam. Diese Frau könnte mich sehr langweilen, dachte Elfenbein, wenn ich sie erst einmal unter mir gehabt habe. Dieser Gedanke erregte ihn fast unerträglich, aber als er sie ansah, vergingen ihm solche Gedanken im Angesicht ihrer übermächtigen Präsenz.

Es gab keine Gasthäuser an diesem Abschnitt der Straße, die

durch das Gebiet führte, das einst zur Domäne Iria gehört hatte. Als die Sonne sich den westlichen Ebenen näherte, machten sie Rast an einem Farmhaus, wo es einen Stall für die Pferde, einen Schuppen für den Wagen und Stroh im Heuschober für die Fuhrleute gab. Der Schober war dunkel und stickig, das Stroh klamm. Elfenbein verspürte nicht das geringste Begehren, obwohl Drachenkind keinen Meter von ihm entfernt lag. Sie hatte den ganzen Tag lang so überzeugend einen Mann gespielt, daß sie sogar ihn halb überzeugt hatte. Vielleicht würde sie die alten Männer doch zum Narren halten! dachte er, grinste bei dem Gedanken und schlief ein.

Den ganzen nächsten Tag ging es auf holprigen Wegen weiter, durch ein oder zwei Sommergewitter, bis sie in der Abenddämmerung in Kembermünde eintrafen, einer befestigten, wohlhabenden Hafenstadt. Sie ließen den Fuhrunternehmer die Geschäfte seines Herrn und Meisters erledigen und suchten ein Gasthaus bei den Docks. Drachenkind betrachtete die Sehenswürdigkeiten der Stadt schweigend, was auf Ehrfurcht oder Mißfallen oder bloße Gleichgültigkeit hindeuten konnte. »Dies ist eine hübsche kleine Stadt«, sagte Elfenbein, »aber die einzig wahre Stadt der Welt ist Havnor.« Es hatte keinen Zweck, sie beeindrucken zu wollen; sie sagte nur: »Es fahren nicht viele Handelsschiffe nach Roke, oder? Wird es lange dauern, bis wir eines finden, das uns mitnimmt – was meinst du?«

»Nicht, wenn ich einen Stab trage«, sagte er.

Sie sah sich nicht mehr um, sondern schlenderte eine Weile nachdenklich dahin. Sie war wunderschön, wenn sie sich bewegte, kühn und anmutig und den Kopf hoch erhoben.

»Du meinst, sie werden einem Magier gefällig sein? Aber du bist kein Magier.«

»Das ist eine reine Formsache. Wir ranghöheren Zauberer dürfen einen Stab tragen, wenn wir im Auftrag von Roke unterwegs sind. Und das bin ich.«

»Weil du mich hinbringst?«

»Weil ich ihnen einen Studenten bringe, ja. Einen hochbegabten Studenten!«

Sie stellte keine Fragen mehr. Sie widersprach niemals; das war einer ihrer Vorzüge.

An diesem Abend fragte sie beim Essen in dem Gasthaus am Hafen ungewöhnlich schüchtern: »Bin ich hoch begabt?«

»Meiner Meinung nach, ja«, sagte er.

Sie überlegte – eine Unterhaltung mit ihr war häufig eine langwierige Angelegenheit – und sagte: »Rose hat immer gesagt, daß ich Macht hätte, aber sie wußte nicht, was für eine. Und ich ... ich weiß auch, daß es so ist, aber ich weiß nicht, was sie ist.«

»Du gehst nach Roke, um das herauszufinden«, sagte er, hob das Glas und sah ihr in die Augen. Einen Moment später hob sie ihres und lächelte ihn an, ein so strahlendes und zärtliches Lächeln, daß er spontan hinzufügte: »Und möge, was du findest, alles sein, was du suchst!«

»Wenn, dann ist das dein Verdienst«, sagte sie. In diesem Augenblick liebte er sie ihres aufrichtigen Herzens wegen und hätte jeden Gedanken an sie aufgegeben, es sei denn als seine Gefährtin in einem kühnen Abenteuer, einem heldenhaften Streich.

In dem überfüllten Gasthaus mußten sie sich ein Zimmer mit zwei anderen Reisenden teilen, aber Elfenbeins Gedanken waren vollkommen keusch, obwohl er deshalb ein wenig über sich selbst lachte.

Am nächsten Morgen pflückte er einen Kräuterzweig aus dem Küchengarten des Gasthauses und verzauberte ihn zu einem stattlichen Stab, kupferbeschlagen und genau von seiner Größe. »Was ist das für ein Holz?« fragte Drachenkind fasziniert, als sie ihn sah, und als er lachend antwortete: »Rosmarin«, lachte sie auch. Sie schlenderten am Kai entlang und fragten nach einem Schiff Richtung Süden, das einen Magier und seinen Lehrling mit zur Insel der Weisen nehmen könnte, und fanden wenig später ein schweres Handelsschiff nach Wathort, dessen Kapitän den Magier umsonst und seinen Lehrling zum halben Preis beförderte. Selbst der halbe Preis war das halbe Käsegeld, aber sie kamen in den Vorzug einer Kabine, denn die *Seeotter* war ein gedeckter Zweimaster.

Als sie mit dem Kapitän sprachen, fuhr ein Wagen am Pier vor, und sechs altbekannte Fässer wurden ausgeladen. »Das sind unsere«, sagte Elfenbein, worauf der Kapitän erwiderte: »Für Hort bestimmt«, und Drachenkind leise sagte: »Von Iria.«

Da sah sie zum Land zurück. Es war das erste Mal, daß er sie je einen Blick zurückwerfen sah.

Der Wetterwirker des Schiffs kam kurz vor dem Auslaufen an Bord, kein Magier von Roke, sondern ein wettergegerbter Bursche im abgetragenen Seemantel. Elfenbein schwenkte den Stab ein wenig, um ihn zu grüßen. Der Zauberer sah ihn von oben bis unten an und sagte: »Ein Mann wirkt Wetter auf diesem Schiff. Wenn ich es nicht bin, verschwinde ich.«

»Ich bin lediglich Passagier, Meister Handlungsreisender. Die Winde überlasse ich gern Ihren Händen.«

Der Zauberer sah Drachenkind an, die stocksteif daneben stand und schwieg.

»Gut«, sagte er, und das war das letzte Wort, das er mit Elfenbein wechselte.

Während der Reise unterhielt er sich jedoch mehrmals mit Drachenkind, was Elfenbein ein wenig nervös machte. Ihre Unwissenheit und Vertrauensseligkeit konnten sie in Gefahr bringen, und damit auch ihn. Worüber hatten sie und der Handlungsreisende gesprochen? fragte er, worauf sie antwortete: »Was aus uns werden soll.«

Er sah sie an.

»Aus uns allen. Aus Weg und Felkweg und Havnor und Wathort und Roke. Aus allen Bewohnern der Inseln. Er sagt, als König Lebannen letzten Herbst gekrönt werden sollte, hat er nach dem alten Erzmagier auf Gont geschickt, damit der ihn krönen sollte, und er wollte nicht kommen. Und es gab keinen neuen Erzmagier. Also hat er sich die Krone selbst aufgesetzt. Aber viele sagen, das ist falsch und sein Anspruch auf den Thron nicht rechtens. Aber andere sagen, der König selbst ist der neue Erzmagier. Doch er ist kein Zauberer, nur ein König. Darum behaupten andere, die dunklen Jahre werden wiederkommen, als es keine Gesetze gab und die Magie mit bösen Absichten eingesetzt wurde.«

Nach einer Pause sagte Elfenbein: »Das alles sagt dieser alte Wetterwirker?«

»Ich glaube, das wird allgemein gesagt«, entgegnete Drachenkind in ihrer ernsten, schlichten Art.

Der Wetterwirker verstand immerhin sein Handwerk. Die *Seeotter* segelte geschwind nach Süden; sie gerieten in sommerliche Regenschauer und rauhen Seegang, aber nie in einen Sturm oder widrigen Wind. Sie legten an und nahmen Fracht in den Häfen an der Nordküste von O an Bord, in Ilien, Leng, Kamery und O Port, und dann segelten sie nach Westen, um die Passagiere nach Roke zu bringen. Und im Angesicht des Westkurses wurde Elfenbein ein wenig flau im Magen, denn er wußte nur zu gut, wie Roke bewacht wurde. Weder er noch der Wetterwirker würden irgend etwas gegen den Wind von Roke ausrichten können, falls er gegen sie wehte. Und falls er das tat, würde Drachenkind nach dem Warum fragen. Warum wehte der Wind gegen sie?

Es freute ihn zu sehen, daß auch der Zauberer nervös war, der beim Steuermann stand und einen Ausguck im Topp sitzen hatte, um bei einem Hauch von Westwind die Segel einzuholen. Aber der Wind wehte konstant von Norden. Er brachte ein Gewitter mit sich, und Elfenbein ging in die Kabine, aber Drachenkind blieb an Deck. Sie hatte Angst vor dem Wasser, hatte sie ihm erzählt. Sie konnte nicht schwimmen; sie sagte: »Es muß schrecklich sein, zu ertrinken! Keine Luft zu atmen ...« Sie erschauerte bei dem Gedanken. Es war das einzige Mal, daß sie Furcht vor etwas erkennen ließ. Aber sie mochte die niedrige, enge Kabine nicht, war jeden Tag an Deck geblieben und hatte in warmen Nächten sogar dort geschlafen. Elfenbein hatte nicht versucht, sie in die Kabine zu locken. Er wußte, daß es nichts nützte, sie zu locken. Wenn er sie haben wollte, mußte er sie meistern; und das würde ihm gelingen, wenn sie nur erst einmal auf Roke waren.

Er kam wieder an Deck. Als die Sonne unterging, brachen die Wolken im ganzen Westen auf und zeigten einen goldenen Himmel über der hohen, dunklen Silhouette eines Hügels.

Elfenbein sah den Hügel mit einer Art von Haßliebe an.

»Das ist der Kogel von Roke, Bursche«, sagte der Wetterwirker zu Drachenkind, die neben ihm an der Reling stand. »Wir laufen jetzt in die Bucht von Thwil ein. Wo es keinen Wind gibt außer dem Wind, den sie wollen.«

Als sie in die Bucht eingelaufen waren und den Anker gesetzt hatten, war es dunkel, und Elfenbein sagte zum Schiffsmeister: »Morgen früh gehe ich an Land.«

Unten in ihrer winzigen Kabine saß Drachenkind und wartete auf ihn, ernst wie immer, aber ihre Augen leuchteten vor Aufregung. »Wir gehen morgen früh an Land«, wiederholte er für sie, worauf sie ergeben nickte. Sie sagte: »Sehe ich gut aus?«

Er setzte sich auf seine schmale Pritsche und sah sie auf ihrer an; sie konnten einander nicht direkt gegenüber sitzen, weil nicht genügend Platz für die Knie war. In O Port hatte sie sich ein anständiges Hemd und Reithosen gekauft, damit sie wie ein Kandidat der Schule aussah. Ihr Gesicht war vom Wind gerötet und sauber geschrubbt. Das Haar hatte sie zu einem Zopf geflochten, und der Zopf war eingeschlagen, wie der von Elfenbein. Auch die Hände waren sauber, und sie lagen flach auf den Oberschenkeln, lange, kräftige Hände, wie die eines Mannes.

»Du siehst nicht wie ein Mann aus«, sagte er. Sie machte ein langes Gesicht. »Für mich nicht. Für mich wirst du nie wie ein Mann aussehen. Aber sei unbesorgt. Für sie schon.«

Sie nickte mit besorgtem Gesichtsausdruck.

»Der erste Test ist der große Test, Drachenkind«, sagte er. Jede Nacht, die er allein in ihrer Kabine gelegen hatte, hatte er dieses Gespräch geübt. »In das Großhaus zu gelangen; durch jene Tür zu treten.«

»Ich habe darüber nachgedacht«, sagte sie hastig und ernst. »Könnte ich ihnen nicht einfach sagen, wer ich bin? Wenn du dabei bist, um für mich zu sprechen, um ihnen zu sagen, daß ich eine Gabe habe, auch wenn ich eine Frau bin – und ich könnte versprechen, den Eid zu schwören und das Gelübde des Zölibats abzulegen und abseits wohnen, wenn sie wollen . . . «

Er schüttelte während der ganzen Rede den Kopf. »Nein, nein, nein, nein. Hoffnungslos. Nutzlos. Fatal.«

»Auch wenn du . . . «

»Auch wenn ich für dich sprechen würde. Sie würden nicht zuhören. Das Gesetz von Roke verbietet, daß Frauen die Hohe Kunst oder auch nur ein Wort der Sprache des Schöpfens beigebracht wird. Das war immer so. Sie werden nicht zuhören. Also muß man es ihnen zeigen! Und wir werden es ihnen zeigen, du und ich. Wir werden ihnen eine Lektion erteilen. Du mußt tapfer sein, Drachenkind. Du darfst nicht schwach werden und denken: ›Oh, wenn ich sie einfach anflehe, mich einzulassen, können sie es mir nicht verwehren.‹ Sie können es tun, und sie werden es tun. Und wenn du dich zu erkennen gibst, werden sie dich bestrafen. Und mich.« Er legte eine besondere Betonung auf das letzte Wort und murmelte innerlich: »Behüte.«

Sie sah ihn mit unergründlichen Augen an und sagte schließlich: »Was muß ich tun?«

»Vertraust du mir, Drachenkind?«

»Ja.«

»Wirst du mir rückhaltlos vertrauen - wohl wissend, daß mein Risiko viel größer ist als dein Risiko bei diesem Unterfangen?«

»Ja.«

»Dann mußt du mir das Wort sagen, das du dem Türhüter sagen wirst.«

Sie sah ihn an. »Aber ich dachte, das würdest du mir sagen - das Kennwort.«

»Das Kennwort, das er von dir wissen will, ist dein wahrer Name.«

Er ließ sie das eine Weile verarbeiten, dann fuhr er sanft fort: »Und damit ich den Zauber der Ähnlichkeit bei dir wirken kann, damit er so vollständig und tief wird, daß die Meister von Roke einen Mann in dir sehen und nichts anderes, damit ich das kann, muß auch ich deinen Namen kennen.« Er machte wieder eine Pause. Während er es sagte, kam ihm jedes Wort wahr und aufrichtig vor, und seine Stimme klang bewegt und sanft, als er fortfuhr. »Ich hätte ihn schon vor langer Zeit erfahren können. Aber ich habe beschlossen, diese Künste nicht anzuwenden. Ich wollte, daß du mir genug vertraust, um mir deinen Namen selbst zu verraten.«

Sie betrachtete ihre Hände, die sie jetzt um die Knie geschlungen hatte. Im schwachen rötlichen Licht der Kabinenlaterne warfen ihre Wimpern lange, feine Schatten auf ihre Wangen. Sie schaute auf und sah ihn unverwandt an. »Mein Name ist Irian«, sagte sie.

Er lächelte. Sie lächelte nicht.

Er sagte nichts. Tatsächlich war er ratlos. Wenn er gewußt hätte, daß es so einfach sein würde, hätte er ihren Namen und damit die Macht, sie tun zu lassen, was er wollte, schon vor Tagen, vor Wochen haben können, hätte diesen irren Plan nur vortäuschen müssen - ohne sein Salär und sein zweifelhaftes Ansehen aufs Spiel zu setzen, ohne diese Seereise zu unternehmen, ohne den ganzen Weg bis Roke dafür zurücklegen zu müssen! Denn nun betrachtete er den ganzen Plan als Narretei. Er konnte sie unmöglich so verkleiden, daß sie den Türhüter auch nur eine Sekunde täuschen würde. Sein Wunsch, die Meister so zu demütigen, wie sie ihn gedemütigt hatten, war reine Traumtänzerei. Er war so besessen davon gewesen, das Mädchen rumzukriegen, daß er selbst in die Falle getappt war, die er ihr gestellt hatte. Verbittert sah er ein, daß er stets seine eigenen Lügen glaubte und sich in den Netzen verfing, die er auf so kunstvolle Weise knüpfte. Nachdem er sich auf Roke zum Narren gemacht hatte, war er zurückgekehrt, um es noch einmal zu machen. Eine gewaltige, trostlose Wut wallte in ihm auf. Es war vergeblich, alles war vergeblich.

»Was ist los?« fragte sie. Ihre sanfte, heisere und tiefe Stimme raubte ihm den Mut, und er verbarg das Gesicht in den Händen und kämpfte gegen die Schande der Tränen an.

Sie legte ihm eine Hand auf das Knie. Es war das erste Mal, daß sie ihn berührte. Er ließ es geschehen, erduldete die Wärme und Last ihrer Berührung, für die er soviel Zeit vergeudet hatte.

Er wollte ihr weh tun, sie schütteln, damit diese schreckliche, unwissende Güte von ihr abfiel, aber als er endlich wieder Worte fand, sagte er: »Ich wollte nur mit dir schlafen.«

»Wirklich?«

»Hast du geglaubt, ich wäre einer ihrer Eunuchen? Daß ich mich mit Zaubersprüchen kastrieren würde, um heilig zu sein? Was meinst du, warum ich keinen Stab habe? Was meinst du, warum ich nicht in der Schule bin? Hast du alles geglaubt, was ich dir gesagt habe?«

»Ja«, sagte sie. »Es tut mir leid.« Ihre Hand lag immer noch auf seinem Knie. »Wir können immer noch miteinander schlafen, wenn du willst.«

Er richtete sich auf, blieb still sitzen.

»Was bist du?« sagte er schließlich zu ihr.

»Ich weiß nicht. Deshalb wollte ich nach Roke kommen. Um es herauszufinden.«

Er riß sich los, stand gebückt auf; sie konnten beide in der niedrigen Kabine nicht aufrecht stehen. Er ballte die Fäuste und entspannte sie wieder, wandte ihr den Rücken zu und blieb so weit von ihr entfernt stehen, wie er konnte.

»Du wirst es nicht herausfinden. Es sind alles nur Lügen und Täuschungen. Alte Männer, die Spiele mit Worten spielen. Ich wollte ihr Spiel nicht mitspielen, darum bin ich gegangen. Weißt du, was ich getan habe?« Er drehte sich um und bleckte die Zähne zu einer Fratze des Triumphs. »Ich habe ein Mädchen, ein Mädchen aus der Stadt, in mein Zimmer kommen lassen. Meine Zelle. Meine kleine Zölibatzelle aus Stein. Ich hatte ein Fenster mit Ausblick auf eine Gasse. Keine Zaubersprüche - man kann bei ihrer ganzen Magie keine Zaubersprüche wirken. Aber sie wollte kommen und kam, und ich ließ eine Strickleiter zum Fenster hinunter, und sie kletterte hoch. Und wir waren gerade dabei, als die alten Männer hereingeplatzt sind! Ich hatte es ihnen gezeigt! Und wenn ich dich hineingeschmuggelt hätte, dann hätte ich es ihnen wieder gezeigt, dann hätte ich *ihnen* eine Lektion erteilt!«

»Nun, ich werde es versuchen«, sagte sie.

Er starrte sie an.

»Nicht aus demselben Grund wie du«, sagte sie, »aber ich will es immer noch. Wir sind schon so weit gekommen. Und du kennst meinen Namen.«

Das stimmte. Er kannte ihren Namen: Irian. Er war wie ein Kohlefeuer, wie brennende Glut in seinem Geist. Sein Denken konnte ihn nicht halten. Sein Wissen konnte ihn nicht benutzen. Seine Zunge konnte ihn nicht aussprechen.

Sie schaute zu ihm auf, und das dunkle Laternenlicht machte ihr kräftiges, markantes Gesicht weicher. »Wenn du mich nur hergebracht hast, um mit mir zu schlafen, Elfenbein«, sagte sie, »das können wir tun. Wenn du es immer noch willst.«

Er schüttelte nur wortlos den Kopf. Nach einer Weile konnte er wenigstens lachen. »Ich glaube, über diese ... Möglichkeit sind wir hinaus ...«

Sie sah ihn ohne Bedauern, Vorwürfe oder Scham an.

»Irian«, sagte er, und nun kam ihm ihr Name mühelos, süß und kühl wie Quellwasser über die Lippen. »Irian, du mußt folgendes tun, wenn du das Großhaus betreten willst ...«

3. Azver

Er verabschiedete sich an der Straßenecke von ihr, einer schmalen, düsteren, irgendwie verschlagen aussehenden Straße, die zwischen konturlosen Mauern zu einer Holztür in einer höher gelegenen Mauer führte. Er hatte seinen Zauber an ihr gewirkt, und sie sah wie ein Mann aus, auch wenn sie sich nicht wie einer fühlte. Sie und Elfenbein nahmen einander in die Arme, denn schließlich waren sie Freunde und Gefährten gewesen, und er hatte das alles für sie getan. »Mut!« sagte er und ließ sie gehen. Sie ging die Straße hinauf und blieb vor der Tür stehen. Dort drehte sie sich um, aber er war fort.

Sie klopfte.

Nach einer Weile hörte sie einen Riegel klappern. Die Tür ging auf. Ein Mann mittleren Alters von gewöhnlichem Aussehen stand da. »Was kann ich für dich tun?« fragte er. Er lächelte nicht, aber seine Stimme war freundlich.

»Sie können mich in das Großhaus einlassen, Sir.«

»Kennst du den Weg herein?« Seine mandelförmigen Augen waren aufmerksam und schienen sie doch aus Meilen oder Jahren Entfernung anzusehen.

»Dies ist der Weg hinein, Sir.«

»Weißt du, welchen Namen du mir sagen mußt, bevor ich dich einlasse?«

»Meinen eigenen: Irian.«

»Tatsächlich?« sagte er.

Das machte sie stutzig. Sie schwieg abwartend. »Es ist der Name, den mir die Hexe Rose aus meinem Dorf auf Weg im Frühling unter dem Iriaberg gegeben hat«, sagte sie schließlich und sprach aufrecht die Wahrheit.

Der Türhüter sah sie eine Weile an, die ihr lange vorkam. »Dann ist es dein Name«, sagte er. »Aber vielleicht nicht dein ganzer Name. Ich glaube, du hast noch einen.«

»Den kenne ich nicht, Sir.«

Nach einer weiteren langen Pause sagte sie: »Vielleicht kann ich ihn hier lernen, Sir.«

Der Türhüter verneigte sich ein wenig. Ein sehr schwaches Lächeln zauberte sichelförmige Kurven auf seine Wangen. Er trat beiseite. »Komm herein, Tochter«, sagte er.

Sie trat über die Schwelle des Großhauses.

Elfenbeins Ähnlichkeitszauber fiel von ihr ab wie ein Spinnennetz. Sie war wieder sie selbst und sah auch so aus.

Sie folgte dem Türhüter einen Durchgang aus Stein hinab. Erst am Ende dachte sie daran, sich umzudrehen und zu sehen, wie das Licht durch die tausend Blätter des in die hohe Tür mit ihrem weißen Hornrahmen geschnitzten Baums fiel.

Ein junger Mann in grauem Mantel, der den Gang entlang geeilt kam, blieb ruckartig stehen, als er sie sah. Er starrte Irian an; dann ging er mit einem kurzen Nicken weiter. Sie drehte sich nach ihm um. Er hatte sich nach ihr umgedreht.

Eine Kugel aus dunstigem grünem Licht schwebte in Augenhöhe rasch den Flur entlang und folgte dem jungen Mann offenbar. Der Türhüter winkte mit einer Hand danach, und die Kugel wich ihm aus. Irian sprang beiseite und duckte sich hastig, spürte aber dennoch, wie das kalte Feuer in ihrem Haar kribbelte, als es über sie hinweg schwebte. Die Türhüter hatte sich zu ihr umgeschaut, und nun war sein Lächeln breiter. Auch wenn er nichts sagte, spürte sie, daß er auf sie achtete, um sie besorgt war. Sie stand auf und folgte ihm.

Vor einer Eichentür blieb er stehen. Anstatt zu klopfen, skizzierte er mit der Spitze seines Stabs, eines leichten Stabs aus einem grauen Holz, ein kleines Zeichen oder eine Rune darauf. Die Tür ging auf, als eine tiefe Stimme dahinter sagte: »Herein!«

»Warte hier bitte einen Moment, Irian«, sagte der Türhüter und ging in das Zimmer, ließ die Tür hinter sich aber weit offen. Sie konnte Bücherregale sehen, einen Tisch mit weiteren Bücherstapeln, Tintenfässern und Schriftrollen, zwei oder drei Jungen, die an dem Tisch saßen, und den grauhaarigen, gedrungenen Mann, mit dem der Türhüter sprach. Sie sah, wie sich der Gesichtsausdruck des Mannes veränderte, wie er einen kurzen, verblüfften Blick auf sie warf, wie er dem Türhüter mit leiser, nachdrücklicher Stimme Fragen stellte.

Sie kamen beide zu ihr. »Der Meister Verwandler von Roke – Irian von Weg«, sagte der Türhüter.

Der Meister Verwandler starrte sie unverblümt an. Er war nicht so groß wie sie. Er sah den Türhüter an, dann wieder sie.

»Vergib mir, daß ich in deinem Beisein über dich spreche, junge Frau«, sagte er, »aber es muß sein. Meister Türhüter, Sie wissen, daß ich Ihr Urteil niemals in Frage stelle, aber das Gesetz ist eindeutig. Ich muß fragen, was Sie veranlaßt hat, das Gesetz zu brechen und ihr Einlaß zu gewähren.«

»Sie hat darum gebeten«, sagte der Türhüter.

»Aber ...« Der Meister Verwandler verstummte.

»Wann hat eine Frau zum letztenmal gebeten, die Schule zu betreten?«

»Sie wissen, daß das Gesetz es nicht erlaubt.«

»Hast du das gewußt, Irian?« fragte der Türhüter, und sie antwortete: »Ja, Sir.«

»Also was hat dich hierher geführt?« fragte der Meister Verwandler streng, aber ohne seine Neugier zu verbergen.

»Meister Elfenbein sagte, ich könnte als Mann gelten. Aber ich dachte, ich sage lieber, wer ich bin. Ich werde so zölibatär wie alle anderen leben, Sir.«

Die langen Kurven erschienen wieder auf den Wangen des Türhüters und schlossen das langsam entstehende Lächeln ein. Das Gesicht des Meisters Verwandler blieb streng, aber er blinzelte und sagte nach kurzem Nachdenken: »Da bin ich sicher – ja – es war eindeutig der bessere Plan, ehrlich zu sein. Von welchem Meister hast du gesprochen?«

»Elfenbein«, sagte der Türhüter. »Ein junger Mann aus dem Großen Hafen von Havnor, den ich vor drei Jahren herein- und letztes Jahr wieder hinausgelassen habe, wie Sie sich erinnern werden.«

»Elfenbein! Der Bursche, der mit Hand studiert hat? Ist er hier?« wollte der Meister der Verwandlungen erbost von Irian wissen. Sie stand aufrecht und sagte nichts.

»Nicht in der Schule«, sagte der Türhüter lächelnd.

»Er hat dich zum Narren gehalten, junge Frau. Hat dich zur Närrin gemacht, indem er versucht hat, uns zu Narren zu machen.«

»Ich habe ihn benutzt, damit er mir hilft, hierherzukommen, und mir verrät, was ich dem Türhüter sagen muß«, sagte Irian. »Ich bin nicht hier, um jemanden zum Narren zu halten, sondern um zu lernen, was ich wissen muß.«

»Ich habe mich oft gefragt, warum ich den Jungen hereingelassen habe«, sagte der Türhüter. »Allmählich komme ich dahinter.«

Nun sah ihn der Meister Verwandler an und fragte nach einer kurzen Pause ernst: »Türhüter, woran denken Sie?«

»Ich glaube, Irian von Weg könnte nicht nur zu uns gekommen sein, um zu lernen, was sie wissen muß, sondern auch, was wir wissen müssen.« Der Tonfall des Türhüters war ebenfalls ernst, sein Lächeln verschwunden. »Ich denke, dies sollte Anlaß zu einem Gespräch unter uns neun sein.«

Das nahm der Meister Verwandler mit einer Miene aufrichtigen Erstaunens hin; aber er stellte dem Türhüter keine Frage. Er sagte nur: »Aber nicht unter den Schülern.«

Der Türhüter schüttelte zustimmend den Kopf.

»Sie kann in der Stadt wohnen«, sagte der Meister Verwandler sichtlich erleichtert.

»Während wir hinter ihrem Rücken reden?«

»Sie werden sie doch nicht in den Ratssaal bringen?« fragte der Meister Verwandler fassungslos.

»Der Erzmagier hat den Knaben Arren dorthin gebracht.«

»Aber ... aber Arren war König Lebannen ... «

»Und wer ist Irian?«

Der Meister Verwandler schwieg einen Moment und sagte dann leise, voll Respekt: »Mein Freund, was gedenken Sie zu tun, um zu lernen? Was ist sie, daß Sie das für sie verlangen?«

»Wer sind wir«, entgegnete der Türhüter, »daß wir sie ablehnen, ohne zu wissen, was sie ist?«

»Eine Frau«, sagte der Meister Gebieter.

Irian hatte einige Stunden in der Kammer des Türhüters gewartet, einem niedrigen, hellen, kahlen Raum mit einem Fenster, dessen kleine Scheiben Ausblick auf die Küchengärten des Großhauses boten - hübsche, gepflegte Gärten, lange Reihen und Beete mit Gemüse, Grünpflanzen und Kräutern, mit Beerenstauden und dahinter Obstbäumen. Sie sah einen vierschrötigen, dunklen Mann und zwei Jungen herauskommen und eines der Gemüsebeete jäten. Es beruhigte sie, ihnen bei ihrer gründlichen Arbeit zuzusehen. Sie wünschte sich, sie hätte ihnen dabei helfen können. Das Warten und die seltsame Atmosphäre waren schwer zu ertragen. Einmal kam der Türhüter herein und brachte ihr einen Teller mit kaltem Braten und Brot und Frühlingszwiebeln, und sie aß, weil er es ihr sagte, obwohl es Schwerarbeit war, zu kauen und zu schlucken. Die Gärtner gingen wieder, und danach gab es nichts mehr in dem Garten zu sehen, außer wachsenden Kohlköpfen und herumhüpfenden Sperlingen und ab und zu einen Falken am Himmel; und den Wind, der sanft durch die Wipfel der hohen Bäume jenseits der Gärten wehte.

Der Türhüter kam zurück und sagte: »Komm, Irian, und lerne die Meister von Roke kennen.« Ihr Herz begann zu galoppieren wie ein Karrengaul. Sie folgte ihm durch ein Labyrinth von Korridoren zu einem Zimmer mit dunklen Wänden und einer Reihe hoher Spitzbogenfenster. Eine Gruppe Männer stand darin, und jeder einzelne drehte sich zu ihr um, als sie das Zimmer betrat.

»Irian von Weg, meine Herren«, sagte der Türhüter. Sie schwiegen alle. Er winkte ihr, weiter in den Raum zu kommen. »Den Meister Verwandler hast du schon kennengelernt«, sagte er. Er nannte ihr die Namen der anderen, aber sie konnte sich nicht die Namen der Meisterschaften merken, abgesehen vom Kräutermeister - das war derjenige, den sie für den Gärtner gehalten hatte - und dem unter ihnen, der am jüngsten aussah, ein großer Mann mit strengem, schönem Gesicht, das aus dunklem Stein geschnitten zu sein schien - das war der Meister Gebieter. Er ergriff das Wort, als der Türhüter fertig war. »Eine Frau«, sagte er.

Der Türhüter nickte einmal, milde wie immer.

»Dafür hast du die neun zusammengerufen? Aus diesem und keinem andern Grund?«

»Aus diesem und keinem andern Grund«, sagte der Türhüter.

»Drachen wurden über dem Inneren Meer gesehen. Roke hat keinen Erzmagier, die Inseln keinen wahrhaft gekrönten König. Es gibt richtige Arbeit«, sagte der Gebieter, und seine Stimme war wie Stein, kalt und schwer. »Wann sollen wir sie tun?«

Es folgte ein unbehagliches Schweigen, als der Türhüter nicht antwortete. Schließlich sagte ein kleiner Mann mit leuchtenden Augen, der eine rote Tunika unter dem Magiermantel trug: »Haben Sie diese Frau als Schülerin in das Haus gebracht, Meister Türhüter?«

»Wenn ja, wäre es an Ihnen allen, die Entscheidung zu billigen oder abzulehnen«, sagte er.

»Ist es so?« fragte der Mann in der roten Tunika und lächelte verhalten.

»Meister Hand«, sagte der Türhüter, »sie hat gebeten, als Schülerin eintreten zu dürfen, und ich sah keinen Grund, es ihr zu verwehren.«

»Allen Grund«, sagte der Gebieter.

Ein Mann mit einer tiefen, klaren Stimme ergriff das Wort. »Nicht unsere persönliche Meinung ist hier ausschlaggebend, sondern das Gesetz von Roke, das zu befolgen wir geschworen haben.«

»Ich bezweifle, daß sich der Türhüter leichtfertig darüber hinwegsetzen würde«, sagte einer von ihnen, den Irian nicht bemerkt hatte, bis er sich zu Wort meldete, obwohl er ein großer Mann war, weißhaarig, mit kräftigem Knochenbau und einem faltigen Gesicht. Im Gegensatz zu den anderen sah er sie an, während er sprach. »Ich bin Kurremkarmerruk«, sagte er zu ihr. »Als der Meister Namengeber hier gehe ich nach Gutdünken mit Namen um, meinen eigenen eingeschlossen. Wer hat dir deinen Namen gegeben, Irian?«

»Die Hexe Rose aus unserem Dorf, Herr«, antwortete sie und blieb aufrecht stehen, auch wenn ihre Stimme sich schrill und brüchig anhörte.

»Trägt sie einen falschen Namen?« fragte der Türhüter den Namengeber.

Kurremkarmerruk schüttelte den Kopf. »Nein. Aber ... «

Der Gebieter, der mit dem Rücken zu ihnen gestanden hatte, dem kalten Kamin zugewandt, drehte sich zu ihnen um. »Die Namen, die Hexen einander geben, gehen uns hier nichts an«, sagte er. »Wenn Sie ein Interesse an dieser Frau haben, Türhüter, sollte ihm außerhalb dieser Wände nachgegangen werden – vor der Tür, die zu hüten Sie geschworen haben. Sie hat hier nichts zu suchen und wird es nie haben. Sie kann nur Verwirrung, Zwietracht und größere Schwäche unter uns bringen. Ich werde nicht mehr sprechen und in ihrer Gegenwart nichts mehr sagen. Die einzige Antwort auf einen offensichtlichen Irrtum ist Schweigen.«

»Schweigen ist nicht genug, mein Herr«, sagte einer, der bis jetzt noch nichts gesagt hatte. Für Irian sah er seltsam aus mit seiner blaßroten Haut, dem langen hellen Haar und den schmalen eisfarbenen Augen. Seine Ausdrucksweise war ebenfalls seltsam, steif und irgendwie deformiert. »Schweigen ist die Antwort auf alles und auf nichts«, sagte er.

Der Gebieter hob das edle, dunkle Gesicht und sah durch das Zimmer zu dem blassen Mann, sagte aber nichts. Ohne ein weiteres Wort oder eine Geste drehte er sich wieder um und verließ den Raum. Als er langsam an Irian vorbeiging, wich sie vor ihm zurück. Es war, als hätte sich ein Grab aufgetan, ein winterliches Grab, kalt, naß, dunkel. Der Atem stockte ihr in der Kehle. Sie rang keuchend nach Luft. Als sie sich wieder erholt hatte, sah sie, daß der Meister Verwandler und der blasse Mann sie eindringlich ansahen.

Der mit der Stimme wie eine tief tönende Glocke sah sie ebenfalls an und sprach mit einer schlichten, freundlichen Strenge zu ihr. »Wie ich es sehe, hat der Mann, der dich hierhergebracht hat, Böses geplant, aber du nicht. Aber durch dein Hiersein, Irian, schadest du uns und dir. Alles, was nicht an seinem Platz ist, richtet Schaden an. Ein einziger Ton, wie schön er auch immer gesungen wird, verdirbt eine Melodie, wenn er nicht dazugehört. Frauen unterrichten Frauen. Hexen lernen ihr Gewerbe von anderen Hexen und Zauberern, nicht von Magiern. Was wir hier lehren, ist in einer Sprache, die nicht für die Zungen von Frauen bestimmt ist. Das jugendliche Herz rebelliert gegen solche Gesetze und nennt sie ungerecht und willkürlich. Aber es sind wahre Gesetze, die nicht darauf basieren, was wir wollen, sondern was ist. Die Gerechten und Ungerechten, die Weisen und Törichten, alle müssen ihnen gehorchen, andernfalls vergeuden sie Leben und bringen Trauer über sich.«

Der Meister Verwandler und ein dünner alter Mann mit schmalem Gesicht, der neben ihm stand, nickten zustimmend. Meister Hand sagte: »Irian, es tut mir leid. Elfenbein war mein Schüler. Wenn ich ihn schon schlecht unterrichtet habe, so habe ich es noch schlimmer gemacht, als ich ihn weggeschickt habe. Ich hielt ihn für unbedeutend und darum harmlos. Aber er hat dich belogen und getäuscht. Du darfst keine Scham empfinden. Es war seine Schuld – und meine.«

»Ich schäme mich nicht«, sagte Irian. Sie sah alle an. Sie überlegte, ob sie ihnen für ihre Höflichkeit danken sollte, aber die Worte kamen ihr nicht über die Lippen. Sie nickte ihnen steif zu, drehte sich um und verließ den Raum.

Der Türhüter holte sie ein, als sie an eine Kreuzung kam und nicht wußte, welche Richtung sie einschlagen sollte. »Hier entlang«, sagte er und hielt mit ihr Schritt, und nach einer Weile: »Hier entlang«, und auf diese Weise kamen sie wenig später zu einer Tür. Sie bestand nicht aus Elfenbein und Horn. Sie bestand aus schmucklosem Eichenholz, schwarz und massiv, mit einem vom Alter abgenutzten Riegel aus Eisen. »Dies ist die Hintertür«, sagte der Magier und öffnete sie. »Medras Tor wurde sie genannt. Ich bin der Hüter beider Türen.« Er öffnete sie. Die Helligkeit des Tages tat Irian in den Augen weh. Als sie klar sehen konnte, sah sie einen Weg, der von der Tür durch die Gärten und Felder dahinter führte; jenseits der Felder standen hohe Bäume, und auf der rechten Seite erhob sich die Wölbung des Kogel von Roke. Aber unmittelbar vor der Tür stand der Mann mit hellem Haar und zusammengekniffenen Augen auf dem Weg, als hätte er auf sie gewartet.

»Formgeber«, sagte der Türhüter, nicht im geringsten überrascht.

»Wohin schicken Sie diese Dame?« fragte der Formgeber in seiner seltsamen Sprechweise.

»Nirgends«, sagte der Türhüter. »Ich lasse sie hinaus, wie ich sie hereingelassen habe, auf ihren Wunsch.«

»Möchtest du mit mir kommen?« fragte der Formgeber Irian.

Sie sah ihn und den Türhüter an und sagte nichts.

»Ich lebe nicht in diesem Haus. In keinem der Häuser«, sagte der Formgeber. »Ich lebe dort. In dem Hain. Ah«, sagte er und drehte sich unvermittelt um. Der große, weißhaarige Mann, der Namengeber Kurremkarmerruk, stand am Ende des Wegs. Er stand erst da, seit der andere Magier »Ah« gesagt hatte. Irian sah mit äußerster Verwunderung von einem zum anderen.

»Dies ist nur ein Abbild von mir, eine Darstellung, eine Sendung«, sagte der alte Mann zu ihr. »Ich lebe auch nicht hier. Meilen entfernt.« Er zeigte nach Norden. »Du kannst dorthin kommen, wenn du mit dem Formgeber fertig bist. Ich würde gern mehr über deinen Namen erfahren.« Er nickte den beiden anderen Magiern zu und war plötzlich nicht mehr da. Eine Hummel summte träge durch die Luft, wo er gewesen war.

Irian sah zu Boden. Nach einer langen Zeit räusperte sie sich und sagte, ohne aufzuschauen: »Stimmt es, daß ich durch mein Hiersein Schaden anrichte?«

»Ich weiß es nicht«, sagte der Türhüter.

»Im Hain kann es nicht schaden«, sagte der Formgeber. »Komm

mit. Es gibt da ein altes Haus, eine Hütte. Alt, schmutzig. Das stört dich doch nicht, oder? Bleib ein Weilchen. Du wirst schon sehen.« Und er ging zwischen Petersilie und Staudenbohnen den Weg entlang. Sie sah den Türhüter an; er lächelte verhalten. Sie folgte dem Mann mit den hellen Haaren.

Sie gingen etwa eine halbe Meile. Rechts von ihnen erhob sich der Kogel in der Sonne, die im Westen stand. Hinter ihnen erstreckte sich grau und mit vielen Dächern die Schule auf dem flacheren Hügel. Vor ihnen ragte nun der Hain auf. Sie sah Eichen und Weiden, Kastanien und Eschen und hohe Nadelbäume. Aus der dichten, sonnendurchfluteten Dunkelheit der Bäume floß ein Bach mit grünen Ufern und vielen braunen, abgetretenen Stellen, wo Rinder und Schafe zur Tränke gingen oder ihn überquerten. Sie waren von einer Wiese durch den Zauntritt gekommen, wo fünfzig oder sechzig Schafe in dem kurzen, hellen Grün grasten, und standen nun am Bach. »Dieses Haus«, sagte der Magier und zeigte auf ein flaches, moosbewachsenes Dach, das von dem nachmittäglichen Schatten der Bäume vor Blicken verborgen wurde. »Bleib heute nacht. Ja?«

Er bat sie, zu bleiben, er befahl es ihr nicht. Sie konnte nur nicken.

»Ich bringe etwas zu essen«, sagte er und ging mit schnellen Schritten, so daß er bald, wenn auch nicht so unvermittelt wie der Namengeber, in Licht und Schatten unter den Bäumen verschwand. Irian sah ihm nach, bis er ganz sicher fort war, dann ging sie durch hohes Gras und Unkraut zu dem kleinen Haus.

Es sah sehr alt aus. Es war sichtlich immer wieder ausgebessert worden, aber in letzter Zeit wohl nicht mehr. Und es machte den Eindruck, als hätte auch lange niemand mehr darin gewohnt. Aber es hatte eine angenehme Atmosphäre, als hätten alle, die darin geschlafen hatten, friedlich geschlafen. Was altersschwache Wände, Mäuse, Spinnweben und karges Mobiliar betraf, das alles war Irian nicht neu. Sie fand einen Reisigbesen und fegte ein wenig aus. Sie rollte ihre Decke auf dem Pritschenbett aus. Sie fand einen gesprungenen Krug in einem Schrank mit schiefen Türen und füllte ihn mit Wasser aus dem Bach, der zehn Schritte von der Tür entfernt klar und leise floß. Das alles erledigte sie in einer Art von Trance, und als sie es erledigt hatte, setzte sie sich mit dem Rücken zur Hauswand, die die Wärme der Sonne speicherte, ins Gras und schlief ein.

Als sie aufwachte saß Meister Formgeber neben ihr, und ein Korb stand zwischen ihnen im Gras.

»Hungrig? Iß«, sagte er.

»Ich esse später, Sir. Danke«, sagte Irian.

»Ich bin jetzt hungrig«, sagte der Magier. Er holte ein gekochtes Ei aus dem Korb, schlug es auf, schälte und aß es.

»Sie nennen es das Otternhaus«, sagte er. »Sehr alt. So alt wie das Großhaus. Alles ist alt hier. Wir sind alt - die Meister.«

»Sie nicht«, sagte Irian. Sie schätzte sein Alter auf dreißig bis vierzig, aber das war schwer zu sagen; sie nahm an, daß sein Haar weiß war, weil es nicht schwarz war.

»Aber ich komme von weit her. Meilen können Jahre sein. Ich bin Kargisch aus Karego. Kennst du das?«

»Die Eisgrauen Männer!« sagte Irian und starrte ihn unverhohlen an. Daisys Balladen von den Eisgrauen Männern, die aus dem Osten gesegelt kamen, um das Land in Schutt und Asche zu legen und unschuldige Babys auf ihren Lanzen aufzuspießen, und die Geschichte, wie Erreth-Akbe seinen Ring des Friedens verloren hatte, und die neuen Lieder und die Geschichte des Königs darüber, wie der Erzmagier Sperber zu den Eisgrauen Männern hinabgestiegen und mit dem Ring zurückgekommen war -

»Eisgrau?« fragte der Formgeber.

»Frostig. Weiß«, sagte sie und wandte sich verlegen ab.

»Ah.« Dann sagte er: »Der Meister Gebieter ist nicht alt.« Und sie bemerkte einen schiefen Blick aus diesen schmalen, eisfarbenen Augen.

Sie sagte nichts.

»Ich glaube, du hast Angst vor ihm gehabt.«

Sie nickte.

Als sie nichts sagte und einige Zeit vergangen war, sagte er: »In den Schatten dieser Bäume gibt es kein Leid. Nur Wahrheit.«

»Als er an mir vorüberging«, sagte sie mit leiser Stimme, »habe ich ein Grab gesehen.«

»Ah«, sagte der Formgeber.

Er machte aus den Eierschalen ein kleines Häufchen auf dem Boden neben seinem Knie. Er legte die weißen Bruchstücke zu einer Rundung und schloß sie zu einem Kreis. »Ja«, sagte er, studierte die Eierschalen, kratzte die Erde ein wenig auf und vergrub sie fein säuberlich. Er klopfte die Hände ab. Wieder streifte er Irian mit einem kurzen Blick.

»Bist du eine Hexe gewesen, Irian?«

»Nein.«

»Aber du besitzt etwas Wissen?«

»Nein. Tu ich nicht. Rose wollte mir nichts beibringen. Sie sagte, sie würde es nicht wagen. Weil ich Macht habe, aber sie nicht wüßte, was für eine.«

»Deine Rose ist eine weise Blume«, sagte der Magier, ohne zu lächeln.

»Aber ich weiß, ich muß - ich muß etwas tun, etwas sein. Darum wollte ich hierherkommen. Um das herauszufinden. Auf der Insel der Weisen.«

Sie gewöhnte sich an sein seltsames Gesicht und konnte es auch lesen. Sie dachte, daß er traurig aussah. Seine Art zu sprechen war knapp, schnell, trocken, friedlich. »Die Männer der Insel sind nicht immer weise«, sagte er. »Vielleicht der Türhüter.« Er sah sie jetzt an, nicht verstohlen, sondern offen, und fing ihren Blick mit seinem ein. »Aber hier. Im Wald. Unter den Bäumen. Hier existiert die alte Weisheit. Niemals alt. Ich kann dich nicht lehren. Ich kann dich in den Hain mitnehmen.« Nach einer Minute stand er auf. »Ja?«

»Ja«, sagte sie unsicher.

»Ist das Haus in Ordnung?«

»Ja ...«

»Morgen«, sagte er und ging fort.

Und so kam es, daß Irian während der heißen Sommertage einen halben Monat oder länger im Otternhaus, wo es friedlich war, schlief und aß, was der Meister Formgeber in seinem Korb brachte - Eier, Käse, Gemüse, Obst, geräuchertes Hammelfleisch -, und jeden Nachmittag mit ihm in den Hain mit den hohen Bäumen ging, wo die Wege niemals exakt so zu sein schienen, wie sie sie in Erinnerung hatte, und häufig hatte sie den Eindruck, daß sie weit über die Grenzen des Waldes hinausführten. Sie gingen schweigend dort spazieren und sprachen selten, wenn sie ausruhten. Der Magier war ein stiller Mann. Obwohl es eine Spur Wildheit in ihm gab, zeigte er sie ihr nie, und seine Gegenwart war so angenehm wie die der Bäume und seltenen Vögel und vierbeinigen Geschöpfe des Hains. Wie er gesagt hatte, versuchte er nicht, sie zu lehren. Als sie ihn nach dem Hain fragte, sagte er ihr, daß er, genau wie der Kogel von Roke, schon existierte, als Segoy die Inseln der Welt gemacht hatte und alle Magie in den Wurzeln der Bäume wohnte, die mit den Wurzeln aller Wälder verflochten waren, die gewesen waren oder sein würden. »Und manchmal ist der Hain an diesem Ort«, sagte er, »und manchmal an einem anderen. Aber er ist immer.«

Sie hatte nie gesehen, wo er lebte. In diesen warmen Sommernächten, dachte sie, schlief er wahrscheinlich, wo immer er Lust dazu hatte. Sie fragte ihn, woher das Essen kam, das sie zu sich nahmen; was die Schule selbst nicht zur Verfügung stellte, sagte er, das gaben die Bauern der Umgebung, denen als Gegenleistung der Schutz genügte, den die Meister für ihre Herden und Felder und Haine boten. Das leuchtete ihr ein. Auf Weg bedeutete »ein Magier ohne seinen Haferbrei« etwas Unvorstellbares, Unerhörtes. Aber sie war kein Magier, und um ihren Haferbrei zu verdienen, bemühte sie sich nach Kräften, das Otternhaus zu reparieren, wozu sie Werkzeuge von einem Farmer auslieh und Nägel und Mörtel in Thwil kaufte, denn sie hatte immer noch das halbe Käsegeld.

Der Formgeber besuchte sie niemals vor der Mittagszeit, daher hatte sie die Vormittage zur freien Verfügung. Sie war an Einsamkeit gewöhnt, aber dennoch vermißte sie Rose und Daisy und Coney, die Hühner und Kühe und Milchschafe und die rüpelhaften, dummen Hunde sowie die ganze Arbeit, die sie zu Hause getan hatte, um Alt-Iria zusammenzuhalten und das Essen auf den Tisch zu bringen. Sie arbeitete jeden Morgen gemächlich, bis sie den Magier, dessen sonnenfarbenes Haar im Sonnenschein leuchtete, zwischen den Bäumen hervorkommen sah.

Hier im Hain dachte sie nicht daran, etwas zu erarbeiten, zu verdienen oder auch nur zu lernen. Hier zu sein, das war genug, war alles.

Als sie ihn fragte, ob Schüler aus dem Großhaus hierherkamen, sagte er: »Manchmal.« Ein andermal sagte er: »Meine Worte sind nichts. Hör auf die Blätter.« Das war das einzige, das er jemals sagte, das man als Lehre bezeichnen konnte. Wenn sie spazierenging, hörte sie auf die Blätter, wenn der Wind darin rauschte oder in den Baumwipfeln stürmte; sie verfolgte das Spiel der Schatten und dachte über die Wurzeln der Bäume unten in der Dunkelheit der Erde nach. Sie war durchaus damit zufrieden, hier zu sein. Und doch hatte sie, ohne Mißvergnügen oder Ungeduld, stets das Gefühl, daß sie wartete. Und diese stumme Erwartung war am deutlichsten und klarsten, wenn sie aus dem Schutz des Waldes trat und den freien Himmel sah.

Einmal, als sie eine weite Strecke gegangen waren und dunkle Nadelbäume, die sie nicht kannte, hoch um sie herum aufragten, hörte sie einen Ruf – den Ton eines Horns oder einen Schrei? –, weit entfernt, gerade an der Hörgrenze. Sie blieb stehen und horchte nach Westen. Der Magier ging weiter und drehte sich erst um, als er merkte, daß sie stehengeblieben war.

»Ich hörte ...«, sagte sie, konnte aber nicht sagen, was sie gehört hatte.

Er lauschte. Schließlich gingen sie weiter in einer Stille, die nach dem fernen Ruf noch umfassender und alles beherrschend wirkte.

Sie ging nie ohne ihn in den Hain, und es vergingen viele Tage, bis er sie darin allein ließ. Aber eines Tages, als sie an eine Lichtung zwischen einer Eichengruppe kamen, sagte er: »Ich werde hierher zurückkommen, ja«, ging mit seinen raschen, lautlosen Schritten weiter und verschwand fast augenblicklich in den gefleckten, sich verändernden Tiefen des Waldes.

Sie hatte nicht den Wunsch, den Wald allein zu erforschen. Der friedliche Ort gebot Stille, Beobachten, Zuhören; und sie wußte, wie trügerisch die Wege waren, und daß der Hain, wie der Formgeber sich ausdrückte, »innen größer als außen« war. Sie setzte sich auf einer sonnenfleckigen Stelle inmitten der Schatten nieder und verfolgte das Schattenspiel des Laubs auf dem Boden. Eine tiefe Schicht Eicheln lag am Boden verstreut; sie hatte noch nie Wildschweine in dem Wald gesehen, aber hier sah sie ihre Fährten. Einen Moment lang nahm sie den Geruch eines Fuchses wahr. Ihre Gedanken bewegten sich so leicht und angenehm wie die Brise in dem warmen Licht.

Häufig schien ihr Kopf ganz frei von Gedanken und ganz von dem Wald selbst erfüllt zu sein, aber an diesem Tag überfielen sie lebhafte und deutliche Erinnerungen. Sie dachte an Elfenbein, den sie wahrscheinlich nie wiedersehen würde, und fragte sich, ob er ein Schiff gefunden hatte, das ihn zurück nach Havnor brachte. Er hatte ihr gesagt, daß er nie wieder nach Westteich zurückkehren würde; der einzige Ort für ihn sei der Große Hafen, die Stadt des Königs. Seinetwegen könnte die ganze Insel weg tief im Meer versinken. Aber sie dachte voller Liebe an die Straßen und Felder von Weg. Sie dachte an das Dorf von Alt-Iria, die marschige Quelle unter dem Iriaberg, das alte Haus darauf. Sie dachte an Daisy, die in der Küche ihre Balladen sang, an Winterabende, an ihre Holzpantoffeln, mit denen sie den Takt der Sekunden klopfte; und an den alten Coney mit seinem scharfen Messer in den Weingärten, wo er ihr zeigte, wie man die Reben »bis auf das Leben in ihnen« zurückschnitt; und an Rose, ihre Etaudis, die Zaubersprüche flüsterte, um die Schmerzen im gebrochenen Arm eines Kindes zu lindern. Ich habe weise Menschen kennengelernt, dachte sie. Ihr Geist schrak vor Erinnerungen an ihren Vater zurück, aber die Bewegungen von Blättern und Schatten beschworen sie dennoch herauf. Sie sah ihn betrunken und brüllend. Sie spürte seine tastenden, zitternden Hände auf sich. Sie sah ihn elend und beschämt weinen, und Kummer erfüllte ihren Körper und löste sich wieder auf wie ein Schmerz, der langsam abklingt. Er bedeutete ihr weniger als die Mutter, die sie nie gekannt hatte.

Sie streckte sich, spürte das Wohlgefühl ihres Körpers in der Wärme, und ihre Gedanken wanderten zu Elfenbein zurück. Sie hatte niemanden in ihrem Leben, den sie begehrt hätte. Als der junge Magier zum erstenmal so jung und arrogant vorbeigeritten war, hatte sie sich gewünscht, sie hätte ihn wollen können; aber sie konnte nicht, und daher hatte sie geglaubt, daß er durch eine Magie geschützt sei. Rose hatte ihr erklärt, wie die Zaubersprüche von Magiern wirkten, »damit das Verlangen dir nie in den Kopf eindringt, und in ihren auch nicht, weil das auf Kosten ihrer Macht gehen würde, sagen sie«. Aber Elfenbein, der arme Elfenbein, war nur allzu ungeschützt gewesen. Wenn jemand unter einem Keuschheitszauber stand, dann mußte sie das gewesen sein, denn so bezaubernd und hübsch er auch war, sie hatte nie etwas anderes für ihn empfinden können als Zuneigung, und ihre einzige Lust war gewesen, zu lernen, was er ihr beibringen konnte.

Sie dachte über sich selbst nach, während sie in der tiefen Stille des Hains saß. Kein Vogel sang; der Wind hatte sich gelegt; die Blätter hingen still. Bin ich behext? Bin ich ein steriles Ding, nicht vollständig, keine Frau? fragte sie sich und betrachtete ihre kräftigen bloßen Arme und die sanften Rundungen der Brüste im Schatten unter dem Kragen ihres Hemdes.

Sie schaute auf und sah den Eisgrauen Mann aus dem dunklen Korridor unter den Eichen treten und über die Lichtung auf sie zukommen.

Er blieb vor ihr stehen. Sie spürte, wie sie errötete, wie ihr Gesicht und ihr Hals brannten, ihr schwindlig wurde, ihr die Ohren klingelten. Sie suchte Worte, etwas, das sie sagen konnte, um seine Aufmerksamkeit von ihr abzulenken, fand aber überhaupt nichts. Er setzte sich neben sie. Sie senkte den Blick, als würde sie das Gerippe eines Blatts vom vergangenen Jahr betrachten.

Was will ich? fragte sie sich, und die Antwort kam nicht in Worten, sondern durchströmte ihren ganzen Körper und ihre Seele: das Feuer, ein größeres Feuer als das, der Flug, der brennende Flug –

Sie kehrte wieder in sich selbst zurück, in die Stille unter den Bäumen. Der Eisgraue Mann saß neben ihr und hatte den Kopf gesenkt, und sie dachte, wie schmal und leicht er aussähe, wie still und traurig. Sie mußte ihn nicht fürchten. Er wollte ihr nicht schaden.

Er sah zu ihr hinüber.

»Irian«, sagte er, »hörst du die Blätter?«

Die Brise wehte wieder sanft; sie konnte den Hauch eines Flüsterns zwischen den Eichen hören. »Ein bißchen«, sagte sie.

»Verstehst du die Worte?«

»Nein.«

Sie stellte keine Fragen, und er sagte nichts mehr. Schließlich stand er auf, und sie folgte ihm auf dem Weg, der sie stets, früher oder später, aus dem Wald und zu der Lichtung am Thwilbach und dem Otternhaus führte. Als sie dort eintrafen, war es später Nachmittag. Er ging zum Bach und trank an der Stelle, wo er aus dem Wald herauskam, oberhalb der ganzen Spuren. Sie folgte seinem Beispiel. Als sie im kühlen, hohen Gras am Ufer saßen, fing er an, zu erzählen.

»Mein Volk, die Kargs, betet Götter an. Zwillingsgötter, Brüder. Und der König dort ist ebenfalls ein Gott. Aber davor und danach existieren die Bäche. Höhlen, Steine, Hügel. Bäume. Die Erde. Die Dunkelheit der Erde.«

»Die Alten Mächte«, sagte Irian.

Er nickte. »Dort kennen Frauen die Alten Mächte. Und hier auch, Hexen. Und das Wissen ist böse - nicht wahr?«

Wenn er dieses fragende »nicht wahr« an eine scheinbare Feststellung anhängte, überraschte er sie damit immer wieder. Sie sagte nichts.

»Dunkelheit ist schlecht«, sagte der Formgeber. »Nicht wahr?«

Irian holte tief Luft und sah ihm fest in die Augen, während sie dasaßen. »›Nur in der Dunkelheit ist Licht‹«, sagte sie.

»Ah«, sagte er. Er wandte sich ab, so daß sie seinen Gesichtsausdruck nicht sehen konnte.

»Ich sollte gehen«, sagte sie. »Ich kann im Hain spazierengehen, aber nicht dort leben. Er ist nicht mein ... mein Ort. Und der Meister Sänger hat gesagt, daß ich durch mein Hiersein Schaden anrichte.«

»Wir alle richten durch unser Sein Schaden an«, sagte der Formgeber.

Er tat, was er häufig tat, schaffte eine kleine Form aus allem, was eben zur Hand war: Auf den Sand des Ufers vor sich legte er den Stiel eines Blatts, einen Grashalm und mehrere Kieselsteine. Er betrachtete sie und ordnete sie neu. »Jetzt muß ich von Schaden sprechen«, sagte er.

Nach einer langen Pause fuhr er fort: »Du weißt, daß ein Drache unseren Lord Sperber zusammen mit dem jungen König von der Küste des Todes zurückgebracht hat. Danach trug der Drache Sperber in seine Heimat, denn seine Macht war dahin, er war kein Magier mehr. Aus diesem Grund versammelten sich die Meister von Roke zu gegebener Zeit, um einen neuen Erzmagier zu wählen, und zwar hier, im Hain, wie immer. Oder nicht wie immer.

Bevor der Drache kam, war auch der Gebieter vom Tod zurückgekehrt, wohin er gehen, wohin seine Kunst ihn führen kann. Er hatte unseren Herrn und den jungen König dort gesehen, in jenem Land auf der anderen Seite der Steinmauer. Er sagte, sie würden nicht zurückkehren. Er sagte, Lord Sperber habe ihm gesagt, daß er zu uns zurückkehren solle, ins Leben, und die Kunde verbreiten. Und so trauerten wir um unseren Herrn.

Doch dann kam der Drache Kalessin und brachte ihn lebend.

Der Gebieter war bei uns, als wir auf dem Kogel von Roke standen und den Erzmagier vor König Lebannen knien sahen. Und als der Drache unseren Freund fortbrachte, fiel der Gebieter um.

Er lag da wie tot, kalt, sein Herz schlug nicht, und doch atmete er. Der Kräutermeister setzte seine ganze Kunstfertigkeit ein, konnte ihn aber nicht erwecken. ›Er ist tot‹, sagte er. ›Der Atem will nicht aus ihm weichen, aber er ist tot.‹ Und so trauerten wir um ihn. Aber weil Uneinigkeit zwischen uns herrschte und meine Muster alle von Veränderung und Gefahr sprachen, trafen wir uns, um einen neuen Hüter von Roke zu wählen, einen Erzmagier, der uns führen sollte. Und nach unserer Beratung setzten wir den jungen König anstelle des Gebieters ein. Uns kam es richtig vor, daß er in unserer Mitte sitzen sollte. Nur der Verwandler sprach sich zunächst dagegen aus, stimmte dann aber zu.

Wir trafen uns, wir saßen beisammen, aber wir konnten uns nicht einigen. Wir sagten dies und das, aber kein Name wurde genannt. Doch dann überkam mich ...« Er machte eine Pause. »Mich überkam das, was mein Volk *eduevanu* nennt, den anderen Atem. Worte strömten in mich ein, und ich sprach sie aus. Ich sagte: *Hama Gondun!* – Und Kurremkarmerruk sagte ihnen dies in Hardisch: ›Eine Frau auf Gont.‹ Aber als ich wieder zu mir kam, konnte ich ihnen nicht sagen, was das bedeutete. Und so gingen wir auseinander, ohne daß ein Erzmagier gewählt wurde.

Der König brach kurz danach auf, und der Meister Windschlüssel ging mit ihm. Bevor der König gekrönt werden sollte, gingen sie nach Gont und suchten unseren Herrn auf, um herauszufinden, was ›eine Frau auf Gont‹ zu bedeuten hatte. Aber sie sahen ihn nicht, nur meine Landsmännin Tenar vom Ring. Sie sagte, daß sie nicht die Frau sei, die sie suchten. Und sie fanden niemanden, nichts. So entschied Lebannen, daß es sich um eine Prophezeiung handelte, die noch erfüllt werden müßte. Und in Havnor setzte er sich die Krone selbst auf das Haupt.

Der Kräutermeister und auch ich waren der Ansicht, daß der

Gebieter tot sei. Wir glaubten, daß sein Atem von einem Zauberspruch seiner Kunst übrig war, den wir nicht verstanden, so wie der Zauber, den Schlangen kennen, der ihre Herzen noch schlagen läßt, wenn sie schon lange tot sind. So schrecklich es schien, einen Leib zu begraben, der noch atmete, er war kalt, sein Blut floß nicht, und keine Seele war in ihm. Das war schrecklicher. Also trafen wir Vorkehrungen, ihn zu begraben. Und dann, an seinem Grab, schlug er die Augen auf. Er bewegte sich und sprach. Er sagte: ›Ich habe mich selbst wieder ins Leben zurückgerufen, um zu tun, was getan werden muß.‹«

Die Stimme des Formgebers war rauher geworden, und plötzlich fegte er das kleine Muster der Kieselsteine mit der Hand beiseite.

»Also waren wir bei der Rückkehr Windschlüssels wieder zu neunt. Aber uneins. Denn der Gebieter sagte, wir müßten uns wieder treffen und einen Erzmagier wählen. Der König hätte in unserer Mitte nichts verloren, sagte er. Und ›eine Frau auf Gont‹, wer immer sie sein mochte, habe unter den Männern von Roke ebenfalls nichts verloren. Na? Der Windschlüssel, der Sänger, der Verwandler, die Hand, sie sagen, er hat recht. Und sie sagen, da König Lebannen einer ist, der von den Toten wiedergekehrt ist und diese Prophezeiung erfüllt hat, wird auch der Erzmagier einer sein, der von den Toten zurückgekehrt ist.«

»Aber ...«, sagte Irian und verstummte.

Nach einer Weile sagte der Formgeber: »Diese Kunst, das Gebieten, weißt du, ist sehr ... schrecklich. Sie ist ... immer gefährlich. Hier«, und er sah in die grün-goldene Dunkelheit der Bäume hinauf, »hier gibt es kein Gebieten. Keine Rückkehr über die Mauer. Keine Mauer.«

Sein Gesicht war das Gesicht eines Kriegers, aber wenn er die Bäume ansah, wurde es sanfter, sehnsüchtig.

»Nun«, sagte er, »macht er dich zum Grund für unser Zusammentreffen. Aber ich werde nicht zum Großhaus gehen. Ich lasse nicht über mich gebieten.«

»Wird er nicht hierherkommen?«

»Ich glaube nicht, daß er im Wald spazierengehen wird. Auch nicht auf dem Kogel von Roke. Was auf dem Kogel ist, das ist so.«

Sie wußte nicht, was er meinte, fragte aber nicht, da ihr andere Gedanken durch den Kopf gingen: »Du sagst, er macht mich zum Grund für ein Treffen.«

»Ja. Es braucht neun Magier, um eine Frau wegzuschicken.« Er lächelte selten, und wenn, dann rasch und wild. »Wir sollen uns treffen, um dem Gesetz von Roke Geltung zu verschaffen. Und um einen Erzmagier zu wählen.«

»Wenn ich weggehen würde ...« Sie sah ihn den Kopf schütteln. »Ich könnte zum Namengeber gehen ...«

»Hier bist du sicherer.«

Die Vorstellung, Schaden anzurichten, bekümmerte sie, aber an Gefahr hatte sie noch nicht gedacht. Das fand sie unvorstellbar. »Mir geschieht schon nichts«, sagte sie. »Also der Namengeber, und du ... und der Türhüter? ...«

»... wünschen nicht, daß Thorion Erzmagier wird. Auch der Kräutermeister nicht, aber der gräbt und sagt wenig.« Er sah, wie Irian ihn erstaunt ansah. »Thorion der Gebieter nennt seinen wahren Namen«, sagte er. »Er ist gestorben, nicht wahr?«

Sie wußte, daß König Lebannen seinen wahren Namen offen benutzte. Auch er war von den Toten zurückgekehrt. Aber daß der Gebieter es ebenfalls tat, schockierte und beunruhigte sie, wenn sie darüber nachdachte.

»Und die ... Schüler?«

»Ebenfalls uneins.«

Sie dachte an die Schule, wo sie so kurz gewesen war. Von hier, unter den Wipfeln des Hains, sah sie die Schule als Steinmauern, die alle eine Art von Sein ein- und alle anderen ausschlossen, wie ein Stall, ein Käfig. Wie konnte einer von ihnen an so einem Ort sein Gleichgewicht wahren?

Der Formgeber schob auf dem Sand vier kleine Kiesel zu einem Halbkreis zusammen und sagte: »Ich wünschte, Sperber wäre nicht gegangen. Ich wünschte, ich könnte lesen, was die Schatten schreiben. Aber ich kann die Blätter nur eines sagen hören, Veränderung, verändern ... Alles wird sich verändern, außer ihnen.« Er sah wieder mit diesem sehnsüchtigen Blick zu den Blättern auf. Die Sonne ging unter; er stand auf, sagte Irian sanft gute Nacht, ging fort und verschwand unter den Bäumen.

Sie blieb eine Weile beim Thwilbach sitzen. Was er ihr gesagt hatte, beunruhigte sie, ebenso ihre Gedanken und Gefühle in dem Hain, und es beunruhigte sie, daß ein Gedanke oder Gefühl sie dort beunruhigen konnte. Sie ging zum Haus, bereitete sich ein Abendessen mit Rauchfleisch und Brot und Sommersalat und aß es, ohne etwas zu schmecken. Sie ging rastlos zum Ufer und zum Bach zurück. Es war sehr still und warm in der Dämmerung, nur die hellsten Sterne konnte man durch die milchige Wolkendecke sehen. Sie streifte die Sandalen ab und steckte die Füße ins Wasser. Es war kühl, aber von der Sonne gewärmte Ströme flossen darin. Sie schlüpfte aus ihrer Kleidung, den Männerhosen und dem Hemd, die alles waren, was sie besaß, glitt nackt in das Wasser und spürte den Sog und das Kitzeln der Strömung am ganzen Körper. In den Bächen von Iria war sie nie geschwommen, und das wogende und graue Meer hatte sie gehaßt, aber dieses rasch fließende Gewässer gefiel ihr heute abend. Sie ließ sich treiben, strich unter Wasser mit den Händen über seidige Steine und die eigenen seidigen Flanken, und ihre Beine glitten durch Wasserpflanzen. Das fließende Wasser spülte ihre Sorgen und Rastlosigkeit von ihr ab, sie schwebte entzückt in der Liebkosung des Bachs und schaute zum weißen, sanften Feuer der Sterne auf.

Kälte durchlief sie. Das Wasser wurde kalt. Sie riß sich zusammen, obwohl ihre Gliedmaßen immer noch entspannt und locker waren, sah auf und erblickte am Ufer über sich die schwarze Gestalt eines Mannes.

Sie stand im Wasser auf.

»Fort mit dir!« rief sie. »Geh weg, du Verräter, du elender Lüstling, oder ich schneide dir die Leber aus dem Leib!« Sie sprang ans Ufer, zog sich an dem robusten Schilfgras hoch und rappelte sich auf. Niemand war da. Sie stand erzürnt und vor Wut bebend da. Sie hüpfte am Ufer entlang, fand ihre Kleidung und zog sie immer noch fluchend an – »Du feiger Magier! Du verräterischer Hurensohn!«

»Irian?«

»Er war da!« schrie sie. »Dieser üble Kerl, dieser Thorion!« Sie stapfte dem Formgeber entgegen, der beim Haus ins Sternenlicht trat. »Ich habe im Bach gebadet, und er hat dagestanden und mich beobachtet!«

»Eine Sendung – nur ein Abbild von ihm. Er konnte dir nichts tun, Irian.«

»Eine Sendung mit Augen, ein Abbild, das sehen kann. Möge er –« Sie verstummte, weil ihr plötzlich die Worte fehlten. Ihr war übel. Sie erschauerte und schluckte den kalten Speichel, der sich in ihrem Mund sammelte.

Der Formgeber kam näher und nahm ihre Hände in seine. Seine Hände waren warm, und ihr war so sterbenskalt, daß sie sich seiner Körperwärme wegen an ihn drückte. So standen sie eine Weile da, ihr Gesicht von ihm abgewandt, aber die Hände vereint und die Körper dicht beisammen. Schließlich riß sie sich los, richtete sich auf und strich sich das nasse, strähnige Haar zurück. »Danke«, sagte sie. »Mir war kalt.«

»Ich weiß.«

»Mir ist nie kalt«, sagte sie. »Das war er.«

»Ich sage dir, Irian, er kann nicht hierherkommen, er kann dir hier kein Leid zufügen.«

»Er kann mir nirgendwo ein Leid zufügen«, sagte sie, und das Feuer strömte wieder durch ihre Adern. »Wenn er es versucht, werde ich ihn vernichten.«

»Ah«, sagte der Formgeber.

Sie sah ihn im Sternenlicht an und sagte: »Sag mir deinen Namen ... nicht deinen wahren Namen ... nur den, mit dem ich dich ansprechen kann. Wenn ich an dich denke.«

Er blieb einen Moment schweigend stehen, dann sagte er: »Als ich noch ein Barbar war, in Karego-At, war ich Azver. Es ist Hardisch und heißt das Banner des Krieges.«

»Danke«, sagte sie.

Sie lag wach in dem kleinen Haus, spürte die erstickende Luft und die Decke drohte ihr auf den Kopf zu fallen, dennoch schlief sie plötzlich fest ein. Sie erwachte ebenso unvermittelt, als es im Osten gerade hell wurde. Sie ging zur Tür, um zu sehen, was sie sich am liebsten ansah, den Himmel vor Sonnenaufgang. Als sie nach unten schaute, erblickte sie Azver, den Formgeber, in seinen grauen Mantel eingerollt, fest schlafend auf ihrer Schwelle. Sie zog sich lautlos ins Haus zurück. Nach einer Weile sah sie ihn in seinen Wald zurückkehren, ein wenig steifbeinig und sich am

Kopf kratzend, wie es die Art von Leuten ist, die erst halb wach sind.

Sie begann mit der Arbeit, schabte die Innenwand des Hauses ab und machte sich daran, sie neu zu verputzen. Aber bevor die Sonne zu den Fenstern hereinschien, wurde an die Tür geklopft. Draußen stand der Mann, den sie für einen Gärtner gehalten hatte, der Kräutermeister, der handfest und gleichmütig wie ein brauner Ochse neben dem hageren, grimmigen alten Namengeber wirkte.

Sie kam zur Tür und murmelte eine Art von Begrüßung. Sie schüchterten sie ein, diese Meister von Roke, und ihre Anwesenheit bedeutete auch, daß die friedliche Zeit, da sie mit dem Formgeber schweigend Spaziergänge im sonnigen Wald unternommen hatte, vorbei war. Sie war letzte Nacht zu Ende gegangen. Das wußte sie, auch wenn sie es nicht wahrhaben wollte.

»Der Formgeber hat nach uns geschickt«, sagte Meister Kräutermeister. Er sah unbehaglich drein. Als er ein Büschel Unkraut unter dem Fenster bemerkte, sagte er: »Das ist Velver. Jemand von Havnor hat ihn dort gepflanzt. Ich wußte nicht, daß es auf der Insel welchen gibt.« Er untersuchte die Pflanze eingehend und steckte einige Samenkapseln in seinen Beutel.

Irian betrachtete den Namengeber heimlich, aber gleichermaßen aufmerksam, und versuchte zu ergründen, ob er eine Sendung war, wie er es nannte, oder leibhaftig anwesend. Nichts an ihm wirkte substanzlos, aber sie glaubte, daß er nicht da war, und als er in das schräge Sonnenlicht trat und keinen Schatten warf, da wußte sie es.

»Ist es ein weiter Weg von dort, wo Sie wohnen, Sir?« fragte sie.

Er nickte. »Habe mich auf halbem Weg zurückgelassen«, sagte er. Er sah auf; der Formgeber, jetzt hellwach, kam auf sie zu.

Er begrüßte sie und fragte: »Wird der Türhüter kommen?«

»Er meinte, daß er besser die Türen hüten sollte«, sagte der Kräutermeister. Er machte seinen Beutel mit den vielen Taschen sorgfältig zu und sah die anderen an. »Aber ich weiß nicht, ob er einen Deckel auf dem Ameisenhaufen halten kann.«

»Was ist los?« fragte Kurremkarmerruk. »Ich habe über Drachen gelesen. Nicht weiter darauf geachtet. Aber alle Jungen, die ich im Turm lernen ließ, sind fort.«

»Gerufen«, sagte der Kräutermeister trocken.

»Und?« sagte der Namengeber noch trockener.

»Ich kann nur sagen, wie es mir zu sein scheint«, sagte der Kräutermeister zögernd, unbehaglich.

»Tu das«, sagte der alte Magier.

Der Kräutermeister zauderte immer noch. »Diese Dame ist nicht von unserer Art«, sagte er schließlich.

»Sie ist von meiner«, sagte Azver.

»Sie kam zu dieser Zeit an diesen Ort«, sagte der Namengeber. »Und zu dieser Zeit kommt niemand zufällig an diesen Ort. Wir alle wissen nur, wie es uns zu sein scheint. Es gibt Namen hinter Namen, mein Lord Heiler.«

Darauf neigte der Magier mit den dunklen Augen den Kopf und sagte: »Nun denn«, und akzeptierte offenbar erleichtert ihr Urteil. »Thorion hat viel Zeit mit den anderen Meistern und den jungen Männern verbracht. Geheime Treffen, innere Kreise. Gerüchte und Getuschel. Die jüngeren Schüler haben Angst, und viele haben mich oder den Türhüter gefragt, ob sie gehen können. Und wir würden sie gehen lassen. Aber es liegt kein Schiff im Hafen, und seit das Schiff dich hergebracht hat, junge Dame, und nach Wathort weitergesegelt ist, hat kein anderes mehr die Bucht von Thwil angelaufen. Der Windschlüssel wendet den Wind von Roke gegen alle. Und wenn der König selbst kommen sollte, könnte er nicht an Rokes Küste landen.«

»Bis sich der Wind dreht, nicht wahr?« sagte der Formgeber.

»Thorion sagt, Lebannen ist kein richtiger König, weil kein Erzmagier ihn gekrönt hat.«

»Unsinn! Nicht verbürgt!« sagte der alte Namengeber. »Der erste Erzmagier kam Jahrhunderte nach dem letzten König. Roke regierte anstelle der Könige.«

»Ah«, sagte der Formgeber. »Es fällt dem Haushälter schwer, den Schlüssel abzugeben, wenn der Besitzer nach Hause kommt.«

»Der Ring des Friedens ist wieder ganz«, sagte der Kräutermeister mit seiner ruhigen, besorgten Stimme, »die Prophezeiung ist erfüllt, der Sohn von Morred gekrönt, und doch haben wir keinen Frieden. Wo haben wir uns geirrt? Warum können wir kein Gleichgewicht finden?«

»Was hat Thorion vor?« fragte der Namengeber.

»Lebannen hierherzubringen«, sagte der Kräutermeister. »Die jungen Männer sprechen von der ›wahren Krone‹. Eine zweite Krönung hier. Durch den Erzmagier Thorion!«

»Behüte!« stieß Irian hervor und machte das Zeichen, um zu verhindern, daß aus Wort Tat wurde. Keiner der Männer lächelte, und der Kräutermeister machte kurz darauf dieselbe Geste.

»Wie hält er sie alle?« fragte der Namengeber. »Kräutermeister, du warst hier, als Sperber und Thorion von Irioth herausgefordert wurden. Ich glaube, seine Gabe war so groß wie die von Thorion. Er wandte sie an, um Männer zu benutzen, um sie ganz und gar zu beherrschen. Ist es das, was Thorion macht?«

»Ich weiß nicht«, sagte der Kräutermeister. »Ich kann euch nur sagen, wenn ich bei ihm bin, wenn ich im Großhaus bin, dann ist mir, als könnte nichts getan werden, das nicht schon getan worden ist. Daß nichts sich verändern wird. Nichts wachsen wird. Daß die Krankheit zum Tode führen wird, welche Heilmittel ich auch einsetze.« Er sah sie alle an wie ein verwundeter Ochse. »Und ich glaube, es ist wahr. Es gibt keine andere Möglichkeit mehr, das Gleichgewicht wiederherzustellen, als durch Stillhalten. Wir sind zu weit gegangen. Daß der Erzmagier und Lebannen leibhaftig in den Tod gegangen und zurückgekehrt sind – das war nicht recht. Sie haben ein Gesetz gebrochen, das nicht gebrochen werden darf. Um diesem Gesetz wieder Geltung zu verschaffen, ist Thorion zurückgekehrt.«

»Was – um sie in den Tod zurückzuschicken?« fragte der Namengeber, und der Kräutermeister sagte: »Wem steht es an, zu sagen, was das Gesetz ist?«

»Es existiert eine Mauer«, sagte der Kräutermeister.

»Diese Mauer ist nicht so tief verwurzelt wie meine Bäume«, sagte der Formgeber.

»Aber du hast recht, Kräutermeister, wir sind aus dem Gleichgewicht«, sagte Kurremkarmerruk mit rauher und schroffer Stimme. »Wann und wo haben wir angefangen, zu weit zu gehen? Was haben wir vergessen, übersehen, wem den Rücken zugewandt?«

Irian sah von einem zum anderen.

»Wenn das Gleichgewicht gestört ist, nützt es nichts, nur stillzuhalten. Es muß schlimmer werden«, sagte der Formgeber. »Bis ...« Er machte eine rasche Geste der Umkehr mit den Händen, von oben nach unten, von unten nach oben.

»Was könnte falscher sein, als sich selbst von den Toten zurückzurufen?« fragte der Namengeber.

»Thorion war der beste von uns allen – ein tapferes Herz, von edler Gesinnung.« Der Kräutermeister sprach fast zornig. »Sperber liebte ihn. Wie wir alle.«

»Das Gewissen plagte ihn«, sagte der Namengeber. »Das Gewissen sagte ihm, daß er allein alles wieder richten könne. Um das zu bewerkstelligen, trotzte er seinem Tod. Und nun trotzt er dem Leben.«

»Und wer soll sich gegen ihn erheben?« fragte der Formgeber. »Ich kann mich nur in meinen Wäldern verbergen.«

»Und ich in meinem Turm«, sagte der Namengeber. »Und du, Kräutermeister, und der Türhüter, ihr sitzt im Großhaus in der Falle. Den Mauern, die wir errichtet haben, um alles Böse draußen zu halten. Oder drinnen, wie sich erweisen könnte.«

»Wir sind vier gegen ihn«, sagte der Formgeber.

»Sie sind fünf gegen uns«, sagte der Kräutermeister.

»Ist es so weit gekommen«, sagte der Namengeber, »daß wir am Rand des Hains stehen, den Segoy selbst gepflanzt hat, und darüber reden, wie wir einander vernichten können?«

»Ja«, sagte der Formgeber. »Was zu lange unverändert bleibt, vernichtet sich selbst. Der Wald ist ewig, weil er stirbt und wieder stirbt und dadurch lebt. Ich werde nicht zulassen, daß mich diese tote Hand berührt. Oder den König berührt, der uns Hoffnung gebracht hat. Ein Versprechen wurde gegeben, durch mich gegeben, ich habe es ausgesprochen – ›Eine Frau auf Gont‹ –, ich werde nicht zusehen, wie dieses Wort in Vergessenheit gerät.«

»Sollen wir also nach Gont gehen?« fragte der Kräutermeister, der sich von Azvers Leidenschaft anstecken ließ. »Sperber ist dort.«

»Tenar vom Ring ist dort«, sagte Azver.

»Vielleicht liegt dort unsere Hoffnung«, sagte der Namengeber.

Sie standen unschlüssig beisammen und versuchten, der Hoffnung Raum zu geben.

Auch Irian schwieg, aber ihre Hoffnung schwand und wich einem Gefühl der Scham und völligen Bedeutungslosigkeit. Dies waren tapfere, weise Männer, die zu retten trachteten, was sie liebten, aber nicht wußten, wie sie es anstellen sollten. Und sie hatte keinen Anteil an ihrer Weisheit, kein Mitspracherecht bei ihren Entscheidungen. Sie entfernte sich von ihnen, und sie bemerkten es nicht. Sie ging weiter, zum Thwilbach, wo er aus dem Wald herauskam und über eine kleine Steingruppe fiel. Im morgendlichen Sonnenlicht funkelte das Wasser und gab ein glückliches Murmeln von sich. Sie wollte weinen, aber im Weinen war sie noch nie gut gewesen. Sie stand da, betrachtete das Wasser, und ihre Scham verwandelte sich allmählich in Zorn.

Sie ging zu den drei Männern zurück und sagte: »Azver.«

Er drehte sich erschrocken zu ihr um und kam ein Stück näher.

»Warum habt ihr meinetwegen euer Gesetz gebrochen? War es fair mir gegenüber, die niemals sein kann, was ihr seid?«

Azver runzelte die Stirn. »Der Türhüter hat dich eingelassen, weil du darum gebeten hast«, sagte er. »Ich brachte dich in den Hain, weil die Blätter der Bäume deinen Namen nannten, noch ehe du überhaupt hier warst. *Irian,* sagten sie. *Irian.* Ich weiß nicht, warum du gekommen bist, aber nicht aus Zufall. Auch der Gebieter weiß das.«

»Vielleicht bin ich gekommen, um ihn zu vernichten.«

Er sah sie an und sagte nichts.

»Vielleicht bin ich hergekommen, um Roke zu vernichten.«

Seine blassen Augen blitzten. »Versuch's!«

Ein Schauer durchlief sie, wie sie ihm so gegenüber stand. Sie fühlte sich größer, als er war, größer, als sie selbst war, sehr viel größer. Sie konnte einen Finger heben und ihn vernichten. Er stand da in seinem kleinen, tapferen, kurzen Menschsein, seiner Sterblichkeit, schutzlos. Sie holte tief, tief Luft. Sie rückte von ihm ab.

Das Gefühl gewaltiger Kraft strömte aus ihr. Sie neigte den Kopf ein wenig und sah überrascht ihren braunen Arm, den hochgekrempelten Ärmel, das frische grüne Gras um die Sandalen an ihren Füßen herum. Sie sah den Formgeber wieder an, und er schien immer noch ein verletzbares Wesen zu sein. Sie bedauerte und ehrte ihn. Sie wollte ihn vor der Gefahr warnen, in der er schwebte. Aber sie brachte kein einziges Wort heraus. Sie drehte sich um und ging zum Bachufer, zu dem winzigen Wasserfall zurück. Dort ließ sie sich auf die Hacken nieder, verbarg das Gesicht in den Armen, schloß ihn aus, schloß die Welt aus.

Die Stimmen der Magier waren wie die Stimmen des fließenden Bachs. Der Bach sprach seine Worte und sie die ihren, aber es waren alles nicht die richtigen Worte.

4. Irian

Als Azver zu den anderen Männern zurückkehrte, veranlaßte sein Gesichtsausdruck den Kräutermeister zu der Frage: »Was ist?«

»Ich weiß nicht«, sagte Azver. »Vielleicht sollten wir Roke nicht verlassen.«

»Vielleicht können wir das gar nicht«, sagte der Kräutermeister. »Wenn der Windschlüssel die Winde gegen uns wendet ...«

»Ich kehre dahin zurück, wo ich bin«, sagte Karremkamerruk unvermittelt. »Ich lasse mich nicht gern herumliegen wie einen alten Schuh. Ich geselle mich heute abend wieder zu euch.« Und damit war er verschwunden.

»Ich würde gern ein wenig unter deinen Bäumen spazierengehen, Azver«, sagte der Kräutermeister mit einem Stoßseufzer.

»Geh nur, Deyala. Ich bleibe hier.« Der Kräutermeister entfernte sich. Azver setzte sich auf die rauhe Bank, die Irian gemacht hatte, und lehnte sich an die Vorderseite des Hauses. Er sah stromaufwärts zu ihr, die reglos am Ufer verharrte. Schafe auf der Wiese zwischen ihnen und dem Großhaus blökten leise. Die Morgensonne wurde heiß.

Sein Vater hatte ihm den Namen Banner des Krieges gegeben. Er war nach Westen gekommen, hatte alles zurückgelassen, was er kannte, seinen wahren Namen von den Bäumen des Innewohnenden Hains erfahren und war zum Formgeber von Roke geworden. Das ganze Jahr sprachen die Formen der Schatten und der Äste und der Wurzeln, die stumme Sprache seines Waldes, von Zerstörung, von Überwindung, von der Veränderung aller Dinge. Und nun war diese Veränderung über sie gekommen, das wußte er. Mit ihr.

Sie unterstand seinem Einfluß, seiner Obhut, das hatte er gewußt, als er sie gesehen hatte. Auch wenn sie gekommen war, um Roke zu vernichten, wie sie gesagt hatte, mußte er ihr dienen. Er tat es bereitwillig. Sie war mit ihm durch den Wald gegangen, groß, linkisch, furchtlos; sie hatte die dornigen Arme von Büschen mit ihrer behutsamen Hand beiseite gehalten. Ihre Augen, bernsteinbraun wie das Wasser des Thwilbachs in der Dämmerung, sahen alles; sie hatte zugehört; sie war still gewesen. Er wollte sie beschützen und wußte, daß er es nicht konnte. Er hatte ihr ein wenig Wärme gespendet, als ihr kalt gewesen war. Sonst hatte er ihr nichts zu geben. Wohin sie gehen mußte, dahin würde sie gehen. Sie hatte keinen Begriff von Gefahr. Sie hatte keine Weisheit außer ihrer Unschuld, keinen Panzer außer ihrem Zorn. Wer bist du, Irian? sagte er zu ihr und sah sie an, geduckt wie ein in seiner Sprachlosigkeit gefangenes Tier.

Sein Freund kam aus dem Wald zurück und setzte sich eine Weile neben ihn auf die Bank. Um die Mittagszeit kehrte er ins Großhaus zurück und willigte ein, am Morgen mit dem Türhüter zurückzukommen. Sie würden alle anderen Meister bitten, sich im Hain mit ihnen zu treffen. »Aber *er* wird nicht kommen«, sagte Deyala, und Azver nickte.

Den ganzen Tag hielt er sich in der Nähe des Otternhauses auf, behielt Irian im Auge, sorgte dafür, daß sie eine Kleinigkeit mit ihm aß. Sie kam zum Haus, aber nachdem sie gegessen hatten, kehrte sie zu der Stelle am Bach zurück und verweilte reglos dort. Und auch er verspürte eine Lethargie von Geist und Körper, eine Dummheit, gegen die er ankämpfte, die er aber nicht abschütteln konnte. Er dachte an die Augen des Gebieters, und da wurde ihm kalt, obwohl er in der Wärme des Sommertages saß. Wir werden von den Toten regiert, dachte er. Der Gedanke ging ihm nicht mehr aus dem Kopf.

Er war dankbar, als er Kurremkarmerruk langsam von Norden am Ufer des Thwilbachs entlang kommen sah. Der alte Mann watete barfuß durch den Bach, hielt seine Schuhe in der einen und einen langen Stab in der anderen Hand und fauchte, wenn er auf den Steinen abrutschte. Am diesseitigen Ufer setzte er sich hin, trocknete die Füße ab und zog die Schuhe wieder an. »Wenn ich zum Turm zurückkehre«, sagte er, »fahre ich. Ich miete einen Kutscher, kaufe ein Maultier. Ich bin alt, Azver.«

»Komm mit zum Haus«, sagte der Formgeber und servierte dem Namengeber Wasser und Essen.

»Wo ist das Mädchen?«

»Schläft.« Azver nickte zu der schlafenden Gestalt, die zusammengerollt im Gras oberhalb des kleinen Wasserfalls lag.

Die Hitze des Tages ließ langsam nach, die Schatten des Hains fielen auf das Gras, aber das Otternhaus lag noch im Sonnenlicht. Kurremkarmerruk saß mit dem Rücken zur Hauswand, Azver auf der Schwelle.

»Wir sind am Ende angelangt«, sagte der alte Mann in die Stille.

Azver nickte stumm.

»Was hat dich hierhergeführt, Azver?« fragte der Namengeber. »Das wollte ich dich schon oft fragen. Es war ein langer, langer Weg. Und soweit ich weiß, gibt es keine Magier in den Ländern der Kargisch.«

»Nein. Aber wir haben alles, woraus die Magie gemacht ist. Wasser, Steine, Bäume, Worte ...«

»Aber nicht die Worte des Schöpfens.«

»Nein. Auch keine Drachen.«

»Niemals?«

»Nur in einigen sehr, sehr alten Geschichten. Bevor die Götter existierten. Bevor die Menschen existierten. Bevor die Menschen Menschen wurden, waren sie Drachen.«

»Also das ist interessant«, sagte der alte Gelehrte und richtete sich auf. »Ich habe dir gesagt, daß ich über Drachen gelesen habe. Du weißt, es wird gemunkelt, daß sie über dem Inneren Meer fliegen, sogar östlich bis Gont. Das war zweifellos Kalessin, der Ged nach Hause gebracht hat, vervielfältigt durch Matrosen, die eine gute Geschichte noch besser machen wollten. Aber ein Junge hat mir geschworen, daß sein ganzes Dorf dieses Frühjahr Drachen hat fliegen sehen, westlich des Berges Onn. Und darum habe ich die alten Bücher gelesen, um zu erfahren, wann sie das letzte Mal östlich von Pendor gewesen sind. Und in einem stieß ich auf deine Geschichte, oder etwas Ähnliches. Daß Menschen und Drachen eine Rasse waren, sich aber zerstritten haben. Einige gingen nach Osten und einige nach Westen, und sie wurden zwei Rassen und vergaßen, daß sie je eine gewesen waren.«

»Wir sind am weitesten nach Osten gezogen«, sagte Azver. »Aber weißt du, wie in meiner Sprache der Führer einer Armee heißt?«

»*Erdan*«, sagte der Namengeber prompt und lachte. »Drake. Drache ...«

Nach einer Weile sagte er: »Ich könnte der Etymologie im Angesicht des Untergangs nachspüren ... Und ich glaube, genau da sind wir, Azver. Wir werden ihn nicht besiegen.«

»Er ist im Vorteil«, sagte Azver trocken.

»So ist es. Also ... also, wenn wir das Unwahrscheinliche annehmen, wenn wir das Unmögliche annehmen - wenn wir ihn besiegen - wenn er in den Tod zurückkehren und uns lebend hier zurücklassen würde - was würden wir tun? Was kommt als nächstes?«

Erst nach langer Zeit sagte Azver: »Ich habe keine Ahnung.«

»Verraten deine Blätter und Schatten dir nichts?«

»Veränderung, Veränderung«, sagte der Formgeber. »Verwandlung.«

Plötzlich schaute er auf. Die Schafe, die beim Zauntritt in einer Gruppe gestanden hatten, stoben davon, und jemand kam den Weg vom Großhaus herunter.

»Eine Gruppe junger Männer«, sagte der Kräutermeister atemlos, als er näher kam. »Thorions Armee. Auf dem Weg hierher. Um das Mädchen zu holen. Sie wegzuschicken.« Er blieb stehen und holte Luft. »Der Türhüter hat mit ihnen gesprochen, als ich ging. Ich glaube ...«

»Da ist er«, sagte Azver, und da stand der Türhüter, dessen glattes, gelblich-braunes Gesicht gelassen wie immer wirkte.

»Ich habe ihnen gesagt«, sagte der Türhüter, »wenn sie heute durch Medras Tor hinausgingen, würden sie nie wieder das Haus betreten, das sie kannten. Da waren einige dafür, umzukehren. Aber der Windschlüssel und der Sänger trieben sie an. Sie werden bald hier sein.«

Sie konnten auf den Feldern östlich des Hains Männerstimmen hören.

Azver ging rasch zu Irian, die beim Bach lag, und die anderen folgten ihm. Sie erwachte, stand auf und sah sich dumpf und benommen um. Sie standen um sie herum, eine Art Wache, als die Gruppe von dreißig oder mehr Männern an dem kleinen Haus vorbeiging und auf sie zukam. Es waren überwiegend ältere Schüler; fünf oder sechs Zauberstäbe waren in der Menge zu sehen, und der Meister Windschlüssel führte sie an. Sein schmales, scharfgeschnittenes Gesicht sah abgespannt und müde aus, aber er begrüßte die vier Magier höflich mit ihren Titeln. Sie begrüßten ihn ebenfalls, und Azver ergriff das Wort: »Komm in den Hain, Meister Windschlüssel«, sagte er, »dort werden wir auf die anderen von uns neun warten.«

»Zuerst müssen wir die Frage klären, die uns entzweit«, sagte der Windschlüssel.

»Das ist eine steinerne Frage«, sagte der Namengeber.

»Diese Frau bei dir verstößt gegen das Gesetz von Roke«, sagte der Windschlüssel. »Sie muß gehen. Am Pier wartet ein Boot, um sie mitzunehmen, und ich kann dir versichern, daß der Wind bis Weg günstig wehen wird.«

»Daran zweifle ich nicht, mein Herr«, sagte Azver, »aber ich bezweifle, daß sie gehen wird.«

»Mein Lord Formgeber, möchtest du gegen unser Gesetz und unsere Gemeinschaft verstoßen, die so lange Ordnung gegen die Kräfte des Untergangs aufrechterhält? Willst von allen Männern ausgerechnet du es sein, der die Form nicht wahrt?«

»Es ist kein Glas zu zerbrechen«, sagte Azver. »Es ist Atem. Es ist Feuer.«

Es kostete ihn Anstrengung, zu sprechen.

»Es kennt keinen Tod«, sagte er, aber in seiner eigenen Sprache, daher verstanden sie ihn nicht. Er rückte näher zu Irian. Er spürte ihre Körperwärme. Sie stand wachsam da, in diesem tiergleichen Schweigen, als würde sie keinen von ihnen verstehen.

»Lord Thorion ist vom Tod zurückgekehrt, um uns alle zu retten«, sagte der Windschlüssel hitzig und mit Nachdruck. »Er wird Erzmagier sein. Unter seiner Herrschaft wird Roke sein wie einst. Der König wird die wahre Krone aus seiner Hand empfangen und unter seiner Führung regieren, wie Morred regiert hat. Keine Hexen werden heiligen Boden entweihen. Keine Drachen werden das Innere Meer bedrohen. Ordnung, Sicherheit und Frieden werden herrschen.«

Keiner der Magier antwortete ihm. In der Stille murmelten die Männer in seiner Begleitung untereinander, und einer sagte: »Gebt uns die Hexe.«

»Nein«, sagte Azver, konnte aber sonst nichts sagen. Er hielt seinen Weidenstab, doch der war nur Holz in seiner Hand. Von den vieren machte nur der Türhüter eine Bewegung und sprach. Er trat vor und sah von einem jungen Mann zum nächsten. »Ihr habt mir vertraut«, sagte er, »und mir eure Namen verraten. Werdet ihr mir jetzt vertrauen?«

»Mein Herr«, sagte einer von ihnen mit einem feingeschnittenen, dunklen Gesicht und dem Eichenstab eines Magiers, »wir vertrauen Ihnen und bitten Sie daher, die Hexe gehen zu lassen, damit wieder Frieden einkehrt.«

Irian trat dazwischen, bevor der Türhüter antworten konnte.

»Ich bin keine Hexe«, sagte sie. Nach den tiefen Stimmen der Männer klang ihre Stimme schrill, metallisch. »Ich besitze keine Kunst. Kein Wissen. Ich bin hergekommen, um zu lernen.«

»Wir unterrichten hier keine Frauen«, sagte der Windschlüssel. »Das weißt du.«

»Ich weiß nichts«, sagte Irian. Sie trat wieder vor und wandte sich direkt an den Magier. »Sagen Sie mir, wer ich bin.«

»Lerne, wo dein Platz ist, Frau«, antwortete der Magier voll kalter Leidenschaft.

»Mein Platz«, sagte sie langsam und verschleppte die Worte, »mein Platz ist auf dem Hügel. Wo die Dinge sind, wie sie sind. Sagen Sie dem toten Mann, dort werde ich ihn treffen.«

Der Windschlüssel schwieg, aber die Gruppe der Männer murmelte wütend, und einige rückten vor. Azver stellte sich zwischen Irian und die Gruppe, da ihre Worte ihn von der geistigen und körperlichen Lähmung befreit hatten, die über ihn gekommen war. »Sagt Thorion, wir erwarten ihn auf dem Kogel von Roke«, sagte er. »Wenn er kommt, werden wir dasein. Jetzt komm mit mir«, wandte er sich an Irian. Der Namengeber, der Türhüter und der Kräutermeister folgten ihm mit ihr in den Hain. Dort tat sich ein Weg für sie auf. Aber als einige der jungen Männer ihnen folgen wollten, war kein Weg mehr da.

»Kommt mit zurück«, sagte der Windschlüssel zu den Männern.

Sie drehten sich unsicher um. Die tiefstehende Sonne schien immer noch hell auf die Felder und die Dächer des Großhauses, aber im Wald herrschten nur Schatten.

»Hexerei«, sagten sie, »Sakrileg, Entweihung.«

»Kommt am besten da weg«, sagte der Meister Windschlüssel mit verkniffenem und ernstem Gesicht, und seine scharfen Augen blickten bekümmert. Er ging zur Schule zurück, und sie schlossen sich ihm an und stritten und diskutierten frustriert und zornig.

Sie waren nicht weit in das Wäldchen vorgedrungen und immer noch am Bach, als Irian stehenblieb, sich abwandte und bei den gewaltigen, knorrigen Wurzeln einer Weide niederkauerte, die über die Wasseroberfläche ragte. Die vier Magier blieben auf dem Weg stehen.

»Sie sprach mit dem anderen Atem«, sagte Azver.

Der Namengeber nickte.

»Also müssen wir ihr folgen?« fragte der Kräutermeister.

Diesmal nickte der Türhüter. Er lächelte zaghaft und sagte: »So scheint es.«

»Nun gut«, sagte der Kräutermeister mit seiner geduldigen, besorgten Miene; und er ging ein Stück beiseite, um eine kleine Pflanze oder einen Pilz auf dem Waldboden in Augenschein zu nehmen.

Die Zeit verging wie immer in dem Hain, scheinbar ohne zu vergehen, und doch verging sie, der Tag verrann mit einigen leisen Atemzügen, einem Erbeben von Blättern, einem Vogel, der weit entfernt sang, und einem anderen, der noch weiter entfernt antwortete. Irian stand langsam auf. Sie sagte nichts, sondern sah den Weg entlang und ging ihn dann hinunter. Die vier Männer folgten ihr.

Sie kamen in die ruhige, klare Abendluft hinaus. Im Westen herrschte noch etwas Licht, als sie den Thwilbach überquerten und über die Felder zum Kogel von Roke gingen, der sich als hoher, dunkler Bogen vor ihnen vom Himmel abhob.

»Sie kommen«, sagte der Türhüter. Vom Großhaus kamen Männer auf dem Weg durch die Gärten näher, alle Magier und viele Schüler. Der hochgewachsene Thorion, der Gebieter in seinem grauen Mantel, war ihr Anführer, der einen Stab aus Holz trug, weiß wie ein Knochen, von einem schwachen Leuchten von Werlicht umflackert.

Wo sich die beiden Wege vereinten und zur Anhöhe des Kogel hinaufführten, blieb Thorion stehen und wartete auf sie. Irian ging weiter und trat ihm entgegen.

»Irian von Weg«, sagte der Gebieter mit seiner tiefen, klaren Stimme, »damit Friede und Ordnung herrschen, und um des Gleichgewichts aller Dinge willen, gebiete ich dir nun, diese Insel zu verlassen. Wir können dir nicht geben, was du suchst, und dafür bitten wir dich um Verzeihung. Aber wenn du danach trachtest, hier zu bleiben, verwirkst du die Verzeihung und mußt erfahren, was auf Ungehorsam folgt.«

Sie streckte sich, war fast so groß wie er und ebenso aufrecht. Eine ganze Minute schwieg sie, und dann sagte sie mit hoher, schroffer Stimme: »Komm auf den Hügel, Thorion.«

Sie ließ ihn an der Gabelung stehen, auf ebener Erde, und ging ein paar Schritte den Pfad zum Gipfel hinauf. Sie drehte sich um und sah zu ihm hinunter. »Was hält dich vom Hügel fern?« fragte sie.

Die Luft um sie herum wurde dunkler. Der Westen war nur noch eine dunkelrote Linie, der Himmel im Osten ein Schatten über dem Meer.

Der Gebieter schaute zu Irian auf. Langsam hob er die Arme und den weißen Stab zu einem Zauberspruch, den er in der Sprache ihrer Kunst sprach, der Sprache des Schöpfens, die alle Zauberer und Magier von Roke gelernt hatten: »Irian, durch deinen Namen gebiete ich dir und verpflichte dich, mir zu gehorchen!«

Sie zögerte, schien einen Moment nachzugeben, zu ihm zu kommen, und rief dann aus: »Ich bin nicht nur Irian!«

Daraufhin rannte der Gebieter zu ihr hinauf, streckte die Hand aus und sprang auf sie zu, als wollte er sie packen und festhalten. Sie waren jetzt beide auf dem Hügel. Sie ragte unglaublich über ihm auf, Feuer loderte zwischen ihnen, eine gleißende rote Flamme in der Nachtluft, das Glänzen von rotgoldenen Schuppen, von gewaltigen Schwingen – dann verschwand es, und es war nichts mehr da, außer einer Frau auf dem Hügelpfad und dem großen Mann, der sich vor ihr verbeugte, langsam bis zum Erdboden verbeugte, und sich flach hinlegte.

Der Kräutermeister, der Heiler, bewegte sich als erster. Er ging den Weg hinauf und kniete neben Thorion nieder. »Mein Herr«, sagte er, »mein Freund.«

Unter der Wölbung des grauen Mantels fanden seine Hände nur einen wirren Haufen Kleidungsstücke und trockene Knochen und einen zerbrochenen Stab.

»Es ist besser so, Thorion«, sagte er, aber er weinte.

Der alte Namengeber trat vor und sagte zu der Frau auf dem Hügel: »Wer bist du?«

»Ich kenne meinen anderen Namen nicht«, sagte sie. Sie sagte es wie er, wie sie mit dem Gebieter gesprochen hatte, in der Sprache des Schöpfens, der Sprache der Drachen.

Sie wandte sich ab und ging den Hügel hinauf.

»Irian«, sagte Azver der Formgeber, »wirst du zu uns zurückkommen?«

Sie blieb stehen und ließ ihn zu sich kommen. »Das werde ich, wenn ihr mich ruft«, sagte sie.

Sie streckte den Arm aus und berührte seine Hand. Er holte zischend Luft.

»Wohin gehst du?« fragte er.

»Zu denen, die mir meinen Namen geben werden«, sagte sie. »In Feuer, nicht in Wasser. Zu meinem Volk.«

»In den Westen«, sagte er.

Sie sagte: »Jenseits des Westens.«

Sie wandte sich von ihm ab und ging in der zunehmenden Dunkelheit den Weg hinauf. Als sie sich weiter von ihnen entfernte, sahen sie sie, die großen goldenen Flanken, den spitzen, zuckenden Schwanz, die Klauen und den Atem, der loderndes Feuer war. Auf der Kuppe des Kogels verweilte sie einen Moment, drehte den länglichen Kopf und blickte über die Insel Roke, am längsten zum Hain, jetzt nur noch ein dunkler, verschwommener Schatten in der Dunkelheit. Dann wurden die breiten, hautigen Schwingen mit einem Rasseln wie von Messingstücken ausgebreitet, und der Drache schwang sich in die Lüfte, umkreiste den Kogel von Roke einmal und flog davon.

Eine Flammenlocke, ein Rauchwölkchen schwebten aus der dunklen Luft herab.

Azver der Formgeber hielt sich die rechte Hand mit der linken, wo ihre Berührung ihn verbrannt hatte. Er sah den Hügel hinab zu den Männern, die stumm dastanden und dem Drachen nachstarrten. »Nun, meine Freunde«, sagte er, »was nun?«

Nur der Türhüter antwortete. Er sagte: »Ich denke, wir sollten in unser Haus gehen und die Türen öffnen.«

Die Chronik von Osten Ard

TAD WILLIAMS

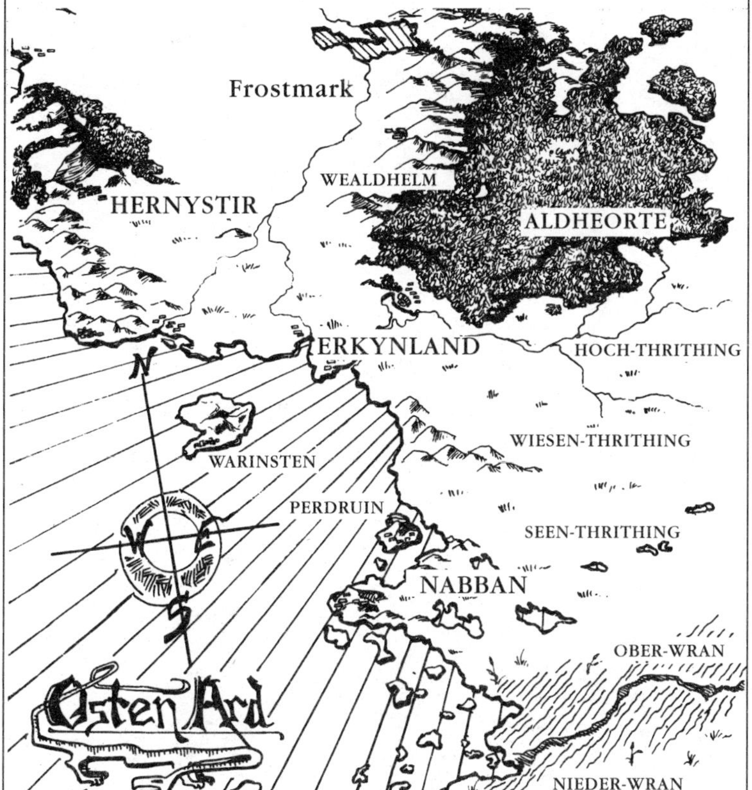
Frostmark
WEALDHELM
HERNYSTIR
ALDHEORTE
ERKYNLAND
HOCH-THRITHING
WIESEN-THRITHING
WARINSTEN
PERDRUIN
SEEN-THRITHING
NABBAN
OBER-WRAN
NIEDER-WRAN
Osten Ard

Der Drachenbeinthron (1991)
Der Abschiedsstein(1993)
Die Nornenkönigin (1994)
Der Engelsturm (1994)

Tad Williams' Tetralogie spielt im ganzen Land Osten Ard, von den Marschen des südlichen Wran bis Yiqanuc, der eisigen nördlichen Heimat der Trolle, aber hauptsächlich in der großen, hohen Festung, die Hochhorst genannt wird.

Die Geschichte beginnt, als der Tod von Priester Johan, dem mächtigen Menschenkönig, der viele Jahre lang Herr über das Schloß war und sein Reich von Erkynland aus ständig vergrößert hatte, so daß er fast alle Nationen von Osten Ard regierte, einen Zwist unter seinen königlichen Söhnen auslöst - einen Krieg, der schließlich die ganze Welt an den Rand der buchstäblichen Vernichtung führt, als der untote Unsterbliche Ineluki den Konflikt für seine Zwecke ausnutzt.

Zu denen, die in diesen umfassenden apokalyptischen Kampf hineingezogen werden, gehören der Küchenjunge Simon Schneelocke; Miriamel, die Tochter eines der königlichen Brüder; Binabik der Troll; die geheimnisvolle Hexe namens Geloë; und mehrere Angehörige von Inelukis Sithi - fast unsterbliche Wesen, für deren Schutz er einst sein Leben hingab.

Fünf Jahrhunderte vor der Ära von Priester Johan, in der Endphase des jahrtausendealten Reichs seiner Rasse, war Ineluki Lord des Hochhorst gewesen, der damals noch unter seinem uralten Namen Asu'a bekannt war. Als Sterbliche seine Festung belagerten, hatte er einen schrecklichen Zauberspruch gesprochen, ein letzter und selbstmörderischer Versuch, die menschlichen Emporkömmlinge zu besiegen. Ineluki und seine Anhänger waren in der Feuersbrunst umgekommen, und Asu'a war weitgehend zerstört worden, aber die Sterblichen, die überlebten, bauten einfach auf den Ruinen der gewaltigen Festung der Sithi und machten sie zu ihrer eigenen. Im Lauf von Jahrhunderten erhoben verschiedene Könige aus unterschiedlichen Ländern Anspruch auf das Schloß, darunter der Reiherkönig, der Hochkönig und der Fischerkönig aus den Legenden von Osten Ard, aber keiner konnte sie lange halten, bis Priester Johan seine legendäre Regentschaft begann.

TAD WILLIAMS

Der brennende Mann

Jahre, viele Jahre später schrecke ich immer noch in tiefster Nacht hoch und sehe sein gequältes Gesicht vor mir. Und in diesen schrecklichen Träumen bin ich stets hilflos und kann sein Leiden nicht lindern.

Darum werde ich euch die Geschichte in der Hoffnung erzählen, daß die letzten Geister ihre Ruhe finden, sofern das an einem Ort wie diesem, wo es mehr Geister als lebende Seelen gibt, je passieren kann. Aber ihr werdet genau zuhören müssen – dies ist eine Geschichte, die auch der Erzähler nicht ganz versteht.

Ich werde euch von Lord Sulis erzählen, meinem berühmten Stiefvater.

Ich werde euch erzählen, was mir die Hexe vorhergesagt hat.

Ich werde euch von der Liebe erzählen, die mein war und die ich verloren habe.

Ich werde euch von der Nacht erzählen, als ich den brennenden Mann gesehen habe.

Tellarin schenkte mir Kleinigkeiten, aber für mich waren es keine Kleinigkeiten. Mein Liebster brachte mir Bonbons und lachte, wenn er sie mich so gierig essen sah.

»Ah, kleine Breda«, sagte er zu mir. »Es ist seltsam und wunderbar, daß ein einfacher Soldat Honigfeigen in das Gemach einer Königstochter schmuggeln muß.« Und dann küßte er mich, drückte sein rauhes Gesicht an meines und küßte mich, und das war süßer als die köstlichste Leckerei, die Gott je gemacht hat.

Aber Sulis war kein wahrer König und ich nicht seine wahre Tochter.

Tellarin irrte sich freilich nicht in allem. Das Glück, das ich empfand, wenn ich meinen Soldaten sah oder unter dem Fenster pfeifen hörte, war wahrhaftig seltsam und wunderbar.

Mein wirklicher Vater, der Mann, dessen Lenden ich entsprang, starb in den kalten Wassern des Königsees, als ich noch sehr klein war. Seine Gefährten sagten, daß ein großer Schwertfisch sich in den Netzen verfangen und meinen Vater Ricwald in den Tod durch Ertrinken gezogen hatte, aber andere flüsterten, daß seine Gefährten selbst ihn ermordet und seinen Leichnam mit Steinen beschwert haben.

Alle wußten, daß meinem Vater Standarte und Speer des Großthans überreicht worden wären, wenn alle Thans der Seenvölker beim nächsten Treffen zusammengekommen wären. Sein Vater und Onkel waren beide vor ihm Großthan gewesen, daher flüsterten einige, daß Gott meinen armen Vater niedergestreckt hätte, weil keine Familie so lange an der Macht bleiben sollte. Andere glaubten, daß meines Vaters Gefährten auf dem Boot einfach Schandgold bezahlt bekommen hatten, um ihn zu ertränken, damit eine der anderen Familien ihren Ehrgeiz befriedigen konnte.

Das alles weiß ich nur aus den Geschichten meiner Mutter Cynethrith. Sie war jung, als mein Vater starb, und hatte zwei kleine Kinder - mich, noch keine fünf Jahre alt, und meinen Bruder Aelfric, zwei Jahre älter als ich. Gemeinsam zogen wir in das Haus meines Großvaters, weil wir die letzten seines Geschlechts waren, ein unter den Seenvölkern von Erkynland hochangesehenes Geschlecht. Aber es war kein glückliches Haus. Godric, mein Großvater, war selbst zweimal zehn Jahre Großthan gewesen, bevor Krankheit seiner Regentschaft ein Ende bereitete, und er machte sich große Hoffnungen, daß mein Vater seine Nachfolge antreten würde, aber als mein Vater gestorben war, mußte Godric mitansehen, wie statt dessen ein Mann einer anderen Familie auserkoren wurde, Speer und Standarte zu tragen. Von diesem Tage an schien für meinen Großvater alles, was in der Welt geschah, nur ein weiterer Beweis dafür zu sein, daß die besten Tage Erkynlands und der Seenvölker vorbei waren.

Godric starb vor Vollendung meines siebenten Lebensjahres, aber er machte die Jahre zwischen dem Tod meines Vaters und seinem eigenen zu sehr unglücklichen Jahren für meine Mutter, mit vielen Klagen und scharfen Tadeln wegen der Art und Weise, wie sie den Haushalt führte und Aelfric und mich erzog, die beiden einzigen Kinder seines toten Sohnes. Mein Großvater verbrachte viel Zeit mit Aelfric und versuchte, einen Mann aus ihm zu machen, der Speer und Standarte in unsere Familie zurückholen konnte, aber mein Bruder war klein und verschüchtert – es muß klar gewesen sein, daß er niemals mehr regieren würde als seinen eigenen Haushalt. Daran gab Godric meiner Mutter die Schuld. Er warf ihr vor, sie hätte den Jungen auf weibische Weise erzogen.

Für mich interessierte sich Großvater weniger. Er war niemals grausam zu mir, nur brüsk und wortkarg, aber mit seinem weißen Vollbart, der knurrenden Stimme und mehreren fehlenden Fingern war er eine derart furchteinflößende Gestalt, daß ich nie anders konnte, als vor ihm zurückzuschrecken. Wenn auch das ein Grund dafür war, daß er so wenig Freude am Leben fand, so tut es mir heute leid.

Wie auch immer, die Witwenschaft meiner Mutter war eine traurige, bittere Zeit für sie. Nachdem sie Herrin ihres eigenen Hauses und Frau des Großthans gewesen war, war sie nun nichts weiter als eine von drei erwachsenen Töchtern im Haus eines galligen alten Mannes, denn eine Schwester meines Vaters hatte ebenfalls ihren Mann verloren, und die jüngste hatte man unverheiratet im Haus behalten, damit sie für ihren Vater an seinem Lebensabend sorgen konnte.

Wenn auch nur der bescheidenste Fischer meiner Mutter den Hof gemacht hätte, hätte sie ihn, wie ich glaube, mit Wohlwollen betrachtet, solange er ein eigenes Haus und keine lebenden Verwandten gehabt hätte. Aber statt dessen kam ein Mann, der die gesamte Ära erzittern ließ, und sprach vor.

»Wie war er?« fragte mich Tellarin einst. »Erzähl mir von deinem Stiefvater.«

»Er ist dein Herr und Gebieter.« Ich lächelte. »Was kann ich dir erzählen, das du nicht schon weißt?«

»Erzähl mir, was er sagt, wenn er in seinem Haus ist, an seinem Tisch, was er macht.« Da sah mich Tellarin an, und plötzlich war sein längliches Gesicht jungenhaft und überrascht. »Ha! Es kommt mir wie ein Sakrileg vor, allein solche Gedanken zu haben!«

»Er ist nur ein Mann«, sagte ich ihm und verdrehte die Augen. Was für alberne Empfindungen Männer gegenüber anderen Männern haben - daß dieser so groß und wichtig ist, und sie selbst so klein! »Er ißt, er schläft, er läßt Winde fahren. Als meine Mutter noch lebte, sagte sie, daß er mehr Platz im Bett brauchte als drei andere, weil er um sich schlug und im Schlaf sprach.« Ich stellte meinen Stiefvater mit Absicht so gewöhnlich dar, weil es mir nicht gefiel, wenn sich Tellarin für ihn ebensosehr zu interessieren schien wie für mich.

Da wurde mein Nabbanaisoldat ernst. »Wie es ihn bekümmert haben muß, als deine Mutter starb. Er muß sie sehr geliebt haben.«

Als ob es mich nicht bekümmert hätte! Ich widerstand dem Drang, wieder die Augen zu verdrehen, und sagte ihm statt dessen mit der ganzen Überzeugung der Jugend: »Ich glaube, daß er sie überhaupt nicht geliebt hat.«

Meine Mutter hat einmal gesagt, als mein Stiefvater und sein Hausstand zum erstenmal über die Wiesen nach Norden zum Königsee geritten kamen, sei es so gewesen, wie wenn die himmlischen Heerscharen selbst auf die Erde herabgekommen wären. Trompeten verkündeten ihre Ankunft und lockten aus allen Städten Leute an, als ob sie eine vorbeiziehende Pilgerschar oder die Prozession der Reliquien eines Heiligen betrachteten. Rüstungen und Lanzen der Ritter waren poliert, bis sie glänzten, und der Reiher im Wappen ihres Herrn prangte in Goldfäden auf allen großen Bannern. Selbst die Pferde der Männer aus Nabban waren größer und stolzer als unsere armseligen erkynländischen Ponys. Der kleinen Armee folgten Schaf- und Viehherden sowie Dutzende und Aberdutzende Wagen und Ochsenkarren, ein derart gewaltiger Zug, daß die Spuren davon dem Land noch sechzig Jahre später anzusehen sind.

Aber ich war ein Kind und sah nichts von alledem – da noch nicht. Im Saal meines Großvaters hörte ich nur Gerüchte und das, was meine Tanten und meine Mutter beim Nähen tuschelten. Der mächtige Herr, der gekommen war, war ein Edelmann der Nabbanai, wußten sie zu berichten, der von vielen Sulis der Renegat genannt wurde. Er behauptete, er komme in Frieden und wolle sich hier, am Königsee, nur ein Heim errichten. Er sei ein Flüchtling aus dem eigenen Land, sagten manche, ein Häretiker, den der Lektor wegen seiner impertinenten Fragen nach Usires Ädon, unserem gesegneten Erlöser, unter Androhung der Exkommunizierung vertrieben hatte. Nein, er sei aufgrund von Machenschaften der Escritors gezwungen gewesen, seine Heimat zu verlassen, sagten andere. Einen Kirchenmann zu ärgern ist wie auf eine Schlange treten, sagten sie.

Mutter Kirche übte damals noch einen nicht sonderlich starken Einfluß in Erkynland aus, und auch wenn die meisten im ädonitischen Glauben getauft worden waren, trauten die wenigsten der Seevölker dem Sancellan Ädonitis. Viele sprachen von »dieser Priesterbande« und sagten, daß ihr vornehmstes Ziel nicht Gottes Werk sei, sondern die Ausweitung ihrer Macht.

Viele denken das immer noch, aber sie reden nicht mehr schlecht über die Kirche, wenn Fremde sie hören können.

Heute weiß ich viel mehr über diese Dinge als damals, als sie sich zutrugen. Ich verstehe ach so viel, jetzt, wo ich alt bin und alle in meiner Geschichte tot sind. Natürlich bin ich nicht die erste, die diesen besonderen traurigen Weg beschritten hat. Ich glaube, man versteht immer zu spät.

Lord Sulis hatte sich tatsächlich mit der Kirche überworfen, und da Kirche und Staat in Nabban so eng miteinander verflochten waren, hatte er sich auch den Imperator im Sancellan Mahistrevis zum Feind gemacht, doch die Familie meines künftigen Stiefvaters war so mächtig und bedeutend, daß er nicht eingekerkert oder hingerichtet wurde, sondern man ihm statt dessen mit allem Nachdruck ans Herz legte, Nabban zu verlassen. Seine Landsleute glaubten, daß er seinen Hausstand nach Erkynland verlegte, weil jeder Edelmann in diesem abgelegenen Land – meinem Land – König werden konnte, aber Sulis hatte seine eigenen Gründe, dunkler und seltsamer, als irgend jemand sich vorstellen konnte. Und so kam es, daß er seinen gesamten Hausstand, seine Ritter und Knappen und ihre Frauen und Kinder, die Bevölkerung einer kleinen Stadt, ans Ufer des Königsees führte.

Trotz der Schärfe ihrer Schwerter und der Härte ihrer Rüstungen behandelten die Nabbanai die Seevölker mit überraschender Höflichkeit, und in den ersten Wochen herrschten reger Handel und Kameradschaft zwischen ihrem Lager und unseren Städten. Erst als Lord Sulis die Thans der Seevölker wissen ließ, daß er sich im Hochhorst niederlassen wolle, dem verlassenen Schloß auf der Landspitze, wurde den Erkynländern mulmig zumute.

Der riesige und verlassene Hochhorst, ein Reich, wo nur Wind und Schatten herrschten, schaute seit Anbeginn der ältesten Geschichten auf unser Land herab. Niemand konnte sich erinnern, wer ihn erbaut hatte - manche sagten Riesen, aber andere behaupteten, das Feenvolk selbst hätte ihn errichtet. Die Nordmänner aus Rimmersgard sollen sich eine Zeitlang darin verschanzt haben, aber sie waren schon längst wieder fort, von einem Drachen aus der Festung vertrieben, die die Rimmersmänner den Friedfertigen gestohlen hatten. So viele Legenden rankten sich um das Schloß! Als ich klein war, sagte eine der Zofen meiner Mutter zu mir, daß der Hochhorst heute die Heimat von Frosthexen und rastlosen Geistern sei. In vielen Nächten hatte ich daran gedacht, wie er einsam und verlassen auf seiner windumtosten Klippe stand, nur einen halben Tagesritt entfernt, und mich so geängstigt, daß ich nicht schlafen konnte.

Die Vorstellung, daß jemand die verfallene Festung neu aufbauen könnte, machte die Thans nervös, aber nicht nur aus Angst, die Geister zu wecken. Der Hochhorst hielt eine mächtige, vielleicht uneinnehmbare Stellung - selbst in ihrem verfallenen Zustand würden die Mauern fast unmöglich zu stürmen sein, wenn bewaffnete Männer sie verteidigten. Aber die Thans befanden sich in einer schwierigen Lage. Die Männer der Seenvölker mochten denen von Sulis vielleicht zahlenmäßig überlegen sein, aber die Ritter des Reihers waren besser bewaffnet, und die Disziplin der Nabbanaikämpfer war sprichwörtlich - eine halbe Legion der Seewölfe des Imperators hatte vor wenigen Jahren in einer Schlacht zehnmal so viele Thrithingmänner abgeschlachtet. Und Osweard, der neue Großthan, war jung und unerfahren als Anführer in einem Krieg. Die geringeren Thans baten meinen Großvater Godric, ihnen seine Weisheit zur Verfügung zu stellen, mit dem Herrn der Nabbanai zu sprechen und etwas über die wahren Absichten des Mannes herauszufinden.

Und so geschah es, daß Lord Sulis zur Zwingburg meines Großvaters kam und meine Mutter zum erstenmal sah.

Als kleines Mädchen gab ich mich gern dem Glauben hin, daß sich Sulis in dem Moment in meine Mutter Cynethrith verliebt hat, als er sie zum erstenmal sah, wie sie stumm hinter dem Stuhl ihres Schwiegervaters in dessen großem Saal stand. Sie war wunderschön, das weiß ich – bevor mein Vater starb, nannten alle Leute im Haushalt sie wegen ihres langen Halses und ihrer weißen Schultern nur Ricwalds Schwan. Ihr Haar war von einem sehr blassen Gold, ihre Augen grün wie der Königsee im Sommer. Ein gewöhnlicher Mann hätte sich auf den ersten Blick in sie verliebt. Aber »gewöhnlich« muß das unpassendste aller Wörter gewesen sein, um meinen Stiefvater zu beschreiben.

Als ich eine junge Frau war und mich selbst zum erstenmal verliebte, wußte ich mit Sicherheit, daß Sulis sie nicht geliebt haben konnte. Wie hätte jemand, der liebt, so kalt und distanziert sein können wie er? So übertrieben höflich? Da mir damals beim bloßen Gedanken an Tellarin, meine heimliche Liebe, schwer ums Herz wurde, wußte ich, daß ein Mann, der sich meiner Mutter gegenüber so verhielt, wie mein Stiefvater es tat, so etwas wie Liebe überhaupt nicht empfinden konnte.

Heute bin ich nicht mehr so sicher. So vieles ist anders, wenn ich heute darüber nachdenke. In diesem hohen Alter bin ich weiter weg, als würde ich mein Leben von einem hohen Berg aus betrachten, aber in vieler Hinsicht scheine ich manches aus größerer Nähe zu sehen.

Sulis war ein kluger Mann und kann nicht übersehen haben, wie sehr mein Großvater den neuen Großthan haßte – man merkte es an allem, was mein Großvater sagte. Er konnte nicht vom Wetter sprechen, ohne zu erwähnen, daß zu der Zeit, als er selbst noch Großthan gewesen war, die Sommer wärmer und die Winter kürzer gewesen seien, und wäre seinem Sohn vergönnt gewesen, seine Nachfolge anzutreten, so versicherte er geradezu, dann wäre jeder Tag der erste Tag des Monats Maia gewesen. Als Sulis das sah, schmiedete er einen Bund mit dem verbitterten alten Mann, zuerst mit den Geschenken und feinsinnigen Schmeicheleien, mit denen er ihn versah, aber bald auch, indem er Godrics Schwiegertochter den Hof machte.

Als mein Großvater zunehmend beeindruckt vom gesunden Menschenverstand dieses ausländischen Edelmannes war, folgte Sulis' Geniestreich. Er bot nicht nur einen Brautpreis für meine Mutter – eine Witwe! –, der höher war, als er für die jungfräuliche Tochter eines Großthans üblich gewesen wäre, ein stattliches Vermögen in Schwertern und stolzen Rössern aus Nabban und goldenem Geschirr, sondern erzählte Godric auch, daß er sogar meinen Bruder und mich hierlassen würde, damit wir im Haus unseres Großvaters erzogen werden konnten.

Godric hatte, was Aelfric betraf, noch nicht alle Hoffnung aufgegeben, und dieser Vorschlag versetzte ihn in Entzücken, nur für mich hatte er keine nennenswerte Verwendung. Meine Mutter wäre glücklicher, kamen die beiden Männer am Ende überein, wenn man ihr gestatten würde, zumindest eines ihrer Kinder in ihre neue Heimat auf der Landspitze mitzunehmen.

So wurde es geregelt, und der mächtige ausländische Herr heiratete in den Haushalt des alten Großthans ein. Godric sagte den anderen Thans, daß Sulis nur Gutes im Schilde führe und durch diese Geste kundgetan habe, daß er in Frieden mit den Seenvölkern leben wolle. Sulis habe Priester in seinem Gefolge, die den Hochhorst von allen rastlosen Geistern säubern würden, erklärte Godric den Thans – wie Sulis selbst es meinem Großvater erklärt hatte –, und daher sei es ein zweifacher Segen für unser Volk, wenn Sulis die uralte Festung für sich übernehmen würde.

Was Osweard und die geringeren Thans davon hielten, weiß ich nicht. Im Angesicht von Godrics Begeisterung, der Macht des Nabbanai-Lords und möglicherweise ihrer eigenen Scham über den Tod meines Vaters, entschieden sie sich für ein Einlenken. Lord Sulis und seine frischgebackene Braut bekamen den verlassenen Hochhorst mit seinen geborstenen Mauern und seinen Geistern zum Geschenk.

Hat meine Mutter ihren zweiten Mann geliebt? Das kann ich ebensowenig beantworten wie die Frage, was Sulis empfunden hat, und sie sind beide so lange tot, daß ich inzwischen der einzige lebende Mensch bin, der sie beide gekannt hat. Als sie ihn an der Tür von Godrics Haus zum erstenmal gesehen hat, muß er ganz bestimmt das Licht in jedermanns Auge gewesen sein. Er war nicht jung - er hatte, wie meine Mutter, schon ein Ehegespons verloren, allerdings war ein Jahrzehnt vergangen, seit er zum Witwer geworden war, wohingegen die Wunde bei meiner Mutter noch frisch war -, aber er war ein großer Mann aus der größten aller Städte. Er trug einen blütenweißen Mantel über der Rüstung, der an den Schultern von einer Lapislazulispange mit dem Wappen seiner Familie, dem Reiher, zusammengehalten wurde. Den Helm hatte er unter den Arm geklemmt, als er den Saal betrat, und meine Mutter konnte sehen, daß er nur sehr wenige Haare hatte, nur einen Kranz Löckchen am Hinterkopf und über den Ohren, so daß seine Stirn im Schein des Feuers glänzte. Er war groß und kräftig, der glattrasierte Kiefer kantig, die Nase breit und vorstehend. Seine markanten, groben Gesichtszüge gaben ihm ein ernstes und nachdenkliches Aussehen, aber mit einer Spur von Traurigkeit - fast, wie mir meine Mutter einmal sagte, ein Gesicht von der Art, wie es Gott persönlich am Tag des Auswiegens zeigen könnte.

Er machte ihr angst, und er erregte sie - beides erkannte ich daran, wie sie von dieser ersten Begegnung sprach. Aber liebte sie ihn da oder in den folgenden Tagen? Ich kann es nicht sagen. Spielt das eine Rolle? So viele Jahre später ist es schwer zu glauben, daß es das tut.

Die Zeit im Haus ihres Schwiegervaters war hart gewesen. Wie immer es auch um ihre tieferen Gefühle für Sulis bestellt sein mochte, ich zweifle nicht daran, daß sie glücklich war, Sulis zu heiraten.

In dem Monat, als meine Mutter starb - in meinem dreizehnten Lebensjahr -, sagte sie einmal zu mir, sie glaube, daß Sulis Angst davor gehabt hätte, sie zu lieben. Das erklärte sie mir nie - sie war sehr schwach, und das Sprechen fiel ihr schwer -, und ich weiß immer noch nicht, was sie damit gemeint hat.

Das vorletzte, was sie zu mir sagte, schien mir noch rätselhafter. Als die Schwäche in ihrer Brust so schrecklich war, daß sie lange Augenblicke die Kraft zu atmen verlor, brachte sie dennoch die Willenskraft auf, um zu verkünden: »Ich bin ein Geist.«

Sie könnte ihr Leiden gemeint haben – daß sie der Meinung war, sie würde sich nur noch an die Welt klammern wie ein zaghafter Geist, der die Straße zum Himmel nicht beschreiten will, sondern an den Orten verweilt, die er kennt. Ihre letzte Bitte machte jedenfalls deutlich, daß sie der Kreise dieser Welt überdrüssig war. Aber seither habe ich mich gefragt, ob ihre Worte nicht eine andere Bedeutung gehabt haben könnten. Wollte sie damit sagen, daß ihr Leben nach dem Tod meines Vaters nichts weiter als ein Geisterleben gewesen war? Oder wollte sie ausdrücken, daß sie ein Schatten in ihrem eigenen Haus geworden war, etwas, das in den dunklen, heimgesuchten Fluren des Hochhorsts darauf wartete, daß die Fürsorge ihres zweiten Mannes ihm ein wahres Leben gab – eine Fürsorge, die sie von dem schweigsamen, von der Last von Geheimnissen niedergedrückten Mann nie erfahren würde?

Meine arme Mutter. Unsere arme, gequälte Familie!

An das erste Jahr der Ehe zwischen meiner Mutter und Lord Sulis kann ich mich kaum erinnern, aber den Tag, als wir in unser neues Heim einzogen, werde ich nie vergessen. Andere waren uns vorausgeeilt, um unsere Ankunft so angenehm wie möglich zu machen – das wußte ich, weil bereits ein großes Zelt auf dem Rasen im Inneren Zwinger aufgebaut worden war, wo wir in den ersten Monaten schliefen –, aber dem Kind, das ich war, kam es so vor, als ritten wir an einen Ort, wo niemals zuvor Sterbliche gewesen waren. Ich vermutete Hexen oder Trolle hinter jeder Ecke.

Wir kamen die Straße an der Felsenklippe empor, am Rande des Königsees, bis wir die Blendwand erreichten und um die Burg selbst zogen. Die vor uns hier gewesen waren, hatten eine behelfsmäßige Straße im Schatten der Mauern angelegt, daher kamen wir deutlich leichter voran, als es noch vor Tagen der Fall gewesen wäre. Wir ritten durch einen zwischen Mauer und Wald geschaffenen Tunnel. Wo Bäume und Gebüsch nicht abgehackt worden waren, wuchs der Königswald bis unmittelbar an den Rand der Burg und versuchte mit Wurzeln und Ranken, die gewaltigen Steinquader der Mauer zu brechen.

Am Nordtor der Burg fanden wir nichts weiter als eine geräumte Stelle am Hang, eine Wüstenei von Baumstümpfen und verkohltem Gras – die blühende Stadt Erkynchester, die heute zu Füßen der Burg gelegen ist, existierte noch nicht einmal in Gedanken. Nicht der gesamte Wald war beseitigt worden. Ranken, die in den Rissen der seltsamen glänzenden Steine wurzelten, die als einziges von dem ursprünglichen Durchgang übriggeblieben waren, hafteten noch an den Säulen des verfallenen Torhauses und hingen wie große Zöpfe vor der Öffnung, so daß sie einen verfilzten lebenden Vorhang bildeten.

»Seht ihr?« Lord Sulis breitete die kräftigen Arme aus, als hätte er die Wildnis persönlich geplant und angelegt. »Wir richten unser Heim im größten und ältesten aller Häuser ein.«

Als er sie über die Schwelle in die Ruinen der uralten Burg führte, machte meine Mutter das Zeichen des Baums über der Brust.

Heute weiß ich vieles, das ich an unserem ersten Tag im Hochhorst nicht wußte. Ich kann sagen, daß von den vielen Geschichten, die sich um den Ort ranken, einige falsch sind, aber bei anderen bin ich auch sicher, daß sie stimmen. Zunächst einmal besteht kein Zweifel daran, daß die Nordmänner hier gelebt haben. Im Lauf der Jahre habe ich viele ihrer Münzen mit der groben Rune »*F*« ihres Königs Fingil gefunden, und sie haben auch die verrotteten Überreste ihrer hölzernen Langhäuser im Äußeren Zwinger hinterlassen, die die Arbeiter meines Stiefvaters beim Graben entdeckten. Wenn die Geschichte stimmte, daß die Nordmänner hier gelebt hatten, dann konnte auch die Legende von dem Drachen wahr sein, und ebenfalls die schreckliche Mär, wie die Nordmänner die unsterblichen Bewohner der Burg abgeschlachtet hatten.

Aber ich brauchte so profane Beweise wie Münzen oder Ruinen nicht, um zu wissen, daß unser Haus von rastlosen Geistern heimgesucht wurde. Das erfuhr ich ohne den geringsten Zweifel in der Nacht, als ich den brennenden Mann sah.

Vielleicht hätte jemand, der in Nabban oder einer der anderen großen Städte im Süden aufgewachsen ist, beim Anblick des Hochhorsts nicht so erstaunt reagiert, aber ich war ein Kind der Seenvölker. Vor jenem Tag war das größte Gebäude, das ich je gesehen hatte, unsere große Stadthalle, wo sich die Thans jedes Frühjahr trafen - ein Gebäude, das man mühelos in einem beliebigen Flügel des Hochhorsts hätte verstecken können, ohne es jemals wiederzufinden. An jenem ersten Tag wurde mir klar, daß diese mächtige Burg nur von Riesen erbaut worden sein konnte.

Die Kurtine war für ein kleines Mädchen eindrucksvoll genug - zehnmal so hoch wie ich, und aus riesigen, unbehauenen Steinen erbaut, die in meiner Vorstellungskraft von niemand Kleinerem als den größten aller Trolle herbeigeschleppt worden sein konnten -, aber die inneren Mauern waren, jedenfalls an den Stellen, wo sie noch standen, nicht nur riesengroß, sondern wunderschön obendrein. Sie bestanden aus glänzenden weißen Steinen, die poliert worden waren wie Juwelen, die einzelnen Blöcke so groß wie die der Außenmauer, aber mit derart feinen Fugen, daß jede Mauer aus einer gewissen Entfernung ein einziges Gebilde zu sein schien, ein gekrümmtes Stück Elfenbein oder Knochen, das aus dem Berghang entsprang.

Viele der ursprünglichen Gebäude der Festung waren niedergebrannt oder abgerissen worden, teils damit die Männer aus Rimmersgard die Steine verwenden konnten, um ihren eigenen Turm zu bauen, grobschlächtig wie ein Faß, aber sehr hoch. An jedem anderen Ort hätte das riesige Bauwerk der Nordmänner sicher die gesamte Landschaft überragt und staunende Blicke auf sich gezogen. Aber an einem anderen Ort hätte auch nicht der Engelsturm gestanden.

Damals kannte ich seinen Namen nicht - eigentlich hatte er gar keinen Namen, da man den Umriß des Engels auf seiner Spitze kaum erkennen konnte -, aber in dem Moment, als ich ihn sah, wußte ich, daß es nichts Vergleichbares auf Erden geben konnte, und die kindliche Übertreibung erwies sich dieses eine Mal als zutreffend. Der Eingang wurde durch Geröllhaufen versperrt, die die Nordmänner nie beiseite geräumt hatten, und der größte Teil der unteren Fassade war durch eine unvorstellbare Katastrophe geborsten und eingestürzt, so daß der unbearbeitete Stein des Fundaments zutage trat, aber dennoch ragte er in den Himmel wie ein gewaltiger weißer Fangzahn, höher als jeder Baum, höher als alles, was Sterbliche je erbaut hatten.

Aufgeregt, aber auch furchtsam fragte ich meine Mutter, ob der Turm nicht auf uns herabstürzen könne. Sie versuchte mich zu beruhigen und sagte, daß der Turm schon länger stehe, als ich mir vorstellen könne, vielleicht schon seit der Zeit, als noch keine Menschen am Königsee gelebt hatten, aber danach hatte ich nur um so seltsamere Empfindungen.

Die letzten Worte, die meine Mutter zu mir sagte, waren: »Bring mir eine Drachenklaue.«

Zuerst dachte ich, in den letzten Stunden ihrer Krankheit wäre sie in Gedanken zu unseren ersten Tagen in der Burg zurückgekehrt.

Die Geschichte vom Drachen des Hochhorsts, dem Geschöpf, das die letzten Nordmänner vertrieben hatte, war so alt, daß sie ihre furchteinflößende Wirkung größtenteils verloren hatte, aber auf ein kleines Mädchen verfehlte sie ihre Wirkung nicht. Die Männer aus dem Gefolge meines Stiefvaters brachten mir Bruchstücke polierter Steine - später erfuhr ich, daß es sich um Bruchstücke der Fresken aus dem ältesten Teil der Burg handelten - und sagten zu mir: »Siehst du, hier ist ein abgebrochenes Stück der Klaue des großen roten Drachen. Er haust in den Höhlen unter dem Schloß, aber nachts kommt er manchmal herauf und schnuppert herum. Er schnuppert nach kleinen Mädchen, die er fressen kann!«

Die ersten paar Male glaubte ich ihnen. Als ich älter wurde und nicht mehr so leichtgläubig war, lernte ich, schon über die Vorstellung von einem Drachen zu lachen. Jetzt, wo ich eine alte Frau bin, quälen mich wieder Träume von ihm. Manchmal bilde ich mir sogar, wenn ich wach bin, ein, daß ich ihn drunten in der Dunkelheit unter dem Schloß spüren, die Augenblicke der Rastlosigkeit wahrnehmen kann, die seinen langen, tiefen Schlaf quälen.

Ich dachte also in jener Nacht vor langer Zeit, als meine sterbende Mutter mich bat, ihr eine Drachenklaue zu bringen, daß sie sich an etwas aus unserem ersten Jahr im Schloß erinnern würde. Ich wollte mich auf die Suche nach einem der alten Steine machen, aber ihre Zofe Ulca - die Nabbanai hätten sie als Kammerjungfer oder Leibdienerin bezeichnet - sagte mir, daß meine Mutter das nicht meinte. Eine Drachenklaue, erklärte sie mir, sei ein Zauber, der Leidenden helfe, die Gnade eines schnellen Todes zu finden. Ulca hatte Tränen in den Augen, und ich glaube, sie war Ädonitin genug, daß der Gedanke ihr Kummer bereitete, aber sie war auch eine verständige junge Frau und vergeudete keine Zeit mit Diskussionen darüber, ob es richtig oder falsch war. Sie sagte mir, so etwas könne ich auf die Schnelle nur von einer Frau namens Xanippa in der Siedlung bekommen, die unmittelbar an den Mauern des Hochhorsts entstanden war.

Ich war kaum zur jungen Frau herangereift, aber ich fühlte mich noch ganz wie ein Kind. Der bloße Gedanke an einen noch so kurzen nächtlichen Ausflug vor die Mauern der Burg ängstigte mich, aber meine Mutter hatte mich darum gebeten, und einer Sterbenden eine Bitte zu verwehren war eine Sünde, schon lange bevor Mutter Kirche daherkam und einteilte und aufzählte, was richtig und falsch im Leben war. Ich ließ Ulca an der Seite meiner Mutter zurück und lief rasch im Regen durch die finstere Burg.

Die Frau Xanippa war einst eine Hure gewesen, aber als sie älter und dicker wurde, hatte sie beschlossen, sich auf ein anderes Gewerbe zu verlegen, und sich einen Namen als Kräuterweib gemacht. Ihre baufällige Hütte, die an der südöstlichen Kurtine des Schlosses über dem Königswald stand, war von Rauch und üblen Gerüchen erfüllt. Xanippa hatte Haare wie ein Vogelnest, die mit einem einst hübschen Band hochgebunden waren. Ihr Gesicht mag einst rundlich und gemütlich gewesen sein, aber Jahre und Fett hatten es in etwas verwandelt, das aussah, als wäre es mit einem Fischernetz eingeholt worden. Außerdem war ihre Leibesfülle derart immens, daß sie sich während der ganzen Zeit, die ich dort war - und bei den meisten anderen Gelegenheiten, dachte ich mir -, nicht einmal von ihrem Hocker am Kamin erhob.

Anfangs begegnete Xanippa mir mit größtem Mißtrauen, aber dann fand sie heraus, wer ich war und was ich wollte, und als sie als weiteren Beweis mein Gesicht sah, nahm sie die drei Münzen, die ich ihr gab, und bedeutete mir, ihr eine Schatulle aus gesplittertem Holz aus der Ecke neben dem Kamin zu geben. Die

Schatulle hatte, genau wie ihre Besitzerin, augenscheinlich einst bessere Zeiten gesehen und war hübsch bemalt gewesen. Xanippa stellte sie auf die Wölbung ihres Bauchs und suchte mit einer übertriebenen Sorgfalt darin, die in krassem Gegensatz zu ihrer sonstigen Erscheinung stand.

»Ah, da«, sagte sie schließlich. »Drachenklaue.« Sie streckte die Hand aus und zeigte mir das krumme schwarze Ding. Es war eindeutig eine Klaue, aber viel zu klein für die eines Drachen, wie ich ihn mir vorstellte. Xanippa bemerkte mein Zögern. »Das ist bloß eine Eulenkralle, dummes Mädchen. ›Drachenklaue‹ ist nur ein Name.« Sie zeigte auf ein winziges Glaskügelchen über der Spitze der Klaue. »Zieh das nicht ab, und zerbrich es nicht. Eigentlich solltest du es gar nicht berühren. Hast du eine Tasche?«

Ich zeigte ihr den kleinen Beutel, den ich stets an einer Kordel um den Hals hängen hatte. Xanippa runzelte die Stirn. »Der Stoff ist sehr dünn.« Sie fand ein paar Lumpen in einer Tasche ihres weiten Gewandes und wickelte die Klaue hinein, worauf sie sie in meinen Beutel fallen ließ, den sie wieder unter meinem Leibchen verstaute. Dabei drückte sie meine Brust so fest, daß ich vor Schmerzen murmelte; sie tätschelte mir den Kopf. »Barmherziger Rhiap«, knurrte sie, »war ich jemals so jung? Sei auf jeden Fall vorsichtig, meine kleine Süße. Dies ist ein Herzensbann an der Spitze der Klaue, aus den Marschen von Wran. Wenn du nicht vorsichtig bist, ist dies dein erster Stich, und du stirbst trotzdem als Jungfrau.« Sie lachte. »Und das willst du doch nicht, oder?«

Ich wich zur Tür zurück. Xanippa grinste, als sie meine Furcht sah. »Und du solltest deinem Stiefvater eine Nachricht von mir überbringen. Was er sucht, das wird er nicht beim hiesigen Weibervolk oder unter den Kräuterfrauen der Seenvölker finden. Sag ihm, er kann mir glauben, denn wenn ich sein Rätsel lösen könnte, würde ich es tun - aber, oh, ich würde ihn teuer dafür bezahlen lassen! Nein, er wird die Waldhexe finden und ihr seine Fragen stellen müssen.«

Sie lachte wieder, als ich endlich die Tür aufbekam und entfloh. Es regnete jetzt noch heftiger, ich rutschte und fiel mehrmals hin, rannte aber doch den ganzen Rückweg zum Inneren Zwinger.

Als ich wieder am Bett meiner Mutter anlangte, war der Priester schon dagewesen und wieder gegangen, ebenso mein Stiefvater, der, wie Ulca mir verriet, kein einziges Wort gesprochen hatte. Meine Mutter war, kurz nachdem ich zu meiner Besorgung aufgebrochen war, gestorben. Ich hatte sie im Stich gelassen - hatte sie leiden und sterben lassen, ohne einen Angehörigen an ihrer Seite. Scham und Kummer brannten so schlimm in mir, daß ich mir kaum vorstellen konnte, die Schmerzen würden jemals wieder weggehen. Als die anderen Frauen sie für das Begräbnis vorbereiteten, konnte ich nichts anderes tun als weinen. Die Drachenklaue baumelte nahezu vergessen an meinem Herzen.

Wochenlang wanderte ich verloren und kläglich durch die Burg. Die Botschaft, die mir Xanippa mitgegeben hatte, fiel mir erst wieder ein, als meine Mutter fast einen Monat tot und begraben war.

Ich fand meinen Stiefvater an der Mauer mit Ausblick auf den Königsee und teilte ihm mit, was Xanippa gesagt hatte. Er fragte mich nicht, wie ich dazu kam, Botschaften für so eine Frau zu übermitteln. Er ließ nicht einmal erkennen, daß er mich gehört hatte. Er schaute auf etwas in weiter Ferne - auf die Boote der Fischer vielleicht, die man verschwommen im Nebel erkennen konnte.

Die ersten Jahre in dem verfallenen Hochhorst waren schwer, nicht nur für meine Mutter und mich. Lord Sulis mußte den Wiederaufbau beaufsichtigen, eine ungeheure und äußerst komplizierte Aufgabe, und darüber hinaus während des ersten strengen Winters seine Leute bei Laune halten.

Es ist eine Sache, wenn Soldaten in der ersten Aufwallung loyaler Schmach schwören, daß sie ihrem Befehlshaber, dem Unrecht getan wurde, überall hin folgen werden. Es ist eine ganz andere Sache, wenn dieser Befehlshaber seßhaft, wenn aus dem Folgen ein wahrhaftes Exil wird. Als den Nabbanaisoldaten klar wurde, daß diese kalte Provinz von Erkynland für alle Zeiten ihre Heimat sein würde, fingen die Probleme an - Trunksucht und Prügeleien unter den Soldaten und sogar noch unglücklichere Vorfälle zwischen Sulis' Männern und den Einheimischen ... *meinem* Volk, auch wenn es mir manchmal schwerfiel, mich daran zu erinnern. Nach dem Tod meiner Mutter kam ich mir manchmal vor, als wäre in Wahrheit ich die Verbannte, da ich mitten in meinem Heimatland von Namen und Gesichtern und Sprache der Nabbanai umgeben war.

Auch wenn uns dieser erste Winter nicht gefiel, wir überlebten ihn und machten weiter, wie wir angefangen hatten, ein Haushalt der Enteigneten. Aber wenn je ein Mann gerüstet war, das zu ertragen, dann mein Stiefvater.

Wenn ich ihn heute in Gedanken vor mir sehe, wenn ich mir die breite, hohe Stirn und das strenge Gesicht vorstelle, denke ich ihn mir als eine Insel, allein auf der anderen Seite eines gefährlichen Gewässers, nahe, aber nie von jemandem besucht. Ich war zu jung und zu schüchtern, um den Versuch zu wagen, über den Schlund zu rufen, der uns voneinander trennte, aber das spielte kaum eine Rolle - Sulis machte nicht den Eindruck eines Mannes, der seine Einsamkeit bedauert. Inmitten eines Zimmers voller Menschen hatte er den Blick stets auf die Wände gerichtet, statt auf die Leute, als könnte er durch den Stein schauen und einen besseren Ort sehen. Selbst in glücklichster und ausgelassenster Stimmung hörte ich ihn selten einmal lachen, und sein rasches, zerstreutes Lächeln deutete darauf hin, daß man die Witze, die ihm am besten gefielen, einem anderen nie richtig erklären konnte.

Er war kein böser Mann, nicht einmal ein schwieriger Mann, wie mein Großvater Godric einer gewesen war, aber wenn ich die grenzenlose Loyalität seiner Soldaten sah, fiel es mir manchmal schwer, sie zu verstehen. Tellarin hat mir gesagt, als er in Avalles' Kompanie eingetreten sei, hätten ihm die anderen erzählt, wie Lord Sulis einmal zwei seiner verwundeten Leibeigenen durch einen Hagel von Pfeilen der Thrithingsmänner vom Schlachtfeld getragen hat - ein Ausflug für jeden. Wenn das stimmt, kann man leicht verstehen, warum seine Männer ihn liebten, aber in den hallenden Fluren des Hochhorsts gab es wenig Gelegenheit für ein derart offensichtliches tapferes Verhalten.

Als ich noch jung war, tätschelte Sulis mir den Kopf, wenn wir uns begegneten, oder stellte mir Fragen, die väterliches Interesse demonstrieren sollten, aber häufig verrieten, daß er nicht wußte, wie alt ich war und was ich gerne tat. Als ich frauliche Formen entwickelte, wurde er korrekter und förmlicher und machte mir auf dieselbe einstudierte Art und Weise Komplimente über meine

Kleidung oder meine Stickereien, wie er die Bewohner des Hochhorsts an Ädonmansa begrüßte, wo er jeden Mann beim Namen nannte – er lernte sie aus der Kladde des Seneschalls –, wenn er an ihm vorbeiging, und ihm ein gutes Jahr wünschte.

Im Jahr nach dem Tod meiner Mutter wurde Sulis noch distanzierter, als hätte der Verlust ihn endgültig der täglichen Aufgaben entrückt, die er stets auf eine so steife, geübte Weise erledigt hatte. Er verwendete zunehmend weniger Zeit auf die Regierungsgeschäfte und las statt dessen stundenlang – manchmal die ganze Nacht hindurch, der mitternächtlichen Kälte wegen in dicke Gewänder eingemummt, und verbrannte Kerzen schneller als der ganze Rest des Hauses zusammengenommen.

Bei den Büchern, die er aus dem großen Haus seiner Familie in Nabban mitgebracht hatte, handelte es sich überwiegend um Folianten religiöser Unterweisung, aber auch um einige militärgeschichtliche und historische Werke. Gelegentlich gestattete er mir, einen Blick in eines zu werfen, aber obwohl ich lernte, konnte ich nur langsam lesen und mit den seltsamen Namen und Gerätschaften in den Schlachtenbeschreibungen wenig anfangen. Sulis besaß noch andere Bücher, die er nicht einmal mich sehen ließ, schlicht eingebundene Bände, die er in Holzkisten einschloß. Als ich das erste Mal sah, wie eines in seine Truhe zurückgelegt wurde, verfolgte mich die Erinnerung daran noch tagelang. Was waren das für Bücher, fragte ich mich, die man unter Verschluß halten mußte?

Eine der verschlossenen Kisten enthielt seine eigenen Schriften, aber das fand ich erst zwei Jahre später heraus, als die Nacht des Schwarzen Feuers fast über uns gekommen war.

Es war in der Zeit nach dem Tod meiner Mutter, da sah Lord Sulis mich, soweit ich mich erinnern kann, zum ersten und einzigen Mal wirklich, als er im grauen Licht las, das in den Thronsaal strömte.

Als ich ihn schüchtern fragte, was er machte, ließ er mich das Buch auf seinem Schoß betrachten, eine wunderbar illustrierte Geschichte des Propheten Varris, deren Einband der goldgeprägte Reiher von Honsa Sulis zierte. Ich strich mit den Fingern über eine Abbildung, die zeigte, wie Varris auf dem Rad gemartert wurde.

»Armer, armer Mann«, sagte ich. »Wie er gelitten haben muß! Und alles, weil er seinen Gott nicht verleugnen wollte. Der Herr muß ihm ein schönes Willkommen im Himmel bereitet haben.«

Das Bild von Varris' Qualen wackelte ein wenig – ich hatte meinen Stiefvater so erschreckt, daß er zusammenzuckte. Ich schaute auf und stellte fest, daß er mich durchdringend ansah und seine braunen Augen eine solche Tiefe von mir unbekannten Empfindungen ausdrückten, daß ich einen Moment schreckliche Angst hatte, er könnte mich schlagen. Er hob seine gewaltige Pranke, aber sanft. Er berührte mein Haar und ballte die Hand zur Faust, ohne einmal diesen sengenden Blick von mir abzuwenden.

»Sie haben mir alles genommen, Breda.« Seine Stimme klang gepreßt von einem Schmerz, den ich nicht begreifen konnte. »Aber ich werde nie den Rücken krümmen. Niemals.«

Ich hielt unsicher und noch ein wenig ängstlich den Atem an. Einen Augenblick später fing sich mein Stiefvater wieder. Er hielt die Faust an den Mund und tat so, als würde er husten – er war der unfähigste Heuchler, den ich je kennengelernt habe –, und dann bat er mich, ihn zu Ende lesen zu lassen, solange das Licht noch anhielt. Bis auf den heutigen Tag weiß ich nicht, wer ihm seiner Meinung nach alles weggenommen haben sollte – der Imperator und sein Hof in Nabban? Die Priester von Mutter Kirche? Möglicherweise sogar Gott und seine Armee der Engel?

Ich weiß aber, daß er mir zu sagen versuchte, was ihn innerlich verzehrte, jedoch nicht die Worte finden konnte. Ich weiß auch, daß sich zumindest in diesem Augenblick mein Herz nach dem Mann sehnte.

Mein Tellarin hat mich einmal gefragt: »Wie kann es sein, daß dich nie ein anderer Mann für sich beansprucht hat? Du bist wunderschön und die Tochter eines Königs.«

Aber wie ich schon sagte, Lord Sulis war nicht mein Vater und auch kein König. Und der Spiegel, der einst meiner Mutter gehört hatte, legte den Verdacht nahe, daß mein Soldat auch hinsichtlich meiner Schönheit zur Übertreibung neigte. Während meine Mutter hell und lichterfüllt gewesen war, war ich dunkel. Während sie einen langen Hals und ebensolche Gliedmaßen und volle Hüften gehabt hatte, war ich klein und schmal wie ein

Knabe. Ich habe auf der Erde nie viel Platz gebraucht – und das werde ich darunter auch nicht. Wo immer mein Grab geschaufelt wird, viel Erde wird dabei nicht bewegt werden.

Aber Tellarin sagte es in der Sprache der Liebe, und Liebe ist eine Art Zauber, der jede Vernunft verbannt.

»Was kann dir an einem ungehobelten Mann wie mir liegen?« fragte er mich. »Wie kannst du einen Mann lieben, der dir keine Ländereien geben kann, außer der Farm, die man sich mit der Pension eines Soldaten leisten kann? Der deinen Kindern keinen Adelstitel vererben kann?«

Weil die Liebe nicht berechnend ist, hätte ich ihm sagen sollen. Die Liebe trifft Entscheidungen und hält sich rückhaltlos daran.

Hätte er sich so sehen können, wie ich ihn zum erstenmal gesehen habe, hätte er freilich keine Fragen gestellt.

Es war an einem Frühlingstag in meinem fünfzehnten Lebensjahr, und die Wachtposten hatten die Boote, die über den Königsee kamen, schon im Morgengrauen gesehen. Es waren keine gewöhnlichen Fischerboote, sondern Barken mit mehr als einem Dutzend Männer und ihren Schlachtrössern an Bord. Viele Bewohner der Burg hatten sich versammelt, um die Ankunft der Reisenden zu beobachten und von ihnen Neuigkeiten zu erfahren.

Als sie ihre sämtlichen Habseligkeiten ans Ufer gebracht hatten, saßen Tellarin und die anderen auf und ritten den Hügelpfad hoch und zu den Haupttoren herein. Die Tore selbst waren erst jüngst wieder aufgebaut worden – sie waren eine primitive Angelegenheit aus schweren, schmucklosen Balken, würden aber im Falle eines Krieges genügen. Mein Stiefvater hatte Grund zur Vorsicht, wie die Delegation, die an diesem Tag eintraf, beweisen sollte.

Eigentlich wurde Tellarins Freund Avalles als Befehlshaber dieser Männer bezeichnet, weil er ein Ritter zu Pferde war, einer der Neffen der Familie Sulis, aber man konnte unschwer erkennen, wem die Soldaten in Wahrheit die Treue hielten. Mein Tellarin war am Tag, als ich ihn das erste Mal sah, kaum zwanzig Jahre alt. Er war keine Schönheit – sein Gesicht war zu lang, die Nase zu frech, um einen der Engel zu zieren, wie sie in den Büchern meines Stiefvaters abgebildet waren –, aber ich fand ihn sehr, sehr hübsch. Er hatte den Helm abgenommen und ließ beim Reiten die Morgensonne auf sich scheinen, und sein goldenes Haar wehte im Wind vom See. Selbst mein ungeübtes Auge sah, daß er sehr jung für einen Kämpfer war, aber ich konnte auch sehen, daß die Männer, die mit ihm ritten, ihn bewunderten.

Sein Blick fiel auf mich in der Menge, die meinen Vater umgab, und er lächelte, als hätte er mich wiedererkannt, obwohl wir einander vorher noch nie gesehen hatten. Mein Blut geriet in Wallung, aber ich wußte so wenig von der Welt und erkannte das Fieber der Liebe nicht.

Mein Stiefvater umarmte Avalles, dann ließ er Tellarin und die anderen vor sich knien und jeden nacheinander den Treueid schwören, aber ich bin sicher, Sulis wollte die Zeremonie nur hinter sich bringen, damit er zu seinen Büchern zurückkehren konnte.

Die Gruppe war vom Familienrat meines Stiefvaters in Nabban geschickt worden. Ein Brief des Rates, den Avalles überbrachte, berichtete davon, daß am Hof des Imperators in Nabban erneut gegen Sulis geredet wurde, was überwiegend von den Ädonitenpriestern ausging. Ein armer Mann mit verschrobenen, möglicherweise gottlosen Überzeugungen war eines, schrieb der Rat, aber wenn ein Adliger mit Geld, Ländereien und einem berühmten Namen dieselben Überzeugungen vertrat, betrachteten viele mächtige Leute ihn als eine Bedrohung. In Sorge um das Leben meines Stiefvaters hatte die Familie daher diese handverlesene Truppe mit der Warnung an Sulis geschickt, vorsichtiger denn je zu sein.

Ungeachtet der grimmigen Mission der Schar wurden Nachrichten aus der Heimat stets begrüßt, und zahlreiche Soldaten der neuen Truppe hatten an der Seite von anderen Mitgliedern der Armee meines Stiefvaters gekämpft. Viele Freunde feierten frohes Wiedersehen.

Als Lord Sulis endlich wieder zu seiner Lektüre zurückkehren durfte, aber bevor Ulca mich wieder ins Schloß bringen konnte, fragte Tellarin Avalles, ob er mir vorgestellt werden könne. Avalles selbst war ein dunkelhäutiger junger Mann mit breitem Gesicht und einem Bartflaum, nur wenige Jahre älter als Tellarin, hatte aber soviel vom Ernst der Familie Sulis in sich, daß er wie eine Art alberner älterer Onkel wirkte. Er drückte meine Hand zu fest und murmelte einige unbeholfene Komplimente darüber, wie hübsch die Blumen im Norden wuchsen, dann stellte er mich seinem Freund vor.

Tellarin küßte mir nicht die Hand, hielt mich mit dem Blick seiner leuchtenden Augen aber um so wirksamer fest. Er sagte: »Ich werde diesen Tag nie vergessen, meine Dame«, und verbeugte sich. Ulca packte mich am Ellbogen und zog mich fort.

Nicht einmal im Liebestaumel, der mein ganzes fünfzehntes Lebensjahr beherrschte, konnte ich übersehen, daß die Veränderungen, die nach dem Tod meiner Mutter in meinem Stiefvater vorgingen, schlimmer wurden.

Lord Sulis verließ sein Gemach so gut wie nicht mehr, sonderte sich mit seinen Büchern und Schriften ab und kam nur noch zu den dringendsten Anlässen heraus. Die einzigen regelmäßigen Gespräche führte er mit Pater Ganaris, dem freimütigen Militärkaplan; er war der einzige Geistliche, der zusammen mit Lord Sulis Nabban verlassen hatte. Sulis hatte seinem alten Kampfgefährten die neu aufgebaute Kapelle der Burg überlassen, und sie gehörte zu den wenigen Orten, die der Gebieter des Hochhorsts immer noch besuchte. Allerdings schienen seine Besuche dem alten Kaplan nicht viel Freude zu bereiten. Einmal sah ich, wie sie sich voneinander verabschiedeten, und als Sulis sich umdrehte und mit hochgezogenen Schultern durch den starken Wind über den Innenhof zu unseren Quartieren zurückstapfte, sah Ganaris ihm mit einer Miene nach, die grimmig und traurig zugleich war – der Ausdruck eines Mannes, dessen alter Freund eine tödliche Krankheit hat.

Wenn ich es versucht hätte, hätte ich vielleicht etwas tun können, um meinem Stiefvater zu helfen. Vielleicht hätte es einen anderen Weg als den gegeben, der uns zum Fuß des Baumes führte, der in der Dunkelheit wächst. Die Wahrheit ist jedoch, daß ich den Zeichen keine Beachtung schenkte, obwohl ich sie alle sah. Tellarin, mein Soldat, hatte begonnen, mir den Hof zu machen – anfangs nur mit Blicken und Grüßen, später mit kleinen Geschenken –, und im Vergleich dazu schrumpfte alles andere in meinem Leben zur Bedeutungslosigkeit.

Tatsächlich kam mir alles so verändert vor, als wäre eine neue, größere Sonne am Himmel über dem Hochhorst aufgegangen, die jeden Winkel mit ihrem Licht wärmte. Selbst die alltäglichsten Verrichtungen erhielten durch meine Gefühle für Tellarin mit seinen leuchtenden Augen eine neue Bedeutung. Meinem Katechismus- und Leseunterricht schenkte ich nun größte Aufmerksamkeit, damit mein Liebster mich nicht für ungebildet halten sollte ... außer an den Tagen, an denen ich mich kaum darauf konzentrieren konnte, weil ich von ihm träumte. Meine Spaziergänge auf dem Gelände der Burg wurden zu Vorwänden, um nach ihm Ausschau halten zu können, in der Hoffnung auf einen raschen Blickwechsel über einen Innenhof oder einen Flur hinweg. Selbst die Märchen, die Ulca mir über unserer Stickerei erzählte, bislang lediglich ein angenehmer Zeitvertreib für mich, kamen mir vollkommen neu vor. Die Prinzen und Prinzessinnen, die sich ineinander verliebten, waren Tellarin und ich. Jeder Augenblick ihres Leidens brannte wie Feuer in mir, ihre Triumphe am Ende versetzten mich in eine solche Erregung, daß ich an manchen Tagen fürchtete, ich könnte tatsächlich ohnmächtig werden.

Nach einer Weile lehnte Ulca, die etwas ahnte, aber nichts wußte, es rundweg ab, mir Geschichten zu erzählen, in denen geküßt wurde.

Aber da hatte ich schon meine eigene Geschichte und lebte sie in vollen Zügen aus. Meinen ersten richtigen Kuß bekam ich beim Spaziergang in dem kargen, windzerzausten Garten, der im Schatten des Turms der Nordmänner lag. Hinterher kam mir dieses häßliche Bauwerk stets wunderschön vor, und selbst an den kältesten Tagen wurde mir warm, wenn ich den Turm sehen konnte.

»Dein Stiefvater könnte meinen Kopf fordern«, sagte mein Soldat zu mir, während seine Wange sanft meine berührte. »Ich habe sein Vertrauen und meine Position mißbraucht.«

»Wenn du ohnehin verdammt bist«, flüsterte ich, »kannst du auch noch einmal stehlen.« Und ich zog ihn tiefer in den Schatten und küßte ihn, bis meine Lippen wund waren. Ich fühlte mich lebendig wie niemals zuvor und verlor dabei fast den Verstand. Mich dürstete nach ihm, seinen Küssen, seinem Atem, dem Klang seiner Stimme.

Er schenkte mir Kleinigkeiten, die man im nüchternen und zweckdienlichen Haushalt von Lord Sulis nicht finden konnte – Blumen, Bonbons, kleine Nippsachen, die er auf den Märkten der neuen Stadt Erkynchester vor den Burgtoren aufgetan hatte. Ich konnte es kaum über mich bringen, die Honigfeigen zu essen, die er mir brachte, nicht etwa weil sie zu teuer für seinen schmalen Geldbeutel waren – was der Fall war, denn er war nicht so wohlhabend wie sein Freund Avalles –, sondern weil es Geschenke von ihm waren, und daher kostbar. Etwas so Zerstörerisches zu tun, wie sie zu essen, schien mir eine unvorstellbare Verschwendung zu sein.

»Dann iß sie langsam«, sagte er zu mir. »Sie werden deine Lippen küssen, wenn ich es nicht kann.«

Natürlich gab ich mich ihm hin, vollkommen und rückhaltlos. Ulcas dunklen Andeutungen über befleckte Frauen, die sich im Königsee ertränkten, über Bräute, die entehrt zu ihren Familien zurückgeschickt wurden, selbst über uneheliche Geburten als Ursache für ein Dutzend schrecklicher Kriege wurde keine Beachtung geschenkt. Ich bot Tellarin nicht nur mein Herz, sondern auch meinen Körper dar. Wer hätte das nicht getan? Und wäre ich noch einmal das junge Mädchen, das aus dem Schatten seiner traurigen Kindheit in jenen strahlend hellen Tag tritt, würde ich es mit demselben Vergnügen wieder tun. Auch wenn ich heute einsehe, wie närrisch es war, kann ich dem Mädchen von damals keinen Vorwurf machen. Wenn man jung ist und das ganze Leben noch vor einem liegt, hat man keine Geduld – man kann nicht begreifen, daß es andere Tage gibt, andere Zeiten, andere Gelegenheiten. So hat Gott uns geschaffen. Wer weiß, warum Er sich so entschieden hat?

Was mich betrifft, so kannte ich in jenen Tagen nichts außer dem Fieber in meinem Blut. Wenn Tellarin in finsterer Nacht an meine Tür klopfte, führte ich ihn zu meinem Bett. Wenn er mich verließ, weinte ich, aber nicht aus Scham. Er kam immer wieder zu mir, während der Herbst in den Winter überging, und im Lauf des Winters schufen wir uns unsere eigene warme, heimliche Welt. Ich konnte mir kein Leben mehr vorstellen, in dem er nicht jeden Augenblick bei mir war.

Auch dies war die Torheit der Jugend, denn ich habe es heute geschafft, viele Jahre ohne ihn zu leben. Seit ich ihn verloren habe, hat es sogar viel Erfreuliches in meinem Leben gegeben, auch wenn ich so etwas damals nie hätte glauben können. Ich glaube aber nicht, daß ich jemals wieder so intensiv, so wahrhaftig wie in jenem Jahr unbekümmerter Entdeckungsfreude gelebt habe. Es war, als hätte ich irgendwie gewußt, daß unsere gemeinsame Zeit kurz sein würde.

Ob man es nun Schicksal nennen will, unser Verhängnis, oder die Fügung des Himmels, heute kann ich zurückblicken und sehen, wie jeder von uns auf den Weg gebracht wurde, wie wir alle darauf vorbereitet wurden, an geheime, dunkle Orte zu reisen.

Es war eine Nacht im Monat Feyever jenes Jahres, als mir klar wurde, daß mehr als nur simple Zerstreutheit über meinen Stiefvater gekommen war. Ich tänzelte den Flur zu meiner Kammer hinunter - ich hatte Tellarin gerade im großen Saal einen Abschiedskuß gegeben und war außer mir vor Entzückung - und stieß beinahe mit Lord Sulis zusammen. Ich war zuerst erschrocken, dann regelrecht entsetzt. Mein Verbrechen, dessen war ich mir ganz sicher, mußte so offensichtlich sein wie Blut auf einem weißen Laken. Ich wartete bebend darauf, daß er mich beschuldigen würde. Statt dessen blinzelte er nur und hielt die Kerze höher.

»Breda?« sagte er. »Was machst du da, Mädchen?«

Er hatte mich seit dem Tod meiner Mutter nicht mehr »Mädchen« genannt. Sein Haarkranz war zerzaust, als wäre er gerade selbst von einem Stelldichein gekommen, aber wenn dem so gewesen wäre, deutete sein bestürzter Ausdruck an, daß es kein erfreuliches gewesen war. Seine breiten Schultern hingen herab, und er schien so müde zu sein, daß er kaum den Kopf oben halten konnte. Der Mann, der meine Mutter am ersten Tag in Godrics Saal so beeindruckt hatte, hatte sich fast bis zur Unkenntlichkeit verändert.

Mein Stiefvater war in Decken gehüllt, aber unterhalb der Knie waren die bloßen Beine zu sehen. Konnte das derselbe Sulis sein, fragte ich mich, der sich, seit ich ihn kannte, jeden Tag mit derselben Sorgfalt angezogen hatte, mit der er einst seine

Schlachtordnung geplant hatte? Der Anblick seiner blassen nackten Füße war über die Maßen beunruhigend.

»Ich ... ich war rastlos und konnte nicht schlafen, Sire. Ich brauchte etwas frische Luft.«

Sein Blick fiel kurz auf mich und schweifte wieder zu den Schatten ab. Er sah nicht nur verwirrt aus, sondern wirklich verängstigt. »Du solltest deine Kammer nicht verlassen. Es ist spät, und diese Flure sind voll von ... « Er zögerte, dann schien er sich zu verbeißen, was er ursprünglich sagen wollte. »Voll zugiger Winde«, sagte er schließlich. »Voll kalter Luft. Geh auf dein Zimmer, Mädchen.«

Alles an ihm verursachte mir Unbehagen. Als ich mich zurückzog, fühlte ich mich genötigt zu sagen: »Gute Nacht, Sire, und Gott segne Sie.«

Er schüttelte den Kopf – es war fast ein Erschauern –, drehte sich um und trottete davon.

Ein paar Tage später wurde die Hexe in Ketten auf den Hochhorst geführt.

Ich erfuhr erst, daß die Frau in die Burg gebracht worden war, als Tellarin mir davon erzählte. Als wir, nachdem wir uns geliebt hatten, aneinander gekuschelt in meinem Bett lagen, verkündete er plötzlich: »Lord Sulis hat eine Hexe gefangen.«

Ich war erschrocken. Selbst mit meiner geringen Erfahrung wußte ich, daß dies nicht das übliche Bettgeflüster war. »Was meinst du damit?«

»Sie ist eine Frau, die im Wald von Aldheorte lebt«, sagte er und sprach den erkynländischen Namen mit seiner üblichen bezaubernden Unbeholfenheit aus. »Sie kommt häufig auf den Markt in einer Stadt unten am Ymstrecca, östlich von hier. Sie ist dort bestens bekannt – sie macht Kräuterkuren, glaube ich, hext Warzen weg, derlei Unsinn. Jedenfalls hat Avalles das gesagt.«

Ich erinnerte mich an die Botschaft, die mir die einstige Hure Xanippa in der Nacht, als meine Mutter starb, für meinen Stiefvater mitgegeben hatte. Trotz der warmen Nacht zog ich die Decke über unsere feuchten Leiber. »Warum sollte Lord Sulis sie verhaften?« fragte ich.

Tellarin schüttelte unbekümmert den Kopf. »Weil sie eine

Hexe ist, denke ich, und damit ist sie gegen Gott. Avalles und einige der anderen Soldaten haben sie festgenommen und heute abend hierhergebracht.«

»Aber es gibt Dutzende Wurzelgräberinnen und Zauberweiber in der Küstenstadt, wo ich aufgewachsen bin, und vor den Burgmauern leben noch mehr. Was will er von ihr?«

»Mein Herr glaubt nicht, daß sie ein beliebiges, harmloses altes Hexenweib ist«, sagte Tellarin. »Er hat sie in einen der tiefsten Kerker unter dem Thronsaal werfen und ihr Arme und Beine in Ketten legen lassen.«

Das mußte ich natürlich selbst sehen, einerseits aus Neugier, andererseits aus Sorge um die anscheinend zunehmende geistige Verwirrung meines Stiefvaters.

Am Morgen, als Lord Sulis noch im Bett lag, stieg ich in den Kerker hinunter. Die Frau war die einzige Gefangene – die tiefen Kerkerzellen wurden selten benutzt, weil die Insassen vermutlich eher an der klammen Kälte zugrunde gegangen wären, als eine Zeitspanne abzusitzen, die anderen zur Abschreckung dienen konnte –, und der diensthabende Wachmann ließ die Stieftochter des Schloßherrn nur zu gern die Hexe angaffen. Er zeigte auf die letzte Zellentür in dem unterirdischen Gewölbe.

Ich mußte mich auf Zehenspitzen stellen, damit ich durch den vergitterten Schlitz in der Tür sehen konnte. Die einzige Lichtquelle war eine Fackel an der Wand hinter mir, daher war die Hexe weitgehend im Schatten verborgen. Sie trug Ketten an Handgelenken und Knöcheln, genau wie Tellarin gesagt hatte, und saß im hinteren Teil der fensterlosen Zelle auf dem Boden, wo ihre gekrümmten Schultern ihr das Aussehen eines vom Regen durchnäßten Falken verliehen.

Als ich sie anstarrte, klirrten die Ketten leise, aber sie schaute nicht auf. »Was willst du, kleine Tochter?« Ihre Stimme klang überraschend tief.

»Lord ... Lord Sulis ist mein Stiefvater«, sagte ich schließlich, als würde das etwas erklären.

Sie riß die riesigen gelben Augen auf. Schon vorher hatte mich ihre Gestalt an einen Raubvogel erinnert – nun fürchtete ich beinahe, sie würde auf mich zufliegen und mich mit scharfen

Klauen angreifen. »Kommst du, um Fürbitte für ihn zu leisten?« wollte sie wissen. »Ich sage dir, was ich ihm schon gesagt habe – es gibt keine Antwort auf seine Frage. Jedenfalls keine, die ich ihm geben könnte.«

»Was für eine Frage?« sagte ich mit angehaltenem Atem.

Die Hexe sah mich einen Moment stumm an, dann rappelte sie sich auf die Füße. Ich konnte sehen, welche Anstrengung es sie kostete, die Ketten zu heben. Sie schlurfte nach vorne, bis das Licht durch den Türschlitz direkt auf sie fiel. Ihr dunkles Haar war kurzgeschoren wie das eines Mannes. Sie war weder hübsch noch häßlich, weder groß noch klein, aber sie hatte eine Aura der Macht, besonders in den starr blickenden gelben Laternen ihrer Augen, die meinen Blick anzog und festhielt. Sie war etwas, das ich noch nie zuvor gesehen hatte und nicht verstand. Sie redete wie eine normale Frau, hatte aber eine Wildheit gleich fernem Donnergrollen, gleich der Schnelligkeit eines fliehendes Rehs, in sich. Ich war so außerstande, mich abzuwenden, daß ich fürchtete, sie hätte mich mit einem Zauber belegt.

Schließlich schüttelte sie den Kopf. »Ich werde dich nicht in den Wahnsinn deines Vaters hineinziehen, Kind.«

»Er ist nicht mein Vater. Er hat meine Mutter geheiratet.«

Ihr Lachen glich fast einem Bellen. »Ich verstehe.«

Ich trat von einem Fuß auf den anderen und drückte das Gesicht weiter an die Gitterstäbe. Ich wußte nicht, warum ich überhaupt mit der Frau redete oder was ich von ihr wollte. »Warum bist du angekettet?«

»Weil sie mich fürchten.«

»Wie heißt du?« Sie runzelte die Stirn, sagte aber nichts, daher versuchte ich es mit etwas anderem. »Bist du wirklich eine Hexe?«

Sie seufzte. »Kleine Tochter, geh weg! Wenn du mit den albernen Vorstellungen deines Stiefvaters nichts zu tun hast, ist es das beste, wenn du dich von all dem hier fernhältst. Man braucht keine Hexenmeisterin, um zu wissen, daß dies kein gutes Ende nehmen wird.«

Ihre Worte machten mir angst, aber ich konnte mich immer noch nicht von der Zellentür entfernen. »Möchtest du etwas haben? Essen? Trinken?«

Sie sah mich wieder mit diesen fast fieberglänzenden Augen an. »Dieser Haushalt ist noch merkwürdiger, als ich gedacht habe. Nein, mein Kind. Ich will den freien Himmel und meinen Wald, doch das werde ich weder von dir noch einem anderen bekommen. Aber dein Vater sagt, er braucht mich – er wird mich nicht verhungern lassen.«

Daraufhin drehte mir die Hexe den Rücken zu, schlurfte in den hinteren Teil der Zelle zurück und schleifte die Ketten über den Steinboden. Als ich die Treppe hinaufstieg, war mein Kopf so voll, daß er weh tat – aufgeregte Gedanken, traurige Gedanken, ängstliche Gedanken, alle wirbelten in heilloser Verwirrung durcheinander, wie Vögel in einem geschlossenen Raum.

Mein Stiefvater hielt die Hexe gefangen, während der Monat Marris in den Avrel überging und die Frühlingstage verstrichen. Was immer er von ihr wollte, er bekam es nicht von ihr. Ich besuchte sie viele Male, aber obwohl sie auf ihre Art freundlich war, redete sie nur über belanglose Dinge mit mir. Häufig bat sie mich, ihr zu beschreiben, wie am Morgen der Frost auf dem Boden ausgesehen hatte und welche Vögel auf den Bäumen saßen und was sie sangen, weil sie in ihrer tiefen, fensterlosen Kerkerzelle, die direkt in den Stein der Landzunge gehauen war, nichts von der Außenwelt sehen und hören konnte.

Ich weiß nicht, warum ich mich so zu ihr hingezogen fühlte. Irgendwie schien sie den Schlüssel zu vielen Geheimnissen zu besitzen – dem Wahnsinn meines Stiefvaters, dem Kummer meiner Mutter, meinen eigenen wachsenden Befürchtungen, daß die Fundamente unter meinem neuen Glück instabil waren.

Obwohl mein Stiefvater ihr zu essen gab, wie sie vorhergesagt hatte, und nicht duldete, daß sie in irgendeiner Weise mißhandelt wurde, von der Tatsache ihrer Inhaftierung abgesehen, wurde die Hexe Tag für Tag dünner, und dunkle Ringe bildeten sich wie Blutergüsse unter ihren Augen. Sie sehnte sich nach Freiheit und wurde wie ein wildes Tier, das im Käfig gehalten wird, krank vor Unglück. Es schmerzte mich, sie zu sehen, als wäre mir selbst die Freiheit gestohlen worden. Jedesmal, wenn ich sie ausgezehrter und schwächer als das Mal zuvor sah, kamen mir Qual und Schmach der letzten, schrecklichen Tage meiner Mutter ins Gedächtnis zurück. Jedesmal, wenn ich den Kerker verließ, ging ich zu einer Stelle, wo ich allein sein konnte, und weinte. Nicht einmal meine gestohlenen Stunden mit Tellarin konnten die Traurigkeit lindern, die ich empfand.

Ich hätte meinen Stiefvater für das gehaßt, was er ihr antat, aber auch er wurde mit jedem Tag kränker, als wäre er in einer Spiegelversion ihrer klammen Zelle gefangen. Welche Frage die Hexe auch immer gemeint haben mochte, sie quälte Sulis so sehr, daß er, ein anständiger Mensch, ihr die Freiheit geraubt - so sehr, daß er nachts kaum noch schlief, sondern bis zum Morgengrauen wach blieb, las und schrieb und wie in einer Art von Ekstase vor sich hin murmelte. Welche Frage es auch sein mochte, ich befürchtete langsam, daß sowohl er wie auch die Hexe ihretwegen sterben würden.

Als ich ein einziges Mal den Mut aufbrachte, meinen Stiefvater zu fragen, warum er sie eingesperrt hatte, sah er über meinen Kopf hinweg zum Himmel, als hätte der eine völlig neue Farbe angenommen, und sagte zu mir: »Dieses Haus hat zu viele Türen, Mädchen. Man öffnet eine, dann noch eine, und dann steht man wieder dort, wo man angefangen hat. Ich kann meinen Weg nicht finden.«

Wenn das die Antwort war, verstand ich sie nicht.

Ich bot der Hexe den Tod an, und sie revanchierte sich mit einer Prophezeiung.

Die Wachtposten des Inneren Zwingers riefen die Mitternachtsstunde aus, als ich aufstand. Ich war seit Stunden im Bett, aber der Schlaf war nicht einmal in meine Nähe gekommen. Ich warf mir meinen dicksten Mantel über und stahl mich auf den Flur hinaus. Ich konnte meinen Stiefvater hinter seiner Tür wie mit einem Besucher sprechen hören. Es tat mir weh, seine Stimme zu hören, weil ich wußte, daß er allein war.

Um diese Zeit war die einzige Wache im Kerker ein verkrüppelter alter Soldat, der sich nicht einmal im Schlaf regte, als ich an ihm vorbeiging. Die Fackel in der Wandhalterung war weit heruntergebrannt, daher konnte ich den Umriß der Hexe zuerst gar nicht in den Schatten erkennen. Ich wollte sie rufen, wußte aber nicht, was ich sagen sollte. Die Masse der immensen schlafenden Burg schien mich niederzudrücken.

Schließlich klirrten die schweren Ketten. »Bist du das, kleine Tochter?« Ihre Stimme klang erschöpft. Nach einer Weile stand sie auf und kam nähergeschlurft. Selbst in dem schwachen Licht hatte sie das schreckliche Aussehen einer Sterbenden. Ich griff mit der Hand verstohlen an den Beutel, den ich um den Hals hängen hatte. Ich berührte meinen goldenen Baum, während ich ein stummes Gebet sprach, dann die Krümmung dieses anderen Gegenstands, den ich seit der Nacht bei mir trug, als meine Mutter gestorben war. In einem Augenblick, der von einem eigenen Licht erfüllt zu sein schien, unabhängig vom flackernden Schein der Fackel, zog ich die Drachenklaue heraus und gab sie ihr durch die Gitterstäbe.

Die Hexe zog eine Braue hoch, als sie sie von mir entgegennahm. Sie drehte die Klaue sorgfältig auf der Handfläche um und lächelte traurig. »Eine vergiftete Eulenkralle. Sehr passend. Soll ich sie an meinen Häschern ausprobieren? Oder an mir selbst?«

Ich zuckte hilflos die Achseln. »Du wolltest frei sein.«

»Nicht damit, kleine Tochter«, sagte sie. »Jedenfalls diesmal nicht. Es ist so, daß ich bereits eingelenkt habe - besser gesagt, mich auf einen Handel eingelassen. Ich habe eingewilligt, deinem Stiefvater zu geben, was er zu wollen glaubt, und bekomme dafür meine Freiheit. Ich muß den Himmel wieder sehen und fühlen.« Sanft gab sie mir die Klaue zurück.

Ich sah sie an und war fast krank vom Bedürfnis, etwas zu erfahren. »Warum verrätst du mir deinen Namen nicht?«

Wieder ein trauriges Lächeln. »Weil ich meinen wirklichen Namen niemandem verrate. Weil jeder andere Name eine Lüge wäre.«

»Dann erzähl mir eine Lüge.«

»Wirklich ein seltsamer Haushalt! Nun denn. Die Menschen im Norden nennen mich Valada.«

Ich versuchte es in meiner Sprache. »Valada. Er wird dir jetzt die Freiheit geben?«

»Bald, wenn die Abmachung von beiden Seiten eingehalten wird.«

»Was ist das für eine Abmachung?«

»Eine schlechte für alle Beteiligten.« Sie sah meinen Gesichtsausdruck. »Glaub mir, du willst es eigentlich nicht wissen. Um dieses Wahnsinns willen wird jemand sterben – das sehe ich so deutlich wie dein Gesicht, das durch die Tür schaut.«

Mein Herz lag wie ein kalter Stein in meiner Brust. »Jemand wird sterben? Wer?«

Ihr Ausdruck wurde resigniert, und ich konnte sehen, daß es sie Anstrengung kostete, mit den Fesseln aufrecht zu stehen. »Ich weiß nicht. Und in meiner Erschöpfung habe ich dir schon zuviel gesagt, kleine Tochter. Du hast hiermit nichts zu schaffen.«

Ich wurde noch kläglicher und verwirrter entlassen. Die Hexe würde frei sein, aber jemand anders würde sterben. Ich konnte nicht an ihren Worten zweifeln – niemand hätte das gekonnt, der ihre fiebrigen, traurigen Augen gesehen hatte, als sie es sagte. Als ich zu meiner Schlafkammer zurückging, schienen die Flure des Inneren Zwingers ein vollkommen neuer Ort für mich zu sein, eine fremde und unbekannte Welt.

Meine Gefühle für Tellarin waren immer noch erstaunlich stark, aber in den Tagen nach der Weissagung der Hexe war ich so umgeben von Unglück, daß unsere Liebe mehr einem Feuer glich, das ein kaltes Zimmer bewohnbar macht, als einer Sonne, die alles wärmt, so wie früher. Wenn mein Soldat nicht eigene Sorgen gehabt hätte, hätte er es mit Sicherheit bemerkt.

Die Kälte in mir wurde so kalt wie der tiefste Winter, als ich ein Gespräch zwischen Tellarin und Avalles über einen Geheimauftrag mit anhörte, den Lord Sulis ihnen übertragen hatte, etwas, das mit der Hexe zu tun hatte. Es war schwer zu sagen, was genau beabsichtigt war – mein Liebster und sein Freund kannten das ganze Ausmaß von Sulis' Plänen selbst nicht, und sie sprachen nur zueinander, nicht damit ihre heimliche Lauscherin sie verstand. Wie ich mir zusammenreimte, hatten die Bücher meines Stiefvaters ihm gezeigt, daß der Zeitpunkt für ein bedeutendes Ereignis in greifbare Nähe gerückt war. Sie würden eine Art Feuer suchen oder entfachen. Dazu wäre eine kurze nächtliche Reise erforderlich, aber sie sagten nicht – wußten es vielleicht auch noch nicht –, in welcher Nacht das sein würde. Sowohl mein Liebster wie auch Avalles waren erkennbar beunruhigt angesichts dessen, was ihnen bevorstand.

Hatte ich bislang nur Angst empfunden, weil ich glaubte, daß für meinen armen, verwirrten Stiefvater das größte Risiko bestand, so war ich jetzt krank vor Entsetzen. Ich konnte mich kaum durch die verbliebenen Stunden des Tages schleppen, so sehr verzehrte mich der Gedanke, daß Tellarin etwas zustoßen könnte. Ich ließ meine Perlenstickerei so oft fallen, daß Ulca sie mir schließlich wegnahm. Als die Dunkelheit kam, konnte ich stundenlang nicht schlafen, und dann wachte ich keuchend und zitternd aus Träumen auf, in denen Tellarin in Flammen stand und gerade außerhalb meiner Reichweite verbrannte.

Ich wälzte mich die ganze Nacht in meinem Bett herum. Wie konnte ich meinen Liebsten beschützen? Eine Warnung würde nichts nützen. Er war störrisch und bewahrte seine innersten Überzeugungen für Dinge, die er greifen und berühren konnte, daher wußte ich, er würde den Worten einer Hexe wenig Wert beimessen. Aber selbst wenn er mir glaubte, was hätte er tun können? Aufgrund einer Warnung von mir, seiner heimlichen Geliebten, einen Befehl von Lord Sulis verweigern? Nein, es wäre ein hoffnungsloses Unterfangen, wenn ich versuchen würde, Tellarin davon zu überzeugen, nicht zu gehen - er sprach fast so oft von seiner Loyalität seinem Herrn gegenüber wie von seiner Liebe zu mir.

Ich litt die Qualen ängstlicher Neugier. Was hatte mein Stiefvater vor? Was hatte er in seinen Büchern gelesen, daß er nun nicht nur sein eigenes Leben aufs Spiel setzte, sondern auch das meines Liebsten?

Ich wußte, keiner von ihnen würde mir etwas erzählen. Selbst die Hexe hatte gesagt, daß es nicht meine Sache sei. Was immer ich herausfinden wollte, mußte ich selbst herausfinden.

Ich beschloß, einen Blick in diejenigen Bücher meines Stiefvaters zu werfen, die er vor mir und allen anderen versteckt hielt. Einst wäre das so gut wie unmöglich gewesen, aber heute konnte ich mich - weil er die ganzen dunklen Stunden der Nacht hindurch saß und las und schrieb und vor sich hin flüsterte - darauf verlassen, daß er schlafen würde wie ein Toter, wenn er einmal schlief.

Ich schlich mich früh am nächsten Morgen in die Gemächer meines Stiefvaters. Er hatte die Diener schon vor Wochen weggeschickt, und die Leute in der Burg wagten nicht mehr, an seine Tür zu klopfen, es sei denn, sie wurden gerufen. Die Zimmer waren verlassen, von meinem Stiefvater und mir abgesehen.

Er lag ausgestreckt auf seinem Bett, sein Kopf hing über den Rand der Matratze herab. Hätte ich nicht gewußt, wie enthaltsam er in fast jeder Hinsicht war, hätte ich aus seinen tiefen, röchelnden Atemzügen und den zerwühlten Laken den Schluß gezogen, daß er sich bis zur Besinnungslosigkeit betrunken hatte; aber Sulis trank selten auch nur einen Becher Wein.

Den Schlüssel für die abgeschlossenen Kisten trug er an einer Kordel um den Hals. Als ich ihn so behutsam, wie ich konnte, aus Sulis' Hemdkragen zog, kam ich nicht umhin, zu sehen, wieviel glücklicher seine im Schlaf entspannten Züge wirkten. Die Furchen auf seiner Stirn waren nicht mehr so tief, sein Mund war nicht mehr zu der zerstreuten Grimasse verkrampft, die sein ständiger Gesichtsausdruck geworden war. In diesem Augenblick tat er mir leid, obwohl ich ihn für das haßte, was er der Hexe Valada angetan hatte. Welcher Wahnsinn in letzter Zeit auch über ihn gekommen sein mochte, er war ein gütiger Mann gewesen, auf seine Weise, zu seiner Zeit.

Er regte sich und gab einen unartikulierten Laut von sich. Mit klopfendem Herzen sputete ich mich, ihm Kordel und Schlüssel über den Kopf zu ziehen.

Als ich die Holzkisten gefunden und aufgeschlossen hatte, machte ich mich daran, die verbotenen Bücher meines Stiefvaters herauszuholen und zu studieren, indem ich eines nach dem anderen rasch und leise durchblätterte, während ich mit einem Ohr auf seine Atemgeräusche achtgab. Die meisten der schlicht eingebundenen Folianten waren in Sprachen verfaßt, die ich nicht verstand, zwei oder drei mit Buchstaben, die ich nicht einmal kannte. Diejenigen, die ich teilweise ein wenig verstand, enthielten entweder Geschichten vom Feenvolk oder Berichte über den Hochhorst zur Zeit der Nordmänner.

Fast eine Stunde war verstrichen, als ich ein lose gebundenes Buch mit dem Titel *Schriften von Vargellis Sulis, Siebenter Lord von Honsa Sulis, jetzt Herr des Sulischen Hauses im Exil* fand.

Die penible Handschrift meines Stiefvaters füllte die ersten Seiten völlig aus, danach wurde sie größer und krakeliger, bis sie auf den letzten Seiten fast das Gekritzel eines Kindes zu sein schien, das gerade erst schreiben lernt.

Ein Geräusch vom Bett her erschreckte mich, aber mein Stiefvater hatte nur gegrunzt und sich auf die Seite gedreht. Ich blätterte das Buch, so rasch ich konnte, weiter durch. Es schien nur der jüngste Band der Niederschriften eines ganzen Lebens zu sein - die ersten Datumsangaben darin stammten aus dem ersten Jahr, das wir im Hochhorst verbracht hatten. Der Großteil der Seiten enthielt Listen mit Arbeiten, die beim Wiederaufbau des Hochhorsts zu erledigen waren, sowie wichtige Entscheidungen, die Sulis als Herr der Festung und der zugehörigen Ländereien getroffen hatte. Es gab weitere Anmerkungen persönlicherer Natur, doch die waren kurz und nüchtern. Zu jenem schrecklichen Tag vor drei Jahren hatte er nur angemerkt: *»Cynethrith am Brustfieber gestorben. Sie wird auf der Landzunge begraben werden.«*

Ich wurde nur ein einziges Mal in einem einzelnen Satz von vor wenigen Monaten erwähnt: *»Breda heute glücklich«*. Es schmerzte mich auf seltsame Weise, daß mein ernster Stiefvater das bemerkt und notiert hatte.

Auf den letzten Seiten fand sich fast keine Erwähnung von häuslichen oder öffentlichen Angelegenheiten, da Sulis im täglichen Leben das Interesse an beiden verloren hatte. Statt dessen fanden sich immer mehr Anmerkungen, die um Dinge zu kreisen schienen, von denen er in anderen Büchern gelesen hatte - eine lautete: *»Plesinnen behauptet, daß die Sterblichkeit von Gott verzehrt wird, wie eine Flamme Zweig oder Ast verzehrt. Wie aber ...«*, der Rest war verschmiert - ein Wort hätte *»Nägel«* heißen können, und weiter unten konnte ich *»Heiliger Baum«* entziffern. In einer anderen seiner Notizen wurden mehrere *»Türen«* aufgelistet, die jemand namens Nisses gefunden hatte, mit Erklärungen zu jeder einzelnen, die gar nichts erklärten - *»Verwandelt«* stand in der krakeligen Handschrift meines Stiefvaters neben einer, oder *»aus einer Zeit ohne Besatzung«* oder sogar *»ein dunkles Ding getroffen«*.

Erst auf den letzten beiden Seiten fand ich Hinweise auf die Frau im Kerker unter dem Thronsaal.

»Habe endlich Kunde von der Frau namens Valada erhalten«, verkündete das Gekritzel. »Niemand sonst, der nördlich von Perdruin lebt, weiß etwas über das Schwarze Feuer. Sie muß gezwungen werden, preiszugeben, was sie weiß.« Darunter stand in noch krakeligerer Handschrift eines anderen Tages: *»Die Hexe sträubt sich, aber ich darf mir kein weiteres Scheitern wie am Abend von Elysiamansa leisten. In der Steinigungsnacht wird die nächste Zeit der Lauten Stimmen unter dem Horst sein. Die Wände werden dünn sein. Sie muß mir den Weg des Schwarzen Feuers zeigen, sonst gibt es keine Hoffnung. Entweder sie antwortet, oder der Tod.«*

Ich lehnte mich zurück und versuchte, das alles zu verstehen. Was immer mein Stiefvater vorhatte, es würde bald passieren – die Steinigungsnacht war die letzte Nacht im Avrel und nur noch wenige Tage entfernt. Ich konnte der Niederschrift nicht entnehmen, ob die Hexe noch in Gefahr war – wollte er sie töten, wenn sie versagte, oder nur, wenn sie versuchen würde, ihn bei der Abmachung übers Ohr zu hauen? –, aber ich zweifelte nicht daran, daß diese Suche nach dem Ding namens Schwarzes Feuer alle anderen in Gefahr bringen würde, ganz besonders, was am beunruhigendsten war, meinen Soldaten Tellarin. Wieder murmelte mein Stiefvater im Schlaf, ein unglücklicher Laut. Ich schloß seine Bücher weg und schlich mich wieder hinaus.

Den ganzen Tag fühlte ich mich zerstreut und fiebrig, aber diesmal war es nicht das Fieber der Liebe. Ich hatte Todesangst um Tellarin und fürchtete um meinen Stiefvater und die Hexe Valada, konnte aber niemandem sagen, was ich wußte und wie ich es herausgefunden hatte. Zum erstenmal, seit mein Soldat mich geküßt hatte, fühlte ich mich allein. Ich kannte eine Fülle von Geheimnissen, besaß aber im Gegensatz zu Sulis nicht einmal ein Buch, dem ich sie anvertrauen konnte.

Nach langem Hin und Her beschloß ich, daß ich ihnen folgen würde. Ich würde ihnen an den Ort folgen, von dem mein Stiefvater gesprochen hatte, dem Ort unter der Festung, wo die Wände dünn und die Stimmen laut waren. Während sie nach dem Schwarzen Feuer suchten, würde ich auf Gefahren achten. Ich würde sie alle beschützen. Ich würde ihr Schutzengel sein.

Endlich war die Steinigungsnacht gekommen.

Auch wenn ich die Schriften meines Stiefvaters nicht gelesen hätte, hätte ich vermutlich gewußt, daß die Stunde gekommen war, da sie nach dem Schwarzen Feuer suchen wollten, weil Tellarin so geistesabwesend und voller Schatten war. Obwohl er mir gegenüber nichts eingestand, als wir nebeneinander in meiner Schlafkammer lagen, konnte ich spüren, daß er sich Sorgen darüber machte, was ihm in dieser Nacht bevorstand. Aber er war meinem Stiefvater durch Ehre und Blut verbunden und hatte keine andere Wahl.

Er fuhr mich an, als ich sein Ohr küßte und seine Locken um meine Finger wickelte. »Gönn einem Mann etwas Ruhe, Mädchen!«

»Warum bist du ein Mann und ich ein Mädchen?« fragte ich ihn spöttisch und schützte eine Unbekümmertheit vor, die ich nicht wirklich empfand. »Ist der Altersunterschied zwischen uns so groß? Habe ich dir nicht schon gegeben, was mich zur Frau macht?«

Mein Soldat war kurz angebunden und hörte die Liebe in meinen Worten nicht. »Jede, die keine Ruhe gibt, wenn man sie darum bittet, beweist damit, daß sie noch ein Kind ist. Und ich bin ein Mann, weil ich das Abzeichen eines Soldaten trage und mein Leben geben muß, wenn mein Herr es verlangt.«

Tellarin war fünf Jahre älter als ich, und in jenen längst vergangenen Tagen war ich von dem Unterschied fast so sehr beeindruckt wie er, aber heute glaube ich, daß alle Männer jünger sind als ihre Frauen, besonders wenn ihre Ehre im Spiel ist.

Als er die Decke anstarrte, trat Ernst an die Stelle des Zorns in seiner Miene, und ich wußte, daß er daran dachte, was er in dieser Nacht tun mußte. Ich hatte auch Angst, daher küßte ich ihn wieder, diesmal zärtlich, und entschuldigte mich.

Als er sich unter vielen Vorwänden, die seine eigentliche Aufgabe verbergen sollten, verabschiedet hatte, bereitete ich mich auf meinen eigenen Ausflug vor. Ich hatte meinen dicksten Mantel und sechs große Kerzen an einer Stelle versteckt, wo Ulca und die anderen Gesindefrauen sie nicht finden würden. Als ich angekleidet und bereit war, berührte ich den goldenen Baum meiner Mutter, der an meinem Herzen ruhte, und betete für die Sicherheit aller, die mit mir in die Dunkelheit gehen würden.

Steinigungsnacht - die letzte Nacht des Avrel am Vorabend des Monats Maia, die schwarzen Stunden, wenn den Geschichten zufolge die Geister auf Erden wandeln, bis sie von der Dämmerung und dem Krähen des Hahns in ihre Gräber zurückgetrieben werden. Der Hochhorst erstreckte sich stumm um mich herum, während ich meinem Liebsten und den anderen durch die Dunkelheit folgte. Mir kam es nicht so vor, als schliefe die gewaltige Festung, sondern als hielte sie wartend den Atem an.

Es gibt eine Treppe unter dem Engelsturm, und dorthin waren sie unterwegs. In dieser Nacht erfuhr ich zum erstenmal davon, als ich, in meinen dunklen Mantel gehüllt, im Schatten der dem Turm gegenüberliegenden Mauer stand und lauschte. Es waren vier, denen ich folgte - mein Stiefvater, Tellarin und sein Freund Avalles, und die Frau Valada. Trotz der Abmachung, die sie getroffen hatten, waren die Arme der Hexe noch in Ketten. Es schmerzte mich, sie wie ein Tier gefesselt zu sehen.

Die Arbeiter, die den Turm wiederherstellten, hatten einen rauhen Holzboden auf die geborstenen Steinplatten des alten gelegt - vielleicht um zu gewährleisten, daß niemand in eines der zahlreichen Löcher fiel, vielleicht auch nur, um Zugänge zu den tiefsten Verliesen der Burg zu versperren. Einige hatten sogar vorgeschlagen, daß der gesamte Boden der alten Burg unter Steinplatten versiegelt werden sollte, damit auf diesem Weg nichts nach oben kommen und den Schlaf gottesfürchtiger Leute stören konnte.

Wegen dieses Holzbodens wartete ich eine lange Zeit, bis ich ihnen durch das äußere Portal des Turms folgte, weil ich wußte, daß mein Stiefvater und seine beiden Getreuen einige Zeit brauchen würden, um die Dielen zu entfernen. Während ich im Schatten der Turmmauer wartete und der Wind durch den Inneren Zwinger heulte, dachte ich an den Engel, der auf der Turmspitze stand, die Statue einer Frau, schwarz vom Ruß der Jahrhunderte, den kein Regen abwaschen konnte, etwas schräg, als würde sie das Gleichgewicht verlieren und stürzen. Wer war sie? Eine der gesegneten Heiligen? War sie ein Omen - würde sie über mich wachen, so wie ich über Tellarin und die anderen wachen wollte? Ich schaute nach oben, aber die Spitze des hohen Turms war in der Nacht nicht zu sehen.

Schließlich versuchte ich mein Glück an der Klinke der Turmtür und stellte fest, daß der Riegel nicht vorgeschoben worden war. Ich hoffte, das bedeutete, daß der Engel tatsächlich über mich wachte.

Ins Innere des Turms drang kein Mondlicht, daher zündete ich noch unter der Tür die erste Kerze mit dem verborgenen Zunderholz an, das fast heruntergebrannt war. Meine Schritte kamen mir in der aus Stein gemauerten Eingangshalle beängstigend laut vor, aber niemand trat aus den Schatten und fragte mich, was ich an jenem Ort verloren hätte. Ich hörte keinen Laut von meinem Stiefvater oder den übrigen.

Ich verweilte einen Moment vor der großen Wendeltreppe nach oben und fragte mich unwillkürlich, was die Arbeiter finden würden, wenn sie die Trümmer beseitigt hatten und die Spitze erreichten – und das frage ich mich all die Jahre später immer noch, da die schwierige Aufgabe noch nicht vollendet ist. Ich nehme an, zu meinen Lebzeiten werde ich es nicht mehr erleben. Werden sie Schätze finden, die das Feenvolk zurückgelassen hat? Oder vielleicht nur die gebrechlichen Knochen dieser uralten Wesen?

Auch ohne all das, was in jener schicksalsträchtigen Nacht passiert ist, würde mich der Engelsturm heimsuchen, so wie er diese große Festung und sämtliches Land unter seinem langen Schatten heimsucht. Ich glaube, kein Sterblicher wird jemals all seine Geheimnisse ergründen.

Einst, vor langer Zeit, träumte ich, daß ich die Engelsfigur selbst von meinem Stiefvater überreicht bekam, um sie zu reinigen, aber sosehr ich es versuchte, ich konnte den schwarzen Belag nicht von ihren Gliedern und dem Gesicht abschrubben. Er sagte zu mir, daß es nicht meine Schuld sei, daß Gott mir die Kraft gegeben hätte, wenn Er wirklich wollte, daß das Gesicht des Engels zu sehen wäre, aber ich weinte dennoch ob meines Unvermögens.

Ich ging von der Eingangshalle zu der Stelle, wo der Boden in gewaltigen geborstenen Trümmern abfiel, und versuchte mir vorzustellen, was Steine derart gründlich zerschmettern und den Turm als Ganzes dennoch unversehrt stehen lassen konnte. Es war nicht leicht, meinem Stiefvater und meinem Liebsten auf ihrem Weg zu folgen, aber ich stieg das Geröll hinab, wobei ich mich vornüberbeugte und die Kerze abstellte, damit ich beide Hände frei hatte. Ich wünschte mir nicht zum letztenmal, ich hätte etwas anderes als meine weichen Schuhe angezogen. Ich kletterte immer weiter nach unten, stieß mir die Füße wund und zerriß mein Kleid an mehreren Stellen, bis ich den Wirrwarr kleinerer Steintrümmer erreichte, der den Boden bildete, mindestens das Halbdutzendfache meiner eigenen Körpergröße unter der Ebene des Inneren Zwingers. Inmitten dieses Trümmerfelds klaffte ein großes, schwarzes Loch, größer als alle anderen, ein zerklüfteter Mund, der darauf wartete, mich zu verschlucken. Als ich mich ihm knirschend näherte, hörte ich Stimmen aus der Tiefe emporschweben, die den anderen gehören mußten, auch wenn sie sich fremd in meinen Ohren anhörten.

Weitere Steine waren beiseite geräumt worden, so daß der Zugang zur Treppe freigelegt war, eine weiß glänzende Lippe mit Stufen darin, die im Schatten verschwanden. Eine andere Stimme tönte lachend herauf. Sie gehörte niemandem, den ich kannte.

Trotz allem, was sich an den vergangenen Tagen zugetragen hatte, hatte ich mich zuvor nicht so ängstlich gefühlt, aber ich wußte, Tellarin war da unten, an den dunklen Orten. Ich machte das Zeichen des Baums über der Brust und trat auf die Treppe.

Zuerst konnte ich keine Spur von ihnen finden.

Als ich hinabstieg, bewirkte das Licht meiner einzelnen Kerze nur, daß die Treppe noch mehr wie eine dunkle Kehle wirkte, die nur darauf wartete, mich zu verschlingen, aber Furcht allein konnte mich nicht von meinem Liebsten fernhalten – wenn überhaupt, spornte sie mich zur Eile an. Ich hastete nach unten, bis ich den Eindruck hatte, ich müßte so tief unter dem Schloß sein, wie der Engelsturm darüber aufragte, hatte sie aber noch immer nicht eingeholt.

Ich weiß nicht, ob es ein Streich des Schalls war oder an den Winden lag, die angeblich durch die Höhlen der Felsklippen über dem Königsee wehen sollen, jedenfalls hörte ich weiter unbekannte Stimmen. Wenn mir nicht das flackernde Licht der Kerze verraten hätte, daß die Treppe einsam und verlassen war, wäre ich überzeugt gewesen, ich hätte die Person, die mir zuflüsterte, mit ausgestreckter Hand berühren können. Die Stimmen murmelten und sangen manchmal in einer sanften, wehmütigen Zunge, die ich nicht verstand, nicht einmal kannte.

Ich wußte, ich hätte zu große Angst haben sollen, um zu bleiben, ich hätte umkehren und zurück ins Mondlicht und in die klare Luft fliehen müssen, aber auch wenn das körperlose Flüstern mich mit Bangen erfüllte, spürte ich nichts Böses darin. Wenn es Geister waren, wußten sie vermutlich nicht einmal, daß ich hier war. Es war, als würde die Burg Selbstgespräche führen wie ein alter Mann, der am Kamin sitzt und selbstvergessen Erinnerungen an längst vergangene Zeiten nachhängt.

Die Treppe mündete in einen breiten Absatz mit offenen Türen an beiden Enden, und ich mußte unwillkürlich an die Türen denken, die in dem Buch meines Stiefvaters erwähnt wurden. Während ich stehenblieb und überlegte, welchen Weg ich einschlagen sollte, betrachtete ich die Bildwerke an den Wänden, zierliche Ranken und Blumen, wie ich sie noch nie zuvor gesehen hatte. Über einem Türrahmen saß eine Nachtigall auf dem Ast eines Baumes. Ein anderer Ast schmückte die gegenüberliegende Tür, oder, besser gesagt, es waren zwei Äste ein und desselben Baums, wie ich sah, als ich die Kerze bewegte, der direkt über mir ausgehauen worden war und sich über die Decke des Treppenhauses erstreckte, als wäre ich der Baumstamm. Um den Ast über der anderen Tür wand sich eine zierliche Schlange. Ich erschauerte und ging auf die Tür der Nachtigall zu, aber in diesem Augenblick drangen Worte aus der Dunkelheit herauf.

»... wenn du mich belogen hast. Ich bin ein geduldiger Mann, aber ...«

Es war mein Stiefvater, und selbst wenn ich die leise Stimme nicht erkannt hätte, hätte ich ihn an der Wortwahl erkannt, denn dies war etwas, das er immer wieder sagte. Und er sprach die Wahrheit - er war ein geduldiger Mann. Er war immer wie einer der Steine der Mauern des Hügels gewesen, kühl und hart und ohne Hast, und er wurde erst richtig warm, wenn die Sonne eines ganzen Sommers auf ihn geschienen hatte. Manchmal war mir zumute gewesen, als hätte ich ihn mit einem Stock prügeln müssen, damit er sich nur einmal umdrehte und mich richtig ansah.

Ich war der Meinung gewesen, daß er das nur einmal getan hatte - am Tag, als er mir sagte, daß »sie« ihm alles weggenommen hatten. Aber jetzt wußte ich, er hatte mich noch einmal angesehen, hatte mich an einem Tag, als mein Liebster mir ein Geschenk brachte oder einen Kuß gab, lächeln gesehen und in sein Buch geschrieben: *»Breda heute glücklich.«*

Die Worte meines Stiefvaters waren durch die andere Tür gekommen. Ich zündete eine neue Kerze an, drückte sie auf die erste, die fast bis zum Halter heruntergebrannt war, und folgte der Stimme von Sulis durch die Tür der Schlange.

Abwärts ging ich, und immer weiter abwärts - was mir wie eine stundenlange Wanderschaft durch schräge, längst verlassene Flure vorkam, die sich dahinschlängelten wie Garn, das aus einem Beutel fiel. Das Licht der Kerzen zeigte mir Steine, die, wie ich wußte, sogar noch älter waren, aber neuer und heller zu sein schienen als die, die ich weiter oben gesehen hatte. An manchen Stellen führten die Durchgänge in Räume voll Dreck und Geröll, die aber riesig gewesen sein mußten, mit Decken so hoch wie die der größten Säle, von denen ich je in Nabban gehört hatte. Die Bildwerke, die ich sah, waren so fein gearbeitet, so perfekt, daß sie ihre natürlichen Vorbilder - Vögel, Pflanzen, Bäume - hätten sein können, die von Zaubersprüchen in Stein gebannt worden waren, die in den Geschichten Ulcas und meiner Mutter so oft eine Rolle gespielt hatten.

Es war ein erstaunlicher Gedanke, daß diese ganze Welt schon in ihrer irdenen Gruft lag, seit wir im Hochhorst lebten, und schon Generationen zuvor. Ich wußte, ich sah das urzeitliche Heim des Feenvolks. Allen Geschichten zum Trotz, und selbst mit dem Turm als Beweis, hätte ich mir nie träumen lassen, daß sie so gut mit Stein umgehen, ihn wie Wasser schäumen und wie Eis funkeln lassen, ihn hoch droben zu schlanken Bögen formen konnten, die den zierlichsten Zweigen einer Weide glichen. Hatten die Nordmänner sie wirklich alle getötet? Zum erstenmal begriff ich ein wenig, was das bedeutete, und ein tiefes, leises Grauen kam über mich. Die Schöpfer dieser Schönheit abgeschlachtet, ihre Häuser von den Schlächtern in Besitz genommen – kein Wunder, daß die Dunkelheit von unruhigen Stimmen erfüllt war. Kein Wunder, daß der Hochhorst ein Ort qualvoller Traurigkeit für alle war, die darin lebten. Die Burg unserer Tage gründete sich auf uralten Mord. Sie war auf dem Tod errichtet worden.

Dieser Gedanke setzte mir zu. In meinem Geist verschmolz er mit der Erinnerung an das geistesabwesende Starren meines Stiefvaters, an die Hexe in Ketten. Nichts Gutes konnte aus dem Bösen kommen, da war ich sicher. Nicht ohne Opfer. Nicht ohne Blut und Sühne.

Meine Furcht nahm wieder zu.

Die Friedfertigen mochten fort sein, aber ich fand heraus daß ihr großes Haus von Leben beseelt blieb.

Als ich weiter nach unten eilte und den Spuren meines Stiefvaters und seiner Gefährten im Staub der Jahrhunderte folgte, stellte ich plötzlich fest, daß ich falsch abgebogen war. Der Durchgang endete an einem Geröllhaufen, und als ich zur letzten Kreuzung zurückkehrte, konnte ich keine Spuren von Fußabdrücken erkennen, und die Stelle selbst kam mir auch nicht vertraut vor, als hätten sich die Ruinen um mich herum von selbst verändert. Ich machte die Augen zu und lauschte nach dem Klang von Tellarins Stimme, da ich sicher war, mein Herz würde ihn durch alle Steine Erkynlands hören können. Aber ich vernahm nichts außer dem Murmeln der Geister, das wie eine herbstliche Brise wehte, voll von Seufzern und getuscheltem Unsinn.

Ich hatte mich verirrt.

Zum erstenmal wurde mir klar, wie närrisch es war, was ich getan hatte. Ich hatte mich an einen Ort begeben, wo ich nichts zu suchen hatte. Kein Mensch wußte, daß ich hier war, und wenn meine letzte Kerze niedergebrannt war, würde ich hilflos in der Dunkelheit sitzen.

Tränen traten mir in die Augen, aber ich wischte sie weg. Das Weinen hatte weder meinen Vater zurückgebracht noch meine Mutter. Jetzt würde es mir auch nichts nützen.

Ich gab mir größte Mühe, meine Schritte zurückzuverfolgen, aber die Stimmen flatterten um mich herum wie unsichtbare Vögel, und es dauerte nicht lang, da lief ich orientierungslos dahin. Die Stimmen in meinem Kopf und die flackernden Schatten verwirrten mich so sehr, daß ich zweimal um ein Haar in breite Spalten im Boden des Gangs gefallen wäre. Ich trat einen Stein in eine, der fiel, ohne etwas zu berühren, bis ich es nicht mehr ertragen konnte, weiter zu lauschen.

Die Dunkelheit schien mich einzuschließen, und ich hätte mich für alle Zeiten verirren, zu einer weiteren Stimme in dem flüsternden Chor werden können, aber durch Glück oder Zufall oder eine Fügung des Schicksals bog ich in einen Gang, den ich nicht wiedererkannte, stand vor einer weiteren Treppe und hörte die Stimme der Hexe Valada aus den Tiefen heraufkönen.

»... nicht eine Armee oder ein Haushalt eines Edelmannes, den Ihr herumkommandieren könnt, Lord Sulis. Diejenigen, die hier gelebt haben, sind tot, aber das Gebäude lebt. Ihr müßt nehmen, was Ihr bekommt ...«

Es war, als hätte sie meine Gedanken gehört. Während ich noch erschauerte, als ich meine bösen Ahnungen laut ausgesprochen hörte, eilte ich dem Klang entgegen, weil ich schreckliche Angst hatte, daß ich nie wieder eine vertraute Stimme hören würde, falls er verstummte.

Schätzungsweise eine weitere Stunde verstrich, obwohl ich so lange in der verwunschenen Dunkelheit gewesen war, daß ich es kaum beurteilen konnte. Mein Liebster und die übrigen schienen fast selbst schon Phantome geworden zu sein und schwebten wie Löwenzahnsamen vor mir, immer ein Stück außerhalb meiner Reichweite.

Die Treppen führten weiter nach unten, und als meine dritte und dann meine vierte Kerze brannte, konnte ich flüchtige Eindrücke der riesigen Räume erhaschen, durch die wir alle Stufe für Stufe nach unten gingen, als machten wir eine Pilgerfahrt die Terrassen des Himmels hinab. Manchmal, wenn die Kerzen in dem Holzhalter flackerten, bildete ich mir ein, ich könnte noch mehr sehen. Aus den Augenwinkeln gesehen, schienen die Ruinen manchmal eine Art Eigenleben zu entwickeln. Es gab Augenblicke, da schwollen die Geisterstimmen an, und die Schatten schienen greifbare Formen anzunehmen. Wenn ich die Augen halb schloß, konnte ich es in diesen trostlosen Hallen fast von bunten, lachenden Leuten wimmeln sehen.

Warum hatten die Nordmänner etwas so Schönes vernichtet? Und wie konnte ein Volk, das eine solche Burg erbaute, von irgendwelchen Sterblichen besiegt werden, so blutgierig und kampfeslustig sie auch sein mochten?

Ein Licht erblühte vor mir in der Tiefe, rot und gelb, so daß der polierte Stein des Treppenhauses zu beben schien. Einen Augenblick hielt ich es auch für ein Hirngespinst, aber dann hörte ich die Stimme meines Liebsten so nahe, daß es schien, als könnten wir uns küssen, hätten wir den Wunsch danach verspürt.

»Traut ihr nicht, Sire«, sagte Tellarin, der sich mehr als ein wenig ängstlich anhörte. *»Sie lügt wieder.«*

Ich war über die Maßen glücklich, aber auch meine Vorsicht kehrte zurück, als ich die Flamme der Kerze mit der Hand abschirmte und so schnell ich konnte die Treppe hinunterlief. Als ihre Stimmen lauter wurden und ich sah, daß das Licht, das in der Dunkelheit erblühte, von ihren Fackeln stammte, kniff ich die Flamme aus und löschte meine Kerze ganz. So froh ich war, sie zu finden - ich ging davon aus, daß sie diese Gefühle nicht erwidern würden.

Ich schlich mich näher ans Licht, konnte aber Tellarin und die anderen nicht sehen, weil mir so etwas wie eine Rauchwolke die Sicht nahm. Erst als ich das Ende der Wendeltreppe erreichte und lautlos den Boden der großen Kammer betrat, konnte ich die vier Gestalten richtig erkennen.

Sie standen mitten in einem Raum, der so ungheuer groß war, daß nicht einmal das Licht der Fackeln, die mein Liebster und Avalles trugen, bis in die höchsten Ecken leuchten konnte. Vor ihnen ragte das Ding auf, das ich für Rauch gehalten hatte. Ich konnte es immer noch nicht deutlich erkennen, obwohl die Fackeln nur eine Armeslänge davon entfernt brannten, aber nun schien es ein großer Baum mit schwarzen Blättern und schwarzem Stamm zu sein. Ein Schatten hüllte ihn ein und verbarg alles bis auf den gröbsten Umriß, ein dunkles Leichentuch wie der Nebel, der an einem Wintermorgen die Hügel verbarg, aber ich war sicher, daß es kein Nebel war, worin der Umriß des Baums kauerte. Es war reine Dunkelheit.

»Ihr müßt euch entscheiden, ob Ihr auf mich oder einen jungen Soldaten hören wollt«, sagte die Hexe zu meinem Stiefvater. »Ich sage es noch einmal – wenn ihr auch nur ein Blatt abschneidet, wird euch das als Plünderer ausweisen, und es wird kein gutes Ende mit euch nehmen. Könnt Ihr das nicht spüren?«

»Und ich glaube, Tellarin hat recht«, verkündete Avalles, aber seine Stimme klang längst nicht so überzeugt wie seine Worte. »Sie versucht, uns zu überlisten.«

Mein Vater sah von dem Baumschatten zu der Hexe. »Wenn wir kein Holz mitnehmen dürfen, warum hast du uns dann hierhergeführt?« fragte er langsam, als kostete ihn allein das Sprechen große Anstrengung.

Ich konnte das gallige Lächeln in Valadas Antwort hören. »Ihr habt mich zwei Monde in Eurem feuchten Steinhaufen gefangengehalten und meine Hilfe bei der Beantwortung Eurer verrückten Fragen gesucht. Wenn Ihr nicht glaubt, daß ich weiß, was ich weiß, warum habt Ihr mich dann in Ketten gelegt und hierherbringen lassen?«

»Aber das Holz . . . ?«

»Ich habe nicht gesagt, daß ihr nichts zum Verbrennen mitnehmen könnt, ich habe gesagt, daß Ihr ein Narr wärt, eine Axt oder ein Messer gegen den Großen Hexenbaum zu erheben. Es liegen abgestorbene Zweige darunter, wenn Ihr kühn genug seid, danach zu suchen.«

Sulis wandte sich an Avalles. »Geh etwas abgefallenes Holz sammeln, Neffe!«

Der junge Ritter zögerte, dann gab er meinem Stiefvater die Fackel und ging leicht unsicheren Schrittes auf den großen, dunklen Baum zu. Er beugte sich unter die äußeren Äste und war nicht mehr zu sehen. Nach zwischenzeitlichem Schweigen kam Avalles wieder herausgestolpert.

»Es ist . . . zu dunkel, um etwas zu erkennen«, keuchte er. Das Weiße an den Rändern seiner Augen war zu sehen. »Und es ist etwas da drin – möglicherweise ein Tier. Ich . . . ich kann es atmen spüren.« Er drehte sich zu meinem Vater um. »Tellarins Augen sind besser als meine.«

Nein! wollte ich schreien. Das Baum-Ding stand da und wartete in seinen Schatten, die keine Fackel durchdringen konnte. Ich war bereit, aus meinem Versteck zu stürmen und meinen Liebsten anzuflehen, nicht in die Nähe des Baums zu gehen, aber Lord Sulis fluchte, als hätte er meinen stummen Aufschrei gehört, und drückte Avalles die Fackel wieder in die Hand.

»Bei Pelippa und ihrer Schüssel!« sagte mein Stiefvater. »Ich werde es selbst tun.«

Kurz bevor er zwischen den Ästen hindurchtrat, glaubte ich die Blätter flüstern zu hören, obwohl kein Wind in dem Raum ging. Das leise Zischeln und Rascheln wurde lauter, vielleicht weil sich mein Stiefvater seinen Weg unter den dicken Ästen bahnen mußte. Lange Augenblicke vergingen; dann wurde das Rascheln noch heftiger. Schließlich kam Sulis ein wenig stolpernd wieder heraus und schien unter jeden Arm ein langes Scheit Schatten geklemmt zu haben. Tellarin und Avalles traten vor, um ihm zu helfen, aber er wies sie ab und schüttelte den Kopf, als hätte er einen Schlag abbekommen. Selbst in dem dunklen Raum konnte ich erkennen, daß er sehr blaß geworden war.

»Du hast die Wahrheit gesprochen, Valada«, sagte er. »Keine Axt, kein Messer.«

Ich sah zu, wie er Avalles und meinem Liebsten befahl, aus Steintrümmern, die in der gesamten Kammer verstreut lagen, einen Kreis auf dem Boden zu formen. Er legte die beiden Holzscheite, die er geholt hatte, in die Mitte dieses Kreises, dann zündete er das Hexenholz mit Hilfe von Zunder aus einem Beutel an seinem Gürtel und einer der Fackeln an. Als das seltsame Feuer aufflammte, schien es in dem Raum noch dunkler zu werden, als würde sich selbst das Licht der Fackeln der Feuerstelle entgegenneigen und verschlungen werden. Die Flammen stiegen hoch.

Das Rascheln des Schattenbaums hörte auf. Alles wurde still – nicht einmal die Flammen gaben ein Geräusch von sich. Mein Herz klopfte, als ich mich nach vorne beugte und fast vergaß, in meinem Versteck zu bleiben. Es war tatsächlich ein Schwarzes

Feuer, das an jenem tiefen, verlorenen Ort brannte, ein Feuer, das wie alle anderen flackerte, dessen Flammen jedoch Wunden im Äther der Welt selbst waren, Löcher so dunkel und leer wie ein Himmel ohne Sterne.

Es ist schwer zu glauben, aber das habe ich gesehen. Ich konnte durch die Flammen des Schwarzen Feuers sehen, aber nicht auf das, was sich dahinter befand, sondern auf etwas, das *anderswo* lag – zuerst im Nichts, aber dann dehnten sich Farben und Formen in dem Raum über der Feuerstelle aus, als würde etwas das Innerste der Luft selbst nach außen kehren.

Ein Gesicht tauchte in dem Feuer auf. Ich mußte mich zusammenreißen, um nicht zu schreien.

Der von den schwarzen Flammen umgebene Fremde hatte keine Ähnlichkeit mit Menschen, wie ich sie kannte. Die Form seines Gesichts stimmte irgendwie nicht, sein Kinn war zu schmal, die großen Augen an den Winkeln aufwärts geneigt. Sein Haar war lang und weiß, aber er sah nicht alt aus. Er war von der Taille aufwärts nackt, gräßliche Narben zeichneten seine blasse, glänzende Haut, aber trotz der Flammen, in denen er lag, schienen seine Verbrennungen alt und nicht neu zu sein.

Das Schwarze Feuer brachte selbst die Dunkelheit außer Form. Alles ringsum wurde verzerrt, als würde die Welt selbst so gedehnt und verwackelt werden wie die Spiegelung auf einer Blase im Flußwasser.

Der brennende Mann schien in den Flammen zu schlummern, aber es war ein gräßlicher, unruhiger Schlaf. Er zuckte und wand sich und hielt sogar einmal die Hände vor das Gesicht, als wollte er sich vor einem schrecklichen Angriff schützen. Als er schließlich die Augen aufschlug, waren sie so dunkel wie Schatten und betrachteten Dinge, die ich nicht sehen konnte, Schatten weit jenseits des Feuers. Er öffnete den Mund zu einem schrecklichen, lautlosen Schrei, und trotz seines fremden Äußeren, obwohl ich solche Angst hatte, daß ich befürchtete, mein Herz würde stehenbleiben, tat es mir weh, ihn so leiden zu sehen. Wenn er lebte, wie konnte sein Körper immerzu brennen, ohne verzehrt zu werden? Wenn er ein Geist war, warum hatte der Tod seinen Qualen noch kein Ende bereitet?

Tellarin und Avalles wichen mit aufgerissenen und ängstlichen Augen von der Feuerstelle zurück.

Mein Stiefvater betrachtete den zuckenden Mund und die blinden Augen des brennenden Mannes und drehte sich zu der Hexe Valada um. »Warum spricht er nicht zu uns? Tu etwas!«

Sie lachte ihr schrilles Lachen. »Ihr wolltet einen der Sithi treffen, Lord Sulis – einen der Friedfertigen. Ihr wolltet eine Tür finden, aber manche Türen führen nicht ins Anderswo, sondern ins Anderswann. Das Schwarze Feuer hat Euch einen des Edlen Volkes im Schlaf gebracht. Er träumt, kann Euch aber durch die Jahrhunderte hören. Sprecht mit ihm! Ich habe getan, was ich versprochen habe.«

Sulis drehte sich sichtlich erschüttert zu dem Mann in den Flammen um. »Du!« rief er. »Kannst du mich verstehen?«

Der brennende Mann wand sich wieder, aber nun blickte er mit den dunklen, blinden Augen in Richtung meines Stiefvaters. »Wer ist da?« fragte er, und ich hörte seine Stimme in meinem Schädel statt mit den Ohren. »Wer wandelt auf der Straße der Träume?« Die Erscheinung hob eine Hand, als könnte der Mann durch die Jahre greifen und uns berühren. Einen Moment verdrängte Erstaunen die Qual von seinem seltsamen Gesicht. »Ihr seid Sterbliche! Aber warum kommt ihr zu mir? Warum stört ihr den Schlaf von Hakatri vom Haus des Jahrestanzes?«

»Ich bin Sulis.« Mit seiner bebenden Stimme wirkte mein Stiefvater wie ein alter, alter Mann. »Von manchen ›der Renegat‹ genannt. Ich habe alles riskiert, was ich besitze – habe jahrelang studiert –, um eine Frage zu stellen, die nur die Friedfertigen beantworten können. Wirst du mir helfen?«

Der brennende Mann schien ihm nicht zuzuhören. Sein Mund zuckte wieder, und diesmal hatte der Schmerzensschrei einen Klang. Ich versuchte, mir die Ohren zuzuhalten, aber der Schrei ertönte schon in meinem Kopf. »Ah, es brennt!« stöhnte er. »Immer noch verbrennt mich das Blut des Wurms – selbst im Schlaf. Selbst wenn ich auf der Straße der Träume wandle!«

»Das Blut des Wurms ...?« Mein Stiefvater war verwirrt. »Ein Drache? Was sagst du da?«

»Sie war wie eine große schwarze Schlange«, murmelte Hakatri. »Mein Bruder und ich, wir folgten ihr an ihren tiefen Ort und kämpften gegen sie und töteten sie, aber ich habe ihr sengendes Blut auf mir gespürt und werde nie wieder Frieden finden. Beim Garten, es tut so weh!« Er gab einen erstickten Laut von sich, danach verstummte er einen Moment. »Unser beider Schwerter fanden das Ziel«, sagte er, und es war fast ein Gesang, ein Lied, »aber mein Bruder Ineluki war der Glückliche. Er entging den schrecklichen Verbrennungen. Schwarz, schwarz war es, das Götterblut, und heißer als selbst die Flammen der Schöpfung! Ich fürchte, nicht einmal der Tod könnte diese Qualen lindern ...«

»Sei still!« donnerte Sulis voll Zorn und Elend. »Hexe, ist dieser Zauber vergebens? Warum hört er mir nicht zu?«

»Es gibt keinen Zauber, außer dem, der die Tür öffnet«, antwortete sie. »Hakatri kam möglicherweise zu dieser Tür, weil das Blut des Drachen ihn verbrannt hat – es gibt auf der ganzen Welt nichts, das man mit dem Blut der großen Lindwürmer vergleichen könnte. Seine Wunden halten ihn immer in der Nähe der Straße der Träume, glaube ich. Stellt ihm Eure Frage, Mann aus Nabban! Er ist so geeignet, sie zu beantworten, wie jeder andere Unsterbliche, den Ihr hättet finden können.«

Jetzt konnte ich sie spüren – konnte die Schicksalsmacht spüren, die uns alle hierhergebracht hatte und nun in ihrem Griff hielt. Ich hielt den Atem an und war hin und her gerissen zwischen einem Grauen, das wie ein Eiseswind durch meinen Kopf wehte und mich anschrie, Tellarin und alles andere zu verlassen und wegzulaufen, und einem unerbittlichen Drang, zu erfahren, was meinen Stiefvater zu diesem ungewöhnlich seltsamen Treffen geführt hatte.

Lord Sulis neigte einen Moment das Kinn auf die Brust, als wäre er nun, da der Zeitpunkt gekommen war, nicht sicher, was er sagen sollte. Schließlich begann er, anfangs zitternd, aber dann zunehmend sicherer:

»Unsere Kirche lehrt uns, daß Gott in Gestalt von Usires Ädon in diese Welt kam, viele Wunder vollbrachte, Heilung für die Kranken und Lahmen brachte, bis ihn schließlich Imperator Crexis am Galgenbaum hängen ließ. Weißt du davon, Hakatri?«

Die blinden Augen des brennenden Mannes richteten sich wieder auf Sulis. Er antwortete nicht, schien aber zuzuhören.

»Ädon der Erlöser verspricht, daß alle, die leben, eingesammelt werden - daß es keinen Tod gibt«, fuhr mein Stiefvater fort. »Und das wird bewiesen, weil er in dieser Welt der Fleisch gewordene Gott war, und es wird durch die Wunder bewiesen, die er vollbracht hat. Aber ich habe viel über dein Volk gelesen, Hakatri. Wunder, wie Usires der Ädon sie vollbracht haben soll, hätten von einem deiner Sithileute vollbracht worden sein können, vielleicht sogar von einem nur halb von unsterblichem Geschlecht.« Sein Lächeln war freudlos wie das eines Totenschädels. »Immerhin stimmen selbst meine heftigsten Kritiker der Mutter Kirche mit mir darin überein, daß Usires keinen Menschen als Vater hatte.«

Sulis neigte wieder einen Moment den Kopf und beschwor Worte oder Kraft. Ich rang nach Luft - ich hatte vergessen zu atmen. Avalles und Tellarin schauten immer noch wortlos zu, und nun mischte sich Staunen in ihre Furcht, aber das Gesicht der Hexe Valada wurde von den Schatten vor mir verborgen.

»Meine beiden Frauen wurden mir vom Tod genommen, beide vor ihrer Zeit«, sagte mein Stiefvater. »Meine erste Frau schenkte mir einen Sohn, bevor sie starb, einen wunderschönen Knaben namens Sarellis, der selbst vor Schmerzen schreiend starb, weil er in einen Hufnagel - einen Nagel! - getreten war und sich das Wundfieber geholt hatte. Junge Männer, die ich befehligt habe, wurden zu Hunderten abgeschlachtet, zu Tausenden, ihre Leichen türmten sich auf den Schlachtfeldern wie die Hüllen von Heuschrecken, und alles um ein kleines Stück Land hier oder da, manchmal auch nur um Worte. Meine Eltern sind ebenfalls tot, und zuviel blieb zwischen uns unausgeprochen. Alle, die ich je wahrhaftig geliebt habe, wurden mir vom Tod gestohlen.«

Seine heisere Stimme hatte eine beängstigende Macht gewonnen, eine verrückte Kraft, als wollte er die Mauern des Himmels selbst niederbrüllen.

»Mutter Kirche sagt mir, ich soll glauben, daß ich wieder mit ihnen vereint sein werde«, sagte er. »Sie predigen zu mir und sagen: ›Sieh das Werk von Usires, unserm Herrn, und sei getröstet, denn seine Aufgabe war es, zu zeigen, daß der Tod keine Furcht mit sich bringen sollte‹, haben sie mir gesagt. Aber ich kann nicht sicher sein - ich kann nicht blind vertrauen! Hat die Kirche recht? Werde ich alle wiedersehen, die ich liebe? Werden wir alle weiterleben? Die Herren der Kirche haben mich einen Ketzer genannt und mich zum Renegaten gemacht, weil ich nicht aufhören wollte, an der Göttlichkeit des Ädon zu zweifeln, aber ich muß es wissen! Sag es mir, Hakatri, war Usires einer von deinem Volk? Ist die Geschichte seiner Göttlichkeit nur eine Lüge, um uns glücklich und die Priester fett und reich zu machen?« Er blinzelte Tränen weg, und sein gelassenes Gesicht wurde von Wut und Schmerz verzerrt. »Auch wenn Gott mich für alle Zeiten in die Hölle verdammen sollte, muß ich es wissen – *ist unser Glauben eine Lüge?«*

Er zitterte jetzt so heftig, daß er sich einen stolpernden Schritt von dem Feuer entfernte und fast gestürzt wäre. Niemand bewegte sich, außer dem Mann in den Flammen, der Sulis mit seinen leeren, dunklen Augen folgte.

Ich stellte fest, daß ich ebenfalls weinte, und wischte mir lautlos die Tränen fort. Wie ich die wahre und schreckliche Qual meines Stiefvaters sah, war mir, als würde ein Messer in meinen Eingeweiden gedreht werden, und doch war ich auch wütend. Alles dafür? Für solche Dinge, die niemand wissen konnte, hatte er meine Mutter zu einer einsamen Frau gemacht und nun fast sein eigenes Leben zerstört?

Nach einer langen Zeit, in der alles so still war wie die Steine um uns herum, sagte Hakatri leise: »Immer habt ihr Sterblichen euch gequält.« Er blinzelte, und sein Gesicht bewegte sich dabei so fremdartig, daß ich mich abwenden und ihn dann erneut ansehen mußte, bevor ich verstehen konnte, was er sagte. »Aber am meisten quält ihr euch, wenn ihr Antworten auf Fragen sucht, auf die es keine gibt.«

»Keine Antworten?« Sulis zitterte immer noch. »Wie kann das sein?«

Der brennende Mann hob die Hände mit den langen Fingern zu einer Geste, die nur eine des Friedens sein konnte. »Weil das, was für Sterbliche bestimmt ist, den Zida'ya nicht zu wissen gegeben ist, ebensowenig wie ihr von unserem Garten wissen könnt, oder wohin wir gehen, wenn wir diesen Ort verlassen.

Hör mir zu, Sterblicher! Was wäre, wenn dein Messias wirklich eines von den Kindern der Dämmerung wäre – würde das irgendwie beweisen, daß dein Gott es nicht so vorherbestimmt hätte? Würde es beweisen, daß die Worte deines Erlösers im geringsten weniger wahr wären?« Hakatri schüttelte den Kopf mit der unheimlichen, fremden Anmut eines Küstenvogels.

»Sag mir nur, ob Usires einer von deinem Volk war«, verlangte Sulis abgehackt. »Erspar mir deine Philosophie, und sag es mir! Denn auch ich brenne! Ich bin seit Jahren nicht mehr frei von Schmerzen!«

Als die Echos des Aufschreis meines Stiefvaters verhallten, hielt der Feenlord in seinem Kreis der schwarzen Flammen inne und schien zum erstenmal wirklich über den Abgrund zu sehen. Seine Stimme war von Traurigkeit erfüllt, als er weitersprach.

»Wir Zida'ya wissen wenig vom Tun der Sterblichen, und es gibt einige von unserem Blut, die abtrünnig geworden sind und deren Wirken auch uns verborgen bleibt. Ich glaube nicht, daß dein Usires Ädon einer von den Kindern der Dämmerung war, aber mehr kann ich dir nicht sagen, Sterblicher, sowenig wie ein anderer meines Volkes.« Er hob die Hände wieder und wob die Finger zu einer verschlungenen, unverständlichen Geste. »Es tut mir leid.«

Dann lief ein gewaltiger Schauder durch das Geschöpf namens Hakatri – vielleicht setzten die Schmerzen seiner Verbrennungen wieder ein, Schmerzen, die er irgendwie ferngehalten hatte, während er meinem Stiefvater zuhörte. Sulis wartete nicht auf weitere Worte, sondern trat vor und kickte das Hexenholzfeuer zu einer Wolke kreisender Funken, dann sank er auf die Knie und barg das Gesicht in den Händen.

Der brennende Mann war fort.

Nach einer Zeit der Stille, die endlos zu sein schien, rief die Hexe: »Werdet Ihr Euch an Eure Abmachung mit mir halten, Lord Sulis? Ihr habt gesagt, wenn ich Euch zu einem der Unsterblichen bringen würde, würdet Ihr mich freilassen.« Ihre Stimme war ausdruckslos, hatte aber dennoch einen sanften Unterton, der mich überraschte.

Als mein Stiefvater antwortete, klang es erstickt und fast unverständlich. Er winkte mit der Hand. »Nimm ihr die Ketten ab, Avalles. Ich will nichts mehr von ihr.«

Inmitten dieser großen, öden Wüste der Traurigkeit verspürte ich einen Augenblick stechenden Glücksgefühls, als mir klar wurde, daß die Hexe, mein Liebster, selbst mein gequälter Stiefvater diese schreckliche Nacht trotz meiner bösen Vorahnungen alle überleben würden. Als Avalles die Handschellen der Hexe öffnete, wobei er so zitterte, daß er kaum den Schlüssel halten konnte, träumte ich einen Moment, daß mein Onkel wieder gesund werden, meinen Tellarin für seine Tapferkeit und Loyalität belohnen würde, und daß mein Liebster und ich uns ein Heim irgendwo fern von dieser von Geistern geplagten, stürmischen Landspitze suchen würden.

Plötzlich stieß mein Stiefvater einen erschreckenden Schrei aus. Ich drehte mich um und sah ihn, von Weinkrämpfen geschüttelt, bäuchlings auf den Boden fallen. Dieser Anfall von Kummer des strengen, ruhigen Sulis war in gewisser Weise das Schlimmste, was ich in dieser langen, grauenhaften Nacht bis jetzt gesehen hatte.

Noch während der Schrei im unsichtbaren oberen Bereich der Kammer verhallte und ein leises Rascheln der Blätter des Schattenbaums bewirkte, erregte etwas anderes meine Aufmerksamkeit. Zwei Gestalten kämpften miteinander, wo die Hexe gestanden hatte. Zuerst dachte ich, Avalles und die Frau Valada würden miteinander ringen, doch dann sah ich, daß die Hexe beiseite getreten war und den Kampf mit einem verwunderten Ausdruck in den hellen Augen verfolgte. Avalles und Tellarin waren ineinander verschlungen, die Fackeln waren ihnen aus den Händen gefallen. Schockiert und hilflos vor Überraschung sah ich die beiden zu Boden stürzen. Einen Augenblick später wurde ein Dolch gehoben und gesenkt, und der kurze Kampf war vorüber.

Ich schrie »Tellarin!« und eilte zu ihnen.

Er stand auf, klopfte sich Staub von den Hosen und starrte mich an, als ich aus den Schatten gelaufen kam. Das Ende seines Dolchs war schwarz von Blut. Tellarin hatte eine Ruhe an sich, die auf Angst oder schlichte Überraschung zurückzuführen sein mochte.

»Breda? Was machst du hier?«

»Warum hat er dich angegriffen?« schrie ich. Avalles lag verkrümmt auf dem Boden in einer wachsenden schwarzen Lache. »Er war dein Freund!«

Er sagte nichts, beugte sich zu mir, küßte mich, wandte sich ab und ging zu meinem Stiefvater, der immer noch in seinem Anfall von Kummer auf dem Boden kauerte. Mein Liebster stemmte meinem Stiefvater das Knie auf den Rücken, griff mit der Hand ins Haar am Hinterkopf des älteren Mannes und zog, bis das tränenüberströmte Gesicht vom Licht der Fackeln angestrahlt wurde.

»Ich wollte Avalles nicht töten«, erklärte mein Soldat teils mir, teils Sulis. »Aber er bestand darauf, uns zu begleiten, weil er fürchtete, ich würde höher in der Gunst seines Onkels steigen, wenn er nicht auch dabei wäre.« Er schüttelte den Kopf. »Traurig. Aber nur dein Tod war mein Auftrag, Sulis, und ich habe lange auf eine so perfekte Gelegenheit gewartet.«

Trotz der unbarmherzigen Verspannung, zu der Tellarins Griff ihn zwang, lächeltete mein Stiefvater, ein gräßliches, verzerrtes Grinsen. »Welches Sancellan hat dich geschickt?«

»Spielt das eine Rolle? Du hast mehr Feinde in Nabban, als du zählen kannst, Renegat Sulis. Du bist ein Ketzer und Glaubensspalter, und du bist gefährlich. Du hättest wissen müssen, daß man dich hier nicht in Frieden läßt, damit du in der Wildnis deine Macht vergrößern kannst.«

»Ich bin nicht hierhergekommen, um meine Macht zu vergrößern«, grunzte mein Stiefvater. »Ich bin gekommen, um Antworten auf meine Fragen zu bekommen.«

»Tellarin!« Ich bemühte mich, einen Sinn auszumachen, wo es keinen geben konnte. »Was machst du da?«

Seine Stimme nahm einen Hauch ihres früheren zärtlichen Tonfalls an. »Dies hat nichts mit dir und mir zu tun, Breda.«

»Hast du …?« Ich brachte es kaum über die Lippen. Durch meine Tränen verschwamm die ganze Kammer wie durch das Schwarze Feuer. »Hast du … nur so getan, als liebtest du mich? Sollte dir alles nur helfen, ihn zu töten?«

»Nein! Dich hätte ich nicht gebraucht, Mädchen – ich gehörte schon zu den Männern, denen er am meisten vertraute.« Daraufhin packte er Sulis noch fester, bis ich fürchtete, das Genick meines Stiefvaters würde brechen. »Was zwischen uns ist, kleine Breda, ist schön und wahr. Ich werde dich mit nach Nabban nehmen – jetzt werde ich reich sein, und du kannst meine Frau werden. Du wirst lernen, was eine richtige Stadt ist, im Vergleich zu diesem verfluchten abgelegenen Steinhaufen.«

»Du liebst mich? Du liebst mich wirklich?« Ich wollte ihm so sehr glauben. »Dann laß meinen Stiefvater gehen, Tellarin!«

Er runzelt die Stirn. »Das kann ich nicht. Sein Tod ist eine Aufgabe, die mir übertragen wurde, bevor ich dich kennenlernte, und es ist eine Aufgabe, die getan werden muß. Er ist ein Verrückter, Breda! Nach den Schrecken der heutigen Nacht, nachdem du den Dämon gesehen hast, den er mit verbotener Magie beschworen hat, siehst du doch sicher ein, warum man ihn nicht am Leben lassen kann.«

»Töte ihn nicht, bitte! Ich flehe dich an!«

Er hob die Hand, um mich zum Schweigen zu bringen. »Ich stehe bei meinem Herrn in Nabban im Eid. Dies eine muß ich tun, und danach sind wir beide frei.«

Nicht einmal eine Bitte im Namen der Liebe konnte ihn aufhalten. Verwirrt und überwältigt, außerstande, weiter mit dem Mann zu diskutieren, der mir soviel Freude bereitet hatte, wandte ich mich an die Hexe und betete, daß sie etwas tun würde – aber Valada war fort. Sie hatte sich ihre Freiheit genommen und überließ es uns anderen, einander zu ermorden, wie es uns beliebte. Ich glaubte, ihre Bewegungen in den Schatten zu sehen, aber es war nur ein weiteres Phantom, ein fliegendes Ding, das auf lautlosen Schwingen über der Treppe schwebte.

Lord Sulis schwieg. Er wehrte sich nicht gegen Tellarins Griff, sondern wartete wie ein alter Bulle darauf, geschlachtet zu werden. Wenn er schluckte, spannte sich die Haut an seinem Hals so sehr, daß mir beim bloßen Anblick wieder Tränen über die Wangen liefen. Mein Liebster drückte meinem Stiefvater das Messer an die Kehle, während ich zu ihnen stolperte. Sulis sah mich an, sagte aber immer noch nichts. Welcher Gedanke auch in seinen Augen geschrieben stehen mochte, er hatte sich so weit zurückgezogen, daß ich ihn nicht einmal erraten konnte.

»Sag mir noch einmal, daß du mich liebst«, bat ich, als ich an seiner Seite stand. Als ich in das verängstigte, aber überschwengliche Gesicht meines Soldaten sah, konnte ich nicht anders, als an den Hochhorst zu denken, ein heimgesuchtes, auf Mord errichtetes Bauwerk, in dessen verderbten, rastlosen Tiefen wir standen. Einen Moment glaubte ich, die Geisterstimmen wären zurückgekehrt, denn ein brüllendes, röhrendes Geräusch erfüllte meinen Kopf. »Sag es mir noch einmal, Tellarin«, flehte ich ihn an. »Bitte.«

Mein Liebster nahm das Messer nicht von Sulis' Kehle, sagte aber: »Natürlich liebe ich dich, Breda. Wir werden heiraten, und ganz Nabban wird dir zu Füßen liegen. Du wirst nie wieder frieren oder einsam sein.« Er beugte sich nach vorne, und ich konnte die wunderbaren langen Muskeln an seinem Rücken straff unter meinen Händen spüren. Er zögerte, als er das Klirren der Glaskugel hörte, die auf die Steinplatten fiel und davonkullerte.

»Was ...?« fragte er, dann richtete er sich unvermittelt auf und griff an die Stelle, wo ich ihn mit der Klaue gestochen hatte. Ich taumelte ein paar Schritte zurück und fiel weinend zu Boden. Hinter mir fing Tellarin an zu hecheln, dann zu würgen. Ich hörte, wie sein Messer scheppernd auf den Steinboden fiel.

Ich konnte nicht hinsehen, aber das Geräusch seiner letzten rasselnden Atemzüge werde ich nie wieder vergessen.

Jetzt, wo ich alt bin, weiß ich, daß diese geheimnisvolle Festung der Ort ist, wo ich sterben werde. Wenn ich meinen letzten Atemzug getan habe, werden sie mich vermutlich neben meiner Mutter und Lord Sulis auf der Landzunge begraben.

Als jene lange Nacht unter dem Schloß zu Ende war, war der Reiherkönig, wie die Seenvölker meinen Stiefvater nannten, wieder zu dem Mann geworden, der er gewesen war. Er herrschte noch viele Jahre über den Hochhorst, und mit der Zeit akzeptierte ihn sogar mein lärmendes, eifersüchtiges Volk als seinen Herrscher, auch wenn die Königswürde Sulis selbst nicht überlebte.

Meine eigenen Spuren in der Welt werden noch unbedeutender sein.

Ich habe nie geheiratet, und mein Bruder Aelfric starb bei einem Sturz vom Pferd, ohne daß er Kinder gezeugt hätte, daher wird niemand aus meinem Geschlecht je wieder die Seenvölker regieren, auch wenn sie heute noch darüber streiten, wer Speer und Standarte des Großthans tragen sollte. Ich nehme an, nach meinem Tod wird auch niemand in der großen Burg bleiben, die Lord Sulis wiederaufgebaut hat – es sind kaum noch welche von unserem Haushalt übrig, und diejenigen, die bleiben, bleiben nur aus Liebe zu mir. Wenn ich nicht mehr bin, wird wahrscheinlich nicht einmal jemand hier sein, um unsere Gräber zu pflegen.

Ich kann nicht sagen, warum ich diesen freudlosen Ort zu meiner Heimat gewählt habe, sowenig wie ich sagen kann, warum ich das Leben meines Stiefvaters über das meines wunderschönen, ränkevollen Tellarin gestellt habe. Ich nehme an, weil ich Angst davor hatte, etwas auf Blut zu gründen, das auf etwas Besserem gegründet werden sollte. Weil Liebe nicht berechnend ist, sondern Entscheidungen trifft und sich rückhaltlos daran hält.

Aus welchen Gründen auch immer, ich habe meine Entscheidung getroffen.

Als er mich aus den Tiefen zurück ans Tageslicht getragen hatte, erwähnte mein Stiefvater jene schreckliche Nacht kaum noch. Er blieb bis ans Ende seiner Tage distanziert, blieb voller Schatten, aber manchmal glaubte ich einen Frieden in ihm zu spüren, der vorher nicht da war. Ich konnte nicht sagen, warum das so war.

Als er schließlich auf dem Totenbett lag und sein Atem schwächer und schwächer wurde, saß ich jeden Tag stundenlang an seiner Seite und erzählte ihm alles, was sich im Hochhorst zutrug, erzählte ihm von den Renovierungsarbeiten, die noch andauerten, und von den Bewohnern und Herden, als könnte er jeden Moment wieder aufstehen und seine Herrschaft fortsetzen. Aber wir wußten beide, daß es dazu nicht kommen würde.

Als der letzte Augenblick nahte, bekam sein Gesicht einen ruhigen, erwartungsvollen Ausdruck – nicht Angst, sondern etwas, das schwieriger zu beschreiben ist. Als er um seine letzten Atemzüge rang, fiel mir plötzlich etwas ein, das ich in seinem Buch gelesen hatte, und mir wurde klar, daß ich in jener längst vergangenen Nacht einen Fehler gemacht hatte.

»... Sie wird mir den Weg des Schwarzen Feuers zeigen, sonst gibt es keine Hoffnung«, hatte er geschrieben. *»Entweder sie antwortet, oder der Tod.«*

Er hatte nicht gemeint, daß er sie töten würde, wenn sie ihm nicht gab, was er brauchte. Er hatte gemeint, wenn sie ihm nicht helfen konnte, eine Antwort zu finden, würde er warten müssen, bis der Tod zu ihm kam, um die Wahrheit zu erfahren.

Und nun würde er endlich eine Antwort auf die Frage bekommen, die ihn so lange gequält hatte.

Wie auch immer die Antwort ausgefallen sein mag, Sulis kehrte nicht zurück, um sie mir zu verraten. Jetzt bin ich eine alte, alte Frau und werde sie bald genug selbst herausfinden. Es mag seltsam sein, aber ich stelle fest, daß es mich nicht besonders bekümmert. In einem Jahr mit Tellarin, in jenen Monaten inbrünstiger Liebe, habe ich ein ganzes Leben gelebt. Seitdem habe ich ein anderes gelebt, ein langes, langsames Leben, dessen kleine Freuden die Augenblicke des Leids weitgehend ausgeglichen haben. Zwei Leben sind gewißlich genug für jeden - wer braucht die endlose Lebensspanne der Unsterblichen? Schließlich wäre eine Ewigkeit der Schmerzen kein Geschenk, wie der brennende Mann deutlich gemacht hat.

Und jetzt, wo ich meine Geschichte erzählt habe, kommen mir selbst die Geister, die mich manchmal um Mitternacht noch aus dem Schlaf reißen, mehr wie alte Freunde vor als etwas, das man fürchten muß.

Ich habe meine Entscheidung getroffen.

Ich denke, ich bin zufrieden.

Das Lied von Eis und Feuer

GEORGE R. R. MARTIN

Der Norden
DIE EISIGE KÜSTE
DIE EISIGE BUCHT
Bear Island
Der Verwunschene Wald
DIE MAUER
Shadow Tower
Castle Black
Eastwatch by the Sea
DIE SEEHUNDSBUCHT
Last River
Karhold
Wolfswald
Dreadfort
N
Winterfell
White Knife
Kingsroad
Torrhen's Square
HÜGELLAND
White Harbor
Widow's Watch
Moat Cailin
NECK
BITE
Three Sisters
Greywater Watch
Fingers
Twins
Iron Islands
Seagard
Grüner Arm
Blauer Arm
Die Eyrie
Bluttor
DAS GRÜNE TAL VON ARRYN
Karte: James Sinclair
Riverrun
Roter Arm

Der Süden
Three Sisters
Fingers
Kingsroad
Iron Islands
Seagard
Grüner Arm
Blauer Arm
Pyke
Das Grüne Tal von Arryn
Die Eyrie
Der Trident
Bluttor
Gulltown
Roter Arm
Tumblestone
Riverrun
Bay of Crabs
Harrenhal
God's Eye
Golden Tooth
Kingsroad
Casterly Rock
Dragonstone
Lannisport
Goldroad
Blackwater Rush
King's Landing
Die Weite
N
Kingswood
Searoad
Roseroad
Tarth
Mander
Storm's End
Shipbreaker Bay
Die Dornischen Marschen
Highgarden
Rainwood
Cape Wrath
Das Dornische Meer
Oldtown
Starfall
Dorne
Broken Arm
Sunspear
Arbor
Karte:
James Sinclair

Die Herren von Winterfell (1997)
Das Erbe von Winterfell (1998)

Eines der jüngsten großen, mehrbändigen Fantasy-Epen ist George R. R. Martins *Das Lied von Eis und Feuer,* das, wenn es vollständig vorliegt, acht Bände umfassen wird. Die gewaltige Saga spielt in der Welt der Sieben Königreiche, einem Land, wo die Jahreszeiten aus dem Gleichgewicht sind und Sommer und Winter beide jahrelang andauern.

Zu Beginn des ersten Bandes erfährt der Leser, daß drei adlige Familien sich verschworen haben, um ihren wahnsinnigen König zu stürzen und das Königreich in ihre Gewalt zu bekommen. Die Lannisters, Baratheons und Starks leben alle in einem trügerischen Waffenstillstand, der bald gebrochen wird, als Robert Baratheon, der gegenwärtige König, Ned Stark bittet, aus der nördlichen Stadt Winterfell zu ihm zu kommen und bei den Regierungsgeschäften zu helfen, ihm den begehrten Titel Rechte Hand des Königs verleiht und ihn damit zum zweitmächtigsten Mann der Sieben Königreiche macht. Neds Bemühungen, den Mord an seinem Vorgänger in diesem Amt aufzuklären, verstricken ihn sogleich in einen Konflikt mit der Königin und ihren Brüdern. So gerät das Machtgleichgewicht zwischen den großen Familien ins Wanken. Als der Kampf um den Thron tödliche Formen annimmt, regen sich im Norden, hinter dem großen Eiswall, der die Sieben Königreiche und alle Regionen der Menschen beschützt, weit bedrohlichere Kräfte.

Das Land wird von einem Bürgerkrieg bedroht, als die Lannisters Robert töten und versuchen, die Macht an sich zu reißen, wobei sich ihnen nur die Starks und die Baratheons entgegenstellen. In der Zwischenzeit verkauft Viserys, das Oberhaupt der Familie Targaryen, seine Schwester in eine Ehe und bekommt als

Gegenleistung Armeen, die ihm helfen sollen, die Sieben Königreiche zu erobern.

Die kommenden Bände der Serie werden die allmähliche Ausweitung und Aufklärung dieses schrecklichen, vielseitigen Konflikts schildern, der diese unglückselige Welt heimsucht.

Die nachfolgende Geschichte, »Der Heckenritter«, spielt etwa hundert Jahre vor den in *Die Herren von Winterfell* und *Das Erbe von Winterfell* geschilderten Ereignissen.

GEORGE R. R. MARTIN

Der Heckenritter

Eine Geschichte aus den Sieben Königreichen

Der Frühlingsregen hatte den Boden aufgeweicht, daher fiel es Dunk nicht schwer, das Grab zu schaufeln. Er entschied sich für eine Stelle am Westhang eines flachen Hügels, da der alte Mann immer gern den Sonnenuntergang gesehen hatte. »Wieder ein Tag vorbei«, hatte er stets geseufzt, »und wer weiß, was uns der Morgen bringen wird, was, Dunk?«

Nun, ein Morgen hatte Regen gebracht, der sie bis auf die Knochen durchnäßte, und der Morgen danach nasse, böige Winde, der nächste Kälte. Am vierten Tag war der alte Mann zu schwach gewesen, um zu reiten. Und nun war er nicht mehr. Noch vor wenigen Tagen hatte er beim Reiten gesungen, das alte Lied, das davon handelte, nach Gulltown zu gehen, eine hübsche Maid zu suchen, aber statt Gulltown hatte er Ashford gesungen. *Nach Ashford, um eine hübsche Maid zu suchen, he-ho, he-ho,* dachte Dunk beim Graben traurig.

Als das Loch tief genug war, hob Dunk den Leichnam des alten Mannes hoch und trug ihn dorthin. Er war ein kleiner Mann gewesen, und dünn; ohne Halsberge, Helm und Schwertgürtel schien er kaum mehr zu wiegen als ein Sack voll Laub. Dunk war riesengroß für sein Alter, ein schlurfender, zerzauster, kräftiger Junge von sechzehn oder siebzehn Jahren (niemand war sich da ganz sicher), der an die zwei Meter maß und gerade erst allmählich Fleisch auf die Knochen bekam. Der alte Mann hatte seine Stärke oft gelobt. Mit seinem Lob war er immer großzügig gewesen. Mehr hatte er auch nicht zu geben.

Dunk legte ihn in das Grab hinein und blieb einige Zeit über ihm stehen. Der Geruch von Regen hing wieder in der Luft, und er wußte, er sollte das Loch zuschaufeln, ehe es zu regnen anfing, aber es war schwer, Erde auf das müde alte Gesicht zu schaufeln. *Es sollte ein Septon hier sein, um ein paar Gebete für ihn zu sprechen, aber er hat nur mich.* Der alte Mann hatte Dunk alles beigebracht, was er über Schwerter und Schilde und Lanzen wußte, war aber nie besonders gut darin gewesen, ihm Worte beizubringen.

»Ich würde dir dein Schwert lassen, aber das würde nur im Boden rosten«, rechtfertigte er sich schließlich. »Ich schätze, die Götter werden dir ein neues geben. Ich wünschte, du wärst nicht gestorben, Ser.« Er verstummte, da er nicht sicher war, was noch gesagt werden mußte. Er kannte keine Gebete, jedenfalls keine vollständigen; der alte Mann hatte nie viel vom Beten gehalten. »Du warst ein wahrer Ritter und hast mich nie geschlagen, wenn ich es nicht verdient hatte«, brachte er schließlich heraus, »abgesehen von dem einen Mal in Maidenpool. Es war der Junge vom Gasthof, der den Kuchen der Witwe gegessen hat, nicht ich, das habe ich dir gesagt. Spielt jetzt aber keine Rolle mehr. Mögen die Götter dich aufnehmen, Ser.« Er kickte Erde in das Loch, dann füllte er es zielstrebig, ohne das Ding auf dem Grund einmal anzusehen. *Er hatte ein langes Leben*, dachte Dunk. *Er muß näher an sechzig als an fünfzig gewesen sein, und wie viele Männer können das von sich sagen?* Immerhin hatte er lange genug gelebt, noch einmal einen Frühling zu sehen.

Die Sonne stand im Westen, als er die Pferde fütterte. Es waren drei; sein Hengst mit dem Senkrücken, der Zelter des alten Mannes und Donner, sein Schlachtroß, das nur beim Turnier und im Kampf geritten wurde. Der große braune Hengst war nicht mehr so schnell und ausdauernd wie früher, hatte aber noch seine leuchtenden Augen und seinen wilden Kampfgeist und war wertvoller als alles andere, was Dunk besaß. *Wenn ich Donner und den alten Braunen und die Sättel samt Zaumzeug verkaufen würde, bekäme ich genug Silber, um ...* Dunk runzelte die Stirn. Das einzige Leben, das er kannte, war das eines Heckenritters, der von Festung zu Festung ritt, sich in die Dienste dieses und jenes Lords stellte, an ihrem Kämpfen teilnahm und in ihren Sälen aß, bis der Krieg vorüber war, und dann weiterzog. Von Zeit zu Zeit fanden auch Turniere statt, wenn auch immer seltener, und er wußte, daß manche Heckenritter in strengen Wintern zu Räubern wurden, aber der alte Mann hatte das nie getan.

Ich könnte einen anderen Heckenritter suchen, der einen Knappen braucht, um seine Tiere zu versorgen und seinen Kettenpanzer zu reinigen, dachte er, *oder vielleicht könnte ich in eine Stadt gehen, nach Lannisport oder King's Landing, und der Stadtwache beitreten. Oder aber ...*

Er hatte die Habseligkeiten des alten Mannes unter einer Eiche aufgestapelt. In dem Leinenbeutel befanden sich drei Silbermünzen, neunzehn Kupferpfennige und ein gesplitterter Granat; der größte Teil seines weltlichen Besitzes hatte, wie bei den meisten Heckenrittern, aus seinem Pferd und seinen Waffen bestanden. Dunk besaß nun ein Panzerhemd aus Ketten, von dem er tausendmal den Rost abgekratzt hatte. Einen eisernen Halbhelm mit breitem Nasenschutz und einer Delle an der linken Schläfe. Einen Schwertgürtel aus rissigem braunem Leder und ein Langschwert in einer Scheide aus Holz und Leder. Einen Dolch, eine Rasierklinge, einen Wetzstein. Beinschienen und Halsberge, eine zweieinhalb Meter lange Gefechtslanze aus gedrechseltem Eschenholz mit einer schrecklichen Spitze aus Eisen und einen Eichenschild mit einem zerschrammten Metallrand und dem Wappen von Ser Arlan von Pennytree: ein geflügelter Kelch, Silber auf Braun.

Dunk betrachtete den Schild, hob den Schwertgürtel auf und sah wieder den Schild an. Der Gürtel war für die knochigen Hüften des alten Mannes gemacht. Er würde ihm selbst nie und nimmer passen, sowenig wie die Halsberge. Er band die Scheide an ein Stück Hanfseil, knotete es um die Taille und zog das Langschwert.

Die Klinge war gerade und schwer, guter, im Schloß geschmiedeter Stahl, der Griff mit weichem, über Holz gespanntem Leder, der Knauf aus glattem, poliertem schwarzem Stein. So schlicht es war, das Schwert lag ihm gut in der Hand, und Dunk wußte, wie scharf es war, da er es viele Nächte mit Wetzstein und Öltuch bearbeitet hatte, bevor sie schlafen gingen. *Es liegt mir so gut in der Hand wie ihm,* dachte er bei sich, *und in Ashford findet ein Turnier auf dem Wasen statt.*

Leichtfuß hatte einen ruhigeren Gang als der alte Braune, aber Dunk war dennoch wund und müde, als er vor sich das Gasthaus erblickte, ein hohes Fachwerkgebäude am Flußufer. Das anheimelnde gelbe Licht, das aus den Fenstern strahlte, sah so einladend aus, daß er nicht daran vorbeireiten konnte. *Ich habe drei Silberstücke,* dachte er bei sich, *genug für eine gute Mahlzeit und soviel Bier, wie ich trinken kann.*

Als er abstieg, kam ein nackter Knabe tropfend aus dem Bach und trocknete sich mit einem grob gewirkten braunen Mantel ab. »Bist du der Stallbursche?« fragte Dunk ihn. Der Junge schien nicht älter als acht oder neun zu sein, ein Knochengestell mit blassem Gesicht, die Füße bis zu den Knöcheln schlammverkrustet. Sein Haar war das Merkwürdigste an ihm. Er hatte keines. »Ich möchte, daß mein Zelter gestriegelt wird. Und Hafer für alle drei. Kannst du dich um sie kümmern?«

Der Junge sah ihn dreist an. »Ich könnte. Wenn ich wollte.«

Dunk runzelte die Stirn. »Das lasse ich mir nicht bieten. Ich bin ein Ritter, mußt du wissen.«

»Du siehst nicht wie ein Ritter aus.«

»Sehen alle Ritter gleich aus?«

»Nein, aber sie sehen auch nicht wie Ihr aus. Euer Schwertgürtel ist aus Seil gemacht.«

»Solange er die Scheide hält, genügt er. Und jetzt kümmere dich um meine Pferde. Du bekommst ein Kupferstück, wenn du es gut machst, und einen Ohrfeige, wenn nicht.« Er wartete nicht ab, wie der Stallbursche darauf reagierte, sondern wandte sich ab und drängte sich zur Tür hinein.

Er hatte damit gerechnet, daß das Gasthaus um diese Zeit brechend voll sein würde, aber der Schankraum war so gut wie leer. Ein junger Lord in edlem Damastgewand lag besinnungslos auf einem Tisch und schnarchte leise in einer Weinlache. Sonst war niemand da. Dunk sah sich unsicher um, bis eine stämmige, kleine Frau mit käseweißem Gesicht aus der Küche kam und sagte: »Setz dich, wohin du willst. Willst du Bier haben oder Essen?«

»Beides.« Dunk setzte sich in die Nähe des Fensters, in sicherem Abstand von dem schlafenden Mann.

»Wir haben gutes Lamm in einer Kräuterkruste und Enten, die mein Sohn geschossen hat. Was möchtest du?«

Er hatte seit einem halben Jahr oder länger nicht mehr in einem Gasthaus gegessen. »Beides.«

Die Frau lachte. »Nun, groß genug dafür bist du.« Sie zapfte einen Krug Bier und brachte ihn an seinen Tisch. »Möchtest du auch ein Zimmer für die Nacht?«

»Nein.« Dunk hätte nichts lieber gehabt als eine weiche Strohmatratze und ein Dach über dem Kopf, mußte aber sparsam mit seinem Geld umgehen. Der Erdboden würde genügen. »Etwas zu essen, ein wenig Bier, und dann weiter nach Ashford. Wie weit ist das noch?«

»Einen Tagesritt. Reite an der Straßengabelung bei der ausgebrannten Mühle nach Norden. Versorgt mein Junge deine Pferde, oder ist er schon wieder abgehauen?«

»Nein, er ist da«, sagte Dunk. »Sie scheinen keine Gäste zu haben.«

»Die halbe Stadt ist ausgeflogen, um sich das Turnier anzusehen. Meine beiden wären auch dort, wenn ich es dulden würde. Sie erben das Gasthaus, wenn ich einmal nicht mehr bin, aber der Junge würde lieber mit den Soldaten herumschwadronieren, und das Mädchen seufzt und kichert jedesmal, wenn ein Ritter vorbeireitet. Ich schwöre, ich kann dir nicht sagen, warum. Ritter sind genauso gebaut wie andere Männer, und ich habe noch nie gehört, daß ein Turnier etwas an den Eierpreisen geändert hätte.« Sie sah Dunk neugierig an; sein Schwert und Schild verrieten ihr eines, das Seil als Gürtel und die grobe Tunika etwas anderes. »Du bist selbst zu dem Turnier unterwegs?«

Er trank einen Schluck Bier, ehe er antwortete. Es hatte eine dunkelbraune Farbe, wie Nüsse, und war kräftig gebraut, wie er es mochte. »Aye«, sagte er. »Ich will ein Sieger sein.«

»Ach, tatsächlich?« antwortete die Schankwirtin nicht unhöflich.

Auf der anderen Seite des Zimmers hob der junge Lord den Kopf aus der Weinlache. Sein Gesicht hatte eine blasse, ungesunde Farbe unter einem Rattennest sandfarbenen Haars; blonde Stoppeln überzogen sein Kinn. Er rieb sich den Mund, sah Dunk an und sagte: »Ich habe von dir geträumt.« Seine Hand zitterte, als er mit dem Finger auf Dunk zeigte. »Bleib mir vom Leibe, hast du gehört? Bleib mir bloß vom Leibe.«

Dunk sah ihn unsicher an. »Mein Lord?«

Die Schankwirtin beugte sich zu ihm herab. »Achtet nicht auf den da, Ser. Er macht nichts anderes als trinken und von seinen Träumen sprechen. Ich kümmere mich um das Essen.« Sie entschwand.

»Essen?« Bei dem jungen Lord hörte sich das Wort wie ein Schimpfwort an. Er erhob sich taumelnd und stützte sich mit einer Hand auf der Tischplatte ab, damit er nicht fiel. »Mir wird schlecht«, verkündete er. Die Vorderseite seiner Tunika war von alten Weinflecken rot verkrustet. »Ich wollte eine Hure, aber hier ist nirgends eine zu finden. Alle sind zum Wasen von Ashford aufgebrochen. Götter, seid gut, ich brauche etwas Wein!« Er schlurfte unsicher aus dem Schankraum, Dunk hörte ihn leise singend eine Treppe hinaufgehen.

Ein trauriges Geschöpf, dachte Dunk. *Aber warum glaubt er, daß er mich kennt?* Er dachte einen Moment bei seinem Bier darüber nach.

Das Lamm war das beste, das er je gegessen hatte, und die Ente war noch besser, mit Kirschen und Limonen gekocht und längst nicht so fett wie die meisten. Die Schankwirtin brachte Buttererbsen und Haferbrot dazu, das noch ofenwarm war. *Das heißt es, ein Ritter zu sein,* dachte er bei sich, als er das letzte Stückchen Fleisch vom Knochen nagte. *Gutes Essen und Bier, wann immer ich es will, und niemand, der mir eine Ohrfeige gibt.* Er trank einen zweiten Krug Bier zu der Mahlzeit, und einen dritten, um sie hinunterzuspülen, dann einen vierten, weil ihm niemand sagte, daß er das nicht dürfe, und als er fertig war, bezahlte er die Frau mit einem Silberstück und bekam trotzdem noch eine Handvoll Kupfermünzen zurück.

Als Dunk wieder hinausging, war es dunkel geworden. Sein Magen war voll, seine Börse ein wenig leichter, aber er fühlte sich gut, als er zu den Ställen ging. Vor sich hörte er ein Pferd wiehern. »Sachte, Junge«, sagte die Stimme eines Knaben. Dunk legte stirnrunzelnd einen Schritt zu.

Er fand den Stallburschen, der die Rüstung des alten Mannes trug, auf Donner sitzend. Das Panzerhemd war länger als er, und er mußte den Helm auf seinem kahlen Kopf nach hinten schieben, weil er sonst seine Augen bedeckt hätte. Er sah vollkommen versunken und vollkommen absurd aus. Dunk blieb an der Stalltür stehen und lachte.

Der Junge schaute auf, errötete und sprang zu Boden. »Mein Lord, ich wollte nicht ...«

»Dieb«, sagte Dunk und versuchte, streng zu klingen. »Nimm diese Rüstung ab, und sei froh, daß Donner dir keinen Tritt gegen deinen dummen Kopf verpaßt hat. Er ist ein Schlachtroß, kein Pony für Knaben.«

Der Junge nahm den Helm ab und warf ihn ins Stroh. »Ich könnte ihn so gut reiten wie Ihr«, sagte er so kühn wie möglich.

»Mach den Mund zu, ich will deine Frechheiten nicht hören. Das Panzerhemd auch, zieh es aus! Was hast du dir dabei gedacht?«

»Wie soll ich Euch das sagen, wenn ich den Mund zumachen soll?« Der Junge wand sich aus dem Kettenhemd und ließ es fallen.

»Zum Antworten kannst den Mund aufmachen«, sagte Dunk. »Jetzt heb das Kettenhemd auf, schüttle den Dreck heraus, und leg es dorthin zurück, wo du es gefunden hast. Und den Halbhelm auch. Hast du die Pferde gefüttert, wie ich es dir gesagt habe? Und Leichtfuß gestriegelt?«

»Ja«, sagte der Junge, während er Stroh aus dem Kettenhemd schüttelte. »Ihr geht nach Ashford, nicht wahr? Nehmt mich mit, Ser.«

Davor hatte die Schankwirtin ihn gewarnt. »Und was würde deine Mutter dazu sagen?«

»Meine Mutter?« Der Junge verzog das Gesicht. »Meine Mutter ist tot, die würde gar nichts sagen.«

Er war überrascht. War die Schankwirtin nicht seine Mutter?

Vielleicht war er nur Lehrling bei ihr. Dunk schwirrte der Kopf ein wenig vom Bier. »Bist du ein Waisenjunge?« fragte er unsicher.

»Seid Ihr einer?« gab der Junge zurück.

»Ich war mal einer«, gab Dunk zu. *Bis der alte Mann mich mitgenommen hat.*

»Wenn Ihr mich mitnehmt, könnte ich Euer Knappe sein.«

»Ich brauche keinen Knappen«, sagte er.

»Jeder Ritter braucht einen Knappen«, sagte der Junge. »Und Ihr seht mehr als alle anderen aus, als würdet Ihr einen brauchen.«

Dunk hob drohend eine Hand. »Und mir scheint, du siehst aus, als würdest du eine Ohrfeige brauchen. Füll mir einen Sack mit Hafer. Ich reite nach Ashford ... allein.«

Falls der Junge Angst hatte, verbarg er es gut. Einen Augenblick stand er trotzig und mit verschränkten Armen da, und als Dunk gerade aufgeben wollte, drehte sich der Junge um und ging den Hafer holen.

Dunk war erleichtert. *Ein Jammer, daß ich ihn nicht ... aber er hat ein gutes Leben hier, ein besseres als der Knappe eines Heckenritters. Ich würde ihm keinen Gefallen tun, wenn ich ihn mitnähme.*

Aber er konnte die Enttäuschung des Burschen spüren. Als er Leichtfuß bestieg und Donners Zügel nahm, beschloß Dunk, daß ein Kupferpfennig ihn aufmuntern würde. »Hier, Bursche, für deine Hilfe.« Er schnippte lächelnd die Münze zu ihm hinunter, aber der Stallbursche traf keine Anstalten, sie zu fangen. Sie fiel zwischen seinen bloßen Füßen auf den Boden, und da ließ er sie liegen.

Sobald ich weg bin, wird er sie aufheben, sagte sich Dunk. Er ließ den Zelter kehrtmachen, ritt von dem Gasthaus weg und führte die beiden anderen Pferde neben sich her. Die Bäume standen hell im Mondschein, der Himmel war wolkenlos und voller Sterne. Aber als Dunk den Weg hinabritt, konnte er spüren, wie der Stalljunge ihm verdrossen und stumm nachsah.

Die Schatten des Nachmittags wurden lang, als Dunk am Rain des Wasens von Ashford die Zügel anzog. Sechzig Zelte waren bereits auf der Wiese errichtet worden. Manche waren klein, manche groß; manche eckig, manche rund; manche aus Segeltuch, manche aus Leinen, manche aus Seide; aber alle waren bunt, und lange Banner, strahlender als ein Feld voller Wildblumen, in vollem Rot und Sonnengelb und allen Schattierungen von Grün und Blau sowie tiefen Schwarz-, Grau- und Purpurtönen, flatterten von ihren Mittelpfosten.

Der alte Mann war mit einigen dieser Ritter geritten; andere kannte Dunk aus Geschichten, die in Wirtshäusern und an Lagerfeuern erzählt wurden. Auch wenn er die Magie des Lesens und Schreibens nie gelernt hatte, war der alte Mann unerbittlich gewesen, wenn es darum ging, ihn Heraldik zu lehren, und er hatte es ihm oft beim Reiten eingebleut. Die Nachtigallen gehörten Lord Caron von den Marschen, der mit der hohen Harfe so geschickt umzugehen wußte wie mit der Lanze. Der gekrönte Hirsch gehörte Ser Lyonel Baratheon, dem Lachenden Sturm. Dunk erkannte den Jägersmann von Tarly, den purpurnen Blitz des Hauses Dondarrion, den roten Apfel der Fossoways. Dort brüllte der Löwe von Lannister golden auf Scharlachrot, und dort schwamm die grüne Wasserschildkröte der Estermonts auf einem hellgrünen Feld. Das braune Zelt unter dem roten Hengst konnte nur Ser Otho Bracken gehören, der, seit er vor drei Jahren Lord Quentyn Blackwood bei einem Turnier in King's Landing erschlagen hatte, nur der Rohe Bracken genannt wurde, Dunk hatte gehört, Ser Otho hätte derart fest mit der stumpfen Langaxt zugeschlagen, daß er das Visier von Lord Blackwoods Helm mitsamt dem Gesicht darunter eingedrückt hatte. Er sah auch einige Banner der Blackwoods am westlichen Rand der Wiese, so weit von Sir Otho entfernt, wie es nur ging. Marbrand, Mallister, Cargyll, Westerling, Swann, Mullendore, Hightower, Florent, Frey, Penrose, Stokeworth Darry, Parren, Wylde; es schien, als hätten sämtliche Adelshäuser des Westens und Südens einen Ritter oder drei nach Ashford entsandt, um die schöne Maid zu sehen und ihr zu Ehren den Sieg zu erringen.

Doch so hübsch ihre Zelte auch anzuschauen waren, er wußte, daß da kein Platz für ihn war. Ein fadenscheiniger Wollmantel würde heute nacht der einzige Schutz sein, den er hatte. Während die Lords und hohen Ritter Kapaune und Spanferkel speisten, würde Dunks Abendessen aus einem harten, sehnigen Stück Dörrfleisch bestehen. Er wußte nur zu gut, wenn er sein Lager auf diesem prächtigen Feld aufschlug, würde er stumme Verachtung und unverblümten Spott über sich ergehen lassen müssen. Ein paar würden ihn vielleicht freundlich behandeln, aber auf eine Art und Weise, die fast noch schlimmer war.

Ein Heckenritter mußte auf seinen Stolz achten. Ohne ihn war er nichts weiter als ein Söldner mit Schwert. *Ich muß mir meinen Platz in dieser Gesellschaft verdienen. Wenn ich gut kämpfe, nimmt mich vielleicht ein Lord in seinen Haushalt auf. Dann werde ich in edler Gesellschaft reiten und jeden Abend frisches Fleisch im Saal des Schlosses essen und bei Turnieren mein eigenes Zelt aufstellen. Aber vorher muß ich mich gut schlagen.* Widerwillig drehte er dem Turniergelände den Rücken zu und führte seine Pferde unter die Bäume.

An den Rändern der großen Wiese, eine gute halbe Meile von Stadt und Schloß entfernt, fand er eine Stelle, wo eine Biegung des Baches einen tiefen Teich bildete. Dichtes Schilfrohr wuchs an den Ufern, und über allem ragte eine hohe, laubreiche Ulme auf. Das Frühlingsgras hier war so grün wie das Banner eines Ritter und weich anzufühlen. Es war ein hübsches Fleckchen, und noch niemand hatte es für sich beansprucht. *Dies wird mein Zelt sein,* sagte Dunk zu sich, *ein Zelt mit einem Dach aus Blättern, grüner als die Banner der Tyrells und der Estermonts.*

Zuerst kamen seine Pferde dran. Als sie versorgt waren, zog er sich aus und watete in den Fluß, um den Staub der Reise abzuwaschen. »Ein wahrer Ritter ist ebenso reinlich wie gottesfürchtig«, hatte der alte Mann immer gesagt und darauf bestanden, daß sie sich an jedem Mondwechsel von Kopf bis Fuß wuschen, ob sie nun übel rochen oder nicht. Nun, selbst ein Ritter, schwor Dunk, daß er es ebenso halten würde.

Er saß nackt unter der Ulme, während er allmählich trocken wurde, genoß die warme Frühlingsluft auf der Haut und sah einer Drachenfliege zu, die träge zwischen dem Schilfgras dahinflog. *Warum nennt man Libellen auch Drachenfliegen?* fragte er sich. *Sie haben keine Ähnlichkeit mit einem Drachen.* Nicht, daß Dunk je einen Drachen gesehen hätte. Der alte Mann schon. Dunk hatte die Geschichte fünfzigmal gehört, wie Ser Arlan ein kleiner Junge gewesen war, als sein Großvater ihn mit nach King's Landing genommen hatte, wo sie den letzten Drachen sahen, ein Jahr bevor er starb. Ein grünes Weibchen war es gewesen, klein und verkrüppelt, die Flügel verkümmert. Aus keinem ihrer Eier war je ein Junges geschlüpft. »Manche sagen, daß König Aegon sie vergiftet hat«, pflegte der alte Mann zu erzählen. »Das war der dritte Aegon, nicht König Daerons Vater, sondern derjenige, den sie Drachenbanner nannten, oder Aegon den Unglücklichen. Er hatte Angst vor Drachen, denn er hatte gesehen, wie das Tier seines Onkels seine eigene Mutter verschlang. Die Sommer sind kürzer geworden, seit der letzte Drache gestorben ist, und die Winter länger und bitterer.«

Als die Sonne unter die Baumspitzen sank, wurde es kühler. Sowie Dunk Gänsehaut auf den Armen spürte, klopfte er seine Tunika und die Hose am Stamm der Ulme aus, um den gröbsten Schmutz abzuschütteln, und zog sie wieder an. Morgen konnte er die Turniermeister aufsuchen und seinen Namen eintragen, aber heute abend mußte er sich um andere Dinge kümmern, wenn er jemanden herausfordern wollte.

Er mußte sein Spiegelbild im Wasser nicht betrachten, um zu wissen, daß er nicht sehr nach einem Ritter aussah, daher schlang er Ser Arlans Schild über den Rücken, um das Wappen zu zeigen. Er band den Pferden die Knöchel zusammen und ließ sie an dem saftigen grünen Gras unter der Ulme knabbern, während er sich zu Fuß auf den Weg zum Turniergelände machte.

In normalen Zeiten diente der Wasen den Leuten aus Ashford auf der anderen Seite des Flusses als Dorfplatz, aber heute war er wie verwandelt. Über Nacht war eine zweite Stadt entstanden, eine Stadt aus Seide statt Stein, größer und bunter als ihre ältere Schwester. Dutzende Kaufleute hatten ihre Stände am Feldrain aufgebaut und verkauften Pelze und Obst, Gürtel und Stiefel, Häute und Falken, Keramik, Edelsteine, Zinngeschirr, Gewürze, Federn und alle Arten anderer Waren. Jongleure, Puppenspieler und Zauberer schritten durch die Menge und gingen ihrem Gewerbe nach ... genau wie die Huren und Beutelschneider. Dunk hielt wachsam eine Hand auf seinem Geld.

Als er den Duft von Bratwürsten roch, die über einem offenen Feuer brutzelten, lief ihm das Wasser im Mund zusammen. Er kaufte eine und bezahlte mit einer Kupfermünze aus seinem Beutel, danach ein Horn Bier, um die Wurst hinunterzuspülen. Beim Essen sah er einem Ritter aus Holz zu, wie er gegen einen Drachen aus Holz kämpfte. Die Puppenspielerin, die den Drachen bewegte, bot auch einen interessanten Anblick: eine lange Bohnenstange mit der olivfarbenen Haut und dem schwarzen Haar der Leute von Dorne. Sie war dünn wie eine Lanze und hatte keine nennenswerten Brüste, aber Dunk mochte ihr Gesicht, und ihm gefiel, wie ihre Finger den Drachen am Ende seiner Schnüre schnappen und zappeln ließen. Er hätte dem Mädchen ein Kupferstück zugeworfen, hätte er eins erübrigen können, aber gerade jetzt brauchte er jede Münze.

Wie er gehofft hatte, befanden sich auch Waffenschmiede unter den Kaufleuten. Ein Tyroshi mit blauem Ziegenbart verkaufte verzierte Helme, grandiose, phantastische Hauben in Form von Vögeln und Tieren, mit Silber und Gold eingefaßt. Andernorts fand er einen Schwertmacher, der billige Stahlklingen an den Mann brachte, und einen anderen, dessen Arbeit weitaus erlesener war, aber an einem Schwert fehlte es ihm nicht.

Der Mann, den er brauchte, war ganz am Ende einer Reihe und hatte ein feines Kettenhemd und ein Paar Stahlhandschuhe mit Scharnieren vor sich auf dem Tisch ausgestellt. Dunk begutachtete sie eingehend. »Gute Arbeit«, sagte er.

»Gibt keine bessere.« Der Schmied war ein untersetzter Mann, kaum einen Meter sechzig groß, aber an Brust und Armen so kräftig wie Dunk. Er hatte einen schwarzen Bart, riesige Pranken und keine Spur von Bescheidenheit.

»Ich brauche eine Rüstung für das Turnier«, ließ Dunk ihn wissen. »Einen Anzug aus feinem Kettenwerk mit Halsberge, Beinschienen und einem Großhelm.« Der Halbhelm des alten Mannes würde ihm passen, aber er wollte mehr Schutz für sein Gesicht, als eine Nasenschiene allein bieten konnte.

Der Waffenschmied betrachtete ihn von oben bis unten. »Ihr seid ein großer Mann, aber ich habe schon größere ausrüstet.« Er kam hinter seinem Tisch vor. »Kniet Euch hin, ich will an den Schultern Maß nehmen. Aye, und an Eurem dicken Hals.« Dunk kniete nieder. Der Waffenschmied legte ihm ein Stück Wildlederschnur mit Knoten darin auf die Schultern, grunzte, legte es ihm um den Hals, grunzte wieder. »Hebt den Arm. Nein, den rechten.« Er grunzte zum drittenmal. »Jetzt könnt Ihr aufstehen.« Die Innenseite eines Beins, die Abmessungen seiner Wade und der Umfang seiner Taille zogen weitere Grunzlaute nach sich. »Ich habe ein paar Teile auf meinem Wagen, die Euch passen könnten«, sagte der Mann, als er fertig war. »Nichts mit Gold oder Silber Verziertes, wißt Ihr, nur guter Stahl, kräftig und schlicht. Ich mache Helme, die wie Helme aussehen, nicht wie geflügelte Schweine und komische ausländische Früchte, aber meine leisten Euch bessere Dienste, wenn Ihr eine Lanze ins Gesicht bekommt.«

»Mehr will ich nicht«, sagte Dunk. »Wieviel?«

»Achthundert Silberstücke, weil mir mildtätig zumute ist.«

»Achthundert?« Das war mehr, als er erwartet hatte. »Ich ... ich könnte Euch eine alte Rüstung für einen kleineren Mann anbieten ... einen Halbhelm, ein Panzerhemd aus Kettengliedern ...«

»Der Stählerne Pate verkauft nur seine eigenen Arbeiten«, erklärte der Mann, »aber kann sein, daß ich für das Metall Verwendung habe. Wenn es nicht zu rostig ist, dann nehme ich es und statte Euch für sechshundert aus.«

Dunk hätte Pate anflehen können, ihm eine Rüstung auf Kredit zu geben, wußte aber, was für eine Antwort das wahrscheinlich nach sich gezogen hätte. Er war lange genug mit dem alten Mann herumgereist, um zu wissen, daß Kaufleute ein notorisches Mißtrauen gegen Heckenritter hegten, die teilweise nicht besser als Straßenräuber waren. »Ich gebe Euch zwei Silberstücke gleich, die Rüstung und das restliche Geld morgen.«

Der Waffenschmied sah ihn einen Moment an. »Für zwei Silberstücke bekommt Ihr einen Tag. Danach verkaufe ich meine Arbeit dem nächsten.«

Dunk holte die beiden Silbermünzen aus dem Beutel und drückte sie dem Waffenschmied in die schwielige Hand. »Ihr werdet alles bekommen. Ich gedenke hier der Sieger zu sein.«

»Ach, tatsächlich?« Pate biß auf eine der Münzen. »Und die andern, nehme ich an, die sind nur gekommen, um Euch zuzujubeln?«

Der Mond stand bereits hoch am Himmel, als Dunk seine Schritte zu der Ulme zurücklenkte. Hinter ihm erstrahlte der Wasen von Ashford im Licht der Fackeln. Lieder und Gelächter tönten über das Gras, aber seine eigene Stimmung war ernst. Er kannte nur eine Möglichkeit, die Münzen für seine Rüstung zusammenzubekommen. Und wenn er verlieren sollte ... »Ich brauche nur einen Sieg«, murmelte er laut. »Das ist nicht zuviel Hoffnung.«

Aber der alte Mann hätte sich diese Hoffnung nie gegönnt. Ser Arlan hatte kein Lanzenbrechen mehr geritten, seit ihn der Prinz von Dragonstone vor vielen Jahren bei einem Turnier in Storm's End vom Pferd gestoßen hatte. »Nicht jeder Mann kann von sich behaupten, sieben Lanzen gegen den besten Ritter der Sieben Königreiche gebrochen zu haben«, pflegte er zu sagen. »Ich könnte nie hoffen, es besser zu machen, warum also sollte ich es versuchen?«

Dunk vermutete, daß Ser Arlans Alter mehr damit zu tun gehabt hatte als der Prinz von Dragonstone, aber er hatte nie eine dementsprechende Bemerkung gewagt. Der alte Mann hatte seinen Stolz gehabt, bis zuletzt. *Ich bin schnell und kräftig, das hat er immer gesagt, und was für ihn galt, muß nicht auch für mich gelten,* sagte er störrisch zu sich.

Er durchquerte eine Stelle hohen Schilfgrases und zerbrach sich den Kopf über seine Chancen, als er das Flackern eines Feuers zwischen den Büschen sah. *Was ist das?* Dunk blieb nicht stehen, um nachzudenken. Plötzlich hatte er das Schwert in der Hand und trampelte durch das Gras.

Er platzte brüllend und fluchend heraus, blieb aber ruckartig stehen, als er den Jungen beim Lagerfeuer erblickte. »Du!« Er ließ das Schwert sinken. »Was machst du hier?«

»Einen Fisch grillen«, sagte der kahlköpfige Junge. »Möchtet Ihr auch was abhaben?«

»Ich meinte, wie bist du *hierher*gekommen? Hast du ein Pferd gestohlen?«

»Ich bin auf dem Wagen eines Mannes mitgefahren, der ein paar Lämmer für die Tafel des Lord von Ashford ins Schloß gebracht hat.«

»Nun, dann solltest du schleunigst nachsehen, ob er schon wieder fort ist, oder dir einen anderen Wagen suchen. Ich will dich nicht hier haben.«

»Ihr könnt mich nicht wegschicken«, sagte der Junge dreist. »Ich habe die Nase voll von dem Gasthaus.«

»Ich werde mir keine Frechheiten mehr von dir gefallen lassen«, warnte Dunk ihn. »Ich sollte dich gleich jetzt über mein Pferd werfen und nach Hause bringen.«

»Dann müßtet Ihr den ganzen Weg bis King's Landing reiten«, sagte der Junge. »Ihr würdet das Turnier versäumen.«

King's Landing. Einen Moment fragte sich Dunk, ob er verspottet wurde, aber der Junge konnte unmöglich wissen, daß er ebenfalls in King's Landing geboren worden war. *Noch ein armer Kerl aus dem Flohviertel, ob es mir gefällt oder nicht, und wer kann ihm verdenken, daß er da raus will?*

Er kam sich albern vor, wie er mit dem gezückten Schwert über einem achtjährigen Waisenknaben stand. Er steckte es in die Scheide und sah den Jungen finster an, damit der gleich wußte, daß nicht gut Kirschen essen mit ihm war. *Ich sollte ihm mindestens eine ordentliche Tracht Prügel verpassen,* dachte er, aber der Junge sah so mitleiderregend aus, daß er es nicht über sich brachte, ihn zu schlagen. Er sah sich in dem Lager um. Das Feuer loderte fröhlich in einem ordentlichen Kreis aus Steinen. Die Pferde waren gestriegelt, Kleidungsstücke hingen an der Ulme und trockneten über den Flammen. »Was haben die da zu suchen?«

»Ich habe sie gewaschen«, sagte der Junge. »Und ich habe die Pferde gebürstet, ein Feuer gemacht und diesen Fisch gefangen. Ich hätte Euer Zelt aufgebaut, konnte aber keines finden.«

»Das ist mein Zelt.« Dunk winkte mit der Hand über seinen Kopf zu den Ästen der hohen Ulme, die über ihnen aufragte.

»Das ist ein Baum«, sagte der Junge unbeeindruckt.

»Ein anderes Zelt braucht ein wahrer Ritter nicht. Ich schlafe lieber unter den Sternen als in einem rauchigen Zelt.«

»Und wenn es regnet?«

»Gibt der Baum mir Schutz.«

»Bäume sind undicht.«

Dunk lachte. »Wohl wahr. Nun, um die Wahrheit zu sagen, mir fehlt das Geld für ein Zelt. Und du solltest diesen Fisch besser umdrehen, sonst ist er unten verbrannt und oben roh. Ein Küchenjunge wird nie aus dir.«

»Wenn ich wollte, schon«, entgegnete der Junge, drehte den Fisch aber um.

»Was ist mit deinem Haar passiert?« fragte Dunk ihn.

»Die Maester haben es abrasiert.« Der Junge zog plötzlich verlegen die Kapuze seines dunkelbraunen Mantels hoch und bedeckte seinen Kopf.

Dunk hatte gehört, daß sie das manchmal taten, um Läuse oder Würmer oder bestimmte Krankheiten zu behandeln. »Bist du krank?«

»Nein«, sagte der Junge. »Wie heißt Ihr?«

»Dunk«, sagte er.

Der armselige Bengel lachte hell auf, als wäre das das Komischste, das er je gehört hatte. *»Dunk?«* sagte er. »Ser Dunk? Das ist kein Name für einen Ritter. Ist es eine Abkürzung von Duncan?«

War es das? Der alte Mann hatte ihn, so lange er zurückdenken konnte, nur *Dunk* genannt, und an sein Leben davor konnte er sich kaum noch erinnern. »Duncan, ja«, sagte er. »Ser Duncan von ...« Dunk hatte keinen anderen Namen, auch kein Haus; Ser Arlan hatte ihn als Streuner auf den Straßen und Gassen des Flohviertels gefunden. Seinen Vater und seine Mutter hatte er nie gekannt. Was sollte er sagen? »Ser Duncan vom Flohviertel« klang nicht sehr ritterlich. Er hätte Pennytree sagen können, was aber, wenn sie ihn fragten, wo das lag? Dunk war nie in Pennytree gewesen, noch hatte der alte Mann viel darüber erzählt. Er runzelte einen Moment die Stirn, dann platzte er heraus: »Ser Duncan der Hohe.« Er war hoch, das konnte niemand bestreiten, und es hörte sich mächtig an.

Da schien der kleine Frechdachs anderer Meinung zu sein. »Ich habe noch nie von einem Ser Duncan dem Hohen gehört.«

»Also kennst du alle Ritter der Sieben Königreiche?«

Der Junge sah ihn unerschrocken an. »Die Guten.«

»Ich bin so gut wie alle anderen. Nach dem Turnier werden sie das wissen. Hast *du* einen Namen, Dieb?«

Der Junge zögerte. »Ei«, sagte er.

Dunk lachte nicht. *Sein Kopf sieht wie ein Ei aus. Kleine Jungs können grausam sein, und erwachsene Männer auch.* »Ei«, sagte er. »Ich sollte dich blutig prügeln und deines Weges schicken, aber die Wahrheit ist, ich habe kein Zelt, und ich habe auch keinen Knappen. Wenn du schwörst, daß du tun wirst, was ich dir sage, kannst du mir für die Dauer des Turniers dienen. Danach werden wir weitersehen. Wenn ich der Meinung bin, daß du deinen Unterhalt wert bist, wirst du immer Kleider am Leib und einen vollen Bauch haben. Die Kleider mögen derb sein, und das Essen kann aus Pökelfleisch und gesalzenem Fisch bestehen, und vielleicht ab und zu etwas Wildbret, wenn keine Waldhüter in der Nähe sind, aber du wirst nicht hungern. Und ich verspreche dir, ich werde dich nur prügeln, wenn du es verdient hast.«

Ei lächelte. »Ja, mein Lord.«

»Ser«, verbesserte Dunk ihn. »Ich bin nur ein Heckenritter.« Er fragte sich, ob der alte Mann auf ihn herabschaute. *Ich werde ihn die Kunst des Kämpfens lehren, wie Ihr sie mich gelehrt habt, Ser. Er scheint ein tüchtiger Bursche zu sein, möglicherweise bringt er es eines Tages zum Ritter.*

Der Fisch war innen noch ein wenig roh, als sie ihn aßen, und der Junge hatte nicht alle Gräten entfernt, aber er schmeckte trotzdem ungleich besser als hartes Pökelfleisch.

Ei schlief kurz darauf neben dem niedergebrannten Feuer ein. Dunk lag auf dem Rücken daneben, die großen Hände hinter dem Kopf verschränkt, und sah zum Nachthimmel hinauf. Er konnte leise Musik vom eine halbe Meile entfernten Turniergelände hören. Die Sterne waren überall, Tausende und Abertausende. Einer fiel vor seinen Augen herab, ein hellgrüner Streifen, der über die Schwärze schoß und verschwand.

Es bringt Glück, eine Sternschnuppe zu sehen, dachte Dunk. *Aber alle anderen sind inzwischen in ihren Zelten und sehen Seide an Stelle des Himmels. Also gehört das Glück mir allein.*

Am Morgen erwachte er, als ein Hahn krähte. Ei war noch da und hatte sich unter dem zweitbesten Mantel des alten Mannes zusammengerollt. *Nun, der Junge ist im Lauf der Nacht nicht weggelaufen, das ist immerhin ein Anfang.* Er stieß ihn mit dem Fuß an und weckte ihn. »Auf. Es gibt viel zu tun.« Der Junge stand rasch auf und rieb sich die Augen. »Hilf mir, Leichtfuß zu satteln«, sagte Dunk zu ihm.

»Was ist mit Frühstück?«

»Es gibt Pökelfleisch. *Nachdem* wir fertig sind.«

»Lieber esse ich das Pferd«, sagte Ei. »Ser.«

»Du ißt meine Faust, wenn du nicht tust, was ich dir sage. Hol die Bürsten! Sie sind in der Satteltasche. Ja, in der.«

Gemeinsam bürsteten sie das rotbraune Fell von Leichtfuß, legten ihr Ser Arlans besten Sattel auf den Rücken und zurrten ihn fest. Dunk sah, daß Ei ein guter Arbeiter war, wenn er sich auf seine Tätigkeit konzentrierte.

»Ich gehe davon aus, daß ich den größten Teil des Tages fort sein werde«, sagte er dem Jungen, als er aufstieg. »Du bleibst hier und bringst das Lager in Ordnung. Sieh zu, daß keine *anderen* Diebe herumschnüffeln kommen.«

»Kann ich ein Schwert haben, um sie damit zu vertreiben?« fragte Ei. Er hatte blaue Augen, sah Dunk, sehr dunkel, fast purpurn. Durch seinen kahlen Kopf wirkten sie irgendwie riesig. »Nein«, sagte Dunk. »Ein Messer ist genug. Und du solltest besser hier sein, wenn ich zurückkomme, hast du verstanden? Wenn du mich ausraubst und fliehst, werde ich dich aufspüren, das schwöre ich. Mit Hunden.«

»Ihr habt keine Hunde«, bemerkte Ei.

»Ich besorge mir welche«, sagte Dunk. »Nur für dich.« Er drehte den Kopf von Leichtfuß zur Wiese, ritt im raschen Trott davon und hoffte, die Drohung würde ausreichen, daß der Junge ehrlich blieb. Abgesehen von den Kleidern am Leib, der Rüstung in seinem Sack und dem Pferd unter ihm befand sich alles, was Dunk besaß, im Lager. *Ich bin ein großer Narr, daß ich dem Jungen so vertraue, aber es ist nicht mehr, als der alte Mann für mich getan hat,* überlegte er. *Die Mutter muß ihn mir geschickt haben, damit ich meine Schuld begleichen kann.*

Als er das Feld überquerte, hörte er Hammerschläge vom Flußufer, wo die Zimmerleute Absperrungen für das Turnier errichteten und eine prächtige Tribüne aufbauten. Einige neue Zelte wurden ebenfalls errichtet, während die Ritter, die früher eingetroffen waren, die Zechgelage der vergangenen Nacht ausschliefen oder sich niedersetzten, um zu frühstücken. Dunk konnte den Rauch von Holz riechen, aber auch Speck.

Nördlich der Wiese verlief der Fluß Cockleswent, ein Nebenfluß des mächtigen Mander. Jenseits der seichten Furt lagen Stadt und Schloß. Dunk hatte im Verlauf seiner Reisen mit dem alten Mann viele Marktstädtchen gesehen. Dieses war hübscher als die meisten; die weißgetünchten Häuser mit ihren Schindeldächern hatten etwas Anheimelndes. Als er kleiner war, hatte er sich oft gefragt, wie es sein mochte, in so einem Haus zu leben; jede Nacht mit einem Dach über dem Kopf zu schlafen, und jeden Morgen mit denselben Wänden um dich herum aufzuwachen. *Vielleicht werde ich es bald erfahren. Jawohl, und Ei auch.* Es könnte dazu kommen. Seltsamere Dinge geschahen jeden Tag.

Das Schloß von Ashford war ein Gebäude aus Stein mit dem Grundriß eines Dreiecks. An jeder Spitze ragten zehn Meter hohe runde Türme auf, dazwischen verliefen dicke Mauern mit Zinnen. Orangefarbene Banner, die das weiße Wappen mit Sonne und Winkel des Schloßherrn zeigten, flatterten über den Brüstungen. Bewaffnete Männer in orangeroter und weißer Livree standen mit Hellebarden vor den Toren, verfolgten das Kommen und Gehen der Leute und schienen mehr darauf erpicht zu sein, mit einem hübschen Milchmädchen zu scherzen, als jemanden fernzuhalten. Dunk zügelte sein Pferd vor dem kleinwüchsigen, bärtigen Mann, den er für ihren Hauptmann hielt, und fragte nach dem Turniermeister.

»Da mußt du mit Plummer sprechen, der ist Haushofmeister hier. Ich zeige dir den Weg.«

Im Innenhof nahm ihm ein Stallbursche Leichtfuß ab. Dunk schlang Ser Arlans kampferprobten Schild über die Schulter und folgte dem Hauptmann der Wache von den Stallungen zu einem Turm, der rechtwinklig zur Kurtine errichtet worden war. Eine steile Treppe aus Stein führte zum Rundgang auf der Mauer hinauf. »Bist du gekommen, um den Namen deines Herrn in die Liste einzutragen?« fragte der Kapitän, als sie hinaufgingen.

»Ich werde meinen eigenen Namen eintragen.«

»Tatsächlich?« Grinste der Mann? Dunk war nicht sicher. »Diese Tür dort. Ich lasse dich hier und kehre auf meinen Posten zurück.«

Als Dunk die Tür aufstieß, saß der Haushofmeister an einem Zeichentisch und kratzte mit einer Feder über ein Stück Pergament. Er hatte schütteres graues Haar und ein schmales, verkniffenes Gesicht. »Ja?« sagte er und schaute auf. »Was willst du, Mann?«

Dunk machte die Tür zu. »Seid Ihr Plummer, der Haushofmeister? Ich bin wegen des Turniers gekommen. Ich möchte auf die Liste.«

Plummer schürzte die Lippen. »Das Turnier meines Lords ist ein Turnier ausschließlich für Ritter. Bist du ein Ritter?«

Er nickte und fragte sich, ob seine Ohren rot wurden.

»Womöglich ein Ritter mit einem Namen?«

»Dunk.« Warum hatte er *das* gesagt? »Ser Duncan. Der Hohe.«

»Und woher kommt Ihr, Ser Duncan der Hohe?«

»Von überall. Ich war Knappe von Ser Arlan von Pennytree, seit meinem fünften oder sechsten Jahr. Dies ist sein Schild.« Er zeigte ihn dem Haushofmeister. »Er wollte zum Turnier kommen, zog sich aber eine Erkältung zu und starb, daher kam ich an seiner Stelle. Vor seinem Dahinscheiden schlug er mich mit seinem eigenen Schwert zum Ritter.« Dunk zog das Langschwert und legte es zwischen sie auf den zerkratzten Holztisch.

Der Turniermeister würdigte die Klinge nicht mehr als eines Blicks. »Das ist gewiß ein Schwert. Aber von diesem Arlan von Pennytree habe ich nie gehört. Ihr sagt, Ihr wart sein Knappe?«

»Er hat immer gesagt, er wollte, daß ich ein Ritter werde wie er. Als er im Sterben lag, verlangte er nach seinem Langschwert und bat mich, niederzuknien. Er berührte mich einmal an der rechten und einmal an der linken Schulter und sprach einige Worte, und als ich aufstand, sagte er mir, daß ich jetzt ein Ritter sei.«

»Hmpf.« Plummer rieb sich die Nase. »Jeder Ritter kann einen anderen zum Ritter machen, wohl wahr, aber es ist gebräuchlicher, eine Nachtwache zu halten und von einem Septon gesalbt zu werden, bevor man das Gelübde ablegt. Gibt es Zeugen für Euren Ritterschlag?«

»Nur ein Rotkehlchen in einem Dornbaum. Ich habe es gehört, als der alte Mann die Worte sprach. Er forderte mich auf, ein guter und aufrechter Ritter zu sein, die sieben Götter zu ehren, die Schwachen und Unschuldigen zu schützen, meinem Lord treu zu dienen und sein Reich mit aller Macht zu verteidigen, und ich habe geschworen, daß ich das tun würde.«

»Zweifellos.« Plummer ließ sich nicht dazu herab, ihn Ser zu nennen, was Dunk nicht entging. »Ich muß mich mit Lord Ashford beraten. Seid Ihr oder Euer verstorbener Herr einem der guten Ritter bekannt, die sich hier eingefunden haben?«

Dunk überlegte einen Moment. »Ich habe ein Zelt mit dem Banner des Hauses Dondarrion gesehen. Das schwarze mit dem purpurfarbenen Blitz?«

»Das ist Ser Manfred aus jenem Hause.«

»Ser Arlan hat seinem Herrn Vater vor drei Jahren in Dorne gedient. Ser Manfred erinnert sich vielleicht an mich.«

»Ich würde Euch raten, mit ihm zu sprechen. Wenn er für Euch bürgt, bringt ihn morgen mit hierher, um genau dieselbe Zeit.«

»Wie Ihr wünscht, m'Lord.« Er ging zur Tür.

»Ser Duncan«, rief ihm der Haushofmeister nach.

Dunk drehte sich um.

»Euch ist bewußt«, sagte der Mann, »daß Unterlegene des Turniers Waffen, Rüstung und Pferd an den Sieger verlieren und sie zurückkaufen müssen?«

»Ich weiß.«

»Und habt Ihr das Geld, um diesen Rückkaufpreis zu bezahlen?«

Nun *wußte* er, daß seine Ohren rot waren. »Ich werde kein Geld brauchen«, sagte er und betete, daß es zuträfe. *Ich brauche nur einen Sieg. Wenn ich mein erstes Lanzenbrechen gewinne, werde ich Rüstung und Pferd des Verlierers haben, oder sein Gold, und kann dann eine eigene Niederlage verkraften.*

Er ging langsam die Treppe hinunter, weil er kaum über sich bringen konnte, was er als nächstes tun mußte. Auf dem Hof packte er einen der Stallburschen am Wickel. »Ich muß mit Lord Ashfords Stallmeister sprechen.«

»Ich werde ihn für Euch suchen.«

In den Ställen war es kühl und halbdunkel. Ein unruhiger grauer Hengst schnappte im Vorbeigehen nach ihm, aber Leichtfuß wieherte nur leise und knabberte an seiner Hand, als er sie ihr an die Nüstern hielt. »Bist ein braves Mädchen, was?« flüsterte er. Der alte Mann hatte immer gesagt, daß ein Ritter sein Pferd niemals zu gern haben sollte, da mehr als nur ein paar unter ihm sterben würden, aber auch er selbst hatte sich nie an seinen Rat gehalten. Dunk hatte oft gesehen, wie er seine letzte Kupfermünze für einen Apfel für den alten Braunen oder Hafer für Leichtfuß und Donner ausgegeben hatte. Die Stute war Ser Arlans Reitpferd gewesen, und sie hatte ihn unermüdlich Tausende von Meilen getragen, kreuz und quer durch die ganzen Sieben Königreiche. Dunk kam sich vor, als würde er einen alten Freund verraten, aber hatte er eine andere Wahl? Der Braune war so alt, daß er kaum mehr etwas wert war, Donner mußte ihn also im Turnier tragen.

Es verging einige Zeit, bis der Stallmeister sich herabließ, zu erscheinen. Während er wartete, hörte Dunk einen Fanfarenstoß von den Mauern und eine Stimme auf dem Hof. Neugierig führte er Leichtfuß zur Stalltür, um nachzusehen, was vor sich ging. Eine große Gruppe von Rittern und berittenen Bogenschützen strömte zum Tor herein, mindestens hundert Mann, die einige der prachtvollsten Pferde ritten, die Dunk je gesehen hatte. *Ein bedeutender Lord ist eingetroffen.* Er packte einen vorübereilenden Stallburschen am Arm. »Wer sind die?«

Der Junge sah ihn seltsam an. »Könnt Ihr die Banner nicht sehen?«

Die Banner ... Als Dunk sich umdrehte, hob ein Windstoß den schwarzen Seidenwimpel auf dem hohen Stab, worauf der wütende dreiköpfige Drache des Hauses Targaryen die Schwingen zu spreizen und scharlachrotes Feuer zu spucken schien. Der Bannerträger war ein hochgewachsener Ritter in weißer Schuppenrüstung mit Goldverzierungen, von dessen Schultern ein blütenweißer Mantel herabfiel. Zwei weitere Reiter waren ebenfalls von Kopf bis Fuß in weiße Rüstungen gekleidet. *Ritter der Königsgarde mit dem königlichen Banner.* Kein Wunder, daß Lord Ashford und seine Söhne aus den Türen der Festung gerannt kamen, und die schöne Maid ebenfalls, ein kleines Mädchen mit blondem Haar und einem runden, rosigen Gesicht. *Mir kommt sie gar nicht so schön vor,* dachte Dunk. Die Puppenspielerin war hübscher.

»Junge, laß diese Mähre da los, und kümmere dich um mein Pferd.«

Ein Reiter war vor den Ställen abgestiegen. *Er redet mit mir,* wurde Dunk klar. »Ich bin kein Stallbursche, m'Lord.«

»Nicht schlau genug?« Der Sprecher trug einen schwarzen, mit scharlachrotem Satin gefütterten Mantel, aber darunter ein Gewand so leuchtend wie Feuer, ganz in Rot und Gelb und Gold. Er war etwa in Dunks Alter, schlank und gerade wie ein Dolch, aber nur mittelgroß. Locken silber-goldenen Haares umrahmten sein feingeschnittenes und anmaßendes Gesicht; hohe Stirn und vorstehende Wangenknochen, gerade Nase, blasse, glatte Haut ohne Makel. Seine Augen hatten eine dunkelviolette Farbe. »Wenn du nicht mit einem Pferd umgehen kannst, bring mir etwas Wein und eine hübsche Dirne.«

»Ich ... Pardon, m'Lord, ich bin auch kein Bediensteter. Ich habe die Ehre, ein Ritter zu sein.«

»Traurige Zeiten sind für den Ritterstand angebrochen«, sagte der junge Prinz, aber dann kam einer der Stallburschen gelaufen, und er wandte sich ab und gab ihm die Zügel seines Zelters, eines prachtvollen Vollbluts. Dunk war im Handumdrehen vergessen. Erleichtert schlich er in den Stall zurück, um auf den Stallmeister zu warten. In unmittelbarer Nähe der Lords in ihren Zelten fühlte er sich unwohl genug, und es stand ihm nicht zu, mit Prinzen zu sprechen.

Daß das wunderschöne Bürschchen ein Prinz war, daran bestand kein Zweifel für ihn. In den Adern der Targyren floß das Blut des verlorenen Valyria jenseits des Meeres, ihr silber-goldenes Haar und die violetten Augen unterschieden sie von gewöhnlichen Menschen. Dunk wußte, daß Prinz Baelor älter war, aber der Junge hätte gut und gerne einer seiner Söhne sein können: Valarr, der häufig »der junge Prinz« genannt wurde, um ihn von seinem Vater zu unterscheiden, oder Matarys, der »noch jüngere Prinz«, wie der Hofnarr von Lord Swann ihn einmal genannt hatte. Darüber hinaus gab es noch andere junge Prinzen, Vettern von Balarr und Matarys. Der gute König Daeron hatte vier erwachsene Söhne, von denen drei wiederum selbst Söhne hatten. Während der Zeit seines Vaters war das Geschlecht der Drachenkönige um ein Haar ausgestorben, aber man sagte gemeinhin, daß Daeron II. und seine Söhne seinen Erhalt für alle Zeiten gesichert hatten.

»Du. Mann. Du hast nach mir gefragt.« Lord Ashfords Stallmeister hatte ein rotes Gesicht, das durch die orangerote Livree und seine barsche Sprechweise noch röter wirkte. »Was ist? Ich habe keine Zeit für ...«

»Ich will diesen Zelter verkaufen«, unterbrach Dunk ihn hastig, bevor der Mann ihn wegschicken konnte. »Sie ist ein gutes Pferd, hat einen sicheren Gang ...«

»Ich sagte dir, ich habe keine Zeit.« Der Mann schenkte Leichtfuß kaum mehr als einen Blick. »Mein Lord Ashford hat dafür keine Verwendung. Nimm sie mit in die Stadt, vielleicht gibt Henly dir ein Silberstück oder drei.« Nach diesen raschen Worten wandte er sich ab.

»Danke, m'Lord«, sagte Dunk, bevor der Mann verschwinden konnte. »M'Lord, ist der König eingetroffen?«

Der Stallmeister lachte laut auf. »Nein, den Göttern sei Dank. Diese Invasion von Prinzen ist Prüfung genug. Wo soll ich den Platz für die vielen Tiere hernehmen? Und Futter?« Er lief davon und rief nach seinen Stallburschen.

Als Dunk den Stall verließ, hatte Lord Ashford seine königlichen Gäste bereits in den großen Saal geführt, aber zwei Ritter der Königsgarde mit ihren weißen Rüstungen und schneeweißen Mänteln trieben sich noch auf dem Hof herum und sprachen mit dem Hauptmann der Wache. Dunk blieb vor ihnen stehen. »M'Lords, ich bin Ser Duncan der Hohe.«

»Seid gegrüßt, Ser Duncan«, antwortete der größere der beiden weißen Ritter. »Ich bin Ser Roland Crakehall, und dies ist mein Waffenbruder, Ser Donnel von Duskendale.«

Die sieben Kämpfer der Königsgarde waren die mächtigsten Krieger der Sieben Königreiche, abgesehen vielleicht nur vom Kronprinzen Baelor Breakspear selbst. »Seid Ihr gekommen, um am Turnier teilzunehmen?« fragte Dunk besorgt.

»Es wäre nicht angemessen für uns, gegen jene zu reiten, die zu schützen wir geschworen haben«, entgegnete Ser Donnel mit dem roten Haar und Bart.

»Prinz Valarr hat die Ehre, einer von Lady Ashfords Kämpen zu sein«, erklärte Ser Roland, »und zwei seiner Vettern wollen teilnehmen. Wir anderen sind nur zum Zuschauen gekommen.«

Erleichtert dankte Dunk den weißen Rittern für ihre Freundlichkeit und ritt zum Burgtor hinaus, ehe ein anderer Prinz auf den Gedanken kam, ihn anzusprechen. *Drei junge Prinzen,* überlegte er, während er den Zelter durch die Straßen der Stadt Ashford dirigierte. Valarr war der älteste Sohn von Prinz Baelor, zweiter in der Rangfolge der Erben des Eisenthrons, aber Dunk wußte nicht, wieviel vom legendären Geschick seines Vaters im Umgang mit Lanze und Schwert er geerbt hatte. Über die anderen Prinzen der Targaryen wußte er noch weniger. *Was soll ich tun, wenn ich gegen einen Prinzen reiten muß? Wird man mir überhaupt gestatten, gegen einen derart Hochgeborenen anzutreten?* Er wußte die Antwort darauf nicht. Der alte Mann hatte oft zu ihm gesagt, daß er dumm wie Bohnenstroh sei, und im Augenblick kam er sich auch so vor.

Henly gefiel Leichtfuß ausgesprochen gut, bis er hörte, daß Dunk die Stute verkaufen wollte. Von da an sah der Stallbesitzer nur noch Fehler an ihr. Er bot dreihundert Silberstücke. Dunk sagte, daß er dreitausend für sie bekommen müsse. Nach vielem Streiten und Fluchen einigten sie sich auf siebenhundertfünfzig Silberstücke. Das war ein Stück näher an Henlys Anfangsgebot als an dem von Dunk, wodurch er sich als Verlierer bei diesem Lanzenbrechen sah, aber der Stallbesitzer wollte nicht höhergehen, weshalb Dunk am Ende keine andere Wahl hatte, als nachzugeben. Ein zweiter Streit begann, als Dunk erklärte, daß der Sattel nicht im Preis inbegriffen war, Henly aber darauf beharrte.

Schließlich war man sich einig. Als Henly ging, um die Münzen zu holen, streichelte Dunk die Mähne von Leichtfuß und bat sie, tapfer zu sein. »Wenn ich gewinne, komme ich wieder und kaufe dich zurück, das verspreche ich dir.« Er zweifelte nicht daran, daß sämtliche Makel der Stute in den kommenden Tagen verschwinden und sie bis dahin das Doppelte des heutigen Preises wert sein würde.

Der Stallbesitzer gab ihm drei Goldstücke und den Rest in Silber. Dunk biß auf eine der Goldmünzen und lächelte. Er hatte noch nie Gold in der Hand gehabt, geschweige denn im Mund. »Drachen« nannten die Leute diese Münzen, da der dreiköpfige Drache des Hauses Targaryen auf einer Seite eingeprägt war. Die andere zeigte den König. Auf zwei der Münzen, die Henly ihm gab, war der Kopf von König Daeron zu sehen; die dritte war älter, abgenutzter und zeigte einen anderen Mann. Sein Name stand unter dem Kopf, aber Dunk konnte die Buchstaben nicht lesen. Obendrein war Gold vom Rand abgekratzt worden. Er wies Henly lautstark darauf hin. Der Stallbesitzer knurrte, legte aber noch eine Handvoll Silbermünzen und ein paar Kupferstücke darauf, um das Gewicht auszugleichen. Ein paar der Kupfermünzen gab Dunk ihm gleich zurück und wies mit einem Kopfnicken auf Leichtfuß. »Das ist für sie«, sagte er. »Sieh zu, daß sie heute abend etwas Hafer bekommt. Aye, und einen Apfel.«

Mit dem Schild unter dem Arm und dem Sack mit der alten Rüstung über der Schulter machte sich Dunk zu Fuß auf den Weg durch die sonnigen Straßen der Stadt Ashford. Das Gewicht der vielen Münzen in seinem Beutel erfüllte ihn mit widerstreitenden Gefühlen: einerseits war er fast überschwenglich, andererseits nervös. Der alte Mann hatte ihm nie mehr als eine oder zwei Münzen gleichzeitig anvertraut. Er könnte ein ganzes Jahr mit soviel Geld leben. *Und was werde ich tun, wenn es aufgebraucht ist? Donner verkaufen?* Wenn er diesen Weg einschlug, würde er am Bettelstab oder als Straßenräuber enden. *So eine Chance bekomme ich nie wieder. Ich muß alles riskieren.*

Als er durch die Furt zum Südufer des Cockleswent gewatet war, war der Vormittag fast vorüber, und auf dem Turniergelände herrschte wieder reges Leben. Die Weinhändler und Wurstbrater machten gute Geschäfte, ein Tanzbär schlurfte zur Musik seines Herrn dahin, während ein Sänger »Der Bär, die Zeit und die Schöne Maid« anstimmte; Jongleure jonglierten, und die Puppenspieler brachten gerade einen weiteren Kampf zu Ende.

Dunk blieb stehen, um zuzusehen, wie der Holzdrache niedergestreckt wurde. Als der Puppenritter ihm den Kopf abschlug und das rote Sägemehl auf das Gras quoll, lachte er laut und warf dem Mädchen zwei Kupfermünzen zu. »Eine für gestern abend«, rief er. Sie fing seine Münzen in der Luft auf und schenkte ihm ein Lächeln, wie er es liebreizender noch nie gesehen hatte.

Lächelt sie meinetwegen oder wegen der Münzen? Dunk war nie mit einem Mädchen zusammen gewesen, und sie machten ihn nervös. Einmal, vor drei Jahren, als die Börse des alten Mannes nach einem halben Jahr im Dienst des blinden Lord Florent prall gefüllt gewesen war, hatte er Dunk gesagt, daß die Zeit gekommen sei, ihn mit in ein Bordell zu nehmen und zum Mann zu machen. Aber der alte Mann war betrunken gewesen, und als er wieder nüchtern war, konnte er sich an nichts erinnern. Dunk war zu verlegen gewesen, um dessen Gedächtnis aufzufrischen. Er war sowieso nicht sicher, ob er eine Hure wollte. Wenn er keine hochgeborene Maid haben konnte, wie es einem richtigen Ritter geziemte, wollte er zumindest eine, die ihn mehr mochte als sein Silber.

»Möchtest du ein Horn Bier trinken?« fragte er die Puppenspielerin, als sie das Sägemehlblut wieder in den Drachen füllte. »Mit mir, meine ich? Oder eine Wurst essen? Ich hatte gestern abend eine Wurst, die war gut. Ich glaube, sie werden aus Schweinefleisch gemacht.«

»Ich danke Euch, m'Lord, aber wir haben eine weitere Vorstellung.« Das Mädchen stand auf und lief zu der wütenden, fetten Dornischfrau, die den Marionettenritter bewegte, während Dunk dastand und sich albern vorkam. Aber ihm gefiel, wie sie lief. *Ein hübsches Mädchen, und groß. Ich müßte mich nicht niederknien, um sie zu küssen.* Er wußte, wie man küßte. Ein Tavernenmädchen hatte es ihm eines Nachts in Lannisport gezeigt, vor einem Jahr, aber sie war so klein gewesen, daß sie auf dem Tisch sitzen mußte, um an seine Lippen heranzukommen. Bei der Erinnerung wurden seine Ohren ganz heiß. Was war er doch für ein großer Narr. Er sollte an das Turnier denken, nicht ans Küssen.

Lord Ashfords Zimmerleute tünchten die hüfthohen Holzbarrieren weiß, die die Lanzenbrecher voneinander trennten. Dunk sah ihnen eine Weile bei der Arbeit zu. Es waren fünf Reihen, von Norden nach Süden ausgerichtet, damit keiner der Kontrahenten mit der Sonne im Gesicht reiten mußte. An der Ostseite der Turnierschranken war eine dreistöckige Zuschauertribüne errichtet worden, um die Lords und Ladies vor Sonne und Regen zu schützen. Die meisten saßen auf Bänken, aber in der Mitte der Tribüne hatte man vier Stühle mit hohen Lehnen für Lord Ashford, die schöne Maid und die Prinzen aufgestellt, die zu Besuch weilten.

Am Ostrand des Wasens war eine Stechpuppe aufgehängt worden, ein Dutzend Ritter griffen sie an und ließen jedesmal, wenn sie den an einem Ende befestigten gesplitterten Schild trafen, den Ausleger mit dem Sandsack kreisen. Dunk sah, wie der Rohe Bracken an die Reihe kam, dann Lord Caron von den Marschen. *Ich sitze nicht so fest im Sattel wie sie,* dachte er unbehaglich.

Andernorts trainierten Männer zu Fuß und setzten einander mit Holzschwertern zu, während ihre Knappen daneben standen und gemeine Ratschläge riefen. Dunk sah einen vierschrötigen jungen Mann, der versuchte, einen muskelbepackten Ritter abzuwehren, der so behende und schnell wie ein Berglöwe zu sein schien. Auf beider Schilden war der rote Apfel der Fossoways gemalt, aber der des jüngeren Mannes war bald in Stücke gehackt und geschlagen. »Da haben wir einen Apfel, der noch nicht reif ist«, sagte der ältere, während er dem anderen gegen den Helm schlug. Der jüngere Fossoway war blutig und zerschunden, als er endlich aufgab, sein Widersacher dagegen kaum außer Puste. Er hob das Visier, schaute sich um, erblickte Dunk und sagte: »Ihr da. Ja, Ihr, der Große. Ritter des geflügelten Kelchs. Tragt Ihr da ein Langschwert?«

»Es gehört rechtens mir«, sagte Dunk abwehrend. »Ich bin Ser Duncan der Hohe.«

»Und ich Ser Steffon Fossoway. Würdet Ihr gegen mich antreten, Ser Duncan der Hohe? Es wäre gut, jemand Neues zu haben, mit dem ich die Schwerter kreuzen kann. Mein Vetter ist noch nicht reif, wie du gesehen hast.«

»Nehmt an, Ser Duncan«, drängte der besiegte Fossoway, während er den Helm abnahm. »Ich mag noch nicht reif sein, aber mein guter Vetter ist bis ins Innere verrottet. Schlagt die Kerne aus ihm heraus.«

Dunk schüttelte den Kopf. Warum zogen ihn diese jungen Lords in ihren Zwist hinein? Er wollte nichts damit zu tun haben. »Ich danke schön, Ser, aber ich habe Dinge zu erledigen.« Er fühlte sich nicht wohl mit soviel Münzen. Je früher er den Stählernen Pate bezahlte und seine Rüstung bekam, desto glücklicher würde er sein.

Ser Steffon sah ihn geringschätzig an. »Der Heckenritter hat zu tun.« Er schaute sich um und fand einen anderen potentiellen Gegner in der Nähe. »Ser Grance, seid gegrüßt. Tretet gegen mich an. Ich kenne jeden kläglichen Trick, den mein Vetter Raymun draufhat, und es scheint, als müßte Ser Duncan zu seinen Hecken zurückkehren. Kommt, kommt.«

Dunk stakste mit rotem Gesicht davon. Er selbst kannte nicht viele Tricks, klägliche oder sonstige, und er wollte nicht, daß ihn vor dem Turnier jemand kämpfen sah. Der alte Mann hatte immer gesagt, je besser man seinen Widersacher kannte, um so leichter konnte man ihn besiegen. Ritter wie Ser Steffon besaßen gute Augen und sahen die Schwächen eines Mannes auf den ersten Blick. Dunk war kräftig und schnell, sein Gewicht und seine Reichweite wirkten zu seinen Gunsten, aber er gab sich nicht einen Augenblick der Illusion hin, daß er es an Geschick mit diesen anderen aufnehmen konnte. Ser Arlan hatte ihn unterrichtet, so gut er konnte, aber der alte Mann war nicht einmal in seiner Jugend einer der größten Ritter gewesen. Große Ritter verbrachten ihr Leben nicht auf der Wiese oder starben am Rand einer verschlammten Straße. *Das wird mir nicht passieren, schwor sich Dunk. Ich werde ihnen zeigen, daß ich mehr als ein Heckenritter sein kann.*

»Ser Duncan.« Der jüngere Fossoway sputete sich, ihn einzuholen. »Ich hätte euch nicht drängen sollen, gegen meinen Vetter anzutreten. Ich war wütend über seine Arroganz, und Ihr seid so groß, da dachte ich ... nun, es war falsch von mir. Ihr tragt keine Rüstung. Er hätte Euch die Hand gebrochen, wenn er könnte, oder ein Knie. Er schlägt Männer gern auf dem Übungsgelände zusammen, so daß sie verletzt und damit verwundbar sind, sollte er beim Turnier auf sie treffen.«

»Euch hat er nichts gebrochen.«

»Nein, aber ich bin sein eigen Fleisch und Blut, auch wenn er vom älteren Ast des Apfelbaums abstammt, wie er mir zu versichern nie müde wird. Ich bin Raymun Fossoway.«

»Seid gegrüßt. Werdet Ihr und Euer Vetter am Turnier teilnehmen?«

»Er ganz bestimmt. Was mich betrifft, ich wünschte, ich könnte. Bis jetzt bin ich nur ein Knappe. Mein Vetter hat versprochen, mich zum Ritter zu machen, besteht aber darauf, daß ich noch nicht reif bin.« Raymun hatte ein eckiges Gesicht, eine Stupsnase und kurzes wolliges Haar, aber sein Lächeln war anziehend. »Mir scheint, Ihr habt das Aussehen eines Herausforderers. Wessen Schild wollt ihr schlagen?«

»Das macht keinen Unterschied«, sagte Dunk. Das war die Antwort, die erwartet wurde, aber natürlich machte es einen Riesenunterschied. »Ich werde erst am dritten Tag in das Turnier einsteigen.«

»Und bis dahin werden einige der Kämpen ausgeschieden sein, ja«, sagte Raymun. »Nun, möge Euch der Krieger ein Lächeln schenken, Ser.«

»Und Euch.« *Wenn er nur ein Knappe ist, was habe ich dann ein Ritter zu sein? Einer von uns ist ein Narr.* Das Silber in Dunks Beutel klirrte bei jedem Schritt, aber er wußte, er konnte alles im Handumdrehen verlieren. Selbst die Regeln dieses Turniers waren gegen ihn und machten es höchst unwahrscheinlich, daß er einen Grünschnabel oder einen schwachen Gegner bekommen würde.

Es gab ein Dutzend verschiedene Formen, die ein Turnier haben konnte, was ganz auf die Laune des Lords ankam, der es veranstaltete. Manche waren Schaukämpfe zwischen Mannschaften von Rittern, andere wilde Schlägereien, bei denen der Ruhm dem letzten Kämpfer zufiel, der noch stand. Wo Zweikämpfe die Regel waren, wurden die Kämpfer manchmal durch das Los ermittelt und manchmal vom Turniermeister bestimmt.

Lord Ashford richtete dieses Turnier aus, um den dreizehnten Namenstag seiner Tochter zu feiern. Die schöne Maid würde als die amtierende Königin der Liebe und Schönheit an der Seite ihres Vaters sitzen. Fünf Kämpen, die ihr Band trugen, würden sie verteidigen. Alle anderen mußten demzufolge Herausforderer sein, aber jeder Mann, der einen Kämpen besiegen konnte, mußte seine Stelle einnehmen und selbst zum Kämpen werden, bis ein anderer Herausforderer ihn aus dem Sattel warf. Am Ende des dreitägigen Turniers mußten die fünf Verbliebenen entscheiden, ob die schöne Maid die Krone der Liebe und Schönheit behalten oder ob eine andere sie an ihrer Stelle tragen würde.

Dunk betrachtete den Rasen zwischen den Turnierschranken und die freien Stühle auf der Zuschauertribüne und dachte über seine Chancen nach. Mehr als einen Sieg brauchte er nicht; dann konnte er sich als Kämpen des Wasens von Ashford bezeichnen, wenn auch nur eine Stunde lang. Der alte Mann hatte an die sechzig Jahre gelebt und war nicht einmal Kämpe gewesen. *Es ist nicht zuviel der Hoffnung, wenn die Götter mir gewogen sind.* Er dachte an all die Lieder zurück, die er gehört hatte, Lieder über den blinden Simeon Star-Eyes und den edlen Serwyn von Mirror Shield, über Prinz Aemon den Drachenritter, Ser Ryam Redwyne und Florian den Narren. Sie alle hatten Siege gegen weit schrecklichere Widersacher errungen als die, denen er sich stellen würde. *Aber sie waren große Helden, tapfere Männer von edler Geburt, außer Florian. Und was bin ich? Dunk aus dem Flohviertel? Oder Ser Duncan der Hohe?*

Er ging davon aus, daß er die Wahrheit bald genug erfahren würde. Er schulterte den Sack mit der Rüstung, lenkte seine Schritte zu den Ständen der Kaufleute und suchte nach dem Stählernen Pate.

Ei hatte mannhaft an der Lagerstätte gearbeitet. Dunk war erfreut; er hatte halb befürchtet, sein Knappe könnte wieder weggelaufen sein. »Habt Ihr einen guten Preis für Eure Stute bekommen?« fragte der Junge.

»Woher weißt du, daß ich sie verkauft habe?«

»Ihr seid weggeritten und zu Fuß zurückgekommen, und wenn Räuber sie Euch weggenommen hätten, wärt Ihr wütender, als Ihr seid.«

»Ich habe genug dafür bekommen.« Dunk holte seine neue Rüstung heraus und zeigte sie dem Jungen. »Wenn du jemals ein Ritter werden willst, mußt du guten Stahl von schlechtem unterscheiden können. Schau her, das ist gute Arbeit. Dies ist ein doppeltes Kettenhemd, jedes Glied mit zwei anderen verbunden, siehst du? Das bietet besseren Schutz als eine einfache Kette. Und der Helm, bei dem Pate die Oberseite gerundet hat, siehst du die Krümmung? Ein Schwert oder eine Axt rutscht daran ab, wogegen sie in einen flachen Helm eine Kerbe schlagen würden.« Dunk setzte sich den Großhelm auf den Kopf. »Wie sieht es aus?«

»Er hat kein Visier«, stellte Ei fest.

»Er hat Luftlöcher. Visiere wären ein Schwachpunkt.« Das hatte der Stählerne Pate gesagt. »Wenn du wüßtest, wie viele Ritter einen Pfeil ins Auge bekommen haben, als sie das Visier gehoben haben, um frische Luft zu schnappen, würdest du keines mehr wollen«, hatte er zu Dunk gesagt.

»Er hat auch keinen Kamm«, sagte Ei. »Er ist ganz schmucklos.«

Dunk nahm den Helm ab. »Schmucklos ist gut für jemand wie mich. Siehst du, wie der Stahl glänzt? Deine Aufgabe ist es, daß es so bleibt. Weißt du, wie man Kettenhemden reinigt?«

»In einem Faß voll Sand«, sagte der Junge, »Aber Ihr habt kein Faß. Habt ihr ein Zelt gekauft, Ser?«

»So einen guten Preis habe ich nicht bekommen.« *Der Junge ist kühner, als gut für ihn ist. Das sollte ich aus ihm herausprügeln.* Aber er wußte, daß er das nicht tun würde. Er mochte die Kühnheit. Auch er mußte kühner werden. *Mein Knappe ist tapferer, als ich es bin, und schlauer.* »Du hast hier gute Arbeit geleistet, Ei«, sagte Dunk zu ihm. »Morgen wirst du mit mir kommen. Dir das Turniergelände ansehen. Wir kaufen Hafer für die Pferde und frisches Brot für uns. Vielleicht auch etwas Käse; an einem der Stände haben sie guten Käse verkauft.«

»Ich muß doch nicht in das Schloß, oder?«

»Warum nicht? Ich gedenke, eines Tages selbst in einem Schloß zu wohnen. Ich hoffe, daß ich mir einen Platz am oberen Ende der Tafel erkämpfen kann, bevor es mit mir zu Ende ist.«

Der Junge sagte nichts. *Vielleicht hat er Angst davor, den Saal eines Lords zu betreten,* überlegte Dunk. *Damit mußte man rechnen. Mit der Zeit wird er das überwinden.* Er ging zurück, bewunderte seine Rüstung und fragte sich, wie lange er sie tragen würde.

Ser Manfred war ein dünner Mann mit einem galligen Gesichtsausdruck. Er trug einen schwarzen Übermantel mit dem purpurroten Blitz des Hauses Dondarrion, aber Dunk hätte ihn auch so an seinem störrischen Schopf rot-goldenen Haares erkannt. »Ser Arlan hat Eurem Herrn Vater gedient, als er und Lord Caron den Geierkönig aus den Roten Bergen vertrieben haben, Ser«, sagte er auf einem Knie. »Ich war damals noch ein Knabe, diente aber als sein Knappe. Ser Arlan von Pennytree.«

Ser Manfred runzelte die Stirn. »Nein. Ich kenne ihn nicht. Und dich auch nicht, Junge.«

Dunk zeigte ihm den Schild des alten Mannes. »Dies war sein Wappen, der geflügelte Kelch.«

»Mein Herr Vater hat achthundert Ritter und fast viertausend Mann in die Berge geführt. Man kann kaum erwarten, daß ich mich an jeden einzelnen erinnere, noch welchen Schild er getragen hat. Mag sein, daß ihr bei uns wart, aber ...« Ser Manfred zuckte die Achseln.

Dunk war einen Moment sprachlos. *Der alte Mann hat in den Diensten Eures Vaters eine Verwundung davongetragen, wie könnt Ihr ihn vergessen haben?* »Sie wollen mich nicht als Herausforderer zulassen, wenn nicht ein Ritter oder Lord für mich bürgt.«

»Und was geht mich das an?« fragte Ser Manfred. »Ich habe Euch schon genug von meiner Zeit geopfert, Ser.«

Wenn er ohne Ser Manfred zur Burg zurückkehrte, hatte er verloren. Dunk betrachtete den purpurfarbenen Blitz auf dem schwarzen Wollstoff von Ser Manfreds Übermantel und sagte: »Ich erinnere mich, wie Euer Vater dem ganzen Lager erzählt hat, auf welche Weise Euer Haus zu seinem Wappen gekommen ist. In einer stürmischen Nacht, als der erste Eures Geschlechts eine Botschaft durch die Dornischen Marschen beförderte, tötete ein Pfeil das Pferd unter ihm und er fiel zu Boden. Zwei Dornischmänner kamen in Kettenhemden und Helmen mit Kämmen aus der Dunkelheit. Sein Schwert war unter ihm zerbrochen, als er fiel. Als er das sah, glaubte er, sein letztes Stündlein hätte geschlagen. Aber als die Dornischmänner sich ihm näherten, um ihn zu erschlagen, fuhr ein Blitzstrahl vom Himmel. Er hatte eine lodernd purpurne Farbe, gabelte sich, traf die beiden Dornischmänner in ihren Rüstungen aus Stahl und tötete sie auf der Stelle. Die Botschaft davon verhalf dem Sturmkönig zum Sieg über die Dornisch, und als Dank erhob er den Boten in den Stand eines Lords. Er war der erste Lord Dondarrion, daher nahm er als sein Wappen den gegabelten purpurroten Blitz auf einem schwarzen Untergrund mit Sternen.«

Wenn Dunk geglaubt hatte, daß die Geschichte Ser Manfred beeindrucken würde, hätte er sich nicht mehr irren können. »Jeder Latrinenjunge und Stallknecht, der meinem Vater je gedient hat, bekommt früher oder später diese Geschichte zu hören. Daß Ihr sie kennt, macht Euch nicht zum Ritter. Trollt Euch, Ser.«

Dunk kehrte mit einem bleischweren Herzen zum Schloß von Ashford zurück und überlegte sich, was er sagen könnte, damit Plummer ihm das Recht zugestand, als Herausforderer anzutreten. Der Haushofmeister befand sich jedoch nicht in seinem Turmzimmer. Eine Wache sagte ihm, daß er vielleicht im großen Saal sei. »Soll ich hier warten?« fragte Dunk. »Wie lange wird er weg sein?«

»Woher soll ich das wissen? Macht, was Ihr wollt.«

Der große Saal war nicht so groß, wie Säle eigentlich waren, aber Ashford war auch ein kleines Schloß. Dunk trat durch eine Seitentür ein und sah den Haushofmeister sofort. Er stand mit Lord Ashford und einem Dutzend weiteren Männern am oberen Ende des Saals. Entlang einer Wand, die von Wollgobelins mit Früchten und Blumen geschmückt war, ging er auf sie zu.

»- Sorgen machen, wenn sie *deine* Söhne wären, jede Wette«, sagte ein wütender Mann, als Dunk näher kam. Sein glattes Haar und der kurzgeschnittene Bart waren in dem halbdunklen Saal so hell, daß sie fast weiß wirkten, aber als er näher kam, konnte er sehen, daß sie in Wahrheit eine Farbe von hellem Silber mit einer Spur Gold darin hatten.

»Daeron hat es schon einmal gemacht«, erwiderte ein anderer. Plummer stand so, daß Dunk den Sprecher nicht sehen konnte. »Du hättest ihn niemals zwingen dürfen, an dem Wettstreit teilzunehmen. Er gehört ebensowenig auf einen Turnierplatz wie Aerys oder Rhaegel.«

»Womit du meinst, daß er besser eine Hure als ein Pferd reiten sollte«, sagte der erste Mann. Der gedrungen gebaute und kräftige Prinz - er war ganz gewiß ein Prinz - trug einen Schuppenpanzer aus Leder mit silbernen Nieten unter einem schweren schwarzen Mantel mit Hermelinbesatz. Seine Wangen waren von Pockennarben gezeichnet, die der silberne Bart nur teilweise verbergen konnte. »Ich muß nicht an die Unzulänglichkeiten meines Sohnes erinnert werden, Bruder. Er ist erst achtzehn Jahre alt. Er kann sich ändern. Er *wird* sich ändern, bei den Göttern, oder ich schwöre, ich werde ihn tot sehen.«

»Mach dich nicht völlig zum Narren. Daeron ist, was er ist, aber er ist trotzdem von deinem und meinem Blut. Ich zweifle nicht daran, daß Ser Roland ihn auftreiben wird, und Aegon mit ihm.«

»Vielleicht wenn das Turnier vorbei ist.«

»Aerion ist hier. Er geht sowieso besser mit der Lanze um als Daeron, wenn du dir wegen des Turniers Sorgen machst.« Dunk konnte den Sprecher jetzt sehen. Er saß auf einem Hochstuhl, einige Blätter Pergament in einer Hand, und Lord Ashford stand neben ihm. Selbst sitzend schien er einen Kopf größer zu sein als der andere, den langen Beinen nach zu urteilen, die er von sich gestreckt hatte. Sein kurzgeschnittenes Haar war dunkel und graumeliert, der markante Kiefer glatt rasiert. Die Nase sah aus, als wäre sie mehr als einmal gebrochen worden. Obwohl er sehr schlichte Kleidung trug, grünes Wams, brauner Mantel, zerkratzte Stiefel, war er ein bedeutender Mann, der ein Gefühl von Macht und Sicherheit vermittelte.

Dunk wurde bewußt, daß er in etwas hineingeraten war, das er nie hätte hören sollen. *Ich gehe besser und komme später wieder, wenn sie fertig sind,* beschloß er. Aber es war schon zu spät. Der Prinz mit dem silbernen Bart nahm plötzlich Notiz von ihm. »Wer seid Ihr - und was denkt Ihr Euch dabei, so bei uns hereinzuplatzen?« herrschte er Dunk an.

»Er ist der Ritter, den unser guter Haushofmeister erwartet hat«, sagte der sitzende Mann und lächelte Dunk in einer Weise an, die darauf hindeutete, daß er ihn schon die ganze Zeit bemerkt hatte. »Du und ich, wir sind die Eindringlinge hier, Bruder. Kommt näher, Ser.«

Dunk kam näher, war aber nicht sicher, was von ihm erwartet wurde. Er sah Plummer an, fand aber keine Unterstützung. Der

Haushofmeister mit dem verkniffenen Gesicht, der gestern so gebieterisch gewesen war, stand nun stumm da und studierte die Steinplatten des Bodens. »Meine Lords«, sagte Dunk, »ich habe Ser Manfred Dondarrion gebeten, für mich zu bürgen, damit ich an dem Turnier teilnehmen kann, aber er weigert sich. Er behauptet, er kennt mich nicht. Aber Ser Arlan hat ihm gedient, ich schwöre es. Ich trage sein Schwert und Schild, ich ...«

»Ein Schwert und ein Schild machen keinen Ritter«, verkündete Lord Ashford, ein großer Mann mit einem runden, roten Gesicht. »Plummer hat Euretwegen mit mir gesprochen. Selbst wenn wir davon ausgehen, daß Eure Waffen diesem Ser Arlan aus Pennytree gehört haben, könnte es sein, daß Ihr ihn tot aufgefunden und sie gestohlen habt. Wenn Ihr keinen stichhaltigeren Beweis für Eure Behauptung habt, etwas Schriftliches oder ...«

»Ich erinnere mich an Sir Arlan von Pennytree«, sagte der Mann auf dem Hochstuhl leise. »Ich wüßte nicht, daß er je ein Turnier gewonnen hätte, aber er hat sich auch nie blamiert. Vor sechzehn Jahren stürzte er in King's Landing Lord Stokeworth und den Kegel von Harrenhal im Tumult, und viele Jahre zuvor stieß er in Lannisport den Grauen Löwen selbst vom Pferd. Der Löwe war damals noch nicht so grau, das steht fest.«

»Davon hat er mir viele Male erzählt«, sagte Dunk.

Der große Mann musterte ihn. »Dann werdet Ihr Euch ohne Zweifel an den wahren Namen des Grauen Löwen erinnern.«

Einen Moment herrschte völlige Leere in Dunks Kopf. *Tausendmal hat der alte Mann die Geschichte erzählt, tausendmal der Löwe, der Löwe, sein Name, sein Name, sein Name ...* Er war der Verzweiflung nahe, als er ihm endlich einfiel. »Ser Damon Lannister!« rief er. »Der Graue Löwe! Er ist heute Herr von Casterly Rock.«

»So ist es«, sagte der große Mann freundlich, »und er nimmt morgen an den Kämpfen teil.« Er raschelte mit den Papieren in seiner Hand.

»Wie kannst du dich an einen unbedeutenden Heckenritter erinnern, der zufällig vor sechzehn Jahren Damon Lannister vom Pferd gestoßen hat?« fragte der Prinz mit dem silbernen Bart stirnrunzelnd.

»Ich mache es mir zur Gewohnheit, alles, was ich kann, über meine Gegner zu erfahren.«

»Warum solltest du dich dazu herablassen, dich mit einem Heckenritter zu messen?«

»Es war neun Jahre später, in Storm's End. Lord Baratheon hielt ein Speerspiel ab, um die Geburt eines Enkels zu feiern. Durch das Los wurde Ser Arlan mein Gegner im ersten Anlauf. Wir brachen vier Lanzen, bis ich ihn endlich vom Pferd stoßen konnte.«

»Sieben«, beharrte Dunk, »und es war gegen den Prinzen von Dragonstone!« Kaum hatte er die Worte ausgesprochen, wollte er sie zurücknehmen. *Dunk der Blödian, dumm wie Bohnenstroh,* konnte er den alten Mann schelten hören.

»So ist es.« Der Prinz mit der gebrochenen Nase lächelte sanft. »Geschichten werden mit jedem Erzählen übertrieben, das weiß ich. Denkt nicht schlecht von Eurem alten Herrn, aber ich fürchte, es waren nur vier Lanzen.«

Duke war dankbar für das Halbdunkel in dem Saal; er wußte, daß seine Ohren rot waren. »Mein Lord.« *Nein, das ist auch falsch.* »Euer Gnaden.« Er ließ sich auf die Knie nieder und senkte den Kopf. »Wie Ihr sagt, vier, ich wollte nicht ... niemals ... Der alte Mann, Ser Arlan, pflegte zu sagen, daß ich dumm wie Bohnenstroh und langsam wie ein Auerochse sei.«

»Und kräftig wie ein Auerochse, wie es aussieht«, sagte Baelor Breakspear. »Es wurde kein Schaden angerichtet, Ser. Steht auf!«

Dunk erhob sich und überlegte, ob er den Kopf gesenkt halten sollte oder ob es ihm gestattet war, einem Prinzen ins Gesicht zu sehen. *Ich spreche mit Baelor Targaryen, Prinz von Dragonstone, Rechte Hand des Königs und Anwärter auf den Thron von Aegon dem Eroberer.* Was konnte ein Heckenritter zu so jemandem sagen? »Ich erinnere mich, I-ihr habt ihm Pferd und Rüstung zurückgegeben und kein Lösegeld dafür genommen«, stammelt er. »Der alte – Ser Arlan, er sagte mir, daß Ihr die Seele der Ritterlichkeit wärt und daß die Sieben Königreiche eines Tages in Euren Händen sicher sein würden.«

»Ich hoffe, der Tag ist noch viele Jahre entfernt«, sagte Prinz Baelor.

»Ja«, sagte Dunk entsetzt. Fast hätte er hinzu gefügt: *Ich habe nicht gemeint, daß der König sterben sollte,* verkniff es sich aber gerade noch rechtzeitig. »Es tut mir leid, m'Lord. Euer Gnaden, meine ich.«

Zu spät besann er sich, daß der vierschrötige Mann mit dem silbernen Bart Prinz Baelor als Bruder bezeichnet hatte. *Auch er ist vom Blut des Drachen, was bin ich doch für ein Narr.* Er konnte nur Prinz Maekar sein, der jüngste der vier Söhne von König Daeron. Prinz Aerys war ein Bücherwurm und Prinz Rhaegel verrückt, krank und schwächlich. Es schien unwahrscheinlich, daß einer von ihnen das halbe Reich durchqueren würde, um an einem Turnier teilzunehmen, aber Maekar sollte ein beachtlicher Krieger sein, auch wenn er stets im Schatten seines ältesten Bruders stand.

»Ihr wünscht, am Turnier teilzunehmen – geht es darum?« fragte Prinz Baelor. »Die Entscheidung liegt beim Turniermeister, aber ich sehe keinen Grund, es Euch zu verwehren.«

Der Haushofmeister neigte den Kopf. »Wie Ihr meint, mein Lord.«

Dunk versuchte, ein Dankeschön zu stammeln, aber Prinz Maekar schnitt ihm das Wort ab. »Wohlan, Ser, Ihr seid dankbar. Und nun fort mit Euch.«

»Ihr müßt meinem edlen Bruder verzeihen, Ser«, sagte Prinz Baelor. »Zwei seiner Söhne sind auf dem Weg hierher ausgerissen, und er macht sich Sorgen um sie.«

»Durch den Frühlingsregen sind zahlreiche Bäche angeschwollen«, sagte Dunk. »Vielleicht haben sich die Prinzen nur verspätet.«

»Ich bin nicht hergekommen, um mir den Rat eines Heckenritters anzuhören«, ließ Prinz Maekar seinen Bruder wissen.

»Ihr dürft gehen, Ser«, sagte Prinz Baelor nicht unfreundlich zu Dunk.

»Ja, mein Lord.« Er verbeugte sich und ging.

Aber ehe er außer Hörweite war, rief ihm der Prinz nach: »Ser. Noch eines. Ihr seid nicht von Ser Arlans Blut?«

»Ja, m'Lord. Ich meine, nein. Das bin ich nicht.«

Der Prinz wies mit dem Kopf auf den zerbeulten Schild, den Dunk bei sich trug, mit dem geflügelten Kelch darauf. »Laut Gesetz ist nur ein leiblicher Sohn berechtigt, die Waffen eines Ritters zu erben. Ihr müßt Euch neues Gerät verschaffen, Ser, ein eigenes Wappen.«

»Das werde ich«, sagte Dunk. »Nochmals vielen Dank, Euer Gnaden. Ich werde tapfer kämpfen, Ihr werdet sehen.« *So tapfer wie Baelor Breakspear,* hatte der alte Mann oft gesagt.

Das Geschäft der Weinhändler und Wurstbrater lief bestens, Huren stolzierten ganz unverhohlen zwischen den Ständen und Zelten herum. Manche waren recht hübsch, besonders ein rothaariges Mädchen. Dunk mußte einfach ihre Brüste anstarren, so wie sie sich unter ihrer weiten Bluse bewegten, als sie vorüberging. Er dachte an das Silber in seinem Beutel. *Ich könnte sie haben, wenn ich wollte. Das Klingeln meiner Münzen würde ihr gut gefallen, ich könnte sie mit in mein Lager nehmen und die ganze Nacht haben, wenn ich wollte.* Er hatte nie einer Frau beigewohnt, und nach allem, was er wußte, konnte er schon bei seinem ersten Zweikampf sterben. Turniere konnten gefährlich sein ... aber Huren konnten auch gefährlich sein, davor hatte ihn der alte Mann gewarnt. *Sie könnte mich im Schlaf ausrauben, und was würde ich dann anfangen?* Als ihn das rothaarige Mädchen über die Schulter ansah, schüttelte Dunk den Kopf und ging weiter.

Er fand Ei vor dem Marionettentheater, wo er mit übergeschlagenen Beinen auf dem Boden saß und die Kapuze seines Mantels tief ins Gesicht gezogen hatte, um seine Kahlheit zu verbergen. Der Junge hatte Angst gehabt, das Schloß zu betreten, was Dunk zu gleichen Teilen auf Schüchternheit und Scham zurückführte. *Er erachtet sich nicht für wert, sich unter Lords und Ladies zu mischen, geschweige denn mächtige Prinzen.* Bei ihm war es genauso gewesen, als er noch klein war. Die Welt außerhalb des Flohviertels war ihm ebenso furchteinflößend wie aufregend vorgekommen. *Ei braucht Zeit, das ist alles.* Im Augenblick schien es barmherziger zu sein, dem Burschen ein paar Kupfermünzen zu geben, damit er bei den Ständen seinen Spaß haben konnte, anstatt ihn gegen seinen Willen in das Schloß zu zerren.

An diesem Morgen gaben die Marionettenspieler die Geschichte von Florian und Jonquil. Die dicke Dornischfrau bewegte Florian in seiner kunterbunten Rüstung, während das hochgewachsene Mädchen Jonquils Fäden hielt. »Ihr seid kein Ritter«, sagte sie, während die Puppe den Mund bewegte. »Ich kenne Euch. Ihr seid Florian der Narr.«

»Der bin ich, meine Lady«, antwortete die andere Puppe und kniete nieder. »Kein größerer Narr hat je gelebt, und auch kein größerer Ritter.«

»Ein Narr *und* Ritter?« sagte Jonquil. »Von so etwas habe ich noch nie gehört.«

»Reizende Lady«, sagte Florian, »alle Männer sind Narren und alle Männer sind Ritter, wenn es um Frauen geht.«

Es war eine gute Vorstellung, traurig und heiter zugleich, mit einem munteren Schwertkampf am Ende und einem hübschen gemalten Riesen. Als sie vorbei war, ging die dicke Frau unter den Zuschauern Münzen sammeln, während das Mädchen die Puppen einpackte.

Dunk nahm Ei und ging zu ihr.

»M'Lord?« sagte sie mit einem Blick zur Seite und einem knappen Lächeln. Sie war einen Kopf kleiner als er, aber trotzdem größer als jedes andere Mädchen, das er je gesehen hatte.

»Das war gut«, begeisterte sich Ei. »Ich mag es, wie du die Puppen sich bewegen läßt, Jonquil und den Drachen und alles. Ich habe letztes Jahr eine Marionettenvorstellung gesehen, aber die haben sich ganz ruckartig bewegt. Deine sind viel geschmeidiger.«

»Danke«, sagte sie höflich zu dem Jungen.

Dunk sagte: »Und deine Figuren sind schön geschnitzt. Besonders der Drache. Eine furchteinflößende Bestie. Macht ihr sie selbst?«

Sie nickte. »Mein Onkel schnitzt. Ich bemale sie.«

»Könntest du mir etwas malen? Ich habe Münzen, um dich zu bezahlen.« Er nahm den Schild von der Schulter, drehte ihn um und zeigte es ihr. »Ich muß etwas über diesen Kelch malen lassen.«

Das Mädchen sah den Schild an, dann ihn. »Was möchtet Ihr gemalt haben?«

Darüber hatte Dunk noch nicht nachgedacht. Wenn nicht der geflügelte Kelch des alten Mannes, was dann? Sein Kopf war leer. *Dunk der Blödian, dumm wie Bohnenstroh.* »Ich weiß nicht ... ich bin nicht sicher.« Seine Ohren wurden rot, stellte er kläglich fest. »Du mußt mich für einen kompletten Narren halten.«

Sie lächelte. »Alle Männer sind Narren, und alle Männer sind Ritter.«

»Was für Farben hast du?« fragte er und hoffte, das würde ihn auf eine Idee bringen.

»Ich kann Farben mischen und jeden Farbton bekommen, den Ihr wünscht.«

Das Braun des alten Mannes war Dunk stets zu düster vorgekommen. »Das Feld sollte die Farbe des Sonnenuntergangs haben«, sagte er plötzlich. »Der alte Mann hat Sonnenuntergänge gemocht. Und das Symbol ...«

»Eine Ulme«, sagte Ei. »Eine große Ulme, wie die am See, mit einem braunen Stamm und grünen Ästen.«

»Ja«, sagte Dunk. »Das würde gehen. Eine Ulme ... aber mit einer Sternschnuppe darüber. Kannst du das malen?«

Das Mädchen nickte. »Gebt mir den Schild. Ich male es noch heute abend, und Ihr könnt ihn morgen zurückhaben.«

Dunk gab ihn ihr. »Man nennt mich Ser Duncan den Hohen.«

»Ich bin Tanselle«, sagte sie lachend. »Tanselle Zu-Hoch, haben die Jungs mich genannt.«

»Du bist nicht zu hoch«, stieß Dunk hervor. »Du bist genau richtig für ...« Er merkte, was er im Begriff war zu sagen, und errötete heftig.

»Für?« sagte Tanselle und legte fragend den Kopf schief.

»Marionetten«, sagte er lahm.

Der erste Tag des Turniers dämmerte strahlend und klar. Dunk kaufte einen Sack voll Lebensmittel, so daß sie Gänseeier, Röstbrot und Speck zum Frühstück essen konnten, aber als das Essen zubereitet war, stellte er fest, daß er keinen Appetit hatte. Sein Bauch fühlte sich hart wie ein Brett an, obwohl er wußte, daß er heute nicht reiten würde. Das Recht der ersten Herausforderung ging an Ritter von höherer Geburt und größerem Ruhm, an Lords und ihre Söhne und die Sieger anderer Turniere.

Ei schwatzte während des ganzen Frühstücks und erzählte von diesem Mann und jenem Mann und wie es ihnen wohl ergehen mochte. *Er hat mich nicht auf den Arm genommen, als er sagte, daß er jeden guten Ritter der Sieben Königreiche kennt,* dachte Dunk wehmütig. Er fand es demütigend, daß er den Worten eines dürren Waisenjungen so gebannt lauschte, aber Eis Wissen konnte ihm zugute kommen, sollte er einem dieser Männer im Turnier gegenüberstehen.

Der Wasen war eine brodelnde Masse von Menschen, die alle versuchten, sich nach vorne zu drängeln, damit sie besser sehen konnten. Dunk war so gut im Drängeln wie alle anderen und größer als die meisten. Er zwängte sich bis zu einer sechs Meter vom Zaun entfernten Anhöhe durch. Als Ei sich beschwerte, daß er nichts als Ärsche sehen konnte, setzte Dunk den Jungen auf seine Schultern. Auf der anderen Seite des Felds fanden sich die hochgeborenen Lords und Ladies, ein paar reiche Leute aus der Stadt und zwanzig Ritter, die beschlossen hatten, heute nicht anzutreten, auf der Zuschauertribüne ein. Von Prinz Maekar sah er keine Spur, aber er erkannte Prinz Baelor an Lord Ashfords Seite. Sonnenlicht funkelte golden von der Schulterspange, die seinen Mantel hielt, und der schmalen Krone um seine Schläfen, aber ansonsten kleidete er sich weitaus schlichter als die meisten Lords. *Er sieht mit diesem dunklen Haar eigentlich nicht wie ein Targaryen aus.* Dunk machte Ei gegenüber eine entsprechende Bemerkung.

»Man sagt, er geriet nach seiner Mutter«, erinnerte der Junge ihn. »Sie war eine Dornische Prinzessin.«

Die fünf Kämpen hatten ihre Zelte am nördlichen Ende des Geländes errichtet, so daß sie den Fluß hinter sich hatten. Die beiden kleinsten waren orangerot, die Schilder, die davor hingen, zeigten Sonne und Winkel auf weißem Grund. Das mußten die von Lord Ashfords Söhnen Androw und Robert sein, Brüder der schönen Maid. Dunk hatte noch keine anderen Ritter von ihren Ruhmestaten reden hören, was bedeutete, daß sie wahrscheinlich als erste fallen würden.

Neben den orangeroten Zelten stand ein dunkelgrünes und sehr viel größeres. Die goldene Rose von Highgarden flatterte darüber, und dasselbe Symbol prangte auf dem großen grünen Schild vor der Tür. »Das ist Leo Tyrell, Lord von Highgarden«, sagte Ei.

»Das weiß ich«, gab Dunk verärgert zurück. »Der alte Mann und ich haben in Highgarden gedient, bevor du überhaupt auf der Welt warst.« Er konnte sich selbst kaum an dieses Jahr erinnern, aber Ser Arlen hatte oft von Leo Longthorn gesprochen, wie er manchmal genannt wurde; trotz seines silbernen Haars ein unvergleichlicher Turnierkämpfer. »Das neben dem Zelt muß Lord Leo sein, der schlanke Graubart in Grün und Gold.«

»Ja«, sagte Ei. »Ich habe ihn einmal in King's Landing gesehen. Mit ihm solltet Ihr Euch besser nicht messen, Ser.«

»Junge, ich kann auf deinen Rat, mit wem ich mich messen soll und mit wem nicht, gut verzichten.«

Das vierte Zelt war aus rautenförmigen Stoffstücken zusammengenäht, abwechselnd rot und weiß, Dunk kannte die Farben nicht, aber Ei sagte, sie gehörten einem Ritter aus dem Tal von Arryn namens Ser Humfrey Hardyng. »Er hat letztes Jahr bei einen großen Handgemenge in Maidenpool gewonnen, Ser, und Ser Donnel von Duskendale und die Lords Arryn und Royce vom Pferd gestoßen.«

Das letzte Zelt gehörte Prinz Valarr. Es war aus schwarzer Seide, und scharlachrote Wimpel hingen wie lange rote Flammen von seinem Dach. Der Schild auf dem Ständer davor war glänzend schwarz und mit dem dreiköpfigen Drachen des Hauses Targaryen geschmückt. Ein Ritter der Königsgarde stand daneben, und seine glänzend weiße Rüstung hob sich deutlich von dem schwarzen Zeltstoff ab. Als er ihn dort sah, fragte sich Dunk, ob einer der Teilnehmer es wagen würde, den Drachenschild zu berühren. Immerhin war Valarr der Enkel des Königs und Sohn von Baelor Breakspear.

Er hätte sich keine Gedanken machen müssen. Als die Fanfaren erschallten, um die Herausforderer zu rufen, wurden alle fünf Kämpen der Maid herausgebeten, um sie zu verteidigen. Dunk konnte das aufgeregte Murmeln der Menge hören, als die Herausforderer einer nach dem anderen am südlichen Ende des Geländes erschienen. Herolde verkündeten nacheinander die Namen eines jeden Ritters. Sie blieben vor der Zuschauertribüne stehen, um ihre Lanzen als Salut für Lord Ashford, Prinz Baelor und die schöne Maid zu neigen, dann schritten sie zum nördlichen Ende des Felds, um ihre Gegner zu wählen. Der

Graue Löwe von Casterly Rock schlug gegen den Schild von Lord Tyrell, während sein hellblonder Erbe Ser Tybolt Lannister Lord Ashfords ältesten Sohn herausforderte. Lord Tully von Riverrun klopfte gegen den Schild von Ser Humfrey Hardyng mit seinem Diamantmuster, Ser Abelar Hightower klopfte auf den von Valarr, und der jüngere Ashford wurde von Ser Lyonel Baratheon herausgefordert, dem Ritter, den sie den Lachenden Sturm nannten.

Die Herausforderer stapften zum südlichen Ende des Geländes zurück, um auf ihre Gegner zu warten: Ser Abelar in den Farben von Silber und Rauch, ein Wachtturm aus Stein auf seinem Schild, von Feuer gekrönt; die beiden Lannisters ganz in Scharlachrot mit dem goldenen Löwen von Casterly Rock; der Lachende Sturm erstrahlte in goldenem Tuch mit einem schwarzen Hirsch auf Brust und Schild und einem Helm mit Geweih aus Eisen auf dem Kopf; Lord Tully trug einen rot-blau gestreiften Mantel mit silbernen Spangen in Form von Forellen auf den Schultern. Sie hielten ihre dreieinhalb Meter langen Lanzen himmelwärts, und der böige Wind zerrte und riß an ihren Bannern.

Am nördlichen Ende des Felds hielten die Knappen bunt geschmückte Streitrösser fest, damit die Kämpen aufsteigen konnten. Sie setzten die Helme auf und nahmen Lanzen und Schilde zur Hand, deren Pracht denen der Gegner in nichts nachstand: gebauschte orangerote Seide der Ashfords, Ser Humfreys rotweiße Rauten, Lord Leo auf seinem weißen Streitroß mit grünen Seidendecken, die ein Muster goldener Rosen zierte, und natürlich Valarr Targaryen. Das Pferd des jungen Prinzen war schwarz wie die Nacht, passend zur Farbe von Rüstung, Lanze, Schild und Zaumzeug. Auf seinem Helm hatte er einen glänzenden dreiköpfigen Drachen mit ausgebreiteten Schwingen, leuchtend rot emailliert; sein Gegenstück war auf die glänzende schwarze Oberfläche des Schilds gemalt. Jeder Verteidiger hatte einen Streifen aus orangeroter Seide um einen Oberarm geknotet, eine Bandschleife der schönen Maid.

Als die Kämpen sich in Position begaben, wurde es fast totenstill auf dem Wasen von Ashford. Dann ertönte ein Horn, und die Stille verwandelte sich binnen eines halben Herzschlags in einen Tumult. Zehn Paar vergoldete Sporen wurden zehn großen Schlachtrössern in die Flanken gedrückt, tausend Stimmen fingen an zu schreien und brüllen, vierzig beschlagene Hufe stampften und rissen das Gras auf, zehn Lanzen wurden geneigt und in Stellung gebracht, das ganze Feld schien zu erbeben, und dann prallten Kämpen und Herausforderer unter ohrenbetäubendem Krachen von Holz und Stahl aufeinander. Innerhalb eines Augenblicks waren die Reiter aneinander vorbei und wendeten zum zweiten Durchgang. Lord Tully schwankte in seinem Sattel, blieb aber sitzen. Als dem gemeinen Volk klar wurde, daß alle zehn Lanzen abgebrochen waren, ertönte ein lauter Jubel der Zustimmung. Es war ein glänzendes Omen für den Erfolg des Turniers und ein Zeugnis für das Geschick der Kontrahenten.

Knappen brachten den Kämpfern neue Lanzen, um die zerbrochenen zu ersetzen, die jene beiseite warfen, und wieder wurden die Sporen eingegraben. Dunk konnte die Erde unter seinen Fußsohlen beben spüren. Auf seinen Schultern jubelte Ei glücklich und winkte mit seinen spindeldürren Armen. Der junge Prinz ritt am dichtesten an ihnen vorbei. Dunk sah, wie die Spitze seiner Lanze den Wachtturm auf dem Schild seines Gegners küßte, abrutschte und die Brust traf, während Ser Abelars Lanze an Valarrs Brustpanzer zersplitterte. Der graue Hengst in dem silbern-rauchfarbenen Zaumzeug bäumte sich unter der Wucht des Aufpralls auf, und Ser Abelar Hightower wurde aus den Steigbügeln gerissen und fiel wie ein Sack zu Boden.

Lord Tully war ebenfalls zu Boden gegangen, von Ser Humfrey Hardyng zu Fall gebracht, aber er sprang unverzüglich auf und zog sein Langschwert, und Ser Humfrey warf die – unversehrte – Lanze beiseite und stieg ab, um das Duell zu Fuß fortzusetzen. Ser Abelar war nicht so behende. Sein Knappe lief zu ihm, lockerte ihm den Helm und rief um Hilfe, worauf zwei Helfer den benommenen Ritter an den Armen hielten und zu seinem Zelt begleiteten. Andernorts auf dem Feld ritten die sechs Ritter, die zu Pferde geblieben waren, ihre dritte Runde. Weitere Lanzen zersplitterten, und diesmal zielte Lord Leo Tyrell so trefflich, daß er dem Grauen Löwen den Helm vom Kopf riß. Mit entblößtem Gesicht hob der Lord von Casterly Rock eine Hand zum Salut, stieg ab und gab den Kampf auf. Inzwischen hatte Ser Humfrey sich mit dem Schwert als genauso geschickt erwiesen wie mit der Lanze und Lord Tully derart zugesetzt, daß dieser ebenfalls kapitulierte.

Tybolt Lannister und Androw Ashford ritten noch dreimal gegeneinander, bis Ser Androw schließlich vom Pferd fiel und Schild und Kampf zugleich verlor. Der jüngere Ashford hielt noch länger durch und brach nicht weniger als neun Lanzen gegen Ser Lyonel Baratheon, den Lachenden Sturm. Kämpe und Herausforderer fielen beide in der zehnten Runde aus dem Sattel, standen gleichzeitig wieder auf und kämpften weiter, Schwert gegen Streitkolben. Schließlich gab ein angeschlagener Ser Robert Ashford auf, aber sein Vater auf der Zuschauertribüne sah alles andere als betrübt aus. Lord Ashfords Söhne waren beide aus den Reihen der Kämpen vertrieben worden, das stimmte, aber sie hatten sich wacker gegen zwei der besten Ritter der Sieben Königreiche behauptet.

Aber ich muß es noch besser machen, dachte sich Dunk, der sah, wie sich Sieger und Besiegte umarmten und gemeinsam vom Feld gingen *Es genügt nicht, daß ich gut kämpfe und verliere. Ich muß mindestens die erste Herausforderung gewinnen, sonst verliere ich alles.*

Ser Tybolt Lannister und der Lachende Sturm würden nun ihre Plätze unter den Kämpen einnehmen und die Männer ersetzen, die sie besiegt hatten. Die orangeroten Zelte wurden bereits abgebaut. Wenige Schritte entfernt saß der junge Prinz entspannt auf einem hohen Stuhl vor seinem schwarzen Zelt. Den Helm hatte er abgenommen. Er hatte dunkle Haare, wie sein Vater, aber eine helle Strähne darin. Ein Diener brachte ihm einen silbernen Kelch, aus dem er einen Schluck trank. *Wasser, wenn er klug ist,* dachte Dunk. *Wein, wenn nicht.* Er ertappte sich bei der Frage, ob Valarr tatsächlich etwas von der Tapferkeit seines Vaters geerbt oder nur den schwächsten Gegner gezogen hatte.

Ein Fanfarenstoß verkündete, daß drei neue Herausforderer in die Schranken getreten waren. Die Herolde riefen ihre Namen aus. *»Ser Pearse vom Haus Caron, Lord der Marschen.«* Seinen Schild zierte eine silberne Harfe, seinen Mantel dagegen ein Muster aus Nachtigallen. *»Ser Joseth vom Haus Mallister in Seagard.«* Ser Joseth trug einen geflügelten Helm; auf seinem Schild flog ein silberner Adler vor einem indigofarbenen Himmel. *»Ser Gawen vom Hause Swann, Lord von Stonehelm am Cape Wrath.«* Ein Paar Schwäne, einer schwarz, einer weiß, fochten auf seinem Oberarm einen erbitterten Kampf aus. Lord Gawens Rüstung, Mantel und Pferd bildeten ein wildes Durcheinander von Schwarz und Weiß, bis hin zu den Streifen auf Schwertscheide und Lanze.

Lord Caron, Harfner und Sänger und berühmter Ritter, berührte mit der Lanzenspitze Lord Tyrells Rose. Ser Joseth klopfte auf die Raute von Ser Humfrey Hardyng. Und der schwarz-weiße Ritter, Lord Gawen Swann, forderte den schwarzen Prinzen mit dem weißen Wächter heraus. Dunk rieb sich das Kinn. Lord Gawen war noch älter als der alte Mann, und der alte Mann war tot. »Ei, wer ist der ungefährlichste dieser Herausforderer?« fragte er den Jungen auf seinen Schultern, der so viel über diese Ritter zu wissen schien.

»Lord Gawen«, sagte der Junge sofort. »Valarrs Gegner.«

»Prinz Valarr«, verbesserte er ihn. »Ein Knappe muß sich höflicher Rede befleißigen, Junge.«

Die drei Herausforderer nahmen ihre Plätze ein, während die drei Kämpen aufsaßen. Ringsum schlossen Leute Wetten ab und riefen ihren Favoriten aufmunternde Worte zu, aber Dunk hatte nur Augen für den Prinzen. Beim ersten Durchgang streifte er Lord Gawens Schild, und die stumpfe Spitze der Lanze rutschte ab, genau wie bei Ser Abelar Hightower, nur wurde sie diesmal auf die andere Seite abgelenkt, ins Leere. Lord Gawens eigene Lanze brach an der Brust des Prinzen ab, und einen Moment sah es so aus, als würde Valarr stürzen, ehe er sich wieder fing.

Beim zweiten Durchgang schwang Valarr die Lanze nach links und zielte auf die Brust seines Gegners, traf ihn aber statt dessen an der Schulter. Dennoch reichte der Treffer aus, daß der ältere Ritter seine Lanze verlor. Lord Gawen ruderte mit einem Arm, um das Gleichgewicht zu halten, und fiel. Der junge Prinz sprang aus dem Sattel und zog das Schwert, aber der gestürzte Mann winkte ihn fort und klappte das Visier hoch. »Ich ergebe mich, Euer Gnaden«, rief er. »Gut gekämpft.« Die Lords auf der Zuschauertribüne griffen die Worte auf und riefen: *»Gut gekämpft! Gut gekämpft!«*, während Valarr niederkniete, um dem grauhaarigen Lord auf die Beine zu helfen.

»Das trifft auf keinen von beiden zu«, beschwerte sich Ei.

»Sei still, sonst kannst du ins Lager zurück.«

Ein Stück weiter entfernt wurde Ser Joseth Mallister bewußtlos vom Feld getragen, während der Harfenlord und der Rosenlord zum Entzücken der versammelten Menge ungestüm mit stumpfen Streitäxten aufeinander losgingen. Dunk konzentrierte sich so sehr auf Valarr Targaryen, daß er sie kaum sah. *Er ist ein passabler Ritter, aber mehr auch nicht,* dachte er bei sich. *Gegen ihn hätte ich eine Chance. Wenn die Götter mir gewogen sind, könnte ich ihn vielleicht sogar vom Pferd stoßen, und am Boden würden mein Gewicht und meine Kraft entscheiden.*

»Zeig's ihm!« brüllte Ei fröhlich und rutschte in seiner Aufregung auf Dunks Schultern hin und her. »Zeig's ihm! Schlag ihn! Ja! Er ist direkt vor dir, *direkt vor dir!«* Er schien Lord Caron anzufeuern. Der Harfner schlug jetzt ganz andere Töne an und trieb Lord Leo immer weiter zurück, während Stahl auf Stahl sang. Die Menge schien fast zu gleichen Teilen einen der beiden zu favorisieren, daher erklangen ungestüme Zurufe und Flüche durch die Morgenluft. Holz- und Farbsplitter flogen von Lord Leos Schild, während Lord Pearses Axt die Blütenblätter eins nach dem anderen von der goldenen Rose hackte, bis der Schild schließlich barst und zerbrach. Aber dabei blieb die Axt einen Moment im Holz hängen … und Lord Leos eigene Axt sauste auf den Stiel der Waffe seines Gegners nieder und brach ihn, keine dreißig Zentimeter von der Hand entfernt, entzwei. Lord Leo warf den zerbrochenen Schild beiseite, und plötzlich war er der Angreifer. Binnen weniger Augenblicke lag der Harfenritter auf den Knien und sang seine Kapitulation.

Den Rest des Vormittags und bis weit in den Nachmittag hinein folgte mehr oder weniger dasselbe: Herausforderer betraten in Zweier- und Dreiergruppen das Feld, manchmal fünf auf einmal. Fanfaren ertönten, Herolde verkündeten die Namen, Schlachtrösser stürmten zum Angriff, die Menge johlte, Lanzen brachen wie dürre Zweige, und Schwerter klirrten auf Helmen und Kettenhemden. Es war, darin waren sich kleine Leute und hochgeborene Lords einig, ein grandioser Turniertag. Ser Humfrey Hardyng und Ser Humfrey Beesbury, ein tollkühner junger Ritter in Schwarz und Gelb mit drei Bienenstöcken auf dem Schild, zersplitterten nicht weniger als ein Dutzend Lanzen in einem heldenhaften Zweikampf, den das gemeine Volk bald schon »die Schlacht der Humfreys« nannte. Ser Tybolt Lannister wurde von Ser Jon Penrose vom Pferd gestoßen und zerbrach sein Schwert bei dem Sturz, schlug aber, nur mit dem Schild als Waffe, zurück, gewann den Kampf und blieb ein Kämpe. Der einäugige Ser Robyn Rhysling, ein ergrauter alter Ritter mit graumeliertem Bart, verlor seinen Helm in der ersten Runde durch Lord Leos Lanze, wollte aber nicht aufgeben. Dreimal ritten sie noch gegeneinander, und der Wind peitschte Ser Robyns Haar, während die Splitter zerbrochener Lanzen um sein entblößtes Gesicht flogen, was Dunk um so erstaunlicher fand, als Ei ihm erzählte, daß Ser Robyn keine fünf Jahre zuvor sein Auge durch einen Lanzensplitter verloren hatte. Leo Tyrell war zu ritterlich, mit einer Lanze auf Sir Robyns ungeschützten Kopf zu zielen, aber dennoch setzte Rhyslings störrischer Mut (oder war es Torheit?) Dunk in Erstaunen. Schließlich traf der Lord von Highgarden Ser Robyns Brustpanzer mit einem dumpfen Aufprall direkt über dem Herzen, so daß er, einen Purzelbaum schlagend, zu Boden fiel.

Ser Lyonel Baratheon schlug sich gleichfalls bemerkenswert. Bei schwächeren Gegnern brach er nicht selten in brüllendes Gelächter aus, wenn sie seinen Schild berührten, und er lachte die ganze Zeit, während er aufsaß und losritt und sie aus den Steigbügeln stieß. Wenn die Herausforderer einen Kamm irgendwelcher Form an den Helmen hatten, stieß Sir Lyonel sie ihnen vom Kopf und schleuderte sie in die Menge. Die Kämme waren Zierat, aus Holz geschnitzt oder aus Leder zugeschnitten, und manchmal vergoldet und emailliert oder aus reinem Silber gegossen, daher hielten die Männer, die er besiegte, wenig von dieser Angewohnheit, auch wenn sie ihn beim gemeinen Volk höchst beliebt machte. Nicht mehr lange, und nur noch Männer ohne Helmschmuck forderten ihn heraus. Aber so laut und oft Ser Lyonel auch einen Herausforderer niederlachte, Dunk fand, daß der Ruhm des Tages an Ser Humfrey Harding gehen sollte, der vierzehn Ritter demütigte, die alle ernstzunehmende Gegner waren.

Derweil saß der junge Prinz vor seinem schwarzen Zelt, trank aus seinem silbernen Kelch und erhob sich von Zeit zu Zeit, um auf sein Pferd zu steigen und einen weiteren mittelmäßigen Gegner zu besiegen. Er hatte neun Siege errungen, aber Dunk fand, daß jeder einzelne davon hohl war. *Er schlägt alte Männer und Emporkömmlinge von Knappen und ein paar Lords von hoher Geburt und geringem Geschick. Die wahrhaft gefährlichen Männer reiten an seinem Schild vorbei, als würden sie ihn gar nicht sehen.*

Am Nachmittag verkündete ein Fanfarenstoß, daß ein neuer Herausforderer in das Turnier eingetreten war. Er ritt auf einem großen rotbraunen Schlachtroß daher, dessen schwarzer Plattenpanzer Schlitze hatte, durch die man Gelb, Scharlachrot und Orange erkennen konnte. Als er sich der Zuschauertribüne näherte, um seinen Gruß zu entrichten, sah Dunk das Gesicht unter dem hochgeklappten Visier und erkannte den Prinzen, der ihm in Lord Ashfords Stall begegnet war.

Eis Beine schlossen sich um seinen Hals. »Hör auf damit«, bellte Dunk und zerrte sie auseinander. »Willst du mich erwürgen?«

»Prinz Aerion Brightflame«, verkündete ein Herold, *»von der roten Festung von King's Landing, Sohn von Maekar, Prinz von Summerhall des Hauses Targaryen, Enkel von Daeron dem Guten, Zweiter seines Namens, König der Andals, der Rhoynar und der Ersten Menschen, Lord der Sieben Königreiche.«*

Aerion trug einen dreiköpfigen Drachen auf dem Schild, allerdings in ungleich leuchtenderen Farben als der von Valarr; ein Kopf war orange, einer gelb, einer rot, und die Flammen, die sie spuckten, hatten die Farbe von Goldlack. Sein Übermantel zeigte Wirbel aus Rauch und Feuer, die ineinander übergingen, und sein schwarzer Helm wurde von einem Kamm roter Emailleflammen geziert.

Nach einer Pause, um die Lanze vor Prinz Baelor zu neigen, einer so kurzen Pause, daß sie fast nachlässig zu nennen war, galoppierte er zum Nordende des Felds, an den Zelten von Lord

Leo und dem Lachenden Sturm vorbei, und wurde erst langsamer, als er sich Prinz Valarrs Zelt näherte. Der junge Prinz erhob sich und stellte sich steif neben seinen Schild, und einen Augenblick war Dunk überzeugt, daß Aerion darauf klopfen würde ... aber dann lachte er und trabte vorbei und schlug mit der Lanzenspitze hart auf die Raute von Ser Humfrey Hardyng. »Kommt heraus, kommt heraus, kleiner Ritter«, sang er mit lauter, deutlicher Stimme, »es wird Zeit, daß Ihr dem Drachen gegenübertretet.«

Ser Humfrey neigte steif den Kopf vor seinem Gegner, während sein Streitroß gebracht wurde, und schenkte ihm danach gar keine Beachtung mehr, stieg auf, setzte den Helm auf und nahm Lanze und Schild. Die Zuschauer wurden still, als die beiden Ritter ihre Plätze einnahmen. Dunk hörte das Klirren, als Prinz Aerion sein Visier zuklappte. Das Horn ertönte.

Ser Humfrey setzte sich langsam in Bewegung und wurde nur langsam schneller, wohingegen sein Kontrahent dem rotbraunen Streitroß beide Sporen in die Flanken rammte und in gestrecktem Galopp heranbrauste. Ei kniff wieder die Beine zusammen. *»Töte ihn!«* schrie er plötzlich. *»Töte ihn, er ist direkt vor dir, töte ihn, töte ihn!«* Dunk war nicht sicher, welchen der Ritter er meinte.

Prinz Aerions Lanze, die eine goldene Spitze hatte und mit roten, gelben und orangefarbenen Streifen bemalt war, schwang über die Barriere herab. *Zu tief, zu tief,* dachte Dunk in dem Moment, als er es sah. *Er wird den Reiter verfehlen und Ser Humfreys Pferd treffen, er muß die Lanze höher halten.* Dann dämmerte ihm mit wachsendem Entsetzen, daß Aerion nicht daran dachte. *Er kann doch nicht ernsthaft ...*

Im letztmöglichen Augenblick scheute Sir Humfreys Hengst mit vor Angst verdrehten Augen vor der Spitze weg, die auf ihn zugerast kam, aber es war zu spät. Aerions Lanze erwischte das Tier unmittelbar über dem Panzer, der sein Brustbein schützte, und schoß in einem Schwall roten Blutes im Nacken wieder hinaus. Das Pferd fiel schreiend zur Seite und zertrümmerte im Sturz die Holzbarriere. Ser Humfrey versuchte, abzuspringen, blieb aber mit einem Fuß im Steigbügel hängen, und alle hörten seinen Schrei, als sein Bein zwischen dem gesplitterten Zaun und dem stürzenden Pferd brach.

Ein einziger Aufschrei hallte über den Wasen von Ashford. Männer rannten auf das Feld, um Ser Humfrey zu helfen, aber das Pferd, das unter Qualen verendete, trat nach ihnen, als sie näher kamen. Aerion, der unbekümmert um das Blutbad herum bis zum Ende der Schranken geritten war, wendete sein Pferd und kam zurückgaloppiert. Auch er brüllte, aber Dunk konnte die Worte durch die fast menschlich anmutenden Schreie des sterbenden Pferdes nicht verstehen. Aerion sprang aus dem Sattel, zog das Schwert und näherte sich seinem gestürzten Gegner. Seine eigenen Knappen und einer von Ser Humfrey mußten ihn wegziehen. Ei zappelte auf Dunks Schultern. »Laß mich runter«, sagte der Junge. »Das arme Pferd, *laß mich runter!«*

Dunk war selbst übel. *Was würde ich tun, wenn Donner so ein Schicksal ereilen würde?* Ein bewaffneter Mann mit einer Streitaxt erlöste Ser Humfreys Hengst, der unter gräßlichen Schreien starb. Dunk drehte sich um und drängte sich durch die Menge. Als sie offenes Gelände erreicht hatten, hob er Ei von seinen Schultern. Die Kapuze des Jungen war nach hinten gefallen, seine Augen waren rot. »Ein schrecklicher Anblick, ja«, sagte er dem Burschen, »aber ein Knappe muß stark sein. Ich fürchte, bei anderen Turnieren wirst du schlimmere Unfälle sehen.«

»Das war kein Unfall«, sagte Ei mit bebendem Mund. »Aerion wollte es so. Das hat man gesehen.«

Dunk runzelte die Stirn. Für ihn hatte es auch so ausgesehen, aber es fiel ihm schwer, zu glauben, daß ein Ritter derart unritterlich sein konnte, am wenigsten einer vom Geblüt des Drachen. »Ich habe einen Ritter gesehen, der so grün wie Sommergras ist und die Kontrolle über seine Lanze verloren hat«, sagte er störrisch, »und ich will nichts mehr davon hören. Ich glaube, für heute ist das Turnier vorbei. Komm mit, Bursche.«

Er hatte recht, was das Ende des Wettstreits dieses Tages betraf. Als das Durcheinander beseitigt war, stand die Sonne tief im Westen, und Lord Ashford rief eine Unterbrechung aus.

Als die Abendschatten über den Wasen krochen, wurden hundert Fackeln auf dem Gelände der Händler angezündet. Dunk kaufte sich ein Horn Bier und ein halbes für den Jungen, um ihn aufzumuntern. Sie schlenderten eine Zeitlang herum, lauschten einer fröhlichen Melodie mit Pfeifen und Trommeln und sahen sich eine Marionettenvorstellung über Nymeria an, die Kriegerkönigin mit den zehntausend Schiffen. Die Marionettenspieler hatten nur zwei Schiffe, brachten aber dennoch eine packende Seeschlacht zustande. Dunk wollte das Mädchen Tanselle fragen, ob sie seinen Schild schon bemalt hatte, konnte aber sehen, daß sie beschäftigt war. *Ich warte, bis sie für heute fertig ist, beschloß er. Vielleicht hat sie dann Durst.*

»Ser Duncan«, rief eine Stimme hinter ihm. Und dann noch einmal: »Ser Duncan!« Plötzlich fiel Dunk ein, daß er das war. »Ich habe Euch heute mit diesem Jungen auf den Schultern unter den Gemeinen gesehen«, sagte Raymun Fossoway, der lächelnd näher kam. »Tatsächlich wart ihr beiden schwer zu übersehen.«

»Der Junge ist mein Knappe. Ei, das ist Raymun Fossoway.« Dunk mußte den Jungen nach vorne ziehen, und selbst dann hielt Ei den Kopf gesenkt und starrte Raymuns Stiefel an, während er seinen Gruß murmelte.

»Sei gegrüßt, Junge«, sagte Raymun leichthin. »Ser Duncan, warum seht Ihr nicht von der Zuschauertribüne aus zu? Alle Ritter sind dort willkommen.«

Dunk fühlte sich unter dem gemeinen Volk und der Dienerschaft wohl; der Gedanke, einen Platz unter den Lords und Ladies und begüterten Rittern zu fordern, erfüllte ihn mit Unbehagen. »Dieses letzte Gefecht hätte ich nicht gern aus nächster Nähe gesehen.«

Raymun verzog das Gesicht. »Ich auch nicht. Lord Ashford hat Ser Humfrey zum Sieger erklärt und ihm Prinz Aerions Rennpferd zugesprochen, aber trotzdem wird er nicht weitermachen können. Sein Bein ist an zwei Stellen gebrochen. Prinz Baelor hat seinen Leibmaester geschickt, damit er sich um ihn kümmert.«

»Wird ein anderer Kämpe an Ser Humfreys Stelle treten?«

»Lord Ashford hatte im Sinn, den Platz Lord Caron zu gewähren, oder dem anderen Ser Humfrey, der Hardyng so ein grandioses Duell geliefert hat, aber Prinz Baelor hat ihm gesagt, daß es nicht schicklich wäre, Ser Humfreys Schild und Zelt unter den gegebenen Umständen zu entfernen. Ich glaube, sie werden mit vier Kämpen statt fünf weitermachen.«

Vier Kämpen, dachte Dunk. *Leo Tyrell, Lyonel Baratheon,*

Tybolt Lannister und Prinz Valarr. Er hatte am heutigen ersten Tag genug gesehen, um zu wissen, wie wenig Chancen er gegen die ersten drei haben würde. Damit blieb nur …

Ein Heckenritter kann keinen Prinzen herausfordern. Valarr ist der zweite Thronerbe des Eisenthrons. Er ist Baelor Breakspears Sohn, und sein Blut ist das Blut von Aegon dem Eroberer und dem Jungen Drachen und Prinz Aemon dem Drachenritter, und ich bin nur ein Junge, den der alte Mann hinter einer Töpferei im Flohviertel gefunden hat.

Sein Kopf brummte, wenn er nur daran dachte. »Wen möchte Euer Vetter herausfordern?« fragte er Raymun.

»Ser Tybolt, damit gleiche Chancen bestehen. Sie sind einander ebenbürtig. Aber mein Vetter verfolgt jeden Kampf mit größter Aufmerksamkeit. Sollte morgen ein Mann verwundet werden oder Anzeichen von Schwäche zeigen, wird Steffon schleunigst auf seinen Schild klopfen, darauf könnt Ihr Euch verlassen. Niemand hat ihm je vorgeworfen, es mit der Ritterlichkeit zu übertreiben.« Er lachte, als wollte er damit seinen Worten die Schärfe nehmen. »Ser Duncan, möchtet Ihr mir bei einem Becher Wein Gesellschaft leisten?«

»Ich muß mich noch um eine Angelegenheit kümmern«, sagte Dunk, dem unwohl bei dem Gedanken war, einen Akt der Gastfreundschaft zu akzeptieren, den er nicht erwidern konnte.

»Ich könnte hier warten und Euch Euren Schild bringen, wenn die Vorstellung zu Ende ist, Ser«, sagte Ei. »Später werden sie Symeon Star-Eyes spielen und auch den Drachen wieder kämpfen lassen.«

»Da seht Ihr, Eure Angelegenheiten werden erledigt, und der Wein wartet«, sagte Raymun. »Und es ist ein Tropfen aus Arbor. Wie könnt Ihr da nein sagen?«

Da ihm keine Ausreden mehr einfielen, blieb Dunk nichts anderes übrig, als ihm zu folgen und Ei beim Marionettentheater zurückzulassen. Der Apfel des Hauses Fossoway wehte über dem goldenen Zelt, wo Raymun und sein Vetter wohnten. Dahinter drehten zwei Diener eine Ziege mit Honig- und Kräuterkruste über einem kleinen Feuer. »Wir haben auch Essen, wenn Ihr hungrig seid«, sagte Raymun beiläufig, während er Dunk die Zeltklappe aufhielt. Ein Kohlebecken spendete Licht im Inneren und sorgte für angenehme Wärme. Raymun füllte zwei Becher mit Wein. »Sie sagen, Aerion ist wütend auf Lord Ashford, weil er Ser Humfrey sein Streitroß zugesprochen hat«, bemerkte er, während er einschenkte, »aber ich wette, sein Onkel steckt dahinter.« Er reichte Dunk einen Weinbecher.

»Prinz Baelor ist ein Ehrenmann.«

»Und der Strahlende Prinz nicht?« Raymun lachte. »Seht nicht so besorgt drein, Ser Duncan, außer uns ist niemand hier. Es ist kein Geheimnis, daß Aerion ein schlechter Kerl ist. Den Göttern sei Dank, daß er in der Thronfolge weit unten steht.«

»Ihr glaubt wirklich, daß er die Absicht hatte, das Pferd zu töten?«

»Kann daran ein Zweifel bestehen? Wenn Prinz Maekar dagewesen wäre, dann wäre die Sache anders ausgegangen, das garantiere ich Euch. Aerion ist ganz Lächeln und Ritterlichkeit, wenn sein Vater zuschaut, sofern man den Geschichten glauben schenken kann, aber wenn nicht ...«

»Ich habe gesehen, daß der Stuhl von Prinz Maekar nicht besetzt war.«

»Er hat Ashford verlassen, um nach seinen Söhnen zu suchen, zusammen mit Roland Crakehall von der Königsgarde. Eine wilde Geschichte über Räuberbanden macht die Runde, aber ich wette, der Prinz ist einfach wieder auf Zechtour.«

Der Wein war köstlich und fruchtig, einen besseren hatte Dunk noch nie gekostet. Er ließ ihn im Mund kreisen, schluckte ihn und sagte: »Welcher Prinz ist das wieder?«

»Maekars Erbe. Daeron heißt er, nach dem König. Sie nennen ihn Daeron den Säufer, aber nicht in Gegenwart seines Vaters. Der jüngste Sohn war ebenfalls bei ihm. Sie haben Summerhall zusammen verlassen, sind aber nicht in Ashford angekommen.« Raymun leerte seinen Becher und stellte ihn beiseite. »Armer Maekar.«

»Arm?« fragte Dunk verblüfft. »Der Sohn des Königs?«

»Der *vierte* Sohn des Königs«, sagte Raymun, »nicht so kühn wie Prinz Baelor, nicht so klug wie Prinz Aerys, nicht so sanftmütig wie Prinz Rhaegel. Und nun muß er sehen, wie seine eigenen Söhne von denen seines Bruder überflügelt werden. Daeron ist ein Säufer, Aerion ist eitel und grausam, der dritte Sohn war so hoffnungslos, daß sie ihn der Zitadelle übergeben haben, damit sie ihn zum Maester machen, und der jüngste –«

»Ser! Ser Duncan!« platzte Ei keuchend herein. Seine Kapuze war ihm in den Nacken gerutscht, das Licht des Kohlebeckens spiegelte sich in seinen großen, dunklen Augen. »Ihr müßt Euch beeilen, er tut ihr weh!«

Dunk sprang verwirrt auf die Füße. »Tut ihr weh? Wer?«

»Aerion!« schrie der Junge. »Er tut ihr *weh!* Der Puppenspielerin! *Beeilt Euch.«* Er wirbelte herum und rannte in die Nacht.

Dunk wollte ihm folgen, aber Raymun hielt ihn am Arm fest. »Ser Duncan – Aerion, hat er gesagt! Ein Prinz von Geblüt. Seid vorsichtig!«

Er wußte, das war ein guter Rat. Der alte Mann hätte dasselbe gesagt. Aber er konnte nicht darauf hören. Er schüttelte Raymuns Hand ab und zwängte sich aus dem Zelt hinaus. Aus der Richtung des Händlergeländes konnte er Rufe hören. Ei war fast nicht mehr zu sehen. Dunk rannte ihm hinterher. Seine Beine waren lang, die des Jungen kurz; er verringerte die Distanz rasch.

Eine Wand aus Schaulustigen hatte sich um die Puppenspieler herum versammelt. Dunk drängte sich durch und achtete nicht auf die Flüche. Ein Bewaffneter in der königlichen Livree stellte sich ihm entgegen. Dunk legte ihm seine große Hand auf die Brust und schubste ihn, so daß der Mann im Schmutz auf den Hintern fiel.

Der Stand der Puppenspieler war umgestoßen worden. Die dicke Dornischfrau lag weinend auf dem Boden. Ein Bewaffneter ließ die Marionetten Florian und Jonquil an den Händen baumeln, während ein anderer sie mit einer Fackel in Brand steckte. Drei weitere Männer rissen Kisten auf, warfen weitere Puppen heraus und trampelten darauf herum. Die Drachenpuppe lag überall verstreut, ein zerbrochener Flügel hier, der Kopf dort, der Schwanz in drei Teilen. Und inmitten von alledem stand Prinz Aerion prachtvoll in einem Wams aus rotem Samt mit langen Puffärmeln und drehte Tanselle mit beiden Händen den Arm um. Sie kniete vor ihm und flehte ihn an. Aerion achtete nicht darauf. Er zwang sie, die Hand zu öffnen, und packte einen ihrer Finger. Dunk stand benommen da und konnte nicht glauben, was er sah. Dann hörte er ein Knacken, und Tanselle schrie.

Einer von Aerions Männern versuchte ihn zu ergreifen und flog in hohem Bogen davon. Drei große Schritte, dann packte Dunk den Prinzen an der Schulter und drehte ihn grob um. Schwert und Dolch hatte er vergessen, ebenso wie alles, was ihm der alte Mann je beigebracht hatte. Er schlug Aerion mit der Faust von den Füßen und trat dem Prinzen mit der Stiefelspitze in den Magen. Als Aerion nach seinem Messer greifen wollte, stellte sich Dunk auf sein Handgelenk und trat wieder nach ihm, genau in den Mund. Er hätte ihn vielleicht an Ort und Stelle zu Tode getreten, aber die Männer des Prinzen bedrängten ihn. Er hatte an jedem Arm einen Mann hängen, und ein dritter schlug ihm auf den Rücken. Kaum hatte er einen abgeschüttelt, hingen zwei weitere an ihm.

Schließlich zerrten sie ihn zu Boden und hielten ihm Arme und Beine fest. Aerion war wieder aufgestanden. Der Mund des Prinzen war blutig. Er tastete mit einem Finger darin. »Ihr habt mir einen Zahn gelockert«, klagte er, »also werden wir damit anfangen, daß wir Euch jeden einzelnen ausschlagen.« Er strich sich das Haar aus den Augen. »Ihr kommt mir bekannt vor.«

»Ihr habt mich für einen Stallburschen gehalten.«

Aerion lächelte blutrot. »Ich erinnere mich. Ihr habt Euch geweigert, mein Pferd zu nehmen. Warum habt Ihr Euer Leben weggeworfen? Für diese Hure?« Tanselle lag zusammengekrümmt auf dem Boden und hielt sich die verletzte Hand. Er stieß sie mit der Stiefelspitze an. »Sie ist es nicht wert. Eine Verräterin. Der Drache darf niemals verlieren.«

Er ist verrückt, dachte Dunk, *aber er ist trotzdem der Sohn eines Prinzen, und er will mich töten.* Da hätte er vielleicht gebetet, hätte er ein Gebet bis zum Ende gekannt, aber dazu blieb keine Zeit. Es blieb kaum genug Zeit, um Angst zu haben.

»Nichts mehr zu sagen?« sagte Aerion. »Ihr langweilt mich, Ser.« Er tastete wieder in seinem blutigen Mund. »Hol einen Hammer und brich ihm sämtliche Zähne aus, Wate«, befahl er, »und dann schneiden wir ihn auf und zeigen ihm, welche Farbe seine Eingeweide haben.«

»Nein!« sagte die Stimme eines Jungen. »Tu ihm nicht weh!«

Ihr Götter, der Junge, der tapfere, törichte Junge, dachte Dunk. Er kämpfte gegen die Arme, die ihn hielten, aber es war zwecklos. »Halt den Mund, dummer Junge. Lauf weg. Sie werden dir weh tun!«

»Nein, das werden sie nicht.« Ei kam näher. »Wenn sie das tun, werden sie meinem Vater Rede und Antwort stehen müssen. Und meinem Onkel ebenfalls. Laßt ihn los, habe ich gesagt! Wate, Yorkel, ihr kennt mich. Tut, was ich euch sage!«

Die Hände, die seinen linken Arm hielten, wurden zurückgezogen, dann die anderen. Dunk verstand nicht, was da vor sich ging. Die Bewaffneten wichen zurück. Einer kniete sogar nieder. Dann machte die Menge Raymun Fossoway Platz. Er hatte Kettenhemd und Helm angelegt und die Hand am Schwertgriff. Ser Steffon, sein Vetter, folgte ihm dichtauf und hatte bereits seine Klinge gezückt, und zu ihrem Gefolge gehörten ein halbes Dutzend bewaffnete Männer, die das Abzeichen des roten Apfels auf die Brust genäht hatten.

Prinz Aerion beachtete sie nicht. »Frecher kleiner Kerl«, sagte er zu Ei und spuckte dem Jungen einen Mundvoll Blut vor die Füße. »Was ist mit deinem Haar passiert?«

»Ich habe es abgeschnitten, Bruderherz«, sagte Ei. »Ich wollte nicht aussehen wie du.«

Am zweiten Tag des Turniers war es bewölkt, ein böiger Wind wehte von Westen. *An so einem Tag dürften weniger Besucher dasein,* dachte Dunk. Es wäre leichter für sie gewesen, einen Platz näher am Zaun zu finden, um den Wettstreit aus der Nähe zu sehen. *Ei hätte sich auf das Geländer setzen und ich mich hinter ihn stellen können.*

Statt dessen würde Ei einen Platz auf der Zuschauertribüne haben, in Seide und Pelze gekleidet, während Dunks Aussicht auf die vier Wände des Turmverlieses beschränkt sein würde, wo Lord Ashfords Männer ihn eingesperrt hatten. Die Zelle hatte ein Fenster, aber es ging in die falsche Richtung. Dennoch zwängte sich Dunk auf die Fensterbank, als die Sonne aufging, und sah düster über Stadt und Wiese und Wald. Sie hatten seinen Schwertgürtel aus Hanfseil, sein Schwert und seinen Dolch mitgenommen, und auch sein Silber. Er hoffte, Ei oder Raymun würden an den Braunen und Donner denken.

»Ei«, murmelte er leise hauchend. Sein Knappe, ein armer Kerl von den Straßen von King's Landing. Hatte sich je ein Ritter derart zum Narren gemacht? *Dunk der Blödian, dumm wie Bohnenstroh und langsam wie ein Auerochse.*

Ihm war nicht gestattet worden, mit Ei zu sprechen, seit Lord Ashfords Soldaten sie alle beim Marionettentheater festgenommen hatten. Noch mit Raymun, Tanselle oder einem anderen, nicht einmal mit Lord Ashford selbst. Er fragte sich, ob er je einen von ihnen wiedersehen würde. Denkbar, daß sie ihn bis zu seinem Tod in dieser kleinen Zelle schmachten ließen.

Was hatte ich denn erwartet? fragte er sich verbittert. *Ich habe den Sohn eines Prinzen niedergeschlagen und ihm ins Gesicht getreten.*

Unter diesem grauen Himmel würden die wallenden Gewänder der hochgeborenen Lords und großen Kämpen nicht mehr ganz so prachtvoll aussehen wie am Tag zuvor. Die Sonne, die sich hinter Wolken verbarg, würde nicht auf ihren Helmen aus Stahl gleißen oder ihre goldenen und silbernen Ornamente funkeln lassen, aber dennoch wünschte sich Dunk, er könnte in der Menge sein und dem Turnier zusehen. Es wäre ein guter Tag für Heckenritter, für Männer in schlichten Kettenhemden auf ungepanzerten Pferden.

Wenigstens konnte er sie *hören.* Die Hörner der Herolde trugen weit, und von Zeit zu Zeit verriet ihm ein Aufschrei der Menge, daß jemand gefallen oder aufgestanden war oder etwas besonders Kühnes gemacht hatte. Er hörte auch leisen Hufschlag, und sehr vereinzelt einmal das Klirren von Schwertern oder das Knacken einer brechenden Lanze. Dunk zuckte jedesmal zusammen, wenn er das letztere hörte; es erinnerte ihn an das Geräusch von Tanselles Finger, als Aerion ihn gebrochen hatte. Auch andere, nähere Geräusche waren zu hören: Schritte auf dem Flur vor seiner Tür, das Stampfen von Hufen unten im Hof, Rufe und Stimmen von den Schloßmauern. Manchmal übertönten sie das Turnier. Dunk dachte sich, daß das auch nichts ausmachte.

»Ein Heckenritter ist die wahrhaftigste Art Ritter«, hatte ihm der alte Mann vor langer Zeit einmal gesagt. »Andere Ritter dienen den Lords, die sie bezahlen oder von denen sie ihr Land gepachtet haben, aber wir dienen, wem wir wollen, dienen Männern, an deren Sache wir glauben. Jeder Ritter schwört, die Schwachen und Unschuldigen zu beschützen, aber ich glaube, wir erfüllen diesen Schwur am besten.« Seltsam, wie deutlich ihm diese Erinnerung vorkam. Dunk hatte die Worte fast vergessen. Und der alte Mann vielleicht auch, gegen Ende.

Der Morgen wurde zum Nachmittag. Die fernen Geräusche des Turniers wurden spärlicher und verstummten. Dämmerung senkte sich über die Zelle, aber Dunk saß immer noch auf der Fensterbank, schaute in die zunehmende Dunkelheit hinaus und versuchte, seinen leeren Magen zu ignorieren.

Und dann hörte er Schritte und das Klirren von Schlüsseln aus Eisen. Er reckte sich und stand auf, als die Tür geöffnet wurde. Zwei Wachen kamen herein, einer mit einer Öllampe. Ein Diener folgte mit einem Tablett voll Essen. Dahinter kam Ei. »Laßt Lampe und Essen hier und geht«, befahl ihnen der Junge.

Sie befolgten den Befehl, aber Dunk bemerkte, daß sie die schwere Holztür nur anlehnten. Der Duft des Essens machte ihm bewußt, wie ausgehungert er war. Es gab warmes Brot und Honig, eine Schüssel Haferbrei, eine Schale mit Röstzwiebeln und durchgebratenes Fleisch. Er setzte sich vor das Tablett, riß das Brot mit den Händen entzwei und stopfte sich etwas davon in den Mund. »Kein Messer«, stellte er fest. »Haben sie geglaubt, ich würde dich erstechen, Junge?«

»Sie haben mir nicht gesagt, was sie gedacht haben.« Ei trug ein tailliertes enges Wams aus schwarzer Wolle mit langen, von roter Seide gesäumten Ärmeln. Auf der Brust prangte der dreiköpfige Drache des Hauses Targaryen. »Mein Onkel sagt, ich muß Euch demütig um Verzeihung bitten, weil ich Euch getäuscht habe.«

»Dein Onkel«, sagte Dunk. »Das wäre Prinz Baelor.«

Der Junge sah kläglich drein. »Ich hatte nie vor, zu lügen.«

»Aber das hast du. In allem. Angefangen mit deinem Namen. Ich habe noch nie von einem Prinzen Ei gehört.«

»Das ist die Kurzform von Aegon. Mein Bruder Aemon hat mich Ei getauft. Er ist jetzt in der Zitadelle und lernt, ein Maester zu sein. Und Daeron nennt mich manchmal auch Ei, und meine Schwestern tun es ebenso.«

Dunk hob den Fleischspieß und biß ein Stück ab. Ziege, mit

einem vornehmen Gewürz, das er noch nie zuvor gekostet hatte. Fett lief ihm am Kinn hinab. »Aegon«, wiederholte er. »Natürlich Aegon. Wie Aegon der Drache. Wie viele Aegons sind König gewesen?«

»Vier«, sagte der Junge. »Vier Aegons.«

Dunk kaute, schluckte und brach noch etwas Brot ab. »Warum hast du es getan? War es ein Streich, um einen Narren aus dem dummen Heckenritter zu machen?«

»Nein.« Tränen traten dem Jungen in die Augen, aber er blieb mannhaft stehen. »Ich sollte Knappe von Daeron werden. Er ist mein ältester Bruder. Ich habe alles gelernt, was ich lernen mußte, um ein guter Knappe zu sein, aber Daeron ist kein sehr guter Ritter. Er wollte nicht an dem Turnier teilnehmen, daher stahl er sich von unserer Eskorte davon, als wir Summerhall verlassen hatten, aber anstatt zurückzukehren, ritt er einfach weiter nach Ashford und dachte, da würden sie nie nach uns suchen. Er hat mir den Kopf geschoren. Er wußte, mein Vater würde Männer auf die Suche nach uns schicken. Daeron hat gewöhnliches Haar, hellbraun, nichts Besonderes, aber meines ist wie das von Aerion und meinem Vater.«

»Das Blut des Drachen«, sagte Dunk. »Silber-goldenes Haar und purpurne Augen, das weiß jedes Kind.« *Dumm wie Bohnenstroh, Dunk.*

»Ja. Darum hat Daeron es abrasiert. Wir sollten uns verstecken, bis das Turnier vorbei ist. Aber dann habt Ihr mich für einen Stallburschen gehalten und ...« Er schlug die Augen nieder. »Mir war einerlei, ob Daeron kämpfte oder nicht, aber ich wollte Knappe von *irgend jemandem* sein. Es tut mir leid, Ser. Wirklich.«

Dunk sah ihn nachdenklich an. Er wußte, wie es war, wenn man etwas so sehr wollte, daß man eine monströse Lüge erzählte, nur um in seine Nähe zu kommen. »Ich dachte, du wärst wie ich. Könnte sein, daß das stimmt. Nur nicht so, wie ich gedacht habe.«

»Wir sind immer noch beide in King's Landing geboren«, sagte der Junge hoffnungsvoll.

Dunk mußte lachen. »Ja, du auf dem Gipfel von Aegons Hügel und ich an seinem Fuß.«

»Das ist nicht so weit entfernt, Ser.«

Dunk biß ein Stück Zwiebel ab. »Muß ich dich *m'Lord* oder *Euer Gnaden* oder sonstwie nennen?«

»Bei Hofe«, erwiderte der Junge, »aber sonst könnt Ihr mich weiter Ei nennen, wenn Ihr wollt, Ser.«

»Was werden sie mit mir machen, Ei?«

»Mein Onkel will Euch sprechen. Wenn Ihr fertig gegessen habt, Ser.«

Dunk schob den Teller beiseite und stand auf. »Dann bin ich jetzt fertig. Ich habe schon einen Prinzen in den Mund getreten. Ich habe nicht vor, einen anderen warten zu lassen.«

Lord Ashford hatte Prinz Baelor für die Dauer seines Aufenthalts seine Gemächer überlassen, und daher führte Ei – nein, Aegon, daran würde er sich gewöhnen müssen – ihn zur Sonnenterrasse des Lords. Baelor las im Licht von Kerzen aus Bienenwachs. Dunk kniete vor ihm nieder. »Steht auf«, sagte der Prinz. »Möchtet Ihr etwas Wein?«

»Wie es Euch beliebt, Euer Gnaden.«

»Schenk Ser Duncan einen Becher von dem süßen dornischen Roten ein, Aegon«, befahl der Prinz. »Und versuch, ihn nicht zu bekleckern, du hast ihm schon genug Schaden zugefügt.«

»Der Junge wird nichts verschütten, Euer Gnaden«, sagte Dunk. »Er ist ein guter Junge. Ein guter Knappe. Und ich weiß, daß er keine bösen Absichten hatte.«

»Man muß keine bösen Absichten haben, um Böses zu tun. Aegon hätte zu mir kommen müssen, als er sah, was sein Bruder diesen Puppenspielern antat. Statt dessen lief er zu Euch. Das war keine Freundlichkeit. Was Ihr getan habt, Ser … nun, an Eurer Stelle hätte ich vielleicht dasselbe getan, aber ich bin ein Prinz des Reiches, kein Heckenritter. Es ist niemals klug, den Enkel eines Königs im Zorn zu schlagen, aus welchem Grund auch immer.«

Dunk nickte grimmig. Ei gab ihm einen silbernen Kelch, randvoll mit Wein. Er nahm ihn und trank einen großen Schluck.

»Ich hasse Aerion«, sagte Ei mit Nachdruck. »Und ich mußte zu Ser Duncan laufen, Onkel, bis zum Schloß war es viel zu weit.«

»Aerion ist dein Bruder«, sagte der Prinz fest, »und die Septons sagen, wir müssen unsere Brüder lieben. Aegon, laß uns jetzt allein. Ich möchte unter vier Augen mit Ser Duncan sprechen.«

Der Junge stellte den Weinkrug ab und verbeugte sich steif. »Wie Ihr wünscht, Euer Gnaden.« Er ging zur Tür der Sonnenterrasse und machte sie leise hinter sich zu.

Baelor Breakspear sah Dunk eine ganze Weile in die Augen. »Ser Duncan, ich will Euch eine Frage stellen - wie gut seid Ihr als Ritter wirklich? Wie geschickt im Umgang mit Waffen?«

Dunk wußte nicht, was er sagen sollte. »Ser Arlan hat mich gelehrt, mit Schwert und Schild umzugehen, und wie man gegen Ringe und Stechpuppen reitet.«

Prinz Baelor schien diese Antwort nicht zu gefallen. »Mein Bruder Maekar ist vor wenigen Stunden in das Schloß zurückgekehrt. Er fand seinen Erben betrunken in einem Gasthaus einen Tagesritt von hier nach Süden. Maekar würde es niemals zugeben, aber ich glaube, insgeheim hat er gehofft, seine Söhne könnten meine bei diesem Turnier übertreffen. Statt dessen haben sie ihn beide beschämt, aber was soll er machen? Sie sind Blut von seinem Blut. Maekar ist wütend und braucht jemanden, an dem er diese Wut auslassen kann. Er hat Euch ausgewählt.«

»Mich?« fragte Dunk kläglich.

»Aerion hat seinen Vater bereits beschwatzt. Und Daeron hat Euch auch nicht geholfen. Als Entschuldigung für seine eigene Feigheit hat er meinem Bruder erzählt, daß ein hünenhafter Raubritter, dem er zufällig auf der Straße begegnete, sich mit Aegon aus dem Staub gemacht hat. Ich fürchte, Ihr seid für die Rolle dieses Raubritters vorgesehen, Ser. In Daerons Erzählung hat er die ganzen Tage damit verbracht, überall nach Euch zu suchen, um seinen Bruder zurückzubringen.«

»Aber Ei wird ihm die Wahrheit sagen. Ich meine Aegon.«

»Ei *wird* sie ihm sagen, daran zweifle ich nicht«, sagte Prinz Baelor, »aber der Junge ist dafür bekannt, daß er lügt, was Ihr selbst am eigenen Leib verspürt habt. Welchem Sohn wird mein Bruder glauben? Was diese Puppenspieler betrifft, bis Aerion sich seine Geschichte endgültig zurechtgelogen hat, wird es Hochverrat sein. Der Drache ist das Wappentier des Königshauses. Vorzuführen, wie einer erschlagen wird, und Sägemehlblut aus seinem Hals fließen zu lassen ... nun, das war zweifellos voller Unschuld, aber alles andere als klug. Aerion spricht von einem versteckten Angriff auf das Haus Targaryen, eine Anstiftung zur Revolte. Maekar wird wahrscheinlich zustimmen. Mein Bruder hat eine empfindliche Natur und seine ganze Hoffnung auf Aerion gesetzt, da Daerion so eine große Enttäuschung für ihn war.« Der Prinz trank einen Schluck Wein und stellte den Kelch beiseite. »Was immer mein Bruder glaubt oder nicht glaubt, eines steht außer Frage: Ihr habt Euch am Blut des Drachen vergriffen. Für dieses Vergehen müßt Ihr vor Gericht gestellt, verurteilt und bestraft werden.«

»Bestraft?« Das Wort gefiel Dunk ganz und gar nicht.

»Aerion möchte Euren Kopf, mit oder ohne Zähne. Er wird ihn nicht bekommen, das verspreche ich Euch, aber ich kann ihm eine Verhandlung nicht abschlagen. Da mein königlicher Vater Hunderte Meilen entfernt ist, müssen mein Bruder und ich ein Urteil über Euch fällen, zusammen mit Lord Ashford, dessen Ländereien dies sind, und Lord Tyrell von Highgarden, seinem Lehnsherrn. Als das letzte Mal ein Mann schuldig gesprochen wurde, weil er einen von königlichem Geblüt geschlagen hat, erging das Urteil, daß ihm die entsprechende Hand abgeschlagen werden sollte.«

»Meine Hand?« sagte Dunk erschrocken.

»Und Euren Fuß. Ihr habt ihn auch getreten, oder nicht?«

Dunk brachte kein Wort heraus.

»Ich werde meine Mitrichter zur Milde beschwören, keine Frage. Ich bin die Rechte Hand des Königs und Thronerbe, mein Wort hat einiges Gewicht. Aber das meines Bruders auch. Ein Risiko besteht.«

»Ich«, sagte Dunk, »ich ... Euer Gnaden, ich ...« *Sie haben keinen Verrat geplant, es war nur ein Holzdrache, es sollte kein königlicher Prinz sein,* wollte er sagen, aber er war keiner Worte mächtig. Er war nie gut mit Worten gewesen.

»Aber es gibt einen Ausweg für Euch«, sagte Prinz Baelor leise. »Ob es ein besserer oder schlechterer Weg ist, kann ich nicht sagen, aber ich muß Euch daran erinnern, daß jeder Ritter, der eines Verbrechens angeklagt wird, das Recht auf ein Gottesurteil hat. Und darum frage ich Euch noch einmal, Ser Duncan der Hohe – wie gut seid Ihr als Ritter? Wirklich?«

»Ein Urteil der Sieben«, sagte Prinz Aerion lächelnd. »Das ist mein Recht, soweit ich weiß.«

Prinz Baelor trommelte mit den Fingern auf dem Tisch und runzelte die Stirn. Links von ihm nickte Lord Ashford bedächtig. »Warum?« wollte Prinz Maekar wissen und beugte sich zu seinem Sohn vor. »Hast du Angst davor, diesem Heckenritter allein gegenüberzutreten und die Götter über die Wahrheit deiner Vorwürfe entscheiden zu lassen?«

»Angst?« sagte Aerion. »Vor so einem? Mach dich nicht lächerlich, Vater! Meine Sorge gilt meinem geliebten Bruder. Auch Daeron hat dieser Ser Duncan Unrecht zugefügt, und er hat ein größeres Anrecht auf sein Blut. Ein Urteil der Sieben ermöglicht uns beiden, ihm gegenüberzutreten.«

»Tu mir keinen Gefallen, Bruder«, murmelte Daeron Targaryen. Der älteste Sohn von Prinz Maekar sah schlimmer aus als bei der ersten Begegnung mit Dunk im Wirtshaus. Diesmal schien er nüchtern zu sein, sein rot-schwarzes Wams ohne Weinflecken, aber seine Augen waren blutunterlaufen, und ein feiner Schweißfilm überzog seine Stirn. »Ich gebe mich damit zufrieden, dich anzufeuern, wenn du den Schurken erschlägst.«

»Zu gütig, teurer Bruder«, sagte Prinz Aerion mit zuckersüßem Lächeln, »aber es wäre egoistisch von mir, dir das Recht abzusprechen, die Wahrheit deiner Worte unter Gefahr für Leib und Leben zu beweisen. Ich muß auf einer Prüfung der Sieben bestehen.«

Dunk kam nicht mehr mit. »Euer Gnaden, meine Lords«, wandte er sich an das Podium. »Ich verstehe nicht. Was ist ein *Urteil der Sieben?*«

Prinz Baelor rutschte unbehaglich auf seinem Stuhl hin und her. »Das ist eine andere Form des Gottesurteils. Uralt, selten verlangt. Sie kam mit den Andals und ihren sieben Göttern über das schmale Meer. Bei jedem Gottesurteil bitten Kläger und Angeklagter die Götter, ein Urteil über sie zu fällen. Die Andals glaubten, wenn auf jeder Seite sieben Kämpfer fechten, würden die solchermaßen geehrten Götter mit größerer Wahrscheinlichkeit eingreifen und dafür sorgen, daß ein gerechtes Ergebnis erzielt wird.«

»Vielleicht hatten sie auch einfach Gefallen am Schwertkampf«, sagte Lord Leo Tyrell, während ein zynisches Lächeln seine Lippen umspielte. »Wie auch immer, Ser Aerion hat recht. Ein Urteil der Sieben muß es sein.«

»Ich muß gegen *sieben* Männer antreten?« fragte Dunk hoffnungslos.

»Nicht allein, Ser«, antwortete Prinz Maekar ungeduldig. »Spielt nicht den Narren, das wird Euch nichts nützen. Es müssen sieben gegen sieben sein. Ihr müßt sechs Ritter finden, die mit Euch kämpfen.«

Sechs Ritter, dachte Dunk. Ebensogut hätten sie ihm sagen können, daß er sechstausend finden müsse. Er hatte keine Brüder, keine Vettern, keine alten Kameraden, die neben ihm auf dem Schlachtfeld gestanden hatten. Warum sollten sechs Fremde ihr eigenes Leben riskieren, um einen Heckenritter gegen zwei königliche Prinzen zu verteidigen? »Euer Gnaden, meine Lords«, fragte er, »was ist, wenn niemand für mich eintreten will?«

Maekar Targaryen sah kalt auf ihn herab. »Wenn eine Sache gerecht ist, werden gute Männer dafür kämpfen. Wenn Ihr keine Kämpen finden könnt, Ser, liegt es daran, daß Ihr schuldig seid. Könnte etwas offensichtlicher sein?«

Dunk hatte sich nie so allein gefühlt wie in dem Moment, als er zum Tor von Ashford Castle hinausmarschierte und das Fallgatter hinter sich rattern hörte. Ein leichter Regen fiel sanft wie Tau auf seine Haut, und doch erschauerte er unter seiner Berührung. Auf der anderen Seite des Flusses bildeten bunte Ringe Heiligenscheine um die wenigen Zelte, wo noch Feuer brannten. Er schätzte, daß die Nacht halb vorüber war. In wenigen Stunden würde die Dämmerung kommen. *Und mit der Dämmerung kommt der Tod.*

Sie hatten ihm sein Schwert und das Silber zurückgegeben, aber als er über die Furt ging, waren seine Gedanken trostlos. Er fragte sich, ob sie damit rechnen würden, daß er sein Pferd sattelte und floh. Das könnte er, wenn er wollte. Es wäre mit Sicherheit das Ende seiner Ritterschaft; künftig wäre er nichts anderes mehr als ein Gesetzloser, bis ihn eines Tages irgend ein Lord aufgriff und ihm den Kopf abschlagen ließ. *Besser, wie ein Ritter zu sterben, als so zu leben,* sagte er störrisch zu sich. Naß bis an die Knie stapfte er an dem verlassenen Turniergelände vorbei. Die meisten Zelte waren dunkel, ihre Besitzer schliefen längst, aber hier und da brannten vereinzelt noch ein paar Kerzen. Dunk hörte leises Stöhnen und Lustschreie aus einem Zelt kommen. Da fragte er sich, ob er sterben würde, ohne jemals eine Frau gehabt zu haben.

Dann hörte er das leise Schnauben eines Pferdes, ein Schnauben, an dem er irgendwie Donner erkannte. Er machte kehrt und rannte, und da war das Pferd, zusammen mit dem Braunen vor einem runden Zelt angebunden, das innen von einem verschwommenen goldenen Schein erhellt wurde. Das Banner am Mittelpfosten hing durchnäßt herunter, aber Dunk konnte trotzdem den dunklen Umriß des Apfels der Fossoways erkennen. Er schien ein Zeichen der Hoffnung zu sein.

»Ein Gottesurteil«, sagte Raymun niedergeschlagen. »Ihr Götter, Duncan, das bedeutet Kriegslanzen, Morgensterne, Streitäxte ... Die Schwerter werden nicht stumpf sein, ist Euch das klar?«

»Raymun der Zauderer«, spottete sein Vetter Ser Steffon. Ein Apfel aus Gold und Granat hielt seinen Mantel aus gelber Wolle zusammen. »Du mußt keine Angst haben, Vetter, dies ist ein Kampf der Ritter. Da du kein Ritter bist, ist deine Haut gerettet. Ser Duncan, Ihr habt immerhin einen Fossoway. Den reifen. Ich habe gesehen, was Aerion mit diesen Puppenspielern gemacht hat. Ich bin für Euch.«

»Ich auch«, fuhr Raymun ihn wütend an. »Ich meinte nur ...«

Sein Vetter schnitt ihm das Wort ab. »Wer wird noch mit uns kämpfen, Ser Duncan?«

Dunk hob resigniert die Hände. »Ich kenne sonst niemanden. Nun, abgesehen von Ser Manfred Dondarrion. Aber er wollte sich nicht einmal dafür verbürgen, daß ich ein Ritter bin, er würde niemals sein Leben für mich aufs Spiel setzen.«

Ser Steffon schien wenig bekümmert zu sein. »Dann brauchen wir noch fünf gute Männer. Glücklicherweise habe ich mehr als fünf Freunde. Leo Longthorn, den Lachenden Sturm, Lord Caron, die Lannisters, Ser Otho Bracken ... aye, und auch die Blackwoods, aber man wird niemals Blackwood und Bracken auf derselben Seite kämpfen sehen. Ich werde mit einigen von ihnen reden.«

»Sie werden nicht froh sein, wenn sie geweckt werden«, wandte sein Vetter ein.

»Ausgezeichnet«, erklärte Ser Steffon. »Wenn sie wütend sind, werden sie um so erbitterter kämpfen. Ihr könnt Euch auf mich verlassen, Ser Duncan. Vetter, wenn ich bis zum Morgengrauen nicht zurück bin, bring mir meine Rüstung, und sieh zu, daß Wrath für mich gesattelt und gepanzert wird. Wir treffen uns dann in der Koppel der Herausforderer.« Er lachte. »Ich glaube, dies wird ein Tag, an den man sich noch lange erinnern wird.« Als er das Zelt verließ, schien er fast glücklich zu sein.

Raymun keineswegs. »Fünf Ritter«, sagte er düster, als sein Vetter gegangen war. »Duncan, ich mache Eure Hoffnungen nur ungern zunichte, aber ...«

»Wenn Euer Vetter die Männer mitbringt, von denen er gesprochen hat ...«

»Leo Longthorn? Den Rohen Bracken? Den Lachenden Sturm?« Raymun stand auf. »Er kennt sie alle, daran zweifle ich nicht, aber ich wage zu bezweifeln, daß einer von denen *ihn* kennt. Steffon sieht dies als eine Chance, Ruhm zu erlangen, aber es geht um Euer Leben. Ihr solltet eigene Männer finden. Ich helfe Euch. Besser, Ihr habt zu viele Kämpen als zuwenig.« Raymun drehte sich um, als draußen ein Geräusch ertönte. »Wer da?« wollte er wissen, als ein Junge sich zur Zeltklappe hereinduckte, gefolgt von einem dünnen Mann in einem regennassen schwarzen Mantel.

»Ei?« Dunk sprang auf. »Was machst du hier?«

»Ich bin Euer Knappe«, sagte der Junge. »Ihr werdet jemanden brauchen, der Euch bewaffnet, Ser.«

»Weiß dein Herr Vater, daß du das Schloß verlassen hast?«

»Ihr Götter, das hoffe ich nicht.« Daeron Targaryen öffnete die Spange seines Mantels und ließ ihn von den schmalen Schultern rutschen.

» *Ihr?* Habt Ihr den Verstand verloren, Euch hier blicken zu lassen?« Dunk zog das Messer aus der Scheide. »Ich sollte Euch das hier in den Bauch rammen.«

»Wahrscheinlich«, gab Prinz Daeron zu. »Aber lieber wäre mir,

Ihr würdet mir einen Kelch Wein einschenken. Seht Euch meine Hände an.« Er streckte eine aus und ließ alle sehen, wie sie zitterte.

Dunk ging mit finsterer Miene auf ihn zu. »Mir sind Eure Hände einerlei. Ihr habt über mich die Unwahrheit gesagt.«

»Ich mußte *etwas* sagen, als mein Vater wissen wollte, wohin mein kleiner Bruder verschwunden war«, antwortete der Prinz. Er setzte sich, ohne Dunk und seinem Messer Beachtung zu schenken. »Um die Wahrheit zu sagen, ich hatte nicht einmal bemerkt, daß Ei nicht mehr da war. Auf dem Grund meines Weinkelchs war er nicht, und anderswo hatte ich nicht gesucht, daher ...« Er seufzte.

»Ser, mein Vater wird unter den Sieben Anklägern sein«, warf Ei ein. »Ich habe ihn angefleht, es nicht zu tun, aber er hört nicht auf mich. Er sagt, es sei die einzige Möglichkeit, Aerions Ehre wiederherzustellen, und die Daerons.«

»Nicht, daß ich je verlangt hätte, daß meine Ehre wiederhergestellt wird«, sagte Prinz Daeron gallenbitter. »Wer immer sie hat, kann sie behalten, was mich angeht. Aber so ist die Lage. Was immer es nützen mag, von mir habt Ihr wenig zu befürchten, Ser Duncan. Das einzige, was ich noch mehr verabscheue als Pferde, sind Schwerter. Schwere Dinger, und gemein scharf. Ich werde mir große Mühe geben, beim ersten Durchgang ritterlich auszusehen, aber danach ... nun, vielleicht könntet Ihr mir einen netten Schlag seitlich am Helm verpassen. Damit er scheppert, aber nicht zu laut, wenn Ihr versteht, was ich meine. Meine Brüder sind mir überlegen, was das Kämpfen und Tanzen und Denken und Bücherlesen betrifft, aber keiner kann es nur halbwegs mit mir aufnehmen, wenn es darum geht, bewußtlos im Dreck zu liegen.«

Dunk konnte ihn nur anstarren und sich fragen, ob der Prinz versuchte, ihn zum Narren zu halten. »Warum seid Ihr hergekommen?«

»Um Euch davor zu warnen, womit Ihr es zu tun bekommt«, sagte Daeron. »Mein Vater hat der Königsgarde befohlen, mit ihm zu kämpfen.«

»Der Königsgarde?« sagte Dunk erschrocken.

»Nun, die drei, die hier sind. Dank den Göttern hat Onkel Baelor die anderen vier bei unserem königlichen Großvater in King's Landing gelassen.«

Ei lieferte ihre Namen. »Ser Roland Crakehall, Ser Donnel von Duskendale und Ser Willem Wylde.«

»Sie haben in dieser Sache kaum eine andere Wahl«, sagte Daeron. »Sie haben geschworen, das Leben des Königs und der königlichen Familie zu schützen, und meine Brüder und ich sind vom Blut des Drachen, Gott helfe uns.«

Dunk zählte an den Fingern. »Das sind sechs. Wer ist der siebte Mann?«

Prinz Daeron zuckte die Achseln. »Aerion wird einen finden. Sollte es erforderlich sein, wird er einen Kämpen kaufen. An Gold fehlt es ihm nicht.«

»Wen habt Ihr?« fragte Ei.

»Raymuns Vetter, Ser Steffon.«

Daeron zuckte zusammen. »Nur einen?«

»Ser Steffon ist zu einigen seiner Freunde gegangen.«

»Ich kann Leute beibringen«, sagte Ei. »Ritter. Das kann ich.«

»Ei«, sagte Dunk, »ich werde gegen deine eigenen Brüder kämpfen.«

»Aber Ihr werdet Daeron nichts tun«, sagte der Junge. »Er hat Euch *gesagt,* daß er sich fallen läßt. Und Aerion ... ich erinnere mich, als ich klein war, kam er immer in mein Schlafgemach und hat sein Messer zwischen meine Beine gehalten. Er hätte zu viele Brüder, sagte er dann, und eines Nachts würde er mich vielleicht zu seiner Schwester machen, damit er mich heiraten könnte. Und er hat meine Katze in den Brunnen geworfen. Er sagt, daß er es nicht getan hat, aber er lügt immer.«

Prinz Daeron zuckte resigniert die Achseln. »Ei spricht die Wahrheit. Aerion ist das Monster. Wißt Ihr, er hält sich für einen Drachen in Menschengestalt. Deshalb war er so wütend auf die Puppenspieler. Jammerschade, daß er nicht als Fossoway geboren wurde, dann würde er sich für einen Apfel halten, und wir wären alle sicherer, aber so ist es nun mal.« Er bückte sich, hob seinen Mantel auf und schüttelte den Regen heraus. »Ich muß mich ins Schloß zurückschleichen, bevor sich mein Vater fragt, warum ich so lange brauche, um mein Schwert zu schärfen, aber ehe ich gehe, möchte ich gern ein Wort unter vier Augen mit Euch wechseln, Ser Duncan. Werdet Ihr ein Stück mit mir kommen?«

Dunk sah den Prinzen einen Moment argwöhnisch an. »Wie Ihr wünscht, Euer Gnaden.« Er steckte den Dolch ein. »Ich muß auch meinen Schild holen.«

»Ei und ich werden nach Rittern suchen«, versprach Raymun.

Prinz Daeron knotete den Mantel am Hals und zog die Kapuze auf. Dunk folgte ihm in den leichten Nieselregen hinaus. Sie gingen zu den Wagen der Kaufleute.

»Ich habe von Euch geträumt«, sagte der Prinz.

»Das sagtet Ihr im Gasthaus.«

»Wirklich? Nun, mag sein. Meine Träume sind nicht wie Eure, Ser Duncan. Meine sind wahr. Sie machen mir angst. *Ihr* macht mir angst. Seht Ihr, ich habe von Euch und einem toten Drachen geträumt. Einer großen Bestie, riesig, mit so großen Schwingen, daß sie diese Wiese bedecken könnten. Sie war auf Euch gefallen, aber der Drache war tot, und Ihr wart am Leben.«

»Habe ich ihn getötet?«

»Das kann ich nicht sagen, aber Ihr wart da, und der Drache auch. Wir waren einst die Herren der Drachen, wir Targaryens. Nun sind sie alle fort, aber wir sind noch da. Ich will heute nicht sterben. Die Götter allein wissen, warum, aber es ist so. Also tut mir einen Gefallen, wenn Ihr wollt, und sorgt dafür, daß mein Bruder Aerion derjenige ist, den Ihr tötet.«

»Ich will auch nicht sterben«, sagte Dunk.

»Nun, ich werde Euch nicht töten, Ser. Ich würde meine Vorwürfe auch widerrufen, aber das würde Euch nur etwas nützen, wenn Aerion seine ebenfalls widerruft.« Er seufzte. »Mag sein, daß ich Euch mit meiner Lüge getötet habe. Wenn ja, tut es mir leid. Ich bin ohnehin zu irgendeiner Hölle verdammt, das weiß ich. Wahrscheinlich einer ohne Wein.« Er erschauerte, und damit verabschiedeten sie sich im kühlen Nieselregen voneinander.

Die Kaufleute hatten ihre Wagen am westlichen Wiesenrain unter einem Hain von Birken und Eschen aufgestellt. Dunk stand unter den Bäumen und sah hilflos zu der Stelle, wo der Wagen der Puppenspieler gewesen war. *Fort.* Das hatte er befürchtet. *Ich würde auch fliehen, wenn ich nicht dumm wie Bohnen-*

stroh wäre. Er fragte sich, wie er jetzt zu einem Schild kommen sollte. Er hatte genug Silber, um sich einen zu kaufen, *falls* er einen fand, der zu verkaufen war ...

»Ser Duncan«, rief eine Stimme aus der Dunkelheit. Dunk drehte sich um und sah den Stählernen Pate mit einer Laterne aus Gußeisen hinter sich stehen. Der Waffenschmied trug einen kurzen Ledermantel und hatte den Oberkörper entblößt; seine tonnenförmige Brust und die kräftigen Oberarme waren mit dichten schwarzen Haaren überzogen. »Wenn Ihr gekommen seid, um Euren Schild zu holen, sie hat ihn bei mir gelassen.« Er sah Dunk von oben bis unten an. »Zwei Hände und zwei Füße, wie ich sehe. Also ein Gottesurteil, richtig?«

»Ein Urteil der Sieben. Woher wußtet Ihr das?«

»Nun, sie hätten Euch küssen und zum Lord machen können, aber das schien unwahrscheinlich, und wenn es andersrum gelaufen wäre, würden Euch jetzt ein paar Teile fehlen. Jetzt kommt mit mir.«

Sein Wagen war leicht an Schwert und Amboß zu erkennen, die auf die Seite gemalt waren. Dunk folgte Pate hinein. Der Waffenschmied hängte die Laterne an einen Haken, wand sich aus seinem nassen Mantel und streifte eine derbe Tunika über den Kopf. Ein Brett an einem Scharnier wurde von der Wand geklappt und bildete einen Tisch. »Setzt Euch«, sagte er und schob Dunk einen niedrigen Schemel hin.

Dunk setzte sich. »Wohin ist sie gegangen?«

»Sie sind nach Dorne aufgebrochen. Der Onkel des Mädchens ist ein weiser Mann. Aus den Augen, aus dem Sinn. Bleibt man und wird gesehen, wird sich der Drache wahrscheinlich an einen erinnern. Außerdem dachte er, daß sie Euch nicht sterben sehen sollte.« Pate ging zum anderen Ende des Wagens, suchte einen Moment in den Schatten und kam mit dem Schild zurück. »Der Rand war aus altem Stahl, brüchig und rostig«, sagte er. »Ich habe dir einen neuen gemacht, doppelt so dick, und einige Bänder über die Rückseite gespannt. Jetzt ist er schwerer, aber auch stabiler. Das Mädchen hat ihn bemalt.«

Sie hatte ihre Arbeit besser gemacht, als er sich je hätte träumen lassen. Selbst im Licht der Laterne waren die Farben des Sonnenuntergangs leuchtend und hell, der Baum kräftig und hoch und edel. Die Sternschnuppe war ein heller Streifen am eichenfarbenen Himmel. Aber jetzt, wo Dunk ihn in der Hand hielt, kam ihm das Wappen durch und durch falsch vor. Der Stern *fiel herunter,* was sollte das für ein Wappen sein? Würde er ebenso fallen? Und der Sonnenuntergang kündigt die Nacht an. »Ich hätte bei dem Kelch bleiben sollen«, sagte er unglücklich. »Der hatte wenigstens Schwingen, um wegzufliegen, und Ser Arlan hat gesagt, der Becher sei voll von Glauben und Freundschaft und guten Sachen zum Trinken. Dieser Schild ist wie der Tod bemalt.«

»Die Ulme lebt«, munterte ihn Pate auf. »Seht Ihr, wie grün die Blätter sind? Das ist mit Sicherheit Sommerlaub. Und ich habe Schilde mit Totenschädeln und Wölfen und Raben darauf gesehen, sogar mit Gehängten und blutigen Köpfen. Sie haben gute Dienste geleistet, und das wird der hier ebenfalls. Kennt Ihr den alten Schildreim? *Eiche und Eisen, schützt mich gut ... «*

»... sonst ende ich in der Höllenglut«, sprach Dunk zu Ende. An diesen Reim hatte er seit Jahren nicht mehr gedacht. Der alte Mann hatte ihn ihm vor langer Zeit beigebracht. »Wieviel wollt Ihr für den neuen Rand und alles?« fragte er Pate.

»Von Euch?« Pate kratzte sich am Bart. »Eine Kupfermünze.«

Der Regen hatte fast völlig aufgehört, als das erste Licht im Osten den Horizont aufhellte, aber ganze Arbeit geleistet. Die Männer von Lord Ashford hatten die Barrieren entfernt, das Feld des Turniers war ein einziger Morast aus graubraunem Schlamm und ausgerissenem Gras. Nebelschwaden krochen wie blasse weiße Schlangen über den Boden, als Dunk zum Kampfplatz zurückkehrte. Der Stählerne Pate begleitete ihn.

Die Zuschauertribüne füllte sich bereits, die Lords und Ladies rafften in der morgendlichen Kälte ihre Mäntel zusammen. Gemeine strömten ebenfalls auf das Feld, und Hunderte standen schon an den Zäunen. *So viele sind gekommen, um mich sterben zu sehen,* dachte Dunk, aber er tat ihnen unrecht. Einige Schritte weiter rief eine Frau: »Viel Glück für Euch!« Und ein alter Mann trat vor, ergriff seine Hand und sagte: »Mögen die Götter Euch Kraft geben, Ser.« Dann kam ein Bettelmönch in fadenscheiniger Robe und sprach einen Segen, und ein Mädchen küßte ihn auf die Wange. *Sie sind für mich.* »Warum?« fragte er Pate. »Was bin ich für sie?«

»Ein Ritter, der sich an sein Gelübde erinnert hat«, sagte der Schmied.

Sie fanden Raymun vor der Koppel der Herausforderer am südlichen Ende des Parcours, wo er mit dem Pferd seines Vetters und dem von Dunk wartete. Donner tänzelte unruhig unter der Last von Harnisch, Stirnschild und der Decke aus schwerem Kettengewebe. Pate inspizierte die Rüstung und verkündete, daß sie gute Arbeit sei, obwohl ein anderer sie geschmiedet hatte. Woher die Rüstung auch kommen mochte, Dunk war dankbar dafür.

Dann sah er die anderen: den einäugigen Mann mit dem graumelierten Bart, den jungen Ritter mit dem gestreiften gelbschwarzen Übermantel mit den Bienenstöcken auf dem Schild. *Robyn Rhysling und Humfrey Beesbury,* dachte er erstaunt. *Und Ser Humfrey Hardyng auch.* Hardyng saß auf Aerions rotbraunem Hengst, der nun seine rot-weißen Rauten trug.

Er ging zu ihnen. »Sers, ich stehe in Eurer Schuld!«

»Es ist Aerions Schuld«, antwortete Ser Humfrey Hardyng, »und wir haben vor, sie einzulösen.«

»Ich hatte gehört, Euer Bein sei gebrochen.«

»Ihr habt richtig gehört«, sagte Hardyng. »Ich kann nicht laufen. Aber solange ich auf einem Pferd sitzen kann, kann ich kämpfen.«

Raymun nahm Dunk beiseite. »Ich hatte gehofft, daß Hardyng noch einmal gegen Aerion antreten wollte, und so war es. Zufällig ist der andere Humfrey sein Schwager. Ei hat Ser Robyn überzeugt, den er von anderen Turnieren kennt. Also seid Ihr fünf.«

»Sechs«, sagte Dunk staunend, denn ein Ritter betrat die Koppel, und sein Knappe führte sein Schlachtroß hinter ihm. Ser Lyonel, ein Kopf größer als Ser Raymun, fast so groß wie Dunk, trug einen goldenen Übermantel mit dem gekrönten Hirsch des Hauses Baratheon und hatte den Helm mit dem Geweih unter den Arm geklemmt. Dunk ergriff seine Hand. »Ser Lyonel, ich kann Euch gar nicht genug danken, daß Ihr gekommen seid, und auch Ser Steffon nicht, weil er Euch hergebracht hat.«

»Ser Steffon?« Ser Lyonel warf ihm einen verwirrten Blick zu. »Euer Knappe ist zu mir gekommen. Der Knabe, Aegon. Mein eigener Bursche hat versucht, ihn wegzuscheuchen, aber er ist ihm zwischen den Beinen hindurchgelaufen und hat mir einen Krug Wein über den Kopf geschüttet.« Er lachte. »Es hat seit mehr als hundert Jahren kein Urteil der Sieben mehr gegeben, wißt Ihr das? Ich wollte mir die Chance nicht entgehen lassen, gegen Ritter der Königsgarde zu kämpfen und dabei obendrein noch Prinz Maekar eins auszuwischen.«

»Sechs«, sagte Dunk hoffnungsvoll zu Raymun Fossoway, als Ser Lyonel sich zu den anderen stellte. »Ich bin sicher, Euer Vetter wird den letzten bringen.«

Ein Aufschrei ging durch die Menge. Am nördlichen Ende der Wiese kamen Ritter in einer Reihe aus dem Nebel über dem Fluß getrabt. Allen voran die Ritter der Königsgarde, die mit den weiß emaillierten Rüstungen und den wehenden weißen Mänteln wie Geister aussahen. Selbst ihre Schilde waren weiß, rein und unberührt wie ein Feld mit frisch gefallenem Schnee. Dahinter ritten Prinz Maekar und seine Söhne. Aerion saß auf einem Apfelschimmel, die Farben Orange und Rot waren bei jedem Schritt durch die Schlitze im Plattenpanzer des Pferds zu sehen. Das Reittier seines Bruders war ein kleinerer Brauner mit einem Panzer aus überlappenden Schuppen in Schwarz und Gold. Ein Helmbusch aus grüner Seite hing von Daerons Helm. Sein Vater bot jedoch den furchteinflößendsten Anblick. Schwarze gekrümmte Drachenzähne verliefen über seinen Schultern, an seinem Helmkamm entlang und über seinen Rücken, und der riesige Streitkolben mit Stacheln, der an seinem Sattel festgezurrt war, sah tödlicher aus als jede Waffe, die Dunk je gesehen hatte.

»Sechs«, rief Raymun plötzlich aus. »Sie sind nur sechs.«

Dunk sah, daß das stimmte. *Drei schwarze Ritter und drei weiße. Ihnen fehlt auch ein Mann.* War es möglich, daß es Aerion nicht gelungen war, einen siebten Mann zu finden? Was würde das bedeuten? Würden sie sechs gegen sechs kämpfen, wenn es keinem gelang, einen siebten zu finden?

Ei kam zu ihm geschlüpft, während er noch darüber nachdachte. »Ser, es ist Zeit, daß Ihr Eure Rüstung anlegt.«

»Danke, Knappe. Wenn du so freundlich wärst?«

Der Stählerne Pate ging dem Jungen zur Hand. Panzerhemd und Halsberge, Beinschienen und Handschuhe, Haube und Panzerschurz, so kleideten sie ihn langsam in Stahl und überprüften jede Schnalle und jede Klammer dreimal. Ser Lyonel schärfte sein Schwert mit einem Wetzstein, während die Humfreys sich leise miteinander unterhielten, Ser Robyn betete und Raymun Fossoway hin und her schritt und sich fragte, wo sein Vetter blieb.

Dunk trug seine vollständige Rüstung, als Ser Steffon endlich auftauchte. »Raymun«, rief er, »mein Kettenhemd, bitte.« Er hatte ein gefüttertes Wams angezogen, das er unter dem Stahl tragen wollte.

»Ser Steffon«, sagte Dunk, »was ist mit Euren Freunden? Wir brauchen noch einen Ritter, damit wir sieben sind.«

»Ihr braucht zwei, fürchte ich«, sagte Ser Steffon. Raymun verschnürte das Kettenhemd an der Rückseite.

»M'Lord?« Dunk verstand nicht. »Zwei?«

Ser Steffon hob einen Handschuh aus feinsten Stahlplatten auf, streifte ihn über und spreizte die Finger. »Ich sehe nur fünf hier«, sagte er, während Raymun ihm den Schwertgürtel anlegte. »Beesbury, Rhysling, Hardyng, Baratheon und Euch selbst.«

»Und Ihr«, sagte Dunk. »Ihr seid der sechste.«

»Ich bin der siebte«, sagte Ser Steffon lächelnd, »aber für die andere Seite. Ich kämpfe für Prinz Aerion und die Ankläger.«

Raymun war im Begriff gewesen, seinem Vetter den Helm aufzusetzen. Er hielt wie vom Donner gerührt inne. »Nein.«

»Doch.« Ser Steffon zuckte die Schultern. »Ser Duncan versteht das, da bin ich mir sicher. Ich habe eine Pflicht meinem Prinzen gegenüber.«

»Du hast ihm gesagt, daß er sich auf dich verlassen kann.« Raymun war blaß geworden.

»Habe ich das?« Er nahm seinem Vetter den Helm aus der Hand. »Zweifellos war ich in dem Moment aufrichtig. Bring mir mein Pferd.«

»Hol es dir selbst«, sagte Raymun wütend. »Wenn du glaubst, daß ich bei diesem Spiel mitmachen werde, bist du ebenso dumm wie gemein.«

»Gemein?« Ser Steffon reagierte mit einem *Tss, tss, tss.* »Hüte deine Zunge, Raymun. Wir sind beide Äpfel vom selben Baum. Und du bist mein Knappe. Oder hast du deinen Eid vergessen?«

»Nein. Hast du deinen vergessen? Du hast geschworen, ein Ritter zu sein.«

»Ehe dieser Tag zu Ende ist, werde ich mehr als ein Ritter sein. *Lord Fossoway.* Das hört sich gut an.« Lächelnd zog er den anderen Handschuh an und ging durch die Koppel zu seinem Pferd. Die anderen Verteidiger maßen ihn zwar mit verächtlichen Blicken, aber niemand traf Anstalten, ihn aufzuhalten.

Dunk sah Ser Steffon nach, wie er sein Schlachtroß über das Gelände führte. Er hatte die Hände zu Fäusten geballt, aber seine Kehle fühlte sich zu wund an, um zu sprechen. *Worte würden einen wie ihn ohnehin nicht rühren.*

»Schlagt mich zum Ritter.« Raymun legte Dunk eine Hand auf die Schulter und drehte sich zu ihm um. »Ich werde die Stelle meines Vetters einnehmen. Ser Duncan, schlagt mich zum Ritter.« Er ließ sich auf ein Knie nieder.

Stirnrunzelnd legte Dunk eine Hand an den Griff seines Langschwerts, dann zögerte er. »Raymun, das ... das sollte ich nicht tun.«

»Ihr müßt. Ohne mich seid ihr nur fünf.«

»Der Bursche sagt die Wahrheit«, schaltete sich Ser Lyonel Baratheon ein. »Macht es, Ser Duncan! Jeder Ritter kann einen anderen zum Ritter machen.«

»Zweifelt Ihr an meinem Mut?« fragte Raymun.

»Nein«, sagte Dunk. »Das nicht, aber ...« Immer noch zögerte er. Ein Fanfarenstoß ertönte in der nebligen Morgenluft. Ei kam zu ihnen gelaufen. »Ser, Lord Ashford ruft Euch.«

Der Lachende Sturm schüttelte ungeduldig den Kopf. »Geht zu ihm, Ser Duncan, ich erhebe den Knappen Raymun in den Ritterstand.« Er zog sein Schwert und drängte Dunk beiseite. »Raymun vom Hause Fossoway«, begann er feierlich und legte dem Knappen das Schwert auf die rechte Schulter, »im Namen des Kriegers gemahne ich Euch zur Tapferkeit.« Das Schwert wanderte von der rechten Schulter zur linken. »Im Namen des Vaters gemahne ich Euch, gerecht zu sein.« Wieder zur rechten. »Im Namen der Mutter gemahne ich Euch, die Jungen und Unschuldigen zu beschützen.« Die linke. »Im Namen der Maid gemahne ich Euch, alle Frauen zu beschützen ...«

Dunk ließ sie stehen und empfand zu gleichen Teilen Erleichterung und Schuldgefühle. *Uns fehlt immer noch einer,* dachte er, während Ei ihm Donner hielt. *Wo soll ich einen weiteren Mann finden?* Er wendete das Pferd und ritt langsam zur Zuschauertribüne, wo Lord Ashford wartete. Vom nördlichen Ende des Geländes kam Prinz Aerion auf ihn zu. »Ser Duncan«, sagte er fröhlich, »es sieht so aus, als hättet Ihr nur fünf Kämpen.«

»Sechs«, sagte Dunk. »Ser Lyonel schlägt gerade Raymun Fossoway zum Ritter. »Wir werden zu sechst gegen sieben kämpfen.« Er wußte, Männer hatten schon unter weit ungünstigeren Verhältnissen gewonnen.

Aber Lord Ashford schüttelte den Kopf. »Das ist nicht gestattet, Ser. Wenn Ihr keinen weiteren Ritter findet, der für Euch eintritt, werdet Ihr der Verbrechen schuldig gesprochen, die man Euch zur Last legt.«

Schuldig, dachte Dunk. *Schuldig, daß ich einen Zahn gelockert habe. Und dafür muß ich sterben.* »M'Lord, einen Augenblick, bitte.«

»Gewährt.«

Dunk ritt langsam am Zaun entlang. Auf der Zuschauertribüne drängten sich die Ritter. *»M'Lords«,* rief er ihnen zu, *»erinnert sich keiner von Euch an Ser Arlan von Pennytree? Ich war sein Knappe. Wir haben vielen von Euch gedient. Haben an Euren Tischen gegessen, in Euren Unterkünften geschlafen.«* Er sah Manfred Dondarrion auf der höchsten Stufe. *»Ser Arlan hat sich in den Diensten Eures Herrn Vaters eine Verwundung zugezogen.«* Der Ritter sagte etwas zu der Lady an seiner Seite und schenkte ihm keine Beachtung. Dunk war gezwungen, weiter zu reiten. *»Lord Lannister, Ser Arlan hat Euch in einem Turnier vom Pferd gestoßen.«* Der Graue Löwe betrachtete die Handschuhe an seinen Händen und weigerte sich standhaft, den Kopf zu heben. *»Er war ein guter Mann und hat mich gelehrt, ein Ritter zu sein. Nicht nur mit Schwert und Lanze, sondern auch mit seiner Ehre. Ein Ritter beschützt die Unschuldigen, sagte er. Nichts anderes habe ich getan. Ich brauche noch einen Rit-*

ter, der an meiner Seite kämpft. Einen, mehr nicht. Lord Caron? Lord Swann?« Lord Swann lachte leise, als Lord Caron ihm etwas ins Ohr flüsterte.

Dunk hielt vor Ser Otho Bracken und senkte die Stimme. »Ser Otho, alle kennen Euch als mächtigen Kämpen. Ich bitte Euch, reiht Euch bei uns ein. Im Namen der alten und der neuen Götter. Meine Sache ist gerecht.«

»Das mag sein«, entgegnete der Rohe Bracken, der wenigstens den Anstand hatte, ihm zu antworten, »aber es ist Eure Sache, nicht meine. Ich kenne Euch nicht, Junge.«

Tief betrübt wirbelte Dunk mit Donner herum und ritt die Reihen blasser kalter Männer ab. Verzweiflung ließ ihn brüllen. *»Sind keine wahren Ritter unter euch?«*

Nur Schweigen schlug ihm entgegen.

Auf der anderen Seite des Feldes lachte Prinz Aerion. »Den Drachen verspottet man nicht«, rief er aus.

Dann ertönte eine Stimme. »Ich werde an Ser Duncans Seite kämpfen.«

Ein schwarzer Hengst tauchte aus dem Nebel beim Fluß auf; ein schwarzer Ritter saß auf seinem Rücken. Dunk sah den Drachenschild und den roten Emaillekamm mit den drei brüllenden Köpfen auf dem Helm. *Der junge Prinz. Ihr Götter, ist er es wahrhaftig?*

Lord Ashford hatte denselben Gedanken. »Prinz Valarr?«

»Nein.« Der schwarze Ritter hob das Visier seines Helms. »Ich hatte nicht gedacht, daß ich am Turnier von Ashford teilnehmen würde, mein Lord, daher brachte ich keine Rüstung mit. Mein Sohn war so freundlich, mir seine zu leihen.« Prinz Baelor lächelte fast traurig.

Die Ankläger reagierten verwirrt, wie Dunk sehen konnte. Prinz Maekar trieb sein Reittier vorwärts. »Bruder, hast du den Verstand verloren?« Er zeigte mit dem gepanzerten Finger auf Dunk. »Dieser Mann hat meinen Sohn angegriffen.«

»Dieser Mann hat die Schwachen beschützt, wie es jeder wahre Ritter tun muß«, antwortete Prinz Baelor. »Sollen die Götter entscheiden, ob er richtig oder falsch gehandelt hat.« Er zog am Zügel, wendete Valarrs riesigen Rappen und trabte zum Südende des Felds.

Dunk lenkte Donner an seine Seite, und die anderen Verteidiger versammelten sich um sie herum: Robyn Rhysling und Ser Lyonel, die Humfreys. *Alles gute Männer, aber sind sie gut genug?* »Wo ist Raymun?«

»Ser Raymun, wenn es recht ist.« Er kam hinzugaloppiert, ein grimmiges Lächeln erhellte sein Gesicht unter dem gefiederten Helm. »Bitte um Pardon, Ser. Ich mußte eine kleine Veränderung an meinem Wappen vornehmen, damit ich nicht mit meinem ehrlosen Vetter verwechselt werde.« Er zeigte ihnen allen seinen Schild. Das polierte goldene Feld war dasselbe, und der Apfel der Fossoways auch, aber dieser Apfel war grün, nicht rot. »Ich fürchte, ich bin immer noch nicht reif ... aber besser grün als wurmstichig, eh?«

Ser Lyonel lachte, und Dunk mußte unwillkürlich grinsen. Selbst Prinz Baelor schien zuzustimmen.

Lord Ashfords Septon war an das Geländer der Zuschauertribüne getreten und hob seinen Kristall, um die Kontrahenten zum Gebet zu rufen.

»Hört mir alle gut zu«, sagte Baelor leise. »Die Ankläger werden beim ersten Durchgang mit schweren Kriegslanzen bewaffnet sein. Lanzen aus Eschenholz, zweieinhalb Meter lang, umwickelt, damit sie nicht splittern, und mit einer Stahlspitze, die kräftig genug ist, daß sie, von der Wucht eines Schlachtrosses unterstützt, eine Rüstung durchbohren kann.«

»Wir werden dieselben benutzen«, sagte Ser Humfrey Beesbury. Hinter ihm bat der Septon die Sieben, herabzuschauen und diesen Disput zu entscheiden und den Männern den Sieg zu gewähren, deren Sache gerecht war.

»Nein«, sagte Baelor. »Wir werden uns statt dessen mit Turnierlanzen bewaffnen.«

»Turnierlanzen sind so gemacht, daß sie brechen«, wandte Raymun ein.

»Sie sind aber auch dreieinhalb Meter lang gemacht. Wenn unsere Spitzen treffen, können ihre uns nicht berühren. Zielt auf Helm oder Brust. In einem Turnier gilt es als ritterlich, die Lanze am Schild eines Gegners zu zerbrechen, aber das könnte den Tod bedeuten. Wenn wir sie von den Pferden werfen und selbst im Sattel bleiben können, ist der Vorteil auf unserer Seite.« Er sah zu Dunk. »Wenn Ser Duncan getötet wird, geht man davon aus, daß die Götter ihn für schuldig gehalten haben, und der Wettstreit ist vorbei. Wenn beide Ankläger getötet werden oder ihre Anschuldigung widerrufen, gilt dasselbe. Andernfalls müssen alle sieben einer Seite sterben oder sich ergeben, damit die Prüfung zu Ende ist.«

»Prinz Daeron wird nicht kämpfen«, sagte Dunk.

»Jedenfalls nicht gut«, erwiderte Ser Lyonel lachend. »Aber für ihn müssen wir uns mit drei Weißen Schwertern auseinandersetzen.«

Baelor reagierte gelassen. »Mein Bruder hat einen Fehler gemacht, als er verlangt hat, daß die Königsgarde für seinen Sohn kämpft. Ihr Eid verbietet ihnen, einen Prinzen von Geblüt zu verletzen. Glücklicherweise bin ich einer.« Er lächelte sie verhalten an. »Haltet mir die anderen lange genug vom Leibe, dann werde ich mich um die Königsgarde kümmern.«

»Mein Prinz, ist das ritterlich?« fragte Ser Lyonel Baratheon, als der Septon seine Predigt beendet hatte.

»Das werden uns die Götter wissen lassen«, antwortete Baelor Breakspear.

Ein erwartungsvolles Schweigen hatte sich über den Wasen von Ashford gesenkt.

Achtzig Meter entfernt wieherte Aerions grauer Hengst vor Ungeduld und scharrte in dem schlammigen Boden. Im Vergleich dazu war Donner sehr ruhig; er war ein älteres Pferd, Veteran von an die fünfzig Kämpfen, und wußte, was von ihm erwartet wurde. Ei gab Dunk seinen Schild. »Mögen die Götter mit Euch sein, Ser«, sagte der Junge.

Der Anblick der Ulme und der Sternschnuppe spendeten ihm Mut. Dunk schob den linken Arm durch den Gurt und legte die Finger um den Griff. *Eiche und Eisen, schützt mich gut, sonst ende ich in der Höllenglut.* Der Stählerne Pate brachte ihm seine Lanze, aber Ei bestand darauf, daß er derjenige war, der sie Dunk in die Hand gab.

Auf beiden Seiten nahmen seine Gefährten ihre eigenen Lanzen und stellten sich in einer langen Reihe auf. Prinz Baelor war rechts von ihm, Ser Lyonel links, aber der schmale Schlitz des

Großhelms beschränkte Dunks Sehbereich auf das, was unmittelbar vor ihm lag. Die Zuschauertribüne war nicht mehr zu sehen, sowenig wie die Gemeinen, die sich am Zaun drängten; es gab nur noch das Schlammfeld, den fahlen, wallenden Nebel, Fluß, Stadt, das Schloß im Norden und den Prinzen mit dem grauen Streitroß, Flammen auf dem Helm und einem Drachen auf dem Schild. Dunk sah, wie Aerions Knappe ihm eine Kriegslanze gab, zweieinhalb Meter lang und schwarz wie die Nacht. *Die wird er durch mein Herz stoßen, wenn er kann.*

Ein Horn ertönte.

Einen Herzschlag lang saß Dunk so still wie eine Fliege in Bernstein, auch wenn alle Pferde sich in Bewegung setzten. Ein Anfall von Panik überkam ihn. *Ich habe alles vergessen,* dachte er hektisch. *Ich habe alles vergessen, ich werde mir Schande machen, ich werde alles verlieren.*

Donner rettete ihn. Der große braune Hengst wußte, was er zu tun hatte, auch wenn sein Reiter es nicht zu wissen schien. Er begann einen langsamen Trab. Dann erinnerte sich Dunk an seine Ausbildung. Er ließ das Schlachtroß sanft die Sporen spüren und neigte die Lanze. Gleichzeitig schwenkte er den Schild, bis er den größten Teil seiner linken Körperseite abdeckte. Er hielt ihn schräg, um Treffer von sich abzulenken. *Eiche und Eisen schützt mich gut, sonst ende ich in der Höllenglut.*

Der Lärm der Menge war nichts weiter mehr als die Brandung ferner Wellen. Donner ging in Galopp über. Dunks Zähne schlugen durch die heftigere Gangart aufeinander. Er drückte die Absätze nach unten, preßte die Beine mit all seiner Kraft zusammen und ließ seinen Körper eins werden mit den Bewegungen des Pferdes. *Ich bin Donner, und Donner ist ich, wir sind ein Tier, wir sind vereint, wir sind eins.* Die Luft in seinem Helm war schon so heiß, daß er kaum atmen konnte.

Bei einem Turnier wäre sein Gegner links, auf der anderen Seite der Barriere, und er würde die Lanze über Donners Hals schwenken müssen. Der Winkel erhöhte die Wahrscheinlichkeit, daß das Holz beim Aufprall splittern würde. Aber heute wurde ein tödlicheres Spiel gespielt. Ohne trennende Barriere rasten die Pferde direkt aufeinander zu. Prinz Baelors riesiger Rappe war viel schneller als Donner, und Dunk sah ihn aus dem Winkel des Augenschlitzes davongaloppieren. Die anderen spürte er mehr, als daß er sie sah. *Sie sind nicht wichtig, nur Aerion ist wichtig, nur er.*

Er sah den Drachen kommen. Lehmbrocken flogen von den Hufen von Prinz Aerions Grauem, und Dunk konnte die Nüstern des Pferdes beben sehen. Die schwarze Lanze zeigte immer noch nach oben. Ein Ritter, der seine Lanze hoch hält und erst im letzten Moment nach unten zieht, läuft immer Gefahr, sie zu tief zu ziehen, hatte der alte Mann ihm gesagt. Er senkte seine eigene, bis die Spitze direkt auf die Brust des Prinzen zeigte. *Meine Lanze ist Teil meines Arms,* sagte er sich. *Sie ist mein Finger, ein Finger aus Holz. Ich muß ihn nur mit meinem langen Holzfinger berühren.*

Er versuchte, die scharfe Spitze am Ende von Aerions schwarzer Lanze nicht zu beachten, die mit jedem Schritt größer wurde. *Der Drache, schau den Drachen an,* dachte er. Die große dreiköpfige Bestie bedeckte den Schild des Prinzen, rote Schwingen und goldenes Feuer. *Nein, schau nur dahin, wo du treffen willst,* fiel ihm plötzlich wieder ein, aber seine Lanze schwenkte bereits von der Linie weg. Dunk versuchte zu korrigieren, aber es war zu spät. Er sah die Spitze Aerions Schild treffen, zwischen zwei Köpfen des Drachen, direkt auf einer gemalten Flamme. Nach dem gedämpften Krachen spürte er, wie Donner unter der Wucht des Zusammenpralls zurückwich, und einen halben Herzschlag später wurde ihm etwas mit schrecklicher Kraft in die Seite gerammt. Die Pferde stießen brutal zusammen, die Rüstungen klirrten und schepperten, während Donner stolperte und Dunk die Lanze aus der Hand fiel. Dann war er an seinem Widersacher vorbei und klammerte sich in dem verzweifelten Versuch am Sattel fest, das Gleichgewicht nicht zu verlieren. Donner schlitterte in dem schlüpfrigen Schlamm zur Seite, und Dunk spürte, wie die Hinterbeine des Tiers wegrutschten. Sie rutschten, drehten sich, und dann klatschte das Hinterteil des Hengstes heftig gegen den Boden. »Hoch!« brüllte Dunk und stieß mit den Sporen zu. *»Hoch, Donner!«* Und irgendwie kam das alte Schlachtroß wieder auf die Beine.

Er konnte stechende Schmerzen unter den Rippen spüren, sein linker Arm wurde nach unten gezogen. Aerion hatte seine

Lanze durch Eiche, Wolle und Stahl gebohrt; neunzig Zentimeter Eschensplitter und gehärtetes Eisen ragten aus Dunks Seite. Er streckte die rechte Hand aus, ergriff die Lanze unmittelbar unterhalb der Spitze und zog sie mit einer heftigen Bewegung aus seinem Körper heraus. Blut folgte, floß zwischen den Kettengliedern hindurch und tränkte seinen Übermantel rot. Die Welt verschwamm, und er wäre beinahe gestürzt. Undeutlich konnte er durch die Schmerzen Leute seinen Namen rufen hören. Sein wunderschöner Schild war nutzlos. Er warf alles beiseite, Ulme, Sternschnuppe und abgebrochene Lanze, und zog sein Schwert, hatte aber solche Schmerzen, daß er nicht glaubte, er würde es schwingen können.

Er wendete Donner in einem engen Kreis und versuchte, sich ein Bild davon zu verschaffen, was sich andernorts auf dem Schlachtfeld abspielte. Ser Humfrey Hardyng klammerte sich offenbar verwundet am Hals seines Pferdes fest. Der andere Ser Humfrey lag reglos in einer blutigen Schlammpfütze, eine abgebrochene Lanze ragte aus seinem Unterleib. Dunk sah Prinz Baelor mit unversehrter Lanze an sich vorbei galoppieren und einen von der Königsgarde aus dem Sattel stoßen. Ein anderer der weißen Ritter war bereits gefallen, und auch Maekar war vom Pferd gestürzt. Der dritte Königsgardist wehrte sich gegen Ser Robyn Rhysling.

Aerion, wo ist Aerion? Als er den Klang trommelnder Hufe hinter sich hörte, drehte Dunk hastig den Kopf. Donner scheute, bäumte sich auf und ruderte vergebens mit den Hufen, als Aerions grauer Hengst im gestreckten Galopp mit ihm zusammenprallte.

Diesmal gab es keine Hoffnung, daß Dunk sich halten würde. Das Langschwert wurde ihm aus der Hand gewirbelt, der Boden raste ihm entgegen. Er landete mit einem markerschütternden Aufprall, der ihm durch und durch ging. So starke Schmerzen, daß er schluchzte, durchfuhren hin. Einen Moment konnte er nichts anderes tun, als liegen zu bleiben. Der Geschmack von Blut füllte seinen Mund. *Dunk der Blödian dachte, er könnte ein Ritter werden.* Er wußte, er mußte wieder auf die Füße kommen, sonst würde er sterben. Stöhnend richtete er sich auf Hände und Knie auf. Er konnte weder atmen noch sehen. Die

Sehschlitze seines Helms waren schlammverklebt. Dunk rappelte sich blind auf und kratzte mit einem gepanzerten Finger in dem Schlitz. So weit, so gut ...

Durch die Finger sah er einen Drachen fliegen und einen Morgenstern mit Stacheln an einer Kette schwingen. Dann schien sein Kopf in Stücke zu zerschellen.

Als er die Augen aufschlug, lag er wieder am Boden, ausgestreckt auf dem Rücken. Der ganze Schlamm war von seinem Helm geklopft worden, aber nun war ein Auge mit Blut verklebt. Oben war nichts als dunkelgrauer Himmel. Sein Gesicht pochte, und er konnte kaltes, nasses Metall an Wange und Schläfe spüren. *Er hat mir den Schädel eingeschlagen, und ich sterbe.* Schlimmer war, daß die anderen mit ihm sterben würden, Raymun und Prinz Baelor und der Rest. *Ich habe sie im Stich gelassen. Ich bin kein Kämpe. Nicht einmal ein Heckenritter. Ich bin nichts.* Er erinnerte sich, wie Prinz Daeron geprahlt hatte, niemand könne so gut bewußtlos im Dreck liegen wie er. *Aber er hat auch nie Dunk den Blödian gesehen, oder?* Die Scham war schlimmer als der Schmerz.

Der Drache tauchte über ihm auf.

Drei Köpfe hatte er, und Schwingen so leuchtend wie Flammen, rot und gelb und orange. Er lachte. »Bist du schon tot, Heckenritter?« fragte er. »Ergib dich und gesteh deine Schuld, dann verlange ich vielleicht nur deine Hand und deinen Fuß. Oh, und die Zähne, aber was sind schon ein paar Zähne? Ein Mann wie du kann jahrelang von Erbsenbrei leben.« Der Drache lachte wieder. »Nein? Dann friß *das!«* Die stachelige Kugel wirbelte am Himmel und fiel so schnell wie eine Sternschnuppe auf seinen Kopf herab.

Dunk rollte weg.

Er wußte nicht, woher er die Kraft nahm, aber er fand sie. Er rollte gegen Aerions Beine, schlang einen stahlgeschützten Arm um seinen Oberschenkel, zog ihn fluchend in den Schlamm und rollte sich auf ihn. *Mal sehen, wie er jetzt seinen verdammten Morgenstern schwingt.* Der Prinz versuchte, die Spitze seines Schilds gegen Dunks Kopf zu schlagen, aber der verbeulte Helm fing den größten Teil des Aufschlags ab. Aerion war kräftig, aber Dunk war kräftiger und größer und auch schwerer. Er packte den Schild mit beiden Händen und drehte ihn, bis die Gurte rissen. Dann schlug er ihn immer und immer wieder auf den Helm des Prinzen und zerschmetterte die emaillierten Flammen des Kamms. Der Schild war dicker als der von Dunk, solides, eisenbeschlagenes Eichenholz. Eine Flamme brach ab. Dann noch eine. Dem Prinz gingen die Flammen aus, lange bevor Dunk die Schläge ausgingen.

Endlich ließ Aerion den Griff seines nutzlosen Morgensterns los und krallte nach dem Dolch an seiner Hüfte. Er bekam ihn aus der Scheide, aber als Dunk ihm mit dem Schild auf die Hand schlug, flog das Messer in den Schlamm.

Er konnte Ser Duncan den Hohen bezwingen, aber nicht Dunk aus dem Flohviertel. Der alte Mann hatte ihm die Kunst des Turniers und den Schwertkampf beigebracht, aber diese Art von Kampf hatte er schon früher gelernt, in den dunklen Hinterhöfen und verwinkelten Gassen hinter den Weinstuben der Stadt. Dunk warf den verbeulten Schild weg und riß das Visier von Aerions Helm auf.

Ein Visier ist eine Schwachstelle, erinnerte er sich an die Worte des Stählernen Pate. Der Prinz hatte fast jegliche Gegenwehr aufgegeben. Seine Augen waren purpurn, blankes Entsetzen stand darin. Dunk verspürte plötzlich den Wunsch, eines zu packen und wie eine Traube zwischen zwei stählernen Fingern zu zerquetschen, aber das wäre nicht ritterlich gewesen. *»Ergebt euch!«* brüllte er.

»Ich ergebe mich«, flüsterte der Drache, dessen blasse Lippen sich kaum bewegten. Dunk sah blinzelnd auf ihn hinab. Einen Moment konnte er nicht glaube, was er gehört hatte. *Ist es vorbei?* Er drehte den Kopf langsam von einer Seite auf die andere und versuchte, etwas zu sehen. Sein Sehschlitz war durch den Hieb, der die linke Seite eingedrückt hatte, teilweise geschlossen. Er sah Prinz Maekar mit dem Streitkolben in der Hand, wie er versuchte, sich an die Seite seines Sohnes durchzuschlagen. Baelor Breakspear hielt ihn auf.

Dunk erhob sich auf die Füße und zog Prinz Aerion mit sich hoch. Er machte sich an den Schnallen seines Helms zu schaffen, löste sie und warf ihn weg. Sofort bestürmten Bilder und Geräusche ihn; Grunzen und Flüche, die Schreie der Menge, ein

Hengst, der wieherte, während ein anderer reiterlos über das Feld lief. Überall hallte Stahl auf Stahl. Raymun und sein Vetter schlugen vor der Zuschauertribüne aufeinander ein, beide zu Fuß. Ihre Schilde waren zersplitterte Ruinen, der grüne und der rote Apfel zu Brennholz zerhackt. Einer der Königsgardisten trug einen verwundeten Bruder vom Feld. In ihren weißen Rüstungen und weißen Mänteln sahen sie beide gleich aus. Der dritte weiße Ritter lag am Boden, und der Lachende Sturm half Prinz Baelor gegen Prinz Maekar. Streitkolben, Streitaxt und Langschwert klirrten aufeinander und schepperten auf Helm und Schild. Maekar bekam drei Hiebe für jeden Treffer, den er landen konnte, und Dunk konnte sehen, daß es bald vorbei sein würde. *Ich muß ein Ende machen, bevor noch mehr von uns getötet werden.*

Prinz Aerion tauchte plötzlich nach seinem Morgenstern. Dunk gab ihm einen Tritt in den Rücken, daß er mit dem Gesicht voraus zu Boden fiel, dann packte er ihn an einem Bein und zerrte ihn über die Wiese. Als er die Zuschauertribüne erreichte, wo Lord Ashford saß, war der Strahlende Prinz braun und verdreckt. Dunk riß ihn auf die Füße, schüttelte ihn und spritzte etwas Schlamm auf Lord Ashford und die schöne Maid. »Sagt es ihm!«

Aerion Brightflame spie einen Mundvoll Gras und Erde aus. »Ich ziehe meine Anklage zurück.«

Hinterher konnte Dunk nicht mehr sagen, ob er aus eigener Kraft vom Feld gegangen war oder ob er Hilfe gebraucht hatte. Er hatte überall Schmerzen, an manchen Stellen schlimmer als an anderen. *Bin ich jetzt wahrhaftig ein Ritter?* fragte er sich. *Bin ich ein Kämpe?*

Ei half ihm, Beinschienen und Halsberge abzulegen, Raymun ebenfalls, und sogar der Stählerne Pate griff mit zu. Er war zu benommen, sie zu unterscheiden. Sie waren Finger und Daumen und Stimmen. Pate war derjenige, der sich beklagte, das wußte Dunk. »Seht, was er mit meiner Rüstung gemacht hat«, sagte er. »Ganz verbeult und zerdeppert und zerkratzt. Aye, ich frage euch, wozu mache ich mir die Mühe? Ich fürchte, ich werde ihm das Kettenhemd vom Leib schneiden müssen.«

»Raymun«, sagte Dunk drängend und umklammerte die Hand seines Freundes. »Die anderen. Wie ist es ihnen ergangen?« Er mußte es wissen. »Ist jemand gestorben?«

»Beesbury«, sagte Raymun. »Gleich im ersten Durchgang von Donnel von Duskendale geschlagen. Ser Humfrey ist ebenfalls schwer verwundet. Wir anderen haben Blutergüsse und Kratzer, mehr nicht. Abgesehen von Euch.«

»Und sie? Die Ankläger?«

»Ser Willem Wylde von der Königsgarde wurde besinnungslos vom Feld getragen, und ich glaube, ich habe meinem Vetter ein paar Rippen gebrochen. Jedenfalls hoffe ich es.«

»Und Prinz Daeron?« stieß Dunk hervor. »Hat er überlebt?«

»Als Ser Robyn ihm vom Pferd gestoßen hatte, blieb er liegen, wo er war. Er könnte einen Fuß gebrochen haben. Sein eigenes Pferd ist auf ihn getreten, als es reiterlos auf der Wiese herumrannte.

So benommen und verwirrt er auch war, Dunk verspürte eine immense Erleichterung. »Dann war sein Traum falsch. Der tote Drache. Es sei denn, Aerion ist gestorben. Aber das ist er nicht, oder?«

»Nein«, sagte Ei. »Ihr habt ihn verschont. Erinnert Ihr Euch nicht?«

»Kann sein.« Seine Erinnerungen an den Kampf waren bereits verworren und verschwommen. »Eben noch fühle ich mich wie betrunken. Dann tut es wieder so weh, daß ich weiß, ich sterbe.«

Sie legten ihn auf den Rücken und redeten über ihm, während er zu dem bewölkten grauen Himmel hinaufschaute. Dunk hatte den Eindruck, als wäre immer noch Morgen. Er fragte sich, wie lange der Kampf gedauert hatte.

»Ihr Götter, die Lanzenspitze hat die Ringe tief in sein Fleisch getrieben«, hörte er Raymun sagen. »Das wird brandig, wenn wir nicht ...«

»Macht ihn betrunken, und gießt etwas siedendes Öl hinein«, schlug jemand vor. »So machen es die Maester.«

»Wein.« Die Stimme hatte einen hohlen, metallischen Klang. »Nicht Öl, das würde ihn umbringen, kochenden Wein. Ich werde Maester Yormwell schicken, damit er nach ihm sieht, sobald er meinen Bruder versorgt hat.«

Ein großer Ritter in einer von vielen Hieben verbeulten und zerkratzten Rüstung stand über ihm. *Prinz Baelor.* Der scharlachrote Drache auf seinem Helm hatte einen Kopf, beide Flügel und den größten Teil des Schwanzes verloren. »Euer Gnaden«, sagte Dunk. »Ich bin Euer Mann. Bitte. Euer Mann.«

»Mein Mann.« Der schwarze Ritter legte Raymun eine Hand auf die Schulter, um sich zu stützen. »Ich brauche gute Männer, Ser Duncan. Das Reich ...« Seine Stimme klang seltsam nuschelnd. Vielleicht hatte er sich auf die Zunge gebissen.

Dunk war sehr müde. Es fiel ihm schwer, wach zu bleiben. »Euer Mann«, murmelte er noch einmal.

Der Prinz bewegte langsam den Kopf von einer Seite auf die andere. »Ser Raymun ... mein Helm, wenn Ihr so freundlich sein wollt. Visier ... Visier gesprungen, und meine Finger ... Finger fühlen sich wie Holz an ...«

»Sofort, Euer Gnaden.« Raymun nahm den Helm des Prinzen in beide Hände und grunzte. »Guter Mann Pate, Eure Hand.«

Der Stählerne Pate zog einen Aufsteigeschemel herüber. »Er ist an der Rückseite eingedrückt, Euer Gnaden, auf der linken Seite. In die Halsberge gerammt. Guter Stahl, so einen Hieb aufzuhalten.«

»Wahrscheinlich der Streitkolben meines Bruders«, sagte Baelor mit belegter Stimme. »Er ist kräftig.« Er verzog das Gesicht. »Das fühlt sich ... seltsam an, ich ...«

»Da haben wir ihn.« Pate hob den verbeulten Helm. »Ihr Götter. *O ihr Götter ihr Götter ihr Götter bewahrt ...«*

Dunk sah etwas Rotes und Feuchtes aus dem Helm fallen. Jemand schrie hoch und schrill. Vor dem trostlosen grauen Himmel schwankte ein hoher, hoher Prinz in schwarzer Rüstung mit nur einem halben Schädel. Dunk konnte rotes Blut und weiße Knochen sehen, und noch etwas, etwas Blaugraues und Breiiges. Ein seltsam besorgter Ausdruck huschte über Baelor Breakspears Gesicht wie eine Wolke, die sich vor die Sonne schiebt. Er hob eine Hand und berührte seinen Hinterkopf mit zwei Fingern, oh wie zaghaft. Und dann fiel er.

Dunk fing ihn auf. »Hoch«, sagte er, genau wie zu Donner mitten im Tumult, »hoch, hoch!« Aber hinterher konnte er sich nicht mehr daran erinnern, und der Prinz stand nicht auf.

Baelor aus dem Hause Targaryen, Prinz von Dragonstone, Rechte Hand des Königs, Beschützer des Reiches und Erbe des Eisenthrons der Sieben Königreiche von Westeros, ging im Hof von Schloß Ashford am nördlichen Ufer des Flusses Cockleswent ins Feuer. Andere große Häuser mochten ihre Toten in der dunklen Erde begraben oder im kalten grünen Meer versenken, aber die Targaryens waren vom Blut des Drachen, und ihr Ende wurde in Flammen geschrieben.

Er war der edelste Ritter seiner Zeit gewesen, und viele waren der Meinung, daß er in Kettenhemd und Rüstung in die Dunkelheit hätte gehen sollen, aber am Ende obsiegten die Wünsche seines Vaters, und Daeron II. hatte eine friedliche Natur. Als Dunk an Baelors Bahre vorbeischlurfte, trug der Prinz eine Tunika aus schwarzem Samt, auf deren Brust ein scharlachroter Drache eingestickt war. Um den Hals trug er eine schwere Goldkette. Das Schwert lag neben ihm in der Scheide, aber er trug einen Helm, einen dünnen Goldhelm mit Visier, damit die Leute sein Gesicht sehen konnten.

Valarr, der junge Prinz, hielt am Fuß der Bahre die Totenwache, während sein Vater aufgebahrt lag. Er war eine kleinere, schlankere, hübschere Version seines Vaters, ohne die zweimal gebrochene Nase, durch die Baelor mehr menschlich als königlich ausgesehen hatte. Valarrs Haar war braun, aber eine helle silber-goldene Strähne verlief darin. Der Anblick erinnerte Dunk an Aerion, aber er wußte, das war nicht fair. Eis Haar war so hell wie das seines Bruders nachgewachsen, und Ei war ein ziemlich anständiger Kerl für einen Prinzen.

Als er stehenblieb, um linkisch sein mit Dank überfrachtetes Beileid auszusprechen, sah ihn Prinz Valarr mit seinen kühlen blauen Augen blinzelnd an und sagte: »Mein Vater war erst neununddreißig. Er hatte das Zeug zu einem großen König, dem größten seit Aegon dem Drachen. Warum haben die Götter ihn geholt und *Euch* verschont?« Er schüttelte den Kopf. »Geht fort, Ser Duncan. Geht.«

Wortlos hinkte Dunk aus dem Schloß in das Lager am grünen Teich. Er hatte keine Antwort für Valarr parat. Auch nicht auf die Fragen, die ihn selbst beschäftigten. Die Maester und der kochende Wein hatten ihr Werk getan, seine Wunde heilte fein säuberlich, aber er würde eine tiefe, schartige Narbe zwischen dem linken Arm und der Brustwarze behalten. Er konnte die Wunde nicht ansehen, ohne an Baelor zu denken. *Er hat mich einmal mit dem Schwert und einmal mit einem Wort gerettet, obwohl er ein toter Mann war, als er vor mir stand.* Die Welt ergab keinen Sinn, wenn ein großer Prinz sterben mußte, damit ein Heckenritter leben konnte. Dunk saß unter seiner Ulme und starrte düster seinen Fuß an.

Als die vier Wachen in der königlichen Livree eines Tages am Spätnachmittag in seinem Lager erschienen, war Dunk sicher, daß sie doch noch kamen, um ihn zu töten. Er war zu schwach und erschöpft, um nach seinem Schwert zu greifen, saß mit dem Rücken zur Ulme und wartete.

»Unser Prinz bittet um die Gunst einer privaten Unterredung.«

»Welcher Prinz?« fragte Dunk bedächtig.

»Dieser Prinz«, antwortete eine barsche Stimme, bevor der Hauptmann antworten konnte. Maekar Targaryen kam hinter der Ulme hervor.

Dunk stand langsam auf. *Was kann er nun noch von mir wollen?*

Maekar machte eine Geste, worauf die Wachen so schnell verschwanden, wie sie gekommen waren. Der Prinz betrachtete ihn eine ganze Weile, dann wandte er sich ab, ging zum Ufer des Teiches und betrachtete sein Spiegelbild im Wasser. »Ich habe Aerion nach Lys geschickt«, verkündete er unvermittelt. »Ein paar Jahre in den Freistädten könnten einen besseren Menschen aus ihm machen.«

Dunk war nie in den Freistädten gewesen, daher wußte er nicht, was er darauf sagen sollte. Es freute ihn, daß sich Aerion nicht mehr in den Sieben Königreichen aufhielt, und er hoffte, daß er nie zurückkehren würde, aber das war nichts, was man zu einem Vater über seinen Sohn sagen konnte. Er wartete schweigend.

Prinz Maekar drehte sich zu ihm um. »Manche Männer werden sagen, daß ich meinen Bruder töten wollte. Die Götter wissen, daß das eine Lüge ist, aber ich werde das Getuschel bis zu dem Tag hören, an dem ich sterbe. Und es war mein Streitkolben, der ihm den tödlichen Hieb versetzt hat, daran habe ich keinen Zweifel. Die einzigen anderen Gegner, mit denen er es in dem Tumult zu tun hatte, waren drei Königsgardisten, denen ihr Eid verbot, mehr zu tun, als sich selbst zu verteidigen. Also war ich es. So seltsam es sich anhört, ich kann mich nicht an den Schlag erinnern, der ihm den Schädel gespalten hat. Ist das ein Segen oder ein Fluch? Ich glaube, manche würden sagen, beides.«

So, wie der Prinz Dunk ansah, schien er eine Antwort zu erwarten. »Ich kann es nicht sagen, Euer Gnaden.« Vielleicht hätte er Maekar hassen sollen, aber statt dessen empfand er eine seltsame Sympathie für den Mann. »Ihr habt den Streitkolben geschwungen, m'Lord, aber ich bin es, für den Prinz Baelor gestorben ist. Also habe ich ihn auch getötet, in gleichem Maße wie Ihr.«

»Ja«, gab der Prinz zu. »Ihr werdet sie auch flüstern hören. Der König ist alt. Wenn er stirbt, wird Valarr an seines Vaters Stelle den Eisenthron besteigen. Jedesmal, wenn eine Schlacht verloren wird oder es zu einer Mißernte kommt, werden die Narren sagen: ›Baelor hätte es nicht dazu kommen lassen, aber der Heckenritter hat ihn getötet.‹«

Dunk sah ein, daß das der Wahrheit entsprach. »Hätte ich nicht gekämpft, hättet Ihr mir die Hand abschlagen lassen. Und den Fuß. Manchmal sitze ich unter diesem Baum hier, betrachte meine Füße und frage mich, ob ich nicht auf einen hätte verzichten können. Wie kann mein Fuß das Leben eines Prinzen wert sein? Und auch die anderen beiden, die Humfreys, sie waren auch gute Männer.« Ser Humfrey Hardyng war erst gestern nacht seinen Verletzungen erlegen.

»Und welche Antwort gibt Euch Euer Baum?«

»Keine, die ich hören könnte. Aber der alte Mann, Ser Arlan, der sagte jeden Abend in der Dämmerung: ›Ich frage mich, was der Morgen bringen wird.‹ Er wußte es nie, sowenig wie wir. Nun, könnte es nicht sein, daß ein Morgen kommen wird, an dem ich diesen Fuß brauchen werde? An dem das *Reich* diesen Fuß brauchen wird, noch mehr als das Leben eines Prinzen?«

Maekar verdaute das eine Zeitlang mit verkniffenen Lippen unter dem silbergrauen Bart, der seinem Gesicht so ein eckiges Aussehen verlieh. »Das ist verdammt unwahrscheinlich«, sagte er barsch. »Das Reich verfügt über so viele Heckenritter wie Hecken, und alle haben Füße.«

»Wenn Euer Gnaden eine bessere Antwort haben, möchte ich sie hören.«

Maekar runzelte die Stirn. »Es könnte sein, daß die Götter Gefallen an grausamen Streichen haben. Vielleicht gibt es gar keine Götter. Vielleicht hatte das alles keinen Sinn. Ich würde den Hohen Septon fragen, aber als ich das letzte Mal bei ihm war, sagte er mir, daß kein Mensch das Wirken der Götter wirklich begreifen kann. Vielleicht sollte er einmal versuchen, unter einem Baum zu schlafen.« Er verzog das Gesicht. »Mein jüngster Sohn scheint einen Narren an Euch gefressen zu haben, Ser. Es ist höchste Zeit, daß er ein Knappe wird, aber er sagt, er will keinem anderen Ritter dienen als Euch. Er ist ein widerborstiger Junge, wie Ihr sicher bemerkt habt. Wollt Ihr ihn haben?«

»Ich?« Dunk machte den Mund auf und zu und wieder auf. »Ei ... Aegon, meine ich, er ist ein guter Junge, aber, Euer Gnaden, ich weiß, Ihr erweist mir eine Ehre, aber ... ich bin nur ein Heckenritter.«

»Das läßt sich ändern«, sagte Maekar. »Aegon soll in mein Schloß in Summerhall zurückkehren. Dort gibt es auch einen Platz für Euch, wenn Ihr wollt. Einen Ritter meines Haushalts. Ihr schwört Euer Schwert auf meinen Namen ein, und Aegon kann Euer Knappe sein. Während Ihr ihn ausbildet, wird mein Waffenmeister Eure eigene Ausbildung beenden.« Der Prinz sah ihn verschmitzt an. »Euer Ser Arlan hat für Euch getan, was er konnte, daran zweifle ich nicht, aber Ihr habt trotzdem noch viel zu lernen.«

»Ich weiß, m'Lord.« Dunk sah sich um. Das grüne Gras, das Schilfrohr, die hohe Ulme, die Wellen auf der Oberfläche des Teiches, der in der Sonne glitzerte. Eine andere Drachenfliege schwebte über dem Wasser, vielleicht war es auch dieselbe. *Was soll es sein, Dunk?* fragte er sich. *Drachenfliege oder Drache?* Vor ein paar Tagen wäre ihm die Antwort nicht schwergefallen. Es war alles, was er sich je erträumt hatte, aber jetzt, wo der Traum in greifbare Nähe gerückt war, bekam er es mit der Angst zu tun. »Kurz bevor Prinz Baelor starb, habe ich geschworen, daß ich sein Mann sein würde.«

»Anmaßend von Euch«, sagte Maekar. »Was hat er gesagt?«

»Daß das Reich gute Männer braucht.«

»Das ist allerdings wahr. Was sagt Ihr?«

»Ich werde Euren Sohn als Knappen nehmen, Euer Gnaden, aber nicht in Summerhall. Erst in ein oder zwei Jahren. Ich würde sagen, er hat genug Schlösser gesehen. Ich nehme ihn nur, wenn ich ihn mit mir auf die Straße nehmen kann.« Er zeigte auf den alten Braunen. »Er wird meinen Gaul reiten, meinen alten Mantel tragen und mein Schwert scharf und mein Kettenhemd blank halten. Wir werden in Gasthäusern und Ställen schlafen, und hin und wieder in den Sälen eines begüterten Ritters oder unbedeutenden Lords und vielleicht unter Bäumen, wenn es sein muß.«

Prinz Maekar sah ihn ungläubig an. »Hat Euch das Turnier den Verstand vernebelt, Mann? Aegon ist ein Prinz des Reiches. Prinzen sind nicht dafür geschaffen, in Straßengräben zu schlafen und hartes gepökeltes Rindfleisch zu essen.« Er sah, daß Dunk zögerte. »Was fürchtet Ihr mir zu sagen? Sagt, was Ihr wollt, Ser.«

»Ich wette, Daeron hat nie in einem Straßengraben geschlafen«, sagte Dunk sehr leise, »und all das Rindfleisch, das Aerion gegessen hat, war zweifellos immer dick und blutig und saftig.«

Maekar Targaryen, Prinz von Summerhall, sah Dunk vom Flohviertel lange an, und sein Kiefer arbeitete lautlos unter dem silbernen Bart. Schließlich drehte er sich um und ging davon, ohne ein Wort zu sagen. Dunk hörte, wie er mit seinen Männern fortritt. Als sie gegangen waren, war kein Laut mehr zu hören, abgesehen vom leisen Flügelschlag der Drachenfliege, die über das Wasser glitt.

Der Junge kam am nächsten Morgen, als die Sonne gerade aufging. Er trug alte Stiefel, braune Reithosen, eine braune Wolltunika und einen alten Reisemantel. »Mein Herr Vater sagt, daß ich Euch dienen darf.«

»Dienen darf, *Ser«,* erinnerte Dunk ihn. »Du kannst damit anfangen, daß du die Pferde sattelst. Der Braune gehört dir, wenn du ihn anständig behandelst. Ich will dich nicht auf Donner sehen, es sei denn, ich setze dich drauf.«

Ei ging die Sättel holen. »Wohin geht die Fahrt, Ser?«

Dunk dachte einen Moment nach. »Ich bin nie jenseits der Roten Berge gewesen. Möchtest du dir gern Dorne ansehen?«

Ei grinste. »Ich habe gehört, sie haben gute Puppenspieler dort«, sagte er.

Pern

ANNE McCAFFREY

Die Trilogie »Drachenreiter von Pern«:

Die Welt der Drachen (1972)
Die Suche der Drachen (1973)
Der weisse Drache (1982)

Die »Harfnerhalle«-Trilogie:

Drachengesang (1981)
Drachensinger (1981)
Drachentrommeln (1983)

Andere Pern-Romane:

Moreta - Die Drachenherrin von Pern (1985)
Nerilkas Abenteuer (1988)
Drachendämmerung (1990)
Die Renegaten von Pern (1993)
Die Weyr von Pern (1994)
Die Delphine von Pern (1996)

Unzufrieden mit dem Leben auf der technologisch hochentwickelten Erde, sind Hunderte Kolonisten durch den Weltraum zu dem Stern Rukbat gereist, den sechs Planeten umkreisen, fünf davon auf stabilen Bahnen und einer, der unregelmäßig um die anderen seine Bahn zieht. Der dritte Planet erwies sich als lebenstauglich, und die Raumfahrer ließen sich dort nieder und nannten ihn Pern. Sie schlachteten ihr Raumschiff aus, um an Baumaterial zu kommen, und begannen damit, ihre Häuser zu errichten.

Pern war ideal für die Besiedlung, von einer Ausnahme abgesehen. In unregelmäßigen Abständen näherte sich ihm der sechste Planet des Systems und gab Schwärme tödlicher Pilzgeflecht-Sporen ab, die alles organische Material verschlangen, das sie berührten, und den Boden, wo sie landeten, auf Jahre hinaus unfruchtbar machten. Die Kolonisten begannen sofort, nach einer Möglichkeit zu suchen, den Sporenregen zu bekämpfen. Zur Verteidigung wandten sie sich den Feuer-Echsen zu, kleinen fliegenden Echsen, die die Kolonisten unmittelbar nach der Landung gezähmt hatten. Die Gabe dieser Reptilien, Feuer zu speien, war während des ersten Sporenregens eine große Hilfe gewesen. Indem sie diese Reptilien über Generationen hinweg selektiv züchteten und genetisch veränderten, schufen die Kolonisten eine Rasse ausgewachsener Drachen.

Durch enge Zusammenarbeit der Drachen und ihrer Reiter gelang es den Kolonisten von Pern, den Sporenregen wirksam zu bekämpfen und eine feste Herrschaft über den Planeten aufzubauen. Sie fielen in eine quasifeudale landwirtschaftliche Gesellschaftsform zurück und bauten Felsenburgen für die Verwaltung und Feldarbeiter, Gildehallen für die Handwerker und Weyr, in denen die Drachen und ihre Reiter wohnen konnten.

Viele Pern-Romane beschreiben die Politik der Felsenburgen und Weyr zwischen den Sporenregen. Die gesamt Serie umfaßt mehr als zweitausendfünfhundert Jahre von der ersten Landung der Siedler, bis ihre Nachkommen Jahrhunderte später den Hauptcomputer des Schiffs entdecken.

Die Welt der Drachen, das erste Buch über die Drachenreiter von Pern, erzählt von einer Zeit zweitausendfünfhundert Jahre nach der ersten Landung. Der Sporenregen wurde seit vier Jahrhunderten nicht mehr gesichtet, die Leute betrachten die alten Warnungen mit Skepsis. Drei Drachenreiter, Lessa, F'lar und F'nor, sind der Überzeugung, daß der Sporenregen zurückkehrt, und versuchen, die planetare Verteidigung zu mobilisieren. Lessa, die weiß, daß es nicht genug Drachen gibt, um die Sporen wirksam zu bekämpfen, reist vierhundert Jahre in die Vergangenheit zurück, in eine Epoche kurz nach dem letzten Sporenregen, in der die Drachenreiter jener Ära sich angesichts ihrer Tatenlosigkeit zu langweilen und unruhig zu werden beginnen. Lessa kann die meisten von ihnen überzeugen, mit ihr zu kommen und den Sporenregen in ihrer Zeit zu bekämpfen. Sie treffen ein und schlagen die Sporen zurück.

Die Suche der Drachen, das zweite Buch, setzt sieben Jahre nach Ende des ersten Bandes ein. Es kommt zu Spannungen in den Beziehungen zwischen den Alten, wie die zeitreisenden Drachenreiter genannt werden, und denen der gegenwärtigen Generation. Nachdem er von einem der alten Drachenreiter angegriffen wurde, wird F'nor zum Südkontinent von Pern geschickt, um sich von seinen Verletzungen zu erholen. Dort findet er Würmer, die die Sporen neutralisieren können, nachdem sie sich in den Boden eingegraben haben. Da ihm klar wird daß sie eine mächtige neue Waffe gegen den Sporenregen gefunden haben, schmiedet F'nor Pläne, die Würmer auf beiden Kontinenten anzusiedeln.

Derweil ist ein unerwarteter Sporenregen Auslöser eines Duells zwischen F'lar, dem Anführer des Benden-Weyrs, und T'ron, dem Anführer der Alten. F'lar gewinnt und verbannt alle Drachenreiter, die ihn nicht als Anführer aller Weyr akzeptieren. Die Verbannten ziehen zum Südkontinent. Das Buch endet damit, daß Würmer gezüchtet werden, um sie auf ganz Pern auszusetzen.

Das dritte Buch, *Der weiße Drache,* schildert die Prüfungen des jungen Jaxom, der den einzigen weißen Drachen auf Pern großzieht, eine genetische Anomalie. Jaxom trifft auf Vorurteile und Verachtung anderer Drachenreiter, weil sein Drachen kleiner als die restlichen ist. Außerdem soll er das Kommando über eine der ältesten Felsenburgen von Pern übernehmen, aber manche ziehen seine Fähigkeiten als Anführer in Zweifel. Jaxom und sein Drache Ruth stellen sich den Herausforderungen und treten den Beweis dafür an, daß größer nicht zwangsläufig besser ist. Jaxom übernimmt seine Felsenburg, bekommt das Mädchen, und mit der Welt ist alles in Ordnung.

Die »Harfnerhalle«-Trilogie (*Drachengesang, Drachensinger, Drachentrommeln*) wurde für jugendliche Leser geschrieben und handelt von einem Mädchen namens Menolly und ihrem Aufstieg von einer ungeliebten Tochter zur reisenden Harfnerin und Hüterin von Feuer-Echsen

In zahlreichen anschließenden Romanen und dem nachfolgenden Kurzroman hat McCaffrey verschiedene andere Aspekte des Lebens auf Pern geschildert, angefangen von den frühesten Tagen der Kolonisierung durch die Menschen.

ANNE McCAFFREY

Die Läuferin von Pern

Tenna erreichte die Anhöhe und machte eine Pause, um Luft zu holen, wobei sie sich nach vorn beugte, die Hände auf die Knie stützte und die Rückenmuskeln entspannte. Dann ging sie, wie es ihr beigebracht worden war, langsam auf dem flachen Areal entlang, schüttelte die Beine aus, lockerte die Oberschenkelmuskulatur und atmete durch den Mund, bis sie nicht mehr keuchte. Sie nahm die Wasserflasche vom Gürtel und gönnte sich einen Schluck, den sie im Mund verteilte, um das trockene Gewebe zu befeuchten. Sie spie den Mundvoll aus und nahm noch einen zu sich, den sie langsam die Kehle hinabrinnen ließ. Die Nacht war hinreichend kühl, so daß sie nicht zu stark schwitzte. Aber sie würde nicht lange genug stehenbleiben, um sich eine Erkältung zu holen.

Es dauerte nicht lange, bis ihr Atem wieder normal ging, und das freute sie. Sie war in guter Form. Sie schüttelte die Beine aus, um die Belastung auszugleichen, die sie ihnen auferlegt hatte, um diese Höhe zu erklimmen. Dann rückte sie den Gürtel zurecht, betastete den Kurierbeutel und ging in raschem Laufschritt den Hang hinunter. Es war dunkel – Belior war noch nicht über der Ebene aufgegangen, um dieser Seite des Berges sein Licht zu spenden –, und es wäre nicht sicher, in den Schatten zu laufen. Sie kannte diesen Abschnitt des Weges nur vom Hörensagen, war ihn aber selbst noch nicht gelaufen. Bis jetzt hatte sie ihren zweiten Planetenumlauf als Läuferin gut gemeistert und ihre erste Überquerung an den empfohlenen ungefährlichen Stellen gemacht. Läufer achteten aufeinander, und kein Stationsleiter würde eine Novizin überfordern. Mit etwas Glück konnte sie es innerhalb der nächsten Siebentage sogar bis zum Westlichen Meer schaffen. Dies war die erste große Prüfung ihrer Lehrzeit als Läuferin. Und wenn sie es bis zur Felsenburg Fort geschafft hatte, blieb ihr wirklich nur noch der Westliche Gebirgszug zu überqueren.

Auf halbem Weg vom Gipfel der Anhöhe herab erreichte sie den Hügelkamm, von dem man ihr erzählt hatte, und nachdem sie wie üblich den Beutel, den sie bei sich trug, überprüft hatte, riß sie die Knie hoch und verfiel in den raumgreifenden Schritt, der der Stolz aller Läufer von Pern war.

Natürlich waren die legendären »Rennmeister« - die hundert Meilen pro Tag zurücklegen konnten - längst ausgestorben, aber ihre Erinnerung wurde in Ehren gehalten. Ihre Ausdauer und Entschlossenheit waren ein Musterbeispiel für alle, die auf den Strecken von Pern liefen. Viele waren es nicht gewesen, wie die Legende sagte, aber sie hatten die Läuferstationen eingerichtet, als es während des Ersten Sporenregens erforderlich geworden war, Nachrichten schnell zu übermitteln. Läufer waren imstande gewesen, sich in eine Art Trance zu versetzen, die ihnen nicht nur ermöglichte, weite Strecken zurückzulegen, sondern sie darüber hinaus in Schneestürmen und Temperaturen unter dem Gefrierpunkt warm hielt. Außerdem hatten sie die ersten Wege angelegt, deren Netz heute den gesamten Kontinent überzog.

Zwar konnten nur Festungsherren und Handwerksmeister es sich leisten, Lauftiere für ihre Kuriere zu halten, aber auch dem Normalbürger, der irgendwo auf Pern mit Gildenhallen, Verwandten oder Freunden Verbindung aufnehmen wollte, war es möglich, einen Brief in den Kurierbeuteln zu versenden, die von Station zu Station befördert wurden. Andere sprachen vielleicht von Halteplätzen, aber Läufer hatten in der Geschichte *ihres* Gewerbes immer schon »Stationen« und »Stationsleiter« gehabt. Trommelbotschaften waren großartig für kurze Nachrichten, wenn das Wetter gut war und der Wind den Takt nicht unterbrach, aber solange die Leute geschriebene Nachrichten schicken wollten, würde es Läufer und Läuferinnen geben, die sie überbrachten.

Tenna dachte häufig stolz an die Tradition, die sie weiterführte. Das spendete ihr Trost auf den langen, einsamen Reisen. Im Augenblick war gut zu laufen: Der Boden war fest, aber federnd, eine Oberfläche, die penibel in Ordnung gehalten wurde, seit die frühesten Läufer sie angelegt hatten. Der moosige Untergrund erleichterte nicht nur das Laufen, er machte auch den Pfad kenntlich. Ein Läufer würde sofort den Unterschied in der Oberfläche bemerken, wenn er - oder sie - vom Weg abkam.

Langsam zeichnete sich ihr Weg im Mondlicht ab, als der volle Belior aufging, und sie beschleunigte ihren Schritt, lief anmutig, atmete frei, hielt die Hände hoch, die Brust nach außen gepreßt, die Ellbogen angewinkelt. Es war nicht erforderlich, eine »Bremse« zu setzen, wie ihr Vater es nannte, um den Wind einzufangen und das Tempo zu verlangsamen. In Augenblicken wie diesem, mit gutem Untergrund, annehmbarem Licht und einem kühlen Abend, kam es einem vor, als könnte man ewig laufen. Wenn nicht das Meer da wäre, einen aufzuhalten.

Sie lief weiter, weil sie den Verlauf des Grats sehen konnte, und als es wieder bergab ging, stand Belior hoch genug, ihren Weg zu beleuchten. Sie sah den Bach vor sich und wurde vorsichtig langsamer - obwohl man ihr gesagt hatte, daß die Furt eine gute Kiesoberfläche besaß -, und platschte durch das knöchelhohe kalte Wasser, am Ufer hinauf, bog ein wenig nach Süden und fand den Pfad dank der federnden Oberfläche wieder.

Inzwischen sollte sie mehr als die Hälfte des Wegs zur Burg Fort zurückgelegt haben und dürfte es bis zur Dämmerung schaffen. Dies war eine vielbereiste Route, südwestlich an der Küste entlang zu den weiter entfernten Burgen. Der größte Teil dessen, was sie gerade transportierte, war für Bewohner der Burg Fort bestimmt, also war dort das Ende der Strecke sowohl für den Beutel als auch für sie. Sie hatte soviel über die Anlage in Fort gehört, daß sie es kaum glauben konnte. Läufer neigten mehr zu Unter- als zu Übertreibungen. Wenn ein Läufer einem sagte, daß ein Weg gefährlich war, dann glaubte man ihm! Aber was sie über Fort sagten, war wahrhaft erstaunlich.

Tenna stammte aus einer Familie von Läufern: Vater, Onkel, Vettern, Großväter, Brüder, Schwestern und zwei Tanten waren allesamt auf den Pfaden unterwegs, die Pern vom Gipfel Nerat bis zum Hochland, von Benden bis Boll verbanden.

»Es liegt in unserm Erbgut«, hatte ihre Mutter als Antwort auf die Fragen ihrer jüngeren Kinder gesagt. Cesila leitete eine große Läuferstation bei Lemos, am nördlichen Ende der Ebene von Keroon, wo die riesigen Himmelsbesen standen, seltsame Bäume, die nur in jener Region von Pern wuchsen. Bäume, dessen war eine jüngere Tenna sicher gewesen, wo die Drachen vom Benden-Weyr auf ihrem Flug über den Kontinent Rast machten. Cesila hatte über Tennas Vorstellung gelacht.

»Die Drachen von Pern müssen nirgendwo ausruhen, Liebes. Sie gehen einfach unter dem Fliegen dorthin, wohin sie müssen. Wahrscheinlich hast du ein paar gesehen, wie sie ihre wöchentliche Mahlzeit gejagt haben.«

In ihrer Zeit als Läuferin hatte Cesila neun ganze Überquerungen während eines Planetenumlaufs gemacht, bis sie einen anderen Läufer geheiratet und angefangen hatte, selbst künftige Läufer in die Welt zu setzen.

»Wir sind von Haus aus schlank und langbeinig, jedenfalls die meisten, mit großen Lungen und kräftigen Knochen. Ah ja, ein paar kommen heraus, die mehr für Schnelligkeit als lange Strecken taugen, aber die kommen bei Zusammentreffen gut zupaß und erreichen die Ziellinie, bevor die anderen das Startband verlassen haben. Wir haben unseren Platz auf der Welt genau wie Burgherren und sogar das Weyrvolk. Jedem das Seine! Weber und Gerber und Bauer und Fischer und Schmied und Läufer und alle.«

»So haben wir das Pflichtenlied aber nicht gelernt«, hatte Tennas jüngerer Bruder bemerkt.

»Vielleicht«, hatte Cesila grinsend geantwortet, »aber so singe ich es, und ihr könnt das auch. Ich muß mit dem nächsten Harfner sprechen, der hier vorbeikommt. Er kann den Text ändern, wenn er will, daß wir seine Nachrichten befördern.« Und sie schüttelte einmal nachdrücklich den Kopf, um das Gespräch zu beenden.

Sobald von Läufern gezeugte Kinder ausgewachsen waren, wurden sie einem Test unterzogen, ob sie das richtige Blut für die Aufgabe hatten. Tennas Beine wuchsen nicht mehr, seit sie den fünfzehnten vollen Planetenumlauf erreicht hatte. Da wurde sie von einem erfahrenen Läufer aus einem anderen Geschlecht eingeschätzt. Tenna war sehr nervös gewesen, aber ihre Mutter hatte ihrer schlaksigen Tochter auf ihre übliche beiläufige Art einen wissenden Blick zugeworfen.

»Neun Kinder habe ich deinem Vater Fedri geschenkt, und vier sind bereits Läufer. Du wirst auch eine Läuferin, keine Bange.«

»Aber Sedra ist . . . «

Cesila hielt die Hand hoch. »Ich weiß, deine Schwester ist verheiratet und bringt Kinder zur Welt, aber sie hat zwei Überquerungen gemacht, bis sie einen Mann gefunden hatte, den sie haben wollte. Also zählt sie auch. Man braucht das richtige Blut, um Läufer zu zeugen, und wir haben es.« Cesila machte eine Pause, um sicherzugehen, daß Tenna sie nicht wieder unterbrechen würde. »Ich komme aus einer zwölfköpfigen Familie, alles Läufer. Und all ihre Kinder sind wieder Läufer geworden. Du wirst laufen, Mädchen. Mach dir da keine Gedanken. Du wirst laufen.« Dann lachte sie. »Bei einer Frau geht es darum, wie lange, nicht ob.«

Tenna hatte vor langer Zeit beschlossen - als man sie für alt genug hielt, auf ihre jüngeren Geschwister aufzupassen -, daß sie lieber laufen als Läufer großziehen würde. Sie würde laufen, bis sie die Knie nicht mehr heben konnte. Sie hatte eine Tante, die nie geheiratet hatte: Sie war gelaufen, bis sie älter gewesen war als Cesila jetzt, und dann hatte sie die Leitung einer Verbindungsstation am Weg nach Igen übernommen. Sollte etwas passieren und sie nicht mehr laufen können, hätte Tenna nichts dagegen einzuwenden, eine Station zu leiten. Ihre Mutter leitete ihre perfekt, hatte stets heißes Wasser bereit, um die Schmerzen in den Gliedern der Läufer zu lindern, gutes Essen, bequeme Betten, und ihre Heilkünste konnten es mit denen aufnehmen, die man in einer Burg fand. Und es war immer aufregend, weil man nie wußte, wer an einem bestimmten Tag angelaufen kam und wohin er unterwegs war. Läufer durchquerten den Kontinent regelmäßig und hatten Nachrichten von anderen Teilen Perns dabei. Viele wußten interessante Geschichten über Probleme auf den Pfaden zu berichten, und wie man sie löste. Man hörte viel von anderen Burgen und Hallen und dem einen Drachenweyr, und obendrein, was die Läufer am meisten interessierte: wie die Bedingungen waren und welche Pfade nach einem schweren Regen oder Erdrutsch ausgebessert werden mußten.

Sie war jedoch ziemlich erleichtert, als ihr Vater ihr sagte, daß er Mallum von der Station Telgar gebeten hatte, ihr Prüfer zu sein. Wenigstens hatte Tenna den Mann bei den Gelegenheiten gesehen, wenn ihn sein Weg durch ihre Station am Rand der Ebenen von Keroon geführt hatte. Er war, wie andere Läufer, ein langer, schlaksiger Mann mit langem Gesicht und grauem Haar, das er mit einem Schweißband nach hinten band wie die meisten Läufer.

Ihre Eltern sagten ihr nicht, wann Mallum erwartet wurde, aber eines schönen Morgens stand er da, übergab einen Beutel, der am Brett an der Tür aufgehängt wurde, und hinkte zum erstbesten Stuhl.

»Hab mir die Ferse gestoßen. Wir müssen den Südweg wieder von Steinen befreien. Ich schwöre, nach ein oder zwei Planetenumläufen sind sie wieder nachgewachsen«, sagte er, wischte sich mit dem orangefarbenen Schweißband die Stirn ab und dankte Tenna für den Becher Wasser. »Cesila, hast du deinen wahrhaft wunderbaren Breiumschlag parat?«

»Habe ich. Ich habe den Kessel in dem Moment aufgestellt, als ich sah, wie du dich den Weg heraufgequält hast.«

»Ich habe mich nicht gequält«, leugnete Mallum jovial. »Ich habe nur darauf geachtet, nicht mit der Ferse aufzutreten.«

»Versuch nicht, mich zum Narren zu halten, du lahmer Gimper«, antwortete Cesila, während sie einen Breisack in das warme Wasser tauchte und die Temperatur mit dem Finger prüfte.

»Wer läuft von hier weiter? Ein paar Befehle in dem Beutel müssen schnellstens nach Süden.«

»Ich übernehme das«, sagte Fedri, der aus seinem Zimmer kam und sein Schweißband anlegte. »Wie dringend?« Den Läufergürtel hatte er über der Schulter hängen. »Ich habe noch andere vom frühen Lauf nach Osten.«

»Hmmm. Sie sollten zur Zusammenkunft auf Igen da sein.«

»Ha! Sie werden rechtzeitig dort sein«, sagte Fedri, griff nach dem Beutel und sortierte aufmerksam andere Botschaften hinein, ehe er ihn durch die Gürtelschlaufen zog. Er schob ihn mit einer Hand auf den Rücken und notierte mit Kreide den Zeitpunkt der Übernahme. »Auf bald.«

Dann war er zur Tür hinaus, wandte sich nach Süden und verfiel in den raumgreifenden Schritt, sobald seine Füße das Moos des Pfads berührten.

Tenna, die wußte, was benötigt wurde, hatte Mallum schon einen Fußschemel gebracht. Sie sah Erlaubnis heischend zu ihm hoch, löste nach seinem Nicken den rechten Schnürsenkel und fühlte die feine Qualität des Leders. Mallum machte seine Schuhe selbst und hatte die Stiche sauber und eng genäht.

Cesila kniete neben ihrer Tochter und beugte den Kopf, um sich die Schwellung anzusehen.

»Hmmm. Ist schon früh passiert, was?«

»Stimmt«, sagte Mallum und sog zischend Luft ein, als Cesila den Breiumschlag auflegte. »Oooooh! Scherben ... du hast ihn doch nicht zu heiß gemacht, oder?«

Cesila schniefte verneinend als Antwort, während sie das Päckchen fein säuberlich und straff an seinem Fuß festzog.

»Und ist dies dein Mädchen, das zu einem Lauf mitgenommen werden soll?« fragte er, und sein Gesicht, das er zu einer Grimasse verzogen hatte, als der Umschlag aufgelegt worden war, entspannte sich wieder. »Die hübscheste der Bande.« Und er grinste Tenna an.

»Schön ist, wer Schönes tut«, sagte Cesila. »Aussehen ist schön und gut, aber lange Beine sind besser. Ihr Name ist Tenna.«

»Kann nicht schaden, hübsch zu sein, und es ist nicht zu übersehen, daß deine Tochter nach dir kommt.«

Cesila schniefte wieder, aber Tenna konnte sehen, daß Cesila keinen Anstoß an Mallums Worten nahm. Und Cesila war eine schöne Frau: noch rank und schlank, mit anmutigen Händen und Füßen. Tenna wünschte sich, sie wäre mehr wie ihre Mutter.

»Hübsche lange Beine«, fuhr Mallum anerkennend fort. Er winkte Tenna näher zu sich und begutachtete die kräftigen Muskeln, dann bat er sie, ihm die bloßen Füße zu zeigen. Läufer hatten die Angewohnheit, oft barfuß zu gehen. Manche liefen sogar barfuß. »Gute Knochen. Hmm. Netter, schlanker Körper. Hmm. An dir ist kein Fleisch, Mädchen. Ich hoffe, damit kannst du im Winter warm genug bleiben.« Das war ein Läuferspruch mit langem Bart, aber Mallums Fröhlichkeit war ermutigend, und Tenna war froh, daß er ihr Prüfer war. Er war bei seinen kurzen Aufenthalten in Station 97 immer freundlich. »Wir laufen morgen ein kurzes Stück, wenn es meinem Fuß bessergeht.«

Weitere Läufer trafen ein, daher waren Cesila und Tenna beschäftigt, nahmen Nachrichten entgegen, sortierten Päckchen für den Wechsel, servierten Essen, machten Wasser für Bäder warm und versorgten zerkratzte Beine. Es war der Frühling des Jahres, und die meisten Läufer trugen nur in den kältesten Monaten lange Hosen.

Es blieben genug über Nacht, daher gab es Stoff zum Plaudern und Klatschen. Was Tenna davon abhielt, sich Gedanken zu machen, ob sie ihren Prüfer am Morgen zufriedenstellen würde.

Eine Läuferin auf dem Weg nach Norden war spät in der Nacht mit Nachrichten eingetroffen, die auf einer östlichen Route weitergegeben werden mußten. Da die Schwellung seiner Ferse weitgehend zurückgegangen war, dachte Mallum, daß er sie mitnehmen konnte.

»Es ist eine gute Teststrecke«, sagte er und gab Tenna ein Zeichen, daß sie den Kurierbeutel an ihrem Gürtel befestigen sollte. »Ich reise unbeschwert, Mädchen.« Sein Grinsen war spöttisch, denn der Beutel wog kaum mehr als die Wherhaut, aus der er gemacht war. »Laß mich zuerst sehen, was du an den Füßen trägst.«

Sie zeigte ihm ihre Schuhe, den wichtigsten Teil der Ausrüstung einer Läuferin. Sie hatte das spezielle Öl ihrer Familie benutzt, um die Wherhaut geschmeidig zu machen, und sie dann an dem Leisten geformt, den ihr Onkel, der für ihre Familie die Schuhe anfertigte, nach ihren Füßen geschnitzt hatte. Ihre Stiche waren ordentlich, aber nicht so exakt wie die von Mallum. Sie hatte vor, noch besser zu werden. Aber dieses Paar war keine schlechte Arbeit und paßte wie angegossen an ihre Füße. Die Spikes waren mittellang, den momentanen trockenen Bedingungen der Wege angemessen. Die meisten Langstreckenläufer hatten ein zusätzliches Paar mit kürzeren Spikes für härteren Boden dabei, besonders im Frühling und Sommer. Sie arbeitete gerade an ihrer Winterfußbekleidung und hoffte, sie würde sie auch brauchen, denn diese Schuhe reichten bis halb an die Wade und machten viel mehr Arbeit. Aber sie waren viel leichter als die

Schuhe, die normale Bürger trugen. Aber die meisten Bürger gingen auch recht schwerfällig, und das dickere Leder war so angemessen für ihre Ansprüche, wie es das feine, weiche Leder für die Füße der Läufer war.

Mallum nickte anerkennend, als er ihr die Schuhe zurückgab. Dann überprüfte er den Sitz ihres Gürtels und vergewisserte sich, daß er fest genug war und nicht an ihrem Rücken reiben würde, wenn sie lief, und er vergewisserte sich, daß ihre kurzen Hosen nicht an den Beinen scheuerten und ihre ärmellose Bluse den Rücken bis weit unter der Taille bedeckte, damit sie sich die Nieren nicht unterkühlte. Wenn man häufig Pausen machen mußte, um sich zu erleichtern, ruinierte das den Rhythmus eines Laufes.

»Wir gehen jetzt«, sagte Mallum, nachdem er sich vergewissert hatte, daß sie bestens gerüstet war.

Cesila stand an der Tür, nickte ihrer Tochter aufmunternd zu und verabschiedete sie am Weg nach Osten. Bevor sie ganz verschwunden waren, stieß sie den eigentümlichen Jodler der Läufer aus, der die beiden veranlaßte, wie angewurzelt stehenzubleiben. Sie sahen, wie sie himmelwärts zeigte: eine Pfeilformation von Drachen am Himmel - heutzutage, wo man die Drachen von Benden-Weyr so selten zu sehen bekam, ein ungewöhnlicher Anblick.

Drachen am Himmel zu sehen, das war das beste Omen. Sie waren da ... und dann nicht mehr! Sie lächelte. Zu dumm, daß Läufer sich nicht einfach an ihren Zielort *denken* konnten, so wie Drachen. Mallum grinste sie ebenfalls an, als hätte er ihre Gedanken gelesen, dann drehte er sich in die Richtung um, die sie eingeschlagen hatten, und Tennas Nervosität war wie weggeblasen. Als er wieder losspurtete, lief sie nach dem dritten Schritt im Einklang mit ihm. Wieder nickte er anerkennend.

»Laufen bedeutet nicht nur, die Fersen zu heben und sie denen hinter dir zu zeigen«, sagte Mallum, der den Weg nicht aus den Augen ließ, auch wenn er ihn so gut kennen mußte wie Tenna. »Ein großer Teil des richtigen Laufens besteht darin, den Rhythmus für dich selbst und deine Schritte zu finden. Und die Oberflächen der Wege zu kennen, die du zurücklegen mußt. Wissen, wie du mit deinen Kräften haushalten mußt, damit du die längeren Strecken durchhalten kannst. Die Routen der verschiedenen Überquerungen zu lernen, und in welchem Wetter du laufen mußt ... und zu lernen, wie man auf den nördlichen Rundstrecken auf Schneeläufern manövriert. Und, am wichtigsten, wann man einfach Unterschlupf suchen muß, damit man in Sicherheit ist, während das Wetter mit der Welt macht, was es will. Damit die Nachrichten und Päckchen, die du überbringst, so bald wie möglich ankommen.«

Sie hatte mit einem zustimmenden Nicken geantwortet. Nicht, daß sie denselben Vortrag nicht immer wieder von jedem Verwandten und Läufer in der Station gehört hätte. Aber diesmal galt er nur ihr, und sie schuldete Mallum die Höflichkeit, genau zuzuhören. Dennoch beobachtete sie Mallums Gangart und vergewisserte sich, daß ihm seine Ferse nicht zu schaffen machte. Er bemerkte ihren Blick einmal und schenkte ihr ein Grinsen.

»Achte darauf, daß du auf langen Strecken immer etwas von diesem Breiumschlag dabei hast, Mädchen. Man kann nie wissen, wann man ihn brauchen kann. So wie ich gerade.« Und er verzog das Gesicht und erinnerte Tenna daran, daß selbst der beste Läufer einmal den Fuß falsch setzen kann.

Kein Läufer hatte viel bei sich, aber das lange orangerote Schweißband konnte benutzt werden, um einen Stützverband um eine Zerrung oder Verstauchung zu wickeln. Ein geöltes Bündel, nicht größer als eine Handfläche, enthielt ein in Taubkraut getränktes Tuch, mit dem man die Kratzer reinigen konnte, die man sich von Zeit zu Zeit holte. Einfache Heilmittel für die häufigsten Probleme. Ein Breiumschlag konnte der Reiseausrüstung hinzugefügt werden, und dieses zusätzliche Gewicht konnte durchaus der Mühe wert sein.

Tenna hatte keine Probleme, die Strecke mit Mallum zurückzulegen, selbst als er auf dem flachen Abschnitt mehr Tempo vorgab.

»Mit einem hübschen Mädchen zu laufen ist nicht schwer«, sagte er zu ihr, als sie eine kurze Pause machten.

Sie wünschte sich, er würde nicht immer wieder ihr Aussehen betonen. Es würde ihr nicht dabei helfen, besser zu laufen oder das zu werden, was sie werden wollte: eine der besten Läuferinnen.

Als sie zur Mittagszeit Irmas Station erreichten, atmete sie nicht einmal besonders schwer. Aber in dem Moment, als Mallum langsamer machte und die Ferse mit seinem ganzen Gewicht belastete, hinkte er leicht.

»Hmm. Nun, ich kann den Tag hier mit einem weiteren Breiumschlag ausharren«, sagte er und zog einen kleinen Beutel aus einer der Taschen an seinem Gürtel. »Siehst du«, sagte er und zeigte ihn Tenna, »ganz handlich.«

Sie klopfte auf ihre Ausrüstungstasche und lächelte.

Die alte Irma kam heraus und grinste über ihr ganzes sonnengebräuntes Gesicht.

»Wird sie's packen, Mallum?« fragte die alte Frau und gab beiden einen Becher.

»Oh, aye, sie wird's packen. Dank ihrer Herkunft, und es ist keine Plage, mit ihr zu laufen!« sagte Mallum mit einem Funkeln in den Augen.

»Ich bestehe, Mallum, oder nicht?« fragte Tenna, die eine direkte Antwort brauchte.

»Oh, aye«, und er lachte, lief herum und schüttelte die Beine aus, um sie zu entkrampfen, genau wie sie. »Mach dir deshalb keine Sorgen. Hast du heißes Wasser für meinen Umschlag, Irm?«

»Kommt sofort.« Sie duckte sich wieder in ihr Stationsgebäude und kam mit einer Schüssel dampfenden Wassers heraus, die sie auf die lange Bank stellte, die zum festen Inventar jeder Station gehörte. Der Überhang des Daches bot Schutz vor Sonne und Regen. Die Lieblingsbeschäftigung der meisten Läufer bestand darin, die Pfade zu beobachten, um zu sehen, wer kam und ging. Die lange Bank, deren Oberfläche Generationen von Hintern, die darauf herumgerutscht waren, glattgeschliffen hatten, stand so, daß sie guten Ausblick auf alle vier Wege bot, die sich bei Irmas Station kreuzten.

Automatisch zog Tenna einen Fußschemel unter der Bank hervor und streckte die Hand aus, um Mallums rechten Fuß zu nehmen. Sie öffnete den Schuh und preßte den durchnäßten Umschlag auf die Schwellung, während Irma ihr eine Binde gab, um ihn zu befestigen, und sich dabei die Verletzung selbst genau ansah.

»'n Tag wird genügen. Hättest heute morgen aufs Laufen verzichten sollen.«

»Nicht, wo ich die Möglichkeit hatte, mit so einem hübschen Mädchen zu laufen«, sagte Mallum.

»Typisch Mann«, sagte Irma wegwerfend.

Tenna spürte, wie sie errötete, auch wenn sie allmählich glaubte, daß er sie nicht nur aufziehen wollte. Bisher hatte noch niemand Bemerkungen über ihr Aussehen gemacht.

»Es war keine anstrengende Strecke, Irma. Der Weg ist fast ausschließlich eben und hat eine gute Oberfläche«, sagte sie und grinste Mallum schüchtern an, während sie versuchte, Irmas Kritik die Spitze zu nehmen.

»Pah! Nun, ein Lauf am Berg wäre auch regelrecht töricht gewesen, und auf diesem Weg ist es flach.«

»Was für Tenna da, das sie mit zurücknehmen kann«, fragte Mallum, »auf ihrer ersten Rundreise als Läuferin?«

»Soll wohl sein«, sagte Irma und blinzelte Tenna nach dieser formlosen Aufnahme in die Ränge der Läufer von Pern zu. »Du kannst jetzt was essen ... Suppe ist fertig, Brot auch.«

»Könnte selbst auch was vertragen«, sagte Mallum und veränderte vorsichtig seine Haltung, als wollte er die Wärme des Umschlags reduzieren, da sie wahrscheinlich sogar durch seine abgehärtete Fußsohle drang.

Bis Tenna die leichte Mahlzeit zu sich genommen hatte, waren zwei Läufer eingetroffen: ein Mann, den sie nicht vom Sehen kannte, auf dem langen Weg von Bitra mit einem Beutel, der noch weiter nach Westen mußte; und einer von Irmas Söhnen.

»Ich kann es zur Siebenundneunzig bringen«, sagte sie unter Verwendung der offiziellen Bezeichnung der Station ihrer Familie.

»Das wird genügen«, sagte der Mann keuchend und schwer atmend nach dem langen Lauf. »Das wird vollauf genügen.« Er rang keuchend nach Luft. »Es ist dringend«, brachte er heraus. »Wie heißt du?«

»Tenna.«

»Eine ... von ... Fedris?« fragte er, worauf sie nickte. Das soll ... mir recht sein. Bist du bereit ... dich auf den Weg zu machen?«

»Klar.« Sie streckte die Hand nach dem Beutel aus, den er von seinem Gürtel löste, und er notierte nur die Übergabezeit, bevor er ihn ihrer Obhut übergab. »Du bist?« fragte sie, befestigte den Beutel an ihrem Gürtel und schob ihn auf den Rücken.

»Masso«, sagte er und griff nach dem Becher Wasser, den Irma ihm rasch gebracht hatte. Er lotste sie zum Weg nach Westen. Mit einem letzten dankbaren Abschiedsgruß an Mallum setzte sie sich in Bewegung, während Mallum sie mit dem traditionellen »Jo-ho« der Läufer anfeuerte.

Sie schaffte es in weniger Zeit nach Hause, als sie auf dem Hinweg zu Irmas Station gebraucht hatte, und einer ihrer Brüder war da, um den Beutel den nächsten Streckenabschnitt nach Westen zu befördern. Silan nickte anerkennend, als er die Übergabezeit notierte, quittierte den Empfang und lief los.

»So, Mädchen, jetzt gehörst du offiziell dazu«, sagte ihre Mutter und umarmte sie. »Und es war völlig überflüssig, daß du dir Sorgen gemacht hast, nicht wahr?«

»Laufen ist nicht immer so einfach«, sagte ihr Vater von der Bank, »aber du bist eine gute Zeit gelaufen, und das ist ein großartiger Anfang. Ich hatte dich nicht vor Mitte des Nachmittags zurück erwartet.«

Tenna legte in jenem ersten Sommer und bis in den Winter hinein alle Kurzstrecken rund um Station 97 zurück, baute Kondition für die längeren Strecken auf und machte sich in allen umliegenden Stationen einen Namen. Ihre längste Strecke war bis Greystone an der Küste, das sie kurz vor einem schlimmen Schneesturm erreichte. Weil sie die einzige verfügbare Läuferin in Station 18 war, als der erschöpfte Überbringer einer dringenden Nachricht eintraf, mußte sie diese Nachricht zwei Stationen weiter nach Norden bringen. Ein Fischereiboot würde verspätet im Hafen einlaufen, weil ein neuer Mast aufgerichtet werden mußte. Da das Schiff überfällig war, würden viele sehnsüchtig auf die Nachricht warten.

Solche Notfallmeldungen hätten getrommelt werden sollen, aber der starke Wind würde eine solche Botschaft bis zur Sinnlosigkeit entstellen. Es war ein anstrengender Lauf, Kälte und Wind und Schnee auf dem größten Teil des tiefliegenden Weges. Sie bezwang ihre Ungeduld und suchte eine Stunde Unterschlupf in einem der Sporenbunker, die einen Pfad säumten. Sie schaffte die gesamte Strecke unter den gegebenen Bedingungen in einer so guten Zeit, daß sie zusätzliche Stiche an ihrem Gürtel bekam, was ihren Aufstieg in den Rang einer Reisenden einleitete.

Dieser Lauf zur Burg Fort bedeutete zwei weitere Stiche an ihrem Gürtel, wenn sie eine gute Zeit schaffte. Und sie war sicher, daß sie die schaffen würde ... mit der tröstlichen Gewißheit, die man den älteren Läufern zufolge verspürte, wenn man die Wege eine Zeitlang bereist hatte. Sie war inzwischen auch daran gewöhnt, am Gefühl in ihren Beinen abzuschätzen, wie weit sie gelaufen war. Sie spürte nichts von der Bleischwere in ihren Gliedern, die mit wahrer Erschöpfung einherging, und sie lief immer noch mühelos. Sie wußte, wenn sie keinen Krampf in einem Bein bekam, konnte sie bei diesem Tempo mühelos durchhalten, bis sie Station 300 in Fort erreichte. Krämpfe waren immer eine Gefahr und konnten einen unvorbereitet überfallen. Sie achtete geflissentlich darauf, einen Vorrat an Tabletten bereitzuhalten, die Läufer nahmen, um Krämpfen vorzubeugen. Und sie zögerte auch nicht, eine Handvoll Heilkräuter zu pflücken, die gegen das Übel helfen konnten, wenn sie welche sah.

Sie durfte ihre Gedanken eigentlich nicht auf diese Weise abschweifen lassen, aber aufgrund des problemlosen Laufs und der angenehmen Nacht für die Reise fiel es ihr schwer, sich auf die Arbeit zu konzentrieren. Sollten Komplikationen wie schlechtes Wetter oder unzureichendes Licht auftreten, wäre sie klug genug, sich auf die Strecke zu konzentrieren. Darüber hinaus war dies so vielbereistes Gelände, daß keine Gefahren wie Tunnelschlangen drohten, das schlimmste Risiko, dem Läufer begegneten – für gewöhnlich in der Morgen- oder Abenddämmerung, wenn die Tiere auf die Jagd gingen. Natürlich waren Renegaten, die nicht so verbreitet wie Tunnelschlangen waren, um einiges gefährlicher, da sie Menschen waren, keine Tiere, obwohl die Meinungen in dieser Frage häufig auseinandergingen. Da Läufer selten Geld bei sich trugen, wurden sie nicht so häufig von Wegelagerern überfallen wie Boten auf Lauftieren oder andere einsame Wanderer. Tenna hatte noch nie von Überfällen der Renegaten so weit westlich gehört, aber manchmal waren diese Leute so gemein, daß sie sich allein aus Groll und Mißgunst einen Läufer schnappten. In den vergangenen drei Planetenumläufen waren zwei Fälle vorgekommen - im Norden, bei Lemos und Bitra -, wo Läufern aus reiner Bösartigkeit die Kniesehnen durchschnitten worden waren.

Dann und wann, in besonders strengen Wintern, konnte es vorkommen, daß ein Schwarm hungriger Whers einen Läufer im freien Gelände angriff, aber Beispiele dafür waren selten. Schlangen waren die häufigste Gefahr, besonders im Mittsommer, wenn es frisch geschlüpfte Brut gab.

Ihr Vater war vor zwei Sommern dieser Gefahr zum Opfer gefallen. Er war erstaunt gewesen, wie schnell sich eine ausgewachsene Tunnelschlange bewegen konnte, wenn sie aufgeschreckt wurde. Es waren überwiegend träge Geschöpfe, nur der Hunger machte sie schnell. Aber er war mitten in ein ungünstig gelegenes Nest getreten, und die jungen Schlangen waren an seinen Beinen hinaufgeschwärmt, hatten an zahllosen Stellen in die Haut gebissen und waren bis in den Schritt hinaufgelangt. (Ihre Mutter hatte ein Kichern unterdrückt und gesagt, daß mehr als nur der Stolz von Tennas Vater verletzt worden wäre.) Aber er hatte auch Narben von Krallen und Zähnen, die er vorzeigen konnte.

In Mondscheinnächten wie dieser, wenn die Luft so kühl war, daß sie den Schweiß auf Gesicht und Brust trocknete, und der Weg federnd und frei vor ihr lag, machte es Spaß, zu laufen. Und sie mußte ihren Gedanken keine Zügel anlegen.

Kurz nachdem sie ihr Ziel erreicht hatte, würde eine Zusammenkunft stattfinden; sie wußte, sie beförderte einige Anweisungen für Handwerksleute, die in Fort ausstellten. Die Beutel, die zu einer Zusammenkunft gebracht oder von dort geholt wurden, waren unweigerlich umfangreicher - Bestellungen von denen, die nicht selbst erscheinen konnten und einen Handwerksmeister benachrichtigen wollten. Wenn sie Glück hatte, konnte sie vielleicht bis zur Zusammenkunft dort bleiben. Sie war lange nicht mehr bei einer gewesen und wollte fein gegerbtes Leder für ein paar neue Laufschuhe finden. Sie hatte genug Geld auf der hohen Kante, daß sie einen angemessenen Preis für die richtigen Häute zahlen konnte: Sie hatte in die Bücher gesehen, die ihre Mutter über ihre Läufe führte. Die meisten Hallen waren gern bereit, die Quittung einer Läuferstation anzunehmen. Sie hatte eine in einer Gürteltasche. Wenn sie genau die richtigen Häute fand, hatte sie sogar noch etwas Spielraum zum Feilschen, über oder unter dem Nennwert der Quittung.

Außerdem würde eine Zusammenkunft Spaß machen. Sie tanzte gerne und war besonders gut im Wurftanz, wenn sie einen geeigneten Partner finden konnte. Fort war eine gute Burg. Und die Musik würde ganz besonders sein, da die Harfnerhalle genau in Fort lag.

Sie lief weiter, während ihr Harfenmelodien durch den Kopf gingen, auch wenn sie nicht genug Luft hatte, um sie zu singen.

Sie lief jetzt in einer langen Kurve, um ein Felsmassiv herum – die meisten Wege waren so gerade wie möglich –, und konzentrierte sich wieder auf ihre Richtung. Unmittelbar nach der Kurve würde ein Pfad nach rechts abbiegen, landeinwärts, Richtung Fort. Jetzt mußte sie aufpassen, damit sie nicht ihren Rhythmus unterbrechen und umkehren mußte.

Plötzlich konnte sie Vibrationen unter den Füßen spüren, aber nichts hinter der Vegetation in der Kurvenböschung erkennen. Als sie genauer hinhörte, konnte sie ein seltames *Huff-huff*-Geräusch hören, das näher kam und lauter wurde. Das Geräusch reichte als Warnung gerade aus, daß sie nach links auswich, von der Mitte des Weges weg, wo sie ein bißchen besser sehen konnte, was das Geräusch und die Vibrationen verursachte. Dies war ein Läuferweg, keine Straße. Kein Läufer machte solche Geräusche oder trat fest genug auf, solche Vibrationen zu erzeugen. Sie sah die dunkle Masse, die auf sie zugerast kam, und warf sich ins Unterholz, als Lauftier und Reiter sie nur um einen Fingerbreit verfehlten. Sie konnte den Luftzug spüren, als sie vorbeirasten, und den Schweiß des Tiers riechen.

»Blödmann!« rief sie ihnen nach, bekam Zweige und Blätter in den Mund, als sie fiel, und spürte Stiche wie von Nadeln in den Händen, die sie ausstreckte, um ihren Fall zu bremsen. Die nächste Minute verbrachte sie damit, bittere Blätter und Zweige auszuspucken. Sie hinterließen einen beißenden, austrocknenden Geschmack: Stichlingsbusch! Sie war in eine Hecke Stich-

lingsbusch gestürzt. Um diese Zeit des Planetenumlaufs hatten sie noch keine Blätter, um die haarfeinen Dornen zu verbergen, die Zweige und Äste überzogen. Ein Ärgernis, das ihr Geschenk saftiger Beeren im Herbst wieder wettmachte.

Und der Reiter bremste nicht oder hielt gar an, wo er doch zumindest hätte zu ihr zurückkehren und sich vergewissern müssen, daß sie nicht verletzt worden war. Er hatte sie doch bestimmt gesehen? Er mußte einfach ihren wütenden Aufschrei gehört haben. Und was hatte er überhaupt auf einem Läuferweg verloren? Es gab im Norden eine gute Straße für gewöhnliche Reisende.

»Dich krieg ich!« schrie sie ihm hinterher und schüttelte hilflos die Faust.

Sie zitterte unkontrolliert, als sie sich klarmachte, wie knapp sie einem Zusammenstoß entgangen war. Dann wurden ihr schmerzhaft die Kratzer an Händen, Armen, Beinen, Brust und Wange bewußt. Sie stampfte vor Wut mit dem Fuß auf, holte das Taubgras aus der Gürteltasche, tupfte die Verletzungen ab und zischte, als die Tinktur in den Wunden brannte. Sie wollte nicht, daß das Harz in ihre Blutbahn geriet. Genausowenig wollte sie, daß die Splitter tiefer eindrangen. Es gelang ihr, diejenigen aus den Händen zu entfernen, und sie tupfte die Wunden mit dem Taubgras ab. Sie konnte das Ausmaß ihrer Verletzungen nicht richtig abschätzen, weil sich einige auf der Rückseite ihrer Arme befanden. Sie zog alle Splitter heraus, die sie finden konnte, und drückte den Bausch vorsichtig auf die entsprechenden Stellen, bis die ganze Lösung aufgesogen war. Auch wenn sie einer Infektion vorgebeugt hatte, würde sie den Spott über ihren Sturz ertragen müssen, wenn sie zur Station kam. Läufer sollten auf den Füßen bleiben, und im Gleichgewicht. Nicht, daß ein Reiter etwas auf dem Weg zu suchen gehabt hätte. Gewiß würde ihr auch das helfen, die Identität des Reiters herauszufinden, davon abgesehen, daß er dreist genug war, auf einem Laufweg zu reiten. Und wenn sie nicht lange genug dort war, um ihm eine dicke Lippe zu verpassen, würde ihm vielleicht ein anderer Läufer an ihrer Statt die Lektion erteilen. Läufer scheuten nicht davor zurück, sich bei Burgherren oder ihren Haushofmeistern zu beschweren, wenn jemand ihre Rechte verletzte.

Nachdem sie getan hatte, was sie konnte, unterdrückte sie ihre Wut: Die brachte den Beutel nicht an seinen Zielort. Und sie durfte nicht zulassen, daß ihre Wut ihren gesunden Menschenverstand überwand. Ihr Beinahe-Zusammenstoß war noch relativ glimpflich verlaufen, sagte sie sich nachdrücklich. Was waren schon ein paar Kratzer! Aber es fiel ihr schwer, wieder Tritt zu fassen. Sie war so locker gelaufen, und obendrein war dieser Abschnitt fast zu Ende gewesen.

Sie hätte tot sein können, wenn sie bei der Geschwindigkeit, die sie beide gehabt hatten, mit dem Lauftier zusammengestoßen wäre. Wenn sie nicht die Umsicht besessen hätte, die Mitte des Weges zu verlassen ... wo von Rechts wegen ihr Platz war, nicht seiner ... wenn sie den Hufschlag nicht durch ihre Schuhe gespürt und den keuchenden Atem des Tiers gehört hätte ... Nun, beide Nachrichtenbündel hätten aufgehalten werden können! Oder verlorengehen.

Ihre Beine fühlten sich schwer an, und sie mußte sich darauf konzentrieren, wieder ihren Rhythmus zu finden. Widerwillig sah sie ein, daß ihr das wahrscheinlich nicht gelingen würde, und begnügte sich damit, ihre Energiereserven zu schonen.

Ins Ende der Nacht zu laufen, die Dämmerung hinter sich, war nicht das Vergnügen, das es hätte sein können, und das ärgerte Tenna noch mehr. Wenn sie erst herausfand, wer dieser Reiter war! Sie würde ihm schön Bescheid sagen. Auch wenn gesunder Menschenverstand ihr sagte, daß sie den Mann kaum wiedersehen würde. Er war nach außen unterwegs, sie nach innen. Wenn er es so eilig hatte, konnte er ein Postenreiter und zu einem weit entfernten Ziel unterwegs sein. Burgherren konnten sich solche Dienste und die Stallhaltung der großen Lauftiere leisten. Aber er hätte nicht auf einem Laufweg unterwegs sein dürfen. Es gab Straßen für Tiere! Hufe konnten die Oberfläche des Pfads aufreißen, und der Stationsleiter mußte Stunden darauf verwenden, Rasenstücke zu ersetzen, die Hufe herausgerissen hatten. Sie hoffte nur, andere Läufer auf dem Weg würden ihn rechtzeitig hören! *Das ist ein Grund, warum man sich auf seinen Lauf konzentriert, Tenna.* Auch wenn du keinen Grund zu der Annahme hattest, du warst nicht allein mit der Nacht und dem Mond auf einem Laufweg.

Die Läuferstation lag dicht unterhalb des Haupteingangs der Burg Fort. Den Geschichtsbüchern zufolge hatten die Läufer in Fort vor Hunderten und Aberhunderten Planetenumläufen als Boten für kurze Strecken den Anfang gemacht, noch ehe die Trommeltürme erbaut worden waren. Burg Fort hatte die Fähigkeiten der Läufer für viele Aufgaben eingesetzt, besonders während des Sporenregens, als Läufer sämtliche Bodenmannschaften begleitet hatten und in Notfällen als Kuriere unersetzlich gewesen waren. Der Bau der Trommeltürme und die Züchtung der Lauftiere hatten dem Bedarf Perns an Läufern kein Ende bereitet. Diese Hauptverbindungsstation war die größte, die jemals gebaut worden war, nur um Läufer unterzubringen und zu versorgen. Drei Stockwerke hoch, hatte man Tenna gesagt, und mehrere in die Felswand der Burg hinein. Außerdem besaß sie eine der besten Badeanlagen des gesamten Kontinents: fließend heißes Wasser in tiefen Wannen, die jahrhundertelang Schmerzen und Krämpfe von Läufern gelindert hatten. Cesila hatte Tenna mit allem Nachdruck empfohlen, Fort einen Besuch abzustatten, sollte sie so weit nach Westen kommen. Und nun war sie da und nur zu bereit, die Einrichtungen schätzen zu lernen.

Sie war sehr müde und nicht nur außer Tritt, vielmehr tat ihr jeder Schritt die breite Straße hinab weh, die zu ihrem Ziel führte. Ihre Hände brannten von dem Harz, und sie hoffte, daß sie keine Splitter mehr darin hatte. Aber Hände waren noch lange keine Füße.

Tierhalter, die früh aufgestanden waren, um das Vieh zu füttern, winkten ihr fröhlich zu und lächelten, und ihre Freundlichkeit stellte Tennas gute Laune teilweise wieder her. Sie wollte, wenn sie schon zerkratzt war, nicht auch noch verdrießlich hier eintreffen, nicht bei ihrem ersten Besuch.

Es war fast, als hätte der Stationsleiter einen sechsten Sinn für ankommende Läufer, denn die Doppeltür wurde bereits aufgerissen, als sie keuchend und abrupt zum Stehen kam und die Hand hob, um am Glockenstrang zu ziehen.

»Dachte mir doch, daß ich jemanden kommen gehört habe.« Der Mann grinste zur Begrüßung und streckte beide Hände aus, um sie zu stützen. Er war einer der ältesten Männer, die sie je gesehen hatte: Seine Haut war ein Netz aus Falten und Runzeln, aber seine Augen waren klar – für diese Stunde –, und er schien ein fröhlicher Mensch zu sein. »Und eine Neue obendrein, auch wenn du mir gar nicht so unbekannt vorkommst. Ein hübsches Gesicht ist ein großartiger Anblick an einem schönen Morgen.«

Tenna holte genug Luft, um ihren Namen zu sagen, und betrat die große Eingangshalle. Sie löste den Kurierbeutel, während sie die Anspannung in den Beinmuskeln lockerte.

»Tenna über Zwei-Null-Acht mit Botschaften aus dem Osten. Alle sind für Fort bestimmt.«

»Willkommen in Dreihundert, Tenna«, sagte er und notierte mit Kreide sofort ihre Ankunftszeit auf der schweren, alten Tafel neben der Tür. »Alle für hier, ja?« Er gab ihr einen Becher, ehe er den Beutel öffnete, um den Inhalt zu überprüfen.

Mit dem Becher in der Hand ging sie wieder hinaus, während sie immer noch die Beine schüttelte, um die Muskeln zu lockern. Zuerst spülte sie den Mund aus und spie den ersten Schluck auf das Kopfsteinpflaster. Dann trank sie, um zu schlucken. Und es war nicht nur Wasser, sondern ein erfrischendes Getränk, das die trockenen Schleimhäute belebte.

»Siehst ein bißchen zu schlecht aus für einen normalen Lauf«, sagte der Mann, der an der Tür stand und auf die Blutflecken auf ihrer bloßen Haut zeigte. »In was bist du reingelaufen?«

»Stichlingsbusch«, sagte sie mit zusammengepreßten Zähnen. »Ein Lauftier hat mich an der Hügelkurve abgedrängt ... ist auf einem *Laufweg* unterwegs gewesen, dabei muß der Reiter gewußt haben, daß er das nicht darf.« Sie staunte über die Wut in ihrer Stimme, weil sie doch ganz sachlich hatte klingen wollen.

»Das ist wahrscheinlich Haligon gewesen«, sagte der Stationsmeister und nickte mit mißbilligend gerunzelter Stirn. »Ich hab ihn vor einer Stunde oder so runter zur Tierstallung laufen sehen. Ich habe ihn persönlich davor gewarnt, die Wege zu benutzen, aber er sagte, er spart dabei eine halbe Stunde, und außerdem führt er ein Ex-pe-ri-ment durch.«

»Er hätte mich umbringen können«, sagte sie, und jetzt war sie richtig wütend.

»Das solltest du ihm sagen. Vielleicht gelingt es einer hübschen Läuferin, durch seinen Dickschädel zu dringen, denn dem einen oder anderen kräftigen Schlag ist es nicht gelungen.«

Seine Reaktion gab Tenna das Gefühl, daß ihre Wut berechtigt war. Wütend zu sein ist gut und schön, aber es ist viel besser, bestätigt zu bekommen, daß man ein Recht hat, wütend zu sein. Sie fühlte sich versöhnt. Auch wenn sie nicht einsehen konnte, warum es einen Vorteil bedeutete, hübsch zu sein, wenn man jemandem eine reinhauen wollte. Sie konnte so fest zuschlagen wie der häßlichste Läufer, dem sie je begegnet war.

»Du brauchst ein ausgiebiges Bad, wenn du Stichlingsbuschdornen in dir hast. Du hast doch etwas dabeigehabt, um die Wunden gleich zu versorgen, oder nicht?« Als sie ein wenig ärgerlich nickte, weil er anzunehmen schien, sie hätte dafür nicht genug Verstand, fügte er hinzu: »Ich kann dir meine Frau schicken, damit sie sich deine Verletzungen ansieht. Falsche Zeit des Planetenumlaufs, um in Stichlingsbusch zu fallen, weißt du.« Sie nickte heftig mit dem Kopf. »Alles in allem hast du eine gute Zeit von Zwei-Null-Acht hierher geschafft«, fügte er anerkennend hinzu. »Das gefällt mir bei einer jungen Läuferin. Zeigt, daß du nicht nur 'n hübsches Gesicht hast. Jetzt geh die Treppe rauf, erste rechts, den Flur entlang, vierte Tür links. Sonst ist niemand oben. Handtücher sind auf den Regalen. Laß deine Kleider da, bis zum Abend werden sie gewaschen und getrocknet sein. Du möchtest nach dem Nachtlauf sicher gut essen und dann lange schlafen. Wir können dir beides bieten, Läuferin.«

Sie dankte ihm, ging zur Treppe und versuchte, die Holzklötze, zu denen ihre Füße geworden waren, die Stufen hinaufzuschleppen. Sie schleifte die Zehen beim Gehen nach und war dankbar für den Teppich, der die Holztreppe vor ihren Spikes schützte. Aber andererseits war dies ein Haus für Läufer, mit Schuhen, Spikes und allem.

»Vierte Tür«, murmelte sie bei sich und drückte gegen ein Portal, das zum geräumigsten Badezimmer führte, das sie je gesehen hatte. Und es duftete nach etwas angenehm Strengem. Etwas derart Großartiges hatten sie nicht einmal in der Burg Keroon. Fünf Wannen, die man mit Vorhängen abtrennen konnte, wenn man es intimer haben wollte, standen in einer Reihe an der hinteren Wand. Es gab zwei klobige, gepolsterte Massagetische mit Regalen voll Ölen und Salben darunter. Sie waren wohl für die angenehmen Gerüche verantwortlich. Es war warm in dem

Raum, und Tenna fing wieder an zu schwitzen, woraufhin ihre Schürfwunden und Kratzer zu jucken begannen. Rechts von der Tür waren Umkleidekabinen ... und hinter sich fand sie große Badetücher in Stapeln, die bis über ihren Kopf reichten, und sie war nicht gerade klein. In Schränkchen gab es Läuferhosen und Hemden für jede Witterung sowie die dicken Knöchelschoner, die müde Füße polsterten und wärmten. Sie nahm ein Handtuch und fühlte den weichen, dicken Frotteestoff mit den Fingern. Es war so groß wie eine Decke.

In der Kabine bei den Wannen schlüpfte sie aus ihren Sachen und legte sie automatisch zu einem ordentlichen Stapel zusammen. Dann hängte sie das Handtuch über einen Haken, der zu diesem Zweck neben der Wanne angebracht worden war, und ließ sich in das warme Wasser sinken. Die Wanne war größer als sie selbst, und als sie sich auf den Boden niederließ, hatte sie eine volle Handbreit Wasser über dem Kopf. Erstaunlich!

Dies war der reine Luxus! Sie fragte sich, wie oft sie einen Lauf nach Burg Fort ziehen konnte. Das Wasser biß in ihren Kratzwunden, aber das war nichts im Vergleich zu der Wohltat für ihre verkrampften Muskeln. Sie wälzte sich in der großen Wanne herum, als ihre Hand einen leicht abgerundeten Sims ertastete, der sich wenige Zentimeter unter der Oberfläche befand. Sie mußte grinsen, als sie begriff, daß sie ihren Kopf darauf legen und dann einfach im Wasser schweben konnte. Und genau das machte sie auch, Arme an den Seiten, Beine baumelnd. Sie hatte nicht gewußt, daß Baden so ... so grandios sein konnte. Sie ließ jeden Muskel in ihrem Körper schlaff werden. Und lag schwebend im Wasser.

»Tenna?« rief eine Frauenstimme leise, um die einsame Badende nicht zu erschrecken. »Ich bin Penda, Torlos Frau. Er hat mich hochgeschickt. Ich hab Kräuter für das Bad, die helfen den Kratzern beim Heilen. Falsche Zeit des Umlaufs, um in Stichlingsbusch zu fallen.«

»Ich weiß«, stimmte Tenna verdrossen zu. »Bin für jede Hilfe dankbar.« Tenna wollte eigentlich weder die Augen öffnen noch sich bewegen, aber dennoch zog sie sich höflich im Wasser an den Rand der Wanne.

»Laß mal die Schnitte sehn, damit ich sehn kann, obs'te irgendwelche tiefen Stiche hast. Das wär nich gut, weil das Harz steigt«, sagte Penda. Sie ging rasch und mit einer seltsam seitwärts geneigten Gangart zu der Wanne, und das bedeutete, was immer mit ihrer Hüfte passiert war, mußte so lange her sein, daß sie gelernt hatte, damit zu leben. Sie sah Tenna grinsend an. »'ne hübsche Läuferin biste. Wenns'te ihn das nächste Mal siehst, gibste Haligon Saures!«

»Wie soll ich ihn erkennen?« fragte Tenna spitz, obwohl sie sich nichts sehnlicher wünschte als eine Gegenüberstellung mit dem Reiter. »Und warum soll mir dabei helfen, daß ich ›hübsch‹ bin?«

»Haligon mag hübsche Mädchen.« Penda blinzelte ihr übertrieben zu. »Ich würd sagen, du bleibst lang genug, um ihm Saures zu geben. *Du* könntest was erreichen.«

Tenna lachte, streckte auf Pendas Geste hin die Hände aus und drehte den linken Arm so, daß Penda ihn sehen konnte.

»Hmmm. Fast alles Kratzer, aber zwei Einstiche auf beiden Handballen.« Sie strich mit merkwürdig sanften Fingern über Tennas Hände und berührte dabei drei Splitter, so daß Tenna zusammenzuckte. »Einweichen is am besten. Damit sie in deiner Haut locker werden. Prolly wird sie alle rausziehn. Stichling is ein schlauer Busch, einen so zu verletzen, aber das hier wird guttun«, sagte sie und holte eine Ansammlung Fläschchen aus der tiefen Tasche ihrer Schürze und wählte eine aus. »Man darf nix dem Zufall überlassen, weißte«, fügte sie hinzu und spritzte mit ruckartigen Bewegungen etwa zwanzig Tropfen in das Wasser der Wanne. »Und kümmer dich nich um die Wanne. Sie wird leerlaufen, und frisches Wasser wird drin sein, bis der nächste reinsteigt. Ich zieh dir die Splitter raus, wenn du genug eingeweicht bist. Möchtste massiert werden? Oder willste lieber schlafen?«

»Eine kleine Massage wäre prima, danke. Und bevor ich schlafe.«

»Ich komm mit was zum Essen wieder.«

Tenna dachte an die Bäder in der Station ihrer Eltern und grinste. Nichts, verglichen mit dem hier, obwohl sie immer gedacht hatte, daß sie sich glücklich schätzen konnte, zu Hause eine so lange Wanne zu haben, daß man ausgestreckt darin liegen konnte: Selbst die größten Läufer konnten das. Aber man mußte ständig das Feuer unter dem Tank am Brennen halten, um sicher zu sein, daß genug warmes Wasser da war, wenn ein Bad gebraucht wurde. Nicht wie hier - wo das Wasser schon warm war und man sich nur in die Wanne legen mußte. Der Duft der Kräuter stieg von dem dampfenden Wasser auf, das sich weich an ihrer Haut anfühlte. Sie lehnte sich wieder zurück.

Sie war fast eingeschlafen, als Penda mit einem Tablett zurückkam, auf dem sich Klah, frisch gebackenes Brot, passenderweise eine kleine Schale mit Stichlingsbeerenkonfitüre und eine Schüssel Haferbrei befanden.

»Die Nachrichten sin schon an alle weitergegeben, für die se bestimmt waren, nur daßte ruhig schlafen kannst, weilste weißt, daß der Lauf gut zu Ende gegangen is.«

Tenna verschlang das Essen bis auf den letzten Krümel. Penda bereitete eine interessante Mixtur aus den Massageölen zu, und die Läuferin inhalierte den Duft. Dann stieg Tenna auf den Tisch und ließ den ganzen Körper locker werden, während Penda mit einer Pinzette die Dornen herauszog, die noch in Tennas Fleisch steckten. Penda zählte, während sie die tückischen Haare entfernte. Alles in allem neun. Sie trug weitere Medizin auf, worauf das letzte Jucken und Kratzen verschwand. Tenna seufzte. Danach entspannte Penda müde Muskeln und Sehnen. Ihre Berührung war fest, aber sanft. Sie verkündete, daß weitere Dornen in den Rückseiten von Tennas Armen und Beinen steckten, und machte sich daran, sie mit der Pinzette herauszuziehen. Als das getan war, wurden ihre Bewegungen noch einlullender, und Tenna entspannte sich wieder.

»Das hätten wir! Geh einfach zur dritten Tür links, Tenna«, sagte Penda leise, als sie fertig war.

Tenna rüttelte sich aus der angenehmen Lähmung der Massage und schlang sich das große Handtuch um die Brust. Sie hatte, wie die meisten Läuferinnen, keinen besonders großen Busen, aber das war ein Vorteil.

»Vergiß die hier nich«, sagte Penda und gab ihr die Schnürsenkel ihrer Laufschuhe. »Deine Sachen sin sauber und trocken, biste aufwachst.«

»Danke, Penda«, sagte Tenna aufrichtig und war erstaunt, daß sie schon so schläfrig gewesen war, ihre kostbaren Schuhe zu vergessen.

Sie stapfte in den dicken Knöchelschonern, die Penda ihr über die Füße gestreift hatte, den Flur entlang und stieß die dritte Tür auf. Im Licht vom Flur konnte sie sehen, wo das Bett stand, direkt auf der anderen Seite des schmalen Raums, an der Wand. Sie machte die Tür zu und ging im Dunkeln hin. Sie ließ das Handtuch fallen, beugte sich vor, um nach dem Rand der Bettdecke zu tasten, die sie zusammengelegt am Fußende gesehen hatte. Sie zog die Decke über sich, während sie sich ausstreckte. Seufzte einmal und schlief ein.

Gutmütiges Gelächter und Bewegungen auf dem Flur weckten sie. Jemand hatte den Leuchtkorb halb geöffnet, daher konnte sie ihre Sachen gewaschen, trocken und ordentlich zusammengelegt auf dem Hocker sehen, wo sie ihre Laufschuhe fallen gelassen hatte. Sie stellte fest, daß sie nicht einmal die Knöchelschoner ausgezogen hatte, bevor sie ins Bett gegangen war. Sie bewegte die Zehen darin. Keine wunden Stellen. Ihre Hände waren steif, aber kühl, demnach hatte Penda sämtliche Dornen herausgezogen. Die Haut an ihrem linken Arm und linken Bein war jedoch angespannt, daher schlug sie die Decke zurück und versuchte, die Verletzungen zu sehen. Das war zwar nicht möglich, aber die Haut an ihrem linken Arm war für ihren Geschmack etwas zu warm auf der Rückseite, und am rechten Bein ebenfalls. Fünf irgendwie wunde Stellen, die sie nicht richtig begutachten und lediglich als »wund« einstufen konnte. Und als sie ihre Beine überprüfte, sah sie zwei schlimme rote Blutergüsse am Oberschenkel, einen an der linken Wade und zwei an der fleischigen Stelle des rechten Beins neben dem Schienbein. Ihr wurde klar, daß sie schlimmere Verletzungen davongetragen hatte, als sie gedacht hatte. Und Stichlingsbuschdornen konnten sich durch das Fleisch arbeiten und ins Blut gelangen. Wenn einer bis ins Herz vordrang, konnte man daran sterben. Sie erhob sich stöhnend. Schüttelte die Beine aus, überprüfte die Muskeln, aber dank Pendas Massage taten die nicht weh. Sie zog sich an, legte sorgfältig die Decke zusammen und legte sie so, wie sie sie vorgefunden hatte, auf das Bett.

Auf dem Weg zur Treppe kam sie am Bad vorbei und hörte das Brummen von Männerstimmen, dann ein Lachen, das eindeutig von einer Läuferin stammte. Als sie die Treppe herunterkam, roch sie deutlich gebratenes Fleisch. Ihr Magen knurrte. Ein schmales Fenster spendete dem Flur Licht, der zum Hauptzimmer führte, und sie schätzte, daß sie fast den ganzen Tag geschlafen hatte. Vielleicht hätte sie die Kratzer von einem Heiler untersuchen lassen sollen, aber Penda wußte so gut wie jede in den Hallen ausgebildete Heilerin, was zu tun war ... wahrscheinlich besser, weil sie die Frau des Stationsleiters war.

»Endlich mal eine, die pünktlich zum Abendessen kommt«, sagte Torlo und stellte den Läufern, die in dem Raum saßen, Tenna vor. »Hatte heute früh einen Zusammenstoß mit Haligon«, fügte er hinzu, und Tenna entging nicht, daß dieser unverschämte Mensch, den nickenden und verzerrten Gesichtern nach zu schließen, allen bekannt war.

»Ich hab Baron Groghe selbst erzählt«, sagte einer der älteren Läufer, nickte mit dem Kopf und sah ernst drein, »daß es einen Unfall geben würde ... und was würde er dann sagen? fragte ich ihn. Jemand wird verletzt, weil ein wilder Bursche nicht respektieren will, was unser Recht und Eigentum ist.« Dann nickte er Tenna direkt zu. »Du bist nicht die einzige, die er beiseite gestoßen hat. Hasten nich kommen gehört?«

»Ist ihm an der Kurve am Hügel begegnet, sagt sie«, antwortete Torlo, ehe sie den Mund aufmachen konnte.

»Schlechter Platz, schlechter Platz. Läufer können nicht um die Kurve sehen«, sagte ein zweiter Mann und nickte ihr mitfühlend zu. »Ich sehe, du hast Kratzer? Hat dich Penda mit ihrem guten Zeug eingerieben?« Tenna nickte. »Dann wird alles gut. Ich hab deine Verwandtschaft schon auf den Wegen gesehen, richtig? Wette, bist eine von Fedri und Cesila, isses nich so?« Er lächelte den anderen wissend zu. »Du bist hübscher, als sie war, und sie war eine schöne Frau.«

Tenna beschloß, dem Kompliment keine Beachtung zu schenken, bestätigte aber ihre Herkunft. »Bist du in Station Siebenundneunzig gewesen?«

»Ein- oder zweimal, ein- oder zweimal«, sagte er und grinste liebenswürdig. Sein Läufergürtel war mit Stichen übersät.

Torlo war zu ihr gekommen, nahm ihren linken Arm und betrachtete die Seite, die sie nicht richtig sehen konnte.

»Stiche«, sagte er nüchtern.

Die anderen Läufer kamen sich vergewissern, ob das Urteil korrekt war. Sie nickten alle weise und nahmen ihre Plätze wieder ein.

»Manchmal frag ich mich, ob die Beeren wirklich das Risiko der Dornen im Frühling wert sind«, sagte der Läuferveteran.

»Schlimme Zeit des Umlaufs, um da reinzufallen«, wurde ihr wieder gesagt.

»Misler, du läufst rüber zur Heilerhalle«, sagte Torlo zu einem von ihnen.

»Oh, ich glaube, das wird nicht nötig sein«, sagte Tenna, weil man Heiler bezahlen mußte, und dann würde ihr Geld nicht mehr für gutes Leder reichen.

»Da es das Lauftier des Burgherrn war, das dich umgeworfen hat, wird er es bezahlen«, sagte Torlo, der ihr Zögern spürte, und blinzelte ihr zu.

»Eines Tages wird er Blutgeld bezahlen müssen, wenn er es nicht schafft, diesen Haligon an die kurze Leine zu nehmen und zu zwingen, von unseren Wegen zu bleiben. Haben diese Hufe viele Löcher hinterlassen?« fragte ein anderer Mann sie.

»Nein«, mußte sie zugeben. »Die Oberfläche hat nachgefedert.«

»Hmmm, das sollte sie auch tun.«

»Aber es geht nicht an, daß Haligon hin und her galoppiert, als wären die Wege für *ihn* angelegt worden.«

Misler machte sich auf den Weg, und nachdem ihr jeder Läufer den Namen und seine Heimatstation genannt hatte, wurde ihr ein Glas Wein eingeschenkt. Sie wollte ablehnen, aber Torlo sah sie fest an.

»Du stehst heute nicht auf der Läuferliste, Mädchen.«

»Ich muß meine erste Überquerung beenden«, sagte sie sehnsüchtig, während sie das Glas nahm und sich einen freien Platz suchte.

»Das wirst du, Mädchen, das wirst du«, sagte der erste Mann – Grolly – so überzeugt, während er ihr zuprostete, daß ihr warm ums Herz wurde. Alle anderen bekräftigten seine Worte.

Ein paar Kratzer und vielleicht zwei oder drei Stiche würden sie nicht daran hindern, das westliche Ufer zu erreichen. Sie nippte an ihrem Wein.

Die Läufer, die gebadet hatten, kamen herunter und hatten ebenfalls schon ihren Wein kredenzt bekommen, als Misler mit einem Mann in den Farben der Heiler zurückgetrottet kam, der hüpfte und sprang, damit er mit seinem langbeinigen Begleiter Schritt halten konnte.

Beveny stellte sich vor und bat Penda, ihm zu assistieren – eine Freundlichkeit, die Tenna gefiel und ihr eine sehr hohe Meinung von dem reisenden Heiler verschaffte. Die Untersuchung wurde gleich im Hauptsaal durchgeführt, da sich die Verletzungen alle an sichtbaren Stellen ihres Körpers befanden. Und die anderen Läufer waren aufrichtig daran interessiert, sich ein Bild von ihrem Zustand zu machen, und machten Vorschläge, die meisten davon kenntnisreich, welche Kräuter angewendet werden sollten und wie wirksam sie bei ähnlichen Anlässen gewesen waren. Beveny grinste ununterbrochen, als wäre er an die guten Ratschläge der Läufer gewöhnt. Wahrscheinlich war er es.

»Ich glaube, in dem hier und in zweien an deinem Bein könnten noch Dornen stecken«, sagte Beveny schließlich. »Aber ich bin sicher, nichts, das ein Breiumschlag über Nacht nicht herausziehen würde.«

Seitens des Publikums wurde zustimmend genickt und weise gelächelt. Danach wurde wieder ausführlich über Breiumschläge diskutiert und der geeignete ausgesucht. Während diescs Teils der Konsultation setzte man Tenna in einen bequemen Polstersessel mit langem Schemel, so daß sie die Füße hochlegen konnte. In ihrem ganzen Leben hatte man noch nie so ein Aufhebens um sie gemacht, aber so war das unter Läufern eben: Sie hatte schon gesehen, wie ihre Mutter und ihr Vater jedem, der verletzt in der Station eintraf, dieselbe persönliche Betreuung zuteil werden ließen. Aber im Mittelpunkt von soviel Aufmerksamkeit zu stehen – und obendrein in der Station Fort –, war äußerst peinlich für Tenna, und sie versuchte immer wieder zu betonen, daß derartig geringfügige Verletzungen kaum so dringend versorgt werden mußten. Sie bot das Päckchen mit dem Breiumschlag ihrer Mutter an, worauf drei Läufer sich wohlwollend über Cesilas berühmten Umschlag äußerten, aber der sei eindeutig für Schwellungen, nicht für Infektionen, daher riet ihr der Heiler, ihn für Notfälle aufzuheben.

»Natürlich hoffe ich, daß du keinen erleben wirst«, sagte er zu ihr und lächelte, während er ihr - mit dem heißen Wasser, das Penda brachte - eine aromatische Mixtur aufgoß, der danach alle im Raum ihre Zustimmung erteilen mußten.

Tenna war sich durchaus im klaren darüber, daß sie angemessen bescheiden, geduldig und auch tapfer sein mußte, und bereitete sich innerlich auf die Behandlung vor. Heiße Umschläge konnten, ungeachtet ihrer heilsamen Wirkung, mitunter etwas unangenehm sein. Als der Brei fertig war, strich Heiler Beveny mit geübten Fingern fein säuberlich Klümpchen, keines größer als sein Daumennagel, auf die wunden Stellen. Er mußte die Temperatur genau richtig abgeschätzt haben, denn keines war zu heiß. Er legte gewissenhaft Verbandmaterial auf jedes Klümpchen, bevor er es anschließend mit Stoffstreifen befestigte, die Penda beisteuerte. Tenna spürte jede der zehn heißen Stellen, aber das Gefühl war nicht sonderlich unangenehm.

»Ich komme morgen noch einmal nachsehen, glaube aber nicht, daß wir uns wegen einer Stelle Sorgen machen müssen«, sagte Beveny so überzeugt, daß Tenna erleichtert war.

»Und du auch nicht, hier in Station Fort, wo die Heilerhalle nur einen Steinwurf entfernt ist«, sagte Torlo, begleitete Beveny artig zur Tür und wartete höflich, bis der Heiler den halben Weg zu seiner Halle zurückgelegt hatte.

»Netter Bursche«, sagte er zu allen, die zuhörten, und lächelte Tenna zu. »Ah, hier kommt das Essen.«

Offenbar war die Mahlzeit wegen Tennas Behandlung verschoben worden, denn nun brachte Penda gegrilltes Fleisch auf einer Platte herein, und dahinter folgten andere mit großen Schüsseln voll dampfendem Essen.

»Rosa«, sagte sie und zeigte auf eine der Läuferinnen, »hol das Brett. Spacia, bring Gabel und Löffel für Tenna. Sie soll sich nich bewegen. Grolly, ihr Glas is, leer ... « Während sie den anderen Anweisungen gab, die verletzte Läuferin zu bedienen, schnitt sie selbst feine Scheiben von dem gegrillten Brustfleisch des Herdentiers ab. »Ihr anderen, stellt euch in einer Reihe auf.«

Tenna wurde wieder verlegen, als sie von Rosa und Spacia derart bedient wurde, die die ihnen zugewiesenen Aufgaben fröhlich erledigten. Immer war sie diejenige gewesen, die geholfen hatte, daher war ihr diese Situation ziemlich neu. Natürlich war es auch üblich unter Läufern, daß einem geholfen wurde, wenn es erforderlich war, aber bisher war sie noch nie selbst in den Genuß gekommen.

Zwei weitere Gruppen von Läufern trafen aus Süden und Osten ein. Als sie von ihren Bädern zurückkamen, mußten sie sich alle erzählen lassen, wie Haligon Tenna vom Weg abgedrängt hatte, weshalb sie Verletzungen durch Stichlingsbuschdornen davontrug, die gravierend genug waren, daß ein Heiler kommen mußte. Sie hatte den deutlichen Eindruck, daß fast jeder schon einmal eine ähnliche Erfahrung mit diesem berüchtigten Haligon gemacht hatte oder jemanden kannte, dem es passiert war. Schließlich hatte jeder die Geschichte erzählt bekommen, worauf sich das Gespräch der in drei Tagen stattfindenden Zusammenkunft zuwandte.

Tenna seufzte leise bei sich. Drei Tage? Bis dahin würde sie völlig wiederhergestellt sein und weiterlaufen müssen. Sie wollte die zusätzlichen Stiche für ihre erste Überquerung wirklich. Eine Zusammenkunft, auch eine in Fort, war nicht so wichtig wie ihr berufliches Vorankommen. Nun, fast nicht. Es war ja nicht so, daß dies die letzte Zusammenkunft sein würde, an der sie teilnehmen konnte, auch wenn es ihre erste in der Ersten Burg von Pern wäre.

Es war die Heimatstation von zwei Mädchen. Rosa hatte einen Schopf sehr dunkler Locken und ein keckes Gesicht mit schalkhaften Augen. Spacia, die ihr langes, blondes Haar nach Art der Läuferinnen nach hinten gebunden trug, gab sich etwas würdevoller, schäkerte aber ganz schön mit den jüngeren Läufern herum. Dann fand ein zwangloses Konzert für Tenna statt, einige der neueren Lieder, die in der Harfnerhalle komponiert worden waren. Rosa sang die erste Stimme, Spacia begleitete sie mit ihrem Alt, drei der anderen Läufer stimmten ein, einer mit einer kleinen Pfeife, die beiden anderen mit ihren Stimmen. Der Abend wurde recht erbaulich, zumal da entweder Grolly oder Torlo Tennas Weinglas immer wieder nachfüllten.

Rosa und Spacia halfen ihr die Treppe hinauf, eine auf jeder Seite, unter dem Vorwand, daß die Verbände nicht verrutschen durften. Sie unterhielten sich darüber, was sie zu der Zusammenkunft anziehen und mit wem sie gern tanzen würden.

»Wir haben morgen Dienst«, sagte Rosa, während sie ihr ins Bett halfen, »daher werden wir wahrscheinlich weg sein, ehe du aufstehst. Aber diese Umschläge sollten es bringen.«

Sie wünschten ihr beide eine gute Nacht. Vor ihren Augen drehte sich alles, als sie sich hinlegte, aber auf eine angenehme Art, und sie schlief rasch ein.

Torlo kam mit einem Tablett voll Essen, als sie gerade aufwachte.

»Geht's dir heute morgen besser?«

»Insgesamt schon, aber mein Bein ...« Sie schlug die Decke zurück, damit er es begutachten konnte.

»Hmmm. Der Dorn muß noch weiter behandelt werden. Ist wahrscheinlich schräg eingedrungen. Ich rufe Beveny.«

»Oh, wirklich ... ich würde lieber ... Penda weiß doch sicher, was der Heiler für mich zusammengebraut hat ...«

»Das weiß sie, aber wir möchten, daß der Heiler mit Baron Groghe über deine Verletzungen spricht.«

Nun war Tenna bestürzt. Eine Läuferin ging nicht zum Burgherrn, wenn sie nicht einen *richtigen* Grund für eine Beschwerde hatte, und so ernst waren ihre Verletzungen nicht.

»Jetzt paß mal auf, junge Läuferin«, sagte Torlo und drohte ihr scherzhaft mit dem Finger, »ich bin der Stationsmeister, und ich sage, wir gehen damit zum Burgherrn, weil es gar nicht erst hätte passieren dürfen.«

Beveny empfahl ein langes Bad und gab ihr ein Mittel, das sie dem Wasser beifügen sollte.

»Ich lasse noch Breiumschläge bei Penda. Wir wollen diesen letzten Dorn draußen haben. Schau her ...« Und er zeigte auf die dünnen, fast unsichtbaren Haare des Stichlingsbuschs, die aus der Armverletzung gekommen waren. »Einen von diesen Burschen wollen wir noch im Verband, nicht in dir.«

Zwei weitere waren aus den Stichwunden herausgekommen, und er bedeckte alle drei Verbände sorgsam mit Glasplatten, die er zusammenband.

»Bleib mindestens eine Stunde in der Wanne, Tenna«, sagte er ihr. »Und du solltest dich heute auch weitgehend schonen. Ich will nicht, daß sich dieser Splitter noch weiter in dein Fleisch bohrt.«

Sie erschauerte bei der Vorstellung, eines der tückischen Haare könnte sich durch ihren Körper arbeiten.

»Mach dir keine Sorgen. Heute abend wird er draußen sein«, sagte Beveny und grinste beruhigend. »Und du wirst mit uns tanzen.«

»Oh, ich muß weiterlaufen, sobald ich dazu imstande bin«, sagte sie ernst.

Bevenys Grinsen wurde breiter. »Was? Und mich um das Vergnügen bringen, mit dir zu tanzen?« Dann wurde sein Ausdruck wieder ernst. »Weißt du, ich kann dich noch nicht wieder laufen lassen. Ich will sehen, wie diese Stichwunden verheilen. Besonders am Schienbein, wo beim Laufen Schmutz und Staub eindringen und eine neuerliche Infektion auslösen könnten. Die Verletzungen mögen unbedeutend wirken«, und das letzte Wort betonte er, »aber ich habe viele Läufer behandelt, und kenne die Gefahren der Wege.«

»Oh«, sagte Tenna kläglich.

»Genau. Oh!« Und er grinste wieder und drückte ihre Schulter freundschaftlich. »Du wirst deine erste Überquerung machen. Jetzt ruh dich aus. Ihr Läufer seid schon ein besonderes Völkchen, weißt du.«

Nach dieser Ermahnung verabschiedete er sich und ließ sie zum Baderaum gehen.

Rosa, Spacia, Grolly – eigentlich sämtliche Läufer in der Station Fort – waren dauernd unterwegs und stöhnten über die zusätzlichen Nachrichten, die zu den Gildehallen der Burg, dem Burgherrn, der Harfnerhalle befördert werden mußten und von »der Rückseite des Jenseits« kamen, wie Rosa sich ausdrückte.

»Mach dir um uns keine Gedanken«, sagte Rosa, als Tenna den Eindruck gewann, sie sollte ihren Teil beisteuern. »So ist es immer kurz vor einer Zusammenkunft, und wir beschweren uns immer, aber die Zusammenkunft selbst macht alles wieder wett. Was mich daran erinnert, daß du nichts anzuziehen hast.«

»Oh, nein, macht euch meinetwegen keine Umstände ...«

»Unsinn«, sagte Spacia. »Das tun wir, wenn wir wollen, und wir wollen.« Sie maß Tennas hochgewachsene Gestalt mit einem aufmerksamen Blick und schüttelte den Kopf. »Von uns paßt dir jedenfalls nichts.« Beide Mädchen waren einen ganzen Kopf kleiner als Tenna, und obwohl beide nicht viel Fleisch auf den Rippen hatten, so waren sie doch kräftiger als das Mädchen aus dem Osten. Dann drehten sich beide gleichzeitigt zueinander um und schnippten mit den Fingern. »Silvina!« riefen sie unisono.

»Komm mit«, sagte Spacia und streckte die Hand aus. »Du kannst doch gehen, oder nicht?«

»O ja, aber ...«

»Dann auf die Füße, Läuferin«, sagte Rosa, hielt Tenna am anderen Arm fest und zog sie in eine aufrechte Haltung. »Silvina ist Vorsteherin der Harfnerhalle und hat immer gute Sachen zum Anziehen ...«

»Aber ... ich ...« Und dann gab Tenna nach. Man sah den entschlossenen Mienen der beiden Läuferinnen an, daß sie keine Einwände gelten lassen würden.

»Ihr bringt sie zu Silvina?« fragte Penda, die aus der Küche gestakst kam. »Gut. Ich habe nichts, das ihr paßt, und sie muß großartig aussehen, wenn sie diesen Schuft Haligon trifft.«

»Warum?« wollte Tenna argwöhnisch wissen. Warum mußte sie großartig aussehen, nur um Haligon Saures zu geben?

»Nun, natürlich um den guten Ruf der Station Fort zu bewahren«, sagte Rosa mit einem schelmischen Lächeln. »Wir haben unseren Stolz, weißt du, und du magst eine Besucherin sein, aber jetzt bist du hier«, sie zeigte nachdrücklich auf den Boden, »und mußt vorzeigbar sein.«

»Nicht, daß du das nicht wärst«, fügte Spacia, die ein wenig taktvoller als Rosa war, hastig hinzu, »aber wir wollen, daß du es mehr denn je bist.«

»Immerhin ist es deine erste Zusammenkunft in Fort ...«

»Und obendrein bist du kurz davor, deine erste Überquerung zu vollenden.«

Ihrem Geplapper war unmöglich zu widerstehen, und Tenna konnte auf keinen Fall in der Kluft einer Läuferin zu der Zusammenkunft erscheinen, und etwas anderes hatte sie nicht dabei.

Um diese Abendstunde fanden sie Silvina in ihrem Büro in der Harfnerhalle, wo sie ihre Terminpläne studierte, und sie war mehr als entzückt, daß man an sie gedacht hatte. Sie führte sie in die Lagerräume unter der Harfnerhalle.

»Wir bewahren eine Menge Bühnenkleider auf, falls eine Solistin die Farben der Harfner tragen möchte. Es macht dir doch nichts aus, Blau zu tragen, oder?« sagte Silvina, die vor der zweiten in einer ganzen Reihe geschlossener Türen stehenblieb. »Eigentlich finde ich, Blau würde dir sehr gut stehen.« Sie hatte eine so betörende Sprechstimme, daß Tenna mehr auf ihren Tonfall achtete als auf das, was sie sagte. »Und ich habe ein Kleid, das genau richtig für dich sein könnte.«

Sie machte einen großen Schrank auf und zog aus den vielen Kleidern ein langes mit Ärmeln und einem gestickten Besatz heraus, das allen drei Mädchen ein Raunen entlockte.

»Das ist reizend! Oh, ich kann so etwas Kostbares nicht tragen«, rief Tenna und wich zurück.

»Unsinn«, sagte Silvina und gab Tenna zu verstehen, daß sie ihre Läuferbluse ausziehen solle.

Als Tenna vorsichtig das Kleid anzog, gab ihr der weiche Stoff auf ihrer Haut ein Gefühl von etwas ... Besonderem. Sie versuchte eine knappe Drehung, und der lange Rock wirbelte um ihre Knöchel, während die Ärmel sich an den Handgelenken bauschten. Es war das schmeichelhafteste Kleid, das sie je getragen hatte, und sie betrachtete es ausführlich und prägte sich den Schnitt ein, damit sie ihn beim nächstenmal, wenn sie wieder genug Geld für ein Ballkleid hatte, kopieren konnte. Ihr Ballkleid zu Hause war nicht annähernd so prachtvoll wie dieses. Konnte sie, sollte sie in etwas so Elegantem wie diesem Kleid tanzen? Und wenn sie etwas darauf verschüttete?

»Ich bin mir nicht sicher ...«, sagte sie, als sie sich zu ihren Gefährtinnen umdrehte.

»Nicht *sicher!«* Rosa war pikiert. »Aber dieses Dunkelblau bringt deine feine Haut und die Augen zur Geltung ... sie sind doch blau, oder wirken sie nur durch das Kleid so? Und es paßt dir, als wäre es für dich gemacht!«

Tenna sah an dem tiefen Ausschnitt hinunter. Für wen immer es gemacht worden war, sie hatte wesentlich größere Brüste gehabt. Tenna füllte es nicht richtig aus. Silvina kramte in einer anderen Kiste.

»Hier«, sagte sie und schob zwei Polster in den Ausschnitt, die sie mit so geübter Hand anbrachte, daß sie wie angegossen saßen, bevor Tenna protestieren konnte.

»*Na also!* Viel besser«, sagte Spacia und kicherte. »Ich muß mich auch polstern. Aber für uns Läuferinnen wäre es schlimmer, so schwer gebaut zu sein, daß ständig was herumbaumelt.«

Tenna betastete zaghaft ihre verbesserte Form, aber als sie sich im Spiegel betrachtete, konnte sie sehen, daß das Oberteil jetzt viel besser saß und sie mehr aussah wie ... wie ... nun, jedenfalls paßte es besser. Der Stoff fühlte sich so glatt an, es war eine Lust, das blaue Kleid nur an sich zu spüren. Und dieser Blauton ...

»Das ist Harfnerblau«, sagte sie überrascht.

»Natürlich«, sagte Silvina lachend. »Nicht, daß es eine Rolle spielen würde. Du wirst Läuferkordeln tragen ... aber im Augenblick«, und Silvinas anerkennendes Grinsen wurde breiter, »siehst du nicht wie eine Läuferin aus ... wenn du mir meine Offenheit verzeihst.«

Tenna war ganz verblüfft, wieviel besser ihre Figur mit dieser kleinen Veränderung aussah. Sie hatte eine schlanke Taille, an die sich das Kleid schmiegte, bevor es sich über Hüften bauschte, die, wie sie wußte, zu knochig waren und am besten bedeckt wurden.

»Die Polster werden doch nicht ... rausspringen ... wenn ich tanze, oder?«

»Wenn du das Kleid ausziehst, werde ich sie mit ein paar Stichen dort befestigen, wo sie hingehören«, sagte Silvina.

Das geschah so schnell, daß Silvina Tenna das hübsche Kleid zusammengelegt überreichte, ehe sie sich's versah.

»Und Schuhe?« fragte Spacia. »Sie kann keine Spikes tragen ...«

»Sollte sie besser doch«, sagte Rosa mürrisch, »bei einigen dieser Rüpel, die zur Zusammenkunft nach Fort kommen. Haligon ist nicht der einzige, der sich an sie ranmachen wird, wenn sie so aussieht.«

Silvina warf einen prüfenden Blick auf Tennas lange, schmale

Füße und holte eine lange Kiste von einem der Regale in diesem riesigen Lagerraum.

»Ich müßte etwas haben, das selbst an schmale Läuferfüße paßt …«, murmelte sie und förderte ein Paar weiche, knöchelhohe schwarze Wildlederschuhe zutage. »Probier mal die!«

Sie paßten nicht. Aber das vierte Paar - dunkelrot - war nur ein klein wenig zu lang.

»Trag dicke Socken, dann passen sie«, schlug Spacia vor.

Dann verabschiedeten sich die drei Mädchen; Tenna trug das Kleid vorsichtig zur Station. Rose und Spacia bestanden darauf, Schuhe und Unterrock zu tragen, die Silvina zur Vervollständigung des Kostüms angeboten hatte.

Am nächsten Morgen lag der letzte Stichlingsbuschdorn auf dem Verband, und Beveny legte ihn zu den anderen und gab das Bündel mit den Beweisstücken Torlo, der zufrieden grinste.

»Wenn Baron Groghe das sieht, wird er begreifen, daß wir eine begründete Beschwerde haben«, sagte er und nickte Tenna nachdrücklich zu. Sie wollte Einwände vorbringen, als er hinzufügte: »Aber erst nach der Zusammenkunft, denn im Augenblick ist er zu beschäftigt, als daß man ihn direkt ansprechen könnte. Und nach einer guten Zusammenkunft wird er in viel besserer Stimmung sein.« Er wandte sich an Tenna. »Also mußt du bleiben, bis sie vorbei ist. Das wäre das.«

»Aber ich könnte kurze Strecken laufen, oder nicht?«

»Mmm«, sagte Torlo nickend. »Wenn ein Lauf ansteht. Bist nicht gern müßig, Mädchen, was?« Sie schüttelte den Kopf. »Was ist, Heiler, ist sie wieder fit?«

»Kurze Strecken, keine Steigungen«, sagte Beveny, »und keine, wo Haligon reiten könnte.« Er grinste sie spitzbübisch an und ging.

Kurz vor Mittag rief Torlo sie von der Bank am Eingang, wo sie zugesehen hatte, wie die Stände der Zusammenkunft aufgestellt wurden.

»Lauf runter zum Hafen für mich, ja? Gerade wurde per Trommel ein Schiff mit Fracht für die Zusammenkunft angekündigt. Wir sollen seine Ladepapiere bekommen.« Er nahm sie an den Armen und zeigte ihr die Route zum Hafen auf der großen Karte von Burg Fort, die die umliegenden Wege und Straßen zeigte. »Gerade Strecke ... bergab bis zum Hafen. Und auf dem Rückweg nicht zu steil.«

Es tat gut, wieder zu laufen, und obwohl das Frühlingswetter kühl geworden war, war sie bald warmgelaufen. Der Kapitän war höchst erleichtert, daß er ihr seine Papiere übergeben konnte. Die Fracht wurde gerade ausgeladen, und er wollte sie unbedingt auf den Weg bringen, damit die Waren rechtzeitig zur Zusammenkunft in der Burg einträfen. Ebenso dringend wollte er die Bezahlung für seine Lieferung, und sie konnte ihm zusagen, daß die Papiere bis zur Mittagszeit in den Händen derer wären, für die sie bestimmt waren.

Außerdem hatte er einen Beutel mit Briefen von der Meeresküste im Osten an Bord, die an Burg Fort adressiert waren. Und so beförderte sie einen vollen Beutel zurück. Sie spürte die leichte Steigung in den Beinen, machte aber trotz leichter Schmerzen im rechten Schienbein nicht langsamer.

Nun, ein Bad in einer dieser unglaublichen Wannen würde das Problem beseitigen. Und die Zusammenkunft war morgen.

Die Station von Fort war an diesem Abend voll belegt, da Läufer aus anderen Stationen zur Zusammenkunft am nächsten Tag kamen. Tenna teilte sich ein Zimmer mit Rosa, Spacia und Delfie, einer Läuferin aus dem Süden, die das vierte Bett in ihrem Raum beanspruchte. Es war ein Zimmer mit Fenster an der Vorderseite, daher hörte man den Verkehr auf der Straße, aber Tenna war so müde, daß sie trotz allem prima durchschlief.

»Da hast du Glück gehabt, denn das Kommen und Gehen auf dem Hauptweg hat die ganze Nacht nicht aufgehört«, sagte Rosa mit gespieltem Verdruß. »Essen wir draußen. Hier drinnen ist es so überfüllt.« Und so setzten sie sich alle auf die Bänke an der Vorderseite, um zu essen.

Spacia zwinkerte Tenna konspirativ zu, als diese den anderen nach draußen folgte. Ein paar Plätze waren noch frei gewesen, aber nicht nebeneinander. Es wäre schöner, draußen zu essen statt an den überfüllten Tischen. Penda und ihre Gehilfinnen hatten alle Hände voll zu tun, Klah zu schöpfen und Brot, Käse und Haferbrei zu verteilen.

Und tatsächlich war es auch viel interessanter, draußen zu sitzen und zu essen. Es war soviel los. Wagen für die Zusammenkunft trafen aus allen Richtungen ein und fuhren auf die Wiesen, die für sie vorgesehen waren. Stände, die gestern abend noch aus kahlen Brettern bestanden hatten, wurden mit den Farben der Hallen und den Insignien des Handwerks geschmückt. Und auf dem großen Vorplatz der Burg wurden weitere Stände aufgebaut. In der Mitte wurden der lange Laufsteg und die Dielen für die Tanzfläche zusammengeschraubt und das Podest für die Harfner errichtet. Tenna hätte sich am liebsten selbst umarmt, so entzückt verfolgte sie die ganzen Aktivitäten. Bis jetzt hatte sie noch nie dem tatsächlichen Zustandekommen einer Zusammenkunft beigewohnt ... schon gar nicht in einer so großen Burg wie Fort. Da sie gestern gelaufen war, verspürte sie auch keine so großen Gewissensbisse mehr, weil sie nicht versucht hatte, ihre erste Überquerung zu beenden. Und sie hatte die Möglichkeit, zu sehen, wie die Drachenreiter sich über Burg Fort in die Lüfte schwangen.

»Oh, sie sind so wunderschön«, sagte sie, als sie bemerkte, daß Rosa und Spacia ebenfalls verfolgten, wie die anmutigen Geschöpfe landeten und die elegant gekleideten Drachenreiter abstiegen.

»Ja, das sind sie«, sagte Rosa mit einem seltsamen Tonfall. »Ich wünschte nur, sie würden nicht ständig davon sprechen, daß der Sporenregen wiederkommt.« Sie erschauerte.

»Glaubst du nicht, daß er wiederkommen wird?« fragte Tenna, denn sie hatte jüngst einige Läufe zur Station Benden erledigt und wußte, das Weyrvolk war überzeugt davon, daß der Sporenregen wiederkehren würde. War der Rote Stern nicht zur Wintersonnenwende am Augenfelsen gesehen worden?

Rosa zuckte die Achseln. »Meinetwegen kann er ruhig kommen, aber er dürfte das Laufen stark beeinträchtigen.«

»Mir ist aufgefallen, daß die Sporenunterstände in Benden allesamt repariert worden sind«, sagte Tenna.

Spacia zuckte die Achseln. »Wir wären Narren, es darauf ankommen zu lassen, oder nicht?« Dann verzog sie das Gesicht. »Es würde mir wirklich nicht gefallen, wenn ich in einer dieser Kisten festsitzen würde, während rings um mich herum Sporen fallen. Der Schrank in Silvinas Lagerraum ist größer. Was wäre, wenn die Kiste einen Riß hätte und Sporen eindringen könnten, aber ich könnte nicht raus?« Sie stellte Angst und Ekel pantomimisch dar.

»Soweit wird es nie kommen«, sagte Rosa zuversichtlich.

»Baron Groghe hat das ganze Grünzeug um die Burg herum jedenfalls roden lassen«, bemerkte Spacia und machte eine umfassende Geste.

»Das war auch wegen der Zusammenkunft und nicht nur, weil es ihm die Drachenreiter gesagt haben«, sagte Rosa unbekümmert. »Oh, da kommen die Läufer von Boll ... « Sie sprang auf die Füße und winkte einer Vorhut von Läufern, die gerade auf der Straße nach Süden aufgetaucht waren.

Sie liefen mühelos und bewegten die Beine, als hätten sie den Gleichschritt geübt. Sie boten eindeutig einen schönen Anblick, dachte Tenna, der vor Stolz die Brust schwoll und der Atem stockte.

»Sie müssen gestern abend aufgebrochen sein«, sagte Rosa. »Oh, hast du Cleve gesehen, Spacia?«

»Dritte Reihe von hinten«, sagte Spacia und zeigte auf ihn. »Als ob man *den* übersehen könnte!« fuhr sie in einem leicht spöttischen Tonfall fort und zwinkerte Tenna zu. Dann flüsterte sie hinter vorgehaltener Hand, daß nur Tenna es hören konnte: »Sie war so sicher, daß er nicht kommen würde ... Ha!«

Tenna grinste und begriff endlich, warum Rosa heute morgen draußen sitzen wollte und warum sie Spacia hineingeschickt hatte, als sie mehr Klah brauchten.

Und auf einmal, als wäre die Ankunft der Läufer das Signal gewesen, war die Zusammenkunft bereit. Alle Stände waren aufgebaut und bestückt, die erste Schicht Harfner auf der Bühne und zum Konzert bereit. Rosa zeigte auf die breiten Stufen, die vom Eingang der Burg hinabführten, und da kamen Burgherr und Burgherrin, die in ihren braunen Gewändern prachtvoll aussahen und langsam herunterschritten, um den Hof der Zusammenkunft offiziell freizugeben. Sie wurden von den Drachenreitern und einer Schar von Leuten begleitet, jung und alt und alle mit dem Burgherrn verwandt. Rosa zufolge hatte Baron Groghe eine große Familie.

»Oh, laß uns die Eröffnung nicht verpassen«, sagte Spacia zu

Tenna. Rosa hatte Cleve in die Station begleitet und half Penda, der Gruppe von Boll nach ihrem langen Lauf ein zweites Frühstück zuzubereiten.

Und so hatten die beiden Mädchen gute Plätze, um Burgherr und Burgherrin ihren offiziellen Rundgang durch die Zusammenkunft machen zu sehen.

»Da ist Haligon«, sagte Spacia in scharfem Ton.

»Welcher?«

»Er trägt Braun«, sagte Spacia.

Jetzt war Tenna auch nicht schlauer. »Da sind eine Menge Leute, die Braun tragen.«

»Er geht direkt hinter Baron Groghe.«

»Eine Menge andere Leute auch.«

»Er hat den schönsten Lockenkopf«, fügte Spacia hinzu.

Es gab zwei, auf die diese Beschreibung zutraf, aber Tenna entschied, daß es der kleinere der jungen Männer sein mußte, dessen Gang etwas Angeberisches hatte. Das mußte Haligon sein. Er war nicht häßlich, aber der größere Mann in Braun gefiel ihr besser: Er war vielleicht nicht so attraktiv, hatte aber ein netteres Grinsen im Gesicht. Seinem selbstgefälligen Gesichtsausdruck nach zu urteilen, hielt sich Haligon offenbar für einen tollen Burschen.

Tenna nickte. Sie würde ihm Saures geben, das würde sie.

»Komm, wir sollten uns umziehen, bevor das Volk sich oben breitmacht«, sagte Spacia und berührte Tenna am Arm, um ihre Aufmerksamkeit zu erregen.

Jetzt, wo sie Haligon identifiziert hatte, war Tenna durchaus bereit, so gut herauszuputzen, wie sie konnte. Spacia war ebenfalls fest entschlossen, ihr dabei zu helfen, und machte sich viel Mühe mit Tennas Äußerem, frisierte ihr das Haar, so daß es das Gesicht umrahmte, half ihr mit Lippenstift und einem Hauch Lidschatten.

»Bringt das Blaue in ihnen zur Geltung, obwohl deine Augen eigentlich grau sind, richtig?«

»Kommt drauf an, was ich anziehe.« Tenna drehte sich einmal vor dem großen Spiegel herum, so daß das diagonal geschnittene Kleid um ihre Knöchel wirbelte. Sie war Spacias Vorschlag gefolgt und füllte die etwas zu großen geborgten Schuhe mit dicken Socken aus. Und sie sahen auch nicht klobig am Ende ihrer Beine aus, wie es aufgrund ihrer langen Füße häufig vorkam. Sie mußte mit einem Anflug von Zufriedenheit zugeben, daß sie »hübsch« aussah.

Dann stellte sich Spacia neben sie, und ihr gelbes Kleid bildete einen attraktiven Kontrast zu Tennas dunkelblauem.

»Huch, ich sollte dir besser noch ein Paar Läuferkordeln suchen, sonst denken alle, du bist neu in der Harfnerhalle.«

»Vielleicht sollte es so aussehen, als ob ich zur Harfnerhalle gehöre«, sagte Tenna nachdenklich. »Auf diese Weise könnte ich Haligon die Hölle heiß machen, bevor er Verdacht schöpft.«

»Hmm, das wäre tatsächlich eine gute Idee«, stimmte Spacia zu.

Rosa kam herein und zerrte an ihren Sachen, so eilig hatte sie es, sich umzuziehen.

»Brauchst du Hilfe?« fragte Spacia, als Rosa ihr pinkfarbenes Zusammenkunftskleid mit dem Blumenmuster vom Bügel zog.

»Nein, nein, aber geht da runter und haltet Felisha von Cleve fern! Wißt ihr, sie ist fest entschlossen, ihn sich zu angeln. Kam hereinspaziert, bevor er auch nur mit Essen fertig war, und hat sich an seinen Arm gehängt, als wären sie ein Paar.« Rosas Stimme klang gedämpft, als sie sich das Kleid über den Kopf zog. Sie hörten alle ein leises Reißen, worauf Rosa erschrocken aufschrie und mit dem halb angezogenen Kleid vollkommen reglos stehen blieb. »Oh, nein, nein! Was habe ich aufgerissen? Was soll ich tun? Wie schlimm ist es? Könnt ihr es sehen?«

Zwar war nur der Saum ein wenig aufgerissen, und Spacia fädelte Zwirn in eine Nadel ein, um den Schaden zu beheben, aber Rosa war so außer sich beim Gedanken an ihre Rivalin, daß Tenna sich freiwillig anbot, nach unten zu gehen.

»Weißt du, welcher Cleve ist?« fragte Rosa nervös, worauf Tenna nickte und das Zimmer verließ.

Sie erkannte Felisha, noch ehe sie Cleve erkannte. Das Mädchen, dessen Gesicht halb von einem Schopf schwarzer Locken verdeckt wurde, benühte sich heftig flirtend um den großen Läufer mit dem markanten Gesicht. Er hatte ein einnehmendes, wenn auch ein wenig abwesendes Lächeln und sah immer wieder zur Treppe. Tenna kicherte in sich hinein. Rosa hätte sich keine Sorgen machen müssen. Cleve fühlte sich offenbar mit Felishas schmachtenden Blicken und der Art, wie sie das Haar über die Schulter warf und ins Gesicht fallen ließ, nicht wohl.

»Cleve?« fragte Tenna, als sie auf die beiden zuging. Felisha sah sie wütend an und gab ihr mit einem Kopfnicken zu verstehen, daß sie sich verziehen sollte.

»Ja?« Cleve machte einen Schritt auf Tenna zu und von Felisha weg, die daraufhin das Standbein wechselte und ihren Arm auf eine besitzergreifende Weise bei ihm unterhakte, die Cleve offensichtlich aufbrachte.

»Rosa hat mir erzählt, daß du auch einen Zusammenstoß mit Haligon gehabt hast?«

»Ja, das stimmt«, sagte Cleve, der das Thema aufgriff und versuchte, sich zu befreien. »Hat mich vor sechs Siebentagen auf dem Weg nach Boll umgerannt. Ich habe mir eine böse Zerrung zugezogen. Rosa hat gesagt, dich hat er in Stichlingsbusch gedrängt, so daß du dir ein paar gemeine Dornen eingehandelt hast. In der Hügelkurve ist das passiert, richtig?«

Tenna hob die Hände und zeigte die Pünktchen der Einstiche, die noch zu sehen waren.

»Wie schrecklich!« sagte Felisha unaufrichtig. »Dieser Junge ist viel zu rücksichtslos.«

»Stimmt«, sagte Tenna, die dieses Mädchen überhaupt nicht mochte, aber liebenswürdig lächelte. Sie war eindeutig zu vierschrötig für eine Läuferin. Ihre wilder Haarschopf verdeckte die Kordeln irgendwelcher Hallen oder Burgen, die sie vielleicht trug. Tenna wandte sich an Cleve. »Spacia hat mir gesagt, daß du eine Menge über die hiesige Lederproduktion weißt, und ich brauche neue Schuhe.«

»Gerbt man dort, wo du herkommst, keine Häute?« fragte Felisha hochnäsig.

»Station Siebenundneunzig, richtig?« sagte Cleve grinsend. »Komm, ich bin selbst auf der Suche nach neuem Leder, und je größer die Zusammenkunft, desto besser die Chance auf einen guten Preis, richtig?« Er befreite sich von Felisha, nahm Tenna am Arm und schob sie zur Tür.

Tenna konnte noch kurz Felishas wütendes Gesicht sehen, als sie sich aus dem Staub machten.

»Ich danke dir, Tenna«, sagte Cleve und atmete erleichtert aus, als sie über den Hof zum Zusammenkunftsplatz gingen. »Dieses Mädchen ist eine Landplage.«

»Ist sie eine Läuferin von Boll? Sie hat sich nicht vorgestellt.«

Cleve kicherte. »Nein, sie gehört zur Weberhalle«, sagte er wegwerfend, »aber meine Station überbringt Nachrichten für ihren Handwerksmeister.« Er verzog das Gesicht.

»Tenna?« rief Torlo von der Tür aus, und sie blieben beide stehen und warteten, bis er bei ihnen war.

»Hat dir schon jemand Haligon gezeigt?« fragte er.

»Ja, Rosa und Spacia. Er war hinter dem Burgherrn. Ich werde ein Wörtchen mit ihm reden, wenn wir uns begegnen.«

»Braves Mädchen, braves Mädchen«, sagte Torlo, drückte ihr aufmunternd den Arm und ging zu seiner Station zurück.

»Wirst du das tun?« fragte Cleve mit vor Überraschung großen Augen.

»Werde ich was tun? Ihm Saures geben? Das werde ich allerdings«, sagte Tenna und bestärkte sich in ihrem Vorsatz. »Ihm etwas von dem wiedergeben, was er mir angetan hat.«

»Ich dachte, du bist in Stichlingsbusch gefallen?« Cleve war offenbar entschlossen, sie wörtlich zu verstehen. »Davon gibt es keine in einem Hof.«

»Ich glaube, es wird genügen, wenn ich den Tanzboden der Zusammenkunft mit ihm vermesse«, antwortete sie. Es war bestimmt nicht allzu schwer, jemanden in dieser Menschenmenge aufs Kreuz zu legen. Und sie hatte sich öffentlich dazu verpflichtet, diesem Haligon eine spürbare Lektion zu erteilen. Sogar Heiler Beveny half ihr. Sie war gleichsam gezwungen, ihren Worten Taten folgen zu lassen. Sie wollte ganz sicher nicht den Respekt in der Station verlieren. Sie holte tief Luft. Würde es genügen, ihm ein Bein zu stellen? Zumindest auf persönlicher Ebene. Da der Heiler ihre Verletzungen bezeugen konnte, würde ihm immer noch eine Anklage wegen fahrlässigen Verhaltens blühen. Und die Verletzungen hatten sie eindeutig drei Tage am Laufen gehindert – Einkommenseinbuße.

»Oh!« sagte sie, als sie am Stand der Weberhalle Stoffe ausgestellt sah: leuchtende Farben und Blumenmuster, aber auch Streifen in grellen und gedämpften Farben. Sie verschränkte die Arme hinter dem Rücken, weil der Drang, den Stoff zu befühlen, fast übermächtig war.

Cleve rümpfte die Nase. »Das ist das Material von Felishas Halle.«

»Oh, das Rot ist erstaunlich ...«

»Ja, es ist eine gute Halle ...«

»Trotz ihr?« Tenna kicherte über seine widerwillige Anerkennung.

»Ja ...« Und er grinste reumütig.

Sie kamen am Stand des Glaserhandwerks vorbei: Spiegel mit verschnörkelten Rahmen und Rahmen aus schlichtem Holz, Kelche und Trinkgläser in allen Formen und Farben, Krüge in allen Größen.

Tenna sah ihr Spiegelbild und hätte sich fast nicht erkannt, wenn Cleve nicht neben ihr gestanden hätte. Sie reckte die Schultern und lächelte dem fremden Mädchen im Spiegel zu.

Der nächste Stand bot eine große Ausstellung der Schneiderhalle mit fertigen Textilien in verlockender Vielfalt: Kleider, Hemden, Hosen und intimere Kleidungsstücke – verführerische Waren, ohne Zweifel, und entsprechend drängten sich die Käufer.

»Warum ist Rosa noch nicht hier?« fragte Cleve, der über die Schulter zur Station sah, die sichtbar bleiben würde, bis sie um die Ecke gingen.

»Nun, sie wollte besonders schön für dich aussehen«, sagte Tenna.

Cleve grinste. »Sie sieht immer schön aus!« Und plötzlich wurde er rot.

»Sie ist ein sehr freundliches und aufmerksames Mädchen«, sagte Tenna aufrichtig.

»Ah, da sind wir ja«, sagte er und zeigte zu den Häuten, die in einem Stand an der Ecke des Platzes ausgestellt waren. »Aber ich glaube, es gibt mehrere Stände. Die Zusammenkünfte von Fort sind groß genug, daß sie eine Menge Handwerkshallen anlocken. Sehen wir uns erst das gesamte Angebot an. Kannst du gut feilschen? Wenn nicht, sollten wir es Rosa überlassen. Sie kann das sehr gut. Und alle würden wissen, daß sie es ernst meint. Du bist unbekannt, da könnten sie glauben, sie können dich übers Ohr hauen.«

Tenna grinste verschlagen. »Ich versichere dir, ich habe vor, das Beste für mein Geld zu bekommen.«

»Dann sollte ich dir nicht beibringen, wie man auf Wegen läuft, oder?« fragte Cleve mit einem Anflug von Zerknirschung in der Stimme.

Tenna lächelte ihn an und schlenderte ziellos an dem Lederstand vorbei. In dem Moment holte Rosa sie ein und gab Tenna einen Kuß, als hätten sie sich nicht vor fünfzehn Minuten erst gesehen. Cleve legte Rosa einen Arm um die Schultern und flüsterte ihr etwas ins Ohr, woraufhin sie kichern mußte. Andere potentielle Käufer gingen um die drei herum, die mitten in dem breiten Gang standen. Tenna hatte nichts dagegen einzuwenden, die Lederwaren zu begutachten, ohne daß es danach aussah. Der fahrende Händler hinter dem Tresen tat so, als würde er nicht sehen, wie sie seine Waren nicht ansah. Außerdem versuchte sie, Haligon in der Menge der Leute zu entdecken, die über den Hof schlenderten.

Als sie ihren ersten Rundgang über den Platz beendet hatten, war es fast unmöglich geworden, durch die Menge zu kommen. Aber eine ordentliche Menschenmenge gehörte nun mal zu einer Zusammenkunft, und das Läufertrio genoß die Atmosphäre. Sie verbrachten soviel Stunden mit einer Arbeit, die einsam und zeitraubend war, und obendrein meistens dann geleistet wurde, wenn andere schon ihr Tagwerk getan hatten und mit Freunden oder der Familie beisammen saßen. Sicher, sie hatten die beständige Befriedigung zu wissen, daß sie einen wichtigen Dienst verrichteten, aber daran dachte man nicht, wenn man durch kalten Regen lief oder sich bei heftigem Gegenwind abquälte. Da dachte man mehr daran, was man *nicht* hatte und was einem entging.

Erfrischungsstände boten alle Arten von Getränken und Leckereien feil. Als sie ihren ersten Rundgang beendet hatten, kauften sie etwas zu essen und zu trinken und setzten sich an einen der Tische bei der Tanzfläche.

»Da ist er!« sagte Rosa plötzlich und zeigte über den Platz zu einer Gruppe junger Männer, die Mädchen in ihren besten Zusammenkunftskleidern bewunderten. Es war Brauch, sich einen Zusammenkunftspartner zu suchen, mit dem man das Fest verbrachte – dazu gehörte der Tag, das Abendessen, der Tanz und worauf man sich sonst noch in beiderseitigem Einvernehmen einlassen wollte. Alle kannten die Grenzen und achteten darauf, daß die Details rechtzeitig arrangiert wurden, damit niemand die Absichten des anderen mißverstand.

Dies wäre die ideale Gelegenheit, um Haligon von seinem hohen Roß zu stoßen. Die Stelle, wo er mit seinen Freunden stand, lag am Rand der Straße, die staubig und mit dem Kot aller Zugtiere verunreinigt war, die die Wagen der Zusammenkunft gezogen hatten. Er würde albern aussehen, seine gute Kleidung durcheinander. Mit etwas Glück würde sie seine teure Zusammenkunftskleidung nicht nur staubig, sondern auch schmutzig machen.

»Entschuldigt mich«, sagte Tenna und stellte ihr Getränk ab. »Ich muß eine Rechnung begleichen.«

»Oh!« Rosas Augen wurden groß, aber ein anfeuerndes »Jo-ho« folgte Tenna, als sie quer über den Holzboden der Tanzfläche schritt.

Tenna ging direkt auf ihn zu, klopfte ihm auf die Schulter, und als er sich zu ihr umdrehte, wich sein durchtriebenes Lächeln einem abschätzenden, bewundernden Blick. Seine Augen leuchteten, und er war so vertieft in den Anblick, daß er nicht sah, wie Tenna den rechten Arm anwinkelte. Sie legte ihr ganzes Gewicht in den Schlag und traf ihn mit voller Wucht am Kinn. Er fiel um wie ein Stück Schlachtvieh und landete bewußtlos auf dem Rücken. Und mitten auf einem Kothaufen. Sie rieb sich die Hände voller Befriedigung, machte auf den Absätzen ihrer geborgten roten Schuhe kehrt und ging auf dem Weg zurück, auf dem sie gekommen war.

Sie war noch nicht sehr weit gekommen, als sie hörte, wie jemand sich ihr rasch näherte. Aus diesem Grund war sie vorbereitet, als sie am Arm gepackt und festgehalten wurde.

»Was sollte das alles?« Es war der große Bursche in Braun, der sie mit einem aufrichtig überraschten Gesichtsausdruck zu sich umdrehte. Und auch seine Augen musterten sie in ihrem engen blauen Kleid.

»Ich dachte, es täte ihm gut, etwas von dem zurückzubekommen, was er so rücksichtslos austeilt«, sagte sie und ging weiter.

»Augenblick mal. Was soll er dir getan haben? Ich habe dich noch nie in Fort gesehen, und er hat nie erwähnt, daß er jemand wie dich kennengelernt hat. Und das hätte er ganz bestimmt getan!« Seine Augen funkelten anerkennend.

»Ach ja?« Tenna legte den Kopf schief. Sie waren fast Auge in Auge. »Nun, er hat mich in Stichlingsbüsche geschubst.« Sie zeigte ihm ihre Hände, und sein Gesicht nahm einen besorgten Ausdruck an.

»Stichlingsbüsche? Die sind in dieser Jahreszeit gefährlich.«

»Das habe ich auch gemerkt ... auf schmerzhafte Weise«, antwortete sie scharf.

»Aber wo? Wann?«

»Das spielt keine Rolle. Ich habe die Rechnung beglichen.«

»Wahrhaftig!« Und sein Grinsen war respektvoll. »Aber bist du sicher, daß es mein Bruder war?«

»Kennst du alle Freunde von Haligon?«

»Haligon?« Er blinzelte. Nach einer Pause, während der sich eine ganze Reihe Erwägungen in seinen Augen spiegelten, sagte er: »Ich dachte, ja.« Und er lachte nervös. Dann gab er ihr den Weg frei. Sie konnte sehen, daß er sich bemühte, sie nicht zu verärgern, und das bereitete ihr eine erneute amüsierte Befriedigung.

»Es gibt eine Menge, das Haligon unter den Teppich kehren möchte«, sagte sie. »Er ist ein rücksichtsloser Kerl.«

»Und du bist diejenige, die ihm Manieren beibringen will?« Er nahm die Hand vor den Mund, aber sie sah das Lachen in seinen Augen strahlen.

»Jemand muß es tun.«

»Ach? Was genau hat er dir denn getan? Es kommt nicht oft vor, daß ... Haligon ... so niedergestreckt wird. Hättest du nicht eine weniger öffentliche Stelle suchen können, um ihm eine Lektion zu erteilen? Du hast seinen besten Anzug besudelt.«

»Eigentlich habe ich die Stelle mit Absicht gewählt. Um ihn spüren zu lassen, wie es ist, wenn man unerwartet zu Boden geworfen wird.«

»Ja, kann ich mir denken. Aber wo bist du ihm begegnet?«

»Er ist auf einem Laufweg geritten, im gestreckten Galopp, mitten in der Nacht ...«

»Oh.« Und er blieb wie angewurzelt und mit einem seltsamen, fast schuldbewußten Ausdruck stehen. »Wann war das?« fragte er ohne Spur von Heiterkeit.

»Vor vier Nächten, an der Hügelkurve.«

»Und?«

»Ich wurde in Stichlingsbüsche geworfen.« Mit diesen Worten streckte sie das rechte Bein von sich und zog den Rock hoch genug, daß er die roten Pünktchen der heilenden Verletzungen sehen konnte. Und zeigte ihm noch einmal die freie Hand mit den allmählich verheilenden Einstichen.

»Haben sie sich entzündet?« Er kannte offenbar die Gefahren, die von Stichlingsbüschen ausgingen, und klang jetzt ehrlich bestürzt.

»Wir haben die Dornen nicht weggeworfen«, sagte sie in strengem Tonfall. »Heiler Beveny bewahrt sie als Beweis auf. Ich konnte deshalb drei Tage nicht arbeiten.«

»Das tut mir leid.« Und es hörte sich aufrichtig an; seine Miene war ernst. Dann schüttelte er unmerklich den Kopf und sah sie ein wenig argwöhnisch an, aber mit einem Ausdruck in den Augen, der ihr verriet, daß er sie attraktiv fand. »Wenn du mir versprichst, daß du mich nicht zu Boden schlägst, muß ich dir sagen, daß du nicht wie die meisten Läuferinnen aussiehst, die ich kenne.« Sein Blick verweilte nur kurz auf ihrem Leibchen, dann räusperte er sich hastig. »Ich sollte besser wieder zurück und nachsehen, ob ... Haligon wieder zu sich gekommen ist.«

Tenna warf einen kurzen Blick auf die Gruppe der Leute, die sich um ihr Opfer geschart hatten, nickte ihm freundlich zu und setzte ihren Weg zu Rosa und Cleve fort.

Sie sahen blaß und schockiert aus.

»Na also! Der Ehre wurde Genüge getan«, sagte sie und nahm wieder Platz.

Rosa und Cleve sahen sich an.

»Nein«, sagte Rosa und beugte sich zu ihr, eine Hand auf Tennas Unterarm. »Du hast nicht Haligon niedergeschlagen.«

»Nicht? Aber das ist der Mann, den ihr mir gezeigt habt! Er ist in Braun ...«

»Haligon auch. Er ist derjenige, der dir über die Tanzfläche gefolgt ist. Mit dem du geredet hast, und ich glaube nicht, daß du ihm Saures gegeben hast.«

»Oh.« Tenna ließ sich kraftlos in den Stuhl sinken. »Ich habe den falschen Mann geschlagen?«

»Hm-hmm«, sagte Rosa, und sie und Cleve nickten beide.

»Oje« Und damit wollte sie aufstehen, aber Rosa hielt sie hastig zurück.

»Ich glaube nicht, daß eine Entschuldigung etwas nützen wird.«

»Nicht? Wen habe ich denn geschlagen?«

»Seinen Zwillingsbruder Horon, der auf seine Weise schlimm genug ist.«

»Zweifellos, bei dem lüsternen Blick, den er mir zugeworfen hat.« Tenna war schon halbwegs überzeugt, daß sie wenigstens jemanden geschlagen hatte, der es verdiente.

»Horon ist ein unverschämter Kerl, und anständige Mädchen wollen nichts mit ihm zu tun haben. Schon gar nicht bei einer Zusammenkunft.« Dann kicherte Rosa und schlug eine Hand vor den Mund. »Er hat dich wirklich von oben bis unten angesehen. Wir haben gedacht, deshalb hättest du ihn geschlagen.«

Als ihr die Wucht ihres Schlags einfiel, rieb sich Tenna die schmerzenden Knöchel.

»Irgend jemandem hast du vermutlich einen Gefallen getan«, sagte Cleve grinsend. »Das war ein anständiger Schlag.«

»Haben mir meine Brüder beigebracht«, sagte Tenna geistesabwesend und sah zu der Gruppe auf der anderen Seite des Hofs. Sie war ein wenig erleichtert, als Horon auf die Füße geholfen wurde. Und nicht unglücklich darüber, daß er taumelte und gestützt werden mußte. Als die Gruppe um Horon weiterzog, sah sie Haligon zur Station gehen. »Warum geht er zur Station?«

»Darüber würde ich mir keine Gedanken machen«, sagte Rosa und stand auf. »Torlo wird ihn mit Vergnügen daran erinnern, was er Läufern schon alles angetan hat.«

»Auch wenn sie nicht so hübsch waren wie du«, sagte Cleve. »Laß uns nach deinem Leder sehen.«

Sie brachten ihre leeren Gläser zum Erfrischungsstand zurück. Tenna warf noch einen Blick zur Station, aber von Haligon oder Torlo war nichts zu sehen, auch wenn ein ständiges Kommen und Gehen herrschte. Sollte wohl so sein während einer Zusammenkunft. Würde sie auch Haligon niederschlagen müssen? Um ihre Läuferehre zu verteidigen? Das würde nicht leicht werden, denn er war ziemlich vorsichtig gewesen, als er sich ihr auf der Tanzfläche genähert hatte.

Nach einer zweiten Runde um die Stände beschlossen sie, sich nach den Preisen zu erkundigen, die verlangt wurden. Beim ersten Gerberstand führte Cleve weitgehend die Verhandlungen, daher blieb die wahre Interessentin von den Schmeicheleien des fahrenden Gerbers, eines Mannes namens Ligand, verschont.

»Blau für eine Harfensängerin?« hatte Ligand gesagt und Tenna angesehen. »Ich dachte, daß du dir die Auslage vorhin schon angesehen hättest.«

»Ich bin Läuferin«, sagte Tenna.

»Sie sieht in Blau einfach am besten aus«, sagte Rosa hastig, falls es Tenna peinlich sein könnte zuzugeben, daß sie ein geliehenes Kleid trug.

»Das ist wohl wahr«, sagte Ligand. »Ich hätte sie nie für eine Läuferin gehalten.«

»Warum nicht?« fragte Rosa ärgerlich.

»Weil sie Blau trägt«, sagte Ligand achtungsvoll. »Also, welche Farbe wäre denn an diesem schönen Zusammenkunftstag recht?«

»Ich hätte gern Dunkelgrün«, sagte Tenna und zeigte auf einen Stapel von Häuten in verschiedenen entsprechenden Farbtönen auf dem Regal hinter dem Gerber.

»Gute Wahl für eine Läuferin«, sagte er und beförderte den ganzen Stapel mit einer geschickten Bewegung auf den Tresen. Dann ging er zum anderen Ende seines Stands, wo zwei Interessenten schwere Gürtel begutachteten.

»Damit das Moos der Wege keine Flecken hinterläßt«, bemerkte Rosa, als Tenna den Stapel begutachtete und das Leder betastete.

»Wir in Boll bevorzugen Rotbraun«, sagte Cleve. »Der Boden unten in Boll hat zum größten Teil diese Farbe. Und das Moos wächst in der Hitze nicht so gut wie im Norden.«

»In Igen wächst es prima«, sagte Tenna, die dort schon gelaufen war.

»Das stimmt«, sagte Cleve nachdenklich. »Die gefällt mir«, fügte er hinzu und strich mit der Hand über eine Haut, ehe Tenna zur nächsten übergehen konnte. »Ein schönes tiefes Smaragdgrün.«

Tenna hatte sie auch in Erwägung gezogen. »Das reicht aus für Stiefel. Ich brauche nur etwas für Sommerschuhe. Er wird sie bestimmt nicht zerschneiden wollen.«

»Aha, du hast eine gefunden, die dir gefällt, ja? Ich kann dir dafür einen guten Preis machen.« Ligand bekam offensichtlich alles mit, was sich an seinem Stand abspielte. Er drehte die Haut um und las, was auf der Unterseite geschrieben stand. »Ich gebe sie dir für neun Mark.«

Rosa stöhnte auf. »Fünf wäre schon schwerer Diebstahl.« Dann sah sie zerknirscht drein, weil sie Einwände erhoben hatte, wo doch Tenna die potentielle Käuferin war.

»Das finde ich auch«, sagte Tenna, die nur vier ausgeben konnte. Sie tätschelte die Haut noch einmal, lächelte Ligand höflich zu und ging. Ihre Begleiter folgten ihr hastig.

»Eine bessere Qualität wirst du nirgends finden«, rief Ligand ihnen hinterher.

»Es war eine gute Qualität«, murmelte Tenna, während sie sich entfernten. »Aber vier Mark ist mein Limit.«

»Oh, dafür sollten wir eine kleinere Haut finden können, wenn auch vielleicht nicht im selben Grün«, sagte Rosa unbekümmert.

Aber nach der dritten Runde hatten sie alle grünen Häute gesehen, die zum Verkauf standen, und keine gefunden, die denselben Farbton hatte oder so wunderbar weich gegerbt war.

»Ich habe einfach keine fünf, selbst wenn wir ihn darauf herunterhandeln könnten«, sagte Tenna. »Die braune am dritten Stand tut es auch. Sollen wir es damit versuchen?«

»Oh«, sagte Rosa und blieb wie angewurzelt stehen.

Auch Cleve war stehengeblieben, aber Tenna konnte nicht sehen, was sie so beunruhigt hatte, bis plötzlich ein Mann aus der Menge trat und sich ihnen direkt in den Weg stellte. Sie erkannte den großen, weißhaarigen Mann von der Zeremonie am Vormittag als den Burgherrn Baron Groghe.

»Läuferin Tenna?« fragte er förmlich. Aber der Ausdruck in seinen weit auseinanderliegenden Augen war freundlich.

»Ja«, sagte sie und hob leicht das Kinn. Würde er jetzt ihr Saures geben, weil sie seinen Sohn Horon niedergeschlagen hatte? Sie konnte auf keinen Fall zugeben, daß sie sich den Falschen ausgesucht hatte.

»Sollen wir uns mit deinen Freunden dort drüben hinsetzen?« sagte Baron Groghe und zeigte auf einen freien Tisch. Er legte ihr eine Hand an den Ellbogen und führte sie mit sanftem Nachdruck dorthin, aus dem Strom der Menschen hinaus.

Tenna dachte verwirrt, daß weder sein Ausdruck noch sein Tonfall besonders dominant waren. Er war ein gedrungener Mann mit rundlichem Gesicht und dem Ansatz eines Doppelkinns und lächelte jedermann freundlich zu, als sie zu dem Tisch gingen. Er machte den Weinhändler auf sich aufmerksam und hielt vier Finger hoch. Der Weinhändler nickte und beeilte sich, sie zu bedienen.

»Ich muß mich bei dir entschuldigen, Läuferin Tenna.« Er sprach mit gedämpfter Stimme.

»Wirklich?« Und als sie Rosas verwunderten Gesichtsausdruck sah, fügte sie nach nur kurzem Zögern hinzu: »Baron Groghe?«

»Mein Sohn Haligon hat dich vor vier Nächten vom Weg abgedrängt, wie ich erfahren habe, und du bist dabei so schwer verletzt worden, daß du einige Tage nicht laufen konntest.« Groghe zog die Augenbrauen zu einem Stirnrunzeln zusammen, das den Umständen galt, nicht ihrer Rolle dabei. »Ich muß gestehen, ich habe Gerüchte über die Beschwerden anderer Läufer gehört, weil er ihre Wege benutzt. Stationsmeister Torlo hat mir von einigen Beinahezusammenstößen berichtet. Du darfst gewiß sein, daß Haligon die Wege von nun an den Läufern überlassen wird, die sie gemacht haben. Du stammst von Station Siebenundneunzig? Burg Keroon?«

Tenna nickte nur. Sie konnte es kaum glauben. Ein Burgherr entschuldigte sich bei ihr?

»Mein Sohn Haligon hatte keine Ahnung, daß er dich in jener besagten Nacht fast niedergeworfen hätte. Er mag rücksichtslos sein«, und Groghe lächelte ein wenig nachsichtig, »aber er würde niemals absichtlich jemanden verletzen.«

Rosa stieß Tenna in die Rippen, und Tenna wurde klar, daß sie diese Gelegenheit nicht ungenutzt verstreichen lassen durfte, nicht nur ihretwegen, sondern im Interesse aller Läufer.

»Baron Groghe, ich ... wir alle«, und sie schloß Rosa und Cleve mit ein, »wären dankbar zu wissen, daß wir ohne Störung auf unseren Wegen laufen können. Ich hatte kaum eine Chance zu bemerken, daß jemand anders den Weg benutzte. Der Hügel verbarg ihn vor meinen Blicken, und der Wind übertönte den Hufschlag. Ich hätte richtig schwer verletzt werden können. Die Wege sind nicht breit, wie Ihr wißt.« Er nickte, und sie fuhr kühn fort: »Und sie wurden für Läufer angelegt, nicht für Reiter.« Er nickte wieder. »Ich glaube, die Station Fort wäre Euch dankbar, wenn Ihr dafür Sorge tragen würdet, daß wirklich nur Läufer die Wege benutzen.«

Danach fiel ihr nichts mehr ein. Sie saß nur da und lächelte mit nervös zuckenden Mundwinkeln.

»Mir wurde gut und aufrichtig Bescheid gesagt, Läuferin Tenna.« Er lächelte sie an und senkte den Blick einen Sekundenbruchteil auf ihren Ausschnitt. »Du bist ein sehr hübsches Mädchen! Blau steht dir gut.« Er tätschelte kurz ihre Hand, bevor er aufstand. »Ich habe Torlo gesagt, daß die Störungen unterbleiben.« Dann fügte er mit seiner üblichen tragenden Stimme hinzu: »Genießt die Zusammenkunft, Läufer! Und den Wein.«

Damit stand er auf und entfernte sich, nickte und lächelte und ließ die drei Läufer wie betäubt zurück. Rosa erholte sich als erste. Sie nahm einen kräftigen Schluck Wein.

»Torlo hatte recht. Du hast es geschafft«, sagte sie. »Und das ist ein *guter* Wein.«

»Was würden sie Baron Groghe sonst servieren?« fragte Cleve und rückte das Glas, das am Platz des Burgherrn stehengeblieben war, unauffällig näher zu seinem. Der Schluck, den Baron Groghe getrunken hatte, hatte den Inhalt kaum reduziert. »Wir können uns das hier teilen.«

»Ich kann nicht glauben, daß der Burgherr sich entschuldigt hat.« Tenna schüttelte den Kopf, Hand auf der Brust. »Bei ... mir. Tenna.«

»Du bist doch diejenige, die verletzt worden ist, oder nicht?« sagte Rosa.

»Schon, aber ...«

»Aber woher hat Baron Groghe es gewußt?« beendete Cleve die Frage Tennas.

»Wir haben alle gesehen, wie Haligon zur Station gegangen ist«, sagte Rosa, ehe sie noch einen Schluck Wein trank. Sie verdrehte die Augen, um den Geschmack zu würdigen. »Aber Baron Groghe ist ein gerechter Mann, auch wenn er für gewöhnlich denkt, daß Frauen Schwachköpfe sind. Aber er ist gerecht.« Dann kicherte sie wieder. »Und er hat gesagt, wie hübsch du bist, das hat auch geholfen, weißt du. Haligon mag hübsche Mädchen. Baron Groghe auch, aber der beläßt es bei Blicken.«

Die drei Läufer hatten sich so sehr auf ihre Unterhaltung konzentriert, daß sie Haligon erst sahen, als er das grüne Stück Leder von Ligands Stand vor Tenna ausrollte.

»Ich entschuldige mich hiermit ausdrücklich, Läuferin Tenna! Ich hatte wirklich keine Ahnung, daß in jener Nacht jemand auf dem Weg war«, sagte Haligon und verbeugte sich höflich, ohne den Blick von Tennas Gesicht abzuwenden. Dann wurde seine zerknirschte Miene zu einer verdrießlichen. »Der Stationsmeister hat mir die Hölle heiß gemacht. Und mein Vater auch.«

»Oh, hast du Tenna nicht geglaubt?« fragte Rosa ihn keck.

»Wie konnte ich angesichts der Verletzungen, die sie mir gezeigt hat, ihre Worte bezweifeln?« fragte Haligon. Er winkte den Weinhändler an ihren Tisch.

Cleve gab ihm durch eine Handbewegung zu verstehen, daß er sich zu ihnen setzen solle.

»Geht es … deinem Bruder wieder besser?« fragte Tenna, eine Frage, die sie Baron Groghe nicht zu stellen gewagt hatte.

Haligons Augen funkelten fröhlich. »Nun, ihm hast du auch eine Lektion erteilt.«

»Normalerweise laufe ich nicht herum und schlage Leute nieder«, sagte Tenna und bekam wieder einen verstohlenen Rippenstoß von Rosa, die neben ihr saß. »Es sei denn, sie haben es verdient.« Sie beugte sich vor, weg von Rosa. »Ich wollte *dich* schlagen.«

Haligon rieb sich das Kinn. »Ich bin froh, daß du es nicht getan hast. Als Meister Torlo mir sagte, daß du drei Tage nicht laufen konntest, wußte ich, daß es meine Schuld war. Dann erzählte er mir von den anderen Unfällen, die beinahe passiert wären. Würdest du dieses Leder als Entschädigung akzeptieren, zusammen mit meiner Entschuldigung?«

»Dein Vater hat sich schon entschuldigt.«

»Ich entschuldige mich selbst, Läuferin Tenna«, sagte er mit einem scharfen Unterton.

»Ich akzeptiere, aber ... « Sie wollte das Leder ablehnen, als ihr Rosa wieder einen Rippenstoß gab. Wenn es in dem Tempo weiterging, würde sie blaue Flecken an den Rippen bekommen. »Ich akzeptiere.«

»Gut, denn ich hätte keine Freude an dieser Zusammenkunft ohne deine Vergebung«, sagte Haligon erleichtert. Er hob das Glas, das er gerade bekommen hatte, neigte es in ihre Richtung und trank. »Würdest du mir einen Tanz reservieren?«

Tenna tat so, als dächte sie nach. Aber insgeheim war sie ganz aufgeregt, denn trotz des unglücklichen Verlaufs ihrer ersten Begegnung hatte Haligon etwas an sich, das sie höchst attraktiv fand. Für alle Fälle rutschte sie auf ihrem Stuhl herum und rückte den Oberkörper ein wenig von Rosa ab, um einem weiteren Rippenstoß zu entgehen.

»Ich hatte gehofft, ich könnte beim Wurftanz mitmachen«, begann sie, und als Haligon eifrig den Mund aufmachen wollte, um den für sich zu fordern, fügte sie hinzu: »Aber mein rechtes Bein ist noch nicht ganz ausgeheilt.«

»Aber doch sicher gesund genug für die ruhigeren Tänze?« fragte Haligon. »Mir schien, als hättest du ganz gut gehen können.«

»Ja, gehen ist keine Anstrengung für mich ... «, und Tenna zögerte noch einen Moment, »aber ich hätte gern einen Partner.« Was ihm ermöglichte, um mehr als nur einen Tanz zu bitten.

»Also die langsamen?«

»Beveny hat um einen gebeten, vergiß das nicht«, sagte Rosa beiläufig.

»Wann fängt der Tanz an?« fragte Tenna.

»Nicht vor Einbruch der Dunkelheit, nach dem Essen«, sagte Haligon. »Möchtest du beim Essen meine Tischpartnerin sein?«

Sie hörte, wie Rosa scharf Luft holte, aber sie hielt ihn wirklich für einen umgänglichen Menschen. Die Einladung war gewiß akzeptabel. »Es wäre mir eine Freude«, sagte sie höflich.

Damit war es vereinbart, und Haligon stieß mit seinem letzten Rest Wein auf die Vereinbarung an, stand auf, verbeugte sich vor ihnen und entfernte sich vom Tisch.

»Jo-ho, Tenna«, murmelte Rosa, während sie der hochgewachsenen Gestalt nachsahen, die in der Menschenmenge der Zusammenkunft verschwand.

Cleve grinste ebenfalls. »Gut gemacht! Ich hoffe, du kommst bald während einer anderen Überquerung zurück, falls wir noch ein paar Probleme haben, bei denen du uns helfen kannst.«

»Ach, hör doch auf damit«, erwiderte Tenna schnippisch. Nun gestattete sie sich, die dunkelgrüne Lederhaut zu betasten. »Hat er uns beobachtet, was meint ihr? Wie konnte er das wissen?«

»Oh, niemand hat behauptet, daß Haligon ein Schwachkopf ist«, sagte Rosa. »Auch wenn er auf den Läuferwegen geritten ist.«

»Dann muß *er* es seinem Vater gesagt haben«, sagte Cleve. »Daß er für alles geradesteht, zeigt seinen guten Charakter. Vielleicht mag ich ihn am Ende doch.«

»Das scheint mir die richtige Reihenfolge zu sein«, sagte Rosa. »Aber wenn Torlo ihn darauf angesprochen hat, hat er bisher nie zugegeben, daß er die Läuferwege benutzt.« Sie grinste Tenna an. »Es stimmt, daß ein hübsches Mädchen mehr Aufmerksamkeit bekommt als ein unansehnliches wie ich.«

»Du bist nicht unansehnlich«, sagte Cleve indigniert und stellte fest, daß er in Rosas Falle getappt war, mit der sie ihm ein Kompliment entlocken wollte.

»Bin ich nicht?« antwortete sie und lächelte schelmisch.

»Ach, du!« sagte er. Dann lachte er und teilte Groghes Glas gerecht zwischen ihren Gläsern auf. »Viel zu gut, um ihn zu verschwenden.«

Tenna kehrte gerade lange genug in die Station zurück, um das wunderbare Leder zu verstauen. Und lange genug, um mit Bitten und Anfragen der anderen Läufer überschüttet zu werden, die ihr gratulierten und gerne mit ihr getanzt oder beim Abendessen neben ihr gesessen hätten.

»Hab ich's nich gesacht?« sagte Penda und hielt Tenna am Arm fest, als sie gehen wollte. Die Frau grinste von einem Ohr zum anderen. »Hübsche Mädchen finden immer Gehör, weißte.«

Tenna lachte. »Und Haligon wird von den Wegen fernbleiben.«

»Das hat sein Vater versprochen«, sagte Penda, »aber wir müssen abwarten, ob er's tut.«

»Ich werde dafür sorgen, daß er es tut«, verkündete Tenna unbekümmert und ging auf den Hof hinaus. Sie hatte sich noch nie so prächtig amüsiert.

Unten an der Straße bildeten sich die ersten Schlangen an den Grillplätzen, und sie fragte sich, ob Haligon sich mit der Einladung zum Essen nur über sie lustig gemacht und als Sohn des Burgherrn nie die Absicht gehabt hatte, sein Versprechen wahrzumachen. Dann stand er plötzlich neben ihr und bot ihr seinen Arm an.

»Ich habe es nicht vergessen«, murmelte er.

Da er der Sohn eines Burgherrn war, konnten sie sich an einer anderen Schlange am Grill anstellen und bekamen ihr Essen dadurch deutlich vor Cleve und Rosa. Haligon bestellte dazu von dem ausgezeichneten Wein, den sie schon am Nachmittag getrunken hatten, daher war Tenna recht fröhlich und entspannt, bis der Tanz anfing.

Sie hatte den ersten Tanz Grolly versprochen - weil er nie erwartet hätte, daß so ein hübsches Mädchen mit ihm tanzen würde und weil er sie als erster gefragt hatte -, und zu ihrer Überraschung tanzte Haligon ihn nicht mit jemand anders. Er wartete an ihrem Tisch, bis Grolly sie außer Atem zurückbrachte. Es war eine muntere Melodie, aber längst nicht so schnell oder kompliziert wie der Wurftanz. Der nächste Tanz war langsamer, und sie hielt Haligon die Hand hin, obwohl sich die Hälfte aller Läufer auf der Zusammenkunft inzwischen darum rissen, mit ihr tanzen zu können.

Er zog sie mit einer heftigen Bewegung in seine Arme, und plötzlich tanzten sie Wange an Wange. Er war nur ein wenig größer als sie, daher konnten sie ihre Tanzschritte mühelos aufeinander abstimmen. Nach einer Runde über die Tanzfläche hatte sie volles Vertrauen in seine Führung.

»Weißt du, wann du wieder laufen wirst?«

»Ich bin schon eine kurze Strecke gelaufen, runter zum Hafen«, sagte sie. »Genug, um mich aufzuwärmen.«

»*Wie schaffst* du nur so lange Strecken auf deinen Beinen?«

fragte er und hielt sie ein Stück von sich, damit er ihr Gesicht im Licht der Leuchtkörbe sehen konnte, die das Parkett säumten. Er schien es wirklich wissen zu wollen.

»Ein Teil ist natürlich Training. Ein Teil, weil unserer Familie das Laufen im Blut liegt.«

»Hättest du etwas anderes mit deinem Leben anfangen können?«

»Hätte ich, aber ich laufe gern. Das hat eine Art von ... Magie. Manchmal glaubt man, man könnte um die Welt laufen. Besonders gern laufe ich nachts. Man hat den Eindruck, als wäre man der einzige, der wach und am Leben und in Bewegung ist.«

»Das bist du wahrscheinlich auch, abgesehen von Schwachköpfen mit Reittieren auf Laufwegen, wo sie nichts verloren haben«, sagte er trocken. »Und wie *lange* läufst du schon?«

Es hörte sich an, als wäre er aufrichtig interessiert. Sie glaubte, daß sie vielleicht einen Fehler gemacht hatte, wegen etwas so Gewöhnlichem wie dem Laufen sentimental zu werden.

»Fast zwei ganze Planetenumläufe. Dies ist meine erste Überquerung.«

»Und ich war der Idiot, der sie unterbrochen hat«, sagte er.

Tenna wurde fast verlegen, weil er immer wieder auf seinen Fehler anspielte.

»Wie oft muß ich noch sagen, daß ich dir vergeben habe?« sagte sie und brachte die Lippen näher an sein Ohr. »Aus diesem grünen Leder kann ich schöne Schuhe für mich machen. Woher hast du übrigens gewußt, daß ich dieses Stück wollte? Bist du uns gefolgt?«

»Vater hat gesagt, ich müßte mir eine persönlichere Wiedergutmachung einfallen lassen, als dir Geld zu überreichen ...«

»Du hast Gerber Ligand doch nicht gegeben, was er verlangt hat, oder?« Ihre Frage klang ein wenig scharf, weil sie nicht wollte, daß er mehr hatte ausgeben müssen, als ihr erforderlich schien. Und sie lehnte sich in seinem Arm weit genug zurück, daß sie sein Gesicht sehen konnte, als er antwortete.

»Ich werde dir nicht sagen, wieviel, Tenna, aber es war ein fairer Handel. Das Problem war«, und nun klang Haligons Stimme wehmütig, »er wußte, wie sehr ich dieses spezielle Stück brauchte. Weißt du, alle reden hier von nichts anderem.«

Tenna hatte es vermutet und hoffte, sie würde es ihrer eigenen Station berichten können, bevor sie Gerüchte hörten, die immer stark übertrieben waren.

»Hmmm. Damit hätte ich rechnen müssen«, sagte sie. »Ich werde zwei Paar Sommerschuhe aus soviel Leder machen können und immer an dich denken, wenn ich sie trage.« Sie sah lächelnd zu ihm auf.

»Das ist nur recht und billig.« Er war offenbar zufrieden mit diesem Wortwechsel, denn er legte wieder die Arme um sie und zog sie ein wenig näher an sich. »Für eine andere Haut schienst du dich nicht so sehr zu interessieren. Also bin ich leichter davongekommen, als ich mir hätte träumen lassen. Ich wußte nicht, daß Läufer ihre Fußbekleidung selbst machen.«

»Das tun wir allerdings, und es ist viel besser, sie für sich selbst zu machen. Dann kann man nur sich allein die Schuld geben, wenn man Blasen bekommt.«

»Blasen? Die müssen schlimm sein für Läufer.«

»Fast so schlimm wie Stichlingsbuschdornen.«

Er stöhnte. »Werde ich das je wiedergutmachen können?«

»Du kannst es versuchen.« Vielleicht konnte sie ihn dazu bringen, die ganze Nacht mit ihr zu tanzen. Wahrscheinlich war er der beste Partner, den sie je gehabt hatte. Nicht, daß es ihr je an ihnen gefehlt hätte. Aber er war auf subtile Weise anders. Auch beim Tanzen, denn er schien viele Kombinationen der Tanzschritte zu kennen, und sie mußte sich wirklich auf ihre Füße konzentrieren, um seiner Führung zu folgen. Vielleicht lag es daran, daß er der Sohn eines Burgherrn war.

»Vielleicht liegt es daran, daß du eine Läuferin bist«, sagte er, und seine Bemerkung setzte sie in Erstaunen, weil es beinahe das war, was sie selbst gerade gedacht hatte, »aber du bist so unglaublich leichtfüßig.« Er legte die Hände noch fester um sie und zog sie so nahe an sich, wie er konnte.

Sie schwiegen beide und konzentrierten sich auf die komplizierten Tanzschritte. Für Tenna ging der Tanz viel zu früh zu Ende. Sie wollte ihn nicht loslassen. Und er sie auch nicht. Und so standen sie auf der Tanzfläche, Arme an den Seiten, aber dicht beisammen. Die Musik setzte wieder ein, ein schnellerer Tanz, und ehe sie ein Wort sagen konnte, hatte Haligon sie in seine Arme genommen und bewegte sich zum Rhythmus dieser Melodie. Diesmal mußten sie sich nicht nur auf die Schritte konzentrieren, sondern auch darauf, Zusammenstöße mit anderen ausgelassenen Tänzern zu vermeiden, die über das Parkett wirbelten.

Nach drei Tänzen in Folge winkte Haligon sie von der Tanzfläche, als das Ensemble wechselte, und tat so, als bräuchte er etwas zu trinken. Mit Gläsern gekühlten Weißweins führte er sie in den Schatten eines verlassenen Stands.

Sie lächelte in sich hinein und überlegte sich eine Reihe geschickter Zurückweisungen, falls sie vonnöten sein sollten.

»Ich glaube, du bist gar nicht lahm, Tenna«, sagte er im Plauderton. »Zumal wenn der Stationsmeister dich zum Hafen hinunter laufen läßt. Möchtest du nicht doch den ersten Wurftanz versuchen?«

Seine Miene forderte sie heraus.

»Wir werden sehen.«

Pause.

»Wirst du morgen wieder laufen?«

»Ich werde mich mit dem Wein zurückhalten, falls ich muß«, sagte sie, halb als Warnung für ihn, während sie das Glas hob.

»Wirst du es von hier in einem Stück zum Meer schaffen?«

»Wahrscheinlich. Es ist Frühling, also wird kein Schnee auf dem Paßweg liegen.«

»Würdest du auch gehen, wenn welcher läge?«

»Niemand in der Station hat etwas von Schnee auf den Pässen gesagt.«

»Du hältst die Ohren offen, ja?«

»Eine Läuferin muß den Zustand der Wege immer kennen.« Sie maß ihn mit einem strengen Blick.

»Schon gut, ich habe die Botschaft verstanden.«

»Recht so.«

Pause.

»Weißt du, du bist überhaupt nicht so, wie ich erwartet hatte«, sagte Haligon respektvoll.

»Dieses Kompliment kann ich durchaus erwidern, Haligon«, antwortete sie.

Die neuen Musiker spielten die ersten Akkorde des neuen Stücks, um die Leute auf den kommenden Tanz einzustimmen.

Als Tenna seinen Arm um die Schultern spürte, wehrte sie sich nicht gegen den sanften Druck. Auch nicht, als er sie mit beiden Armen umfing und sein Mund ihren fand. Es war ein schöner Kuß, nicht so nachlässig, wie andere gewesen waren, sondern gut auf ihren Lippen plaziert, als wüßte er genau, was er beim Küssen wollte. Auch seine Umarmung war sicher, er drückte sie nicht zu fest an sich. Respektvoll, dachte sie ... und dann, als der Kuß mit ihrem Zutun intensiver wurde, dachte sie an nichts anderes mehr als daran, das Gefühl zu genießen.

Haligon belegte sie den ganzen Abend mit Beschlag, und er machte es nicht ungeschickt. Er schleppte sie immer zur Tanzfläche ab, bevor ein anderer sie finden konnte. Sie küßten sich ziemlich oft zwischen den Tänzen. Er begegnete ihr mit mehr Respekt, als sie erwartet hatte. Und das sagte sie ihm.

»Bei dem Schlag, den du drauf hast, mein Mädchen«, antwortete er, »kannst du deine letzte Mark darauf wetten, daß ich nicht vorhabe, das Schicksal meines Bruders zu teilen.«

Er brachte ihr auch andere kalte Getränke als Wein. Das wußte sie noch mehr zu schätzen. Besonders, als die Musik des Wurftanzes einsetzte. Alle bis auf ein paar verwegene Paare verschwanden von der Tanzfläche.

»Wollen wir?« und Haligons Grinsen war die Herausforderung, die sie brauchte.

Die Schmerzen in ihrem rechten Schienbein waren wirklich nicht der Rede wert, und ihr Vertrauen in sein Geschick als Tänzer war den ganzen Abend gewachsen; andernfalls hätte sie nicht zugestimmt.

Im Verlauf des Tanzes mußte die Partnerin so hoch geschwungen werden, wie es nur ging, und wenn sie besonders geschickt war, würde sie sich in der Luft einmal um sich selbst drehen, bevor der Partner sie wieder fing. Es war ein gefährlicher Tanz, aber er machte solchen Spaß. Tennas älterer Bruder hatte ihn ihr beigebracht und so oft mit ihr geübt, daß ihr die Umdrehung gut gelang. Ihre Partner bei Zusammenkünften im Osten waren stets sicherer geworden, wenn sie wußten, wie leicht sie war und was für eine gute Tänzerin.

Schon nach dem ersten Wurf wußte sie, daß Haligon der beste

Partner war, den sie je gehabt hatte. Allgemeiner Jubel wurde laut, als sie einmal zwei Umdrehungen in der Luft schaffte, bevor er sie fing. Bei einer der wenigen engen Figuren des Tanzes flüsterte er ihr rasch Anweisungen ins Ohr, so daß sie auf den letzten Wurf vorbereitet war. Und sie konnte mitmachen, weil sie wußte, daß er dasein und sie nicht auf den Boden fallen lassen würde. Es sah fast so aus, als würde sie stürzen, und ein Aufschrei ging durch die Zuschauer, als er sie eine halbe Handbreit über dem Boden fing. Ein anderes Mädchen hatte dieses Glück nicht, trug aber außer der Kränkung keinen Schaden davon.

Cleve, Rosa, Spacia, Grolly und die meisten anderen aus der Station drängten sich um die beiden, als sie die Tanzfläche verließen, und gratulierten ihnen zu der Darbietung. Man bot ihnen Getränke, Fleischröllchen und andere Delikatessen an.

»Die Ehre der Station ist gerettet«, verkündete Cleve lautstark. »Und natürlich die der Burg«, fügte er großmütig hinzu und verbeugte sich vor Haligon.

»Tenna ist die beste Partnerin, die ich je hatte«, antwortete Haligon und wischte sich über das Gesicht.

Dann kam Torlo durch die Menge und klopfte Tenna auf die Schulter.

»Du stehst auf der Läuferliste, Tenna«, sagte er und unterstrich die Warnung mit einem Nicken.

»Zur Küste?«

»Wie es dein Wunsch war.« Torlo warf Haligon einen strengen Blick zu.

»Darf ich dich dann zur Station begleiten, Tenna?« fragte Haligon.

Die Harfner hatten einen weiteren langsamen Tanz angestimmt. Rosa und Spacia sahen Tenna durchdringend an, aber sie konnte ihre Blicke nicht deuten. Sie kannte ihre Pflicht als Läuferin auch.

»Dann ist dies der letzte Tanz.« Und sie nahm Haligon am Arm und führte ihn zur Tanzfläche.

Haligon schmiegte sich an sie, und sie ließ sich entspannt gegen ihn sinken und von ihm führen. So eine Zusammenkunft hatte sie in ihrem Leben noch nicht erlebt. Sie konnte fast froh sein, daß er sie vom Weg gedrängt und damit die Ereignisse ausgelöst hatte, die zu diesem wunderbaren Abend geführt hatten.

Sie sagten nichts, genossen beide die fließende Bewegung des Tanzes und die liebliche Musik. Als der Tanz zu Ende war, führte Haligon sie von der Tanzfläche, hielt ihre rechte Hand in seiner und führte sie zur Station, deren Leuchtkorb an der Tür erstrahlte.

»Also, Läuferin Tenna, du beendest deine erste Überquerung. Es wird nicht deine letzte sein, oder?« fragte Haligon, als sie dicht außerhalb des Lichtkreises stehenblieben. Er hob die Hand und strich behutsam die Locken zurück.

»Nein, das ist unwahrscheinlich. Ich werde laufen, solange ich dazu in der Lage bin.«

»Aber du wirst die Überquerung häufig machen, oder?« fragte er, und sie nickte. »Irgendwann in der Zukunft, wenn ich meine eigene Burg habe, werde ich Läufer züchten ... Lauftiere, meine ich«, verbesserte er sich hastig, und sie lachte über diese prompte Richtigstellung. »Ich habe versucht, die Eigenschaften zu finden, die ich züchten möchte, und die Wege als besten Untergrund für Vergleiche benutzt. Ich meine, besteht die Möglichkeit, daß du vielleicht ... überlegen könntest, häufiger auf dieser Seite der Welt zu laufen?«

Tenna legte den Kopf schief und war überrascht, wie beschwörend seine angenehme Stimme klang.

»Könnte sein.« Sie lächelte zu ihm auf. Dieser Haligon stellte eine größere Versuchung für sie dar, als er wußte.

Nun lächelte er ebenfalls zurück, und seine Augen funkelten herausfordernd. »Wir werden einfach abwarten müssen, nicht?«

»Ja, das werden wir wohl.«

Mit dieser Antwort gab sie ihm rasch einen Kuß auf die Wange und verschwand in dem Stationsgebäude, bevor sie mehr sagen konnte, als nach der kurzen Bekanntschaft schicklich gewesen wäre. Aber vielleicht war es doch keine so schlechte Idee, hier im Westen Läufer großzuziehen – vierbeinige und zweibeinige.

Die Midkemia-Saga

RAYMOND E. FEIST

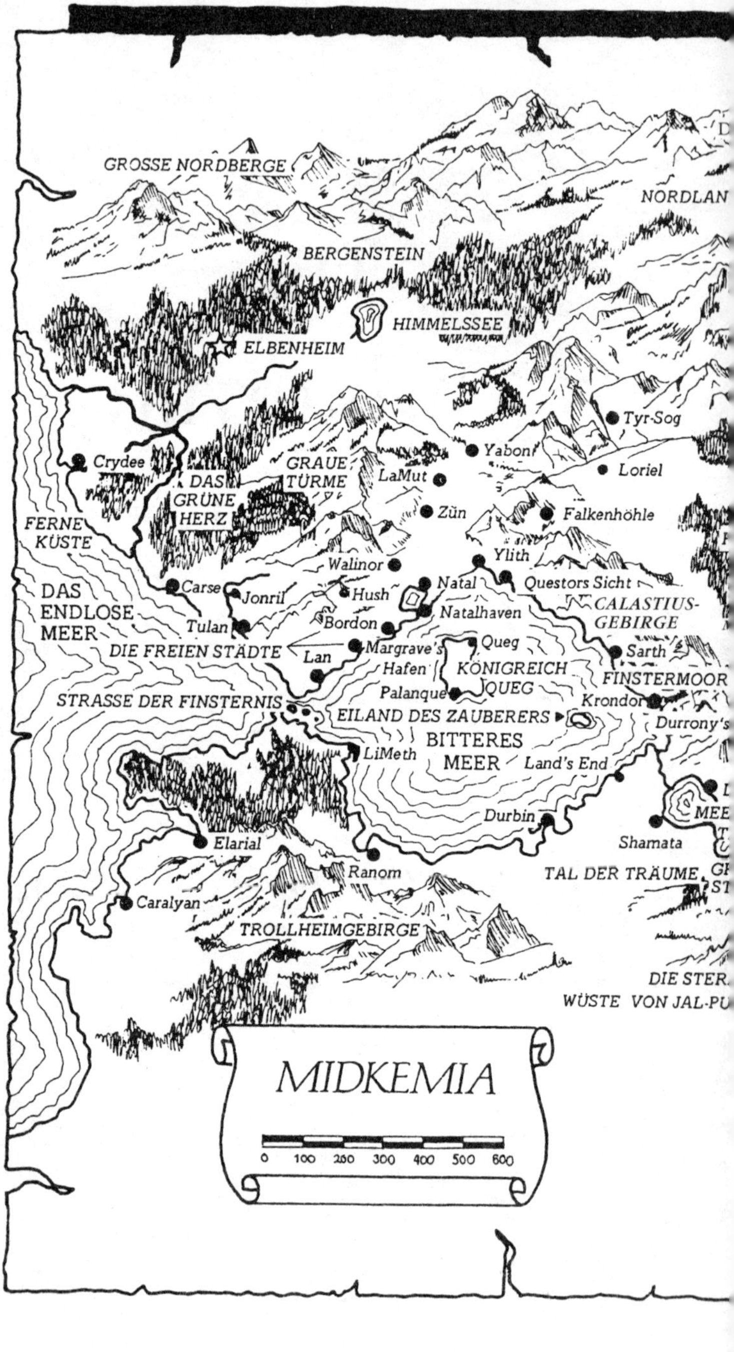
GROSSE NORDBERGE
NORDLAN
BERGENSTEIN
HIMMELSSEE
ELBENHEIM
Tyr-Sog
Crydee
GRAUE TÜRME
Yabon
LaMut
Loriel
DAS GRÜNE HERZ
Zün
Falkenhöhle
FERNE KÜSTE
Walinor
Ylith
Natal
Questors Sicht
Carse
Jonril
Hush
CALASTIUS-GEBIRGE
DAS ENDLOSE MEER
Natalhaven
Tulan
Bordon
Queg
DIE FREIEN STÄDTE
Lan
Margrave's Hafen
Sarth
KÖNIGREICH QUEG
FINSTERMOOR
Palanque
STRASSE DER FINSTERNIS
Krondor
EILAND DES ZAUBERERS
Durrony's
BITTERES MEER
LiMeth
Land's End
Durbin
Elarial
Shamata
Ranom
TAL DER TRÄUME
Caralyan
TROLLHEIMGEBIRGE
DIE STER
WÜSTE VON JAL-PU
MIDKEMIA
0 100 200 300 400 500 600

Eiserner Paß
Dunkelhain
Wächter des Nordens
NIGREICH
Dolth
Rodez
Ran
Euper
Romney
Tiburn
DAS KÖNIGMEER
Bas-Tyra
Sadara
Silden
Rillanon
Cheam
Timons
KÖNIGREICH ROLDEM
Niederhohnheim
Malvenhafen
Pointer's Head
Die grünen Weiten
GIPFEL DER RUHE
KAISERREICH GROSS-KESH

Die Midkemia-Saga:

Pug und Thomas (1984;
auch: Der Lehrling des Magiers)
Milamber und die Valheru (1984;
auch: Der verwaiste Thron)
Arutha und Jimmy (1986)
Feuerkreuz und Silberdorn (1986)
Dunkel über Sethanon (1995)

Die Kelewa-Saga (mit Janny Wurts):

Die Auserwählte (1998)
Die Stunde der Wahrheit(1998)
Der Sklave von Midkemia (1998)
Zeit des Aufbruchs (1998)
Die schwarzen Roben (1998)
Tag der Entscheidung (1998)

Andere Midkemia-Bücher:

Gefährten des Blutes (1995)
Des Königs Freibeuter (1995)

Die Schlangenkrieg-Saga:

Die blutroten Adler (1997)
Die Smaragdkönigin (1997)
Die Händler von Krondor (1997)
Die Fehde von Krondor (1998)

Raymond E. Feists Fantasy-Serie Midkemia beginnt mit den Abenteuern von zwei Jungen, Pug und Tomas, die beide ihren geringen Rang im Leben hinter sich lassen wollen. Pug möchte ein Magier werden, Tomas ein großer Krieger. Beide erreichen ihr

Ziel mit Hilfe von außen und durch ihre angeborenen Fähigkeiten; Pug wird während des Spaltkriegs entführt, man stellt fest, daß er über magische Fähigkeiten verfügt, und bildet ihn zu wahrer Größe aus. Tomas stolpert über einen sterbenden Drachen, der ihm eine von uralter Magie durchdrungene Rüstung gibt und ihn so in einen Krieger mit legendärer Macht verwandelt.

Während Pug und Tomas ihre Verwandlung durchmachen und lernen, die Kräfte zu meistern, die ihnen zur Verfügung gestellt wurden, wird der Rahmen des Romans erweitert und enthüllt mehr über die beiden Welten, zwischen denen der Konflikt tobt, der als Spaltkrieg bezeichnet wird: Midkemia und Kelewan. Midkemia ist eine junge Welt, pulsierend und voller Konflikte, während Kelewan uralt und Traditionen verhaftet, aber nicht weniger von Konflikten erschüttert ist. Die militaristischen Tsurani aus Kelewan haben das Königreich der Inseln in Midkemia erobert, um ihren Einflußbereich zu vergrößern und Metalle zu schürfen, die es in Midkemia reichlich gibt, zu Hause aber nicht. Der einzige Weg zwischen diesen beiden Welten ist ein magischer Riß, und durch dieses Portal in der Raumzeit haben die Invasoren einen Brückenkopf im Königreich gebildet. Nach und nach erfährt Tomas, daß ihm die Macht eines Valheru verliehen wurde, eines jener mystischen Geschöpfe, die in Midkemia Legende sind. Die Drachenlords waren fast gottgleiche Wesen, die einst mit den Göttern selbst Krieg geführt haben. Die Handlung der ersten Serie findet ihren Höhepunkt in *Dunkel über Sethanon,* wo der Krieg zwischen dem Königreich und der Invasionsarmee der Tsurani ein Ende findet, Tomas die Kontrolle über die uralte Magie erlangt, die ihn beherrschen wollte, und Pug in die Heimat seiner Jugend zurückkehrt.

Die Kelewan-Saga befaßt sich mit Konflikten auf der Heimatwelt der Tsurani, und in den ersten Bänden sehen wir viel von der »anderen Seite« des Spaltkrieges. Lady Mara von den Acoma, im ersten Band ein siebzehnjähriges Mädchen, wird in ein mörderisches Spiel von Politik und Ritual verstrickt und kann nur durch ihr eigenes Genie und ihre Improvisationsgabe unerbittliche Angriffe von allen Seiten abwehren. Mit Unterstützung einer loyalen Gruppe von Anhängern, darunter ein Sklave des Königreichs, der Kevin heißt und den sie mehr als alle anderen lieben lernt, gelingt Maras Aufstieg zur Herrscherin des Reiches Tsuranuanni, und sie überwindet selbst die mächtigen Großen, die Zauberer, die außerhalb des Gesetzes stehen.

Die jüngste Serie, die Schlangenkrieg-Saga, ist die Geschichte von Erik, dem unehelichen Sohn eines Adligen, und Roo, einem Straßenjungen, der sein bester Freund ist. Wieder wird das Königreich von Invasoren bedroht, aber diesmal von jenseits des Meeres. Die Geschichte der beiden jungen Männer spielt sich vor dem Hintergrund der übereilten Vorbereitung auf und des Widerstands gegen eine gewaltige Armee unter dem Banner der Smaragdkönigin, einer Frau, die ebenfalls Abgesandte der dunklen Mächte ist, die die Welt Midkemia unter ihre Herrschaft bringen wollen. Mehr von der kosmischen Natur der Schlacht zwischen Gut und Böse wird enthüllt, und Pug und Tomas müssen wieder in den Kampf eingreifen.

Feist betrachtet Midkemia als eine objektive virtuelle Welt, wenn auch eine fiktive. Er sieht sämtliche in Midkemia angesiedelten Geschichten als historische Romane und Storys dieses phantastischen Reiches. »Der Holzjunge« ist eine Geschichte aus den Anfangstagen des Spaltkrieges, als die Tsurani ihren Brückenkopf im Königreich gerade aufbauen.

RAYMOND E. FEIST

Der Holzjunge

Eine Geschichte aus dem Spaltkrieg

Der Herzog schaute auf.

Borric, Herzog von Crydee und Befehlshaber der Armeen des Westens, grüßte den Kapitän an der Tür seines Generalstabszelts. »Euer Gnaden, wenn Ihr einen Moment Zeit hättet und herauskommen könntet?«

Borric stand auf und beneidete seinen alten Freund Brucal, der jetzt wahrscheinlich irgendwo in LaMut vor einem warmen Kaminfeuer saß und lange Beschwerdebriefe an den Prinzen von Krondor schrieb, in denen er Nachschub anmahnte.

Der zweite Winter des Krieges ging zu Ende, eine stabile Front war aufgebaut worden, das Lager von Borrics Hauptquartier lag zehn Meilen hinter den Linien. Der Herzog war ein erfahrener Feldherr, hatte er doch seit seiner Jugend gegen Trolle und die Bruderschaft des Dunklen Pfades - die Dunkelelben - gekämpft, und jeder Knochen in seinem Leib verriet ihm, daß es ein langer Krieg werden würde.

Der Herzog warf seinen schweren Mantel über und schlang ihn um sich. Er verließ sein Zelt, vor dem ihn ein seltsamer Anblick erwartete.

In der Ferne war eine Gruppe von Personen, die sich dem Lager näherten, soeben zu erkennen. Im Schneetreiben konnte Borric verfolgen, wie sie allmählich Gestalt annahmen. Graue

Figuren vor einem trüben weißen Hintergrund, von einem Dunst von Schneeflocken umgeben – so kamen sie mit gleichmäßigen Schritten näher. Schließlich lösten sich die Gestalten zu einer Eskorte auf, die jemanden begleitete.

Die Soldaten marschierten langsam, denn die Gestalt in ihrer Mitte zog einen schweren Schlitten, stapfte aber trotz der offenbar schweren Last, ohne zu stolpern. Als sie näher kamen, konnte Borric sehen, daß es ein Bauernjunge war, der sich abmühte, den Schlitten ins Lager zu ziehen. Er bewegte sich zielstrebig und entschlossen und blieb schließlich vor dem Befehlshaber der Königlichen Armeen im Westen stehen.

Borric betrachtete den Burschen, der offensichtlich einiges hinter sich hatte. Er war barhäuptig, das blonde Haar mit Eiskristallen verkrustet. Um Hals und Gesicht trug er einen mehrmals herumgewickelten Schal. Außerdem hatte er eine schwere Jacke und Hose und dicke, klobige Stiefel an. Auf dem schlichten Wollmantel waren dunkle Blutflecken zu sehen.

Auf dem Schlitten, den er zog, lag eine seltsame Fracht. Ein großer Sack war mit Seilen auf dem Schlitten festgebunden worden, und darauf lagen zwei Leichen verzurrt. Ein toter Mann sah mit leeren Augen zum Himmel hinauf, gefrorene Tränen funkelten auf seinen Wimpern. Wie es aussah, war er ein Kämpfer gewesen; er trug einen Lederpanzer. Seine Schwertscheide hing leer an der Seite herab, und sein linker Handschuh fehlte. Neben ihm lag ein Mädchen unter Decken, so daß es aussah, als schliefe sie. Zu Lebzeiten war sie hübsch gewesen, aber im Tod waren ihre Züge wie aus Porzellan, fast perfekt in ihrer weißen Blässe.

»Wer bist du, Junge?«

Der Junge sagte: »Ich bin der Holzjunge.« Seine Stimme klang erschöpft, sein Blick war leer, als würde er nach innen schauen, auch wenn er Borric nicht aus den Augen ließ.

»Was hast du gesagt?« fragte der Herzog.

Der Junge schien sich zu konzentrieren. »Sir, mein Name ist Dirk. Ich bin der Diener von Lord Paul Weißbergen. Das ist das Gut auf der anderen Seite des Kakisaw-Tals.« Er zeigte nach Westen. »Drei Tage von hier. Ich trage Feuerholz.«

Borric nickte. »Ich kenne das Anwesen. Über die Jahre habe ich Lord Paul viele Male besucht. Es ist fünfunddreißig Meilen von hier, und zwanzig hinter den feindlichen Linien.« Er zeigte auf den Schlitten und fragte: »Was ist das?«

Erschöpft antwortete der Junge: »Das ist der Schatz meines Herrn. Sie ist seine Tochter. Der Mann ist ein Mörder. Er war einmal mein Freund.«

»Du kommst besser herein und erzählst mir deine Geschichte«, sagte Borric. Er gab ein Zeichen, damit zwei Soldaten die Seile nahmen, die der Junge als Geschirr benutzte, um den Schlitten aus dem Weg zu ziehen, und winkte einem anderen Mann, damit er dem erschöpften Jungen half.

Der Herzog führte den Jungen ins Innere und ließ ihn wissen, daß er die Erlaubnis hatte, sich zu setzen. Er gab einer Ordonnanz ein Zeichen, damit der Mann dem Jungen eine Tasse heißen Tee und etwas zu essen brachte, und als der Soldat sich beeilte, dem Befehl Folge zu leisten, sagte Borric: »Warum fängst du nicht am Anfang an, Dirk?«

Mit dem Frühling kamen die Tsurani. Schon im Jahr zuvor hatte man ihre Anwesenheit in den Grauen Türmen gemeldet und unheilvolle Meldungen über eine Invasion sowohl von den Regenten des Königreichs auf der anderen Seite der Berge wie auch von den bedeutenderen Kaufleuten und Adligen in den anderen Freistädten überbracht. Aber die Geschichten, die die Meldungen begleiteten, von wilden Kriegern, die auf magische Weise aus dem Nichts auftauchten, wurden skeptisch und zweifelnd aufgenommen. Und die Kämpfe zwischen Borric von Crydees Soldaten, den Zwergen und den Invasoren droben in den Bergen schienen sich in weiter Entfernung abzuspielen.

Bis zur ersten Warnung durch die Waldhüter von Natal – die sofort weitergeritten waren, um anderen Bescheid zu sagen –, denen am Tag darauf eine Kolonne gedrungener Männer in bunten Rüstungen folgten, die auf der Straße auftauchten und sich dem Gut Weißbergen näherten.

Lord Paul hatte seiner Leibwache befohlen, in Bereitschaft zu stehen, aber keinen Widerstand zu leisten, es sei denn, sie würden provoziert. Dirk und die anderen Mitglieder des Haushalts standen hinter dem Lord und seinen bewaffneten Wachen.

Dirk sah zu seinem Herrn und stellte fest, daß er allein dort stand; seine Tochter war noch im Haus. Dirk fragte sich, welchen zusätzlichen Schutz der Herr als für seine junge Tochter erforderlich erachtete.

Dirk fand die Haltung des Hausherrn bewundernswert. Die Geschichten von der Grausamkeit der Tsurani machten seit den ersten Kämpfen die Runde, und die Freistädte waren bei der Verteidigung voll und ganz vom Königreich abhängig. Landgüter wie Weißbergen und die anderen Anwesen rund um Walinor waren schlicht und einfach auf sich allein gestellt. Und doch stand Lord Paul in seinem formellen Gewand, dem scharlachroten mit Hermelinkragen, reglos da, ohne eine Spur von Furcht. Seit das Kaiserreich Groß-Kesh seine nördlichen Kolonien vor einem Jahrhundert aufgegeben hatte, war keinem Bürger mehr ein Erbtitel verliehen worden, aber die Familien mit uralten Titeln trugen sie voller Stolz. Wie andere Edelleute in den Freistädten betrachtete er die Ansprüche anderer Leute auf Titel mit Mißfallen, hielt seinen eigenen aber in Ehren.

Als die Invasoren ruhig heranmarschierten, wurde offensichtlich, daß jeder Widerstand rasch niedergeschlagen worden wäre. Paul verfügte über eine persönliche Leibwache und eine Schar gedungener Söldner, die als Geleitschutz für die Wagen und Schutz gegen marodierende Banditen dienten. Aber im Vergleich mit der disziplinierten Truppe, die quer über das Anwesen marschierte, waren sie eine armselige Bande von Halsabschneidern. Die Tsurani trugen Rüstungen in grellem Orange und Schwarz, die wie lackiertes Fell oder Holz aussahen und nicht die geringste Ähnlichkeit mit den Rüstungen aus Metall hatten, wie die Verteidiger von Natal sie trugen.

Paul wiederholte den Befehl, daß kein Widerstand geleistet werden solle, und als sich der Befehlshaber der Tsurani zu erkennen gab, entbot ihm Paul so etwas wie einen formellen Gruß. Danach erteilte der Anführer der Invasoren mittels eines Mannes in schwarzer Robe seine Befehle. Das Anwesen Weißbergen unterstand nun, genau wie das Umland, der Hoheit der Tsurani, und zwar einem Wesen namens Minwanabi. Dirk fragte sich, ob das eine Person oder ein Ort war, so wie ein Herzogtum des Königreichs. Aber er hatte zu große Angst bei der Vorstellung, die Frage auszusprechen.

Den Anführer der Gruppe Tsurani – alles kleinwüchsige, zäh aussehende, kampferprobte Soldaten – konnte man lediglich anhand eines etwas kunstvolleren Helms, der mit Haaren eines Tieres geschmückt war, wie Dirk vermutete, von seinen Männern unterscheiden. Die schwarze Mähne fiel dem Offizier bis auf die Schultern.

Dirk versuchte, die Rolle des schwarzgekleideten Mannes zu erraten; der Offizier schien ihm gegenüber extrem höflich und unterwürfig zu sein, wenn er die Worte des Offiziers für ihn übersetzte.

Der Offizier hieß Chapka, und sein Rang war der eines Angriffsführers oder Kommandoführers. Was genau, da war Dirk nicht sicher.

Er brüllte einige Befehle, und der Schwarzgekleidete sagte: »Nur der Adlige des Hauses und sein Vertrauter dürfen Waffen tragen.« Dirk nahm an, daß damit die Leibwache gemeint war. Das wäre Hamish. »Alle anderen Waffen hier abgeben.«

Die Wachmänner des Anwesens sahen Lord Paul an, der nickte. Sie traten vor, legten ihre Waffen zögernd auf einen Haufen und traten wieder zurück, wenn sie fertig waren. »Noch andere Waffen?« fragte der Mann in Schwarz.

Einer der Wachmänner sah seine Gefährten an, trat vor, zog ein kleines Messer aus dem Stiefel und warf es auf den Haufen. Er trat wieder ins Glied zurück.

Der Offizier brüllte einen Befehl. Ein Dutzend Tsuranisoldaten liefen heran und durchsuchten die nun unbewaffneten Wachen. Ein Tsurani stand auf und hielt ein Messer hoch, das er im Stiefel eines Wachmanns gefunden hatte; der Offizier bedeutete, daß der Mann nach vorne gebracht werden sollte. Er unterhielt sich rasch mit dem Mann in Schwarz, der sagte: »Dieser Mann war ungehorsam. Er hat eine Waffe versteckt. Er wird bestraft werden.«

Lord Paul sagte langsam: »Was werdet ihr mit ihm machen?«

»Das Schwert ist ein zu ehrenvoller Tod für einen ungehorsamen Sklaven. Er wird gehängt werden.«

Der Mann erbleichte. »Es war nur ein kleines; ich hatte vergessen, daß ich es habe!«

Der Mann bekam einen heftigen Schlag von hinten und brach zusammen. Dirk verfolgte ängstlich, wie zwei andere Tsurani den Wachmann - ein Mann namens Jackson, den Dirk kaum gekannt hatte - zum Eingang der Scheune schleppten. Eine Winde hing über dem kleinen Tor zum Heuschober - es befand sich eine an jedem Ende der Scheune -, von der ein langes Seil baumelte. Der bewußtlose Mann bekam das Seil um den Hals gebunden und wurde rasch hochgezogen. Er erlangte das Bewußtsein nicht wieder, aber sein Körper zuckte zweimal, ehe er reglos wurde.

Dirk hatte schon vorher tote Männer gesehen; die Stadt Walinor, wo er aufgewachsen war, war mehrmals von Banditen und der Bruderschaft des Dunklen Pfades überfallen worden, und einmal war er über einen Betrunkenen gestolpert, der im Rinnstein vor einer Schänke erfroren war. Aber nach diesem Hängen drehte sich ihm der Magen um, und er wußte, daß das nicht nur an dem Ekel über Jacksons Tod lag, sondern auch an der Angst um seine eigene Sicherheit.

Der Mann in der schwarzen Robe sagte: »Jeden Sklaven mit Waffe - hängen wir.«

Dann brüllte der Offizier einen Befehl, worauf Tsuranikrieger in alle Richtungen rannten, ein halbes Dutzend ins Herrenhaus, andere in die Nebengebäude, und wieder andere ins Kühlhaus, die Scheune und den Wurzelkeller. Die Tsurani waren in einem Maße zielstrebig, das Dirk in Erstaunen setzte, und sie kehrten schon nach kurzer Zeit zurück, um Meldung zu machen. Dirk konnte sie nicht verstehen, aber der schnellen Abfolge von Sätzen entnahm er, daß sie ihrem Offizier berichteten, was sie gefunden hatten.

Andere kamen aus Scheune und Küche zurück und brachten Dutzende von Alltagsgegenständen mit. Der Offizier befragte Lord Paul mit Unterstützung durch den Schwarzgekleideten nach Sinn und Zweck der verschiedenen Haushaltsgegenstände. Während der Hausherr den Verwendungszweck so gewöhnlicher Dinge wie einer Lederstanze oder Kasserolle aus Gußeisen erklärte, zeigte der Tsuranioffizier auf einen von zwei Stapeln, einer auf einer großen Segeltuchplane. Wurden zwei gleiche Gegenstände gezeigt, wanderte einer sofort auf einen Stapel, wogegen der andere sich dazugesellen oder auf den anderen geworfen werden konnte.

Der alte William, der Gärtner und Platzwart, sagte: »Sieh dir das an«, als zwei Soldaten der Tsurani die Plane emporhoben, den größeren der beiden Haufen verschnürten und wegtrugen.

»Was?« flüsterte Dirk kaum laut genug, daß der alte Mann es hören konnte.

»Sie sind scharf auf Metall«, sagte der alte Mann leise mit einem wissenden Nicken. »Schau dir ihre Rüstungen und Waffen an.«

Das tat Dirk, und da fiel es ihm auf. An keinem Tsurani konnte man Sonnenlicht auf Metall funkeln sehen. Ihre Rüstungen und Waffen schienen allesamt aus geschickt bearbeiteten und lackierten Tierhäuten oder aus Holz zu bestehen, aber nirgendwo waren Schnallen, Klingen oder Spangen aus Metall zu sehen. Von den kreuzweise verschnürten Sandalen bis hin zu den großen, schimmernden Helmen schienen die Tsurani keinerlei Metallgegenstände zu besitzen.

»Was bedeutet das?« flüsterte Dirk.

»Ich weiß nicht, aber ich bin sicher, wir werden es herausfinden«, antwortete der alte Mann.

Die Tsurani setzten ihre Bestandsaufnahme von Lord Pauls Haushalt fast bis zum Sonnenuntergang fort, dann befahl man allen, ihre persönlichen Habseligkeiten zusammenzusuchen und in die Scheune oder Küche zu gehen, da die Tsurani die Unterkünfte des Gesindes bewohnen würden. Daß der Tsuranioffizier beschloß, im selben Gebäude wie seine Männer zu bleiben, und Paul und seine Tochter allein in dem großen Haus wohnen ließ, fand Dirk verwirrend.

Es war nur das erste von vielen Vorkommnissen, die Dirk im Lauf des folgenden Jahres verwirrend finden sollte.

Alex lag mit einem zur Fratze des Schmerzes verzerrten Gesicht zusammengekrümmt da, während Hamish brüllte: »Steh nicht auf!«

Der Tsuranisoldat, der ihn in den Bauch geschlagen hatte, stand über ihm, die Hand keinen Zoll vom Schwertgriff entfernt. Alex stöhnte wieder, und wieder brüllte Hamish den jungen Mann an, daß er liegenbleiben sollte.

Dirk stand in der Nähe der Scheune, die Diener im Umkreis schauten ängstlich zu und rechneten jeden Moment mit dem

Schlimmsten. Die Tsurani hatten sich in den zwei Monaten seit ihrer Ankunft in Weißbergen als strenge, aber gerechte Besatzer entpuppt, doch hin und wieder kam es zu einem Bruch der Etikette oder einer Ehrverletzung, die die Bewohner von Weißbergen überraschte, häufig mit blutigen Konsequenzen. Ein alter Bauer namens Samuel hatte sich vor einem Monat mit dem vergorenen Saft von Maiskolben betrunken und nach einem Tsurani geschlagen, der ihm befohlen hatte, wieder in sein Haus zu gehen. Samuel war vor den Augen seiner entsetzten Frau und der Kinder besinnungslos geschlagen und aufgehängt worden.

Alex stöhnte weiter, gehorchte aber Hamishs Befehl, bis der Tsuranisoldat überzeugt schien, daß er sich nicht mehr bewegen würde. Der Soldat sagte etwas in seiner fremden Sprache, spuckte verächtlich auf den Arbeiter, drehte sich um und ging weg.

Hamish zögerte einen Moment; dann liefen er und Dirk hin, um Alex auf die Füße zu helfen. »Was ist passiert?« fragte Dirk.

»Ich weiß nicht«, sagte Alex. »Ich hab den Mann nur angesehen.«

»Es lag daran, wie du ihn angesehen hast«, sagte Hamish. »Du hast ihn angegrinst. Wenn du mich so angesehen hättest, hätte ich nicht anders reagiert.« Der vierschrötige alte Soldat untersuchte Alex. »Ich hatte diese grinsenden Jungs auch satt, als ich in der Armee war, und hab selbst ein paar niedergeschlagen, bevor ich pensioniert wurde. Zeig diesen Mördern ein wenig Respekt, Junge, sonst hängen sie dich auf, nur weil sie es können und gerade ein langweiliger Tag ist.«

Alex rieb sich die Seite und sagte: »Das werde ich nicht noch mal machen, kannst du mir glauben.«

»Solltest du auch besser nicht«, sagte Hamish. Der alte Soldat winkte Drugen herüber, seinen Stellvertreter. »Sag allen, daß die Dreckskerle empfindlich zu sein scheinen. Muß etwas mit dem Krieg zu tun haben. Die Jungs sollen darauf achten, daß sie höflich bleiben und tun, was ihnen gesagt wird.«

Drugen nickte und entfernte sich. Hamish untersuchte Alex noch einmal, dann sagte er: »Fort mit dir. Du wirst es überleben.«

Dirk half Alex einige Schritte weit. Dann schien der Mann wieder fest auf den Füßen zu stehen, und Dirk ließ seinen Arm los.

»Sie scheinen auf Grüße aller Art nicht gut zu sprechen zu sein«, sagte Dirk.

»Ich glaube, sie haben es gern, daß man die Augen niederschlägt, oder so.«

Dirk sagte nichts. Er hatte in Gegenwart der Tsurani meistens Angst und sah sie schon aus dem Grund nicht an. Wahrscheinlich, überlegte er, war das eine kluge Entscheidung gewesen.

»Kannst du das Holz nehmen?« fragte Alex.

»Klar«, sagte Dirk, bevor ihm klar wurde, daß er gerade gebeten worden war, das Holz ins Lager der Tsurani zu bringen. Dirk hob das heruntergefallene Bündel auf und machte sich einen Moment daran zu schaffen, bis er die unhandliche Last im Griff hatte. Er ging zur Tür des Nebengebäudes, zögerte, dann rollte er das Holz auf die Brust und streckte die Hand aus, um am Seil des Riegels zu ziehen.

Die Tür öffnete sich einen Spalt, und Dirk stieß sie mit dem Fuß auf. Er trat ein und blinzelte einen Moment, um seine Augen an die Dunkelheit im Inneren zu gewöhnen.

Ein halbes Dutzend Tsuranikrieger saßen auf den Betten und unterhielten sich mit leiser Stimme, während sie ihre Waffen und Rüstungen reinigten. Als sie den Dienerjungen eintreten sahen, verstummten sie. Dirk ging zur Holzkiste beim Kamin, der sich in der Mitte der gegenüberliegenden Wand befand, und legte seine Last dort ab.

Die Tsurani sahen ihm mit ausdruckslosen Mienen zu. Er verließ den Raum rasch. Als er die Tür hinter sich zumachte, konnte er kaum glauben, daß das Bett in der hintersten Ecke vor wenigen Wochen noch sein eigenes gewesen war. Er und die anderen Arbeiter waren in die Scheune verbannt worden, abgesehen vom Hauspersonal, das nun auf dem Boden von Lord Pauls Küche schlief.

Abgesehen vom Kochen wurde kaum Holz gebraucht, da die warmen Sommernächte Feuer zum Schlafen überflüssig machten. Die Tsurani brauchten ihre Feuer vorwiegend, um ihr fremdartiges Essen zuzubereiten, das die unmittelbare Umgebung mit seinen seltsamen und doch verlockenden Düften durchzog.

Dirk machte eine kurze Pause, sah sich um und nahm den Anblick von Weißbergen in sich auf: vertraut, und doch seit der

Ankunft der Invasoren seltsam überschattet. Mikia und Torren, ein junges Paar, seit dem Mittsommerfest vor einer Woche verlobt, näherten sich Hand in Hand dem Melkschuppen, und die Invasoren hätten unsichtbar sein können, so wenig ließen sich die jungen Liebenden von ihrer Anwesenheit stören.

Aus der Küche kündigten Stimmen und das Scheppern von Töpfen das bevorstehende Mittagessen an. Dirk stellte fest, daß er Hunger hatte. Dennoch mußte er Feuerholz zu den anderen Gebäuden tragen, bevor er Mittagspause machen konnte, und er beschloß, je früher er damit anfing, desto früher würde er fertig sein. Als er sich zum Holzschuppen umdrehte, sah er einen Soldaten in Orange und Schwarz, der auf die Scheune zuging. Er fragte sich müßig, ob eine Zeit kommen würde, da die Invasoren aus Weißbergen vertrieben würden. Es schien unwahrscheinlich, denn es gab keine Neuigkeiten vom Krieg, und die Tsurani richteten sich in Weißbergen ein, als wollten sie nie wieder fort.

Als er beim Holzschuppen war, machte Dirk die Tür auf und sah Alex im hinteren Teil des Schuppens, wo er frisches Holz sägte. Der noch verletzte Mann sagte: »Du kannst es wegbringen, Junge. Ich säge.«

Dirk nickte, betrat den Schuppen und holte noch einen Armvoll Feuerholz. Dirk seufzte. Als jüngstem Mitglied des Personals fielen ihm immer die schlimmsten Aufgaben zu, und dies war nur eine Arbeit, die zu seiner Last hinzukam, ohne daß er von einer anderen befreit werden würde.

Bevor er nach Weißbergen gekommen war, war Dirk nichts gewesen, der jüngste Sohn eines Steinmetzen, der bereits zwei Söhne als Lehrlinge hatte. Sein Vater hatte die Steine für Lord Pauls Haus geschnitten und diese flüchtige Bekanntschaft genutzt, um Dirk eine Stelle in Pauls Haushalt zu beschaffen.

Mit dieser Stellung ging das Versprechen einher, daß er einmal eine Art Rang auf dem Anwesen einnehmen würde, vielleicht Platzwart, Stallmeister oder Viehhirt. Vielleicht konnte er sich auch eine Farm zur Bewirtschaftung verdienen, wobei ein Teil der Ernte an den Grundherrn gehen würde, und mit der Zeit ein Freisasse werden, der sein eigenes Land besaß und keinem Herrn zu Diensten sein mußte. Er hatte sich sogar auszumalen gewagt, daß er ein Mädchen kennenlernen und heiraten würde, um selbst Söhne und Töchter großzuziehen. Vielleicht konnte er das ja trotz der Tsurani noch tun.

Was ihn daran erinnerte, daß er allen Grund hatte, dankbar zu sein, und so hob er die nächste Ladung Holz für die Kamine der Invasoren vom Boden auf.

Der Herbst brachte einen raschen Wetterumschwung mit sonnigen, aber kühlen Tagen und kalten Nächten. Äpfel wurden geerntet, und die Saftpressen standen nicht still. Für die Tsurani war der Saft eine wunderbare Köstlichkeit, daher beanspruchten sie einen großen Teil für sich. Ein Teil wurde zum Gären beiseite gestellt, und um die Küche herum roch es unablässig würzig nach warmem Kuchen.

Dirk hatte sich daran gewöhnt, Holz zu den Tsurani zu schleppen, und war nun dafür verantwortlich, daß alle Holzkisten auf dem Anwesen gefüllt waren, während Alex fast ausschließlich sägte. Alle nannten ihn nur noch »Holzjunge«, und nicht mehr bei seinem Namen.

Dirk füllte auch den Holzstoß auf, und die ständige Arbeit machte seine Schultern breiter und ließ seine Muskeln von Woche zu Woche wachsen. Er konnte jetzt soviel heben wie die älteren Jungs und einige der Männer.

Er stellte fest, daß sein Arbeitspensum stieg, als die Nächte kühler wurden, denn nun mußte er auch mithelfen, für den kommenden Winter zu planen. Die Schafspferche waren repariert. Die Herde mußte in der Nähe gehalten werden, da hungrige Raubtiere von den Bergen herunterkommen würden, um zu jagen. Auch die Kühe und Rinder würden von den Hochweiden heruntergetrieben werden müssen.

Zäune mußten ausgebessert werden, der Wurzelkeller und das Kühlhaus bestückt. Die Winter in den Vorgebirgen von Yabon kamen schnell, und der Schnee lag nach dem ersten Fall meistens schon hoch und blieb bis zum Tauwetter im Frühling liegen.

Dirk arbeitete hart und genoß die wenigen Augenblicke, die er erübrigen konnte, um sich zu entspannen, mit den älteren Jungs und den Burschen zu scherzen und mit Litia zu reden, einer alten Frau, die einst für Geflügel und Lämmer verantwortlich gewesen war. Sie war freundlich zu dem linkischen Jungen und erzählte ihm Geschichten, die ihm helfen konnten, die Welt zu verstehen, die sich täglich um ihn herum zu verändern schien.

Dirk sah sich mit der Erkenntnis konfrontiert, daß seine Alternativen sich inzwischen auf herzlich wenige beschränkten. Vor der Ankunft der Tsurani hatte er die Chance gehabt, Hirte oder Bauer zu werden und vielleicht ein Mädchen kennenzulernen und an der Grenze von Lord Pauls Besitz eine Familie zu gründen, Land zu besitzen und einen Teil der Ernte zu bekommen. Oder er hätte die kleine Summe sparen können, die ihm über Kost und Logis hinaus gewährt wurde, um eines Tages den Versuch zu wagen, ein eigenes Gewerbe zu gründen; er kannte die Grundregeln der Steinbearbeitung und hätte vielleicht einen Maurer bezahlen können, damit er ihn als Lehrling nahm.

Aber nun fürchtete er, dazu verdammt zu sein, bis an sein Lebensende Diener zu bleiben. Ein Lohn über Kost und Logis hinaus wurde nicht mehr bezahlt; die Tsurani hatten Lord Paul seinen gesamten Reichtum genommen - auch wenn das Gerücht ging, daß er zwei Drittel davon vor den Tsurani in Sicherheit gebracht hatte. Aber selbst wenn die Gerüchte stimmten, würde er das Risiko gehängt zu werden, nicht eingehen, nur um einem kleinen Dienerjungen den überfälligen Lohn zu bezahlen.

Und es gab keine Mädchen in seinem Alter auf dem Anwesen, abgesehen von Lord Pauls Tochter.

Das Mittwinterfest diente dazu, Mädchen aus der Stadt oder von den umliegenden Landgütern kennenzulernen, aber die Tsurani hatten Reisen zum Mittsommerfest verboten, und Dirk bezweifelte, daß sie es sich bis zum Winterfest anders überlegen würden. Lord Pauls Haushalt hatte Banapis am Mittsommertag allein gefeiert, ohne große Begeisterung, weil Essen und Trinken so schlecht und sie von der Außenwelt abgeschnitten waren.

Wenigstens, dachte Dirk, würde der Mittwintertag ein wenig lebhafter werden, da sie einen großen Vorrat an Apfelwein angelegt hatten. Aber als er sich überlegte, wie mürrisch sein Vater werden konnte, wenn er getrunken hatte, fragte sich Dirk, ob das gut war. Hamish konnte sich im tiefen Winter in eine schwarze und blinde Wut hinein trinken, das war bekannt.

Er verdrängte sein eigenes Elend, stürzte sich auf die Arbeiten, die der Tag bereithielt, und wurde vom ganzen Haushalt als schwer arbeitender, aber unscheinbarer Junge angesehen.

Das Fest war ein blasser Abklatsch des vorangegangenen.

Traditionell richteten es die Städte aus, und alle, die auf den benachbarten Landgütern wohnten, kamen zu den Festlichkeiten. Ein Bewohner der Stadt wurde auserkoren, die Rolle des Alten Wintermanns zu spielen, der auf einem von Wölfen gezogenen Schlitten in die Stadt kam, wobei die Wölfe normalerweise durch eine kunterbunte Schar von Hunden dargestellt wurden, was häufig zu komischen Verwicklungen führte. Er gab den Kindern Süßigkeiten, und die Erwachsenen tauschten kleine Geschenke aus. Danach aßen alle zuviel, und viele tranken zuviel Wein und Bier.

Und viele junge Paare heirateten.

Dieses Jahr hatten die Tsurani Reisen verboten, und Dirk stand am Rand einer kleinen Menschenmenge auf dem Hof und sah zu, wie Mikia und Torren unter den wachsamen Blicken von Lord Paul und seiner Tochter heirateten. Die Tsurani hatten Dirk zum Schrein von Dala reisen und mit einem Priester dieses Ordens zurückkehren lassen, damit die Trauung durchgeführt werden konnte.

Das Paar sah glücklich aus trotz der frostigen Umgebung, die durch das große Freudenfeuer, das Dirk und die anderen im Lauf des Tages aufgeschichtet hatte, nur unwesentlich erträglicher gemacht wurde. Es loderte und wärmte die Seite, die man ihm zuwandte, aber sonst war es ein kalter und unfreundlicher Tag für eine Hochzeit, mit einem tiefhängenden grauen Himmel und einem schneidenden Wind von den Bergen.

Die Mahlzeit stellte das Beste dar, was man unter den Umständen zusammenstellen konnte, und Dirk erfuhr am eigenen Leib, wie es war, sich zu betrinken, weil er viel zuviel Apfelwein in sich hineinschüttete und feststellte, daß sein Magen ihn über die Grenzen seines Fassungsvermögens informierte, bevor es einer von Dirks Freunden tat. Die anderen Jungs standen amüsiert dabei, als Dirk, von unglaublicher Übelkeit geschüttelt, an der hinteren Wand der Scheune lehnte, wo sich alles um ihn drehte und sein Puls in den Schläfen pochte und sein Magen versuchte, ein Getränk zu erbrechen, das schon längst nicht mehr darin war.

Es war ihm irgendwie gelungen, den Rückweg zu dem Schober zu finden, wo er jetzt schlief. Weil er der jüngste Knabe des Haushalts war, bekam er die schlechteste Pritsche, gleich neben der Heutür, was eine zugige, kalte Nachtruhe bedeutete. Er kippte um und lief Gefahr, ohne die Wärme der anderen Jungs ringsum zu erfrieren.

Spät in der Nacht wurde er wach, als ein Schrei von draußen durch die stille Dunkelheit hallte. Dirk regte sich, genau wie die anderen Jungs, und Hemmy sagte: »Was war das?«

Dirk stieß die Heutür auf. Im Mondschein stand eine betrunkene Gestalt da, schwenkte ein Schwert in der rechten Hand und in der linken einen Krug Apfelwein. Er brüllte Worte, die die Jungs nicht verstehen konnten, aber Hemmy sagte: »Er kämpft mit Sicherheit eine alte Schlacht.«

Plötzlich sagte Alex: »Die Tsurani! Wenn Hamish sie mit seinem Gebrüll aufweckt, werden sie ihn töten. Wir müssen ihn dazu bringen, daß er still ist.«

»Wenn du versuchen willst, mit ihm zu reden, solange er dieses Schwert schwingt«, sagte Hemmy, »nur zu. Ich werde hier oben bleiben. Ich habe ihn schon einmal betrunken erlebt. Er ist dann in einer gefährlichen, düsteren Stimmung, das ist er.«

»Wir müssen etwas unternehmen«, sagte Dirk.

»Was?« fragte Hemmy.

»Ich weiß nicht«, gab Dirk zu.

Dann kamen zwei Tsurani angelaufen und blieben stehen, als sie den betrunkenen alten Soldaten, dessen Atem Dampfwölkchen in der kalten Nachtluft bildete, im Mondschein sahen.

»Ihr stinkenden Säcke!« brüllte Hamish. »Kommt nur her, ich zeige euch, wie man ein Schwert benutzt!«

Die beiden Tsurani zogen langsam die Waffen, einer sagte etwas zu dem anderen. Der zweite Mann nickte, wich zurück und steckte das Schwert weg. Er drehte sich um und lief davon.

»Sie werden Hilfe holen«, flüsterte Dirk, der Angst hatte, der Tsurani könnte ihn hören.

»Vielleicht zwingen sie ihn nur, sein Schwert herzugeben und ins Bett zu gehen«, sagte Hemmy.

»Vielleicht«, wiederholte Dirk.

Dann tauchten ein halbes Dutzend Tsurani unter Führung des Offiziers auf. Der Offizier rief Hamish etwas zu, der im grellen weißen Mondschein wie ein zotteliger Wolf grinste. »Kommt her und singt für mich, ihr Hundesöhne!« rief der betrunkene alte Mann.

Der Tsuranioffizier schien durch den Vorfall eher verärgert als sonst etwas zu sein und sagte kurz etwas zu seinen Männern. Er drehte sich um und ging fort, ohne einen Blick zurückzuwerfen.

»Vielleicht lassen sie ihn in Ruhe«, sagte Hemmy.

Plötzlich schoß ein Pfeil durch die Luft und traf den alten Hamish in der Brust. Er sah fassungslos nach unten und sank auf die Knie. Dann kippte er nach rechts, ohne das Schwert und den Krug Apfelwein loszulassen.

»Ihr Götter!« flüsterte Dirk.

Die Tsurani machten wie ein Mann kehrt und ließen den Toten im Mondschein liegen, eine schwarze Gestalt auf dem weißen Schnee.

»Was machen wir jetzt?« flüsterte Dirk den älteren Jungs zu.

»Nichts«, sagte Alex. »Bis die Tsurani uns morgen sagen, daß wir hinausgehen und ihn begraben sollen, machen wir gar nichts.«

»Aber das ist nicht richtig«, sagte Dirk, der Tränen hilfloser Angst unterdrückte.

»Heutzutage ist nichts richtig«, sagte Hemmy und machte die Heutür zu.

Dirk lag auf dem Schober und krümmte sich in einer Kälte, die bitterer als die der Winternacht war.

»Laß mich dir tragen helfen«, sagte Drugen, als Dirk versuchte, die Küchentür mit einem Fußtritt zuzumachen. Der Wind draußen heulte, und dies war Dirks fünfter Ausflug zur Holzkiste gewesen.

Dirk sagte: »Mach bitte die Tür zu.«

Der neue Leibwächter von Lord Paul erfüllte Dirks Bitte, und Dirk sagte: »Danke. Ich muß das in den großen Saal bringen.« Er sputete sich mit dem schweren Bündel Holz und lief durch das große Haus. Er betrat den großen Saal, wo Lord Paul mit seiner Tochter Anika das Abendessen zu sich nahm.

Dirk setzte das neue Feuerholz sehr gründlich auf, gab ihm das doch Gelegenheit, Anika einen Moment vom Kamin aus zu betrachten. Sie war ein Jahr jünger als Dirk. Am letzten Mittsommertag war sie fünfzehn geworden und stellte für den Küchenjungen die Verkörperung von Perfektion dar. Sie hatte feingeschnittene Züge, einen kleinen, leicht geschwungenen Mund, blaue, weit auseinanderstehende Augen und blaßgoldenes Haar. Im Sommer hatte ihre Haut einen leichten Braunton von der Sonne, im Winter war sie makellos rosa. Ihre Figur zeigte erste Reife, war freilich nicht so drall wie die der Küchenfrauen, und sie besaß eine Anmut, wenn sie sich bewegte, bei der Dirks Herz schneller schlug.

Dirk wußte, das Anika nicht einmal seinen Namen kannte, und doch träumte er davon, eines Tages zu Ruhm und Ehren zu kommen und ihre Liebe zu erringen. An jedem Augenblick des Tages sah er ihr Bild vor Augen.

»Stimmt etwas nicht, Holzjunge?« fragte Lord Paul.

»Nein, Herr!« sagte der Junge, stand auf und stieß sich den Kopf am Kaminsims. Das Mädchen hielt beim Lachen die Hand vor den Mund, und er errötete heftig. »Ich habe nur das Holz verstaut. Ich bin fertig, Herr.«

»Dann geh zurück in die Küche, Junge«, sagte der Hausherr.

Lord Paul gehörte zu den Wahlberechtigten der Stadt. Vor der Ankunft der Tsurani hatte Lord Paul an jeder wichtigen Abstimmung in Walinor teilgenommen und war einmal sogar der Delegierte der Stadt für die Generalversammlung der Stimmberechtigten aller Freistädte von Natal gewesen. Er war in jeder Hinsicht einer der wohlhabendsten Männer der Stadt. Er besaß Schiffe, die auf dem Bitteren Meer fuhren, und Landgüter und Besitz im gesamten Westen, ebenso Anlagen im Königreich der Inseln und dem Kaiserreich Groß-Kesh.

Und Dirk hatte sich hoffnungslos in seine Tochter verliebt.

Es spielte keine Rolle, daß sie seinen Namen nicht kannte oder kaum zur Kenntnis nahm, daß er da war – er konnte einfach nicht aufhören, an sie zu denken. In den zwei Wochen seit Hamishs Tod kreisten seine Gedanken unablässig um Anika. Ihr Lächeln, wie sie sich bewegte, wie sie das Kinn neigte, wenn sie zuhörte, wie ihr Vater etwas sagte.

Sie trug nur die erlesensten Kleider, und ihr Haar war immer mit Kämmen aus feinen Knochen oder Muscheln aus dem Bitteren Meer hochgesteckt, oder offen, so daß die Löckchen ihr Gesicht umrahmten. Sie war stets höflich, auch zur Dienerschaft, und besaß die lieblichste Stimme, die Dirk je gehört hatte.

Als er in die Küche zurückkehrte, sagte Jenna, die alte, untersetzte Köchin: »Haben wir einen Blick auf das Mädchen geworfen, ja?«

Drugen lachte, Dirk errötete. Seine Schwärmerei für Lord Pauls Tochter war ein wohlbekannter Anlaß zur Heiterkeit in der Küche. Dirk betete, daß Jenna nichts den anderen Jungs erzählte, denn wenn die Jungs in der Scheune davon erfuhren, würde Dirks ohnehin klägliches Dasein noch schwärzer werden.

»Sie ist ein hübsches Mädchen«, sagte Drugen und lächelte Dirk zu. »Die meisten Männer würden mehr als einen Blick auf sie werfen.«

Dirk mochte Drugen. Er war nur einer von Lord Pauls bewaffneten Männern gewesen, bis Hamish getötet worden war, weil er die Tsurani in der Mittwinternacht gestört hatte. Seitdem war er zu einer festen Größe im Haupthaus geworden, und Dirk hatte mehrfach Gelegenheit gehabt, mit ihm zu reden. Im Gegensatz zu Hamish, der eine Neigung zu Übellaunigkeit besessen hatte, war Drugen ein ruhiger Mann, der kaum etwas sagte, wenn er nicht direkt angesprochen wurde. Er war recht gelassen, galt als einer der besten Schwertkämpfer in den Freistädten und legte ein offenes und freundliches Benehmen an den Tag. Er war auf eine mysteriöse Weise hübsch, und Dirk hatte Gerüchte gehört, wonach mehr als eines der Hausmädchen sich unter einem fadenscheinigen Vorwand mit ihm davongeschlichen hatte, und es gab mehrere Tavernenmädchen in der Stadt, die auf seinen nächsten Besuch warteten. Dirk hielt den Mann für einen netten Kerl, aber Jenna machte oft spitze Bemerkungen darüber, daß Drugen an wenig anderes denken konnte als an Frauen.

Dirk stand auf und sagte: »Ich muß noch mehr Holz zu den Tsurani bringen.« Er verließ die warme Küche und wünschte sich draußen in der Kälte, er hätte es nicht getan. Er eilte zum Holzstoß.

Dirk nahm einen großen Stapel Holz und ging zum ersten der drei Nebengebäude. Er stieß die Tür auf und fand die Tsurani vor wie immer. Sie ruhten sich zwischen Patrouillen oder anderen Pflichten aus, die die Hälfte der Garnison Tage, manchmal Wochen in die Ferne führen konnten. Ab und zu kehrten sie zurück und brachten Verwundete mit. Wenn sie sich ausruhten, dann schliefen sie auf ihren Pritschen, reinigten ihre seltsamen schwarz-orangefarbenen Rüstungen oder unterhielten sich leise. Manche spielten eine Art Glücksspiel mit Stöcken und Steinen, wieder andere spielten etwas, das wie Schach aussah.

Die meisten waren im Auftrag ihres Vorgesetzten unterwegs, weniger als ein Dutzend hielten sich gerade in Weißbergen auf. Sie sahen gleichgültig zu, wie er die eine Holzkiste auffüllte. Dann bestückte er die beiden anderen Holzkisten. Als er fertig war, seufzte er hörbar vor Erleichterung. Sooft ihn seine Stellung als Holzjunge auch zwang, die von den Tsurani bewohnten Gebäude zu betreten, Dirk geriet in ihrer Gegenwart jedesmal an den Rand nackter Panik, nachdem er gesehen hatte, daß sie zu unbarmherzigem Mord fähig waren. Wenn er wußte, daß er für eine Nacht wieder mit ihnen fertig war, fühlte er sich jedesmal, als hätte er für die kommenden Stunden eine sichere Zuflucht.

Da seine Aufgaben draußen für heute erledigt waren, kehrte er in die Küche zurück und nahm sein karges Abendessen zu sich, Wassersuppe und schlechtes Brot. Das beste Essen, das die Besatzer nicht für sich beanspruchten, wurde Lord Paul und seiner Tochter serviert. Dirk hatte gehört, wie sich Anika über das Essen beschwerte, worauf ihr Vater erwiderte, unter Berücksichtigung der Lage sei es so schlecht nicht. Dirk fand, daß es sich nach den Maßstäben, an die er gewöhnt war, um Festessen handelte. Drugen und die anderen Arbeiter im Haus teilten die Reste unter sich auf, und für einen Holzjungen blieb nie etwas übrig.

Dirk kehrte in die Scheune zurück und beachtete das Stöhnen nicht, das unter einer Decke in der ersten Nische hervordrang. Mikia und Torren schien nicht zu kümmern, daß sie keinen Raum für sich hatten. Aber schließlich, überlegte sich Dirk, arbeiteten sie in der Molkereiwirtschaft, ein Hirte und eine Melkerin, und er hatte festgestellt, daß die Leute auf Bauernhöfen weitaus erdverbundener waren als Städter und sich auch weniger um Schicklichkeit scherten.

Litia saß in der Ecke der angrenzenden Nische, und ihre magere Gestalt zitterte unter einer Decke, während sie auf dem Erdboden saß und sich an einem kleinen Feuer wärmte. Dirk winkte ihr zu, was sie mit einem zahnlosen Lächeln quittierte. Er ging hinüber und sagte: »Wie geht es dir?«

»Ganz gut«, antwortete sie, aber ihre Stimme war kaum mehr als ein Flüstern.

Dirk befürchtete, daß die alte Frau bei dem wenigen Essen und der Kälte den Winter nicht überleben würde, aber anderen im Haushalt schien das gleichgültig zu sein. Man wird alt und stirbt, sagten sie immer.

»Was erzählt man sich?« fragte die alte Frau. Sie war immer begierig, kleine Neuigkeiten und die jüngsten Gerüchte zu erfahren. Dirk sperrte immer die Ohren auf, um Dinge aufzuschnappen, mit denen er der alten Frau den Abend versüßen konnte.

»Leider nichts Neues«, antwortete er.

Mit einem breiten Zahnfleischgrinsen sagte die alte Frau: »Und hat dich die Tochter des Hausherrn wieder mit einem Blick beschenkt, junger Mann?«

Dirk spürte, wie er errötete. »Ich weiß nicht, was du meinst, Litia«, sagte er.

»O doch«, tadelte sie ihn spielerisch. »Schon gut, Junge, sie ist das einzige Mädchen in deinem Alter hier, und es wäre nicht normal, wenn du dich nicht zu ihr hingezogen fühltest. Wenn diese Heiden, die in unseren Betten schlafen, im Frühjahr nachgeben und uns unsere Nachbarn besuchen lassen, wird dich das erste Bauernmädchen, dem du begegnest, von dem bösen Kind meines Herrn ablenken.«

»Böses Kind?« fragte Dirk. »Was meinst du damit?«

Litia sagte: »Nichts, süßer Knabe. Sie ist ein eigensinniges Mädchen, das immer bekommt, was sie will, mehr nicht. Was du brauchst, das ist eine gute, kräftige Gefährtin, ein Bauernmädchen mit breiten Hüften, das dir Söhne zur Welt bringt, die dich im Alter versorgen.«

Dirk entging die Verbitterung in den Worten der alten Litia nicht, auch wenn er jung war. Er wußte, daß ihr einziger Sohn vor Jahren ertrunken war und sie niemanden hatte, der sie versorgte. Dirk sagte: »Morgen versuche ich, noch eine Decke aus dem Haus für dich zu bekommen.«

»Meinetwegen sollst du dich nicht in Schwierigkeiten bringen«, sagte die Frau, aber ihre Miene sagte, daß sie dankbar für das Angebot war.

Dirk ließ sie sitzen und kletterte die Leiter zum Schober hinauf, wo die jungen Männer schliefen. Er war der jüngste hier oben, denn die Jungs, die jünger waren als er, schliefen bei ihren Familien. Alex, Hans und Leonard schliefen bereits. Hemmy und Petir würden bald kommen. Dirk wünschte sich auch für sich noch eine Decke, wußte aber, daß er sich mit denen begnügen mußte, die ihm überlassen wurden. Wenigstens eine Seite von ihm würde immer warm bleiben, wenn er sich an Hemmy kuschelte, den nächstälteren Jungen. Er würde sich in der Nacht ein paarmal umdrehen, um der kalten Zugluft zu entgehen.

Und es dauerte nur noch zwei Monate, bis der Frühling kam. Hemmy und Petir kletterten herauf und nahmen ihre Plätze auf dem Schober ein, und Dirk hüllte sich so gut wie möglich in seine Decken und schlief ein.

Es war ein seltsames Geräusch, und Dirk konnte es nicht richtig zuordnen, als er in der Dunkelheit erwachte. Dann fiel es ihm ein: Jemand hatte geschrien. Es war ein gedämpfter Laut gewesen, aber ein Schrei. Dirk horchte einen Moment, aber das Geräusch wiederholte sich nicht. Er versuchte, wieder einzuschlafen.

Als er gerade wieder schläfrig wurde, hörte er ein Knirschen und die Geräusche von jemandem, der sich im Schuppen bewegte. Nach einem dumpfen Schlag und einem seltsam gurgelnden Geräusch stützte er sich auf den rechten Ellbogen und horchte in die Dunkelheit. Er strengte sich an, etwas zu hören, konnte die Geräusche aber nicht ausmachen. Er vermutete, daß es wieder Mikia und Torren waren, und drehte sich um, um endlich zu schlafen.

Wieder war er fast eingedöst, als ihm klar wurde, daß etwas nicht stimmte. Als er sich umdrehte, sah er in der Dunkelheit etwas rasch auf sich zu kommen, eine große, dunkle Gestalt. Er richtete sich auf und wich instinktiv vor dem zurück, was sich ihm da näherte.

Zwei Dinge geschahen gleichzeitig: Jemand schlug nach ihm, wobei eine Messerklinge den Stoff seines Mantels unter dem Schlüsselbein durchschnitt, und er stieß mit dem Rücken gegen die Heutür. Er würgte einen unartikulierten Schrei heraus und konnte nicht sprechen, so sehr erfüllte ihn Entsetzen. Dann stieß ein anderer Leib mit einem erstickten Schrei gegen ihn, und er spürte, wie der Riegel der Tür hinter ihm nachgab.

Die Tür, die nie besonders stabil gewesen war, hielt dem Gewicht von zwei Körpern nicht stand, und Dirk fiel mit einem gedämpften Schrei nach unten auf den schneebedeckten Boden. Der Aufprall trieb ihm die Luft aus den Lungen.

Dann landete der andere Junge auf ihm, und Dirk verlor das Bewußtsein.

Als er erwachte, wurde der Himmel bereits hell. Ihm war eiskalt, er konnte kaum atmen. Sein linkes Auge schien verklebt zu sein, und etwas auf ihm hielt ihn fest am Boden.

Dirk versuchte, sich zu bewegen, und stellte fest, daß Hemmy auf ihm lag. »He, geh runter!« sagte er, aber seine Stimme klang schwach und erstickt. Brennende Schmerzen unterhalb seines Halses ließen ihn aufstöhnen, als er sich bewegte.

Seine Beine waren taub vor Kälte, und er lag in einem Loch im Schnee. Er bewegte den Hintern, schaffte es, sich aufzurichten, und stellte fest, daß Hemmy tot war. Das Gesicht des älteren Jungen war weiß, seine Kehle durchgeschnitten. Das Grauen verlieh Dirk Flügel, und es gelang ihm, den Leichnam so weit hochzuheben, daß er unter ihm herauskriechen konnte, wobei er seine tauben Beine zwingen mußte, ihm zu gehorchen.

Er zog sich aus dem Schnee und spürte die stechenden Schmerzen in den Muskeln, die er bewegen mußte. Er kletterte aus dem Loch und stellte fest, daß er mit Blut getränkt war, Hemmys Blut.

»Was ist passiert?« flüsterte er.

Als er zur Scheune stolperte, stellte er fest, daß es noch eine Stunde dauern würde, bis die Morgensonne über den Horizont im Osten stieg. Seine Beine waren zittrig, daher lehnte er sich an die Scheunenwand, schaute auf und sah, daß die hintere Heutür noch offenstand. Er wartete einen Moment, bis er seine durchgefrorenen, steifen Beine unter Kontrolle hatte, ging zur Vorderseite und betrachtete das große Tor, das trotz der Kälte weit offenstand. Als er den Schnee vor dem Tor betrachtete, fiel ihm keine ungewöhnliche Häufung von Fußspuren auf. Aber auf der Südseite des Eingangs, wo der Schnee unberührt geblieben war, sah er die Fußspuren eines einzelnen und zwei Linien, wie sie die Kufen eines Schlittens hinterließen. Jemand hatte den großen Schlitten aus der Scheune gezogen. Die tiefen Kufenspuren verrieten Dirk, daß der Schlitten schwer beladen sein mußte. Die Pferde waren längst nicht mehr da, die Tsurani hatten sie im vergangenen Winter gegessen, daher mußte die betreffende Person den Schlitten selbst ziehen.

Dirk ging in die Scheune und sah Mikia und Torren, die einander - mit durchschnittenen Kehlen - in den Armen lagen. Auch die alte Litia lag mit weit aufgerissenen Augen in ihrem Blut. Wo er hinsah, sah er den Tod.

Wer hatte das getan? fragte sich Dirk, von panischer Verwirrung erfüllt. Hatten die Tsurani, die Lord Pauls Anwesen besetzt hielten, den Verstand verloren und jeden einzelnen getötet? Aber in dem Fall hätten sich draußen im Schnee ganz viele Fußspuren finden müssen, und da waren keine. Die meisten waren diese Woche in der einen oder anderen Sache unterwegs, nur einige wenige waren in den Nebengebäuden geblieben. Dann wandten sich Dirks Gedanken dem Herrenhaus zu. »Anika!« sagte er heiser flüsternd.

Er rannte im Halbdunkel vor der Morgendämmerung zur Küche und stellte fest, daß die Tür offenstand. Er betrachtete das Gemetzel in dem Raum voll stummem Entsetzen. Alle, die in der Küche schliefen, waren so tot wie die in der Scheune.

Er rannte die Treppe hinauf und stürmte, ohne anzuklopfen, in Anikas Zimmer. Ihr Bett war leer. Er sah darunter, weil er fürchtete, sie hätte sich da unten verkriechen können, um zu sterben. Dann fiel ihm auf, daß kein Blut in dem Zimmer zu sehen war.

Er stand auf, lief zum Zimmer ihres Vaters und stieß die Tür auf. Lord Paul lag in einer Blutlache auf seinem Bett; Dirk mußte nicht erst nachsehen, ob er noch lebte. Neben dem Bett stand eine Geheimtür offen, eine Tür, die gestrichen war wie ein Stück der Wand. Dirk sah durch die Tür in ein kleines Versteck, und ihm wurde klar, daß sein Herr hier den Reichtum versteckt hatte. Die Besatzer hatten jede Gold-, Silber- und Kupfermünze von denen verlangt, die in dem besetzten Gebiet lebten, aber es war hinreichend bekannt, daß sie keine Vorstellung davon hatten, was Reichtum auf diesem Planeten bedeutete. Die Diener hatten spekuliert, daß Lord Paul nur ein Drittel seines Geldes übergeben und den Rest versteckt hatte. Vielleicht hatten die Tsurani diesen verstecken Rest gefunden und dies war ihre Art, alle zu bestrafen? Wenn die Tsurani Amok gelaufen waren –

»Nein«, sagte er leise zu sich. Die Tsurani hängten alle Ehrlosen. Die Klinge blieb ehrenhaften Gegnern vorbehalten. Wer immer für die Morde verantwortlich war, hatte verstohlen gehandelt, als hätte er Angst davor gehabt, Aufmerksamkeit auf sich zu lenken und überwältigt zu werden, und er hatte vorsichtig alle Diener getötet, einen nach dem anderen. Der Mörder war bewaffnet gewesen ...

Drugen!

Nur Drugen und der Hausherr hatten, von den Tsurani abgesehen, die Erlaubnis, Waffen zu tragen. Dirk machte die Geheimtür zu und war zu erschüttert, um zu würdigen, wie schlau sie angelegt worden war. Wenn sie geschlossen war, konnte man sie nicht von der Wand unterscheiden.

Er lief in das große Eßzimmer hinunter und sah über dem Sims die beiden Schwerter, die dort hingen, Erbstücke von Lord Pauls Familie. Er überlegte sich, ob er eines nehmen sollte, doch dann fiel ihm ein, falls ihn die Tsurani mit einem Schwert in der Hand finden sollten, würde er gehängt werden, bevor er ein Wort der Erklärung abgeben konnte.

Er kehrte in die Küche zurück und nahm ein großes Ausbeinmesser aus dem Messerklotz neben dem Herd. Damit hatte er schon viele Male gearbeitet, und der vertraute Griff in seiner Hand hatte etwas Tröstliches.

Er mußte etwas tun, um Anika zu finden, wußte aber nicht, was. Drugen mußte sie zusammen mit dem Gold mitgenommen haben. Er rannte zur Scheune zurück, um nachzusehen, ob sonst noch jemand überlebt haben könnte. Nach wenigen Minuten wußte er, daß nur er und Anika noch am Leben waren.

Und natürlich die Tsurani.

Panik überkam Dirk. Er wußte, wenn einer von ihnen den Kopf zu einer der Hütten herausstreckte, würde Dirk gehängt werden, weil er ein Küchenmesser in der Hand hielt, aus welchem Grund auch immer.

Er versteckte das Messer in seinem Wams und kletterte auf den Heuschober. Er ging zu dem Leinensack, der ihm als Schrank diente und seine wenigen Habseligkeiten enthielt. Er zog seinen einzigen Mantel aus und sah den langen Schnitt unter dem Kragen. Drugen hatte zuerst ihn aufschlitzen wollen, weil er gesehen hatte, daß Dirk wach geworden war. Er mußte geglaubt haben, daß er Dirk die Kehle durchgeschnitten hatte. Dann hatte er Hemmy getötet, ihn auf Dirk gestoßen und damit bewirkt, daß sie beide durch die Heutür gefallen waren. Dirk wußte, daß nur die Dunkelheit und sein Sturz ihm das Leben gerettet hatten. Wäre er nicht aus der Scheune gefallen, hätte sich Drugen ganz bestimmt vergewissert, ob der Junge tot war.

Dirk zog ein zusätzliches Hemd gegen die Kälte an, und beachtete das klebrige Blut nicht, das sein Unterhemd und das Hemd, das er bereits trug, getränkt hatte. Die zusätzliche Schicht Kleidung konnte den Unterschied zwischen Leben und Tod bedeuten. Er überlegte, ob er einem der anderen Jungs das Wams ausziehen sollte, brachte es aber nicht über sich, die Leichen seiner toten Freunde zu berühren.

Er zog den Mantel wieder an und holte sein einziges Paar Handschuhe aus dem Sack, zusammen mit dem Wollschal, den Litia im Jahr zuvor für ihn gestrickt hatte. Er zog sie an und überprüfte die Habseligkeiten in seinem Sack: Es war nichts mehr darin, das ihm seiner Ansicht nach helfen konnte.

Er kletterte eilig die Leiter hinunter. Er hatte nur einen Gedanken, nämlich dem Mörder zu folgen. Ihn befiel eine schreckliche Angst, die Tsurani zu wecken, und er war nicht sicher, ob es sie überhaupt interessieren würde, daß Menschen ermordet worden waren, die sie eindeutig als ihnen unterlegen einstuften. Dirk fürchtete, sie könnten ihm die Schuld geben und ihn hängen.

Drugen. Er mußte Drugen finden und Anika retten und ihr das Gold wiederbeschaffen. Der Junge wußte, ohne das Gold wäre das Mädchen der Gnade der Stadtbewohner ausgeliefert. Sie würde gezwungen sein, auf die Großzügigkeit von Verwandten und Freunden zu bauen. Aber er hatte so große Angst, daß er sich kaum bewegen konnte. Er stand vor Unentschlossenheit wie gelähmt im Mittelgang der Scheune.

Nach einer Weile hörte er einen Schrei über das Anwesen hallen. Die Tsurani waren aufgestanden, und einer hatte etwas gesehen. Stimmen riefen draußen durcheinander, und Dirk wußte, in wenigen Augenblicken würden sie in der Scheune sein.

Er versteckte sich in der dunkelsten Ecke der Nische, die am weitesten vom Tor entfernt war, und zitterte vor Kälte und Angst, als Männer in die Scheune kamen und sich rasch in ihrer seltsamen Sprache unterhielten. Zwei gingen an der Stelle vorbei, wo Dirk lag, und einer warf ihm einen kurzen Blick zu. Er mußte Dirk für tot gehalten haben, denn er sagte nichts zu seinem Gefährten, der die Leiter zum Heuschober hinaufkletterte. Nach einem Moment rief er etwas herunter, und der andere antwortete. Er hörte den Mann wieder die Treppe herunterkommen, worauf die beiden die Scheune verließen. Dirk wartete, bis es wieder still geworden war, dann verließ er seinen Platz im Stroh. Er eilte zur Tür und sah hinaus. Von seinem Beobachtungsposten aus konnte er sehen, wie ein Tsurani den anderen Anweisung gab, die Gegend zu durchsuchen.

Dirk wußte nicht, was er als nächstes tun sollte, und wartete ab. Ein Tsurani, von dem Dirk wußte, daß er einen gewissen Rang bekleidete, kam heraus und zeigte auf die Spuren im Schnee. Es folgte eine kurze Debatte, worauf der Mann, der die anderen auf die Suche geschickt hatte, zu sagen schien, daß jemand dem Mörder folgen müsse.

Dann sagte der Anführer etwas im Kommandoton, worauf sich der andere Mann leicht verbeugte und abwandte. Dirk wurde klar, daß niemand Drugen folgen würde. Er würde ungeschoren davonkommen, obwohl er mehr als zwei Dutzend Menschen getötet und Anika entführt und Lord Pauls ganzes Gold mitgenommen hatte. Der Tsuranisoldat, der den Befehl hatte, schien sich damit zu begnügen, die Sache seinem Vorgesetzten zu überlassen, wenn die Hauptstreitkraft des Regiments von ihrer Mission zurückkehrte.

Dirk wußte, wenn jemand Anika retten wollte, mußte er es sein. Dirk schlich sich aus der Scheune und um die Seite herum, und als er sicher war, daß sich niemand in der Nähe aufhielt, ging er den Hügel hinter der Scheune hinab und in den Wald. Er lief rasch durch das Birken- und Kiefernwäldchen, bis er die Schlittenspuren gefunden hatte. Er wandte sich in diese Richtung und folgte ihnen.

Dirk schlurfte durch den Schnee voran, und sein Atem bildete eine weiße Wolke vor ihm. Seine Füße waren taub, er fühlte sich schwach und hungrig, war aber entschlossen, Drugen einzuholen. Die Landschaft war weiß und grün – Äste von Kiefern und Fichten ragten aus Schneemänteln heraus. Eine kurze Strecke entfernt lag ein Wäldchen kahler Bäume, und Dirk wußte, er hatte die Grenze von Lord Pauls Anwesen schon überschritten.

Der Mörder kam gut voran, obwohl er den schweren Schlitten ziehen mußte. Dirk wußte, jedesmal, wenn Drugen den Schlitten bergauf ziehen mußte, holte er selbst auf, aber wenn es auf der anderen Seite bergab ging, machte Drugen einen Teil der gewonnenen Strecke wahrscheinlich wieder wett.

Dirk blieb einen Moment stehen, um auszuruhen. Er wußte, die beste Chance, den Mörder zu erwischen, hatte er, wenn er ihn nachts einholte. Dirk sah sich um. Er hatte keine Ahnung, wieviel Zeit verstrichen war; ein großer Teil des Tages, soviel war ihm klar, aber am grauen Himmel konnte er nicht sehen, wo die Sonne stand und wann es dunkel werden würde.

Ein Kaninchen hob den Kopf über einen Kamm in der Nähe und schnupperte. Dirk wünschte sich, er hätte eine Art Waffe oder die Zeit gehabt, eine Falle aufzustellen, denn ein auf offenem Feuer gebratenes Kaninchen hätte ihm gutgetan, aber er wußte, solche Wünsche würden unerfüllt bleiben.

Er ging weiter.

Als es dunkel wurde, fing es an zu schneien, und es wurde schnell dunkel. Dirks Plan, dem Mörder die Nacht hindurch zu folgen, hatte sich erledigt, da er die Schlittenspuren nicht mehr sah. Dirk versuchte, den Spuren zu folgen, hatte aber kein Licht. Es war die schwärzeste Nacht, die er je erlebt hatte, und er litt Todesangst.

Er fand eine kleine Baumgruppe mit einem großen Kiefernast voll Schnee, der wie ein Dach wirkte, und dort kroch er hinein, weil der Ast immerhin ein wenig Schutz bot. Er baute eine niedrige Mauer aus Schnee um sich herum, weil man ihm als Jungen beigebracht hatte, daß ihn eine solche Mauer vor dem Wind schützen konnte. Er döste, schlief aber nicht.

Ein leises Geräusch weckte ihn. Er hörte es wieder. Er streckte den Kopf unter dem Kiefernast hervor und sah, daß ein großer Klumpen Schnee von einem Zweig gefallen war.

Er kroch hinaus und suchte nach der Spur. Es gab Stellen, wo nur wenig Schnee gefallen war, und er konnte die Spuren kaum erkennen, aber sie waren da und wiesen ihm den Weg.

Dirk setzte die Jagd nach dem Mörder fort.

Bei Sonnenuntergang sah er das Licht des Feuers hoch auf einem Grat im Osten. Drugen war auf dem Weg zur Stadt Natal. Dort gab es keine Tsurani-Eindringlinge. Wenn er dort angekommen war, konnte Drugen weiter nach Ylith, und von da aus standen ihm alle Wege offen, ins Königreich, nach Kesh oder in das Inselreich Queg. Dirk wußte nicht, wie Drugen die Grenze überqueren wollte, aber er ging davon aus, daß der Mann einen Plan hatte. Vielleicht verließ er sich einfach darauf, daß die Tsurani dicht bei ihren Lagerfeuern bleiben und mitten im tiefsten Winter nicht allzu viele Leute auf dem Feld haben würden. Soweit er gehört hatte, war es seit den ersten Schneefällen praktisch nicht zu Kampfhandlungen zwischen ihnen und den Streitkräften der Freistädte und des Königreichs gekommen.

Dirk schlich sich an das Feuer an.

Schließlich kam er zu einem Platz, von dem aus er einen Blick auf die Feuerstelle werfen konnte. Dirk näherte sich ihr langsam, so leise wie möglich, und sah einen einzelnen Mann, der auf dem Schlitten saß und sich die Hände am Feuer wärmte. Drugen schien nicht zu glauben, daß er verfolgt würde, denn er hatte keine Anstalten getroffen, seinen Aufenthaltsort geheimzuhalten. Anika lag in ein Bündel Felle gehüllt zu seinen Füßen. Dirk hatte sie jeden Herbst gelüftet, wenn er sie aus der Vorratskammer geholt hatte, daher wußte er, daß das Mädchen gut vor der Kälte geschützt war. Sie schien zu schlafen - wahrscheinlich vor Angst erschöpft, dachte Dirk.

Dirk blieb stehen und wurde wieder von Angst überwältigt. Er hatte keine Ahnung, wie er weiter vorgehen sollte. Er hatte ein Dutzend Pläne geschmiedet, den Mörder anzugreifen, und wieder verworfen. Er konnte sich nicht vorstellen, wie er einen ausgebildeten Krieger angreifen sollte, der dafür bezahlt wurde, zu kämpfen.

Dirk stand frierend auf den Füßen und sah zu, wie das Feuer niederbrannte. Drugen aß, und Dirk blieb immer noch reglos stehen. Kälte, Entkräftung, Hunger und Angst bewirkten, daß er den Tränen nahe war.

Dann warf Drugen noch Holz ins Feuer und wickelte eine Decke um sich. Er legte sich auf den Boden zwischen den Schlitten und Anika, die sich bewegte, aber nicht aufwachte. Er ging schlafen!

Dirk wußte, er konnte Anika nur retten und Lord Pauls Gold an sich bringen, wenn er sich an Drugen anschlich und ihn im Schlaf tötete. Was das anging, hatte Dirk keine Gewissensbisse; Drugen hatte jeden im Schlaf getötet, den Dirk kannte, seit er seine Familie verlassen hatte, um auf dem Anwesen des Herrn zu arbeiten, und verdiente nichts Besseres als sie. Dirk hatte nur Angst, er könnte der Aufgabe nicht gewachsen sein oder den Mörder versehentlich aufwecken.

Dirk bewegte die Beine, um in der eiskalten Nacht den Blutkreislauf anzuregen, und dachte schließlich, daß es sicher wäre, sich dem Lager zu nähern. Steife Beine, Atemnot und Herzklopfen trieben Dirk an den Rand einer Raserei. Seine Hände zitterten so heftig, daß es ihm kaum gelang, das Messer aus seiner Jacke zu holen.

Der vertraute Griff war plötzlich etwas Fremdes, das sich nicht an seine Hand anpassen wollte. Er kroch weiter und versuchte, sich nicht von seiner Panik übermannen zu lassen.

Auf der anderen Seite des Schlittens blieb er stehen; er

war nicht sicher, wie er sich nähern sollte. Er beschloß, sich Drugens Kopf vorzunehmen.

Dirk hielt das Messer hoch, kroch langsam und vorsichtig, um ja kein Geräusch zu machen, um den Schlitten herum. Als er nur noch wenige Zentimeter entfernt war, bewegte sich Drugen und zog die Decke um die Schultern. Er kuschelte sich an Anika, die sich nicht bewegte.

Angst überwältigte Dirk. Er wußte, wenn er jetzt nicht handelte, würde er es nie schaffen. Er stieß heftig mit dem Messer zu und spürte, wie die Spitze in die Schulter des Mörders eindrang.

Drugen schrie vor Schmerzen auf, krümmte sich und hätte Dirk das Messer fast aus der Hand gerissen. Dirk riß es zurück und stieß noch einmal zu. Wieder bohrte sich die Spitze tief in Drugens Schulter, und er heulte vor Schmerzen auf.

Anika erwachte mit einem Schrei, strampelte die Felle von sich, sprang auf die Füße, fuhr herum und versuchte zu begreifen, was da geschah. Dirk zog die Klinge heraus und war bereit, zum drittenmal zuzustoßen, aber Drugen rannte los, rammte die Schulter in Dirk und stieß ihn beiseite.

Der Junge rollte über den Boden und stellte fest, daß Drugen ihm auf der Brust saß und die Hand erhoben hatte, um ihm einen Schlag zu verpassen. »Du!« sagte er, als er das Gesicht des Jungen im trüben Licht des niedergebrannten Feuers sah. Drugen zögerte.

Dirk stieß mit dem Messer zu und traf Drugen im Gesicht, ein tiefer Schnitt. Drugen kippte nach hinten und hielt die Hand an die Wange, während er vor Schmerzen aufschrie. Dirk handelte, ohne zu überlegen. Er stieß fest mit dem Messer zu und rammte es Drugen dicht unter den Rippen tief in die Brust.

Drugen ragte im trüben Licht über Dirk auf und hatte die Augen in stummer Fassungslosigkeit aufgerissen. Die linke Hand, mit der er kurz die Wange berührt hatte, sank herab. Mit der rechten Hand packte er Dirk am Mantel, als wollte er ihn hochziehen, um ihn etwas zu fragen. Dann kippte er langsam nach hinten. Er ließ Dirks Mantel nicht los und zog den Jungen hoch und dann nach vorn.

Dirks Beine waren unter Drugen eingeklemmt, daher war er gezwungen, sich nach vorne zu beugen.

Dirk löste hektisch die Finger des toten Mannes von seinem Mantel. Er fiel zurück, und der Schmerz in seiner Seite wurde zur sengenden Qual. Er sah den Messergriff aus seinem Mantel ragen, und ihm wurde übel. Mit den Ellbogen stützte er sich ab und konnte die Beine vom Gewicht Drugens befreien. Undeutlich hörte er eine schluchzende Stimme, die sagte: »Nein.«

Dirk war nur halb bei Bewußtsein, als er sich vorbeugte und das Messer aus Drugens Leiche zog. Er drehte sich um, als die Stimme eines Mädchens wiederholte: »Nein!«

»Du hast ihn getötet!« schrie Anika und rannte auf Dirk zu. Der verwirrte Junge war nicht sicher, was vor sich ging. Er versuchte, sich zu konzentrieren, aber alles um ihn herum drehte sich. »Ich …«, begann er, aber das Mädchen schien ihn förmlich anzuspringen.

»Du hast ihn getötet!« schrie sie wieder, als sie sich auf ihn stürzte. Er wich zurück, stolperte mit der Ferse über Drugens Leiche und fiel hin, und plötzlich war das Mädchen auf ihm. Sie landete mit dem ganzen Gewicht auf Dirk, und ihre Augen waren im Schock weit aufgerissen. Sie stemmte sich von Dirk hoch und sah zwischen ihnen beiden nach unten.

Dirk folgte ihrem Blick und sah, daß er das Messer noch in der Hand hielt. Anika hatte sich die Klinge selbst in den Leib gerammt. Verwirrung zeichnete sich auf ihrem Gesicht ab, sie sah ihn prüfend an und sagte schließlich leise: »Der Holzjunge?«

Sie fiel auf Dirk. Er schob sie beiseite, hielt sie aber in den Armen, sank in den Schnee und hielt sie immer noch. Sie sah mit glasigen Augen zum Himmel, und er schloß sie sanft.

Dann spürte Dirk glühende, stechende Schmerzen in der Seite, Erbrochenes stieg ihm im Hals empor, und ihm wurde bewußt, daß er sich irgendwie eine Stichwunde zugezogen hatte. Er berührte die Wunde, heiße Schmerzen schossen durch seinen ganzen Körper, und vor seinen Augen schien alles zu verschwimmen. Er wußte, er konnte sich nicht bewegen, solange das Messer noch da war, und hob die Hand, um es wieder am Griff zu packen. Er nahm alle Kraft zusammen, zog das Messer aus seiner Seite und schrie vor Schmerzen. Nach einem Augenblick ließen die Schmerzen nach und wichen pochender Qual, die ihm aber nicht das Gefühl gab, als müßte er sterben. Er stand langsam auf und drehte sich zu dem Mädchen um.

Dann verlor er das Bewußtsein.

Borric sagte: »Sie hat ihm geholfen, ihren Vater und alle anderen zu töten?«

»Das glaube ich nicht, Herr.« Traurig fügte Dirk hinzu: »Ich glaube, Drugen hat sie überlistet und dazu gebracht, sich ihm anzuvertrauen und ihm zu sagen, wo das Gold ihres Vaters versteckt war. Sie war ein unschuldiges Mädchen, und er war ein Weiberheld, der vielen Frauen den Hof gemacht hat. Wenn er alle getötet hat, ohne Anika zu wecken, und sie dann in die Felle gewickelt und direkt zum Schlitten getragen hat, dann konnte sie es nicht sehen. Wenn sie die Freistädte hinter sich gelassen hätten, hätte sie die Wahrheit nie erfahren.« Er sah aus, als würde er gleich weinen, sprach aber mit fester Stimme weiter: »Sie stürzte sich entsetzt auf mich, und ohne zu wissen, was zu Hause passiert war. Sonst wäre sie nicht so erschüttert über Drugens Tod gewesen, da bin ich sicher. Ihr Tod war ein Unfall, aber allein meine Schuld.«

»Dich trifft keine Schuld, Junge. Es war, wie du gesagt hast, ein Unfall.« Nach einem Augenblick nickte Borric. »Ja, es ist besser, wenn man es so sieht. Junge, warum bist du hierher gekommen?«

»Ich wußte nicht, was ich sonst tun sollte. Ich dachte mir, wenn Drugen hierher kommen wollte, könnte ich es auch tun. Ich wußte, die Tsurani würden das Gold meines Herrn nehmen und mich wahrscheinlich aufhängen ... an etwas anderes konnte ich nicht denken.«

»Das hast du gut gemacht«, sagte Borric leise.

Dirk stellte den Becher weg und sagte: »Das hat gutgetan. Danke, Herr.« Er bewegte sich und zuckte zusammen.

»Schmerzt dich die Wunde?«

»Ich habe sie so gut wie möglich verbunden, Herr.«

Borric rief eine Ordonnanz und gab dem Mann Anweisung, den Jungen zum Zelt des Heilers zu bringen und die Wunde versorgen zu lassen.

Als Dirk gegangen war, sagte der Kapitän: »Das war eine wilde Geschichte, Euer Gnaden.«

Borric stimmte zu. »Der Junge hat Mut.«

»Hat es das Mädchen gewußt?« fragte der Kapitän.

»Natürlich hat sie es gewußt«, sagte Borric. »Ich kannte Paul von Weißbergen; ich habe über Talbot Kilrane, meinen Agenten in Bordon, Geschäfte mit ihm gemacht. Ich war bei ihm zu Hause, und er war in Crydee. Und ich kannte die Tochter.« Borric seufzte, als würde ihn der Gedanke müde machen. »Sie ist im selben Alter wie meine Carline. Und sie sind so verschieden, wie zwei Kinder nur sein können. Anika war zur Ränkeschmiedin geboren.« Borric seufzte erneut. »Ich habe keinen Zweifel, daß sie das alles geplant hatte, aber wir werden nie erfahren, ob sie die ganzen Morde vorhergesehen hat; vielleicht hat sie dem Leibwächter nur vorgeschlagen, das Gold zu stehlen und zu fliehen. Mit ihrem Vater hinter den Linien der Tsurani und dem vielen Gold in ihrem Besitz ... Sie hätte in Krondor oder sogar in Rillanon eine Persönlichkeit der Gesellschaft werden können. Den Leibwächter wäre sie mühelos losgeworden – er konnte seine Rolle in der Sache wohl kaum jemandem beichten, oder? Und wenn wir von den Morden erfahren hätten, wären wir davon ausgegangen, daß die Tsurani sämtliche Hofbewohner unter irgendeinem Vorwand getötet hätten.« Borric schwieg. Dann sagte er: »Ich habe das untrügliche Gefühl, daß das Mädchen hinter allem gesteckt hat ... aber mit Sicherheit werden wir es nie erfahren, oder?«

»Nein, Euer Gnaden«, stimmte der Kapitän zu. »Was ist mit den Toten?«

»Begrabt sie! Wir haben nicht die Möglichkeit, das Mädchen zu ihrer Familie in Walinor zurückzubringen.«

Der Kapitän sagte: »Ich werde Männer zum Graben einteilen. Es wird eine Weile dauern, ein Loch in dem gefrorenen Boden auszuheben.« Dann fragte er: »Und das Gold?«

Borric sagte: »Ist konfisziert. Die Tsurani hätten es sowieso genommen, und wir haben eine Armee zu ernähren. Schickt es unter Bewachung zu Brucal in LaMut.« Nach einer kurzen Pause sagte er: »Und schickt den Jungen mit. Ich schreibe eine Nachricht für Brucal und bitte ihn, daß er ihm dort im Hauptquartier eine Stelle besorgt. Er ist ein tüchtiger Junge, und wie er gesagt hat, er weiß nicht, wohin er sonst gehen soll.«

»Sehr gern, Euer Gnaden.«

Als der Kapitän sich zum Gehen wandte, sagte Borric: »Noch etwas, Kapitän.«

»Ja, Euer Gnaden?«

»Behaltet für Euch, was ich gesagt habe. Der Junge braucht es nicht zu erfahren.«

»Wie Ihr wünscht, Euer Gnaden«, sagte der Kapitän und ging hinaus.

Borric beugte sich nach vorne und versuchte, sich wieder auf die anstehenden Probleme zu konzentrieren, aber die Geschichte des Jungen ging ihm nicht aus dem Kopf. Er versuchte, sich vorzustellen, was Dirk empfunden haben mochte, allein, nur mit dem Küchenmesser bewaffnet und ängstlich. Er selbst war fast sein ganzes Leben lang ein ausgebildeter Krieger gewesen, wußte aber noch, was es heißt, unsicher zu sein. Er sah das Handeln des Jungen als das, was es war, ein ungewöhnlicher und seltener heroischer Akt. Das Bild eines verliebten, ängstlichen Jungen, der nachts durch den Schnee stapfte, um einen Mörder zu stellen und ein Mädchen zu retten, ließ den Herzog nicht los, und er beschloß, daß es das beste war, dem Jungen diese letzte Illusion hinsichtlich des Mädchens nicht zu nehmen. Das zumindest hatte er verdient.

Das Rad der Zeit

ROBERT JORDAN

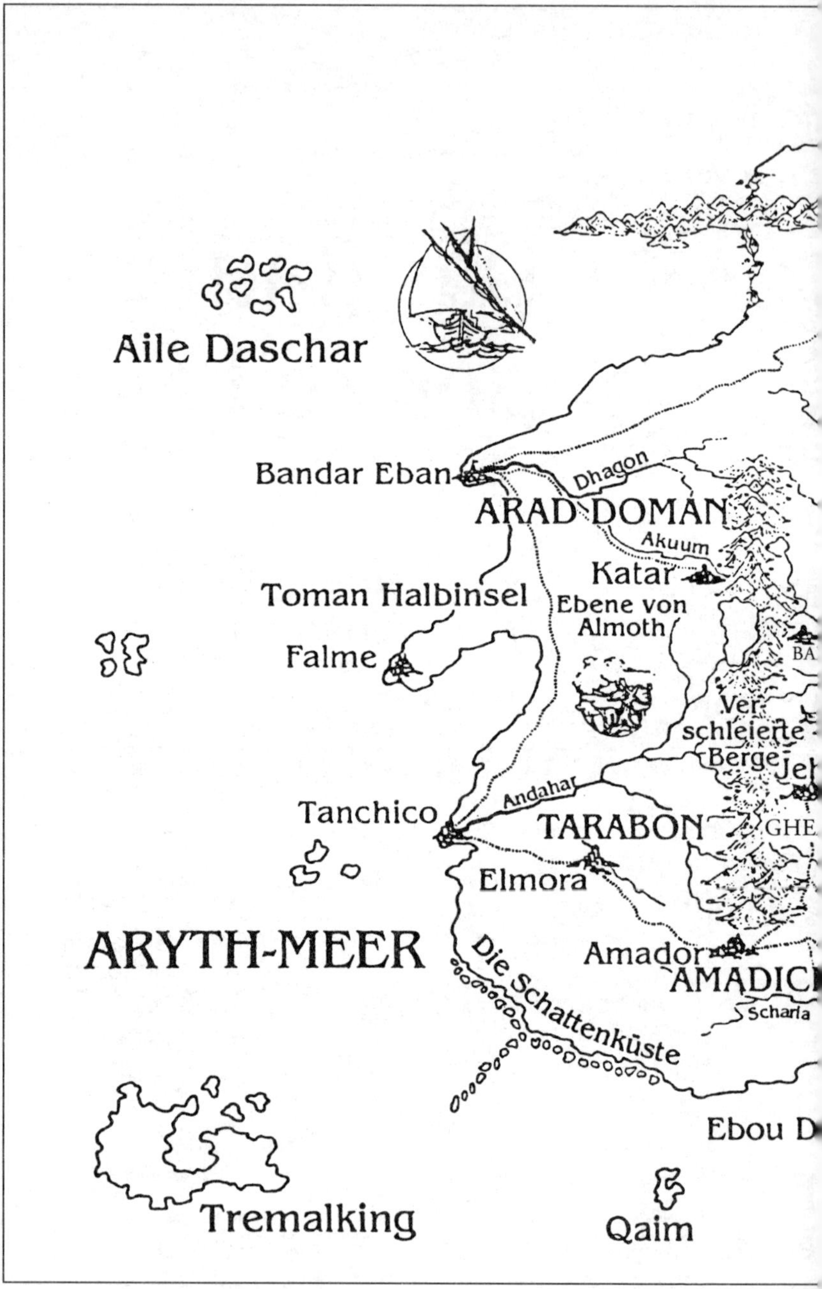
Aile Daschar
Bandar Eban
Dhagon
ARAD DOMAN
Akuum
Katar
Toman Halbinsel
Ebene von Almoth
Falme
BA
Ver-
schleierte
Berge
Tanchico
Andahar
TARABON
GHE
Elmora
ARYTH-MEER
Die Schattenküste
Amador
AMADIC
Scharla
Ebou D
Tremalking
Qaim

Die
ße Fäule
Schayol Ghul
Das Verdorbene Land
des Verderbens
Tarwin Paß
Chachin
Schol Arbela
Fal
Dara
Niamh Paß
KANDOR
ARAFEL
Fal Moran
AEA
SCHIENAR
Ariel
Wüste
Schwarze Hügel
Luan
Tar Valon
Brudermörders Dolch
aevin
Drachenberg
Jangai Paß
Gaelin
Cairhien
lain
ppe
CAIRHIEN
Alguenya
Rückgrat der Welt
NDOR
Caemlyn
ücke
Vier Könige
Aringill
Storn
Hügel
von
Kintara
Iralell
Erinin
Lugard
MURANDY
Haddon-Sümpfe
Far
Madding
Cary
Stedding
Schangtai
RA
Ebenen
Von Maredo
TEAR
ILLIAN
Tear
Godan
Illian
Mayene
ER
DER STÜRME
Cindaking
eln der Meerleute

DROHENDE SCHATTEN (1993)
DAS AUGE DER WELT (1993)
DIE GROSSE JAGD (1993)
DAS HORN VON VALERE (1993)
DER WIEDERGEBORENE DRACHE (1994)
DIE STRASSE DES SPEERS (1994)
SCHATTENSAAT (1994)
DIE HEIMKEHR (1994)
DER STURM BRICHT LOS (1995)
ZWIELICHT (1995)
SCHEINANGRIFF (1996)
DER DRACHE SCHLÄGT ZURÜCK (1996)
DIE FÜHLER DES CHAOS (1996)
STADT DES VERDERBENS (1997)
DIE AMYRLIN (1997)
DIE HEXENSCHLACHT (1998)
DIE ZERBROCHENE KRONE (1998)
WOLKEN ÜBER EBOU DAR (1998)
DER DOLCHSTOSS (1999)

Die Welt von Robert Jordans *Das Rad der Zeit* liegt sowohl in unserer Zukunft wie auch in unserer Vergangenheit, eine Welt von Königen und Königinnen und Aes Sedai, Frauen, die die Wahre Quelle anzapfen und die Eine Macht beherrschen können, die das Rad dreht und das Universum antreibt: eine Welt, wo der Krieg zwischen Licht und Schatten jeden Tag ausgefochten wird.

Im Augenblick der Schöpfung hat der Schöpfer den Dunklen König aus der Welt der Menschen verbannt, aber vor mehr als dreitausend Jahren haben Aes Sedai, damals Frauen und Männer, ohne es zu wissen, ein Loch in dieses Gefängnis außerhalb der

Zeit gebohrt. Der Dunkle konnte die Welt nur leicht streifen, und das Loch wurde schließlich wieder versiegelt, aber der Makel des Dunklen senkte sich über die *Saidin,* die männliche Hälfte der Macht. Schließlich verloren alle männlichen Aes Sedai den Verstand, sie vernichteten die Zivilisation bei der Zerstörung der Welt und veränderten das Antlitz der Erde, indem sie Berge ins Meer stürzen und neue Meere entstehen ließen, wo vorher Land gewesen war.

Nun tragen nur noch Frauen den Titel Aes Sedai. Sie werden von ihrer Amyrlin angeführt, sind in sieben nach Farben benannte Ajahs unterteilt, herrschen über die große Inselstadt Tar Valon, wo sich ihre Weiße Burg befindet, und sind durch die Drei Eide gebunden, die mittels *Saidar,* der weiblichen Hälfte der Macht, in ihren Knochen verankert sind: Kein Wort zu sprechen, das nicht wahr ist, keine Waffen herzustellen, mit denen ein Mensch einen anderen töten kann, und die Eine Macht niemals anzuwenden, es sei denn gegen die Schattenbrut oder im Extremfall, um ihr eigenes Leben, das ihres Behüters oder das einer anderen Schwester zu retten.

Immer noch werden Männer geboren, die lernen können, die Macht zu kanalisieren, oder schlimmer, die sie eines Tages kanalisieren werden, ob sie es wollen oder nicht. Aufgrund der Befleckung von Saidin sind sie zu Wahnsinn, Zerstörung und Tod verdammt und werden von den Aes Sedai aufgespürt und gedämpft, indem man sie zum Wohle der Welt für alle Zeiten von der Macht trennt. Kein Mann unterwirft sich dem freiwillig. Auch wenn sie die Jagd überleben, nach der Dämpfung leben sie selten noch lange.

Mehr als dreitausend Jahre lang, in denen Zivilisationen kamen und gingen, wurde nichts so sehr gefürchtet wie ein Mann, der kanalisieren kann. Aber die ganzen dreitausend Jahre hindurch wurde prophezeit, daß der Drache wiederkehrt, die Siegel an dem Verlies des Dunklen Königs ihre Kraft verlieren und er die Welt wieder berühren wird, und der Drache, der das Loch versiegelt hat, wiedergeboren wird, um sich dem Dunklen König erneut entgegenzustellen. Ein Kind, das in Sichtweite von Tar Valon geboren wird, auf den Hängen des Drachenbergs, wird aufwachsen und der Wiedergeborene Drache werden, die einzige

Hoffnung der Menschheit im Letzten Gefecht – ein Mann, der kanalisieren kann. Wenige Menschen kennen mehr als Bruchstücke der Prophezeiung, und wenige wollen mehr wissen.

Eine Welt von Königen und Königinnen, Nationen und Kriegen, wo die Weiße Burg nur Tar Valon beherrscht, aber selbst Könige und Königinnen dem Treiben der Aes Sedai argwöhnisch gegenüberstehen. Eine Welt, wo Schatten und Prophezeiungen drohen.

Die nachfolgende Geschichte ist vor dem ersten Buch der Serie angesiedelt. Die nachfolgenden Bände sollten in der richtigen Reihenfolge gelesen werden.

ROBERT JORDAN

Der neue Frühling

Der beißende Duft des neuen Frühlings lag in der Luft von Kandor, als Lan in das Land zurückkehrte, wo er sterben würde, was er immer schon gewußt hatte. Die Bäume zeigten das erste Rot des neuen Wachstums, und ein paar vereinzelte Wildblumen überzogen das winterbraune Gras, wo keine Schatten auf verschneite Flächen fielen, doch die blasse Sonne spendete, gemessen an der im Süden, wenig Wärme, ein schneidender Wind drang durch seinen Mantel, und graue Wolken kündeten von mehr als nur Regen. Er war fast zu Hause. Fast.

Hundert Generationen hatten die breite Straße beinahe so hart gestampft wie den Fels der umliegenden Berge, daher wurde kaum Staub aufgewirbelt, obwohl ein konstanter Troß von Ochsenkarren den vormittäglichen Bauernmarkt in Canluum verließ und Händlerzüge mit hohen Wagen, von berittenen Wachen mit Stahlhelmen und Rüstungen umgeben, die hohe, graue Stadtmauer hinter sich ließen. Hier und da zierten die Ketten der Händlergilde von Kandori eine Brust, oder ein Arafellin trug Glöckchen, ein Rubin schmückte das Ohr dieses Mannes, eine Perlenbrosche die Büste jener Frau, aber im großen und ganzen war die Kleidung der Händler so unauffällig wie ihr Benehmen. Ein Händler, der damit prahlte, daß er zuviel Profit einstrich, stellte fest, daß es ihm schwerfiel, gute Geschäfte zu machen. Im Gegensatz dazu protzten die Bauern mit ihrem Erfolg, wenn sie in die Stadt kamen. Bunte Stickereien zierten die weiten Beinkleider der einherschreitenden Landmänner und die Pluderhosen der Frauen, deren wallende Mäntel im Wind wehten. Manche trugen bunte Bänder im Haar, andere schmale Pelzkragen. Sie hätten für die bevorstehenden Tanzveranstaltungen und Bel-Tine-Feste gekleidet sein können. Aber das Landvolk beäugte Fremde so argwöhnisch wie ein Wachmann, beäugte sie und hob Speere oder Äxte und hastete weiter. Es waren unruhige Zeiten in Kandor, vielleicht überall entlang der Grenzländer. Banditen hatten sich im vergangenen Jahr wie Unkraut vermehrt, und aus der Großen Fäule drohten mehr Gefahren denn je. Gerüchte sprachen sogar von einem Mann, der die Eine Macht kanalisieren konnte, aber solche Gerüchte gab es häufig.

Lan führte sein Pferd in Richtung Canluum und schenkte den Blicken, die er und sein Begleiter auf sich zogen, so wenig Beachtung wie Bukamas finsteren Blicken und seinem Nörgeln. Bukama hatte ihn von der Wiege an großgezogen, Bukama und andere Männer, die schon tot waren, und er konnte sich nicht erinnern, jemals etwas anderes als eine finstere Miene in diesem verwitterten Gesicht gesehen zu haben, selbst wenn Bukama lobende Worte sprach. Diesmal galt sein Murmeln einem an einem Stein angeschlagenen Huf, der ihn zwang, zu Fuß zu gehen. Aber er fand immer etwas.

Sie erregten Aufmerksamkeit, zwei sehr hochgewachsene Männer in zerrissener und schmutziger Reisekleidung, die ihre Reittiere und ein Packpferd mit zwei brüchigen Weidenkörben führten. Aber Pferdegeschirr und Waffen waren gut gepflegt. Ein junger Mann und ein alter, deren schulterlanges Haar von einem geflochtenen Lederband um die Schläfen gehalten wurde. *Hadori* zogen Blicke auf sich. Besonders hier im Grenzland, wo die Leute eine ungefähre Vorstellung hatten, was es bedeutete.

»Narren«, grollte Bukama. »Halten sie uns für Banditen? Glauben sie, wir würden sie alle ausrauben, zur Mittagsstunde auf einer bevölkerten Straße?« Er sah sich finster um und rückte das Schwert an seiner Seite auf eine Art und Weise zurecht, die argwöhnische Blicke einer Anzahl von Wächtern der Kaufleute nach sich zog. Ein vierschrötiger Bauer lenkte seinen Ochsen in weitem Bogen um sie herum.

Lan schwieg. Malkieri, der das *Hadori* immer noch trug, wenn auch nicht als Bandit, haftete nach wie vor ein gewisser Ruf an, aber Bukama daran zu erinnern würde ihn tagelang in schwärzeste Stimmung versetzen. Sein Murmeln galt jetzt dem Thema, wie ihre Chancen standen, ein anständiges Bett für die Nacht und eine anständige Mahlzeit davor zu bekommen. Bukama beschwerte sich selten, wenn es tatsächlich einmal kein Bett und keine Mahlzeit gab, er nörgelte nur über Aussichten und Belanglosigkeiten. Er erwartete wenig und verließ sich auf noch weniger.

Lan dachte trotz der Strecke, die sie zurückgelegt hatten, weder an Essen noch an Unterkunft. Seine Gedanken kreisten immer um den Norden. Er bemerkte alles und jeden um sich herum, besonders alle, die ihm mehr als nur einen Blick zuwarfen, hörte das Klirren von Zaumzeug und das Ächzen der Sättel, das Klopfen der Hufe, das Klatschen der Leinwand von Planwagen in lockeren Ösen. Jedes außergewöhnliche Geräusch fiel ihm auf wie ein Schrei. Das war die erste Lektion, die ihm Bukama und seine Freunde in seiner Kindheit beigebracht hatten: Achte auf alles, auch wenn du schläfst! Nur die Toten können es sich leisten, unaufmerksam zu sein. Lan blieb wachsam, aber die Große Fäule lag im Norden, Meilen jenseits der Berge, und doch konnte er sie spüren, konnte den Pesthauch des Verderbens riechen.

Das lag nur an seiner Einbildung, wirkte deshalb aber nicht weniger real. Er hatte den Sog im Süden gespürt, in Cairhien und Andor, sogar in Tear, das fast fünfhundert Meilen entfernt lag. Er war zwei Jahre fern der Grenzländer gewesen, hatte seinen persönlichen Krieg zugunsten eines anderen aufgegeben, und der Sog war mit jedem Tag stärker geworden. Die Große Fäule bedeutete für die meisten Menschen den Tod. Tod und Schatten, ein verrottendes Land, das vom Atem des Dunklen gestreift worden war, wo alles mögliche tödlich sein konnte. Er hatte zweimal eine Münze geworfen, um zu entscheiden, wo er neu anfangen wollte. Vier Nationen grenzten an die Große Fäule an, aber dieser Krieg erstreckte sich über die gesamte Länge, vom Aryth-Meer bis zum Rückgrat der Welt. Ein Ort, dem Tod zu begegnen, war so gut wie der andere. Er war fast zu Hause. Fast wieder in der Großen Fäule.

Ein trockener Burggraben umgab die Stadtmauer von Canluum, fünfzig Schritte breit und zehn tief; fünf breite Brücken aus Stein führten darüber, jede mit Türmen am Ende, die so hoch waren wie die der Stadtmauer selbst. Trollocs und Myrddraal drangen bei ihren Streifzügen aus der Großen Fäule nicht selten viel tiefer nach Kandor ein als bis Canluum, aber noch keiner hatte es geschafft, die Stadtmauer zu überwinden. Der Rote Hirsch wehte auf jedem Turm. Lord Varan, der Hohe Sitz des Hauses Marcasiev, war ein stolzer Mann; nicht einmal Königin Ethenielle ließ in Chachin selbst so viele ihrer Banner flattern.

Die Wachen an den äußeren Türmen, die Helme mit Varans Geweihschmuck trugen und den Roten Hirsch auf der Brust hatten, schauten hinten in die Wagen hinein, ehe sie ihnen gestatteten, die Brücke zu überqueren, und gaben gelegentlich jemandem zu verstehen, er solle die Kapuze weiter zurückschieben. Nicht mehr als eine Geste war erforderlich; in jedem Grenzland war es per Gesetz verboten, in einer Stadt oder einem Dorf sein Gesicht zu verbergen, und niemand wollte für einen Augenlosen gehalten werden, der versuchte, sich in die Stadt zu schleichen. Grimmige Blicke folgten Lan und Bukama auf der Brücke. Ihre Gesichter waren deutlich zu sehen. Und ihre *Hadori.* Aber in keinem der neugierigen Augenpaare war das Leuchten des Wiedererkennens zu sehen. Zwei Jahre waren eine lange Zeit in den Grenzländern. Viele Menschen konnten in zwei Jahren sterben.

Lan fiel auf, daß Bukama still geworden war, immer ein schlechtes Zeichen, und ermahnte ihn. »Ich fange nie Ärger an«, bellte der alte Mann, hörte aber auf, an seinem Schwertgriff herumzufingern.

Die Wachen auf der Mauer über dem offenen eisenbeschlagenen Tor und die auf der Brücke trugen nur Rücken- und Brustplatten als Rüstung, waren aber nicht weniger wachsam, besonders angesichts von zwei Malkieri mit nach hinten gebundenen Haaren. Bukamas Mund wurde mit jedem Schritt verkniffener.

»Al'Lan Mandragoran! Das Licht beschütze uns – wir haben gehört, daß Ihr im Kampf gegen die Aiel bei den Leuchtenden Mauern gefallen seid!« Der Ausruf kam von einem jungen Wachsoldaten, der größer als die anderen war, fast so groß wie Lan. Jung, vielleicht ein oder zwei Jahre jünger als er selbst, und doch schien der Abstand zehn Jahre zu betragen. Ein Leben. Der Wachsoldat verbeugte sich tief, linke Hand am Knie. *»Tai'shar Malkier!«* Wahres Blut von Malkier. »Ich bin bereit, Majestät.«

»Ich bin kein König«, sagte Lan ruhig. Malkier war tot. Nur der Krieg lebte noch. Zumindest in ihm.

Bukama war nicht ruhig. »Du bist *wofür* bereit, Junge?« Mit dem Ballen der bloßen Hand klopfte er dem Wachsoldaten direkt über dem roten Hirsch auf den Brustpanzer, so daß der Mann sich aufrichtete und einen Schritt zurückwich. »Du schneidest dein Haar kurz und trägst es offen!« Bukama spie die Worte heraus. »Du hast einem Kandori-Lord Treue geschworen! Mit welchem Recht nimmst du für dich in Anspruch, Malkieri zu sein?«

Das Gesicht des jungen Mannes wurde rot, während er nach einer Antwort suchte. Andere Wachen kamen auf das Paar zu, blieben aber stehen, als Lan die Zügel fallen ließ. Nur das, aber inzwischen kannten sie seinen Namen. Sie betrachteten seinen braunen Hengst, der still und reglos hinter ihm stand, fast genau so mißtrauisch wie ihn selbst. Ein Schlachtroß war eine formidable Waffe, und sie konnten nicht wissen, daß Katzentänzer erst halb ausgebildet war.

Um sie herum wurde Platz geschaffen, als Leute, die das Tor bereits hinter sich hatten, erst ein Stück weiter liefen, bevor sie sich umdrehten, während die auf der Brücke zurückdrängten. Aus beiden Richtungen wurden Rufe von Leuten laut, die wissen wollten, was den Verkehr aufhielt. Bukama schenkte all dem keine Beachtung, sondern konzentrierte sich auf den Jungen mit dem roten Gesicht. Er hatte die Zügel des Lastpferds und seines Rotschimmelwallachs nicht losgelassen.

Ein Offizier kam aus dem gemauerten Wachlokal im Inneren der Stadtmauer; er trug den Geweihhelm unter dem Arm, hatte aber eine Hand im stahlverstärkten Handschuh auf dem Schwertgriff liegen. Alin Seroku, ein rauhbeiniger, graumelierter Mann mit weißen Narben im Gesicht, hatte vierzig Jahre lang Dienst als Soldat am Rande der Großen Fäule getan, und dennoch wurden seine Augen groß, als er Lan sah. Offenbar hatte auch er die Geschichten über Lans Tod gehört.

»Möge das Licht auf Euch scheinen, Lord Mandragoran. Der

Sohn von el'Leanna und al'Akir, gesegnet sei ihr Andenken, ist stets willkommen.« Serokus Augen wandten sich flackernd Bukama zu, der nicht willkommen war. Er stellte sich breitbeinig mitten in das Tor. Auf jeder Seite hätten gut und gern fünf Pferde durchgepaßt, aber er wollte als Barriere fungieren, und das gelang ihm. Keiner der Wachsoldaten machte eine Regung, aber alle hatten die Hand am Schwertgriff. Alle Männer, außer dem Jungen, erwiderten Bukamas finstere Blicke. »Lord Marcasiev hat uns befohlen, unbedingt Frieden zu wahren«, fuhr Seroku fort; es klang halb wie eine Entschuldigung. Aber nur halb. »Es herrscht Nervosität in der Stadt. Die Geschichten über einen Mann, der kanalisiert, sind schlimm genug, aber im vergangenen Monat sind auf offener Straße Morde passiert, schlimmer noch, am hellichten Tag, und es ist zu seltsamen Unfällen gekommen. Die Leute flüstern, daß Schattenmänner innerhalb der Mauern ihr Unwesen treiben.«

Lan nickte unmerklich. Da die Große Fäule so nahe lag, tuschelten die Leute immer über Schattenmänner, wenn sie keine andere Erklärung hatten, sei es wegen eines unerwarteten Todesfalls oder einer Mißernte. Aber er nahm Katzentänzers Zügel nicht in die Hand. »Wir haben vor, hier ein paar Tage auszuruhen, ehe wir weiter nach Norden reiten.«

Er dachte einen Moment, daß Seroku überrascht war. Hatte der Mann damit gerechnet, daß sie feierlich gelobten, den Frieden zu wahren, oder sich für Bukamas Verhalten entschuldigten? Beides würde Bukama jetzt beschämen. Ein Jammer, wenn der Krieg hier zu Ende ging. Lan wollte nicht sterben, während er Kandori tötete.

Sein alter Freund wandte sich von dem jungen Wachsoldaten ab, der zitternd und mit geballten Fäusten dastand. »Es ist allein meine Schuld«, verkündete Bukama mit tonloser Stimme. »Ich hatte kein Recht, so zu handeln. Beim Namen meiner Mutter, ich werde Lord Marcasievs Frieden halten. Beim Namen meiner Mutter, ich werde das Schwert nicht innerhalb der Mauern von Canluum ziehen.« Seroku klappte der Kiefer herunter, und Lan hatte Mühe, seinen Schock zu verbergen.

Der vernarbte Offizier zögerte nur einen Moment, trat beiseite, verbeugte sich und berührte Schwertgriff und Herz. »Lan Mandragoran Dai Shan ist stets willkommen«, sagte er förmlich. »Und auch Bukama Marenellin, der Held von Salmarna. Möget ihr beiden eines Tages Frieden erfahren.«

»Frieden ist in der letzten Umarmung der Mutter«, antwortete Lan ebenso förmlich und berührte Schwertgriff und Herz.

»Möge sie uns eines Tages zu Hause willkommen heißen«, vollendete Seroku. Niemand sehnte sich wirklich nach dem Grab, aber es war der einzige Ort, um in den Grenzländern Frieden zu finden.

Mit eherner Miene ging Bukama weiter und zog Sonnenlanze und das Packpferd hinter sich her, ohne auf Lan zu warten. Das war nicht gut.

Canluum war eine Stadt aus Stein und Lehmziegeln, deren gepflasterte Straßen serpentinenförmig um hohe Hügel verliefen. Die Invasion der Aiel war nie bis in die Grenzländer vorgedrungen, aber die Wogen des Krieges beeinträchtigten den Handel stets auch in großer Entfernung von Schlachten, und nun, wo die Kämpfe und der Winter beide zu Ende waren, strömten Leute aus aller Herren Länder in die Stadt. Obwohl die Große Fäule praktisch vor der Haustür der Stadt lag, machten Edelsteine, die in den umliegenden Hügeln abgebaut wurden, Canluum wohlhabend. Und seltsamerweise gab es hier einige der besten Uhrmacher überhaupt. Die Rufe von Straßenhändlern und Ladenbesitzern, die ihre Ware anpriesen, hallten selbst abseits des terrassenförmigen Marktplatzes über das Murmeln der Menge hinweg. Farbenfroh gekleidete Musikanten, Jongleure oder Akrobaten gingen an jeder Straßenecke ihrem Gewerbe nach. Eine Handvoll lackierte Kutschen fuhren schwankend durch die Masse der Menschen, ebenso Wagen und Karren und Schubkarren, und Pferde mit gold- oder silbergeschmückten Sätteln und Zaumzeug, deren Reiter nicht minder prunkvoll in Gewänder mit kostbaren Stickereien und Fuchs- oder Marder- oder Hermelinbesätzen gekleidet waren, suchten sich einen Weg durch das Getümmel. Kaum eine Stelle, wo ein Fußbreit Straße frei blieb. Lan sah sogar einige Aes Sedai, Frauen mit gelassenen Gesichtern, denen man ihr Alter nicht ansah. Genug Leute erkannten sie auf den ersten Blick, so daß sich Wirbel in der Menge bildeten, Strudel, die wieder geschlossen werden mußten. Respekt oder Vorsicht, Ehrfurcht oder Angst – es gab hinreichend

Gründe selbst für einen König, einer Schwester den Weg freizumachen. Einst hätte man selbst in den Grenzländern ein Jahr leben können, ohne je eine Aes Sedai zu Gesicht zu bekommen, aber seit ihre alte Amyrlin vor einigen Monaten gestorben war, schienen die Schwestern überall zu sein. Vielleicht lag es an den Geschichten über einen Mann, der kanalisierte; sie würden ihn nicht lange frei herumlaufen lassen, wenn er existierte. Lan hielt den Blick von ihnen abgewandt. Das *Hadori* allein konnte ausreichen, das Interesse einer Schwester zu erwecken, die einen Behüter suchte.

Schockierenderweise verbargen viele Frauen die Gesichter hinter Spitzenschleiern. Dünne Spitzen, fein genug, um zu zeigen, daß sie Augen hatten. Niemand hatte je von einem weiblichen Myrddraal gehört, aber Lan hätte nie gedacht, daß sich das Gesetz einmal der Mode beugen würde. Als nächstes würden sie die Öllampen abnehmen, die die Straßen säumten, und die Nacht schwarz lassen.

Noch erschreckender als die Schleier war, daß Bukama einige dieser Frauen direkt ansah und nicht den Mund aufmachte. Dann ritt ein hakennasiger Mann namens Nazar Kurenin vor Bukamas Augen vorüber, und er blinzelte nicht einmal. Der junge Wachsoldat war ganz sicher geboren worden, bevor die Große Fäule Malkier verschluckt hatte, aber Kurenin, der das Haar kurz geschnitten und einen gegabelten Kinnbart trug, war doppelt so alt wie Lan. Die Jahre hatten die Spuren seines *Hadori* nicht vollständig tilgen können. Es gab viele wie Kurenin, und bei dem Anblick hätte Bukama lospoltern müssen. Lan sah seinen Freund besorgt an.

Sie näherten sich stetig dem Stadtkern und erklommen den höchsten Hügel, den Hirschberg. Lord Marcasievs festungsartiger Palast beanspruchte den gesamten Gipfel, die der geringeren Lords und Ladies lagen auf den Terrassen darunter. Da oben würde al'Lan Mandragoran in jedem Haus herzlich aufgenommen werden. Wahrscheinlich herzlicher, als ihm im Moment lieb war. Bälle und Jagden, und Adlige aus dem Umkreis von fünfzig Meilen würden dazu eingeladen werden, auch von jenseits der Grenze zu Arafel. Leute, die darauf brannten, von seinen »Abenteuern« zu hören. Junge Männer, die ihn auf seinen Streifzügen in die Große Fäule begleiten wollten, und alte Männer, die ihre Erfahrungen dort mit seinen vergleichen wollten. Frauen, die wild darauf waren, das Bett mit einem Mann zu teilen, den, wie die Geschichten von Narren behaupteten, die Große Fäule nicht töten konnte. Kandor und Arafel waren manchmal so schlimm wie die im Süden; manche dieser Frauen wären verheiratet. Und es wären Männer wie Kurenin da, die sich bemühten, das untergegangene Malkier zu vergessen, und Frauen, die ihre Stirn nicht mehr mit dem *Ki'sain* als Zeichen dafür schmückten, daß sie ihre Söhne beschworen, den Schatten zu bekämpfen, solange sie atmeten. Lan konnte das heuchlerische Lächeln ignorieren, wenn sie ihn al'Lan Dai Shan nannten, den diademgeschmückten Feldherrn und ungekrönten König einer Nation, die verraten worden war, als er noch in der Wiege lag. In seiner derzeitigen Verfassung war Bukama zu einem Mord fähig. Oder zu Schlimmerem, bedachte man seine Schwüre am Tor. An die würde er sich bis in den Tod halten.

»Varan Marcasiev wird uns eine Woche oder länger mit Zeremonien aufhalten«, sagte Lan und bog in eine schmalere Straße ein, die vom Hirschberg wegführte. »Nach allem, was wir über Banditen und dergleichen gehört haben, wird er genauso glücklich sein, wenn ich mich nicht sehen lasse, um meinen Kotau zu machen.« Das stimmte. Er hatte den Hohen Sitz des Hauses Marcasiev nur einmal gesehen, vor Jahren, aber er erinnerte sich an einen Mann, der ganz in seinen Pflichten aufging.

Bukama folgte ihm ohne einen Ton der Klage über Palastbetten oder vom Koch zubereitete Festmahle, die ihm entgehen würden. Das war besorgniserregend.

In den Vertiefungen zur Nordmauer hin ragten keine Paläste auf, nur Geschäfte und Tavernen, Gasthäuser und Stallungen und Höfe für die Wagen. Um die langen Lagerhäuser der Handelsvertreter herum herrschte rege Betriebsamkeit, aber keine Kutschen kamen hierher, und die meisten Straßen waren kaum breit genug für Karren. Aber es drängten sich so viele Leute dort wie auf den breiten Straßen, und genauso laut war es auch. Hier waren die Straßenhändler ziemlich heruntergekommen, aber das machten sie dadurch wett, daß sie um so lauter waren, und Käufer wie Verkäufer brüllten gleichermaßen, als wollten sie auch in der nächsten Straße noch gehört werden. Wahrscheinlich waren einige in der Menge Beutelschneider, Taschendiebe und anderes Diebesgesindel, die ihr morgendliches Geschäft weiter oben beendet hatten oder erst am Nachmittag dort sein wollten. Bei so vielen Kaufleuten in der Stadt wäre es ein Wunder, wenn es anders gewesen wäre. Als zum zweitenmal unsichtbare Finger in der Menge über seinen Mantel strichen, verstaute Lan seine Börse unter dem Hemd. Jeder Bankier hätte ihm eine größere Summe auf das Anwesen in Schienar vorgestreckt, das ihm zugesprochen wurde, als er zum Mann geworden war, aber wenn er das Gold verlor, das er bei sich hatte, würde das bedeuten, auf die Gastfreundschaft des Hirschbergs angewiesen zu sein.

In den ersten drei Gasthäusern, wo sie ihr Glück versuchten, würfelförmigen Gebäuden aus grauem Stein mit Schindeldächern und bunten Schildern, hatten die Wirte nicht einmal mehr winzige Kabuffs frei. Sie waren bis unter die Dächer von weniger wohlhabenden Händlern und Kaufleuten belegt. Bukama murmelte etwas davon, in einem Heuschober zu schlafen, aber mit keinem Wort erwähnte er die Daunendecken und Bettücher, die auf dem Hirschberg auf sie warteten. Im vierten Gasthaus, Zur Blauen Rose, überließen sie Stallknechten ihre Pferde, und Lan trat ein und war fest entschlossen, eine Unterkunft für sie zu finden, und wenn es den Rest des Tages dauern sollte.

Drinnen führte eine große, hübsche Frau mit graumeliertem Haar den Vorsitz über einen überfüllten Schankraum, wo Gespräche und Gelächter beinahe das schlanke Mädchen übertönten, das zur Zither sang. Pfeifenrauch kräuselte sich unter den Deckenbalken, und aus der Küche drang der Duft von gebratenem Lamm. Kaum sah die Schankwirtin Lan und Bukama, zupfte sie an ihrer blau-weiß gestreiften Schürze und kam mit einem scharfen Blick in den dunklen Augen auf sie zu.

Bevor Lan ein Wort sagen konnte, packte sie Bukama an den Ohren, zog seinen Kopf herunter und küßte ihn. Die Frauen von Kandori waren selten zurückhaltend, aber dennoch war es ein bemerkenswert inniger Kuß vor so vielen Leuten. Finger zeigten auf sie, und anzügliches Kichern wurde an den Tischen laut.

»Ich finde es auch schön, dich wiederzusehen, Racelle«, murmelte Bukama mit einem leisen Lächeln, als sie ihn endlich losließ. »Ich wußte gar nicht, daß du hier ein Gasthaus hast. Glaubst du ...?« Er senkte den Blick, statt ihr unhöflich in die Augen zu sehen, und das erwies sich als Fehler. Racelle schlug ihm die Faust so fest an den Kiefer, daß sein Haar nach vorn fiel, als er rückwärts taumelte.

»Sechs Jahre ohne eine Nachricht«, sagte sie spitz. »Sechs Jahre!« Sie packte ihn wieder an den Ohren und gab ihm noch einen Kuß, diesmal länger. Nahm ihn mehr, als sie ihn gab. Jeder Versuch seinerseits, etwas anderes zu tun, als gebückt dazustehen und sie gewähren zu lassen, wurde durch ein brutales Ziehen an den Ohren vereitelt. Wenigstens würde sie ihm keine Messerklinge ins Herz bohren, wenn sie ihn küßte. Vielleicht nicht.

»Ich glaube, Frau Arovni könnte irgendwo ein Zimmer für Bukama finden«, sagte eine vertraute Männerstimme trocken hinter Lan. »Und für dich auch, schätze ich.«

Lan drehte sich um und umklammerte die Unterarme des außer Bukama einzigen Mannes in dem Raum, dessen Größe sich mit seiner messen konnte, Ryne Venamar, abgesehen von Bukama sein ältester Freund. Die Schankwirtin belegte Bukama weiterhin mit Beschlag, während Ryne Lan zu einem kleinen Tisch in der Ecke führte. Der fünf Jahre ältere Ryne war ebenfalls ein Malkieri, hatte sein Haar aber zu zwei mit Glöckchen geschmückten Zöpfen geflochten, Glöckchen zierten die umgeschlagenen Stulpen seiner Stiefel und die Ärmel seines gelben Mantels. Es war nicht ganz so, als ob Bukama Ryne nicht leiden konnte - nicht ganz -, aber in seiner derzeitigen Gemütsverfassung hätte nur Nazar Kurenin eine schlimmere Auswirkung auf ihn haben können.

Während die beiden es sich auf den Bänken gemütlich machten, kam eine Kellnerin in einer gestreiften Schürze und brachte gewürzten Glühwein. Offenbar hatte Ryne in dem Moment bestellt, als er Lan sah. Die junge Frau hatte dunkle Augen und volle Lippen und starrte Lan unverhohlen von oben bis unten an, als sie den Krug vor ihn stellte, dann flüsterte sie ihm ihren Namen ins Ohr, Lira, und eine Einladung, falls er die Nacht über bleiben wolle. In dieser Nacht wollte er nur schlafen, daher murmelte er, daß sie ihm zuviel der Ehre erweise. Lira ließ ihn nicht zu Ende sprechen. Mit einem rauhen Lachen bückte sie sich, biß ihm fest ins Ohr und verkündete, morgen früh bei Sonnenaufgang würde sie ihm soviel Ehre erwiesen haben, daß seine Beine ihn nicht mehr tragen würden. An den Tischen ringsum wurde erneut Gelächter laut.

Ryne vereitelte jede Möglichkeit, die Angelegenheit zu bereinigen, indem er ihr eine schwere Münze zuwarf und einen Klaps auf den Hintern gab, um sie loszuwerden. Lira schenkte ihm ein schelmisches Lächeln, als sie die Silbermünze in den Ausschnitt ihres Kleides schob, warf Lan aber über die Schulter lüsterne Blicke zu, die ihm ein Seufzen entlockten. Wenn er jetzt versuchte, nein zu sagen, konnte es gut sein, daß sie wegen der Beleidigung ein Messer zückte.

»Demnach scheint dein Glück bei Frauen auch ungebrochen zu sein.« Rynes Lachen hatte einen gereizten Unterton. Vielleicht hatte er selbst ein Auge auf sie geworfen. »Das Licht weiß, hübsch können sie dich nicht finden; du wirst mit jedem Jahr häßlicher. Vielleicht sollte ich es einmal mit dieser züchtigen Bescheidenheit versuchen und mich von den Frauen an der Nase herumführen lassen.«

Lan machte den Mund auf, trank dann aber statt einer Erwiderung etwas Glühwein. Es hätte eigentlich nicht nötig sein sollen, ihm das zu erklären, aber Rynes Vater hatte ihn in dem Jahr, als Lan zehn geworden war, mit nach Arafel genommen. Der Mann trug eine einzige Klinge an der Hüfte statt zweien auf dem Rücken, und doch war er ein Arafellin durch und durch. Er fing sogar Unterhaltungen mit Frauen an, die ihn nicht zuvor angesprochen hatten. Lan, der von Bukama und seinen Freunden in Schienar großgezogen worden war, war von einer kleinen Gemeinschaft umgeben gewesen, die die Bräuche der Malkieri in Ehren hielt.

Eine ganze Anzahl von Leuten in dem Raum beobachteten ihren Tisch, verstohlene Blicke über Krügen und Kelchen. Eine plumpe Frau mit kupferfarbener Haut, die ein viel dickeres Wollkleid anhatte, als Domanifrauen es für gewöhnlich trugen, unternahm keinen Versuch, ihre Blicke zu verbergen, während sie sich aufgeregt mit einem Mann mit gezwirbeltem Schnurrbart und einer großen Perle im Ohr unterhielt. Wahrscheinlich fragten sie sich, ob es Liras wegen Ärger geben würde. Fragten sich, ob ein Mann, der das *Hadori* trug, wirklich ohne weiteres jemanden töten würde.

»Ich hätte nicht erwartet, dich in Canluum zu finden«, sagte Lan und stellte den Weinkrug ab. »Beschützt du einen Kaufmannszug?« Bukama und die Schankwirtin waren nirgends zu sehen.

Ryne zuckte die Achseln. »Aus Shol Arbela. Der glücklichste Händler in Arafel, heißt es. Hieß es. Viel hat es ihm nicht genützt. Wir sind gestern angekommen, und vergangene Nacht haben ihm Straßenräuber zwei Straßen von hier die Kehle durchgeschnitten. Bei dieser Tour springt kein Geld für den Rückweg für mich heraus.« Er ließ ein reumütiges Grinsen aufblitzen und trank einen kräftigen Schluck Wein, vielleicht zum Andenken an den Kaufmann, vielleicht auf den Verlust seines halben Lohns. »Verbrenne mich, falls ich erwartet hätte, dich hier zu finden!«

»Du solltest nicht auf Gerüchte hören, Ryne. Ich habe keine nennenswerte Verletzung erlitten, seit ich nach Süden geritten bin.« Lan beschloß, falls sie ein Zimmer bekämen, Bukama damit aufzuziehen, ob es bereits bezahlt worden sei, und wie. Die Entrüstung riß ihn vielleicht aus seiner düsteren Stimmung.

»Die Aiel«, schnaubte Ryne. »Ich hätte nie gedacht, daß sie dir ebenbürtig sein könnten.« Natürlich hatte er nie Aiel gegenübergestanden. »Ich habe angenommen, daß du da bist, wo Edeyn Arrel sich aufhält. Jetzt in Chachin, soweit ich gehört habe.«

Als er den Namen hörte, drehte Lan den Kopf ruckartig wieder zu dem Mann um, der ihm gegenübersaß. »Warum sollte ich bei Lady Arrel sein?« fragte er leise. Leise, aber mit Betonung auf dem Titel, der ihr gebührte.

»Sachte, Mann«, sagte Ryne. »Ich wollte nicht ...« Klugerweise brach er den Satz an dieser Stelle ab. »Verbrenne mich, willst du damit sagen, du hast es nicht gehört? Sie hat den Goldenen Kranich steigen lassen. Natürlich in deinem Namen. Seit der Jahreswende ist sie von Fal Moran nach Maradon gezogen, und jetzt ist sie auf dem Rückweg.« Ryne schüttelte den Kopf, so daß die Glöckchen in seinen Zöpfen leise klingelten. »Es müssen allein hier in Canluum zwei- bis dreihundert Männer sein, die bereit sind, ihr zu folgen. Dir, meine ich. Bei manchen würdest du es nicht glauben. Der alte Kurenin hat geweint, als er sie sprechen hörte. Alle sind bereit, Malkier wieder aus der Großen Fäule zu schneiden.«

»Was in der Großen Fäule stirbt, ist dahin«, sagte Lan resigniert. Er fühlte eine große Kälte im Inneren. Plötzlich hatte Serokus Überraschung darüber, daß er nach Norden reiten wollte, eine ganz neue Bedeutung, ebenso die Zusage des jungen Wachsoldaten, daß er bereit wäre. Selbst die Blicke hier im Schankraum wirkten verändert. Und Edeyn hatte damit zu tun. Es gefiel ihr immer, im Herzen des Sturms zu stehen. »Ich muß mich um mein Pferd kümmern«, sagte er zu Ryne und schob die Bank zurück.

Ryne sagte etwas davon, daß sie heute abend einen Zug durch die Tavernen machen sollten, aber Lan hörte es kaum. Er lief rasch durch die Küche, in der es heiß war von Öfen aus Gußeisen und Öfen aus Stein und offenen Kaminfeuern, hinaus in die Kühle des Stallhofs und den Geruch von Pferden, Heu und Holzrauch. Eine Graulerche trällerte am Rand des Stalldachs. Graulerchen kamen im Frühling noch vor den Rotkehlchen zurück. Graulerchen hatten in Fal Moran gesungen, als Edeyn ihm zum erstenmal ins Ohr geflüstert hatte.

Die Pferde standen bereits in den Ställen, Zaumzeug und Sättel und Packsattel hingen auf Satteldecken an der Stalltür, aber die Weidenkörbe waren fort. Offenbar hatte Frau Arovni die Stallburschen wissen lassen, daß er und Bukama Zimmer bekämen.

Es hielt sich nur eine einzige Bedienstete in dem Stall auf, eine hagere Frau mit verkniffenem Gesicht, die ausmistete. Sie sah ihm, während sie weiterarbeitete, stumm zu, wie er nach Katzentänzer und den anderen Pferden schaute, sah zu, wie er auf der gesamten Länge des strohbedeckten Bodens auf und ab schritt. Er versuchte nachzudenken, aber Edeyns Name ging ihm immer wieder durch den Kopf. Edeyns Gesicht, von seidigem schwarzem Haar umrahmt, das ihr bis unter die Taille reichte, ein wunderschönes Gesicht mit großen, dunklen Augen, die die Seele eines Mannes selbst dann trinken konnte, wenn sie befehlsgewohnt blickten.

Nach einer Weile murmelte die Bedienstete etwas in seine Richtung, berührte Lippen und Stirn, schob hastig ihre halb gefüllte Schubkarre aus dem Stall und warf ihm über die Schulter einen Blick zu. Sie blieb stehen, um die Tür zuzumachen, ebenfalls hastig, und schloß ihn in einem Halbdunkel ein, das lediglich durch ein wenig Licht von offenen Heutüren auf dem Schober etwas erhellt wurde. Staubkörnchen tanzten in den blaßgoldenen Schächten.

Lan verzog das Gesicht. Hatte sie solche Angst vor einem Mann, der das *Hadori* trug? Faßte sie sein Aufundabschreiten als Drohung auf? Plötzlich merkte er, daß er mit den Händen über den langen Schwertgriff strich, daß sein Gesicht angespannt war. Aufundabschreiten? Nein, er hatte die Haltung eingenommen, die als »Leopard im hohen Gras« bezeichnet und benutzt wurde, wenn man auf allen Seiten von Feinden umgeben war. Er mußte sich beruhigen.

Er setzte sich im Schneidersitz auf einen Strohballen, ließ das Bild einer Flamme vor seinem geistigen Auge erstehen und führte ihr alle Emotionen zu – Haß, Furcht, alles, jedes Krümelchen, bis es schien, als schwebte er in der Leere. Nach jahrelanger Übung brauchte er keinen Herzschlag mehr, um *Ko'di,* das Eins-Sein, zu erreichen. Gedanken und sogar sein eigener Körper schienen fern zu sein, aber in diesem Zustand war seine Wahrnehmung besser denn je, er wurde eins mit dem Strohballen unter sich, dem Schwert in der Scheide, das hinter ihm lag. Er konnte »spüren«, wie die Pferde aus ihren Krippen fraßen und Fliegen in den Ecken summten. Sie alle waren Teil von ihm. Besonders das Schwert. Aber diesmal suchte er nur die gefühllose Leere.

Aus dem Beutel an seinem Gürtel holte er einen schweren goldenen Siegelring, der einen fliegenden Kranich zeigte, und drehte ihn unablässig zwischen den Fingern. Der Ring der Könige von Malkieri, der von Männern getragen wurde, die den Schatten neunhundert Jahre und länger zurückgehalten hatten. Unzählige Male war er erneuert worden, wenn die Zeit ihn abgenutzt hatte, und stets wurde der alte Ring eingeschmolzen und zum Teil des neuen. Es mochten noch Reste des Rings darin sein, den die Herrscher von Rhamadaschar getragen hatten, das vor Malkier existiert hatte, und von Aramaelle, das noch vor Rhamadaschar gekommen war. Dieses Stück Metall repräsentierte einen dreitausendjährigen Kampf gegen die Große Fäule. Es gehörte ihm schon fast so lange, wie er lebte, aber er hatte es nie getragen. Für gewöhnlich kostete es ihn Überwindung, den Ring auch nur anzusehen. Und doch zwang er sich jeden Tag dazu. Ohne die Leere hätte er es heute nicht geschafft, wie er annahm. Im *Ko'di* schwebten die Gedanken frei, und Emotionen lagen jenseits des Horizonts.

Man hatte ihm vier Geschenke in die Wiege gelegt. Den Ring in seinen Händen und das Medaillon um seinen Hals, das Schwert an seiner Hüfte und ein in seinem Namen geschworener Eid. Das Medaillon war das wertvollste, doch der Eid wog am schwersten. »Gegen den Schatten anzutreten, solange Eisen hart ist und Stein besteht. Die Malkieri zu verteidigen, solange noch ein Tropfen Blut in den Adern fließt. Zu rächen, was nicht verteidigt werden kann.« Und dann war er mit Öl gesalbt und Dai Shan getauft worden, zum nächsten König von Malkier geweiht und aus einem Land weggeschickt worden, das wußte, daß es sterben würde. Zwanzig Mann begannen diese Reise; fünf überlebten und erreichten Schienar.

Nun blieb nichts mehr zu verteidigen, nur eine Nation zu rächen, und dafür war er vom ersten Schritt an ausgebildet worden. Mit dem Geschenk seiner Mutter um den Hals, dem Schwert seines Vaters in der Hand und dem Ring auf dem Herzen hatte er von seinem sechzehnten Namenstag an dafür gekämpft, Malkier zu rächen. Aber niemals hatte er Männer in die Große Fäule geführt. Bukama war mit ihm geritten, und andere, aber er führte keine Männer dorthin. Das war allein sein Krieg. Die Toten konnten nicht zum Leben erweckt werden, ein Land sowenig wie ein Mensch. Aber jetzt wollte Edeyn Arrel es versuchen.

Ihr Name hallte in der Leere in seinem Inneren. Hundert Emotionen türmten sich wie ein Gebirge auf, aber er führte sie der Flamme zu, bis alles wieder ruhig war. Bis sein Herz im Einklang mit dem langsamen Hufschlag der angebundenen Pferde schlug und die Schwingen der Fliegen einen raschen Kontrapunkt zu seinem Atem schlugen. Sie war seine *Carneira,* seine erste Geliebte. Tausendjährige Tradition rief ihm das trotz der Stille zu, die ihn umgab.

Er war fünfzehn gewesen, Edeyn mehr als doppelt so alt, als sie das Haar, das ihm immer noch bis zu den Hüften gereicht hatte, in die Hände nahm und ihm ihre Absicht zuflüsterte. Damals hatten ihn Frauen noch als schön bezeichnet und sein Erröten genossen, und sie hatte ein halbes Jahr Gefallen daran gehabt, mit ihm am Arm spazierenzugehen und ihn mit in ihr Bett zu nehmen. Bis Bukama und die anderen ihm das *Hadori* gegeben hatten. Das Geschenk des Schwertes an seinem zehnten Namenstag hatte ihn nach den Gepflogenheiten entlang der Grenze zum Mann gemacht, wenn auch Jahre vor seiner Zeit, aber unter den Malkieri war das geflochtene Lederband wichtiger gewesen. Als er sich das um den Kopf gebunden hatte, entschied er allein, wohin er gehen wollte, wann und warum. Und das dunkle Lied der Großen Fäule war zu einem Heulen geworden, das jedes andere Geräusch übertönte. Der Eid, der so lange in seinem Herzen gemurmelt hatte, wurde zu einem Tanz, dem seine Füße folgen mußten.

Fast zehn Jahre waren inzwischen vergangen, seit Edeyn ihm nachgesehen hatte, als er aus Fal Moran davonritt, und fortgewesen war, als er zurückkehrte, und doch konnte er sich an ihr Gesicht deutlicher erinnern als an die aller anderen Frauen, die seitdem das Bett mit ihm geteilt hatten. Er war kein Knabe mehr, der sich einbildete, daß sie ihn liebte, nur weil sie beschlossen hatte, seine erste Geliebte zu sein, aber unter den Männern der Malkieri gab es ein altes Sprichwort: *Deine* Carneira *trägt einen Teil deiner Seele für alle Zeiten als Band in ihrem Haar.* Brauchtum, so ehern wie ein Gesetz, sorgte dafür.

Eine der Stalltüren ging quietschend auf, um Bukama eintreten zu lassen, ohne Mantel, das Hemd achtlos in die Hose gesteckt. Ohne sein Schwert sah er nackt aus. Er machte beide Türen sorgfältig auf, als zögerte er, bevor er ganz hereinkam. »Was wirst du tun?« sagte er schließlich. »Racelle hat mir von dem ... von dem Goldenen Kranich erzählt.«

Lan steckte den Ring weg und ließ die Leere aus sich herausströmen. Edeyns Gesicht schien plötzlich überall zu sein, gerade noch in Sichtweite. »Ryne sagt, selbst Nazar Kurenin ist bereit, ihr zu folgen«, sagte er geringschätzig. »Wäre das nicht ein lohnender Anblick?« Eine Armee konnte beim Versuch sterben, die

Große Fäule zu besiegen. Es waren schon Armeen dabei gestorben. Aber auch die Erinnerungen an Malkier starben bereits. Eine Nation bestand so sehr aus Erinnerungen wie aus Land. »Dieser Junge am Tor könnte sein Haar wachsen lassen und seinen Vater um das *Hadori* bitten.« Die Leute vergaßen, versuchten zu vergessen. Wenn der letzte Mann dahin war, der sich das Haar band, die letzte Frau, die sich die Stirn bemalte, würde dann auch Malkier wahrlich dahin sein? »Ryne könnte sogar diese Zöpfe ablegen.« Jede Heiterkeit verschwand aus seiner Stimme, als er hinzufügte: »Aber ist es den Preis wert? Manche scheinen es zu glauben.« Bukama schnaubte, aber da war ein Zögern gewesen. Vielleicht gehörte er auch zu denen.

Der alte Mann ging zu der Nische, wo Sonnenlanze stand, und machte sich am Sattel seines Rotschimmels zu schaffen, als hätte er plötzlich vergessen, warum er hier war. »Alles hat seinen Preis«, sagte er, ohne aufzuschauen. »Aber es gibt Preise und Preise. Die Lady Edeyn ...« Er warf Lan einen Blick zu, dann drehte er sich zu ihm um. »Sie war schon immer jemand, der jedes Recht forderte und verlangte, daß die kleinste Verpflichtung erfüllt wurde. Das Brauchtum legt dir Bande an, und was immer du entscheidest, sie wird sie wie einen Zügel benützen, wenn dir kein Mittel einfällt, es zu verhindern.«

Lan steckte sorgsam die Daumen in den Schwertgürtel. Bukama hatte ihn, auf seinem Rücken festgeschnallt, aus Malkier fortgebracht. Der letzte der fünf. Bukama hatte das Recht, offen seine Meinung zu sagen, auch wenn es um Lans *Carneira* ging. »Was schlägst du vor, wie soll ich meiner Verpflichtung ohne Schande entgehen?« fragte er, schroffer als beabsichtigt. Nach einem tiefen Atemzug fuhr er in versöhnlicherem Tonfall fort: »Komm; im Schankraum riecht es viel besser als hier. Ryne hat vorgeschlagen, heute nacht durch die Tavernen zu ziehen. Es sei denn, Frau Arovni erhebt Ansprüche auf dich. Ach, ja. Wieviel werden unsere Zimmer kosten? Gute Zimmer? Nicht zu teuer, hoffe ich.«

Bukama holte ihn auf dem Weg zum Tor ein; sein Gesicht lief rot an. »Nicht zu teuer«, sagte er hastig. »Du hast eine Kammer auf dem Dachboden, und ich ... äh ... ich bin in Racelles Zimmer. Ich würde gern mit die Runde machen, aber ich glaube, Racelle ... ich denke nicht, daß sie mich ... ich ... Junger Bengel!« knurrte er. »Da drinnen ist ein Mädchen namens Lira, die jeden wissen läßt, daß du diese Kammer heute nacht nicht brauchen wirst, und daß du nicht viel Schlaf bekommst, also glaub nicht, du kannst ... !« Er verstummte, als sie ins Sonnenlicht traten, das nach dem Halbdunkel um so greller wirkte. Die Graulerche sang immer noch vom Frühling.

Sechs Männer kamen über den sonst menschenleeren Hof. Sechs gewöhnliche Männer mit Schwertern an den Gürteln, wie beliebige Männer auf beliebigen Straßen der Stadt. Aber Lan wußte Bescheid, bevor sie die Hände bewegten, bevor sie die Blicke auf ihn richteten und ihre Schritte schneller wurden. Er war zu vielen Männern gegenübergestanden, die ihn töten wollten, um nicht Bescheid zu wissen. Und neben ihm stand Bukama, durch einen Eid gebunden, demzufolge er keine Hand erheben durfte, selbst wenn er seine Klinge dabeigehabt hätte. Wenn sie beide versuchten, in den Stall zurückzuweichen, würden die Männer bei ihnen sein, bevor sie das Tor schließen konnten. Die Zeit wurde langsamer und floß wie kühler Honig dahin.

»Hinein und das Tor verrammelt!« sagte Lan scharf, während er nach dem Schwert griff. »Gehorche mir, Waffenträger!«

Noch nie in seinem Leben hatte er Bukama auf diese Weise einen Befehl erteilt, und der Mann zögerte einen Augenblick, dann verbeugte er sich förmlich. »Mein Leben gehört dir, Dai Shan«, sagte er mit belegter Stimme. »Ich gehorche.«

Als Lan nach vorne trat, um sich seinen Angreifern zu stellen, hörte er hinter sich den Balken mit einem gedämpften Poltern fallen. Die Erleichterung war weit entfernt. Er schwebte im *Ko'di,* eins mit dem Schwert, das weich aus der Scheide glitt. Eins mit den Männern, die auf ihn zugestürmt kamen, deren Stiefel auf dem festgestampften Boden polterten, während sie Stahl entblößten.

Ein schlanker Reiher von einem Burschen schoß den anderen voraus, und Lan tanzte die Figuren. Zeit wie kühler Honig. Die Graulerche sang, und der schlanke Reiher kreischte, als Schnitt durch die Wolken ihm die rechte Hand am Gelenk abtrennte; Lan schwebte auf eine Seite, damit die anderen ihn nicht gleichzeitig angreifen konnten, und schwebte von Figur zu Figur. Sanfter Regen bei Sonnenuntergang legte das Gesicht eines dicken Mannes bloß und nahm ihm das linke Auge, und ein junger Span mit ingwerfarbenem Haar fügte Lan mit Schwarze Kiesel auf Schnee einen Schnitt quer über die Rippen zu. Nur in Märchen konnte ein Mann sechsen entgegentreten, ohne Verletzungen davonzutragen. Die Erblühende Rose spaltete einem kahlen Mann den linken Arm, und Ingwerhaar fügte Lan einen Schnitt am Augenwinkel zu. Nur in Märchen trat ein Mann sechsen entgegen und überlebte. Das hatte er von Anfang an gewußt. Pflicht war ein Berg, Tod eine Feder, und seine Verpflichtung galt Bukama, der einen Säugling auf dem Rücken getragen hatte. Aber im Augenblick lebte er noch, und darum kämpfte er, trat Ingwerhaar gegen den Kopf, tanzte dem Tod entgegen, tanzte und trug Wunden davon, blutete und tanzte auf der Messerschneide des Lebens. Zeit wie kühler Honig, die von Figur zu Figur floß, und es konnte nur ein Ende geben. Denken war fern. Der Tod eine Feder. Löwenzahn im Wind schlitzte dem jetzt einäugigen dicken Mann die Kehle auf - er hatte kaum innegehalten, als sein Gesicht entstellt worden war -, und ein Mann mit gegabeltem Bart und Schultern wie ein Hufschmied keuchte vor Überraschung, als Küssen der Natter ihm Lans Stahl durchs Herz stieß.

Und plötzlich stellte Lan fest, daß er allein stand und sechs Männer im ganzen Hof verstreut lagen. Der ingwerhaarige junge Mann zappelte noch einmal mit den Fersen auf dem Boden, und dann atmete von den sieben nur Lan noch. Er schüttelte das Blut von der Klinge, bückte sich, wischte die letzten Tropfen am zu feinen Mantel des Hufschmieds ab und schob das Schwert so formvollendet in die Scheide, als befände er sich unter Bukamas Blick auf dem Übungsplatz.

Unvermittelt strömten Leute aus dem Gasthaus, Köche und Stallburschen, Kellnerinnen und Gäste, die durcheinanderriefen, wissen wollten, was der Lärm zu bedeuten hatte, und die toten Männer fassungslos betrachteten. Ryne war der erste; er hielt das Schwert schon in der Hand und stellte sich mit ausdruckslosem Gesicht neben Lan. »Sechs«, murmelte er und betrachtete die Toten. »Du hast wirklich das flammende Glück des Dunklen Königs.«

Lira mit den dunklen Augen trat nur Augenblicke vor Bukama

zu Lan, worauf beide behutsam die Schlitze in seiner Kleidung auseinanderzogen, um die Verletzungen zu begutachten. Sie erschauerte jedesmal leicht, wenn eine freigelegt wurde, diskutierte aber in so gelassenem Tonfall wie Bukama darüber, ob eine Aes Sedai geholt werden sollte, um Heilung zu spenden, und wieviel Stiche erforderlich sein würden, und nahm ihm verächtlich die Nadel aus der Hand. Frau Arovni stolzierte herum, raffte die Röcke wegen der Pfützen blutigen Schlamms, warf den Toten auf ihrem Hof finstere Blicke zu und beschwerte sich lautstark darüber, daß Banden von Straßenräubern nie und nimmer bei hellem Tageslicht herumstreunen würden, wenn die Wache ihre Aufgabe erfüllen würde. Die Domanifrau, die Lan im Inneren angestarrt hatte, stimmte ebenso lautstark zu und erhielt für ihr Gezeter die schneidende Anweisung der Wirtin, die Wache zu holen, begleitet von einem kräftigen Schubs, damit sie sich auf den Weg machte. Es war ein Maßstab für Frau Arovnis Erschütterung, daß sie einen Gast so behandelte, und ein Maßstab für die Erschütterung aller, daß die Domanifrau losrannte, ohne sich zu beschweren. Die Wirtin trommelte Männer zusammen, um die Toten wegzuschaffen, und lamentierte dabei unaufhörlich über Straßenräuber.

Ryne sah von Bukama zum Stall, als würde er nicht begreifen – was vielleicht sogar zutraf –, aber er sagte: »Ich glaube, das sind keine Straßenräuber.« Er zeigte auf den Mann, der wie ein Hufschmied aussah. »Der da hat Edeyn Arrel zugehört, als sie hier war, und ihm hat gefallen, was er gehört hat. Ich glaube, einer der anderen auch.« Glöckchen läuteten, als er den Kopf schüttelte. »Merkwürdig. Zum erstenmal sprach sie davon, den Goldenen Kranich steigen zu lassen, als wir hörten, daß du vor den Leuchtenden Mauern gefallen wärst. Dein Name lockt Männer an, aber nach deinem Tod hätte sie el'Edeyn sein können.« Er breitete die Arme aus, als er die Blicke sah, die Lan und Bukama ihm zuwarfen. »Ich erhebe keine Vorwürfe«, sagte er hastig. »Ich würde der Lady Edeyn niemals so etwas anlasten. Ich bin sicher, sie besitzt die Barmherzigkeit einer Frau.« Frau Arovni grunzte verächtlich, und Lira murmelte fast unhörbar, daß der hübsche Arafellin nicht viel über Frauen wußte.

Lan schüttelte den Kopf. Edeyn könnte beschließen, ihn töten zu lassen, wenn es ihren Zwecken diente, sie hätte hier und da entsprechende Befehle hinterlassen können, falls sich die Gerüchte über seinen Tod als falsch erweisen sollten, aber selbst wenn es so war, wäre das immer noch kein Grund gewesen, ihren Namen in diesem Zusammenhang auszusprechen, schon gar nicht vor Fremden.

Bukamas Hände, mit denen er einen Riß in Lans Ärmel gespreizt hatte, hielten inne. »Wohin gehen wir von hier aus?« fragte er leise.

»Chachin«, sagte Lan nach einem Augenblick. Man hatte immer die Wahl, aber manchmal war jede Alternative unerfreulich. »Du mußt Sonnenlanze hierlassen. Ich habe vor, morgen bei Dämmerung aufzubrechen.« Sein Gold würde für ein neues Reittier für den Mann reichen.

»Sechs!« knurrte Ryne, der das Schwert mit beträchtlicher Wucht in die Scheide stieß. »Ich glaube, ich reite mit euch. Ich würde lieber erst nach Shol Abela zurückkehren, wenn ich sicher bin, daß mir Ceiline Noreman nicht die Schuld am Tod ihres Gatten in die Schuhe schiebt. Und es wird schön sein, den Goldenen Kranich wieder fliegen zu sehen.«

Lan nickte. Und seine Hände auf das Banner zu legen und preiszugeben, was er sich vor vielen Jahren geschworen hatte, oder sie aufzuhalten, wenn er konnte. So oder so, er mußte Edeyn gegenübertreten. Die Große Fäule wäre viel einfacher gewesen.

Prophezeiungen nachzujagen, hatte Moiraine am Ende ihres ersten Monats entschieden, hatte wenig mit Abenteuern zu tun, aber dafür viel mit wundgerittener Haut und Frustration. Durch die Drei Eide fühlte sie sich nach wie vor eingeengt. Der Wind ließ die Läden klappern, und sie rutschte auf dem harten Holzstuhl herum und verbarg ihre Ungeduld, indem sie einen Schluck ungesüßten Tee trank. In Kandor waren die Annehmlichkeiten in einem Trauerhaus auf ein Minimum reduziert. Es hätte sie nicht allzu sehr überrascht, Eisblumen auf den Möbeln mit den Blattschnitzereien oder der Metalluhr über dem kalten Kamin zu sehen.

»Es war alles so seltsam, Mylady«, seufzte Frau Najima und drückte zum zehntenmal ihre Töchter an sich. Colar und Eselle, vielleicht dreizehn oder vierzehn, die dicht am Stuhl ihrer Mutter standen, hatten ihr langes schwarzes Haar und ihre großen blauen Augen, die noch voller Trauer waren. Auch die Augen ihrer Mutter wirkten groß in dem nach der Tragödie wie verschrumpelten Gesicht, ihr schlichtes graues Kleid schien für eine größere Frau gemacht zu sein. »Josef war immer vorsichtig mit Laternen im Stall«, fuhr sie fort, »und er duldete nie offenes Feuer. Die Jungs müssen den kleinen Jerid hinausgetragen haben, um ihrem Vater bei der Arbeit zuzusehen, und ...« Wieder ein tiefes Seufzen. »Sie wurden alle eingeschlossen. Wie konnte der ganze Stall so schnell Feuer fangen? Das ergibt keinen Sinn.«

»Wenig ist jemals sinnlos«, sagte Moiraine beschwichtigend und stellte ihre Tasse auf den kleinen Tisch neben ihrem Ellbogen. Sie hatte Mitleid, aber die Frau fing an, sich zu wiederholen. »Wir können den Grund nicht immer begreifen, uns aber mit dem Wissen trösten, daß es einen gibt. Das Rad der Zeit wirkt uns nach Gutdünken in sein Muster, aber dieses Muster ist das Werk des Lichts.«

Als sie sich selbst hörte, bemühte sie sich, das Gesicht nicht zu verziehen. Solche Worte erforderten eine Würde und ein Gewicht, die ihre Jugend nicht aufbringen konnte. Wenn nur die Zeit schneller vergehen könnte. Wenigstens die nächsten fünf Jahre oder so. In fünf Jahren würde sie ihre uneingeschränkte Kraft besitzen und alle Würde und alles Gewicht aufbringen, die sie je brauchte. Aber die Alterslosigkeit, die das lange Arbeiten mit der Einen Macht mit sich brachte, hätte ihre derzeitige Aufgabe nur erschwert. Als allerletztes wollte sie, daß jemand eine Aes Sedai mit ihren Besuchen in Verbindung brachte.

»Wie Ihr meint, Mylady«, murmelte die andere Frau höflich, aber eine unkontrollierte Bewegung ihrer blassen Augen verriet ihre wahren Gedanken. Diese Ausländerin war ein närrisches Kind. Der kleine blaue Stein einer Kesiera, der an einer feinen Goldkette in Moiraines Stirn hing, und ein dunkelgrünes Kleid mit sechs farbigen Streifen über der Brust, weit weniger als ihr zugestanden hätten, bewogen Frau Najima zu der Annahme, sie sei lediglich eine Adlige aus Cairhien, eine von vielen, die auf Wanderschaft waren, seit die Aiel Cairhien zerstört hatten. Eine Adlige aus einem unbedeutenden Haus, die Alys hieß, nicht Moiraine, und für ihren König, der von den Aiel getötet worden war, Beileidsbesuche machte. Die Täuschung ließ sich mühelos aufrechterhalten, auch wenn sie nicht im geringsten um ihren Onkel trauerte.

Möglicherweise spürte sie, daß ihre Gedanken zu offensichtlich gewesen waren, denn Frau Najima fuhr rasch fort: »Es ist nur so, daß Josef immer solches Glück hatte, Mylady. Alle haben das gesagt. Sie haben gesagt, wenn Josef Najima in ein Loch fallen würde, würde er unten Opale finden. Als er dem Ruf der Lady Kareil folgte, gegen die Aiel zu ziehen, habe ich mir Sorgen gemacht, aber er hat keinen Kratzer abbekommen. Als das Typhusfieber ausbrach, blieben wir und die Kinder verschont. Josef gewann das Wohlwollen der Lady, ohne sich darum zu bemühen. Danach schien es, als würde das Licht wahrhaftig auf uns scheinen. Jerid wurde gesund und munter geboren, der Krieg ging binnen weniger Tage zu Ende, und als Josef nach Canluum heimkehrte, gab uns die Lady den Mietstall für seine Dienste und ... und ...« Sie schluckte Tränen, die sie nicht vergießen wollte. Colar fing an zu weinen, ihre Mutter zog sie näher zu sich und flüsterte tröstende Worte.

Moiraine erhob sich. Weitere Wiederholungen. Hier gab es nichts für sie zu tun. Jurine stand ebenfalls auf, keine große Frau, und doch fast eine Handbreit größer als sie. Beide Mädchen konnten ihr in die Augen sehen. Daran hatte sie sich gewöhnt, seit sie Cairhien verlassen hatte. Sie zwang sich, sich Zeit zu lassen, murmelte weitere Beileidsbekundungen und versuchte, der Frau eine Waschlederbörse in die Hand zu drücken, während die Mädchen ihr den Mantel mit dem Pelzkragen und ihre Handschuhe brachten. Eine kleine Börse. Münzen zu beschaffen bedeutete, die Bankiers aufzusuchen – und damit eine deutliche Spur. Nicht, daß die Aiel ihre Güter in einem Zustand zurückgelassen hatten, in dem sie in den kommenden Jahren viel Geld abwerfen würden. Und es war auch nicht sehr wahrscheinlich, daß jemand nach ihr suchen würde. Dennoch könnte es wirklich unangenehm werden, wenn sie entdeckt wurde.

Die halsstarrige Weigerung der Frau, die Börse zu nehmen, ärgerte Moiraine. Nein, das war nicht der wahre Grund. Sie kannte Stolz, und außerdem hatte Lady Kareil das Geld zur Verfügung gestellt. Der wahre Grund für ihren Ärger war ihr eigener Wunsch, endlich gehen zu können. Jurine Najima hatte ihren Mann und drei Söhne an einem Morgen bei einem Brand verloren, aber ihr Jerid war um fast zwanzig Meilen am falschen Ort geboren worden. Die Suche ging weiter. Moiraine gefiel es nicht, Erleichterung im Zusammenhang mit dem Tod eines Säuglings zu empfinden. Aber sie empfand sie.

Draußen raffte sie unter dem grauen Himmel ihren Mantel enger um sich. Die Kälte nicht zu beachten war ein einfacher Trick, aber jeder, der mit offenem Mantel durch die Straßen von Canluum ging, würde Blicke auf sich ziehen. Zumindest eine Ausländerin, wenn nicht eindeutig Aes Sedai. Außerdem – wenn man die Kälte nicht an sich heranließ, bedeutete das nicht, daß man sich ihrer nicht bewußt wurde. Ihr war unbegreiflich, wie diese Leute ohne spöttischen Unterton vom »neuen Frühling« sprechen konnten.

Trotz des fast eiskalten Windes, der über die Dächer strich, waren die Serpentinenstraßen vollgepackt, so daß sie gezwungen war, sich ihren Weg durch eine dichte Masse von Menschen und Karren und Wagen zu bahnen. Die Welt war eindeutig nach Canluum gekommen. Ein Taraboner mit buschigem Schnurrbart zwängte sich an ihr vorbei und murmelte hastig eine Entschuldigung, und eine altaranische Frau mit olivfarbener Haut, die Moiraine finster ansah, danach ein Illianer mit einem Bart, der die Oberlippe frei ließ, ein sehr hübscher Bursche, und nicht zu groß.

An einem anderen Tag, in einer anderen Stadt, hätte sie seinen Anblick genießen können. Nun nahm sie ihn kaum zur Kenntnis. Sie hatte nur Augen für die Frauen, besonders die gutgekleideten in Seide und feiner Wolle. Wenn nur nicht so viele verschleiert gewesen wären. Zweimal sah sie Aes Sedai durch die Menge schlendern, aber keine der Frauen war ihr je begegnet. Keine sah in ihre Richtung, aber sie hielt den Kopf dennoch gesenkt und blieb auf der anderen Straßenseite. Vielleicht sollte sie auch einen Schleier anlegen? Eine gedrungene Frau, deren Gesicht hinter Spitzen verborgen war, drängte sich vorbei. Mit so einem wäre selbst Sierin Vayu auf zehn Schritte Entfernung unerkannt geblieben.

Moiraine erschauerte bei dem Gedanken, so lächerlich er war. Wenn die neue Amyrlin herausfand, was sie vorhatte ... Sich ungebeten und unangemeldet in geheime Pläne einzumischen würde nicht ungestraft bleiben. Es spielte keine Rolle, daß die Amyrlin, die sie geschmiedet hatte, im Schlaf gestorben war und eine andere Frau auf dem Thron der Amyrlin saß. Auf einen Bauernhof verbannt zu werden, bis die Suche zu Ende war, damit durfte sie mindestens rechnen.

Es war nicht gerecht. Sie und ihre Freundin Siuan hatten mitgeholfen, die Namen zusammenzutragen, und zwar unter dem Vorwand, allen Frauen Unterstützung anzubieten, die in den Tagen ein Kind zur Welt brachten, da die Aiel Tar Valon selbst bedrohten. Von allen Frauen, die an diesem Unternehmen beteiligt waren, kannten nur sie beide den wahren Grund. Sie hatten diese Namen für Tamra aussortiert. Nur Kinder, die außerhalb der Stadtmauern geboren worden waren, waren wirklich wichtig, aber die versprochene Hilfe ging natürlich an jede Frau, die gefunden wurde. Nur Jungen, die am Westufer des Flusses Erinin geboren worden waren, Jungen, die an den Hängen des Drachenbergs geboren worden sein konnten.

Hinter ihr schrie eine Frau schrill und wütend, und Moiraine machte einen Sprung, bevor ihr klar wurde, daß es sich um eine Wagenlenkerin handelte, die ihre Peitsche nach einem Straßenhändler schwang, damit er seine Schubkarre mit dampfenden Fleischpasteten aus dem Weg schob. Licht! Mit einer Farm konnte sie mindestens rechnen! Ein paar Männer im Umkreis von Moiraine lachten rüpelhaft über ihren Sprung, und ein Tairen mit dunklem Gesicht in einem gestreiften Mantel machte einen rüden Witz über den kalten Wind, der unter ihren Rock wehte. Das Gelächter schwoll an.

Moiraine stakste steifbeinig und mit puterrotem Gesicht weiter und umklammerte mit der Hand fest den silbernen Griff ihres Messers im Gürtel. Ohne zu überlegen, umarmte sie die Wahre Quelle, und die Eine Macht durchströmte sie mit fröhlicher Lebenskraft. Mehr als einen Blick über die Schulter brauchte sie nicht; mit *Saidar* in ihr wurden Gerüche ausgeprägter, Farben leuchtender. Sie hätte die Fäden des Mantels zählen können, den der Tairen beim Lachen flattern ließ. Sie kanalisierte feine Ströme der Macht, der Luft, und die ausgebeulte Hose des Mannes fiel auf seine Schuhe herab, deren Schnürsenkel offen waren. Brüllend raffte er unter neuerlichen Heiterkeitsausbrüchen den Mantel um sich. Sollte er sehen, wie ihm der kalte Wind und herbe Witze gefielen!

Ihre Befriedigung dauerte so lange, wie sie brauchte, von der Quelle abzulassen. Impulsivität und ein kurzer Geduldsfaden waren von jeher ihre Schwächen gewesen. Jede Frau, die kanalisieren konnte, hätte sie aus der Nähe weben sehen können, hätte das Leuchten von *Saidar* um sie herum erkennen können. Selbst die schwächste Schwester in der Burg hätte diese feinen Ströme auf dreißig Schritte Entfernung spüren können. Eine schöne Art, sich zu verstecken.

Sie legte einen Schritt zu, um eine gewisse Distanz zwischen sich und dem Vorfall herzustellen. Zuwenig und zu spät, aber mehr konnte sie jetzt nicht tun. Sie streichelte das kleine Buch in ihrer Gürteltasche und versuchte sich auf ihre Aufgabe zu konzentrieren. Mit nur einer Hand erwies es sich als unmöglich, den Mantel zusammenzuhalten. Er flatterte im Wind, und nach einem Augenblick ließ sie sich die beißende Kälte spüren. Schwestern, die bei jeder Gelegenheit Buße taten, waren närrisch, und doch konnte eine Buße vielen Zwecken dienen, und vielleicht brauchte sie eine Mahnung. Wenn sie nicht daran dachte, vorsichtig zu sein, konnte sie auch jetzt gleich in die Weiße Burg zurückkehren und fragen, wo sie anfangen sollte, Rüben zu hacken.

Im Geiste strich sie den Namen Jurine Najima durch. Im Buch waren andere Namen tatsächlich schon dick durchgestrichen. Die Mutter von fünf Knaben, die am falschen Ort geboren worden waren. Die Mütter von drei Mädchen. Eine Armee von fast zweihunderttausend Mann hatte sich zusammengezogen, um den Aiel vor den Leuchtenden Mauern entgegenzutreten, und immer noch setzte es Moiraine in Erstaunen, wie viele Frauen ihnen gefolgt waren, wie viele davon Kinder unter dem Herzen trugen. Eine ältere Schwester mußte es ihr erklären. Es war kein kurzer Krieg gewesen, und Männer, die wußten, daß sie morgen sterben konnten, wollten einen Teil von sich zurücklassen. Frauen, die wußten, daß ihre Männer morgen sterben konnten, wollten diesen Teil für sich behalten.

Hunderte hatten in den entscheidenden zehn Tagen Kinder zur Welt gebracht, und in dieser Menschenmenge, wo Soldaten aus fast jedem Land anwesend waren, existierten nur Gerüchte, wann genau und wo ein Kind das Licht der Welt erblickt hatte. Oder wohin die Eltern gegangen waren, nachdem der Krieg zu Ende war und die Koalitionsarmee sich ebenso wie die Koalition auflöste. Es gab zu viele Eintragungen wie: »Saera Deosin. Ehemann Eadwin. Aus Murandy. Ein Sohn?« Ein ganzes Land zu durchsuchen, nur zwei Namen als Orientierung und keine Gewißheit, daß die Frau einen Jungen zur Welt gebracht hatte. Zu viele wie: »Kari al'Thor. Aus Andor? Ehemann Tamlin, Zweiter Kapitän der Illianer Gefährten, abgemustert.« Dieses Paar hätte überall auf der Welt hingehen können, und es war fraglich, ob sie überhaupt ein Kind bekommen hatte. Manchmal war nur der Name der Mutter aufgelistet, dazu sechs bis acht Variationen des Namens eines Heimatdorfs, das in einem von zwei oder drei Ländern liegen konnte. Die Liste all derer, die leicht zu finden waren, wurde rasch kürzer.

Aber das Kind mußte gefunden werden. Ein Säugling, der zum Mann heranwachsen und die besudelte männliche Hälfte der Einen Macht beherrschen konnte. Moiraine erschauerte unwillkürlich bei dem Gedanken. Deshalb war diese Suche so geheim, deshalb hatte man Moiraine und Siuan, die immer noch nur Aufgenommene waren, als sie durch Zufall von der Geburt des Kindes erfuhren, beiseite genommen und ihnen sowenig Informationen wie irgend möglich zukommen lassen. Dies war eine Angelegenheit für erfahrene Schwestern. Aber wem konnte Tamra die Tatsache anvertrauen, daß die Geburt des Wiedergeborenen Drachen vorhergesagt worden war, mehr noch, daß er irgendwo bereits an der Mutterbrust gesäugt wurde? Hatte sie auch Alpträume von der Art gehabt, die Moiraine und Siuan in so vielen Nächten geweckt hatten? Doch dieses Knäblein würde heranwachsen und die Welt retten, behauptete die Prophezeiung des Drachen. Wenn er nicht von einer Roten Schwester aufgespürt wurde; das vordringliche Ziel der Roten Ajah bestand darin, Männer zu jagen, die kanalisieren konnten, und Moiraine war sicher, daß Tamra keiner von ihnen vertraut hatte, nicht einmal, wo es um ein Kind ging. Konnte man sich darauf verlassen, daß eine Rote sich daran erinnerte, daß er die Rettung der Menschheit sein würde, aber auch daran, was er sonst noch sein würde? Weil Moiraine sich daran erinnerte, wirkte der Tag plötzlich kälter für sie.

Das Gasthaus, wo sie ein kleines Zimmer hatte, hieß Himmelspforte, vier geräumige Stockwerke, aus Stein gebaut, mit einem grünen Dach, das größte und beste in Canluum. Die umliegenden Geschäfte belieferten die Lords und Ladys auf dem Hirschberg, der hinter dem Gasthaus aufragte. Sie wäre dort nicht abgestiegen, hätte sie ein anderes Zimmer in der Stadt finden können. Nach einem tiefen Atemzug betrat sie es schnell. Weder die plötzliche Wärme von vier großen Kaminen noch die verlockenden Kochgerüche aus der Küche lockerten ihre verkrampften Schultern.

Der Schankraum war groß und jeder Tisch unter den hellroten Deckenbalken besetzt. Überwiegend von schlicht gekleideten Kaufleuten, dazwischen vereinzelt wohlhabende Handwerker mit kostbaren Stickereien auf den bunten Hemden oder Kleidern. Sie bemerkte sie kaum. Nicht weniger als fünf Schwestern wohnten im Himmelspforte, und alle saßen im Schankraum, als sie eintrat. Meister Helvin, der Wirt, schaffte stets Platz für eine Aes Sedai, auch wenn er andere Gäste zwingen mußte, zusammenzurücken. Die Schwestern blieben jede für sich, nahmen voneinander kaum Notiz, und die Leute, die eine Aes Sedai früher nicht erkannt hätten, kannten sie jetzt und besaßen Verstand genug, sie nicht zu stören. An allen anderen Tischen herrschte dichtes Gedränge, aber wenn ein Mann bei einer Aes Sedai saß, dann war er ihr Behüter, ein Mann mit scharfem Blick und einem gefährlichen Aussehen, wie unscheinbar er auch sonst wirken mochte. Eine der Schwestern, die für sich saßen, war eine Rote; Rote suchten sich keine Behüter.

Moiraine steckte die Handschuhe in den Gürtel, legte den Mantel über den Arm und ging zur Steintreppe im hinteren Teil des Raums. Nicht zu rasch, aber auch nicht trödelnd. Blick starr geradeaus. Sie mußte kein Gesicht unbestimmbaren Alters sehen oder eine goldene Schlange an einem Finger, die sich selbst in den Schwanz biß, um zu merken, wenn sie an einer anderen Schwester vorbeikam. Jedesmal spürte sie die Gabe der anderen

Frau, zu kanalisieren, spürte ihre Kraft. Niemand hier konnte es mit ihr aufnehmen. Sie konnte deren Fähigkeiten spüren, und die anderen ihre. Die Blicke, die ihr folgten, schienen wie eine Berührung von Fingern zu sein. Nicht umklammernd. Niemand sprach sie an.

Als sie gerade die Treppe erreicht hatte, meldete sich unmittelbar hinter ihr eine Frau zu Wort. »Schau an – was für eine Überraschung!«

Moiraine drehte sich rasch um, wahrte eine ausdruckslose Miene und machte den kurzen Hofknicks, der einer unbedeutenden Adligen vor einer Aes Sedai geziemte. Vor zwei Aes Sedai. Sie glaubte nicht, daß ihr ein schlimmeres Paar als diese beiden in ihren nüchternen Seidengewändern hätte begegnen können.

Die weißen Flügel in Larelle Tarsis langem Haar betonten ihre verklärte, kupferfarbene Eleganz. Sie hatte Moiraine als Novizin wie auch als Aufgenommene in verschiedenen Disziplinen unterrichtet und besaß die Gabe, stets die Frage zu stellen, die man am wenigsten hören wollte. Schlimmer war Merean Rotberg, plump und so matronenhaft, daß das überwiegend graue, im Nacken geknotete Haar fast die Zeitlosigkeit ihrer Gesichtszüge aufhob. Unter Tamra war sie die Meisterin der Novizen gewesen, und im Vergleich zu ihr wirkte Larelle blind, wenn es darum ging, herauszufinden, was man am meisten verbergen wollte. Beide trugen ihre Schals mit den Rebenstickereien, der von Merean hatte blaue Fransen. Blau war auch Moiraines Ajah. Das mochte einiges gelten. Oder auch nicht. Es war eine Überraschung, sie zusammen zu sehen; Moiraine hatte nicht gedacht, daß sie einander besonders mochten.

Unglücklicherweise war die Macht in den beiden stärker als in ihr, auch wenn sie eines Tages über ihnen stehen würde, aber derzeit war die Kluft gerade groß genug, daß sie anheimstellen mußte, nicht gehorchen. Sie hatten jedenfalls kein Recht, sich in etwas einzumischen, das Moraine tat. In dieser Hinsicht war das Brauchtum ziemlich eisern. Es sei denn, sie gehörten zu Tamras Suchtrupp und wußten über sie Bescheid. Die Befehle einer Amyrlin wogen schwerer als die ältesten Bräuche, veränderten sie zumindest. Aber wenn eine hier ein falsches Wort sagte, würde sich die Kunde, daß Moiraine Damodred verkleidet durch die Gegend zog, wie ein Lauffeuer verbreiten und so sicher den falschen Leuten zu Ohren kommen, wie Pfirsiche giftig waren. So war das in der Welt. Kurz danach würde sie der Rückruf nach Tar Valon ereilen. Sie machte den Mund auf und hoffte, dem Schicksal zuvorzukommen, aber eine andere Stimme ergriff zuerst das Wort.

»Die müßt ihr nicht auf die Probe stellen«, sagte eine Schwester, die allein an einem Tisch in der Nähe saß, und drehte sich auf ihrer Bank um. Felaana Bevaine, eine schlanke, flachsblonde Braune mit einer krächzenden Stimme, die Moiraine nach ihrer Ankunft als erste in die Ecke gedrängt hatte. »Sagt, sie hat kein Interesse daran, in die Burg zu gehen. Ist, was das angeht, völlig verstockt. Und heimlichtuerisch. Man sollte meinen, wir hätten mitbekommen müssen, wenn eine Wilde in einem schäbigeren Gasthaus als diesem aufgetaucht wäre, aber dieses Kind bleibt gern für sich.«

Larelle und Merean sahen Moiraine an, Larelle zog eine dünne Augenbraue hoch, Merean versuchte offenbar, ein Lächeln zu unterdrücken. Die meisten Schwestern mißtrauten Wilden, also Frauen, denen es gelang, sich das Kanalisieren selbst beizubringen, ohne die Weiße Burg aufzusuchen.

»Das ist ganz richtig, Aes Sedai«, sagte Moiraine vorsichtig, aber erleichtert, daß jemand anders ihr den Boden bereitet hatte. »Ich habe nicht den Wunsch, mich als Novizin einzuschreiben, und werde es auch nicht tun.«

Felaana betrachtete sie mit nachdenklichen Blicken, aber sie sprach immer noch zu den anderen. »Sagt, sie ist zweiundzwanzig, aber diese Regel ist schon das eine oder andere Mal mißachtet worden. Eine Frau sagt, sie ist achtzehn, und so wird sie eingetragen. Es sei denn, es wäre zu offensichtlich eine Lüge, und dieses Mädchen –«

»Unsere Regeln sind nicht dazu da, um gebrochen zu werden«, sagte Larelle schneidend, und Merean fügte mit brüchiger Stimme hinzu: »Ich glaube nicht, daß diese junge Frau ihres Alters wegen lügen wird. Sie möchte keine Novizin sein, Felaana. Laß sie ihres Weges gehen.« Moiraine hätte fast einen Seufzer der Erleichterung ausgestoßen.

Obwohl Felaana soviel schwächer als die beiden war, daß sie

sich von ihnen das Wort abschneiden lassen mußte, stand sie auf und hatte eindeutig die Absicht, das Streitgespräch fortzusetzen. Sie hatte sich gerade halb erhoben, da sah sie die Treppe hinter Moiraine hinauf, ihre Augen wurden groß, sie setzte sich abrupt wieder und konzentrierte sich auf ihren Teller mit schwarzen Erbsen und Zwiebeln, als würde nichts sonst auf der Welt existieren. Merean und Larelle rafften ihre Schals zusammen, graue Fransen und blaue Stickereien. Sie sahen so aus, als wären sie am liebsten anderswo. Und sie sahen so aus, als wären ihre Füße am Boden festgenagelt.

»Dieses Mädchen möchte also keine Novizin sein«, sagte eine Frauenstimme von der Treppe. Eine Stimme, die Moiraine nur einmal gehört hatte, vor zwei Jahren, aber nie wieder vergessen würde. Eine Anzahl Frauen waren stärker als sie, aber nur eine einzige konnte soviel stärker sein als alle anderen. Widerwillig sah sie über die Schulter.

Fast schwarze Augen maßen sie unter einem Knoten eisengrauen Haars mit goldenem Schmuck: Sterne und Vögel, Mondsicheln und Fische. Auch Cadsuane trug einen Schal, mit grünen Fransen. »Meiner Meinung nach, Mädchen«, sagte sie trocken, »könntest du von zehn Jahren in der weißen Burg profitieren.«

Alle hatten geglaubt, daß Cadsuane Melaidhrin irgendwann im Ruhestand gestorben wäre, bis sie bei Ausbruch des Aiel-Krieges wieder aufgetaucht war, und zahlreiche Schwestern wünschten sich wahrscheinlich, sie würde tatsächlich im Grabe ruhen. Cadsuane war eine Legende und höchst ungemütlich, wenn sie in voller Lebensgröße vor einem stand und einen ansah. Die Hälfte aller Geschichten, die sich um sie rankten, grenzten an das Unwahrscheinliche, die andere Hälfte ging darüber hinaus, selbst bei denen, die Beweise hatten. Ein längst vergangener König von Tarabon wurde von ihr aus seinem Palast entführt, als bekannt wurde, daß er kanalisieren konnte, nach Tar Valon gebracht, um dort gedämpft zu werden, während eine ganze Armee, die es nicht glauben konnte, die Verfolgung aufnahm. Sie hatte einen König von Arad Doman und eine Königin von Saldaea gleichzeitig entführt, heimlich weggeschafft, und als Cadsuane sie schließlich wieder freiließ, fand ein Krieg, der als unausweichlich gegolten hatte, einfach nicht statt. Man sagte, daß sie die

Gesetze der Burg so zurechtbog, wie es ihr in den Kram paßte, Brauchtum mißachtete, ihre eigenen Wege ging und andere häufig mit sich zog.

»Ich danke der Aes Sedai für ihre Fürsorge«, begann Moiraine, verstummte aber unter dem Blick. Kein stechender Blick. Einfach unerbittlich. Angeblich waren im Lauf der Jahre selbst Amyrlins Cadsuane vorsichtig aus dem Weg gegangen. Man munkelte, daß sie einmal sogar eine Amyrlin *angegriffen* hatte. Das war natürlich unmöglich; sie wäre hingerichtet worden! Moiraine schluckte und versuchte, noch einmal anzufangen, stellte aber nur fest, daß sie wieder schlucken wollte.

Cadsuane kam die Treppe herunter und sagte zu Merean und Larelle: »Bringt das Mädchen mit.« Ohne einen weiteren Blick glitt sie durch den Schankraum. Kaufleute und Handwerker starrten sie an, manche ganz unverhohlen, manche aus den Augenwinkeln, und auch Behüter, aber jede Schwester hatte den Blick auf ihren Tisch gerichtet.

Mereans Gesicht wurde verkniffen, Larelle seufzte übertrieben, aber sie drängten Moiraine hinter dem wogenden goldenen Haarschmuck her. Ihr blieb keine andere Wahl, als mitzugehen. Wenigstens Cadsuane konnte keine der Frauen sein, die Tamra hinzugezogen hatte; seit ihrem Besuch bei Kriegsbeginn war sie nicht mehr nach Tar Valon zurückgekehrt.

Cadsuane führte sie in eines der privaten Zimmer des Gasthauses, wo ein Feuer im Kamin aus schwarzem Stein brannte und silberne Leuchter an der roten Wandtäfelung hingen. Ein hoher Krug stand am Feuer, damit er warm blieb, und auf einem kleinen Tisch mit Schnitzereien hatte man ein lackiertes Tablett mit Silberbechern abgestellt. Merean und Larelle nahmen auf zwei der bunt gepolsterten Sessel Platz, aber als Moiraine ihren Mantel auf einen Stuhl legte und sich setzen wollte, zeigte Cadsuane auf eine Stelle vor den beiden Schwestern. »Stell dich dorthin, Kind«, sagte sie.

Moiraine bemühte sich, nicht mit den Fäusten den Rock zu packen, und folgte der Anweisung. Gehorsam war ihr immer schwergefallen. Bis sie mit sechzehn in die Burg gekommen war, hatte sie nur wenigen Menschen gehorchen müssen. Die meisten hatten ihr gehorcht.

Cadsuane ging langsam einmal, zweimal um die drei anderen Frauen herum. Merean und Larelle sahen sich verwundert, stirnrunzelnd an, und Larelle machte den Mund auf, aber nach einem Blick auf Cadsuane schloß sie ihn wieder. Sie schützten unbeteiligte Gelassenheit vor; jeder Beobachter hätte geglaubt, daß sie genau wußten, was vor sich ging. Manchmal sah Cadsuane sie an, aber ihre Aufmerksamkeit galt überwiegend Moiraine.

»Die meisten neuen Schwestern«, sagte die legendäre Grüne unvermittelt, »nehmen ihre Schals kaum zum Schlafen oder Baden ab, aber du stehst ohne Schal und Ring hier, an einem der gefährlichsten Orte, den du dir aussuchen konntest, abgesehen von der Großen Fäule selbst. Warum?«

Moiraine blinzelte. Eine direkte Frage. Die Frau mißachtete tatsächlich die Bräuche, wenn ihr danach war. Sie ließ ihre Stimme unbekümmert klingen. »Neue Schwestern suchen außerdem einen Behüter.« Warum pickte die Frau sie auf diese Weise heraus? »Ich habe meinen noch nicht gebunden. Man hat mir gesagt, daß Grenzmänner gute Behüter abgeben.« Die Grüne strafte sie mit einem durchbohrenden Blick, bei dem sie sich wünschte, sie wäre nicht ganz so leichtfertig geklungen.

Cadsuane blieb hinter Larelle stehen und legte ihr eine Hand auf die Schulter. »Was weißt du von diesem Kind?«

Jedes Mädchen in Larelles Unterricht hatte sie für die perfekte Schwester gehalten und sich von dieser kühlen Bedächtigkeit einschüchtern lassen. Alle hatten Angst vor ihr gehabt und wie sie sein wollen. »Moiraine war fleißig und hat eine rasche Auffassungsgabe«, sagte sie nachdenklich. »Sie und Siuan Sanche waren zwei der klügsten, die die Burg je gesehen hatte. Aber das wirst du schon wissen. Laß mich überlegen. Sie war zu freigebig mit ihrer Meinung und ihrem Temperament, bis wir sie besänftigt haben. Soweit wir sie besänftigen konnten. Sie und diese Sanche hatten einen unwiderstehlichen Hang dazu, anderen Streiche zu spielen. Aber sie haben es beide beim ersten Mal geschafft, den Rang einer Aufgenommenen zu erreichen und den Schal zu bekommen. Sie muß natürlich noch ein wenig reifer werden, aber sie könnte etwas aus sich machen.«

Cadsuane stellte sich hinter Merean und stellte dieselbe Frage, fügte aber hinzu: »Hang zu ... Streichen, hat Larelle gesagt. Ein rebellisches Kind?«

Merean schüttelte lächelnd den Kopf. Keines der Mädchen hatte Merean sein wollen, aber alle hatten gewußt, an wen sie sich wenden mußten, wenn sie eine Schulter brauchten, um sich auszuweinen, oder einen guten Rat, aber ihre engste Freundin nicht fragen konnten. Viel mehr Mädchen kamen aus freien Stücken zu ihr, als zur Strafe hingeschickt wurden. »Eigentlich keine Rebellin, nein«, sagte sie. »Übermütig. Kein Streich, den Moiraine jemandem gespielt hat, war gemein, aber sie waren zahlreich. Als Novizin und als Aufgenommene ist sie häufiger in mein Arbeitszimmer geschickt worden als drei andere Mädchen zusammen. Abgesehen von ihrer Busenfreundin Siuan. Natürlich geraten Busenfreundinnen mitunter gemeinsam in Schwierigkeiten, aber von den beiden wurde die eine nie ohne die andere zu mir geschickt. Das letzte Mal in der Nacht nach der Prüfung für den Schal.« Ihr Lächeln wurde zu einem Stirnrunzeln, das jenem ähnelte, das sie in der fraglichen Nacht zur Schau gestellt hatte. Nicht wütend, sondern eher so, als könnte sie nicht glauben, welchen Schabernack sich junge Frauen ausdenken konnten. Und ein klein wenig amüsiert darüber. »Statt die Nacht besinnlich zu verbringen, haben sie versucht, einer Schwester - Elaida a'Roihan - Mäuse ins Bett zu schmuggeln und wurden dabei erwischt. Ich bezweifle, daß jemals eine andere Frau in den Rang einer Aes Sedai erhoben worden ist, während ihre Kehrseite nach dem letzten Besuch bei der Herrin der Novizinnen noch zu wund war, um darauf zu sitzen. Als die Drei Eide sie banden, brauchten sie eine Woche lang Kissen.«

Moiraine wahrte ein gelassenes Gesicht, ballte die Fäuste nicht, aber gegen ihre brennenden Wangen konnte sie nichts machen. Dieses wehmütig amüsierte Stirnrunzeln, als wäre sie noch eine Aufgenommene. Sie mußte noch reifer werden, ach ja? Nun, vielleicht schon, ein kleines bißchen, aber trotzdem. Und daß diese ganze intimen Einzelheiten breitgetreten wurden!

»Ich glaube, Ihr wißt alles über mich, was Ihr wissen müßt«, sagte sie steif zu Cadsuane. Wie nahe sie und Siuan sich gestanden hatten, ging außer ihnen beiden niemand etwas an. Auch nicht ihre Bestrafungen, Einzelheiten ihrer Bestrafungen. Elaida war abscheulich gewesen, hatte immer Druck gemacht, jedesmal Perfektion verlangt, wenn sie die Burg besuchte. »Wenn Ihr nun zufrieden seid, ich muß meine Sachen packen. Ich breche nach Chachin auf.«

Sie unterdrückte ein Stöhnen, ehe es ihr über die Lippen kam. Wenn sie in aufgebrachter Stimmung war, ließ sie ihrer Zunge immer noch zu sehr freien Lauf. Wenn Merean und Larelle zum Suchtrupp gehörten, mußten sie zumindest einen Teil der Liste in ihrem kleinen Buch haben. Einschließlich Jurine Najima hier, der Lady Ines Demain in Chachin und Avene Sahera, die »in einem Dorf an der Hochstraße zwischen Chachin und Canluum« wohnte. Um noch mehr Verdacht zu erwecken, hätte sie nur noch sagen müssen, daß sie vorhatte, danach einige Zeit in Arafel und Schienar zu verbringen.

Cadsuane lächelte alles andere als freundlich. »Du wirst gehen, wenn ich es dir sage, Kind. Sei still, bis du angesprochen wirst. In dem Krug dort ist Gewürzwein. Schenk uns ein.«

Moiraine zitterte. Kind! Sie war keine Novizin mehr. Die Frau konnte ihr nicht befehlen, was sie zu tun und zu lassen hatte. Oder zu sagen. Aber sie widersprach nicht. Sie ging zum Kamin - stolzierte, besser gesagt - und nahm den silbernen Krug mit dem langen Hals in die Hand.

»Ihr scheint Euch sehr für diese junge Frau zu interessieren, Cadsuane«, sagte Merean und drehte sich ein wenig, damit sie Moiraine beim Einschenken zusehen konnte. »Ist etwas mit ihr, das wir wissen sollten?«

Larelles Lächeln war ein wenig spöttisch. Bei Cadsuane allerdings nur ein wenig. »Hat jemand geweissagt, daß sie eines Tages Amyrlin sein wird? Ich kann nicht sagen, daß ich das in ihr sehe, freilich besitze ich auch nicht die Gabe der Weissagung.«

»Ich könnte noch dreißig Jahre leben«, sagte Cadsuane und streckte eine Hand nach dem Becher aus, den Moiraine ihr anbot, »oder nur drei. Wer kann das sagen?«

Moiraines Augen wurden groß, sie schüttete sich heißen Wein über das Handgelenk. Merean schnappte nach Luft, und Larelle sah aus, als hätte man ihr mit einem Stein auf die Stirn geschlagen. Jede Aes Sedai hätte lieber auf den Tisch gespuckt, als eine

Bemerkung über das Alter einer Schwester oder das eigene zu machen. Aber Cadsuane war nicht jede Aes Sedai.

»Paß etwas besser auf bei den anderen Bechern«, sagte sie, ohne sich von der Bestürzung der anderen beeindrucken zu lassen. »Kind?« Moiraine ging mit nach wie vor großen Augen zum Kamin zurück, und Cadsuane fuhr fort: »Meilyn ist beträchtlich älter. Wenn sie und ich nicht mehr sind, ist Kerene die stärkste.« Larelle zuckte zusammen. »Beunruhige ich euch?« Cadsuanes besorgter Tonfall hätte falscher nicht sein können, und sie wartete nicht auf eine Antwort. »Daß wir nicht über unser Alter reden, hält die Leute nicht davon ab, zu wissen, daß wir älter werden als sie. Pah! Zwischen Kerene und den nächsten fünf ist der Altersunterschied sehr groß. Fünf, wenn dieses Mädchen und die Sanche ihr Potential erreichen. Und eine davon ist so alt wie ich und zudem im Ruhestand.«

»Worauf läuft das alles hinaus?« fragte Merean, die sich ein wenig elend anhörte. Larelle preßte die Hände an den Leib, ihr Gesicht war grau. Sie hatten kaum einen Blick für den Wein übrig, den Moiraine ihnen gereicht hatte, bevor sie ablehnen konnten, daher behielt sie den Becher in der Hand, obwohl sie nicht glaubte, daß sie einen Schluck trinken würde.

Cadsuane runzelte die Stirn, ein furchteinflößender Anblick. »Seit tausend Jahren ist keine mehr in die Burg gekommen, die es mit mir aufnehmen könnte. Seit fast sechshundert niemand mehr, der Meilyn oder Kerene ebenbürtig wäre. Vor tausend Jahren hätte es fünfzig Schwestern oder mehr gegeben, die höher einzustufen gewesen wären als dieses Kind. Aber in weiteren hundert Jahren wird sie die erste Stelle einnehmen. Oh, vielleicht findet sich bis dahin eine Stärkere, aber es werden keine fünfzig sein, und vielleicht findet sich gar keine. Wir sterben aus.«

»Ich verstehe nicht«, sagte Larelle schneidend. Sie schien sich gefaßt zu haben und wütend über ihren Schwächeanfall zu sein. »Wir kennen das Problem alle, aber was hat Moiraine damit zu tun? Glaubt Ihr, sie kann irgendwie mehr Mädchen dazu bringen, in die Burg zu kommen, Mädchen mit einem stärkeren Potential?« Ihr Schnauben verriet, was sie davon hielt.

»Ich würde bedauern, wenn sie vergeudet wird, bevor sie oben von unten unterscheiden kann. Die Burg kann es sich nicht leisten, sie wegen ihrer eigenen Ahnungslosigkeit zu verlieren. Seht sie euch an! Ein hübsches Püppchen von einer Adligen aus Cairhien.« Cadsuane legte Moiraine einen Finger unter das Kinn und hob es hoch. »Bevor du in dem Aufzug einen Behüter findest, Kind, wird dir ein Bandit, der sehen will, was in deiner Börse ist, einen Pfeil durchs Herz schießen. Ein Straßenräuber, der beim Anblick einer schlafenden Schwester ohnmächtig werden würde, wird dir eins über den Schädel geben, und du wirst ohne dein Gold und vielleicht noch andere Dinge in einer dunklen Gasse aufwachen. Ich nehme an, deinen ersten Mann wirst du mit ebenso großer Sorgfalt auswählen wollen wie deinen ersten Behüter.«

Moiraine schrak zurück und stammelte pikiert. Zuerst sie und Siuan, und jetzt das. Es gab Dinge, über die redete man, und Dinge, über die redete man nicht!

Cadsuane schenkte ihrer Entrüstung keinerlei Beachtung. Sie nippte gelassen an ihrem Wein und drehte sich wieder zu den anderen um. »Bis sie einen Behüter gefunden hat, der ihr den Rücken freihält, wird es das beste sein, sie vor ihrem eigenen Übereifer zu beschützen. Ich glaube, ihr beiden seid nach Chachin unterwegs. Dann wird sie mit euch reisen. Ich erwarte, daß ihr sie nicht aus den Augen laßt.«

Endlich fand Moiraine ihre Sprache wieder, aber ihr Protest nützte ihr so wenig wie ihre Empörung. Merean und Larelle erhoben ebenfalls Einwände, und nicht weniger wortreich. Aes Sedai, wie frischgebacken auch immer, brauchten niemand, der sich um sie »kümmerte«. Sie hatten eigene Belange, um die sie sich kümmern mußten. Worum es sich dabei handelte, sagten sie nicht – die wenigsten Schwestern hätten das getan –, aber sie wollten eindeutig keine Gesellschaft. Cadsuane nahm nichts zur Kenntnis, was sie nicht hören wollte, ging davon aus, daß sie taten, was sie verlangte, und war mit einem neuen Argument zur Stelle, wenn sie ihr Gelegenheit dazu boten. Bald schon wanden sich die beiden in ihren Sesseln und sagten nur noch, daß sie einander erst gestern getroffen hätten und nicht sicher seien, ob sie zusammen weiterreisen würden. Jedenfalls hätten beide vor, zwei oder drei Tage in Canluum zu bleiben, während Moiraine noch heute aufbrechen wolle.

»Das Kind wird bleiben, bis ihr abreist«, sagte Cadsuane brüsk. »Gut, dann wäre das erledigt. Ich bin sicher, ihr beiden wollt euch um das kümmern, was euch nach Canluum geführt hat. Ich werde euch nicht aufhalten.«

Larelle rückte beleidigt den Schal zurecht, weil sie so unvermittelt entlassen worden war, dann stolzierte sie hinaus und murmelte, daß Moiraine es bedauern werde, sollte sie im Weg sein oder ihre Ankunft in Chachin irgendwie verzögern. Merean nahm es besser auf und versicherte sogar, daß sie sich Moiraines wie einer Tochter annehmen werde, obwohl ihr Lächeln alles andere als zufrieden aussah.

Als sie fort waren, starrte Moiraine Cadsuane fassungslos an. So etwas hatte sie noch nie erlebt. Bis auf einmal, eine Lawine. Nun kam es darauf an, zu schweigen, bis sie eine Möglichkeit hatte, sich davonzuschleichen, ohne daß Cadsuane oder die anderen es mitbekamen. Das war das klügste. »Ich habe zu nichts meine Zustimmung gegeben«, sagte sie kühl. Sehr kühl. »Wenn ich nun Angelegenheiten in Chachin habe, die nicht warten können? Was ist, wenn ich nicht damit einverstanden bin, zwei oder drei Tage hier zu warten?« Vielleicht sollte sie doch lernen, ihre Zunge etwas besser im Zaum zu halten.

Cadsuane hatte nachdenklich zu der Tür gesehen, die hinter Merean und Larelle ins Schloß gefallen war, aber nun richtete sie einen durchdringenden Blick auf Moiraine. »Du trägst den Schal seit fünf Jahren und hast Angelegenheiten, die nicht warten können? Pah! Du hast immer noch nicht die erste Lektion begriffen, nämlich daß der Schal bedeutet, du bist bereit, wahrhaft mit dem Lernen zu beginnen. Die zweite Lektion ist Vorsicht. Ich weiß sehr gut, wie schwer die zu finden ist, wenn man jung ist und *Saidar* zur Verfügung und die Welt zu Füßen hat. Wie du meinst.« Moiraine versuchte, ein Wort zu sagen, aber sie hätte ebensogut vor jener Lawine stehen können. »Du wirst in deinem Leben große Risiken eingehen, wenn du lange genug lebst. Du gehst schon jetzt größere ein, als dir bewußt ist. Achte sorgfältig darauf, was ich dir sage. Und tu, was ich dir sage. Ich werde heute nacht in deinem Bett nachsehen. Und wenn du nicht darin liegst, werde ich dich finden und dafür sorgen, daß du weinst wie wegen dieser Mäuse. Hinterher kannst du dir die Tränen an dem Schal abtrocknen, von dem du zu glauben scheinst, daß er dich unverwundbar macht. Das tut er nicht.«

Moiraine sah die Tür an, die sich hinter Cadsuane schloß, stellte plötzlich fest, daß sie den Becher Wein noch in der Hand hielt und leerte ihn in einem Zug. Die Frau war ... furchteinflößend. Der Brauch untersagte körperliche Gewalt gegen eine andere Schwester, aber Cadsuane war kein Haarbreit von ihrer Drohung abgerückt. Sie hatte sie laut ausgesprochen, also meinte sie es bei den Drei Eiden auch ernst. Unglaublich. War es Zufall, daß sie Meilyn Arganya und Kerene Nagashi erwähnt hatte? Das waren zwei Mitglieder von Tamras Suchtrupp. *Konnte* Cadsuane auch eine sein? Jedenfalls hatte sie Moiraine fein säuberlich für eine Woche oder mehr aus dem Spiel genommen. Zumindest wenn sie tatsächlich mit Merean und Larelle reiste. Aber warum nur eine Woche? Wenn die Frau an der Suche teilnahm ... wenn Cadsuane von ihr und Siuan wußte ... Wenn ... Hier zu stehen und einen leeren Weinbecher in den Fingern zu drehen, brachte sie nicht weiter. Sie schnappte sich ihren Mantel.

Eine ganze Anzahl von Leuten sahen sie an, als sie den Schankraum wieder betrat, manche mit mitleidigen Blicken. Zweifellos stellten sie sich vor, wie es sein mußte, im Brennpunkt der Aufmerksamkeit von drei Aes Sedai zu stehen, und konnten nichts Gutes daran finden. Die Gesichter der Schwestern drückten einhellig kein Mitgefühl aus. Felaana lächelte zufrieden; wahrscheinlich glaubte sie, daß der Name der Lady Alys schon so gut wie im Novizinnenbuch stand, Cadsuane war nirgends zu sehen, die beiden anderen auch nicht.

Moiraine ging ziemlich erschüttert zwischen den Tischen hindurch. Zu viele Fragen, und keine Antworten dazu. Sie wünschte sich, Siuan wäre hier; Siuan wurde sehr gut mit Rätseln fertig, und nichts konnte sie erschüttern.

Eine junge Frau sah von der Straße zur Tür herein, verschwand dann sofort wieder, und Moiraine kam aus dem Tritt. Wenn man sich etwas inbrünstig genug wünschte, bildete man sich ein, es zu sehen. Die Frau schaute wieder herein, die Kapuze ihres Mantels fiel auf den Rucksack, den sie trug, und es war tatsächlich Siuan, kräftig und hübsch, in einem schlichten blauen Kleid, dem man die lange Reise ansah, die es hinter sich hatte. Diesmal sah sie Moiraine, aber anstatt zu ihr zu eilen und sie zu begrüßen, nickte Siuan die Straße hinauf und verschwand erneut.

Moiraine schlug das Herz bis zum Hals, als sie den Mantel um sich schlang und hinausging. Ein Stück weiter lief Siuan auf der Straße durch die Menge und drehte sich bei jedem dritten Schritt um. Moiraine folgte ihr rasch, und ihre Besorgnis wuchs.

Siuan sollte sechshundert Meilen entfernt in Tar Valon sein und für Cetalia Delarme arbeiten, die das Netz von Augen und Ohren der Blauen Ajah leitete. Dieses Geheimnis hatte sie unfreiwillig preisgegeben, als sie über ihr Schicksal lamentierte. Die ganze Zeit, als sie Novizinnen und Aufgenommene gewesen waren, hatte Siuan davon gesprochen, in die Welt hinauszuziehen, die Welt zu sehen, aber Cetalia hatte sie an dem Tag beiseite genommen, als sie den Schal bekommen hatten, und am selben Abend schon sah Siuan Meldungen von Männern und Frauen durch, die überall in den Nationen verstreut waren. Ihr Verstand besaß die Gabe, Zusammenhänge zu erkennen, die anderen entgingen. Cetalias Macht entsprach der von Merean, und es würden noch drei oder vier Jahre vergehen, bis Siuan genügend Kraft gesammelt hatte, um Cetalia zu sagen, daß sie sich eine andere Arbeit suchen mußte. Eher würde es am Sonntag Schnee geben, als daß Cetalia ihr das durchgehen ließ. Und der einzige andere mögliche Grund für ihre Anwesenheit in Canluum ... Moiraine stöhnte, und als ein Bursche mit großen Ohren, der Anstecknadeln aus einem Bauchladen verkaufte, sie besorgt ansah, warf sie ihm einen derart finsteren Blick zu, daß er zurückwich.

Es sähe Sierin ähnlich, Siuan zu schicken, um sie zu holen, damit sie sich unterwegs gegenseitig mit ihrer Besorgnis anstecken konnten. Sierin war eine harte Frau ohne eine Spur von Barmherzigkeit. Eine Amyrlin sollte am Tag ihrer Ernennung Nachsicht üben und Strafen erlassen; Sierin hatte befohlen, daß zwei Schwestern mit der Rute gezüchtigt und drei ein Jahr aus der Burg verbannt wurden. Sie könnte Siuan auch gut und gerne die Strafe mitgeteilt haben, die sie zu verhängen gedachte. Moiraine erschauerte. Wahrscheinlich würde es Sierin gelingen, Arbeitsdienst, Einzelhaft, Geißelung des Fleisches *und* Geißelung der Seele miteinander zu verbinden.

Hundert Schritte von dem Gasthaus entfernt drehte sich Siuan noch einmal um, wartete ab, bis sie sicher war, daß Moiraine sie gesehen hatte, und verschwand in einer Gasse. Moiraine ging ein wenig schneller und folgte ihr.

Ihre Freundin ging unter den noch dunklen Öllampen, die diesen schmalen, staubigen Durchgang säumten. Siuan Sanche, einer Fischerstochter aus dem härtesten Viertel von Tear, hatte vor nichts Angst, aber nun loderte Furcht in diesen scharfen blauen Augen. Moiraine machte den Mund auf, um sich ihre schlimmsten Befürchtungen über Sierin bestätigen zu lassen, aber die größere Frau sprach zuerst.

»Sag mir, daß du ihn gefunden hast, Moiraine. Sag mir, daß es der kleine Najima ist und wir ihn vor den Augen von hundert Schwestern der Burg übergeben und es hinter uns bringen können.«

Hundert Schwestern? »Nein, Siuan.« Das hörte sich nicht nach Sierin an. »Was ist los?«

Siuan fing an zu weinen. Siuan, die das Herz einer Löwin und nie eine Träne vergossen hatte, wenn sie aus Mereans Arbeitszimmer gekommen waren. Sie schlang die Arme um Moiraine und drückte sie fest. Sie zitterte. »Sie sind alle tot«, murmelte sie. »Aisha und Kerene, Valera und Ludice und Meilyn. Sie sagen, Aisha und ihr Behüter wurden von Banditen in Murandy getötet. Kerene ist angeblich während eines Sturms im Alguenya über Bord gefallen und ertrunken. Und Meilyn ... Meilyn ...«

Moiraine umarmte sie und gab beruhigende Laute von sich. Und sah bestürzt über Siuans Schulter hinweg. Sie hatten fünf der Frauen herausbekommen, die Tamra auserwählt hatte, und alle fünf waren tot. »Meilyn war ... nicht mehr jung«, sagte sie langsam. Sie war nicht sicher, ob sie es überhaupt hätte sagen können, wenn Cadsuane nicht so offen gewesen wäre. Siuan zuckte erstaunt zusammen, und Moiraine zwang sich, fortzufahren: »Und das waren die anderen auch nicht, nicht einmal Kerene.« An die zweihundert war selbst für Aes Sedai nicht mehr jung. »Und Unfälle passieren wirklich. Banditen. Stürme.« Es fiel ihr selbst schwer, das zu glauben. *Alle?*

Siuan stieß sich ab. »Du verstehst nicht. Meilyn!« Sie verzog das Gesicht und rieb sich die Augen. »Fischgedärm! Ich drücke mich nicht deutlich aus. Reiß dich zusammen, du verdammte Närrin!« Das letztere knurrte sie zu sich selbst. Merean und andere hatten keine Mühen gescheut, Siuan eine gepflegtere Ausdrucksweise anzugewöhnen, aber in dem Moment, als sie den Schal auf den Schultern trug, hatte sie einen Rückfall erlitten. Sie führte Moiraine zu einem umgekippten Faß ohne Spundzapfen und setzte sie darauf. »Du wirst nicht stehen wollen, wenn du hörst, was ich zu sagen habe. Was das betrifft, ich selbst will, verdammt noch mal, auch nicht stehen.«

Sie zog eine Kiste mit gebrochenen Brettern ein Stück die Gasse herunter, setzte sich darauf, machte sich an ihren Röcken zu schaffen, sah zur Straße und murmelte etwas über Leute, die im Vorbeigehen hereinschauten. Ihr Zögern trug nicht dazu bei, Moiraines Magen zu beruhigen. Den von Siuan offenbar auch nicht. Als sie fortfuhr, schluckte sie immer wieder, wie eine Frau, die sich übergeben möchte.

»Meilyn kehrte vor fast einem Monat in die Burg zurück. Warum, weiß ich nicht. Sie sagte nicht, wo sie gewesen war oder wohin sie wollte, hatte aber vor, nur ein paar Nächte zu bleiben. Ich ... ich hatte von Kerene an dem Morgen erfahren, als Meilyn eintraf, und von den anderen davor. Darum beschloß ich, mit ihr zu sprechen. Schau mich nicht so an! Ich weiß, wie man vorsichtig ist!« »Vorsichtig« war ein Wort, das Moiraine nie mit Siuan in Verbindung gebracht hätte. »Jedenfalls schlich ich mich in ihr Zimmer und versteckte mich unter dem Bett. Damit die Dienerinnen mich nicht sehen sollten, wenn sie die Laken zurückschlugen.« Siuan grunzte säuerlich. »Ich bin da unten eingeschlafen. Bei Sonnenaufgang wurde ich wach, und sie hatte nicht in ihrem Bett geschlafen. Ich schlich mich also hinaus und ging zum zweiten Frühstück. Und während ich meinen Haferbrei löffelte, kam Chesmal Emry herein, um ... Sie ... Sie verkündete, daß Meilyn in ihrem Bett gefunden worden sei, daß sie im Lauf der Nacht gestorben wäre.« Den Schluß stieß sie in einem Atemzug hervor, sackte in sich zusammen und sah Moiraine an.

Moiraine war sehr froh, daß sie saß. Ihre Knie hätten keine Feder tragen können. Sie war mit *Daes Dae'mar* großgeworden, dem Ränkeschmieden und den Verschwörungen, die das Leben in Cairhien beherrschten, den Schattierungen der Bedeutung eines jeden Wortes, jeder Tat. Dies hier war zuviel für Schattierungen. Ein Mord war geschehen. »Die Roten Ajah?«

schlug sie schließlich vor. Eine Rote könnte eine Schwester töten, wenn sie glaubte, daß diese einen Mann schützte, der kanalisieren konnte.

Siuan schnaubte. »Meilyn hatte kein Mal an sich, und Chesmal hätte entdeckt, wenn sie vergiftet oder erstickt worden wäre oder ... Das bedeutet die Macht, Moiraine. Könnte selbst eine Rote so etwas tun?« Ihre Stimme klang ungestüm, aber sie nahm den Rucksack vom Rücken und preßte ihn auf den Schoß. Sie schien sich dahinter zu verstecken. Aber inzwischen drückte ihr Gesicht weniger Angst und dafür mehr Wut aus. »Denk nach, Moiraine! Tamra ist angeblich auch im Schlaf gestorben. Aber wir wissen, daß das bei Meilyn nicht der Fall war, wo immer sie auch gefunden wurde. Zuerst Tamra, und danach sterben die anderen. Die einzig sinnvolle Erklärung ist, daß jemand bemerkt hat, wie sie Schwestern zu sich rief, und so sehr wissen wollte, warum, daß diese Leute sogar das Risiko eingingen, die Amyrlin selbst zu befragen. Sie mußten etwas zu verbergen haben, um das zu tun, und waren bereit, alles zu riskieren, damit es geheim blieb. Sie haben sie getötet, um es geheimzuhalten, um zu verbergen, was sie getan hatten, und dann machten sie sich daran, den Rest zu töten. Was bedeutet, sie wollen nicht, daß der Junge gefunden wird, nicht lebend. Sie wollen den Wiedergeborenen Drachen nicht beim Letzten Gefecht dabeihaben. Jede andere Interpretation hieße, den Nachttopf in den Wind zu werfen und das Beste zu hoffen.«

Unwillkürlich sah Moiraine zum Eingang der Gasse. Ein paar Leute, die vorübergingen, sahen herein, aber niemand mehr als einmal. Niemand blieb stehen, wenn er sie hier sitzen sah. Über manches ließ sich leichter sprechen, wenn man nicht zu spezifisch wurde. »Die Amyrlin« war befragt worden; »sie« war getötet worden. Nicht Tamra, kein Name, der einem das vertraute, entschlossene Gesicht ins Gedächtnis rief. »Jemand« hatte sie ermordet. »Sie« wollten nicht, daß der Wiedergeborene Drache gefunden wurde. Mord durch die Macht bedeutete mit Sicherheit einen Bruch der Drei Eide, auch für ... für die, deren Namen Moiraine ebensowenig nennen wollte wie Siuan.

Sie zwang sich, eine gleichmütige Miene zu wahren, zwang sich, mit ruhiger Stimme zu sprechen, preßte die Worte aus sich heraus. »Die Schwarzen Ajah.« Siuan zuckte zusammen, dann nickte sie finster.

Jede Schwester wurde wütend bei der Andeutung, es könnte sich eine geheime Ajah unter den anderen verbergen, die sich dem Dunklen König verschrieben hatte. Die meisten Schwestern wollten nichts davon hören. Die Weiße Burg war seit über dreitausend Jahren der Inbegriff des Lichts. Aber manche Schwestern leugneten die Schwarzen nicht rundweg. Manche glaubten daran. Die wenigsten hätten es allerdings kaum einer anderen Schwester gegenüber eingestanden. Moiraine wollte es sich selbst nicht eingestehen.

Siuan zupfte an den Gurten ihres Rucksacks, fuhr aber mit spröder Stimme fort: »Ich glaube nicht, daß sie unsere Namen haben – Tamra hat uns nie als dazugehörig betrachtet –, sonst hätten wir auch schon einen ›Unfall‹ gehabt. Kurz vor meiner Abreise habe ich einen Zettel mit meinem Verdacht unter Sierins Tür durchgeschoben. Aber ich wußte nicht, wieweit ich ihr trauen konnte. Der Amyrlin! Ich habe mit der linken Hand geschrieben, aber so sehr gezittert, daß niemand meine Schrift wiedererkennen konnte, selbst wenn ich mit rechts geschrieben hätte. Verbrenn meine Leber! Selbst wenn wir wüßten, wem wir vertrauen können, haben wir nicht den geringsten Beweis.«

»Genug für mich. Wenn sie alles wissen, alle Frauen kennen, die Tamra auserkoren hat, sind vielleicht außer uns keine mehr übrig. Wir müssen schnell handeln, wenn wir den Jungen als erste finden wollen.« Moiraine bemühte sich ebenfalls um einen lebhaften Tonfall. Es war erfreulich, daß Siuan nur nickte. Sie gab nicht auf, sosehr sie auch erzählte, wie sie gezittert hatte, und zog nie in Erwägung, daß Moiraine aufgeben könnte. Höchst erfreulich. »Vielleicht kennen sie uns, vielleicht nicht. Vielleicht denken sie, zwei neue Schwestern können sie verschonen. In jedem Fall können wir keinem trauen, außer uns selbst.« Das Blut wich aus ihrem Gesicht. »Oh, Licht! Ich hatte gerade eine Begegnung im Gasthaus, Siuan.«

Sie versuchte, sich an jedes Wort zu erinnern, jede Nuance, von dem Moment an, als Merean sie angesprochen hatte. Siuan hörte mit einem abwesenden Blick zu, archivierte und sortierte. »Cadsuane könnte eine von Tamras Auserkorenen sein«, stimmte sie zu, als Moiraine fertig war. »Oder sie könnte von den Schwarzen Ajah sein.« Sie zögerte kaum bei den Worten. »Vielleicht versucht sie nur, dich aus dem Weg zu schaffen, bis sie dich beseitigen kann, ohne Verdacht zu erwecken. Das Problem ist, jede von ihnen könnte beides sein.« Sie beugte sich über ihr Bündel und berührte Moiraine am Knie. »Kannst du dein Pferd aus dem Stall holen, ohne gesehen zu werden? Ich habe ein gutes Reittier, weiß aber nicht, ob es uns beide tragen kann. Wir sollten Stunden von hier entfernt sein, bis sie überhaupt merken, daß wir weg sind.«

Moiraine mußte unwillkürlich lächeln. Sie hatte große Zweifel, was das gute Reittier betraf. Der Pferdeblick ihrer Freundin war nicht besser als ihr Sitz im Sattel, und manchmal fiel Siuan fast herunter, bevor sich das Tier überhaupt in Bewegung setzte. Der Ritt nach Norden mußte eine Qual für sie gewesen sein. Und voller Angst. »Niemand weiß, daß du hier bist, Siuan«, sagte sie. »Und es ist besser, wenn das so bleibt. Hast du dein Buch? Gut. Wenn ich bis zum Morgen bleibe, werde ich einen Tag Vorsprung vor ihnen haben, anstatt ein paar Stunden. Du reitest weiter nach Chachin. Nimm ein paar von meinen Münzen mit.« So, wie Siuans Kleid aussah, hatte sie den letzten Abschnitt der Reise unter Büschen geschlafen. Die Tochter eines Fischers hatte kein Landgut im Rücken, das Gold zur Verfügung stellen konnte. »Fang an, nach der Lady Ines zu suchen – wir treffen uns dann dort.«

So einfach war es natürlich nicht. Siuan hatte eine störrische Ader, die so breit wie der Erinin war. Und davon abgesehen, als Novizin und Aufgenommene war es die Fischerstochter gewesen, die das Kommando hatte, nicht die Nichte des Königs, was Moiraine anfangs verblüfft hatte, bis ihr klar wurde, daß es irgendwie natürlich zu sein schien. Siuan war die geborene Führerin.

»Ich habe, was ich brauche«, knurrte sie, aber Moirain bestand darauf, ihr die Hälfte der Münzen aus ihrer Börse zu geben, und als Moiraine sie an ihren Schwur während der ersten Monate in der Burg erinnerte, was der einen gehörte, gehörte auch der anderen, da murmelte sie: »Wir haben auch geschworen, wir würden wunderschöne junge Prinzen finden, um sie an uns zu binden, und sie obendrein heiraten. Mädchen sagen alle möglichen albernen Sachen. Und jetzt paß auf dich auf! Wenn du mich in dieser Sache im Stich läßt, drehe ich dir den Hals um.«

Als sie sich umarmten, um auf Wiedersehen zu sagen, fiel es Moiraine schwer, Siuan loszulassen. Vor einer Stunde war ihre größte Sorge noch gewesen, ob sie auf einen Bauernhof verbannt oder im schlimmsten Fall gezüchtigt werden würde. Nun ... die Schwarzen Ajah. Sie wollte ihren Magen entleeren. Wenn sie nur Siuans Mut gehabt hätte. Als Moiraine Siuan nachsah, wie sie die Gasse hinunterging und dabei den Rucksack wieder überstreifte, wünschte sich Moiraine, sie wäre eine Grüne gewesen. Nur Grüne banden mehr als einen Behüter, und im Augenblick hätte sie gern drei oder vier gehabt, die sie beschützten.

Als sie auf der Straße zurückging, konnte sie nicht umhin, jeden anzusehen, der an ihr vorbeiging, Mann oder Frau. Wenn die Schwarzen Ajah - jedesmal, wenn sie an den Namen dachte, drehte sich ihr der Magen um -, wenn sie darin verwickelt waren, dann konnten es gewöhnliche Schattenfreunde auch sein. Niemand bestritt, daß einige Irregeleitete glaubten, der Dunkle König würde ihnen Unsterblichkeit verleihen, Menschen, die töten und alles Böse tun würden, um diese ersehnte Belohnung zu erlangen. Und wenn jede Schwester eine Schwarze Ajah sein konnte, dann konnte auch jeder, den sie traf, ein Schattenfreund sein. Sie hoffte, Siuan würde das nicht vergessen.

Als sie sich der Himmelspforte näherte, erschien eine Schwester an der Tür des Gasthauses. Jedenfalls ein Teil einer Schwester; Moiraine konnte nur einen Arm mit einem Fransenschal darüber erkennen. Ein großer Mann, der gerade herausgekommen war und das Haar zu zwei Zöpfen mit Glöckchen geflochten trug, drehte sich um und sagte kurz etwas, aber der Arm mit dem Schal machte eine herrische Geste, worauf er mit finsterer Miene an Moiraine vorbeistapfte. Sie hätte sich nichts weiter dabei gedacht, wären ihre Gedanken nicht mit Schwarzen Ajah und Schattenfreunden beschäftigt gewesen. Und Schwarzen Schwestern. Wenn sie nur die Farbe dieses Schals hätte erkennen können. Sie legte die letzten dreißig Schritte stirnrunzelnd zurück.

Merean und Larelle saßen für sich in der Nähe der Tür, und

beide trugen ihre Schals noch. Das machten nur die wenigsten Schwestern, es sei denn bei Zeremonien oder aus Angeberei. Beide Frauen sahen Cadsuane nach, die in das Privatzimmer ging, gefolgt von zwei grauhaarigen Männern, die so hart wie Eichen vom letzten Jahr aussahen. Auch sie trug noch ihren Schal mit der weißen Flamme von Tar Valon auf der Rückseite. Es hätte jede von ihnen sein können. Cadsuane suchte vielleicht nach einem neuen Behüter; Grüne schienen ständig auf der Suche zu sein. Moiraine wußte nicht, ob Merean und Larelle Behüter hatten. Der Mann könnte finster dreingeblickt haben, weil er gehört hatte, daß er nicht geeignet wäre. Es gab hundert mögliche Erklärungen, und sie beschloß, nicht mehr an den Mann zu denken. Die eindeutigen Gefahren waren so real, daß man nicht noch zusätzliche erfinden mußte.

Sie hatte noch keine drei Schritte in den Schankraum gemacht, als Meister Helvin in seiner grünen Schürze zu ihr gehuscht kam, ein kahler Mann und fast so breit wie hoch, und ihr ein neues Ärgernis präsentierte. Da drei weitere Aes Sedai in dem Gasthaus abgestiegen waren, mußte er mit den Betten ein wenig jonglieren, wie er sich ausdrückte. Die Lady Alys würde es gewiß nicht stören, ihres unter diesen Umständen zu teilen. Frau Palan sei eine höchst liebenswürdige Person.

Haesel Palan war eine Teppichhändlerin aus Murandy mit dem singenden Tonfall von Lugard. Moiraine bekam mehr davon zu hören, als sie wollte, und zwar von dem Moment an, als sie das kleine Zimmer betrat, das ihr allein gehört hatte. Ihre Kleidung war aus dem Schrank geholt und an Haken an der Wand gehängt worden, Kamm und Bürste vom Waschbecken genommen und durch die von Frau Palan ersetzt worden. Die plumpe Frau wäre vielleicht »Lady Alys« gegenüber schüchtern gewesen, aber nicht gegenüber einer Wilden, von der jeder sagte, daß sie am Morgen aufbrechen würde, um Novizin in der Weißen Burg zu werden. Sie hielt Moiraine Vorträge über die Pflichten einer Novizin, nichts davon richtig. Sie folgte Moiraine zum Essen in den Schankraum hinunter und bat befreundete Händlerinnen mit an den Tisch, die allesamt ganz versessen darauf waren, von der Weißen Burg zu erzählen, was sie wußten. Was auf rein gar nichts hinauslief. Das allerdings diskutierten sie in aller Ausführlichkeit. Moiraine dachte, sie könnte dem allem entfliehen, indem sie sich früh auf das Zimmer zurückzog, hatte aber kaum das Kleid ausgezogen, als Frau Palan auch schon nachkam und redete, bis sie einschlief.

Es war keine angenehme Nacht. Das Bett war schmal, die Ellbogen der Frau spitz, ihre Füße trotz der dicken Decke, die die Wärme des Ofens unter dem Bett hielt, eiskalt. Der Regen, der die ganze Zeit in der Luft gelegen hatte, fiel endlich, Wind und Donner ließen die Fensterläden stundenlang klappern. Moiraine bezweifelte, ob sie auch ohne das alles hätte schlafen können. Schattenfreund und Schwarze Ajah tanzten in ihrem Kopf. Sie sah, wie Tamra aus dem Schlaf gerissen und verschleppt wurde, an einen geheimen Ort verschleppt und von Frauen gefoltert wurde, die die Macht einsetzten. Manchmal hatten die Frauen Mereans Gesicht und das von Larelle und das von Cadsuane und das jeder Schwester, die sie je gesehen hatte. Manchmal wurde Tamras Gesicht ihr eigenes.

Als in den dunklen Morgenstunden die Tür langsam und quietschend geöffnet wurde, umarmte Moiraine blitzartig die Quelle. *Saidar* strömte bis zu dem Punkt in sie ein, an dem Glücksgefühl und Freude fast in Schmerz übergingen. Nicht soviel von der Macht, wie sie in einem Jahr würde handhaben können, geschweige denn in fünf, aber ein Quentchen mehr würde ihr jetzt die Gabe ausbrennen oder sie töten. Eines war so schlimm wie das andere, aber sie wollte noch mehr herausziehen, und nicht nur, weil die Macht stets bewirkte, daß man nach mehr verlangte.

Cadsuane streckte den Kopf herein, Moiraine hatte ihr Versprechen, ihre Drohung, vergessen. Cadsuane sah selbstverständlich das Leuchten, konnte sehen, wieviel Macht sie hielt. »Närrisches Mädchen«, sagte die Frau nur, bevor sie wieder ging.

Moiraine zählte langsam bis hundert, dann schwang sie die Füße unter der Decke hervor. Jetzt war ein günstiger Zeitpunkt. Frau Palan drehte sich auf die Seite und fing an zu schnarchen. Moiraine kanalisierte Feuer, entzündete eine der Lampen und zog sich hastig an. Diesmal ein Reitkleid. Widerwillig beschloß sie, ihre Satteltaschen zusammen mit allem anderen zu opfern, das sie zurücklassen mußte. Wenn sie jemand herumschleichen sah, würde er sich auch um diese frühe Morgenstunde nichts weiter dabei denken, aber nicht, wenn sie Satteltaschen über der Schulter trug. Sie nahm nur das mit, was in den im Mantel eingenähten Taschen Platz fand, wenig mehr als ein Paar Strümpfe zum Wechseln und frische Wäsche. Frau Palan schnarchte immer noch, als Moiraine die Tür hinter sich schloß.

Der hagere Stallbursche, der Nachtdienst hatte, war verblüfft, sie zu sehen, da der Himmel gerade erst grau wurde, aber als er einen Silberpfennig bekommen hatte, klopfte er sich an die Stirn und sattelte ihre braune Stute. Sie bedauerte, daß sie ihr Lastpferd zurücklassen mußte, aber nicht einmal eine närrische Adlige - das hatte sie den Mann murmeln hören - würde ein Lasttier mit auf einen frühmorgendlichen Ausritt mitnehmen. Sie kletterte in den hoch ausgeschnittenen Sattel von Pfeil, schenkte dem Mann ein kühles Lächeln anstelle des zweiten Pfennigs, den er ohne die Bemerkung bekommen hätte, und ritt langsam auf die nassen, menschenleeren Straßen hinaus. Nur ein Ausritt, wie früh es auch sein mochte. Es versprach ein schöner Tag zu werden. Der Himmel schien sich ausgeregnet zu haben, immerhin, und es wehte kaum Wind.

Die Lampen in den Straßen und Gassen brannten noch, so daß nirgendwo mehr als blasseste Schatten zu sehen waren, aber die einzigen Menschen auf den Beinen waren die Patrouillen der Nachtwache und die Lampenanzünder, die schwer bewaffnet ihre Runden drehten und darauf achteten, daß keine Lampe ausging. Ein Wunder, daß Menschen so nahe an der Großen Fäule lebten, daß aus jedem dunklen Schatten ein Myrddraal treten konnte. Aber niemand ging nachts aus. Nicht in den Grenzländern.

Aus diesem Grund war sie überrascht, daß sie nicht die erste am westlichen Tor war. Sie zügelte Pfeil und wahrte sicheren Abstand zu den drei sehr großen Männern, die noch ein Lastpferd hinter ihren Reittieren mitführten. Ihre ganze Aufmerksamkeit galt dem geschlossenen Tor, und ab und zu wechselten sie ein Wort mit den Wachen. Sie warfen kaum einen Blick in Moiraines Richtung. Im Licht der Lampen waren ihre Gesichter deutlich zu sehen. Ein grauhaariger alter Mann und ein junger mit hartem Gesicht, die geflochtene Lederbänder um die Köpfe trugen. Malkieri? Sie glaubte, das bedeuteten die Bänder. Der dritte war ein

Arafellin mit Glöckchen in den Zöpfen. Derselbe Mann, den sie aus der Himmelspforte hatte kommen sehen.

Als der erste Sonnenstrahl zuließ, daß die Tore geöffnet wurden, waren mehrere Händlerkarawanen zur Abreise eingetroffen. Die drei Männer ritten als erste hinaus, aber Moiraine ließ eine Karawane mit einem Dutzend Wagen hinter jeweils acht Pferden vorbei, ehe sie ihnen über die Brücke und auf die Straße durch die Hügel folgte. Aber sie behielt die drei in Sichtweite. Bis jetzt ritten sie noch in dieselbe Richtung.

Sie kamen schnell voran, gute Reiter, die kaum einmal die Zügel benutzten, aber Moiraine hatte gegen einen Trab nichts einzuwenden. Je mehr Distanz sie zwischen sich und Cadsuane brachte, desto besser. Die Wagen der Kaufleute blieben zurück und waren schon lange nicht mehr zu sehen, bevor sie gegen Mittag das erste Dorf erreichten, eine kleine Gruppe von Steinhäusern mit Ziegeldächern, die sich auf einem bewaldeten Hügel um ein winziges Gasthaus drängten. Moiraine hielt sich gerade lange genug auf, um zu fragen, ob jemand eine Frau namens Avene Sahera kannte. Die Antwort lautete nein, daher galoppierte sie weiter und wurde erst langsamer, als sie die drei Männer, die ihre Pferde nach wie vor zur Eile trieben, wieder vor sich auf der gestampften Straße sehen konnte. Vielleicht wußten sie nicht mehr als den Namen der Schwester, mit der der Arafellin gesprochen hatte, aber alles, was sie über Cadsuane oder die beiden anderen in Erfahrung bringen konnte, könnte nützlich sein.

Sie überlegte sich mehrere Pläne, wie sie sich ihnen nähern konnte, verwarf aber jeden. Drei Männer auf einer verlassenen Waldstraße konnten durchaus der Meinung sein, eine junge Frau allein wäre eine gute Gelegenheit, besonders, wenn sie waren, was sie befürchtete. Sie würde ohne Schwierigkeiten mit ihnen fertig werden, sollte es dazu kommen, aber das wollte sie vermeiden. Der Wald wich vereinzelten Bauerngehöften, und die Gehöfte wieder einem größeren Wald. Ein roter Haubenadler flog über ihnen dahin und wurde zu einem Umriß vor der untergehenden Sonne.

Als ihr Schatten hinter ihr länger wurde, beschloß sie, die Männer zu vergessen und sich einen Schlafplatz zu suchen. Mit etwas Glück würde sie bald wieder Bauernhöfe sehen, und wenn ein wenig Silber ihr kein Bett verschaffte, dann mußte eben ein Heuschober genügen.

Vor ihr hielten die drei Männer an und besprachen sich kurz miteinander; dann nahm einer das Lastpferd und bog in den Wald ab. Die anderen gaben den Pferden die Sporen und galoppierten weiter.

Moiraine sah ihnen nach. Der Arafellin gehörte zu dem Paar, das sich rasch entfernte, aber da sie gemeinsam reisten, hatte er vielleicht seinem Gefährten erzählt, daß er eine Aes Sedai getroffen hatte. Und ein Mann würde sicher nicht soviel Ärger machen wie drei, wenn sie vorsichtig war. Sie ritt dahin, wo Reiter und Lastpferd verschwunden waren, und stieg ab.

Fährtensuchen war etwas, das die meisten Ladies ihren Jägern überließen, aber in den Jahren, als Auf-Bäume-Klettern und Sich-schmutzig-Machen ein gleich großer Spaß gewesen waren, hatte sie sich dafür interessiert. Abgebrochene Zweige und aufgewirbeltes Herbstlaub hinterließen eine Spur, die ein Kind gefunden hätte. Nach rund hundert Schritten erspähte sie zwischen den Bäumen einen Teich in einer Senke. Der Mann hatte sein Pferd - ein edles Tier - bereits abgesattelt und ihm die Knöchel zusammengebunden und ließ gerade den Packsattel zu Boden. Es war der jüngere der Malkieri. Aus der Nähe sah er noch größer aus. Er öffnete den Schwertgürtel, setzte sich so, daß er den See vor Augen hatte, legte Schwert und Gürtel neben sich und stützte die Hände auf die Knie. Er schien über das Wasser zu sehen, das noch durch die spätnachmittäglichen Schatten funkelte. Er rührte keinen Muskel.

Moiraine dachte nach. Er war offenbar hier zurückgelassen worden, um ein Lager zu errichten. Die anderen würden wiederkommen. Allerdings würden eine oder zwei Fragen nicht lange dauern. Und wenn er erschrocken war - zum Beispiel, weil eine Frau plötzlich direkt hinter ihm stand -, antwortete er vielleicht, bevor er nachdenken konnte. Sie band Pfeils Zügel an einem niederen Ast fest, raffte Mantel und Röcke und ging so leise wie möglich weiter. Ein flacher Erdhügel befand sich hinter ihm, und sie trat darauf. Zusätzliche Größe konnte nicht schaden. Er war ein sehr großer Mann. Und es könnte hilfreich sein, wenn sie ihr Messer in der einen und sein Schwert in der anderen Hand hatte. Sie kanalisierte und zog das Schwert samt Scheide von seiner Seite. Sie wollte ihn so gut es ging erschrecken.

Er bewegte sich schneller als ein Gedanke. Sie schloß ihren Griff um die Scheide, und da schnellte er hoch, wirbelte herum, packte die Scheide mit einer Hand zwischen ihren beiden, und mit der anderen ihr Kleid an der Vorderseite. Bevor sie auch nur daran denken konnte, zu kanalisieren, flog sie durch die Luft. Sie hatte gerade noch Zeit zu sehen, wie ihr der Teich entgegenkam, gerade noch Zeit, etwas zu rufen, sie wußte selbst nicht, was, und dann prallte sie flach auf die Wasseroberfläche, so daß alle Luft ihre Lunge verließ, schlug mit einem gewaltigen Platschen auf und ging unter. Das Wasser war *eiskalt! Saidar* floh in ihrem Schock.

Sie rappelte sich auf die Füße, stand bis zur Taille im eiskalten Wasser und hustete, das Haar klebte ihr am Gesicht, der vollgesogene Mantel hing an ihren Schultern. Wütend drehte sie sich um, damit sie sich ihrem Angreifer stellen konnte, und umarmte die Quelle erneut. Zur Prüfung für den Schal gehörte auch, unter großer Belastung in völliger Ruhe zu kanalisieren, und damals hatte man ihr wesentlich Schlimmeres angetan als das. Sie drehte sich um und war bereit, ihn niederzuschlagen und zu prügeln, bis er winselte!

Er stand kopfschüttelnd da und betrachtete stirnrunzelnd die Stelle, wo sie gestanden hatte, einen großen Schritt von da entfernt, wo er gesessen hatte. Als er sich bequemte, sie zur Kenntnis zu nehmen, kam er ans Ufer des Sees, bückte sich und streckte eine Hand aus. »Unklug, einen Mann von seinem Schwert trennen zu wollen«, sagte er und fügte nach einem Blick auf die bunten Streifen ihres Kleides hinzu: »Mylady.« Kaum eine Entschuldigung. Er sah sie mit seinen erstaunlich blauen Augen nicht direkt an. Wenn er sich im stillen über sie lustig machte ...!

Sie murmelte unverständlich, stapfte ungeschickt so weit vor, daß sie seinen ausgestreckten Arm mit beiden Händen ergreifen konnte ... und zog mit aller Kraft. Es war nicht leicht, das Eiswasser zu ignorieren, das an ihren Rippen hinabfloß, und wenn sie naß war, sollte er es auch sein, und dazu brauchte sie nicht einmal die ...

Er richtete sich auf, hob den Arm, und sie kam aus dem Wasser, baumelte an seiner Hand. Konsterniert sah sie ihn an, bis ihre Füße den Boden berührten und er zurückging.

»Ich werde ein Feuer machen und Decken aufhängen, damit Ihr trocken werdet«, murmelte er, wich ihrem Blick aber nach wie vor aus.

Er stand zu seinem Wort, und als die anderen Männer eintrafen, hockte sie an einem kleinen Feuer, von Decken umgeben, die er aus den Satteltaschen geholt und an Ästen aufgehängt hatte. Natürlich brauchte sie das Feuer nicht, um trocken zu werden. Der Wasserzauber hatte jeden Tropfen aus ihrem Haar und der Kleidung entfernt, die sie nicht einmal ausziehen mußte. Aber es war ganz gut, wenn er das nicht sah. Und sie wußte die Wärme der Flammen zu schätzen. Wie auch immer, sie mußte lange genug von den Decken umgeben bleiben, damit der Mann glaubte, sie hätte das Feuer genutzt, wie er es beabsichtigt hatte. Sie behielt *Saidar* ganz entschieden in der Hinterhand.

Die anderen Männer kehrten voller Fragen zurück, warum »sie« ihnen in den Wald gefolgt war. Hatten sie es gewußt? In diesen Zeiten hielten Männer nach Banditen Ausschau, aber sie hatten eine einsame Frau gesehen und waren zum Ergebnis gekommen, daß sie ihnen folgte? Das kam ihr merkwürdig vor.

»Eine Cairhienin, Lan? Ich nehme an, du hast eine Cairhienin in ihrer Haut gesehen, aber ich noch nie.« Das erweckte eindeutig ihre Aufmerksamkeit, und da die Macht sie derart erfüllte, entging ihr auch ein anderes Geräusch nicht. Stahl, der auf Leder flüsterte. Ein Schwert wurde aus der Scheide gezogen. Sie bereitete mehrere Zauber vor, die die Bande aufhalten würden, und spähte durch einen Schlitz zwischen den Decken hinaus.

Zu ihrer Überraschung stand der Mann, der sie ins Wasser geworfen hatte – Lan? – mit dem Rücken zu ihren Decken. Er war derjenige mit dem Schwert in der Hand. Der Arafellin sah ihn mit überraschter Miene an. »Du erinnerst dich an den Anblick der Tausend Seen, Ryne«, sagte Lan kalt. »Muß eine Frau vor deinen Blicken geschützt werden?«

Einen Augenblick dachte sie, Ryne würde ziehen, obwohl Lan das Schwert schon in der Hand hielt, aber der ältere Mann, ein vom Leben gezeichneter Bursche mit grauen Haaren, aber so groß wie die anderen, griff schlichtend ein und führte die beiden anderen ein Stück weg, während er von einem Spiel namens »Sieben« redete. Ein seltsames Spiel schien das zu sein. Lan und Ryne saßen einander im Schneidersitz gegenüber, hatten die Schwerter in den Scheiden, und dann zogen sie ohne Vorwarnung, jede Klinge sauste auf die Kehle des anderen Mannes zu und wurde unmittelbar vor dem Hautkontakt gebremst. Der ältere Mann zeigte auf Ryne, sie steckten die Schwerter wieder ein und begannen von vorne. Solange Moiraine zusah, ging das so. Vielleicht war Ryne doch nicht so übertrieben selbstbewußt gewesen, wie es anfangs den Anschein gehabt hatte.

Sie wartete zwischen den Decken und versuchte zu rekapitulieren, was man ihr über Malkier beigebracht hatte. Nicht besonders viel, und das auch nur als Geschichte. Ryne erinnerte sich an die Tausend Seen, demnach mußte auch er ein Malkieri sein. Und eine Andeutung über bedrängte Frauen. Nun, wo sie bei ihnen war, konnte sie auch bleiben, bis sie herausgefunden hatte, was sie herausfinden konnte.

Als sie hinter den Decken hervorkam, war sie bereit. »Ich fordere das Recht einer alleinstehenden Frau«, eröffnete sie ihnen förmlich. »Ich reise nach Chachin und erbitte den Schutz eurer Schwerter.« Außerdem drückte sie jedem Mann eine schwere Silbermünze in die Hand. Was diese alberne »Alleinstehende-Frau«-Sache anging, war sie ihrer Sache nicht sicher, aber mit Silber erweckte man die Aufmerksamkeit der meisten Männer. »Zwei weitere werden in Chachin bezahlt.«

Sie reagierten nicht so, wie sie erwartet hatte. Ryne sah die Münze finster an, während er sie zwischen den Fingern drehte. Lan sah seine ausdruckslos an und steckte sie grunzend in die Manteltasche. Ihr wurde klar, daß sie ihnen ihre letzten Münzen von Tar Valon gegeben hatte, aber Münzen von Tar Valon konnte man überall finden, genau wie die jedes anderen Landes.

Bukama, der grauhaarige Mann, verbeugte sich und legte die linke Hand auf das Knie. »Es ist mir eine Ehre, Euch zu dienen, Mylady«, sagte er. »Nach Chachin, mein Leben vor Eurem.« Auch seine Augen waren blau, und auch er wollte sie nicht direkt ansehen. Sie hoffte, er würde sich nicht als Schattenfreund erweisen.

Es stellte sich als schwierig heraus, irgend etwas zu erfahren. Unmöglich. Zuerst waren die Männer damit beschäftigt, das Lager aufzuschlagen, die Pferde zu versorgen, ein größeres Feuer zu entfachen. Sie schienen nicht begierig darauf zu sein, ohne dieses Feuer einer Nacht des neuen Frühlings ausgesetzt zu sein. Beim Essen, das aus Fladenbrot und Dörrfleisch bestand – Moiraine mußte sich zusammenreißen, damit sie es nicht hinunterschlang –, sprachen Bukama und Lan kaum ein Wort. Moiraines Magen wußte nur zu gut, daß sie den ganzen Tag nichts gegessen hatte. Ryne redete und war eigentlich ganz bezaubernd, er hatte Grübchen an den Wangen, wenn er lächelte, und ein Funkeln in den blauen Augen, gab ihr aber keine Gelegenheit, das Gasthaus Himmelspforte oder Aes Sedai zu erwähnen. Als sie schließlich fragte, warum er nach Chachin unterwegs sei, wurde sein Gesicht traurig.

»Jeder Mensch muß irgendwo sterben«, sagte er leise, ging fort und richtete sein Nachtlager.

Lan übernahm die erste Wache, er saß mit übereinandergeschlagenen Beinen nicht weit von Ryne entfernt, und als Bukama das Feuer löschte und sich neben Lan in seine Decken wickelte, wob sie um jeden Mann einen Geistzauber. Ströme von Geist, die sie auch im Schlaf kontrollieren konnte, und wenn sich ein Mann in der Nacht bewegte, würde der Zauber sie wecken, ohne die Aufmerksamkeit der anderen zu erregen. Das bedeutete, sie würde jedesmal wach werden, wenn die Wachablösung stattfand, aber das ließ sich nicht vermeiden. Ihre eigenen Decken lagen ein gutes Stück von denen der Männer entfernt, und als sie sich hinlegte, murmelte Bukama etwas, das sie nicht verstand. Aber Lans Antwort hörte sie in aller Deutlichkeit.

»Eher traue ich einer Aes Sedai, Bukama. Geh schlafen!«

Die ganze Wut, die sie unterdrückt hatte, flammte wieder auf. Dieser Mann warf sie in einen eiskalten See, er entschuldigte sich nicht, er ...! Sie kanalisierte, verwob Luft und Wasser mit einer Spur Erde. Ein dicker Zylinder aus Wasser bildete sich über der Oberfläche des Sees, stieg im Mondschein höher und höher, neigte sich. Platschte auf den Narren herab, der seiner Zunge so freien Lauf ließ!

Bukama und Ryne sprangen fluchend auf die Füße, aber sie

ließ die Sturzflut andauern und hörte erst auf, als sie bis zehn gezählt hatte. Freigesetztes Wasser stürzte auf den Lagerplatz herab. Sie erwartete, einen durchnäßten, halb erfrorenen Mann zu sehen, der bereit war, gebührenden Respekt zu lernen. Er war tropfnaß, und ein paar kleinere Fische zappelten zu seinen Füßen. Er stand auf den Füßen. Und hatte das Schwert gezückt.

»Schattenbrut?« fragte Ryne in fassungslosem Tonfall, und über ihm antwortete Lan: »Vielleicht! Bewach die Frau, Ryne! Bukama, nach Westen; ich laufe nach Osten!«

»Keine Schattenbrut!« sagte Moiraine scharf, worauf sie wie angewurzelt stehenblieben. Sie starrten sie an. Sie wünschte sich, sie hätte in den Mondschatten ihre Gesichter besser sehen können, aber diese mit den Wolken fließenden Schatten waren auch ihr dienlich, umhüllten sie mit dem Hauch des Geheimnisvollen. Mit einer gewissen Anstrengung verlieh sie ihrer Stimme jedes Maß an kühler Abgeklärtheit der Aes Sedai, das sie aufbringen konnte. »Es ist unklug, einer Aes Sedai anders als mit Respekt zu begegnen, Meister Lan.«

»Aes Sedai?« flüsterte Ryne. Trotz des trüben Lichts konnte man die Ehrfurcht auf seinem Gesicht erkennen. Vielleicht war es auch Angst.

Niemand sonst gab einen Laut von sich, abgesehen von Bukamas mürrischen Brummen, als er sein Bettzeug aus dem Schlamm zog. Ryne verbrachte lange Zeit damit, seine Decken stumm anderswo auszubreiten, und verbeugte sich jedesmal unmerklich, wenn sie in seine Richtung sah. Lan unternahm keinen Versuch, sich abzutrocknen. Er begann sich eine neue Stelle für seine Nachtwache zu suchen, dann gab er es auf und setzte sich wieder dorthin, wo er gesessen hatte, in Schlamm und Wasser. Sie hätte es für eine Geste der Demut halten können, aber er sah sie an, und diesmal begegneten sich ihre Blicke beinahe. Wenn das Demut war, dann waren Könige die demütigsten Menschen auf Erden.

Natürlich wob sie wieder ihre Zauber um die Männer herum. Wenn überhaupt, schien das um so zwingender, nachdem sie sich offenbart hatte. Aber sie schlief noch lange Zeit nicht. Sie mußte über vieles nachdenken. Zunächst einmal hatte keiner gefragt, *warum* sie ihnen folgte. Der Mann war auf den Füßen gewesen! Als sie einschlief, dachte sie seltsamerweise an Ryne. Ein Jammer, wenn er jetzt Angst vor ihr hatte. Er war reizend, und es störte sie nicht, daß ein Mann sie unbekleidet sehen wollte, nur, daß er es anderen erzählte.

Lan wußte, daß der Ritt nach Chachin einer sein würde, den er gern vergäße, und seine Erwartungen wurden erfüllt. Es stürmte zweimal, eiskalter Regen, mit Hagel vermischt, aber das war noch am ehesten zu ertragen. Bukama war wütend, weil Lan sich weigerte, der kleinen Frau, die von sich behauptete, eine Aes Sedai zu sein, die nötige Achtung zu erweisen, aber Bukama kannte die Gründe dafür und bestand nicht darauf. Er brummte nur jedesmal, wenn er glaubte, daß Lan es hören konnte: Aes Sedai oder nicht, ein anständiger Mann hielt sich an gewisse Umgangsformen. Als hätte er Lans Gründe nicht geteilt. Ryne zappelte und sah sie mit großen Augen an, turtelte und tänzelte und machte Komplimente über »Haut wie reiner Schnee« und »die tiefen, dunklen Seen ihrer Augen«, wie ein verliebter Bengel auf Freiersfüßen. Er schien außerstande, sich zu entscheiden, ob er betört oder verängstigt war, und ließ sie beides sehen. Das an sich wäre schon schlimm genug gewesen, aber Ryne hatte recht gehabt; Lan hatte eine Cairhienin in ihrer Haut gesehen, mehr als eine, und alle hatten versucht, ihn in ein Komplott hineinzuziehen, vielleicht auch zwei oder drei. Über einen besonders denkwürdigen Zeitraum von zehn Tagen hinweg war er im Süden von Cairhien einst sechsmal um ein Haar getötet und zweimal um ein Haar verheiratet worden. Eine Cairhienin und eine Aes Sedai? Eine schlimmere Kombination konnte es nicht geben.

Diese Alys – sie hatte ihnen gesagt, daß sie sie Alys nennen sollten, aber daran zweifelte er ebenso sehr wie an dem Schlangenring, den sie vorzeigte, besonders, nachdem sie ihn wieder im Gürtel verstaut und gesagt hatte, niemand solle erfahren, daß sie eine Aes Sedai war – diese »Alys« hatte Temperament. Normalerweise störte ihn das, ob heiß- oder kaltblütig, weder bei einem Mann noch einer Frau. Aber ihres war eiskalt. In der ersten Nacht hatte er sich ins Nasse gesetzt, um sie wissen zu lassen, daß er akzeptierte, was sie getan hatte. Wenn sie gemeinsam reisen wollten, sollten sie das besser mit ausgeglichenem Konto tun, wie sie es sehen mußte. Aber sie sah es nicht so.

Sie ritten schnell, hielten sich nie lange in einem Dorf auf und schliefen in den meisten Nächten unter den Sternen, weil niemand Geld für ein Gasthaus übrig hatte, nicht für vier Leute mit Pferden. Er schlief, wann immer er konnte. In der zweiten Nacht blieb sie bis zur Dämmerung wach und sorgte dafür, daß er es auch blieb, indem sie jedesmal, wenn er eindöste, heftig an einer unsichtbaren Leine zog. In der dritten Nacht kam irgendwie Sand in seine Kleidung und seine Stiefel, eine dicke Schicht. Er hatte ausgeschüttelt, was er konnte, und ritt den ganzen nächsten Tag auf knirschenden Sandkörnern. In der vierten Nacht ... Er konnte nicht verstehen, wie es ihr gelang, dafür zu sorgen, daß Ameisen in seine Unterwäsche krochen und obendrein alle gleichzeitig zubissen. Aber es war ganz sicher ihr Tun. Sie stand über ihm, als er die Augen aufriß, und schien überrascht zu sein, daß er nicht schrie. Sie wollte eindeutig eine Art Antwort, eine Reaktion, aber welche, das war ihm nicht klar. Ganz sicher nicht das Gelübde, sie zu beschützen. Das von Bukama genügte, und außerdem hatte sie ihnen Geld gegeben. Die Frau merkte nicht einmal, wenn sie beleidigend wurde.

Als sie sie zum erstenmal hinter sich gesehen hatten, wie sie der Karawane der Kaufleute und dem Schutz ihrer Wachen davonritt, hatte Bukama einen Grund genannt, warum eine Frau allein drei Männern folgen sollte. Wenn sechs Schwertkämpfer einen Mann nicht bei Tage töten konnten, schaffte es eine Frau vielleicht in der Nacht. Natürlich hatte Bukama Edeyn mit keinem Wort erwähnt. In Wahrheit konnte es das ganz eindeutig nicht sein, sonst wäre er jetzt schon tot, nicht nur gepeinigt, aber Alys gab nie eine Erklärung ab, sosehr Bukama auch auf eine wartete. Edeyn mochte ihm eine Frau schicken, um ihn zu beobachten, weil sie glaubte, daß er dann nicht so wachsam sein würde. Und daher behielt Lan sie im Auge. Aber das einzig Verdächtige, das ihm auffiel, wenn man es denn überhaupt so nennen konnte, war die Tatsache, daß sie jedesmal Fragen stellte, wenn sie in ein Dorf kamen, stets abseits von ihm und den anderen, und sofort verstummte, wenn sie ihr zu nahe kamen. Als sie Canluum zwei Tage hinter sich gelassen hatten, stellte sie jedoch keine Fragen mehr. Vielleicht hatte sie in dem Marktflecken Ravinda eine Antwort bekommen, aber wenn ja, schien sie nicht besonders glücklich darüber zu sein. In dieser Nacht fand sie Blasenkrautstauden in der Nähe ihrer Lagerstelle, und zu seiner Schande hätte er beinahe nicht mehr an sich halten können.

Wenn Canluum eine Stadt der Hügel war, dann war Chachin eine Stadt der Berge. Die höchsten ragten fast eine Meile empor, obwohl ihre Spitzen abgeschnitten waren, und auf allen funkelten bunte Ziegeldächer und verklinkerte Paläste in der Sonne. Auf dem höchsten erstrahlte der Palast von Aesdaishar farbenfroher als alle anderen in Rot und Grün, und über seiner höchsten Kuppe flatterte das tänzelnde Rote Pferd. Drei turmbewehrte Mauern umgaben die Stadt ringförmig, ebenso ein tiefer Trockengraben, hundert Schritte breit und mit zwei Dutzend Brücken, die darüber führten, jede mit einer Festung am Ende. Hier war der Verkehr so dicht und die Große Fäule so weit entfernt, daß die Wachen mit dem Roten Pferd auf der Brust nicht so gründlich sein konnten wie in Canluum, aber dennoch dauerte es eine ganze Weile, in dem Gedränge von Wagen und Leuten, die in beide Richtungen unterwegs waren, die Brücke des Sonnenaufgangs zu passieren. Als sie im Inneren waren, zog Lan unvermitttelt die Zügel an.

»Wir sind innerhalb der Mauern von Chachin«, sagte er zu der Frau. »Das Gelübde ist erfüllt. Behaltet Eure Münzen«, sagte er kalt, als sie nach ihrer Börse griff.

Ryne plapperte auf der Stelle etwas von der Beleidigung einer Aes Sedai und entschuldigte sich lächelnd, während Bukama etwas über Männer mit den Manieren von Schweinen murmelte. Die Frau selbst sah Lan derart ausdruckslos an, daß sie tatsächlich hätte sein können, was sie zu sein vorgab. Eine gefährliche Behauptung, wenn sie nicht zutraf. Und wenn sie zutraf ...

Er riß Katzentänzer herum und preschte die Straße hinauf, so daß Fußgänger und Reiter auseinanderstoben. Bukama und Ryne holten ihn ein, bevor er die halbe Strecke zum Aesdaishar hinauf zurückgelegt hatte. Wenn sich Edeyn in Chachin aufhielt, würde sie dort sein. Bukama und Ryne waren klug genug, ihr Schweigen zu wahren.

Der Palast nahm das gesamte Plateau des Berggipfels ein, ein gewaltiges, leuchtendes Bauwerk mit Kuppeln und hohen Balkonen, das sich über hundert Morgen erstreckte, eine kleine Stadt für sich. Die großen, mit dem Roten Pferd geschmückten Bronzetore standen unter dem rotgekachelten Torbogen offen, und als Lan sich ausgewiesen hatte - als Lan Mandragoran, nicht als al'Lan -, verbeugten sich die bis dahin steifen Wachen lächelnd. Diener in Rot und Grün kamen gelaufen, um ihnen die Pferde abzunehmen und jedem Mann ein Zimmer zuzuweisen, das seinem Rang entsprach. Bukama und Ryne bekamen jeweils ein kleines Zimmer über den Gesindehäusern. Lan wurden drei Zimmer mit Seidengobelins an den Wänden zugewiesen, das Schlafzimmer mit Blick auf einen der Palastgärten, dazu zwei Dienstmägde mit kantigen Gesichtern, die sich um ihn kümmerten, und einen schlaksigen jungen Burschen für Besorgungen.

Durch ein paar vorsichtige Fragen an die Mägde erfuhr er einiges. Königin Ethenielle befand sich auf einer Reise durch das Landesinnere, aber Brys, der Prinzgemahl, war anwesend. Ebenso die Lady Edeyn Arrel. Die Frauen lächelten, als sie das sagten; sie hatten von Anfang an gewußt, was er wollte.

Er wusch sich selbst, ließ sich aber von den Frauen ankleiden. Daß sie Dienerinnen waren, war kein Grund, sie vor den Kopf zu stoßen. Er besaß ein weißes Seidenhemd, dem man noch nicht ansah, wie oft es getragen worden war, und eine gute schwarze Seidenjacke, deren Ärmel Stickereien goldener Blutrosen mit ihren gekrümmten Dornen zierten. Blutrosen für Verlust und Erinnerung. Dann schickte er die Frauen hinaus, damit sie seine Tür bewachten, und wartete. Seine Treffen mit Edeyn mußten in der Öffentlichkeit stattfinden, mit möglichst vielen Menschen ringsum.

Er erhielt eine Aufforderung von ihr, in ihre Gemächer zu kommen, die er nicht beachtete. Die Höflichkeit verlangte, daß man ihm Zeit ließ, sich von seiner Reise auszuruhen, aber es schien eine lange Zeit zu vergehen, bis die Einladung von Prinz Brys kam, die von der *Shatayan* überbracht wurde. Sie war eine stattliche, ergraute Frau mit einem Aussehen, das jeder Königin zur Ehre gereicht hätte; sämtliche Bedienstete des Palastes unterstanden ihrer Aufsicht, und es war eine Ehre, von ihr persönlich begleitet zu werden. Außenstehende brauchten eine Führung, um sich in dem Palast zurechtzufinden. Sein Schwert blieb auf dem lackierten Regal neben der Tür. Es mitzunehmen würde ihm nichts nützen und außerdem Brys brüskieren, weil es ein Zeichen dafür war, daß Lan glaubte, er müsse selbst für seinen Schutz sorgen.

Er erwartete zuerst ein Treffen unter vier Augen, aber die *Shatayan* führte ihn in eine Säulenhalle voller Menschen. Leichtfüßige Diener schritten durch die Menge und boten Kandori-Lords und Ladies in Seidengewändern mit den gestickten Wappen ihrer Häuser und Leuten in feinen Wollsachen mit den Emblemen der bedeutendsten Gilden Gewürzwein an. Und auch anderen. Lan sah Männer das *Hadori* tragen, die es seines Wissens seit mindestens zehn Jahren nicht mehr getragen hatten. Frauen mit auf Schulterlänge oder noch kürzer geschnittenen Haaren hatten sich das kleine Pünktchen des *Ki'sain* auf die Stirn gemalt. Sie verbeugten sich, als er eintrat, und machten tiefe Knickse, diese Männer und Frauen, die beschlossen hatten, sich an Malkier zu erinnern.

Prinz Brys war ein untersetzter, grobschlächtiger Mann in mittleren Jahren, dem eine Rüstung angemessener zu sein schien als grüne Seide, aber in Wahrheit war er an beides gewöhnt. Brys war Ethenielles Schwertträger, der General ihrer Armeen und ihr Gemahl. Er hielt Lan an den Schultern fest und ließ nicht zu, daß dieser sich verbeugte.

»Das dulde ich nicht bei einem Mann, der mir in der Großen Fäule zweimal das Leben gerettet hat, Lan.« Brys lachte. »Außerdem scheint durch deine Ankunft etwas von deinem Glück auf Diryk abgefärbt zu haben. Er ist heute morgen von einem Balkon gestürzt, volle fünfzehn Meter, ohne sich einen Knochen zu brechen.« Er winkte seinen zweiten Sohn herbei, einen hübschen, dunkeläugigen Achtjährigen in einem Mantel, wie sein Vater ihn trug. Der Junge hatte einen großen Bluterguß seitlich am Kopf und schien, seinen steifen Bewegungen nach zu urteilen, auch andernorts Schwellungen zu haben, machte aber eine förmliche Verbeugung, die lediglich durch sein breites Grinsen verdorben wurde. »Er sollte eigentlich im Unterricht sein«, ließ Brys Lan wissen, »aber er war so erpicht darauf, dich zu sehen, daß er vergessen hätte, was er gelernt hat, und sich an einem Schwert geschnitten hätte.« Der Junge protestierte stirnrunzelnd, daß er sich niemals schneiden würde.

Lan erwiderte die Verbeugung des Jungen genauso förmlich, und dann mußte er eine Sturzflut von Fragen über sich ergehen lassen. Ja, er hatte gegen die Aiel gekämpft, im Süden und in den Marschen von Schienar, aber sie waren nur Menschen, wenn auch gefährlich, und keine drei Meter groß; sie verschleierten die Gesichter, bevor sie töteten, aber sie verspeisten ihre Toten nicht. Nein, die weiße Burg war nicht so hoch wie ein Berg, wenn auch höher als jedes andere Bauwerk von Menschenhand, das Lan je gesehen hatte, einschließlich des Steins von Tear. Hätte man ihn gelassen, der Junge hätte ihm ein Loch in den Bauch gefragt, was die Aiel und die Wunder der großen Städte im Süden betraf, Tar Valon und Far Madding zum Beispiel. Wahrscheinlich hätte er nicht geglaubt, daß Chachin auch so groß wie jene Städte war.

»Lord Mandragoran wird dir später alles erzählen, was dein Herz begehrt«, sagte Brys dem Jungen. »Zunächst aber muß er jemand anders sehen. Fort mit dir, zu Frau Tuval und deinen Büchern!«

Edeyn sah genauso aus, wie Lan sie in Erinnerung hatte. Oh, zehn Jahre älter, mit weißen Strähnen an den Schläfen und einigen Fältchen in den Augenwinkeln, aber diese großen, dunklen Augen zogen ihn immer noch in ihren Bann. Ihr Ki'sain hatte immer noch die weiße Farbe einer Witwe, und das Haar reichte ihr immer noch in dunklen Locken bis über die Taille. Sie trug ein rotes Seidenkleid nach Art der Domani, eng anliegend und hauchdünn. Sie war wunderschön, aber nicht einmal sie konnte hier etwas tun.

Einen Augenblick sah sie ihn nur kühl und berechnend an, als er seine Verbeugung machte. »Es wäre ... einfacher gewesen, wenn du zu mir gekommen wärst«, murmelte sie und schien sich nicht daran zu stören, daß Brys es hören konnte. Dann kniete sie sich schockierenderweise anmutig nieder und nahm seine Hände in ihre. »Unter dem Licht«, verkündete sie mit lauter, kräftiger Stimme, »schwöre ich, Edeyn ti Gemallen Arrel, ewige Treue al'Lan Mandragoran, Herr der Sieben Türme, Herr der Seen, Wahre Klinge von Malkier. Möge er den Schatten zerreißen!« Selbst Brys schien verblüfft zu sein. Einen Augenblick herrschte Stille, als sie seine Finger küßte; dann brach auf allen Seiten Jubel los. Rufe wie »Der Goldene Kranich!« und sogar »Kandor reitet mit Malkier!« ertönten.

Der Lärm ermöglichte ihm, seine Hände wegzuziehen und sie auf die Füße zu heben. »Mylady«, begann er mit gepreßter Stimme.

»Was sein muß, wird sein«, sagte sie und legte ihm eine Hand auf die Lippen. Und dann verschwand sie in der Menge derer, die sich um ihn drängen, ihm gratulieren wollten – die ihm auf der Stelle die Treue geschworen hätten, wenn er sie gelassen hätte.

Brys rettete ihn, indem er ihn auf einen langen Fußweg mit Steinbrüstung zog, der sechzig Meter tief bis zu den Dächern unten abfiel. Es war allgemein bekannt, daß Brys diesen Weg aufsuchte, wenn er ungestört sein wollte, und niemand folgte ihnen. Nur eine Tür führte zu ihm, kein Fenster ging auf ihn hinaus, und kein Laut vom Palast drang herüber. »Was wirst du tun?« fragte der ältere Mann nur, während sie dahinschlenderten.

»Ich weiß nicht«, entgegnete Lan. Sie hatte nur ein Scharmützel gewonnen, aber er war erstaunt, wie einfach es gewesen war. Eine beachtliche Gegnerin, diese Frau, die einen Teil seiner Seele in ihrem Haar trug.

Danach unterhielten sie sich leise über die Jagd und Banditen und ob das diesjährige Aufflackern in der Großen Fäule bald wieder abklingen würde. Brys bedauerte, daß er seine Armee aus dem Krieg gegen die Aiel hatte abziehen müssen, aber er hatte keine andere Wahl gehabt. Sie sprachen von den Gerüchten über einen Mann, der kanalisieren konnte – in jeder Geschichte sollte er an einem anderen Ort sein; Brys hielt ihn für ein Hirngespinst, und Lan stimmte zu –, und von den Aes Sedai, die aus Gründen, die niemand kannte, plötzlich überall zu sein schienen. Ethenielle hatte ihm geschrieben, daß zwei Schwestern eine Frau gefangengenommen hatten, die sich in einem Dorf, durch das ihre Reise sie führte, als Aes Sedai ausgegeben hatte. Die Frau konnte kanalisieren, aber das nützte ihr nichts. Die beiden echten Aes Sedai trieben sie mit Peitschenhieben durch das Dorf und ließen sie ihr Verbrechen jedem Mann und jeder Frau gestehen, die dort lebten. Danach brachte eine der Schwestern sie nach Tar Valon, wo sie ihre wahre Strafe bekommen würde, wie immer die auch aussehen mochte. Lan ertappte sich bei der Hoffnung, daß Alys nicht gelogen hatte und wirklich eine Aes Sedai war.

Er hoffte auch, daß er Edeyn für den Rest des Tags aus dem Weg gehen könnte, aber als er in seine Räume zurückgeführt wurde, war sie da und wartete, lasziv auf einen der vergoldeten Sessel hingestreckt. Die Diener waren nirgends zu sehen.

»Ich fürchte, du bist keine Schönheit mehr, Süßer«, sagte sie, als er eintrat. »Ich glaube, wenn du älter bist, könntest du sogar häßlich sein. Aber deine Augen haben mir schon immer besser gefallen als dein Gesicht. Und deine Hände.«

Er blieb stehen, ohne den Türgriff loszulassen. »Mylady, es ist noch keine zwei Stunden her, da habt Ihr geschworen ...« Sie schnitt ihm das Wort ab.

»Und ich werde meinem König gehorchen. Aber ein König ist kein König, wenn er allein mit seiner *Carneira* ist. Ich habe dir deinen *Daori* mitgebracht. Gib ihn mir.«

Unwillkürlich folgte sein Blick ihrer Geste zu einem flachen, lackierten Holzkästchen auf einem kleinen Tisch neben der Tür. Es kostete ihn soviel Anstrengung, den Deckel hochzuklappen, als müßte er einen Felsbrocken hochheben. Im Inneren lag ein langes, aus Haar geflochtenes Band. Er konnte sich an jeden Augenblick des Morgens nach ihrer ersten Nacht erinnern, als sie ihn in die Frauenquartiere des Königspalastes in Fal Moran gebracht und die Ladies und Diener hatte zusehen lassen, wie sie ihm das Haar an den Schultern abschnitt. Sie hatte ihnen sogar gesagt, was es bedeutete. Die Frauen waren alle amüsiert gewesen und hatten Witze gemacht, während er Edeyn zu Füßen gesessen und den *Daori* für sie geflochten hatte. Edeyn hielt sich an das Brauchtum, aber auf ihre Weise. Das Haar fühlte sich weich und geschmeidig an; sie mußte es jeden Tag mit Pflegemitteln haben einreiben lassen.

Er ging langsam zu ihr, kniete vor ihr nieder und hielt ihr den zwischen seinen Händen ausgestreckten *Daori* hin. »Als Zeichen dafür, was ich dir schulde, Edeyn, immer und ewig.« Sie hatte sicher Verständnis dafür, daß seine Stimme nicht mehr von der Inbrunst jenes ersten Morgens erfüllt war.

Sie nahm das Band nicht. Statt dessen sah sie ihn an. »Ich wußte, daß du nicht so lange weg warst, um unsere Bräuche zu vergessen«, sagte sie schließlich. »Komm.«

Sie stand auf, nahm ihn am Handgelenk und zog ihn zum Fenster, wo man Ausblick auf den drei Meter tiefer gelegenen Garten hatte. Zwei Diener wässerten ihn mit Eimern, und eine junge Frau schlenderte in einem blauen Kleid, so leuchtend wie die ersten Frühlingsblumen unter den Bäumen, auf einem Weg aus Schieferplatten dahin.

»Meine Tochter Iselle.« Einen Augenblick lang wärmten Stolz und Zuneigung Edeyns Stimme. »Erinnerst du dich an sie? Sie ist jetzt siebzehn. Sie hat ihren *Carneira* noch nicht gewählt« – junge Männer wurden von ihrer *Carneira* ausgewählt, junge Frauen wählten ihre aus –, »aber ich glaube, es ist ohnehin Zeit, daß sie heiratet.«

Er erinnerte sich dunkel an ein Kind, das ständig Diener herumscheuchte, der Augenstern ihrer Mutter, aber damals hatte er nur Edeyn im Kopf gehabt. »Sie ist so schön wie ihre Mutter, da bin ich sicher«, sagte er höflich. Er drehte den *Daori* in den Händen. Solange er das Band hielt, war ihre Überlegenheit zu groß, viel zu groß, aber sie mußte es ihm abnehmen. »Edeyn, wir müssen miteinander reden.« Sie ging nicht darauf ein.

»Es wird auch Zeit, daß du heiratest, Süßer. Da von deinen weiblichen Verwandten niemand mehr am Leben ist, liegt es an mir, eine Hochzeit zu arrangieren.«

Er stöhnte bei dem Gedanken daran, was sie vorzuschlagen schien. Zuerst konnte er es nicht glauben. *»Iselle?«* sagte er heiser. »*Deine* Tochter?« Sie mochte das Brauchtum auf ihre Art auslegen, aber das war skandalös. »Ich werde mich nicht in etwas so Schändliches hineinziehen lassen, Edeyn. Weder durch dich noch durch das hier.« Er schüttelte den *Daori* vor ihr, aber sie sah ihn nur an und lächelte.

»Natürlich läßt du dich nicht hineinziehen, Süßer. Du bist ein Mann, kein Knabe. Aber du ehrst das Brauchtum«, sagte sie nachdenklich und strich mit einem Finger über das Band aus Haaren, das zwischen seinen Händen zitterte. »Vielleicht müssen wir doch miteinander reden.«

Aber sie führte ihn zum Bett.

Moiraine verbrachte fast den ganzen Tag damit, in den Gasthäusern der verrufeneren Viertel von Chachin, wo ihr Seidenkleid und die geteilten Röcke die Blicke von Wirten und Gästen gleichermaßen auf sich zogen, diskrete Erkundigungen einzuziehen. Ein Bursche mit ledriger Haut und einem dauerhaften Schielen sagte ihr, daß sein Schuppen nichts für sie sei und erbot sich, sie zu einem besseren zu begleiten; eine Frau mit rundlichem Gesicht und verkniffenen Augen keifte, daß die Abendgäste eine zarte Schönheit wie sie zum Abendessen verspeisen würden, wenn sie sich nicht schleunigst trollen würde; und ein väterlicher alter Mann mit rosigen Wangen und einem fröhlichen Lächeln konnte es kaum erwarten, daß sie den gewürzten Wein trank, den er zubereitet hatte, ohne daß sie ihn dabei hätte beobachten können. Ihr blieb nichts anderes übrig, als die Zähne zusammenzubeißen und weiterzusuchen. In solchen Kaschemmen war Siuan gern abgestiegen, wenn ihnen als Angenommene einer der seltenen Ausflüge nach Tar Valon gestattet worden war, billige Schuppen, wo mit größter Wahrscheinlichkeit keine Schwestern anzutreffen sein würden - aber in keiner war eine blauäugige Tairen gleich welchen Namens abgestiegen. Das kalte Tageslicht wich allmählich einer weiteren eisigen Nacht.

Sie dirigierte Pfeil durch die langen Schatten, studierte argwöhnisch das Dunkel, das sich verdächtig in den Gassen bewegte, und dachte schon, daß sie für heute aufgeben müßte, als Siuan ihr von hinten nachgeeilt kam.

»Ich dachte mir schon, daß du nach deiner Ankunft hier suchen würdest«, sagte Siuan, nahm ihren Ellbogen und führte sie hastig fort. »Gehen wir rein, bevor wir erfrieren.« Auch sie betrachtete die Schatten in den Gassen und fingerte geistesabwesend an ihrem Messer im Gürtel herum, als könnten sie, wenn sie die Macht zu Hilfe nähmen, nicht mit zehn von ihnen fertig werden. Nun ja, nicht ohne sich zu erkennen zu geben. Vielleicht war es das beste, rasch weiterzugehen. »Dies ist keine Gegend für dich, Moiraine. Es gibt Kerle hier, die würden dich zum Abendessen verspeisen, ehe du überhaupt merkst, daß du im Kochtopf bist. Lachst du, oder würgst du?«

Wie sich herausstellte, wohnte Siuan in einem angesehenen Gasthaus namens Zum Abendstern, wo Kaufleute mittleren Ranges verkehrten, besonders Frauen, die sich nicht durch Lärm oder Rüpel im Schankraum stören lassen wollten. Zwei Burschen mit ochsenbreiten Schultern sorgten dafür, daß so etwas nicht passierte. Siuans Zimmer war gemütlich und warm, wenn auch nicht groß, und die Wirtin, eine schlanke Frau, die den Eindruck machte, als würde sie sich nichts gefallen lassen, hatte nichts dagegen, daß Moiraine bei Siuan abstieg. Solange für die zweite Person bezahlt wurde.

Während Moiraine ihren Mantel an einem Haken aufhängte, setzte sich Siuan mit übereinandergeschlagenen Beinen auf ein nicht allzu breites Bett. Seit Canluum schienen ihre Lebensgeister zurückgekehrt zu sein. Siuan schien stets vor Begeisterung überzuschäumen, wenn sie ein Ziel vor Augen hatte. »Ich kann dir sagen, Moiraine, ich habe etwas hinter mir. Dieses dumme Pferd hätte mich auf dem Weg hierher fast umgebracht. Der Schöpfer hat die Menschen geschaffen, damit sie laufen oder mit dem Boot fahren, und nicht, damit sie durchgeschüttelt werden. Ich nehme an, diese Sahera war nicht die Richtige, sonst würdest du jetzt herumzappeln wie ein laichender Rotschwanz. Ich habe Ines Demain fast auf der Stelle gefunden, aber ich kann nicht zu ihr. Sie ist gerade zur Witwe geworden, hat aber einen Sohn. Hat ihn Rahien getauft, weil sie die Dämmerung über dem Drachenberg gesehen hat. Stadtgespräch. Jeder denkt, es sei ein alberner Grund, ein Kind zu taufen.«

»Avene Saheras Sohn wurde eine Woche zu früh und dreißig Meilen vom Drachenberg entfernt geboren«, sagte Moiraine, als Siuan eine kurze Pause machte, um Luft zu holen. Sie bezwang einen Schauer der Erregung. Daß die Frau die Dämmerung über dem Drachenberg gesehen hatte, bedeutete nicht, daß das Kind dort geboren worden war. Es gab keinen Stuhl und keinen Hocker, keinen Platz dafür, daher nahm sie am Fußende des Betts Platz. »Wenn du Ines und ihren Sohn gefunden hast, Siuan, warum kannst du nicht zu ihnen?« Die Lady Ines, stellte sich heraus, hielt sich im Palast von Aesdaishar auf, wo sich Siuan als Aes Sedai mühelos Zutritt verschaffen konnte, sonst aber nur, wenn der Palast Dienerinnen eingestellt hätte.

Der Palast von Aesdaishar. »Darum werden wir uns morgen früh kümmern«, sagte Moiraine seufzend. Es bedeutete ein

Risiko, aber die Lady Ines mußte befragt werden. Keine der Frauen, die Moiraine bis jetzt gefunden hatte, war in der Lage gewesen, den Drachenberg zu *sehen,* als ihr Kind zur Welt kam. »Hast du eine Spur der ... der Schwarzen Ajah gesehen?« Sie mußte sich daran gewöhnen, den Namen auszusprechen.

Statt sofort zu antworten, sah Siuan stirnrunzelnd in den Schoß und machte sich an ihrem Rocksaum zu schaffen. »Dies ist eine seltsame Stadt, Moiraine«, sagte sie schließlich. »Lampen auf den Straßen und Frauen, die Duelle austragen, auch wenn sie es bestreiten, und mehr Klatsch und Tratsch, als zehn Männer voll Bier von sich geben könnten. Manches davon ganz interessant.« Sie beugte sich vor und legte Moiraine eine Hand auf das Knie. »Alle reden über einen jungen Schmied, der vor zwei Nächten starb, weil ihm der Rücken gebrochen wurde. Niemand hatte viel von ihm erwartet, aber im Lauf des vergangenen Monats wurde er zu einem regelrechten Volksredner. Hat seine Gilde überzeugt, Geld für die Armen aufzubringen, die aus Angst vor Banditen in die Stadt gekommen sind, Leute, die weder einer Gilde noch einem Haus angehören.«

»Siuan, was beim Licht ... «

»Hör einfach zu, Moiraine! Er hat selbst eine Menge Silber gesammelt, und es sieht so aus, als wäre er auf dem Weg zum Gildenhaus gewesen, um sechs oder acht Säcke davon abzuliefern, als er getötet wurde. Der Narr hatte alles bei sich. Aber das Erstaunliche ist – nicht eine einzige verdammte Münze hat gefehlt, Moiraine. Und er hatte keine einzige Verletzung, abgesehen von seinem gebrochenen Rücken.«

Sie sahen einander lange an; dann schüttelte Moiraine den Kopf. »Ich verstehe nicht, wie wir das mit Meilyn oder Tamra in Verbindung bringen sollen. Ein Schmied? Siuan, wir können den Verstand verlieren, wenn wir denken, daß hinter allem Schwarze Schwestern stecken.«

»Wir können sterben, wenn wir denken, daß es nicht so ist«, antwortete Siuan. »Wir mögen zwar Schwertfische im Netz sein, und keine Gründlinge. Aber vergiß nicht, daß Schwertfische auch auf dem Fischmarkt landen können. Was gedenkst du hinsichtlich dieser Lady Ines zu unternehmen?«

Moiraine sagte es ihr. Siuan gefiel es nicht, und diesmal kostete es den größten Teil der Nacht, es ihr begreiflich zu machen. In Wahrheit wünschte sich Moiraine fast, Siuan würde versuchen, sie zu etwas anderem zu überreden. Aber Lady Ines hatte die Dämmerung über dem Drachenberg gesehen. Wenigstens war Ethenielles Aes-Sedai-Ratgeberin mit ihr im Süden.

Der Morgen brachte einen Wirbel von Aktivitäten, die wenigsten davon zufriedenstellend. Moiraine bekam, was sie wollte, aber nicht ohne sich auf die Zunge zu beißen. Und Siuan fing auch wieder an. Argumente, die Moiraine schon in der Nacht zuvor entkräftet hatte, wurden wieder ins Gespräch gebracht. Es gefiel Siuan nicht besonders, wenn man ihr etwas ausredete, das sie für richtig hielt. Es gefiel ihr nicht, daß Moiraine das ganze Risiko einging. Ein Bär mit Zahnschmerzen wäre eine angenehmere Gesellschaft gewesen. Sogar dieser Bursche Lan!

Nachdem sie in der Dämmerung das Zählhaus eines Bankiers aufgesucht hatten, besaßen sie Gold – die Frau dort hatte das Siegel des Bankiers aus Cairhien auf dem Schuldschein, den Moiraine vorlegte, mit der Lupe studiert. Mit der Lupe! Wenigstens war der Schein selbst nach dem Bad im Teich nur leicht verwischt. Frau Noallin gab sich keine Mühe, seine Überraschung zu verbergen, als die beiden Börsen mit Gold unter ihren Mänteln verteilten.

»Ist Chachin derart gesetzlos, daß zwei Frauen am hellichten Tag nicht sicher sind?« fragte Moiraine sie höflich. »Ich glaube, unser Geschäft ist erledigt. Ihr könnt uns von Eurem Bediensteten hinausbringen lassen.« Sie und Siuan klirrten bei jeder Bewegung.

Draußen murmelte Siuan, daß selbst besagter Schmied getaumelt wäre, beladen wie ein Packesel. Und wer hätte ihm so den Rücken brechen können? Aus welchen Gründen auch immer, es mußten die Schwarzen Ajah gewesen sein. Eine imposante Frau mit Elfenbeinkämmen im Haar hörte soviel davon, daß sie erschrak, die Röcke bis zu den Knien raffte und wegrannte, so daß ihre beiden verblüfften Dienerinnen Mühe hatten, ihr durch die Menschenmenge zu folgen. Siuan errötete, blieb aber trotzig und zeigte keinerlei Zerknirschung.

Eine hochnäsige dünne Schneiderin ließ Moiraine wissen, daß sich leicht machen ließ, was sie wollte. Vielleicht Ende des Monats. Eine große Anzahl Ladies hatten neue Kleider bestellt. Ein König war im Palast von Aesdaishar zu Gast. Der König von Malkier!

»Der letzte König von Malkier ist vor fünfundzwanzig Jahren gestorben, Frau Dorelmin«, sagte Moiraine und schüttete dreißig Goldkronen auf den Empfangstisch. Silene Dorelmin beäugte die dicken Münzen gierig, und ihre Augen leuchteten, als sie hörte, daß sie noch einmal soviel bekommen würde, wenn das Kleid fertig war. »Aber von den zweiten dreißig werde ich sechs für jeden Tag behalten, die es dauert.« Plötzlich sah es so aus, als könnten die Kleider doch früher als in einem Monat fertig werden.

»Hast du gesehen, was diese magere Hure getragen hat?« fragte Siuan, als sie gingen. »Du hättest deine Kleider so machen lassen sollen, damit sie leicht herunterfallen. Du kannst doch ebenso gut deinen Spaß daran haben, daß Männer dich ansehen, wenn du deinen dummen Kopf auf den Henkersklotz legen willst.«

Moiraine führte eine Novizinnenübung durch, stellte sich eine Rosenknospe in völliger Stille vor, die sich der Sonne öffnete. Das beruhigte sie wie immer. Sie würde sich einen Zahn abbrechen, wenn sie weiter so mit ihnen knirschte. »Es gibt keine andere Möglichkeit, Siuan. Glaubst du, die Wirtin wird uns einen ihrer Schläger ausleihen?« Der König von Malkier? Licht! Die Frau mußte sie für eine völlige Närrin gehalten haben!

Zwei Tage nach Moiraines Ankunft in Chachin fuhr vormittags eine von einem Mann mit Schultern wie ein Stier gesteuerte gelblackierte Kutsche mit zwei hinten angebundenen Pferden, einem Braunen mit schönem Hals und einem schlanken Grauen, im Palast von Aesdaishar vor. Lady Moiraine Damodred, deren bunte Streifen von dem hochgeschlossenen Hals ihres dunkelblauen Gewands bis unter die Knie reichten, wurde mit allen gebührenden Ehren empfangen. Der Name des Hauses Damodred war bekannt, wenn auch nicht ihrer, und da König Laman tot war, konnte jede Damodred den Sonnenthron besteigen. Wenn er nicht von einem anderen Haus erobert wurde. Man gab ihr ihrem Rang entsprechende Gemächer, drei Zimmer mit Blick nach Norden, über die Stadt hinweg zu höheren, schneebedeckten Gipfeln, und teilte ihr Mägde zu, die sich beeilten, die messingbeschlagenen Kisten der Lady auszupacken und heißes, aromatisiertes Wasser einzugießen, damit die Lady sich waschen konnte. Niemand außer der Dienerschaft würdigte Suki, die Zofe der Lady Moiraine, auch nur eines Blickes.

»Na gut«, murmelte Siuan, als die Diener sie endlich allein im Wohnzimmer ließen, »ich gebe es zu, ich bin bei diesem Unternehmen unsichtbar.« Ihr dunkelgraues Kleid war aus feiner Wolle, aber vollkommen schmucklos, abgesehen von Kragen und Manschetten in den Farben von Damodred. »Du dagegen fällst auf wie ein Hochlord beim Rudern. Licht, ich hätte fast meine Zunge verschluckt, als du gefragt hast, ob sich Schwestern im Palast aufhalten. Ich bin so nervös, daß mir allmählich schwindlig wird. Ich kann kaum atmen.«

»Das ist die Höhe«, versicherte Moiraine ihr. »Daran gewöhnst du dich. Jeder Besucher hätte nach Aes Sedai gefragt; du hast ja gesehen, die Dienerinnen haben nicht mit der Wimper gezuckt.« Sie hatte allerdings auch den Atem angehalten, bis sie die Antwort gehört hatte. Eine einzige Schwester hätte alles verändert. »Ich weiß nicht, wieso ich dir das immer wieder sagen muß. Ein Königspalast ist kein Gasthaus; ›Ihr könnt mich Lady Alys nennen‹, damit würde sich hier niemand zufriedengeben. Das ist eine Tatsache, keine Meinung. Ich muß ich selbst sein.« Die Drei Eide erlaubten einem sowohl zu sagen, was man für die Wahrheit hielt, selbst wenn man es nicht beweisen konnte, als auch, um die Wahrheit herumzutänzeln; nur Worte, von denen man genau wußte, daß sie Lügen waren, kamen einem nicht über die Lippen. »Ich würde vorschlagen, du machst dir deine Unsichtbarkeit zunutze und siehst zu, was du über Lady Ines herausfinden kannst. Ich würde mich freuen, wenn wir so schnell wie möglich wieder abreisen könnten.«

Das wäre morgen, ohne jemanden zu beleidigen oder für Gerede zu sorgen. Siuan hatte recht. Aller Blicke im Palast würden auf die fremdländische Adlige gerichtet sein, deren Haus den Aiel-Krieg angefangen hatte. Jede Aes Sedai, die nach Aesdaishar kam, würde sofort von ihr hören, und jede Aes Sedai, deren Weg sie durch Chachin führte, könnte nachsehen kommen. Siuan hatte recht; sie stand wie eine Zielscheibe auf einem Podest und hatte keine Ahnung, wer der Bogenschütze sein könnte. Morgen, so früh wie möglich.

Siuan ging hinaus, kehrte aber umgehend mit schlechten Nachrichten zurück. Die Lady Ines war in Klausur und trauerte um ihren Gemahl. »Er ist vor zehn Tagen beim Frühstück tot in seinen Haferbrei gefallen«, wußte Siuan zu berichten, ließ sich auf einen Sessel im Wohnzimmer sinken und den Arm über die Rückenlehne baumeln. Anstandslektionen hatte sie ebenfalls schnell wieder vergessen, nachdem sie den Schal bekommen hatte. »Ein wesentlich älterer Mann, aber es scheint, als hätte sie ihn geliebt. Man hat ihr zehn Zimmer und einen Garten auf der Südseite des Palastes gegeben; ihr Mann war ein enger Freund von Prinz Brys.« Ines wollte einen ganzen Monat für sich bleiben und außer ihren engsten Verwandten niemanden empfangen. Ihre Dienerinnen kamen nur heraus, wenn es sich gar nicht vermeiden ließ.

»Eine Aes Sedai wird sie empfangen«, seufzte Moiraine. Nicht einmal eine Frau in Trauer würde sich weigern, eine Schwester zu empfangen.

Siuan sprang blitzartig auf die Füße. »Hast du den Verstand verloren? Lady Moiraine Damodred erweckt genug Aufmerksamkeit. Moiraine Damodred Aes Sedai könnte genausogut Reiter ausschicken! Ich dachte, unser Ziel war, wieder zu verschwinden, bevor jemand außerhalb des Palastes mitbekommt, daß wir hier sind!«

In diesem Augenblick kam eine der Dienerinnen herein und verkündete, daß die *Shatayan* eingetroffen sei, um Moiraine zu Prinz Brys zu bringen, und sah zu ihrem Erstaunen Suki über ihrer Herrin stehen und mit dem Finger auf sie zeigen.

»Sag der *Shatayan*, ich werde zu ihr kommen«, sagte Moiraine gelassen, und kaum hatte die bestürzte Frau einen Knicks gemacht und sich entfernt, stand sie auf, um auf einer Ebene mit Siuan zu sein, was einem selbst dann schwerfiel, wenn man ihr überlegen war. »Was schlägst du sonst vor? Fast zwei Wochen zu bleiben, bis sie wieder herauskommt, wird genauso schlimm, und du kannst dich nicht mit ihren Dienern anfreunden, wenn sie mit ihr in Klausur sind.«

»Sie dürfen nur herauskommen, um Besorgungen zu machen, Moiraine, aber ich glaube, ich schaffe es, daß sie mich hineinbitten.«

Moiraine wollte sagen, daß das wahrscheinlich genauso lange

dauern würde, aber Siuan packte sie fest an den Schultern, drehte sie um und betrachtete sie kritisch von oben bis unten. »Die Zofe einer Lady soll darauf achten, daß ihre Herrin korrekt gekleidet ist«, sagte sie und gab Moiraine einen Schubs auf die Tür zu. »Geh! Die *Shatayan* wartet auf dich. Und mit etwas Glück wartet ein junger Lakai namens Cal auf Suki.«

Die *Shatayan* wartete tatsächlich, eine große, gutaussehende Frau, ganz Würde und frostig, weil man sie warten ließ. Der Blick ihrer braunen Augen hätte Wein herunterkühlen können. Jede Königin, die es sich mit einer *Shatayan* verdarb, war eine Närrin, daher gab sich Moiraine betont liebenswürdig, als die Frau sie durch die Flure führte. Sie glaubte, daß es ihr zu einem gewissen Grad gelang, den Frost abzutauen, aber es fiel ihr schwer, sich zu konzentrieren. Ein junger Lakai? Sie wußte nicht, ob Siuan schon einmal einem Mann beigewohnt hatte, aber ganz gewiß würde sie es nicht nur tun, um an Ines' Diener heranzukommen! Nicht mit einem *Lakaien!*

Statuen und Gobelins zierten die Flure, was sie höchst überraschend fand angesichts dessen, was sie über die Grenzländer wußte. Marmorfriese von Frauen mit Blumen oder spielenden Kindern, Seidenteppiche, die Felder und Blumen zeigten, Adlige in Gärten, aber nur wenige Jagdszenen und keine einzige Schlacht. Wenn man die Flure hinunterging, blickte man in regelmäßigen Abständen aus Bogenfenstern in weitaus mehr Gärten, als sie erwartet hätte, und auch in gepflasterte Innenhöfe, manchmal mit Marmorspringbrunnen. In einem sah sie etwas, das sie Fragen über Siuan und einen Lakaien schnell vergessen ließ.

Es war ein schlichter Innenhof, ohne Springbrunnen oder Säulengang, wo Männer in Reihen an den Wänden standen und zwei anderen zusahen, die die Oberkörper entblößt hatten und mit Übungsschwertern aus Holz kämpften. Ryne und Bukama. Es war ein Kampf, wenn auch zur Übung; Treffer landeten so fest auf Haut, daß sie das Klatschen hören konnte. Alle von Ryne erzielt. Sie würde ihnen aus dem Weg gehen müssen, und Lan ebenfalls, sollte er auch hier sein. Er hatte sich keine Mühe gegeben, seine Zweifel zu verhehlen, und sie wollte nicht, daß er Fragen aufwarf, mit denen sie lieber nicht konfrontiert werden wollte. War sie Moiraine oder Alys? Schlimmer, war sie eine Aes

Sedai oder eine Wilde, die nur so tat? Fragen, die in der Nacht darauf auf den Straßen diskutiert werden würden, wo jede Schwester sie hören konnte, und die letztere Frage war eine, der jede Schwester nachgehen würde. Glücklicherweise würden drei umherziehende Soldaten kaum dort erscheinen, wo sie sich aufhalten würde.

Prinz Brys, ein stämmiger Mann mit grünen Augen, begrüßte sie im kleinen Kreis in einem großen Zimmer mit rot-goldener Täfelung. Zwei verheiratete Schwestern des Prinzen waren samt ihren Männern anwesend, und eine von Ethenielles Schwestern mit ihrem, die Männer in pastellfarbener Seide, die Frauen in bunten Farben mit Gürteln dicht unter den Brüsten. Diener in Livree boten Süßigkeiten und Nüsse an. Moiraine dachte, daß sie vielleicht einen steifen Nacken vom Aufschauen bekämen; die kleinste Frau war größer als Siuan, und sie hielten sich alle sehr gerade. Für eine Schwester hätten sie ein wenig die Köpfe geneigt, Männer wie Frauen, aber sie wußten, daß sie der Lady Moirain ebenbürtig waren.

Die Gesprächsthemen reichten von Musik und dem besten Musikanten unter den Adligen bei Hofe bis zu den Strapazen einer Reise; ob die Gerüchte über einen Mann, der kanalisieren konnte, zutreffend waren, und warum sich so viele Aes Sedai in der Gegend herumzutreiben schienen, und Moiraine fiel es schwer, unbekümmert und geistreich zu sein, wie man es von ihr erwartete. Ihr lag wenig an Musik und noch weniger daran, wer die Instrumente spielte; in Cairhien wurden Musiker angeheuert und wieder vergessen. Jeder wußte, daß Reisen anstrengend war, wenn man nach zwanzig oder dreißig Meilen nicht mit einem Bett oder einer anständigen Mahlzeit rechnen konnte, und das galt für gutes Wetter. Offensichtlich waren einige der Schwestern wegen der Gerüchte über den Mann unterwegs, und andere, um Bande zu festigen, die vielleicht während des Aiel-Kriegs gelockert worden waren, damit den Königen und Häusern klar war, man erwarte nach wie vor, daß sie ihren Verpflichtungen gegenüber der Burg nachkamen, sowohl öffentlichen wie privaten. Wenn noch keine Aes Sedai zu den Aesdaishar gekommen war, würde es nicht mehr lange dauern, bis eine kam, was ein weiterer Grund für Moiraine war, daß sie sich mit dem belanglosen Plaudern so schwertat. Das und die Tatsache, daß sie dauernd an die anderen Gründe denken mußte, weshalb Schwestern unterwegs sein mochten. Die Männer machten gute Miene zum bösen Spiel, aber sie glaubte, die Frauen fanden sie besonders stumpfsinnig.

Als Brys' Kinder hereingebracht wurden, empfand Moiraine eine große Erleichterung. Daß ihr seine Kinder vorgestellt wurden, war ein Beleg dafür, daß man sie in seinem Haushalt akzeptierte, aber mehr noch, es bedeutete das Ende der Audienz. Antol, der älteste Sohn, war als Thronerbe mit Ethenielle im Süden, somit fiel es einem hübschen Mädchen mit grünen Augen namens Jarene zu, ihre Schwester und vier Brüder hereinzuführen, dem Alter nach, wie es die Etikette vorschrieb, aber die beiden jüngsten Knaben trugen noch Röcke und wurden von Kindermädchen getragen. Moiraine unterdrückte ihre Ungeduld, endlich zu erfahren, was Siuan herausgefunden hatte, machte den Kindern Komplimente wegen ihres guten Benehmens und ermutigte sie zu ihrem Unterricht. Sie mußten sie für so stumpfsinnig halten wie ihre Eltern. Nicht ganz so schlimm.

»Und wie seid Ihr zu Euren Blutergüssen gekommen, Lord Diryk?« fragte sie und hörte der ernst vorgetragenen Geschichte des Jungen über einen Sturz kaum zu. Bis ...

»Mein Vater sagt, es war Lans Glück, daß ich nicht getötet wurde, Mylady«, sagte Diryk und warf seine Förmlichkeit strahlend ab. »Lan ist der König von Malkier, der Mann mit dem meisten Glück auf der Welt, und der beste Schwertkämpfer. Natürlich abgesehen von meinem Vater.«

»Der König von Malkier?« fragte Moiraine blinzelnd. Diryk nickte heftig und berichtete mit einem immensen Wortschwall von Lans Ausflügen in die Große Fäule und den Malkieri, die nach Aesdaishar gekommen waren, um sich ihm anzuschließen, bis sein Vater ihn bat, zu schweigen.

»Lan ist ein König, wenn er es zu sein wünscht, Mylady«, sagte Brys. Eine sehr seltsame Bemerkung, und sein zweifelnder Tonfall machte sie noch seltsamer. »Er bleibt meistens in seinen Gemächern« – Brys schien auch das zu bekümmern –, »aber Ihr werdet Ihn kennenlernen, bevor Ihr – Mylady, ist Euch nicht wohl?«

»Nicht sehr«, sagte sie ihm. Sie hatte gehofft, daß sie Lan Mandragoran noch einmal begegnen würde, hatte es geplant, aber nicht hier! Ihr Magen verkrampfte sich zu einem Knoten. »Ich werde mich selbst wohl ein paar Tage in meine Gemächer zurückziehen, wenn Ihr mir vergeben wollt.«

Natürlich vergab er ihr, und alle äußerten ihr Bedauern, auf ihre Gesellschaft verzichten zu müssen, und Verständnis für die Belastung, die die Reise für sie gewesen sein mußte. Allerdings hörte sie eine der Frauen murmeln, daß Südländer sehr empfindlich sein mußten.

Eine junge Frau mit flachsblonden Haaren in Grün und Rot wartete, um Moiraine in ihre Räume zurückzubringen. Elis machte jedesmal einen Hofknicks, wenn sie etwas sagte, was bedeutete, daß sie anfangs ziemlich viele Knickse machte. Man hatte ihr von Moiraines »Schwäche« erzählt, daher fragte sie alle zwanzig Schritte, ob Moiraine sich setzen und verschnaufen wolle, ob man ihr kalte feuchte Tücher oder warme Ziegelsteine für ihre Füße auf das Zimmer bringen solle, Riechsalz oder ein Dutzend mehr Heilmittel gegen »Schwindel«, bis Moiraine ihr brüsk sagte, sie solle still sein. Das alberne Mädchen führte sie stumm und mit ausdrucksloser Miene weiter.

Moiraine interessierte nicht im geringsten, ob die Frau beleidigt war. Im Augenblick wollte sie nur Siuan mit guten Nachrichten vorfinden. Am besten mit dem Knaben auf dem Arm, der auf dem Drachenberg geboren worden war, und seine Mutter reisefertig angezogen. Am allermeisten aber wollte sie von den Fluren verschwinden, bevor sie Lan Mandragoran über den Weg lief.

Während sie sich noch seinetwegen Sorgen machte, bog sie hinter der Dienerin um eine Ecke und stand Merean, die den blauen Schal über den Armen trug, von Angesicht zu Angesicht gegenüber. Die *Shatayan* selbst führte Merean, und hinter der matronenhaften Schwester folgte eine ganze Karawane von Dienern, eine Frau trug ihre roten Reithandschuhe, eine den Mantel mit dem Pelzkragen, eine dritte den Hut aus dunklem Samt. Zwei Männer trugen Reisetaschen aus Korbgeflecht, die einer allein hätte tragen können, andere hatten die Arme voller Blumen. Einer Aes Sedai wurde mehr Ehre zuteil als einer bloßen Lady, wie hochgestellt ihr Haus auch sein mochte.

Merean kniff die Augen zusammen, als sie Moiraine sah. »Eine Überraschung, dich hier zu sehen«, sagte sie langsam. »Aus deinem Kleid schließe ich, daß du deine Verkleidung aufgegeben hast? Aber nein. Immer noch kein Ring, wie ich sehe.«

Moiraine war so verblüfft über das plötzliche Auftauchen der anderen Frau, daß sie kaum mitbekam, was sie sagte. »Seid Ihr allein?« stieß sie hervor.

Einen Moment kniff Merean die Augen zu Schlitzen zusammen. »Larelle hat beschlossen, ihrer eigenen Wege zu gehen. Nach Süden, glaube ich. Mehr weiß ich nicht.«

»Ich hatte an Cadsuane gedacht«, sagte Moiraine und blinzelte überrascht. Je mehr sie über Cadsuane nachgedacht hatte, desto überzeugter war sie gewesen, daß die Frau eine Schwarze Ajah sein mußte. Larelle überraschte sie. Larelle war so versessen darauf gewesen, Chachin zu erreichen, und zwar unverzüglich. Natürlich konnte man seine Pläne ändern, aber plötzlich fiel Moiraine etwas auf, das offensichtlich hätte sein sollen. Schwarze Schwestern konnten lügen. Es war unmöglich – die Eide *konnten* nicht gebrochen werden! –, und doch mußte es so sein.

Merean trat dicht an Moiraine heran, und als Moiraine einen Schritt zurückwich, folgte sie ihr. Moiraine hielt sich aufrecht, reichte der anderen Frau aber trotzdem nur bis zum Kinn. »Bist du so versessen darauf, Cadsuane zu sehen?« fragte Merean und sah auf sie herab. Ihre Stimme klang freundlich, das glatte Gesicht war versöhnlich, aber ihre Augen waren kalt wie Stahl. Unvermittelt sah sie die Diener an und schien zu merken, daß sie nicht allein waren. Der Stahl verblaßte, verschwand aber nicht ganz. »Cadsuane hatte recht, weißt du. Eine junge Frau, die sich einbildet, daß sie mehr wüßte, als sie tatsächlich weiß, kann sich in große Schwierigkeiten bringen. Ich schlage vor, du bist ganz still und leise, bis wir miteinander reden können.« Die Geste, mit der sie der *Shatayan* zu verstehen gab, sie solle weitergehen, war gebieterisch, und die würdevolle Frau gehorchte sofort. Ein König oder eine Königin konnten bei einer *Shatayan* in Ungnade fallen, aber niemals eine Aes Sedai.

Moiraine sah Merean nach, bis sie um eine Ecke am anderen Ende des Flurs verschwunden war. Alles, was Merean gerade gesagt hatte, hätte von einer von Tamras Auserwählten stammen können. Schwarze Schwestern konnten lügen. Hatte es sich Larelle mit der Reise nach Chachin anders überlegt? Oder lag sie irgendwo tot, so wie Tamra und die anderen? Plötzlich stellte Moiraine fest, daß sie ihre Röcke glattstrich. Es fiel ihr leicht, die Hände still zu halten, aber ihr leichtes Zittern konnte sie nicht abstellen.

Elis sah sie mit offenem Mund an. »Ihr seid auch eine Aes Sedai!« piepste die Frau, dann zuckte sie zusammen, weil sie es für eine drohende Geste hielt, als Moiraine zusammenzuckte. »Ich werde keinem ein Wort sagen, Aes Sedai«, sagte sie atemlos. »Ich schwöre es beim Licht und dem Grab meines Vaters!« Als hätte nicht jeder hinter Merean gehört, was sie gehört hatte. Sie würden nicht schweigen.

»Bring mich zu Lan Mandragorans Gemach«, befahl Moiraine ihr. Was bei Sonnenaufgang richtig war, konnte sich am Nachmittag geändert haben, und dasselbe galt für das, was notwendig war. Sie nahm den Ring der Großen Schlange aus dem Beutel und steckte ihn an den Finger der rechten Hand. Manchmal mußte man alles auf eine Karte setzen.

Nach einem langen, glücklicherweise wortlosen Fußmarsch klopfte Elis an eine rote Tür und sagte der grauhaarigen Frau, die öffnete, daß die Lady Moiraine Damodred Aes Sedai den König al'Lan Mandragoran zu sprechen wünsche. Die Frau hatte ausgeschmückt, was Moiraine ihr gesagt hatte. König, wahrhaftig! Es war ein Schock, als die Antwort überbracht wurde, daß Lord Mandragoran nicht den Wunsch habe, mit irgendeiner Aes Sedai zu sprechen. Die grauhaarige Frau sah wie vom Donner gerührt aus, machte aber die Tür nachdrücklich zu.

Elis sah Moiraine mit aufgerissenen Augen an. »Ich kann Mylady Aes Sedai nun in ihre eigenen Gemächer bringen«, sagte sie unsicher, »wenn ...« Sie quiekte, als Moiraine die Tür aufstieß und eintrat.

Die grauhaarige Dienerin und eine etwas jüngere Magd, die auf Stühlen saßen und offenbar Hemden stopften, sprangen auf. Ein knochiger junger Mann vor dem Kamin sprang linkisch auf die Füße und sah die Frauen an, unsicher, was er tun sollte. Diese starrten Moiraine nur an, bis sie fragend eine Augenbraue hochzog. Dann zeigte die grauhaarige Frau auf eine der beiden Türen, die tiefer in die Gemächer führten.

Die Tür, auf die sie gezeigt hatte, führte in ein Wohnzimmer, das große Ähnlichkeit mit dem von Moiraine hatte, aber die vergoldeten Stühle waren alle an die Wände geschoben und der Teppich mit Blumenmuster zusammengerollt. Lan machte mit entblößtem Oberkörper Schwertübungen in dem geräumten Zimmer. Ein kleines goldenes Medaillon schwang um seinen Hals, während er sich bewegte, und sein Schwert war ein verschwommener Strich. Er war schweißüberströmt und hatte mehr Narben, als sie bei einem Mann seines Alters erwartet hätte. Ganz zu schweigen von einigen halb verheilten Wunden, die von dunklen Stichen gekreuzt wurden. Mit einer anmutigen Drehung löste er sich aus seinen Figuren heraus und wandte sich ihr zu; die Spitze seines Schwerts kratzte über die Bodenfliesen. Er sah ihr auf die eigentümliche Art, die er mit Bukama gemein hatte, immer noch nicht direkt in die Augen. Sein Haar hing feucht herab und klebte trotz des Lederbands an seinem Gesicht, aber er atmete nicht schwer.

»Ihr«, knurrte er. »Also seid Ihr heute eine Aes Sedai und eine Damodred. Ich habe keine Zeit für Eure Spielchen, Cairhienin. Ich warte auf jemanden.« Kalte blaue Augen sahen zu der Tür hinter ihr. Seltsam, aber etwas, das wie ein aus Haar geflochtenes Band aussah, war um die innere Klinke zu einem komplizierten Knoten gebunden. »Sie wird nicht erfreut sein, eine andere Frau hier vorzufinden.«

»Eure Liebste muß sich meinetwegen nicht fürchten«, sagte Moiraine trocken zu ihm. »Zum einen seid Ihr viel zu groß, und zum anderen bevorzuge ich Männer, die zumindest über ein gewisses Maß an Charme verfügen. Und sich zu benehmen wissen. Ich bin gekommen, weil ich Eure Hilfe brauche. Ein Gelübde wurde abgelegt und seit dem Hundertjährigen Krieg gehalten, daß Malkier reiten würde, wenn die Weiße Burg ruft. Ich bin eine Aes Sedai, und ich rufe Euch!«

»Ihr wißt, die Berge sind hoch, aber nicht, wo sie liegen«, sagte er, als würde er ein altes Malkierisprichwort zitieren. Er ging durch das Zimmer, weg von ihr, hob die Scheide auf und rammte sein Schwert zornig hinein. »Ich helfe Euch, wenn Ihr mir eine

Frage beantwortet. Ich habe im Laufe der Jahre viele Aes Sedai gefragt, aber sie winden sich um eine Antwort wie Vipern. Wenn Ihr eine Aes Sedai seid, beantwortet sie.«

»Wenn ich die Antwort kenne, werde ich es tun.« Sie würde ihm nicht noch einmal sagen, was sie war, statt dessen umarmte sie *Saidar* und schob einen der vergoldeten Stühle in die Mitte des Zimmers. Mit den Händen hätte sie das Ding niemals heben können, und dennoch schwebte es mühelos auf Strömen der Luft, und hätte es auch getan, wenn es doppelt so schwer gewesen wäre. Sie setzte sich und legte die Hände auf die Knie, so daß die goldene Schlange deutlich zu sehen war. Die größere Person war im Vorteil, wenn beide standen, aber jemand, der stand, mußte sich wie auf dem Prüfstand vorkommen, wenn ihm jemand gegenübersaß, besonders eine Aes Sedai.

Er schien das keineswegs so zu empfinden. Zum erstenmal, seit sie ihm begegnet war, sah er ihr direkt in die Augen, und sein Blick war wie blaues Eis. »Als Malkier starb«, sagte er in einem ruhigen, stahlharten Tonfall, »schickten Schienar und Arafel Männer. Sie konnten der Flut von Trollocs und Myrddraal keinen Einhalt gebieten, und dennoch kamen sie. Männer aus Kandor ritten und selbst Saldaea. Sie kamen zu spät, aber sie kamen.« Blaues Eis wurde zu blauem Feuer. Seine Stimmlage veränderte sich nicht, aber die Knöchel der Hand, die das Schwert umklammerten, wurden weiß. »Neunhundert Jahre sind wir geritten, wenn die Weiße Burg gerufen hat, aber wo war die Burg, als Malkier unterging? Wenn Ihr eine Aes Sedai seid, beantwortet mir das!«

Moiraine zögerte. Die Antwort, die er wollte, gehörte zu den Geheimnissen der Burg, sie wurde den Aufgenommenen im Geschichtsunterricht beigebracht, aber außer den Eingeweihten der Burg durfte sie niemand erfahren. Aber was war eine Strafe im Vergleich zu dem, was sie erwartete? »Mehr als hundert Schwestern wurden nach Malkier geschickt«, sagte sie ruhiger, als sie sich fühlte. Nach allem, was man ihr beigebracht hatte, sollte sie allein für das, was sie ihm schon gesagt hatte, um eine Strafe *bitten.* »Aber nicht einmal Aes Sedai können fliegen. Sie kamen zu spät.« Als die ersten eintrafen, waren die Armeen von Malkier bereits von den endlosen Horden der Schattenbrut aufgerieben worden, die Menschen flohen oder waren tot. Der Untergang von Malkier war brutal und blutig und schnell gewesen. »Das war vor meiner Geburt, aber ich bedaure es zutiefst. Und ich bedaure, daß die Burg beschlossen hat, ihre Bemühungen geheimzuhalten.« Es war besser, man glaubte, daß die Burg nichts getan hatte, als bekannt werden zu lassen, daß Aes Sedai es versucht hatten und gescheitert waren. Ein Scheitern war ein Schlag für den Ruf, ein Geheimnis, aber der Panzer, den die Burg brauchte. Aes Sedai hatten ihre eigenen Gründe für alles, was sie taten oder ließen, und diese Gründe waren nur den Aes Sedai bekannt. »Eine andere Antwort kann ich Euch nicht geben. Ich glaube, ich habe mehr gesagt, als ich sollte, mehr als jede Schwester je sagen würde. Wird es genügen?«

Eine Zeitlang sah er sie nur an, und das Feuer wurde langsam wieder zu Eis. Er wandte den Blick ab. »Fast kann ich es glauben«, murmelte er schließlich, ohne zu sagen, was er fast glaubte. Er stieß ein bitteres Lachen aus. »Wie kann ich Euch helfen?«

Moiraine runzelte die Stirn. Sie wünschte sich sehr, einige Zeit allein mit diesem Mann verbringen zu können, um ihn zur Raison zu bringen, aber das mußte warten. »Es hält sich eine andere Schwester hier im Palast auf. Merean Rotberg. Ich muß wissen, wohin sie geht, was sie tut, mit wem sie sich trifft.« Er blinzelte, stellte die Fragen, die auf der Hand lagen, aber nicht. Vielleicht wußte er, daß er keine Antworten bekommen würde, aber sein Schweigen war dennoch erfreulich.

»Ich bin in den vergangenen Tagen in meinen Gemächern geblieben«, sagte er und sah wieder zur Tür. »Ich weiß nicht, ob ich Euch als Beobachter viel nützen kann.«

Sie schniefte unwillkürlich. Der Mann versprach Hilfe, dann hielt er nervös nach seiner Lady Ausschau. Vielleicht war er nicht der, für den sie ihn hielt. Aber er war der, den sie hatte. »Nicht Ihr«, sagte sie zu ihm. Ihr Besuch hier würde bald im gesamten Aesdaishar bekannt sein, wenn er es nicht schon war, und wenn bemerkt wurde, wie er Merean nachspionierte ... das könnte eine Katastrophe werden, auch wenn die Frau unschuldig wie ein Baby sein sollte. »Ich dachte, Ihr könntet einen der Malkieri fragen, die sich, soweit ich weiß, hier versammelt haben, um Euch zu folgen. Jemand mit scharfen Augen und einem verschlossenen Mund. Es muß unter äußerster Geheimhaltung geschehen.«

»Niemand folgt mir«, sagte er schneidend. Er sah wieder zur Tür und schien plötzlich erschöpft zu sein. Er sackte nicht zusammen, ging aber zum Kamin und stellte das Schwert mit der Sorgfalt eines müden Mannes daneben. Er wandte ihr den Rücken zu, als er sagte: »Ich werde Bukama und Ryne bitten, sie zu beobachten, kann aber in ihrem Namen nichts versprechen. Mehr kann ich nicht für Euch tun.«

Sie unterdrückte einen ärgerlichen Laut. Ob es alles war, was er tun konnte oder wollte, sie hatte kein Druckmittel gegen ihn in der Hand. »Bukama«, sagte sie. »Nur er.« Urteilte man danach, wie Ryne sich in ihrer Gegenwart verhalten hatte, würde er zu sehr damit beschäftigt sein, Merean anzugaffen, um etwas zu sehen oder zu hören. Wenn er nicht in dem Moment, wenn Merean ihn ansah, alles gestand, was er tat. »Und sagt ihm nicht, warum.«

Sein Kopf fuhr ruckartig herum, aber nach einem Augenblick nickte er. Und stellte wieder nicht die Fragen, die die meisten Leute gestellt hätten. Während sie ihm sagte, wie er mit ihr Verbindung aufnehmen konnte, durch Nachrichten über ihre Zofe Suki, hoffte sie, daß sie keinen schweren Fehler machte.

Als sie wieder in ihren Räumen angelangt war, konnte sie feststellen, wie schnell Neuigkeiten die Runde machten. Im Wohnzimmer bot Siuan einer großen, jungen Frau, die kaum älter als ein Mädchen war, ein Tablett mit Süßigkeiten an. Sie trug ein Kleid aus blaßgrüner Seide, hatte volle Lippen und schwarzes Haar, das ihr bis über die Hüften reichte, und einen blauen Punkt auf der Stirn, etwa an der Stelle, wo der Stein von Moiraines Stirnkettchen hing. Siuans Gesicht blieb unbekümmert, aber ihre Stimme klang gepreßt, als sie die junge Frau vorstellte. Lady Iselle machte schnell deutlich, warum.

»Alle im Palast sagen, Ihr seid eine Aes Sedai«, sagte sie und betrachtete Moiraine zweifelnd. Sie stand nicht auf, noch weniger machte sie einen Knicks oder neigte auch nur den Kopf. »Wenn das so ist, brauche ich Eure Unterstützung. Ich möchte zur Weißen Burg gehen. Meine Mutter wünscht, daß ich heirate. Ich hätte nichts gegen Lan als meinen *Carneira,* wenn meine Mutter nicht bereits seine wäre, aber wenn ich heirate, dann soll es einer meiner Behüter sein. Ich möchte eine Grüne Ajah werden.« Sie sah Siuan mit einem leichten Stirnrunzeln an. »Steh hier nicht herum, Mädchen! Geh da rüber, bis du gebraucht wirst.« Siuan stellte sich neben den Kamin, Rücken gerade, Arme unter den Brüsten verschränkt. Keine richtige Dienerin hätte sich so hingestellt - oder so die Stirn gerunzelt -, aber Iselle nahm sie überhaupt nicht mehr zur Kenntnis. »Setzt Euch, Moiraine«, fuhr sie mit einem Lächeln fort, »und ich werde Euch sagen, was ich von Euch will. Natürlich nur, wenn Ihr wirklich eine Aes Sedai seid.«

Moiraine sah sie an. In ihrem eigenen Wohnzimmer wurde ihr erlaubt, sich zu setzen. Dieses törichte Kind war sicherlich eine ebenbürtige Partnerin für Lan, was Arroganz betraf. Ihr *Carneira?* In der alten Sprache bedeutete das »Erster«, hier aber eindeutig noch etwas anderes. Natürlich nicht, was es zu sein schien, nicht einmal die Malkieri konnten so seltsam sein! Sie setzte sich und sagte trocken: »Deine Ajah auszusuchen sollte wenigstens so lange warten, bis ich dich einer Prüfung unterzogen habe, um festzustellen, ob es einen Sinn hat, dich zur Burg zu schicken. Ein paar Minuten werden genügen, um herauszufinden, ob du kanalisieren kannst, sowie deine potentielle Kraft, wenn du ...« Das freche Mädchen fiel ihr ins Wort.

»Oh, ich wurde dem Test schon vor Jahren unterzogen. Die Aes Sedai sagte, ich würde sehr stark werden. Ich sagte ihr, ich sei fünfzehn, aber sie fand die Wahrheit heraus. Ich verstehe nicht, warum ich nicht mit zwölf in die Burg gehen konnte, wie ich es wollte. Mutter war wütend. Sie hat immer gesagt, daß ich eines Tages Königin von Malkier sein würde, aber das würde bedeuten, Lan zu heiraten, was ich nicht wollte, selbst wenn meine Mutter nicht seine *Carneira* wäre. Wenn Ihr ihr sagt, daß Ihr mich mit zur Burg nehmt, wird sie zuhören müssen. Alle wissen, daß Aes Sedai jede Frau zur Ausbildung nehmen, die sie wollen, und niemand kann sie daran hindern.« Die vollen Lippen wurden schmollend geschürzt. »Ihr *seid* doch eine Aes Sedai, oder nicht?«

Moiraine führte die Übung mit der Rosenknospe durch. »Wenn Ihr nach Tar Valon wollt, geht. Ich habe ganz sicher keine Zeit, Euch zu begleiten. Dort werdet Ihr Schwestern finden, bei denen

Ihr keine Zweifel haben müßt. Suki, würdest du Lady Iselle hinausbegleiten? Sie möchte ihre Abreise zweifellos nicht so lange hinauszögern, bis ihre Mutter sie erwischt.«

Die Göre spielte natürlich die Gekränkte, aber Moiraine wollte sie nur noch von hinten sehen, und Siuan hätte sie am liebsten auf den Flur hinaus geschubst.

»Die«, sagte Siuan, als sie zurückkam und ihre Hände abwischte, »wird keinen Monat durchhalten, selbst wenn sie es an Kraft mit Cadsuane aufnehmen könnte.« Die Burg hielt alle Frauen, die auch nur die geringste Chance hatten, den Schal zu erringen, wie mit eisernen Fesseln fest, aber wer nicht lernen konnte oder wollte, wurde hinausgeworfen, und das Kanalisieren war nur ein Teil des Lernstoffs.

»Sierin selbst kann sie von der höchsten Zinne der Burg stoßen, mir einerlei«, sagte Moiraine. »Hast du etwas erfahren?«

Offenbar hatte Siuan herausgefunden, daß der junge Lakai gut küssen konnte, eine Feststellung, die ihr nicht einmal die Wangen rötete, aber davon abgesehen gar nichts. Zu hören, daß Moiraine Lan angesprochen hatte, schien sie überraschenderweise mehr aus der Fassung zu bringen als Mereans Ankunft.

»Häute mich und salz mich ein, wenn du nicht idiotische Risiken eingehst, Moiraine! Ein Mann, der den Thron eines untergegangenen Landes für sich beansprucht, ist ein neunfacher Narr. Er könnte sich in diesem Augenblick bei jedem über dich das Maul zerreißen, der ihm verdammt noch mal zuhören will! Wenn Merean herausfindet, daß du sie beobachten läßt ... Verbrenne mich!«

»Er mag in vielfacher Hinsicht ein Narr sein, Siuan, aber ich glaube nicht, daß er sich jemals das ›Maul zerreißt‹. Außerdem, ›du kannst nicht gewinnen, wenn du keine Kupfermünze riskieren willst‹, wie dein Vater zu sagen pflegte. Wir haben keine andere Wahl, als Risiken einzugehen. Nachdem Merean hier ist, könnte die Zeit knapp werden. Du mußt so schnell wie möglich an Lady Ines herankommen.«

»Ich tue, was ich kann«, murmelte Siuan, stapfte hinaus und reckte die Schultern wie zum Kampf. Aber auch sie strich den Rock an den Hüften glatt.

Die Nacht war längst hereingebrochen, und Moiraine versuchte, im Lampenschein zu lesen, als Siuan zurückkehrte. Moiraine legte ihr Buch weg; sie starrte schon seit einer Stunde ein und dieselbe Seite an. Diesmal hatte Siuan Neuigkeiten, die sie ihr mitteilte, während sie die Kleider und Unterkleider durchwühlte, die Frau Dorelmin genäht hatte.

Zunächst einmal hatte sie auf dem Rückweg zu Moiraines Gemächern »ein knorpeliger alter Storch« angesprochen, der sie fragte, ob sie Suki sei, und sie danach wissen ließ, daß Merean fast den ganzen Tag mit Prinz Brys verbracht habe, bevor sie sich für die Nacht in ihre Unterkunft zurückzog. Das bot keinerlei Hinweis. Wichtiger war, daß Siuan Rahien in einer beiläufigen Unterhaltung mit Cal zur Sprache hatte bringen können. Der Lakai war nicht bei Lady Ines gewesen, als der Junge zur Welt gekommen war, aber er wußte, an welchem Tag; am Tag davor nämlich hatten die Aiel ihren Rückzug aus Tar Valon begonnen. Moiraine und Siuan sahen sich daraufhin lange an. Am Tag davor hatte Gitara Moroso die Wiedergeburt des Drachen prophezeit und war bei dem Schock tot umgefallen. Dämmerung über dem Berg, und zehn Tage vor einem plötzlichen Tauwetter geboren, das die Schneeschmelze brachte. Gitara hatte besonderen Wert auf den Schnee gelegt.

»Jedenfalls«, fuhr Siuan fort und fing an, Kleidungsstücke und Strümpfe zu bündeln, »habe ich Cal davon überzeugt, daß du mich entlassen hast, weil ich dir Wein auf dein Kleid geschüttet habe, und er hat mir ein Bett bei der Dienerschaft der Lady Ines angeboten. Er denkt, er kann mir eine Stelle bei seiner Herrin verschaffen.« Sie schnaubte amüsiert, dann bemerkte sie Moiraines Blick und schnaubte noch einmal, rauher. »Es ist nicht sein verdammtes Bett, Moiraine! Und selbst wenn, er ist sanftmütig und hat die hübschesten braunen Augen, die du dir vorstellen kannst. Eines Tages wirst auch du bereit sein, mehr zu tun, als nur von einem Mann zu träumen, und ich hoffe, daß ich dann dabei bin und es miterleben kann!«

»Red keinen Unsinn«, sagte Moiraine zu ihr. Die Aufgabe, die vor ihnen lag, war zu wichtig, um Gedanken an Männer zu verschwenden. Jedenfalls in dem Sinne, wie Siuan es meinte. Merean hatte den ganzen Tag mit Brys verbracht? Ohne sich Lady Ines zu nähern? Ob sie nun eine von Tamras Auserkorenen oder eine Schwarze Ajah war, das ergab keinen Sinn, und es war einfach nicht plausibel anzunehmen, daß Merean weder das eine noch andere war. Sie übersah etwas, und das machte ihr Kopfzerbrechen. Was sie nicht wußte, konnte ihr Tod sein. Schlimmer, es konnte der Tod für den Wiedergeborenen Drachen in seiner Wiege sein.

Lan lief allein durch die Flure des Aesdaishar, nutzte sämtliche Fähigkeiten, die er in der Großen Fäule gelernt hatte, wich den Blicken der Entgegenkommenden aus. Seine eigenen Dienerinnen stellten Edeyns Anweisungen über seine, als glaubten sie, daß das eine Eigenheit der Malkieri wäre. Vielleicht hatte sie ihnen gesagt, daß es so war. Er ging davon aus, daß jeder in Aesdaishar, der eine Livree trug, Edeyn verraten würde, wo er zu finden war. Er glaubte, daß er im Augenblick wußte, wo er sich befand. Trotz früherer Besuche hatte er sich ohne Führung zweimal verlaufen. Er kam sich wie ein Narr vor, weil er sein Schwert trug. Stahl nützte in dieser Schlacht nichts.

Eine rasche Bewegung, und er drückte sich hinter der Statue einer in Wolken gekleideten Frau mit Armen voller Blumen flach an die Wand. Gerade noch rechtzeitig. Zwei Frauen kamen aus dem Querflur vor ihm und blieben in ein Gespräch vertieft stehen. Iselle und die Aes Sedai Merean. Er blieb so reglos wie der Stein, hinter dem er sich versteckte.

Es gefiel ihm nicht, herumzuschleichen, aber während Edeyn den Knoten in seinem *Daori* löste, mit dem sie ihn zwei Tage gefangengehalten hatte, hatte sie auch durchblicken lassen, daß sie seine Heirat mit Iselle bald bekanntgeben würde. Bukama hatte recht gehabt. Edeyn benützte seinen *Daori* wie einen Zügel, und er glaubte nicht, daß sie damit aufhören würde, nur weil er ihre Tochter heiratete. Wenn man einem Gegner gegenüberstand, den man nicht besiegen konnte, blieb einem nur eines, nämlich wegzulaufen, und das wollte er.

Nach einer brüsken Bewegung von Merean nickte Iselle eifrig und ging den Weg zurück, den sie gekommen waren. Merean sah ihr einen Moment nach, aber ihrem gleichmütigen Gesicht war nichts zu entnehmen. Dann folgte sie ihr überraschend und in einer Weise geschmeidig, gegen die Iselle unbeholfen wirkte.

Lan vergeudete keine Zeit damit, sich zu fragen, was Merean im Schilde führte, sowenig wie er sich gefragt hatte, warum Moiraine sie beobachten lassen wollte. Ein Mann konnte den Verstand verlieren, wenn er auszuknobeln versuchte, was Aes Sedai vorhatten. Moiraine mußte wirklich eine sein, andernfalls hätte Merean dafür gesorgt, daß sie heulend durch die Flure streifte. Er wartete lange genug, bis das Paar nicht mehr zu sehen sein würde, dann ging er lautlos zur Ecke und spähte herum. Sie waren beide verschwunden, daher lief er hastig weiter. Aes Sedai waren heute nicht seine Hauptsorge. Er mußte mit Bukama reden.

Wenn er weglief, würde er Edeyns Heiratspläne durchkreuzen. Wenn er ihr lange genug aus dem Weg ging, würde sie einen anderen Mann für Iselle finden. Wenn er weglief, würde er auch Edeyns Pläne durchkreuzen, Malkier zurückzuerobern; ihre Unterstützung würde schwinden wie Nebel unter der Mittagssonne, wenn die Leute erfuhren, daß er fort war. Wenn er weglief, würde das für viele Träume das Ende bedeuten. Aber der Mann, der einen Säugling auf dem Rücken getragen hatte, hatte ein Anrecht auf seine Träume. Die Pflicht war ein Berg, aber er mußte getragen werden.

Vor ihm lag eine breite Treppenflucht mit einem Geländer aus Stein. Er wollte hinuntergehen, und plötzlich fiel er. Er hatte gerade noch Zeit, sich schlaff zu machen, dann kullerte er von Stufe zu Stufe, überschlug sich, landete mit einem Aufprall auf dem Fliesenboden unten, der ihm den letzten Rest Luft aus den Lungen trieb. Pünktchen tanzten vor seinen Augen. Er bemühte sich, zu atmen, sich aufzurichten.

Diener kamen aus dem Nichts und halfen ihm auf die Füße, alle riefen durcheinander, was für ein Glück er habe, sich bei so einem Sturz nicht den Hals zu brechen, und fragten, ob er sich wegen Heilung an eine der Aes Sedai wenden wolle. Er sah stirnrunzelnd die Treppe hinauf und murmelte Antworten in der Hoffnung, daß sie wieder verschwinden würden. Er nahm an, daß er mehr Blutergüsse hatte als je zuvor, aber Blutergüsse gingen wieder weg, und eine Schwester wollte er in diesem Augenblick als allerletztes sehen. Die meisten Männer hätten sich gegen den Sturz gewehrt und sich glücklich schätzen können, wenn sie nur die Hälfte ihrer Knochen gebrochen hätten. Etwas hatte ihm da oben die Knöchel weggezogen. Etwas hatte ihn zwischen die Schulterblätter geschlagen. Es konnte nur eines bedeuten, sowenig Sinn es auch ergab: Eine Aes Sedai hatte versucht, ihn zu töten.

»Lord Mandragoran!« Ein untersetzter Mann im gestreiften Mantel der Palastwache kam schlitternd vor ihm zum Stillstand und wäre beinahe umgekippt, weil er versuchte, sich zu verbeugen, ehe er sicheren Halt hatte. »Wir haben überall nach Euch gesucht, Mylord!« keuchte er. »Es geht um Bukama, Euren Diener! Kommt rasch, Mylord! Er könnte noch am Leben sein!«

Fluchend rannte Lan hinter dem Soldaten her und brüllte ihn an, schneller zu laufen, aber es war zu spät. Zu spät für den Mann, der einen Säugling getragen hatte. Zu spät für Träume.

Wachen drängten sich in einem schmalen Durchgang am Ende eines der Übungsplätze, machten aber Platz für Lan. Bukama lag mit dem Gesicht nach unten auf dem Boden, eine Blutlache hatte sich um seinen Mund herum gebildet, der schlichte Holzgriff eines Dolchs ragte aus dem dunklen Fleck auf der Rückseite seiner Jacke. In seinen offenen Augen lag ein überraschter Ausdruck. Lan kniete nieder, drückte ihm die Augen zu und murmelte ein Gebet für die letzte Umarmung der Mutter, mit der sie Bukama zu Hause willkommen hieß.

»Wer hat ihn gefunden?« fragte er, hörte aber die durcheinandergerufenen Antworten zu dem Wer und Wo und Was gar nicht. Er hoffte, Bukama würde in einer Welt wiedergeboren werden, wo der Goldene Kranich im Wind flog, die Sieben Türme nicht zerstört waren und die Tausend Seen wie ein Diadem unter der Sonne funkelten. Wie hatte er jemanden so nahe an sich herankommen lassen können, daß er das tun konnte? Bukama konnte es *fühlen,* wenn in seiner Nähe Stahl gezückt wurde. Nur eines stand fest. Bukama war tot, weil Lan ihn in die Ränke einer Aes Sedai hineingezogen hatte.

Lan stand auf und lief. Aber nicht vor jemandem weg. Zu jemandem hin. Und es war ihm gleichgültig, wer ihn sah.

Als Moiraine das gedämpfte Krachen der Tür im Vorzimmer und die erbosten Schreie der Dienerin hörte, sprang sie aus dem Sessel, wo sie gewartet hatte. Auf alles, nur das nicht. Sie umarmte *Saidar* und ging durch das Wohnzimmer, aber bevor sie es schaffte, wurde die Tür aufgerissen. Lan schüttelte die Frauen in Livree ab, die sich an seinen Armen festklammerten, schlug ihnen die Tür vor der Nase zu, stemmte sich mit dem Rücken dagegen und hielt Moiraines verblüfftem Blick stand. Purpurne Blutergüsse verunstalteten sein Gesicht, und er bewegte sich, als wäre er geschlagen worden. Draußen herrschte Stille. Was immer er vorhatte, es war sicher, daß Moiraine damit fertig werden würde.

Sie stellte fest, daß sie absurderweise nach ihrem Messer am Gürtel griff. Mit der Macht konnte sie ihn einwickeln wie ein Kind, so groß er auch sein mochte, und doch ... Er sah sie nicht finster an. In seinen Augen loderte ganz sicher kein Feuer. Sie wollte zurückweichen. Kein Feuer, sondern der eiskalte Tod. Der schwarze Mantel mit seinen grausamen Dornen und leuchtend goldenen Blüten paßte ihm.

»Bukama ist tot, er hat ein Messer im Herzen«, sagte er ruhig, »und es ist keine Stunde her, da hat jemand versucht, mich mit der Einen Macht zu töten. Zuerst dachte ich, es müßte Merean sein, aber als ich sie zuletzt gesehen habe, folgte sie Iselle, und sie hatte nicht genug Zeit, es sei denn, sie hat mich gesehen und wollte mich in Sicherheit wiegen. Nur wenige sehen mich, wenn ich nicht gesehen werden will, und ich glaube nicht, daß sie mich gesehen hat. Bleibt nur noch Ihr.«

Moiraine zuckte zusammen, aber nur teilweise wegen der Gewißheit in seiner Stimme. Sie hätte wissen müssen, daß das dumme Mädchen schnurstracks zu Merean gehen würde. »Ihr wärt überrascht, wie wenig einer Schwester entgeht«, sagte sie zu ihm. Besonders, wenn die Schwester von *Saidar* durchdrungen war. »Vielleicht hätte ich Bukama nicht bitten sollen, Merean zu beobachten. Sie ist sehr gefährlich.« Sie war eine Schwarze Ajah; Moiraine war sich dessen jetzt sicher. Schwestern mochten schmerzhafte Exempel an Leuten statuieren, die sie beim Herumschnüffeln erwischten, aber sie töteten sie nicht. Aber was sollte sie ihretwegen unternehmen? Ihre Gewißheit reichte als Beweis nicht aus und würde vor der Amyrlin gewiß nicht standhalten. Und wenn Sierin selbst eine Schwarze war ... Aber im

Augenblick konnte sie sich darüber keine Gedanken machen. Wieso verschwendete die Frau überhaupt ihre Zeit mit Iselle? »Wenn Euch etwas an dem Mädchen liegt, solltet Ihr sie so schnell wie möglich finden und von Merean fernhalten.«

Lan grunzte. »Alle Aes Sedai sind gefährlich. Iselle ist im Augenblick hinreichend sicher; ich habe sie auf dem Weg hierher gesehen, sie ist mit Brys und Diryk irgendwo hingelaufen. Warum mußte Bukama sterben, Aes Sedai? In was habe ich ihn Euretwegen hineingezogen?«

Moiraine hob eine Hand, um ihn zum Schweigen zu bringen, und ein winziger Teil von ihr war überrascht, als er gehorchte. Der Rest von ihr dachte angestrengt nach. Merean mit Iselle. Iselle mit Brys und Diryk. Merean hatte versucht, Lan zu töten. Plötzlich sah sie das Muster in jeder Einzelheit perfekt; es ergab keinen Sinn, aber sie hatte keine Zweifel, daß es stimmte. »Diryk hat mir gesagt, daß Ihr der Mensch mit dem meisten Glück auf der Welt seid«, sagte sie und beugte sich eifrig zu Lan vor, »und ich hoffe für ihn, daß er recht hatte. Wohin würde Brys gehen, wenn er vollkommene Abgeschiedenheit möchte? Irgendwo, wo er weder gesehen noch gehört werden kann?« Es mußte ein Ort sein, wo er sich wohl fühlte, aber völlig isoliert war.

»Es gibt einen Rundgang auf der Westseite des Palasts«, sagte Lan langsam; dann überschlug sich seine Stimme. »Wenn Brys Gefahr droht, muß ich die Wachen alarmieren.« Er hatte sich bereits umgedreht und eine Hand auf dem Türgriff liegen.

»Nein!« sagte sie. Sie hielt die Macht immer noch und bereitete den Luftzauber vor, um ihn festzuhalten, sollte es erforderlich sein. »Prinz Brys wird es nicht gefallen, wenn seine Wachen hereinplatzen und Merean nur mit ihm redet.«

»Und wenn sie nicht redet?« wollte er wissen.

»Wir haben keinerlei Beweise gegen sie, Lan. Verdachtsmomente gegen das Wort einer Aes Sedai.« Er schüttelte wütend den Kopf und knurrte etwas über Aes Sedai, das sie absichtlich überhörte. »Bringt mich zu diesem Rundweg, Lan. Sollen Aes Sedai sich um Aes Sedai kümmern. Und beeilen wir uns!« Wenn Merean redete, würde sie es nicht lange tun, davon ging Moiraine aus.

Lan beeilte sich wahrhaftig und rannte mit ausgreifenden

Schritten. Moiraine blieb nichts anderes übrig, als ihre Röcke zu raffen, hinter ihm herzurennen, den Blicken und dem Murmeln der Diener und anderer auf den Fluren keine Beachtung zu schenken und dem Licht zu danken, daß der Mann nicht wesentlich schneller lief als sie. Sie ließ beim Laufen die Macht in sich einströmen, bis die Freude an Schmerz grenzte, und versuchte sich zu überlegen, was sie gegen eine Frau unternehmen sollte, die deutlich stärker war als sie selbst, eine Frau, die mehr als hundert Jahre vor der Geburt von Moiraines Urgroßmutter schon Aes Sedai gewesen war. Sie wünschte sich, sie hätte nicht solche Angst. Sie wünschte sich, Siuan wäre bei ihr.

Die wilde Jagd führte durch funkelnde Prunksäle, durch Flure mit Statuen, und plötzlich waren sie im Freien, die Geräusche des Palastes hinter ihnen, und befanden sich auf einem langen Weg mit einer Steinbrüstung, zwanzig Schritte breit und mit einem Ausblick über die Dächer der Stadt tief unten. Kalter Wind wehte wie ein Sturm. Merean war da, vom Leuchten von *Saidar* umgeben, und Brys und Diryk standen am Geländer und kämpften vergebens gegen Fesseln und Knebel aus Luft. Iselle sah den Prinzen und seinen Sohn stirnrunzelnd an, und überraschenderweise stand weiter unten an dem Weg ein finster dreinblickender Ryne.

»... und ich konnte Lord Diryk schwerlich ohne seinen Vater zu Euch bringen«, sagte Iselle quengelnd. »Ich *habe* dafür gesorgt, daß es niemand weiß, aber warum ...?«

Moiraine wob einen Schild aus Geist und schleuderte ihn mit jedem Quentchen Macht, das sie in sich hatte, auf Merean, wobei sie gegen alle Hoffnung hoffte, sie könnte die Frau von der Quelle abschneiden. Der Schild traf und barst. Merean war zu stark; auch sie sog Macht bis an die Grenze ihrer Leistungsfähigkeit auf.

Die Blaue Schwester - die Schwarze Schwester - blinzelte nicht einmal. »Du hast deine Sache gut gemacht, als du den Spion getötet hast, Ryne«, sagte sie, während sie einen Knebel aus Luft wob, um Iselle das Maul zu stopfen, und Fesseln, die das Mädchen steif und mit großen Augen festhielten. »Sieh zu, ob du den jüngeren diesmal erledigen kannst. Du hast gesagt, du bist der bessere Schwertkämpfer.«

Alles schien gleichzeitig zu passieren. Ryne rannte mit wütender Miene los, die Glöckchen in seinen Zöpfen klingelten. Lan konnte kaum rechtzeitig sein eigenes Schwert zücken, um ihm entgegenzutreten. Und bevor zum erstenmal Stahl auf Stahl ertönte, wehrte sich Merean mit demselben Zauber gegen Moiraine, den diese gerade benützt hatte, nur stärker. Entsetzt wurde Moiraine klar, daß Merean möglicherweise noch ausreichend Kraftreserven haben könnte, um den Schild gegen sie einzusetzen und gleichzeitig soviel *Saidar* in sich aufzunehmen, wie sie konnte. Hektisch schlug Moiraine mit Luft und Feuer zu, und Merean grunzte, als durchtrennte Ströme in sie zurückschnalzten. In der kurzen Zeitspanne versuchte Moiraine, die Ströme zu durchtrennen, die Diryk und die anderen hielten, aber bevor ihr Zauber den von Merean streifen konnte, durchschnitt Merean statt dessen ihren, und diesmal berührte Mereans angreifender Schild sie tatsächlich, bevor sie ihn durchtrennen konnte. Moiraines Magen versuchte, sich zu einem dichten Knoten zusammenzuziehen.

»Du tauchst zu oft auf, Moiraine«, sagte Merean, als hätten sie sich nur auf einen kleinen Plausch getroffen. Sie sah aus, als wäre nichts weiter dabei, abgeklärt und mütterlich, nicht im geringsten beunruhigt. »Ich fürchte, ich muß dich fragen, wie und warum.« Moiraine schaffte es gerade noch, eine Feuerwelle abzuwehren, die ihr die Kleidung und wahrscheinlich den größten Teil ihrer Haut versengt hätte, und Merean lächelte, eine Mutter, die nicht fassen konnte, welchen Schabernack junge Frauen trieben. »Keine Bange, Kind! Ich heile dich, damit du meine Fragen beantworten kannst.«

Wenn Moiraine noch Zweifel gehabt hätte, daß Merean eine Schwarze Ajah war, dann hätte diese Feuerwelle sie ausgeräumt. In den nächsten Augenblicken bekam sie noch mehr Beweise, Zaubersprüche, die Funken auf ihrem Kleid tanzen ließen und ihre Haare aufrichteten, die sie nach Luft schnappen ließen, die nicht mehr da war, und Zaubersprüche, die sie nicht kannte, die sie aber sicher blutend zerschmettert hätten, wenn sie sie einhüllen würden, wenn sie es nicht schaffte, sie zu durchtrennen ...

Wenn es ihr möglich war, versuchte sie immer wieder, die

Bänder zu durchtrennen, die Diryk und die anderen hielten, Merean mit dem Schild zu bedrängen, sogar, sie bewußtlos zu schlagen. Sie wußte, sie kämpfte um ihr Leben - sie würde sterben, wenn die andere Frau siegte, jetzt gleich oder nach Mereans Verhör -, aber sie dachte nie an das Schlupfloch in den Eiden, die sie banden. Sie hatte auch Fragen, die sie der Frau stellen wollte, und das Schicksal der Welt mochte von den Antworten abhängen. Unglücklicherweise konnte sie wenig mehr tun, als sich zu verteidigen, und das immer am Rand des Abgrunds. Ihr Magen war ein Knoten und versuchte, noch einen zu machen. Merean hielt drei Leute in Schach und war ihr immer noch ebenbürtig, vielleicht überlegen. Wenn Lan die Frau nur ablenken könnte.

Ein rascher Blick zeigte ihr, wie unwahrscheinlich das war. Lan und Ryne tanzten die Figuren, ihre Klingen waren wie Wirbelwinde, aber wenn einer eine Winzigkeit überlegen war, dann Ryne. Blut strömte auf der Seite an Lans Gesicht herab.

Grimmig schlug Moiraine zu und hob sich nicht einmal das winzige bißchen Konzentration auf, das erforderlich war, um die Kälte nicht zu spüren. Zitternd ging sie gegen Merean vor, verteidigte sich und schlug wieder zu, verteidigte sich und schlug zu. Wenn es ihr gelang, die Frau zu erschöpfen oder ...

»Das dauert alles zu lang, Kind, findest du nicht auch?« sagte Merean. Diryk schwebte in die Luft und wehrte sich gegen Fesseln, die er nicht sehen konnte, während er über das Geländer trieb. Brys drehte den Kopf und sah seinem Sohn nach; bewegte den Mund um den unsichtbaren Knebel herum.

»Nein!« schrie Moiraine. Sie schickte verzweifelt Luftströme los, um den Jungen wieder in Sicherheit zu bringen. Merean schnitt sie durch, während sie den eigenen Einfluß auf ihn abschwächte. Diryk stürzte kreischend ab, und weißes Licht explodierte in Moiraines Kopf.

Benommen schlug sie die Augen auf, als der abschwellende Schrei des Jungen noch in ihren Ohren hallte. Sie lag rücklings auf dem Steinboden, und alles drehte sich um sie herum. Solange sich ihr Schwindel nicht legte, hatte sie so gute Chancen, *Saidar* zu umarmen, wie eine Katze, zu singen. Nicht, daß es jetzt noch einen Unterschied machte. Sie konnte den Schild sehen, den Merean gegen sie aufgebaut hatte, und selbst eine schwächere Frau konnte einen Schild halten, wenn er erst einmal voll ausgebildet war. Sie versuchte aufzustehen, fiel zurück und schob einen Ellbogen unter sich.

Nur Augenblicke waren vergangen. Lan und Ryne tanzten immer noch ihren tödlichen Tanz zum Klirren des Stahls. Brys war nicht nur wegen seiner Fesseln starr; er starrte Merean mit einem derart unversöhnlichen Haß an, daß es den Anschein hatte, als könnte er sich allein kraft seiner Wut befreien. Iselle zitterte sichtlich, schniefte und weinte und sah mit aufgerissenen Augen zu der Stelle, wo der Junge abgestürzt war. Wo Diryk abgestürzt war. Moiraine zwang sich, den Namen des Jungen zu denken, und verzog das Gesicht, als sie an sein Grinsen und seine Begeisterung dachte. Nur Augenblicke.

»Ich glaube, du mußt dich einen Moment für mich aufsparen«, sagte Merean und wandte sich von Moiraine ab. Brys schwebte über dem Boden. Der Gesichtsausdruck des stämmigen Mannes veränderte sich nicht, er wandte den haßerfüllten Blick nicht von Merean ab.

Moiraine kämpfte sich auf die Knie. Sie konnte nicht kanalisieren. Sie hatte keinen Mut mehr, keine Kraft. Nur Entschlossenheit. Brys schwebte über die Brüstung. Moiraine stand zitternd auf. Entschlossenheit. Mit dem Ausdruck unversöhnlichen Hasses stürzte Brys ab, ohne einen Laut von sich zu geben. Dies mußte ein Ende haben. Iselle schwebte in die Luft, zappelte voller Panik und versuchte angestrengt, trotz des Knebels, zu schreien. Es mußte jetzt ein Ende haben! Stolpernd stieß Moiraine Merean das Messer in den Rücken; Blut spritzte auf ihre Hände.

Sie fielen gemeinsam auf die Pflastersteine, das Leuchten um Merean erlosch, als sie starb, der Schirm gegen Moiraine brach zusammen. Iselle schrie und schwankte auf der Brüstung, wo Mereans Fesseln sie fallen gelassen hatten. Moiraine trieb sich selbst zum Handeln an, stolperte über Mereans Leichnam und packte einen von Iselles rudernden Armen, als die Schuhe des Mädchens gerade ins Freie abrutschten.

Der Ruck zog Moiraine mit dem Bauch auf die Brüstung, und sie sah auf das Mädchen hinab, das sie in ihren vom Blut glitschigen Händen über einem Abgrund festhielt, der bodenlos zu sein schien. Es kostete Moiraine alle Anstrengung, sie nur schwankend zu halten, wo sie waren. Wenn sie versuchte, das Mädchen hochzuziehen, würden sie beide abstürzen. Iselles Gesicht war verzerrt, ihr Mund verkrampft. Ihre Hand rutschte aus Moiraines Griff. Moiraine zwang sich zur Ruhe und suchte nach der Quelle, fand sie aber nicht. Daß sie auf die fernen Dächer hinuntersah, half ihr nicht gegen ihr Schwindelgefühl. Wieder versuchte sie es, aber es war, als wollte sie mit gespreizten Fingern Wasser schöpfen. Sie kämpfte gegen das Schwindelgefühl an und suchte nach *Saidar.* Und Iselles Hand glitt aus ihren blutigen Fingern. Moiraine konnte nur zusehen, wie sie abstürzte und dabei die Hand ausgestreckt hielt, als ob sie glaubte, jemand würde sie noch retten.

Ein Arm zog Moiraine vom Geländer weg.

»Man sollte niemals jemanden sterben sehen, wenn es nicht unbedingt sein muß«, sagte Lan und stellte sie auf die Füße. Sein rechter Arm hing ihm an der Seite herab, ein langer Schnitt hatte den Ärmel aufgeschlitzt, und das Fleisch darunter, und er hatte noch andere Verletzungen außer der klaffenden Wunde am Kopf, aus der ihm noch Blut übers Gesicht lief. Ryne lag zehn Schritte entfernt auf dem Rücken und sah überrascht und blicklos zum Himmel. »Ein schwarzer Tag«, murmelte Lan. »Wie ich ihn schwärzer noch nicht erlebt habe.«

»Einen Moment«, sagte sie mit unsicherer Stimme zu ihm. »Mir ist so schwindlig, daß ich nicht weit gehen kann.« Mit schwankenden Knien ging sie zu Mereans Leichnam. Sie würde keine Antworten bekommen. Die Schwarzen Ajah würden im verborgenen bleiben. Sie bückte sich, zog ihr Messer heraus und wischte es an den Röcken der Verräterin ab.

»Du bist ganz schön kühl, Aes Sedai«, sagte Lan nüchtern.

»So kühl, wie ich sein muß«, sagte sie zu ihm. Diryks Schrei hallte in ihren Ohren. Iselles Gesicht verschwand vor ihren Augen in der Tiefe. »Sieht so aus, als wäre Ryne nicht nur ein Schattenfreund gewesen, sondern als hätte er sich auch geirrt. Ihr wart besser als er.«

Lan schüttelte den Kopf. »Er war besser. Aber er dachte, mit nur einem Arm wäre ich erledigt. Das hat er nie begriffen. Man ergibt sich erst, wenn man tot ist.«

Moiraine nickte. Ergeben, wenn man tot ist. Ja.

Es dauerte eine Weile, bis sich ihr Kopf soweit geklärt hatte, daß sie die Quelle wieder anzapfen konnte, und sie mußte sich mit Lans Nervosität auseinandersetzen, der die *Shatayan* wissen lassen wollte, daß Brys und Diryk tot waren, bevor die Nachricht überbracht wurde, daß man ihre Leichen auf den Dächern gefunden hatte. Verständlicherweise schien er nicht so erpicht darauf zu sein, Lady Edeyn vom Tod ihrer Tochter zu unterrichten. Auch Moiraine machte sich Sorgen um die Zeit, wenn auch aus anderen Gründen. Sie heilte ihn, sobald sie dazu imstande war. Er stöhnte erschrocken, als die komplexen Ströme von Geist, Luft und Wasser seine Wunden verschlossen, Fleisch sich zusammenfügte, ohne Narben zu hinterlassen. Wie alle, die so geheilt worden waren, war er hinterher schwach, so schwach, daß er sich keuchend am Steingeländer festhalten mußte. Er würde eine Zeitlang nirgendwohin laufen.

Vorsichtig ließ Moiraine Mereans Leichnam über das Geländer und ein wenig nach unten schweben, dicht am Felsgestein entlang. Feuerströme und Flammen hüllten die Schwarze Schwester ein, so heiße Flammen, daß sie keinen Rauch erzeugten, nur ein Schimmern in der Luft, und vereinzelt das Knacken berstenden Steins.

»Was macht Ihr ...?« begann Lan und änderte es ab zu: »Warum?«

Moiraine ließ sich die aufsteigende Hitze spüren, Luftströme, die zu einem Brennofen gepaßt hätten. »Es gibt keinen Beweis dafür, daß sie eine Schwarze Ajah war, nur dafür, daß sie eine Aes Sedai war.« Die Weiße Burg brauchte wieder den Schutz ihrer Geheimnisse, mehr noch als nach dem Untergang von Malkier, aber das konnte sie ihm nicht sagen. Noch nicht. »Ich kann nicht lügen darüber, was hier passiert ist, aber ich kann schweigen. Werdet Ihr schweigen oder das Werk der Schatten tun?«

»Ihr seid eine sehr harte Frau«, sagte er schließlich. Das war seine einzige Antwort, aber sie genügte.

»Ich bin so hart, wie ich sein muß«, sagte sie ihm. Diryks Schreie. Iselles Gesicht. Blieb Rynes Leichnam zu beseitigen. Und das Blut. So hart, wie sie sein mußte.

Der nächste Tag war ein Tag der Trauer in Aesdaishar; weiße Flaggen flatterten von jeder Spitze, die Diener hatten lange weiße

Bänder um die Oberarme gebunden. Gerüchte in der Stadt sprachen bereits von Omen, die den Todesfällen vorausgegangen waren, von Kometen in der Nacht, von Feuern am Himmel. Die Leute hatten eine Art, was sie sahen, zu etwas zurechtzubiegen, was sie kannten und was sie glauben wollten. Das Verschwinden eines einfachen Soldaten und selbst einer Aes Sedai blieb im Kummer unbemerkt.

Als sie Mereans Habseligkeiten vernichtet hatte – ohne einen Hinweis auf andere Schwarzen Schwestern zu finden –, kehrte Moiraine zurück und machte Platz für Edeyn Arrel, die sich das Haar ungleichmäßig kurz geschnitten hatte und in einem weißen Kleid durch den Flur glitt. Man flüsterte, daß sie vorhabe, sich aus der Welt zurückzuziehen. Moiraine glaubte, daß sie das bereits getan hatte. Die großen Augen der Frau sahen abgehärmt und alt aus. In gewisser Weise sahen sie fast so aus wie die Augen ihrer Tochter, in Moiraines Erinnerung.

Als Moiraine ihre Gemächer betrat, sprang Siuan von einem Sessel hoch. Es schien Wochen her zu sein, seit Moiraine sie zuletzt gesehen hatte. »Du siehst aus, als hättest du ins Köderbecken gegriffen und einen Säbelzahnfisch gefunden«, knurrte sie. »Was eigentlich nicht überraschend ist. Ich habe Trauer immer gehaßt, wenn sie Leuten galt, die ich kannte. Jedenfalls können wir aufbrechen, wann immer du bereit bist. Rahien wurde in einem Bauernhaus fast zwei Meilen vom Drachenberg entfernt geboren. Bis heute morgen ist Merean nicht in seiner Nähe gewesen. Ich glaube nicht, daß sie ihm auf Verdacht etwas antun wird, auch wenn sie eine Schwarze ist.«

Nicht der Auserwählte. Irgendwie hatte Moiraine fast damit gerechnet. »Merean wird keinem mehr etwas antun, Siuan. Du kannst deinen Verstand gebrauchen, um ein Rätsel für mich zu lösen.« Sie ließ sich in einem Sessel nieder und fing mit dem Ende an, danach berichtete sie hastig, obwohl Siuan stöhnte und mehr Einzelheiten wissen wollte. Es war fast so, als erlebte sie es noch einmal. Als sie darauf zu sprechen kam, was zu dieser Konfrontation geführt hatte, war das fast eine Erleichterung. »Am allermeisten wollte sie Diryk tot wissen, Siuan; ihn hat sie als ersten getötet. Und sie hat versucht, Lan zu töten. Die beiden hatten nur eines gemeinsam, ihr Glück. Diryk hat einen Sturz überlebt, der sein Tod hätte sein müssen, und alle sagen, daß Lan der Mensch auf der Welt ist, der am meisten Glück hat, sonst hätte ihn die Große Fäule schon vor Jahren getötet. Das ergibt ein Muster, aber für mich sieht dieses Muster verrückt aus. Vielleicht hat sogar dein Schmied etwas damit zu tun. Und Josef Najima in Canluum, wer kann das schon sagen. Auch er war ein Glückskind. Finde du für mich die Lösung. Ich glaube, es ist wichtig, aber ich begreife nicht, wieso.«

Siuan ging auf und ab durch das Zimmer, kickte ihren Rock hoch, rieb sich das Kinn, murmelte »Männer mit Glück« und »der Schmied stand plötzlich auf« und anderes, das Moiraine nicht verstehen konnte. Auf einmal blieb sie abrupt stehen und sagte: »Sie ist nicht einmal in die Nähe von Rahien gegangen, Moiraine. Die Schwarzen Ajah wissen, daß der Drache wiedergeboren wurde, aber sie wissen verdammt noch mal nicht, wann! Vielleicht ist es Tamra gelungen, das vor ihnen zu verheimlichen, oder vielleicht waren sie zu grob, und sie ist gestorben, bevor sie es aus ihr herausquetschen konnten. Das muß es sein!« Ihr Eifer verwandelte sich in Entsetzen. »Licht! Sie töten jeden Mann oder Knaben, der kanalisieren *könnte!* Oh, verbrenne mich, Tausende könnten sterben, Moiraine. Zehntausende!«

Das ergab auf schreckliche Weise einen Sinn. Männer, die kanalisieren konnten, wußten selten, was sie taten, zumindest am Anfang. Anfangs schienen sie einfach nur Glück zu haben. Das Geschick war ihnen günstig, und mitunter erlangten sie unerwartet Prominenz, so wie der Hufschmied. Siuan hatte recht. Die Schwarzen Ajah hatten ein Gemetzel begonnen!

»Aber sie können nicht nach einem Knaben suchen«, sagte Moiraine. So hart, wie sie sein mußte. »Ein Säugling zeigt keine Spuren.« Frühestens mit sechzehn. Es war nicht bekannt, daß ein Mann vorher zu kanalisieren begonnen hätte, und manche erst zehn oder noch mehr Jahre später. »Wir haben mehr Zeit, als wir gedacht haben. Aber nicht genug, um sorglos zu sein. Jede Schwester kann eine Schwarze sein. Ich glaube, Cadsuane ist eine. Sie wissen, daß andere auf der Suche sind. Wenn eine von Tamras Suchenden den Jungen findet und sie sie mit ihm erwischen, oder wenn sie beschließen, eine von ihnen zu befragen, statt sie zu töten, sobald es ihnen zweckdienlich erscheint ...«

Siuan starrte sie an. »Unsere Aufgabe ist noch nicht beendet«, sagte Moiraine.

»Ich weiß«, sagte Siuan langsam. »Ich habe einfach nie nachgedacht. Nun, wenn es Arbeit gibt, holt man Netze ein oder weidet Fische aus.« Aber dem fehlte ihr sonstiger Nachdruck. »Wir können noch vor Mittag in Arafel sein.«

»Du kehrst in die Burg zurück«, sagte Moiraine. Zusammen konnten sie nicht schneller suchen als eine allein, und wenn sie getrennt sein mußten, gab es dann einen besseren Platz für Siuan, als für Cetalia Delarme zu arbeiten und alle Berichte von Augen und Ohren der Blauen Ajah zu Gesicht zu bekommen? Blau war eine kleine Ajah, aber alle Schwestern sagten, daß sie ein größeres Netz als alle anderen hatte. Während Moiraine nach dem Jungen suchte, konnte Siuan erfahren, was in jedem Land vor sich ging, und da sie wußte, wonach sie suchte, konnte sie jeden Hinweis auf die Schwarzen Ajah und den Wiedergeborenen Drachen entdecken. Siuan konnte wirklich vernünftig sein, wenn man ihr gut zuredete, obwohl es diesmal ziemlich mühselig war, und als sie zustimmte, tat sie es nicht ohne Murren.

»Cetalia wird mich benutzen, um mit mir die Klos aufzuwischen, weil ich ohne Erlaubnis weggelaufen bin«, grollte sie. »Verbrenne mich! Sie wird mich in der Burg zum Trocknen an eine Wäscheleine hängen! Moiraine, allein die politischen Ränke reichen aus, daß man im tiefsten Winter Sturzbäche schwitzt! Ich hasse es!« Aber sie suchte bereits in den Truhen, was sie für die Rückreise nach Tar Valon brauchen konnte. »Ich nehme an, du hast diesen Lan gewarnt. Mir scheint, er hat es verdient, was immer es ihm auch nützen wird. Ich habe gehört, daß er vor einer Stunde aufgebrochen ist, um in die Große Fäule zu reiten, und wenn das nicht sein Tod ist … Wo gehst du hin?«

»Ich bin noch nicht fertig mit diesem Mann«, sagte Moiraine über die Schulter. Sie hatte an dem Tag, als sie ihn zum erstenmal sah, eine Entscheidung getroffen, und sie hatte vor, sich daran halten.

Im Stall, wo Pfeil untergestellt war, sorgten Silbermünzen, mit denen sie wie mit Pfennigen um sich warf, dafür, daß das Pferd gesattelt wurde, während die Münzen fast noch durch die Luft flogen, und sie sprang in den Sattel, ohne darauf zu achten, daß ihre Röcke hochrutschten und ihre Beine fast bis zu den Knien entblößten. Sie gab dem Tier die Fersen und galoppierte aus Aesdaishar hinaus, in nördlicher Richtung durch die Stadt, trieb die Leute aus dem Weg und ließ Pfeil einmal sogar über einen leeren Wagen springen, weil der Fahrer ihr nicht schnell genug Platz machte. Sie ließ einen Tumult von Rufen und geschüttelten Fäusten hinter sich.

Auf der Straße nördlich der Stadt drosselte sie das Tempo gerade lange genug, um Wagenlenker, die in die andere Richtung fuhren, zu fragen, ob sie einen Malkieri auf einem braunen Hengst gesehen hatten, und war mehr als erleichtert, als sie zum erstenmal ein Ja hörte. Der Mann hätte in fünfzig Richtungen reiten können, als er die Zugbrücke passiert hatte. Und mit einer Stunde Vorsprung ... Sie würde ihn einholen, und wenn sie ihm bis in die Große Fäule folgen mußte!

»Ein Malkieri?« Der spindeldürre Kaufmann im dunkelblauen Mantel sah verblüfft aus. »Nun, meine Wachen haben mir gesagt, daß einer da oben ist.« Er drehte sich auf dem Sitz seines Wagens und zeigte einen grasbewachsenen Hügel hundert Schritte abseits der Straße hinauf. Auf der Kuppe konnte man deutlich zwei Pferde stehen sehen, eines davon ein Lastpferd, und den dünnen Rauch eines Feuers, der sich im Wind kräuselte.

Lan sah kaum auf, als sie abstieg. Er kniete vor den Überresten eines kleinen Feuers und stocherte mit einem langen Zweig in der Asche. Seltsamerweise lag der Geruch von verbranntem Haar in der Luft. »Ich hatte gehofft, Ihr wärt mit mir fertig«, sagte er.

»Noch nicht ganz«, antwortete sie. »Verbrennt Ihr Eure Zukunft? Ich glaube, viele werden traurig sein, wenn Ihr in der Großen Fäule sterbt.«

»Ich verbrenne meine Vergangenheit«, sagte er und erhob sich. »Verbrenne Erinnerungen. Eine Nation. Der Goldene Kranich wird nie wieder fliegen.« Er wollte Schmutz mit dem Fuß über die Asche schieben, besann sich aber, bückte sich, hob feuchte Erde auf und ließ sie fast förmlich aus den Händen rieseln. »Niemand wird um mich trauern, wenn ich sterbe, weil alle, die es tun würden, selbst schon tot sind. Außerdem müssen alle Menschen sterben.«

»Nur Narren entscheiden sich dafür, vor ihrer Zeit zu sterben. Ich möchte, daß Ihr mein Behüter werdet, Lan Mandragoran.«

Er betrachtete sie mit einem starren Blick, dann schüttelte er den Kopf. »Ich hätte wissen müssen, daß es darauf hinausläuft. Ich habe einen Krieg zu führen, Aes Sedai, und verspüre nicht den Wunsch, Euch zu helfen, Netze der Weißen Burg zu knüpfen. Sucht Euch einen anderen.«

»Ich führe denselben Krieg wie Ihr, gegen den Schatten. Merean war eine Schwarze Ajah.« Sie erzählte ihm alles, von Gitaras Weissagung in Gegenwart der Amyrlin und zweier Aufgenommener, bis zu dem, was sie und Siuan sich zusammengereimt hatten. Bei einem anderen Mann hätte sie das meiste unausgesprochen gelassen, aber zwischen einer Aes Sedai und ihrem Behüter gab es kaum Geheimnisse. Bei einem anderen Mann hätte sie es abgeschwächt, aber sie glaubte nicht, daß ihn unsichtbare Gegner erschreckten, nicht einmal, wenn es sich um Aes Sedai handelte. »Ihr habt gesagt, Ihr hättet Eure Vergangenheit verbrannt. Laßt die Vergangenheit ihre Asche haben. Dies ist derselbe Krieg, Lan. Die bedeutendste Schlacht in diesem Krieg. Und diese könnt Ihr gewinnen.«

Lange Zeit schaute er nach Norden, in Richtung der Großen Fäule. Sie wußte nicht, was sie tun würde, wenn er sich weigerte. Sie hatte ihm mehr erzählt, als sie einem anderen als ihrem Behüter je erzählt haben würde.

Plötzlich drehte er sich um, zog blitzschnell sein Schwert, und einen Moment lang dachte sie, er würde sie angreifen. Statt dessen sank er auf die Knie, das blanke Schwert auf den Händen. »Beim Namen meiner Mutter, ich werde das Schwert ziehen, wenn Ihr sagt, ›ziehen‹, und es einstecken, wenn Ihr sagt, ›einstecken‹. Beim Namen meiner Mutter, ich werde kommen, wenn Ihr sagt, ›komm‹, und gehen, wenn Ihr sagt, ›geh‹.« Er küßte das Schwert und sah erwartungsvoll zu ihr auf. Wie er da kniete, wirkte jeder König auf seinem Thron demütig gegen ihn. Sie würde ihm um seinetwillen etwas Bescheidenheit beibringen müssen. Und wegen eines gewissen Teichs.

»Da ist noch eine Kleinigkeit«, sagte sie und legte ihm die Hände auf den Kopf.

Das Weben des Geistes gehörte zum Kompliziertesten, das

eine Aes Sedai kannte. Er wurde um ihn herum gewoben, drang in ihn ein, verschwand. Plötzlich nahm sie ihn so wahr, wie Aes Sedai ihre Behüter wahrnehmen. Seine Emotionen waren ein kleiner Knoten in ihrem Hinterkopf, ganz stählerne Entschlossenheit, scharf wie die Schneide seines Schwerts. Sie erfuhr den dumpfen Schmerz alter Verletzungen, gedämpft und mißachtet. Bei Bedarf würde sie von seiner Kraft zehren können, ihn finden, wie fern er auch sein mochte. Sie waren verbunden.

Er erhob sich geschmeidig, steckte das Schwert ein, sah sie an. »Männer, die nicht dabei waren, sprechen von der Schlacht bei den Leuchtenden Mauern«, sagte er unvermittelt. »Männer, die dabei waren, sprechen vom Blutschnee. Nicht mehr. Sie wissen, daß es eine Schlacht war. Am Morgen des ersten Tages habe ich fast fünfhundert Männer befehligt. Kandori, Saldaeaner, Domani. Am Abend des dritten Tages war die Hälfte tot oder verwundet. Hätte ich andere Entscheidungen getroffen, würden einige der Toten vielleicht noch leben. Und andere wären an ihrer Stelle tot. Im Krieg spricht man ein Gebet für seine Toten und reitet weiter, weil hinter dem Horizont stets schon die nächste Schlacht wartet. Sprecht ein Gebet für die Toten, Moiraine Sedai, und reitet weiter.«

Sie war so verblüfft, daß sie fast mit offenem Mund dagestanden hätte. Sie hatte vergessen, daß der Strom des Bandes in beide Richtungen floß. Auch er kannte ihre Emotionen und konnte ihre offenbar weitaus besser ergründen als sie seine. Nach einem Augenblick nickte sie, obwohl sie nicht wußte, wieviel Gebete erforderlich sein würden, um ihren Kopf freizumachen.

Er gab ihr Pfeils Zügel in die Hand und fragte: »Wohin reiten wir zuerst?«

»Zurück nach Chachin«, gab sie zu. »Und dann Arafel, und ...« So wenige Namen blieben, die einfach zu finden waren. »Die Welt, wenn es sein muß. Wir gewinnen diese Schlacht, oder die Welt stirbt.«

Seite an Seite ritten sie den Hügel hinab zur Straße und wandten sich nach Süden. Hinter ihnen grollte der Himmel und färbte sich schwarz, ein weiteres spätes Gewitter, das sich von der Großen Fäule herüberwälzte.

BILDNACHWEIS

S. 152/153: Tor Books, New York

S. 246/247: Tor Books, New York

S. 293: HarperPrism, New York

S. 383: Ursula K. Le Guin

S. 459: Tad Williams

S. 524/525: Bantam Spectra, New York

S. 696/697: Avon Books, New York

S. 738/739: Tor Books, New York